徐州历代诗钞

上册

李振杰 辑注

北京语言大学出版社基金资助

学苑出版社

图书在版编目（CIP）数据

徐州历代诗钞 / 李振杰辑注．—北京：学苑出版社，2016.7

ISBN 978-7-5077-5049-2

Ⅰ．①徐… Ⅱ．①李… Ⅲ．①古典诗歌－诗集－中国 Ⅳ．① I222

中国版本图书馆 CIP 数据核字 (2016) 第 159505 号

责任编辑：战葆红
封面设计：徐道会
出版发行：学苑出版社
社 址：北京市丰台区南方庄 2 号院 1 号楼
邮政编码：100079
网 址：www.book001.com
电子信箱：xueyuanpress@163.com
联系电话：010-67601101（销售部） 67603091（总编室）
经 销：新华书店
印 刷 厂：保定市彩虹艺雅印刷有限公司
开本尺寸：787×1092 1/16
印 张：56.75
字 数：800 千字
版 次：2016 年 7 月第 1 版
印 次：2016 年 7 月第 1 次印刷
定 价：280.00 元（上下册）

序

徐州是一座历史文化名城,是彭祖文化和两汉文化的发源地,古称彭城。据史家考证,徐州已有近6000年的文明史,建城已2600年,是江苏境内最早出现的一座城邑。春秋战国时期,彭城为宋邑,后归楚;秦汉之际,西楚霸王建都彭城,从西汉、东汉、三国到魏晋南北朝,彭城都是重要的郡国都邑,绵延数百年。

徐州东襟黄海,西走中原,南通沪杭,北扼齐鲁,是五省之通衢,南北之要冲,乃四战之野,兵家必争之地。据史家统计,历史上徐州地区先后共发生过400多次大小战争,从楚汉之争到血战台儿庄、淮海大战,深刻地影响着中国历史之进程。徐州长期经历战争之洗礼,"故民无百年之安,城无越代之完"。"百战悲丰沛,群雄问蒿莱"。几多可歌可泣的故事,英勇悲壮的牺牲!

地灵人杰,时势造英雄。徐州被称为"千古龙飞地,一代帝王乡"。这方土地上曾走出过项羽、刘邦、孙权、刘裕、朱全忠、李昪、朱元璋等帝王。将相更是"猛士如风,谋士如云",仅跟随刘邦征战的就有周勃、王陵、灌婴、萧何、曹参、周昌、樊哙、夏侯婴等;清代的名相李卫、现代画家李可染、音乐家马可、教育家郭影秋、演员王馥荔、李保田也都是徐州人。

本书的编著者李振杰先生也是徐州人。出于对乡梓故土的眷恋,对保护地方文化遗产的责任感,李振杰教授从北京语言大学退休以后,即开始搜集、整理历代有关徐州的诗词。从北语图书馆、国家图书馆、北大图书馆,从正史、野史、方志、别集等大量的古籍中复印、抄录、拍摄,然后校正、注释,不辞艰苦,不计得失,坚持四五年,得1520余首,上自汉代,下迄晚清。嘱余为之序。

我粗读了原稿,沉浸于这些成败得失的历史轮回之中,徜徉于戏马台、放鹤亭、挂剑台等风光胜迹,叹先人之遭际,发思古之悠情,好几天不能平静。"诗钞"所录,越近越多,越古越好。盖因经过历史筛选后,多有淘汰。现在收录最多的是清代鳌图(89首)、弘历(乾隆53首)及宋代苏轼(诗49首,词12首)、陈师道(42首)的作品,其余大多只是一、二首。虽有文野、雅俗之别,良莠不齐之憾,应属正常。然而名篇流传甚广,多有重出互见,所以最看重的还是那些名不见经传的乡里纪实之作,从那里可以读到百姓之苦,朝政之窳,灾难之频繁,诗人之忧患,历史之体温。即以乾隆年间一个治淮河官刘廷玑写的长诗《彭城纪事》为例,就使我一吟三叹,情不自已。

20世纪五六十年代,振杰和我在复旦大学中文系同窗五年,他曾在蒋天枢先生指导下,通读《资治通鉴》及《汉书》,有着扎实的古文功底。但毕业后却分配去教育部从事对外汉语教学工作，几十年来，奔波于西欧、北美和澳洲、东亚，在繁忙的工作和严格的纪律下，难以做一点自己想要做的事情。振杰为人低调、内敛，厚重寡言。"诗钞"成书之后，北京语言大学出资予以出版。深以为幸、为感。他在给我的信中说："书稿发去了。还要向你交代几点：一、本书编写目的是为整理、保护地方文化遗产，收录范围仅限于徐州市区(含原铜山县，今为徐州市铜山区)，不含下属县市(如沛县、邳县——今为邳州市等)。二、所收录的诗歌皆涉及徐州的名胜古迹、风土人情及有关的人和事，可作为徐州的历史记录；非诗歌选本，原则是有诗即录。三、不涉及对作者政治态度、历史地位的论断，也不涉及对作品内容及艺术优劣的评价，仅客观记录。四、书稿篇幅较长，内容也较复杂，注释肯定会有错误和不妥之处，兄浏览时发现错误请予以改正或告我。此事多让你费心，谢谢！老友，客气话就不说了。"我初读原稿后，发现振杰于注释上十分用力。曾建议他给每首诗归纳一个主题并稍作评点。他考虑后告诉我，他只是想给后人留一点资料，做一点笨活，扫除一些典故、文字障碍，诗的思想艺术，且留待读者自己见仁见智，不愿先入为主，强加于人。我理解他的意思。我在这里就有些饶舌了，便赶快打住。

是权当序。

宋遂良
2016 年 1 月 15 日于济南

目　录

汉魏南北朝 ·· 1
韦　孟　一首 ··· 1
讽谏诗 ·· 1
曹　丕　一首 ··· 3
至广陵于马上作诗 ··· 4
谢灵运　二首 ··· 5
九日从宋公戏马台集送孔令诗 ··· 5
彭城宫中直感岁暮 ·· 6
谢　瞻　一首 ··· 7
九日从宋公戏马台集送孔令诗 ··· 7
刘义恭　一首 ··· 7
彭城戏马台集诗 ··· 8
庾　信　一首 ··· 8
入彭城馆 ·· 8
祖　莹　一首 ··· 9
悲彭城 ··· 9

隋唐 ··· 10
卢思道　一首 ·· 10
春夕经行留侯墓 ··· 10
孙　逖　一首 ·· 11
送李给事归徐州觐省 ··· 11
祖　咏　一首 ·· 11
泗上冯使君南楼作 ·· 12
储光羲　一首 ·· 12
登戏马台作 ··· 12
杜　甫　一首 ·· 13
观打鱼歌 ·· 13
张子容　一首 ·· 14
九日陪润州邵使君登北固山 ··· 14
皇甫冉　五首 ·· 15
与张补阙、王炼师自徐方清路同舟南下，于台头寺留别赵员外、裴补阙
　　同赋杂题一首 ·· 15

台头寺愿上人院古松下有小松栽,毫末新生与纤草不辨,重其有凌云
　　　　干霄之志,与赵八员外、裴十补阙同赋之 …………………………………… 16
　　彭祖井 ……………………………………………………………………………… 16
　　奉和王相公早春登徐州城 ………………………………………………………… 17
　　徐州送丘侍御之越 ………………………………………………………………… 17
钱　起　一首 …………………………………………………………………………… 17
　　江行无题(之一) …………………………………………………………………… 18
李　适　一首 …………………………………………………………………………… 18
　　送徐州张建封还镇 ………………………………………………………………… 18
韩　翃　一首 …………………………………………………………………………… 19
　　送李侍御赴徐州行营 ……………………………………………………………… 19
刘长卿　一首 …………………………………………………………………………… 19
　　归沛县道中晚泊留侯城 …………………………………………………………… 20
郎士元　一首 …………………………………………………………………………… 20
　　送郑正则徐州行营 ………………………………………………………………… 20
卢　纶　一首 …………………………………………………………………………… 21
　　赋得彭祖楼送杨德宗归徐州幕 …………………………………………………… 21
孟　郊　二首 …………………………………………………………………………… 22
　　上张徐州 …………………………………………………………………………… 22
　　答韩愈李观别因献张徐州 ………………………………………………………… 23
王智兴　一首 …………………………………………………………………………… 24
　　徐州使院赋 ………………………………………………………………………… 24
张　籍　一首 …………………………………………………………………………… 24
　　送远曲 ……………………………………………………………………………… 25
韩　愈　五首 …………………………………………………………………………… 25
　　汴泗交流赠张仆射 ………………………………………………………………… 25
　　雉带箭 ……………………………………………………………………………… 26
　　归彭城 ……………………………………………………………………………… 27
　　赠徐州族侄 ………………………………………………………………………… 28
　　赠张徐州莫辞酒 …………………………………………………………………… 28
张仲素　一首 …………………………………………………………………………… 29
　　燕子楼诗三首　一作关盼盼诗 …………………………………………………… 29
白居易　六首 …………………………………………………………………………… 29
　　自江陵之徐州路上寄兄弟 ………………………………………………………… 30
　　江南送北客,因凭寄徐州兄弟书 ………………………………………………… 30
　　乱后过流沟寺 ……………………………………………………………………… 30
　　感故张仆射诸妓 …………………………………………………………………… 31
　　燕子楼三首并序 …………………………………………………………………… 31
　　送徐州高仆射赴镇 ………………………………………………………………… 32

关盼盼 二首 ··· 32
　和白公诗 ··· 32
　句 ·· 33
张祜 一首 ··· 33
　观徐州李司空猎 ··· 33
薛能 六首 ··· 33
　清水泛舟 ··· 33
　彭门解嘲二首 ·· 34
　题彭祖楼 ··· 35
　彭门偶题 ··· 35
　影灯夜二首 ·· 35
　汉庙祈雨回阳春亭有怀诗 ······································ 36
储嗣宗 一首 ·· 36
　晚眺徐州延福寺 ··· 36
唐彦谦 一首 ·· 37
　宿独留 ·· 37
张祉 一首 ·· 37
　送徐州薛尚书 ·· 37
姚合 一首 ··· 38
　送徐州韦仅行军 ··· 38
曹邺 一首 ··· 38
　和谢豫章从宋公戏马台送孔令谢病 ······························· 39
罗隐 一首 ··· 39
　徐寇南逼感事献江南知己次韵 ·································· 39

宋代 ·· 41
唐肃 一首 ··· 41
　季子挂剑歌 ·· 41
梅尧臣 一首 ·· 42
　送赵谏议知徐州 ··· 42
苏舜钦 一首 ·· 42
　过泗水 ·· 42
苏洵 一首 ··· 43
　送王吏部知徐州 ··· 43
邵雍 一首 ··· 44
　留侯庙 ·· 44
陈荐 三首 ··· 44
　燕子楼 ·· 44
　子房庙 ·· 45
　范增墓 ·· 45

曾 鞏 一首 ……………………………………………… 46
　彭城道中 ……………………………………………… 46
参 寥 一首 ……………………………………………… 47
　多谢樽前 ……………………………………………… 47
郭祥正 一首 ……………………………………………… 47
　徐州黄楼歌寄苏子瞻 ………………………………… 47
苏 轼 四十九首 …………………………………… 48
　和李邦直沂山祈雨有应 ……………………………… 49
　和赵郎中见戏二首 …………………………………… 49
　次韵(一作"和")子由与颜长道同游百步洪相地筑亭种柳 … 50
　与梁先、舒焕泛舟,得临酿字二首 …………………… 50
　子由将赴南都,与余会宿于逍遥堂,作两绝句。读之,殆不可为怀,因和
　　其诗以自解。余观子由自少旷达,天资近道,又得至人养生长年
　　之诀,而余亦窃闻其一二。以为今者宦游相别之日浅,而异时退
　　休相从之日长,既以自解,且以慰自由云。 ………… 51
　留题石经院三首 ……………………………………… 52
　过云龙山人张天骥 …………………………………… 52
　阳关词(三首选一) …………………………………… 53
　次韵吕梁仲屯田 ……………………………………… 54
　台头寺雨中送李邦直赴史馆,分韵得忆字、人字,兼寄孙巨源二首 …… 54
　河 复 并序 …………………………………………… 55
　登望𬮱亭 ……………………………………………… 56
　有言郡东北荆山下可以沟畎积水,因与吴正字、王户曹同往相视,以地
　　多乱石,不果。还游圣女山,山有石室如墓而无棺椁,或云宋司马
　　桓魋墓。二子有诗,次其韵二首 …………………… 56
　答吕梁仲屯田 ………………………………………… 57
　访张山人得山、中字二首 …………………………… 59
　起伏龙行并序 ………………………………………… 60
　闻公择过云龙张山人,辄往从之,公择有诗戏用其韵 … 60
　游张山人园 …………………………………………… 61
　携妓乐游张山人园 …………………………………… 61
　又送郑户曹 …………………………………………… 62
　答范淳甫 ……………………………………………… 63
　答王巩 ………………………………………………… 63
　九日黄楼作 …………………………………………… 64
　黄楼致语口号 ………………………………………… 65
　太虚以黄楼赋见寄,作诗为谢 ……………………… 65
　送顿起 ………………………………………………… 66
　登云龙山 ……………………………………………… 66

题云龙草堂石磬 …… 67
与舒教授、张山人、参寥师同游戏马台,书西轩壁兼简颜长道二首 …… 67
鹿鸣宴 …… 68
百步洪二首并序 …… 69
和参寥见寄 …… 70
十月十五日观月黄楼,席上次韵 …… 71
答王定民 …… 71
次韵颜长道送傅倅 …… 72
云龙山观烧得云字 …… 72
石炭并引 …… 74
台头寺步月得人字 …… 74
台头寺送宋希元 …… 75
种松得徕字 …… 75
游桓山会者十人,以春水满四泽、夏云多奇峰为韵,得泽字 …… 76
戴道士得四字代作 …… 77
月夜与客饮杏花下 …… 78
送蜀人张师厚赴殿试二首 …… 78
罢徐州往南京,马上走笔寄子由五首 …… 78
次韵和刘贡父登黄楼见寄并寄子由二首 …… 80
彭城观月 …… 82
在彭城日与定国为九日黄楼之会,今复以是日相遇于宋,凡十五年忧乐出处有不可胜言者,而定国学道有得,百念灰冷而颜益壮,顾予衰病,心形俱瘁,感作诗 …… 82

苏　辙　十四首 …… 83

徐州送江少卿 …… 83
陪子瞻游百步洪 …… 83
李邦直见邀,终日对卧南城亭上二首 …… 84
同子瞻泛汴泗得鱼酒二咏 …… 84
逍遥堂会宿二首　并引 …… 85
过张天骥山人郊居 …… 85
魏佛狸歌 …… 86
初发彭城有感寄子瞻 …… 87
送梁交之徐州 …… 87
中秋见月寄子瞻兄 …… 88
送将官欧育之徐州 …… 89
和子瞻自徐移湖将过宋都途中见寄五首 …… 89
次韵刘贡父登黄楼怀子瞻二首(选一) …… 91
吕　梁 …… 91

舒　焕　一首 …… 92

和苏子瞻观百步洪原韵 …………………………………………… 92
秦　观　三首 ………………………………………………………… 92
　　戏云龙山人二绝 ……………………………………………………… 93
　　盼　盼 ………………………………………………………………… 93
　　别子瞻 ………………………………………………………………… 93
王延轨　一首 ………………………………………………………… 95
　　题白云洞 ……………………………………………………………… 95
吕　定　二首 ………………………………………………………… 95
　　登彭城楼 ……………………………………………………………… 96
　　戏马台 ………………………………………………………………… 96
贺　铸　二十七首 …………………………………………………… 96
　　游云龙张氏山居 ……………………………………………………… 97
　　登黄楼有怀苏眉山 …………………………………………………… 98
　　燕子楼 ………………………………………………………………… 98
　　题彭城张氏放鹤亭 …………………………………………………… 100
　　九日登戏马台 ………………………………………………………… 100
　　快哉亭 ………………………………………………………………… 100
　　飞鸿亭 ………………………………………………………………… 101
　　九日呈李成父 ………………………………………………………… 102
　　题彭城南台寺苏眉山诗刻后 ………………………………………… 103
　　登快哉亭有属 ………………………………………………………… 104
　　和彭城王生悼歌人盼盼 ……………………………………………… 104
　　临汲亭送客还马上作 ………………………………………………… 105
　　黄楼歌 ………………………………………………………………… 105
　　彭城三咏（之一）……………………………………………………… 106
　　戏马台歌 ……………………………………………………………… 106
　　渔　歌 ………………………………………………………………… 108
　　上巳后一日登快哉亭作 ……………………………………………… 108
　　和张谋父游石佛山观魏太武书 ……………………………………… 109
　　三月二十日游南台 …………………………………………………… 110
　　送彭城周主簿建中移黄县令 ………………………………………… 112
　　病后登快哉亭 ………………………………………………………… 112
　　送寇元弼王文举 ……………………………………………………… 113
　　怀寄寇元弼王文举十首 ……………………………………………… 114
　　　　　　初别后　过碧芦轩　出小市门　登飞鸿亭　游百步洪
　　　　　　登黄楼　局中归　招元弼　招文举　赋后诗
　　将发彭城作 …………………………………………………………… 115
　　再送潘仲宝兼寄彭城交旧 …………………………………………… 116
　　快哉亭朝暮寓目二首 ………………………………………………… 116

送时适归彭城兼寄王会之并张白云……………………………………………117
李昭玘　二首………………………………………………………………………117
　　送徐州举人赴省试……………………………………………………………117
　　飞鸿亭…………………………………………………………………………118
陈师道　四十二首…………………………………………………………………119
　　雪后黄楼寄负山居士…………………………………………………………119
　　次韵李节推九日登南山………………………………………………………119
　　河　上…………………………………………………………………………120
　　老柏三首　有序………………………………………………………………120
　　桓　山（桓一作"柏"）………………………………………………………121
　　和颜生同游南山………………………………………………………………122
　　僧慧僧和（一作"利"）同往南山……………………………………………122
　　和魏衍元夜同登黄楼…………………………………………………………122
　　和元夜…………………………………………………………………………123
　　和魏衍同登快哉亭……………………………………………………………123
　　登快哉亭………………………………………………………………………124
　　登燕子楼………………………………………………………………………124
　　和黄生春尽游南山……………………………………………………………124
　　奉陪赵大夫游桓山（桓一作"柏"）…………………………………………125
　　九月九（一作"八"）日夜雨留智叔…………………………………………126
　　九月九日与智叔雕堂宴集夜归………………………………………………126
　　寄曹州晁大夫…………………………………………………………………127
　　和范教授同游桓山……………………………………………………………127
　　和寇十一晚登白门……………………………………………………………127
　　再和寇十一二首………………………………………………………………128
　　与寇、赵约丁塘看花，寇以疾不赴，有诗，次其韵…………………………129
　　和寇十一同游城南阻雨还登寺山……………………………………………129
　　和寇十一雨后登楼……………………………………………………………130
　　寄寇十一………………………………………………………………………130
　　上赵使君………………………………………………………………………130
　　和寇十一同登寺山……………………………………………………………131
　　登寺山…………………………………………………………………………132
　　和李使君九日登戏马台………………………………………………………132
　　盘马山…………………………………………………………………………132
　　黄楼绝句（一无"绝句"二字）………………………………………………133
　　黄　楼…………………………………………………………………………133
　　山　口…………………………………………………………………………133
　　宿泊口…………………………………………………………………………134
　　送晁尧民守徐…………………………………………………………………134

次韵应物有叹黄楼……………………………………………135
　　龙　潭………………………………………………………136
　　登凤凰山怀子瞻（一本作二首）…………………………136
　　庚辰三月上旬登白门闲望…………………………………137
　　城　南………………………………………………………137
　　登彭祖楼……………………………………………………138
　　张谋父乞花…………………………………………………138
　　南　台………………………………………………………138
张　耒　一首………………………………………………………139
　　挂剑台………………………………………………………139
李弥逊　一首………………………………………………………139
　　过留侯庙……………………………………………………139
岳　飞　一首………………………………………………………140
　　送紫岩张先生北伐…………………………………………140
范成大　一首………………………………………………………141
　　留侯庙………………………………………………………141
赵公豫　六首………………………………………………………141
　　高祖庙………………………………………………………141
　　彭祖井………………………………………………………142
　　留侯庙………………………………………………………143
　　华佗墓………………………………………………………143
　　吕梁洪………………………………………………………144
　　戏马台………………………………………………………144
文天祥　六首………………………………………………………145
　　固陵道中三首………………………………………………145
　　徐州道中　初七日…………………………………………145
　　彭城行　徐州彭城县………………………………………146
　　燕子楼………………………………………………………147
　　戏马台………………………………………………………147
　　发彭城………………………………………………………148
黄　庚　一首………………………………………………………148
　　燕子楼………………………………………………………148

金元

刘达卿　一首………………………………………………………150
　　寄陈正叔、雷希颜…………………………………………150
史　肃　一首………………………………………………………150
　　过九里山……………………………………………………150
汪元量　四首………………………………………………………151
　　徐　州………………………………………………………151

  戏马台 ……………………………………………………… 151
  燕子楼 ……………………………………………………… 152
  吕　梁 ……………………………………………………… 152
吴　澄　一首 ……………………………………………………… 152
  徐州怀古 …………………………………………………… 152
李思衍　一首 ……………………………………………………… 153
  彭　城 ……………………………………………………… 153
马　臻　三首 ……………………………………………………… 154
  徐州写望并序 ……………………………………………… 154
  吕梁洪 ……………………………………………………… 154
  泗　上 ……………………………………………………… 155
李　凤　一首 ……………………………………………………… 155
  吕梁洪 ……………………………………………………… 155
陈义高　一首 ……………………………………………………… 155
  徐州读黄楼碑 ……………………………………………… 156
王　旭　一首 ……………………………………………………… 156
  登徐州黄楼 ………………………………………………… 156
鲜于枢　一首 ……………………………………………………… 156
  百步洪 ……………………………………………………… 157
陈　孚　十首 ……………………………………………………… 157
  吕梁洪 ……………………………………………………… 157
  徐　州 ……………………………………………………… 158
  黄　楼 ……………………………………………………… 159
  百步洪 ……………………………………………………… 160
  范增墓 ……………………………………………………… 160
  泗　水 ……………………………………………………… 160
  燕子楼　二首 ……………………………………………… 161
  留侯庙 ……………………………………………………… 161
  陵母墓 ……………………………………………………… 162
  出彭城北门 ………………………………………………… 163
袁　桷　四首 ……………………………………………………… 163
  黄河口 ……………………………………………………… 163
  次韵仲章过彭城 …………………………………………… 164
  泊彭城复怀黄楼 …………………………………………… 164
  黄　楼 ……………………………………………………… 164
贡　奎　三首 ……………………………………………………… 165
  度吕梁洪 …………………………………………………… 165
  吕梁洪 ……………………………………………………… 166
  彭城夜泊 …………………………………………………… 166

柳 贯 一首 167
 登徐州城上黄楼北望河流作 167
虞 集 二首 167
 放鹤亭 167
 盗发亚父冢 168
胡 宽 一首 168
 徐州春暮 169
朱思本 一首 169
 盗发亚父墓 169
揭傒斯 三首 170
 徐州对酒和曾编修 170
 过吕梁宿云梦城下，相传汉高祖伪游云梦至此而得韩信，后人因以名其
  城，即彭越之故都也，故老犹能历历指其处，遂与诸公分韵赋诗，予
  得黄字 171
 纪见和李提举韵 172
王 艮 一首 172
 黄 楼 172
胡 助 二首 173
 黄楼怀古三首 173
 黄河行 174
马祖常 四首 175
 吕 梁 175
 徐州吊苏眉山 176
 舟泊徐州 176
 戏马台 176
王 沂 一首 177
 放鹤亭 177
吴元德 一首 177
 徐 州 177
周 权 三首 177
 徐州暮泊风雨骤至 178
 百步洪水急险迫，近年涨沙，石角稍低，每遇水落其势尤可畏，客舟到者
  必先诣河浒神祠，祷而后行 178
 彭城行 179
萨都剌 二首 179
 彭城杂咏呈廉公亮佥事七首 179
 过 洪 180
杨少愚 一首 180
 过彭祖墓 180

吴师道 二首 ……………………………………………………………… 181
    戏马台 …………………………………………………………………… 181
    重过彭城 ………………………………………………………………… 181
岑安卿 一首 ……………………………………………………………… 182
    戏马台 …………………………………………………………………… 182
王 冕 一首 ……………………………………………………………… 183
    过徐州洪至丰沛作 ……………………………………………………… 183
练 鲁 二首 ……………………………………………………………… 183
    徐州故城 ………………………………………………………………… 183
    徐州新城 ………………………………………………………………… 185
成廷珪 三首 ……………………………………………………………… 185
    悲徐州 …………………………………………………………………… 186
    十月一日闻徐州复 ……………………………………………………… 186
    送徐州李判官供给役满归 ……………………………………………… 186
吴 莱 一首 ……………………………………………………………… 187
    盗发亚父冢 ……………………………………………………………… 187
周伯琦 一首 ……………………………………………………………… 188
    徐 州 …………………………………………………………………… 188
吴 当 三首 ……………………………………………………………… 188
    守冻徐州,腊月八日大雪,与贰守秦侯及同馆生联句,侯许携酒共赏,
        违期不至,遂拾余韵以赋残雪,凡联句已用者置不取 ……………… 188
    彭城守春旱祷雨 ………………………………………………………… 190
    徐州赠同邸客 …………………………………………………………… 191
贡师泰 二首 ……………………………………………………………… 192
    彭城怀古 ………………………………………………………………… 192
    徐 州 …………………………………………………………………… 193
傅若金 二首 ……………………………………………………………… 193
    徐 州 …………………………………………………………………… 193
    吕梁洪 …………………………………………………………………… 194
李士瞻 一首 ……………………………………………………………… 194
    重过彭城 ………………………………………………………………… 194
陈 基 四首 ……………………………………………………………… 195
    徐 州 …………………………………………………………………… 195
    徐 州 …………………………………………………………………… 196
    吕 梁 …………………………………………………………………… 196
    彭 城 …………………………………………………………………… 196
朱 善 五首 ……………………………………………………………… 197
    夜过吕梁 ………………………………………………………………… 197
    丁丑望徐州有作 ………………………………………………………… 197

八日丁丑至徐州城下，老妻刘氏病殁，时年已六十有八矣，仓卒治葬具，
　　　　葬毕日已暝，挥泪登舟而去 …………………………………………………… 198
　　徐州道中 ……………………………………………………………………………… 198
　　自沛县至徐州舟中和安县主簿韵三首 ……………………………………………… 198
沈梦麟　一首 …………………………………………………………………………… 199
　　过徐州 ………………………………………………………………………………… 199
金　涓　二首 …………………………………………………………………………… 199
　　戏马台 ………………………………………………………………………………… 199
　　范增 …………………………………………………………………………………… 200
许　恕　一首 …………………………………………………………………………… 201
　　戏马台怀古 …………………………………………………………………………… 201
宋　禧　一首 …………………………………………………………………………… 201
　　挂剑台行 ……………………………………………………………………………… 201
张　宪　一首 …………………………………………………………………………… 202
　　吕梁洪彭越庙 ………………………………………………………………………… 202
林彦华　一首 …………………………………………………………………………… 203
　　戏马台 ………………………………………………………………………………… 203
周　驰　一首 …………………………………………………………………………… 203
　　徐　州 ………………………………………………………………………………… 203
孟　梗　一首 …………………………………………………………………………… 204
　　徐　州 ………………………………………………………………………………… 204
游　庄　一首 …………………………………………………………………………… 204
　　戏马台 ………………………………………………………………………………… 205
王炼师　二首 …………………………………………………………………………… 205
　　留城子房庙 …………………………………………………………………………… 205
　　戏马台 ………………………………………………………………………………… 205
民　谣　一首 …………………………………………………………………………… 206
　　九里山 ………………………………………………………………………………… 206

明代 ……………………………………………………………………………………… 207

张以宁　六首 …………………………………………………………………………… 207
　　范增墓　为盗所发 …………………………………………………………………… 207
　　戏马台项王筑刘裕登 ………………………………………………………………… 208
　　燕子楼 ………………………………………………………………………………… 208
　　黄　楼 ………………………………………………………………………………… 208
　　吕梁洪 ………………………………………………………………………………… 209
　　徐州霸王庙 …………………………………………………………………………… 209
危　素　一首 …………………………………………………………………………… 210
　　徐人歌 ………………………………………………………………………………… 210
胡　翰　一首 …………………………………………………………………………… 210

吕梁洪 ………………………………………………………………… 211
胡　奎　一首 …………………………………………………………… 211
　　　过吕梁洪次韵 …………………………………………………… 212
王　祎　二首 …………………………………………………………… 212
　　　登黄楼 …………………………………………………………… 213
　　　文窗十二韵为仲温宪郎赋 ……………………………………… 213
刘　嵩　九首 …………………………………………………………… 214
　　　吕梁洪 …………………………………………………………… 214
　　　过留城 …………………………………………………………… 215
　　　过恭城望九里山 ………………………………………………… 215
　　　过鸡鸣台 ………………………………………………………… 215
　　　将至徐州见人种树者 …………………………………………… 216
　　　腊月十五日夜徐州洪对月 ……………………………………… 216
　　　泊徐州洪乡人有携酒相饷者喜而赋此 ………………………… 216
　　　河上谣 …………………………………………………………… 216
　　　由邳州入房村 …………………………………………………… 217
郑　真　四首 …………………………………………………………… 217
　　　六月初一日入徐州学，饭后与诸秀才谒指挥诸公，因出南门登亚父冢、
　　　　千佛岩，入黄茅冈，循戏马台而回 ………………………… 217
　　　戏马台 …………………………………………………………… 218
　　　吕梁洪 …………………………………………………………… 219
　　　彭城一派　竹图立轴之一 ……………………………………… 220
吴　沉　一首 …………………………………………………………… 220
　　　见克复徐州榜文 ………………………………………………… 220
陈汝言　一首 …………………………………………………………… 221
　　　过彭城 …………………………………………………………… 221
张　羽　一首 …………………………………………………………… 221
　　　过九里山访陈金宪 ……………………………………………… 221
孙　蕡　九首 …………………………………………………………… 222
　　　挂剑台 …………………………………………………………… 222
　　　过三洪 …………………………………………………………… 222
　　　过吕梁 …………………………………………………………… 223
　　　徐州洪 …………………………………………………………… 223
　　　汉祖庙 …………………………………………………………… 224
　　　戏马台 …………………………………………………………… 224
　　　范增墓 …………………………………………………………… 225
　　　过黄石公祠 ……………………………………………………… 225
　　　吕梁洪 …………………………………………………………… 226
瞿　佑　四首 …………………………………………………………… 226

  盼盼燕楼…………………………………………………………………………226
  彭城怀古…………………………………………………………………………227
  访东坡遗迹四首…………………………………………………………………227
  过吕梁洪…………………………………………………………………………228
唐之淳　十一首……………………………………………………………………228
  吕梁洪……………………………………………………………………………228
  吕梁庙……………………………………………………………………………229
  韩信城……………………………………………………………………………230
  射狼曲……………………………………………………………………………230
  金龙祠曲…………………………………………………………………………231
  徐州黄楼…………………………………………………………………………231
  徐　　州…………………………………………………………………………232
  秦梁洪……………………………………………………………………………232
  黄　　楼…………………………………………………………………………233
  剑台野望…………………………………………………………………………233
  竹枝词（黄河所见）……………………………………………………………234
王　绂　三首………………………………………………………………………234
  暮上吕梁洪………………………………………………………………………235
  题徐训导廷献魁山旧隐…………………………………………………………235
  夜泊徐州…………………………………………………………………………236
刘　秩　一首………………………………………………………………………236
  徐州即事…………………………………………………………………………236
胡　俨　六首………………………………………………………………………237
  夜过吕梁…………………………………………………………………………237
  上吕梁洪…………………………………………………………………………237
  徐州十二咏………………………………………………………………………238
    百步洪　戏马台　华佗墓　亚父冢　向魋墓　陵母墓　子房墓　刘向墓
    留　城　彭祖楼　燕子楼　黄楼
  重过戏马台　在徐州………………………………………………………………242
  放鹤亭　在徐州石佛山………………………………………………………………242
  百步洪望黄楼故址歌……………………………………………………………242
吴　溥　一首………………………………………………………………………243
  境　　山…………………………………………………………………………243
杨士奇　三首………………………………………………………………………244
  吕梁洪……………………………………………………………………………244
  夜过徐州…………………………………………………………………………244
  范增墓……………………………………………………………………………244
黄　淮　二首………………………………………………………………………245
  吕梁洪……………………………………………………………………………245

吕梁洪遇风…………………………………………………………… 245
程 通 一首………………………………………………………………… 245
　　　过吕梁洪……………………………………………………………… 246
金 实 六首………………………………………………………………… 246
　　　古留城………………………………………………………………… 246
　　　吕梁洪………………………………………………………………… 247
　　　彭城怀古……………………………………………………………… 247
　　　自邳州至洪下一路无浅，风日和畅，因而有作………………………… 248
　　　上洪后晚泊徐州静处…………………………………………………… 248
　　　古留城………………………………………………………………… 249
曾 棨 五首………………………………………………………………… 249
　　　吕梁洪………………………………………………………………… 249
　　　彭　城………………………………………………………………… 250
　　　彭祖墓………………………………………………………………… 250
　　　戏马台………………………………………………………………… 251
　　　燕子楼………………………………………………………………… 251
钱习礼 二首……………………………………………………………… 251
　　　戏马台………………………………………………………………… 252
　　　云龙山………………………………………………………………… 252
李时勉 一首……………………………………………………………… 253
　　　吕梁洪………………………………………………………………… 253
胡　谧 一首……………………………………………………………… 253
　　　登黄楼………………………………………………………………… 253
王 英 四首………………………………………………………………… 253
　　　夜过徐州……………………………………………………………… 254
　　　百步洪………………………………………………………………… 254
　　　石佛寺………………………………………………………………… 255
　　　过戏马台……………………………………………………………… 255
李 祯 二首………………………………………………………………… 255
　　　徐　州………………………………………………………………… 255
　　　归次吕梁洪…………………………………………………………… 256
王 洪 三首………………………………………………………………… 256
　　　过黄石祠怀留侯……………………………………………………… 256
　　　夜过吕梁洪…………………………………………………………… 257
　　　戏马台………………………………………………………………… 257
王 政 一首………………………………………………………………… 258
　　　微山湖夜月…………………………………………………………… 258
周 忱 二首………………………………………………………………… 258
　　　戏马台………………………………………………………………… 258

过桓魋墓 ………………………………………………… 259
叶铭臻　一首 ………………………………………………… 259
　　戏马台 …………………………………………………… 260
薛　瑄　十首 ………………………………………………… 260
　　徐州洪 …………………………………………………… 260
　　夜上吕梁洪 ……………………………………………… 260
　　过徐州 …………………………………………………… 261
　　吕梁洪 …………………………………………………… 261
　　徐州见黄河 ……………………………………………… 261
　　戏马台 …………………………………………………… 262
　　燕子楼 …………………………………………………… 262
　　王陵母墓 ………………………………………………… 262
　　入徐州境 ………………………………………………… 263
　　彭城怀古二首 …………………………………………… 263
陈　循　四首 ………………………………………………… 264
　　月夜上吕梁洪 …………………………………………… 264
　　过徐州回銮处 …………………………………………… 264
　　徐州洪上散步 …………………………………………… 264
　　罗侍讲汝敬、刘检讨汝弼，舟中留饮二绝 …………… 265
刘　溥　一首 ………………………………………………… 265
　　题画寄徐州陆九皋二首 ………………………………… 265
马　蕙　四首 ………………………………………………… 265
　　彭祖井 …………………………………………………… 266
　　九里山 …………………………………………………… 266
　　戏马台 …………………………………………………… 266
　　黄茅冈 …………………………………………………… 266
柳　琰　一首 ………………………………………………… 267
　　黄茅冈 …………………………………………………… 267
吴希哲　一首 ………………………………………………… 267
　　黄茅冈 …………………………………………………… 267
商　辂　一首 ………………………………………………… 268
　　彭　城 …………………………………………………… 268
伍余福　一首 ………………………………………………… 268
　　黄茆冈 …………………………………………………… 268
夏　寅　二首 ………………………………………………… 269
　　过彭城 …………………………………………………… 269
　　范增墓 …………………………………………………… 269
江　源　二首 ………………………………………………… 270
　　宿彭城值雨写怀 ………………………………………… 270

过徐州有感 …………………………………… 270
黎　淳　一首 …………………………………… 271
　　吕梁洪 ………………………………………… 271
张　弼　一首 …………………………………… 271
　　徐州老鸦歌 …………………………………… 272
杨守陈　二首 …………………………………… 272
　　云龙山 ………………………………………… 273
　　黄茅冈 ………………………………………… 273
文　洪　一首 …………………………………… 273
　　吕梁洪 ………………………………………… 273
沈　周　一首 …………………………………… 273
　　题留侯张子房祠 ……………………………… 274
何乔新　三首 …………………………………… 274
　　黄　楼 ………………………………………… 274
　　咏苏墨亭 ……………………………………… 275
　　燕子楼 ………………………………………… 277
谢　铎　五首 …………………………………… 277
　　次韵胡宪副廷慎彭城夜话之作 ……………… 278
　　重修黄楼歌 …………………………………… 278
　　徐州洪 ………………………………………… 279
　　苏墨亭 ………………………………………… 279
　　徐州登车有感 ………………………………… 280
吴　宽　七首 …………………………………… 280
　　赋黄楼送李贞伯 ……………………………… 280
　　过吕梁 ………………………………………… 281
　　徐州阻风 ……………………………………… 282
　　分题百步洪送顾工部 ………………………… 282
　　彭祖观井图 …………………………………… 283
　　徐州重修黄楼 ………………………………… 284
　　望桓山 ………………………………………… 284
庄　昶　二首 …………………………………… 285
　　房村将至吕梁用前韵 ………………………… 285
　　过　徐 ………………………………………… 285
程敏政　十五首 ………………………………… 286
　　彭城废县南谒汉高祖庙 ……………………… 286
　　望子房山山上有祠 …………………………… 286
　　徐州驿舍竹林可爱 …………………………… 287
　　不　寐 ………………………………………… 287
　　过吕梁洪遇管洪王主事 ……………………… 287

徐州饭馆洪尹珍主事家有怀亡弟 …………………………………………… 287
徐州与客夜酌联句留别马瞰贡魁 …………………………………………… 288
苏墨亭 ……………………………………………………………………………… 288
游桓山 ……………………………………………………………………………… 289
云龙山留别宗侄楚英同守 ………………………………………………… 289
黄茅冈 ……………………………………………………………………………… 290
亚父冢 ……………………………………………………………………………… 290
戏马台 ……………………………………………………………………………… 290
陵母墓 ……………………………………………………………………………… 290
百步洪次吴原博同寅韵赠冯主事 ………………………………………… 290

李东阳　六首 ……………………………………………………………………… 291
重修黄楼 …………………………………………………………………………… 291
徐州新洪诗　有序 ……………………………………………………………… 292
徐州洪 ……………………………………………………………………………… 293
吕梁洪二十韵 …………………………………………………………………… 294
夜泊徐州怀陈秋官宗器 ……………………………………………………… 294
徐州洪苏墨亭书坡老石刻　有序 ………………………………………… 295

王　鏊　一首 ……………………………………………………………………… 296
云龙山 ……………………………………………………………………………… 296

祝允明　二首 ……………………………………………………………………… 296
吕梁行 ……………………………………………………………………………… 296
黄　楼 ……………………………………………………………………………… 297

邵　宝　一首 ……………………………………………………………………… 297
过百步洪吊苏墨亭 ……………………………………………………………… 298

湛若水　一首 ……………………………………………………………………… 298
题吕梁砚 …………………………………………………………………………… 298

钱　琦　三首 ……………………………………………………………………… 299
自房村抵王仲集遇雪 …………………………………………………………… 299
徐州遇何献卿员外、盛原之太仆 …………………………………………… 299
徐州遇子侄北上 ………………………………………………………………… 299

秦　金　一首 ……………………………………………………………………… 300
次乔宇韵 …………………………………………………………………………… 300

文征明　四首 ……………………………………………………………………… 300
徐州清明 …………………………………………………………………………… 300
泊舟泗上看月 …………………………………………………………………… 301
留城道中有张良祠 ……………………………………………………………… 301
道出淮泗,舟中阅高常侍集,有《自淇涉黄河十二首》,因次其韵(选二) …… 301

释慈恩　一首 ……………………………………………………………………… 302
云龙山 ……………………………………………………………………………… 302

储 巏 五首 ………………………………………………………… 302
　彭城有怀 ……………………………………………………… 302
　留城雨夜 ……………………………………………………… 303
　古　城 ………………………………………………………… 303
　宿吕梁有感 …………………………………………………… 303
　送人归彭城 …………………………………………………… 304
赵　鹤 一首 ……………………………………………………… 304
　放鹤亭次王济之韵 …………………………………………… 304
乔　宇 一首 ……………………………………………………… 305
　放鹤亭 ………………………………………………………… 305
王守仁 一首 ……………………………………………………… 305
　云龙山次乔宇韵 ……………………………………………… 305
张　璧 七首 ……………………………………………………… 306
　彭　城 ………………………………………………………… 306
　吕梁洪柬温水部 ……………………………………………… 306
　过彭城同华户部、陈水曹登黄楼 …………………………… 307
　河　洪 ………………………………………………………… 307
　境山道中 ……………………………………………………… 307
　吕梁吟 ………………………………………………………… 308
　过徐州望云龙山次韵 ………………………………………… 308
周　用 二首 ……………………………………………………… 309
　吕梁砚 ………………………………………………………… 309
　至徐州 ………………………………………………………… 309
黄　绾 一首 ……………………………………………………… 310
　次乔宇韵 ……………………………………………………… 310
刘　玉 十首 ……………………………………………………… 310
　宿房村下 ……………………………………………………… 310
　彭门怀古 ……………………………………………………… 311
　彭城被水泊舟子房山有感 …………………………………… 311
　徐城寄眺 ……………………………………………………… 312
　彭城阻雪 ……………………………………………………… 312
　戏马台 ………………………………………………………… 313
　放鹤亭 ………………………………………………………… 313
　彭城怀古 ……………………………………………………… 313
　留侯庙 ………………………………………………………… 313
　亚父冢 ………………………………………………………… 314
陆　深 八首 ……………………………………………………… 314
　吕梁洪 ………………………………………………………… 314
　大风宿留城 …………………………………………………… 315

徐州洪次韵 ………………………………………………… 315
月下抵彭城 ………………………………………………… 316
十四日放徐州洪逢周一之 ………………………………… 316
戏马台晚眺 ………………………………………………… 316
发谷亭 ……………………………………………………… 316
吕梁行 ……………………………………………………… 317

徐祯卿 一首 …………………………………………………… 318
下 洪 ……………………………………………………… 318

齐之鸾 六首 …………………………………………………… 319
徐州小溪桥晚泊 …………………………………………… 319
九日马上 …………………………………………………… 319
徐州饮王公济侍御 ………………………………………… 320
徐州得命先行 ……………………………………………… 320
晚登黄楼 …………………………………………………… 321
望桓山 ……………………………………………………… 321

吴 檝 一首 …………………………………………………… 321
谒汉高帝祠 ………………………………………………… 321

于思睿 一首 …………………………………………………… 322
留侯庙 ……………………………………………………… 322

马 卿 一首 …………………………………………………… 322
云龙山 ……………………………………………………… 322

费 寀 九首 …………………………………………………… 323
费公祠 ……………………………………………………… 323
洞山用冯主政韵怅不同游 ………………………………… 323
己亥过吕梁谒翁伯考祠 …………………………………… 324
吕梁祭复菴伯考答冯水部 ………………………………… 324
吕梁拜复菴伯考像 ………………………………………… 324
云龙山次乔宇韵 …………………………………………… 325
留侯庙 ……………………………………………………… 325
子房山 ……………………………………………………… 326
子房祠 ……………………………………………………… 326

许成名 一首 …………………………………………………… 326
云龙山 ……………………………………………………… 326

柴 奇 九首 …………………………………………………… 327
黄茅冈 ……………………………………………………… 327
徐州洪官舍有竹数枝，戴冬官邀饮和韵 ………………… 327
戏马台 ……………………………………………………… 327
徐州谢李医士 ……………………………………………… 328
百步洪一首寄赠戴冬卿考绩 ……………………………… 329

百步洪和陈冬官韵……………………………………………330
　　过吕梁………………………………………………………330
　　放鹤亭………………………………………………………330
　　舟泊徐州次蔡休屋韵………………………………………330
康　浩　一首……………………………………………………331
　　云龙山………………………………………………………331
唐　符　一首……………………………………………………331
　　云龙山………………………………………………………332
严　嵩　五首……………………………………………………332
　　过彭城………………………………………………………332
　　吕梁题陈工部观物亭………………………………………332
　　将至徐州，风阻野泊，闻陈水部挐舟来会，作此寄之……333
　　徐州陈水部萃墨亭留题……………………………………333
　　题桓山马水部、张户曹、宋兵宪邀集………………………334
吴　仕　一首……………………………………………………334
　　过徐州洪……………………………………………………334
夏　言　四首……………………………………………………335
　　徐州观涨……………………………………………………335
　　云龙山………………………………………………………335
　　登云龙山……………………………………………………336
　　萃墨亭歌为徐州洪李主事香作……………………………336
李　濂　四首……………………………………………………337
　　吕梁洪柬郭水部守衡………………………………………338
　　吕梁书院为郭守衡主事赋…………………………………338
　　游云龙山同舒太史、孙民部、李水曹………………………339
　　题彭祖看井图………………………………………………339
张　治　三首……………………………………………………339
　　吕　梁………………………………………………………339
　　徐州次陈水部韵……………………………………………340
　　徐州赠赵近山宪副…………………………………………340
许宗鲁　一首……………………………………………………341
　　留城怀古……………………………………………………341
戴　縂　四首……………………………………………………342
　　至徐州洪怆然悲感…………………………………………342
　　至彭城伤念八弟以诗哭之…………………………………342
　　自徐趋临城即事……………………………………………343
　　宿利国驿中喜雨枕上偶成…………………………………343
张　衮　六首……………………………………………………343
　　彭城怀古……………………………………………………343

云龙山次唐符韵…………………………………………………… 344
　　云龙山次乔宇韵…………………………………………………… 345
　　云龙山次陈明韵…………………………………………………… 345
　　题吕梁砚次韵……………………………………………………… 345
　　百步洪………………………………………………………………… 346
廖道南　一首………………………………………………………… 346
　　吕梁洪………………………………………………………………… 346
张惟恕　一首………………………………………………………… 348
　　长至日同陈鹊湖、伍鸿山、蒋石澜三长官登云龙山宴集………… 348
查应兆　一首………………………………………………………… 349
　　登云龙山……………………………………………………………… 349
陈　明　一首………………………………………………………… 350
　　云龙山………………………………………………………………… 350
冯世雍　三首………………………………………………………… 350
　　子房祠………………………………………………………………… 350
　　云龙山次唐符韵…………………………………………………… 351
　　吕梁洪………………………………………………………………… 351
郑　晓　二首………………………………………………………… 352
　　彭　城………………………………………………………………… 352
　　留城子房庙………………………………………………………… 352
苏　祐　六首………………………………………………………… 353
　　彭城谩兴五首……………………………………………………… 353
　　徐州登黄楼………………………………………………………… 354
　　过吕梁洪…………………………………………………………… 355
　　黄楼集送王秋曹…………………………………………………… 355
　　九日彭城逢张石川………………………………………………… 356
　　黄楼九日…………………………………………………………… 356
袁　褧　二首………………………………………………………… 357
　　吕梁行……………………………………………………………… 357
　　大洪行……………………………………………………………… 358
皇甫涍　一首………………………………………………………… 359
　　彭城道中雨行……………………………………………………… 359
王　问　五首………………………………………………………… 360
　　将至徐作…………………………………………………………… 360
　　彭城怀戴子………………………………………………………… 361
　　江南乐彭城作……………………………………………………… 361
　　徐州城楼…………………………………………………………… 362
　　洪上口号…………………………………………………………… 362
马一龙　七首………………………………………………………… 362

吕梁逢二姜子 ··· 362
　　　月夜过河访云龙道士 ··· 362
　　　彭城有怀 ··· 363
　　　黄河行寄司空二十六叔,时在徐州治河 ································· 363
　　　戏马台 ·· 364
　　　吕梁洪望彭城夜发 ·· 364
　　　入天妃庙候升舟上洪呈同行诸君 ··· 364
归有光　三首 ··· 365
　　　徐州同朱进士登子房山 ·· 365
　　　徐州至吕梁述水势大略 ·· 366
　　　黄楼行 ·· 366
孙　宜　一首 ··· 367
　　　徐州 ··· 367
王慎中　二首 ··· 367
　　　过彭城作 ·· 367
　　　彭城送谢道安举人应试 ·· 368
王　梃　五首 ··· 368
　　　放鹤亭 ·· 369
　　　九里山 ·· 369
　　　同冯有年、梅守德登桓山二首 ·· 369
　　　戏马台 ·· 370
　　　驼山 ··· 370
陈　穆　一首 ··· 371
　　　子房山 ·· 371
黄九皋　三首 ··· 371
　　　黄　楼 ·· 371
　　　云龙山次乔韵 ··· 373
　　　留侯庙 ·· 373
金　銮　一首 ··· 374
　　　子房山 ·· 374
梅守德　四首 ··· 374
　　　四贤祠 ·· 375
　　　黄　楼 ·· 375
　　　王梃、冯有年游桓山二首 ··· 375
　　　云龙山三首 ·· 376
李春芳　一首 ··· 377
　　　登云龙山二首 ··· 377
茅　坤　一首 ··· 377
　　　春日踏雪彭城道中 ·· 377

尹　梁　三首 ………………………………………………………… 378
　　张子房墓 ……………………………………………………… 378
　　冬日登云龙山 ………………………………………………… 378
　　篆竹轩 ………………………………………………………… 378
李攀龙　一首 ………………………………………………………… 379
　　过吕梁 ………………………………………………………… 379
万　恭　二首 ………………………………………………………… 379
　　石佛寺 ………………………………………………………… 380
　　过徐州 ………………………………………………………… 380
徐惟贤　一首 ………………………………………………………… 380
　　张良墓 ………………………………………………………… 380
杨　巍　一首 ………………………………………………………… 381
　　秋日登徐州延云楼 …………………………………………… 381
文肇祉　一首 ………………………………………………………… 382
　　徐州夜泊与白伯望话旧 ……………………………………… 382
徐　渭　三首 ………………………………………………………… 382
　　徐　州 ………………………………………………………… 382
　　燕子楼 ………………………………………………………… 383
　　亚父墓 ………………………………………………………… 383
潘季驯　二首 ………………………………………………………… 383
　　同江司徒小酌云龙山 ………………………………………… 384
　　再登云龙山 …………………………………………………… 384
徐学谟　三首 ………………………………………………………… 385
　　次彭城姜民部、莫兵宪酌余使院东署 ……………………… 385
　　登彭城署楼喜河工告成次壁间韵 …………………………… 385
　　彭城道中书所见 ……………………………………………… 386
方逢时　四首 ………………………………………………………… 386
　　彭城歌 ………………………………………………………… 386
　　戏马台 ………………………………………………………… 388
　　留　城 ………………………………………………………… 388
　　彭　城 ………………………………………………………… 389
宗　臣　二首 ………………………………………………………… 389
　　题赠栖云洞羽士　洞在凤凰山 ……………………………… 389
　　送王比部之吕梁 ……………………………………………… 390
王世贞　十首 ………………………………………………………… 390
　　十六夜泊彭城与张给事廷槐月下小饮 ……………………… 390
　　十七夜饮月下因怀昨年亦淹此地 …………………………… 390
　　赠徐使君之徐州宪作 ………………………………………… 391
　　徐州渡口大风 ………………………………………………… 391

  过徐州咏怀古迹 ……………………………………………………………… 392
  徐州别杨大应武试　杨都督子 …………………………………………… 392
  阻风彭城下洪 …………………………………………………………… 393
  初自彭城山行闻莺 ……………………………………………………… 393
  彭城道中 ………………………………………………………………… 394
  彭城道中,夜得上谷王中丞遗余成制锦裘,不知余尚未御此服也,走笔
   集古诗句为谢 ……………………………………………………… 394
王应时　二首 …………………………………………………………………… 394
  观道亭 …………………………………………………………………… 394
  留侯故城 ………………………………………………………………… 395
李　贽　一首 …………………………………………………………………… 395
  挂剑台 …………………………………………………………………… 395
钱可久　一首 …………………………………………………………………… 396
  徐州饮路河楼园上听歌 ………………………………………………… 396
李三才　一首 …………………………………………………………………… 396
  吕梁遇仲文留饮志别 …………………………………………………… 396
方　山　一首 …………………………………………………………………… 397
  云龙山 …………………………………………………………………… 397
郑天祐　一首 …………………………………………………………………… 397
  云龙山 …………………………………………………………………… 397
左思敬　一首 …………………………………………………………………… 398
  云龙山 …………………………………………………………………… 398
闻人诠　一首 …………………………………………………………………… 398
  云龙山 …………………………………………………………………… 398
虞　谦　一首 …………………………………………………………………… 398
  桓山 ……………………………………………………………………… 398
刘　恺　一首 …………………………………………………………………… 399
  子房山 …………………………………………………………………… 399
房　栋　一首 …………………………………………………………………… 400
  百步洪 …………………………………………………………………… 400
杨　珍　一首 …………………………………………………………………… 400
  再泊徐州 ………………………………………………………………… 400
涂　捷　三首 …………………………………………………………………… 400
  放鹤亭 …………………………………………………………………… 401
  吕梁次苏祐 ……………………………………………………………… 401
  彭城怀古 ………………………………………………………………… 401
刘芳熊　一首 …………………………………………………………………… 402
  登云龙山 ………………………………………………………………… 402
王九叙　一首 …………………………………………………………………… 402

题子房山子房祠………………………………………………402
屠　　隆　十八首………………………………………………403
　　彭城歌赠姜使君仲文………………………………………403
　　彭城姜使君邀登苏子瞻放鹤亭作…………………………404
　　登彭城子房山与仲文………………………………………405
　　彭城渡黄河…………………………………………………406
　　彭城遇姜仲文使君…………………………………………407
　　淮徐感兴……………………………………………………407
　　同姜仲文使君登子瞻黄楼瞩眺……………………………407
　　北上彭城别姜仲文二首……………………………………408
　　徐州道中感怀………………………………………………408
　　徐州谒三义庙………………………………………………409
　　彭城下吊项羽………………………………………………410
　　彭城怀古……………………………………………………410
　　彭城览眺……………………………………………………411
　　范增墓………………………………………………………411
　　彭城登项王戏马台…………………………………………411
　　燕子楼得楼字………………………………………………411
　　徐州元夕二首………………………………………………412
　　渡黄河………………………………………………………412
紫柏大师　五首…………………………………………………412
　　彭城洪福寺月下怀仲淳……………………………………412
　　登戏马台……………………………………………………413
　　彭城题苏公黄楼……………………………………………413
　　子房山歌……………………………………………………413
　　　　附：子房山漫歌…………………………………………414
　　开侍者自清凉迎至彭城以此示之…………………………415
于若瀛　一首……………………………………………………415
　　夏日过彭城登云龙山………………………………………415
王一鸣　一首……………………………………………………416
　　戏马台………………………………………………………416
唐文献　一首……………………………………………………416
　　夜泊吕城……………………………………………………417
薛　　冈　一首…………………………………………………417
　　彭城寇二首…………………………………………………417
徐　　熥　十六首………………………………………………419
　　赠胡外史……………………………………………………419
　　彭城行………………………………………………………419
　　登云龙山放鹤亭……………………………………………420

赠彭城苏姬…………………………………………………… 420
　　　燕子楼……………………………………………………… 421
　　　吕梁洪……………………………………………………… 421
　　　彭城怀古…………………………………………………… 421
　　　彭城元夕怀故园诸友………………………………………… 422
　　　挂剑台……………………………………………………… 422
　　　亚父冢……………………………………………………… 422
　　　彭城感旧…………………………………………………… 422
　　　戏马台今改为昭烈庙………………………………………… 423
　　　彭城夜泊书事……………………………………………… 423
　　　舟中望云龙山有怀陈幼孺…………………………………… 423
　　　吊关盼盼…………………………………………………… 423
　　　盼　盼……………………………………………………… 424
阮自华　一首……………………………………………………… 424
　　　亚父墓……………………………………………………… 424
谢肇淛　十三首…………………………………………………… 425
　　　石佛寺……………………………………………………… 425
　　　下吕梁……………………………………………………… 425
　　　题《彭祖观井图》…………………………………………… 427
　　　十六夜彭城对月……………………………………………… 428
　　　彭城叹……………………………………………………… 428
　　　彭城行……………………………………………………… 429
　　　彭城晓发…………………………………………………… 430
　　　登黄楼感事，时彭城以西大水………………………………… 430
　　　上元彭城…………………………………………………… 430
　　　彭城迟徐惟和不至…………………………………………… 431
　　　过彭城……………………………………………………… 431
　　　亚父冢……………………………………………………… 431
　　　彭城道中…………………………………………………… 432
贺灿然　一首……………………………………………………… 432
　　　泊彭城……………………………………………………… 432
袁懋谦　一首……………………………………………………… 433
　　　望彭城……………………………………………………… 433
吴大山　四首……………………………………………………… 433
　　　过亚父冢…………………………………………………… 433
　　　九日登戏马台怀古…………………………………………… 434
　　　吊徐君墓…………………………………………………… 434
　　　春日黄楼野望………………………………………………… 434
查应光　三首……………………………………………………… 435

彭城道中 ………………………………………… 435
　　黄河即事 ………………………………………… 435
　　谒子房庙 ………………………………………… 436
何如申　二首 ………………………………………… 436
　　登戏马台 ………………………………………… 436
　　范增墓 …………………………………………… 437
何如宠　一首 ………………………………………… 437
　　范增墓 …………………………………………… 437
刘胤昌　一首 ………………………………………… 437
　　彭城渡河 ………………………………………… 438
袁中道　二首 ………………………………………… 438
　　彭　城 …………………………………………… 438
　　徐州夜泊有怀 …………………………………… 439
萧如薰　一首 ………………………………………… 439
　　云龙山 …………………………………………… 439
王　衡　五首 ………………………………………… 440
　　过留侯祠 ………………………………………… 440
　　彭城 ……………………………………………… 441
　　雨中徐州道 ……………………………………… 441
　　渡黄河 …………………………………………… 441
　　登子房山谒子房祠 ……………………………… 442
郭士望　一首 ………………………………………… 442
　　舟次云龙山遇风雪，和钟敬伯韵似民部卢如麓丈 … 442
钟　惺　六首 ………………………………………… 443
　　云龙山 …………………………………………… 443
　　彭城入舟后候浅三首 …………………………… 444
　　过　浅 …………………………………………… 444
　　舟泊云龙山下 …………………………………… 445
　　彭城开船 ………………………………………… 445
　　舟至吕梁洪 ……………………………………… 445
王思任　一首 ………………………………………… 445
　　彭城登眺时榷事稍苏 …………………………… 445
李流芳　三首 ………………………………………… 446
　　登云龙山 ………………………………………… 446
　　云龙山 …………………………………………… 446
　　徐州雪后题画赠李生长题 ……………………… 447
马之骏　二首 ………………………………………… 447
　　黄　楼 …………………………………………… 447
　　过彭城卢虹仲仓曹招登云龙山 ………………… 447

宋统殷 一首 …… 448
  登云龙山 …… 448
刘荣嗣 三首 …… 449
  子房山祠 …… 449
  季札挂剑台 …… 450
  宿彭城 …… 450
方孔炤 一首 …… 451
  雍门叹 …… 451
高道素 一首 …… 451
  阻雨彭城驿寄怀李九疑礼部 …… 452
何九州 一首 …… 452
  戏马台 …… 452
霍维华 一首 …… 452
  子房祠 …… 452
李向阳 一首 …… 453
  云龙山寺纳凉 …… 453
徐 标 一首 …… 454
  微山湖泛舟 …… 454
张 垣 三首 …… 454
  登云龙北阁遇张伯承 …… 454
  登放鹤亭次霍司马韵 …… 455
  赠张元若将军提兵驻节云龙山 …… 455
顾梦游 一首 …… 456
  题万年少隰西草堂 …… 456
刘廷佐 一首 …… 456
  鹤 亭 …… 456
王 微 一首 …… 457
  拟燕子楼四时闺意 …… 457
万寿祺 十一首 …… 457
  夏日崔泉山庄诗 …… 457
  家 居 …… 459
  孝乾楼上 …… 459
  忆 昔 …… 460
  发彭城循河南下 …… 461
  冬日,里中集王二、尚质、山房遂登东山 …… 461
  夜渡吕梁将过迪堂呈李大 …… 462
  彭城九日 …… 462
  登云龙山 …… 462
  冬日还里省墓 …… 463

冬日,同王二、张一、毕四、家侄穆、儿子睿,晚登东山 …………………… 463
阎尔梅　十一首 ……………………………………………………………………… 464
　　　邀施诚庵凤仪、吴日生易两职方集龙山 ………………………………………… 464
　　　游桓山洞 …………………………………………………………………………… 465
　　　书徐州杨子野斋中 ………………………………………………………………… 465
　　　至桓山与仲弟沽饮 ………………………………………………………………… 465
　　　洞山为宋司马桓魋墓故名桓山 …………………………………………………… 465
　　　游白云洞 …………………………………………………………………………… 466
　　　悲彭城有序 ………………………………………………………………………… 466
　　　登云龙山北望呈史阁部 …………………………………………………………… 467
　　　至徐州辞阁部去,同年施诚庵留予,以诗答之 ………………………………… 467
　　　至徐州过万年少故宅二首 ………………………………………………………… 467
　　　燕子楼和韵　有序 ………………………………………………………………… 468
陈子龙　三首 ………………………………………………………………………… 469
　　　寄怀万年少 ………………………………………………………………………… 469
　　　酬万年少二首 ……………………………………………………………………… 469
　　　送万年少还彭城 …………………………………………………………………… 470
汤允贤　一首 ………………………………………………………………………… 471
　　　望桓山有感 ………………………………………………………………………… 471
周起杞　一首 ………………………………………………………………………… 471
　　　放鹤亭 ……………………………………………………………………………… 471
顾　言　一首 ………………………………………………………………………… 472
　　　过徐登云龙山 ……………………………………………………………………… 472
胡　彧　一首 ………………………………………………………………………… 473
　　　云龙歌 ……………………………………………………………………………… 473
汪乾利　一首 ………………………………………………………………………… 474
　　　泗　上 ……………………………………………………………………………… 474
业　聪　一首 ………………………………………………………………………… 474
　　　吕梁洪 ……………………………………………………………………………… 475
申崇勋　一首 ………………………………………………………………………… 475
　　　燕子楼 ……………………………………………………………………………… 475
杨　妍　一首 ………………………………………………………………………… 476
　　　山行赴吕梁和苏眉声蹋荒原韵 …………………………………………………… 476
拾　泰　一首 ………………………………………………………………………… 476
　　　己酉岁,予与张子子材、万子年少,同游于小谷山,山有石穴焉。土人
　　　　　以为洞,予曰:嘻! 此古人隧而葬者也。遂各赋诗。 ………………………… 476
张名由　一首 ………………………………………………………………………… 477
　　　行至徐方行 ………………………………………………………………………… 477
汤　珍　一首 ………………………………………………………………………… 478

泊徐州再宿对月作…………………………………………………… 478
刘　炳　一首………………………………………………………… 478
　　燕子楼同周伯宁赋…………………………………………………… 478
刘　楷一首…………………………………………………………… 479
　　留侯庙………………………………………………………………… 479
马出沂　一首………………………………………………………… 479
　　登微山问留侯墓……………………………………………………… 480

清代 ………………………………………………………………… 481

钱谦益　五首………………………………………………………… 481
　　彭城道中寄怀里中游好次坡公在徐寄邦直子骥之韵四首………… 481
　　徐州杂题五绝句……………………………………………………… 483
　　渡河题徐州官舫二绝句……………………………………………… 484
　　天启甲子六月，河决彭城，居民漂溺者数万余，以季秋过之水尚与雉堞齐，
　　　　方议改筑，悼复河之无人，忧改邑之不易，停车感叹而作是诗 … 485
　　戏马台………………………………………………………………… 487
谈　迁　一首………………………………………………………… 488
　　挂剑台………………………………………………………………… 488
顾大申　一首………………………………………………………… 488
　　微湖泛夏即事………………………………………………………… 489
钟　琇　一首………………………………………………………… 490
　　饮黄茅冈次韵王伟庵年门兄……………………………………… 490
吴　霱　一首………………………………………………………… 490
　　丁塘道中……………………………………………………………… 490
吴伟业　一首………………………………………………………… 491
　　下相怀古……………………………………………………………… 491
方　文　三十三首…………………………………………………… 491
　　将去彭城留别魏少尹竟甫…………………………………………… 492
　　驯鹤亭诗……………………………………………………………… 492
　　友人吴煮之父讳汝琦，死归德之难，…………………………… 493
　　子房山………………………………………………………………… 494
　　二客行赠万遐客、瞿客……………………………………………… 494
　　中秋夜吴中黄招同诸子赏月作吴郎行……………………………… 495
　　徐州秋夜……………………………………………………………… 496
　　寄怀陈简菴处士……………………………………………………… 496
　　黄茅冈与陈善长、万遐客、吴中黄、段聚五、张楚村徐石林、吴用九、万
　　　　瞿客诸子为别…………………………………………………… 497
　　彭城古迹十二咏　丁酉………………………………………… 497
　　　　彭祖井　孔观楼　挂剑台　桓　山　子房山　亚父冢
　　　　刘向墓　龚胜墓　戏马台　燕子楼　黄　楼　放鹤亭

将近徐州	499
赠妓墨仙	499
金龙四大王歌	500
送李溉林宪使之任徐州	501
彭城访李观察溉林先生	501
赠徐州守王吉士	502
从杨士佳索四贤诗	503
为铁佛寺僧题募疏	504
黄楼歌为魏少府竟甫先生作	504
寒食日吴临垣明府招同来伯、中黄诸子登放鹤亭	506
赠吴来伯别驾	506
赠李孝乾孝廉	507
饮万瞿客樊桐堂感旧作歌	507
彭城喜李条侯至	508
上巳宿房村怀吴八中黄	508
重至彭城访为竟甫少府	509
哭万二遏客	509
送徐二克任归吴门	509
喜马三嘉甫至	510
答李司直赠兼怀于息菴先生	510
奉别李观察溉林先生	510
将去彭城前一日别韦佩二	511
送徐石林还彭城兼怀李孝乾、陈善长、吴中黄万瞿客诸子	511

周在都　一首　　512
留侯城　　512

宋　琬　四首　　513
徐州怀古二首　　513
赠纪子湘郡丞二首　　514
渡黄河（四首选二）　　515
舟中见猎犬有感而作（五首选一）　　515

魏裔鲁　一首　　515
己亥春日，同州牧王公游奉圣寺，观殿前银杏树，携比丘泛舟湖上，登眺铜山，偶尔唱和，遂成一时盛事　　515

魏裔介　二首　　516
彭城放鹤亭　　516
家兄竟甫筑草亭于河防公署，榜曰驯鹤，盖断放鹤而有此亭也　　517

施闰章　三首　　517
徐州来宅同商贤　　517
徐州五日　　518

闻徐州来多失意事……………………………………………… 518
吴嘉纪　一首…………………………………………………… 519
　　粮船妇(海氏)…………………………………………………… 519
周体观　一首…………………………………………………… 520
　　人日次徐州……………………………………………………… 520
贾　壮　一首…………………………………………………… 520
　　拔剑泉诗………………………………………………………… 520
丁浴初　一首…………………………………………………… 521
　　放鹤亭…………………………………………………………… 521
谷应泰　二首…………………………………………………… 521
　　张坦公先生放鹤亭招饮………………………………………… 521
　　鹤亭漫咏………………………………………………………… 522
李　弇　二首…………………………………………………… 522
　　戊申六月十七夜纪异…………………………………………… 522
　　纪泰山所见长者………………………………………………… 523
宋实颖　一首…………………………………………………… 524
　　挂剑台…………………………………………………………… 525
孟安世　一首…………………………………………………… 525
　　挂剑荒台………………………………………………………… 525
许来惠　二首…………………………………………………… 525
　　徐州道中………………………………………………………… 525
　　黄　河…………………………………………………………… 526
朱彝尊　一首…………………………………………………… 526
　　彭城道中咏古二首……………………………………………… 526
屈大均　二首…………………………………………………… 527
　　过徐州…………………………………………………………… 527
　　陵　母…………………………………………………………… 527
王所善　一首…………………………………………………… 528
　　春日同游奉圣寺敬步元韵……………………………………… 528
王士禛　五首…………………………………………………… 528
　　昭阳湖　一名微山湖…………………………………………… 528
　　荆山口待渡……………………………………………………… 529
　　徐州渡河………………………………………………………… 529
　　彭门怀古八首…………………………………………………… 530
　　雨中渡河望黄楼………………………………………………… 531
马世骏　一首…………………………………………………… 531
　　吴季子挂剑处…………………………………………………… 531
苏　岷　四首…………………………………………………… 532
　　子房山…………………………………………………………… 532

戏马台 …………………………………………………… 533
彭城道中 ………………………………………………… 534
放鹤亭 …………………………………………………… 534
智　朴　四首 ………………………………………… 534
夜坐放鹤亭 ……………………………………………… 534
奎山塔 …………………………………………………… 535
黄楼小集 ………………………………………………… 535
再上黄茅冈 ……………………………………………… 535
方中履　一首 ………………………………………… 535
彭　城 …………………………………………………… 536
张　翃　一首 ………………………………………… 536
春日云龙山怀古和孙汉雯韵 …………………………… 536
汪　森　一首 ………………………………………… 537
草堂春尽,独坐寡营,偶检东坡集见百步洪诗,喜而次其韵 … 537
刘廷玑　八首 ………………………………………… 538
题徐州张氏宅,时张为滇南太守 ……………………… 538
彭城纪事 ………………………………………………… 538
黄茅冈 …………………………………………………… 539
云龙山 …………………………………………………… 540
过邳徐界 ………………………………………………… 540
彭城怀古 ………………………………………………… 540
赴彭城同僚属分赋 ……………………………………… 541
徐州道上 ………………………………………………… 541
李宗皋　一首 ………………………………………… 542
文昌阁夜雨 ……………………………………………… 542
尤　璋　二首 ………………………………………… 542
舟过吕梁 ………………………………………………… 543
房村驿壁见女郎赠兰州太守诗因次其韵 ……………… 543
盛德巍　二首 ………………………………………… 543
云龙山怀古 ……………………………………………… 543
放鹤亭送陈铨部文安还商丘 …………………………… 544
吴　兰　一首 ………………………………………… 544
子房山和汪梅嶙韵 ……………………………………… 544
黄兰森　三首 ………………………………………… 545
褚剑卿邀予及树百弟游微山湖子房元庐　并序 ……… 545
再至微山湖 ……………………………………………… 546
纳凉微湖新月初上 ……………………………………… 546
黄蕙森　一首 ………………………………………… 546
游微山湖 ………………………………………………… 546

李　蟠　五首 ……………………………………………… 547
　　亚父祠 ………………………………………………… 547
　　户部山探梅 …………………………………………… 547
　　王陵母墓 ……………………………………………… 548
　　游云龙山和韵 ………………………………………… 548
　　铜　山 ………………………………………………… 549
徐用锡　二首 ……………………………………………… 549
　　徐　州 ………………………………………………… 549
　　黄茅冈石 ……………………………………………… 550
赵执信　二首 ……………………………………………… 551
　　昭阳湖行书所见四首 ………………………………… 551
　　微山湖舟中作 ………………………………………… 552
常　安　二首 ……………………………………………… 552
　　舟泊韩庄闸集渔舟捕鱼于微山湖 …………………… 552
　　游微山湖登铜山远眺 ………………………………… 553
叶长仁　二首 ……………………………………………… 553
　　春日偕友人集云龙山 ………………………………… 553
　　次友人游云龙山元韵三首 …………………………… 554
解　元　三首 ……………………………………………… 554
　　宿奉圣寺 ……………………………………………… 554
　　观奉圣寺银杏树又感赋之 …………………………… 555
　　秋夜登云龙山放鹤亭 ………………………………… 555
何嘉延　一首 ……………………………………………… 555
　　燕子楼 ………………………………………………… 555
杜　诏　一首 ……………………………………………… 556
　　戏马台 ………………………………………………… 556
沈德潜　二首 ……………………………………………… 556
　　和陈树滋徐州怀古 …………………………………… 556
　　挂剑台 ………………………………………………… 557
张大有　一首 ……………………………………………… 557
　　泛舟登微山 …………………………………………… 557
张廷璐　五首 ……………………………………………… 558
　　徐州试院以黄河水煎茶用山谷韵 …………………… 558
　　读东坡《试院煎茶》诗复用前韵 …………………… 559
　　岈山招游云龙山用东坡答吕梁仲屯田韵 …………… 560
　　徐州登舟由黄河至清江浦用东坡百步洪韵 ………… 561
　　九日徐州试院作四首 ………………………………… 561
黄　任　一首 ……………………………………………… 562
　　彭城道中 ……………………………………………… 562

厉鹗 四首 ··· 563
　　渡 河 ··· 563
　　徐州舟行纪事 ··· 563
　　晚渡黄河 ··· 564
　　过微山湖 ··· 565
佚名 一首 ··· 565
　　镇河铁牛 ··· 565
高斌 二首 ··· 565
　　行过彭城将登云龙山值云中微雨不果 ··· 566
　　乙卯阅工彭城登云龙山三首 ·· 566
许廷鎔 一首 ·· 567
　　徐 州 ··· 567
尹继善 十六首 ·· 567
　　登云龙山放鹤亭二首 ··· 568
　　徐州道中杂咏 ··· 568
　　彭城重晤午堂少司空,将有勘河之行,用前韵奉赠 ························· 569
　　将返金陵,留别午堂少司空,仍用前韵 ······································· 569
　　雨中同午堂少司空并同事诸公荆山桥勘河,未得成咏,于宿迁道中
　　　　补作寄怀 ··· 570
　　和裘漫士少农同刘延清冢宰登云龙山之作 ···································· 570
　　和苏东坡题黄茅冈韵 ··· 571
　　登云龙山 ··· 571
　　昨岁七夕,德副宪赋诗见赠,未及奉酬,今又会晤彭城,暂时聚首,旋返
　　　　白门,感而成咏,即用前韵 ·· 572
　　途中即事仍用前韵 ··· 572
　　和裘叔度少农彭城见寄 ·· 572
　　叠前韵 ··· 573
　　登黄茅冈 ··· 573
　　彭城道中 ··· 574
　　会勘荆山桥和崔拙圃抚军见赠 ·· 574
　　会勘荆山河赠叶冠霞总河,仍用前韵 ··· 574
吴檠 一首 ··· 575
　　晚次彭城 ··· 575
丁泗吉 八首 ··· 576
　　亚父冢 ··· 576
　　戏马台二首 ·· 576
　　黄茅冈 ··· 577
　　挂剑台 ··· 578
　　燕子楼 ··· 578

陵母墓 ……………………………………………………… 579
　　放鹤亭 ……………………………………………………… 579
　　春日游桓山和韵 …………………………………………… 580
金德瑛　一首 …………………………………………………… 580
　　徐州怀古 …………………………………………………… 580
爱新觉罗·弘历　五十三首 …………………………………… 582
　以下诗篇作于乾隆二十二年(1957) ………………………… 582
　　渡黄河驻跸徐州作 ………………………………………… 582
　　灾馀 ………………………………………………………… 583
　　彭城河复 …………………………………………………… 584
　　游云龙山作 ………………………………………………… 585
　　大士岩 ……………………………………………………… 585
　　试衣亭用苏轼韵 …………………………………………… 586
　　放鹤亭歌 …………………………………………………… 586
　　戏马台用谢灵运诗韵 ……………………………………… 586
　　孙家集 ……………………………………………………… 587
　　登黄楼作 …………………………………………………… 588
　　再题黄楼用苏轼韵 ………………………………………… 588
　　渡黄河 ……………………………………………………… 589
　　子房山用谢瞻子房诗韵 …………………………………… 590
　　荆山桥歌 …………………………………………………… 591
　以下诗篇作于乾隆二十七年(1762) ………………………… 591
　　渡黄河至徐州作 …………………………………………… 591
　　惠佑龙王庙瞻礼并序 ……………………………………… 592
　　题放鹤亭 …………………………………………………… 592
　　游云龙山作 ………………………………………………… 593
　　试衣亭再用苏轼韵二首,前章咏古,后章即事反前诗意 … 593
　　黄茅冈戏成口号 …………………………………………… 593
　　苏堤 ………………………………………………………… 594
　　阅徐州城西石堤 …………………………………………… 594
　　河北孤山新土堤成,诗意志事 …………………………… 594
　　题黄楼再叠苏轼韵 ………………………………………… 595
　　渡黄河作 …………………………………………………… 596
　　荆山桥 ……………………………………………………… 597
　以下诗篇作于乾隆三十年(1765) …………………………… 597
　　过荆山桥 …………………………………………………… 597
　　渡黄河至徐州 ……………………………………………… 597
　　阅徐州河堤有作 …………………………………………… 598
　　题黄楼三叠苏轼韵 ………………………………………… 598

惠佑龙王庙叠旧作韵 …………………………………… 599
　　游云龙山 …………………………………………………… 599
　　试衣亭三叠苏轼韵 ………………………………………… 600
　　戏题放鹤亭 ………………………………………………… 600
　　彭城三咏用贺铸韵（选一）……………………………… 600
　以下诗篇作于乾隆四十五年（1780）…………………… 601
　　渡黄河作 …………………………………………………… 601
　　命嵇璜萨载往徐州勘应添石工，诗以志事 …………… 602
　　寄题黄楼四叠苏东坡韵 …………………………………… 603
　　河　复 ……………………………………………………… 604
　　嵇璜萨载会勘徐州石工毕复命，诗以志事 …………… 604
　　微山湖 ……………………………………………………… 605
　以下诗篇作于乾隆四十九年（1784）…………………… 605
　　柳　泉 ……………………………………………………… 605
　　荆山桥 ……………………………………………………… 605
　　题黄楼五叠苏东坡韵 ……………………………………… 606
　　题云龙山行馆 ……………………………………………… 607
　　云龙山咏古 ………………………………………………… 608
　　试衣亭四叠苏东坡韵 ……………………………………… 608
　　题放鹤亭 …………………………………………………… 608
　　大士岩 ……………………………………………………… 609
　　黄茅冈 ……………………………………………………… 609
　　苏　堤 ……………………………………………………… 609
　　柳泉行宫八景 ……………………………………………… 610
　　微山湖 ……………………………………………………… 611
曹一士　三首 …………………………………………………… 612
　　访雍门村 …………………………………………………… 612
　　放鹤亭 ……………………………………………………… 613
　　留城怀古 …………………………………………………… 613
鄂容安　一首 …………………………………………………… 614
　　过徐州 ……………………………………………………… 614
邵大业　六首 …………………………………………………… 614
　　和云龙院长汤药冈太史元唱用东坡韵 ………………… 615
　　次韵童二树登云龙山 ……………………………………… 615
　　拔剑泉 ……………………………………………………… 616
　　徐　州 ……………………………………………………… 616
　　逍遥堂 ……………………………………………………… 616
　　黄楼用东坡韵同张木升作 ………………………………… 618
宋作梅　一首 …………………………………………………… 620

彭城图咏 … 620
袁　枚　二首 … 622
戏马台吊宋武帝 … 623
黄　河 … 623
袁　树　十七首 … 624
将赴徐州留别存斋兄 … 624
秋日登云龙山四首 … 624
喜豫庭甥过访彭城 … 625
彭城署楼观雨 … 625
八月十五日同陈司马登云龙山饮放鹤亭 … 626
秋日登子房山 … 626
燕子楼 … 626
彭城即事 … 627
出彭城留别诸同事 … 627
再至彭城呈刘太守 … 627
与藜堂别三年矣，余既秋风失意，藜堂亦礼闱报罢。今再聚彭城，匆匆
　　数日，余又因恩科复理，归棹分袂之际，赋诗四章 … 628
泊黄河见月 … 629
赠曹二岺山 … 629
刘孝廉藜堂读书云山，冬日过访留赠 … 629
腊月望后始见雪，寄藜堂孝廉 … 630
彭城除夕 … 631
花朝日同人招宴云龙山放鹤亭饯别，即席分赋 … 631
李因培　一首 … 632
招鹤楼 … 632
王　昶　三首 … 634
微山湖 … 634
过昭阳湖三绝 … 635
至徐州寓馆与叔华夜话 … 636
任　增　二首 … 636
彭城乐 … 636
彭城怨 … 637
蒋士铨　二首 … 637
徐州道中 … 637
虞美人 … 638
张符升　三首 … 638
寄绥舆从父（四首其一） … 638
拟宋公九日戏马台饮饯诗得工字 … 639
放鹤亭绝句三首 … 640

赵 翼 二首 ……………………………………………………………… 640
　　张子房祠 …………………………………………………………… 640
　　微山湖堤晚步 ……………………………………………………… 641
梦 麟 一首 ……………………………………………………………… 641
　　河决行 ……………………………………………………………… 642
姚 鼐 一首 ……………………………………………………………… 643
　　徐 州 ……………………………………………………………… 643
翁方纲 二首 …………………………………………………………… 644
　　云龙山登放鹤亭四首 ……………………………………………… 644
　　黄 楼 ……………………………………………………………… 645
陆 建 六首 ……………………………………………………………… 645
　　寄赠红豆村人,时在徐州 ………………………………………… 646
　　再寄徐州 …………………………………………………………… 646
　　彭城郡斋同香亭作 ………………………………………………… 646
　　彭城怀古 …………………………………………………………… 647
　　再访红豆村人于彭城郡斋 ………………………………………… 647
　　登云龙山 …………………………………………………………… 648
陈培脉 一首 …………………………………………………………… 649
　　徐州怀古 …………………………………………………………… 649
汪光祥 一首 …………………………………………………………… 649
　　亚父墓 ……………………………………………………………… 649
张彦琦 二首 …………………………………………………………… 650
　　留侯庙 ……………………………………………………………… 650
　　龚胜墓 ……………………………………………………………… 651
张名宿 一首 …………………………………………………………… 652
　　龚君宾墓 …………………………………………………………… 652
钱孟钿 一首 …………………………………………………………… 652
　　张子房祠 …………………………………………………………… 652
邓石如 一首 …………………………………………………………… 653
　　重九游云龙山 ……………………………………………………… 653
吴锡麒 一首 …………………………………………………………… 653
　　黄 楼 ……………………………………………………………… 654
鳌 图 八十九首 ………………………………………………………… 654
　　过徐州怀古 ………………………………………………………… 654
　　徐州道 ……………………………………………………………… 655
　　河上吟 ……………………………………………………………… 655
　　制府河帅中丞会奏守彭城奉檄有作 ……………………………… 655
　　寄怀霄来 …………………………………………………………… 656
　　斗山口望徐州用韩翃送李侍御赴徐州元韵 ……………………… 656

子房山用邵康节子房诗韵	657
九里山	657
云龙山访张山人	657
登云龙山	658
十二月二十三日课试云龙书院,与张肃堂、顾桐阴、沈谨轩、程复堂及程桐园、周似堂诸生联句得十二韵	658
亚父冢	659
接引庵	659
诚然僧送菜	659
彭祖井	659
苏 堤	660
桓山桓司马墓	660
石佛寺	661
放鹤亭	661
燕子楼	662
节孝祠展拜,见宇圮垣颓,有苍鼠窜瓦之慨,因商之县宰,捐廉新之,庄严木主,见第二为关盼盼之位为咏一诗	662
王陵母墓	663
雪中访张山人	663
喜 雪	664
彭城度岁	664
闻张肃堂山长云龙山邀客春讌寄赠一律	664
庚申新正,同周真吾昆玉、蒋司铎、谭木庵、杨翰屏、钱虹桥及卿世两儿登子房山,因到接引庵晚斋,放棹而归	665
登子房山谒留侯庙	665
雨中有怀张山人	665
云龙山书院诸生金陵应试	666
秋雨登霸王楼	666
秋夜闻笛	667
观 水	667
秋日访云龙山张山人,即同游石佛寺,赋此以赠	667
再叠前韵赠张山人	667
喜顾桐阴解元来徐	668
荆山桥	668
秋日戏马台怀古	668
九日登戏马台奉和河帅康茂园先生原韵	669
秋日登戏马台再叠前韵	669
鹤来堂静坐	670
秋 郊	670

郡斋独坐 ……………………………………………………………… 670
三山头公所小憩 ………………………………………………………… 671
初冬赴邵工 ……………………………………………………………… 671
石林工枕上吟 …………………………………………………………… 671
苏姑墓 …………………………………………………………………… 671
榴 ………………………………………………………………………… 672
春夜喜雨 ………………………………………………………………… 673
元　夜 …………………………………………………………………… 673
喜　雪 …………………………………………………………………… 673
喜　雪 …………………………………………………………………… 673
雪后登黄楼 ……………………………………………………………… 673
挂剑台 …………………………………………………………………… 674
彭城见梅 ………………………………………………………………… 674
柳泉行宫 ………………………………………………………………… 674
彭城郡斋见春花 ………………………………………………………… 675
刘更生先生墓 …………………………………………………………… 675
予家以来鹤名堂，彭城郡斋旧有鹤来之额，辛酉
　　夏日静坐枣花之下，忽动乡思 ……………………………… 675
鹤来堂前有老枣，闲中赋之，时嘉庆长至日也 …………………… 676
自到彭城以四鹤自随，公余之暇，携鹤登云龙山放鹤亭游览，因绘图题诗 … 676
登楼望雨 ………………………………………………………………… 677
秋日登苏家山 …………………………………………………………… 677
防　汛 …………………………………………………………………… 677
重阳前四日雨中闻金陵应试诸生已旋云龙讲院 ……………………… 677
秋日登楚王山 …………………………………………………………… 677
九日云龙书院山长张肃堂招饮 ………………………………………… 678
冬日赠云龙书院王南池秀才 …………………………………………… 678
江上怀徐州 ……………………………………………………………… 679
题张惺齐征君黄楼访碑图 ……………………………………………… 679
壬戌嘉平赠张肃堂山长 ………………………………………………… 679
徐州竹枝词 ……………………………………………………………… 680
将之姑苏留别彭门诸同人 ……………………………………………… 681
春日登上方山忆张肃堂山长及程桐园、崔凌霄萧献廷、王南池、王锦亭、
　　周衣田、周似堂诸子 ……………………………………………… 681
有怀彭城诸友 …………………………………………………………… 681
赠张肃堂山长 …………………………………………………………… 681
葫芦枣　并叙 …………………………………………………………… 682
秋日与张山人话旧 ……………………………………………………… 682
柳泉道上 ………………………………………………………………… 682

河　上 … 682
石林工夜月 … 683
吕梁遇雨 … 683
喜　雨 … 683
吕梁石砚旧传与端溪同，而得之者鲜，今获斯石诗以志之 … 684
秋日与余木斋、丁春崖、崔立甫、严少平访张山人登放鹤亭 … 685
吕梁石砚 … 685
彭城形势效王介甫体 … 685
留别彭城 … 686
暮春过彭城感旧 … 686

杨　策　一首 … 686
亚父冢 … 687

李　炜　一首 … 687
子房山 … 687

张念祖　一首 … 688
雍门村 … 688

王锡田　二首 … 689
经百步洪 … 689
大雪与友人登黄楼苏公祠 … 689

严　烺　一首 … 690
徐州重修放鹤亭落成 … 690

李符清　一首 … 691
彭城夜雨寄家兄艺园 … 691

黄　钺　二首 … 691
嘉庆丙子十二月十九日，徐州太守王子卿以东坡生年生日偕幕客及
其子登黄楼拜公像，赋诗见示，作此寄之 … 691
黄楼为颖滨自徐赴南都东坡送之出东门，登城上览山川之胜，云：此地
可作楼观，于是东坡始有改筑之意。颖滨去之明日，而河流至。后
河复楼成，颖滨为作赋，东坡以绢写为六幅图。今碑刻在城上者，岂
即其本欤！嘉庆戊寅二月二十日，子卿太守因楼中并祀颖滨。颖滨
为宝元二年己卯生，兹楼之筑实公所卜地，而太守生年又与公同，乃
依前岁丙子寿东坡之例赋诗寿公，刻石索和，书此报之。 … 692

李尧栋　一首 … 693
嘉庆丙子十二月十九日东坡先生生日，徐州太守王子卿馆丈于黄楼
祀公为寿，有诗纪事并索拙诗，因赋二十韵请以政之，为书楼上，
亦一重翰墨缘也 … 694

王　泽　二首 … 695
嘉庆丙子嘉平月十有九日，同邵季司、葛秋农、胡禹门、陈春江暨伊侍保
三儿子登黄楼设供，为东坡先生寿，赋此 … 696

嘉庆戊寅二月二十日登黄楼为子由先生寿作…… 696
王　昙　一首…… 698
　　留侯祠…… 698
钟启韶　一首…… 699
　　渡黄河…… 699
陈　燮　一首…… 700
　　登戏马台…… 700
陈寿祺　一首…… 700
　　夜赴彭城…… 700
吴　甫　一首…… 701
　　分迹怀古得燕子楼…… 701
杨　巩　一首…… 701
　　拔剑泉…… 701
邵自来　一首…… 702
　　游云龙山…… 702
董作砺　一首…… 702
　　刘中垒墓下作…… 702
华　兰　一首…… 704
　　夜过徐州…… 704
舒　位　五首…… 704
　　初春自徐州泛舟至清河…… 704
　　黄楼…… 705
　　燕子楼…… 705
　　留侯里咏古…… 706
　　挂剑台…… 707
金衍宗　三首…… 707
　　燕子楼…… 707
　　将客徐州，同人饯别，别后寄谢…… 708
　　登黄楼简缪澄香太守…… 709
沈良准　一首…… 709
　　夜抵彭城…… 709
陶　澍　一首…… 709
　　徐州…… 709
姚　莹　五首…… 710
　　彭口晓望…… 710
　　彭城怀古…… 710
　　登徐州城楼…… 711
　　戏马台…… 711
　　燕子楼…… 711

陈元凤 一首 … 712
　黄楼怀古 … 712
郑 璜 一首 … 713
　彭城秋感二首 … 713
廖文锦 一首 … 713
　彭城怀古二首 … 714
阎焜贞 一首 … 715
　春日登云龙山憩 … 715
陈雅修 一首 … 716
　戏马台 … 716
叶崇崙 一首 … 716
　彭门杂咏 … 716
鄂 恒 一首 … 717
　徐　州 … 717
袁希颜 一首 … 717
　王陵母墓 … 718
陈锦鸾 一首 … 718
　登徐州城楼 … 718
孙运锦 四首 … 718
　纪　灾 … 718
　登戏马台 … 719
　登放鹤亭同似荀 … 720
　同朱翰卿锡藩、蒋孚徵德璟、李似荀玉清、韩念堂孝述，试衣亭小饮 … 720
张际亮 二首 … 721
　徐　州 … 721
　梁二平仲丁辰招同西堂、旬卿、梅伯集饮黄楼 … 721
鲁一同 十七首 … 722
　观彭城兵赴吴淞防海 … 722
　雨甚入于彭城 … 723
　大士岩 … 724
　放鹤亭 … 724
　大佛寺 … 725
　登戏马台 … 726
　登东城庚戌 … 727
　晚登黄楼 … 728
　韩观察招饮含青馆醉归奉简 … 728
　望湖亭 … 730
　白鹿洞 … 731
　同史广文、谭少尹坐紫翠轩石床品山泉作 … 732

云龙行宫……………………………………………………………… 733
　　　十三月夜……………………………………………………………… 733
　　　四月十六日云龙精舍同慕韩广文携谭雨生集紫翠轩作…………… 734
　　　柳　泉………………………………………………………………… 734
　　　微山湖………………………………………………………………… 735
舒　焘　一首……………………………………………………………… 735
　　　渡黄宿徐州堤上……………………………………………………… 735
何　栻　一首……………………………………………………………… 736
　　　戏马台………………………………………………………………… 736
蒋兆鲲　一首……………………………………………………………… 737
　　　宿平山口道院………………………………………………………… 737
王禹畴　二首……………………………………………………………… 737
　　　彭城怀古……………………………………………………………… 738
　　　濆上怀韦孟…………………………………………………………… 738
段广瀛　一首……………………………………………………………… 739
　　　题西楚霸王楼………………………………………………………… 739
叶崇嵋　一首……………………………………………………………… 739
　　　彭城秋兴……………………………………………………………… 740
陈　环　三首……………………………………………………………… 740
　　　九日桂太守醵集宾僚于阳春亭，酒半出犀角杯酌以饮客，为诗致之 … 740
　　　簧宫古槐……………………………………………………………… 742
　　　槐上群鸟啁啾，晨夕相对，感而有作………………………………… 742
刘文彦　一首……………………………………………………………… 742
　　　萃墨亭………………………………………………………………… 742
杨　颐　一首……………………………………………………………… 743
　　　宴快哉亭登放鹤亭网上……………………………………………… 744
李慈铭　一首……………………………………………………………… 744
　　　登九里山作…………………………………………………………… 745
王先谦　六首……………………………………………………………… 745
　　　自清江浦登陆赴徐州道中柬心云…………………………………… 745
　　　月夜闻笛……………………………………………………………… 746
　　　次韵心云寄朱一新蓉生御史义乌（五首选一）……………………… 746
　　　徐州试院柬心云……………………………………………………… 746
　　　段喆小湖、桂中行履真、丁仁泽润之，招饮云龙山放鹤亭，赋诗为别
　　　　（段徐州道，桂徐州府知府，丁铜山县知县）……………………… 747
　　　徐州九绝……………………………………………………………… 748
　　　　　彭祖楼　桓　山　戏马台　范增墓　燕子楼　快哉亭
　　　　　兴化寺　黄茅冈　黄　楼
叶道源　二首……………………………………………………………… 750

彭城杂咏 750
晚上户部山 750
李运昌 六首 751
戏马台怀古 751
戏马台二首 752
放鹤亭怀古 753
荆山桥放舟 753
放鹤亭 753
燕子楼 754
邓嘉缉 二首 754
张元邠太守(庆勋)招集快哉亭即席赋谢 754
和王劭宜南城秋眺 755
朱迈 二首 755
云龙山 755
大水谣 755
经迺济 一首 756
游马跑山二首 757
蒋珮 一首 757
秋日黄茅冈远眺 757
张道源 一首 758
中秋看月黄楼上 758
汪廷璠 一首 758
登黄楼 758
杨淮 三首 759
流碧泉 759
云龙山望秋 759
秋晚登太山 760
高成己 一首 760
访雍门村作 760
王廷珍 一首 760
放鹤亭 761
李大信 一首 761
九里山 761
张彦珍 一首 762
重九前五日游云龙山叠韵二首 762
张彦斑 四首 762
立秋日雨中游云龙步尹大中丞韵 763
寿山诗 763
步虹村石太守天门山韵 763

戏马台怀古……764
张彦圣　一首……765
　　燕子楼怀古……765
朱有冯　二首……766
　　雍门村……766
　　王陵母墓……766
邓鸣韶　二首……767
　　黄　河……767
　　平山寺古松……768
孙大任　一首……768
　　重登九里山寺过邓虞乙读书处……768
徐　渊　二首……769
　　登子房山……769
　　拟九日宋公戏马台饮饯诗……770
李　涓　一首……771
　　清明前三日作……771
李　琚　四首……771
　　楚王山……771
　　逍遥堂……771
　　彭祖井……772
　　游微子湖……772
张　慈　一首……772
　　春日游子房山……773
周　冕　一首……773
　　子房山……773
任兴简　一首……773
　　首春登云龙山……773
孙文蔚　一首……774
　　登云龙山……774
孙运靬　一首……774
　　雍门村……775
赵光远　一首……775
　　和周听松太守登云龙山望黄河韵……775
耿玉琜　一首……776
　　过平山……776
胡孟奎　三首……776
　　游云龙山……776
　　逍遥堂……777
　　春暮游云龙山用东坡韵……777

邱松月 十一首 778
晚归云龙山 778
避暑紫翠轩作 778
河干远眺 779
黄茅冈晚步 779
河　干(录一) 779
过九里山 780
九日与友人登放鹤亭,时水患频仍,疠氛未靖,凭眺之余,慨然有作 780
登城东楼晚眺 780
重集伊园 781
偕姜品香登望湖亭 781
赴下洪道中绝句 781

朱锦琮 二首 782
徐州旅店有怀六弟 782
晓发徐州饭于旅店 782

胡式钰 一首 782
徐州登舟至淮阴行黄河中五日 783

余锡龄 一首 783
戏马台歌 783

张仁榘 一首 784
吕梁舟中 784

宏　度 一首 784
怀夏补山琴师徐州 784

冯　煦 一首 784
同王祭酒饮放鹤亭,祭酒诗成,次韵答之 785

王嘉诜 五首 786
云龙山题石 786
游云龙山寻石佛寺 786
偕叔起登黄楼感赋 786
九日登戏马台 787
三月三十日偕祁汉云游阳春亭看牡丹(庚子) 787

祁世倬 一首 788
九日同人登戏马台用陈后山和李使君九日登戏马台韵 788

吕家骥 一首 788
戏马台 788

文元柱 一首 789
登放鹤亭 789

李宣龚 一首 789
徐州道中 790

李施五　六首 …… 790
　挂剑台 …… 790
　登子房山远眺 …… 791
　亚父冢 …… 791
　登霸王楼 …… 792
　王陵母墓 …… 792
　游快哉亭 …… 792
蔡宪甫　一首 …… 793
　题快哉亭 …… 793
钱食芝　二首 …… 793
　戏马台 …… 793
　题画快哉亭图 …… 793
胡翼廷　一首 …… 794
　过微山湖口占二绝 …… 794
孙之庚　一首 …… 794
　游微山湖 …… 794
李荣屏　一首 …… 795
　田园杂兴（选一） …… 795
张　元　一首 …… 795
　登鸡鸣山 …… 795
拾世盘　一首 …… 796
　秋日黄楼夜坐 …… 796
张　谦　一首 …… 796
　戏马台 …… 796
陈　是　一首 …… 797
　访燕子楼故址 …… 797
徐大猷　一首 …… 797
　绥舆里　（宋武帝故居） …… 797
葛本爱　一首 …… 798
　彭城怀古 …… 798
张庆瑞　二首 …… 798
　云龙山下逢国博方子可 …… 798
　放鹤亭送别方子可 …… 799
张允杰　一首 …… 800
　彭城竹枝词 …… 800
朱锡藩　一首 …… 801
　黄茅冈 …… 801
陈士升　一首 …… 801
　守彭城 …… 801

王　相　一首 ………………………………………………… 802
　　留侯祠题壁 ……………………………………………… 802
刘素宝　一首 ………………………………………………… 802
　　戏马台怀古 ……………………………………………… 803
朱之承　一首 ………………………………………………… 803
　　戏马台 …………………………………………………… 803
时　广　一首 ………………………………………………… 803
　　春日与客登黄茆冈怀古 ………………………………… 804
徐　泰　一首 ………………………………………………… 804
　　戏马台怀古 ……………………………………………… 804
徐厚英　一首 ………………………………………………… 804
　　挂剑台 …………………………………………………… 805
程保廉　一首 ………………………………………………… 805
　　登云龙山 ………………………………………………… 805
张春霭　一首 ………………………………………………… 805
　　彭城漫兴 ………………………………………………… 806
吴霖增　一首 ………………………………………………… 806
　　白云洞 …………………………………………………… 806
刘庆恩　二首 ………………………………………………… 807
　　彭祖井 …………………………………………………… 807
　　子房山 …………………………………………………… 807
崔调均　一首 ………………………………………………… 808
　　忆故乡云龙山 …………………………………………… 808
余　甡　二首 ………………………………………………… 809
　　拔剑泉怀汉高祖 ………………………………………… 809
　　放鹤亭 …………………………………………………… 810
王圣谟　二首 ………………………………………………… 810
　　同游徐东狮子山 ………………………………………… 811
　　登云龙山感旧兼同学诸子 ……………………………… 811
王鸿渐　一首 ………………………………………………… 811
　　游云龙山 ………………………………………………… 811
项有训　一首 ………………………………………………… 812
　　戏马台怀古 ……………………………………………… 812
杨世桢　一首 ………………………………………………… 813
　　九日登云龙山 …………………………………………… 813
杨振举　一首 ………………………………………………… 814
　　勺圃招饮放鹤亭 ………………………………………… 814
胡伯寅　四首 ………………………………………………… 814
　　登云龙山 ………………………………………………… 814

登狮子山 …………………………………………………………… 815
　　夜过楚王山 ………………………………………………………… 815
　　过故行宫 …………………………………………………………… 815
韩维张　二首 …………………………………………………………… 816
　　九日登奎山 ………………………………………………………… 816
　　送晖亭 ……………………………………………………………… 816
张大平　一首 …………………………………………………………… 816
　　桓山别业 …………………………………………………………… 817
李大霖　三首 …………………………………………………………… 817
　　题黄楼 ……………………………………………………………… 817
　　彭城舟行 …………………………………………………………… 817
　　彭城怀古 …………………………………………………………… 818
张吉梁　四首 …………………………………………………………… 818
　　徐州道上 …………………………………………………………… 818
　　早发徐州用宴洲太史送行原韵 …………………………………… 819
　　云龙书院 …………………………………………………………… 819
　　彭城客邸作 ………………………………………………………… 819
陈　敏　一首 …………………………………………………………… 820
　　早登彭城楼门 ……………………………………………………… 820
谢浚渊　一首 …………………………………………………………… 820
　　暮春彭城题壁 ……………………………………………………… 820
刘鹤仙　一首 …………………………………………………………… 821
　　燕子楼 ……………………………………………………………… 821
孙又东　一首 …………………………………………………………… 821
　　登戏马台歌 ………………………………………………………… 821
杜宜修　一首 …………………………………………………………… 822
　　登徐州城楼 ………………………………………………………… 822
张鸿鼎　一首 …………………………………………………………… 822
　　彭城老父 …………………………………………………………… 822
朱元品　一首 …………………………………………………………… 823
　　云龙山寻阿弥陀佛字迹不见 ……………………………………… 823
曹献铎　一首 …………………………………………………………… 825
　　霸王楼吊古 ………………………………………………………… 825
陈　顿　一首 …………………………………………………………… 826
　　由云龙山至兴化寺 ………………………………………………… 827
罗恩运　一首 …………………………………………………………… 827
　　戏马台 ……………………………………………………………… 827
朱秉璋　二首 …………………………………………………………… 828
　　吕梁洪 ……………………………………………………………… 828

彭城即事　徐州续诗征 …………………………………… 828
陈文赉　八首 ……………………………………………… 829
　彭祖观井图 …………………………………………… 829
　亚父冢 ………………………………………………… 829
　九日戏马台醵集用谢灵运原韵 ……………………… 830
　秋日侍家大人游城南戏马台薄暮而归 ……………… 831
　重修阳春亭题壁 ……………………………………… 832
　簧宫古槐歌 …………………………………………… 832
　试剑石 ………………………………………………… 833
　放鹤亭 ………………………………………………… 834
鲍芷生　一首 ……………………………………………… 834
　访张山人故居用苏公山中韵 ………………………… 834
臧秉衡　一首 ……………………………………………… 835
　戏马台怀古 …………………………………………… 835
李庆麟　一首 ……………………………………………… 836
　游云龙山访放鹤亭,老僧紫庵尚存,年已六十余矣 … 836
陈梦麟　一首 ……………………………………………… 836
　子房山怀古 …………………………………………… 836
周祥俊　二首 ……………………………………………… 837
　戏马台感怀 …………………………………………… 837
　过绥舆里 ……………………………………………… 837

诗余　二十六首 ………………………………………… 839

苏　轼(宋)　十二首 ……………………………………… 839
　浣溪沙　徐门石潭谢雨,道上作五首 ………………… 839
　浣溪沙　徐州藏春阁园中 …………………………… 839
　千秋岁　徐州重阳作 ………………………………… 839
　永遇乐　徐州梦觉,北登燕子楼作 …………………… 839
　浣溪沙　彭门送梁左藏 ……………………………… 840
　江城子　别徐州 ……………………………………… 840
　减字木兰花　彭门留别 ……………………………… 840
秦　观(宋)　一首 ………………………………………… 840
　调笑令盼盼 …………………………………………… 840
贺　铸(宋)　一首 ………………………………………… 841
　玉京秋 ………………………………………………… 841
陈师道(宋)　三首 ………………………………………… 841
　罗敷媚　和何大夫酴醿菊 …………………………… 841
　南乡子 ………………………………………………… 841
　蝶恋花　送彭舍人罢徐 ……………………………… 841

辛弃疾(宋) 一首 ……………………………………………………… 842
　　鹧鸪天　重九席上作 ………………………………………… 842
萨都剌(元) 一首 ……………………………………………………… 842
　　木兰花　慢彭城怀古 ………………………………………… 842
周　权(元) 一首 ……………………………………………………… 842
　　百字谣 …………………………………………………………… 842
邵亨贞(元) 二首 ……………………………………………………… 842
　　鹊桥仙　拟稼轩　中原怀古 ………………………………… 843
　　蝶恋花 …………………………………………………………… 843
费　宷(明) 一首 ……………………………………………………… 843
　　风入松　徐洪晚泛 …………………………………………… 843
朱彝尊(清) 二首 ……………………………………………………… 843
　　百字令　彭城经汉高祖庙作 ………………………………… 843
　　水龙吟 …………………………………………………………… 843
冯　煦(清) 一首 ……………………………………………………… 844
　　百字令 …………………………………………………………… 844

后记 …………………………………………………………………… 845

汉魏南北朝

韦 孟 一首

韦孟（前228？—前156），西汉初诗人。彭城（今江苏徐州）人。汉高帝六年（前201年），为楚元王傅，历辅其子楚夷王刘郢客及孙刘戊。刘戊荒淫无道，在汉景帝二年（前155）被削王，与吴王刘濞通谋作乱，次年事败自杀。韦孟在刘戊乱前，作诗讽谏，然后辞官迁家至邹（今山东邹城）。

讽谏诗

肃肃①我祖，国自豕韦②，黼衣朱绂③，四牡④龙旂。彤弓斯征⑤，抚宁遐荒⑥，总齐⑦群邦，以翼大商⑧，迭彼大彭⑨，勋绩惟光。至于有周，历世会同⑩。王赧听谮⑪，实绝我邦。我邦既绝，厥政斯逸⑫，赏罚之行，非由王室。庶尹群后⑬，靡⑭扶靡卫，五服⑮崩离，宗周以坠⑯。我祖斯微，迁于彭城，在予小子⑰，勤诶⑱厥生，厄此嫚秦⑲，耒耜⑳以耕。悠悠嫚秦，上天不宁，乃眷南顾，授汉于京。

于赫㉑有汉，四方是征，靡适㉒不怀，万国攸平。乃命厥弟㉓，建侯于楚，俾我小臣，惟傅是辅。兢兢元王，恭俭净一，惠此黎民，纳彼辅弼㉔。飨国渐世㉕，垂烈于后，乃及夷王，克奉厥绪。咨命不永㉖，唯王统祀㉗，左右陪臣，此惟皇士㉘。

如何我王，不思守保，不惟履冰，以继祖考！邦事是废，逸游㉙是娱，犬马繇繇㉚，是放是驱。务彼鸟兽，忽此稼苗，烝民以匮㉛，我王以媮㉜。所弘非德，所亲非俊，唯囿是恢㉝，唯谀是信。睮睮㉞谄夫，咢咢黄发㉟，如何我王，曾不是察！既藐下臣，追欲从逸，嫚彼显祖㊱，轻兹削黜㊲。

嗟嗟㊳我王，汉之睦亲㊴，曾不夙夜㊵，以休令闻㊶！穆穆㊷天子，临尔下土㊸，明明群司㊹，执宪靡顾㊺。正遐由近㊻，殆其怙兹㊼，嗟嗟我王，曷不此思！

非思非鉴㊽，嗣其罔则㊾，弥弥其失㊿，岌岌其国㊿¹。致冰匪霜㊿²，致队靡嫚㊿³，瞻惟我王，昔靡不练㊿⁴。兴国救颠，孰违悔过㊿⁵，追思黄发，秦缪㊿⁶以霸。岁月其徂㊿⁷，年其逮耇㊿⁸，于昔君子，庶显于后㊿⁹。我王如何，曾不斯觉！黄发不近⓺⓪，胡不时监⓺¹！

注释

①肃肃：恭敬貌。

②豕韦：上古部落名，彭姓，为商所灭。《诗·商颂·长发》："韦顾既伐"，汉郑玄笺："韦，豕韦，彭姓也。"班固《白虎通·号》："大彭氏、豕韦氏霸于殷者也。"

③黼衣：古代绣有黑白斧形花纹的一种礼服。朱绂：朱裳画为亚文也。亚：古弗字。

④牡：雄性。此指马。

⑤彤弓斯征：指受赐彤弓而得以专征伐。彤弓：漆成红色的弓，天子用来赏赐有功诸侯。《诗·小雅·彤弓》："彤弓弨兮，受言藏之。"

⑥遐荒：边远荒僻之地。

⑦总齐：总管治理。

⑧以翼大商：辅佐大商朝。

⑨迭彼大彭：《国语》曰："大彭、豕韦为商伯。"师古曰："迭，互也。自言豕韦氏与大彭互为伯于殷商也。"

⑩历世会同：指过去在周的各个时代都参与诸侯盟会。

⑪王赧听谮：周赧王姬延听信谗言。谮（zèn）：说别人的坏话。

⑫厥政斯逸：指国家政治荒乱。

⑬庶尹群后：泛指朝内的大小官吏。庶尹：众官之长。群后：诸侯。

⑭靡：不。

⑮五服：古代王畿外围，以距离的远近划为五等地区，其名为侯服、甸服、绥服、要服、荒服。服，服事天子之意。

⑯宗周：周王朝。

⑰小子：这里指后辈，相对前辈而言。

⑱诶：xī助词，相当于兮。

⑲厄此嫚秦：指受困于横暴的秦国。

⑳耒耜（lěisì）：古代耕地翻土的农具。

㉑于赫：叹美之词。於（wū）：赞叹。赫：显赫。

㉒靡适：无处不至；所到之处。怀：思，来。言汉军所到之处，人皆思附而来。

㉓乃命厥弟：指刘邦封其弟刘交为楚王，都彭城。死后谥号元王。

㉔辅弼：辅佐；辅助。

㉕飨国渐世：指楚元王在位将近一世。飨，通"享"。古时三十年为一世。元王立二十七年而薨，故言渐世。克奉厥绪：能继承祖先的功业。

㉖咨：表示叹息。命不永：指夷王寿命不长。

㉗统祀：掌管祭祀，即继承王位。此句指刘戊继承王位。

㉘皇士：贤能之士。

㉙逸游：放纵游乐。

㉚繇繇（yáoyáo）：悠悠，悠闲自在。

㉛烝民：民众，百姓。匮：极为贫困。

㉜婾（yú）：同“愉”，快乐，愉快。

㉝囿：有围墙的园地，指养禽兽的地方。恢：大，宽广。

㉞睮睮（yúyú）：形容眼里流露出谄媚的目光。

㉟諤諤：直言貌。黄发：指老年人。老年人头发由白转黄。

㊱嫚彼显祖：轻慢祖先。显祖：对祖先的美称。

㊲削黜：削减封地，贬降官爵。

㊳嗟嗟：表示感叹。

㊴睦亲：宗族中的近亲。

㊵夙夜：朝夕，日夜。指日夜勤于政事。《诗经·小雅·雨无正》：“三事大夫，莫肯夙夜。邦君诸侯，莫肯朝夕。”

㊶休：美，善。令闻：美好的声誉。

㊷穆穆：仪容庄重优美。

㊸下土：天下。

㊹明明群司：贤明的各类官吏。群司：中国古代官位的统称。

㊺执宪：执行法令。靡顾：没有顾忌。

㊻正遐由近：指欲正远人应先从亲近开始。

㊼殆：危险。怙兹：指依靠自己是汉室的宗亲就恣意妄行。

㊽非思非鉴：不思考鉴戒。

㊾嗣：继承人，后代。罔则：无法则可循。

㊿弥弥：众多，严重。

(51)岌岌：非常危险。

(52)致冰匪霜：坚冰结成无不从微霜开始。

(53)致队靡嫚：（国家）堕落崩溃无不从轻慢开始。队：同“坠”。

(54)昔靡不练：过去的先王没有不熟悉这些情况的。

(55)孰违悔过：指要振兴国家没有谁不悔改过错的。

(56)秦缪：秦穆公（前682—前621）。秦穆公伐郑，为晋所败而归，乃作《秦誓》曰：“虽则员然，尚犹询兹黄发，则罔所衍。”

(57)徂（cú）：过去，逝去。

(58)逮：及，到。耇（gǒu）：老年。

(59)庶显于后：庶几善道以光显于后世。

(60)黄发不近：不亲近老人。

(61)时监：时时鉴戒。

曹　丕　一首

曹丕（187—226），即魏文帝，字子桓，三国时魏国的建立者、文学家，220—

226年在位。沛国谯（今安徽亳州）人，魏武帝曹操次子。建安文学代表者之一，与其父曹操、弟曹植并称为"三曹"。

至广陵于马上作诗①

观兵临江水，水流何汤汤②。戈矛成山林，玄甲③耀日光。猛将怀暴怒，胆气正纵横。谁云江水广，一苇可以航④。不战屈敌虏，戢兵⑤称贤良。古公宅岐邑⑥，实始翦殷商⑦。孟献营虎牢⑧，郑人惧稽颡⑨。充国务耕殖⑩，先零⑪自破亡。兴农淮泗间⑫，筑室都徐方⑬。量宜运权略⑭，六军⑮咸悦康。岂如东山诗⑯，悠悠多忧伤。（清道光《铜山县志》本诗题为《马上诗——时东巡徐州》）

注释

①广陵：古县名，秦置，属九江郡，在今江苏扬州市西北一带。西汉元狩三年（前120）为广陵国治，东汉为郡治。黄初六年（225）曹丕伐吴，道经徐州，十月至广陵。《三国志·魏书·文帝纪》："八月，帝遂以舟师自谯循涡入淮，从陆道幸徐。九月，筑东巡台。冬十月，行幸广陵故城，临江观兵，戎卒十余万，旌旗数百里。"

②汤汤（shāngshāng）：水大流急貌。

③玄甲：铁制铠甲。汉班固《封燕然山铭》："玄甲耀日，朱旗绛天。"

④一苇可以航：这两句诗表示渡河的信心和决心。《诗经·卫风·河广》："谁谓河广？一苇杭之。"

⑤戢兵：息兵；停战。《左传·宣公十二年》："夫武，禁暴、戢兵、保大、定功、安民、和众、丰财者也。"戢：音jí。

⑥古公：即古公亶父，姬姓，名亶（dǎn），又称周太王，为周文王的祖父，周王朝的奠基人。宅岐邑：因戎狄威逼，古公亶父率领族人由豳迁到岐山下的周原（今陕西岐山北），注重发展农业，施行仁政，使周族逐渐强盛起来。

⑦翦殷商：翦，消灭。周武王姬发讨伐商纣，最终灭了商朝。《诗·鲁颂·閟宫》："后稷之孙，实维大王，居岐之阳，实始翦商。"

⑧孟献：即孟献子，春秋鲁大夫，名蔑。周灵王泄心元年（前571）晋会诸侯伐郑，孟献子建议在虎牢营造城池，以逼迫郑国，建议被采纳，最终郑君被迫降服。

⑨稽颡：旧丧礼，居父母之丧时跪拜宾客之礼，以额触地，表示极度悲伤。《仪礼·士丧礼》："吊者致命，主人哭拜，稽颡成踊。"《礼记·檀弓上》："拜而后稽颡，颓乎其顺也。"后用于请罪。

⑩充国：即赵充国（前137—前52），字翁孙，西汉著名将领，陇西上邽（今甘肃天水）人。曾率军抗击匈奴的侵扰；年逾七十，仍受命平定羌族的叛乱，并在西北边陲屯田耕植，发展农业，巩固了西北边疆的安全。

⑪先零：汉代羌族的一支，又称先零羌，最初居住在今甘肃、青海的湟水一带。后

被赵充国所破，逐渐与西北各族融合。

⑫淮泗：淮河、泗水。淮泗间指今安徽东北部和江苏北部地区，这里平原沃野，水源丰富，利于发展农业。

⑬筑室：指修筑营垒。都：聚集，在。徐方：徐州。徐州在汉代为东方的门户，南北之要冲，为兵家必争之地，政治家都于此处加强军事部署。

⑭量：衡量。宜：合适。权略：权术谋略。

⑮六军：《周礼·夏官·序官》："凡制军，万有二千五百人为军。王六军，大国三军，次国二军，小国一军。"后作为军队的统称。

⑯东山诗：指《诗经·豳风·东山》，该诗描写出征战士在战争结束后回乡途中复杂的感伤，表现出对战争的厌恶，对和平生活的向往。曹操《苦寒行》："悲彼东山诗，悠悠使我哀。"

谢灵运　二首

谢灵运（385—433），南朝宋著名诗人。祖籍陈郡阳夏（今河南太康县），世居会稽（今绍兴）。东晋名将谢玄之孙，袭封康乐公，故称谢康乐。东晋末，历任琅玡王大司马行参军、抚军将军、刘毅记室参军、卫军从事中郎等职。入宋，曾任散骑常侍、永嘉太守、临川内史等职。后被杀。有《谢康乐集》。

九日从宋公戏马台集送孔令诗①

季秋边朔苦②，旅雁违③霜雪。凄凄阳卉腓④，皎皎寒潭絜⑤。良辰感圣心⑥，云旗兴暮节⑦。鸣笳戾朱宫⑧，兰厄⑨献时哲。饯宴光有孚⑩，和乐隆所缺⑪。在宥⑫天下理，吹万⑬群方悦。归客遂海嵎⑭，脱冠谢朝列⑮。弭棹薄枉渚⑯，指景待乐阕⑰。河流有急澜，浮骖无缓辙⑱。岂伊川途⑲念，宿心愧⑳将别。彼美丘园㉑道，喟焉伤薄劣㉒。

注释

①宋公：即宋武帝刘裕（363—422），南朝宋的建立者。420—422年在位，字德舆，小字寄奴。祖为彭城（今徐州）人，迁居京口（今江苏镇江）。幼年贫穷，曾贩履、种地、捕鱼。后为东晋北府兵将领。公元405年击败桓玄，掌握东晋大权。官至相国，封宋王。出兵扫除巴蜀地方势力，统一江南，并两次北伐，消灭南燕、后秦。420年代晋称帝，国号宋。

戏马台：项羽于彭城南一里（今户部山），因山筑台，以观戏马，故称。明嘉靖《徐州志》："山北城南里许为戏马台，高数十仞，广袤数百步，有事则可屯戍，与城相表里焉。"

明天启间户部分司尝移署其上,人遂名户部山。亦名南山。

孔令:即孔靖(347—422),字季恭,会稽山阴人也。曾随从刘裕征战。公元418年,刘裕受相国、宋公、九锡之命,任孔靖为尚书令,加散骑常侍,孔辞让不受,又拜侍中、特进、左光禄大夫。孔辞事东归,刘裕于戏马台为孔饯行。参与饯行的官员,皆赋诗以述其美。谢灵运受诏到彭城慰劳刘裕,亦参与盛宴。

②季秋:秋季的末了。边朔:北方边疆。当时彭城是东晋的北方边界。

③违:躲避。

④凄凄:形容寒凉。阳卉腓:阳卉,秋阳照耀下的各种草木;腓,枯萎。

⑤皎皎:明亮貌。絜(jié):同"洁",干净。

⑥圣心:善德之心。

⑦暮节:指重阳节。

⑧笳:古代管乐器。戾(lì):到,抵达。朱宫:红色的宫殿。

⑨兰卮:兰,酒气芳香。卮,古代饮酒的礼器,代指酒。

⑩光:发扬光大。孚:诚信。

⑪和乐:和协的音乐。隆所缺:使缺失的音乐兴盛起来。

⑫宥(yòu):宽仁、宽待。《庄子·在宥》:"闻在宥天下,不闻在治天下。"

⑬吹万:指风吹万窍,发出各种音响。《庄子·齐物论》:"夫吹万不同,而使其自已也。"这里比喻恩泽广被天下。

⑭海嵎:海角。嵎:通"隅"。

⑮朝列:泛指朝廷官员。

⑯弭棹句:弭,停下;棹,船桨;薄,停泊;枉,弯;渚,水边。

⑰指景句:指景,指日,看着太阳;阕:指乐曲终止。

⑱浮骖:行进中的马。骖,驾在车辕两旁的马。缓辙:指缓行的车辆。

⑲川途:路途。

⑳宿心句:指孔靖平时的心愿以贪恋官位为辱,故辞官而去。

㉑丘园:山丘园林,指隐居的地方。

㉒喟焉:感叹貌。薄劣:指信用薄才能劣。

彭城宫中直感岁暮

草草眷物徂①,契契矜岁殚②。楚艳起行戚③,吴趋④绝归欢。修带缓旧裳,素鬓⑤改朱颜。晚暮悲独坐,鸣鹍⑥歇春兰。

注释

①草草:匆忙。物徂(cú):指事物的变化,时间的消逝。

②契契句:契契,愁苦貌。矜(jīn):怜悯,怜惜。岁殚(dān),岁暮。

③楚艳：楚歌。戚：悲伤。
④吴趋：指吴地。
⑤素鬓：白发。
⑥鹈（tí）：杜鹃鸟。

谢　瞻　一首

谢瞻（387—421），南朝宋诗人，字宣远，亦名檐，字通远。陈郡阳夏（今河南太康县）人，东晋末曾任桓伟安西参军、刘柳建威长史；后任刘裕镇军、琅玡王大司马参军、中书侍郎、黄门侍郎等官职。31岁时被杀。谢瞻亦参加刘裕为孔靖的饯行，所作《九日从宋公戏马台集送孔令诗》，在群僚赋诗中被认为最佳。

九日从宋公戏马台集送孔令诗

风至授寒服，霜降休百工①。繁林收阳彩②，密苑解华丛③。巢幕④无留燕，遵渚有来鸿。轻霞冠秋日，迅商⑤薄清穹。圣心眷佳节，扬銮⑥戾行宫。肆筵霑芳醴⑦，中堂起丝桐⑧。扶光迫西汜⑨，欢馀宴有穷。逝矣将归客，养素⑩克有终。临流怨莫从，欢心叹飞蓬。

注释

①百工：各种工匠。
②阳彩：阳光。
③此句指繁茂的林园消失了灿烂的景色。
④巢幕：燕居于帷幕上。指处于危险境地。
⑤迅商：猛烈的西风。商，西风。
⑥銮：古时装饰在帝王车驾上的铃铛。戾（lì）：至，到。
⑦肆筵：设宴。霑芳醴：霑，沾的异体字，浸润，此处指品尝。醴，甜酒。
⑧丝桐：指琴。古时琴多用桐木制作，练丝为弦。
⑨扶光：扶桑之光，日光。西汜：古时指太阳没入的地方。
⑩养素：涵养素性。保持人原本的朴实纯洁性。

刘义恭　一首

刘义恭（412—465），南朝宋武帝刘裕第五子。元嘉元年（424）封江夏王。后任徐州、荆州刺史。元嘉二十七年（450）秋，总统诸军，出镇彭城。孝武帝刘骏即位,授侍中、太尉及南徐、徐二州刺史。前废帝刘子业即位,授中书监、太尉。刘子业狂悖无道,义恭、元景等谋欲废立,永光元年(465),因事泄被害。

彭城戏马台集诗①

骋骛②辞南京,弥节憩东楚③。懿蕃重遐望④,言兴集僚侣⑤。于役未云淹⑥,时迁变溽暑⑦。眷恋江水流,回首独延伫⑧。

注释

①戏马台集诗:参见前谢灵运《九日从宋公戏马台集送孔令诗》。
②骋骛:驰骋,奔走。
③弥节:即驻节,停息。节为古代官吏出行时所用的旌节。憩(qì):休息。东楚:指彭城(今江苏徐州)。
④懿蕃:亲近的僚属。遐望:高的威望。
⑤言兴句:言,助词,无意义。僚侣:同僚,僚属。
⑥于役:出去服兵役或劳役。淹:迟延。
⑦溽暑:盛夏湿热的天气。
⑧延伫:久立等待。

庾 信 一首

庾信(513—581),北周文学家。字子山,南阳新野(今属河南)人。初仕梁,后出使西魏,值西魏灭梁,被留。先后任职西魏、北周,官至骠骑大将军、开府仪同三司,世称庾开府。有《庾子山集》。

入彭城馆①

襄君②前建国,项氏昔棱威③。鹎飞伤楚战④,鸡鸣悲汉围⑤。年代(一作"世")殊氓俗⑥,风云更盛衰。水流浮磬⑦动,山喧双翟⑧飞。夏馀花欲尽,秋近燕将稀。槐庭垂绿穗,莲浦⑨落红衣。徒知日云暮,不见舞雩⑩归。

注释

①彭城馆:官府的迎送场馆。清同治《徐州府志》:"大彭馆在城西南,唐时邮传所经,亦为迎饯之地,以古大彭国为名。"
②襄君:宋襄公。春秋时彭城属宋国。

③项氏：项羽，曾建都彭城。稜威：威势。此指炫耀威势。
④鹢（yì）：水鸟名。《左传》僖十六年载："六鹢退飞过宋都"。隐含宋将有凶事。后宋襄公为楚所败。
⑤鸡鸣句：《史记·项羽本纪》："项王军壁垓下，兵少食尽，汉军及诸侯兵围之数重。夜闻汉军四面皆楚歌，项王乃大惊曰：'汉皆已得楚乎？是何楚人之多也！'"应劭注："楚歌者，谓鸡鸣歌也。汉已略得其地，故楚歌者多鸡鸣时歌也。"
⑥氓俗：民俗。氓（méng）：古代指称百姓。
⑦浮磬：《尚书·禹贡》曰"泗滨浮磬"。指泗水出的石头能制作磬。磬，古代的一种打击乐器。
⑧翟（dí）：野鸡。《尚书·禹贡》曰："羽畎夏翟"。
⑨莲浦：水中的荷花。
⑩舞雩：祭祀舞。雩（yú）：古代祈雨的祭祀。《论语·先进第十一》曰："风乎舞雩，咏而归。"

祖 莹 一首

祖莹：生卒年不详，字元珍，北魏范阳遒（今属河北省涞水县）人。曾官太学博士、彭城王勰法曹行参军、国子博士、尚书左户郎、国子祭酒、黄门侍郎、殿中尚书等。

悲彭城①

悲彭城，楚歌四面起，积尸石梁②亭，血流睢水里③。

注释

①悲彭城：《北史·祖莹传》：尚书令王肃曾于省中咏《悲平城诗》云："悲平城，驱马入云中，阴山常晦雪，荒松无罢风。"彭城王勰甚嗟其美，欲使肃更咏，乃失语云："公可更为诵《悲彭城诗》。"肃因戏勰曰："何意呼《悲平城》为《悲彭城》也？"勰有惭色。莹在座，即云："悲彭城，王公自未见。"肃云："可为诵之。"莹应声云："悲彭城，楚歌四面起，尸积石梁亭，血流睢水里。"肃甚嗟赏之。
②石梁：地名，古时有石梁郡，治石梁，即今安徽省天长市石梁镇。
③《史记·项羽本纪》："汉卒皆南山走，楚又追击至灵璧东睢水上。汉军却，为楚所挤，多杀，汉卒十余万人皆入睢水。睢水为之不流。"

隋　唐

卢思道　一首

卢思道（535—586），北朝、隋之际诗人。字子行。范阳（今河北涿州）人。北齐时，为给事黄门侍郎；北周间，官至仪同三司，迁武阳太守；入隋后，官终散骑侍郎。有《卢武阳集》。

春夕经行留侯墓①

少年期黄石②，晚年游赤松③。应成羽人④去，何忽掩高封。疏芜枕绝野，迤逦⑤带斜峰。坟荒隧⑥草没，碑碎石苔浓。狙秦⑦怀猛气，师汉挺柔容⑧。盛烈芳千祀，深泉闭九重⑨。夕风吟宰树⑩，迟光落下春⑪。遂令怀古客，挥泪独无踪。

注释

①留侯墓：即子房庙，在留城（今沉于微山湖底）。《太平寰宇记》：留城在县（沛县）东南五十五里，"今有张良庙存焉。"

②黄石：指黄石公。张良于下邳圯上遇见黄石公，被授予《太公兵法》。晋皇甫谧《高士传》："黄石公者，下邳人也，遭秦乱，自隐姓名，时人莫知者。初张良易姓为长，自匿下邳，步游沂水圯上，与黄石公相遇。"

③赤松：即赤松子，相传为仙人。张良晚年曾言："愿弃人间事，欲从赤松子游耳。"

④羽人：道教指羽化成仙能飞之人。

⑤迤逦（lǐyǐ）：连续不断，曲折连绵。

⑥隧：墓道。

⑦狙秦：张良为了替韩报仇，以重金得力士，携铁椎重百二十斤，于博浪沙（今河南原阳县）狙击秦始皇。

⑧柔容：形容女子容貌俏丽举止优雅。这里指张良辅佐汉高祖刘邦尽心尽力，非常恭顺。

⑨九重：指地下深邃不可至。

⑩宰树：坟墓上的树木。

⑪迟光：春光。下春：称日落之时。《淮南子·天文训》："（日）至于渊虞，是谓

高春。至于连石，是谓下春。"高诱注："连石，西北山。言将欲冥，下象息春，故曰下春。"

孙 逖（tì） 一首

孙逖（约696—761），潞州涉县（今河南涉县）人。开元二年（714）举哲士奇人等科，授山阴尉。历官左拾遗、集贤院修撰学士、考功员外郎、中书舍人、刑部侍郎、太子左庶子、太子詹事等。

送李给事归徐州觐省①

列位登青锁②，还乡服彩衣③。共言晨省④日，便是昼游⑤归。春水经梁宋⑥，晴山入海沂⑦。莫愁东路远，四牡正骓骓⑧。

注释

①给事：官名，给事中的简称。觐（jìn）省：省亲。
②列位：居官。青锁：青锁门，即宫门，刻有连锁状图纹，涂以青色，故称。
③彩衣：指孝敬父母。《艺文类聚》卷二十引《列女传》："老莱子孝养二亲，行年七十，婴儿自娱，着五色采衣。尝取浆上堂，跌扑，因卧地为小儿啼。或弄乌鸟于亲侧。"
④晨省：晨起向父母问安。
⑤昼游：白昼行游，即向人炫耀自己。《魏书·甄琛传》："除征北将军、定州刺史，衣锦昼游，大为称满。"这里指衣锦还乡。
⑥梁宋：指唐代的汴州、宋州。
⑦海沂：指徐州。徐州东靠大海，境内有沂水通过，故称。《晋书·王祥传》：王祥为徐州刺史吕虔别驾，被委以州事，"于时寇盗充斥，祥率励兵士，频讨破之。州界清静，政化大行。时人歌之曰：'海沂之康，实赖王祥，邦国不空，别驾之功。'"
⑧牡：雄马。骓骓（fēifēi）：马行不停貌。《诗经·小雅·四牡》："四牡骓骓，周道倭迟。"

祖 咏 一首

祖咏：生卒年不详。洛阳（今河南洛阳）人。开元十二年（724）进士。有文名，与王维友善。

泗上①冯使君南楼作

井邑连淮泗②,南楼向晚过③。望滩沙鹭起,筑岸浴童歌。近海云偏出,兼秋雨更多。明晨拟回棹④,乡思恨风波。

注释

①泗上:泗水边。
②井邑:城镇。淮泗:淮河泗水。泗水为淮河的一大支流。
③向晚:傍晚。过:拜访。
④回棹:回船。棹(zhào):划船工具,代指船。

储光羲　一首

储光羲(707—约760),润州延陵(今江苏丹阳县南)人,郡望兖州(今属山东省)。官至监察御史。安禄山攻陷长安时曾受职,后被贬,死于岭南。现存《储光羲诗》。

登戏马台作①

君不见宋公仗钺诛燕后②,英雄踊跃争趋走。小会衣冠吕梁壑③,大征甲卒硙磴口④。天开(一作"门")神武树元勋⑤,九日茱萸飨六军⑥。泛泛⑦楼船游极浦,摇摇⑧歌吹动浮云。居人满目市朝⑨变,霸业犹存齐楚甸⑩。泗水南流桐柏川⑪,沂山北走琅玡县⑫。沧海⑬沉沉晨雾开,彭城烈烈秋风来。少年自古未得意,日暮萧条登此(一作"古")台。

注　释

①戏马台:见前注。
②见:闻,听说。宋公:南朝宋武帝刘裕,晋安帝义熙十二年(416)被封为宋公。仗钺:指掌握兵权。仗,持;钺,大斧头。诛燕后,指义熙六年(410)刘裕带兵灭南燕,虏杀南燕主慕容超。
③衣冠:冠,帽子。古代士以上戴冠,衣冠连称,后引申为高官、贵族阶层的人。吕梁壑:即吕梁洪,为古时泗水上一险滩,在今徐州东南伊庄镇内黄河故道北岸。《水经注》:"泗水之上,有石梁焉,故曰吕梁也。""悬涛湍濞,实为泗崄,孔子所谓鱼鳖不能游。又云悬水三十仞,流沫九十里,今则不能也。"清同治《徐州府志》:"旧志有上下二

洪，相距凡七里，水中巨石齿列，波涛汹涌，号为至险。唐宋疏凿遗迹并与徐洪同。明宣德初，以漕舟艰阻，陈瑄议于旧河凿渠，深二丈、阔五丈以行舟。七年，复凿渠，并置闸。既而湍险如故。成化中管河主事张达、费瑄修筑堤坝。嘉靖二十三年，主事陈洪范凿石平之，自是舟行益便。"

④大征：大规模征召兵马。碻磝（qiāoáo）：古津渡，城名，故址在今山东茌平县西南古黄河南岸，城在津东；东晋南北朝时为军事要地，刘裕北征攻打后秦时，曾驻军碻磝。

⑤指刘裕为孔靖饯行事。神武：神明、威武。《宋书》孔季恭传载："宋台初建，令书以为尚书令，加散骑常侍，又让不受，乃拜侍中、特进、左光禄大夫。辞事东归，高祖饯之戏马台，百僚咸赋诗以述其美。"

⑥九日句：茱萸，一种有浓烈香味的植物。古代风俗，九月九日重阳节，人们佩戴茱萸囊以驱病避邪。六军：指朝廷的军队。

⑦泛泛：船只水上漂浮的样子。

⑧摇摇：旗帜风中飘动。

⑨市朝（cháo）：朝代。

⑩齐楚甸：指彭城一带。当时彭城为齐楚交界之处。甸：郊外、田野。

⑪古时泗水流经彭城入淮河。桐柏川，指淮河，淮河源出河南省桐柏山。

⑫沂山：在今山东临朐县南。琅玡，在今山东诸城县东南。刘裕北征南燕慕容超都曾在这里驻军。

⑬沧海：大海，这里指今黄海。

杜　甫　一首

杜甫（712—770），字子美，自号少陵野老。原籍襄阳（今属湖北），迁居巩县（今属河南）。举进士不第。肃宗时官左拾遗、华州司功参军。不久弃官居秦州、同谷，又移家成都，于浣花溪上筑草堂。一度在剑南节度使严武幕中任检校工部员外郎，故世称杜工部。有《杜工部集》。

观打鱼歌

绵州江水之东津①，鲂鱼鲅鲅色胜银②。渔人漾舟沈大网，截江一拥数百鳞③。众鱼常才尽却弃，赤鲤④腾出如有神。潜龙无声老蛟怒，回风飒飒吹沙尘。饔子⑤左右挥双刀，脍飞金盘白雪⑥高。徐州秃尾⑦不足忆，汉阴槎头远遁逃⑧。鲂鱼肥美知第一，既饱欢娱亦萧瑟。君不见朝来割素鬐⑨，咫尺波涛永相失。

注释

①绵州：治所在今四川。江水：指涪江，今称绵阳河。东津：指绵阳城东的渡口。

②鲂鱼：即鳊鱼，亦称长身鳊、鳊花、油鳊，古名槎头鳊、缩项鳊，其细鳞如银。鲅鲅（bō bō）：鱼摆尾跳动的样子。

③数百鳞：数百条。

④赤鲤：红尾鲤鱼。传说中的神鱼。能飞越江湖，为神仙所乘。汉刘向《列仙传·琴高》："（琴高）后如涿水中取龙子，为诸弟子期曰：'皆洁，齐待于水傍，设祠。'果乘赤鲤来，出坐祠中。"

⑤饔子：厨师。饔：音 yōng。

⑥脍飞：指鱼片切得飞快。白雪：鱼肉白嫩如雪。

⑦秃尾：鱼名。清代朝鲜学者柳得恭《燕台再游录》："吃蒸鱼，问其名。曰：'此处称海鲫，俗名大头鱼。贵俗云何？'余曰：'我处甚多，号秃尾鱼，杜草堂诗中'徐州秃尾不足珍'者，是也。'墨庄曰：'此鱼之美在头，其妙处又在二目'。"

⑧汉阴：汉水之南。槎头：鱼名，即槎头鳊，以产汉水者最著名。远遁逃：指相差甚远，不可相比。

⑨割素鬐：指宰鱼。

张子容　一首

张子容：生卒年不详，约唐玄宗开元十六年前后在世。又名张五，襄阳（今属湖北）人，先天元年（712）进士，曾官乐城令、东城尉、晋陵尉。后弃官归旧里。与孟浩然友善。

九日陪润州邵使君登北固山①

五马向西椒②，重阳坐丽谯③。徐州带绿水，楚国在青霄。张幕④连江树，开筵接海潮。凌云词客语，回雪⑤舞人娇。梅福惭仙吏⑥，羊公⑦赏下僚。新丰酒⑧旧美，况是菊花朝⑨。

注释

①九日：九月九日重阳节。润州：古州名，治所在今江苏镇江。南朝宋文帝元嘉八年（431），改长江以北为南兖州，长江以南为南徐州，治所在京口（今镇江）。诗人从历史变迁联想到徐州。邵使君：即邵升，开元中为润州刺史。北固山：在今镇江市北。使君：汉代对太守、刺史的通称。汉以后用作对州郡长官的尊称。

②五马：汉代使君乘车用五马。《汉乐府·陌上桑》："使君从南来，五马立踟蹰。"

椒：山顶。

③丽谯（lìqiáo）：华丽的高楼。《庄子·徐无鬼》："君亦必无盛鹤列于丽谯之间。"

④张幕：搭起帐幕。

⑤回雪：喻指白衣舞者的旋转。

⑥梅福：汉代九江寿春人，字子真，少学于长安，为郡文学，补南昌尉，后去官归里。曾数次上书，指陈政事，并讽刺王凤，险遭杀身之祸。王莽专政后，即弃妻子去九江。传说梅福后来成仙。仙吏：本指仙界、天庭的职事人员，这里指邵使君的佐吏。

⑦羊公：即羊祜，字叔子，晋南城人。魏末任相国从事中郎。入晋，封距平侯，都督荆州诸军事，长达十年。在任屯田兴学，以德怀柔，深得民心，并储军备，筹划灭吴。死后，南州人为之罢市巷哭。

⑧新丰：县名。在今陕西临潼东北。唐时此地产名酒，称新丰酒。

⑨菊花：菊花酒。古时民俗认为在重阳节饮菊花酒，可以祛灾祈福。朝（zhāo）：天，日。

皇甫冉　五首

皇甫冉（约717—约770），字茂政，润州丹阳（今江苏丹阳县）人，郡望安定（今甘肃泾川县）。天宝进士，曾任无锡尉、左拾遗等职。

与张补阙、王炼师自徐方清路同舟南下，于台头寺留别赵员外、裴补阙同赋杂题一首①

朝朝春事晚，泛泛行舟远。淮海②思无穷，悠扬烟景中。幸将仙子③去，复与故人同。高枕随流水，轻帆任远风。钟声野寺迥，草色故城空。送别高台上，裴回④共惆怅。悬知⑤白日斜，定是犹相望。

注释

①补阙：官名，职务为侍从讽谏。炼师：对道士的敬称。徐方：徐州。台头寺：据道光旧志，台头寺一名陀头寺，在戏马台上。《太平寰宇记》："宋武帝北征至彭城，于台上置台头寺。"明代于寺旧址修建三义殿，亦称三义庙或关帝庙。赵员外：赵涓，冀州人。天宝元年进士。历任监察御史、太常少卿、衢州刺史、尚书左丞等官职。员外，指正员以外的官员。

②淮海：古扬州地区。《书·禹贡》："淮海惟扬州。"

③仙子：仙人。此指王炼师。

④裴回：同徘徊。

⑤悬知：料想。

台头寺愿上人院古松下有小松栽，毫末新生与纤草不辨，重其有凌云干霄之志，与赵八员外、裴十补阙同赋之①

细草亦全高，秋毫乍堪比②。及至干霄③日，何人复居此？

注释

①松栽：松树苗。毫末：指极细微的芽尖，《老子》："合抱之木，生于毫末；九层之台，起于累土。"赵八员外：即赵涓

②乍堪比：乍：正，恰好。堪比：可比。

③干霄：冲到云霄。

彭祖井①

上公旌节在徐方②，旧井莓苔近寝堂③。访古因知彭祖宅，得仙何必葛洪④乡。清虚⑤不共春池竞（**亦作"竟"**），盥漱偏宜夏日长。闻道延年如玉液⑥，欲将调鼎献明光⑦。

注释

①彭祖：传说为颛顼的后裔。尧时被封于彭城（今江苏徐州市），寿八百岁。清道光《铜山县志》："彭祖井在北门子城内，有石刻彭祖井三字。"清同治《徐州府志》：彭祖宅"在城西北隅，宅有井，有石刻彭祖井三字。"

②上公：汉制称位在三公之上的太傅为上公。这里指身居相位的王晋。王晋（700—781），字夏卿，与兄三维俱以名闻。历官侍御史、武部员外郎、兵部侍郎、黄门侍郎、太子宾客等。广德二年（764）持节都统河南、淮西、山南东道诸节度行营事，驻彭城。旌节：古代使者所持之节。节，竹节，以牦牛尾作饰，为信守的象征。徐方：徐州。

③寝堂：寝殿，古代帝王陵墓的正殿。

④葛洪（281？—341），晋句容人，字稚川，自号抱朴子；好神仙导养之法和炼丹之术。

⑤清虚：清净虚无。这里以井水的清澈虚空喻道家的清静虚无。

⑥玉液：仙液。道家认为饮玉液可以长生。这里喻彭祖井水。

⑦调鼎：原义指调鼎中之味，使之协调。传说彭祖善养气，能调鼎，进雉羹于尧。调鼎又喻指治理国家。后以调鼎喻称宰相之职责。明光：汉宫殿名，后多以指代朝廷。

奉和王相公①早春登徐州城

落日凭危堞②，春风似故乡。川流通楚塞③，山色绕徐方。壁垒④依寒草，旌旗⑤动夕阳。元戎资上策⑥，南亩起（一作"富"）耕桑⑦。

注释

①王相公：即王缙（700—781），字夏卿，诗人，王维之弟，代宗时任宰相。相公：对宰相的尊称。
②危堞：高的城墙。堞，城墙上齿状矮墙，也泛指城墙。
③楚塞：楚地边界。彭城处于楚地北边。
④壁垒：军营的围墙。作为进攻或退守的工事。
⑤旌旗：泛指各种旗子。
⑥元戎：主帅。资上策：有高明的谋略。资，具有。
⑦南亩：农田。由于南亩向阳，利于农作物生长，古人田土多向阳开辟。耕桑：种田养桑，泛指农事。

徐州送丘侍御之越①

时鸟催春色，离人惜岁华②。远山随拥传③，芳草引还家。北固④潮当阔，西陵⑤路稍斜。纵令寒食⑥过，犹有镜中花⑦。

注释

①侍御：即侍御史。唐代殿中侍御史、监察御史皆称侍御史。越：越州，治所在今绍兴市。
②岁华：时光，年华。
③传（zhuàn）：驿车。
④北固：山名，在今江苏镇江市北。
⑤西陵：渡口名，在今浙江萧山县西。
⑥寒食：节日名，在清明节前一日或二日。
⑦镜中花：犹言镜湖花。镜湖在越州山阴县。

钱 起 一首

钱起（722—780），字仲文，吴兴（今浙江湖州）人。天宝十年（751）进士。曾任蓝田县尉、司勋员外郎、考功郎中、翰林学士等职。为"大历十才子"之一。有《钱考功集》。

江行无题①（之一）

九月自佳节②，扁舟③无一杯。曹园旧尊酒④，戏马忆高台。

注释

①《江行无题》：全诗共一百首，这里选的是其中第四十二首。
②佳节：指九月九日重阳节。
③扁舟：小船。扁：音 piān。
④曹园：指西汉丞相曹参宅舍的后园。《史记·曹相国世家》："（曹参）日夜饮醇酒。卿大夫已下吏及宾客见参不事事，来者皆欲有言。至者，参辄饮以醇酒，间之，欲有所言，复饮之，醉而后去，终莫得开说，以为常。相国后园近吏舍，吏舍日饮歌呼。从吏恶之，无如之何，乃请参游园中，闻吏醉歌呼，从吏幸相国召按之。乃反取酒张坐饮，亦歌呼与相应和。"尊：同"樽"，酒器。

李 适 一首

李适（kuò）（742—805），即唐德宗，公元779—805在位。

送徐州张建封还镇①

牧守②寄所重，才贤生为时。宣风自淮甸③，授钺膺藩维④。入觐⑤展遐恋，临轩慰来思⑥。忠诚在方寸⑦，感激陈情词。报国尔所向，恤人予是资⑧。欢宴不尽杯，车马当还期。谷雨⑨将应候，行春⑩犹未迟。勿以千里遥，而云无己知。

注释

①《全唐诗》题下注："贞元十三年（797），徐州节度使张建封来朝。及命归镇，上御制诗以赐之。"张建封贞元十三年入觐，奏官市之弊。十四年三月还镇，德宗赋诗送之。乾隆《徐州府志》题为《赐张建封节度》。
②牧守：州郡的长官。州官称牧，郡官称守。
③宣风：和煦的风。淮甸：淮水流域。
④授钺：钺（yuè），古代兵器，青铜制，似斧而大，圆刃，有长柄。多用于仪卫。汉魏旧制，天子遣将授以节钺，作为征伐诛杀的信物。膺藩维：作为藩镇的纲纪。膺：

承当。

⑤入觐：地方官员到朝廷去见天子。

⑥来思：归来。思：语气词。《诗·小雅·采薇》："今我来思，雨雪霏霏。"

⑦方寸：心，思想。

⑧恤：体恤，顾念。资：凭借，依托。

⑨谷雨：二十四节气之一，在四月十九、二十或二十一日。

⑩行春：汉制，太守于春季时巡视所管州县，以劝农桑，称为行春。

韩翃 一首

韩翃（hóng）：754年前后在世，字君平，南阳（今河南南阳）人。为"大历十才子"之一。天宝十三年（754年）进士。曾官驾部郎中、中书舍人。

送李侍御赴徐州行营①

少年兼柱史②，东至旧徐州③。远属平津阁④，前驱博望侯⑤。向营淮水满，吹角楚天秋。客梦依依处，寒山对白楼⑥。

注释

①侍御：唐代殿中侍御史、监察御史皆称侍御。徐州行营：指徐州节度史府，驻彭城（今江苏徐州市）。

②柱史：即柱下史，周秦官名，相当于后世御史。

③旧徐州：汉以后各代均在今淮北一带置徐州，东晋南渡，于丹阳置侨州南徐州，故此称淮北之徐州为旧徐州。

④平津阁：亦作"平津邸"、"平津馆"。汉公孙弘为丞相，封平津侯，起客馆，开东阁，招请士人。后因以"平津阁"称高级官僚延纳宾客的处所。

⑤博望侯：西汉张骞被封为博望侯。此处切幕主之姓。唐代张建封曾任徐州刺史，兼御史大夫、徐泗濠节度、度支营田观察使，其地位可与张骞相比。

⑥寒山：乾隆《徐州府志·山川》：梁大同二年命萧渊明于寒山筑堰，引泗水以灌彭城。渊明军寒山，距彭城十八里。《寰宇记》：寒山在县东南十八里。白楼：疑指白门楼，为下邳城南门楼，乃曹操擒吕布处，在今江苏邳县南。《三国志·魏·吕布传》："魏太祖围沛，布登白门楼。围急，乃下降。"徐州西南门称白门，或指此白门城楼。

刘长卿 一首

刘长卿（？—约785），字文房，河间（今属河北）人（一说彭城人）。开元进士，曾任长洲县尉、陆州司马、隋州刺史等官职。有《刘隋州诗集》。

归沛县道中晚泊留侯城[1]

访古此城下，子房[2]安在哉。白云去不反，危堞空崔嵬[3]。伊昔楚汉时，颇闻经济才[4]。运筹风尘下[5]，能使天地开。蔓草日已积，长松日已摧。功名满青史，祠庙[6]唯苍苔。百里暮程远，孤舟川上回。进帆东风便，转岸前山来。楚水澹相引，沙鸥闲不猜。扣舷[7]从此去，延首仍裴回[8]。

注 释

①留侯城：指张良的封地，在今江苏省沛县与铜山县交界处，已沉于微山湖底。《元和郡县志·河南道五》："故留城，在县（沛县）东南五十五里。高祖令张良自择三万户，良曰：'始臣起于下邳，与陛下会留。'乃封良为留侯。"清道光《铜山县志》：留城在城北九十里，与沛县接界。春秋时宋邑，秦置县，二世二年秦嘉立景驹为楚王，在留，沛公往从之。汉六年封功臣，封良为留侯。

②子房：张良，字子房。

③危堞：高的城墙。崔嵬：高耸貌。

④经济才：经国济民之才。

⑤运筹：制定策略，进行谋划。《史记·留侯世家》："高帝曰：'运筹策帷帐中，决胜千里外，子房功也。'"。风尘：风起尘扬，天昏地暗；喻指战乱。

⑥祠庙：指张良庙，亦称留侯庙。《太平寰宇记》：留城有张良庙。

⑦舷：船两侧的边沿。

⑧延首：伸颈远望。裴回：同"徘徊"。

郎士元　一首

郎士元：生卒年不详。字君胄，定州（今河北定县）人。天宝十五年（756）进士。曾官渭南县尉，后入朝为拾遗、补阙、员外郎，官至郢州刺史。卒于建中末或贞元初。诗与钱起齐名。

送郑正则徐州行营[1]

从军非陇头[2]，师在古徐州。气劲三河卒[3]，功全万户侯[4]。元戎阃外略[5]，才子幄中筹[6]。莫听关山曲[7]，还生塞上愁。

注释

①郑正则：生卒年不详，荥阳（今属河南）人。贞元十六年（800）前后为郓州刺史。徐州行营：当指李光弼行营。李光弼于上元二年进位太尉，兼侍中，充河南副元帅，都统河南、淮南、山南东道五道行营节度，镇临淮。后移镇徐州。行营：指出征时军事长官驻地，亦指专设的机构。此诗一作皇甫冉诗，题作《送郑判官赴徐州》。

②陇头：指陇山（六盘山南段）一带。泛指边塞。

③三河卒：三河的士兵。汉代河内、河南、河东三郡合称三河，在今河南洛阳市黄河南北一带。

④万户侯："侯"是最高一层的爵位。食邑万户以上号称"万户侯"。

⑤元戎：元帅，主将。阃（kǔn）外：指统兵在外。

⑥才子：指郑正则。帷中等：运筹策帷幄中。《史记·太史公自序》："运筹帷幄之中，制胜于无形。"帷幄：指帝王决策之处，或将帅的幕府、军帐。

⑦关山曲：指《关山月》，汉乐府《横吹曲》名，多写边塞士兵久戍思归之情。

卢 纶 一首

卢纶（748—约800），字允言，祖籍范阳（今河北涿州），后徙家蒲州（今山西永济）。为"大历十才子"之一。曾任集贤院学士、秘书省校书郎等职，官至检校户部郎中。

赋得彭祖楼送杨德宗归徐州幕①

四户八窗明，玲珑逼上清②。外栏黄鹄③下，中柱紫芝④生。每带云霞色，时闻箫管声。望君兼有月，幢盖俨层城⑤。

注释

①彭祖楼：《寰宇记》：北魏神龟二年（519），刺史元延明移彭祖庙于子城东北楼下，俗呼楼为彭祖楼。《水经注》：城之东北角，起层楼于其上，号曰彭祖楼。《明一统志》：旧有石刻彭祖楼，久毁。清顺治间淮徐道项锡允移建南城与井宅相离，失古意矣。徐州幕：指徐泗濠（武宁军）节度使幕。徐州，治彭城。幕，地方军政长官的衙署。

②上清：道家三清境之一，指天空。

③黄鹄：俗称天鹅。

④紫芝：一种似灵芝的真菌。古以为瑞草，道家以为仙草。

⑤幢盖：供神佛的幢幡和伞盖。层城：古代神话谓昆仑山有层城九重，分三级：下层叫樊桐，一名板桐；中层叫玄圃，一名阆风；上层叫层城，一名天庭，为太帝所居，

上有不死之树。层城亦泛指高城。

孟 郊 二首

孟郊（751—814），字东野，湖州武康（今浙江德清）人，生于昆山（今江苏昆山）。少年时隐居嵩山，四十六岁时才中进士。曾任溧阳县尉。与韩愈齐名，时称"孟诗韩笔"；诗与贾岛并称，有"郊寒岛瘦"之说。

上张徐州①

为水不入海，安得浮天波②。为木不在山，安得横日柯③。再来君子傍④，始觉精义多⑤。大德唯一施⑥，众情自偏颇⑦。至乐无宫徵⑧，至声遗讴歌⑨。愿鼓空桑弦⑩，永使万物和。顾已诚拙讷⑪，干名已蹉跎⑫。献词唯在口⑬，所欲无馀佗⑭。乍作支泉石⑮，乍作翳松萝⑯。一不改方圆⑰，破质为琢磨⑱。贱子⑲本如此，大贤⑳心若何。岂是无异途，异途难经过。

注释

①张徐州：指徐州刺史张建封（735—800）。张建封，字本立，邓州南阳（今河南南阳）人，历官御史大夫、濠寿庐三州都团练观察使、徐泗濠节度使、检校礼部尚书、检校右仆射等。

②天波：指水极广阔，与天相接。

③横日柯：横越太阳的枝茎，形容树极高大。

④君子傍：君子，指张建封。傍通"旁"，此处指身边。

⑤精义：精深的义理。

⑥大德：指品德极高的人。一施：对所有的人都一样施惠。

⑦偏颇：不公正，偏袒。

⑧至乐：最高妙的音乐。宫徵（zhǐ）：古代五音（五声音阶）之宫音、徵音。这里概代指五音。

⑨至声：最高妙的乐诗。遗：舍弃，废止。讴歌：歌颂。

⑩空桑弦：指琴瑟。空桑：传说中的山名，出产琴瑟之材。

⑪拙讷：才拙口讷。

⑫干名：追求功名。蹉跎：失时，虚度岁月。

⑬献词：指作诗呈献。惟在口：只是为了吃饱饭，能生活下去。

⑭无馀佗：没有其他要求。佗（tuō）：彼，其他，通"它"、"他"。

⑮乍：宁可。支泉石：泉水两边的石头，支撑泉水顺畅流出。

⑯翳松萝：遮蔽松树的松萝。翳：遮蔽，隐藏。
⑰改方圆：改变物的原有形体。
⑱破质：破坏原有的本质。琢磨：雕玉刻石。
⑲贱子：诗人自谦之称。
⑳大贤：对张建封的奉承之词。

答韩愈李观别因献张徐州①

富别愁在颜，贫别愁销骨。懒磨旧铜镜，畏见新白发。古树春无花，子规啼有血②。离弦不堪听，一听四五（亦作"三四"）绝③。世途（亦作"路"）非一险，俗虑有千结④。有客步大方⑤，驱车独迷辙。故人韩与李，逸翰双皎洁⑥。哀我摧折归⑦，赠词纵横设⑧。徐方国东枢⑨，元戎⑩天下杰。祢生投刺游⑪，王粲吟诗谒⑫。高情无遗照⑬，朗抱开晓月。有土（亦作"抑"）不埋冤⑭，有仇皆为雪⑮。愿为直（亦作"奇"）草木，永向君地列。愿为古琴瑟，永为君听（亦作"地"）发。欲识丈夫心，曾将孤剑（亦作"宝镜"）⑯说。

注释

①诗题一作《长安留别李观韩愈因献张徐州》。此诗写于贞元八年（792）。是年孟郊落第，韩愈将其荐给徐泗濠节度使、徐州刺史张建封。孟郊将赴徐州，因赋此诗。李观（766—794）：字元宾，陇西（今甘肃陇西县）人。德宗贞元八年（792年）与韩愈、李绛等同登进士第，时称"龙虎榜"。工古文，著名当世。曾任太子校书郎。29岁卒于京师。

②子规：鸟名，即杜鹃。白居易琵琶引："其间旦暮闻何物？杜鹃啼血猿哀鸣。"这里"啼有血"，表示极度哀苦。

③四五绝：表示琴弦多次断绝。

④俗虑：世俗的忧虑。千结：指忧虑之多。

⑤大方：大地。

⑥逸翰：指文笔的高妙脱俗。皎洁：光白貌，此处指文笔简洁之美。

⑦摧折归：指应试受挫，落第而归。

⑧赠词：指韩愈、李观赠给他的诗。纵横设：指赠诗文笔奔放。

⑨徐方：徐州。枢：中枢。徐州是国家东部的重地。

⑩元戎：主帅，指张建封。

⑪祢生：祢衡，字正平，东汉末的著名狂士。投刺：投递名片求见；刺，名片。《后汉书·祢衡传》："建安初来游许下。始达颖川，乃阴怀一刺，既而无所适，至于刺字漫灭。"

⑫王粲：三国魏诗人，字仲宣。少年时遭乱流离，十七岁避难往依附荆州刘表，后

归曹操，任丞相掾、军谋祭酒、侍中等官职。其《七哀诗》之二抒发久客荆州而怀乡思归之情："荆蛮非吾乡，何为久滞淫。"名篇《登楼赋》抒写异乡客地、坏才不遇之情怀。

⑬无遗照：光照遍地，没有遗漏。

⑭埋冤：冤屈埋没不洗。

⑮雪：洗刷（冤仇、耻辱）。

⑯孤剑：喻指孤独的刚正不阿之士。此处诗人自喻。

王智兴　一首

王智兴（758—836），字匡谏。怀州温县（今属河南）人。初为徐州牙卒，因军功累至徐州刺史、御史大夫、武宁军节度使。长庆二年（822）至大和六年（832）任徐州刺史、武宁军节度使。后被授任雁门郡王、侍中、忠武军节度使等职。卒赠太尉。

徐州使院①赋

　　长庆中，智兴为徐州节度。一日，从事②于使院会饮赋诗，智兴召护军③俱至，从事屏去翰墨。智兴曰："适闻作诗，何独见某而罢？"复以笺陈席上，小吏亦置笺于智兴前，于是引毫立成云云，四座惊叹。

三十年前老健儿，刚被郎中④遣作诗。江南花柳从君咏，塞北烟尘我独知。

注释

①使院：节度使留后（官名）的官署。

②从事：官名。为州刺史之佐吏。

③护军：官名。为古代高级军事长官，有护军将军、中领军、中都护等职位，掌管禁军、主持选拔武官、监督管制诸武将。

④郎中：官名。为尚书、侍郎、丞以下之高级部员，分掌各司事务。

张　籍　一首

张籍（约767—830），字文昌，原籍吴郡（今江苏苏州），少时侨居和州乌江（今安徽和县乌江镇）。贞元进士，历任国子助教、秘书郎、国子博士、水部员外郎、主客郎中、国子司业等职，世称张司业。与诗人王建齐名，世称"张王"。

送远曲①

戏马台南山簇簇②,山边饮酒歌别曲。行人醉后起登车,席上回尊劝童仆③。青天漫漫覆长路,远游无家安得住。愿君到处自题名,他日知君从此去。

注释

①送远曲:乐府鼓吹曲辞名。
②戏马台:见前注。簇簇:聚集貌。
③尊:同樽,酒器。劝:劝酒。

韩 愈 五首

韩愈(768—824)字退之,河南河阳(今河南孟县西)人,自谓郡望昌黎,世称韩昌黎。大历进士。贞元十五年,在徐泗濠节度使张建封幕府任观察推官,后任河南令、职方员外郎、比部郎中、史馆修撰、中书舍人等职。因上书谏阻宪宗迎佛骨,被贬为潮州刺史,不久又改任袁州刺史。后被召为国子祭酒,历兵部侍郎、京兆尹,官终吏部侍郎,世称韩吏部。

汴泗交流赠张仆射①

汴泗交流郡城角,筑场②千步平如削。短垣三面缭逶迤③,击鼓腾腾树赤旗。新秋朝凉未见日,公早结束来何为④?分曹⑤决胜约前定,百马攒蹄⑥近相映。毬惊杖奋合且离⑦,红牛缨绂黄金羁⑧。侧身转臂著马腹⑨,霹雳应手神珠驰⑩。超遥散漫两间暇⑪,挥霍纷纭争变化⑫。发难得巧意气粗⑬,欢声四合⑭壮士呼。此诚习战非为剧⑮,岂若安坐行良图。当今忠臣不可得,公马⑯莫走须杀贼。

注释

①汴泗:汴、泗都是古水名,在彭城东汇合后流入淮河。《名胜志》:"泗水源出山东泗水县,南流过沛县,至徐州东北,合汴水,循城东南达淮。汴水自河南浚仪县界东流过萧县,至州城东北,与泗水合。二水汇而为潭,极深,有龙居之。"《水经注卷二十三》:"其楼(彭祖楼)之侧,汴带泗,东此(一本作"北")为二水之会也。"张仆射(yè):指张建封。仆射:高官名,相当于丞相。唐代后期常以仆射为节度、观察等使的加官,用以表示其品秩的高下。当时张为徐泗濠节度使,加检校尚书右仆射。此诗作于贞元十五年任张建封幕府观察推官时。

②筑场：修筑马球场。

③短垣：矮墙。缭：围绕。逶迤（wēiyí）：曲折而延续不断。

④公：指张建封。结束：整理好衣着。

⑤分曹：将人马分成对等的两队。

⑥攒蹄：谓马疾驰时，前后蹄紧聚拢在一起。形容马跑得非常快。

⑦毬：今作球。这里指马毬，唐时俗称波罗毬。击马毬是当时上层社会风行的一种游戏，人骑马上，用杖击毬争胜负。合且离：指人马争着击毬一会儿聚合一会儿离开。

⑧红牛缨绂：用红牛毛做的缨绂；缨绂指马脖子上的装饰物。黄金羁：饰以黄金的马络头。

⑨著马腹：人身子贴在马肚子上，即镫里藏身。

⑩霹雳：指击毬之迅猛。神珠：指马毬。

⑪超遥：指距离远。散漫：分散，散开。

⑫挥霍：轻捷迅疾貌。纷纭：多而杂乱。

⑬发难得巧：以高难动作击毬，巧妙地截获来毬。意气粗：意志气概高昂。

⑭四合：四周，四围。

⑮习战：训练作战。剧：游戏。

⑯此句意为劝张建封不要玩击马毬游戏，要让马到战场去杀敌。

雉带箭①

原头火烧静兀兀②，野雉畏鹰出复没③。将军④欲以巧伏人，盘马弯弓惜不发。地形渐窄观者多，雉惊弓满劲箭加⑤。冲人决起⑥百余尺，红翎白镞⑦随倾斜。将军仰笑军吏贺，五色离披⑧马前堕。

注释

①雉带箭：此诗为在徐州张建封幕府时从其打猎所作。雉（zhì）：野鸡。

②原头：原野。火：猎火。静兀兀：寂静无声的状态。

③出复没：指野鸡惊恐出现又躲藏起来。

④将军：指打猎的主人张建封。

⑤加：指射。

⑥决起：迅速发出。决：读 xuè。

⑦红翎白镞：红翎：红色的羽毛，为箭的装饰物。白镞（zú）：光亮的箭头。

⑧五色离披：五色：指雉的羽毛颜色鲜艳美丽，成五色。离披：指中箭的野鸡羽毛散乱貌。

归彭城[1]

天下兵又动[2]，太平竟何时。訏谟者谁子[3]，无乃失所宜。前年关中旱，闾井[4]多死饥。去岁东郡水[5]，生民为流尸。上天不虚应，祸福各有随。我欲进短策[6]，无由至彤墀[7]。刳[8]肝以为纸，沥血以书辞。上言陈尧舜，下言引龙夔[9]。言词多感激，文字少葳蕤[10]。一读已自怪，再寻良自疑。食芹虽云美，献御固已痴[11]。缄封[12]在骨髓，耿耿[13]空自奇。昨者到京城，屡陪高车[14]驰。周行多俊异[15]，议论无瑕疵。见待颇异礼，未能去毛皮[16]。到口不敢吐，徐徐俟其巇[17]。归来戎马[18]间，惊顾似羁雌[19]。连日或不语，终朝[20]见相欺。乘间辄骑马，茫茫诣空陂[21]。遇酒即酩酊[22]，君知我为谁。

注释

①归彭城：彭城：今徐州。《元和郡县志》："彭城县，古大彭氏国也。汉为彭城县，属楚国；后汉属彭城国；宋属彭城郡。隋文帝罢郡为县，属徐州。"贞元十五年冬，愈为徐州从事，朝正于京师，明年自京师归徐州。

②兵又动：贞元十五年（799年）三月，彰义军节度使吴少诚反，攻陷唐州（今河南唐河）等地。朝廷调兵征伐，战争延续到贞元十六年七月尚未结束。

③訏谟（xūmó）：大计。訏：大；谟：谋划。谁子："子"是词缀。

④闾井：村落，乡里。

⑤东郡：指今河南郑州、滑县一带。贞元十五年，郑州、滑州因黄河决堤而造成大水。

⑥进短策：呈上自己对时政的看法和建议。策：一种政论性的文体。短，这里为谦辞。

⑦彤墀：即丹墀（chí），用红漆涂染的台阶。指官廷中的台阶。

⑧刳（kū）：剖开。

⑨龙夔：虞舜时的两个贤臣。龙为谏官，夔为乐官。

⑩葳蕤：本义为草木茂盛，此处指文采华丽。

⑪食芹二句：嵇康《与山巨源绝交书》："野人有快炙背而美芹子者，欲献之至尊，虽有区区之意，亦已疏矣。"这里指诗人认为自己的意见虽出于对朝政的关心，但又担心不能被朝廷理解和接受，此举就有点痴愚了。御：指皇帝。

⑫缄封：封闭，深藏。

⑬耿耿：烦躁不安。

⑭高车：指达官贵人。

⑮周行（háng）：指朝廷大臣。《诗·周南·卷耳》："嗟我怀人，置彼周行。"俊异：才智出众的人。

⑯去皮毛：指推心置腹。皮毛：指虚礼，客套。

⑰巇（xī）：间隙。
⑱戎马：指战争，军事。
⑲羁雌：失偶的雌鸟。
⑳终朝：整天。
㉑陂（bēi）：山坡。
㉒酩酊（mǐngdǐng）：大醉。

赠徐州族侄

我年十八九，壮气起胸中。作书献云阙①，辞家逐秋蓬②。岁时易迁次③，身命多厄穷。一名④虽云就，片禄⑤不足充。今者复何事，卑栖寄徐戎⑥。萧条资用尽，濩落⑦门巷空。朝眠未能起，远怀方郁悰⑧。击门者谁子，问言乃吾宗⑨。自云有奇术，探妙知天工⑩。既往怅何及，将来喜还通⑪。期我语非佞⑫，当为佐时雍⑬。

注释

①云阙：同天阙，指朝廷。
②辞家：谓离开家到处漂泊。秋蓬：蓬蒿秋枯根拔，随风而飞。
③岁时：岁月。迁次：迁移。
④一名：指取得进士功名。
⑤片禄：微薄的俸禄。充：满足。
⑥卑栖：指做一个职位低下的小官。徐戎：指徐泗濠节度使。戎：军队。节度使总揽数州军事。
⑦濩（huò）落：廓落无用。引申为落魄失意。
⑧郁悰（cóng）：心情郁闷。
⑨宗：宗族。
⑩天工：大自然的职能。
⑪通：通达，顺利。
⑫佞（nìng）：巧言谄媚。
⑬时雍：时世安定、太平。

赠张徐州①莫辞酒

莫辞酒，此会固难同。请看女工机上帛，半作军人旗上红。莫辞酒，谁为君王之爪牙②？春雷三月不作响，战士岂得来③还家。

注释

①张徐州：指徐州刺史、徐泗濠节度使张建封。此诗写于贞元十六年春在徐州。
②爪牙：爪和牙，此处引申为武臣、得力助手。
③来：语气词，无实义。

张仲素　　一首

张仲素（？—819），字绘（一作缋）之，河间（今属河北）人。贞元十四年（798）进士。始任武宁郡节度使张愔从事，后任司勋员外郎、翰林学士、中书舍人等官职。

燕子楼①诗三首　　一作关盼盼诗

楼上残灯伴晓霜，独眠人起合欢床。相思一夜情多少，地角天涯不是长。
北邙②松柏锁愁烟，燕子楼人思悄然。自埋剑履歌尘散，红袖香消已十年③。
适看鸿雁岳阳回④，又睹玄禽逼社来⑤。瑶琴玉箫⑥无意绪，任从蛛网任从灰。

注释

①燕子楼：民国《铜山县志》："燕子楼，明《一统志》在州城西北隅。《南畿志》在州廨中。《姜州志》在唐张尚书旧第中。尚书有妓妾名盼盼，尚书卒，盼盼独处楼上十余年而卒。俗传即城西角楼，非是。光绪九年，知府曾广照于西南城垣山重建。十五年徐州道段喆复移于其西北。盼盼事详见烈女传。"此诗与白和诗均作于元和十年（815）。参见白居易《燕子楼三首》序及注释。
②北邙：山名。在今河南洛阳市东北。汉魏以来，王侯公卿贵族的葬地多在此。张愔卒后，归葬洛阳。
③这句指盼盼已死去十年。红袖指妇女的红色衣袖，常用代指美女。
④岳阳：泛指湖南地区。衡山有回雁峰，相传雁至此而止，遇春北还。
⑤玄禽：燕子。逼，近。社：社日，指春社。立春后第五个戊日为春社。
⑥瑶琴：有玉饰的琴。玉箫，对箫的美称，或指玉制的箫。

白居易　　六首

白居易（772—846），字乐天，晚年号香山居士。祖籍太原（今山西太原市），后迁居下邽（今山西渭南县东北），生于郑州新乡（今河南新郑县）。贞元进士，曾任左拾遗及左赞善大夫，因得罪权贵，被贬为江州司马。后任杭州刺史、苏州刺史，官至刑部尚书。

自江陵①之徐州路上寄兄弟

歧路②南将北,离忧弟与兄。关河千里别,风雪一身行。夕宿劳乡梦,晨装惨旅情。家贫忧后事,日短念前程。烟雁翻寒渚③,双鸟聚古城。谁怜陟冈④者？西楚望南荆⑤。

注释

①江陵：府名,治今湖北江陵。本诗约作于贞元十八年（802）前。
②歧路：岔道。此处指分别的地方。
③渚：水中小块陆地；水边。
④陟（zhì）冈：指怀念兄弟。《诗经·魏风·陟岵》："陟彼冈兮,瞻望兄兮。"
⑤西楚：地区名。古以淮北、沛、陈、汝南、南郡为西楚。这里指徐州,秦亡后,项羽分天下诸侯,自立为西楚霸王,建都于西楚重镇彭城,国号"西楚"。南荆：即荆州（江陵府）。

江南送北客,因凭寄徐州兄弟书①

时年十五

故园②望断欲何如？楚山吴水万里余。今日因君访兄弟,数行乡泪一封书。

注释

①本诗作于贞元二年（786）。作者之父白季庚当时任徐州别驾,兄幼文,弟行简、幼美均在徐州。
②故园：故乡,白季庚在徐州为官多年,故作者以徐州为故乡。

乱后过流沟寺①

九月徐州新战后②,悲风杀气满山河。唯有流沟山下寺,门前依旧白云多。

注释

①流沟寺：在今安徽宿州市埇桥区夹沟镇,现名大龙泉寺。
②贞元十六年,白居易中第,他第四次回到符离。当时正值徐泗濠节度使张建封卒,徐州军乱,符离埇桥曾发生激战。

感故张仆射诸妓①

黄金不惜买蛾眉②,拣得如花三四枝。歌舞教成心力尽,一朝身去不相随。

注释

①本诗作于元和元年(806)十二月以后。张仆射,即张愔。愔为武宁军节度使、工部尚书,元和元年十二月卒,赠尚书右仆射。
②蛾眉:蚕蛾的触须,弯曲而细长,如人的眉毛。常比喻女人长而美的眉毛。这里指漂亮的女子。

燕子楼三首①并序

徐州故张尚书②有爱妓曰张盼盼,善歌舞,雅多风态。予为校书郎时游徐、泗间,张尚书宴予,酒酣,出盼盼以佐欢,欢甚。予因赠诗云:"醉娇胜不得,风嫋牡丹花。"一欢而去。迩后绝不相闻。迨兹仅一纪③矣!昨日司勋员外郎④张仲素绘之访予,因吟新诗,有燕子楼三首,词甚婉丽。诘其由,为盼盼作也。绘之从事武宁军⑤累年,颇知盼盼始末,云:"尚书既殁,归葬东洛,而彭城有张氏旧第,第中有小楼,名燕子。盼盼念旧爱而不嫁,居是楼十余年,幽独块然,于今尚在。"予爱绘之新咏,感彭城旧游,因同其题作三绝句。

满帘明月满楼霜,被冷灯残拂⑥卧床。燕子楼空霜月夜,秋来只为一人长。
钿晕罗衫色似烟⑦,几回欲着即潸然⑧。自从不舞霓裳曲⑨,叠在空箱十一年!
今春有客洛阳回,曾到尚书墓上来。见说白杨堪作柱⑩,争⑪教红粉不成灰?

注释

①本诗作于元和十年(815)。
②张尚书:历来有两种解释:一是张尚书为张建封;二是张尚书为张建封之子张愔。多数学者考证后者为是。
③一纪:十二年。
④司勋员外郎:吏部属官,掌管吏勋级之授予。
⑤武宁军:唐方镇名。治所在徐州。张愔曾任武宁军节度使。
⑥拂:触摸。
⑦钿晕:用金、玉等镶嵌的环形花纹。罗衫:丝绸单上衣。
⑧潸然:流泪的样子。
⑨霓裳曲:即"霓裳羽衣曲",唐乐曲名。

⑩见说：听说。白杨堪作柱：指张愔墓边的白杨树已经长得又粗又大能够做柱子了。
⑪争：疑问代词，怎么。

送徐州高仆射①赴镇

大红旆引碧幢（一作"油"）旌②，新拜将军指点行。战将易求何足贵，书生难得始堪容。离筵③歌舞花丛散，候骑刀枪雪队迎。应笑蹉跎白头尹④，风尘唯管洛阳城。

注释

①高仆射：高瑀，本年三月为检校右仆射，充武宁军节度使（治所在徐州）。该诗作于太和六年（832）。

②旆（pèi）：古代旌旗边上下垂的燕尾状装饰物，亦泛指旗帜。碧幢旌：高级军官舟车上张挂的以青油涂饰的帷幔。

③离筵：饯别的宴席。

④白头尹：白居易自称，时白居易任河南尹。尹：长官。

关盼盼 二首

关盼盼：清同治《徐州府志·列女传》："关盼盼张愔侍妾也，彭城人，能诗。愔薨，盼盼感恩，誓守独居燕子楼十年无贰志，作诗三百余章皆以写其哀慕。建封从子张仲素于汉上见白居易为述之，居易咨叹和其诗三章，复寄一绝微讽焉。盼盼读诗泣曰：自我公薨，妾非不能死，恐百载后以我公重色有从死之妾是玷我公也。遂答一绝不食而卒。"

和白公诗①

自守空楼敛恨眉，形同春后牡丹枝②。舍人③不会人深意，讶道泉台④不去随。

注释

①白公：白居易。《唐诗纪事》卷七八载："盼盼得白居易诗，泣曰：'妾非不能死，恐我公有从死之妾，玷清范耳。'乃和白诗。旬日不食而卒。"

②牡丹枝：白居易曾在酒宴上赠诗云："醉娇胜不得，风袅牡丹花。"

③舍人：指白居易，曾为中书舍人。

④泉台：墓穴，阴间。

句

儿童不识冲天①物，漫把青泥污雪毫②。（临殁口吟）

注释

①冲天：飞而直上。
②雪毫：白色羽毛。

张 祜 一首

张祜：生卒年不详。字承吉，清河（今河北清河县）人，一说南阳（今河南南阳县）人。初寓居姑苏，被荐至长安，为权贵所抑，后客游淮南，晚年隐居。诗人终生未仕，身后萧条。

观徐州李司空猎①

晓出郡城东，分围浅草中。红旗开向日，白马骤迎风。背手抽金镞②，翻身控角弓③。万人齐指处，一雁落长空。

注释

①李司空：未详。司空，为工部尚书的别称。时有李愿，曾镇徐州，在朝任兵部尚书、刑部尚书等职。
②箭插在身后曲箭袋中，故须"背手"抽取。镞（zú，旧又读cù）：箭头。
③角弓：用角装饰的弓。

薛 能 六首

薛能（？—880），字大拙，汾州（今山西汾阳县）人。会昌（841—846）进士，历官京兆尹、工部尚书、徐州节度使（约咸通十四至乾符五年）、忠武军节度使等。880年为部将所杀，全家遇害。

清水泛舟①

都人层立②似山丘，坐啸将军拥棹游③。遶④郭烟波浮泗水，满船丝竹载凉州⑤。

城中睹望皆丹雘⑥，旗里惊飞尽白鸥。儒将不须夸郤縠⑦，未闻诗句解风流。

注释

①清水：泗水。诗题一作《泗水泛舟》。
②都人：指徐州人。层立：指观看的人众多，一层层站立。
③坐啸将军：指诗人自己。拥棹：抱着船桨；棹（zhào），船桨。
④遶：同"绕"，围绕。
⑤丝竹：弦乐器和竹管乐器。也泛指音乐。凉州：乐曲名。
⑥睹望：观看。丹雘（huò）：红色颜料，此处指红色旗帜。
⑦郤縠（xìhú）：（前632—前583），姬姓，郤氏，名縠，春秋时晋国公族，也是晋国第一任中军将。公子重耳流亡国外时，郤縠等人作为内应，使重耳回国即位。《左传僖公二十七年》："赵衰曰'郤縠可臣，亟闻其言矣，说礼乐而敦诗书。诗书义之府也，礼乐德之则也，德义利之本也。'"郤縠被称为儒将军。

彭门解嘲①二首

呜呜吹角贰师②营，落日身闲笑傲行。尽觉文章尊万事，却嫌官职剩双旌③。终休④未拟降低屈，忽遇还须致太平。频上水楼谁会我，泗滨浮磬⑤是同声。

伤禽栖后意犹惊，偶向黐竿⑥脱此生。身外不思簪组⑦事，耳中惟要管弦⑧声。耽吟乍可妨事务⑨，浅饮无因致宿酲⑩。秦客莫嘲瓜戍远⑪，水风潇洒是彭城。

注释

①彭门：指徐州。解嘲：因被人嘲笑而自作解释。
②贰师：汉时大宛地名。大宛有善马在贰师城。汉武帝太初元年，命李广利为贰师将军，征贰师城，取善马，故以为号。这里指将军。
③双旌：节度使的代称。唐制，节度使初授，辞别朝廷时，赐以双旌双节。诗人当时任徐州感化军节度使，故称。
④终休：最终辞去官职。
⑤泗滨浮磬：泗，泗水。石在水旁，水中见石，像似在水中浮动。意思是：泗水的石头可以制作打击乐器磬。
⑥黐竿：粘鸟的工具。黐：音lí。
⑦簪组：指官服。簪，冠簪；组，冠带。引申为官位、仕宦。
⑧管弦：指用管弦奏出的音乐。管指箫管等；弦指琴瑟等。
⑨耽吟：深沉吟涌。乍：正，恰好。妨事务：指忘掉、不再去考虑日常事务。
⑩宿酲（chéng）：酒醉后经夜未醒。
⑪秦客：指京都长安的人。长安一带古时习称秦。瓜戍：春秋时齐襄公使连称、管

至父戍葵州，瓜时而往，约以瓜熟而代。后因以瓜戍称武官出外驻守。

题彭祖楼①

新晴天状湿融融②，徐国滩声上下洪③。极目澄鲜无限景，入怀轻好可怜风。身妨潦倒师彭祖，妓拥登临愧谢公④。谁致此楼潜惠我，万家残照在河东⑤。

注释

①彭祖楼：见前注释（21页）。
②湿融融：非常湿润。
③徐国：指徐州。上下洪：指上洪和下洪，皆属吕梁洪，在徐州城东南，泗水流经处，水势大。清乾隆《徐州府志》卷二："吕梁在彭城县东南五十七里，旧志：有上下二洪，相距凡七里。"
④谢公：谢安（320—385），东晋政治家，字安石，出身士族，官至宰相。喜游玩，每游必携妓以从。
⑤河东：指泗水之东。

彭门偶题

淮王西舍固非夫①，柳恽偏州未是都②。直到春秋诸列国，拥旄③才子也应无。

注释

①淮王：即淮南王刘安。好文学，曾招宾客、方士撰成《淮南子》一书。西舍：同西宾、西席，对塾师或幕友的尊称。非夫：指非大丈夫，懦夫。《春秋左传·宣公十二年》："且成师以出，闻敌彊而退，非夫也。"
②柳恽：《梁书·柳恽传》：柳恽字文畅，河东解（今属山西省）人。少有志行，好学，诗、琴、棋皆善。历任官职，曾任吴兴太守多年，为政清静，民吏皆怀之。偏州：边远的州府。都：大的城市。
③拥旄：持旄节，指为节度使。当时作者为徐州感化军节度使。

影灯夜①二首

偃王②灯塔古徐州，二十年来乐事休。谁见将军心似海，四更身领万人游。
十万军城百万灯，酥油香暖夜如蒸。红妆③满地烟光好，只恐笙歌引④上升。

注释

①影灯夜：指元宵节夜晚。影灯，燃火取影的彩灯，上绘人物、花卉、四时景致等，如后来的走马灯之类。唐冯贽《云仙杂记》卷四："洛阳人家，上元以影灯多者为上，其相胜之辞曰'千影万影'。"

②偃王：即徐偃王，相传为周穆王时徐国国君。清道光《铜山县志》："徐偃王墓在城南六十里，周时徐偃王作乱，穆王命楚伐作，偃王战败，北走彭城武原山下，百姓随之者万数。偃王死，民因凿山为石龛祀之。"

③红妆：妇女的盛装。因崇尚红色，故称。后常用以指代美女。

④笙歌引：由笙乐伴奏之歌。

汉庙祈雨回阳春亭有怀诗①

南荣轩槛接城闉②，适罢祈农此访春。九九已从南至尽③，芊芊④初傍北篱新。池中水是前秋雨，陌上惊风自古尘。欲招罗敷⑤倾一盏，乘闲⑥言语不容人。

注释

①汉庙：汉高祖庙。清乾隆《徐州府志》："在城南五里广运仓东。明永乐间，耆民梁聚等建；正统、成化、正德间，有司相继重修。庙有试剑石。"阳春亭：在徐州城内东南隅，薛能建。久毁。宋熙宁末李邦直持节徐州，即阳春亭故址构建，苏轼名曰快哉亭。

②南荣：房屋的南檐。轩槛：栏板。城闉：城内重门，亦泛指城郭。

③九九：从冬至次日算起，每九天为一九，第九个九天为九九。南至：即冬至。《左传·僖公五年》："春，王正月，辛亥，朔，日南至。"注："周正月，今十一月。冬至之日，日南极。"

④芊芊（qiānqiān）：草木茂盛貌。

⑤罗敷：对美女的称呼。《乐府诗·陌上桑》："秦氏有好女，自名为罗敷。"

⑥乘闲：趁空。

储嗣宗 一首

储嗣宗，生卒年不详。润州延陵（今江苏丹阳县）人，郡望兖州（今山东兖州县北），储光羲曾孙。大中间进士，曾任校书郎，到过北方边界。

晚眺徐州延福寺①

杉风振旅尘②，晚景藉芳茵③。片水明在野，万花深见人。静依归鹤思④，远惜旧山春。今日惜携手，寄怀吟白蘋⑤。

注释

①眺：自高处四望。延福寺：据同治徐州府志：延福寺无考。
②振旅尘：抖去、清除掉旅途中身上带来的尘土。
③藉芳茵：藉，凭借。芳茵，指春天的草木。
④归鹤思：指思游故地。
⑤白蘋：一种水中浮草。即马尿花。南朝梁柳恽江南曲："汀洲采白蘋，日暖江南春。"

唐彦谦 一首

唐彦谦：生卒年不详。字茂业，号鹿门先生，并州晋阳（今山西太原）人。咸通二年（861）进士。历官节度副使，晋、绛二州刺史等。晚年隐居鹿门山，专事著述。有《鹿门集》。

宿独留①

日晚宿留城，人家半掩门。群鸭栖老树，一犬吠荒村。争买鱼添价，新篘②酒带浑。船头对新月，谁与共清论③。

注释

①留：即张良封邑留城。古城在今江苏沛县东南与徐州市交界处。已沉于微山湖底。
②篘（chōu）：用竹篾编成的滤酒器。此处用作动词，指滤、酿造。
③清论：闲谈，聊天。

张 玭（pín）一首

张玭：生卒年不详。字象文，郡望清河（今属河北），家居池州（今安徽贵池县）。乾宁二年（895）进士。曾任校书郎等官职。后避乱入蜀，王建称帝，拜为膳部员外，官终金堂令。

送徐州薛尚书①

上将②出儒中，论诗拟立功。州从禹后别③，军自汉来雄④。远驿⑤销寒日，严城肃暮空。龙颜有遗庙⑥，犹得奠⑦英风。

注释

①薛尚书：即薛能。见前注释（33页）。
②上将：高级武官。
③传说大禹平水土，划分九州，徐州为九州之一。
④自汉以来，徐州为军事重镇，故云。
⑤驿：驿站，古时负责投递公文、转运官物及供来往官员休息的机构。
⑥龙颜：指汉高祖刘邦。《史记·高祖本纪》："高祖为人，隆准而龙颜，美须髯。"遗庙，指汉高祖庙。徐州有多处汉高祖庙。
⑦奠：祭奠。

姚　合　一首

姚合（775—854后），陕州峡石（今河南陕县）人。元和十一年（816年）进士，历任监察御史、殿中侍御史、户部员外郎、金州刺史、杭州刺史、谏议大夫、给事中等官职，官终秘书监。与贾岛齐名，世称"姚贾"。现存《姚少监诗集》。

送徐州韦仅行军①

饯幕俨征轩②，行军归大藩③。山程度函谷④，水驿到夷门⑤。晓日诗情远，春风酒色浑。逡巡⑥何足贵，所贵尽残樽⑦。

注释

①韦仅：当作韦廑，开成间任武宁军节度判官、行军司马，大中间初官至容管经略使。行军：即行军司马，节度使属官。
②饯幕：临时搭起的用来饯别的帐幕。俨：庄重整齐。征轩：远行者所乘之车。
③大藩：重要的藩镇。
④函谷：函谷关，在今河南灵宝东北。
⑤水驿：水路的转运站。夷门：战国时大梁东门。大梁：唐时为汴州（今为河南开封），自京去徐经此。
⑥逡巡：迟疑徘徊，欲行又止。
⑦残樽：剩下的酒。樽：酒器，这里代指酒。

曹　邺　一首

曹邺：生卒年不详。晚唐诗人。字业之，桂州（今广西桂林）人。唐大中四年

（850）进士。官祠部郎中、洋州（今陕西洋县）刺史。有《经书解题》、《古风诗》、《曹祠部集》。

和谢豫章从宋公戏马台送孔令谢病①

碧树杳云暮②，朔风自西来。佳人③忆山水，置酒在高台④。不必问流水，坐来日已西。劝君速归去，正及鹧鸪啼⑤。

注释

①谢豫章：即谢瞻，曾为豫章太守，故称。参见前谢瞻诗注释（7页）。宋公：即南朝宋刘裕。参见前注释（5页）。
②杳云暮：傍晚时远方云色昏暗。
③佳人：对刘裕的美称。
④高台：戏马台。
⑤鹧鸪啼：古时以为鹧鸪啼声凄切，疑似"行不得也哥哥"，用此与诗句"劝君速归去"相应。

罗　隐　一首

罗隐（833—909），字昭谏，自号江东生，余杭（今浙江）人，一作新城（今浙江富阳县西南）人。本名横，以十举进士不第，乃更名隐。后投湖南观察使于瑰，授衡阳县主簿。有诗集《甲乙集》。

徐寇南逼感事献江南知己次韵①

酒阑②离思浩无穷，西望维扬③忆数（一作"次"）公。万里飘零身未了，一家知奖④意曾同。云横晋国⑤尘应暗，路转吴江⑥信不通。今日便成卢子谅⑦，满襟泪珠堕霜风。

注释

①诗作于咸通十年（869）。868年，庞勋率兵起义，攻泗州，陷梁城，据淮口，截断漕运路线，又分兵陷滁州、和州（今安徽滁州、和县），北破沭阳，声势浩大。次年，庞勋兵攻海州，围寿州，陷徐州，兵至丰县。罗隐被徐兵所阻，居吴会，不能北上应考。诗即作于此时。次韵：和别人的诗并依原诗用韵的次序。
②酒阑：行酒结束时。

③维扬：扬州的别称。《书·禹贡》："淮海惟扬州"。
④知奖：赏识赞许。
⑤晋国：此处指东晋所辖的江淮一带地区。
⑥吴江：地名。在今江苏省。
⑦卢子谅：卢谌（284—350），晋文学家，字子谅，范阳涿县人，工文。始为太尉掾。洛阳沦陷后，北依刘琨，为司空从事郎中。后随刘琨投段匹䃅，刘琨被害后，流寓辽西近二十年，终为冉闵所杀。

宋 代

唐 肃 一首

唐肃（？—1030），字叔元，钱塘（今浙江杭州）人。真宗咸平元年（998）进士。历官秦州司理参军、梓州路提点刑狱、殿中侍御史、户部判官、龙图阁待制、登闻检院、知审刑院等。

季子挂剑歌①

季子让一国②，视之敝屣③然，宁当宝一剑，不为徐君悭。徐君虽死骨未朽，挂剑坟前垂杨柳。君知不知不足悲，我心许君终不移。

注释

①《史记·吴太伯世家》："季札之初使，北过徐君。徐君好季札剑，口弗敢言。季札心知之，为使上国，未献。还至徐，徐君已死，于是乃解其宝剑，系之徐君冢树而去。从者曰：'徐君已死，尚谁予乎！'季子曰：'不然。始吾心已许之，岂以死倍吾心哉！'"刘向《新序》："延陵季子将西聘晋，带宝剑以过徐君，徐君观剑，不言而色欲之。延陵季子为有上国之使，未献也，然其心许之矣。致使于晋，顾反，则徐君死于楚，于是脱剑致之嗣君。从者止之曰：'此吴国之宝，非所以赠也。'延陵季子曰：'吾非赠之也，先日吾来，徐君观吾剑，不言而其色欲之，吾为上国之使，未献也。虽然，吾心许之矣。今死而不进，是欺心也。爱剑伪心，廉者不为也。'遂脱剑致之嗣君。嗣君曰：'先君无命，孤不敢受剑。'于是季子以剑带徐君墓即去。徐人嘉而歌之曰：'延陵季子兮不忘故，脱千金之剑兮带丘墓。'"清乾隆《徐州府志卷八》：季子挂剑台"在城南里许，季札挂剑处。后人筑台表之。址尚存。明知州宋诚刻石其上。"清道光《铜山县志》：挂剑台在"今在南门外华祖庙内。"

②让一国：将国家或封地的统治权让给贤者。吴王寿梦病重将卒，因季札贤能，想传位于他。季札谦让不受。寿梦去世后，长子诸樊接位，服丧期满后让位季札。季札坚辞不受，舍弃王室生活去舜柯山（今焦溪舜过山）种田。

③敝屣：破旧的鞋。喻毫无价值的东西。

梅尧臣 一首

梅尧臣（1002—1060），字圣俞，世称宛陵先生。宣城（今属安徽）人。早年历任州县官属，中年后赐同进士出身，官太常博士、国子监直讲，尚书都官员外郎。有《宛陵先生文集》。

送赵谏议知徐州①

鹿车几两马几匹②，轸建朱幡骑彀弓③。雨过短亭④云断续，莺啼高柳路西东。吕梁水注千寻险⑤，大泽龙归万古空。莫问前朝张仆射⑥，毬⑦场细草绿蒙蒙。

注释

①谏议：谏议大夫，官名。赵谏议，指赵希之，清康熙《徐州志》本诗题为《送赵希之之官徐州》。知徐州：担任徐州地区行政长官。知：主持、执掌。

②鹿车：用人力推拉的小车。两：读 liàng，同辆。

③轸（zhěn）：指车。朱幡，朱红色的旗帜。彀（gòu）弓：张满弓。

④短亭：古时在城外五里处设短亭，十里处设长亭，以供行人休息用。

⑤吕梁：地名，在徐州东南六十余里。古时有城，临泗水，为泗水上一险滩，称吕梁洪。《水经注》："泗水之上，有石梁焉，故曰吕梁也。""悬涛漰渏，实为泗险，孔子所谓鱼鳖不能游。又云悬水三十仞，流沫九十里，今则不能也。"参见前注（12 页）。寻：古代长度单位，八尺为一寻，一说七尺。

⑥张仆射（yè）：指张建封。参见前注（25 页）。

⑦毬：今作球。参见韩愈《汴泗交流赠张仆射》诗。

苏舜钦 一首

苏舜钦（1008—1048），字子美，梓州铜山（今四川中江南）人，迁居开封。曾任大理评事、集贤校理、监进奏院，后受排挤退居苏州沧浪亭。诗与梅尧臣齐名。有《苏学士文集》。

过泗水

五年六经此，仰首叹劳生①。山是往时色，人皆今日情。机心②去国少，尘眼向淮明③。物理④我俱晓，漂流安足惊。

注释

①劳生：辛劳的生活。《庄子·大宗师》："夫大块载我以形，劳我以生，佚我以老，息我以死。"

②机心：智巧变诈的心计。《庄子·天地》："有机械者必有机事，有机事者必有机心，机心存于胸中则纯白不备。"

③尘眼：世俗之眼。淮：淮河，泗水流入淮河。

④物理：事物变化的内在规律。

苏 洵 一首

苏洵（1009—1066），字明允，号老泉。眉山（今属四川）人。历官秘书省校书郎、霸州文安县主簿。与其子轼、辙合称"三苏"，被列入"唐宋八大家"。有《嘉祐集》。

送王吏部知徐州①

东徐三齐之南邻②，夫子岂是三齐人。辞嚣乞静③得此守，走兔入薮鱼投津。徐州胜绝不须问，请问项籍何去秦？江山雄豪不相下，衣锦游戏欲及晨④。霸王事业今已矣，但有太守朱两轮⑤。还乡据势与古并，岂有汉戟窥城闉⑥。论安较利乃公胜，行矣正及汴水匀⑦。

注释

①王吏部：即王洙，皇祐初知徐州。吏部，官署名，掌管全国官吏的任免、考课、升降、调动等事务，长官为吏部尚书。吏部：亦指吏部的官员。

②东徐：东徐州。《魏书·地形志中》："东徐州，孝昌元年置，永熙二年州郡陷，武定八年复。治下邳城。"这里指徐州，因徐州在北宋京都汴梁（今河南开封）东面，故称。三齐：有两种解释，一说三齐为齐、济北、胶东；另一说为右即墨、中临淄、左平陆。皆在今山东东部。此处泛指今山东省大部分地区。

③辞嚣乞静：离开喧哗的环境得到一个安静的地方。

④指项羽攻克咸阳后，心怀思欲东归，曰"富贵不归故乡，如衣绣夜行，谁知之者！"

⑤朱两轮：汉代刺史等禄秩至二千石者得乘朱红漆轮的车子。白居易《对镜吟》："如今所得须甘分，腰佩银龟朱两轮。"

⑥城闉（yīn）：城内重门。泛指城郭。

⑦汴水：古水名，由今河南境内流经徐州合泗水入淮河。汴水匀，指汴水平静。

邵 雍 一首

邵雍（1011—1077），字尧夫，其先范阳（今河北涿县）人，幼随父迁共城（今河南辉县）。少时，自雄其才，慷慨欲树功名，于书无不读。先后被召授官，皆不赴。隐居苏门山百源上，后人称百源先生，自号安乐先生、伊川翁。有《伊川击壤集》等。

留侯庙①

灭项兴刘如覆手，绝秦昌汉若更棊②。卷舒天下坐筹日，鍜炼心源辟谷时③。黄石公传皆是用，赤松子④伴更何为。如君才业求其是，今古相望不记谁。

注释

①留侯庙：又称子房庙、子房祠，在徐州子房山上。明宣德初年（1426年），徐州大旱，陈瑄乞雨子房山，不久果降霖雨，陈瑄便在山上修子房庙。正统本《彭城志》："子房山在城东五里，山上今有子房庙。"参见前注释。
②棊（qí）：同"棋"。
③鍜炼：锤炼保护；鍜（xiá）：即钘鍜，保护颈项的铠甲。炼，锤炼。心源，心性。辟谷：张良晚年言："愿弃人间事，欲从赤松子游耳。"乃学辟谷，导引轻身。（见《史记·留侯世家》）
④黄石公、赤松子：见前注释（10页）。

陈 荐 三首

陈荐（1016—1084），字彦升，沙河（今河北沙河北）人。举进士，为华阳尉。于朝内曾任秘阁校理、判登闻检院、知太常礼院、天章阁待制、龙图阁直学士。后任河北都转运使，知蔡州。

燕子楼①

仆射新阡狐兔游②，侍儿③犹住水边楼。风清玉簟④慵欹枕，月好珠帘⑤懒上钩。残梦觉来沧海阔，新诗吟罢紫兰⑥秋。乐天⑦才思如春雨，断送残花一夕休。

注释

①燕子楼：见前注（29页）。
②仆射（yè）：官名。此指张愔。详见前注（31页）。阡：此处指坟墓。
③侍儿：指关盼盼。
④玉簟（diàn）：漂亮的竹席。
⑤珠帘：用珍珠修饰的帘子。
⑥紫兰：植物名，花美，呈紫红色。
⑦乐天：指白居易，字乐天。有《感故张仆射诸妓》、《燕子楼三首》。参见前关盼盼诗。

子房庙①

博浪沙头触副车②，潜游东夏识真符③。风云智略移秦鼎④，星斗功名启汉图⑤。商老已来宁少海⑥，赤松⑦还约访仙都。雍容⑧进退全天道，凛凛高风⑨万古无。

注释

①子房庙：见前注释（44页）。
②此句指张良图谋恢复韩国，以重金求客刺秦王，得力士，为铁椎重百二十斤，于博浪沙（今河南原阳县）狙击秦始皇，误中副车。
③指张良亡匿下邳，于桥上遇见黄石公，得所授《太公兵法》。东夏：指东部；夏：中国的古称。下邳位于中国东部。
④秦鼎：秦政权。鼎：古代用鼎指代王位、政权。
⑤星斗：指北斗星，此处指超群的才华。汉图：指创建汉王朝的大计。此句指张良用自己卓越的智慧为汉朝的创建立下了大功。
⑥商老：指商山四皓。是秦朝的四位博士：东园公唐秉、夏黄公崔广、绮里季吴实、甪里先生周术。他们不愿意当官，长期隐藏在商山（今陕西省商洛市境内），出山时都80有余，眉皓发白，故被称为"商山四皓"。刘邦曾请他们出山为官，而被拒绝，他们宁愿过清贫安乐的生活。后来刘邦欲废太子刘盈，改立赵王如意。张良帮吕后，请出四皓出来劝说，刘邦才没改立太子。少海：比喻太子。以皇帝比大海，太子比少海。
⑦赤松：即赤松子，相传为仙人。张良晚年曾言："愿弃人间事，欲从赤松子游耳。"（见《史记·留侯世家》）
⑧雍容：从容不迫。
⑨凛凛高风：指张良令人敬畏的高尚情操。

范增墓①

藏名羞立虎狼朝，乘鹤东依项籍豪。愤失壮图撞玉斗，不知天命与金刀。还家落日埋英气，回首浮云委旧劳②。百步西连陵母冢③，峨峨④先识泰山高。

注释

①范增墓：亦称亚父冢，即徐州城南土山，位于戏马台西南。范增（前277—前204），居巢（今属安徽）人，项梁、项羽起兵后前去游说项梁，成为项羽谋士，被尊为亚父。劝项羽于鸿门宴杀掉刘邦，项羽不听，刘邦趁机逃脱，留下张良向项羽献白璧一双，献给范增玉斗一双，范增大怒，拔剑将玉斗击碎，曰："唉！竖子不足与谋。夺项王天下者，必沛公也，吾属今为之虏矣。"后项羽中刘邦离间计，削其权力，范增愤恨离去。行未至彭城，疽发背而死。

②委旧劳：抛开过去的劳累。

③百步：即百步洪。陵母冢：即汉初大臣王陵母亲墓。据旧志，墓在城西南二里处。

④峨峨：山势高峻貌。

曾 巩 一首

曾巩（1019—1083），字子固，南丰（今属江西）人。嘉祐二年（1057年）进士，历任齐州、襄州、洪州、福州、明州、亳州、沧州等知州，官至中书舍人。有《元丰类稿》。

彭城道中

百步洪声潦退初①，白沙新岸凑舟车。一时屠钓②英雄尽，千载河山战伐馀。楚汉旧歌流俚耳③，韩彭遗迹冠荒墟④。可怜马上纵横略，只在邳桥一卷书⑤。

注释

①百步洪：《名胜志》：百步洪在徐州城东南二里，水中若有限石，悬下迅急，乱石激涛凡数里。清道光《铜山县志》："旧志在城东南，长百步许；洪中有洲方半亩，上有萃墨亭。西又一洲差，小名砥洪台，有洪洲寺，今湮。见艺文诗序。府志云，在城南二里。旧州志云，亦名徐州洪，泗水所经也。水中巨石巉岩龃龉，惊涛激浪，迅疾而下，凡数里始静，舟行过此，少不戒即破坏覆溺。洪形象川字，有三道：中曰中洪，西曰外洪，东曰里洪，亦曰日月河。相传尉迟敬德所凿。宋元祐中修月河石堤，上下置闸。明永乐中平江伯陈瑄凿洪通漕，更于洪口置闸。成化中管河主事郭昂凿去洪中乱石，平治岸路。嘉靖中主事戴鳌、陈穆等相继凿之，其洪尽平。"潦（lǎo）：大雨，雨后积水。

②屠钓：屠宰牲畜与钓鱼，指周吕望事。相传吕望未显时曾屠牛于朝歌，钓鱼于渭滨。这里泛指过往的政治人物及其事业。

③楚汉：指项羽刘邦相争。刘邦夺得天下后，曾回到故乡，激昂慷慨唱出"大风歌"。

④韩彭：韩信与彭越，为汉初诸侯王。楚汉战争时，皆为刘邦的高级军事将领，后被杀害。《方舆纪要》：吕梁洪上有二城，一曰云梦，一曰梁王。土人谓云梦为韩信，梁王即彭越。冠：覆盖。荒墟：杂草丛生的山丘。

⑤邳：下邳（今江苏邳州）。此句指张良刺杀秦始皇失败后避难到下邳，于桥上遇见黄石公，获得《太公兵法》，后辅助刘邦夺得天下。

参寥 一首

参寥：僧人道潜。生卒年不详。本姓何，字参寥，于潜（今浙江临安县境）人。能文章，尤喜为诗。与苏轼唱酬甚多。

多谢樽前①

多谢樽前窈窕娘，好将魂梦恼襄王②。禅心已作沾泥絮，不逐春风上下狂。

注释

①民国《铜山县志》卷七十二："东坡守彭城，参寥尝往见之，在坡座赋诗，援笔立成，一座嗟服。坡遣官奴马盼盼索诗，参寥笑作绝句云：'多谢樽前窈窕娘……'坡曰余尝见柳絮落泥中，私谓可以入诗，偶未曾收拾，乃为此老所先，可惜也。"又："徐州有营妓马盼盼者，甚慧丽，东坡守徐日甚喜之，盼能学公书，得其仿佛，公尝书黄楼赋未毕，盼窃效公书山川开合四字，坡见之大笑，略微润色，不复易之，今碑中四字盼之书也。"

②襄王：指宋玉《高唐赋》所述襄王与巫山神女的故事。

郭祥正 一首

郭祥正（1035—1113），字功父（甫），自号醉吟居士、谢公山人、漳南浪士。当涂（今属安徽）人。仁宗皇祐进士，曾官德化尉、太子舍人、桐城令，并任签书保信军节度判官，未几，弃官归隐姑孰青山。后又任汀州、漳州、端州地方官。

徐州黄楼歌寄苏子瞻①

君不见彭门之黄楼，楼角突兀②凌山丘。云生雾暗失柱础，日升月落当帘钩。黄河西来骇奔流，顷刻十丈平城头③。浑涛春撞④怒鲸跃，危堞⑤仅若杯盂浮。斯民嚣嚣⑥坐恐化鱼鳖，刺史⑦当分天子忧。植材筑土夜连昼，神物借力非人谋。河还故道万家喜，匪⑧公何以全吾州。公来相基⑨叠巨石，屋成因以黄名楼。黄楼不独排河流，壮观弹压东诸侯⑩。重檐斜飞掣⑪惊电，密瓦莹静蟠苍虬⑫。乘闲往往宴宾客，酒酣诗兴横霜秋。沉思汉唐视陈迹，逆节怙险⑬终何求。谁令颈血溅砧斧⑭，千载付与山河愁。圣祖神宗⑮仗仁义，中原一洗兵甲休。朝廷尊崇郡县肃，彭门子弟长欢游。长欢游，随五马⑯，但看红袖舞华筵⑰，不愿黄河到楼下。

注释

①黄楼：苏轼所建。苏辙《黄楼赋叙》云："熙宁十年秋，河决于澶渊，水及彭城下。子瞻适为彭城守，庐于城上，调急走发禁卒以从事，以身率之，故水大至而民不溃。于是即城之东门为大楼焉，垩以黄土，曰'土实胜水。'徐人相劝成之。"

②突兀：高耸貌。

③指水势汹涌，顷刻之间大水几乎淹没城墙。参见苏轼《河复》诗。

④春撞：同"冲撞"。

⑤危堞：高墙。堞：泛指城墙。

⑥嚣嚣：喧哗貌。坐：因为。

⑦刺史：太守。知州的别称。

⑧匪：通"非"。

⑨相基：指寻找、测量建楼的地基。

⑩东诸侯：东方的地方势力。

⑪掣（chè）：迅疾闪过。

⑫苍虬（qiú）：苍，青黑色；虬，传说中的无角龙。

⑬逆节怙险：指依仗险要的地势起来反叛朝廷。

⑭砧斧：砧板和斧钺。为古代杀人刑具。

⑮圣祖神宗：北宋皇帝赵顼（1048—1085），1067—1085在位。重用王安石主持变法，力求富国强兵，改变贫穷衰弱的局面。注重理财，积蓄力量，以实现统一国土。

⑯五马：太守的代称。这里指苏轼。

⑰华筵：盛美的筵席。

苏　轼　四十九首

苏轼（1037—1101），字子瞻，号东坡居士。眉山（今属四川）人。嘉祐二年（1057）进士。因反对王安石新法，被贬谪黄州。哲宗时任翰林学士，曾出知杭州、颍州，官至礼部尚书。后又被贬谪惠州、儋州。熙宁十年（1077）四月赴知徐州，元丰二年（1079）三月自徐州移知湖州。

和李邦直沂山祈雨有应①

高田生荒埃，下田生苍耳②。苍耳亦已无，更问麦有几？蛟龙③睡足亦解惭，二麦枯时雨如洗。不知雨从何处来，但闻吕梁百步④声如雷。试上城南望城北，际天菽粟⑤青成堆。饥火烧肠作牛吼，不知待得秋成⑥否？半年不雨坐龙慵⑦，共怨天公不怨龙。今朝一雨聊自赎，龙神社鬼⑧各言功。无功日盗太仓⑨谷，嗟我与龙同此责。劝农使者⑩不汝容，因君作诗先自劾⑪。

注释

①李邦直（1032—1102），名清臣，字邦直，安阳（属魏郡）人。治平进士，曾任海州通判、京东路提刑、吏部尚书、尚书左丞等官职。与苏轼过往甚密。沂山：山名，在今山东临朐县南。
②苍耳：草名，亦名胡菜、地葵、蓑耳、猪耳，可入药。
③蛟龙：即蛟，以其形似传说中的龙，故称蛟龙。
④吕梁百步：即吕梁洪和百步洪。
⑤际天菽粟：菽粟，豆和谷子。际天，上际于天，指菽粟一望无际直到天边。
⑥秋成：指谷物经秋而有成。
⑦坐龙慵：坐，因为；慵，懒惰。
⑧社鬼：即土地神。
⑨太仓：京城储粮的大仓。
⑩劝农使者：指李邦直。时李为京东提刑，天禧四年，改诸路提刑为劝农使。
⑪自劾：自责。

和赵郎中①见戏二首

燕子人亡三百秋②，卷帘那复似扬州③？西行未必能胜此④，空唱崔徽上白楼⑤。我击藤床君唱歌，明年六十奈君何。醉颠只要装风景，莫向人前自洗磨⑥。

注释

①赵郎中：即赵成伯，曾官尚书郎、知密州，与苏轼过往甚密。
②燕子：见白居易《燕子楼》诗序。
③杜牧之诗："春风十里扬州路，卷上竹帘总不如。"
④这句诗的意思是：去河中（今属山西）任职未必胜于徐州。赵成伯原任职密州（相当今山东沂山、莒南以东，胶县、安丘以南地区），后改就差知河中，未赴，改知徐

州。河中在密州西北,故诗中谓"西行"。

⑤崔徽,唐代河中歌妓,与裴敬中相恋。既别,托画家写肖像寄裴,不久抱恨而死。白楼:在河中府城之西北。

⑥自洗磨:自我修养锻炼。苏轼《上韩太尉书》:"士大夫皆自洗濯磨淬,戮力于王事,而不敢为非常可怪之行。此三代王政之所由兴也。"

次韵(一作"和")子由与颜长道同游百步洪相地筑亭种柳①

平明(一作"生")坐衙不暖席②,归来闭阁闲终日。卧闻客至倒屣迎③,两眼蒙笼④馀睡色。城东泗水步可到,路转河洪翻雪白。安得青丝⑤络骏马,蹙踏⑥飞波柳阴下。奋身三丈两蹄间,振鬣长鸣声自乾⑦。少年狂兴久已谢,但忆嘉陵绕剑关⑧。剑关大道车方轨⑨,君自不去归何难。山中故人应大笑,筑屋种柳何时还?

注释

①次韵:和别人的诗并依原诗用韵的次序。子由:即苏轼弟苏辙,字子由。颜长道:即颜复,字长道,鲁人,嘉祐进士。曾官太常博士、中书舍人兼国子祭酒等。

②平明:黎明,天刚亮的时候。坐衙,指在公署里处理事务。苏轼《后杞菊赋》:"朝衙达午,夕坐过酉。"暖席:久坐而坐席留有体温,亦指安居。不暖席,形容历时短暂。《淮南子·修务训篇》:"孔子无黔突,墨子无暖席。"

③倒屣:古人家居脱鞋席地而坐,急于迎客,将鞋穿倒。形容热情欢迎宾客。

④蒙笼:合闭貌。

⑤青丝:指马缰绳。

⑥蹙踏:指马飞跑踩踏。

⑦乾:指声音刚健。

⑧嘉陵:嘉陵江。剑关:剑门关。皆属苏轼四川的家乡。

⑨方轨:两车并行。

与梁先、舒焕泛舟,得临酿字二首①

彭城古战国②,孤客倦登临。汴泗交流处③,清潭百丈深。故人轻千里,茧足④来相寻。何以娱佳客,潭水洗君心。

老守厌簿书⑤,先生罢函丈⑥。风流魏晋间⑦,谈笑羲皇上⑧。河洪忽已过,水色绿可酿。君无轻此乐,此乐清且放。

注释

①梁先:字吉老。生平不详。舒焕:字尧文,神宗熙宁十年(1077)苏轼知徐州时

为徐州教授，曾官左朝散郎、熙州（今属甘肃临洮 táo）通判。

②彭城：今徐州。《太平寰宇记》：徐州，古大彭氏国，地则青、兖之域。春秋时为宋邑，六国时属楚。秦并天下，以彭城属泗水郡；项羽自号西楚霸王，建都于此。汉改泗水为沛郡，又分沛郡立楚国，复置徐州；宣帝地节元年更为彭城郡。后汉及晋为彭城国。后魏复置徐州。

③《名胜志》："泗水源出山东泗水县，南流过沛县，至徐州东北，合汴水，循城东南达淮。汴水自河南浚仪县界东流过萧县，至州城东北，与泗水合。二水汇而为潭，极深，有龙居之。"

④茧足：因走路远，脚都起了茧子。

⑤老守：作者自称。时苏轼为徐州太守。簿书：官署文书。

⑥函丈：古代讲学者与听讲者，坐席之间相距一丈。后用以称讲席，引申为对前辈学者或师长的敬称。亦作"函杖"。《礼记·曲礼上》："若非饮食之客，则布席，席间函丈。"郑玄注："谓讲问之客也。函，犹容也，讲问宜相对容丈，足以指画也。"

⑦指魏晋间士尚清谈、慕达节之风。

⑧羲皇上：即羲皇上人。羲皇，太古。晋陶渊明《与子俨等疏》："尝言五、六月中北窗下卧，遇凉风暂至，自谓是羲皇上人。"

子由将赴南都，与余会宿于逍遥堂①，作两绝句。读之，殆不可为怀，因和其诗以自解。余观子由自少旷达，天资近道，又得至人养生长年之诀，而余亦窃闻其一二。以为今者宦游相别之日浅，而异时退休相从之日长，既以自解，且以慰自由云。

别期渐近不堪闻，风雨萧萧已断魂。犹胜相逢不相识，形容变尽语音存。
但令朱雀②长金花，此别还同一转车。五百年间谁复在，会看铜狄两咨嗟③。

注释

①逍遥堂：乾隆《徐州府志》："逍遥堂在府治。后苏轼守徐时，与弟苏辙会宿此堂，各有诗。久废。康熙三十六年，知州孔毓珣重建。"

②朱雀：一作朱鸟，南方七星宿（井、鬼、柳、星、张、翼、轸）的总名。七宿联起来像鸟形；朱，赤色，象火，南方火，故叫朱雀。朱雀，指火。据施元之注引《阴真君·金液还丹歌》："北方正气为河车，东方甲乙成丹砂。两情合养归一体，朱雀调护出金花。"

③铜狄：即铜人。《后汉书·蓟子训传》："时有百岁翁，自说童儿时见子训卖药于会稽市，颜色不异于今。后人于长安东霸城见之，与一老翁共摩挲铜人，相谓曰：'适见铸此，已近五百岁矣。'顾视见人而去，犹驾昔所乘驴车也。"《水经注》："魏文帝黄初元年，徙长安金狄，重不可致，因留霸城南。"咨嗟：叹息。

留题石经院①三首

葱蒨②门前路，行穿翠密③中。却来堂上看，岩谷意无穷。
夭矫庭中桧④，枯枝鹊踏消。瘦皮缠鹤骨，高顶转龙腰。
窈窕⑤山头井，潜通伏涧清。欲知深几许，听放辘轳声。

注释

①石经院：据旧志：石经院在戏马台台头寺内。
②葱蒨：青翠茂盛貌。
③翠密：密集的绿色草木。
④夭矫：屈伸自如。桧（guì，旧读 kuài）：刺柏。
⑤窈窕：深邃貌。

过云龙山人张天骥①

郊原雨初足，风日清且好。病守②亦欣然，肩舆白门道③。荒田咽蛰蚓④，邨巷悬梨枣。下有幽人⑤居，闭门空雀噪。西风高正厉，落叶纷可扫。孤童卧斜日，病马放秋草。墟里⑥通有无，垣墙任摧倒。君家本冠盖⑦，丝竹闹邻保⑧。脱身声利⑨中，道德自濯澡⑩。躬耕抱羸疾⑪，奉养百岁老。诗书膏吻颊⑫，菽水媚翁媪⑬。饥寒天随子⑭，杞菊自撷芼⑮。慈孝董召南⑯，鸡狗相乳抱。吾生如寄耳⑰，归计失不蚤⑱。故山岂敢忘，但恐迫华皓⑲。从君好种秫⑳，斗酒时自劳。

注释

①张天骥：字圣涂，彭城人。以奉亲隐居不仕，居云龙山西麓，自号云龙山人，筑园庭种花养鹤。苏轼、陈后山、参寥子与之游。尝作放鹤亭于云龙山之麓，苏轼为作记。
②病守：作者自称。时苏轼为徐州太守。
③肩舆：用人力抬扛的代步工具。白门：即外城的南白门，亦称白下，地近狭邪。古代把天地八方分为八门，西南方为白门，云龙山在徐州城南偏西方向。明万历《徐州志卷二》：白门，唐张玄稔攻徐州，徐吏路审中率死士应官军开南白门入，因得破庞勋。
④咽蛰蚓：伏藏在土中的蚯蚓发出吟吟声。
⑤幽人：隐士。

⑥墟里：村落。
⑦冠盖：冠，礼帽；盖，车盖。指官吏的服饰和车乘，借指官吏。
⑧丝竹：弦乐器和竹管乐器，泛指音乐。邻保：四周邻居。
⑨声利：名利。
⑩濯澡：洗涤。此处指去掉不符合仁义道德的东西。
⑪羸疾：类似风痹的病。
⑫膏：滋润、影响。吻颊：脸颊，代指人。此句指诗书的礼义感化着人。
⑬菽水：豆和水，指粗茶淡饭，形容生活清苦。翁媪：父母；媚翁媪，让父母满意、高兴。
⑭天随子：陆龟蒙自号天随子，常食杞、菊。其《杞菊赋》序曰："天随子宅荒少墙，屋多隙地，著图书所，前后皆树以杞菊。春苗恣肥，日得以采撷之，以供左右杯案。及夏五月，枝叶老硬，气味苦涩，旦暮犹责儿童辈拾掇不已。"苏轼撰《后杞菊赋》，其序曰："天随生自言常食杞菊。及夏五月，枝叶老硬，气味苦涩，犹食不已。因作赋以自广。始余尝疑之，以为士不遇，穷约可也，至于饥饿嚼啮草木，则过矣。而余仕宦十有九年，家日益贫，衣食之奉，殆不如昔者。及移守胶西，意且一饱，而斋厨索然，不堪其忧。日与通守刘廷式循古城废圃，求杞菊食之，扪腹而笑。然后知天随生之言可信不谬。作《后杞菊赋》以自嘲，且解之云。"
⑮撷芼（xiémáo）：采摘，拔取。
⑯董召南：唐贞元时寿州安丰人，隐居行义，耕读为生。韩愈《嗟哉董生行》诗称："嗟哉董生孝且慈，人不识，唯有天翁知，生祥下瑞无时期。家有狗乳出求食，鸡来哺其儿。啄啄庭中拾虫蚁，哺之不食鸣声悲。彷徨踯躅久不去，以翼来覆待狗归。"
⑰指人的生命短促，就像暂时寄居在人世间一样。
⑱蚤：同早。
⑲迫：逼近。华皓：须发花白。指年老。
⑳秫：高粱。

阳关词① （三首选一）

赠张继愿

受降城下紫髯郎②，戏马台前古战场。恨君不取契丹③首，金甲牙旗归故乡④。

注释

①阳关词：词调有阳关曲。
②受降城：汉武帝时曾筑受降城，故址在今内蒙古乌拉特旗北。唐代在黄河以北筑中、东、西三受降城。紫髯郎：指大胡子将军。三国时孙权被称为"紫髯将军"。
③契丹：我国古部族名。

④金甲：金饰的铠甲。牙旗：以象牙为饰的大将旗。

次韵吕梁仲屯田①

雨叶风花日夜稀，一杯相属②竟何时。空虚岂敢酬琼玉③，枯朽犹能出菌芝。门外吕梁从迅急⑤，胸中云梦自逶迟⑥。待君笔力追灵运⑦，莫负南台九日期⑧。

注释

①吕梁：徐州城东南六十里。古时为宋邑，临泗水，上有石梁。参见前注释（12页）。仲屯田：生平不详。屯田，官名，掌管屯田政令。
②属：劝酒。
③琼玉：美玉。比喻美好的诗文。
④菌芝：即灵芝，菌类植物，古人以为瑞草。《列子·汤问》："朽壤之上有菌芝者，生于朝，死于晦。"
⑤迅急：水势湍急。
⑥云梦：古代泽名。逶迟：遥远貌。
⑦灵运：南朝宋诗人谢灵运。
⑧南台：即戏马台。因在徐州城南，故名。参见前谢灵运《九日从宋公戏马台集送孔令诗》。

台头寺雨中送李邦直赴史馆，分韵得忆字、人字，兼寄孙巨源二首①

霜林日夜西风急，老送君归百忧集。清歌窈眇②入行云，云为不行天为泣。红花黄叶秋正乱，白鱼紫蟹君须忆。凭君说向霁将军③，衰病相逢应不识。

珥笔西归近紫宸④，太平典册不缘麟⑤。付君此事宁论晋⑥，载我当时旧过秦⑦。门外想无千斛米⑧，墓中知有百年人⑨。看君两眼明如镜⑩，休把春秋坐素臣⑪。

注释

①台头寺：又名南台寺，在戏马台上。清道光《铜山县志》：台头寺"在戏马台上，旧名陀头寺，建于宋。久废。"李邦直：见前注。史馆：官修史书的机构。分韵：古时作诗时先规定若干字为韵，各人分拈韵字，依韵作诗，叫做分韵。孙巨源（1032—1080），名洙，广陵（今江苏扬州）人。治平中兼史馆检讨，同知谏院。王安石变法，力求补外，知海州。后同修起居注，进知制诰。元丰初，擢翰林学士。苏轼与孙巨源交契甚厚，有多首诗词寄赠，《采桑子·润州多景楼与孙巨源相遇》、《永遇乐·长忆别时》最为人传颂。

②窈眇（yǎomiǎo）：指歌声美妙。
③髯将军：苏轼在《宿余杭法喜寺后绿野堂望吴兴诸山怀孙莘老学士》中，称孙莘老为"紫髯翁"。张辽以紫髯将军目孙权，莘老多髯，又姓孙，故称。李廌《师友谈记》：馆中以孙莘老为大胡孙学士，孙巨源为小胡孙学士。
④珥笔：古代史官、谏官上朝或侍从近臣，常插笔冠侧，以便记录，谓之"珥笔"。紫宸：殿名，为皇帝接见群臣、外国使者朝见庆贺的内朝正殿。也指代帝王、帝位。
⑤《史记·孔子世家》："及西狩见麟，曰：'我道穷矣！'""见麟"而"道穷"。此句意思是：太平时期的典册与"见麟"没有关系，也就是说当时非"道穷"。
⑥宁论晋：陶渊明《桃花源记》："不知有汉，何论魏晋。"
⑦过秦：西汉贾谊作《过秦论》，阐述秦之得失。这里，苏轼以贾谊自比，想让李邦直把自己的进论载入国史中。
⑧《晋书·陈寿传》："丁仪、丁廙有盛名于魏，陈寿谓其子曰：'可觅千斛米，当为尊公作佳传。'子不与，竟不立传。"
⑨传说汉末开挖前汉时墓，墓中宫人还活着，能细说前汉宫中事。
⑩诗人认为李邦直眼如明镜，写史应知所取舍。
⑪孔子据鲁史修《春秋》，汉人称为素王。而左丘明又据《春秋》作传，后人称之为素臣。杜预《左氏传序》："说者以为仲尼自卫返鲁，修《春秋》，立素王，丘明为素臣。"素王，指有帝王之德而未居其位的人。素臣，指代没有实权的官员。

河　复　并序

熙宁十年①秋，河决澶渊②，注钜野，入淮、泗。自澶、魏以北皆绝流，而济、楚大被其害。彭门城下水二丈八尺，七十余日不退，吏民疲于守御。十月十三日，澶州大风终日；既止，而河流一枝已复故道。闻之喜甚，庶几③可塞乎！乃作河复诗，歌之道路，以至民愿而迎神休④，盖守土者之志也。

君不见西汉元光元封⑤间，河决瓠子⑥二十年。钜野东倾淮泗满，楚人恣食黄河鱣⑦。万里沙回封禅罢⑧，初遣越巫沉白马⑨。河公⑩未许人力穷，薪刍⑪万计随流下。吾君圣德如唐尧，百神受职河神骄。帝遣风师⑫下约束，北流夜起澶州桥。东风吹冻收微渌⑬，神功不用淇园竹。楚人种麦满河淤，仰看浮槎⑭栖古木。

注释
①熙宁十年：1077 年。
②澶渊：湖泊名，故址在今河南濮阳县西。
③庶几：也许可以，表示希望或推测。
④神休：神的庇护。

⑤元光元封：元光（前134—前129）、元封（前110—前105）皆为汉武帝年号。
⑥瓠子：地名。在今濮阳县南，亦称瓠子口。
⑦恣食：任意地吃。鱣（zhān）：鲤鱼。
⑧万里沙：地名，在今山东掖县北。《史记·武帝纪》元封二年："于是天子既出毋名，乃祷万里沙，过祠泰山。"汉元封元年，武帝封禅泰山，东至海上，北至碣石。
⑨《汉书·郊祀志第五下》："是时既灭两粤……乃命粤巫立粤祝祠，安台无坛，亦祠天神帝百鬼，而以鸡卜。"《汉书·沟洫志第九》："自河决瓠子后二十余岁，岁因以数不登，而梁、楚之地尤甚。上既封禅，巡祭山川，其明年，乾封少雨。上乃使汲仁、郭昌发卒数万人塞瓠子决河。于是上以用事万里沙，则还自临决河，湛白马玉璧，令群臣从官自将军以下皆负薪填决河。是时东郡烧草，以故薪柴少，而下淇园之竹以为楗。"淇园，地名，在今河南淇县附近，古代以产竹著名。楗（jiàn）：古同"楗"，堵塞河堤决口所用的竹木等材料。
⑩河公：即河伯，传说中的河神。
⑪薪刍：柴草。
⑫风师：风伯，风神。
⑬渌：清澈。
⑭浮槎：木筏。

登望氻亭①

河涨西来失旧氻，孤城浑（一作"都"）在水光中。忽然归壑无寻处，千里禾麻②一半空。

注释
①氻：同"洪"。有的版本诗题为"书望洪亭壁"。同治《徐州府志》"苏轼刻诗云：'仆在彭城，大水后登望氻亭，偶为此词，已而忘之。其后徐人有诵之者，徐思之，乃知其为仆诗也。'"
②禾麻：泛指豆、谷类农作物。

有言郡东北荆山下可以沟畎积水，因与吴正字、王户曹同往相视，以地多乱石，不果。还游圣女山，山有石室如墓而无棺椁，或云宋司马桓魋墓。二子有诗，次其韵二首①

侧手区区岂（一作"未"）易遮②，奔流一瞬卷千家。共疑智伯初围赵③，犹有张汤欲漕斜④。已坐迂疏⑤来此地，分将劳苦送生涯。使君下策真堪笑，隐隐惊雷响踏车⑥。

茫茫清泗邍孤岑⑦,归路相将得暂临。试著芒鞋穿荦确⑧,更然⑨松炬照幽深。纵令司马能镵石⑩,奈有中郎解摸金⑪。强写苍崖留岁月,他年谁识此时心。

注释

①荆山:明嘉靖《徐州志卷四》:"凤凰山而北为青山,青山稍东为荆山,距城六十里。苏轼时有言其下可沟畎积水,因往相视,以山多乱石,不果。同治《徐州府志》:荆山"西临驿路入桥山,在城东三十里。州志六十里,旧志二十里,均误。"沟畎:沟渠。此处指开挖沟渠。吴正字:名琯,字彦律。正字为其官职,负责校正书籍。苏轼曾作《日喻》一篇送之。王户曹:生平不详。户曹,官名,掌管民户、祠祀、农桑等事。圣女山:即桓山。明嘉靖《徐州志》:"桓山东临泗水,旧名圣女山。宋桓魋作石椁于此,故名。……今俗称洞山,有洞山寺。"同治《徐州府志》:"山临引线河,与青山南北相对,在城北十七里。"《水经注》:"泗水又南迳宋大夫桓魋冢西,山抗泗水,上而尽石,凿而为冢,今人谓之石郭者也。郭有二重,石作工巧,夫子以为不如死之速朽也。"棺椁:棺材和套在棺外的外棺。

②侧手区区:区区,小。此句意思是:小小的手掌如何挡得住黄河的决水。当时河决水刚退,谚语有"侧手障黄河"之语。

③前453年,智伯率韩、魏攻赵,围晋阳,引汾水灌城。赵臣张孟谈说韩、魏与赵联合,决水灌智伯军,擒杀智伯。

④指西汉张汤受命疏通褒水、斜水运输事。《汉书·沟洫志》:"汤问之,言'抵蜀从故道,故道多阪,回远。今穿褒斜道,少阪,近四百里;而褒水通沔,斜水通渭,皆可以行船漕……'上以为然。拜汤子卬为汉中守,发数万人作褒斜道五百余里。道果便近,而水多湍石,不可漕。"奈:怎奈,奈何。

⑤迂疏:不合情理,不切实际。

⑥踏车:脚踏水车疏水。

⑦邍:异体字,同"绕"。岑:小而高的山。

⑧芒鞋:草鞋。荦确:石多貌。荦:音luò。

⑨然:同燃。

⑩司马:指司马桓魋。镵石:刻凿石头。传说桓魋自为石椁,三年而不成。

⑪东汉袁绍向各州郡发送文书,列举曹操罪状,中有发掘梁孝王坟墓事,并谓曹操"署发丘中郎将、摸金校尉",专事掘墓,掠取金宝。

答吕梁仲屯田

乱山合沓围彭门①,官居独在悬水村②。居民萧条杂麋鹿③,小市冷落无鸡豚④。黄河西来初不觉,但讶清泗奔流浑⑤。夜闻沙岸鸣瓮盎⑥,晓看雪浪浮鹏鲲⑦。吕梁自古喉吻地⑧，万顷一抹何由吞。坐观入市卷闾井⑨，吏民走尽馀王尊⑩。计穷路断欲安适，吟诗破屋愁鸢⑪蹲。岁寒霜重水归壑，但见屋瓦留沙痕。入城相对如梦寐，我亦仅免为鱼鼋⑫。旋呼歌舞杂诙（一作"谈"）笑⑬，不惜饮釂⑭空瓶盆。念君官舍冰雪冷，新诗美酒聊相温。人生如寄何不乐，任使绛蜡⑮烧黄昏。宣房⑯未筑淮泗满，故道堙灭（一作"没"）疮痍存⑰。明年劳苦应更甚，我当畚锸先黥髡⑱。付君万指⑲伐顽石，千锤雷动苍山根。高城如铁洪口快，谈笑却扫看崩奔⑳。农夫掉臂免狼顾㉑，秋谷布野如云屯㉒。还须更置软脚㉓酒，为君击鼓行金樽㉔。

注释

①合沓：重叠。彭门：徐州。

②悬水村：冯世雍《吕梁洪志》："东南则有悬水村。明弘治《重修徐州志》："今洪之东南尾有悬水村。"按：庄列孔子观于吕梁，悬水三十仞，流沫四十里，故名今村。"

③麋鹿：一种鹿属动物，俗称四不像。

④豚：猪。

⑤浑：大水汹涌。

⑥鸣瓮盎：指水拍沙岸之声如同击打瓮和盎的声音。瓮为一种腹部较大的陶制盛器，盎为腹大口小的瓦制盛器。

⑦鹏鲲：比喻至大之物。《庄子·逍遥游》："北冥有鱼，其名为鲲。鲲之大，不知其几千里也。化而为鸟，其名为鹏。鹏之背，不知其几千里也；怒而飞，其翼若垂天之云。"

⑧喉吻地：险要之地。

⑨闾井：村落。

⑩王尊：西汉大臣。《汉书·王尊传》：王尊任东郡（今河南濮阳县南）太守时，黄河水泛滥，河堤危险，居民纷纷奔走，害怕河水决堤。尊亲临河堤，投沉白马，祭祀河神，并以身填堤为誓，住在堤上，祈望保全河堤。吏民数千万人争叩头劝救王尊，尊始终不肯离去。河水终于决堤，吏民皆逃走，只剩下一个官员哭着陪在王尊身边，尊却不动。不久水波慢慢退回。

⑪鸢（yuān）：老鹰。

⑫鼋（yuán）：大鳖，也叫元鱼。

⑬诙笑：戏谑。

⑭釂（jiào）：饮酒尽，干杯。

⑮绛蜡：红烛。

⑯宣房：同宣防。指在河堤上建筑的房屋。汉元光中，黄河决于瓠子。后二十余年，汉武帝命堵塞瓠子决口，筑宫于上，称宣房宫。

⑰堙灭：埋没。堙，音yīn。疮痍：创伤，比喻黄河决水造成的重大损失。

⑱畚锸（běnchā）：畚，竹筐之类的器具；锸，锹。黥髡（qíngkūn）：黥和髡都是

古代的刑罚，黥在面部或额上刺刻符号或文字并涂上墨；髡刑是剃去头发。这里黥髡指受刑的犯人。

⑲万指：形容役使人数之多。

⑳崩奔：水流奔腾。

㉑掉臂：摇动手臂，表示不顾而去。狼顾：狼害怕被袭击，行走常反顾；比喻人有所畏惧。

㉒云屯：如云之聚集。形容秋谷多而茂盛。

㉓软脚：设宴招待远归的人。犹今接风、洗尘。

㉔金樽：对酒杯的美称，亦代指美酒。

访张山人①得山、中字二首

鱼龙随水落，猿鹤喜君还。旧隐丘墟外②，新堂紫翠间③。野麋驯杖履④，幽桂出榛菅⑤。洒扫门前路，山公亦爱山（自注：张故居为大水所坏，新卜此室故居之东。）⑥。

万木锁云龙⑦，天留与戴公⑧。路迷山向背⑨，人在瀼⑩西东。荞麦⑪馀春雪，樱桃落晚风。入城都不记，归路醉眠中。

注释

①张山人：指张天骥。见前注释。

②旧隐：指原来的隐居处。丘墟：荒地，山林之地。

③苏轼《放鹤亭记》："熙宁十年秋，彭城大水，云龙山人张君之草堂，水及其半扉。明年春水落，迁于故居之东，东山之麓。升高而望，得异境焉，作亭于其上……山人有二鹤，甚驯而善飞。……"紫翠：花草树木。

④驯杖履：驯，顺服。杖履：古礼五十岁老人得扶杖，又古人入室鞋必脱于室外，为尊敬老人，长者可入室而后脱鞋。后用"杖履"为敬老之词，不指其人，以示敬意。

⑤幽桂：隐藏在山林里的桂树。榛菅（zhēn jiān）：杂乱的草木。

⑥山公：指晋代山简，时人称为"山公"。《晋书·山简传》：山简镇襄阳，"于时四方寇乱，天下分崩，王威不振，朝野危惧。简优游卒岁，惟酒是耽。诸习氏，荆土豪族，有佳园池，简每出嬉游，多之池上，置酒辄醉，名之曰高阳池。"这里指张天骥。

⑦云龙：云龙山。

⑧戴公：指南朝宋人戴颙（378—441），字仲若。曾隐居桐庐，后移居京口黄鹄山，山北有竹林精舍，林涧甚美，颙常游此。文帝每欲见之，谓人曰"东巡之日，当宴戴公山下。"苏轼在《同柳子玉游鹤林招隐醉归呈景纯》诗中，有"刘氏宅边霜竹老，戴公山下野桃香。"这里喻指张天骥。

⑨向背：前后。

⑩瀼（ràng）：指流入江河的山间溪水。

⑪荠麦：一年生草本植物，叶狭长，羽状分裂，花白色，茎叶嫩时可食。

起伏龙行① 并序

徐州城东二十里有石潭②，父老云与泗水通，增损清浊，相应不差，时有河鱼出焉。元丰元年春旱，或云置虎头潭中，可以致雷雨，用其说作起伏龙行。

何年白竹千钧弩③，射杀南山雪毛④虎。至今颅骨带霜牙，尚作四海毛虫祖。东方久旱千里赤，三月行人口生土。碧潭近在古城东，神物所蟠谁敢侮。上欹苍石拥岩窦⑤，下应清河⑥通水府。眼光作电走金蛇⑦，鼻息为云擢烟缕。当年负图传帝命⑧，左右羲轩诏神禹⑨。尔来怀宝但贪眠，满腹雷霆瘖⑩不吐。赤龙白虎战明日，倒卷黄河作飞雨。嗟我岂乐斗两雄⑪，有事径须⑫烦一怒。

注释

①起伏龙行：起，唤醒。伏龙，隐伏之龙。行，古诗的一种体裁。
②石潭：乾隆《徐州府志》：圣水山在城东八里，相近有青顶山、尖山，并相连属，其间有石潭，世传潜通泗水。宋苏轼尝祷雨于此，作《起伏龙行》。同治《徐州府志》：盘头南偏东为圣水山、青顶山、尖山，以上三山俱城东八里，皆相连峙。宋郡守苏轼尝于其下石潭祈雨，作《起伏龙行》。
③白竹千钧弩：用白竹制作有千钧之力的弩。弩：古时利用机械射箭的弓，传说秦昭王时，有巴郡人能作白竹之弩，登楼射杀白虎。
④雪毛：白毛。
⑤欹（qī）：斜靠。岩窦：岩石构成的洞穴。
⑥清河：泗水的别称。
⑦金蛇：喻指闪电之光。
⑧古代传说舜即帝位，黄龙五彩负图出舜前。
⑨羲：古代传说中的部落首长伏羲，即太昊。轩：轩辕黄帝。诏：告诫，命令。传说洛出龟书，以赐神禹。
⑩瘖（yīn）：默不作声。
⑪指虎头骨投入潭中，龙虎二物威猛相击，其势必斗，则可以造成风雨。
⑫径须：只管，尽管。

闻公择①过云龙张山人，辄往从之，公择有诗戏用其韵

我生固多忧，肉食常苦墨②。轩然就一笑③，犹得好饮力。闻君过云龙，对酒两静默。急携清歌女④，出郭及未昃⑤。一欢难力致，邂逅有胜特⑥。喧蜂集晚花，乱雀

啅丛棘⑦。山人乐此耳，寂寞谁侍侧？何当求好人⑧，聊使治要袺⑨。使君自孤偾⑩，此理谁相值。不如学养生，一气服千息。

注释

①公择：即李常，字公择，建昌（今四川新昌县）人。曾任户部尚书，宣州观察推官，淮南西路提点刑狱，滑州、邓州地方长官等职。
②肉食：指享受厚禄的官员。墨：黑色，气色不好。
③轩然句：开怀大笑。
④清歌女：歌声清亮的女艺人。亦指不用乐器伴奏而歌唱的女艺人。
⑤昃（zè）：太阳偏西。
⑥胜特：特别令人高兴的事。
⑦啅（zhào）：鸟鸣。丛棘：荆棘之丛。
⑧何当：应当。好人：指能缝衣服的女人。
⑨要袺：要（yāo）：男子下服的腰部；袺（jí）：衣领。《诗经·魏风·葛屦》："掺掺女手，可以缝裳。要之袺之，好人服之。"
⑩孤偾（fèn）：独居无偶。

游张山人园①

壁间一轴烟萝子②，盆里千枝锦被堆③。惯与先生为酒伴，不嫌刺史④亦颜开。纤纤⑤入麦黄花乱，飒飒⑥催诗白雨来。闻到君家好井水，归轩⑦乞得满瓶回。

注释

①民国《铜山县志》：张山人园"旧志在黄茅岗下，宋山人张天骥隐居于此。今云龙书院即其地。"
②烟萝子：后晋著名道士。这里指的是一幅画，可能是《烟萝子朝真图》。
③锦被堆：指蔷薇。
④刺史：官名，一州之长官，同太守。这里是作者自称，当时苏轼为徐州太守。
⑤纤纤：细小。
⑥飒飒：雨声。
⑦归轩：回去的车子。

携妓乐①游张山人园

大杏金黄小麦熟，坠（一作"堕"）巢乳鹊（一作"燕"）拳②新竹。故将俗物恼幽人③，细马红妆满山谷④。提壶劝酒意虽重，杜鹃⑤催归声更速。酒阑⑥人散却关门，寂历⑦斜阳挂疏木。

注释

①妓乐：歌舞女艺人及乐工。

②拳：这里指乳鹊用力踢蹬。

③俗物：世俗之物。或指与己不相合的人。幽人：隐士。

④细马：小马，亦指骏马。作者《李铃辖座上分题戴花》诗句："二八佳人细马驮，十千美酒渭城歌。"李白《对酒歌》："葡萄酒，金叵罗，吴姬十五细马驮。"红妆：指美女。

⑤杜鹃：鸟名，又名子规。

⑥酒阑：行酒结束时。

⑦寂历：寂静，空旷。

又送郑户曹①

水绕彭城楼②，山围戏马台。古来豪杰地，千岁有余哀。隆准③飞上天，重瞳④亦成灰。白门下吕布⑤，大星陨临淮⑥。尚想刘德舆⑦，置酒此徘徊。尔来苦寂寞，废圃多苍苔。河从百步⑧响，山到九里⑨回。山水自相激，夜声转风雷。荡荡清河壖⑩，黄楼⑪我所开。秋月堕城角，春风摇酒杯。迟⑫君为坐客，新诗出琼瑰⑬。楼成君已去，人事固多乖⑭。他年君倦游，白首赋归来。登楼一长啸，使君安在哉！

注释

①郑户曹：名仅，字彦能，彭城人。第进士，历官转运使、户部侍郎、徐州太守、大名府户曹、冠氏令等。户曹，官名，掌管户籍、赋税、仓库收纳等事务。

②彭城楼：即彭祖楼。《水经注》："城之东北角，起层楼于其上，号曰彭祖楼。"

③隆准：高鼻，代指汉高祖刘邦。《史记·高祖本纪》："高祖为人，隆准龙颜。"

④重瞳：眼有两个瞳子。这里指项羽，传说项羽是重瞳。

⑤白门：即古邳白门楼，在今徐州市睢宁县古邳镇。《元和郡国志》载，下邳"城有三重，大城周十二里半，曹操擒吕布于白门楼，即大城之门也"。《三国志·魏·吕布传》："魏太祖围沛，布登白门楼。围急，乃下降。"

⑥唐代临淮王李光弼镇守徐州，广德二年，有大星陨其地，而光弼卒。

⑦刘德舆：即南朝宋高祖刘裕，字德舆。参见前谢灵运、谢瞻诗注。

⑧百步：即百步洪。

⑨九里：即九里山，又称九嶷山，在徐州城北，首起于东，绵亘于西，凡九里，故名。

⑩清河壖（ruán）：指泗水岸边。泗水别称清河。

⑪黄楼：苏轼所建。苏辙《黄楼赋叙》云："熙宁十年秋，河决于澶渊，水及彭城下。子瞻适为彭城守，庐于城上，调急走发禁卒以从事，以身率之，故水大至而民不溃。于是即城之东门为大楼焉，垩以黄土，曰'土实胜水。'徐人相劝成之。"

⑫迟（zhì）：等待。

⑬琼瑰：美石，珠玉。比喻美好的诗文。

⑭乖：背离，差失。

答范淳甫①

吾州下邑生刘季②，谁数区区张与李③。**（自注：来诗有张仆射、李临淮之句）**重瞳遗迹已尘埃，惟有黄楼临泗水。而今太守老且寒④，侠气不洗儒生酸⑤。犹胜白门穷吕布，欲将鞍马事曹瞒⑥。

注释

①范淳甫：名祖禹，成都华阳（今属四川）人。进士，历任给事中、礼部侍郎、翰林学士、陕州太守等官职。

②吾州：指徐州，时苏轼为徐州太守，故称。下邑：此处指徐州下属的沛县。刘季，汉高祖刘邦，字季。

③区区：此处为自得意。因有张与李而自豪。张与李：指张建封和李光弼。张建封，见前注。李光弼，唐代大将，契丹族人，公元736年出镇徐州，进封临淮王。

④太守：指作者自己。寒：穷困。

⑤古代谓"儒以文乱法，侠以武犯禁"。侠气被认为是违背道德的。儒生：泛指知识分子。酸：寒酸，迂腐。

⑥曹瞒：魏武帝曹操，字孟德，小名阿瞒。

答王巩①

巩将见过，有诗，自谓恶客②，戏之。

汴泗遶我城，城坚如削铁③。中有李临淮④，号令肝胆裂。古来彭城守，未省⑤怕恶客。恶客云是谁，祥符相公孙⑥。是家豪逸⑦生有种，千金一掷颇黎盆⑧。连车载酒来，不饮外酒嫌其村⑨。子有千瓶酒，我有万株菊。任子满头插，团团见花不见目。醉中插花归，花重压折轴。问客何所须，客言我爱山。青山自逸郭⑩，不要买山钱。此外有黄楼，楼下一河水。美哉洋洋乎，可以疗饥⑪并洗耳。彭城之游乐复乐，客恶何如主人恶。

注释

①王巩：约公元 1073 年前后在世，字定国，号介庵，自号清虚居士，与苏轼唱酬甚多。苏轼因"乌台诗案"被捕，王巩受到牵连而被处置。

②恶客：指能痛饮者。

③削铁：陡峭而坚固。

④李临淮，唐李光弼，传说其军令严厉，令下，使人心破胆裂。参见前诗注释。

⑤未省：不知道。

⑥王巩祖父为魏国文正公，于景德、祥符间为相。

⑦豪逸：特出，不平凡。

⑧颇黎：即玻璃，也作玻瓈。古代所说的玻璃，大抵指天然水晶石一类，不是后世人工所造的玻璃。

⑨村：这里指酒的质量低劣。

⑩郭：城郭。

⑪疗饥：充饥，止饥饿。

九日黄楼作

去年重阳①不可说，南城夜半千沤发②。水穿城下作雷鸣，泥满城头飞雨滑。黄花白酒无人问，日暮归来洗靴袜。岂知还复有今年，把盏对花容一呷③。莫嫌酒薄红粉④陋，终胜泥中千柄锸⑤。黄楼新成壁未干，清河已落霜初杀⑥。朝来白雾如细雨，南山不见千寻刹⑦。楼前便作海茫茫，楼下空闻橹鸦轧⑧。薄寒中人老可畏，热酒浇肠气先压。烟消日出见渔村，远水粼粼山齾齾⑨。诗人猛士杂龙虎，（**自注：坐客三十余人，多知名之士。**）楚舞吴歌乱鹅鸭⑩。一杯相属⑪君勿辞，此景何殊泛清霅⑫。

注释

①重阳：农历的九月九日。

②千沤发：指水势上涨貌。沤，水中浮泡。

③把盏：拿起酒杯。呷（xiā）：小口地喝。

④红粉：这里指红色的荷花。

⑤锸（chā）：铁锹。

⑥霜初杀：指霜毁坏了草木和庄稼。

⑦南山：指户部山。千寻刹：指高高的寺庙。寻，古代长度单位，八尺为一寻。千寻，极言高，非实指。刹（chà）：佛寺。

⑧橹鸦轧：橹，划船工具。鸦轧，器物相互挤擦声。

⑨粼粼：水清澈貌。齾齾（yàyà）：山峰参差起伏貌。

⑩楚舞吴歌：泛指江南的轻歌曼舞。乱鹅鸭：形容声音嘈杂，像鹅、鸭鸣叫一样。

⑪属：劝酒。
⑫泛清霅（zhá）：指在霅溪清流中乘舟畅游。霅溪，也称霅川、霅水，在今浙江吴兴县境。霅溪与苕霅一带，风景秀丽，是唐代张志和隐居地。苏轼《赠孙莘老七绝》中有诗句"乌程霜稻袭人香，酿作春风霅水光。"《阳关词·答李公择》有"使君莫忘霅溪女，时作阳关肠断声。"

黄楼致语口号

百川反壑，五稼登场；初成百尺之楼，适及重阳之会。高高下下，既休畚锸之劳；岁岁年年，共睹菶菶之美。恭惟诸府学士，民人所恃，忧乐以时。度余力而取羡材①，因备灾而成胜事。起东郊之壮观，破西楚之淫名②。宾客如云，来四方之豪杰；鼓钟殷地③，竦万目之观瞻。实与徐民，长为佳话。

一新柱石壮严闉④，更值西风落帽辰⑤。不用游从夸燕子⑥，直将气焰压波神⑦。山川尚遶当时国，城郭犹飘广陌尘⑧。谁凭栏杆赏风月，使君⑨留意在斯民。

注释
①羡材：多余的物资。
②淫名：此处指遭受洪水之名。
③殷地：震动大地。
④严闉：庄严巍峨的城门。闉（yīn）：城门加筑的楼台，泛指城门。
⑤《晋书·孟嘉传》"九月九日，温燕龙山，僚佐毕集。时佐吏并著戎服，有风至，吹嘉帽堕落，嘉不之觉。温使左右勿言，欲观其举止。嘉良久如厕，温令取还之，命孙盛作文嘲嘉，著嘉坐处。嘉还见，即答之，其文甚美，四坐嗟叹。"后世每用"落帽"描述人风度之倜傥闲雅。
⑥燕子：燕子楼。见前注（29页）。
⑦波神：水神。
⑧广陌：大路。
⑨使君：对州郡长官的尊称。这里指作者自己。

太虚①以黄楼赋见寄，作诗为谢

我坐黄楼上，欲作黄楼诗。忽得故人书，中有黄楼词。黄楼高十丈，下建五丈旂②。楚山以为城，泗水以为池。我诗无杰句，万景骄莫随。夫子独何妙，雨雹散雷椎③。雄辞杂今古，中有屈宋④姿。南山多磐石⑤，清滑如流脂。朱蜡为（一作"以"）摹刻，细妙分毫厘。佳处未易识，当有来者知。

注释

①太虚：秦观（1049—1100），初字太虚，后改字少游，号淮海居士。高邮人。黄楼成，作《黄楼赋》。

②五丈旂：杆高五丈的旗。旂，同旗。

③雷椎：王十朋集注：雷州大雨，时人有收得雷斧雷椎，皆石也。椎（chuí）：杖，棍棒。这里借指文辞铿锵有力。

④屈宋：屈原、宋玉，皆为战国时楚诗人。

⑤磬石：可制作磬的石头。古代认为泗水之石可以制作磬。

送顿起①

客路相逢难，为乐常不足。临行挽衫袖②，更赏折残菊。佳人亦何念，凄断阳关曲。酒阑不忍去，共接一寸烛。留君终无穷，归驾不免促。岱宗③已在眼，一往继前躅④。天门⑤四十里，夜看扶桑浴⑥。回头望彭城，大海浮一粟。故人在其下，尘土相豗蹙⑦。惟有黄楼诗⑧，千古配淇澳⑨。

注释

①顿起：郓州（今山东郓城）人，曾官主簿、御史、淮安守等。与苏轼有唱酬往来。

②彩袖：泛指衣袖。

③岱宗：泰山。泰山别称岱，旧时谓泰山为四岳所宗，故称。

④躅（zhú）：足迹。继前躅，继续前行。

⑤天门：泰山的一个景点，有大天门、小天门。苏轼《次韵答顿起二首》："挽袖推腰踏破绅，旧闻携手上天门。"

⑥扶桑：传说中的神木，日出其下。《淮南子·天文》："日出于旸谷，浴于咸池，拂于扶桑，是谓晨明。"这里"扶桑浴"指海中日出。

⑦豗蹙（huīcù）：指尘土飞扬。豗，撞击；蹙，踢踏。

⑧黄楼诗：指顿起所作黄楼诗。作者自注：顿起有诗记黄楼本末。

⑨淇澳：淇奥（yù）：《诗·卫风》篇名，被认为赞美卫武公（周平王的卿士）之作。奥，通"澳"。

登云龙山①

醉中走上黄茅冈②，满冈乱石如群羊。冈头醉倒石作床，仰看白云天茫茫。歌声落谷秋风长，路人举首东南望，拍手大笑使君③狂。

注释

①登云龙山：旧注称：此首先生手书刊石，诗后题云：元丰元年九月十七日，张天骥、苏轼、颜复、王巩始登此山。

②黄茆冈：即黄茅冈，在云龙山西麓。茆同"茅"。

③使君：对州郡长官的尊称。这里指苏轼本人。

题云龙草堂石磬

折为督邮腰①，悬作山人室②。殊非濮上③音，信是泗滨石④。

注释

①萧统《陶渊明传》："会郡遣督邮至，县吏请曰：'应束带见之。'渊明叹曰：'我岂能为五斗米，折腰向乡里小儿！'即日解绶去职，赋《归去来》。"督邮，官名，为郡守佐吏，负责督察检举所在县内违法之事。

②此句指室内空空的。悬：指悬挂钟磬登乐器的架子。《左传·僖公二十六年》："室如悬罄，野无青草。"悬罄：形容空无所有。罄亦作"磬"。

③濮上：濮水之滨，指濮水一带的地方。春秋时濮上以侈靡之乐闻名于世，被称为"桑间濮上之音，亡国之音也。"后来以濮上作为淫靡风俗流行之地的代称。

④泗滨石：泗水涯可以制作磬的石头。《尚书·禹贡》："泗滨浮磬。"

与舒教授、张山人、参寥师同游戏马台，书西轩壁兼简颜长道二首①

古寺长廊院院行，此轩偏慰旅人情。楚山②西断如迎客，汴水南来故遶城。路失玉钩③芳草合，林亡白鹤古泉清④。淡游何以娱庠老⑤，坐听郊原琢磬声。

竹杖芒鞋取次⑥行，下临官道见人情。天寒菽粟犹栖亩⑦，日暮牛羊自（一作"半"）入城。沽酒独教陶令⑧醉，题诗谁似皎公⑨清。更寻陋巷颜夫子⑩，乞取微言⑪继此声。

注释

①舒教授：名焕，字尧文。曾任熙州通判，苏轼任徐州太守时，舒为徐州教授。教授，学官名，负责学校课试等事。张山人：即张天骥。参寥师：僧人道潜。西轩：刘宋时于戏马台上建台头寺，寺中有西轩。简：书信。此处意为作为短信赠给。颜长道：见前注。

②楚山：即楚王山，原名赭土山、同孝山，位于今徐州西大彭镇。因汉楚元王刘交

葬此而得名。《水经注卷二十三》："获水又东迳同孝山北，山阴有楚元王冢，上圆下方，垒石为之，高十余丈，广百许步，经十余坎，悉结石也。"明嘉靖《徐州志》："楚王山，山皆赭土，《禹贡》'厥贡惟土，五色。'王莽使徐州岁贡五色土，皆出此。山下为楚元王墓，又有古冢古井各数十。迄今里谚犹谓：山前九十九口井，山后九十九口冢云。苏轼《送张师厚赴殿试》诗'断岭不遮西望眼，送君直过楚王山。'"清同治《徐州府志》："城西少北二十五里为楚王山。山东枕故大河，与北岸九里山之苏家山相对，约七、八里，古汴水入境处。苏轼《放鹤亭记》所谓山如大环，独缺其西北，指此。"

③玉钩：清道光《铜山县志》：户部山有路名玉钩，苏轼诗"路失玉钩芳草合"是也。

④白鹤：当时徐州城南有平泉，常有鹤飞下泉边。

⑤庠老：指舒教授。庠，古代地方学校。

⑥取次：任意，随便。

⑦栖亩：指庄稼留在田里，没有收割。

⑧陶令：指陶渊明，曾做彭泽令。萧统《陶渊明传》："延之临去，留二万钱与渊；渊明悉遣送酒家，稍就取酒。尝九月九日出宅边菊丛中坐，久之，满手把菊，忽值弘送酒至，即便就酌，醉而归。"此处以陶渊明比张山人。

⑨皎公：指唐代僧人清昼，字皎然，有诗名于世。此处以皎然比参寥。

⑩颜夫子：颜长道。《论语·雍也》："贤哉回也！一箪食，一瓢饮，在陋巷，人不堪其忧，回也不改其乐。"回，颜渊。此处以颜回比颜长道。

⑪微言：精微之言。

鹿鸣宴①

《徐州鹿鸣燕赋诗叙》：元丰元年，三郡之士皆举于徐。九月辛丑晦，会于黄楼，修旧事也。

连骑匆匆画鼓②喧，喜君新夺锦标还。金罍③浮菊催开宴，红蕊④将春待入关。他日曾陪探禹穴⑤，白头重见赋南山⑥。何时共乐升平事，风月笙箫坐夜闲。

注释

①鹿鸣宴：为州郡贡士应试中选举行的庆宴，宴中歌《诗经》中《鹿鸣》篇，故称"鹿鸣宴"。

②画鼓：有彩绘的鼓。

③罍（léi）：古代一种盛酒或水的器具，多用青铜或陶制成，腹大、口小、圆足有盖。

④红蕊：红花。

⑤禹穴：在今浙江绍兴会稽山，传说为夏禹葬地。《史记·太史公自序》："十岁则诵

古文，二十而南游江、淮，上会稽，探禹穴。"

⑥南山：即《南山有台》诗，为《诗·小雅》的篇名。《诗序》："《南山有台》乐得贤也。得贤则能为邦家立太平之基矣。"

百步洪①二首并序

王定国②访余于彭城，一日棹小舟，与颜长道携盼、英、卿三子③游泗水，北上圣女山④，南下百步洪，吹笛饮酒，乘月而归。余时以事不得往，夜著羽衣⑤，伫立于黄楼上，相视而笑，以为李太白死，世无此乐三百余年矣。定国既去逾月，复与钱塘参寥师放舟洪下，追怀曩游，已为陈迹，喟然而叹。故作二诗，一以遗参寥，一以寄定国，且示颜长道、舒尧文，邀同赋云。

长洪斗落⑥生跳波，轻舟南下如投梭。水师绝叫凫雁⑦起，乱石一线争磋磨⑧。有如兔走鹰隼落，骏马下注千丈坡⑨。断弦离柱箭脱手，飞电过隙珠翻荷，四山眩转⑩风掠耳，但见流沫生千涡。崄⑪中得乐虽一快，何异水伯夸秋河⑫。我生乘化日夜逝，坐觉一念逾新罗⑬。纷纷争夺醉梦里，岂信荆棘埋铜驼⑭。觉来俛仰失千劫⑮，回视此水殊委蛇⑯。君看岸边苍石上，古来篙眼如蜂窠。但应此心无所住，造物虽驶如我何。回船上马各归去，多言譊譊师所呵⑰。

佳人未肯回秋波⑱，幼舆欲语防飞梭⑲。轻舟弄水买一笑，醉中荡桨肩相磨。不学长安闾里⑳侠，貂裘夜走胭脂坡㉑。独将诗句拟鲍谢㉒，涉江共采秋江荷。不知诗中道何语，但觉两颊生微涡。我时羽服黄楼上，坐见织女初斜河㉓。归来笛声满山谷，明月正照金叵罗㉔。奈何舍我入尘土，扰扰毛群㉕欺卧驼。不念空斋老病叟，退食谁与同委蛇。时来洪上看遗迹，忍见屐齿青苔窠㉖。诗成不觉双泪下，悲吟相对惟羊何㉗。欲遣佳人寄锦字㉘，夜寒手冷无人呵㉙。

注释

①百步洪：见前注释（46页）。

②王定国：即王巩。见前注（63页）。

③盼、英、卿：三人皆为女歌舞艺人。盼，时称盼盼，马姓；英，时称英英，张姓；卿，姓无考。

④圣女山：即桓山。见前注（57页）。

⑤羽衣：用羽毛编织成的衣服。

⑥斗落：从陡峭的岩石上落下。

⑦凫雁：野鸭和大雁。

⑧磋磨：挤轧摩擦。

⑨指马从斜坡上急驰而下。

⑩眩转：眼花头晕。

⑪崄：同险。

⑫《庄子·秋水》："秋水时至，百川灌河，泾流之大，两涘渚涯之间，不辨牛马。于是焉河伯欣然自喜，以天下之美为尽在己也。"河伯：河神。

⑬逾新罗：越过新罗。新罗为朝鲜古国名。此处喻遥远的地方。

⑭《晋·索靖传》："有先识远量，知天下将乱，指洛阳宫门铜驼叹曰：'会见汝在荆棘中'。"

⑮俛仰：比喻时间短暂，同"俯仰"。千劫：佛教语。指旷远的时间与无数的生灭成坏。

⑯委蛇（wēiyí）：自得貌。《诗·召南·羔羊》："退食自公，委蛇委蛇。"

⑰譊譊（náonáo）：喧嚷争辩之声。呵：大声呵斥。

⑱秋波：形容美目清如秋水。

⑲谢鲲字幼舆。《晋书·谢鲲传》："邻家高氏女有美色，鲲尝挑之，女投梭，折其两齿。"

⑳闾里：乡里，泛指民间。

㉑胭脂坡：长安妓馆坊名。

㉒鲍谢：南朝宋文学家鲍照和南朝齐诗人谢朓。合称鲍谢。

㉓斜河：银河。

㉔叵罗（pǒluó）：古代酒器。

㉕毛群：鸟兽类。

㉖屐齿：屐底的齿，此指足迹。青苔窠：指很多青苔。窠，一株植物叫一窠，通"棵"。此句指足迹里已长出一棵棵青苔，说明时间之久。

㉗羊何：羊璇之、何长瑜。皆为南朝宋人。《宋书·谢灵运传》："灵运既东还，与族弟惠连、东海何长瑜、颍川荀雍、泰山羊璇之，以文章赏会，共为山泽之游，时人谓之四友。"

㉘锦字：妻子寄给丈夫的书信。

㉙呵：呼气，哈气。

和参寥见寄 ①

黄楼南畔马台②宫（一作"东"），云月娟娟③正点空。欲共幽人④洗笔砚，要传流水入丝桐⑤。且随侍者寻西谷，莫学山僧老祝融⑥。待我西湖借君去，一杯汤饼泼油葱。

注释

①参寥的诗为《自彭门回止淮上，因寄子瞻》："揭来淮上卧萧宫，回首人间万事空。

院静水沉消薄幔,睡馀寒日耿修桐。南方访古思杯渡,北海谈经忆孔融。寂寞蒹葭霜雪后,何时重倚玉青葱。"

②马台:戏马台。

③娟娟:明媚美好貌。

④幽人:隐士。

⑤流水:即高山流水,古琴曲名。丝桐:指琴。古时琴多用桐木制作,练丝为弦。

⑥祝融:传说为高辛氏的火正官,死后为火官之神。衡山有祝融峰,传说祝融死后葬于衡山之阳。唐天宝初衡岳寺执役僧明瓒,退食即收所余而食,性疏懒而好食残余饭菜,人以懒残称之。

十月十五日观月黄楼,席上次韵

中秋天气未应殊,不用红纱照座隅①。山下白云横匹素②,水中明月卧浮图③。未成短棹④还三峡,已约轻舟泛五湖⑤。为问登临好风景,明年还忆使君无?

注释

①红纱:指用红纱笼罩的蜡烛。座隅:座位的旁边。

②匹素:一匹白色的生绢。形容白云如白色的生绢。

③浮图:佛,佛陀。同"浮屠"。指佛塔。

④棹(zhào):船桨,亦代指船。

⑤五湖:对五湖的说法不一,或以太湖为五湖,或以太湖及附近四湖为五湖。也有的认为五湖非一湖,并不在一地。此处泛指江海湖泊。《吴越春秋卷六》:范蠡"乘扁舟,出三江,入五湖,人莫知其所适。"

答王定民①

开缄奕奕满银钩②,书尾题诗语更遒。八法旧闻宗长史③,五言今复拟苏州④。笔踪好在留台寺⑤,旗队遥知到石沟⑥。欲寄鼠须并茧纸⑦,请君章草⑧赋黄楼。

注释

①王定民:字佐才,东莱人,曾任通城县令。

②缄:书信。奕奕,盛美。银钩:指书法笔姿遒劲。

③八法,汉字书法结构的八种笔画类型。宗:尊奉,效法。长史:即张旭,唐代书法家,字伯高,曾官金吾长史,故称张长史。草书最为有名。

④苏州:指韦应物,曾任苏州刺史,故又称韦苏州。以五言诗见称。

⑤台寺:台头寺,概王定民书字留在台头寺。

⑥石沟：清道光《铜山县志》：疑为石狗湖，并援引本诗为证，称"疑宋时其地本名石沟，后人因作石狗，故又呼为石狗湖耳。"石狗湖即今云龙湖所在。

⑦鼠须：用鼠胡须制成的毛笔。茧纸：用茧丝制作的纸。

⑧章草：流行于东汉时的一种草书。

次韵颜长道送傅倅

两见黄花扫落英①，南山山寺②遍题名。宗成不独依岑范③，鲁卫终当似弟兄④。去岁云涛浮汴泗，与君泥土满衣缨⑤。如今别酒休辞醉，试听双洪⑥落后声。

注释

①落英：落花。

②南山：指云龙山。

③宗成：即宗资和成瑨。宗资：字叔都，南阳安众人，官汝南太守。成瑨：字幼平，弘农人，官南阳太守。岑范，即岑晊（zhì）（字公孝，南阳人）、范滂（字孟博，汝南人）。《后汉书·党锢列传》："后汝南太守宗资任功曹范滂，南阳太守成瑨亦委功曹岑晊，二郡又为谣曰：'汝南太守范孟博，南阳宗资主画诺。南阳太守岑公孝，弘农成瑨但坐啸'。"

④周武王封其弟周公旦于鲁，康叔于卫，故鲁卫为兄弟诸侯国。

⑤衣缨：衣服和结帽的带子。此处"缨"代指帽子。

⑥双洪：指吕梁洪和百步洪。见前注（12、46页）。

云龙山观烧得云字

丁女真水妃①，寒山便火耘。陨霜知已杀，坏户②听初焚。束缊方熠耀③，敲石俄氤氲④。落点甘泉⑤烽，横烟楚塞氛⑥。穷蛇上乔木，潜蛟⑦蹙浮云。惊飞堕伤雁，狂走迷痴麏⑧。谷蛰起蜩燕⑨，山妖窜夔䰟⑩。野竹爆哀声，幽桂飘冤芬⑪。悲同秋照蟹⑫，快若夏燎蚊。火牛入燕垒⑬，燧象奔吴军⑭。崩腾井陉口⑮，万马皆朱幩。摇曳骊山⑯阴，诸姨烂红裙⑰。方随长风卷，忽值绝涧分。我本山中人，习见匪⑱独闻。偶从二三子，来访张隐君⑲。君家亦何有，物象移朝曛⑳。把酒看飞烬，空庭落缤纷㉑。行观农事起，畦垄如缬纹㉒。细雨发春颖㉓，严霜倒秋蕡㉔。始知一炬力，洗尽狐兔群。

注释

①丁女：道家所谓的六丁之神，即火神。火畏水，故为之妃。

②坯户：指昆虫在地里封塞巢穴。

③束缊：一把麻絮（引火物）。熠燿：指火光鲜明貌。

④敲石：敲石取火。俄，瞬间。氤氲，烟雾弥漫貌。

⑤甘泉：地名，即今陕西甘泉县。《汉书·匈奴列传》："胡骑入代句注边，烽火通于甘泉、长安。"

⑥氛：此处指雾气。

⑦蛟：古代传说中类似龙的一种动物。

⑧麇（jūn）：獐子。

⑨谷：山谷。蛰：动物冬眠，潜伏起来不食不动。蜩（tiáo）：即蝉。

⑩山妖：山中怪物。夔（kuí）：山林中的精怪。羵（fén）：羵羊，被认为土中之怪，雌雄不分。

⑪冤芬：指桂花的芳香因烟火而消失。

⑫照蟹：南方民俗于秋季蟹肥时持灯火照蟹捕捉。

⑬战国时，燕伐齐，齐将田单收城中牛千余，披以彩衣，角系利刃，灌脂束苇于尾。又凿城数十洞，夜燃牛尾脂、苇，牛惊怒而狂冲燕军，壮士五千人随其后，牛所触敌尽死伤，燕军大败。垒：军营中用作防御的墙壁或阵地上的防御工事。

⑭燧象：古代的一种战术，即燃火炬系象尾，使冲入敌阵。《左传·定公四年》：吴伐楚，"针尹固与王（楚昭王）同舟，王使执燧象以奔吴师。"

⑮崩腾二句：崩腾：动荡，纷乱。朱幩（fén）：红色的马饰。幩马嚼子两边用绸子做的装饰，可扇去马汗。《史记·淮阴侯列传》：韩信击赵，未至井陉口三十里止舍，夜半发选二千骑兵，人持一赤旗，从间道而望赵军。赵军以为韩信军撤走，即空壁追逐。韩信军疾入赵壁，拔赵旗，立汉旗。赵军还归壁，壁皆汉赤旗，大惊，遂慌乱逃走。

⑯骊山：山名。在今陕西临潼县东南。骊山有华清宫，为皇家游息之地。

⑰《旧唐书·后妃传》：杨贵妃"有姊三人，皆有才貌，玄宗并封国夫人之号。""玄宗每年十月幸华清宫，国忠姊妹五家扈从，每家为一队，著一色衣，五家合队，照应如百花之焕发，而遗钿坠舄，瑟瑟珠翠，璨璀芳馥于路。"

⑱匪：通"非"，不，不是。

⑲张隐君：指隐者张天骥。

⑳物象：景物，风景。宋梅尧臣《依韵和晏相公》："一为清颍行，物象颇所览。"。朝曛：朝阳和夕阳。

㉑缤纷：杂乱貌。

㉒畦垄：田埂。缬纹，酒后脸上呈现的红晕。苏轼《有美堂和周邠见寄》之二："歌喉不共听珠贯，醉面何因作缬纹。"此处喻指火后田埂的景象。

㉓颖：嫩芽，芽尖。

㉔秋蕡（fén）：秋天繁盛的庄稼和草木。

石炭① 并引

彭城旧无石炭,元丰元年十二月,始遣人访获于州之西南白土镇②之北,冶铁作兵,犀利胜常云。

君不见前年雨雪行人断,城中居民风裂骭③。湿薪半束抱衾裯④,日暮敲门无处换。岂料山中有贵宝,磊落如医万车炭⑤。流膏迸液无人知,阵阵腥风自吹散。根苗一发浩无际,万人鼓舞千人看。投泥泼水愈光明,烁玉流金见精悍。南山栗林渐可息,北山顽矿⑥何劳锻。为君铸作百炼刀,要斩长鲸为万断。

注释

① 石炭:即煤。

② 白土镇:即今安徽萧县白土镇,在徐州西南。

③ 骭(gàn):胫,小腿。

④ 衾裯(qīnchóu):衾、裯皆指被子。泛指床上盖的被子等物。《诗·召南·小星》:"肃肃宵征,抱衾与裯,实命不犹。"

⑤ 磊落:多貌。医(yī):黑色美石。

⑥ 顽矿:坚硬的矿石。

台头寺步月得人字

风吹河汉①扫微云,步屧中庭月趁人②。浥浥③炉香初泛夜,离离④花影欲摇春。遥知金阙⑤同清景,想见毡车⑥碾暗尘。回首旧游真是梦,一簪华发岸纶巾⑦。

注释

① 河汉:银河。

② 步屧(xiè):步行。趁:伴随。

③ 浥浥:香气盛貌。

④ 离离:历历分明。

⑤ 金阙:道家谓仙人或天帝居处。也指皇帝的宫阙。

⑥ 毡车:挂毡毯的大车。

⑦ 簪:古时别发髻或冠的长针。这里用作量词。华发:白发。岸:高出。纶(guān)巾:古时用青丝带编的头巾,又称诸葛巾。后世被视作儒将的装束。

台头寺送宋希元

相从倾盖①只今年,送别南台②便黯然。入夜更歌金缕曲③,他时(一作"年")莫忘角弓篇④。三年不顾东邻女⑤,二顷方求负郭田⑥。我欲归休⑦君未可,茂先方议劚龙泉⑧。

注释

①倾盖:指初交相得,一见如故。盖,车盖。路上相遇,停车交谈,车盖接近,故称。

②南台:即戏马台,因在徐州城南,故称。

③金缕曲:词调名。亦名贺新郎,又名金缕歌。

④角弓篇:《诗经·小雅》篇名。诗序称该篇为父兄刺幽王也,不亲九族而好谗佞,骨肉相怨,故作是诗也。左传昭公二年,晋韩宣子来聘,公享之。韩子赋《角弓》。既享,宴于季氏。有嘉树焉,宣子誉之。武子曰:"宿敢不封殖此树,以无忘《角弓》。"苏轼自注:"是日与宋君同栽松寺中。"

⑤东邻女:指美女。宋玉《登徒子好色赋》:"天下佳人莫若楚国,楚国之丽莫若臣里,臣里之美莫若东家之子……此女登墙窥臣三年,至今未许。"

⑥负郭:靠近城郭。近城郭之地,皆富饶。《史记·苏秦传》:"且使我有雒阳负郭田二顷,吾岂能佩六国相印乎!"

⑦归休:离去官职回家休息。

⑧《晋书·张华传》:张华,字茂先。初,斗牛间常有紫气,华闻豫章人雷焕妙达纬象,乃要焕宿,登楼仰观,焕曰"宝剑之精,上彻于天耳。……在豫章丰城。"即补焕为丰城令。焕到县,掘狱屋基,入地四丈余,得石函,中有双剑,并刻题,一曰龙泉,一曰太阿。其夕斗牛间气不复见。劚(zhú):挖掘。

种松得徕字

自注:其四在怀古堂,其六在石经院

春风吹榆林,乱荚①飞作堆。荒园一雨过,戢戢千万栽②。青松种不生,百株望一枚③。一枚已有馀,气压千亩槐。野人④易斗粟,云自鲁徂徕⑤。鲁人不知贵,万灶飞青煤⑥。束缚⑦同一车,胡为乎来哉?泫然⑧解其缚,清泉洗浮埃。枝伤叶尚困⑨,生意⑩未肯回。山僧老无子,养护如婴孩。坐待走龙蛇⑪,清阴满南台⑫。孤根裂山石,直干排风雷。我今百日客(诗人自注:时去替不百日),养此千岁材,茯苓⑬无消息,双鬓日夜摧(一作"催")。古今一俯仰⑭,作诗寄馀哀。

注释

①荚：榆荚，即榆树的果实，俗称榆钱。
②戢戢（jíjí）：多貌。栽：幼苗。
③枚：量词，此处相当于棵、株。
④野人：乡野之人，农夫。
⑤徂徕（cúlài）：山名，在今山东泰安市东南。山多松柏。
⑥青煤：松烟，即松柴燃烧时生成的黑烟。
⑦束缚：捆绑。
⑧泫然：露水滴落貌。
⑨困：指树叶因失水萎缩，没舒展开。
⑩生意：生机，生命力。
⑪龙蛇：形容苍劲屈曲的树木。
⑫南台：戏马台。
⑬茯苓：寄生于松树根上的块状菌。用为中药。《淮南子·说山》："千年之松，下有茯苓，上有兔丝。"
⑭俯仰：低头和抬头，比喻时间很短暂。

游桓山会者十人①，以春水满四泽、夏云多奇峰为韵，得泽字

东郊欲寻春，未见莺花②迹。春风在流水，凫雁③先拍拍。孤帆信溶漾④，弄此半篙碧。舣舟⑤桓山下，长啸理轻策⑥。弹琴石室中，幽响清磔磔⑦。吊彼泉下人⑧，野火失枯腊⑨。悟此人间世，何者为真宅。暮回百步洪，散坐洪上石。愧我非王襄⑩，子渊肯见客。临流吹洞箫⑪，水月照连璧⑫。此欢真不朽，回首岁月隔。想像斜川游⑬，作诗继彭泽⑭。

注释

①桓山：清道光《铜山县志》：桓山在城东北十七里。《水经注》：泗水南迳宋桓魋冢西，山枕泗水，上面尽石，凿而为冢，谓椁者是也。明《一统志》云：桓山亦名魋山，下有桓魋墓，故名。桓山一名圣女山，今俗称洞山，有洞山寺。清同治《徐州府志》：桓山临引线河，与青山南北相对，在城北十七里。会者十人：苏轼《游桓山记》："从游者八人：毕仲孙、舒焕、寇昌朝、王适、王遹、王肄、轼之子迈、焕之子彦举。"加上道士戴日祥和苏轼本人，共十人。
②莺花：莺啼花开之意。泛指春时景物。
③凫雁：野鸭和大雁。
④信：任凭。溶漾，波光浮动貌。

⑤舣舟：使船靠岸。舣：音yǐ。

⑥轻策：轻便的手杖。

⑦弹琴二句：苏轼《游桓山记》云："登桓山，入石室，使道士戴日祥鼓雷氏之琴，操《履霜》之遗音"。磔磔（zhézhé）：象声词，指琴声。

⑧泉下人：黄泉之下人，即死人。

⑨枯腊：干枯的肉。指尸体。

⑩愧我二句：《汉书·王褒传》：王褒字子渊，蜀人。益州刺史王襄欲宣风化于众庶，闻王褒有俊材，请与相见，使褒作《中和》、《乐职》、《宣布》诗，选好事者令依《鹿鸣》之声习而歌之。褒善辞赋，作有《洞箫赋》等。

⑪洞箫：乐器名。古代的箫以竹管编排而成，称为排箫。排箫以蜡蜜封底，无蜡蜜封底的称洞箫。今称单管直吹，正面五孔，背面一孔者为洞箫。

⑫连璧：两璧并联。常比喻并美的事物或人。此处诗人自注：谓王氏兄弟也。

⑬斜川：陶渊明《游斜川》诗序：辛酉正月五日，与二三邻曲同游斜川，欣对不足，率尔赋诗。悲日月之遂往，悼吾年之不留。

⑭彭泽，指陶渊明，曾任彭泽令。

戴道士①得四字代作

少小家江南，寄迹方外士②。偶随白云出，卖药彭城市。雪霜侵鬓发，尘土污冠袂③。赖此三尺桐④，中有山水意。自从夷夏乱⑤，七丝⑥（亦作"弦"）久已弃。心知鹿鸣三⑦，不及胡琴四⑧。使君独慕古，嗜好与众异。共吊桓魋宫，一洒孟尝泪⑨。归来锁尘匣，独对断弦喟⑩。挂名石壁间，寂寞千岁事。

注释

①戴道士：即道士戴日祥，江南人。参见前诗注。

②方外士：指超越世俗的人。

③冠袂：帽子和衣袖。

④三尺桐：指琴。琴用桐木制，古制琴长三尺六寸六分，故称。

⑤夷夏乱：指北方少数部族入侵中原。

⑥七丝：指七弦琴。

⑦鹿鸣三：指《诗·鹿鸣》，共三章。《琴操》有鹿鸣曲三叠。

⑧胡琴四：琵琶，有四弦。

⑨孟尝泪：战国齐人雍门周，曾以琴见孟尝君。孟尝君曰："先生鼓琴亦能令文悲乎？"周引琴而鼓，于是孟尝君涕泣增哀，下而就之曰："先生之鼓琴，令文立若破国亡邑之人也。"（见刘向《说苑·善说》）《寰宇记》："雍门城在彭城县东南五十里。按桓谭《新论》云：'雍门周弹琴见孟尝君。'"

⑩喟（kuì）：叹息的样子。

月夜与客饮杏花下①

杏花飞帘散馀春，明月入户寻幽人②。褰衣③步月踏花影，炯如流水涵青蘋④。花间置酒清香发，争挽长条落香雪⑤。山城薄酒不堪饮，劝君且吸杯中月。洞箫声断月明中，惟忧月落酒杯空。明朝卷地春风恶，但见绿叶栖残红。

注释

①苏轼《玉局文》云："仆在徐州，王子立、子敏皆馆予官舍，蜀人张师厚来过，二王方少，吹洞箫杏花下。"
②幽人：幽居之人。隐士。
③褰（qiān）：撩起，用手提起。
④青蘋：水萍。
⑤香雪：指杏花。

送蜀人张师厚赴殿试二首

忘归不觉鬓毛斑①，好事乡人尚往还。断岭不遮西望眼，送君直过楚王山②。
云龙山下试春衣，放鹤亭前送落晖③。一色杏花三十里，新郎君④去马如飞。

注释

①斑：花白。
②楚王山：见前注释（67页）。
③放鹤亭：清道光《铜山县志》："放鹤亭在云龙山上，宋山人张天骥筑，苏轼为记。岁久亭圮。明嘉靖十一年都御史戴时宗即故址重建，后副使王梴等相继修葺。康熙五十七年知州姜焯重建，亭前后增置亭廊为游息地。皆有记。"民国《铜山县志》："同治十一年徐海道吴世熊增修。光绪三十二年知府田庚继修复，于亭东北创建船厅。亭内有明董其昌书重修放鹤亭碑。又宋贺铸《游云龙张氏山居》诗序云：亭下有小屋曰苏斋，壁间榜眉山所留二诗及画大枯竹醉笔，今无存。"落晖：落日的余光。
④新郎君：新及第之进士别称新郎君。此处送人赴殿试可以视其为新郎君。

罢徐州往南京，马上走笔寄子由五首

吏民莫扳援①，歌管②莫凄咽。我生如寄耳，宁独为此别。别离随处有，悲恼缘爱结。而我本无恩，此涕谁为设？纷纷等儿戏，鞭镫遭割截③。道边双石人，几见太守发。有知当解笑，抚掌冠缨绝④。

父老何自来，花枝袅长红⑤。洗盏拜马前，请寿使君公。前年无使君，鱼鳖化儿童。举鞭谢父老，正坐⑥使君穷。穷人命分恶，所向遭灾凶。水来非吾过，去亦非吾功。

古汴从西来，迎我向南京。东流入淮泗，送我东南行。暂别复还见，依然有馀情。春雨涨微波，一夜到彭城。过我黄楼下，朱栏照飞甍⑦。可怜洪⑧上石，谁听月中声？

前年过南京，麦老樱桃熟。今来旧游处，樱麦半黄绿。岁月如宿昔⑨，人事几反覆。青衫老从事⑩，坐稳生髀⑪肉。联翩阅三守⑫，迎送如转毂⑬。归耕何时决，田舍我已卜。

卜田向何许⑭，石佛山⑮南路。下有尔家川⑯，千畦种秔稌⑰。山泉宅龙蜃⑱，平地走（一作"流"）膏乳⑲。异时亩一金，近欲为逃户。逝将解簪绂⑳，卖剑买牛具㉑。故山岂不怀，废宅生蒿穄㉒。便恐桐乡人㉓，长祠仲卿墓。

注释

①扳援：原意为攀着他物向上或向前。这里指吏民攀着苏轼离去的车子表示挽留。元丰二年（1079）三月改知抚州。

②歌管：指唱歌奏乐。管：管乐器，泛指乐器。

③此句表示吏民对太守苏轼的留恋，不忍其离去。唐代荆州牧姚崇离任时，民吏泣拥马首，截留鞭镫，表示留恋。

④冠缨绝：结冠的带子断掉。《史记·滑稽列传》："淳于髡仰天大笑，冠缨索绝。"

⑤地方风俗，送官离任，以花枝挂彩，谓之长红。袅：飘荡貌。

⑥坐：因为、由于。

⑦朱阑：红色的阑干（同栏杆）。飞甍（méng）：高屋脊，喻高大的屋宇。

⑧洪：百步洪。苏轼曾书"郡守苏轼山人张天骥诗僧道潜月中游"十六字，勒石立于百步洪洲上。

⑨宿昔：旦夕、早晚，比喻时间短暂。

⑩青衫：指官职卑微。从事，官名，为州郡地方长官的属吏。此处指苏辙，辙曾任南京判官。苏轼《和子由送将官梁左藏仲通》诗："南都从事亦学道，不惜肠空夸脑满。"

⑪髀（bì）：大腿。

⑫联翩：连续不断。阅三守，指苏辙连续官随陈襄、滕甫、张方平三太守。

⑬转毂（gū）：车轮转动。比喻迅速。

⑭卜田：选择田地。何许：何处，什么地方。

⑮石佛山：即云龙山。清同治《徐州府志》：城南有云龙山，山有云气，蜿蜒如龙，亦名石佛山。

⑯尔家川：即石沟湖，现在的云龙湖所在。清乾隆《徐州府志》："所谓尔家川亦即

今石狗湖,其时此地西为古汴,可以蓄泄种粳稻,故东坡于此卜田。"

⑰秔稌(jīngtú):秔,同粳;稌,稻。

⑱蜃(shèn):大蛤蜊。有的注释为龙,状如螭龙。

⑲膏乳:指土地肥沃。

⑳簪绂:簪,冠簪;绂,丝制的缨带。此处代指官位。

㉑卖剑买牛:原指放下武器,从事耕种。后比喻改业务农。语出《汉书·龚遂传》:"民有持刀剑者,使卖剑买牛,卖刀买犊。"苏轼《常润道中有怀钱塘五首》之五:"卖剑买牛吾欲老,杀鸡为黍子来无?"陆游《贫甚作短歌排闷》诗:"惟有躬耕差可为,卖剑买牛悔不早。"

㉒蒿穞(lǔ):蒿,蒿子;穞,自生稻。

㉓《汉书·朱邑传》:朱邑字仲卿,少时为桐乡地方小吏,廉平不苛,于民仁爱,为吏民所爱敬。后官至大司农丞、北海太守,为人淳厚,性公正。临死前嘱咐其子:"我故为桐乡吏,其民爱我,必葬我桐乡。后世子孙奉尝我,不如桐乡民。"死后,其子葬之桐乡西郭外,民众共为起冢立祠,年年祠祭。

次韵和刘贡父①登黄楼见寄并寄子由二首

清派②连淮上,黄楼冠海隅。此诗尤伟丽,夫子计魁梧③。世俗轻瑚琏④,巾箱袭武夫⑤。坐令乘传遽⑥,奔走为储须⑦。邂逅我已失,登临谁与俱?贫贪仓氏⑧粟,身听冶家樗⑨。会合难前定,归休⑩试后图。腴田⑪未可买,穷鬼却须呼。二水⑫何年到,双洪⑬不受舻。至今清夜梦,飞辔策天吴⑭。

与子皆去国⑮,十年天一隅。数奇逢恶岁⑯,计拙集枯梧⑰。好士余刘表⑱,穷交忆灌夫⑲。不矜持汉节⑳,犹喜揽桓须㉑。清句金丝㉒合,高楼雪月俱。吟哦㉓出新意,指画想前橅㉔。自写千言赋,新裁六幅图㉕。传看一座耸㉖,劝著尺书㉗呼。莫使骚人㉘怨,东游不到吴㉙。

注释

①刘贡父(1023—1089),刘攽字贡父,号公非。临江新喻(今江西新余)人。仁宗庆历六年(1046)进士。历任国子监直讲、泰州通判、京东转运使、秘书少监等职。有《彭城集》。

②清派:指清河,泗水的别称。

③计魁梧:计,猜测之辞,意思为大概。魁梧,高大貌。刘贡父实际为人短小。《史记·留侯世家》:"余以为其人计魁梧奇伟,至见其图,状貌如妇人好女。"

④瑚琏:瑚、琏皆为古代祭祀用的器皿,非常贵重,常用来比喻人有才干、堪当大任。

⑤巾箱:古时放置头巾或文件、书卷的小箱子。袭,掩藏。武夫,同珷玞,类似玉

⑥坐令：致使。传遽：驿站的车马；车曰传，遽曰马。

⑦储须：指国家或军队所急需和储备的物资。

⑧仓氏：《汉书·王嘉传》："吏居官者或长子孙，以官为氏，仓氏、库氏则仓库吏之后也。"

⑨冶家橅：冶家，指熔炼金属的世家。橅（mó）：法式、规范，同"模"。这里冶家橅指封建社会修身治家的规范。

⑩归休：离去官职回家休息。

⑪腴田：肥沃的田地。本句下作者自注："本欲买田于泗上，近已不遂矣。"

⑫二水：指泗水和汴水。

⑬双洪：指百步洪和吕梁洪。舻：船。

⑭飞辔：疾驰的马。辔，马的笼头，这里代指马。策：用鞭子驱赶。天吴：神话传说中的水神。

⑮去国：离开国都京城。

⑯数奇：命运不好。数：命运、命数。奇（jī）：不偶，不好。古代占法以偶为吉，奇为凶。恶岁：荒年。

⑰计拙：指不善于计谋。集枯梧：止息于枯木，比喻处境不佳，职位卑微。

⑱刘表，东汉末山阳高平（今山东鱼台东北）人，曾官荆州刺史、荆州牧。刘表为荆州刺史，威怀兼治，学士归者数千。

⑲灌夫：西汉颍阴（今河南许昌）人，曾任中郎将、淮阳太守、太仆等职。为人刚直，藐视权贵，礼敬贫贱，"贵戚诸势在己之右，欲必陵之；士在己左，愈贫贱，尤益礼敬，与钧。"（《汉书·灌夫传》）

⑳秩：骄傲、自负。节，符节，为古代使臣携带的身份证明。汉节，此处用苏武在匈奴持汉节牧羊典故，指刘攽受朝廷之命出任官职。

㉑桓须：桓伊，字叔夏，东晋谯国铚县（今安徽宿县西）人，曾任淮南太守、豫州刺史、江州刺史等官职。喜音乐，善吹笛，当时称为"江左第一"。宰相谢安时见疑于孝武帝。一天，孝武帝召桓伊饮宴，谢安侍坐。帝命桓伊吹笛，桓伊先吹一曲，后又抚筝而歌怨诗："为君既不易，为臣良独难。忠信事不显，乃有见疑患。周旦佐文武，金縢功不刊。推心辅王政，二叔反流言。"声节慷慨，俯仰可观。谢安感动得泣下沾襟，乃越席到桓伊跟前，捋其须曰："使君于此不凡！"孝武帝也面有愧色。见《晋书·桓伊传》。后用为忠而见疑的典故。

㉒金丝：指钟和弦乐器。此处代指音乐。

㉓吟哦：吟诵，或指推敲诗句。

㉔此句作者自注："子由初赴南京，送之出东门，登城上，揽山川之胜，云此地可作楼观。于是始有改筑之意。"后苏轼在此筑黄楼。见前注释。指画，指点规划。

㉕作者自注："近以绢写子由《黄楼赋》为六幅图，甚妙。"

㉖耸：惊动。
㉗尺书：书信，或书籍。
㉘骚人：诗人，或泛指失意的文人。
㉙东游句：诗人自注："此诗寄子由。"当时苏辙官南京，南京为东吴都城。

彭城观月①

暮云收尽溢清寒，银汉无声转玉盘②。此生此夜不长好，明月明年何处看。

注释

①苏轼《书彭城观月诗》云："余十八年前中秋夜，与子由观月彭城，作此诗，以《阳关》歌之。今复此夜宿于赣上，方迁岭表，独歌此曲，聊复书之，以识一时之事，殊未觉有今夕之悲，悬知有他日之喜也。"

②银汉：银河。玉盘：对月亮的美称。

在彭城日与定国①为九日黄楼之会，今复以是日相遇于宋，凡十五年忧乐出处②有不可胜言者，而定国学道有得，百念灰冷而颜益壮，顾予衰病，心形俱瘁，感作诗

菊盏萸囊③自古传，长房宁复是臞仙④。应从汉武横汾日⑤，数到刘公戏马年⑥。对玉山人⑦虽老矣，见恒河性⑧故依然。王郎⑨九日诗千首，今赋黄楼第二篇。

注释

①定国：即王定国。见前注（63页）。

②出处：进退。《易·系辞上》："君子之道，或出或处。"

③菊盏萸囊：菊盏，盛菊花酒的杯子，此指菊花酒。《西京杂记》："汉武帝宫人贾佩兰，食蓬饵，饮菊花酒，云令人长寿。"萸囊，装茱萸的袋子。旧俗重九登高饮酒，人多佩带萸囊。《续齐谐记》："汝南桓景随费长房游学累年，长房谓曰：'九月九日汝家当有灾，宜急去。令家人各作绛囊，盛茱萸以系臂，登山饮茱萸酒，此祸可消。'景如其言，举家登山。夕还，见鸡犬一时暴死。长房闻之曰：'此可代也。'今世人九日登高始于此。"

④长房：家族中长子的一支。臞仙：旧时借称身体清瘦而精神矍铄的老人。臞：音qú。

⑤公元前113年，汉武帝刘彻去河东郡汾阳县祭祀后土，途中传来南征将士的捷报，时值秋风萧飒，鸿雁南归，汉武帝乘坐楼船泛舟汾河，饮宴中流，触景生情，写下《秋

风辞》"秋风起兮白云飞,草木黄落兮雁南归。兰有秀兮菊有芳,怀佳人兮不能忘。泛楼船兮济汾河,横中流兮扬素波。箫鼓鸣兮发棹歌,欢乐极兮哀情多。少壮几时兮奈老何。"

⑥刘公:指刘裕。见前谢灵运《九日从宋公戏马台集送孔令》诗及注释。

⑦对玉山人:此指苏轼自己。《世说新语·容止》:"嵇叔夜之为人也,岩岩若孤松之独立。其醉也,若玉山之将崩。"

⑧见恒河性:意指人老心性未变。据王文诰注引《楞严经》:佛问波斯匿王:"昔见恒河水,与今所见何异?"王对以宛然无异。佛再语之:"以汝之发白面皱,而此见性情,未尝有皱也。"

⑨王郎句:指王定国。

苏 辙 十四首

苏辙(1039—1112),字子由,号颍滨遗老。眉山(今属四川)人。嘉祐二年(1057)进士。历官河南推官、秘书省校书郎、御史中丞、尚书右丞、门下侍郎等。因事得罪朝廷,出知汝州、雷州、永州等地。有《栾城集》。

徐州送江少卿①

夜雨泗河深,晓月轻舟发。帆开送客远,城转高台没。居人永瞻望,归意何仓卒②。公来初无事,丰岁多牟麦③。铃阁④度清风,芳罇⑤对佳客。登临未云厌,谈笑方自适。朝廷念鲐老⑥,府寺⑦虚清剧。何以寄风流,江山绕官宅。

注释

①少卿:官名,大卿的副职。

②仓卒:匆促。同仓促。卒:读 cù。

③牟麦:大麦和麦子。牟:指大麦。

④铃阁:指将帅居地。《晋书·羊祜传》:"祜在军,常轻裘缓带,身不披甲,铃阁之下,侍卫者不过十数。"

⑤芳罇:美酒。罇:酒器,此处代指酒。

⑥鲐老:老人。

⑦府寺:官署。

陪子瞻游百步洪

城东泗水平如席,城头远山涵(一作"衔")落日。轻舟鸣艣①自生风,渺渺江湖动颜色。中洲②过尽石纵横，南去清波头尽白。岸边怪石如牛马，衔尾舳舻③谁敢下。没人出没须臾间，却立沙头手足干。客舟一叶久未上，吴牛回首良间关④。风波荡潏⑤未可触，归来何事尝艰难。楼中吹角莫⑥烟起，出城骑火⑦催君还。

注释

①艣：划船工具。同"橹"。
②中洲：指洪中小块陆地。见前百步洪注释。
③舳舻（zhúlú）：泛指船只。舳：船后舵；舻：船头。
④良间关：良：的确、确实；间关：道路崎岖难行。
⑤荡潏（jué）：水摇动涌起貌。
⑥角：古乐器名，多用于军中。莫："暮"的古字。指日落时。
⑦骑火：指夜骑时照明的灯火。

李邦直①见邀，终日对卧南城亭上二首

一径坡陀②草木间，孤亭胜绝俯川原。青天图画四山合，白昼雷霆百步③喧。烟柳萧条渔市远，汀州苍莽白鸥翻④。客舟何事来匆草⑤，逆上波涛吐复吞。

东来无事得遨游，奉使清闲亦自由。拨弃簿书成一饱⑥，留连语笑失千忧。旧书半卷都如梦，清簟⑦横眠似欲秋。闻说归朝今不久，尘埃还有此亭不。

注释

①李邦直：见前注（49页）。
②坡陀：不平坦。
③百步：百步洪。
④汀州：水中小洲。苍莽：空阔无边。
⑤匆草：仓促，急忙。
⑥拨弃：抛弃，丢开。簿书：官署中的文书簿册。
⑦清簟（diàn）：清凉的竹席。

同子瞻泛汴泗得鱼酒二咏

江湖性①终在，平地难久居。渌水②雨新涨，扁舟意自如。河身萦疋素③，洪口转千车。愿言弃城市，长竿夜独渔。

懒思久废诗，病肠不堪酒。强颜水石间，滥迹宾主后④。不知白浪翻，但怪青山走。莫随使车尘⑤，岂畏严城斗⑥。

注释

①江湖性：游走五湖四海的志趣。
②渌水：清澈的水。
③萦疋素：萦，缠绕；疋，同匹；素，白色生绢。意指清澈的河水像缠着一疋白色绢布。
④滥迹句：乘船紧跟在宾主后面。
⑤莫：同"暮"。使车：使君（苏轼）乘坐的车。
⑥严城：戒备森严的城池。斗（dǒu）：同陡，陡峭。

逍遥堂①会宿二首 并引

辙幼从子瞻读书，未尝一日相舍。既壮，将宦游四方。读韦苏州②诗，至"安知风雨夜，复此对床眠"，恻然感之，乃相约早退，为闲居之乐。故子瞻始为凤翔幕府，留诗为别，曰："夜雨何时听萧瑟"。其后子瞻通守余杭，复移守胶西，而辙滞留于淮阳、济南，不见者七年。熙宁十年二月，始复会于澶濮③之间，相从来徐，留百余日。时宿于逍遥堂。追感前约，为二小诗记之。

逍遥堂后千寻④木，长送中宵风雨声。误喜对床寻旧约，不知漂泊在彭城。
秋来东阁凉如水，客去山公⑤醉似泥。困卧北窗呼不起，风吹松竹雨凄凄。

注释

①逍遥堂：苏轼于府治内所建，与弟苏辙曾住此。
②韦苏州：韦应物，曾任苏州刺史，故又称韦苏州。以五言诗见称。
③澶濮：澶，澶州（今开州）；濮，濮阳。北宋时，澶州又称开德府，金改澶州为开州，辖今濮阳、清丰一带。
④寻：古代长度单位，八尺为一寻。
⑤山公：晋代山涛之子山简，时人称为山公。简镇守襄阳时，常游高阳池，饮酒辄醉，时有童儿歌曰："山公出何许，往至高阳池。日夕倒载归，茗芋无所知。时时能骑马，倒著白接篱。举鞭向葛疆：'何如并州儿？'"（《晋书·山简传》）李白《襄阳歌》："傍人借问笑何事，笑杀山公醉似泥。"此处以"山公"比苏轼。

过张天骥山人郊居

南山莫①将归，下访张夫子。黍稷满秋风，蓬麻翳邻里。君年三十八，三十有归意。躬耕奉慈亲，未觉鉏耰②鄙。读书北窗竹，酿酒南园水。松菊半成荫，日有幽居喜。客来时借问，问子何年起。新求西溪石，更筑茆③堂址。但令三岁熟④，此计行亦遂。堂成不出门，清名满朝市⑤。

注释

①莫：同"暮"。
②鉏耰（chúyōu）：泛指农事。鉏：同"锄"；耰：碎土平田用的农具，状如木槌。
③茆：同"茅"。张山人园在黄茅岗，园内有草堂。
④三岁熟：连续三年丰收。熟：谷物成熟、丰收。
⑤朝市：朝廷与市肆；朝野。

魏佛狸①歌

魏佛狸，饮泗水②，黄金甲身铁马箠③。睥睨④山川俯画地，画作西方佛名字。卷舒三军如指使⑤，奔驰万夫凿山觜⑥。云中孤月妙无比，青莲湛然俯下视⑦。击钲⑧卷旆抽行营，北徐⑨府中军吏喜。度僧⑩筑室依云烟，俯窥城郭众山底。兴亡一瞬五百年⑪，细草荒榛没孤垒⑫。

注释

①魏佛狸：即魏太武帝拓跋焘（408—452），小字佛狸。423—452年在位，为鲜卑族拓跋部。曾统一中国北方。太平真君十一年（450）大举攻宋，直到瓜步（今江苏六合东南），受到猛烈抵抗，被迫撤退。
②饮泗水：指曾占领泗水流域大片土地。450年，魏主率兵攻彭城，不克，南进到瓜步。次年初，魏兵北撤，过彭城，到处烧杀抢掠，所过之处尽成赤地。
③黄金甲：金饰的铠甲。箠：同"棰"，杖，棍棒，此处指鞭子。
④睥睨（pìnì）：斜视，表现出高傲的样子。
⑤卷舒句：指率领大军南北征战，所向披靡。
⑥山觜（zī）：指山上高出的巨岩。此句指魏武帝在云龙山修建大佛事。参见贺铸《和张谋父游石佛山观魏太武书》诗注释。
⑦青莲：本指青色莲花，此处借指佛寺。唐刘长卿《戏赠干越尼子歌》："亭亭独立青莲下，忍草禅枝绕精舍。"苏轼《同王胜之游蒋山》诗："朱门收画载，绀宇出青莲。"自注："荆公宅已为寺。"湛然：僧人名，湛然（771—782）为唐代佛教天台宗高僧，居台州国清寺。这里指寺中石佛。
⑧钲（zhēng）：古代行军时用以节止步伐的一种乐器。旆（pèi）：旌旗。抽行营：撤走军营。此句指军队撤走。
⑨北徐：指北徐州。《元和郡县志卷九》："晋氏南迁，又于淮南侨立徐州，安帝始分淮北为北徐州。宋永初二年，加淮南徐州曰南徐州，而改北徐州曰徐州。"魏军未能攻下彭城而撤走，故城中吏民皆高兴。

⑩度僧：出家脱俗的僧人。
⑪从北魏到北宋约五百年。
⑫荒榛：荒芜丛生的草木。垒：指军队的防御工事。

初发彭城有感寄子瞻

秋晴卷流潦①，古汴日向干。扁舟久不解，畏此行路难。此行亦不远，世故方如山。我持一寸刃，巉绝何由刊②。念昔各年少，松筼閟南轩③。闭门书史丛，开口治乱根。文章风云起，胸胆渤澥④宽。不知身安稳，俯仰道所存。横流一倾溃，万类争崩奔⑤。孔融⑥汉儒者，本自轻曹瞒⑦。誓将贫贱身，一悟世俗昏⑧。岂意十年内，日夜增涛澜⑨。生民竟憔悴⑩，游宦⑪岂复安。水深火亦热，人知蹈忧患。甄丰且自叛，刘歆苟盘桓⑫。而况我与兄，饱食顾依然。上愿天地仁，止此祸乱源。岁月一徂逝⑬，尚能反丘园⑭。

注释

①潦（lǎo）：雨后积水。卷：收起。此句的意思是：秋阳使地上的积水日渐减少。
②巉绝：巉崖绝壁。刊：砍，削除。
③松筼：松与竹。閟（bì）：掩蔽。
④渤澥（bóxiè）：渤海。
⑤崩奔：奔波。
⑥孔融：汉末文学家，曾任北海相，为人恃才负气，因触怒曹操被杀。
⑦曹瞒：曹操，小字阿瞒。
⑧昏：昏的异体字。
⑨涛澜：巨浪。此指世事的变化、动荡。
⑩憔悴：此处指困苦，受折磨。
⑪游宦：离家在外做官。
⑫甄丰二句：甄丰，汉平帝时为少傅左将军。刘歆，刘向之子，为西汉末年古文经学派的开创者，曾官右曹太中大夫、中垒校尉、京兆尹等职。甄、刘皆为王莽心腹，"倡导在位，褒扬功德"，力挺王莽摄政。王莽执政后，甄被封为国师公，刘被封为广新公。后二人又谋害王莽，甄、刘皆被杀。苟：随意，无原则。盘桓：周旋，交际应酬。
⑬徂逝：消逝。徂：音 cú。
⑭丘园：丘墟，园圃。此指隐居的地方。

送梁交①之徐州

湖水清且深，新荷半犹卷。未见红妆窈窕娘②，先排翠羽参差扇。水面风生人未知，欹倾③俯仰长先见。崖上游人莫不归，清香入袖凉吹面。投壶击鞠④绿杨阴，共尽清樽⑤餐白饭。坐中飞将⑥忽先起，轻衫出试彭门远。百步洪西白浪翻，戏马台南云岫⑦满。江山雄丽信宜人，风流孰似梁王苑⑧。

注释

①梁交：字仲通，曾任左藏官。

②红妆窈窕娘：指荷花。

③欹倾（qīqīng）：歪斜。

④投壶击鞠：投壶，古人宴会时的一种游戏，宾主依次将矢投入特制壶中，中多者为胜。击鞠，打球；鞠为古代用革制成的球。

⑤清樽：清酒。樽：酒器，代指酒。

⑥飞将：对神速勇猛战将的誉称。

⑦云岫：指云雾缭绕的峰峦，此处应指云龙山。晋陶潜《归去来辞》："云无心以出岫。"后因用"云岫"。

⑧梁王苑：即梁苑，古代园囿名，在今河南开封市东南。汉梁孝王刘武筑，用为游赏和宴请宾客。当时名士司马相如、枚乘和邹阳皆为座上客。

中秋见月寄子瞻兄

西风吹暑天益高，明月耿耿分秋毫。彭城闭门青嶂①合，坐听百步②鸣飞涛。使君携客登燕子③，月色着人冷如水。筵前不设鼗与钟④，处处笛声相应起。浮云卷尽流金丸⑤，戏马台西山郁蟠⑥。杯中渌酒⑦一时尽，衣上白露三更寒。扁舟明月浮古汴，回首逡巡陵谷变⑧。河吞钜野⑨入长淮，城没黄流只三版⑩。明年筑城城似山，伐木为堤堤更坚。黄楼未成河已退，空有遗迹令人看。城头看水应更好，河流深处今生草。子孙幸免鱼鳖食，歌舞聊宽使君老。南都从事⑪老更贫，羞见青天月照人。飞鹤投笼不能出，曾是彭城坐中客。

注释

①青嶂：绿色如屏障的直立山峰。

②百步：百步洪。

③使君：指苏轼。古时对州郡长官尊称使君。燕子：燕子楼。

④筵：酒席。鼗：同"鼓"。钟：古代铜制乐器。

⑤流金丸：指金黄色的月亮。

⑥郁蟠：曲折幽深貌。

⑦渌酒：清酒。

⑧逡巡（qūnxún）：一刹那。陵谷：地面高低形势的变动。此处指熙宁十年秋，河决

澶渊，彭城被水事。

⑨钜野：古湖泽名。在今山东省巨野县。苏轼《河复》诗序："熙宁十年秋，河决澶渊，注钜野入淮、泗。"

⑩三版：版，古代筑土墙用的夹板。此指高度为三个夹板宽。《宋史·苏轼传》："雨日夜不止，城不沉者三版。轼庐于其上，过家不入，使官吏分堵以守，卒全其城。"清道光《铜山县志》："宋熙宁十年秋，彭城大水，苏轼守徐，河决水灌城下，城不浸者三版。"

⑪南都从事：作者自称。时苏辙在南郡。从事，官名。苏轼在《中秋见月和子由》诗中云："南都从事莫羞贫，对月题诗有几人。"

送将官欧育①之徐州

轻衫骏马走春城，未识彭城气象雄。青山只在白门②外，明月尽属黄楼中。五斗浊醪③消永日，一双鸣镝④戏晴空。归来笑杀幕府⑤客，闭户看书滴滴穷⑥。

注释

①欧育：曾官鄜延（路名，辖境相当今陕西）、杭州钤辖（武官名）。苏轼有诗《与欧育等六人饮酒》、《观杭州钤辖欧育刀剑战袍》。

②白门：指徐州西南门。古代把天地八方分为八门，西南方为白门。云龙山在徐州城南偏西方向。

③浊醪（láo）：浊酒。醪，泛指酒。

④鸣镝：响箭。

⑤幕府：指将帅在外的营帐，军旅无固定住所，以帐幕为府署，故称幕府。后亦泛指军政大吏的府署。

⑥滴滴穷：贫寒貌。

和子瞻自徐移湖①将过宋都途中见寄五首

东武②厌尘土，彭门富溪山。从兄百日留，退食③同跻攀。轻帆过百步④，船底惊雷翻。肩舆⑤上南麓，眼界涵川原⑥。爱此忽忘归，愿兄且三年。我去已匆匆，兄来亦崩奔。永怀置酒地，绕郭多云烟。

我昔去彭城，明日河流至。不见五斗泥，但见三竿水。惊风郁飚怒，跳沫高睥睨⑦。潋滟⑧三月余，浮沉一朝事。分将食鱼鳖，何暇顾邻里。悲伤念遗黎⑨，指顾出完垒⑩。缭堞⑪对连山，黄楼丽清泗。功成始逾岁，脱去如一屣。空使西楚氓⑫，欲语先垂涕。

千金筑黄楼，落成费百金。谁言使君侈，聊慰楚人心。高秋吐明月，白璧悬青岑⑬。晃荡河汉⑭高，恍悢⑮窗户深。邀我三日饮，不去如笼禽。使君今吴越⑯，虽往将谁寻。

欲买尔家田⑰，归种三顷稻。因营山前宅，遂作泗滨老。奇穷⑱少成事，饱暖未应早。愿输囊⑲中装，田家近无报。平生百不遂，今夕一笑倒。它年数亩宫⑳，悬知迫枯槁㉑。

梁园㉒久芜没，何以奉君游。故城已耕稼，台观㉓皆荒丘。池塘尘漠漠㉔，雁鹜空迟留。俗衰宾客尽，不见枚与邹㉕。轻舟舍我南，吴越多清流。

注释

①自徐移湖：元丰二年（1079）三月，自徐移知湖州。苏轼《张氏园亭记》云："予自彭城移守吴兴，由宋登船，三宿而至。"参见苏轼《罢徐州往南京，马上走笔寄子由五首》诗。

②东武：古代地名，即今山东诸城，宋时为密州。苏轼曾知密州。

③退食：退朝就食于家，意指公余休息。跻攀：攀登。杜甫《白水县崔少府十九翁高斋三十韵》："清晨陪跻攀，傲睨俯峭壁。"

④百步：即百步洪。

⑤肩舆：用人力抬扛的代步工具。

⑥涵川原：指对山川原野一览无余。

⑦睥睨（pìnì）：同埤堄，指城上有孔的短墙。

⑧潋滟：水波荡漾溢满。

⑨遗黎：指灾后幸存的百姓。

⑩指顾：手指目视；一指一瞥之间，指时间短暂。完垒：完整的营垒，这里指水退后全城得到修复。

⑪缭堞：环绕的城上短墙。

⑫西楚氓：指徐州遭受灾害的百姓。氓：读méng，古代称百姓为氓。

⑬白璧：喻指皎洁的月亮。青岑：绿色的山峦。

⑭河汉：银河。

⑮恍悢（huǎngliàng）：模糊不清貌。

⑯使君：指苏轼。苏轼将去任职的湖州，古为吴越之地。

⑰尔家田：苏轼《罢徐州往南京，马上走笔寄子由诗五首》中有诗句"下有尔家川，千畦种秔稌。"尔家川，亦称石狗湖，即今云龙湖所在。苏轼在《次韵和刘贡父登黄楼见寄并寄子由二首》中，"腴田未可买"句下自注："本欲买田于泗上，近已不遂矣。"

⑱奇穷：命运不好。

⑲橐（tuó）：口袋。

⑳宫：泛指房屋。

㉑悬知：料想，预知。枯槁：喻年迈衰老。

㉒梁园：即梁苑，古代园囿名，在今河南开封市东南。汉梁孝王刘武筑，用为游赏和宴请宾客。当时名士司马相如、枚乘和邹阳皆为座上客。
㉓台观：泛指亭台楼阁。
㉔漠漠：弥漫貌。
㉕枚与邹：枚乘和邹阳，皆为西汉文学家。

次韵刘贡父①登黄楼怀子瞻二首（选一）

青山开四面，白水绕三禺②。野阔时闻籁③，人闲旧据梧④。画船留上客，遗迹问田夫。事少日常饮，才疏世未须。决河初荐至⑤，胜事偶相俱。燕子⑥卑无取，滕王远可橅⑦。飞涛隐睥睨⑧，落日丽浮图⑨。同舍新持节⑩，专城敢遽呼⑪。未迎行部驾⑫，已放下淮舻⑬。试问登消暑⑭，如何楚与吴。

注释

①刘贡父：见前注（80页）。
②禺：同隅，角落。
③籁：泛指大自然界发出的声音。
④据梧：靠着梧树而安息。《庄子·齐物论》："昭文之鼓琴也，师旷之枝策也，惠子之据梧也，三子之知几乎。"
⑤指苏轼刚到任徐州就遇上河决澶渊徐州受水。
⑥燕子：指燕子楼。
⑦滕王：指滕王阁，唐代所建楼阁，旧址在今江西南昌新建县。橅（mó）：模式、法式，此处意为可做模式。
⑧睥睨（pì nì）：同埤堄，指城上有孔的短墙。
⑨浮图：佛塔。
⑩同舍：共居一舍者。持节：拿着符节。符节为身份的凭证。官员上任，要持节，以证明身份。
⑪专城：指主宰一城的州牧、太守等地方长官。遽：急忙、仓促。
⑫行部驾：巡行所属部域考核政绩的官员。
⑬舻：泛指船。
⑭消暑：指吴兴的消暑楼。

吕　梁①

出没悬流②虽有道，凭陵③险地本无心。未能与物都无碍，咫尺清泉亦自深。

注释

①吕梁：此诗为《和李公择赴历下道中杂咏十二首》之一。吕梁：吕梁洪，见前注释（12页）。
②悬流：《水经注》：吕梁洪"悬水三十仞，流沫九十里。"
③凭陵：横行，猖獗。

舒 焕 一首

舒焕：生卒年不详，字尧文，神宗熙宁十年（1077）苏轼知徐州时为徐州教授。曾官左朝散郎，熙州（今属甘肃临洮 táo）通判。

和苏子瞻观百步洪原韵①

先生何人堪并席②，李郭相逢上舟日③。残霞明灭日脚沈，水面浮空天一色。磷磷石若铁林兵④，翻激奔冲精甲⑤白。岸头旌旗簇五马⑥，一橹飞艎信东下⑦。入夜寒生波浪间，汗衣如逐秋风干。相忘河鱼⑧互出没，得性沙鸟鸣关关⑨。委蛇⑩二龙乃神物，游乐诸溪诚为难。筑亭种柳恐不暇，天下龙雨须公⑪还。

注释

①苏轼诗为《次韵子由与颜长道同游百步洪相地筑亭种柳》。参见该诗。
②并席：形容关系亲密。同"连舆接席"。宋苏籀《答曹机宜启》："连舆并席，琢磨益友之陪；会弁挥犀，磊落德星之聚。"
③李郭：东汉李膺与太学生首领郭泰相交结，尝同舟共济，世称李郭。
④磷磷：水中石头突立貌。铁林：契丹骑兵名。《宋史·太宗纪一》："己亥，幸新城，观铁林军人射强弩。"
⑤精甲：精良的铠甲。
⑥簇：聚集。五马：古时太守乘坐的车用五匹马驾辕，因借指太守的车驾。这里代称太守。
⑦橹：划船工具。艎（huáng）：大型渡船。信：随意、任凭。
⑧相忘河鱼：指水中的鱼。《庄子·大宗师》："泉涸，鱼相与处于陆，相呴以湿，相濡以沫，不如相忘于江湖。"
⑨关关：鸟叫声。
⑩委蛇（wēiyí）：蜿蜒曲折貌，意同逶迤。
⑪公：指苏轼。

秦 观 三首

秦观（1049—1100），字少游、太虚，号淮海居士，高邮（今属江苏）人。历官定海主簿、蔡州教授、太学博士、秘书省正字兼国史院编修官。后因党籍罪出通判杭州，继贬监处州酒税。于徐州见苏轼，撰《黄楼赋》。为"苏门四学士"之一。有《淮海集》。

戏云龙山人①二绝

芳草未应羞鵯鵊②，潜鳞终是畏提壶③。蔡经背上痕犹在④，更念麻姑指爪无。
选胜⑤只携长颈鹤，入廛还驾短辕车⑥。时人若问虚玄⑦事，笑答无过李老书⑧。

注释

①云龙山人：指隐士张天骥。
②鵯鵊（bēijiá）：鸟名。俗称催明鸟，春分始见，凌晨先鸡而鸣。
③潜鳞：指鱼。提壶：即鹈鹕，一种水鸟，能沉水食鱼。
④蔡经、麻姑和王方平皆为仙人。一次三仙人在蔡经家聚会，蔡经看到麻姑的手如同鸟爪，心想背痒时能得到它挠痒多好。方平知道蔡经的心思，便使人拿鞭子抽打蔡经的背，但只见鞭子打在蔡经的背上却看不见持鞭人。（见葛洪《神仙传》）
⑤选胜：寻游名胜之地。
⑥入廛：进入城里；廛：城邑里的房屋。短辕车：指牛车或简陋小车。
⑦虚玄：指道家思想。老子主张虚一静观和玄览，故称虚玄。
⑧李老书：即老子的书。老子姓李名聃。

盼　盼①

百尺楼高燕子飞，楼上美人颦翠眉②。将军③一去音容远，只有年年旧燕归。春风昨夜来深院，春色依然人不见。只余明月照孤眠，回望旧恩空恋恋。

注释

①盼盼：见前张仲素《燕子楼诗三首》和白居易《燕子楼三首》及注释。
②颦翠眉：颦，皱眉。翠眉，古人用青黑色颜料黛螺画的眉。
③将军：指张愔。愔为武宁军节度使，工部尚书，元和元年十二月卒，赠尚书右仆射。

别子瞻

人生异趣各有求，系风捕影只怀忧。我独不愿万户侯①，惟愿一识苏徐州。徐州英伟非人力，世有高名擅区域。珠树三株②讵可攀，玉海③千寻真莫测。一昨秋风动远情，便忆鲈鱼④访洞庭。芝兰不独庭中秀，松柏仍当雪后青。故人持节⑤过乡县，教以东来偿所愿。天上麒麟⑥昔漫闻，河东鸑鷟⑦今才见。不将俗物碍天真，北斗已南⑧能几人。八砖学士风标远⑨，五马使君⑩恩意新。黄尘冥冥日月换，中有盈虚⑪亦何算。据龟食蛤⑫暂相从，请结后期游汗漫⑬。

注释

①万户侯：食邑万户之侯。亦泛指高官贵爵。

②珠树三株：即三株树。《山海经·海外南经》："三株树在厌火北，生赤水上，其为树如柏，叶皆为珠。一曰其为树若彗。"后人用三株树赞美唐初王勔、王勮、王勃兄弟三人。这里是对苏洵、苏轼、苏辙父子三人的美称。

③玉海：比喻人气度开阔深沉。《南史·朱异传》："（异）器宇弘深，神表峰峻。金山万丈，缘陟未登，玉海千寻，窥映不测。"

④鲈鱼：表示思乡之情。《世说新语第七》："张季鹰辟齐王东曹掾，在洛见秋风起，因思吴中菰菜羹、鲈鱼脍，曰：'人生贵得适意尔，何能羁宦数千里以要名爵！'遂命驾便归。俄而齐王败，时人皆谓为见机。"

⑤持节：节，指符节，古代使臣奉命出行，必执符节以为凭证。魏晋以后，持节为官名，有使持节、持节、假节、假使节等，其权大小有别，皆为刺史总军戎者。

⑥天上麒麟：称赞他人之子有文才。《晋书·顾和传》："和二岁丧父，总角便有清操，族叔荣雅重之，曰：'此吾家麒麟，兴吾宗者，必此子也。'"《陈书·徐陵列传》："陵年数岁，家人携以候之，宝志手摩其顶，曰：'天上石麒麟也。'"漫闻：听说。

⑦河东鸑鷟：鸑鷟（yuèzhuó），古时候汉族民间传说中的五凤之一，身为黑色或紫色。《国语·周语上》："周之兴也，鸑鷟鸣於岐山。"历史上曾有"河东三凤"之说，指隋末唐初时期薛稷村薛氏家族的薛收、薛德音、薛元敬叔侄三人。他们皆文武双全，博学多才，以才华闻名于世。这里"河东鸑鷟"即"河东三凤"，用以赞誉苏洵、苏轼、苏辙父子三人。

⑧北斗已南：即"北斗以南"，已，同"以"。"北斗以南"意指普天之下。此句称赞苏轼才能杰出。《新唐书·狄仁杰列传》："仁基咨美其谊，时方与司马李孝廉不平，相语曰：'吾等可少愧矣！'则相待如初，每曰：'狄公之贤，北斗以南，一人而已。'"

⑨八砖学士：指懒惰的人；亦指从容不迫的风度。唐李肇《翰林志》："北厅前阶有花砖道，冬中日及五砖，为人直之候。李程性懒，好晚入，恒过八砖乃至，众呼为'八砖学士'。"《新唐书·宗室宰相·李程》："学士入署，常视日影为候，程性懒，日过八砖乃至，时号'八砖学士'。""程为人辩给多智，然简侻无仪检，虽在华密，而无众望。最为帝所遇，尝曰：'高飞之翮，长者在前。卿朝廷羽翮也'"。风标：指风度、品格。白居易《题王处士郊居》诗："寒松纵老风标在，野鹤虽饥饮啄闲。"

⑩五马使君：使君：汉代对太守、刺史的通称。汉以后用做对州郡长官的尊称。汉代使君乘车用五马，故称"五马使君"。《汉乐府·陌上桑》："使君从南来，五马立踟蹰。"

⑪盈虚：盈满或虚空。指事物的发展变化，盛衰成败。

⑫据龟食蛤：指超然脱世，遨游四方。据《淮南子·道应训》载，秦始皇时博士卢敖，游于北海，至蒙谷之上，见一人"倦龟壳而食蛤蜊"，卢敖向他自我介绍自己周行四极，唯北阴未窥，欲与他交朋友而同游。这人听后对卢敖说：宇宙其大无穷，你才游到这里就说穷观，还差得远呢！"吾与汗漫期于九垓之外，吾不可以久驻！"说着，这人举臂而纵身，跳入云中。倦，应为倨，通"踞"。

⑬汗漫：漫无边际；渺茫不可知。

王延轨 一首

王延轨：生卒年不详。曾官太子舍人。徽宗政和中为朝散大夫。

题白云洞①

早向珠囊②见，今亲历洞门。削成青玉壁，擘③破白云根。冷射筇④□色，浓□古藓痕。坐来肌骨爽，□□湿琴罇⑤。

注释

①白云洞：在徐州九里山西麓。《太平寰宇记》称为黄池穴。传说此洞为项羽被刘邦军队十面埋伏时命战士挖掘藏身之处。

②珠囊：珠缀的袋子。比喻花苞。又指五星的躔度。《尚书·考灵曜》："天失日月，遗其珠囊。"郑玄注："珠，谓五星也。遗其囊者，盈缩失度也。"

③擘（bò）：分剖，分裂。

④筇（qióng）：竹名，可作手杖。又指手杖。

⑤琴罇：琴和酒器。罇：同"樽"，代指酒。

吕 定 二首

吕定：生卒年不详。字仲安，新昌（今属浙江）人。曾官殿前都指挥使、龙虎上将。

登彭城楼

项王台①上白云秋，亚父坟②前草树稠。山色不随人事改，水声长近戍城流。空余月夜龙神庙③，无复春风燕子楼④。楚汉兴亡俱土壤，不须怀古重夷犹⑤。

注释

①项王台：即戏马台。项羽于城南（今户部山），因山筑台，以观戏马，故称。

②亚父坟：即范增墓。见前注释（46页）。

③龙神庙：泛指寺庙。古时徐州庙宇甚多，如金龙庙、徐州洪神庙、关尉神庙、吕梁洪神庙等。

④燕子楼：见前注释（29页）。

⑤夷犹：迟疑不前，从容不迫。

戏马台

据鞍挥指（一作"指挥"）八千兵①，昔日中原几战争。追鹿已无秦社稷②，逝骓方叹楚歌声③。英雄事往人何在，寂寞台空草自生。回首云山青矗矗④，黄流依旧遶彭城。

注释

①八千兵：《项羽本纪》：项王曰："籍与江东子弟八千人渡江而西，今无一人还。"

②逐鹿句：国家分裂后，竞争天下称为逐鹿。鹿，喻指统治权。《史记·淮阴侯列传》："（蒯通）对曰：秦之纲绝而维弛，山东大扰，异姓并起，英俊乌集。秦失其鹿，天下共逐之，于是高材疾足者先得焉。"社稷，指国家政权。刘、项争战时秦已灭亡。

③逝骓句：《项羽本纪》：项羽被围困于垓下，夜闻汉军四面皆楚歌，项王大惊。乃夜起，饮帐中。有美人名虞，骏马名骓。于是项王乃悲歌慷慨，自为诗曰："力拔山兮气盖世！时不利兮骓不逝！骓不逝兮可奈何！虞兮虞兮奈若何！"

④云山：云龙山。矗矗：高峻貌。

贺 铸　二十七首

贺铸（1052—1125），字方回，号庆湖遗老。卫州（今河南卫辉市）人。曾任泗州、太平州通判，晚年退居苏州。元丰五年（1082）7月领徐州宝丰监钱官，元祐元年（1086）正月罢官离徐州。有《庆湖遗老集》。

游云龙张氏①山居

  云龙山距彭城郭南三里，郡人张天骥圣塗筑亭于西麓。元丰初，郡守眉山苏公，屡登燕于此亭，下畜二鹤，因以放鹤名亭，复为之记。亭下有小屋，曰苏斋，壁间榜眉山所留二诗及画大枯株，亦公醉笔也。亭上一迳至山腹，有石如砻治者，公复题三十许字记。戊午仲冬，雪后与二三子携惠山泉烹凤团此岩下，张氏镵之。壬戌秋，余初至徐，张惠然见临，继相招为山中游，八月晦日遂往，暮归，马上赋此诗。

  昔闻张逸民②，卜筑③云龙山。东望结遐想，喜得彭城官④。一语定襟契⑤，宛如平生欢。招携属休沐⑥，投此萝薜⑦间。女仆候门巷，青袿双翠鬟⑧。苏斋轩户明，饼火焚椒兰⑨。宝墨鬼神护，清诗水玉寒⑩。森然拱檐霤⑪，架石排琅玕⑫。东趋放鹤亭，磴道披茅菅⑬。指顾百村落，炊烟林莽间。日脚洒平陆⑭，西山如断环。凄风振晚叶，坐怯衣裘单。引领紫霄极⑮，飘飘如可干⑯。缅怀眉山⑰公，五马来游盘⑱。酣兴走颠笔⑲，苍崖即镵刊⑳。午年仲冬月㉑，雪野云弥漫。扫石坐舒啸，惠泉烹凤团㉒。当时诧盛集，千古陋迻安㉓。俯仰㉔迹随陈，斯人久泥蟠㉕。我来后千日，逸躅何由攀㉖。遇事不能赋㉗，俯寻尘路还。山英移未勒㉘，时款白云关㉙。

注释

 ①张氏：指隐士张天骥。
 ②逸民：隐居者。
 ③卜筑：择地建屋。
 ④官：指房舍。
 ⑤襟契：襟怀相合。亦指襟怀相契的好友。
 ⑥招携：邀请同行。属：聚集，会合。休沐：休息洗沐，即休息。
 ⑦萝薜：即薜萝，又称薜荔、女萝。后以薜萝比喻隐士的服装。此处指隐居之处的山林。
 ⑧青袿（guī）：妇女穿的黑色上衣。翠鬟：妇女美丽的发髻。
 ⑨椒兰：这里指烧火用的芳香之物。
 ⑩此句指诗的纯洁之美。
 ⑪檐霤（liù）：檐沟，这里泛指屋檐。诗句的意思指茂密的树木围绕着房屋。
 ⑫琅玕（lánggān）：美石。
 ⑬磴（dèng）道：登山的石径。茅菅（jiān）：草名，即菅茅，可作绳织屦。
 ⑭平陆：平坦的陆地。
 ⑮引领：伸颈远望。紫霄：天空。极：最远处。
 ⑯可干：可以触及到。

⑰眉山公：指苏轼。苏轼为眉山人。
⑱五马句：五马，太守的代称，这里指苏轼。游盘：游乐。
⑲走颠笔：挥笔狂书。
⑳镌刊：凿刻。
㉑午年：戊午年，即元丰元年（1078）。当年苏轼在徐州。仲冬：十一月。
㉒惠泉：即惠山泉，在江苏无锡惠山，相传唐代陆羽评定天下水品二十等，惠山泉被列为天下第二泉。这里泛指甘美的泉水。凤团：印有凤纹的茶饼，作为贡茶。
㉓陋：轻视、鄙视。逵安，指晋代的隐士戴逵，字安道。
㉔俯仰：低头和抬头，比喻时间短暂。
㉕斯人：指苏轼。泥蟠，指蟠屈于泥涂中，比喻处在困厄之中。此句指苏轼被贬谪黄州的遭遇。
㉖逸躅：高迈超绝的事迹。全句指苏轼超绝的事迹是无法攀比的。
㉗最后四句清道光《铜山县志》、民国《铜山县志》为"仰怀胜事往，俯遵尘路还。山灵能不辱，时款白云关。"
㉘山英：山之英灵，喻指人的才华，卓越的成就。勒：雕刻。孔稚圭《北山移文》："钟山之英，草堂之灵；驰烟驿路，勒移山庭。"
㉙款：叩，敲。白云：指隐居之地。关：门，或城门。

登黄楼有怀苏眉山

时公谪居黄冈，壬戌八月彭城作。

登黄楼，望黄州。黄州望不见，楼下水东流。水流何可留，浮云更悠悠。伤心泽畔客①，憔悴楚兰秋②。

注释

①指屈原被贬后行吟泽畔。这里以屈原的遭遇比拟苏轼被贬黄州。
②屈赋中有"春兰兮秋鞠"诗句。

燕子楼

唐徐牧张建封①，晚得姬人盼盼，宠嬖之，为起燕子楼于使宅北城上，以处焉。后更兵火，楼不复存。天圣中，故相濮阳李公②，出守彭城，复楼于故址。壬戌重九后一日，余与二三僚友，置酒楼上，分韵赋诗，偶得如字，而侍酒官妓，亦有名盼盼者，盖窃希唐人，因为见于卒章。

城据山川胜③，千年楚故都④。高楼临汳水⑤，杨柳荫芙蕖⑥。唐室中多故⑦，将军⑧老镇徐。毬场朝戏马，玉帐夜投壶⑨。白雪徵清唱⑩，黄金得绿珠⑪。春风楼上醵⑫，三日极欢娱。红粉梦云散⑬，白杨兵火馀⑭。当年贺厦燕⑮，老尽几番雏。曲径拥黄叶，西风时扫除。寒鸱⑯蹲老树，睥睨女墙狐⑰。有客晚登览，彷徨思壮图。荆榛闭铜雀⑱，麋鹿游姑苏⑲。陈迹岂足道，旧欢何日无？朱栏⑳开酒场，宝勒㉑迎官奴。醉袖舞鸲鹆㉒，艳声歌鹧鸪㉓。迟留故时月，桂影㉔来座隅。回首一相诧，今人如不如。

注释

①张建封：关于张尚书历史上有两种说法，一说是张建封，一说是其子张愔。多数学者认同后者。参见白居易《燕子楼》诗注释。张建封，字本立，南阳人。贞元四年（788），拜徐泗濠节度使，治徐凡十年。

②濮阳李公：指宋高官李迪，字复古，曾以刑部尚书知徐州。

③山川胜：山川美好、壮丽。

④楚故都：项羽灭秦后，自称西楚霸王，建都彭城。

⑤汳水：古水名，在河南境内。在徐州与泗水交汇。"汳"后作"汴"。

⑥芙蕖：荷花。

⑦故：故老，即元老，旧臣。

⑧将军：指张建封事。德宗时，李希烈反，建封拒战有功，拜徐、泗、濠节度使。

⑨玉帐：玉饰的帷帐，这里指装饰华美的宴会场所。投壶：古人聚宴时的一种游戏。宾主依次将矢投入特制的壶中，中多者胜，负者饮。

⑩白雪：古时曲名、词调名。徵清唱：得到清唱与之相配。

⑪绿珠：晋代石崇歌妓，善吹笛。遭遇不幸，受害而死。这里喻盼盼。

⑫醼（yàn）：宴会，宴席。同"宴"。

⑬红粉：指盼盼等歌妓。梦云：指男女欢爱。

⑭白居易《燕子楼》诗："见说白杨堪作柱，争教红粉不成灰？"见该诗及注释。

⑮贺厦燕：《淮南子·说林》："大厦成而燕雀相贺。"这两句的意思是：当年张建封为盼盼建燕子楼的事迹早已过去了几代人。

⑯鸱（chī）：鸱鹰。

⑰睥睨（pìnì）：斜视。女墙，城墙上面呈凹凸形的小墙。

⑱荆榛：灌木丛。铜雀：即铜雀台。曹操建铜雀三台，故址在河北临漳县西南。台高十丈，周围殿屋一百二十间，楼顶置大铜雀，舒翼若飞。故名铜雀台。后经兵乱毁弃。

⑲姑苏：山名。在今江苏吴县西南。山上有姑苏台。《史记·淮南王安传》："臣今见麋鹿游姑苏之台也。"

⑳朱栏：这里指华丽红色的楼房。

㉑宝勒：装饰华贵的马络头。这里指贵族之家的马。官奴：官妓。

㉒鸲鹆（qúyù）：鸟名，俗称八哥。也作"鸜鹆"。古时有鸲鹆舞。

㉓鹧鸪：即鹧鸪天，曲牌名。

㉔桂影：指月光。

题彭城张氏放鹤亭

亭有石刻，苏眉山制文。唐之阳春亭故址，在徐城之东。薛能尚书有诗，见集中。壬戌九月赋。

曾见君家亭上碑，东望风月动闲思。昔无卜筑①如相待，今遂登临是不期。万顷白云山缺处②，一庭黄叶雨来时。许昌应负重泉恨③，当日阳春枉赋诗④。

注释

①卜筑：择地建筑。
②山缺处：苏轼《放鹤亭记》："彭城之山，冈岭四合，隐然如大环，独缺其西一面。而山人之亭，适当其缺。……山人有二鹤，甚驯而善飞。旦则望西山之缺而放焉……"
③许昌：指薛能。见前注释（33页）。重泉：九泉。
④薛能于城东南隅建阳春亭，并有《汉庙祈雨回阳春亭有怀》。见前薛能诗。

九日登戏马台①

壬戌彭城赋

当年节物②此山川，倦客登临独惘然。戏马台荒年自久，斩蛇公③去事空传。黄华④半老清霜后，白鸟孤飞落照前。不与兴亡城下水，稳浮渔艇入淮天。

注释

①戏马台：见前注（5页）。
②节物：应时节的景物。
③斩蛇公：指刘裕。《南史·宋本纪》："（裕）后伐获新州，见大蛇数丈，射之，伤。"
④黄华：菊花。

快哉亭①

彭城郡城之东南隅，提点刑狱官②废廨也。熙宁末，魏郡李公③持节来此，构亭城隅之上，郡太守眉山苏公命曰快哉亭。下有爽垲④，数十步，即唐人薛能阳春亭故址也。癸亥六月始登此亭，因赋是诗。

飞亭冠城隅，空阔延四望。风昔两文雄⑤，胡床⑥此相向。山川气候美，诗酒风神王。弹压许昌侯⑦，阳春惭俚唱⑧。麾车⑨忽南北，荣辱生誉谤。一蹴云逵间⑩，一落江湖上。我来得陈躅⑪，伏槛徒怊怅⑫。可畏此尘笼⑬，归哉养荒浪⑭。

注释

①快哉亭：在城内东南隅。据旧志：宋熙宁末李邦直持节徐州，在唐薛能所建阳春亭故址构建，郡守苏轼名曰快哉亭。后名奎楼，俗名拐角楼。清同治十一年徐海道吴世熊重建。

②提点刑狱官：官名，负责诉讼及监察事务。廨：官舍，官署。

③李公：即李清臣，字邦直。见前注。

④爽垲（shuǎngkǎi）：高爽干燥之地。

⑤夙昔：往日。两文雄：指苏轼与李清臣。

⑥胡床：一种可以折叠的轻便坐具，亦称交椅。由胡地传入，故名。

⑦许昌侯：即薛能。见前注。

⑧俚唱：民间歌谣。

⑨麾车：指官员所乘之车。麾，为旌旗之类，作指挥用。

⑩躐（liè）：踩、踏。云逵：比喻仕宦之途。此句意指李清臣日益高升，身居要津。

⑪陈躅：陈迹。

⑫怊怅：同"惆怅"，人失意时的感伤情绪。怊：音chāo。

⑬尘笼：如囚笼的尘世。

⑭荒浪：荒怠放荡。此指不受官府、世俗的约束，自由自在的生活。

飞鸿亭

彭城南禅佛祠，据戏马台之麓，有岩山出其上，方广倍寻，可立柱石。癸亥（1083）秋九月，太守河南王公说①命僧起亭冠焉。亭成，置酒以落之，而未得嘉名以称也。时天晴木落，旅雁南下，复有声琴于坐者，公偶诵嵇叔夜②"目送飞鸿，手拊五弦"之句，因以飞鸿榜之。是冬十二月十日，复与李昭玘③成父、杨中立④同登，因赋是诗。

禅林⑤跨山胁，飞构凿崚嶒⑥。千里寄双睫，百忧消一登。斯游属公暇，晓日东南升。霜野明炼甲⑦，云阴垂海鹏⑧。东州⑨地阳暖，腊月川无冰。大䲡出洪口⑩，突出如骞腾⑪。趺坐⑫思方寂，桐鱼⑬闻饭僧。生台⑭饱驯鸽，散上浮图⑮层。矫首发长啸，清风鼓尘膺⑯。寥寥紫虚路⑰，鸿雁正凭陵⑱。仿像中散公⑲，俯手朱丝绳⑳。粉绘久零落㉑，爽灵㉒呼不应。顾余识尤寡，况复无才称。行且置缨笏㉓，庵栖宗大乘㉔。二子勿多诮㉕，有心何不能。

注释

①王公说：王说，字岩夫，洛阳人。举进士，自太常寺太祝，累拜中大夫，历知诸州。

②嵇叔夜：嵇康（224—263），字叔夜，三国魏文学家，善音乐。曾官中散大夫，好

言老庄，因事被杀。"目送鸿雁"二句见嵇康《赠兄秀才入军诗》。

③李昭玘：《宋史》、《宋诗纪事》等皆谓字成季，济南人，举进士。曾官提点京东路刑狱、起居舍人。有诗，详见下注释。

④杨中立：杨时（1053—1135），字中立，将乐（今属福建将乐县）人。熙宁进士，官至龙图阁直学士。为贺铸任职彭城时僚友。

⑤禅林：佛教寺院，多建于山林之间，故称。

⑥崚嶒（língcéng）：高俊重叠貌。

⑦炼甲：铁制盔甲。

⑧海鹏：《庄子·逍遥游》："鲲之大，不知其几千里也。化而为鸟，其名为鹏。鹏之背，不知其几千里也；怒而飞，其翼若垂天之云。是鸟也，海运则将徙于南溟；南溟者，天池也。"

⑨东州：指徐州地区。北宋京都在汴梁，徐州在其东面，故称。

⑩大艑：大船。艑：音 biàn。洪口，指百步洪。

⑪骞腾：飞升。

⑫趺坐：双脚交叠而坐。

⑬桐鱼：桐木刻成的鱼形，为寺僧用的打击乐器，称木鱼。

⑭生台：佛教施食处。

⑮浮图：佛塔。

⑯膺：胸。

⑰寥寥：空阔。紫虚：天空；云霞映日，天空呈紫色，故称。

⑱凭陵：接近，进逼。

⑲仿像：仿佛相似。中散公：指嵇康；中散大夫简称"中散"。

⑳朱丝绳：红色的琴瑟弦。

㉑粉绘：绘画。零落：凋谢，衰败。

㉒爽灵：头脑，思维。《太微灵书》："人有三魂，一曰爽灵，二曰台光，三曰幽精。"

㉓缨笏：借指官吏，官位。缨，结冠的带子；笏，古时朝会时所执的手板。置缨笏，指抛弃官位。

㉔庵：寺庙。大乘：佛教的一个派别，自称可以普度众生，所以自命为大乘。这句的意思是：将栖隐法门修行。

㉕二子：指李昭玘、杨中立。诮（qiào）：责备、讥笑。

九日呈李成父

癸亥彭城赋

城中雾雨晓冥冥，坐失城头百尺亭①。行乐固知非我事，苦吟犹得有君听。未应白发饶新贵②，任使黄华笑独醒③。异日肯寻鸡黍④约，太行⑤长遶故园青。

注释

①百尺亭：即望馋亭。见前苏轼《登望馋亭》诗注。
②新贵：新近做高官的人。《杜牧·送隐者一绝》："公道世间唯白发，贵人头上不曾饶。"
③黄华：黄花，即菊花。独醒：《楚辞·渔父》："举世皆浊我独清，众人皆醉我独醒，是以见放。"
④鸡黍：谓杀鸡为黍，后表示招待朋友情意真率。文选南朝梁范彦龙（云）《赠张徐州稷诗》"恨不具鸡黍，得与故人挥。"
⑤太行：贺铸家在卫州苏门山下，苏门为太行山余脉。

题彭城南台寺①苏眉山诗刻后

癸亥十月徐之走卒②还自京师，误传苏黄州被召③。南台寺，公旧题数诗先摹刻诸石。因赋此，书其左。

秋风几度老江蓠④，鼎水眉峰⑤隔梦思。下走误传宣室召⑥，上前谁进子虚辞⑦。东坡麋鹿同三径⑧，西掖鹓鸾占一枝⑨。独有野僧违世俗，翠珉⑩新勒旧题诗。

注释

①南台寺：即台头寺，刘宋时于戏马台上修建。
②走卒：供人奔走之隶卒、差役。
③苏轼于元丰二年自湖州太守得罪贬为黄州团练副使。被召：被朝廷召回。
④江蓠：香草名，也作"江离"。屈原《离骚》："扈江离与辟芷兮，纫秋兰以为佩。"
⑤鼎水：指泗水，由"鼎没于泗水彭城下"而来。眉峰，指江夏的八字山，距黄州很近。贺铸《江夏八咏》："有山名八字，供作两眉横。"
⑥下走：指仆人，即前面提到的走卒。宣室：官殿名，汉孝文帝曾于宣室见贾谊，问鬼神事。这里指朝廷。
⑦汉武帝读了《子虚赋》，对文章非常欣赏，告诉近臣杨得意说他很想见文章的作者，杨说是他的同乡司马相如写的。皇帝很吃惊，便召问司马相如。
⑧苏轼《东坡八首序》云："余至黄州二年，日以困匮。故人马正卿哀余乏食，为于郡中请故营地数十亩，使得躬耕其中。"王宗稷编《苏文忠公年谱》：元丰四年，"先生请故营地之东，名之以东坡。"苏轼因以号东坡。麋鹿，喻指在野之人。三径：隐者居处的代称。陶渊明《归去来兮辞》："三径就荒，松菊犹存。"
⑨西掖：官署名，即中书省，掌管朝廷的政策决定。鹓（yuān）鸾：鸾凤之类，喻高贵之人。
⑩翠珉：石碑的别称。宋黄庭坚《题淡山岩》诗之一："惜哉次山世未显，不得雄文

镂翠珉。"

登快哉亭有属

甲子三月二十五日登快哉亭，偶闻舟中吹杨华①者，有怀京师昔游，因赋。

南浦②东风拂水文，汀洲芳草绿罗裙。桃花旧叶③应相望，杨华新声我独闻。酸鼻可怜香欲绝，断肠不待酒初醺④。斜阳归去书窗下，一幅蛮牋⑤赋梦云。

注释

①杨华：即"杨白华歌辞"。《梁书·王神念传》："杨华，武都仇池人也。父大眼，为魏名将。华少有勇力，容貌雄伟。魏胡太后逼通之，华惧及祸，乃帅其部来降。胡太后追思之不能已。为作《杨白华歌辞》，使宫人昼夜连臂蹋足歌之，辞甚凄婉焉。"
②南浦：泛指别离之津渡。楚辞《河伯》："子交手兮东行，送美人兮南浦。"
③桃花旧叶：隐桃叶之名。《乐府诗集四五》引古今乐录谓："桃叶歌者，晋王子敬之所作也。桃叶，子敬妾名，缘以笃爱，所以歌之。"
④醺（xūn）：酒醉。
⑤蛮牋：彩色花纸。梦云：指男女情欢之事。

和彭城王生悼歌人盼盼①

盼盼，马氏，善书染②，死葬南台，即凤凰原也。生赋诗十篇，因和其一。甲子四月望日。

东园花下记相逢，倩盼③偷回一笑浓。书簏尚缄香豆蔻④，镜奁初失玉芙蓉⑤。歌阑⑥燕子楼前月，魂断凤凰原上钟。寄语虞卿谩多赋⑦，九泉无路达鱼封⑧。

注释

①盼盼：为当时艺妓。详见前参寥《多谢樽前》诗注释。
②书染：书画。
③倩盼：美好动人。《诗经·卫风·硕人》："巧笑倩兮，美目盼兮。"
④书簏：藏书用的竹箱子。缄：闭藏。豆蔻：植物名，比喻妇女之少美。
⑤镜奁：镜匣。玉芙蓉：喻女人之美貌。
⑥歌阑：歌唱到很晚时间。
⑦虞卿：《史记·平原君虞卿列传》："太史公曰：然虞卿非穷愁，亦不能著书以自见于后世。"这里以虞卿代指王生穷愁赋诗。谩：莫，不要。

⑧鱼封：书信。纸张出现以前，书信多写在白色丝绢上，为防止传递过程受损，常把书信扎在两片竹木简中，简多刻成鱼形，故称。汉蔡邕《饮马长城窟行》："客从远方来，遗我双鲤鱼；呼儿烹鲤鱼，中有尺素书。"

临汳亭①送客还马上作

甲子九月彭城作

衮衮②尘埃与愿违，可堪持酒送将归。壮心已服驽骀③老，羁思常先鸿雁飞④。十口无厌太仓粟⑤，四邻分采故山薇⑥。何时偃卧柴桑里⑦，自颂渊明昨日非。

注释

①汳亭：汳，汴的古体字。汴水，见前注（25页）。亭未知何处。

②衮衮：相继不绝。

③驽骀：驽、骀皆劣马。比喻庸才。

④羁思：羁旅之思。鸿雁：大雁，代指书信。古时有鸿雁传书的故事。

⑤太仓：京城储粮的大仓。太仓粟：指官府的俸禄。

⑥《史记·伯夷列传》："武王已平殷乱，天下宗周，而伯夷、叔齐耻之，义不食周粟，隐于首阳山，采薇而食之。及饿且死，作歌。其辞曰：'登彼西山兮，采其薇矣。以暴易暴兮，不知其非矣。神农、虞、夏忽焉没兮，我安适归矣？于嗟徂兮，命之衰矣！'遂饿死于首阳山。"

⑦偃卧：仰卧。晋代诗人陶渊明，浔阳柴桑（今江西九江）人，其《归去来兮辞》："实迷途其未远，觉今是而昨非。"

黄楼歌

熙宁丁巳，河决白马①，东注齐宋之野。彭城南控吕梁，水汇城下，深二丈七尺。太守眉山苏公轼，先诏调禁旅②，发公廪③，完城堞④，具舟楫⑤，拯溺疗饥，民不告病。增筑子城之东门，楼冠其上，名之曰黄，取土胜水之义。楼成水退，因合醵⑥以落，坐客三十人，皆文武知名士。明年春，苏公移守吴兴⑦，是冬，谪居黄冈⑧。后五年，转徙汝海⑨，余因赋此以道徐人之思。甲子仲冬彭城作。

君不见，熙宁丁巳秋，灵平⑩未塞河横流。澶漫势欲浮东州⑪，斯人坐有为鱼忧。当时贤守维苏侯⑫，厌术不取三犀牛⑬，跨城岩嶬⑭起黄楼。五行相推土胜水，鼍作鼋惊走鞭箠⑮。三丈浑流变清泚⑯，南来船车鹢衔尾⑰。使君登览兴如何！舞剑吟筵宾从多⑱。水平照影见雁下，山空答响闻渔歌。楼下汀洲长芳草，一麾南出彭门道。昨日春游咏白蘋⑲，后夜秋风悲鹏鸟⑳。黄冈汝海心悠哉！青山白发多尘埃。采菱伎女㉑今何在？骑竹儿童望不来。望不来，碧云明月长徘徊。

注释

①白马：即白马津，在今河南滑县。
②禁旅：即禁军。
③公廪：公家粮仓。
④城堞：城上女墙。泛指城墙。
⑤舟檝：船和桨。檝同"楫"。
⑥醼：同"宴"。
⑦吴兴：今浙江湖州。
⑧黄冈：时为黄州治，苏轼被贬为黄州团练副使。
⑨汝海：汝州（今属河南）和海州（今属江苏）。元丰七年，苏轼被授汝州团练副使，经苏轼请求，居常州。元丰八年授知登州，途中，"过海州，叹高丽馆壮丽，作一绝。"（见《苏文忠公年表》）
⑩灵平：地名。《宋史·河渠志》："元丰元年四月丙寅，决口塞，诏改曹村埽曰灵平。"
⑪指河决澶渊，注钜野，入淮泗。见苏轼《河复》诗。
⑫苏侯：指苏东坡。侯，古时士大夫之间的尊称。
⑬厌术句：指以迷信的方式辟邪求福，免除灾害。厌（yā），"压"的古字，堵塞。三犀牛：或为"五犀牛"；战国时蜀郡守李冰曾作石犀五枚以压水精。
⑭岧峣（tiáoyáo）：高俊、高耸貌。
⑮鼍（tuó）：扬子鳄。鼋（yuán）：大鳖。鞭箠：鞭子；箠为马鞭。
⑯泚（cǐ）：清澈，清澈的水。
⑰鹢（yì）：水鸟名，善飞翔；此指船首画有鹢鸟的船。鹢衔尾：指鹢船首尾相连接。
⑱舞剑吟笺：指跳舞吟诵诗作。苏轼《九日黄楼作》："诗人猛士杂龙虎，楚舞吴歌乱鹅鸭。"参见该诗。
⑲白蘋：一种水中浮草。南朝梁柳恽江南曲："汀州采白蘋，日暖江南春。"
⑳鹏鸟：鸟名，又名山鸮。古时以为不祥之鸟。
㉑采菱：乐府清商曲名。又称《采菱歌》、《采菱曲》。伎女：古代女歌舞艺人。

彭城三咏（之一）

元丰甲子，余与彭城张仲连谋父①，东莱寇昌朝元弼②，彭城陈师仲传道③，临城王适子立④，宋城王玨文举⑤，采徐方陈迹分咏之。余得戏马台、斩蛇泽、歌风台三题，即赋焉。戏马台在郡城之南；斩蛇泽⑥在丰县西二十里；歌风台⑦在沛县郭中。

戏马台歌

秦蛇已中断，刘项方龙战。叱咤沮风云⑧，睢盱走霆电⑨。鸿沟一画天地开⑩，楚王洗剑东归来。新都形胜控淮泗,笼山络谷营高台。重瞳⑪登览何为者?不知招贤知戏马。上如激矢下投丸,兰箸霜腕便回盘⑫。半夜悲歌骓不逝⑬,明日阴陵行路难⑭。骒牝⑮三千归汉间(铜山县志"间"作"苑"),粟豆尤闻蠹县官⑯。君不见华山之阳古坰牧⑰,春风吹草年年绿。

注释

①张谋父:寓居泗州之东山,有田数百亩,结庐其间,榜曰白云庄。

②寇元弼:曾任许州司户参军。

③陈传道:陈师道之兄,与苏轼有交。

④王适:赵郡临城人,苏轼婿。

⑤王玒(gòng)文举:《送寇元弼王文举》诗序称:"文举乃元弼女兄之子,而复妻以女。寇之官符离之荆山戍,王亦从之。"王与贺铸过从甚密,贺诗中多有与其唱和之作。

⑥斩蛇泽:指刘邦斩蛇处。《史记·高祖本纪》:刘邦送徒郦山途中逃匿,夜行泽中,有大蛇当道,刘拔剑斩蛇为两段。后人来至蛇所,有一老妇夜哭,曰"吾子,白帝子也,化为蛇,当道,今为赤帝子斩之,故哭。"人告高祖,高祖心里独喜。赤帝子指汉,白帝子指秦。此故事附会汉灭秦。

⑦歌风台:故址在今江苏沛县东泗水西岸,相传为汉高祖刘邦作大风歌处。后人为筑歌风台。

⑧叱咤:怒喝。沮,阻止,控制。全句意思是:叱咤能搅动风云。《史记·淮阴侯列传》:"项王喑呜叱咤,千人皆废,然不能任属贤将,此特匹夫之勇耳。"

⑨睢盱(suīxū):仰视貌,表示动怒。全句意思为:一怒可以兴起雷霆,表示威力大。

⑩鸿沟:在今河南中牟县,为古汴水的分流,即今贾鲁河。《史记·项羽本纪》:"项王乃与汉约,中分天下,割鸿沟以西为汉,鸿沟而东者为楚。……项王已约,乃引兵解而东归。"

⑪重瞳:目有两瞳子。这里指项羽。《史记·项羽本纪》太史公曰:"吾闻之周生曰'瞬目盖瞳子',又闻项羽亦瞳子。"

⑫兰箸:比喻眼泪。雪腕:指女人雪白的手腕。回盘:徘徊不忍离去。此句指项羽垓下被困,面对美人虞姬生离死别的情景。

⑬《史记·项羽本纪》:"夜闻汉军四面皆楚歌,项王乃大惊曰:'汉皆已得楚乎?是何楚人之多也!'项王则夜起,饮帐中。有美人名虞,常幸从;骏马名骓,常骑之。于是项王乃悲歌慷慨,自为诗曰:'力拔山兮气盖世,时不利兮骓不逝。骓不逝兮可奈何,虞兮虞兮奈若何!'"

⑭阴陵:地名,秦所置县,在今安徽怀远县。《史记·项羽本纪》:"项王至阴陵,迷失道,问一田父,田父绐曰'左,左',乃陷入大泽中。以故汉追及之。"

⑮骒牝(láipìn):这里泛指战马。《诗经·鄘风·定之方中》:"秉心塞渊,骒牝

三千。"

⑯蠹（dù）：损耗。县官：朝廷，官府。《史记·绛侯世家》司马贞索隐："县官谓天子也。所以谓国家为县官者，《夏官》：王畿内县即国都也。王者官天下，故曰县官也。"这句的意思是：天下的财物因战争而被耗尽。

⑰坰牧：野外牧场。坰：音 jiōng。

渔 歌

甲子十一月，张谋父、陈传道、王子立会于彭城东禅佛祠。分渔樵农牧四题，以代酒令，余赋渔歌。

严公桐江上①，吕父清渭滨②。出处③两能事，寥寥乎若人。拥蓑芘笠吴侬子④，身偶一竿生寄水。侯庖富馔羹鲥鲈⑤，寸鬣⑥分鳞辱刀几。吾将一钩悬十犗⑦，笑倚扶桑⑧不计年。鲲鲸⑨怀饵脱相得，坐使东南饫食⑩鲜。

注释

①严公：即东汉严光，字子陵，会稽余姚人。少有高名，与刘秀同游学，秀称帝，光变姓名隐遁。秀派人觅访，征召到京，授谏议大夫，不受，退隐于富春山。后人名其居游垂钓处为严陵濑、子陵滩，又名七里滩。桐江：钱塘江自建德县梅城至桐庐段的别称，子陵滩在此。

②吕父：指周代吕尚，姜姓，吕氏，名尚，字子牙，东海人。文王遇尚于渭水之阳，与语大悦，曰："吾太公望子久矣！"因号为太公望，立为师。辅佐武王灭商有功，封于齐。武王尊为师尚父。有太公之称，俗称姜太公。

③出处：进退。《易·系辞上》："君子之道，或出或处。"

④拥蓑芘笠：身披蓑衣头戴斗笠。芘（bì）：遮蔽，通"庇"。吴侬子：谓吴地人。吴地称己或称人皆曰侬。

⑤此句的意思是：富贵人家馔肴丰富，吃的都是名贵鱼。鲥（shí）和鲈皆为名贵鱼。

⑥鬣（liè）：鱼的鳍。

⑦十犗：犗，阉割过的公牛。此句意思：用十条犗牛作为钓饵。

⑧扶桑：古国名。按其方向、位置，约相当于日本，后来用作日本的代称。

⑨鲲鲸：鲲鱼和鲸鱼，皆为大鱼。

⑩饫食：饱餐。饫：音 yù。

上巳①后一日登快哉亭作

甲子年赋

上巳信嘉辰，流觞②传旧俗。良游怅不遂，吏局方有属③。东风吹晓雨，万窍④嗥林麓。疑有泊舟人，狂歌河女曲⑤。逾朝始登霁⑥，物色如新沐。城角趋危亭，登临尉⑦幽独。纷华扫不见⑧，胡蝶飞平绿⑨。伫倚穷夕曛⑩，悠哉此心目。

注释

①上巳：农历每月上旬的巳日（第六日）。

②流觞：即流杯。古代风俗三月三日于水滨集聚宴饮，以祓除不祥。后人于曲水旁宴集，在水上放置酒杯，杯随水流，流到谁跟前谁就当即取饮，称为流觞曲水。

③吏局：官府。有属：指有公务要办。

④万窍：大自然中能产生声音的万物。

⑤河女曲：汉人为哀悼孝女曹娥所作之歌。《晋书·隐逸传·夏统》："孝女曹娥，年甫十四，贞顺之德过越梁宋，其父堕江不得尸，娥仰天哀号，中流悲叹，便投水而死。父子丧尸，后乃俱出，国人哀其孝义，为歌《河女》之章。"

⑥霁：云雾散去。

⑦尉：安抚。同"慰"。

⑧纷华：繁华盛丽的景象。指盛春已尽。

⑨平绿：绿色的原野。

⑩夕曛：夕阳的余光。

和张谋父游石佛山观魏太武书①

按《南北史·彭城图经》，魏太平真君十一年，太武南侵，至瓜步，筑宫驻跸②，声欲渡江，宋人患之。遣使请婚，馈百牢③以犒师。明年春，旋师渡淮，复留连徐方再旬，始北去。今彭城南五里因山镌④佛，高十许丈。东北百步有大磐石，欹枕⑤小溪，划然四字曰："阿弥陁佛"，皆径尺余，特"陀佛"两字为逸笔结之，其长倍寻⑥，下落溪中，盖当时太武以铁箠⑦画是字，非刊刻⑧也。乙丑初，张谋父摹墨本见惠，兼赋一诗，要余属和焉。

中夏昔屯否⑨，代邦天所开⑩。鸿图属太武，不世英雄才。南洗洛阳血⑪，西盪长安灰。毡车⑫十万乘，略地驱风雷。一苇⑬济长淮，筑宫瓜步隈⑭。东邻拜牢饩⑮，走使为婚媒。云旗即归路，览胜此徘徊。俯挥铁马鞭，顽石同陶坯⑯。划成四大字，屹栗阴虹摧⑰。沦精入崖壑，怒气羞蟠回⑱。茫茫六百年，风雨生莓苔。伟迹寖销泯⑲，威灵⑳安在哉！生存贵为上，零落等尘埃。君为访古游，赋诗追七哀㉑。人生虽不尔，莫负手中杯。

注释

①石佛山：即云龙山。明嘉靖《徐州志》："城南二里曰云龙山，山有云气蜿蜒如龙。

东岩有石刻大佛,故又名石佛山。"魏太武:魏太武帝(408—452),即拓跋焘,北魏皇帝,423—452年在位,为鲜卑族拓跋部。一名佛狸。太平真君十一年(450)大举攻宋,直到瓜步(今江苏六合东南),受到猛烈抵抗,被迫撤退。

② 驻跸:帝王出行,中途暂住。跸:指帝王车驾。

③ 百牢:指宴享时用的各种牲畜。

④ 镵(chán):凿。

⑤ 攲枕:倾斜躺着。攲:音qī。

⑥ 寻:古代长度单位,八尺为一寻。

⑦ 铁筆:铁鞭。

⑧ 刊刻:刻石。

⑨ 中夏:谓中原华夏。屯否:《易》卦名,屯谓艰难,否谓隔塞;此指西晋末年中原大乱。

⑩ 代邦:晋愍帝时封拓跋猗卢为代王,建立代国。此处代邦,泛指北方。拓跋魏崛起北方,统一北部中国,即所称"天所开"。

⑪ 南洗二句:这两句是说:魏太武帝率大军扫荡中原,洛阳、西安等故都尽被占领,遭受烧杀抢掠。

⑫ 毡车:挂毡毯的大车。

⑬ 一苇:一束苇草,捆苇草当筏。后用作小船的代称。

⑭ 隈:山水弯曲处。此处指水边,瓜步南临大江。

⑮ 东邻句:东邻指南朝刘宋。牢饩(xì):指牛羊猪等牺牲,本指祭祀用品;此处指刘宋犒劳魏师的馈赠。

⑯ 顽石句:击碎坚硬的石头像击碎陶器那样容易。

⑰ 屹栗:高耸坚强貌。阴虹:指雷雨等外力。此句谓坚强地耸立在那里,任由各种外力的摧残。

⑱ 这两句的意思是:其精神渗透到崖壑之中,倒落水中的书法充满怒气,羞于如此遭遇。蟠回:盘曲不能伸展。

⑲ 寖销泯:受雨水的侵蚀而消失。

⑳ 威灵:威望神灵。

㉑ 七哀:本为乐府古题。汉末王粲作《七哀诗》,其内容主要是反映战乱带给人民的灾难。

三月二十日游南台①

与张谋父、陈传道、王文举乙丑年同赋,互取姓为韵,余得陈字。

晴春六十日,不与酒杯亲。吏事岂无闻,风雨复兼旬。始作南城游,时物②固已陈。扫不见桃李,浓绿迷荆榛③。登高暂逍遥,引目清泗滨。向田有交迳,俯城皆要津④。得意属禽鱼，可爱不可驯。顾余千里客⑤，眷此十日春⑥。胡不念尔生，筋骸⑦劳久伸。二十起丁籍⑧，一官初为贫。俩张⑨西复东，甑满莱芜尘⑩。黄绶⑪彼何物，豕苓⑫安足珍。山园有芳兰，幽珮⑬手自纫。长哦白云谣⑭，遐想紫阳真⑮。去矣南昌尉⑯，庶几⑰乎若人。

注释

①南台：即戏马台。
②时物：指春天的景物。
③荆榛：丛生的灌木。
④要津：重要的津渡。
⑤贺铸家乡在卫州共城，远离家乡来徐做官，相距约千里之遥。
⑥眷此：眷，依恋；十日春，离春去仅十日。
⑦筋骸：身体。
⑧丁籍：人丁入籍。贺铸熙宁四年二十岁时始出仕，任右班殿直武职。故云"二十起丁籍"。
⑨俩张（zhōuzhāng）：虚妄，无意义。
⑩甑：瓦制煮器。甑里满是尘土，表示贫穷无米下锅。《后汉书·范冉传》：范冉，字史云，陈留外黄人。桓帝时，以冉为莱芜长，遭母忧，不到官。遁身逃命于梁沛之间，结草室而居。所止单陋，有时粮粒尽，穷居自若，言貌无改。闾里歌之曰："甑中生尘范史云，釜中生鱼范莱芜。"
⑪黄绶：系官印的黄色丝带。古时不同颜色的官印丝带标志不同的身份和等级。此处指官位。
⑫豕苓：药名，即猪苓。《庄子·徐无鬼》："药也，其实堇也，桔梗也，鸡痈也，豕零也，是时为帝者也。"
⑬幽珮：同"幽佩"，用幽兰连缀而成的佩饰。苏轼《刁景纯赏瑞香花忆先朝侍宴次韵》："欲赠佳人非泛洧，好纫幽佩吊沉湘。"
⑭白云谣：指得道求仙的愿望。
⑮紫阳真：紫阳真人，即周义山。道家传说，汉沙阴人周义山，字季通，入蒙山遇羡门子，得长生要诀，乘云驾龙，白日升天。也泛指仙人。
⑯南昌尉：指汉代梅福。梅福字子真，九江寿春人，补南昌尉。后去官归寿春。居家"常以读书养性为事。至元始中，王莽颛政，福一朝弃妻子，去九江，至今传以为仙。其后，有人见福于会稽者，变姓名，为吴市门卒云。"（见《汉书·梅福传》）
⑰庶几：表示希望。

送彭城周主簿建中①移黄县令

周字元通。乙丑七月赋，余方抱疾。

客宦逢迎泗上州②，酒筹③诗卷慰淹留。九层灯火偃王塔④，四面溪山彭祖楼⑤。此去君辞栖棘地⑥，年来吾有负薪忧⑦。终期一过河阳县⑧，相对春风话旧游。

注释

①周建中：事迹不详。主簿，官名，掌管文书等事务。

②客宦：离家在外做官。泗上州：指徐州。

③酒筹：古时酒筵饮酒时用以记杯数或行令用的筹码子；此处代指饮酒。淹留：滞留，停留。

④偃王塔：偃王，即徐偃王，相传周穆王时，为徐国国君。由于徐偃王好行仁义，国力强盛，归附者日增，势力范围不断扩展。慑于徐偃王的威德，穆王出兵灭其国。彭城曾有偃王塔。明弘治《重修徐州志》：徐山，旧明武原山，在城南六十里，因徐偃王作乱，穆王出兵伐之，偃王北走彭城武原县东山下，百姓随之者以万数。偃王死，民凿石为墓，祀之，故名。清道光《铜山县志》：徐偃王墓在城南六十里。

⑤彭祖楼：《太平寰宇记》："彭祖庙，魏神龟二年刺史王延明移于子城东北楼下，俗呼楼为彭祖楼。"《水经注》："城之东北角，起层楼于其上，号曰彭祖楼。"

⑥栖棘地：指困境。

⑦负薪忧：即有疾病。《礼记·曲礼下》："君使士射，不能，则辞以疾。言曰'某有负薪之忧。'"

⑧河阳县：《晋书·潘岳传》："岳才名冠世，为众所疾，遂栖迟十年，出为河阳令。"此处以潘岳为河阳令喻指周任黄县令，表示周有才而此前未受到重用。

病后登快哉亭

乙丑八月彭城赋

经雨清蝉得意鸣，征尘①见（亦作"断"）处见归程。病来把酒不知厌，梦后倚楼无限情。鸦带斜阳投古刹，草将野色入荒城。故园又赴黄华约②，但觉秋风鬓上生。

注释

①征尘：指旅途中所染之灰尘，喻旅途劳碌辛苦之意。

②故园：旧游之园。黄花约：黄花，菊花；黄花约，指与友人约定去看菊花。

送寇元弼王文举

文举乃元弼女兄之子,而复妻以女。寇之官符离之荆山戍,王亦从行。乙丑八月,彭城赋。

无端嵇氏叟①,早结曹家偶。不遂龙蛇藏②,翻从牛马走③。东西只强颜,清镜照人顽④。攲枕⑤知归路,开屏认旧山。甘心折腰膂⑥,为饱来西楚。始验釜生鱼⑦,还悲厕中鼠⑧。两君冰玉人⑨,倾盖⑩许相亲。何意尘埃地,欻游云汉津⑪。佳时第行乐,不与华年约。大白⑫酒交酬,长笺诗间作。俄报成期秋,扁舟去莫留。台乡⑬淮水北,和氏玉⑭坑头。飘飖同李郭⑮,到岸逢摇落。俱是长年人,得志(一作"忘")弥日恶。劳生⑯不自知,会合复何时。笼鸟槛猿⑰思,烹鸡炊黍⑱期。此期谅难必,幸勿忘今日。固有梦依依,可无书一一。徐国壮山河,黄楼人望多。后时三五夕,奈尔月明何。

注释

①嵇氏叟:指晋嵇康。《晋书·嵇康传》:嵇康字叔夜,谯国铚人。康早孤,有奇才,远迈不群。与魏宗室婚,拜中散大夫。

②龙蛇藏:指寇元弼不能仿龙蛇隐退藏身。《易·系辞下》:"龙蛇之蛰,以存身也。"

③牛马走:谓在皇帝之前如牛马供奔走的人。此句指寇元弼未能隐退藏身,反为皇帝效牛马之劳。

④人顽:凶恶的人。

⑤攲枕:斜靠着枕头。攲(qī):同"敧",斜靠。

⑥折腰膂:萧统《陶渊明传》:"会郡遣督邮至,县吏请曰:'应束带见之。'渊明叹曰:'我岂能为五斗米,折腰向乡里小儿!'即日解绶去职,赋《归去来》。"膂(lǚ):脊梁骨。

⑦釜生鱼:釜中有生鱼,谓断炊已久。见前《三月二十日游南台》诗注释。

⑧厕中鼠:《史记·李斯列传》:"李斯者,楚上蔡人也。年少时,为郡小吏,见吏舍厕中鼠食不絜,近人犬,数惊恐之。斯入仓,观仓中鼠,食积粟,居大庑之下,不见人犬之忧,于是李斯乃叹曰:'人之贤不肖譬如鼠矣,在所自处耳!'"

⑨冰玉人:岳父和女婿的代称。《晋书·卫玠传》:玠字叔宝,年五岁,风神秀异,有异于众。入市,见者皆以为玉人,观之者倾都。玠妻父乐广,有海内重名,议者以为"妇公冰清,女婿玉润。"

⑩倾盖:指途中相遇,停车交谈,双方车盖往一起倾斜。形容一见如故。

⑪欻(xū):疾速。云汉津:指高空,亦喻高官厚禄。云汉,银河;津,渡口。

⑫大白:大酒杯。汉刘向《说苑·善说》:"魏文侯与大夫饮酒,使公乘不仁为觞政,曰:'饮不釂者,浮以大白。'"

⑬台乡：对他人的家乡的敬称。

⑭和氏玉：春秋时楚人和氏（卞和）所得的宝玉。泛指宝贵的玉石。

⑮飘飘：漂泊不定。李郭：东汉李膺与太学生首领郭泰相交结，尝同舟共济，世称李郭。

⑯劳生：指辛苦劳累的生活。《庄子·大宗师》："夫大块载我以形，劳我以生，佚我以老，息我以死。"

⑰笼鸟槛猿：笼中鸟槛中猿。喻身不自由。

⑱烹鸡炊黍：谓真诚饷客。《论语·微子》："止子路宿，杀鸡为黍而食之。"

怀寄寇元弼王文举十首

乙丑彭城赋
初别后
樽酒津亭别，还城何所投。无情是流水，断送到南州。
过碧芦轩
东轩美风月，诗酒伴欢呼。昨日墙阴过，依依见碧芦。
出小市门①
小市门南路，旧游联马行。只从前日别，秋草一番生。
登飞鸿亭②
南京③一登眺，朔雁④正来宾。好去长淮北，殷勤访故人。
游百步洪
百步洪头水，秋霖⑤一夜浑。相携濯缨⑥处，无复履綦痕⑦。
登黄楼
何处延明月，东城百尺楼。故人那得见，后夜是中秋。
局中⑧**归**
不见西街客，归来即闭门。胡床⑨面南树，乌鹊啅⑩黄昏。
招元弼
暑雨茅柴熟，秋风淮白⑪肥。留连阮校尉⑫，何日跨驴归。
招文举
后夜溪上雪，临门望子猷⑬。莫因清兴尽，半道却回舟。
赋后诗
偶得悲秋句，还惊旧社⑭空。中庭步明月，朗咏与西风。

注释

①小市门：徐州地名，亦称小市。《魏书·李孝伯传》："世祖至彭城，登亚父冢以望

城内，遣送蒯应至小市门，宣世祖诏，劳问义恭等，并遣自陈萧城之败。……世祖明旦复登亚父冢，遣孝伯至小市，骏亦遣其长史张畅对孝伯。"

②飞鸿亭：见《飞鸿亭》诗。

③南京：宋大中祥符七年（1014）升应天府（今河南商丘南）为南京。

④朔雁：北方的大雁。

⑤秋霖：秋天连阴雨。

⑥濯缨：洗涤冠缨。《孟子·离娄上》："沧浪之水清兮，可以濯我缨。"常比喻超脱尘俗，操守高洁。

⑦履綦痕：此处指足迹。履綦：鞋的饰物。

⑧局中：指官府里。

⑨胡床：一种可以折叠的轻便坐具，亦称交椅。由胡地传入，故名。

⑩啅（zhào）：鸟叫。

⑪淮白：鱼名。

⑫阮校尉：阮籍，曾任步兵校尉。《晋书·阮籍传》："及文帝辅政，籍尝从容言于帝曰：'籍平生曾游东平，乐其风土。'帝大悦，即拜东平相。籍乘驴到郡，坏府舍屏鄣，使内外相望，法令清简，旬日而还。帝引为大将军从事中郎。"

⑬《世说新语·任诞》："王子猷居山阴，夜大雪，眠觉……忽忆戴安道，时戴在剡，即便夜乘小船就之。经宿方至，造门不前而返。人问其故，王曰：'吾本乘兴而行，兴尽而返，何必见戴？'"

⑭社：祭土地神之处。

将发彭城作

元祐丙寅正月赋

四年吟笑老东徐①，满目溪山不负渠②。得米经须偿酒债，有田便拟卜吾庐③。明朝门外扁舟雪，别夜灯前满纸书。会问匆匆解携④客，相思命驾⑤定如何。

注释

①东徐：东徐州。《魏书·地形志中》："东徐州，孝昌元年置，永熙二年州郡陷，武定八年复。治下邳城。"这里指徐州，因北宋京都汴梁（今河南开封），徐州在京都东面，故称。

②渠：彼。

③卜……庐：择地筑屋而居。

④解携：离别。杜甫《水宿遣兴奉呈群公》诗："异县惊虚往，同人惜解携。"

⑤命驾：乘车离去。

再送潘仲宝①兼寄彭城交旧

己巳九月赋

　　风雨扁舟幸少留,为君持酒话徐州。白鱼紫蟹秋初美,戏马飞鸿②梦屡游。二阮③年来知健否,季真老去应归休④。白云庄畔多闲地⑤,不惜横刀直换牛⑥。

注释

　　①潘仲宝:潘瑶,字仲宝。事迹不详,作者另有诗《送历阳潘司户瑶移令归东鲁》。
　　②戏马飞鸿:指戏马台和飞鸿亭。见前注。
　　③二阮:原指阮籍、阮咸叔侄,此处喻指寇元弼、寇定叔侄。
　　④唐代诗人贺知章,字季真,为人旷达不羁,有"清谈风流"之誉,晚年尤纵,自号"四明狂客"。八十六岁告老还乡。此处作者借指自己。归休:离去官职,回家休息。
　　⑤此句忆张谋父。白云庄为张谋父居处。作者在《题张氏白云庄》序中:彭城张谋父居四洲之东山,耕田数百里,中择爽垲,列树松竹,结茅其间,榜曰:"白云庄。"
　　⑥横刀:即用皮襻带将刀横于腋下,后官门侍卫等所佩。此处指所佩之刀。贺铸是时任武弁,故有此语。换牛:《汉书·龚遂传》:"民有带持刀剑者,使卖剑买牛,卖刀买犊。"

快哉亭朝暮寓目二首

　　夙起①喜舒旷,径趋城上楼。初阳动禾黍,积雨失汀洲②。水牯负鸲鹆③,山枢悬栝蒌④。坐惭真隐子⑤,物我两悠悠。

　　积潦际危堞,登临西照中。苔衣罥白羽⑥,槐荫悬青虫。不浅胡床兴⑦,无多团扇功⑧。目穷犹起羡,演漾⑨一渔篷。

注释

　　①夙起:早上起来。
　　②汀洲:水中小洲。
　　③水牯:阉割过之公水牛。鸲鹆(qúyù):鸟名,俗称八哥。
　　④枢(ōu):树名,即刺榆。《诗·唐·山有枢》:"山有枢,隰有榆。"栝蒌(guālóu):植物名,即果蓏(luǒ),可入药。也作"栝楼"、"舌蒌"。
　　⑤真隐子:真正的隐士。
　　⑥苔衣:青苔,泛指苔藓类植物。罥(juàn):挂,缠绕。
　　⑦《世说新语·容止》:"庾太尉在武昌,秋夜气佳景清,使吏殷浩、王胡之之徒登南楼理咏。音调始遒,闻函道中有屐声甚厉,定是庾公。俄而率左右十许人步来,诸贤

欲起避之。公徐云：'诸君少住，老子于此处兴复不浅！'因便据胡床，与诸人咏谑，竟坐甚得任乐。"胡床：见前注（101页）。

⑧团扇：也叫宫扇。这里指团扇舞。

⑨演漾：流动起伏貌。

送时适归彭城兼寄王会之并张白云①

壮年客宦乐徐州，五见黄华戏马周②。无复登山抛旧屐③，不堪临水送归舟。东城公子犹三径④，南墅先生久一邱⑤。为话吴门⑥非乐土，鲈鱼菰黍⑦漫淹留。

注释

①时适：生平不详。王会之：名有元。贺铸《怀寄彭城朋好十首"王十三"》序曰"期余罢官会甬上。"诗为"不见会之久，每思诗酒家。扁舟由甬上，乘兴可须招。"又有《早发斜沟道中寄王有元》。张白云：即张谋父。见前注。

②黄华：黄花，即菊花。戏马：戏马台。贺铸在徐任职近五年。

③《南史·谢灵运传》："（谢）登蹑常着木屐，上山则去其前齿，下山去其后齿。"

④东城公子：指张谋父。三径：西汉末，王莽专权，兖州刺史蒋诩告病辞官，隐居乡里，于院中辟三径，唯与求仲、羊仲来往。晋陶潜《归去来辞》："三径就荒，松竹犹存。"后常用三径指归隐者的家园。

⑤南墅先生：指王会之。一丘：《汉书·叙传第七十上》："嗣虽修儒学，然贵老严之术。桓生欲借其书，嗣报曰'……渔钓于一壑，则万物不奸其志，栖迟于一丘，则天下不易其乐。'"邱，同"丘"。

⑥吴门：吴县的别称，今苏州。

⑦菰黍：菰，即茭白。黍，黄米、糯米类谷物。

李昭玘（qǐ）二首

李昭玘，生卒年不详，字成季，济南人。进士，少与晁补之齐名，为苏轼所知，曾任徐州教授。历官潞州通判、开封推官、右司员外郎、太常少卿，沧州知府。因入党籍中，闲居十五年，自号乐静先生。工书法、图画。有《乐静先生集》。

送徐州举人赴省试①

淮夷②之珠照夜明，泗滨之石声泠泠③。昔时大禹致方物④，神光玉色罗广廷。比年入献多豪英，褒雄妙思相凭陵⑤。飘飘束书去观国⑥，瘦马踏雪虚垂冰。长廊白昼天宇清，落笔冉冉⑦风云生。千官拱笏赭袍近⑧，碧沟新柳黄鹂鸣。金挝虎士⑨传姓名，鱼龙卷尾⑩随雷声。州人洗眼望归程，会约春风载酒迎。

注释

①举人：意即被荐举之人。唐、宋时被地方推举而赴京都应科举考试者称为举人。省试：唐、宋时由尚书省举行的考试。又称会试。

②淮夷：指今黄淮、江淮一带地区。《尚书·禹贡》："海、岱及淮惟徐州……泗滨浮磬，淮夷蠙珠暨鱼。"

③泠泠（líng líng）：指流水激石的清幽声。

④此句指各地向大禹贡献各种物品。

⑤褒雄：指才智超群的人物。妙思：非凡的思想。凭陵：超越。

⑥束书：携带书籍。观国：原意指观察国情或从政，此处指赴试。

⑦冉冉：形容书写答卷敏捷。

⑧拱笏：两手拱着笏板。赭袍：赭色袍子。赭：红褐色。笏，古代大臣上朝拿着的手板，用玉、象牙或竹片制成。

⑨金挝虎士：金挝，装饰漂亮的兵器；"挝"为一种兵器。虎士，勇猛如虎之士兵。

⑩鱼龙卷尾：形容传递之快。

飞鸿亭①

平野浩空阔，危甍兀岧峣②。腊尽③风日好，春回冰雪消。朱弦④试挥手，度响何翛翛⑤。此意复谁共，古人今寂寞。睠⑥彼泽中鸿，欻起⑦如回飙。悠然薄⑧天末，去去不可招。愧无双羽翰⑨，万里同飘飖⑩。人生本萧散⑪，知虑⑫劳煎烧。悻悻觊声利⑬，伛偻随纷嚣⑭。安知出世间，造适⑮皆逍遥。帝乡⑯果何在，久愿追松乔⑰。行歌⑱归去来，五斗空折腰⑲。

注释

①飞鸿亭：见贺铸《飞鸿亭》诗。

②危甍：指高大的房屋；甍，屋栋，屋脊。兀：高耸貌。岧峣（tiáoyáo）：山高峻貌。

③腊尽：冬季过去。腊，泛指冬天。

④朱弦：用练丝（即熟丝）制作的琴弦。

⑤翛翛（xiāoxiāo）：形容悠扬的琴声。

⑥睠：眷念。

⑦欻起：忽然飞起。欻：音xū。回飙：旋转的狂风。

⑧薄：迫近。

⑨羽翰：翅膀。
⑩飘飘：飞翔。
⑪萧散：凄凉。
⑫知虑：智慧和谋略。
⑬恾恾（móumóu）：贪欲貌。觇（chān）：窥探，察看。声利：名利。
⑭伛偻（yǔlǚ）：腰背弯曲。纷嚣：纷乱喧嚣。
⑮造适：人生的追求。
⑯帝乡：仙人所居之处。
⑰松乔：神话传说的仙人赤松子和王子乔。
⑱行歌：漫步歌吟。
⑲萧统《陶渊明传》："会郡遣督邮至，县吏请曰：'应束带见之。'渊明叹曰：'我岂能为五斗米，折腰向乡里小儿！'即日解绶去职，赋《归去来》。"

陈师道　四十二首

陈师道（1053—1102），字履常、无己，号后山居士。彭城（今江苏徐州）人。被荐为徐州教授，后任太学博士、秘书省正字等职。常与苏轼、黄庭坚等唱和，为江西诗派的代表作家之一。

雪后黄楼寄负山居士①

林庐②烟不起，城郭岁将穷。云日明松雪，溪山进晚风。人行图画里，鸟度醉吟中。不尽山阴兴③，天留忆戴公。

注释

①黄楼：见前注。诗人另有《黄楼铭》一文。负山居士：《后山诗注补笺》：《文集》有《乡人祭张殿直》文云"负山之下，有隐人焉。"当即张仲连。
②林庐：树林和房屋。
③《世说新语·任诞》："王子猷居山阴，夜大雪，眠觉……忽忆戴安道，时戴在剡，即便夜乘小船就之。经宿方至，造门不前而返。人问其故，王曰：'吾本乘兴而行，兴尽而返，何必见戴？'"

次韵李节推九日登南山①

平林广野骑台荒②，山寺鸣钟报夕阳。人事自生今日意，寒花只作去年香。巾欹③更觉霜侵鬓，语妙何妨石作肠。落木无边江不尽④，此身此日更须忙。

注释

①李节推：生平不详。节推，官职名，即节度推判官。南山：即户部山。
②平林：平原上的树林。骑台：即戏马台。《水经注》作"掠马台"。
③巾欹（qī）：巾，头巾。欹，倾斜。
④杜甫《登高》诗："无边落木萧萧下，不尽长江滚滚来。"

河　上①

背水连渔屋，横河架石梁②。窥巢鸟鹊竞，过雨艾蒿③光。鸟语催春事，窗明报夕阳。还家慰儿女④，归路不应长。

注释

①河上：同治《徐州府志》：城北二十里，有荆山口河，广数百仗，有桥跨其上。桥下乱石纵横，颇险恶，类人力穿凿者。疑河上即此处。
②石梁：石桥。
③艾蒿：草名。亦称艾。
④还家句：诗人曾依其妻父曹州数年，往来徐曹。此诗当写于离徐回曹时。

老柏三首　有序

胜果院①后庭有柏，见之二十年矣，疏瘦②如故；余寓其舍，数以水溉之，遂有生意。

庭柏无生意，摧残二十秋。稍霑③杯水润，已与岁寒谋。黄里青青出，愁边稍稍瘳④。会看笙鹤⑤下，暮雀莫深投。

又

英姿带枯槁，劲节阙⑥和柔。物理⑦有兴坏，人情成去留。稍看栖鸟集，聊待晚风秋。解道⑧庭前柏，何曾识赵州⑨。

又

岁月那能讬（亦作"记"），风霜亦饱经。槁干仍故节，润泽出新青。色与江波共，声留静夜听。辉辉⑩垂重露，点点缀流萤⑪。

注释

①胜果院：即胜果禅院。陈师道《文集·观音院修满净佛殿记》："吾州之南山太平兴国寺，山之南北，凡十有七院。其东南隅，别有胜果禅院。始时寺之卧佛、罗汉、观

音为盛，金馨之施，门无虚日，其后胜果兴而三家替。"

②疏瘦：此处指树的枝叶稀疏枯萎。

③霈：用水浸湿。

④瘳（chōu）：病愈。

⑤笙鹤：刘向《列仙传》：王子乔好吹笙，作凤鸣，游伊洛间，道士浮丘公接上嵩山，三十余年后乘白鹤驻缑（gōu）氏山顶，举手谢时人仙去。后以"笙鹤"指仙人乘骑之仙鹤。

⑥阙：缺乏。

⑦物理：事物的内在规律。

⑧解道：指了解树的荣枯常理。

⑨《五灯会元》记载一个佛教故事：僧问赵州和尚，祖师西来意。州云："庭前柏树子。"又有老宿忽拈拄杖谓僧曰："要识赵州么，这里是赵州。"赵州（778—897），本姓郝，曹州人，法名从谂（shěn）。南泉普愿弟子。不遗余力传扬佛教，时谓"赵州门风"。

⑩辉辉：特别光亮貌。

⑪流萤：飞行无定的萤火虫。形容露珠闪烁貌。

桓　山① （桓一作"柏"）

平江如抱贯秦洪②，双岭驰来欲并雄。是物皆为万世计，阖棺犹有一朝穷。林峦特起终有（亦作"为"）污，美恶千年竟不空。尚有风流羊叔子③，稍经湔洗④与清风。(自注"有东坡记刻石")

注释

①桓山：见前注释（57页）。

②秦洪：即秦梁洪。清顺治余志明、李向阳编《徐州志》：秦梁洪在城东北二十里，有木直渡，有广济桥。

③羊叔子：即羊祜，字叔子，晋泰山南城（今属山东省）人。魏末封为钜平侯，任相国从事中郎。晋王朝建立后，都督荆州诸军事，筹划灭吴。祜率营兵出镇南夏，开设庠序，绥怀远近，甚得江汉之心。与吴人开布大信，降者欲去皆听之。祜立身清俭，禄奉所资，皆赡给家族，赏赐军士，家无余资。死后，南州（今四川南川县）人闻之莫不悲痛，为之罢市，巷哭者声相接。祜乐山水，常登岘山游览，尝慨然叹息，谓从事中郎邹湛等曰："自有宇宙，便有此山。由来贤达胜士，登此远望，如我与卿者多矣！皆湮灭无闻，使人悲伤。如百岁后有知，魂魄犹应登此也。"（见《晋书·羊祜传》）

④湔洗：洗涤，洗刷污秽。湔：音jiān。

和颜生同游南山①

竹杖芒鞋取次②行，琳琅③触目路人惊。常年此日仍为客，病目今来喜再明。筋力尚堪供是事④，登临那得总无情。已知名世⑤徒为尔，可复缘渠太瘦生⑥。

注释

①颜生：生平不详。疑为从后山学者。后山另有《答颜生》、《答颜生见寄》二诗。南山：即户部山。

②取次：任意，随便。

③琳琅：原为玉石名，此处喻美好的景物。

④是事：这件事，指出游。

⑤名世：闻名于世。

⑥缘渠：指追求名世。渠，指代词，那、那个。瘦生：指人生遭受痛苦。

僧慧僧和（一作"利"）同往南山①

骥騄②同群鸿雁行，登临端为作重阳③。南台二谢④风流绝，准拟归来古锦囊⑤。

注释

①僧慧、僧和：皆为徐州僧人，生平不详。

②骥騄（lù）：良马。比喻有才能的人。

③重阳：农历九月九日。

④南台二谢：南台，戏马台。二谢，指谢灵运、谢瞻。见前注。

⑤古锦囊：用年代久远的锦缎制成的袋。亦省作"古锦"，专指贮诗之袋。韩维《宝奎殿前花树子答宋中道》诗："春罗试舞衣新换，古锦藏诗墨未干。"苏舜钦《送王杨庭著作宰巫山》诗："落笔多佳句，时应满锦囊。"锦囊亦借指诗作。杨万里《云龙歌赠陆务观》："金印斗大值几钱？锦囊山齐今几篇？"

和魏衍元夜同登黄楼①

车马竞清夜，人物秀三楚②。登临得免俗，兹楼岂时睹③。同来两稚子，冠者④亦四五。落落俱可人⑤，颇亦厌歌鼓⑥。山月出未高，潜鳞⑦动寒渚。樯灯接稀星，夺目粲不数。魏侯转物手⑧，百好趋就叙⑨。得句未肯吐，秀气出眉宇⑩。水净纳行影，山空答修语⑪。夜气稍侵肌，鸟骇去其侣。清游⑫岂有极，喜事戒多取。投静未免喧，于今岂非古。永怀寂寞人⑬，南北忘在所。横岭限鱼鸟，作书欲谁与。情生文自哀，意动足复伫。凭槛共一默，望舒已浸午⑭。

注释

　　①魏衍：陈师道的门生。元夜：上元之夜，即农历正月十五夜。也称元夕，元宵。
　　②三楚：地名，战国楚地。今从黄淮至湖南一带，古时有西楚、东楚、南楚之分。又有称江陵为南楚，吴为东楚，彭城为西楚。后用以泛指湘、鄂一带。
　　③时睹：当时人所关注。
　　④冠者：指成年男子。古代男子成年时要举行加冠的礼仪。
　　⑤落落：潇洒自然，坦率开朗。可人：人可爱。
　　⑥厌歌鼓：善于击鼓歌唱。
　　⑦潜鳞：指鱼。
　　⑧魏侯：指魏衍。侯，古时士大夫之间的尊称，等于君。转物手，快手。
　　⑨叙：次序。
　　⑩眉宇：两眉上面的地方。泛指容貌。
　　⑪修语：和善的言语。
　　⑫清游：清雅的游赏。晋潘岳《萤火赋》："翔太阴之玄昧，抱夜光以清游。"
　　⑬寂寞人：指苏轼。苏轼几次遭贬，身世两忘。
　　⑭望舒：神话传说中为月亮驾车的仙人。后用为月亮的代称。侵午：月亮当空。

和元夜①

　　笳鼓②喧灯市，车舆避火城③。彭黄④争胜地，汴泗迫人情（一作"清"）。梅柳春犹浅，关山月自（一作"正"）明。赋诗随落笔，端复可怜生⑤。

注释

　　①元夜：元宵之夜。
　　②笳鼓：笳声和鼓声。笳，管乐器。
　　③车舆：泛指车。火城：指元夜满城尽是烛光照耀。
　　④彭黄：彭祖楼和黄楼。
　　⑤指首章可爱。可怜：可爱。

和魏衍同登快哉亭

　　经时不出此同临，小径新摧草旧侵。欲傍江山看日落，不堪花鸟已春深。来牛去马①中年眼，朗月清风万里心。故著连峰当极目②，回看幽径遶双林③。

注释

①此句意指老眼昏眩。杜甫《江涨》:"去马来牛不复辨。"
②极目:远望,尽目力所及。
③双林:佛逝世于拘尸那国阿利罗拔提河边婆罗双树间,亦称双林。后用为僧人去世之典。此处指僧院。

登快哉亭

城与清江曲,泉流乱石间。夕阳初隐地,暮霭①已依山。度鸟欲何向,奔云亦自闲。登临兴不尽,稚子故须还②。

注释

①暮霭:旁晚的云雾。
②稚子:小儿。此句指小儿正在门口等候,故须马上回去。

登燕子楼①

绿暗连村柳,红明委地②花。画梁初著燕③,废沼已鸣蛙。鸥没轻春水④,舟横著浅沙⑤。相逢千岁语,犹说一枝花⑥。

注释

①燕子楼:见前注(29页)。
②委地:坠落在地上。
③著燕:燕子筑巢而居。
④轻春水:白鸥翱翔于春水之上,悠然自得之貌。
⑤著浅沙:指船停在浅沙上。
⑥一枝花:指美女关盼盼。

和黄生春尽游南山①

逐胜缺勇功,饯春②无少色。出门欲何向,坂丸③随所击。百年余几何,十步复一息。同来二三子,楚楚④颇修饰。行前强老夫,径捷疲峻陟⑤。山门开烟霏⑥,禅房闭岑寂⑦。口燥沾茗碗⑧,久厄此为德⑨。逐日下西山,草路荒不识。回溪转钩曲⑩,门径入绳直。故人喜领客,内愧积肠(一作腹)臆。所来为亲旧,扫除称寥闃⑪。疾风无末势,过雨有余沥⑫。高花初欲然,平荷已如拭。因君感衰盛,丑好移顷刻。交新厌区区⑬，话旧听历历⑭。谈间十一二，四座已倾侧。茅屋漏风霜，山田带沙砾。尚能哀此老，举手触四塞⑮。君如涧底松，超拔出天壁⑯。学诗有新功，黄魏共推激⑰。（自注：生与魏衍黄预游）

注释

①民国《铜山县志》题为"和黄充实春尽游南山"。又注："充实"二字一作"生"字。

②饯春：送春。

③坂丸：即"阪上走丸"，坂同"阪"。意为形势便易。此处意思为随意，任便。

④楚楚：鲜明、整洁。

⑤峻陟：陡峭。

⑥烟霏：云雾迷濛。

⑦禅房：僧徒居住的房屋，泛指寺院。岑寂：冷清、寂寞。

⑧茗碗：茶碗。

⑨久厄：长时间困苦、危难。这里"厄"指"水厄"，即溺于水的灾难。三国魏晋以来，饮茶逐渐流行，其初人不习惯饮茶，戏称为水厄。

⑩钩曲：指玉带钩。清同治《徐州府志·山川考》：城南为云龙山，东北支麓为玉带钩，钩北为户部山，上为项羽戏马台。

⑪寥阒（liáoqù）：空虚寂静。

⑫余沥：残滴。常指喝剩的酒。这里指雨滴。

⑬厌区区：厌，满足；区区，自得貌。

⑭历历：非常清楚。

⑮四塞：指四面弥漫的云雾。

⑯天壁：天然形成的陡峭山崖。

⑰推激：推崇赞赏。

奉陪赵大夫游桓山（桓一作"柏"）

后水喧江落浑黄①，晚云障日作微凉。笙歌声里旌旗动，罗绮②丛中语笑香。劝相秋郊开稔熟③，摩挲苔壁吊荒亡④。风流一代今山简⑤，有底樽前著葛强⑥。

注释

①浑黄：浑浊而黄的河水。

②罗绮：指华丽的丝绸服饰，这里指穿着华丽的游人。

③劝相：劝助、劝勉；《易·井卦》："君子以劳民劝相。"稔熟：谷物成熟。

④摩挲：抚摸。吊荒亡：吊，伤痛、忧虑；荒亡：指耽乐于酒色田猎，纵欲无度。《孟子·梁惠王下》："从兽无厌谓之荒，乐酒无厌谓之亡。先王无流连之乐，荒亡之行。"

⑤山简：晋代山涛之子，时人称为山公。简镇守襄阳时，常游高阳池，饮酒辄醉，"时有童儿歌曰：'山公出何许，往至高阳池。日夕倒载归，茗艼无所知。时时能骑马，倒著白接篱。举鞭向葛疆："何如并州儿？"'"（《晋书·山简传》）葛强：并州人，为山简爱将。李白《襄阳歌》中有"傍人借问笑何事，笑杀山公醉似泥。"

⑥有底：尽情、无限制。樽：酒器。

九月九（一作"八"）日夜雨留智叔①

骑台②九日登临处，只有归人醉扶路。千年二谢③孰可代，我每苦留君只去。花粗只为前人惜，曲误不解丞卿怒④。只消著帽受西风⑤，不待风流到新句。

注释

①智叔：即朱智叔。陈师道有《和朱智叔鹿鸣席上》、《酬智叔见赠》、《送智叔令咸平》等诗，与之唱和。从诗中可知智叔曾任咸平县令。

②骑台：即戏马台。

③二谢：指谢灵运、谢瞻。见前注。

④曲误句：曲误，《三国志·吴书·周瑜传》：瑜少精意于音乐，虽三爵之后，其有阙误，瑜必知之，知之必顾，故时人谣曰："曲有误，周郎顾。"丞卿怒：《后汉书·五行一》：京都童谣曰："梁下有悬鼓，我欲击之丞卿怒。""言永乐主教灵帝，使卖官受钱，所禄非其人，天下忠笃之士怨望，欲击悬鼓以求见；丞卿主鼓者，亦复诣顺，怒而止我也。"

⑤指孟嘉落帽事。《晋书·孟嘉传》"九月九日，温燕龙山，僚佐毕集。时佐吏并著戎服，有风至，吹嘉帽堕落，嘉不之觉。温使左右勿言，欲观其举止。嘉良久如厕，温令取还之，命孙盛作文嘲嘉，著嘉坐处。嘉还见，即答之，其文甚美，四坐嗟叹。"后世每用"落帽"描述人风度之倜傥闲雅。

九月九日与智叔雕堂宴集夜归

雕堂从昔有恶客①，酒尽不去仍复索。欲留歌舞尽客意，风雨和更作三厄②。佳辰难得客更难，我穷无酒为君欢。只欲泥行过白下③，万一帘疏见一斑。

注释

①雕堂句：雕堂，任渊注引《玉堂闲话》曰：徐州使宅有雕堂，盖多妖狐，故画雕于中。又云东坡在徐州，王巩过之，自称恶客。据此，则雕堂在州廨，非使署也。恶客：

指痛饮酒者。苏轼在徐州时，王巩去拜访，自称为恶客。苏轼《答王巩》"古来彭城守，未省怕恶客。恶客云是谁，祥符相公孙。"详见前该诗。

②三厄：三种厄难，即风、雨、更；更，指夜晚。

③白下：指徐州白门。据《徐州府志》等典籍：外城南门叫南白门，亦称白下，地近狭邪。清道光《铜山县志》卷八："白门道，唐张元稹攻徐州，徐吏路审中率死士应官军开白门入，乃得破庞勋。宋苏轼《过张天骥》诗'肩舆白门道'相传即今南门路也。"

寄曹州晁大夫①

堕絮随风花作尘，黄楼桃李不成春。只今容有名驹子②，困倚阑干一欠伸。

注释

①晁大夫：即晁端仁，字尧民。知寿州，又改知曹州。

②驹子：喻指少年英俊。陈师道《南乡子》词序："晁大夫增饰披云雾，初欲压黄楼。而张马二子，皆当年尊下，世所谓英英、盼盼者。盼卒英嫁。而盼之子莹，颇有家风，而曹妓未有显者，黄楼不可胜也。作《南乡子》以歌之。"为帮助理解本诗，将《南乡子》附于此："风絮落东邻。点缀繁枝旋化尘。关锁玉楼巢燕子，冥冥。桃李摧残不见春。流转到如今。翡翠生儿翠作衿。花样腰身官样立，婷婷。困倚阑干一欠身。"

和范教授同游桓山

送客寻山已自（一本作"是"）仙，行谈坐笑复忘年。平郊走马斜阳里，破屋传杯积水边。洗壁留名题岁月（一本作"题名留岁月"），登高著句①记山川。风流幕下诸公子，缩手吟边更觉贤②。

注释

①著句：指作诗。

②缩手：不下手。此句指不参与政事，只作诗吟诵，更感高尚。

和寇十一晚登白门①

重门杰观②屹相望，表里山河自一方。小市③张灯归意动，轻衫当户晚风长。孤臣④白首逢新政，游子青春见故乡。富贵本非吾辈事，江湖安得便相忘⑤。

注释

①寇十一：据冒广生笺，寇十一当是寇元老之子而寇元弼之侄。《留别寇定》序：

"字应之，元弼兄子。"据此，寇十一即寇定。白门：亦称白下。见前注释。

②杰观：高达壮丽的楼观。

③小市：即小市门。彭城地名。见前注（114页）。

④孤臣：失势无援之臣。

⑤《庄子·大宗师》："泉涸，鱼相处于陆，相呴以湿，相濡以沫；不如相忘于江湖。"

再和寇十一二首

南山楼观插穹苍①，林杪②青灯出上方。形胜③自如诸老逝，功名随尽二流④长。马游⑤从昔哀吾老，王粲⑥当年赋异乡。少日幻心今净尽，多生绮语⑦未全忘。

举世相违孰自量，资身无策谩多方⑧。逢场作戏真呈拙，误笔成蝇⑨岂所长。名字不归青史⑩笔，形容终老白云乡⑪。何须五斗⑫轻千里，赖有斯人未肯忘。

注释

①南山：即户部山。穹苍：指苍天。

②林杪：树林上头。

③形胜：地势优越便利，风景优美。

④二流：汴水、泗水。

⑤马游：即马少游：为东汉将军马援从弟。马援南征交阯，军至浪泊上，大胜，受到朝廷的封侯嘉奖。援杀牛酾酒，犒劳军士，从容谓官属曰："吾从弟少游常哀我慷慨多大志，曰'士生一世，但取衣食裁足，乘下泽车，御款段马，为郡掾史，守坟墓，乡里称善人，斯可矣。致求盈余，但自苦耳。'当吾在浪泊、西里间，虏未灭时，下潦上雾，毒气重蒸，仰视飞鸢跕跕（diēdiē）堕水中，卧念少游平生时语，何可得也！"下泽车：便于在沼泽中行走的短毂车。款段马：行走迟缓的马。（见《后汉书·马援传》）

⑥王粲：（177—217）字仲宣，山阳郡高平（今山东微山）人。东汉末年著名文学家，"建安七子之一"。才华卓越，却不被刘表重用，寓流荆州十五年。公元205年秋，王粲在荆州登上麦城（在今湖北当阳东南）城楼，纵目四望，写下了传诵千古的名篇《登楼赋》，抒写生逢乱世，客居异乡，怀才不遇的感伤。其中有"虽信美而非吾土兮，曾何足以少留。"

⑦绮语：华而不实之词。

⑧资身：依靠自己。谩，不切实际。

⑨误笔成蝇：《白孔六帖三儿·图画》："曹不兴误点屏风，因就画为蝇。孙权谓是真，以手弹之。"

⑩青史：史籍。"青"指竹简，古代以竹简记事，故称。

⑪白云乡：传说为仙人所居之地。

⑫五斗：即五斗米，指低级官吏微薄的薪俸。萧统《陶渊明传》："会郡遣督邮至，县吏请曰：'应束带见之。'渊明叹曰：'我岂能为五斗米，折腰向乡里小儿！'即日解绶去职，赋《归去来》。"

与寇、赵约丁塘看花，寇以疾不赴，有诗，次其韵①

早年学苦断过从，晚岁逢春意未穷。欲共元刘争著语②，不堪姚魏③已随风。坐无上客席虚左④，赠有英词⑤囊不空。障日长须钓竿手⑥，归来无计驻青骢⑦。

注释

①寇赵：寇，即寇十一；赵，即赵簴，少时学于陈师道。丁塘：清同治《徐州府志》："丁塘山下即丁塘湖，今成平陆。庙前有拔剑泉，相传汉高祖驻兵处。"

②元刘：元稹、刘禹锡。著语，评语。

③姚魏：姚黄和魏紫，为两种名贵的牡丹花。宋范成大《书樊子南游西山二记》诗："仙山草木锁卿云，不到花平不离尘。十丈牡丹如锦盖，人间姚魏却争春。"。后泛指名贵的花卉。

④虚左：古时以左位为尊，空着以待贵宾，称虚左。

⑤英词：优美的诗作。

⑥障日：遮蔽日光。钓竿手：钓鱼人。借指隐居者。唐杜牧《途中一绝》："惆怅江湖钓竿手，却遮西日向长安。"作者《次韵苏公西湖徙鱼三首》句："我亦江湖钓竿手，误作轻车从下濑。"

⑦青骢：青白色杂毛的马。喻指有才华的人。

和寇十一同游城南阻雨还登寺山①

雨阻游南步，泥留逐北情。稍看飞雾断，复作远山横。野润膏②新泽，楼明纳晚晴。归宜有佳思，纱帽压香英③。

注释

①寺山：明嘉靖《徐州志》："寺山旧有显庆寺，今废。"下引陈师道《登寺山》诗。清余志明、李向阳编《徐州志》："寺山：城东一百二十里旧有显庆寺，今废。"从诗的内容看，此处"寺山"或指户部山。

②膏（gào）：滋润。

③香英：芳香的花。

和寇十一雨后登楼

秀岭①归云里,华谯②夕照中。登临初(一本作"终")不数,吟笑近多同。麦秀③知春力,人和验岁丰,豫为逃暑约,一快楚台风④。

注释

①秀岭:美丽的山岭。
②华谯:华丽的城门。谯,建有望楼的城门。
③麦秀:麦子吐穗开花。
④楚台风:宋玉《风赋》:楚王游于兰台之宫,宋玉、景差侍,有风飒然而至,王乃披襟而当之曰:"快哉此风!"

寄寇十一

邻里相望信不通,时因得句寄匆匆。画楼①著燕春风里,杨柳藏乌白下②东。度日守窗令节③换,经旬无使觉门空。锦囊佳丽邻徐庾④,賸欲同君赋《恼公》⑤。

注释

①画楼:画楼:雕饰华丽的楼房。唐李峤《晚秋喜雨》诗:"聚霭笼仙阁,连霏绕画楼。"此处概指燕子楼。
②白下:指徐州白门。见前注释。李白《杨叛儿》诗:"何许最关人?乌啼白门柳。"
③令节:佳节。
④锦囊:见前注。徐庾:徐陵、庾信,皆南北朝诗人,诗作文辞奇艳,世称"徐庾体"。
⑤賸:同"剩",更。《恼公》:为唐李贺长篇五言诗。其诗意为自嘲。恼,戏耍;公,作者自称。

上赵使君①

老气峥嵘盖九州②,治声腾涌逐双流③。向来置醴④蒙殊遇,此日弹冠⑤愧少留。千里山连环故国⑥,中秋月好傍黄楼⑦。不应为米轻乡里⑧,定复还从马少游⑨。

注释

①赵使君:生平不详。使君,对州郡长的尊称,也指对奉命出使者的尊称。

②老气：老练的气概。杜甫《送韦十六评事充同谷判官》诗："子虽躯干小，老气横九州。"峥嵘：喻指才气品格等超越寻常，不平凡。九州：中国古代设置的九个州。《尚书·禹贡》九州为：冀、豫、雍、扬、兖、徐、梁、青、荆。其他典籍略有不同。后九州泛指中国。

③治声：治政有成绩而获得的声誉。《后汉书·王堂传》："（王堂）曾孙商，益州牧刘焉以为蜀郡太守，有治声。"双流：指汴水、泗水。

④置醴（lǐ）：备设甜酒。

⑤弹冠：整洁其冠，表示喜庆。苏轼《借前韵贺子由生第四孙斗老》诗："今日散幽忧，弹冠及新沐。"

⑥故国：指自己的家乡徐州。苏轼《放鹤亭记》："彭城之山，冈岭四合，隐然如大环，独缺其西一面。"

⑦黄楼：见前注。此句表现诗人离乡前的依依之情。

⑧为米：指为了做官的薪俸。萧统《陶渊明传》："会郡遣督邮至，县吏请曰：'应束带见之。'渊明叹曰：'我岂能为五斗米，折腰向乡里小儿！'"

⑨马少游：为东汉将军马援从弟。详见前注释。

和寇十一同登寺山

度暑无好坏，凭危略幽致。衣冠蔚如林①，从我才一二。兹山昔深登②，岁月谁得记。尚有名胜留，不与金石悴③。熟知千载后，我与子复至。烟昏倏见灯，洪发疑(**一本作"恐"**)无地。领略章句手④，割据英雄志。兴坏容一瞬，今昔当几喟⑤。围山缺西北，放目不可制。归怀纳清境，夜榻成良寐。零落壁间诗，岂特彼所愧⑥。会逢南过适⑦，不问西来意⑧。

注释

①此句意指士大夫、官绅一类人物非常多。衣冠，本指士大夫的穿戴，此处代指士大夫和官绅。蔚：本指草木繁茂，此处指人众多。

②深登：久登，很久前曾登临。

③金石悴：指钟鼎、碑碣之类的器物随着时间的消逝而变得陈旧、损坏。悴（cuì）：衰败。

④章句手：指谢灵运、谢瞻等诗人。

⑤喟（kuì）：叹息。

⑥苏轼游戏马台有《题西轩壁》诗，非特二谢所愧，作者亦自愧。

⑦过适：去，往。

⑧西来意：佛教语。谓达摩祖师自天竺西来的本意。《景德传灯录五·慧安国师》："有坦然、怀让二人来参，问曰：'如何是祖师西来意？'师曰：'何不问自己意？'"

登寺山①

晴山堪著眼②，别意不成（一本作"胜"）秋。小作三年别，聊为五斗谋③。要须乘下泽④，不待到壶头⑤。预恐登临处，长思马少游。

注释

①登寺山：道光《铜山县志》，本诗题为"游显庆寺"。参见前"寺山"注释。
②堪著眼：可以放眼欣赏。
③五斗谋：为生计而谋划。五斗，即五斗米，指低级官吏微薄的薪俸。萧统《陶渊明传》："会郡遣督邮至，县吏请曰：'应束带见之。'渊明叹曰：'我岂能为五斗米，折腰向乡里小儿！'即日解绶去职，赋《归去来》。"
④下泽：下泽车，见前马少游注释。
⑤壶头：地名，在今湖南境内。东汉将军马援南征武陵五溪，进营壶头，遇暑极热，士卒多病死，最后马援亦病死。

和李使君九日登戏马台

登高能赋属吾侪①，不用传杯击钵②催。九日风光堪落帽③，中年怀抱更登台。江山信美因人胜，黄菊④逢辰满意开。二谢⑤风流今复见，千年留句待公（一作"君"）来。

注释

①吾侪（chái）：我辈。
②钵：一种盛食品的器具。古时有击打铜钵立韵，响停诗成的作诗方式。
③落帽：指孟嘉落帽事。《晋书·孟嘉传》"九月九日，温燕龙山，僚佐毕集。时佐吏并著戎服，有风至，吹嘉帽堕落，嘉不之觉。温使左右勿言，欲观其举止。嘉良久如厕，温令取还之，命孙盛作文嘲嘉，著嘉坐处。嘉还见，即答之，其文甚美，四坐嗟叹。"后世每用"落帽"描述人风度之倜傥闲雅。
④黄菊：民国《铜山县志》为"萸菊"。
⑤二谢：谢灵运和谢瞻。见前注。

盘马山①

耕桑②战伐饱曾经，庙毁村荒不乞灵③。尚有君王盘马迹，至今草木不能青。

注释

①盘马山：作者自注："山顶数丈，无草木，相传汉祖盘马于此。"同治《徐州府志》：盘马山在城东北九十里，产铁，俗称马山。山顶平数丈，无草木。相传汉高帝尝盘马于此。并引陈后山《盘马山》诗。

②耕桑：种田养蚕。泛指农事。

③乞灵：求助于神灵。

黄楼绝句（一无"绝句"二字）

楼上当当①彻夜声，预人②何事有枯荣。已传纸贵咸阳市③，更恐书留后世名。

注释

①当当：指搨碑声。楼上有苏轼所书苏辙《黄楼赋》碑。

②预人：参与人世间各种事情。《晋书·谢玄传》："玄字幼度。少颖悟，与从兄朗俱为叔父安所器重。安尝戒约子侄，因曰：'子弟亦何豫人事，而正欲使其佳？'诸人莫有言者。"

③纸贵：晋代左思作《三都赋》，构思十年，赋成，不为时人所重。后皇甫谧为赋作序，张载、刘逵为赋作注，随即《三都赋》声誉大起，豪富之家争相购纸传抄，一时洛阳为之纸贵。咸阳市：吕不韦著《吕氏春秋》，"布咸阳市门，悬千金其上，延诸侯游士宾客有能增损一字者予千金。"（见《史记·吕不韦传》）参见下《黄楼》诗注释。

黄 楼

楼以风流胜，情缘贵贱移。屏亡老毕篆①，市发大苏碑。更觉江山好，难忘父老思。只应千载后，览古胜当时。

注释

①任渊注：《黄楼赋》乃毕仲询篆，东坡书，因是而起废焉。冒广生笺引《却扫编》：徐州《黄楼赋》，坡自书。守者独不忍毁，但投其石城壕中，而易楼名观风。宣和末年，禁稍弛。一时贵游，以蓄东坡之文相尚，鬻者大见售。有苗仲先者，适为守，因命出之，日夜摹印，既得数千本，忽语僚属曰："苏氏之学，法禁尚存，此石奈何独存？"立碎之。人闻石毁，墨本之价益增。仲先秩满，携至京师，尽鬻之，所获不赀。

山 口①

重雾真成雨，疏帘不隔风。青林拥红树，家鹜杂宾鸿②。渔屋浑环水，晴湖半落东。往来成一老③,犹在半途中。

注释

①山口:即荆山口河。同治《徐州府志》:城北二十里有荆山口河,广数百丈,有桥跨其上,桥下乱石纵横,颇险恶,类人力穿凿者。

②家鹜:家鸭。宾鸿:即鸿雁。

③一老:指年高德劭之人。《诗·小雅·十月之交》:"不慭遗一老,俾守我王。"王维《酬诸公见过》诗:"仰厕群贤,皤然一老。"此处为作者自称。

宿泊口①

弱柳经寒色,悬流尽夜声。更长疑睡少,霜落怯寒生。急急占星度②,摇摇苦舫③倾。风涛兼盗贼,恩重觉身轻。

注释

①泊口:即吕梁洪泊口。《水经注卷二十五》:泗水之上,有石梁焉,故曰吕梁。悬涛湍濆,实为泗崄,孔子所谓鱼鳖不能游。又云悬水三十仞,流沫九十里,今则不能。

②占星度:即占卜星度。星度,星辰运行的度数。古时人认为天上星辰的运行和地上是对应的,通过占星能预测到地上的吉凶祸福。

③舫:船。

送晁尧民守徐①

中年为别不堪忧,束发②登门到白头。南省望郎仍国士③,东方千骑更吾州④。彭翁⑤老寿终遗骨,燕子飞来只故楼⑥。知己难逢身易老,颂公置醴我归休⑦。

注释

①晁尧民:曾官主客郎中,后知徐州。

②束发:指男孩成童。古代男孩成童,将头发束成一髻。

③南省:官署名,即尚书省。望郎:即郎中。国士:一国中才能出众的人。

④东方千骑:指高官晁尧民。古乐府《日出东南隅》:"东方千余骑,夫婿居上头。"吾州:陈师道为徐州人,故称。

⑤彭翁:指彭祖。见前注。

⑥燕子:指燕子楼盼盼事。见前注。

⑦置醴(lǐ):备设甜酒。归休:离去官职,回家休息。

次韵应物①有叹黄楼

一代苏长公②,四海名未已。投荒③忘岁月,积毁高城垒④。斯楼亦何与,与人压复起。纷纷徒尔为,长剑须天倚⑤。循分⑥即可久,吾行谁与止。迩来贤达人⑦,五十笑百里⑧。赖有寇公子,众毁闻独美。直气慑狂童⑨,牵联⑩皆可纪。少公作长句⑪,班扬⑫安得拟。颇有喜事人,睥睨欲槌毁⑬。一朝陵谷变⑭,天语含深旨⑮。惊倒楼前人,今朝有行履⑯。

注　释

①应物:据冒广生笺应物姓寇,寇昌朝子侄行。苏轼《游桓山记》文:同游者有寇昌朝。

②苏长公:指苏轼。古人多以"长公"为字,为行次居长之意,如排行为二以下,字次公、少公。故称长兄为长公。

③投荒:贬谪、流放到荒远之地。苏轼因政见不同曾被贬谪到岭南的惠州(今属广东)、琼州(今属海南),当时皆为荒远之地。

④指苏轼因反对王安石新法而受到政敌的种种责难和惩罚。

⑤天倚:倚天。倚,依仗,靠着。辛弃疾《水龙吟·举头西北浮云》:"举头西北浮云,倚天万里须长剑。"

⑥循分:安守本分。

⑦贤达人:有德有才、声望高的人。

⑧《孟子·梁惠王上》:"孟子对曰:'王好战,请以战喻。填然鼓之,兵刃既接,弃甲曳兵而走,或百步而后止,或五十步而后止。以五十步笑百步,则何如?'曰:'不可,直不百步耳,是亦走也。'"

⑨狂童:轻狂顽劣的少年。

⑩牵联:连累;株连。

⑪少公:指苏辙。苏辙有《黄楼赋》文。

⑫班扬:西汉文学家班固和扬雄,皆以辞赋见称。

⑬睥睨句:睥睨(pìnì),眼睛斜着看,形容高傲的样子。此句指有人狂妄要将黄楼赋的石刻毁掉。

⑭陵谷变:地面高低形势的变动。喻指世事的变迁。

⑮天语:皇帝的诏谕。元丰八年(1085),苏轼得神宗诏旨还朝任礼部郎中,迁起居舍人。

⑯行履:行人足迹。意指有人前来瞻观。

龙 潭①

清渊下无际，落日回风澜②。凛然毛发直，敢以笑语干③。陂陀④百尺台，葱翠万木蟠。惊飚振积叶，清霜作朝寒。水旱或有差，精祷神其难。鱼龙同一波，信有水府⑤宽。向来三日雨，赖子一据鞍⑥。何以报嘉惠，寒瓜荐金盘。万口待一饱，归卧神其安。犹须雪三尺，盛意莫得阑⑦。

注释

①龙潭：疑即石潭。乾隆《徐州府志》：圣水山在城东八里，相近有青顶山、尖山，并相连属，其间有石潭，世传潜通泗水。宋苏轼尝祷雨于此，作《起伏龙行》。同治《徐州府志》：盘头南偏东为圣水山、青顶山、尖山，以上三山俱城东八里，皆相连峙。宋郡守苏轼尝于其下石潭祈雨，作《起伏龙行》。

②回风澜：回旋之风吹动潭水激起波浪。

③笑语干：以笑语驱除寒冷，保暖身体。

④陂陀（pōtuó）：倾斜貌。

⑤水府：指水神所管辖的区域。也泛指水底。

⑥据鞍：跨着马鞍。亦借指行军作战。这里指精神抖擞，显出威力。《后汉书·马援传》："援自请曰：'臣尚能被甲上马。'帝令试之。援据鞍顾眄，以示可用。"

⑦阑：衰退、减弱。

登凤凰山①怀子瞻（一本作二首）

蜿蜒曲龙腹，山间隐楼观。孤高伏龙角，浮图刺云汉②。脩林③霜雪馀，落叶青红乱。想见洞中人，不知时节换。咳唾落江东④，江东两眼中。举头触浮云，失脚惊飞鸿。逢人自笑谋身拙，坐使红尘⑤生白发。入山便欲弃人间，出山又与松筠⑥别。

数篇曾见使君诗，前后登临各一时。妙舞新声难得继，清风明月却相宜。朱阑行遍花间路，看尽当年题壁处。更有何人问使君，青春欲尽花飞去。（**后山自注：子瞻云：应问使君何处去，凭花说与春风知。**）

注释

①凤凰山：清顺治《徐州志》：凤凰山有二，一石山稍东，有石刻二凤形，故名。东南五十余里，山有双翼如凤，故名。同治《徐州府志》：塔山旁为凤冠山，一名凤凰山，双峰如凤翅相连，中有栖云洞。从"想见洞中人"看，凤凰山应指此。又：子房山东一支，俗名凤凰山，志无此名，或即定国山。

②浮图：佛，梵语音译。又指塔，此处指寺庙。云汉：高旷的天空。

③脩林：高大的林木。
④咳唾：比喻人的言论。江东：古时指吴中一带地区。
⑤红尘：指人世间。
⑥松筠：松树和竹子。

庚辰三月上旬登白门①闲望

昔别子未仕，人言诗有神。预知河岭阻，不作往来频。剩喜今犹学，须知禄②为亲。五陵③花满眼，作意莫禁春。

注释

①白门：即徐州白门，外城南门叫南白门。清道光《铜山县志》："白门道，唐张元稔攻徐州，徐吏路审中率死士应官军开白门入，乃得破庞勋。宋苏轼《过张天骥》诗'肩舆白门道'相传即今南门路也。"
②禄：官吏的薪俸。
③五陵：汉朝皇帝每立陵墓，都把四方豪族富家和外戚迁至陵墓附近居住，最著名的为五陵，即长陵、安陵、阳陵、茂陵、平陵。后来诗文中常以五陵为豪门贵族聚居之地。

城　南

白下①官杨小弄黄，骑台南路绿无央②。含红破白连连好，度水吹香故故③长。蹲滑踏青穿马耳，转危缘险出羊肠④。熟知南杜风流在⑤，预怯排门有断章⑥。

注释

①白下：即白门。见前注释。
②骑台：戏马台。无央：此处指没有尽头，看不到边。
③故故：偏偏，形容程度深。
④羊肠：羊肠小路。
⑤南杜：地名，今陕西长安县东少陵原东南。唐时在此地设置杜曲地名。后因其南设杜固地名，后世便称杜曲为北杜，杜固为南杜；此处地近宫阙，世居杜氏贵族、大官。《新唐书·杜正伦传》"正伦与城南诸杜昭穆素远，求同谱不许，衔之。诸杜所居号杜固，世传其地有壮气，故世衣冠。正伦既执政，建言凿杜固，通水以利人。既凿，川流如血，阅十日止，自是南杜稍不振"。
⑥排门：推门。断章：断取诗文中的一篇一章。

登彭祖楼①

城上危楼江上城,风流千载擅②佳名。水兼汴泗浮天阔,山入青齐③焕眼明。乔木下泉馀故国④,黄鹂白鸟解人情。须知壮士多秋思,不露文章世已惊。

注释

①彭祖楼:《水经注》:"城之东北角,起层楼于其上,号曰彭城楼。"《太平寰宇记》:魏神龟二年,刺史元延明移彭祖庙于子城东北楼下,俗呼为彭祖楼。

②擅:拥有,独揽。

③青齐:泛指今山东省地区。山东古代属于青州,别称又叫"齐",故称。

④故国:古国,旧国。

张谋父①乞花

二倾田园汴泗东,春来(一作"一春")心事几人同。固知短绠②无深汲,又见新花发旧丛。光气著人浑③欲醉,妍华④过眼旋成空。冷官⑤门(一作"户")外无消息,与报江南春信通。

注释

①张谋父:贺铸《题张氏白云庄》序:"彭城张谋父居泗州之东山,耕田数百里,中择爽,列树松竹,结茅其间,曰'白云庄'。"

②绠(gěng):汲水用的绳索。

③浑:简直。

④妍华:美丽的花。华,同花。

⑤冷官:职位不重要,清闲冷落的官。

南 台①

城郭收灯兴未休,却回春信到台头②。东风未借登临便,柳色遥看特地愁。

注释

①南台:即戏马台。在徐州城南,故称。

②台头:台头寺。同治《徐州府志》:台头寺在戏马台。宋武帝北征至彭城,于台上置台头寺。

张耒 一首

张耒（1054—1114），字文潜，号柯山，为"苏门四学士"（黄庭坚、秦观、晁补之、张耒）之一。楚州淮阴（今属江苏）人，熙宁六年（1073）进士，曾任太常少卿等职。晚年居陈（今河南淮阳），陈地古名宛丘，人亦称其宛丘先生。有《张右史文集》。

挂剑台①

上国②归来岁月深，悲嗟脱剑挂高林。欲知不负徐君意，便是当年让国③心。

注释

①挂剑台：又名季子挂剑台。详见前注释（41页）。
②上国：春秋时称中原各诸侯国为上国，与吴楚诸国相对而言。
③让国：将国家或封地的统治权让给贤者。吴王寿梦病重将卒，因季札贤能，想传位于他。季札谦让不受。寿梦去世后，长子诸樊接位，服丧期满后让位季札。季札坚辞不受，舍弃王室生活去舜柯山（今焦溪舜过山）种田。

李弥逊 一首

李弥逊（1082—1153），字似之，号筠西翁。苏州吴县人。大观三年（1109）进士，历官庐山知县、起居郎、淮南路转运副使，出知冀州、端州、漳州、饶州。晚年归隐连江（今属福建）西山。有《筠溪乐府》

过留侯庙

倚剑悬弓默运筹，终令敌国寝戈矛①。八年楚业②守归汉，三万齐封（一作"冠"）不愧留③。壮岁早从黄石计④，功成却伴赤松游⑤。当时不与人间充⑥，应有文风静九州。

注释

①寝戈矛：停止战争，战败。
②八年楚业：项羽自前209年举兵起义到前202年失败自杀，共八年时间。
③三万齐封：刘邦让张良自己从齐地择取三万户作为封邑，张良未答应，曰："臣愿

封留足矣，不敢当三万户。"

④黄石计：指黄石公授给张良《太公兵法》事。

⑤赤松：即赤松子，相传为仙人。张良晚年曾言："愿弃人间事，欲从赤松子游耳。"（见《史记·留侯世家》）

⑥指当初如果不参与灭秦败项辅佐刘邦建立汉朝的事业。

岳 飞 一首

岳飞（1103—1142），字鹏举，相州汤阴（今河南安阳市汤阴县）人。南宋抗金名将。北宋末年从军，官至河南、北诸路招讨使，枢密副使。因坚持抗敌，反对议和，为奸相秦桧以"莫须有"的罪名谋害。有《岳武穆集》。

送紫岩张先生北伐①

号令风霆②迅，天声动北陬③。长驱渡河洛④，直捣向燕幽⑤。马蹀阏氏血⑥，旗枭可汗头⑦。归来报明主⑧，恢复旧神州⑨。

注释

①紫岩张先生，即抗金名将张浚（1097—1164），字德远，号紫岩居士，汉州绵竹（今属四川）人，曾官侍御史，知枢密院事，川陕宣抚处置使，尚书右仆射等。岳飞的这首诗有明代刻碑立于吕梁山凤冠山上。诗碑高2米，宽0.8米，上面题款为"送紫岩张先生北伐"，下款署名为"绍兴五年秋日，岳飞拜"。碑的右下端有两行小字："嘉靖乙未（1535）员外郎张镗重勒；万历丁丑（1577）主事陈邦彦重立"。

②风霆：疾风暴雷。形容迅速，雷厉风行。

③天声：指宋军的声威。地陬（zōu）：大地的每个角落。

④河洛：泛指黄河、洛水地区。

⑤燕幽：泛指北方金人占领的土地。

⑥蹀（dié）：踏。阏氏（yānzhī）：汉时匈奴王妻妾的称号，称母为母阏氏，这里代指金统治者。

⑦这句指把可汗头头挂在旗杆上示众。枭（xiāo）：斩首而悬挂起来。可汗（hán）：我国古代突厥、鲜卑、蒙古等族的最高统治者称可汗，这里指金统治者。

⑧明主：贤明的君主。对君主的尊称。

⑨神州：指全中国。

范成大　一首

范成大（1126—1193），字致能，号石湖居士。吴郡（今江苏吴县）人。绍兴二十四年（1154）进士，授户曹，监和剂局。历官著作郎、礼部员外郎、吏部尚书、中书舍人，处州、静江、明州等地知府，孝宗乾道六年（1170）以起居郎、假资政殿大学士出使金朝。晚年隐居故乡石湖。有《石湖诗集》、《石湖词》等著作传世。

留侯庙

功成轻举信良谋①，心与鸱夷共一舟②。吕媪区区无鸟喙③，先生轻负赤松④游。

注释

①良：指张良。全句意思指刘邦成功夺取天下因采用张良的谋划。
②鸱夷（chīyí）：指范蠡。《史记·货殖列传》：范蠡"乃乘扁舟，浮于江湖，变名易姓，适齐为鸱夷子皮，之陶为朱公。"
③吕媪（ǎo），指吕后。区区：轻微，不重要，没有本领。鸟喙：鸟类的嘴，代指才干。刘邦欲废太子，立戚夫人子赵王如意，吕后用张良计，使刘邦未易太子。
④赤松：即赤松子，相传为仙人。张良晚年曾言："愿弃人间事，欲从赤松子游耳。"（见《史记·留侯世家》）

赵公豫　六首

赵公豫（1135—1212），字仲谦，常熟（今属江苏）人。绍兴二十四年（1154年）进士。历任仁和、余姚、高邮军、真州、常州等地方官。官至宝谟阁待制。有《燕堂诗稿》。

高祖庙①

尺土无阶起沛丰②，大风一曲③压群雄。秦关约法④成王业，楚国抡材⑤卫帝宫。远引留侯悲鸟兔⑥，矜功韩信困牢笼⑦。堪怜戚氏终人彘⑧，智略⑨何曾事事工。

注释

①高祖庙：清乾隆《徐州府志》："在城南五里广运仓东。明永乐间，耆民梁聚等建；正统、成化、正德间，有司相继重修。庙有试剑石。"民国《铜山县志》引《一统志》：

在彭城县东南有汉高祖庙，庙有试剑石。苏轼有《彭城汉祖庙试剑石铭，叙言"汉高皇帝庙有石，高三尺六寸，中裂如破竹，不尽者寸。"

②尺土句：尺土，极狭小的土地。无阶：没有官阶。沛丰：沛县、丰县，今皆属江苏。此句指地位低下的刘邦起兵于狭小的丰沛之地却夺得天下，建立汉朝。

③大风：指刘邦所作《大风歌》。

④《史记·高祖本纪》：刘邦入关后"与父老约，法三章耳：杀人者死，伤人及盗抵罪。余悉除去秦法。诸吏人皆案堵如故。凡吾所以来，为父老除害，非有所侵暴，无恐！"

⑤抡材：选拔人才。

⑥远引：远离权位，及时隐退。留侯：张良，刘邦称帝后，封张良为留侯。张良受封，处处表示满足和谦让，为保身避祸，声言"愿弃人间事，欲从赤松子游耳。"悲鸟兔：见下注释。

⑦矜功：夸耀自己的功劳。楚汉相争时，韩信扫平齐地，重权在握，自立为齐王。齐人蒯通劝韩信背汉，与刘项三分天下，鼎足而居，韩信未从。项羽被破后，刘邦怀疑韩信反，将韩擒获。此时，韩信方醒悟："果若人言，'狡兔死，良狗亨；高鸟尽，良弓藏；敌国破，谋臣亡。'天下已定，我故当亨。"后来被赦免，封淮阴侯，但最终还是被吕后所害。临斩，韩信曰："吾悔不用蒯通之计，乃为儿女子所诈，岂非天哉！"（见《史记·淮阴侯列传》）

⑧戚氏：即戚夫人，刘邦的爱妾，为吕后所嫉恨。刘邦死后，吕后毒死戚氏的儿子赵王如意，"断戚夫人手足，去眼，煇（xūn）耳，饮瘖药，使居厕中，命曰'人彘'（zhì）"。（见《史记·吕太后本纪》）

⑨智略：智谋才略。

彭祖井①

茫茫海甸②几沧桑，井泽犹余姓氏香。道术③尽人夸往事，仙踪何处仰遗芳④。云龙山下风霜冷，戏马台边草木黄。惟有城隅一掬⑤水，春秋代谢自凄凉。

注释

①彭祖井：道光《铜山县志》：在北门子城内有石刻彭祖井三字。同治《徐州府志》：彭祖宅在在城西北隅，宅有井，有石刻彭祖井三字。

②海甸：近海的地区。

③道术：指养生之道。传说彭祖善养生之道，活了八百岁。

④遗芳：指彭祖的德行美名。

⑤掬：量词，相当于"捧"。

留侯庙①

微茫祠宇②著山中，曲径悬崖杖履③通。一调楚歌声断续④，八千甲士⑤散西东。良臣远识存真隐⑥，赤帝雄心赋大风⑦。惟有彭城留皓月，春秋光照尚和同。

注释

①留侯庙：又称子房庙、子房祠，在徐州城东北子房山上。参见前注（44页）。

②微茫祠宇：微茫，隐约模糊不清。祠宇，祠堂。

③杖履：手杖和鞋子，这里指拄杖漫步。

④传说楚汉相争，张良曾在此命士兵吹箫，使楚军士兵心思故乡而逃散。

⑤八千甲士：指项羽军队。甲士，披甲的战士，泛指兵士。《史记·项羽本纪》："籍与江东子弟八千人渡江而西，今无一人还……"

⑥真隐：真正的隐士。指张良晚年为避祸，欲弃人间事，从仙人赤松子游。

⑦赤帝：即赤帝子，指汉高祖刘邦。《汉书·高帝纪》：刘邦送徒骊山，途中逃走，夜遇大蛇当道，乃拔剑斩蛇。后有老妇在蛇处夜哭，曰："吾子，白帝子也，化为蛇，当道，今者赤帝子斩之，故哭。"白帝子，指秦始皇。赋大风：指刘邦回到故乡时赋《大风歌》。

华佗墓①

操技②颇称良，全身③苦不早。堪嗟魏老瞒④，今已同枯槁。古墓尚巍然，蒙茸皆宿草⑤。经春一发生，士女争祈祷。

注释

①华佗（？—208），东汉医学家，字元化，沛国谯（今安徽亳县）人。因不从曹操征召而被杀。清道光《铜山县志》：华佗墓在"城南山川坛侧。佗，沛国谯人，游学于徐；善医，忤曹操见杀。永乐初，知州杨节仲修坛剗地，得髑髅甚巨，疑为佗首，加土瘗之，题其碣。万历初，知州刘顺之立祠墓前。今在华祖庙地西有冢。"

②操技：指华佗的医术。

③全身：保全生命。

④嗟：叹息。魏老瞒：指曹操，曹操小名阿瞒。

⑤蒙茸：蓬松杂乱。宿草：指墓地上隔年的草。《礼记·檀弓上》："曾子曰：'朋友之墓，有宿草而不哭焉。'"

吕梁洪①

吕梁篱落②走鸡豚，小泊扁舟日已昏。极目黄流③来汴泗，有情明月匝④烟村。堤长柳密巢归鸟，水急风高浪打门。此去彭城知不远，凭今吊古我思存⑤。

注释

①吕梁洪：为古时泗水上一险滩，在今徐州东南伊庄镇内黄河故道北岸。《水经注》："泗水之上，有石梁焉，故曰吕梁也。""悬涛湍濤，实为泗崄，孔子所谓鱼鳖不能游。又云悬水三十仞，流沫九十里，今则不能也。"明冯世雍《吕梁洪志》："吕梁洪则在东南五十里，洪有二，上下相距可七里。盖河之下流于济会于徐以达于淮者。洪石森列如巨齿，而水为所束，则惊湍迅波一瞬数里，舟逆行而上者则以尺寸计，古称悬水三十仞，流沫四十里者，信彭城之喉襟而势轹淮宿者已。"

②篱落：篱笆。
③黄流：黄河水。
④匝：音zā，环绕。此处指照遍。
⑤思存：存想，意想所寄托。

戏马台①

戏马台边风色寒，黄河昼夜水弥漫。椎心②每恨英雄尽，放眼还知天地宽。宴设鸿门王气在③，烟销秦阙④霸图残。知几亚父身先死⑤，不见阴陵⑥行路难。

注释

①戏马台：在户部山上。《水经注》作掠马台。《元和郡县志》：戏马台在彭城县东南二里，项羽所造，戏马于此。《名胜志》：戏马台高数十仞，周围土阜。宋时于上建台头寺，凿磴以升，中有西轩。
②椎心：形容极度悲痛。
③指刘邦去鸿门拜见项羽事。王气：堪当帝王的运气、征象，也称天子气。时刘邦已经入关破秦，攻下咸阳，并派兵驻守函谷关，范增劝项羽立即击败刘邦，曰："吾令人望其气，皆为龙虎，成五彩，此天子气也。急击勿失！"（《史记·项羽本纪》）
④秦阙：秦国宫殿，代指秦国政权。项羽引兵西屠咸阳，杀秦降王子婴，烧秦宫室，火三月不灭。
⑤知几：有预见，看出事物发生变化的隐微征兆。亚父：范增。详见前注释。
⑥阴陵：秦所置县，古城在今安徽定远县西北。项羽从垓下突围南逃，至阴陵迷失道，陷大泽中，为汉军追上。

文天祥　六首

文天祥（1236—1283），字履善，一字宋瑞，号文山。吉州庐陵（今江西吉安）人。宝祐四年（1256）进士。曾组织武装，抵抗南下元军。官至右丞相，被派往元营谈判，被扣留，后逃脱，回到南方，领兵抗拒元军，最终兵败被俘，拒绝诱降，遭杀害。其著名诗句"人生自古谁无死，留取丹青照汗青"（《过零丁洋》），为世人传颂。明万历五年《徐州志》："文天祥以丁丑年十一月被执北行，戊寅年九月初九日至徐州，吊项羽故宫地，登黄楼台读子由赋。十一日至沛县作歌风台诗。"

固陵道中三首①

九天云下垂，一雨作秋色。尘埃化泥涂，原野转萧瑟。十里一双堠②，狐兔卧荆棘。见说数年来，中州乍苏息③。

茅舍荒凉旧固陵，汉王城对楚王城。徐州烟火连丰沛④，天下还来屋角争⑤。

固陵城下两龙争，不见齐王来会兵⑥。勒取河山新分地，项王之后到韩彭。

注释

①固陵：今河南太康。刘项相争，曾在此激战。
②堠（hòu）：古代瞭望敌情的土堡。
③中州：今河南省一带地区。苏息：休养生息。
④丰沛：丰县、沛县。
⑤屋角争：指在狭小的地区争斗。
⑥刘邦与韩信、彭越期会而击楚军，至固陵，而信、越之兵不会。汉军败于楚军。刘邦采纳张良建议，发使者告韩信、彭越曰："并力击楚，楚破，自陈以东傅海与齐王；睢阳以北至谷城与彭相国。"使者至，韩信，彭越皆进兵围困项羽与垓下。（见《史记·项羽本纪》）

徐州道中　初七日

彭城古官道，日中十马驰。咫尺不见人，扑面黄尘飞。白头汉王缟素师①，美人燕罢项羽啼②。一时混战四十万③，天昏地黑睢水湄。乃知大风扬沙失白昼，自是地利非天时。汉王仓皇问道西，一儿一女嘻④其危。太公吕后去不归，俎上宁有生还时⑤。未央称寿太上皇⑥，巍然女娲帝中闱⑦。终然富贵自有命，造物⑧颠倒真小儿。

注释

①汉王：指刘邦。缟素：白色丧服。《史记·高祖本纪》："今项羽放杀义帝于江南，大逆无道。寡人亲为发丧，诸侯皆缟素。"

②美人句：指项羽垓下被汉军围困，与虞姬诀别。

③以下几句所说史实为：汉王二年（前203年）项羽与汉军大战彭城，追汉军于灵璧东睢水上，大破汉军，多杀士卒，睢水为之不流。刘邦之父太公、妻吕后皆被俘，当作人质。刘邦大败，收拾士卒西去。湄：岸边。

④嘻：叹词，表示惊诧。

⑤俎（zǔ）：古代切肉用的砧板。《史记·项羽本纪》："为高俎，置太公其上，告汉王曰：今不急下，吾烹太公。"

⑥未央：即未央宫，萧何为汉高祖建。未央宫建成，刘邦朝见诸侯，置酒未央宫前，持酒为太上皇（刘邦对太公的尊称）祝寿。

⑦女娲：古代神话中的女神，传说能炼石补天，抟土造人。闱（wéi）：泛指宫殿。此句指吕后。

⑧造物：造化，命运。

彭城行　徐州彭城县

连山四围合，吕梁①贯其中。河南②大都会，故有项王宫③。晋牧连杨豫④，虎视北方雄⑤。唐时燕子楼，风流张建封⑥。西望睢阳⑦城，只与汴水通。太平黄楼赋⑧，尚能想遗风。迩来百余年，正朔归江东⑨。遗民死欲尽，莽然狐兔丛。我从南方来，停骖拂遗踪⑩。故河蓄潢污⑪，荒城翳⑫秋蓬。凄凉戏马台，憔悴巨佛峰⑬。沧海变桑田，陵谷⑭代不同。朝为朱门⑮贵，暮作行旅穷。乘除信物理⑯，感慨系所逢。古来贤达人⑰，一醉万虑空。如此独醒何，悲风逐征鸿。

注释

①吕梁：即吕梁洪。见前注（144页）。

②河南：黄河以南地区。

③项王宫：项羽都彭城，自立为西楚霸王。旧有西楚故宫，亦称霸王殿。

④此句指晋朝统治时期徐州地势非常重要，南连扬州，北接豫州。牧：统治、治理。扬州，古时写成"杨州"。

⑤虎视句：虎视，如虎之雄视。北方雄，指北方的地方势力。

⑥此处把张愔误作张建封，盼盼应是张建封之子张愔的爱妾。见前注。

⑦睢阳：地名。当汴水之冲要。古城在今河南商丘县南。

⑧黄楼赋：宋苏辙、秦观皆作《黄楼赋》。

⑨正朔：一年的第一天。古时改朝换代，都重订正朔。这两句指北宋为金兵所灭，

南宋在临安（今杭州）建都，已一百多年。江东：指江南地区。

⑩骖：同驾一辆车的三匹马，此处指车马。拂遗踪：浏览观看遗迹。

⑪潢污（huángwū）：积水。

⑫翳：遮蔽。

⑬憔悴：枯萎。巨佛峰：指云龙山，东麓有石佛，故称。明嘉靖《徐州志》："城南二里曰云龙山，山有云气蜿蜒如龙。东岩有石刻大佛，故又名石佛山。"

⑭陵谷：地面高低形势的变动。喻指世事的变迁。

⑮朱门：红漆门。古代王侯贵族住宅的大门都漆成红色，表示尊贵。故朱门指王侯贵族。

⑯乘除：一乘一除，比喻自然界中的盛衰变化，此消彼长。陆游《遣兴》诗："寄语莺花休入梦，世间万事有乘除。"物理：事物的内在规律。

⑰贤达人：有德有才的人。

燕子楼

自别张公子①，婵娟②不下楼。遂令楼上燕，百岁称风流。我游彭城门，来吊楚王阙③。问楼在何处，城东草如雪。蛾眉④代不乏，埋没安足论。因何张家妾，名与山川存。自古皆有死，忠义长不没。但传美人心，不说美人色。

注释

①张公子：指张愔。见前注（31页）。

②婵娟：形态美好。此处指美女盼盼。

③楚王阙：即楚王宫。

④蛾眉：蚕蛾的触须，弯曲而细长，如人的眉毛。用以比喻女子长而美的眉毛。也借指美女。此处指美女。

戏马台

九月初九日①，客游戏马台。黄花②弄朝露，古人花飞埃。今人哀后人，后人复今哀。世事那可及，泪落茱萸杯③。

注释

①九月九日：农历九月九日称"重九"或"重阳"。古代习俗，当日身插茱萸，登高，饮菊花酒，可消灾。

②黄花：菊花。

③茱萸杯：指用茱萸酿造的酒。白居易《九日登巴台》诗："闲听竹枝曲，浅酌茱萸杯。"

发彭城

今朝正重九,行人意迟迟。回首戏马台,野花发葳蕤①。草埋范增冢②,云见樊哙旗③。时节正如此,道路将何之。我爱陶渊明,甲子④题新诗。白衣⑤送酒来,把菊卧东篱⑥。

注释

①葳蕤(wēiruí):鲜丽貌。
②范增冢:亦称范增墓,即徐州城南土山,位于戏马台西南。详见前注释。
③樊哙:汉初将领。同治《徐州府志》:"樊哙墓:《寰宇记》在彭城县北五十九里。《明一统志》九十五里。"明万历《徐州志》:"磨旗石在九里山,世传樊哙磨旗此石,遗迹尚存。"
④甲子:此处指岁月,度过的时间。
⑤白衣:指役人,仆人。
⑥东篱:陶渊明诗句:"采菊东篱下,悠然见南山。"后因以借指菊花或种菊之处。

黄 庚 一首

黄庚:生卒年不详。字星甫,号天台山人,天台(今属浙江)人。出生宋末,早年习举子业。以游幕和教馆为生,与宋遗民林景熙、仇远等多有交往,有《月屋漫稿》。

燕子楼

繁华随逝水,日暮高楼空。哀哀徐陵妾①,事主②不及终。空房辍膏沐③,明妆为谁容。春风燕子来,秋风燕子去。去来影带双,孤鸾④抱憔悴。回首醉娇时⑤,百花不敢媚。

注释

①徐陵妾:徐陵(507—583),字孝穆,东海郯(今山东郯城)人,南朝梁陈间文学家,其诗文皆以轻靡绮艳见称,为当时宫体诗重要作者之一。编有《玉台新咏》,取材以"选录艳歌"为宗旨,主要收男女闺情之作,多写离愁别恨、伤遇感时、中道弃捐等内容。此句指关盼盼。
②事主:这里指事奉主人张愔。

③辍：停止。膏沐：古代妇女润发的油脂。明妆：靓丽的妆饰。《诗·卫风·伯兮》："自伯之东，首如飞蓬，岂无膏沐，谁适为容？"

④孤鸾：孤单的鸾鸟，喻指失去配偶的盼盼。

⑤白居易赠关盼盼诗云："醉娇胜不得，风嫋牡丹花。"见白居易《燕子楼三首》序。

金 元

刘达卿　一首

刘达卿：生卒年不详。名光谦，字达卿，沈州（今属辽宁）人，金章宗泰和三年（1203）进士，官至少司农。卒年五十六岁。

寄陈正叔、雷希颜[①]

东南形胜[②]古徐州，人物休评第几流。落落陈雷天下士，故应联榻卧黄楼。（中州集案《归潜志》：时移刺廷玉帅彭城，雷在幕，陈概与同僚）

注释

[①]陈正叔：名规，字正叔，绛州稷山（今属山西省）人。金代大臣。明昌五年（1194）词赋进士。历官监察御史、徐州帅府经历官、右司谏、权吏部郎中。博学能文。

雷希颜：名渊，字希颜，一字季默。金代大臣。应州浑源（今山西大同）人。至宁元年（1213）词赋进士。历官东阿令、徐州观察判官、监察御史、南京转运司户籍判官、翰林修撰等。

[②]形胜：地势优越便利，风景优美。

史　肃　一首

史　肃：约公元1195年前后在世，字舜元，京兆（今陕西西安）人，侨居北京路大定府合众县（今辽宁省凌源县西北）。金承安进士，历官监察史、治书，通州刺史、靖难军节度副使、中都路转运副使、户部正郎等。有诗集《澹轩遗稿》，已佚。《中州集》选存其诗三十首。

过九里山[①]

断蛇扛鼎两争雄[②]，陈迹荒凉万事空。今日前山无过客，数株衰柳管秋风。

注释

①九里山：一名九嶷山，位于城北五里，山东西连亘凡九里，故称。旧志云：韩信伏兵与楚战即其地，上有樊哙磨旗石，下有曾参井。

②指刘邦和项羽两雄争战。断蛇：指刘邦斩蛇起义。《汉书·高帝纪赞》："汉承尧运，德祚已盛，断蛇著符，旗帜上赤，协于火德，自然之应，得天统矣。"扛鼎：项羽力能扛鼎。《史记·项羽本纪》："籍长八尺馀，力能扛鼎。"

汪元量　四首

汪元量（1241—1317年后），字大有，号水云，亦自号水云子、楚狂、江南倦客，钱塘（今浙江杭州）人。度宗时以善琴供奉宫掖。恭宗德祐二年（1276）临安陷，随三宫入燕。后为道士，游走江南。有《水云集》、《湖山类稿》。

徐　州

白杨猎猎①起悲风，满目黄尘涨太空。野壁山墙彭祖宅②，塺花粪草项王宫③。古今尽付三杯外，豪杰同归一梦中。更上城（一作"层"）楼见城郭，乱鸦古木夕阳红。

注释

①猎猎：形容风吹树木发出的声响。

②彭祖宅：同治《徐州府志》：彭祖宅"在城西北隅，宅有井，有石刻彭祖井三字。"

③塺（méi）：尘土。塺花粪草：指乱草丛生的败落景象。项王宫：项羽都彭城，自立为西楚霸王。旧志记载有西楚故宫，亦称霸王殿。

戏马台

台空马尽始知休，枳棘①丛边鹿自游。泗水不关兴废事，佛峰空锁今古愁。风吹野甸②稻花晚，雨暗山城枫叶秋。欲吊英灵何处在，髑髅无数满长洲③。

注释

①枳棘：枳木与棘木。泛指乱木丛。

②野甸：旷野，郊外。

③髑髅（dúlóu）：指死人的头骨。长洲：水中长形陆地。《楚辞·九章·思美人》："揽大薄之芳茝兮，搴长洲之宿莽。"这里泛指水边、河滩。

燕子楼

楼颠瓦解草如鬣①，燕子不来风猎猎。倚筇②搔首重徘徊，野花丛里飞蝴蜨③。

注释

①鬣：鬃毛。
②筇（qióng）：手杖。
③蝴蜨：蝴蝶。蜨，蝶的异体字。

吕　梁

吕梁三十仞①，县水②莫知源。雨歇山如沃③，波狂岸欲翻。黄云扑古塞，青草织平原。最是关情处，秋霜一夜猿。

注释

①三十仞：《水经注》：吕梁"悬水三十仞，流沫九十里。"仞：古代长度单位，八尺为一仞，一说七尺。
②县水：悬水。县，同"悬"，为"悬"的古字。
③沃：浇灌，洗刷。

吴　澄　一首

吴　澄（1249—1333），字幼清，晚字伯清，学者称草庐先生，抚州崇仁（今江西崇仁县）人。曾官江西儒学副提举、国子监丞、司业、翰林学士、经筵讲官。总修《英宗实录》。有《草庐集》、《吴文正集》。

徐州怀古

籍也楚世将①，江东八千兵②。伧侬③饱肌骨，上国④足横行。乘愤西入秦，昼锦归彭城⑤。喑呜千人废⑥，诸侯莫敢争。竟坐勇力亡，汉以宽仁兴⑦。

斯文六经后⑧，百世一昌黎⑨。饥寒三十年⑩，一朝从龙⑪西。生死终不召，感恩报己知。徐牧⑫亦何人，燕楼⑬贮歌姬。翩翩伤弓鸟，谁暇择木栖。丈夫出处⑭难，泪洒符离堆⑮。

（注：清道光铜山县志、同治徐州府志、民国铜山县志将本篇作为胡士则诗）

注释

①籍：项羽名籍，羽为字。项氏家族世世为楚将领。

②江东句：八千兵指项羽起兵时的江东兵士。《史记·项羽本纪》："籍与江东子弟八千人渡江而西。"江东：这里指江南的吴中地区，即以苏州为中心的地区。

③伧侬（cāngnóng）："伧"指粗野、鄙俗。魏晋南北朝时，吴中人蔑称北方人和楚人为伧。吴语自称或称他人为"侬"。此处"伧侬"指来自吴地的项羽军队。

④上国：指中原各诸侯国，与吴楚诸国相对而言。

⑤昼锦句：指项羽欲富贵还乡。《史记·项羽本纪》项羽西屠咸阳灭秦后，"心怀思欲东归，曰：'富贵不归故乡，如衣绣夜行，谁知之者！'"后项羽自立为西楚霸王，都彭城。

⑥喑呜（yìnwū）：同"喑噁"（wù），发怒声。《史记·淮阴侯列传》："项王喑噁叱咤，千人皆废。"

⑦此句指刘邦为人宽厚仁慈。《汉书·高帝纪》：赞曰"闻叔孙通之谏则惧然，纳曹相国之对而心说，可谓宽仁之主。"

⑧斯文：指文化或古代的礼乐制度。六经：指儒家的六部经典：《诗经》《尚书》《仪礼》《乐经》《周易》、《春秋》。

⑨昌黎：韩愈自谓郡望昌黎，世称韩昌黎。韩愈曾在徐州张建封幕府任观察推官。

⑩韩愈三十岁才谋得一个官职。

⑪从龙：旧时以龙为君象，因以称随从帝王或领袖创业为从龙。

⑫徐牧：徐州牧守（长官）。此指张愔。

⑬指盼盼燕子楼。见前注。

⑭出处（chūchǔ）：进退。《易系辞上》："君子之道，或出或处。"

⑮符离：地名，今属安徽宿州。南宋将领张浚、李显忠率军与金兵在宿州激战，结果李显忠、邵宏渊军大溃于符离。

李思衍　一首

李思衍：生卒年不详。字昌翁，一字克昌，号两山。馀干（今属江西）人。约1240—1300年在世。南宋德祐元年（1275）进士。历官袁州治中、国子司业，礼部侍郎。曾随从出使安南，既还，拜南台御史。有《两山稿》。

彭　城

一水渊渟①绿不波，四山玉立碧嵯峨②。城头乌石黄楼赋③，台上风云赤帝歌④。竹帛⑤有香豪杰在，山河无恙废兴多。男儿要作千年调⑥，戏马台高石可磨。

注释

①渊渟（tíng）：深的积水。渟，水积聚不流。

②嵯峨：山高峻貌。

③刍石：草、石头。黄楼赋：指苏轼所书苏辙《黄楼赋》，石刻于黄楼上。

④台：指歌风台。乾隆《徐州府志》："歌风台：《寰宇记》在沛县东南一百八十步。汉高祖征英布回归沛于此台歌曰：'大风起兮云飞扬'，因为名。旧志：初台在泗水西岸，有石刻歌辞，岁久倾圮。成化间徙置河东琉璃井之次。嘉靖间知县周泾别为台于东偏覆亭碑上，至今屡经修葺。"赤帝歌：指刘邦的《大风歌》。

⑤竹帛：竹指竹简，帛指白绢。古时无纸，用竹帛书写文字。

⑥千年调：长久的贮积、打算。唐王梵志诗中几处用该词语，如"有钱但着用，莫作千年调"、"莫积千年调，宁知得几时"。宋陈师道诗句："一生也作千年调，两脚犹须万里回"（《卧疾绝句》）。

马 臻 三首

马臻（1254—?），字志道，别号虚中、紫霞道士。钱塘（浙江杭州）人。南宋亡，出家为道士。少慕陶贞白之为人，着道士服，隐于西湖之滨。后游燕京，交结名流。有《霞外集》。

徐州写望 并序

舟人云州有三百六十山，四时无草木。樊哙墓凡七处。莫知孰是。

三百六十徐州山，骨立天风不受寒。樊侯①古冢七抔土，飞沙野蔓斜阳残。舟人指点向余说，侧望淹留寸心切。欲酹清尊②吊古祠，衮衮③长河流不歇。

注释

①樊侯：即樊哙，汉初将领，被封为舞阳侯。《太平寰宇记》：樊哙墓在彭城县北五十九里。抔：量词，捧、把。

②酹（lèi）：把酒浇在地上，表示祭奠。清尊：清酒，祭奠用的酒。尊，指酒器，通"樽"、"罇"，这里代指酒。

③衮衮：河水急速流逝貌。

吕梁洪

万里长风送短篷①，乱流初下吕梁洪。篙师点过锋铓石②，一片欢声落日中。

注释

①短篷：小船。

②篙师：撑船的熟手。锋铦：锐利。

泗 上

泗水东流逆棹①迟，远看春色眼先迷。岸花影直日亭午②，鸡在茶商船上啼。

注释

①棹（zhào）：船桨。代指船。

②亭午：正午。

李 凤 一首

李凤（1254—1317），字翔卿，一字舜仪，号西林。大名东明（今属山东）人。历官国子助教、临朐主簿。有《西林集》。

吕梁洪

洪波汹汹鼓鼙①声，怪石棱棱②剑戟明。源涤九川思夏禹③，水悬千仞信庄生④。

注释

①鼓鼙（gǔpí）：大鼓和小鼓，用于进军时激励战士。鼓，同"鼓"；鼙，小鼓。

②棱棱（lénglíng）：指石头高高低低，棱角突出。

③源涤：指黄河水从源头开始流经荡涤神州大地。九州：泛指神州大地。《水经注·河水一》："高诱称河出昆山，伏流地中万三千里，禹导而通之出积石山。"《史记·夏本纪》："左准绳，右规矩，载四时，以开九州，通九道，陂九泽，度九山。"

④水悬句：《庄子·达生》："孔子观于吕梁，县水三十仞，流沫四十里，鼋鼍鱼鳖之所不能游也。"

陈义高 一首

陈义高（1255—1299），字宜甫（宜父），号秋岩。闽（福建）人。曾任泉州路报恩光孝观住持提点。著有《秋巖诗集》。好吟诗，与卢挚、姚燧、赵孟頫、程钜夫唱和。有《秋岩诗集》。

徐州读黄楼碑①

黄楼灰烬馀,基峙东门外。雄碑刻石赋,烈火烧不坏。美哉词翰人,光焰好文采。世间两奇绝,呵护有神在。风流尚可想,出川见英迈②。清河③通渺茫,黄河急流会。堤防太守功,一力去民害。重城不沮洳④,至今感遗爱。我来立斜阳,一读一再拜。企慕贤弟兄,清光照千载。

注释

①黄楼碑:黄楼上有苏辙撰《黄楼赋》碑刻,苏轼书写。
②出川:苏轼为四川峨眉人。英迈:才智出众。
③清河:指泗水。
④重城:指高的城墙。沮洳(jù rù):低湿之地。

王 旭 一首

王旭:生卒年不详,字景初,号兰轩,东平(今属山东)人。至元二十七年(1290)主持砀山县学讲席。一生未入仕。有《兰轩集》。

登徐州黄楼

儿时曾诵黄楼赋①,心在彭城三十年。今日扁舟来过此,令人怀古却凄然。山川故国衣冠②后,风雨残碑瓦砾前。万里青天鸿鹄去,空馀饥雀啅③寒烟。

注释

①黄楼赋:苏辙、秦观皆撰有《黄楼赋》。
②衣冠:衣和冠,古代士大夫的穿戴。这里借指文明礼教留下的古迹。
③啅(zhào):鸟鸣。

鲜于枢 一首

鲜于枢(1256—1301),字伯机,号西溪子、直寄老(或"道")人、虎林隐吏、困学民等。渔阳郡(今北京附近)人。生于汴梁(今河南开封),先后寓居扬州、杭州。曾官浙东宣慰司经历、江浙行省都事、太常典簿。喜古鼎彝器,善诗书。晚年闭门谢客,筑一室,名曰"困学之斋"。为元代著名书法家。有《困学斋诗集》、《困学斋杂录》。

百步洪

滟滪三蜀险①，吕梁②天下壮。我昔过彭门③，舍舟步青嶂④。釃酒⑤神龙祠。凛乎不敢响。间关⑥一叶下，号呼百人上。篙师稍失律⑦，身入鱼肠葬。至今仆夫辈，言之气辄丧。危哉石梁洪，势与吕梁抗。一石截中流，两山束惊浪。雷霆怒轰訇⑧，鱼龙气栗怆⑨。轻船泛顺风，大舰必秋浪。我行有期程，稽留速官谤⑩。惭愧双白鸥，飘然凌滉漾⑪。

注释

①滟滪：即滟滪堆，长江三峡瞿塘峡中的险滩。三蜀：汉初分蜀郡置广汉郡，武帝又分置犍为郡，合称三蜀。这里泛指四川一带地区。
②吕梁：指吕梁洪。见前注（144页）。
③彭门：徐州。徐州古为大彭氏国。
④青嶂：绿色似屏障的山峰。
⑤釃酒：斟酒。釃：音 shī，又音 shāi。
⑥间关：道路崎岖难行。
⑦篙师：撑船的熟手。失律：失误，没掌握撑船的要领。
⑧轰訇（hōnghōng）：亦作"轰哄"，形容声音巨大而嘈杂。
⑨栗怆（chuàng）：畏惧而悲伤。
⑩稽留：停留。官谤：因居官不称职（这里指迟到官府）而受到责难。
⑪凌：迎着，顶着。滉漾：浮动的水。

陈 孚 十首

陈孚（1259—1309），字刚中，号笏斋。台州临海（今浙江临海县）人。初被荐为翰林国史院编修官，摄礼部郎中，随吏部尚书梁曾出使安南。使还，任翰林待制、建德路总管府治中等职。大德七年（1303），奉使宣抚循行诸道，时台州大旱，地方官不法蛀民，孚秉公予以查办治罪，使官府发仓赈饥。有《观光集》、《交州集》。

吕梁洪

沂泗之水来鲁邦①，平沙千里流淙淙②。忽逢吕梁万石矼③，势与石斗不肯降。半天卷起千尺泷④，怒声日夜相撞撞⑤。有如万骑腾骊駹⑥，左挟贲获右羿逄⑦。恶若哮虎鼎可扛，踊槊跃矢横矛鏦⑧。风云蛇鸟万旌幢⑨，大呼击碎龙文杠。死战不肯留空羟⑩,我生事业在北窗⑪。蒙庄一卷映秋缸⑫,每羡老叟何其惷⑬。忠信出入言非咙⑭,及此更觉心悾悾⑮。西风吹衣衣茸龙⑯,茅店沽来酒盈缸。篙人赠我尺鲤双,扣舷而歌和柷椌⑰。问禹何故留此埄⑱,何当理我小舫艭⑲。东浮溟海西岷江⑳,沛然一口吸老庞㉑,要使后土安鸿庞㉒。

注释

①沂泗：沂水和泗水。沂水,今称沂河,发源于今山东沂源县；泗水发源于今山东泗水县。

②淙淙（cóngcóng）：流水声。

③矼（gāng）：石岗。

④泷（lóng）：急流。

⑤舂撞：碰撞。舂（chōng）：通"舂"。

⑥骊（lí）：黑色的马。駹（máng）：面额白色的马,也指青色马。

⑦贲（bēn）获：孟贲和乌获,皆古代的勇士。羿逄：羿和逄；羿为古代神话传说中唐尧时善射者；逄（páng）：即逄蒙,也是古代善射者,又叫逄门。《孟子·离娄下》："逄蒙学射于羿,尽羿之道,思天下惟羿为愈己,于是杀羿。"

⑧槊（shuò）：古代兵器,即长矛。矢：箭。鏦（cōng）：短矛。

⑨旌幢：泛指旗帜。幢（zhuàng）古代作仪仗用的以羽毛为饰的一种旗帜。

⑩空羟（qiāng）：指尸体。

⑪北窗：指生活清闲自适。晋陶潜《与子俨等疏》："见树木交荫,时鸟变声,亦复欢然有喜。尝言五六月中北窗下卧,遇凉风暂至,自谓是羲皇上人。"

⑫蒙庄：即庄子。庄子为蒙人,故称。缸（gāng）：油灯。

⑬惷（chǔn）：同"蠢",愚笨。

⑭咙（máng）：言语杂乱,胡说。

⑮悾悾（kōngkōng）：空虚貌。

⑯茸龙（róngméng）：即龙茸,杂乱貌。

⑰柷椌（zhùqiāng）：打击乐器名。柷又名椌,柷椌是同物异名。

⑱埄：běng,山冈。

⑲舫艭（pángshuāng）：舫,古代吴船名。艭：一种小船。

⑳溟海：神话中的海。岷江：水名,在四川省中部。

㉑沛然：迅疾貌。老庞：指庞大之物。

㉒后土：土地神,亦指大地。鸿庞：即庞鸿（亦称庞洪）,古人以天体未形成前宇宙浑然一体的状态为庞鸿。汉张衡《灵宪》："故道志之言云,有物浑成,先天地生,其气体固未可得而形,其迟速固未可得而纪也。如是者又永久焉,斯谓庞鸿。"

徐 州

项王雄豹姿,气欲吞天下。大呼渡河来,山岳如崩瓦。当其火秦宫①,血流渭水赭②。瞋目③叱诸侯，胆落毛发洒。谁知阴陵④路，浩歌泪如泻。惟徐乃故都，昔此奠宗社⑤。尚想巍台上⑥，铁槊⑦拥万马。酒酣笳鼓⑧鸣，旌旗蔽原野。及今亦何有，荒棘⑨秋满把。皇天祚真主⑩，神器不可假⑪。岂有时雨师⑫，刈人如土苴⑬。天亡君勿悲，为君奠罍斝⑭。

注释

①火秦宫：项羽领兵进入咸阳，杀秦降王子婴，烧秦宫室，火三月不灭。

②赭（zhě）：红色。

③瞋目（chēnmù）：瞪大眼睛表示愤怒。

④阴陵：汉县名，今属安徽。项羽兵败处。项羽被汉军追击到此，迷失道路，陷大泽中。（见《史记·项羽本纪》）

⑤宗社：宗庙社稷。古时用作国家的代称。

⑥指项羽筑戏马台戏马事。

⑦铁槊：古代兵器，即长矛。

⑧笳鼓：笳和鼓。笳，古代北方民族的一种乐器，类似笛子。

⑨荒棘：荒野的草木。

⑩皇天：对天的尊称。祚：赐福，赐给皇位。真主：封建时代所谓的真命天子，即皇帝。

⑪神器：帝位。假：此处指随意给予。

⑫时雨：应时之雨。雨师：神话传说中掌管雨的神。

⑬刈（yì）：杀戮。土苴（zhǎ）：泥土和枯草，比喻微贱的东西。

⑭奠罍斝：用酒祭奠。罍（léi）和斝（jiǎ）都是古代的酒器。此处代指酒。

黄 楼①

长河如带古城东，乱石蹴起百步洪。昔年民歌山鞠䓖②，孤城汇为河伯③宫。城上闪闪鲸鬣④红，雪堂先生人中龙⑤。惊湍偃受⑥丸泥封，手援赤子⑦鱼腹中。黄楼千尺雉堞⑧雄，巍梁画栋光眬眬⑨。吹笙伐鼓撞歌钟，先生铿然一枝筇⑩。麾斥八极凌星虹⑪，酒酣叱起楚重瞳⑫。为我拔剑舞西风，卯君作赋声摩空⑬。至今读者毛发松，百年事往犹飞鸿。我独流涕将何从？孤角一声烟濛濛⑭，又送落日沉西峰。

注释

①黄楼：苏轼所建。苏辙《黄楼赋叙》云："熙宁十年秋，河决于澶渊，水及彭城下。子瞻适为彭城守，庐于城上，调急走发禁卒以从事，以身率之，故水大至而民不溃。于是即城之东门为大楼焉，垩以黄土，曰'土实胜水。'徐人相劝成之。"

②山鞠䓖：药用植物，即芎䓖（xiōngqióng）。芎：旧读qiōng。

③河伯：传说中的河神。

④鲸鬣：鲸须。
⑤雪堂先生：指苏轼。苏轼在黄州，寓居临皋亭，在东坡筑雪堂。故址在今湖北黄冈县东。人中龙：人中的杰出者。
⑥偃：停止。此句指洪水被筑土堵住。
⑦赤子：子民百姓。
⑧雉堞：泛指城墙。雉：城墙长三丈、广一丈为雉。堞：即女墙，城墙上齿状矮墙。
⑨昽昽：lónglóng 微明貌。苏辙《登嵩山诗·玉女窗》："岩窦有虚明，昽昽发晴晓。"。
⑩筇：手杖。
⑪麾斥：指挥命令。八极：八方极远的地方。星虹：犹虹霓。南朝宋袁淑《桐赋》："被籍兮烟霞，怀珮兮星虹。"这里指高空。
⑫重瞳：双眸子。这里指项羽，传说项羽是重瞳。
⑬卯君：指苏轼，苏轼生于卯年，故称。摩空：迫近天空。
⑭濛濛：迷茫貌。

百步洪

大山如飞虬①，小山如伏牛。天河横空来，声撼山骨浮。我偶石上眠，梦惊霹雳怒。急起扶瘦筇②，恐山亦流去。

注释

①虬（qiú）：传说中的无角龙。
②瘦筇：指手杖。筇竹节高干细，可作手杖，故称"瘦筇"。

范增墓①

七十衰翁两鬓霜，西来一笑火咸阳。平生奇计无他事，只劝鸿门杀汉王。

注释

①范增（前277—前204），秦末居鄹人，年七十，素居家，好奇计。辅项羽称霸诸侯，西征灭秦，被尊为亚父。屡劝项羽杀掉刘邦，于鸿门再劝羽趁机杀掉刘邦，羽终不从。后羽中刘邦离间计，怀疑范增有二，范愤愤离去，行未至彭城，疽发背而死。范增墓：亦称亚父冢，即徐州城南土山，位于戏马台西南。

泗　水

落日渔歌何处，白鸥双堕苍烟。欲吊周家浅鼎①，秋风泗水千年。

注释

①《水经注》:"泗水又南,淮水入焉,而南迳彭城县故城东,周显王四十二年,九鼎没泗渊,秦始皇时,而鼎见于斯水。始皇自以德合三代,大喜,使数千人没水求之,不得,所谓鼎伏也。亦云系而行之未出,龙齿嚙断其系。故语曰:称乐大早,绝鼎系,当是孟浪之传耳。"

燕子楼①二首

长相思,久别离,东风不暖残燕支②。乳鸦困,柔鸾悲,樱桃泫红腻③,蘼芜凋绿滋④。牙床琥珀枕⑤,梦君君不知。

长相思,久别离,珠楼⑥无人但有月。翠屏⑦寒,银烛⑧歇。芙蓉⑨为谁怜,丁香⑩空自结。泪滴锦襜褕⑪,十年化为血⑫。

注释

①燕子楼:清同治《徐州府志》:燕子楼在州城西北隅。参见前注。
②燕支:草名。可作染红颜料,用于染粉润面,称燕支粉。也作"胭脂"。
③泫红腻:指泪水带着红色的胭脂滴下。
④蘼芜:香草名,又名茳蓠。凋:凋谢。绿滋:鲜嫩的绿叶。
⑤牙床:精美之床。琥珀枕:琥珀装饰的枕头。
⑥珠楼:指华丽的楼阁。
⑦翠屏:绿色屏风。
⑧银烛:明亮的烛光。
⑨芙蓉:荷花之别称。喻美女。
⑩丁香:指丁香花,芳香而美丽。喻美女。
⑪襜褕(chānyú):短衣;一说为宽大的单衣。
⑫张愔死后,盼盼独居燕子楼十年无二志。

留侯庙①

子房王佐才,其风凛冰雪。天遣鹤发翁,圯上授宝诀②。博浪沙③中千尺铁,祖龙④未死胆已裂。况此喑哑扛鼎夫⑤,不直秋风一剑血。谈笑帷幄⑥间,六合⑦雌雄决。卯金四百年⑧,只在三寸舌⑨。但恨汉德非姚虞⑩,不得身为古稷契⑪。雍熙至治如可作⑫,岂肯脱冠挂北阙⑬。留城⑭古祠(一作"庙")今千载,碧藓溜雨眠断碣。我恐至人⑮或不死,尚有笙鹤拥玉节⑯。酌泉采菊往奠之,回首芒砀⑰望山月。

注释

①留侯庙：此指留城的留侯庙。见前注释（20页）。

②圯上句：指张良于下邳圯上遇见黄石公被授予《太公兵法》事。

③博浪沙：指张良为韩报仇，得力士于博浪沙狙击秦皇帝。博浪沙，在今河南省原阳县东南。

④祖龙：指秦始皇。《史记·秦始皇本纪》：三十六年"秋，使者从关东夜过华阴平舒道，有人持璧遮使者曰：'为吾遗滈池君。'因言曰：'今年祖龙死。'"裴骃集解引苏林曰："祖，始也；龙，人君像；谓始皇也。"

⑤喑哑扛鼎夫：指有力无智的项羽。喑哑，同"喑噁"，发怒声。《史记·淮阴侯列传》："项王喑噁叱咤，千人皆废，然不能任属贤将，此特匹夫之勇耳。"扛鼎夫："籍长八尺余，力能扛鼎。"《史记·项羽本纪》

⑥帷幄：军中的帐幕，同"帷帐"。《史记·留侯世家》："高帝曰：'运筹策帷帐中，决胜千里外，子房功也。'"

⑦六合：天地四方，整个天下。

⑧卯金：指刘姓。繁体"劉"字析为卯金刀，省去刀字称卯金。西汉、东汉刘姓江山共四百余年。

⑨三寸舌：《史记·留侯世家》："今以三寸舌为帝师者，封万户侯，位列侯，此布衣之极，于良足矣。"

⑩姚虞：即古帝虞舜，姚姓，有虞氏。

⑪稷契：稷和契，皆为唐虞时代的贤臣。

⑫雍熙至治：雍熙，和乐昌盛。至治，最完美的政治。

⑬北阙：古代宫殿北面的门楼，是臣子等候朝见或上书奏事之处。也用作宫禁或朝廷的别称。脱冠挂北阙：指辞官隐去。

⑭留城：清道光《铜山县志》：留城在城北九十里与沛县接界，春秋时宋邑，秦置县。汉六年，刘邦封良为留侯。《元和志》：故留城在沛县东南五十里。明时为运道所经，今城没于水。《太平寰宇记》：留城，在（沛）县东南五十里，今有张良庙存焉。

⑮至人：道德修养达到最高境界的人。

⑯笙鹤：指仙人所乘的仙鹤。玉节：乐器，庾信《北园新斋成应赵王教》诗："玉节调笙管，金船代酒卮。"

⑰芒砀：芒山与砀山，在今安徽砀山县东南，与河南永城县接界。二山相距八里。当年刘邦送徒骊山途中逃匿，即藏于芒砀山泽岩石之间。

陵母墓①

太傅勋名（一作"功"）半纸钱，百年人子痛如山。缘何方寸②非徐庶，忍死慈亲一剑间。

注释

①陵母墓：即王陵母亲墓。清道光《铜山县志》："王陵母墓，在城西南二里。明嘉靖御史朱衣立碑冢上，后为居人侵毁。清康熙五十八年，淮徐同知孙国瑜按旧址卫以石垣建坊墓门。嘉庆四年，淮徐海道康基田捐资命铜山知县丁观堂修葺，立亭其上以表其阡。有碑记。"清同治《徐州府志》：墓"在城西南二里。明嘉靖中，御史朱衣立碑冢上，后为居人侵毁。清康熙五十八年，淮徐同知孙国瑜，案旧址卫以石垣建坊墓门。"王陵（？—前181），汉初大臣。沛（今江苏沛县）人。秦末农民战争中，聚众数千人于南阳，后归刘邦转战各地。汉朝建立后，封安国侯，官至右丞相。因反对吕后封诸吕为王，罢相，改任太傅，病死。《汉书·王陵传》楚汉相争，"项羽取陵母置军中，陵使者至，则东向坐陵母，欲以招陵。陵母既私送使者，泣曰'愿为老妾语陵，善事汉王。汉王长者，毋以老妾故持二心。妾以死送使者。'遂伏剑而死。项王怒，亨陵母。"

②《三国志·蜀·诸葛亮传》："先主在樊闻之，率其众南行，亮与徐庶并从，为曹公所破，获庶母。庶辞先主而指其心曰：'本欲与将军共图王霸之业者，以此方寸之地也。今已失老母，方寸乱矣，无益于事，请从此别。'遂诣曹公。"方寸：指心。

出彭城北门

千载金汤①拱上流，只今惟有荻花秋②。江南客子笑无语，闲看黄河下汴州③。

注释

①金汤：金城汤池，形容城池险固。
②荻花秋：唐刘禹锡《西塞山怀古》："从今四海为家日，故垒萧萧芦荻秋。"
③汴州：古地名。今开封市。

袁　桷　四首

袁桷（1266－1327），字伯长，号清容居士，晚号见一居士。庆元鄞县（今浙江宁波鄞州区）人。曾任丽泽书院山长。历官任翰林国史院检阅官、翰林直学士、知制诰同修国史、侍讲学士，参与纂修累朝实录。泰定元年（1324）辞归，闭门读书，自号清容居士。有《清容居士集》。

黄河口

徐州城西北隅，与黄楼相冲，今从此南流。

河落流沙驶，茫茫禹甸周①。昔闻传北载，今已绝东流。俊鹘②辞高下，轻鸥擅去留。百年文采尽，日落认黄楼。

注释

①禹甸周：即禹甸周原，指大禹治地、周亶父率迁居之处。此指九州大地。

②俊鹘：矫健之鹘。鹘（hú）：隼类猛禽。杜甫《朝》诗之一："俊鹘无声过，饥乌下食贪。"

次韵仲章①过彭城

山影涵青簇簇②来，周遭城角渐低徊。梁分曲直双龙③下，水合纵横万马回。铸冶已销游子铗④，登楼谁负谪仙才⑤。凄凉正字⑥寒如许，万叠苍云锁翠台。

注释

①仲章：与作者同时代人有孙仲章（一作姓李，一作字仲辛），约公元1279年前后在世，曾任德安府判官、耀州知府、书院山长，善作曲，有杂居三种。

②簇簇（cù cù）：丛列貌。

③双龙：指汴水和泗水。

④铸冶：冶炼与铸造。铗（jiá）：剑。

⑤谪仙才：此指苏轼。朱载上称赞苏轼"先生真谪仙才也。"（见《耆旧续闻》）谪仙，谪居世间的仙人。用来称誉才行高迈者，非人间所有。

⑥正字：官名，负责雠校典籍，刊正文章。宋陈师道曾任正字职。

泊彭城复怀黄楼

黄楼高下复谁识，白塔短长应得知。万里风烟归杰作，百年雨露起深思。文章自昔为时忌①，翰墨于今作世师②。从此江湖掩篷去，碧云斜日数游丝③。

注释

①时忌：当时的禁忌。苏轼曾蒙受冤案，御史中丞李定等人摘取苏轼《湖州谢上表》中的语句和此前所作诗句，以"文字毁谤君相"的罪名入狱，史称"乌台诗案"。

②翰墨：文章、书法。世师：世人之师。

③游丝：飘动的蛛丝。

黄　楼

诗到徐州不用题，危涛千尺压金堤①。群峰翠尽苏仙②去，万古黄流③日又西。

注释

①金堤：指坚固之堤。

②苏仙：指苏轼。

③黄流：黄河。

贡 奎 三首

贡奎（1269—1329），字仲章，宣城（今安徽宣城）人。历官太常奉礼郎、翰林文字兼国史编修、儒林提举、翰林待制、集贤直学士等。善诗，有《云林诗集》。

度吕梁洪

朝发下邳山①，黄流溯迢遥②。吕梁开险关，悬河倾奔号。南通广越疆③，琛贡④来千艘。连樯⑤驻其下，祈赛声嘲嘈⑥。冈环岸势侧，庙奠⑦岩阴高。横滩绝东注⑧，乱石不可篙⑨。嶙峋布戈戟⑩，屈曲蟠虬蛟⑪。湍飞稍旁激，盘涡散惊涛。修缆⑫危一线，千钧泛鸿毛。凌虚独凝睇⑬，屹若登云霄。寒云暗腥蛰⑭，落日摇金鳌⑮。我老才气薄，搜吟愧前豪⑯。神京⑰望何极，轻帆竞群飘⑱。

注释

①下邳：即今江苏邳州。

②黄流：黄河水。溯：逆流而上。迢遥：遥远。

③指徐州当南北交通枢纽，南可达广东江南一带。

④琛贡：指向朝廷进贡的宝物。琛：珍宝。

⑤连樯：聚集的船只。樯：桅杆，这里代指帆船。

⑥祈赛：指农村祈祷五谷丰登的聚饮欢乐活动。嘲嘈（zhāocáo），声音嘈杂。

⑦庙奠：庙堂祭奠之处。

⑧沙滩挡住了东去的流水。

⑨篙：这里用作动词，意指因乱石太多无法用篙撑船。

⑩嶙峋：línxún 山岩林立峻峭或重叠突兀貌。全句指峻峭林立的乱石像排列的各种尖锐兵器。戈、戟：皆为古代兵器。

⑪指水流曲曲弯弯，如虬蛟盘绕。虬、蛟都是古代传说中的龙。

⑫修缆：长的缆绳。

⑬凌虚：升到空际。凝睇（dì）：注视。

⑭腥蛰：冬天藏伏水中的鱼鳖之类。

⑮金鳌（áo）：金色的大鳌。鳌：传说中海里的大龟或大鳌。此处用金鳌比喻金黄色

的落日。

⑯前豪：从前的文豪。

⑰神京：帝都。

⑱群飘：翻滚飘荡的水浪。

吕梁洪

吕梁二洪①何年开，水声十里闻奔雷。断崖白沙如裂璧，乱石忽起生莓苔。下有蛟龙潜遁波浪吼，上有神鬼呵护风云哀。危篙撑折才进寸，缆力稍解②船头回。吴江蜀道未足畏，对此心胆为之摧。云是禹功③疏凿通地利，分决河水东南来。唐人削险遗故迹④，一时英雄安在哉！我欲镌诗记其事，西山月落空徘徊。

注释

①吕梁二洪：吕梁洪有上下二洪。明嘉靖《徐州志·地理志上》：吕梁山，下临二洪。清同治《徐州府志》：吕梁有上下二洪，相距凡七里，水中巨石齿列，波涛汹涌，号为至险。唐宋疏凿遗迹，并与徐洪同。

②解：古同"懈"，松弛、懈怠。

③禹功：指大禹疏凿黄河水道之功。《艺文类聚卷八》："吕氏春秋曰：'古龙门未开，吕梁未发，河出孟门，大溢逆流，名曰洪水。禹乃决流疏河，为彭澧之漳（一作障），所活者千八百国，此禹之功也。'"

④指唐朝尉迟恭疏凿吕梁水道。明嘉靖《徐州志·地理志上》：吕梁洪，唐尉迟恭尝疏凿以杀其势，有尉城遗址。

彭城夜泊

今夜彭城月，楼头又许高。故乡千里别，浮世①百年劳。酒力消残梦，诗裹起旧豪②。西风稻粱雁③，江海去嗷嗷④。

万古文章在，城高月满楼。坐来重感旧，老去复经游。身世真成梦，英雄总是愁。数声渔笛⑤起，吹散白蘋洲⑥。

注释

①浮世：人间、人世。

②指酝酿着诗句拿起笔写出来。裹（huái），揣着。旧豪：旧的毛笔。豪同"毫"。

③稻粱雁：寻找稻粱吃食的大雁。

④嗷嗷：哀号声。

⑤渔笛：渔人的笛声。
⑥白蘋：一种水中浮草。即马尿花。南朝（梁）柳恽《江南曲》："汀洲采白蘋，日暖江南春。"（《玉台新咏》五）

柳 贯 一首

柳贯（1270—1342），字道传，号乌蜀山人，浦江（今属浙江）人。历官江山教谕、昌国州学正、国子助教、太常博士、江西儒学提举、翰林待制兼国史院编修官等。有《柳待制文集》。

登徐州城上黄楼北望河流作

高楼背水压奔冲①，影动云虹落水中。土色从黄宜制胜②，河声触险听分洪③。却思沉璧④千年日，欲问乘槎⑤八月风。汴泗交流平似席，南行北播⑥本同功。

注释

①奔冲：奔腾的激流。
②苏辙《黄楼赋序》："即城之东门为大楼焉。垩以黄土，曰土实胜水。"
③分洪：指百步洪。洪形象川字，分三道：中洪、外洪、里洪。详见前注。
④《汉书·沟洫志第九》："自河决瓠子后二十余岁，岁因以数不登，而梁、楚之地尤甚。上既封禅，巡祭山川，其明年，乾封少雨。上乃使汲仁、郭昌发卒数万人塞瓠子决河。于是上以用事万里沙，则还自临决河，湛白马玉璧，令群臣从官自将军以下皆负薪填决河。"
⑤槎：木筏。
⑥南行北播：南来北往。

虞 集 二首

虞集（1272—1348），字伯生，人称邵庵先生。祖籍仁寿（今属四川），迁临川崇仁（今属江西）。大德六年（1302）以荐授大都路儒学教授，官至翰林直学士兼国子祭酒，奎章阁侍书学士。有《道园学古录》。

放鹤亭①

山人不受北山移②，春雨开田种紫芝③。昨日华阳真逸到④，借令过海问安期⑤。

注释

①放鹤亭：见前注释（78页）。

②山人：指隐士张天骥。北山移：即"北山移文"。北山，指钟山。南齐周颙（yóng）和孔稚珪等初隐居钟山，周颙后来应诏出任海盐县令，期满还京，再过钟山，孔稚珪撰成《北山移文》，假托山神之意，讽刺周颙违背前约，热衷利禄。移文，即檄文，古代用于晓谕、征召、声讨等的文书。该文开头为"钟山之英，草堂之灵，驰烟驿路，勒移山庭。"点明刻移文于山庭中，声讨假隐士。此句指张天骥不是《北山移文》所声讨的那种假隐士。

③紫芝：菌名。木耳的一种，可食用，入药。

④华阳真逸：唐代顾况，晚年退居茅山，自号华阳真逸。

⑤安期：即安期生，传为先秦时代仙人，通蓬莱中。汉武帝曾遣方士入海求蓬莱安期生之属。

盗发亚父冢①

彭城有盗，识宝气于亚父冢上，发之，得一剑云。

盗发亚父冢，宝剑实累②之。冢开宝气尽，狱吏书盗辞③。盗言惟见宝，宁知亚父谁？项王不相信，弟子遂舆尸④。黄壤（民国《铜山县志》作"肠"）⑤下深锢，千岁复何为？大河绕城东，落日在城西。过客立城下，踟蹰⑥望安期。

注释

①亚父冢：即范增墓。详见前注（160页）。乾隆《徐州府志》、道光《铜山县志》皆题为《范增墓》。

②累：牵连，连累。指亚父冢因有宝物而受连累被盗。

③盗辞：盗墓者的供词。

④舆尸：用车运尸体。

⑤"黄壤"、"黄肠"意思都通。黄肠：用柏木黄心制的外棺。

⑥踟蹰（chíchú）：迟疑不定，来回走动。

胡　宽　一首

胡宽：生卒年不详，字则大（又作士则、子则）。宣城（今属安徽）人。曾官宣州路学正、袁州巡检，与虞集、贡奎、贡万里、王沂、陈旅、龚璛、江泽民等交游，有诗互赠。《全元诗》收其诗十九首。

徐州春暮

三秦已属真龙子①，万古空余戏马台。燕子经年江上别，桃花一夜雨中开。鼋鼍汹涌清流合②，塔庙参差碧嶂回③。日暮黄楼登览遍，苏仙④不见使人哀。

注释

①三秦：地名，故地在今陕西一带。项羽破秦入关，三分关中，封秦降将章邯为雍王，司马欣为塞王，董翳为翟王，合称三秦。后来泛称关陕一带为三秦。真龙子：古时称皇帝为真龙天子。此处指刘邦。时刘邦被封为汉王，王巴、蜀、汉中，都南郑。项羽东归后，刘邦乘机返回攻占三秦。

②鼋（yuán）：大鳖。鼍（tuó）：扬子鳄，也称鼍龙，猪婆龙。清流合：指汴水、泗水于徐州交流汇合。

③参差：指塔庙高低不齐。碧嶂：绿色的直立山峰，如屏障一般。

④苏仙：指苏轼。苏轼被称为"谪仙人"。

朱思本　一首

朱思本（1273—1332以后），字本初，道号贞一。临川（江西抚州）人。出家于龙虎山上清宫三华院。至治元年主玉隆万寿宫。有《贞一斋稿》。

盗发亚父墓

戏马台前范增冢，英风千载行人竦①。冢中宝气腾光芒，识宝贾胡②心为动。筑室潜谋二十年，一朝凿井穿其垄③。畚锸④才深四十尺，乃有石盘青䪨嵷⑤。四旁样杙⑥大十围，各施九十森环拱。石穿棺椁⑦更分明，漆光可鉴刚而巩⑧。斯⑨之不用挥金椎，白骨俨然全顶踵⑩。宝剑未化横苍虹⑪，金玉辉耀气交拥。贾胡致富须臾间，弃骨沟中宁愧恐。平原无色鼓角悲，山鬼夜号川泽涌。太守陈公⑫英俊才，慨叹奸偷吾所统。亟呼五百取群盗，械置狴犴⑬见仁勇。伤哉亚父天下奇，鸿门高会真危机⑭。火龙⑮飞起实天意，拔剑起舞空尔为。风云变化失隆准⑯，玉斗一碎山河非⑰。如公明义古亦少，发愤乃作彭城归。六合⑱茫茫汉疆土，厚葬何人诚可嗤。君不见骊山牧竖遗烬酷⑲，不如王孙⑳裸葬良亦足。（县志将朱思本误作"宋本初"）

注释

①竦：恭敬的样子。

②贾胡：经商的域外胡人。指少数部族商人。
③垄：坟墓。
④畚锸（běnchā）：挖运泥土的工具。
⑤巃嵸（lóngzōng）：本指山势高峻貌，此处指巨石高耸。
⑥葬杙（zàngyì）：随葬埋入地下的木桩。
⑦翣（shà）：古代棺饰，垂于棺的两旁。
⑧鉴而巩：光亮照人而且牢固。
⑨斲（zhuó）：同"斫"，用刀斧等砍。
⑩顶踵：头和脚。此处指从头到脚全身。
⑪苍虯：青龙。这里指青龙剑，为古代名剑。
⑫太守陈公：陈公，生平不详。未详姓名。时为徐州太守。
⑬狴犴（bìàn）：传说中的兽名。明杨慎《升庵全集八一·龙生九子》："俗传龙子九种，不成龙，各有所好……四曰狴犴，形似虎，有威力，故立于狱门。"借指监狱。
⑭鸿门高会：指项羽、刘邦于鸿门宴会事。见前注。
⑮火龙：指刘邦。古代方士以金、木、水、火、土相行相克的道理，来附会王朝的命运，称为五德。汉为火德。龙：帝王被比喻为龙。
⑯隆准：高鼻。指汉高祖刘邦。《史记·高祖纪》："高祖为人，隆准儿龙须。""失隆准"指鸿门宴让刘邦逃脱，没有把他杀掉。
⑰玉斗句：范增劝项羽于鸿门宴杀掉刘邦，项羽未从，刘邦趁机逃脱，留下张良向项羽献白璧一双，献给范增玉斗一双，范增大怒，拔剑将玉斗击碎，曰："唉！竖子不足与谋。夺项王天下者，必沛公也，吾属今为之虏矣。"后项羽中刘邦离间计，削其权力，范增愤恨离去。行未至彭城，疽发背而死。
⑱六合：天地四方，全天下。
⑲牧竖：牧童。遗烬：遗留的灰烬。
⑳王孙：古代指贵族子弟。亦指隐居的人。

揭傒斯 三首

揭傒斯（1274—1344），字曼硕，号贞文，龙兴富州（今江西丰城）人。历官翰林国史院编修官、应奉翰林文字、奎章阁授经郎、翰林待制、集贤学士等。曾参加编撰辽、金、宋三史。与虞集、杨载、范梈被称为"元诗四大家"，又与虞集、柳贯、黄溍并称"儒林四杰"。有《文安集》。

徐州对酒和曾编修①

黄楼不可为我居，黄河不可为我酒。满眼青青河上山，不得持取为君寿。愿君永相好，重是平生友。常恐生别离，令人恶怀抱②。君看天上月，照人岂长好？惟有戏马台，坐送行人老。劝君有酒且满饮，明日开船不须早。自古英雄得志人，未遇犹为酒家保③。

注释

①编修：古代官名，掌修国史。
②恶怀抱：心里怀着忧伤、痛苦。
③酒家保：即酒保，酒店里的伙计。这里泛指地位低下的人。《汉书·栾布传》："（樊布）穷困，卖庸于齐，为酒家保。"这句指英雄人物在未发迹时不过是个平民百姓。

过吕梁宿云梦城①下，相传汉高祖伪游云梦至此而得韩信，后人因以名其城，即彭越之故都也，故老犹能历历指其处，遂与诸公分韵赋诗，予得黄字

九城②如连环，城城郁相当。长河贯其中，限以偃蹇③横之吕梁。至大元年④秋九月，扁舟自此于武皇⑤。崩波雷浪震天地，千里飒飁⑥吹秋霜。群山下赴如奔马，乱石飞渡如驱羊。东西鱼贯牵百丈，进可退尺奋且僵。齐声唱和争抑扬，观者胆掉神为伤。岂知重来悉游憩，但见一叶浮天光。长风吹起不遗力，倏忽⑦迁转迷四方。暮投云梦城下宿，登高四顾增慨慷。老翁长揖为予说，汉祖此致韩齐王⑧。梁王彭越亦都此，遗踪隐隐犹可详。忆昔英雄起丰沛，四方龙战玄以黄⑨。颠嬴䠚项继虞夏⑩，建历四百何恢张⑪。惟天设险为国防，万古只为争战场。连城一已平，桑麦何茫茫，吕梁之险真康庄。

注释

①云梦城：《读史方舆纪要》卷二十九："吕梁洪上有二城，一曰云梦，一曰梁王，土人谓云梦即韩信，梁王则彭越。又洪西岸有尉迟城，唐尉迟敬德督徐州尝凿吕梁洪，因筑此城。今吕梁城中河分司驻焉。"
②九城：相聚一起的几座城。九（jiū）：通"鸠"，聚合。
③偃蹇：指地势艰险，水流困难。
④至大：元武宗孛儿只斤海山的年号，元年即1308年。
⑤武皇：指元武宗孛儿只斤海山。此处代指武宗所居之地京都。
⑥飒飁：迅疾貌。
⑦倏忽：顷刻。指极短的时间。
⑧韩齐王：指韩信。刘邦用张良计，使韩信、彭越发兵会于垓下，击败项羽。《史记

·项羽本纪》:"(汉王)乃发使者,告韩信、彭越曰:'并力击楚。楚破,自陈以东傅海与齐王;睢阳以北至谷城与彭相国。'"

⑨玄黄:天地,亦指天地的颜色。《易·坤》:"龙战于野,其血玄黄。"

⑩颠嬴馘项:指消灭秦国,斩首项羽。秦为嬴姓。馘(guó):古代战争中割取敌人的左耳以计数献功称馘。虞夏:指虞舜和夏禹。

⑪建历:制定历法,此处指汉朝的建立。西汉、东汉共四百年。恢张:扩展、张大。

纪见和李提举①韵

犹瞻吴楚郊,已过邳②徐州。扬帆涉吕梁,千里惟平畴③。桑枣青如山,极目烟霞稠。前途问行客,往事询老叟。上船自欢呼,下船自歌讴。谁怜村野人,茅茨④大如舟。连年困水旱,蚕麦两不收。今麦虽渐熟,或可宽穷愁。复恐死旦夕,不得待有秋。死者委⑤道路,生者仍漂流。天道良好乖⑥,谁贻抚字羞⑦。赈恤国有典⑧,荒政古所修⑨。陈诗纪所经,讵足补远猷⑩。

注释

①提举:官名,主管专门事务,如"医学提举"、"宝钞提举"、"盐课提举"等。

②邳:邳州。

③平畴:平坦的田野。

④茅茨:茅屋。

⑤委:丢弃。

⑥好乖:不如意。文元祥《指南录》:"天时不齐,人事好乖"。

⑦贻:赠给,留下;抚,抚恤。此句的意思是谁让抚恤蒙受羞耻,即抚恤的事没有做好。

⑧赈恤:赈济抚恤。典:典章、法规。

⑨荒政:救济饥荒的法令制度。修:编写制定。

⑩讵足:怎么能足够。讵:音jù。远猷:远大的谋略。

王 艮 一首

王艮(1278—1348),字止善,绍兴诸暨人,历任庐州录事判官、峡州路总管府知事、建德县尹、江浙行省检校官、江西行省左右司员外郎、淮东道宣慰副使等官职。后辞官归居,名所居"止止斋",自号鹦游子。

黄 楼

山河壮丽雄三楚①,人物风流忆二苏②。自古必争形胜③地,当年曾屈霸王图④。

吕梁东下波涛险，芒砀⑤西来岛屿孤。试上黄楼酹⑥明月，百金取酒未为迂⑦。

注释

①三楚：地名。战国楚地。今从黄淮至湖南一带，古时有西楚、东楚、南楚之分。又有称江陵为南楚，吴为东楚，彭城为西楚。后用以泛指湘、鄂一带。

②二苏：苏轼、苏辙。

③形胜：地势优越便利，风景优美。

④指项羽都彭城，自称西楚霸王，最后为刘邦所败。

⑤芒砀：芒山与砀山，在今安徽砀山县东南，与河南永城县接界。二山相距八里。当年刘邦送徒骊山途中逃匿，即藏于芒砀山泽岩石之间。汴水经砀山到彭城注泗水。

⑥酹（lèi）：用酒浇在地上，表示祭奠。

⑦迂：迂腐。

胡 助 二首

胡助（1278—1355），字履信，一字古愚，自号纯白老人。婺州东阳（今浙江东阳市）人。年三十始举茂才，为建康路儒学学录，历官美化书院山长、温州路儒学教授，两度为翰林国史院编修官，参修宋、辽、金三史；三为河南、山东、燕南乡试考官，秩满授承事郎太常博士致仕。有《纯白斋类稿》

黄楼怀古三首

我怀苏子瞻，昔年守彭城。河决势方横，四面如海平。昼夜具畚锸①，窒罅②方垫倾。斯民免为鱼，妥帖③无震惊。水退安敢逸，相方益经营。曰土能胜水④，筑楼以黄名。至今受其赐，燕乐清风生⑤。君看子由赋，千载有余情。

我怀苏子由，尝宿逍遥堂⑥。中夜听风雨，对床如故乡。平生友于⑦乐，江海真难忘。临分出苦语，爱笃情婉伤。长公⑧不忍读，凄然搅中肠。人岂无兄弟，谁共千载光。当时此盘薄⑨，德星⑩聚煌煌。座中老文学，里人陈履常⑪。

我怀陈履常，向来有斯人。介然⑫修苦节，宁畏丞相嗔⑬。文章提一律⑭，阁笔⑮黄楼宾。送远旷官守⑯，不负知己恩。正字⑰未温饱，忍冻甘死贫。彭城古形胜，英雄昔成群。勋业亦何有，青史不满嚬⑱。俯仰三叹息，浩浩黄河奔。

注释

①畚锸（běnchā）：挖运泥土的工具。

②窒罅（zhìxià）：堵塞漏洞。方垫：堵漏的工具。倾：用尽。

③妥帖：安定。

④苏辙撰《黄楼赋》，其叙云："熙宁十年秋，河决于澶渊，水及彭城下。子瞻适为彭城守，庐于城上，调急走发禁卒以从事，以身率之，故水大至而民不溃。于是即城之东门为大楼焉，垩以黄土，曰'土实胜水。'徐人相劝成之。"

⑤燕乐清风：指太平祥和的气氛。

⑥逍遥堂：乾隆《徐州府志》："逍遥堂在府治。后苏轼守徐时，与弟苏辙会宿此堂，各有诗。久废。康熙三十六年，知州孔毓珣重建。"参见苏轼《子由将赴南都，与余会宿于逍遥堂，作两绝句……》及苏辙《逍遥堂会宿二首》诗。

⑦友于：指兄弟友爱。《书·君陈》："惟孝，友于兄弟，克施有政。"

⑧长公：指苏轼。古人多以"长公"为字，为行次居长之意，如排行为二以下，字次公、少公。故称长兄为长公。

⑨盘薄：据持牢固貌。白居易《有木诗》之四："有木名杜梨，阴森覆丘壑。心蠹已空朽，根深尚盘薄。"

⑩德星：喻指贤德之士。

⑪里人：乡邑人。陈履常：陈师道，字履常。见前注。

⑫介然：耿介，高洁。

⑬丞相嗔：指丞相章惇要推荐陈师道给朝廷，因不符合礼制而拒绝。嗔（chēn）：怒，生气。

⑭陈师道受黄庭坚的影响，做诗要"无一字无来历"。

⑮阁笔：停笔。意指才短而不敢下笔。阁同"搁"。陈师道曾经为黄楼铭，曾子固认为它的古奥典雅像秦朝的石刻。

⑯旷官守：没有执行官吏的职守。指苏轼出任杭州太守，路过南京（今河南商丘），陈师道到南京送行，以擅离职守，被劾去职。

⑰正字：官名，掌管校正书籍。陈师道曾官秘书省正字。

⑱颦：皱眉。表示不满意。

黄河行

黄河之水贯九州①，发源西至崐崘丘②。浑浑深大江海势，浩浩迅驶东南流。厥初疏凿导末派③，想见浮泛穷荒幽④。狂澜滔空或鲸驾，先民几度为鱼忧。万古不平吕梁险，老天永畀⑤行旅愁。人生固非金石寿，一清可待逾千秋。溯沿⑥北上聊濯足，欲照白发知无由。维舟彭城古岸下，慨然兴感登黄楼。千载英雄春梦破，一朝富贵秋云浮。眼明遗文尚可读，敛衽⑦前辈清风修。向来河清美金颂，岂知乃徵⑧今日休。冠带充朝文物盛⑨，桑麻蔽野人烟稠。太平一统古未有，观光万里今重游。快哉风帆日行远，不将机事惊沙鸥⑩。丈夫出处⑪自有志，安得局束⑫山中留。

注释

①九州：中国古代设置的九个州。《尚书·禹贡》九州为：冀、豫、雍、扬、兖、徐、梁、青、荆。其他典籍略有不同。后来九州泛指中国。

②崐崘丘：即崐崘山。《水经注·河水一》："崐崘墟在西北，三成为崐崘丘。""河出崑山，伏流地中万三千里，禹导儿通之，出积石山。"

③末派：水的支流。

④荒幽：荒僻边远之地。

⑤畀（bì）：使。

⑥溯沿：逆流而上。

⑦敛衽：提起衣襟夹于带间，表示敬意。

⑧徽：指过去的业绩。

⑨冠带：借指官吏。文物：礼乐制度。

⑩机事：指机诈之心。《列子·黄帝篇》："海上之人有好沤鸟者，每旦之海上，从沤鸟游。沤鸟之至者，百住而不止。其父曰：'吾闻沤鸟皆从汝游，汝取来，吾玩之。'明日之海上，沤鸟舞而不下者也。"

⑪出处（chūchǔ）：进退。《易系辞上》："君子之道，或出或处。"

⑫局束：即拘束。

马祖常 四首

马祖常（1279—1338），字伯庸，光州（今属河南潢川）人。世为雍古部（今新疆），居净州天山。其高祖为金凤翔兵马判官，子孙因以马为姓。父润，为漳州路总管府事，家光州。马祖常为延祐二年（1315）进士。历官翰林待制、太子左赞善、兼翰林直学士、治书侍御史、礼部尚书、江南行台中丞、御史中丞等。后辞官居光州。有《石田集》。

吕 梁

天府①河流北，徐方禹迹难②。青山开石峡，白日看风湍③。星宿④光芒合，坤维⑤脉络蟠。吴船⑥牵百丈，酾酒酹阴官⑦。

注释

①天府：指土地肥沃、物产丰富、地形险要的地区。

②徐方：徐州。禹迹：大禹去过的地方，此指吕梁。

③风湍：风生湍流。

④星宿（xiù）：泛指列星。
⑤坤维：大地。《晋书·后妃传序》："德均载物，比大坤维。"
⑥吴船：泛指南方来的船只。
⑦酾酒：斟酒。酾：音 shī，又音 shāi。酹（lèi）：把酒洒在地上表示敬意。阴官：水神。

徐州吊苏眉山①

城角黄楼壮，苏公骨已仙。乱流无啮②石，宅土有居廛③。才大为时忌，名高得世传。舟中卧独赋，临水一琅然④。

注释

①苏眉山：苏轼。为眉山人。
②啮（niè）：侵蚀。
③宅土：所居住的土地，可以居住的土地。《书·禹贡》："桑土既蚕，是降丘宅土。"居廛：住房。
④琅然：洁白，光亮。

舟泊徐州

河发崑崙水①，天吹广莫风②。徐州城下宿，一日过淮东③。

注释

①指黄河发源于崑崙山。《艺文类聚卷七》：河图曰：崑崙之墟，五城十二楼，河水出焉。
②广莫风：八风之一，即北风。
③淮东：泛指扬州、淮安一带地区，古属淮南东路。

戏马台

将军一叱靡（一作"废"）千人①，未可掀髯②便笑秦。枉筑高台闲戏马③，汉王将地拟功臣④。

注释

①叱：叱咤，发怒声。靡千人：令众人后退、倒下。《史记·淮阴侯列传》："项王

喑噁叱咤，千人皆废。"
②掀髯：笑时开口张须的样子。
③指项羽灭秦后，东归彭城，高筑戏马台，未曾想到最后被刘邦击败。
④汉王：汉高祖刘邦。刘邦得天下后割地分封功臣。

王 沂 一首

王沂（？—1362），字师鲁（一作思鲁），祖籍云中襄阴（元属宣德府顺圣），徙于真定（今河北正定）。延祐二年（1315年）进士。历官临淮县尹、嵩州同知、翰林编修、国子博士、翰林待制、礼部尚书。曾筑石田山房以居。有《伊滨集》。

放鹤亭

白鹤招不来，青天飞片云。应随紫鸾车①，往见三茅君②。云上仙风过，空香万里闻。

注释

①紫鸾车：紫鸾驾的车，为仙人所乘。紫鸾为传说中的神鸟。
②三茅君：道家传说中的三个神仙，即茅盈及其弟茅固、茅衷。相传为汉代得道成仙者。

吴元德 一首

吴元德（约1280—1350），字子高，江夏（湖北武昌）人。天历二年，曾为阿荣奎章阁僚属。有《性情诗》，已经散佚。

徐 州

霸业销沉草树间，云断残照鸟飞还。蒲帆十幅南风健，送过徐州九里山。

周 权 三首

周权（约1280—1330），字衡之，别号此山。松阳（浙江西屏）人。终生未仕。工词章，当时颇有名。有《此山集》。

徐州暮泊风雨骤至

清河绿涨琉璃堆①，黄河浊浪排空来。两流合一混泾渭②，喷薄③东注无时回。孤城迤逦④枕其左，昼夜怒激声喧豗⑤。人烟蚁集⑥一闹市，夕阳孤塔空崔嵬⑦。客舟簇簇闹河浒⑧，极目但见烟中桅。黄垆⑨呼酒足自慰，愁城顿破红颜开。须臾笑电急驱雨，神物变幻令人猜。狂飙扬沙昏白昼，黑云卷地翻风雷。

注释

①琉璃堆：指溅起的层层波浪晶莹如玻璃。

②两流：指汴水和泗水。泾渭：泾水和渭水，泾河水清，渭河水浑。这里指汴、泗二水清浊不一。

③喷薄：河水激荡涌出。

④迤逦（yǐlǐ）：曲折连绵。同"迤逦"。

⑤喧豗（xuānhuī）：哄闹的声音。

⑥蚁集：如蚁群聚集。

⑦崔嵬：高耸貌。

⑧簇簇：排列聚集貌。河浒：河边。

⑨黄垆：指酒店里放置酒具的土台子，用黄泥制作。泛指酒馆。

百步洪水急险迫，近年涨沙，石角稍低，每遇水落其势尤可畏，客舟到者必先诣河浒神祠，祷而后行

秃鬝①山无青，蛇蚓势蟠结。一水行空来，昼夜怒不歇。攒云石巉巉②，险迫瞿塘峡。恍疑万雷响，澒洞③撼山骨。篙石声舂撞，星火争迸出。霏霏④浪花中，孤舟下飘忽。迂回及平津⑤，回首犹内热。桑林青茫茫，微影间疏樾⑥。仰见天东南，微茫没飞鹘⑦。

注释

①秃鬝（qiān）：光秃。

②攒云：云积聚。巉巉（chánchán）：山势峭拔险峻。

③澒洞（hòngdòng）：水势汹涌。

④霏霏：飘洒，飞扬。

⑤平津：坦途；大道。晋陶潜《癸卯岁十二月中作与从弟敬远》诗："平津苟不由，栖迟讵为拙？"

⑥疏樾（yuè）：稀疏的树木。

⑦鹘（gǔ）：古书上说的一种鸟，短尾，青黑色。

彭城行

项羽焚咸阳，归来都此邦。大河汇其左，吕梁屹其冲。形势岂不固，威武非不张。奈何舍仁义，霸业何由昌。喑鸣①复叱咤，化作湍声②长。我登戏马台，荒草空斜阳。寄奴③汉高裔，暮年亦凶狂。

注释

①喑呜（yìnwū）：同"喑噁（wù）"，发怒声。这里指项羽。《史记·淮阴侯列传》："项王喑噁叱咤，千人皆废。"
②湍声：水急流的声音。
③寄奴：南朝宋武帝刘裕，小字寄奴。汉楚元王刘交之后。

萨都剌　二首

萨都剌（约1280—1345），字天锡，号直斋，西域答失蛮氏。泰定四年（1327）进士，授应奉翰林文字。历官江南诸道行御史台掾史、燕南廉访司照磨、福建闽海道廉访司知事、河北廉访司经历、河南江北道经历、襄阳知县、翰林应奉、江浙行中书省郎中、江南诸道行台侍御史、淮西江北道廉访司经历等。晚年寓居武林，常游历山水。有《雁门集》。

彭城杂咏呈廉公亮佥事七首①

亚父冢前春草齐，楚王城②上夕阳低。黄莺不解兴亡事，飞过海棠枝上啼。
城下黄河去不回，四山依旧翠（一作"画"）屏③开。无人会（一作"念"）得登临意，独上将军戏马台。
雪白杨花拍（一作"扑"）马头，行人春尽过徐州。夜深（一作"凉"）一片城头月，曾照张良案上筹（此句亦为"曾照张家燕子楼"）。
何处春风燕子楼，断碑落日古城头。画眉人远（一作"去"）繁华歇，无数青（一作"远"）山生暮愁。
歌扇摇（一作"春"）风噀④酒香，舞裙今（一作"落"）日动鹅黄⑤。柳边今夜孤舟发，水远山遥（一作"长"）空断肠。
英雄去尽山河在，城郭荒凉草树迷。过客无心吊千古，落花风雨听莺啼。
黄河三面绕孤城，独倚危阑⑥眼倍明。柳絮飞飞三月暮，楼头仍有卖花声。

注释

①廉公亮佥事：廉公亮，生平不详。佥事，官名，职责为协助长官处理政务、管理文牍等。

②楚王城：即彭城。项羽自称西楚霸王，建都于彭城，故称。

③翠屏：指绿色如屏障的陡峭峰峦。

④噀（xùn）：含在口中喷出。

⑤鹅黄：本指幼鹅毛色黄嫩，此处指柳芽。

⑥危阑：高楼上的栏槛。

过 洪①

奔流激长川，百折怒未已。长年与水争，退尺进才咫。艰哉力舟子，可以悟至理②。

注释

①洪：徐州有百步洪、秦梁洪、吕梁洪。

②至理：最精深的道理。

杨少愚　一首

杨少愚（1281—？），号理斋。池州青阳（今属安徽青阳县）。少习儒业，因不愿事奉元朝，终生隐居九华山不仕。有《秋浦集》存世。

过彭祖墓①

七七鸾弦续未休②，韶光③八百去如流。当时若解神仙术，更许春龄亿万秋。

注释

①彭祖墓：《神仙传》："彭祖者，姓篯（jiān）名铿，帝颛顼之玄孙也。殷末已七百六十七岁，而不衰老。少好恬静，不营名誉，不饰车服，唯以养生治身为事。"乾隆《徐州府志》卷八："古彭祖墓：《寰宇记》按：《彭门记》云：殷之贤臣彭祖颛顼之元孙，至殷末寿及七百六十七岁，今墓犹在故邑，号大彭焉。旧志今不知处。"民国《铜山县志·古迹考·彭祖墓》：《寰宇记》引《彭门记》："殷之贤臣彭祖，颛顼之玄孙，至殷末，寿及七百六十七岁。今墓犹在故邑，号大彭焉。旧志按一统志：彭祖封彭城，卒焉，今不知处。"《水经注》"城之东北角，起层楼于其上，号曰彭祖楼……下曰彭祖冢，彭祖长

年八百，绵寿永世，于此有冢，盖亦元极之化矣。"

②七七：隐含彭祖寿七百六十七岁。鸾弦：鸾鸣如琴声。鸾：传说中的神鸟，其鸣中五音。此句喻指彭祖为贤俊之士。

③韶光：美好时光。

吴师道　二首

吴师道（1283—1344），字正传。婺州兰溪（今浙江兰溪县）人。至治元年（1321年）进士，历官高邮县丞、宁国路录事、建德县尹、国子助教、国子博士、奉议大夫、礼部郎中等。工词章，有文集二十卷。

戏马台

项王战马从东来，意气蹴踏①全秦摧。入关不并沛公辔，还乡却上彭城台②。重瞳③按剑风云靡，万匹腾空烟雾起。凄凉垓下泣名骓④，零落江边（一作"滨"）馀数骑。寄奴⑤千载心争雄，登高把酒临秋风。诈移晋鼎⑥非男子，君看百战东城死⑦。

注释

①蹴踏：践踏。此处喻用武力征伐。

②这两句指项羽进入函谷关灭秦后，没有把对手刘邦势力铲除，而东归都彭城，自称西楚霸王。彭城台：即戏马台。

③重瞳：双眸子，指项羽。传说项羽双眸子。

④指项羽被困垓下，悲歌慷慨，自为"垓下歌"，为虞姬和名骓悲痛泣下。

⑤寄奴：南朝宋武帝刘裕，小字寄奴。刘裕曾于戏马台为孔靖饯行。参与饯行的官员，皆赋诗以述其美。见前注（5页）。

⑥诈移晋鼎：指刘裕代晋称帝。刘裕为东晋将领，曾出兵扫除巴蜀地方势力，统一江南，并两次北伐，消灭南燕、后秦。官至相国，封宋王。420年代晋称帝，国号宋。

⑦东城：秦置县名。故城在今安徽怀远县。《史记·项羽本纪》：太史公曰："（项羽）五年卒亡其国，身死东城，尚不觉悟，而不自责，过矣。"

重过彭城

重游彭祖国①，更上项王台②。山接徐邳③去，河兼汴泗来。斗争雄百战，吟赋萃④多才。人物今安在，城笳莫正哀⑤。

注释

①彭祖国：彭祖，姓籛名铿，传说为颛顼帝玄孙陆终氏的第三子，尧封之于彭城（今徐州），称为大彭国。因其道可祖，故谓之彭祖。
②项王台：即戏马台。
③邳：邳州。
④萃：聚聚。
⑤笳：笳，胡笳，古时管乐器，流行于塞北和西域少数民族间。莫，同"暮"。

岑安卿　一首

岑安卿（1286—1355），字静能，余姚上林乡（今浙江慈溪市）人；所居近栲栳峰，故自号栲栳山人。一生未仕，志行高洁，日与友人放情林湖、栲峰间，吟诗作文，悠然自得。尝作《三哀诗》，吊里中宋遗民，寄托深远。有《栲栳山人集》。

戏马台

彭城负剑河为障①，南屹崇台势雄壮。重瞳奋迹入秦回②，诸侯缆辔皆东向③。酒酣蹙马④升崔嵬，鬃翻鬣振⑤云烟开。倚鞭四顾示无敌，指挥貔虎⑥心雄哉。黄金间行亚父去⑦，帐下茫然失谋主。楚歌声合溃重围⑧，昔日名骓空故步。千年积恨气未消，绕台泗水撞飞涛。

注释

①指彭城四周环山，如负剑在背。障：屏障，卫护。
②重瞳：双眸子，指项羽，传说项羽为双眸子。奋迹：指奋起投身于某项事业。《史记·高祖纪》："独项羽怨秦破项梁军，奋，愿与沛公西入关。"
③指项羽灭秦分封后，诸侯王皆东归回到自己的封邑。
④蹙马：以脚踢马，促其快走。蹙同"蹴"。
⑤鬃（zōng）：同"騣"。鬣：即须子。
⑥貔虎：貔（pí）和虎皆为猛兽。比喻勇士。
⑦刘邦用陈平计离间项羽和范增，项羽因疑范增与汉有私，削夺其权力，范增大怒，即离去。《史记·陈丞相世家》："陈平曰：'……大王诚能出捐数万斤金，行反间，间其君臣以疑其心，项王为人意忌信谗，必内相诛。汉因举兵而攻之，破楚必矣。'汉王以为然，乃出黄金四万斤，与陈平，恣所为，不问其出入。"
⑧指项羽被困垓下，夜闻汉军四面皆楚歌，项羽大惊，趁夜突围南逃。溃：突破。

王冕 一首

王冕（1287—1359），字元章，一字元肃，别号很多，有煮石山农、会稽山农、九里先生等。会稽诸暨（今浙江诸暨市）人。以画闻名，有《竹斋集》。

过徐州洪至丰沛作①

落月沧凉野色迷，过洪忽听五更鸡。河流东海奔腾去，天近中原渐觉低。败垒②有基栖碧草，古台无石堕青泥。汉家住处人能识，只在丰南沛水西。

注释

①徐州洪：即百步洪。见前注释（46页）。丰沛：丰县、沛县。
②败垒：毁坏的营垒。

练鲁 二首

练 鲁：生卒年不详。字希曾，号倥侗子。处州松阳（今属浙江）人。至正五年（1345）进士。洪武初力辞征聘，佯狂而回，闭门谢客，隐居养亲。有《倥侗子文集》。

徐州故城

前年秋八月①，盗入徐州城。城卒不满百，夜深民乱惊。杀人烈火下，四面山河明。贼酋②坐官府，列刃胁同盟。牧守③既宵遁，虻虻④不敢争。嗃呼⑤千家裂，震噉万井訇⑥。揭竿立钩戟，斩木县旆旌⑦。锻砺⑧锋刃合，攘刮困廪盈⑨。弄兵昼驱逻⑩，伐鼓宵伧儜⑪。我军隔河守，水上星散营。有时出数骑，视我百万轻。去年大兵合，相国⑫亲南征。诏出天王旗⑬，九月千里行。策马南渡河，北顿泗上兵。浮桥驾连舴⑭，突骑尘随軿⑮。日月动徐兖⑯，雷霆震蛮荆⑰。逆虏鹹在眼⑱，良家望全生。岂知七日战，网漏横海鲸。斯民不自白，杀气严秋声⑲。俯仰万古迹，今日烟沙平⑳。繁华逐飞烬，霸王沉馀晶㉑。彭门既北堕㉒，黄楼亦东倾。戏马有荒土，驻跸㉓无遗名。黄埃飒卉歇㉔，崩榛杌攘枪㉕。乱穴窜鼯鼱㉖，废堵蜿蚰蝾㉗。惨惨白骨上，飒飒阴云横。我有感慨泪，泪洒天无情。山长水亦远，草木悲风鸣。

注释

①元顺帝至正十一年（1351）八月，萧县芝麻李（李二）、彭大（老彭）、赵君用（赵均用）等据徐州起义，从者十余万人，四出略地，徐州属县皆下。十二年九月，脱脱攻下徐州，屠城，芝麻李等遁逃。

②酋：首领。

③牧守：州郡的长官。州官称牧，郡官称守。

④茧茧：纷乱。

⑤嗁呼：哭号。

⑥震㵎（dàn）：惊恐。万井：千家万户。訇（hōng）：拟声词，形容声音大。

⑦县斾旌：县，"悬"的古字。斾旌：泛指旗子。

⑧锻：将铁或其他金属加热后锤打成形。砺：磨刀。

⑨攘刮：抢夺搜刮。囷廪（qūnlǐn）：粮仓。

⑩馺遝（sàtà）：威武雄壮貌。

⑪伐鼓：击鼓。伧儜（cāngníng）：声音杂乱。唐刘禹锡《序》："岁正月，余来建平，里中儿联歌《竹枝》，吹短笛，击鼓以赴节……卒章激讦如吴声，虽伧儜不可分，而含思宛转，有淇、澳之艳。"

⑫相国：丞相，指脱脱，时为右丞相。

⑬诏：皇帝的命令或文告。天王：帝王。旂：同"旗"。天王旂：指朝廷的军队。

⑭驾连舴：驾：车辆；舴（zé）：小船。

⑮突骑：突击敌军的骑兵。輣（péng）：战车。

⑯徐兖：徐州和兖州。

⑰蛮荆：古时中原地区对江南楚地之民的贬称。这里泛指江南地区。

⑱逆虏：被俘虏的叛乱者。馘（guó）：指割下的耳朵。古时战争，割去所杀敌人的左耳以计数献功。

⑲秋声：秋时西风作，草木凋零，多肃杀之声，称为秋声。

⑳烟沙平：指自古以来留下的东西全都消失了，只剩下烟雾和沙滩。

㉑馀晶：夕阳的光辉。

㉒彭门：彭城之城门。堕：倒塌。

㉓驻跸：帝王出行，中途暂住。跸，指帝王的车驾。

㉔飒：风声。卉歙（xī）：同"卉翕"，风吹众木之声。

㉕杌（wù）：摇动。攘枪：互相碰撞。句指衰败的榛树枝干在风中摇摆互相碰撞。

㉖鼯（wú）、鼰（ǎi）：皆鼠名。鼯，俗称飞鼠，别名夷由。鼰，一种小鼠。

㉗废堵：破落的墙壁。蜿：蜿蜒爬行。蛷（qiú）：多足虫。蝾（róng）：蝾螈，形似蜥蜴的一种爬虫类动物。

徐州新城

去年定徐土,城此山南陬①。被山为崇墉②,阻河即长沟。县官集居民,令下闻薮幽③。户口多被伤,亡匿庶可求④。流民归占籍⑤,结屋欲绸缪⑥。垣壁隔榛棘⑦,门户编荆楢⑧。数家有壁立,一室欲盖头⑨。敢求衽席⑩安,庶为生计谋。奈何凋瘵⑪馀,力难及鉏櫌⑫。蓺⑬麦不疗饥,种豆安得收。大家已颦额⑭,小家有莩骸⑮。郡中二千石⑯,视古伯与侯⑰。此邦实保障,抚养期民休。修政恤存没,秉德无竞絿⑱。丧乱其有涯,宸衷方轸忧⑲。

注释

①清乾隆《徐州府志》:"十三年四月降徐州为武安州,徙城南数里。"民国《铜山县志·建置考》:"元至正十三年芝麻李据徐州,托克托(脱脱)击平之,改置武安州,城于东南,即今广运仓地。"陬(zōu):山脚。

②崇墉:高峻的城墙。墉,城墙。

③薮幽:偏僻的居民区。薮:指人或物聚集的地方。幽:隐蔽。

④亡匿:指因战乱逃走躲藏起来的居民。庶:或许,也许。

⑤占籍:自外地迁至新地成为有户籍的当地居民。

⑥绸缪:用绳、草等紧缠密绕,修缮房屋。

⑦榛棘:杂乱的草木丛。

⑧荆楢:指树枝、木柴之类。楢(yǒu):木柴。

⑨盖头:房子的上盖。

⑩衽席:睡觉用的席子。代指夜晚睡眠休息。

⑪凋瘵(zhài):衰弱多病。瘵:病。

⑫鉏櫌(chúyōu):平田、松土用的农具。鉏,同"锄"。

⑬蓺:种植。

⑭颦额:皱眉头。颦:音 cù。

⑮莩骸:饿死的骷髅。莩(piǎo):同"殍"。

⑯二千石:指郡守(一郡的最高行政长官)。郡守的俸禄为二千石。

⑰伯与侯:伯、侯皆为古代的爵位。爵位分五等,伯为第三等,侯为第二等。

⑱竞絿(qiú):逞强急躁。《诗经·商颂·长发》:"不竞不絿,不刚不柔。"

⑲宸衷:帝王的心意。轸忧:沉痛忧虑。

成廷珪 三首

成廷珪(约1289—1360),字元常(一作原常),一字元章,又字礼执。号居竹。

扬州人。博学，工诗书。终生未仕。有《成柳庄诗集》、《居竹轩集》。

悲徐州

彭城八月风尘起①，数郡义兵多战死。良家子女复何辜，尽作黄河水中鬼。髑髅②填海几时归，千古沉冤无处洗。王师③一日天上来，虏（旧志作"贼"）船夜斫④浮桥开。守桥将军不敢敌，狂澜倒泻声如雷。三山回望平如掌，野旷犹闻金鼓⑤响。军中少年当封侯⑥，争入辕门⑦请功赏。江边老翁死即休，血泪沾襟空白头。

注释

①参见前练鲁诗《徐州故城》注释。
②髑髅（dúlóu）：死人的头骨。
③王师：朝廷的军队。
④斫（zhuó）：用刀斧等砍。
⑤金鼓：古代军中用器。金指金钲，行军中用以止众；鼓用以进众。执金鼓可以号令三军，以示讨罪。
⑥封侯：古代帝王把侯爵位赐给臣子。泛指奖赏。
⑦辕门：军营的营门。

十月一日闻徐州复

黄河不解洗彭城，空使群凶起斗争。一载始通南国贡，三山犹住朔方①兵。寄奴②故里人何在？亚父荒陵③土欲平。却忆朱陈④好村落，几时烟雨著春耕。

注释

①朔方：北方。朔方兵，指北方少数部族的军队。
②寄奴：刘裕小字寄奴。见前注（5页）。
③亚父荒陵：指范增墓。见前注（46页）。
④朱陈：即朱陈村。唐代诗人白居易有《朱陈村诗》，描写出该村古朴的乡风民俗："徐州古丰县，有村曰朱陈……县远官事少，山深人俗淳。有财不行商，有丁不入军。家家守村业，头白不出门……一村唯两姓，世世为婚姻。"一般都认为主陈村在今江苏丰县。近来有学者考证，确认白居易《朱陈村》诗中的朱陈村原址为今安徽夹沟镇草场村。

送徐州李判官供给役满归

千里旌旗接轴轳①，王师日久费供需。只知天下金如土，岂谓人间米似珠。此日论功犹受赏，何人报主肯忘躯。讵②无执法如公者，能上封章③亦丈夫。

注释

①轴舻（zhóulú）：泛指船只。
②讵（jù）：岂，怎。
③封章：机密事之章奏皆用皂囊重封以进，故名封章。亦称封事。

吴　莱　一首

吴莱（1297—1340），字立夫，本名来凤。浦阳（今分属浙江义乌、兰溪）人。举进士不第，隐居松山，潜心研究经史。有《渊颖吴先生集》。

盗发亚父冢

楚王昔尊楚亚父，楚人今发亚父墓。南山①凿石下悬棺，宝气烛天知剑处。当年奉剑重瞳光，左右膝走诸侯王。剑锋扫秦柄夺汉②，梁楚鬭作驰兵场。起撞玉斗唉竖子③，战肉乌鸢④骨蝼蚁。乌江得死不得葬，愤胆冤肠终不死。东陵老盗曾脍肝⑤，丞相摸金仍置官⑥。大儒挥椎小儒唱，奇宝拔窆⑦蛟龙寒。君不见秦皇一死骊山⑧改，亚父犹能数千载。我今岂识亚父谁，凫雁秋风散银海⑨。

注释

①南山：指范增墓所在地，俗称土山。范增，详见前注释（160页）。
②指与汉刘邦争夺政权。柄：权力。
③指鸿门宴上范增大怒，拔剑将张良所献玉斗击碎事。范增大怒，叹曰："竖子不足与谋！夺项王天下者，必沛公也，吾属今为之虏矣！"（《史记·项羽本纪》）
④鸢（yuān）：俗称老鹰。
⑤东陵老盗：指春秋时期的盗跖。《庄子·骈拇》："伯夷死名于首阳之下，盗跖死利于东陵之上。"《庄子·盗跖》："盗跖乃方休卒徒太山之阳，脍人肝而餔之。"
⑥丞相摸金句：丞相，指曹操，曾官丞相。东汉袁绍移文州郡，列举曹操罪状，称："又梁孝王先帝母弟，坟陵尊显，松柏桑梓，犹宜恭肃。操率将吏士，亲临发掘，破棺裸尸，掠取金宝，至令圣朝流涕，士民伤怀。又署发丘中郎将、摸金校尉，所过毁突，无骸不露。"（见《后汉书·袁绍传》）
⑦拔窆（biǎn）：从墓穴中把宝物掏出来。窆：墓穴。
⑧骊山：在今陕西临潼县西南，山北有秦始皇墓。

⑨凫雁：野鸭和大雁。银海：指光亮辽阔如白色的海洋。

周伯琦　一首

周伯琦（1298—1369），字伯温，号玉雪坡真逸、坚白居士，饶州鄱阳（今江西鄱阳）人。历官南海县主簿、翰林修撰、宣文阁授经郎、兵部侍郎、监察御史、崇文太监、浙西肃政廉访使。招谕平江张士诚，拜江浙行省左丞，留平江十余年。张士诚既灭，乃得归鄱阳，寻卒。

徐　州

杏花村里喜新晴，丛竹疏篱野雀鸣。三岸黄河山似戟，不知官路到彭城。

吴　当　三首

吴当（1297—1361），字伯尚。崇仁（今江西崇仁县）人。吴澄之孙。历官国子助、教翰林修撰、国子博士、监丞、司业、翰林待制、礼部员外郎、监察御史、礼部郎中、翰林直学士、江西肃政廉访使、抚州路总管等职。曾参与修撰辽、金、宋三史。有《学言稿》。

守冻徐州，腊月八日大雪，与贰守秦侯及同馆生联句，侯许携酒共赏，违期不至，遂拾余韵以赋残雪，凡联句已用者置不取①

故国徐城壮，崇台楚骑骁。豪华虽寂寂，名物尚翘翘②。游士宾王日③，群农祭腊④朝。冻流胶舴艋⑤，寒木寄鹪鹩⑥。三尺冬堪瑞，经旬气未销。太平还有象，景色苦相撩。发耀因明月，凝威借怒飚。深藏寻隐曲⑦，厚积上嶕峣⑧。阴瓦千塍玉⑨，珍瓷六合窑⑩。中规仍毁璧，鋈槁⑪尚敷镣。向日潜生魄⑫，迎曛颇沃焦⑬。危峰明带缟⑭，疏柳弱垂髾⑮。甸壤疑翻卤⑯，堂皇讶长硝⑰。卯银⑱坚出冶，灰虘盛涂軺⑲。委壑终含垢，流澌始觉熛⑳。时和调玉烛㉑，阳律长葭萧㉒。秋思抽梁赋㉓，民情慕角招㉔。休徵㉕自有瑞，纯嘏贵能徼㉖。同乐期重赏，赓歌视不佻。履穿东郭倩㉘，鸟赐尚方乔㉙。旅馆时操翰，华裾每驻镳㉚。饮倾金错落㉛，醉拂锦妖娆㉜。逸思翀㉝霄鹤，羁情在鞲雕㉞。危言能有采，庶不愧刍荛㉟。

注释

①守冻：冬天防守。贰守：州、县的辅佐官。同馆：指同在翰林院任职。

②名物：此处指名胜古迹。翘翘：出众貌。

③游士：从事游说活动的人。宾：归顺、服从。

④祭腊：古时岁终的祭祀。

⑤舴艋（zéměng）：小船。

⑥鹪鹩（jiāoliáo）：一种体形短小的鸟。

⑦隐曲：幽深曲折之地。

⑧嶕峣（jiāoyáo）：指峻峭的高山。

⑨阴瓦：屋顶背阳之瓦。塍（chéng）：量词，相当于"行"。

⑩六合窑：指符合六合（天地四方）特殊的窑。

⑪鋈槁：指干枯的草木像涂上一层白色。鋈（wù）：白色金属。

⑫生魄：指月未盛明时所发的光。

⑬曛：夕阳的光辉。沃焦：古代传说中东海南部的大石山。

⑭带缟（gǎo）：即缟带，白色的带子。缟：未经染色的生绢，借指白色。

⑮垂髫：下垂的头发。

⑯甸壤：田野。翻卤：指土里翻出白色的盐碱。

⑰硝：硝石，白色矿物质。

⑱丱银：形状如儿童束发成两角的银块。丱：音 guàn。

⑲灰蜃（shèn）：即蜃灰，颜色洁白。佻：音 tiāo，同"佻"，轻薄放纵，不庄重。

⑳流澌：江河解冻时流动的冰块。熇（xiāo）：热。

㉑玉烛：四季气候调和。人君德美如玉，可致四时和气之祥。《尔雅·释天》："四时和谓之玉烛。"

㉒阳律：指阳气或春季。葭萧：指芦苇及蒿类植物。

㉓梁赋：南朝梁萧绎有《荡妇秋思赋》。

㉔角招：古乐章名。

㉕休徵：吉祥的征兆。

㉖纯嘏（chúngǔ）：大福。《诗·小雅·宾之初筵》："锡尔纯嘏，子孙其湛。"徼（jiǎo）：求得。

㉗赓歌：作歌唱和。佻：轻薄，不庄重。

㉘《史记·滑稽列传》："东郭先生久待诏公车，贫困饥寒衣敝，履不完。行雪中，履有上无下，足尽践地。"后来用东郭履形容人穷困潦倒。倩：美好。

㉙尚方乔：《后汉书·王乔传》："王乔者，河东人也。显宗世，为叶令。乔有神术，每月朔望，常自县诣台朝。帝怪其来数，而不见车骑，密令太史伺望之。言其临至，辄有双凫从东南飞来。于是候凫至，举罗张之。但得一只舄焉。乃诏尚方诊视，则四年中

所赐尚书官属履也。"

㉚华裾：华美的服饰。驻镳：车马停驻。

㉛金错落：酒器名。

㉜妖娆：指娇媚的女子。

㉝翀（chōng）：向上直飞。

㉞羁情：旅居的情怀。鞲雕：指装饰精美的革制套袖，射箭或操作时用。鞲：音 gōu。

㉟庶：表示希望、可能。刍荛：指割草打柴的人，借指地位低微的人。

彭城守春旱祷雨

恒阳征僭忒①，云汉②闵时劳。大野黄尘动，中街白日高。穷黎忧恻恻③，良牧思忉忉④。礼秩祠群望⑤，官联领众曹⑥。雩坛登祝史⑦，俎实载牲牢⑧。胼蠁通幽阒⑨，精诚绝慢慆⑩。王春方介祉⑪，神化岂屯膏⑫。灵雨随车骑，阴风卷旆旄⑬。麦禾朝娓娓⑭，松桧夜骚骚⑮。甘泽⑯经三日，浑流失九皋⑰。涓涓⑱通陇亩，衮衮⑲向波涛。陋巷荒蛙黾⑳，衡门㉑拥艾蒿。杂花红似锦，细草绿于袍。已识天无妄㉒，宁论地不毛。秋成看栗栗㉓，民食免嗷嗷。帝德回衷眷㉔，舆情解郁陶㉕。巫歌迎赛肉，社鼓送香醪㉖。岂弟㉗皇恩赐，循良㉘盛世遭。书年应纪异，作颂更兴褒。亦有垂纶㉙客，临流为洒毫。

注释

①恒阳：指久晴不雨，大旱成灾。征：预兆。僭忒（jiàntuī）：指越礼逾制，心怀疑贰。

②云汉：银河。《诗·大雅·云汉》："倬彼云汉，昭回于天。王曰於乎！何辜今之人？天降丧乱，饥馑荐臻。"

③穷黎：贫苦百姓。恻恻：悲伤的样子。

④良牧：指贤良的州郡长官。忉忉（dāodāo）：忧思貌。

⑤礼秩：指礼仪等第和爵禄品级制度。祠：祭神祈福。

⑥官联：官吏联合一起。众曹：指下属的各部门官吏。

⑦雩坛（yútán）：古时祈雨所设的高台。祝史：主持祭祀之官。

⑧俎实：俎上所盛祭献的食品。俎（zǔ）：祭祀时放祭品的器物。牲牢：牲畜。

⑨胼蠁（xīxiǎng）：比喻灵感通微。幽阒：幽深。

⑩慢慆（màntāo）：傲慢放肆。

⑪王春：盛春。介祉：大福。

⑫屯膏：谓吝啬施与恩泽。屯：吝啬；膏：恩泽。

⑬旆旄（pèimáo）：泛指旗帜。

⑭娓娓：茂盛貌。
⑮骚骚：象声词。风吹树木声。
⑯甘泽：及时雨。
⑰九皋：曲折深远的沼泽。
⑱涓涓：细水慢流貌。
⑲衮衮：水奔流貌。
⑳蛙黾（wāmiǎn）：即蛙。
㉑衡门：指简陋的屋舍。
㉒无妄：不测；意外。
㉓栗栗：众多貌。指农田丰收。
㉔帝德：上天之德。衷眷：真情关怀。
㉕郁陶：忧思。
㉖社鼓：社日（祭祀土地神的节日）祭神所鸣奏的鼓乐。香醪（xiānɡláo）：美酒。
㉗岂弟（kǎitì）：和乐平易。《诗·小雅·蓼萧》："既见君子，孔易岂弟。"
㉘循良：指官吏奉公守法。
㉙垂纶：垂钓。

徐州赠同邸客①

临川山人②来作客，万里携书上京国③。朔风吹起黄河水，河上行舟带寒色。穷冬雪花三尺深，客窗抱膝惟长吟。夜闻解鞍有同邸，晨即市酒开囊金。举杯殷勤相为语，家在单州④闾巷里。庭闱⑤有亲七十余，阖家稚耋⑥数百指。上堂称寿春熙熙⑦，下堂服劳日济济⑧。门户有子鹰晨昏⑨，盘飧任妇承甘旨⑩。东风吹绿牛羊肥，良田自足供锄犁。夹溪桃李炫晴昼，映堦萱草⑪迎春辉。共知吾邦是乐土，男勤耕桑女织组。贸迁有货居廛市⑫，岁时无事烦官府。家人老大不出门，长儿近日游荆楚。阿婶爱孙如至宝，尽室悲惊为愁苦。予情触此更皇皇⑬，远出求之来侍旁。贤愚不足挂怀抱，凤夕⑭忍此慈心伤。我闻斯言亦感激，秉彝至德⑮各有常。尔能慈孝出天性，笃行⑯自足为义方。责善恐违贤圣训，至诚可贯金石刚。琴瑟在御良燕喜⑰，埙箎⑱迭奏成雁行。庭前彩服⑲列三世，人生至乐乐未央⑳。酒酣为子歌慷慨，持赠可比黄金珰㉑。嗟予霜露兴惨怆㉒，蓼莪三复劢劳章㉓。

注释

①同邸：称和自己住在同一旅舍的人。邸（dǐ）：旅舍。
②临川山人：作者自称。吴当家乡属古临川郡。山人：山野之人，谦称。
③京国：京都。
④单州：今山东单县。

⑤庭闱（tíngwéi）：指父母居住处。
⑥稚耋：老少。耋（dié）：古指七八十岁的年纪，泛指老年。
⑦熙熙：暖和欢乐的样子。
⑧济济：端庄礼敬的样子。
⑨膺晨昏：处理全天的事务。膺：古同"应"。
⑩甘旨：美味的食品。
⑪萱草：黄花菜。
⑫贸迁：贩运买卖。廛市：商店集中的场所。
⑬皇皇：指心不安。
⑭夙夕：日夜。
⑮秉彝至德：秉彝，执守天之常道；至德，最高的道德。
⑯笃行：踏踏实实去做。
⑰燕喜：宴饮喜乐。
⑱埙篪（xūnchí）：埙、篪皆古代乐器，土制曰埙，竹制曰篪，二者合奏时声音相应和。因以"埙篪"比喻兄弟亲密和睦。
⑲彩服：犹彩衣。指孝养父母。《艺文类聚》卷二十引《列女传》："老莱子孝养二亲，行年七十，婴儿自娱，着五色采衣。尝取浆上堂，跌扑，因卧地为小儿啼。或弄乌鸟于亲侧。"
⑳未央：未尽。
㉑黄金珰：原指一种饰物。喻珍贵的东西。
㉒惨怆（cānchuàng）：凄楚悲伤。
㉓蓼莪 lùé：《诗经》篇名。《诗经·小雅·蓼莪》："蓼蓼者莪，匪莪伊蒿；哀哀父母，生我劬劳。"蓼：植物长大貌。莪：即莪蒿。劬劳：辛劳、劳累。

贡师泰　二首

贡师泰（1298—1362），字泰甫，号玩斋，宣城（今属安徽）人。以国子生中浙江乡试，授从士郎、太和州判官。历官翰林待制、国子司业、监察御史、侍郎、礼部尚书、户部尚书等。有《玩斋集》、《玩斋集拾遗》。

彭城怀古

戏马台前拥旆旌①，三齐②才破到彭城。项王帐底犹虞舞③，汉祖军中尽楚声。百二山河④功自弃，八千子弟⑤势都倾。月明间却乌江⑥渡，长使英雄恨不平。

注释

①旆旌：旗帜的统称。

②三齐：项羽本纪："荣因自立为齐王，而西击杀济北王田安，并王三齐。"对"三齐"有两种解释：一说为齐和济北、胶东；一说右即墨、中临淄、左平陆称为三齐。楚汉相争时，韩信已攻下三齐，称齐王。刘邦与韩信、彭越期会而击楚军，但信、越之兵不会。刘邦答应自陈以东傅海尽与韩信，韩信便从齐进兵至垓下，合力击败项羽。

③这两句指垓下之围。虞，项羽的姬妾虞姬。《史记·项羽本纪》："夜闻汉军四面皆楚歌，项王乃大惊曰：'汉皆已得楚乎？是何楚人之多也！'"

④百二山河：指山河险固，可以二敌百。

⑤八千子弟：指项羽起兵时的江东兵士。《史记·项羽本纪》：乌江亭长劝项羽渡江东去，项王笑曰："天之亡我，我何渡为？且籍与江东子弟八千人渡江而西，今无一人还，纵江东父兄怜而王我，我何面目见之？纵彼不言，籍独不愧于心乎？"

⑥乌江：在今安徽和县东北四十里，今称乌江浦。《史记·项羽本纪》："于是项王乃欲东渡乌江。乌江亭长枻船待……"，所指乌江即此。

徐　州

白云天际散如衣，四面青山落水涯。凿石空遗唐将庙①，连峰犹竖汉臣旗②。鱼龙浪挟黄楼动，牛斗星随碧汉③垂。醉倚船窗问河伯④，浊流何日是清时。

注释

①唐将庙：指尉迟敬德庙。相传唐尉迟敬德曾疏凿百步洪和吕梁洪。吕梁洪上有关尉神庙，祀汉关侯、唐鄂国公尉迟敬德，元皇庆间建。（清乾隆《徐州府志》卷八）

②连峰：概指九里山，九峰相连，山上有汉樊哙磨旗石遗迹。

③碧汉：天空。

④河伯：水神。

傅若金　二首

傅若金（1303—1342），初字汝砺，后改与砺。江西新喻（今江西新余）人。少贫，以编席为生。后发愤读书，受业于同郡范梈。曾以参佐出使安南（今越南），归后授广州教授。工诗。有《傅与砺诗文集》。

徐　州

断山数里见浮屠①，水树微茫映日疏。舟楫②偏（明《徐州志》作"尽"）经危石过，人烟稍近白云居。朱陈③县远思遗俗，楚汉台荒想故墟。万古风帆自来往，新诗吟罢独踟蹰。

注释

①浮屠：梵语 Buddha 的音译。这里指佛塔。
②舟楫：船和桨。泛指船。
③朱陈：村名。详见前注释（186 页）。

吕梁洪①

巨石中流伏，盘涡尽日旋。善游因土俗②，近住有人烟。险或过三峡，深疑及九渊③。轻舟脱鱼腹，锦缆④得徐牵。

注释

①吕梁洪：在今徐州东南六十余里，古时为泗水上一险滩。《水经注》："泗水之上，有石梁焉，故曰吕梁也。""悬涛渊㳌，实为泗岭，孔子所谓鱼鳖不能游。又云悬水三十仞，流沫九十里，今则不能也。"
②孔子观于吕梁，"见一丈夫游之……数百步而出，被发行歌而游于塘下。"（《庄子·达生》）
③九渊：水的最深处。
④锦缆：锦制之缆绳；精美之缆绳。杜甫《城西坡泛舟》："春风自信牙樯动，迟日徐看锦缆牵。"

李士瞻 一首

李士瞻（1313—1367），字彦闻，先世南阳人，后移居汉上（今荆州、襄阳一带）。至正元年（1341）大都路进士，曾官户部尚书、行省左丞、枢密副使、翰林学士承旨等。有《经济文集》五卷

重过彭城

谁云河广不容舠①，急桨凌风渡晚潮。却望彭城旧游处，黄楼碑畔屋萧萧②。

注释

①谁云句：《诗经·卫风·河广》："谁谓河广？曾不容刀。谁谓宋远？曾不崇朝。"

舠：小船。

②屋萧萧：房屋简陋的样子。

陈 基 四首

陈基（1314—1370），字敬初，临海（今浙江临海市）人。历官经延检讨、枢密院都事、浙江行省郎中、学士院学士。有《夷白斋稿》三十五卷，外集一卷。

徐 州

一昨始入舟，遥望徐州郭①。水行已信宿②，甫③至城下泊。洪涛蹴长空，惊风怒相薄④。乾坤无端倪⑤，云水互参错。初疑鲸鲵⑥斗，复恐蛟鼍⑦跃。篙师为苍黄⑧，客子俱骇愕。伤哉楚君臣，伯图⑨已寂寞。空余苏公楼⑩，突兀倚寥廓⑪。徐人昔恃公，安若山与岳。文章与元气⑫，万古相磅礴⑬。大河失故道，崩奔势逾虐。生人化鱼鳖，中州废耕凿⑭。安得不世才⑮，为君拯民瘼⑯。九原⑰何茫茫，可爱不可作。

注释

①郭：城郭。

②信宿：连宿两夜。

③甫：开始，刚刚。

④相薄：互相撞击。

⑤端倪：头绪，边际。

⑥鲸鲵：鲸鱼，雄称鲸，雌称鲵。

⑦蛟鼍：蛟，古时传说中的一种龙。鼍（tuó）：扬子鳄，也称鼍龙，猪婆龙。

⑧篙师：撑船熟手。苍黄：指因恐惧脸变得青黄色。

⑨伯图：称霸的雄图。伯通"霸"。

⑩苏公楼：指苏轼所建黄楼。

⑪突兀：高貌。寥廓：旷远、广阔。

⑫元气：此处指苏轼关心人民疾苦带领徐州民众抗洪的精神。

⑬磅礴：气势盛大。

⑭中州：泛指黄河中游地区。耕凿：耕田凿井，即农业生产。

⑮不世才：非常杰出有才能的人。

⑯民瘼：民间的疾苦。

⑰九原：九州之土，九州大地。

徐 州

日上彭城独倚楼，关河迢递①水空流。不因跃马江东去，安得歌风沛上游②。草带虞姬③亡日泪，山余亚父④病时愁。如何舞罢鸿门剑，不向咸阳一少留⑤。

注释

①迢递：高远貌。
②事指刘邦击败项羽称帝，后回故乡沛县唱大风歌。见前注。
③虞姬：项羽爱妾。见前注。
④亚父，指范增。见前注。
⑤鸿门剑：此二句指鸿门宴上项羽未听亚父范增的劝告，杀掉刘邦，而铸成大错。后引兵西屠咸阳，灭秦后分封诸将为侯王，自立为西楚霸王，都彭城，结果被刘邦击败。见前注。

吕 梁①

扁舟又向吕梁归，浩荡中流看翠微②。浊浪满河冰乱走，黄云垂地雪交飞。奉身误叱王尊驭③，涉世频沾阮籍衣④。日莫⑤不须吹短笛，沙鸥犹恐未忘机⑥。

注释

①吕梁：指吕梁洪。见前注（144页）。
②轻淡青绿的山色。
③王尊：汉涿郡高阳（今属河北省）人，字子赣。历任官职。就任益州刺史至邛崃九折阪，知前益州刺史王阳至此畏险不敢前进，问吏曰："此非王阳所畏道邪！"吏对曰："是。"尊叱其驭曰："驱之！王阳为孝子，王尊为忠臣。"
④阮籍：晋陈留尉氏人，字嗣宗。曾任步兵校尉。籍任性放达，不拘礼教，纵酒谈玄。常露头散发，裸袒箕踞。在所著《大人先生传》中，极力讥讽遵循礼教的君子，称"君子之处域内，何异夫虱之处裤中乎！"
⑤莫：同"暮"。
⑥沙鸥句：忘机，忘却机诈之心。《列子·黄帝篇》："海上之人有好沤鸟者，每旦之海上，从沤鸟游。沤鸟之至者，百住而不止。其父曰：'吾闻沤鸟皆从汝游，汝取来，吾玩之。'明日之海上，沤鸟舞而不下者也。"

彭 城

关山岁晚日阴阴，独上彭城思不禁。河水东来非禹迹，民风南去杂淮阴。英雄已堕陈平计①，志士长怜亚父心。自古人臣难去就，悲歌一曲倚嵚崟②。

注释

①陈平计：陈平向刘邦献计离间项羽范增。项羽中计，疑范增与汉有私，乃稍夺其权，范增大怒，曰："天下事大定矣，君王自为之！愿赐骸骨归卒伍！"（见《史记·项羽本纪》）

②嵚崟（qīnyín）：形容山高险峻，亦指险峻的高山。

朱 善 五首

朱善（1314—1385），字备万，号一斋。丰城（今属江西）人。入明，洪武初授南昌教授，洪武八年廷对第一，授翰林修撰。官文渊阁大学士。有《朱一斋先生文集》。

夜过吕梁

驿程①何太急，夜过吕梁洪。开辟愁真宰②，疏通念圣功③。风云连鸟道，星月照龙宫④。碣石⑤知何处，岿然碧海中。

注释

①驿程：驿道的行程。泛指路程。

②真宰：指天。天为万物的主宰，故称真宰。《庄子·齐物论》："若有真宰，而特不得其眹。"

③圣功：圣贤之功绩。此指大禹治水疏通河道之功。

④龙宫：神话中龙的宫殿。

⑤碣石：古代山名，在河北昌黎西北。《书·禹贡》："夹右碣石，入于海。"又"太行、恒山至于碣石，入于海。"

丁丑望徐州有作

客里逢佳节，因思戏马台。黄楼今寂寞，碧岭自崔嵬。光弼①真良将，东坡亦间才②。英贤吁已矣，过者为心哀。

注释

①光弼：即唐代将领李光弼（708—764），762年出镇徐州，进封临淮王。

②间才：少有的、不多见的人才。

八日丁丑至徐州城下，老妻刘氏病殁，时年已六十有八矣，仓卒治葬具，葬毕日已暝，挥泪登舟而去

病妻中道陨，仓卒奈渠①何。老眼泪虽少，中心痛已多。椒浆②唯自奠，薤露③竟谁歌。永作他乡鬼，孤魂寄薜萝④。

注释
①渠：人称代词。他、它。
②椒浆：用椒浸制而成的酒，古代多用以祭神。
③薤露：古代挽歌名。《乐府诗集·相和歌辞二·薤露》："薤上露，何易晞。露晞明朝更复落，人死一去何时归。"
④薜萝：薜荔和女萝。这里代指荒野草丛。

徐州道中

徐州道中风景好，身责妻亡自不堪。绿水青山如浙右①，白蘋红蓼②似江南。闲居直以诗书重，出土常怀禄食渐③。此去辽东□几重，全生端荷圣恩覃④。

注释
①浙右：浙江西部。
②白蘋红蓼：白蘋为浅水中生长的一种草。红蓼为一种红色野花。
③出土：喻指刚进入仕途。禄食：俸禄。渐：指能不断得到丰厚禄食。
④端荷：正因受到。圣恩：皇帝之恩。覃（tán），赐予。

自沛县至徐州舟中和安县主簿①韵三首

河上风如割，河中雪满舡②。推篷难久立，拥被且安眠。去国犹千里，离家已数年。天寒归路远，心绪似旌悬。

偶逢吴主簿，累日得同舡。酤酒③晚方至，谈诗夜不眠。客心悲远道，何处度新年。整棹④吕梁去，河流正倒悬。

今夜徐州雪，难移访戴舡⑤。吟诗无白日，闭户有僵眠。且共持杯酒，随宜度岁年。最怜贫病者，衣破若鹑悬⑥。

注释

①主簿：官名。掌管文书之类事务。
②舡：同"船"。
③酤酒：买酒。酤：音 gū。
④棹（zhào）：船桨，船。
⑤访戴舡：戴，指戴安道。此指王子猷雪夜乘舟去剡访戴安道的故事。详见前注（115 页）。
⑥鹑悬：喻衣服破烂。《荀子·大略》："子夏贫，衣若县鹑。"宋范成大《自冬至春道中多雨》诗："蜡屐惊踵决，油衣笑鹑悬。"

沈梦麟　一首

沈梦麟：生卒年不详，字原昭（一字元昭），归安（浙江湖州）人。至元五年（1339）中乡试，授婺源州学正，后升武康县令。明初以贤良征召入朝，称病不复试。后应聘主持闽浙乡试的考试。有《花谿集》。

过徐州

戏马台前战伐收，北游燕赵偶维舟。苏仙伯仲①成黄土，宋代文章见此楼。桑椹酿泉红滟滟，鲂鱼②上水白浮浮。登高吊古平生意，日短风帆不可留。

注释

①苏仙伯仲：指苏轼、苏辙兄弟。
②鲂鱼：鱼名，古代也称鯿。体形像鳊鱼。

金　涓　二首

金涓：生卒年不详，约公元 1341 年前后在世。字德原，号青村。原姓刘，故又称刘涓。义乌（今属浙江省）人。明洪武初，州郡荐辟，辞谢不就，教授乡里以终。有《青村遗稿》行于世。

戏马台

将军逐马关中①来，神威掠地风云摧。鸿门舞剑②成敌国，彭城衣锦③空登台。驰下汉军何披靡④，垓下楚歌⑤相应起。山河百二⑥几诸侯，子弟八千⑦无一骑。古来天下谁英雄，荒台老树悲秋风。符命合归赤帝子⑧，项伯不忠范增死⑨。

注释

①关中：指古秦地。

②鸿门句：指项羽鸿门会宴刘邦，亚父范增让项庄前为上寿，寿毕，请以剑舞，想趁机击杀刘邦于座上。刘邦见此，乘机逃离。

③彭城衣锦：项羽灭秦后，"心怀思欲东归，曰：'富贵不归故乡，如衣绣夜行，谁知之者！'"后项羽自封为西楚霸王，都彭城。（《史记·项羽本纪》）

④披靡：指军队惊慌溃败，如草木随风倒伏。

⑤垓下楚歌："项王军壁垓下，兵少食尽，汉军及诸侯军围之数重。夜闻汉军四面皆楚歌，项王乃大惊曰：'汉皆已得楚乎？是何楚人之多也！'"（《史记·项羽本纪》）

⑥百二：指山河险固，可以二敌百。

⑦子弟八千：指项羽军队。《史记·项羽本纪》："籍与江东子弟八千人渡江而西，今无一人还……"

⑧符命：上天预示帝王受命的符兆。合归：应该归于。赤帝子：指刘邦。《汉书·高帝纪》：刘邦送徒骊山，途中逃走，夜遇大蛇当道，乃拔剑斩蛇。后有老妇在蛇处夜哭，曰："吾子，白帝子也，化为蛇，当道，今者赤帝子斩之，故哭。"白帝子，指秦始皇；赤帝子，指刘邦。

⑨项伯：项羽叔父，名缠，字伯，原官楚左尹。项羽入关后，听范增言欲击杀刘邦；项伯与刘邦谋士张良友善，夜驰入刘邦军中告诉张良，使刘邦幸免。后刘邦至鸿门拜见项羽，范增命项庄舞剑，欲趁机杀掉刘邦，项伯却拔剑对舞，以身翼蔽刘邦。刘邦即位后，封项伯为射阳侯，赐姓刘。范增：即亚父，项羽谋士。几次劝项羽借机击杀掉刘邦，除去后患，均未被采纳。后刘邦用陈平反间计，挑拨项羽与范增的关系。范增受项羽怀疑，不被重用，遂东归，未至彭城，途中发病而死。

范 增

舞剑鸿门计不成，咸阳归路楚愁生。子房玉斗空撞碎①，奈有陈平四万金②。

注释

①范增劝项羽于鸿门宴杀掉刘邦，项羽不听，刘邦趁机逃脱，留下张良向项羽献白璧一双，献给范增玉斗一双，范增大怒，拔剑将玉斗击碎，曰："唉！竖子不足与谋。夺项王天下者，必沛公也，吾属今为之虏矣。"

②刘邦用陈平计离间项羽和范增，项羽因疑范增与汉有私，削夺其权力，范增大怒，即离去。详见前注释（182页）。

许 恕 一首

许 恕（1322—1374），字如心。江阴人。博学能文，被荐授澄江书院山长，不乐，即弃去。因天下多故，去海上，与山僧野子相往还。家住北郭，故号北郭生。有《北郭集》十卷。

戏马台怀古

崇台何巍巍，直上望四海。项王戏马日，意气今何在？缅怀彭城公[①]，倚剑一慷慨。登高眷佳节[②]，所欢不我待。遗迹隐荒榛[③]，青山澹浮霭[④]。日夕众鸟下，风秋群物改。岂无盈觞[⑤]酒，幽花复采采[⑥]。怅望一洒泪，悲风振千载。

注释

[①]彭城公：指宋武帝刘裕。见前注。
[②]佳节：指九月九日重阳节。
[③]荒榛：杂乱的丛木。
[④]澹浮霭：飘动不定的云气。
[⑤]觞：酒器。
[⑥]采采：茂盛貌。

宋 禧 一首

宋禧：生卒年不详。初名玄禧，后改名禧，字无逸，号庸菴。余姚人。至正十年（1350）中浙江乡试，授繁昌教谕。洪武初应召修元史，书成不受职，求还归山。后主考福建乡试。

挂剑台[①]行

泗水日夜流，千古流不休。谁为挂剑台，名声闻九州。九州行人泗水过，北来南去瞻嵯峨[②]。乃知挂剑一时事，剑与古人名不磨。古人重知己，九鼎[③]何足比。况是三尺铁，肯背生与死。徐君爱剑口无语，季子心中业相许。生死知心上国[④]回，剑挂坟前泪如雨。坟前今有台，季子不复来。当时宝剑安在哉，无乃一夜随风雷。君不闻歌风台上赤帝子[⑤]，宝剑龙吟哭蛇鬼。神物变化从何来，整顿乾坤须仗尔。呜呼！神物去就，上天所使，隐见不常，获者有几。吾知宝剑勋业多，季子徐君焉得而有此。沛县台高风大起,风起云龙连泗水。守四方⑥,得猛士,台兮台兮!可徒挂剑而已矣。

注释

①挂剑台:又名季子挂剑台。详见前注释(41页)。

②嵯峨:高耸貌。

③九鼎:古代象征国家政权的传国之宝。《史记·武帝纪》:"禹收九牧之金,铸九鼎,象九州。"《水经注卷二十五》:"周显王四十二年,九鼎沦没泗渊,秦始皇时,而鼎见于斯水。"

④上国:春秋时称中原诸侯国为上国,是与吴楚诸国相对而言。

⑤歌风台:歌风台,相传为刘邦作大风歌处,后人为筑歌风台。故址在沛县城东泗水西岸,台上有亭,亭中有篆文石碑。赤帝子:指刘邦。详见前注释(143页)。

⑥守四方:刘邦《大风歌》:"大风起兮云飞扬,威加海内兮归故乡、安得猛士兮守四方!"

张 宪 一首

张宪:生卒年不详。字思廉,号玉笥生。山阴(今绍兴)人。曾为张士诚所招,任太尉府参谋、枢密院都事。元亡后,变姓名,寄食杭州报国寺以殁。

吕梁洪彭越庙①

黄河东南奔,吕梁屹相向。萧萧彭王庙,凄然据其上。空山貌秋色,衰草蔚长望。荒烟薄残阳,柔橹②破寒浪。彭王古壮士,志节素豪宕③。徒成百战功,不获寸土葬。哀哉虎兕躯④,竟作杯中酱。可怜黄金甲,彩绘泥土像。伫想忠壮魂,阴风几悲怅。忧来不忍去,驻马更凄怆⑤。

注释

①彭越庙:彭越,汉初诸侯王,刘邦夺得天下的功臣,被封为梁王。汉朝建立后,因被告发谋反而被刘邦杀害。《读史方舆纪要》卷二十九:"吕梁洪上有二城,一曰云梦,一曰梁王,土人谓云梦即韩信,梁王则彭越。"清道光《铜山县志》:"梁王城:彭越筑二城,并在吕梁洪。相传韩信、彭越会于此,各筑城驻节焉。"

②柔橹:轻轻摇橹。

③豪宕:胸怀开阔,有气魄。

④虎兕躯:指身体强壮有力。兕(sì):犀牛。

⑤凄怆(qīchuàng):凄惨悲伤。

林彦华 一首

林彦华：生卒年不详。号城南，黄岩（今属浙江省）人。卒年仅三十余。

戏马台

白蛇夜断飞赤龙①，长驱疾足平关中。鸿门玉碎亚父死②，彭城霸气随飘风。沐猴御尊真成戏③，调服群驽弃天骥④。一骓岂解踏九州⑤，事去空歌时不利⑥。宋公⑦不复登此丘，吊古有客悲黄楼。

注释

①白蛇句：《史记·高祖纪》：刘邦于大泽中斩蛇，有一老妪哭曰"吾子，白帝子也，化为蛇，当道，今为赤帝子斩之，故哭。"赤帝，指刘邦。
②指鸿门宴上范增击碎张良所献玉斗事。详见前注释。
③沐猴句：项羽灭秦后欲东归，曰："富贵不归故乡，如衣绣夜行，谁知之者！"有人说"人言楚人沐猴而冠耳，果然。"沐猴即猕猴。这句的意思是说猕猴不能久着冠带，喻楚人性急躁。御尊：帝位。
④指项羽不会用人。驽（nú）：劣马，喻指庸才；骥：骏马，千里马，喻指杰出人才。
⑤九州：古代中国设置的九个州。后来泛指中国。
⑥项羽《垓下歌》："力拔山兮气盖世！时不利兮骓不逝！"
⑦宋公：指南朝宋刘裕。见前注（5页）。

周 驰 一首

周驰：生卒年不详。字景远，自号如是翁。聊城（今山东聊城）人。曾官南台监察御史。有文名，尤工书法。有《如是翁集》。

徐 州

风雨飕飕涨碧澜，秋阴漠漠①失前山。舟人也学襄王梦②，长在朝云暮雨间。

注释

①漠漠：迷蒙不清。

②襄王梦：宋玉《高唐赋序》：昔者楚襄王与宋玉游于云梦之台，望高唐之观，其上独有云气……王问玉曰："此何气息也？"玉对曰："所谓朝云者也。"王曰："何谓朝云？"玉曰："昔者先王尝游高唐，怠而昼寝，梦见一妇人，曰：'妾巫山之女也，为高唐之客；闻君游高唐，愿荐枕席。'王因幸之。去而辞曰：'妾在巫山之阳，高丘之阻，旦为朝云，暮为行雨，朝朝暮暮，阳台之下。'"后来用"朝云暮雨"表示男女合欢，缱绻缠绵之情。

孟 梗 一首

孟梗：生平不详。

徐　州

徐州压城霜木赭①，可能回首风尘下。当年缟素从西来②，仰天伏地声呜哑③。君臣大义日月白，牧马鸣条④此其亚。帝王气象佳葱葱⑤，举止却类田舍翁⑥。美人琼玉是粪土，四海正在水火中。如龙如虎尚蹉跌⑦，况乃竖子⑧贪天功。

注释

①赭（zhě）：红色。
②指义帝为项羽所杀，汉王刘邦借机号召诸侯共击项羽事。《史记·高祖本纪》：汉王闻义帝死，"祖而大哭。遂为义帝发丧，临三日。发使者告诸侯曰：'天下共立义帝，北面事之。今项羽放杀义帝于江南，大逆无道。寡人亲为发丧，诸侯皆缟素。……'"缟素：缟与素都是白色的生绢，引申为白色，指丧服。
③呜哑：哭声。
④牧马：指战马，出征之马。鸣条：古地名。成汤在此败夏桀。
⑤葱葱：气象旺盛。
⑥田舍翁：老农。也称田舍公。指宋武帝刘裕。《宋史·武帝纪下》："孝武大明中，坏上所居阴室，于其处起玉烛殿，与群臣观之。床头有土鄣，壁上挂葛灯笼、麻绳拂。侍中袁顗盛称上俭素之德。孝武不答，独曰：'田舍公得此，以为过矣。'"
⑦蹉跌：失足。喻失误。
⑧竖子：骂人语，相当于今天"小子"。鸿门会宴项羽未从范增计杀掉刘邦，范增大怒，曰："竖子不足与谋！夺项王天下者，必沛公也，吾属今为之虏矣！"

游 庄 一首

游庄：生卒年不详。字子敬。至正间，曾身历战乱。

戏马台

垓下悲歌惭亚父①，帐中起舞泣虞姬。落花芳草空基畔②，逝水东流不尽悲。

注释

①垓下二句：项羽在垓下被汉军围困，四面楚歌，面对美人虞姬，泣数行下。因未听从亚父范增计趁机除掉刘邦，才落得如此下场。
②基畔：指戏马台四周。

王炼师　二首

王炼师：生卒年及名字不详。金华（今属浙江）人。早年出家为道士，长期住持金华赤松山冲和道院。有诗集《竹林清风集》。

留城①子房庙

运筹帷幄②汉功成，欲赤松游③策最明。庙食④千年凛生气，谷城⑤山水接留城。

注释

①留城：即留侯城，为张良的封地，城里有张良庙。在今江苏省沛县与徐州铜山区交界处，已沉于微山湖底。
②运筹帷幄：运筹，制定策略，进行谋划。帷幄，军中的帐幕，意同帷帐。《史记·留侯世家》："高帝曰：'运筹策帷帐中，决胜千里外，子房功也。'"
③赤松游：赤松，即赤松子，古代传说中的仙人。张良晚年曰"愿弃人间事，从赤松子游"。
④庙食：谓死后立庙，享受祭祀。
⑤谷城：即谷城山，在今山东东阿县。为黄石公所葬之处。《史记·留侯世家》："子房始所见下邳圯上老父与《太公书》者，后十三年从高帝过济北，果见谷城山下黄石，取而葆祠之。留侯死，并葬黄石冢。每上冢伏腊，祠黄石。"

戏马台

当时戏马上高台，万里风云为我来。今日登临重吊古，寄奴①千载有馀哀。

注释

①寄奴：南朝宋武帝刘裕，小字寄奴。

民 谣 一首

九里山

九里山前作战场，牧童拾得旧刀枪。顺风吹动乌江水，好似虞姬别霸王。（见施耐庵《水浒传》十四回）

明　代

张以宁　六首

张以宁（1301—1370），字志道，先世固始（今河南省固始县）人，宋南渡迁徙古田（今福建古田县），家翠屏山下，因号翠屏山人。在元，泰定四年（1327）进士，官至翰林侍读学士。入明，复授侍讲学士，奉使安南三年。工诗，有《翠屏集》。

范增墓① 为盗所发

鸿门②已失秦天下，千载彭城恨满襟。亭长空惊撞白璧③，中郎还解摸黄金④。乾坤不庇英雄骨，霜露谁为怵惕⑤心。独有彷徉⑥尘垢外，谷城⑦飞去白云深。

注释

①范增墓：亦称亚父冢。范增墓在徐州城南，俗称土山。范增（前277—前204年）：秦末居鄡人，素居家，好奇计。辅项羽称霸诸侯，西征灭秦。被尊为亚父。屡劝项羽杀掉刘邦，于鸿门再劝羽趁机杀掉刘邦，羽终不听。后羽中刘离间计，怀疑范增有二，范愤愤离去，行未至彭城，疽发背而死。

②指项羽鸿门宴会刘邦，未能听取范增劝告趁机杀掉刘邦，让其逃走，致使最后被刘邦击败。

③亭长：指刘邦。刘邦起军前为泗上亭长。撞白璧，鸿门宴上刘邦借机逃走，留下张良献给项羽白璧一双，范增玉斗一双。范增接下玉斗，放在地上，拔剑将其击碎，曰："唉！竖子不足与谋！夺项王天下者，必沛公也，吾属今为之虏矣！"（见《史记·项羽本纪》）

④中郎句：东汉袁绍移文州郡，列举曹操罪状，中有发掘梁孝王坟墓事，并称曹操"署发丘中郎将、摸金校尉"，专事掘墓，掠取金宝。项羽入秦都咸阳后，曾盗挖始皇陵墓。《史记·高祖本纪》：汉王数项羽罪状，"怀王约入秦无暴掠，项羽烧秦宫室，掘始皇帝冢，私收其财物，罪四。"《水经注卷十九》："项羽入关，发之以三十万人，三十日运物不能穷，关东盗贼，销椁取铜，牧人寻羊烧之，火延九十日，不能减。"

⑤怵惕：惊惧。

⑥仿佯（páng yáng）：游荡，徘徊。
⑦谷城：项羽死后，葬于鲁谷城。

戏马台　项王筑刘裕登

当时衣锦去关中，天地移归隆准公①。空使秦人悲故旧，更怜刘裕②愧英雄。荒台落日飞鸿没，春草连云戏马空。太息重瞳③千载少，舣舟④不肯过江东。

注释

①隆准公：指汉高祖刘邦。隆准：高鼻。《史记·高祖本纪》："高祖为人，隆准而龙颜。"
②刘裕：见谢灵运《九日从宋公戏马台集送孔令》诗注释。
③重瞳：双眸子，指项羽，传说项羽为双眸子。
④舣舟：停船靠岸。舣：音 yǐ，意同"杙"。《史记·项羽本纪》："于是项王乃欲东渡乌江。乌江亭长杙船待，谓项王曰：'江东虽小，地方千里，众数十万人，亦足王也。愿大王急渡。今独臣有船，汉军至，无以渡。'项王笑曰：'天之亡我，我何渡为！且籍与江东子弟八千人渡江而西，今无一人还，纵江东父兄怜而王我，我何面目见之？纵彼不言，籍独不愧于心乎？'"

燕子楼①

杨柳青青汴水流，昔年歌舞侍君侯。城头落日鸦声起，楼上春风燕子愁。黄壤讵②能留富贵，白云无复梦温柔。更怜山下虞姬草③，烟雨年年恨未休。

注释

①燕子楼：见前张仲素诗及关盼盼诗注释。
②讵（jù）：岂，怎。
③虞姬草：即虞美人草，别称丽春花、锦被花等，传说为虞姬所化，草的殷红颜色，为虞姬的鲜血所染，俗称虞姬草。

黄　楼①

苏子徐州忧国疏②，丹心百载尚依依。青山昔日黄楼在，赤壁③何年白鹤归。西绝峨眉④那复得，东还海道已相违。羽衣吹笛人何处⑤，疏柳啼鸦自夕晖。

注释

①黄楼：苏轼所建。苏辙《黄楼赋》叙云："熙宁十年秋，河决于澶渊，水及彭城下。子瞻适为彭城守，庐于城上，调急走发禁卒以从事，以身率之，故水大至而民不溃。于是即城之东门为大楼焉，垩以黄土，曰'土实胜水。'徐人相劝成之。"

②苏轼任职徐州时写下《徐州上皇帝书》，阐明徐州对整个国家的重要性，称"徐州为南北之襟要，而京东诸郡安危所寄也。"疏：旧时向君王上奏的文书。

③赤壁：苏轼被贬为黄州（今湖北黄冈）团练副使，先后两次游览了黄州附近的赤壁，写下《前赤壁赋》和《后赤壁赋》两篇著名散文。

④峨眉：四川峨眉山。苏轼为眉山人。

⑤羽衣吹笛：苏轼《百步洪二首》序："王定国访余于彭城，一日棹小舟，与颜长道携盼、英、卿三子游泗水，北上圣女山，南下百步洪，吹笛饮酒，乘月而归。余时以事不得往，夜著羽衣，伫立于黄楼上，相视而笑，以为李太白死，世无此乐三百余年矣。"参见该诗。

吕梁洪①

禹凿犹存滟滪根②，彼苍设险壮彭门。山形奔过黄河怒，水气阴来白日昏。贾客经营随雁集，舟人祭祀识龙尊。时平四渎③无波浪，笑指青帘④买酒樽。

注释

①吕梁洪：为古时泗水上一险滩，在今徐州东南伊庄镇内黄河故道北岸。《水经注》："泗水之上，有石梁焉，故曰吕梁也。""悬涛湍濬，实为泗崄，孔子所谓鱼鳖不能游。又云悬水三十仞，流沫九十里，今则不能也。"明冯世雍《吕梁洪志》："吕梁洪则在东南五十里，洪有二，上下相距可七里。盖河之下流于济会于徐以达于淮者。洪石森列如巨齿，而水为所束，则惊湍迅波一瞬数里，舟逆行而上者则以尺寸计，古称悬水三十仞，流沫四十里者，信彭城之喉襟而势轹淮宿者已。"

②禹凿：指大禹疏凿导水之功。滟滪：即长江中的滟滪堆，此喻指吕梁险滩。

③四渎：古称长江、黄河、淮河、济水为四渎。

④青帘：指酒店。旧时酒店门口挂的幌子，多用青布制成，故称。

徐州霸王庙①

长洪声动楚山虚②，太息③彭城霸国余。父老更堪秦暴虐，英雄空为汉驱除④。国（一作"苔"）移玉帐蛛丝暗，柳绕黄楼雁影疏。独有春风虞氏草⑤，魂归为汝一沾裾⑥。

注释

①道光《铜山县志》题下注：邳州旧城北有西楚霸王庙，今废。
②虚：空阔。
③太息：出声长叹。屈原《离骚》："长太息以掩涕兮，哀民生之多艰。"
④指项羽入关灭秦，终被汉高祖刘邦击败。见前注。
⑤虞氏草：即虞姬草。见前注释。
⑥裾：衣服的大襟。

危 素 一首

危素（1302—1372），字太仆，号云林，临川（今属江西抚州市）人。元时，历官国子助教、翰林编修、太常博士、兵部员外郎、监察御史、工部侍郎、大司农丞、礼部尚书。至正二十年（1360）拜参知政事。入明，官翰林侍讲，与宋濂同修《元史》，并兼弘文馆学士。有《吴草庐年谱》、《元海运志》、《危学士集》、《云林集》等。

徐人歌

季子①有剑秋水色，徐君见之惜不得。徐君墓上荒草寒，季子解剑挂树间。一死一生见交谊，嗟哉②延陵吴季子。

注释

①季子：即延陵季子，春秋时吴王寿梦第四子，封于延陵，故号曰"延陵季子"。《史记·吴太伯世家》："季札之初使，北过徐君。徐君好季札剑，口弗敢言。季札心知之，为使上国，未献。还至徐，徐君已死，于是乃解其宝剑，系之徐君冢树而去。从者曰：'徐君已死，尚谁予乎！'季子曰：'不然。始吾心已许之，岂以死倍吾心哉！'"清乾隆《徐州府志卷八》：挂剑台"在城南里许，季札挂剑处。后人筑台表之。址尚存。明知州宋诚刻石其上。"参见前"挂剑台"诗注释。
②嗟哉（jiēzāi）：感叹词。

胡 翰 一首

胡翰（1307—1381），字仲子，一字仲申，金华（今浙江金华市）人。元时，或劝之仕，不应。遭天下大乱，避地南华山，著书自适。明初为衢州教授，曾参与修《元史》。有《胡仲子文集》、《长山先生诗集》。

吕梁洪[1]

　　河水趋山东，四旷无险塞。吕梁扼其冲，凛[2]若万强敌。水势与石斗，终古怒未息。舟行龈腭间[3]，众挽不馀力。进始逾跬步[4]，退忽落千尺。长年起相语，兹土神所职。登祠奉嘉荐[5]，拜跪陈下臆。船头勇牵缆，樯表高挂席。好风东南来，送我天北极[6]（**州县志作"阙"**）。叱驭诚足钦[7]，垂堂遽且恤[8]。昔闻庄叟[9]言，有山在离石[10]。悬水三十仞，鱼鳖皆辟易[11]。孰隳[12]天地性，遂拯生民溺。鸿飞九州[13]野，吾愿观禹迹。

注释

①吕梁洪：见前注（144 页）。清道光《铜山县志》误题为"百步洪"。

②凛：指水势地形之险要，令人畏惧。

③龈腭间：喻指非常狭窄的地方。龈：齿根肉。腭：分隔口腔和鼻腔的组织。

④逾：越过。跬（kuǐ）步：半步。

⑤嘉荐：芳香的祭品。

⑥北极：帝王的宫禁，也指朝廷。

⑦叱驭：指因公忘险，奋不顾身。汉王阳为益州刺史，至邛崃九折阪，畏惧道险而不前。后王尊为刺史，行至此阪，叱其驭曰"趋之！王阳为孝子，王尊为忠臣。"

⑧垂堂：堂屋檐下。因檐瓦落下可能伤人，比喻危险的境地。遽：畏惧。恤：担忧。

⑨庄叟：庄子。《庄子·达生》："孔子观于吕梁，县水三十仞，流沫四十里，鼋鼍鱼鳖之所不能游也。"

⑩离石：山西地名，西有吕梁。《水经注卷三》："湳水又东流入于湳水，左合一水，出善无县故城西南八十里，其水西流，历于吕梁之山，而为吕梁洪。其岩层岫衍，涧曲崖深，巨石崇竦，壁立千仞……曰吕梁未辟，河出孟门之上，盖大禹所辟以通和也。司马彪曰：吕梁在离石县西……。"由此可见，山西亦有吕梁洪，诗的作者把庄子描写的吕梁洪等同山西的吕梁洪了。

⑪辟易：惊恐而逃。

⑫隳（huī）：毁坏。

⑬九州：指全中国。古代中国人将全国划分为九个区域，即所谓的"九州"。据《尚书·禹贡》的记载，九州分别是：冀州、兖州、青州、徐州、扬州、荆州、梁州、雍州和豫州。

胡　奎　一首

　　胡奎（约 1309—1381，亦说 1335—1409），字虚白，号斗南老人，海宁（今属浙江）人。洪武六年（1373）以儒学征至京师，永乐初征为宁王府教授。有《斗南先生诗集》。

过吕梁洪次韵

　　吕梁自从开辟来，中有崩崖转石之惊雷。不知何年鬼斧凿，一水怒触龙门开。故人张帆涉幽险①，月出船头金滟滟②。重瞳③霸气已丘墟，百谷安流会江汉。徐州城外山重重，戏马台上生悲风。古来豪杰俱寂寞，但见水光云影涵冲融④。还酹⑤波神一杯酒，三弄琼箫吹龙友⑥。秋风吹梦过江南，总是离亭折杨柳⑦。芦花霜白雁秪更⑧，天鸡啼罢东方明。櫂郎捩舵⑨唱歌去，众中谁解吴歈⑩声。人生壮志在万里，大鹏簸荡东溟水⑪。蓬莱石上有金鳌⑫，手把丝纶⑬共谁理。

注释

　　①幽险：隐蔽的险处。
　　②金滟滟：月光照耀下闪动的水波貌。
　　③重瞳：双眸子。这里指项羽，传说项羽为双眸子。
　　④涵冲融：指云影浸沉在闪动的水波中。
　　⑤酹（lèi）：把酒洒在地上表示祭奠。
　　⑥三弄：有古乐曲《梅花三弄》。琼箫：玉箫，对箫的美称。
　　⑦离亭：即驿亭。古时在城外道旁建亭供人休息或送行告别。宋徐昌图《临江仙》词："饮散离亭西去，浮生长恨飘蓬。"折杨柳：古乐曲名，其词多伤春惜别之情。
　　⑧雁秪：即雁字，成列而飞的雁群。群雁飞行时常排成"一"或"人"字，故称。更：指又一次，大雁每年都南去北来一次。
　　⑨櫂郎：船夫。櫂（zhào）：同"棹"，划船工具。捩舵：拨转船舵，指行船。捩（liè）：转动。杜甫《清明》诗："金镫下山红日晚，牙樯捩舵青楼远。"
　　⑩吴歈：吴歌。歈（yú）：歌。
　　⑪大鹏：指鲲鹏。《庄子·逍遥游》："北冥有鱼，其名为鲲。鲲之大不知其几千里也。化而为鸟，其名为鹏。鹏之背，不知其几千里也；怒而飞，其翼若垂天之云。"东溟：东海。
　　⑫蓬莱：指东海中的蓬莱山，神话传说为仙人所居。金鳌：神话中海中金色巨龟。唐王建《宫词》之一："蓬莱正殿压金鳌，红日初生碧海涛。"
　　⑬丝纶：钓丝。宋张先《满庭芳》词："金钩细，丝纶慢卷，牵动一潭星。"

王　祎　二首

　　王祎（1321—1372），字子充，义乌人。历官江南儒学提举司校理、侍礼郎、同知南康府事、漳州府通判、翰林待制等。曾参与修《元史》。洪武五年（1372），受命往招云南，遇害。有《王忠文集》。

登黄楼①

昔读黄楼赋，颇疑过铺张。今晨获登览，始觉词致长。缅怀澶渊决②，彭城颇为防。千年文章守③，恩德遗此乡。只今河为患，居人极灾伤。谁为在民社④，乃复寻故常⑤。山川如昔时，游子多慨慷。长风城上来，飞雨湿我裳。摩挲⑥旧碑刻，欲去重彷徨。

注释

①州县志皆题为"咏黄楼"。

②澶渊决：指宋熙宁十年（1077）秋，黄河决于澶渊，注钜野入淮、泗，彭门受水，城下水二丈八尺，七十余日不退，苏轼组织全城吏民，抗洪保城。澶（chán）渊：古湖泊名，故址在今河南濮阳县西。

③文章守：指苏轼，当时苏轼为徐州太守。

④民社：人民与社稷。

⑤故常：惯例，旧例。

⑥摩挲：抚摸。

文窗十二韵为仲温宪郎赋①

中州胜概说彭城②，戏马台前俯大坰③。汴水北交④河水混，淮山南入楚山青。百年古老遗文气，今代奇才尚德馨。乔木依依临巷陌，世家隐隐见门屏。未妨仲蔚蓬生⑤堵，政喜濂溪⑥草满庭。雨案芸香春辟蠹⑦，风檐竹暗夜藏萤。图书留意年华早，灯火关心梦寐醒。刘向谩登天禄阁⑧，扬雄自著太玄经⑨。常时下榻来今雨，几载驱车从使星⑩。浙水东西迁逸足⑪，青云上下振修翎⑫。才名要使囊穿颖⑬，宦业悬知刃发硎⑭。愧我远游殊已倦，过从何日话飘零。

注释

①文窗：刻镂文采的窗。唐元稹《连昌宫词》："舞榭欹倾基尚在，文窗窈窕纱犹绿。"仲温：指宋克，字仲温，长洲（今江苏苏州）人，明代著名书法家。成年时，适逢元末动乱，思自树功业，谢客学兵，欲北走中原，举旗起事，不意中道受阻，遂溯江游金陵、会稽等名胜山川之地。晚年曾官陕西凤翔府同知。宪郎：对地方官员的尊称。

②中州胜概：中州，此指黄河中下游地区。胜概，美景。

③大坰（jiǒng）：广袤的郊野。

④汴水北交：汴河流经徐州西，与泗水在城东北汇合后流入淮河。

⑤仲蔚：即张仲蔚。《高士传》："张仲蔚者，平陵人也。与同郡魏景卿俱修道德，隐身不仕。明天官博物，善属文，好诗赋。常居穷素，所处蓬蒿没人，闭门养性，不治荣名。时人莫识，惟刘龚知之。"堵：墙。

⑥濂溪：水名，在湖南境。又指宋理学家周敦颐，别号濂溪，为北宋宋明理学创始人。

⑦芸香：香草名，别名臭草，可防藏书被虫蛀。

⑧刘向：（前77？—前6年）西汉经学家、目录学家、文学家。沛（今江苏沛县）人，原名更生，字子政，后改名向。曾任散骑谏大夫、光禄大夫，校阅经传诸子诗赋等书籍，写成《别录》一书。另著有《新序》、《说苑》、《烈女传》、《洪范五行传论》等书。谩：同"漫"，随意，不受约束。天禄阁：为汉代收藏典籍之殿阁，刘向、扬雄曾先后校书于此。

⑨扬雄句：扬雄（前53—后18），西汉文学家、哲学家、语言学家。字子云，蜀郡成都（今属四川）人。仿《易经》作《太玄经》（简称《太玄》）。

⑩使星：即使者。

⑪浙水：古水名，即今钱塘江及其上流的总称。逸足：指骏马，比喻出众的才能或人才。

⑫修翎：长的翅膀。

⑬囊穿颖：比喻才能显露出来。毛遂自荐遭平原君拒绝，平原君以锥子和布袋作喻，说毛遂没有什么才能可说，毛遂说："臣乃今日请处囊中耳。使遂早得处囊中，乃脱颖而出，非特其末见而已。"（《史记·平原君虞卿列传》）

⑭硎（xíng）：磨刀石。《庄子·养生主》："刀刃若新发于硎。"

刘　嵩　九首

　　刘嵩（1321—1381），字子高，初名楚，号槎翁，泰和（今江西泰和县）人。元至正十六年（1356）中举，明洪武三年（1370）举经明行修科，授兵部职方司郎中，历官北平按察司副使、礼部侍郎、吏部尚书、国子司业。有《槎翁集》、《职方集》等。

吕梁洪

　　飞瀑过双碛①，横梁亘②一洲。时清自失险，石出更安流。客棹依洄洑③，人家带垄丘④。为谁含怨怒，鸣咽下邳州。

注释

①碛（qì）：沙石积成的浅滩。

②亘（gèn）：横贯。

③棹（zhào）：船桨，这里用作动词，指划船。洄洑（huífú）：湍急盘旋的流水。

④坌丘：小土丘。坌：音 bèn。

过留城①

荒城如斗半蒿藜②，千古全功孰与齐。须信君恩本天道，如何自挟请封齐③。

注释

①留城：即留侯城，为张良的封地，城里有张良庙，在今江苏省沛县与徐州铜山区交界处，已沉于微山湖底。《元和郡县志·河南道五》："故留城，在县（沛县）东南五十五里。高祖令张良字择三万户，良曰：'始臣起于下邳，与陛下会留。'乃封良为留侯。"清道光《铜山县志》："留城在城北九十里，与沛县接界。春秋时宋邑，秦置县。"

②蒿藜：蒿和藜。泛指杂草、野草。

③自挟：自恃，自负；自以为有功。刘邦封功臣，曰："运筹帷帐中，决胜千里外，子房功也。自择齐三万户。"张良曰："臣愿封留足矣，不敢当三万户。"（见《史记·留侯世家》）

过恭城望九里山

满河冰片挟舟行，洲渚参差互送行。九里山晴春意动，买鱼酤酒过彭城。

过鸡鸣台

鸡鸣台①下水禽啼，韩信城②边雪满堤。千里行人愁夜半，一船明月过河西。

注释

①鸡鸣台：即留侯台。位于徐州城东子房山上。传说张良在此作楚歌以散羽兵处，山上有子房祠。清同治《徐州府志·山川考》："城东三里为子房山，一名鸡鸣山。县志云：张良吹箫散兵处。"

②韩信城：在吕梁洪上。《读史方舆纪要》卷二十九："吕梁洪上有二城，一曰云梦，一曰梁王，土人谓云梦即韩信，梁王则彭越。"

将至徐州见人种树者

舟下徐洪①冻已开,故园远在赣江隈②。家家春近栽杨柳,江上行人且未回。

注释

①徐洪:徐州洪,即百步洪。详见前注释(46页)。
②故园:家乡。作者为江西人。隈:指江水弯曲的地方。

腊月十五日夜徐州洪对月

徐州洪上月团团,浪打孤舟客影寒。料得人家今夕语,一年十二度相看。

泊徐州洪乡人有携酒相饷者喜而赋此

碧瓮盛来琥珀光①,感君远意不能忘。情知岁近归期远,且对尊②前说故乡。

注释

①碧:碧绿色。瓮(wèng):一种可盛水或酒的陶器。琥珀光:指杯中美酒色如琥珀。
②尊:同"樽",酒器。

河上谣

青杨沟下是黄河,三月春深风浪多。河中石子白磊磊,河水自浑君奈何。
河流曲曲是盘钩,东北西南不定流。何似客行西北去,回头一向望南州①。
马家浅上船难泊,徐州洪下好相寻。水急莫嗔②郎性恶,浅滩不如人意深。
家住黄河相见湾,湾头道路古来难。十度船来九度见,郎行自隔万重山。
河上丈人③河上居,杨柳青青三月初。少年挟箭去射雁,妇女踏罾④能网鱼。
临河照影插花枝,莫道浑浊不相宜。试把郎心比河水,顾盼分明当自知。

注释

①南州:泛指南方地区。
②嗔(chēn):生气。
③丈人:老人。《论语·微子》:"子路从而后,遇丈人以杖荷蓧。"何晏集解引包咸

曰:"丈人,老人也。"

④罾(zēng):鱼网。

由邳州入房村①

沙薄霜干草不深,萧萧榆柳冷无阴。村园门巷皆鸡犬,比似江南少竹林。

其二

层冰②两岸戏龙鳞,先放河心一道春。借问馹船③行得未,南京杨柳待归人。

注释

①邳州:今江苏邳州。房村:地名,在徐州东南七十里,今为铜山区房村镇。古时为驿站。冯世雍《吕梁洪志》:"南则房村,客舟辏集,居民富庶,亦乐土也。……房村驿在洪南,永乐十三年建。"

②层冰:厚冰。

③馹船:驿站用的船。以船为主要交通工具的驿站称水驿。馹:音yì,古代驿站专用的车,也指驿马。

郑 真 四首

郑真(约1322—1383),字千之,号荥阳外史。鄞县(今属浙江)人。洪武五年(1372年)成乡贡进士,次年赴京候选,授临淮县儒学教谕。后改授江西广信府儒学教授。有《荥阳外史集》。

六月初一日入徐州学,饭后与诸秀才谒指挥诸公,因出南门登亚父冢、千佛岩,入黄茅冈,循戏马台而回

黄茅冈头苍石拥,野色微茫云影动。千年亚父骨已灰,莎草①残阳卧荒冢。项王本是叱咤夫②,凶强不义非良图。咸阳三月火不灭③,归来却作彭城都。鸿门玉斗散如雪④,举手空持双玉玦⑤。貔貅万灶困成皋⑥,奇谋弗遂身殒绝。窀穸⑦悠悠不复朝,白杨夹路风萧萧。昆吾铁冶资盗窃⑧,宝气宁复冲云霄。楚汉纷争一抔土,往事空嗟锋镝⑨苦。英雄半世死即休,翁仲⑩荒郊泣秋雨。

注释

①莎草：草名。莎：音 suō。

②叱咤夫：《史记·淮阴侯列传》："项王音喑叱咤，千人皆废，然不能任属贤将，此特匹夫之勇耳。"

③咸阳三月：《史记·项羽本纪》："项羽引兵西屠咸阳，杀秦降王子婴；烧秦宫室，火三月不灭；收其货宝妇女而东。"

④鸿门玉斗：鸿门宴上刘邦借机逃走，留下张良献给项羽白璧一双，范增玉斗一双。范增接下玉斗，放在地上，拔剑将其击碎，曰："唉！竖子不足与谋！夺项王天下者，必沛公也，吾属今为之虏矣！"（见《史记·项羽本纪》）

⑤举手句：此句指范增在鸿门宴上暗示项羽杀掉刘邦，项羽未从。《史记·项羽本纪》："范增数目项王，举所佩玉玦以示之者三。项王默然不应。"玦：音 jué，半环形有缺口的佩玉。古代常用以赠人表示决断、决绝。

⑥貔貅（píxiū）：相传是一种凶猛瑞兽，雄性名"貔"，雌性名为"貅"。比喻骁勇的部队，勇猛的战士。万灶：指军队之多。成皋：地名，今属河南荥阳市，楚汉曾在此激战。

⑦窀穸（zhūnxī）：墓穴。《后汉书·赵咨传》："玩好穷於粪土，伎巧费於窀穸。"

⑧昆吾：古代宝剑名。亦作"锟铻"。《列子·汤问》："周穆王大征西戎，西戎献锟铻之剑，火浣之布。其剑长尺有咫，炼钢赤刃用之切玉如切泥焉。"此句指范增墓被盗，参见元虞集《盗发亚父冢》诗。

⑨锋镝：锋，刀口；镝，箭头。泛指兵器、战争。

⑩翁仲：指墓道石像。

戏马台

上有驻跸亭以今上位所尝巡幸也。

彭城古名郡，城南屹荒台。吁嗟叱咤夫①，霸气何雄哉。名骓②不复逝，悲歌有余哀。乌江③百战死，余迹伤芜莱④。寄奴⑤亦王者，登高荐徘徊。晋祚既已移⑥，老奸恣雄猜。公议纷是非，墨客诚多才。于今天下平，车书同九陔⑦。梯空⑧一长望，浩浩风云开。肖兹驻跸亭⑨，重望鸾车⑩来。

注释

①叱咤夫：指项羽。《史记·淮阴侯列传》："项王喑噁叱咤，千人皆废。"

②名骓：指项羽所骑骏马，名骓。

③乌江：在今安徽和县东北四十里，今称乌江浦。《史记·项羽本纪》："于是项王乃欲东渡乌江。乌江亭长杈船待……"

④芜莱：荒芜的野草。

⑤寄奴：南朝宋武帝刘裕，小字寄奴。

⑥晋祚：指东晋政权。此句指刘裕代晋称帝，国号宋。参见前谢灵运《九日从宋公戏马台集送孔令》诗注释。

⑦车书句：即"车同轨，书同文"，泛指国家文物制度划一，天下一统。九陔：即九州，指全国。

⑧梯空：腾空。韩愈《送惠师》诗："发迹入四明，梯空上秋旻。"

⑨峃：耸立。兹（zī）：同"此"。驻跸：皇帝后妃外出，途中暂停小住。

⑩鸾车：皇帝所乘之车。

吕梁洪①

大河西北来，飞淙相喷薄②。岩崖刀剑攒，神功伟疏凿。舟师力挽絚③，顾步恐前却。夷然脱险艰，呼酒倾凿落④。中原疆土深，尘沙蔼冥漠⑤。冈峦相经亘，隐隐若城郭。清风何飒然，翩翩下双鹤。

峨峨⑥吕梁山，形胜跨千里。乱石激奔流，纷纷浪花起。睠兹南北冲⑦，舟来纷若蚁。仓皇卜安危，樽俎设牲醴⑧。神灵古名将，盛德百世祀。精诚一念通，惠然锡福祉⑨。共惟吴兴公⑩，卓哉古良史。文章千载传，矢言⑪同此水。

注释

①《荥阳外史集·出使录》"（洪武七年五月）廿九日五更到房村驿一百二十里，早饭过吕梁洪，登岸读赵吴兴所著吕梁庙碑，其神盖关羽、尉迟敬德云。午后抵徐州，州判黄文博出迓，跨塞入城，宿察院西房。"

②淙：瀑布。喷薄：汹涌激荡。

③舟师：船家，船工。絚（gēng）：粗绳索。

④凿落：以镌镂金银为饰的酒盏。

⑤蔼：笼罩。冥漠：隐约，模糊。

⑥峨峨：山势高峻。

⑦睠：同"眷"，回头看。冲：要道。

⑧樽俎：古代盛酒肉的器皿；樽以盛酒，俎以盛肉。牲醴：指祭祀用的牲畜和甜酒。

⑨福祉：幸福。

⑩吴兴公：指赵孟𫖯（1254—1322），字子昂，号松雪，松雪道人。吴兴（今浙江湖州）人。赵孟𫖯为吕梁关尉神庙撰写碑文《吕梁洪关尉神庙碑记》。清乾隆《徐州府志卷八》："关尉神庙，在吕梁洪上，祀汉关侯、唐鄂国公尉迟敬德，元皇庆间建。赵孟𫖯撰碑。"

⑪矢言：正直之言。

彭城一派　　竹图立轴之一

老可筼筜谷里游①，大苏②清梦远黄楼。传神今有真仙笔，分得彭城一半秋。

注释

①老可：即宋代文同，字与可。筼筜（yún dāng）：一种生长在水边的大竹子，皮薄、节长而竿高。筼筜谷，地名，在今陕西洋县西北十里，谷中产竹。文同曾于此建披云亭，现已无存，文与其表弟苏轼所树碑尚存。苏轼《和文与可洋川园池三十首》中有"筼筜谷"诗。苏轼《文与可画筼筜谷偃竹记》："及与可自洋州还，而余为徐州。与可以书遗余曰：'近语士大夫，吾墨竹一派，近在彭城，可往求之。袜材当萃于子矣。'""筼筜谷在洋州，与可尝令予作洋州三十咏，《筼筜谷》其一也。予诗云：'汉川修竹贱如蓬，斤斧何曾赦箨龙。料得清贫馋太守，渭滨千亩在胸中。'与可是日与其妻游谷中，烧笋晚食，发函得诗，失笑喷饭满案。"

②大苏：指苏轼。

吴　沉　一首

吴沉（1324—1396），字浚仲，婺州兰溪（今浙江兰溪）人。洪武初，郡以儒士举，授翰林院待制，因事降翰林院编修。又因奏对失旨，降翰林院典籍。后升东阁大学士。

见克复徐州榜文

残凶敢弄兵，貔虎①肃南征。帝世②元无战，王心切好生。宝龟③徵言卜，同律应商声④。天意昌皇运，风尘指日清。

丞相兵才出，徐方立马平。河梁妖气豁，江汉血波清。旗旄⑤千营接，风雷万里鸣。匡危资武略，钟鼎耀勋名。

注　释

①貔虎：喻指勇猛的军队。貔（pí）：传说中的猛兽。

②帝世：帝王的世系。

③宝龟：古代用龟甲占卜吉凶，故以龟为宝。

④同律：相同的音律。商声：古代五音之一。五音与四时和方位相配，商属秋，为西方，商声凄厉，与秋天肃杀之气相应。

⑤旗旐（qízhào）：旌旗。亦作"旂旐"。

陈汝言　一首

陈汝言（1331—1371），字惟允，号秋水，临江（今江西靖江）人，居吴县（今江苏苏州），元末画家、诗人。曾为张士诚参谋。入明，官济南经历，后因坐事被杀。有《秋水轩诗稿》。

过彭城①

画角②吹残晓月明，官船挝鼓③发彭城。山峰北去青如染，河水东来势若倾。两岸菰蒲④天共远，几家村落屋初成。长歌激烈空怀古，亚父墙头草又生⑤。

注释

①彭城：今徐州。《太平寰宇记》：徐州，古大彭氏国，地则青、兖之域。春秋时为宋邑，六国时属楚。秦并天下，以彭城属泗水郡；项羽自号西楚霸王，建都于此。汉改泗水为沛郡，又分沛郡立楚国，复置徐州；宣帝地节元年更为彭城郡。后汉及晋为彭城国。后魏复置徐州。
②画角：古代一种竹筒状乐器。一端细一端大，多用竹木或皮制成，也有铜制。外涂彩绘，故称画角。发声高亢，古时军队用以警昏晓，振士气。
③挝鼓：击鼓。挝：音 zhuā。
④菰蒲：菰、蒲皆水中植物。常借指湖泽。
⑤亚父：范增。亚父墙头，指亚父冢。见前注。

张　羽　一首

张羽（1333—1385）字来仪，以字行，后改字附凤，号静居。江西浔阳（今江西九江）人，元末，授安定书院山长。明初征起，授太常司丞兼翰林院，同掌文渊阁事。以事流放岭外，未半道召还，自知不免于难，遂投龙江而死。有《静居集》。

过九里山访陈佥宪①

端居弥时节②，春朝棹③轻舟。众芳渐芬菲，风日已和柔。沿涧指远屿，泛览度重洲。一遇素心人④，超然解尘忧。各免簪组⑤累，同欣泉石幽。朝衣⑥挂高壁，野服⑦对林丘。翰墨互贻盒，尊⑧酒更献酬。预愁明旦别，回首云山稠。

注释

①金宪：官名，即金都御史。
②端居：闲居。弥时节：时间长。
③棹（zhào）：船桨，此处用作动词，指划船。
④素心人：心地纯洁、世情淡泊的人。晋陶潜《移居》诗之一："闻多素心人，乐与数晨夕。"
⑤簪组：冠簪和冠带。代指官宦。
⑥朝衣：旧时官员上朝时穿的礼服。
⑦野服：田野人穿的衣服。
⑧尊：同"樽"，酒杯。

孙 蕡（fén） 九首

孙蕡（1338—1393，亦说1334—1389），字仲衍，号西庵，广东南海平步（今顺德平步）人。洪武三年（1370）举于乡，被举荐为官。历官工部织染局使、长虹县主簿、翰林典籍、平原主簿、苏州经历。因受党祸牵连被杀。有《西庵集》。

挂剑台①

我有白虹青霜②之宝剑，舞时烨烨莲花艳。去年北上东蒙峰③，君眼如猫看不厌。今年匹马归江东，将期豁我抑郁磊落之心胸。怀君不见泪如水，坟树索索生秋风。岁华零落对杯酒，酒酣脱剑为君寿。今为君友君不知，坟前挂向桂树枝。等死酬知心所许，剑有神灵剑应语，金环鱼腹④定足数。草平翁仲⑤月荒凉，山鬼提携学吾舞。

注释

①挂剑台：又名季子挂剑台。清乾隆《徐州府志卷八》："在城南里许，季札挂剑处。后人筑台表之。址尚存。明知州宋诚刻石其上。"详见前注释（41页）。
②白虹青霜：白虹、清霜皆为宝剑名。
③东蒙峰：这里指山东省的蒙山，别称东蒙，因在鲁东，故名。
④金环鱼腹：佛经故事称一妇人将金环丢到河里，后从市场买来的鱼腹中发现，失而复得，说明福缘有定。
⑤翁仲：墓前石像。

过三洪①

官舟已落三洪口，犹在飞流溃涌②间。放棹忽闻过乱石，开窗始觉慰愁颜。云连雪浪瞿塘峡，树隐青泥古剑关③。谩有微吟追太白，此身疑谪夜郎还④。

注释

①三洪：徐州有百步洪、秦梁洪、吕梁洪三处激流险滩。
②澒涌：水势广阔汹涌。澒：音 hòng。
③青泥：即青泥岭，在甘肃省徽县南，陕西省略阳县西北。地势险要，悬崖万仞，上多云雨，古为入蜀之要地。李白《蜀道难》："青泥何盘盘，百步九折萦岩峦。"剑关：剑门关，即今剑门关镇，位于四川剑阁县北部。
④夜郎：古时有夜郎国，后有夜郎郡、县，约在今贵州省。李白曾被流放夜郎。

过吕梁

二月三月寒尚饶，上洪下洪①春雪消。奔霆出地星火裂，吼浪落石鼋鼍②骄。神官雾底苍水佩，帝子③云中丹凤箫。灵风为我送归棹，故国越海天迢迢。

彭城三月风未和，吕梁雪消春水多。浊雾蟠空作飞雨，崩涛薄岸为漩涡。蛟人④珠佩影明灭，龙女金支光荡摩⑤。故山云物几时见，迁客⑥此地长经过。

注释

①上洪下洪：明冯世雍《吕梁洪志》："吕梁洪则在东南五十里，洪有二，上下相距可七里。"今有上洪、下洪二村。
②鼋鼍（yuán tuó）：大鳖和鳄鱼。
③帝子：泛指仙人。
④蛟人：神话传说居于海底的人，同"鲛人"。晋张华《博物志》："南海水有鲛人，水居如鱼，不废织绩，其眼能泣珠。"
⑤龙女：龙王女儿。金支：一种黄金饰品。杜甫《渼陂行》："湘妃汉女出歌舞，金支翠旗光有无。"荡摩：相切摩而变化。元好问《涌金亭示同游诸君》诗："山阳十月未摇落，翠蕤云旍相荡摩。"
⑥迁客：指遭贬斥放逐之人。

徐州洪①

吕梁积石天峥嵘，徐州上洪波稍平。狞龙怒卷四时雨，抵柱乱落三秋星。辛夷杜若②散洲渚，贝阙珠宫开窈冥③。舟人倚棹笑相语，九里山色连彭城。

龙门铁石倚天开，仿佛瞿塘滟滪堆。万里刚风④来灏气，九秋⑤晴雪迸惊雷。层阴水府⑥和云见，浊浪漩涡划岸回。小舣⑦扁舟待明发，霸王台⑧下久徘徊。

注释

①徐州洪：即百步洪。见前注释（46页）。

②辛夷杜若：辛夷、杜若皆为花草名。辛夷亦名紫玉兰、木兰。杜若为香草，亦名杜蘅、杜莲。

③贝阙珠宫：用美丽的贝壳和珍珠装饰的宫殿。屈原《九歌·河伯》："鱼鳞屋兮龙堂，紫贝阙兮朱宫。"窈冥：幽暗貌。

④刚风：指高天强劲的风。亦指西风。唐顾况《曲龙山歌》："愿逐刚风骑吏旋，起居按摩参寥天。"

⑤九秋：九月深秋，秋天。

⑥层阴：指密布的浓云。水府：水极深处，神话传说为龙王和水神所居处。

⑦舣（yǐ）：划船靠岸。

⑧霸王台：即戏马台。

汉祖庙①

长陵②见说石麟荒，遗庙丹青③野水旁。古剑星光时出没，大风云气尚飞扬。三秦宝鼎④垂鸿业，万岁英魂恋故乡。莫怪凭高重回首，楚台烟树郁青苍。

注释

①汉祖庙：即汉高祖庙。清乾隆《徐州府志》：高祖庙"在城南五里广运仓东。明永乐间，耆民梁聚等建；正统、成化、正德间，有司相继重修。庙有试剑石。"民国《铜山县志》引《一统志》：在彭城县东南有汉高祖庙，庙有试剑石。苏辙有《彭城汉祖庙试剑石铭》叙言："汉高皇帝庙有石，高三尺六寸，中裂如破竹，不尽者寸。"

②长陵：汉高祖刘邦的陵寝，位于陕西省咸阳市东北。

③遗庙丹青：遗庙，古庙；丹青，指庙内的绘画。杜甫《武侯庙》诗："遗庙丹青落，空山草木长。"

④三秦宝鼎：三秦泛指今陕西省一带，为春秋战国时秦国的发源地。项羽破秦入关，三分秦关中之地，以秦降将章邯为雍王，领咸阳以西之地；司马欣为塞王，领咸阳以东至黄河之地；董翳为翟王，领上郡（陕西西北）之地，合称三秦。刘邦称帝建都长安。宝鼎：为古代王朝相传之重器，秦始皇一统天下时将韩国所铸青铜宝鼎运至咸阳，秦灭后归汉所有。

戏马台

盖世英雄亦壮哉，古河三面对荒台。汉家陵阙①迷春雨，嬴国②江山起暮埃。雄剑昔年金策鏉③，龙媒此日锦氆氇④。乡云一笑山花动，疑是君王衣绣来⑤。

注释

①陵阙：指皇帝的陵墓。阙，陵墓前的牌坊。
②嬴国：秦国。秦为嬴姓，故称。
③篆鏉（lùsōu）：指剑上镂刻符篆之类的文字。鏉：镂刻。
④龙媒：骏马。锦：色彩鲜艳。毰毸（péisāi）：指马鬃飘动貌。
⑤衣绣来：项羽攻克咸阳后，心怀思欲东归，曰："富贵不归故乡，如衣绣夜行，谁知之者！"（《史记·项羽本纪》）

范增墓①

旧识荆州老将②名，秋风此日过佳城③。群雄逐鹿留遗迹，稚子求羊入废茔。玉斗有声④松雪落，苍精⑤无影石麟横。可怜牢落⑥祥云气，又向芒砀⑦谷口生。

注释

①范增墓：见前注释（207页）。
②荆州老将：指范增。
③佳城：喻指墓地。《西京杂记》卷四：滕公使士卒掘马所跑地，入三尺所，得石椁，有铭焉，文字皆古异，左右莫能知，以问叔孙通，通曰："科斗书也。以今文写之，曰'佳城郁郁，三千年见白日。吁嗟滕公居此室。'"滕公曰："嗟乎，天也！吾死其即安此乎？"死遂葬焉。后遂以佳城喻指墓地。
④玉斗有声：指鸿门宴上范增击碎玉斗事。详见前注释（46页）。
⑤苍精：苍天。
⑥牢落：稀疏零落貌。
⑦芒砀：芒山与砀山，在今安徽砀山县东南，与河南永城县接界。二山相距八里。当年刘邦送徒骊山途中逃匿，即藏于芒砀山泽岩石之间。

过黄石公祠①

尘编②寥落千秋事，野客③停舟问隐居。烟月高盟兴汉后，风云远略避秦馀。赤松仙子④依丹室，黄石山精护素书⑤。岁晚圯桥⑥风物改，泥中履迹近何如。

注释

①黄石公：晋皇甫谧《高士传》："黄石公者，下邳人也，遭秦乱，自隐姓名，时人莫知者。初张良易姓为长，自匿下邳，步游沂水圯上，与黄石公相遇。"据清道光《铜山县志》卷七：黄石公庙在彭城山南，城东北二十里。后移至子房山。
②尘编：指古旧之书。

③野客：村野之人，多借指隐逸者。这里是作者自谦之词。

④赤松仙子：相传为仙人。张良晚年曾言："今以三寸舌为帝者师，封万户，位列侯，此布衣之极，于良足矣。愿弃人间事，欲从赤松子游耳。"

⑤山精：传说中的山间怪兽。《淮南子·氾论训》"山出枭阳"高诱注："枭阳，山精也。人形，长大，面黑色，身有毛，足反踵，见人而笑。"南朝宋刘敬叔《异苑》卷三："山精如人，一足，长三四尺，食山蟹，夜出昼藏。"唐中宗《石淙》诗："水炫珠光遇泉客，巖悬石镜厌山精。"素书：兵书名。旧题为黄石公撰。

⑥圯桥：张良遇见黄石公处，在今江苏省徐州市睢宁县古邳镇境内。圯：音 yí。

吕梁洪

惊涛触石雪潺潺，五月河风尚作寒。问讯南来荆楚客，官船几日到淮安。

瞿　佑　四首

瞿佑（1341—1427），字宗吉，号存斋。钱塘（今浙江杭州）人，一说山阳（今江苏淮安）人，元末明初文学家。洪武时期，历官仁和训导、浙江临安教谕、河南宜阳训导、周王府长史。永乐年间，因作诗获罪，谪戍保安（今河北怀柔一带）十年。后官复原职，于内阁办事。晚年归居故里，专心著述。有《剪灯新话》、《香台集》、《咏物诗》、《乐全稿》、《乐府遗音》等。

盼盼燕楼①

《丽情集》：张建封仆射节制武宁日，舞妓盼盼有殊色，纳之于燕子楼。公薨，盼盼守志，誓不他适。白乐天赠诗三章曰："满窗明月满帘霜，被冷灯残卧绣床。燕子楼中霜月夜，秋来只为一人长。今春有客洛阳回，曾到尚书冢上来。见说白杨堪作柱，争教红粉不成灰。黄金不惜买蛾眉，拣得如花四五枝。歌舞教成心力尽，一朝身去不相随。"盼盼见诗，泣曰："舍人责我不能以死殉也。"遂感恨而卒。

亚父冢②前秋草合，虞姬③坟上暮云愁。如何一片彭城月，只照张家燕子楼。

注释

①燕楼：即燕子楼。参见前张仲素、白居易"燕子楼"诗。

②亚父冢：即范增墓，在徐州城南。见前注释（206页）。

③虞姬：即项羽爱妾。《史记·项羽本纪》："有美人名虞，常幸从。"

彭城怀古

富贵还乡昼锦游①,鸿门宴罢割鸿沟②。沐猴竟致诸生谤,佩玦③终违亚父谋。敌国已成垓下计④,家姬⑤莫解帐中愁。经过为吊兴亡事,醉倚西风燕子楼。

注释

①项羽攻克咸阳后,心怀思欲东归,"曰:'富贵不归故乡,如衣绣夜行,谁知之者!'说者曰'楚人沐猴而冠耳,果然。'项王闻之,烹说者。"(《史记·项羽本纪》)

②鸿门:古地名,在今陕西临潼县东,项羽在此宴会刘邦。(详见前注释)鸿沟:在今河南中牟县,为古汴水的分流,即今贾鲁河。《史记·项羽本纪》:"项羽与汉约,中分天下,割鸿沟以西者为汉,鸿沟而东者为楚。"

③佩玦:佩玉。亚父:范增。亚,次,项羽尊称他仅次于父。《史记·项羽本纪》:"范增数目项王,举所佩玉玦以示之者三。"意思是范增递眼色、举玉玦让项羽趁机除掉刘邦,但项羽未从。玦:音 jué,半环形有缺口的佩玉。古代常用以赠人,表示决断、决绝。

④敌国:指项羽敌人刘邦势力。刘邦听张良计,联合韩信、彭越进军垓下,将项羽击败。

⑤家姬:指项羽爱妾虞姬。项羽垓下被困,四面楚歌,夜起,饮帐中,面对虞姬,悲歌慷慨。(见《史记·项羽本纪》)

访东坡遗迹四首

高筑黄楼镇大荒①,闲来放鹤到山庄。(自注:有《张山人放鹤亭记》)自夸下邑生刘季②,不数区区李与张。(自注:诗云"吾州下邑生刘季,不数区区张与李",谓李临淮、张仆射也。)

逍遥堂③上雨纷纷,此夕东坡会卯君④。(自注:逍遥堂夜会子由有诗。)有喜对床寻旧约,烧残银烛夜论文。

泛舟携友出重城⑤,肩背相摩起笑声。(自注:《游百步洪》诗:荡舟回桨肩相摩。)百步洪边行乐处,相从为有盼英卿⑥。

还朝车盖⑦去匆匆,父老乘辕泣下风。共道使君遗政(下缺)。

注释

①黄楼:见前注(209 页)。大荒:此指大水。

②下邑:小城邑、小县。刘季,刘邦字季。

③逍遥堂：乾隆《徐州府志》："逍遥堂在府治。后苏轼守徐时，与弟苏辙会宿此堂，各有诗。久废。康熙三十六年，知州孔毓珣重建。"

④卯君：指苏辙，苏辙生于己卯年（1039），故称。

⑤重城：泛指城市。古代城市在外城中又建内城，故称。

⑥盼英卿：苏轼《百步洪二首》序："王定国访余于彭城，一日棹小舟，与颜长道携盼、英、卿三子游泗水，北上圣女山，南下百步洪，吹笛饮酒，乘月而归。"见该诗。

⑦车盖：古代车上遮雨蔽日的篷子。这里泛指车辆。

过吕梁洪

吕梁天下险，遗迹尚多艰。水出高原上，舟行乱石间。冈峦开峻峡，湍浪蹙长湾①。赖有龙祠②在，安然送度关。

注释

①湍浪：急速的水浪。蹙（cù）：收缩、减缩；蹙长湾，湍流将长湾缩短了，意指水流迅急。

②龙祠：指神龙庙。清道光《铜山县志》："吕梁洪神庙有二，一在上洪，旧称河平王；明永乐初建，宣德十年知州杨秘重修。一在下洪，旧称神龙；元皇庆年间建，明天顺初重修。"

唐之淳　十一首

唐之淳（1350—1401），字愚士，以字行，山阴（今浙江绍兴）人。建文朝官侍读预修书事。工诗文，善笔札。有《怀古集》。

吕梁洪

三月上吕梁，春旱水未驶。水中半白石，错出犬牙锐。其流本闲暇①，急束若有恃②。乍疑云汉③泻，星斗湿流丽④。又疑沧海涛，喷射巨鳌背。轰轰万雷撞，佶佶⑤千兵势。为河作户限⑥，匪⑦一乃再至。上洪急且纡⑧，下洪峻而厉⑨。舟航抵其下，一叶舞云际。跻攀仅分寸，失手寻丈⑩外。累累腰巨絙⑪，牛喘仆夫瘁⑫。已涉未足欢，欲下心反悸。胡然造次顷⑬，号叫乞神惠。遂令愚无知，诡祭及非类⑭。方今幅员广，南北一衣带。梯航⑮极山海，珠玉兼象贝⑯。设官使居守，人畜数十辈。蛟鼍革冥顽⑰，行旅释凝滞。人心既有依，天险不足畏。缅思⑱黄河源，远自昆仑致。万里不能休，朝宗⑲实天意。向非神禹功，后世亦奚赖。到今疏凿处，历历犹可记。河竭功不忘，圣人等天地。

注释

①闲暇：此指水流平缓。

②指凭借险峻的地形水流变得急湍。冯世雍《吕梁洪志》："洪石森列如巨齿，而水为所束，则惊湍迅波，一瞬数里，舟逆流而上者则以尺寸计。"

③云汉：银河。

④流丽：流畅而华美。

⑤佶佶（jí）：形容声势大。

⑥户限：门槛。喻指护河堤。

⑦匪：同"非"。

⑧上洪：吕梁洪有上下二洪，相距凡七里。

⑨厉：严厉，险恶。

⑩寻丈：泛指八尺到一丈之间的长度。《管子·明法》："有寻丈之数者，不可差以长短。"寻：古代长度单位，八尺叫一寻。

⑪累累：累累，行列分明貌。巨絚（gēng）：粗大的绳索。

⑫瘁：劳累，疲惫。

⑬胡然：顷刻之间。造次：慌忙，仓促。顷：通"倾"，倾斜。

⑭谄祭：媚神的祭祀。非类：指不该被祭祀的事物。

⑮梯航：梯与船，为登山渡水的工具，即指水陆交通。

⑯象贝：象山出的贝母。

⑰蛟鼍（jiāotuó）：指水中凶猛的鳄类动物。革冥顽：革除愚昧顽固的东西。

⑱缅思：遥想。

⑲朝宗：比喻小水注入大水，江河流入大海。

吕梁庙 ①

吕梁庙中何所祠，汉有关侯唐尉迟②。二公生世本英特③，死亦令人俎豆④之。当其二主⑤兴家国，秦王即是刘玄德⑥。寿亭不遇鄂公遇，事在天为岂人力。黄河之流声彻天，二公庙食⑦千万年。不知何年创祠屋，临风为取荒碑读。

注释

①吕梁庙：清乾隆《徐州府志》卷八："关尉神庙，在吕梁洪上，祀汉关侯、唐鄂国公尉迟敬德，元皇庆间建。赵孟頫撰碑。"

②关侯：即三国蜀汉大将关羽（？—219），字云长，河东解（山西运城）人。封汉寿亭侯，故称。尉迟：尉迟恭（585—658），字敬德，唐代名将，鲜卑族，朔州鄯阳

（今山西朔城区）人。封鄂国公。

③英特：才智杰出的人。

④俎豆（zǔ dòu）：俎和豆都是祭祀用的器具，引申为祭祀和崇奉。

⑤二主：指刘备和李世民。

⑥秦王：指李世民，唐朝建立初期，封秦王。刘玄德，即刘备，字玄德。

⑦庙食：死后立庙，受人奉祀，享受祭飨。

韩信城①

雉堞②平来事已休，淡烟芳草一荒丘。蒯生③不作忠君计，吕氏④方为少主忧。烹犬⑤有时应自喜，缚鸡无力岂长谋。泗河两岸离离⑥石，留与行人系晚舟。

注释

①韩信城：亦称云梦城。在吕梁洪上。详见前注释（215页）。

②雉堞：泛指城墙。

③蒯生：即蒯通，汉范阳人，以善辩著名。曾劝韩信叛汉，韩信不用，乃佯狂遁去，混于巫觋中。（事见《史记·淮阴侯列传》）

④吕氏：吕后。韩信趁刘邦在外，计袭吕后、太子，事败露，吕后与相国萧何谋，将韩信斩于长乐宫钟室。（见《史记·淮阴侯列传》）

⑤烹犬：刘邦用计将韩信抓捕。韩信此时感叹说："果若人言，'狡兔死，良狗亨；高鸟尽，良弓藏；敌国破，谋臣亡。'天下已定，我固当亨"。（见《史记·淮阴侯列传》）

⑥离离：清晰明亮貌。李白《扶风豪士歌》："抚长剑，一扬眉，清水白石何离离。"

射狼曲

甲士重重旗簇簇①，一色晴原春草绿。将军小队出峄阳②，健如飞鹰不可当。马人传令弓人受，骍弓③在前箭在后。士雄马肥弓力强，胆落北山双白狼。吕梁洪边鼓声起，毛血斓斑狼堕水。

注释

①甲士：披甲的战士，泛指士兵。簇簇：旗帜众多貌。

②峄阳：峄山南面。《禹贡·徐州》"厥贡惟土五色，羽畎夏翟，峄阳孤桐，泗滨浮磬，淮夷蠙珠暨鱼"。

③骍弓（xīnggōng）：调和后呈弯状的弓。《诗·小雅·角弓》："骍骍角弓，翩其反矣。"

金龙祠①曲

金龙祠前春草绿,金龙祠中人簇簇②。上洪人祝上无滩,下洪人祝下平安。龙语不传环珓③喜,牛马轻便舟楫利。龙君绣幡赤羽旗,龙女朱冠金凤衣。愿龙顺人人不怨,行人归来赛龙愿。

注释

①金龙祠:徐州有几处金龙四大王庙,民国《铜山县志》:"金龙四大王庙一在北门外堤上,一在河东岸,一在房村。"房村属于吕梁范围。明万历《徐州志卷四》:"吕梁洪神庙有二,一在上洪,旧称河平王,明永乐初建,宣德十年知州杨秘重建。一在下洪,旧称神龙,元皇庆间建。明天顺初重修。在上洪者近没于水。万历二年主事黄猷吉移迁左方,去原址数武,侈大其庙,庙后为新芳亭,延四方宾旅焉。"

②簇簇:人多拥挤貌。

③环珓:用以占卜的器具。用玉做成蚌壳状,或以竹木制之。两片可分合,掷于地,观其俯仰,以占吉凶。

徐州黄楼

尝读子由黄楼赋①,每恨不作彭城游。今来系船览城郭,残山剩水令人愁。人谁其人我所求,楼非其楼名则留。烟消云破见斜日,水落石出如清秋。长公②治世才最优,敛③此大惠施一州。不著丝纶玉堂署④,要洗韡韈⑤浑河流。心存赤子⑥天为助,手却河伯⑦人无忧。功成事定作宫室,酾酒⑧赋诗相献酬。一时宁知著千载,两赋直可回万牛⑨。倚阑击节⑩怀远谋,东风飞来双白鸥。台沈戏马登狐兔,楼空燕子鸣桑鸠。雄图伯业⑪等尘土,独有文事岿山丘⑫。意公魂魄常夷犹⑬,化为千尺之黄虬⑭。与波上下浴日月,镇遏巨浪同浮沤⑮。登临不尽且北去,回看钓艇弄沧洲⑯。

注释

①子由:苏辙,字子由。黄楼成,作《黄楼赋》。

②长公:指苏轼。古人多以"长公"为字,为行次居长之意。苏轼为苏洵长子,时人尊之为"长公"。

③敛:给予。

④丝纶:指皇帝的诏书。《礼记·缁衣》:"王言如丝,其出如纶。"玉堂署:官署名,即翰林院。苏轼曾供职翰林学士院,担任起草诏令。

⑤韡韈:韡同"靴";韈古同"袜"。

⑥赤子：指百姓。

⑦河伯：河神。

⑧釃酒：斟酒。釃：读 shī，亦读 shāi。

⑨两赋：指苏辙和秦观所作的两篇《黄楼赋》。直：价值。

⑩击节：打拍子，常后用来形容对别人的诗、文或艺术等的赞赏。

⑪伯业：霸业。伯同"霸"。

⑫屵山丘：屹立在山丘之上。

⑬夷犹：从容自得。

⑭黄虬（qiú）：黄龙。虬，古代传说中有角的小龙。此与黄楼相对。

⑮浮沤：水面上的泡沫。

⑯沧洲：滨水的地方。古时常用以称隐士的居处。

徐 州

前舟及彭城，后舟过丰沛①。河冰坚无声，相隔两舍②内。舍舟轻觅③车，累日不得至。欲飞乏羽翼，欲渡安能济。朝登柂楼④望，林壑耸晴翠。山中几陈迹，一一皆可喟⑤。到今飞鸟尽，何以留淹滞⑥。重怀眉山翁⑦，文治今谁继。

注释

①丰沛：丰县和沛县。

②两舍：古代行军三十里为一舍，两舍为六十里。

③觅（mì）：古同"觅"。寻找。

④柂楼（yílóu）：大船后舱的楼。

⑤喟（kuì）：叹息。

⑥淹滞：谓有才德者而久沦下位。《左传·昭公十四年》："诘奸慝，举淹滞。"杜预注："淹滞，有才德而未叙者。"

⑦眉山翁：指苏轼，苏轼为眉山人，故称。

秦梁洪①

前月公使②还，送之聊城东。今日公使出，遇之秦梁洪。公如虬与龙，来往无定踪。我如萍与蓬，流转何终穷。淹留千里内，再得仰音容。下马野人家，星稀月当空。山炉爇③枯桑。土甑炊新春④。问言及母妻，殷勤慰冲冲⑤。复许还故乡，送之以仆僮。期以阅岁⑥见，镫罢桃花红⑦。一饭恩必酬⑧，禽鱼恋渊丛。明日车马异，天涯矫冥鸿⑨。

注释

①秦梁洪：明万历《徐州志卷一》：秦梁洪在城东北二十里。有木直渡，有广济桥。

②公使：因公出差在外的官员。

③爇（ruò）：烧，烘烤。

④土甑（zèng）：即瓦甑，古代蒸饭的一种瓦器，以土烧制而成，故称土甑。新春：新春的谷物。

⑤殷勤：指情意恳切深厚。慰冲冲：慰藉，心情愉快。

⑥阅岁：经过一年。

⑦镫罢：灯熄灭。桃花红：指灯熄后瞬间的灯芯余火形如桃花。此句指交谈到深夜灯熄。

⑧此句指知恩必报。《史记·淮阴侯列传》："信钓于城下，诸母漂，有一母见信饥，饭信，竟漂数十日。""信至国，召所从食漂母，赐千金。"

⑨矫冥鸿：鸿雁矫健高飞。喻指客人远去。

黄 楼

（十一月十七日为船冻登车。以下皆车中作）

东方明未明，残月光睒睒①。首路黄楼南，楼鼓声紞紞②。我来何苦难，日月徒荏苒③。川行无全功，陆涉此其渐④。桥危惊路折，牛颤畏坡险。仆夫又已病，衣破胫不掩。风凄手足皴⑤，霜重语音惨。我非肉食者⑥，安坐敢自慊⑦。

注释

①睒睒（shǎnshǎn）：光闪烁貌。

②紞紞（dǎndǎn）：击鼓声。

③荏苒（rěnrǎn）：时间渐渐过去。

④渐（jiān）：指陆行缓慢。

⑤皴（cūn）：皮肤因受冻或受风吹而干裂。

⑥肉食：指享受厚禄的官员。

⑦慊（qiàn）：不满足。

剑台野望

荒台不见徐君墓①，此地空闻挂剑台。三尺②英灵如有在，九原③魂梦亦堪哀。林烟拂水清萍④合，山雨空飞紫电来。望极吴中忆遗庙，春风几度野棠开。

注释

①徐君墓：见前挂剑台注释（41页）。
②三尺：代指人自身。
③九原：指坟墓、九泉、黄泉。
④清萍：浮萍的别称。又宝剑名，泛指剑。此处有双关意。

竹枝词（黄河所见）

春来日日起狂风，不分南北与西东。行客怕风兼怕水，几时上得吕梁洪。
为防溦子向中流，外倒风多里倒忧。莫道路途行不顺，邳州徐州又济州。
前船夫问后船夫，尔在河南运米无。九十石粮车十辆，几多牛犇几人驱。
新黄河接老黄河，河上船同蚁阵多。一派棹歌①天上落，分明口口叹阿㘈。
金龙王庙在河干②，刲羊③烧酒上杯盘。乞得好风行半月，归来庙下赛衣冠。
挂帆挝鼓④响耽耽，南船北船密如蚕。往日南人齐赴北，如今北客尽朝南。
南客新来北地居，莫因莼菜忆三吴⑤。椹子⑥酒胜桑落酒，槎头鱼⑦赛细鳞鱼。

注释

①棹歌（zhàogē）：渔民的歌。棹：船桨，亦代指船。棹歌即指渔民在撑船、划船时候唱的歌。
②金龙王庙：即金龙祠，见前注释。河干：河边。
③刲羊（kuīyáng）：杀羊。
④挝鼓（zhuāgǔ）：击鼓。
⑤莼菜：又名蓴菜、马蹄菜、湖菜等。《晋书·张翰传》："翰因见秋风起，乃思吴中菰菜、莼羹、鲈鱼脍，曰：'人生贵得适志，何能羁宦数千里以要名爵乎！'遂命驾而归。"
⑥椹子：桑椹。
⑦槎头鱼：一种鯿鱼，又叫缩头鯿、槎头缩项鯿。宋李复《过襄阳》诗："槎头鱼尽无新语，岘首人亡失隐扉。"

王绂 三首

王绂（fú，一作芾，又作黻）（1362—1416），字孟端，后以字行。号友石，别号鳌里，又号九龙山人、青城山人。无锡（今江苏无锡）人。永乐初以善画荐，供事文渊阁，拜中书舍人。

暮上吕梁洪

黄河从西来，万里走浊浑。吕梁乃故道，势若逸马奔。我来趋王程①，至此日已昏。挽夫②识予意，驾牛乘夜喧。滩回石乱斗，水与船相吞。攀援③一失势，转眼不可存。巨缆虽云牢，怀畏时自扪。须臾际安流，稍觉宁心魂。因之劳其勤，斗米代双樽④。汝劳勿复道，吾侪⑤赖君恩。

注释

①趋王程：赶路到京城去。王：指天子，此处指天子所在之地京城。

②挽夫：拉纤的人。

③攀援：此指逆流而上。

④樽：酒器；杯酒。

⑤吾侪（wúchái）：我辈；我们这类人。

题徐训导廷献魁山旧隐①

人品如瞻斗②，山名合应魁③。地灵知孕秀，天赋肯淹才④。笔阵⑤惊同列，文光烛上台⑥。高攀蟾窟桂⑦，勇跃禹门⑧雷。已作鹍鹏化⑨，空令猿鹤猜。经横芹泮静⑩，琴弄杏花开。宦志⑪云霄待，乡心岁月催。黄残松迳菊，绿遍石田⑫苔。若便寻归驾⑬，移文⑭恐劝回。

注释

①训导：中国古代文官官职名，主要负责教育方面的事务。魁山：即奎山。清乾隆《徐州府志》："奎山在城东南四里许，横枕河曲，与对岸骆驼山为徐门户。山麓有水名奎河，明兵备陈文燧以泄郡城之水达于宿境。郡人御史万崇德建浮图山上。"

②瞻斗：被人仰视的泰山北斗，喻德才出众为人所敬仰的人。

③魁：魁星，即北斗星中第一星，第一星至第四星也总称魁星。中国神话魁星为主宰文章兴衰的神。

④肯淹才：岂肯掩盖有才能的人。淹，同"掩"。

⑤笔阵：比喻写作文章。谓诗文谋篇布局擘画如军阵。

⑥文光：指灿烂的文采。上台：泛指高官之位或高官行列。

⑦成语"蟾宫折桂"，意为攀折月宫桂花。蟾宫指月宫。科举时代比喻应试得中。

⑧禹门雷：禹门，又名龙门，在山西河津县城西北12公里的黄河峡谷中，黄河到此，

出峡谷由北向南,直泻而下,水浪起伏,其声如雷。传说黄河鲤鱼跳过龙门就会变化成龙。后用以比喻声望卓著人的府第:一登龙门,则声誉十倍。科举中试被称为登龙门。

⑨鹍鹏化:《庄子·逍遥游》:"北冥有鱼,其名为鲲。鲲之大不知其几千里也。化而为鸟,其名为鹏。鹏之背,不知其几千里也;怒而飞,其翼若垂天之云。"

⑩经横:即横经,横陈经籍,指受业或读书。芹泮:这里指学校。《诗·鲁颂·泮水》:"思乐泮水,薄采其芹。"

⑪宦志:做官从政之志。

⑫石田:多石而不可耕之地;贫瘠的田地。

⑬归驾:应召去做官。

⑭移文:一种用于劝喻训戒的文体。南朝孔稚珪撰《北山移文》,假托山神之意,讽刺假隐士周顒违背前约,放弃隐居,出任县令,热中利禄的行为。

夜泊徐州

楼船今夜宿彭城,楚汉当时此战争。帝业定知归有道,兵家尤忌出无名。废兴旧迹馀山色,今古流年逐水声。感慨独吟眠未得,忍看孤月照人明。

刘　秩　一首

刘秩:生卒年不详。字伯叙,江西丰城人,官徐州同知、崇明知州。

徐州即事

宦游①经楚泽,旅寓寄徐方。地势三边险,河流九曲黄②。貂皮缝野服③,葛黍④纳官粮。何事淹微禄⑤,频年客异乡。

山川环胜地,戈甲⑥集边城。沟记扬尸处,台存戏马名。猎尘终日起,烽火彻宵明。拟撰河清颂⑦,何由罢战征。

山形东控鲁,地势北通齐。坝险河流响,城荒草树低。边声传近塞,野烧隔前溪。忽忆趋朝日,平明⑧候晓鸡。

注释

①宦游:外出求官或做官。

②九曲黄:九曲黄河。黄河弯弯曲曲,相传有九道弯。唐高适《九曲词序》:"《河图》曰:黄河处崑崙山东北……河水九曲,长九千里,入于渤海。"《淮南子》:"河水九折注海而流不绝者,有崑崙之输也。"

③野服：村野平民服装。
④葛黍：高粱。
⑤淹微禄：为了微薄的俸禄而长久担任官职。
⑥戈甲：戈和铠甲。代指军队。
⑦河清颂：黄河水浊，少有清时，古人以"河清"为升平祥瑞的象征。《宋书·鲍照传》："元嘉中，河、济俱清，当时以为美瑞，照为《河清颂》，其序甚工。"后以"河清颂"泛指歌颂时世升平的作品。
⑧平明：天大亮时。

胡俨 六首

胡俨（1361—1443），字若思，江西南昌人。洪武（1358—1398）举人，授华亭教谕。历官桐城知县、翰林检讨、左庶子、国子监祭酒等。有《颐菴集》三十卷。

夜过吕梁①

乱石奔流处，扁舟正急操。月斜滩影落，风劲鼓声高。客枕惊残梦，乡心悚怒涛。但令无险阻，来往不辞劳。

注释

①吕梁：即吕梁洪，为古时泗水上一险滩，在今徐州东南伊庄镇内黄河故道北岸。详见前注释（144页）。

上吕梁洪

乱石穿空叠浪惊，乌犍①百丈上洪轻。扁舟载雨西风急，试问徐州一日程。细雨斜风拂画船②，船头怪石起苍烟。仰看白浪排空下，始信河流远自天。

注释

①乌犍：水牛，唐唐彦谦《越城待旦》诗："清溪白石村村有，五尺乌犍托此生。"亦指阉过的公牛。常泛指耕牛。陆游《独立思故山》诗："青篛买来冲雨钓，乌犍租得及时畊。"
②画船：装饰华美的船。

徐州十二咏

百步洪①

九里山前百步洪,河流如箭石当空。黄头②伐鼓穿洪去,宿雨③初收日影红。

戏马台④ 城南一里

盖世英雄酒一杯,悲歌只使后人哀。平生废尽屠龙技⑤,今日空留戏马台。

华佗墓⑥ 城南一里

徒把金针事老瞒⑦,千年荒冢朔风寒。后来枉却陈琳檄⑧,到底西陵⑨泪不干。

亚父冢⑩

元时冢有光气盗发冢得宝剑　城南一里

三尺青铜盗岂知,只因虹贯⑪草萋萋。鸿门玉斗⑫空如雪,拂袖归来路已迷。

向魋墓⑬ 城北二十里

荒丘浅冢草斑斑,事在遗经⑭不可刊。石椁成来功已竭,后人有法说邢山⑮。

陵母墓⑯ 城西南一里

匆匆窗下取吴钩⑰,使者星驰不肯留。遂使鸿毛轻一死,却存马鬣⑱重千秋。

子房墓⑲ 城北六十里

辟谷何劳禄万钟⑳,功成志就却辞封㉑。分明古墓埋青草,始信空言托赤松㉒。

刘向墓㉓ 城北二里

千年封事㉔遗编在，三尺荒丘宿草摧㉕。鸿宝浪传谁见得㉖，藜灯㉗一去不重来。

留　城㉘

张良所封之地城北百二十里

偶然相遇若神交㉙，多少奇谋胜六韬㉚。辟谷归来应却扫㉛，如何四皓又重劳㉜。

彭祖楼㉝

锡封曾奠大彭墟㉞，千古传来事不虚。明月满楼尘影息，仙人曾驾五云车㉟。

燕子楼㊱

妙舞清歌㊲一夕休，繁华销尽彩云收。多情只有乌衣侣㊳，终岁相看不下楼㊴。

黄　楼㊵

衮衮㊶河流昼夜驰，长怀太守筑堤时。当年宾客黄楼盛，今日荒凉读断碑。

注释

①百步洪：《名胜志》：百步洪在徐州城东南二里，水中若有限石，悬下迅急，乱石激涛凡数里。清道光《铜山县志》："旧志在城东南，长百步许；洪中有洲方半亩，上有萃墨亭。西又一洲差，小名砥洪台，有洪洲寺，今湮。见艺文诗序。府志云，在城南二里。旧州志云，亦名徐州洪，泗水所经也。水中巨石巉岩龃龉，惊涛激浪，迅疾而下，凡数里始静，舟行过此，少不戒即破坏覆溺。洪形象川字，有三道：中曰中洪，西曰外洪，东曰里洪，亦曰日月河。相传尉迟敬德所凿。宋元祐中修月河石堤，上下置闸。明永乐中平江伯陈瑄凿洪通漕，更于洪口置闸。成化中管河主事郭昂凿去洪中乱石，平治岸路。嘉靖中主事戴鳌、陈穆等相继凿之，其洪尽平。"

②黄头：船夫。伐鼓，击鼓。

③宿雨：夜雨。

④戏马台：在城南一里（今户部山），项羽因山筑台，以观戏马，故称。明嘉靖《徐州志》："山北城南里许为戏马台，高数十仞，广袤数百步，有事则可屯戍，与城相表里焉。"明天启间户部分司尝移署其上，人遂名户部山。亦名南山。

⑤屠龙技：高超的技艺。《庄子·列御寇》："朱泙漫学屠龙于支离益，单千金之家，三年技成，而无所用其巧。"此处指项羽英勇作战的才能。

⑥华佗墓：华佗：（？—208）东汉医学家，字元化，沛国谯（今安徽亳县）人。因不从曹操征召而被杀。清道光《铜山县志》：华佗墓在"城南山川坛侧。陀，沛国谯人，游学于徐；善医，忤曹操见杀。永乐初，知州杨节仲修坛剧地，得髑髅甚巨，疑为佗首，加土瘗之，题其碣。万历初，知州刘顺之立祠墓前。今在华祖庙迤西有冢。"

⑦老瞒：指曹操。曹操小名阿瞒。

⑧陈琳：汉末文学家。初从袁绍，曾为绍写檄文，数曹操罪状；绍败后归操，操爱其才而不究，以为记室。

⑨西陵：三国魏武帝曹操陵寝，在河南省临漳县西。《彰德府志·地理志》："曹操将死，令施繐帐于上，朝哺，上酒及糗粮，使官人歌吹帐中，望吾西陵。西陵即高平陵也，在县西南三十里。"南朝齐谢朓《铜雀台》诗："郁郁西陵树，讵闻歌吹声。"

⑩亚父冢：即范增墓。范增（公元前277—前204年）秦末居鄹人，素居家，好奇计。辅项羽称霸诸侯，西征灭秦。被尊为亚父。屡劝项羽杀掉刘邦，于鸿门再劝羽趁机杀掉刘邦，羽终不听。后羽中刘反间，怀疑范增有二，范愤愤离去，行未至彭城，疽发背而死。亚父冢在徐州城南，俗称土山。

⑪虹贯：指冢上之光气。参见虞集《盗发亚父冢》。

⑫鸿门宴项羽未忍从范增计趁机杀掉刘邦，刘邦借机逃走，留下张良斡旋，献给项羽玉璧一双，范增玉斗一双。"亚父受玉斗，置之地，拔剑撞而破之，曰：'唉！竖子不足与谋！夺项王天下者，必沛公也，吾属今为之虏矣！'"（见《史记·项羽本纪》）

⑬向魋：即桓魋。桓魋为春秋晚期宋国司马，其墓在今徐州桓山（又名洞山、圣女山）西麓。《水经注·泗水》："泗水又南迳宋大夫桓魋冢西，山抗泗水，上而尽石，凿而为冢，今人谓之石郭者也。"

⑭遗经：指古代留传下来的经书。刊：刊载。

⑮邢山：即陉山，在今河南新郑市西南，山顶有子产墓。子产生前爱民如子，死后却无钱下葬。桓魋用三年时间耗费大量人力财力为自己修墓，能不引起人民的反对。

⑯陵母墓：王陵母墓。王陵（？—前181）汉初大臣。沛县（今江苏沛县）人。秦末农民战争中，聚众数千人于南阳，后归刘邦转战各地。汉朝建立后，封安国侯，官至右丞相。因反对吕后封诸吕为王，罢相，改任太傅，病死。《汉书·王陵传》楚汉相争，"项羽取陵母置军中，陵使者至，则东向坐陵母，欲以招陵。陵母既私送使者，泣曰'愿为老妾语陵，善事汉王。汉王长者，毋以老妾故持二心。妾以死送使者。'遂伏剑而死。项王怒，亨陵母。"清道光《铜山县志》："王陵母墓，在城西南二里。明嘉靖御史朱衣立碑冢上，后为居人侵毁。清康熙五十八年，淮徐同知孙国瑜按旧址卫以石垣建坊墓门。嘉庆四年，淮徐海道康基田捐资命铜山知县丁观堂修葺，立亭其上以表其阡。有碑记。"

⑰吴钩：春秋时期吴国制造的一种弯刀，以青铜铸成。后用来泛指利剑。

⑱马鬣（liè）：坟墓封土的一种形状。亦指坟墓。

⑲子房墓：清道光《铜山县志》："旧州志云，在城北七十里留侯城南。又云在微山上有碑刻汉丞相留侯张良之墓。"

⑳辟谷：辟谷，即不吃五谷，为古代方士道家修炼的一种方法。张良晚年言："'愿弃人间事，欲从赤松子游耳。'乃学辟谷，道引轻身。"禄万钟：优厚的俸禄。禄，俸钱；钟，古代以六斛四斗为一钟。

㉑刘邦封功臣，让张良自己择取齐地三万户为封邑，张良却辞让曰："臣愿封留足矣，不敢当三万户。"（见《史记·留侯世家》）

㉒赤松：赤松子，古代传说中的仙人。张良晚年，韩信、彭越等功臣都已被诛，为脱身避祸，故曰"愿弃人间事，欲从赤松子游"。

㉓刘向墓：《水经注》："获水又东，转迳城北而东注泗水，北三里有石冢被开，传言楚元王之孙刘向冢，未详是否。"清道光《铜山县志》：刘向墓"旧州志云在城西北二里演武场南，墓侧旧有祠，黄河南徙，墓在北岸，距河十数步。道光二年，圮于河，今迁于陡山口迤南。"

㉔封事：密封的奏章。古时臣下上书奏事，防有泄漏，用皂囊封缄，故称。

㉕宿草：隔年的草。《礼记·檀弓上》："朋友之墓，有宿草而不哭焉。"唐·孔颖达疏："宿草，陈根也，草经一年则根陈也。朋友相为哭一期，草根陈乃不哭也。"后借指墓地。

㉖鸿宝：道术书篇名。《汉书·刘向传》："上复兴神仙方术之事，而淮南有《枕中鸿宝苑秘书》，书言神仙使鬼物为金之术……更生幼而读诵，以为奇，献之，言黄金可成。"皇帝令人验证，根本不可能。刘向因此几乎被判死罪。浪，轻率。

㉗藜灯：读书灯。也借指读书人或刻苦读书。《三辅黄图·阁》载：刘向校书天禄阁，夜有老人，着黄衣，持青藜杖，叩阁而进，见向暗中独坐诵书，老父乃吹杖端，烟然，因以见向，授《五行洪范》之文。自称是太乙之精。

㉘留城：即留侯城，为张良的封地，城里有张良庙，在今江苏省沛县与徐州铜山区交界处，已沉于微山湖底。《元和郡县志·河南道五》："故留城，在县（沛县）东南五十五里。高祖令张良字择三万户，良曰：'始臣起于下邳，与陛下会留。'乃封良为留侯。"清道光《铜山县志》："留城在城北九十里，与沛县接界。春秋时宋邑，秦置县。"

㉙指张良避难下邳于桥上遇见黄石公事。

㉚六韬：汉代人采集旧说，假托为吕尚编写的古代兵书。内容包含文、武、龙、虎、豹、犬六个部分，故称六韬。

㉛却扫：亦作"却埽"。谓闭门谢客，不再扫径迎客。

㉜四皓：指秦秦末隐士东园公、角里先生、绮里季、夏黄公四人，因避秦乱世而隐居商山，采芝充饥，四人年皆八十多岁，须眉皓白，世称为商山四皓。刘邦欲废太子，立戚夫人子赵王如意。张良谏，不听。张良招来商山四皓劝谏刘邦。刘因此放弃废太子，"召戚夫人指示四人者曰'我欲易之，彼四人辅之，羽翼已成，难动矣。吕后真而主矣。'"（见《史记·留侯世家》）

㉝彭祖楼：同治《徐州府志》:《水经注》城东北角起层楼于其上，号曰彭祖楼。《寰宇记》：魏神龟二年，刺史元延明移彭祖庙于子城东北楼下，俗呼楼为彭祖楼。《明一统志》：旧有石刻彭祖楼，久毁。顺治间淮徐道项锡允移建南城与井宅相离，失古意矣。

㉞锡封：分封，封给；锡，通"赐"，赐予。彭祖：姓篯（jiān）名铿，相传尧时被封于彭城（今徐州）。《寰宇记》："按《彭门记》云：殷之贤臣彭祖，颛顼之玄孙，至殷末，寿及七百六十七岁。今墓犹存，故邑号大彭焉。"

㉟五云车：仙人所乘的云车。

㊱燕子楼：见前注释。民国《铜山县志》题为《吊盼盼》。

㊲清歌：清亮的歌声。

㊳乌衣侣：指盼盼。乌衣，黑色衣，古时贱者之服，艺人皆被视为低贱，盼盼为歌妓，故称。

㊴盼盼念旧爱而不嫁，居是楼十余年，幽然独处。见前注。

㊵黄楼：苏轼所建。苏辙《黄楼赋叙》云："熙宁十年秋，河决于澶渊，水及彭城下。子瞻适为彭城守，庐于城上，调急走发禁卒以从事，以身率之，故水大至而民不溃。于是即城之东门为大楼焉，垩以黄土，曰'土实胜水。'徐人相劝成之。"

㊶衮衮：大水奔流貌。

重过戏马台 在徐州

拔山力尽楚声哀，戏马千年尚有台。若使后人伤往事，何能更醉菊花杯。

放鹤亭① 在徐州石佛山

昔者高亭石佛山②，只今烟暝鸟声闲。千年白鹤归何处，惟有文章落世间。
隐隐青山晓雾开，望中谁谓有亭台。山人一去无消息，空想仙翁看鹤来。

注释

①放鹤亭：据州县旧志记载：放鹤亭在云龙山上，宋山人张天骥1708年筑。岁久亭圮，明嘉靖十一年，都御史戴时宗即故址重建，后副使王梴等相继修葺。清康熙五十七年，知州姜焯重修，亭前后增置亭廊为游息地；同治十一年，徐海道吴世熊增修；光绪三十二年，知州田庚继修复，于亭东北创建船厅，亭内有明董其昌书重修放鹤亭碑。

②石佛山：即云龙山。

百步洪①望黄楼故址歌

船头鼓鸣春浪急，浪花飞洒春衫湿。放船侵晓②度长洪，森森③乱石烟中立。遥望黄楼迹已非，却意苏公④初筑时。黎庶讴歌脱昏垫⑤，坐中宾客赋新诗。碧瓦雕甍⑥映垂柳，凭栏把酒临风釃⑦。醉骑黄鹤上碧落⑧，东窥瀛海西瑶池⑨。只今雉堞⑩排空起，亦有高楼临绿水。人家两岸旁河堤，黄鹂碧草春风里。九里山⑪前花正开，看花回首重徘徊。慨公⑫神游不复返，空见断碑生绿苔。

注释

①百步洪：见前注释（239页）。
②侵晓：将近天亮。
③森森：众多耸立貌。
④苏公：苏轼。
⑤黎庶：民众。昏垫：被洪水淹没，处于绝望之中。
⑥甍（méng）：屋脊，屋檐。
⑦釃（shī）：又读 shāi，斟酒。
⑧黄鹤：传说中仙人乘黄鹤飞去，不再返回。碧落：天空。
⑨窥：观看。瀛海：浩瀚的海洋。瑶池：古代神话中神仙居住的地方。
⑩雉堞：泛指城墙。雉，城墙长三丈广一丈为雉；堞，即女墙，城上齿状矮墙。
⑪九里山：位于徐州城西北。见前注。
⑫公：指苏轼。

吴　溥　一首

吴溥（1363—1426），字德润，号古厓，江西崇仁人。建文二年（1400）进士，授翰林编修，后升修撰，进国子监司业。曾任《永乐大典》副总裁，参与编纂《太祖实录》。有《古崖诗集》。

境　山①

水带鱼村阔，山连古戍②雄。帆樯③自高下，门巷各西东。崖屋蒸云湿，船窗透日红。今宵有诗兴，试问可谁同。

注释

①境山：明嘉靖《徐州志》卷四："境山，距城四十里，西临泗水，有镇、有闸、有寺。"清同治《徐州府志》卷十一："境山，俗名井山。《志》云：城北四十里。相传徐封境。西临泗水，有镇、有闸、有寺。按：此或彭城留县分界之地。山有庙五，西庙殿柱宏壮，亦多旧碑。自运道改入泇河，又为微湖所吞，庙俱颓废。"

②古戍：古代驻军的城堡、营垒。
③帆樯：帆和桅杆，代指船只。

杨士奇　三首

杨士奇（1365—1444），名寓，以字行，泰和（今江西吉安县）人。曾做塾师多年，被荐入翰林，充编纂官，修《太祖实录》。历官左中允、左谕德、左春坊大学士、礼部侍郎兼华盖殿大学士。有《东里全集》。

吕梁洪

吕梁洪，截流巉岩①立。巨石森若虎豹蹲，欹侧②洪波中。射势怒激鸣，声喧豗③，万鼓击，自昔疏凿出神力。侧身望之皆辟易④，蜀江瞿塘险莫敌。百丈牵船载牛轭⑤，棹夫操篙捷贯的⑥。君不见北来南去皆安流，未若人心不可测。

注释

①巉岩（chányán）：高而险的山岩。
②欹侧（qīcè）：倾斜；歪斜。
③喧豗（xuānhuī）：指轰响声。
④辟易：退避。
⑤牛轭（è）：套在牛颈上的曲木。
⑥棹夫：船夫。贯的：原意为射中靶心，这里指从险狭处顺利通过。

夜过徐州

怒涛翻河乱石横，牵船上洪①初月明。夜中不辨黄楼处，惟听层城②钟鼓声。

注释

①上洪：此指船驶向百步洪。
②层城：高大的城阙。

范增墓①

千年宝剑无光气②，衰草寒烟野水邻。同是遗骸葬徐土，当时陵母识天人③。

注释

①范增墓：见前注（206页）。
②元虞集《盗发亚父冢》诗序："彭城有盗识宝气于亚父冢上，发之，得一剑云。"见前。
③陵母：王陵的母亲。见前注（162页）。天人：天子，指刘邦。

黄 淮 二首

黄淮（1367—1449），字宗豫，号介庵，浙江永嘉（现属温州市）人。洪武三十年（1397）进士，授中书舍人。历官翰林院侍读、左庶子兼侍读、右春坊大学士、通政使兼武英殿大学士、少保、户部尚书兼武英殿大学士。有《黄文简公介庵集》。

吕梁洪

崭崭①乱石矗戈矛，挟束②狂澜撼地浮。疏凿尚存神禹迹，万年不共水东流。

注释

①崭崭（zhǎnzhǎn）：高峻貌。
②挟束：指阻挡、约束（水流）。

吕梁洪遇风

客程过吕梁，大风折桅子①。洪涛冲舟横，一命轻如纸。牵攀泊崖下，相顾战而泚②。人生百年间，出处③不相似。老樗④卧空山，流槎⑤行万里。劳逸何不同，分固当如此。展席坐篷窗，须臾风亦止。

注释

①桅子：桅杆。
②泚（cǐ）：出汗。
③出处：进退，意指出仕和隐退。《易·系辞上》："君子之道，或出或处。"
④樗（chū）：臭椿。
⑤槎：木筏。

程 通 一首

程通：生卒年不详。字彦亨，其斋名为贞白。安徽绩溪人。洪武二十三年

(1390) 进士，授辽府纪善，进左长史。有《贞白遗稿》。

过吕梁洪

舟过梁洪信险哉，中流屹若势崔嵬。狂澜震荡翻三级，怒气奔腾鼓万雷。姒禹① 施功遗迹在，卢公有记古碑颓。人间奇险应如此，不特瞿塘滟滪堆②。

注释

①姒禹：大禹，姓姒，名禹，为古部落夏后氏的领袖。
②滟滪堆：俗称燕窝石，古代又名犹豫石。位于长江瞿塘峡口，因航运障碍，于1958年冬炸除。

金　实　六首

金实（1371—1439），字用诚，开化（今浙江开化市）人。曾与修《太祖实录》、《永乐大典》，被选为东宫讲官，历官翰林院典籍、左春坊左司直、卫府左长史。有《金寔文集》。

古留城①

博沙奋椎击②，报仇心方殷。此地逢真主③，谈笑展经纶④。素心⑤既已遂，富贵焉足云。自择三万户⑥，宁如兹邑亲。酂侯⑦功第一，系狱岂无因。韩彭⑧要王封，终与菹醢⑨邻。贤达贵知足，明哲思保身。行经古封邑，吊古怀其人。赤松⑩不可招，千载谁同群。

注释

①留城：即留侯城。见前注释（20页）。
②博沙二句：指张良为替韩报仇，得力士于博浪沙狙击秦皇帝。博浪沙，在今河南省原阳县东南。
③当初张良从下邳去留投靠假王景驹，路上遇到刘邦，便跟随刘邦。真主：指刘邦。留：即留县，在今徐州市与沛县之间，已沉于微山湖水中。
④经纶：喻筹划治理国家大事。
⑤素心：本心，素愿。
⑥刘邦封功臣，曰："运筹帷帐中，决胜千里外，子房功也。自择齐三万户。"张良曰："臣愿封留足矣，不敢当三万户。"（见《史记·留侯世家》）

⑦鄼侯：为汉高祖刘邦赐给萧何的诸侯封号。鄼：音 cuó。萧何曾受疑刘邦，被下狱治罪。

⑧韩彭：韩信、彭越，皆为汉初诸侯王，刘邦的功臣，后被告发谋反而被杀。当初刘邦让韩信、彭越会兵垓下，围歼项羽，但韩、彭皆不进兵，刘邦许诺封王后韩、彭才进兵垓下。

⑨菹醢（zūhǎi）：剁成肉酱，古代酷刑之一。

⑩赤松：即赤松子，相传为仙人。张良晚年曾言："愿弃人间事，欲从赤松子游耳。"

吕梁洪

淮甸①如掌平，千里望绵邈。忽见吕梁山，连延起郛郭②。堤防汶泗流③，尽使归大壑。崩洪神剑断，乱石鬼斧凿。隘处仅容舠④，怒激长喷薄⑤。万缆日牵磨，龃龉类追琢⑥。乃知城门轨，不以两马削⑦。我来当夏初，正值泉脉涸。廉銛攒戟矛⑧，谽谺⑨露断腭。折行乱洄洑⑩，逆挽凌荦确⑪。齐呼众力相，一唱万口诺。耳咽唇吻燥，目眩心胆落。履危幸无恙，即夷宁不乐。晚入篷底坐，举觞恣欢谑⑫。因之纪长谣，畏途不可数。

注释

①淮甸：指今淮河下游流域的皖北、苏北一带地区。

②郛郭：屏障。

③汶泗流：汶水（汶河）、泗水。汶水亦在山东境内，流入黄河。

④舠（dāo）：小船。

⑤喷薄：水势汹涌激荡。

⑥龃龉（jǔyǔ）：比喻参差不齐。追琢：雕刻。

⑦城门轨：城门的车辙。这两句的意思是：城门的车辙不仅仅因两匹马的车力就加深。《孟子·尽心下》："城门之轨，两马之力与？"

⑧廉銛（liánxiān）：锋利，此处指锋利的水中石。攒（cuán）：聚集。

⑨谽谺（hānxiā）：山石险峻貌。

⑩洄洑（huífú）：湍急回旋的流水。

⑪凌：逼近。荦确（luòquè）：怪石嶙峋。

⑫觞（shāng）：古代酒器。恣（zì）：尽情，纵情。欢谑：欢笑戏谑。

彭城怀古

英雄一去霸图①空，人指荒台是故宫。几度春风芳草绿，千年恨血土花红。好谋初易从遮说②，自用终难恃战功③。沛邑④亦无原庙在，惟余河水尚流东。

注释

①霸图：称霸图谋。

②好谋：善于谋划。《论语·述而》："暴虎冯河，死而无悔者，吾不与也。必也临事而惧，好谋而成者也。"遮说：拦路诉说。此指刘邦能虚心听取建议，纳谏如流，最后取得胜利。《史记·高祖本纪》："新城三老董公遮说汉王以义帝死故。汉王闻之，袒而大哭。遂为义帝发丧，临三日。"

③指项羽刚愎自用、专恃武力而招致失败。

④沛邑：即沛县。

自邳州至洪下一路无浅，风日和畅，因而有作

清和天气晓融融①，浅处都过隘处通。挨拶②喜于非类远，笑谈乐于故人同。鸥凫自信忘机事③，花柳想看有笑容。分付舟人齐整缆，顺风牵上吕梁洪。

注释

①晓融融：明亮的样子。

②挨拶（āizā）：形容人群拥挤；人聚集、结合。

③《列子·黄帝篇》中一则寓言说，古时海边有一个人，非常喜欢白鸥，每天清晨到海边，常有成百海鸥飞集他身旁。有一次，此人的父亲要他捉一只海鸥来玩玩，他再去海边，海鸥就不再飞下来了。机事：机巧之事。

上洪后晚泊徐州静处

舟中独有旧青毡，风顺帆轻每向先。行处不随笳鼓队①，泊时长在鹭鸥边。城头树挂初生月，沙觜②林遮暮起烟。谁向戍楼吹画角③，篷窗④徙倚为成眠。

注释

①行处：到处。笳鼓队：即军乐队。笳：胡笳，古管乐器，流行于中国古代北方民族。

②沙觜（zī）：同"沙嘴"，从陆地突入水中的尖形沙滩。

③戍楼：边防驻军的瞭望楼。画角：古代一种竹筒状乐器。一端细一端大，多用竹木或皮制成，也有铜制。外涂彩绘，故称画角。发声高亢，古时军队用以警昏晓，振士气。

④篷窗：船窗。徙倚：徘徊；流连。《楚辞·远游》："步徙倚而遥思兮，怊惝怳而乖怀。"

古留城

明良①际遇信由天，此址相逢不偶然。黄石有书传孺子②，赤松③无意托神仙。运筹非独称三杰④，明哲由来贵两全。独恨官船连夜发，无由一滴酹⑤祠前。

注释

①明良：谓贤明的君主和忠良的臣子。
②指张良于下邳桥上遇见黄石公事。孺子：相当于"孩子"。《史记·留侯世家》老父曰："十三年，孺子见我，济北谷城山下黄石即我矣。"
③赤松：即赤松子。
④三杰：指汉初三杰张良、萧何、韩信。
⑤酹（lèi）：把酒洒在地上表示祭奠。

曾 棨　五首

曾棨（1372—1432），字子棨，永丰（今江西永丰县）人。永乐二年（1404）进士，授翰林修撰。历官侍讲、侍读学士、左春坊大学士、詹事府少詹事。有《西墅集》、《巢睫集》。

吕梁洪

洪流昔怀襄①，区域信茫昧②。斯民靡宁居③，婴此昏垫害④。神哉夏先后⑤，敷理乘四载。吕梁塞其冲，滔天亦横溃。巨灵⑥劈山骨，地轴⑦为之碎。两岸束惊湍，咫尺亦何隘。怒霆斗铿訇⑧，飞瀑泻澎湃。沛然⑨向东注，下与百川会。造化有设险，惟此乃其最。扁舟溯奔流，设历今已再。水师身手捷，径渡良足快。缅怀胼胝劳⑩，遗迹远犹在。伟哉疏凿功，万世终永赖。（注：**本诗依据《西墅集》，州县志本题为"百步洪"，字句增减各有差异**。）

注释

①怀襄："怀山襄陵"的简称。怀：包围；襄：上升至高处；陵：大土山。大水包围山岳，漫过丘陵。形容水势大。《史记·夏本纪》：当帝尧之时，鸿水滔天，浩浩怀山襄陵，下民其忧。"

②茫昧：幽暗不明，暗无天日。

③斯民：这些遭受水灾的百姓。靡宁居：逃散而无安定的住所。

④婴：遭受。昏垫：深陷洪水之中，迷惘无所适从。

⑤这几句指夏禹治水情况。《史记·夏本纪》："禹伤先人鲧功之不成受诛，乃劳身焦思，居外十三年，过家门不敢入……陆行乘车，水行乘船，泥行乘橇，山行乘檋（jú）。左准绳，右规矩，载四时，以开九州，通九道，陂九泽，度九山。"

⑥巨灵：古代神话中擘开华山的河神。干宝《搜神记》：二华之山，本一山也，当河，河水过之，而曲行；河神巨灵，以手擘开其上，以足蹈离其下，中分为两，以利河流。

⑦地轴：连接地心和南极、北极的假想直线，是指地球自转所绕的轴，即地球斜轴，又称地球自转轴。

⑧怒霆：指瀑布湍流相击发出巨大的声响。铿訇（kēnghōng）：形容声音洪亮。

⑨沛然：水流盛大貌。

⑩胼胝（piánzhī）：因辛苦劳动而手掌脚底磨出了趼子。

彭　城

人家连翠巘①。楼观俯黄流②。风雨怀坡颖③，山川识项刘④。年华空冉冉⑤，尘道转悠悠。戏马台前路，春来总是愁。

注释

①巘（yǎn）：山峰。

②黄流：黄河。

③坡颖：指苏轼、苏辙兄弟。苏轼号东坡居士，苏辙号颍滨遗老。

④项刘：项羽、刘邦。

⑤冉冉：形容时光渐渐流逝。

彭祖墓①

篯铿②坟最古，春草几回青。每羡多年寿，应能养性灵。岂餐仙侣药，疑是老人星。恨不同生世，烦君予百龄。

注释

①彭祖墓：乾隆徐州府志卷八："古彭祖墓：《寰宇记》按：《彭门记》云：殷之贤臣彭祖颛顼之元孙，至殷末寿及七百六十七岁，今墓犹在故邑，号大彭焉。旧志今不知处。"《民国铜山县志·古迹考·彭祖墓》：《寰宇记》引《彭门记》："殷之贤臣彭祖，颛

项之玄孙,至殷末,寿及七百六十七岁。今墓犹在故邑,号大彭焉。旧志按一统志:彭祖封彭城,卒焉,今不知处。"《水经注》:"城之东北角,起层楼于其上,号曰彭祖楼……下曰彭祖冢,彭祖长年八百,绵寿永世,于此有冢,盖亦无极之化矣。"

②篯铿(jiān kēng):彭祖姓篯名铿。

戏马台

绕堤①春树翠重重,项羽遗都②有旧踪。城外高台空戏马,沛中佳气已成龙③。英雄割据青山在,霸业销沉碧藓封。此日经过倍惆怅,乱鸦啼散晚烟浓。

注释

①堤:此指苏堤。

②遗都:指彭城(今徐州)。项羽灭秦后,乃分天下,立诸将为侯王,自立为西楚霸王,都彭城。

③此句指刘邦战败项羽,成为帝王。佳气,指象征祥瑞的光彩。龙,封建时代以龙喻帝王。

燕子楼①

楼外双旌②去不归,楼中寂寞减容辉。合欢枕③冷愁长在,织锦机寒恨永违④。青镜⑤自嗟鸾独舞,画梁无复双燕飞。只今艳骨⑥成尘土,空有行人吊落晖⑦。

注释

①燕子楼:见前注(29页)。

②双旌:代指节度使张愔。节度使受命赴任前辞见观察使,被赐双旌双节。

③合欢枕:绣有合欢的枕头。合欢,植物名,花淡红色,古时常赠人合欢,说可以消怨和好。

④违:离别,离开。

⑤青镜:即青铜镜。铜锡合金为青色,古时用以铸镜,故称。

⑥艳骨:美人骸骨。

⑦落晖:夕阳,落日的余光。

钱习礼 二首

钱习礼(1373—1462),名干,以字行,吉水(今属江西省)人。永乐九年(1411年)进士,选庶吉士,寻授检讨。曾任侍读学士、礼部侍郎。

戏马台

独携一樽酒，吊古登高台。昔人陈迹今寂寞，对酒欲饮仍停杯。忆昨重瞳起西楚①，誓握乾符清国步②。军门剑舞失真主③，咸阳一炬成焦土④。鸿沟何用东西盟⑤，天令失道趋阴陵⑥。艾旗⑦斩将竟何勇，爱姬⑧恨血千年青。可怜明月长如素，曾向当时照歌舞。年年九月西风来⑨，秋草黄花旧时路。汴泗交流⑩去不回，台下行人频往来。登临不尽万古意，落日孤城闻笛哀。

注释

①重瞳：双眸子，指项羽，传说项羽为双眸子。西楚：即今徐州地区。《史记·项羽本纪》："项羽自立为西楚霸王，王九郡，都彭城。"

②乾符：祥瑞的征兆。旧时迷信指帝王受命于天的吉祥征兆。清国步：使国家成为清平之世。国步：国家的命运。

③指鸿门宴项羽失去杀掉刘邦的机会，造成后来的失败。真主：真命天子，即皇帝。

④咸阳：战国时秦都城。故址在今陕西长安县西的渭城故城。鸿门宴后，"项羽引兵西屠咸阳，杀秦降王子婴；烧秦宫室，火三月不灭；收其货宝妇女而东。"（《史记·项羽本纪》）

⑤鸿沟：在今河南中牟县，为古汴水的分流，即今贾鲁河。《史记·项羽本纪》："项羽与汉约，中分天下，割鸿沟以西者为汉，鸿沟而东者为楚。"

⑥阴陵：秦所置县，古城在今安徽定远县西北。项羽从垓下突围南逃，至阴陵迷失道，陷大泽中，为汉军追上。

⑦艾旗：砍旗。艾（yì），通"刈"。

⑧爱姬：项羽的姬妾虞姬。

⑨年年九月：指每年的九月九日的重阳节都有人登台宴聚。

⑩汴泗：汴水和泗水。古时汴水和泗水于徐州城边交汇。

云龙山

山人住世薄浮荣①，笑傲烟霞向草亭②。双鹤只今何处去，西山仍是旧时青。

注释

①山人：指隐士张天骥。住世：居住在世间。薄浮荣：看淡荣华富贵。

②草亭：指张天骥于云龙山西麓所筑草亭，下畜二鹤，郡守苏轼屡登宴于此亭，因以放鹤名亭，并为之记。

李时勉　一首

李时勉（1374—1450），名懋，以字行，号古廉，安福（江西吉安安福）人。永乐二年（1404）进士，选庶吉士，进学文渊阁，参与修《太祖实录》。历官刑部主事、翰林侍读学士、祭酒。有《古廉集》。

吕梁洪

岸欹欲合连津石①，水激遥翻倒海波。淳朴独怜民俗在，凿疏谩说禹功多②。

注释

①欹（qī）：倾斜。津石：渡口的石头。
②指大禹疏凿导水之功。

胡　谧（mì）　一首

胡谧：生卒年不详，字廷慎，会稽（今绍兴）人。永乐二年（1404）进士。历官山西佥事提学、河南按察副使、广东参政。

登黄楼①

山接青齐横翠黛②，水兼汴泗入洪流。西风落日凭栏处，廊庙江湖③总关愁。

注释

①清道光《铜山县志》题为"登黄楼作"。
②青齐：指山东地区，山东古代属于青州，别称为齐。翠黛：泛指翠绿的山峦。
③廊庙江湖：朝野。廊庙，指朝廷。

王　英　四首

王英（1375—1449），字时彦，别字泉坡，兴贤坊人。金溪（今属江西）人。永乐二年（1404）进士，选庶吉士。参与修《太祖实录》，授翰林院修撰，进侍读，后修《太宗仁宗实录》，升少詹事。历官右春坊大学士、礼部侍郎、南京礼部尚书。有

《泉坡集》。

夜过徐州

　　永乐癸巳二月二十三日，薄暮上吕梁，夜三鼓过百步洪，泛舟彭城之下，因思东坡乃着羽衣登黄楼相望大笑，以为此乐世间所无。追思往昔，慨然赋此，呈同行诸公。

　　四山盘盘拥孤城，城头鼓角深夜鸣。遥空无云净如洗，河汉皎皎风冷冷①。遥看泗水来天际，流入长洪碧波起。惊奔倒泻乱石开，孤月摇光在波里。月光不随波浪沉，滉漾清辉照我心②。虚明③已觉万虑寂，怅望那知春夜深。微茫前洲野火灭，独有渔人唱明月。方舟④欲去不可寻，浅水桃花隔林樾⑤。迢迢幽兴亦何长，夷犹⑥远在天一方。祇⑦将孤琴寄山水，更和一曲歌沧浪⑧。须臾返棹入平渚⑨，泛泛轻飔片帆度。汀兰岸芷散余香，乌帽罗衫湿清露。慨思昔人曾此游，画舡⑩载酒若为愁。羽衣独立黄楼夜⑪，玉笛横吹远浦秋。山川风景犹如昨，今我重来胡不乐。但悲楼空昔人去，几度花开与花落。花落花开自可怜，水亦东流去不还。幽怀渺渺徒为尔，且向舟中对月眠。

注释

①河汉：银河。皎皎：明亮貌。
②滉漾（huàngyàng）：水浮动貌。清辉：指皎洁的月光。
③虚明：清澈明亮的天空。
④方舟：大船。
⑤林樾（yuè）：树林。
⑥夷犹：犹豫迟疑不前。
⑦祇（zhī）：同"秖"，副词，适，恰好。
⑧歌沧浪：屈原《渔父》："沧浪之水清兮，可以濯我缨；沧浪之水浊兮，可以濯我足。"
⑨棹（zhào）：船桨，代指船。平渚：水中小块平坦陆地。
⑩舡（xiāng，又chuán）：同"船"。
⑪苏轼《百步洪》诗序："余时以事不得往，夜著羽衣，伫立于黄楼上，相视而笑，以为李太白死，世无此乐三百余年矣！"见该诗。

百步洪

　　遥看泗水来天际，流入长洪碧波起。惊奔倒泻乱石间，孤月摇光在波里。月光不随波浪沉，滉漾清辉照我心。虚明已觉万虑寂，怅望那知春夜深。

石佛寺①

上方烟树远沉沉,过客重来感慨深。山上浮云多故垒②,空中孤月独禅心③。幽花细草春光晚,古路荒苔夕阳阴。此处俗尘应不到,几人乘兴解登临。

注释

①石佛寺:即兴化寺。民国《铜山县志》:"道光旧志:在云龙山阳,明洪武三十五年建(同治府志作建文五年)有石琢佛像,俗名石佛寺,又呼大佛寺。"
②故垒:古代留下的军营墙壁或防守工事。此处泛指古代留下的建筑物。
③禅心:清静寂定的心境。

过戏马台

烽烟三月火咸阳①,功业终随玉斗亡②。却叹重瞳③非霸主,方知隆准是真王④。萧萧归马旌旗尽,寂寂空台草树荒。堪笑英雄还有恨,喑呜⑤不侣楚歌长。

注释

①此句指"项羽引兵西屠咸阳,杀秦降王子婴,烧秦宫室,火三月不灭;收其货宝妇女而东。"(《史记·项羽本纪》)
②玉斗亡:指鸿门宴上范增愤由玉斗事。详见前注释(46页)。
③重瞳:双眸子,指项羽,传说项羽为双眸子。
④隆准:高鼻,指汉高祖刘邦。《史记·高祖本纪》:"高祖为人,隆准而龙颜。"
⑤喑呜(yìnwū):同"喑噁(wù),发怒声。这里指项羽。《史记·淮阴侯列传》:"项王喑噁叱咤,千人皆废。"

李 祯 二首

李祯(1376—1452),字昌祺,一字维卿,庐陵(今江西吉安)人。永乐二年(1404,一说元年)进士,选翰林院庶吉士,曾参与修撰《永乐大典》,历官礼部郎中、广西布政使、河南布政使。有《运甓漫稿》、《容膝轩草》、《侨庵诗馀》、《剪灯馀话》。

徐 州

膴膴①平原四望通,周遭官树覆崇墉②。浮桥小市东西岸,乱石奔流上下洪。白鸟微茫疏雨外，青山明灭断云中。黄楼制作③皆名笔，惟有滦城④赋最功。

注释

①膴膴（wǔwǔ）：肥沃貌。
②崇墉：高的城墙。
③黄楼制作：指写黄楼的诗文。
④滦城：指苏辙，曾官中奉大夫护军栾城县。黄楼建成，苏辙撰《黄楼赋》。见前注释。

归次①吕梁洪

吕梁洪水激冲波，桂楫兰桡②此处多。去日少年归日老，人生能得几回过。

注释

①次：临时住宿。
②桂楫兰桡（ráo）：形容船漂亮名贵。楫和桡皆指划船的桨，此处代指船只。

王　洪　三首

王洪（1380—1420），字希范，钱塘（今杭州）人，洪武三十年（1397）进士，初授行人，寻擢吏科给事中。成祖时以荐入翰林由检讨。历官修撰、侍讲、永乐大典副总裁官。闽中十才子之一。有《毅斋诗文集》。

过黄石祠怀留侯①

神蛟脱秦网，孤凤游沧冥。微服楚泽间，随为圯上行②。老翁彼何士，素发垂华缨③。当桥叱取履，箕踞④若狂生。顾授一编书，奇文閟纵横⑤。片言斡神机⑥，千秋启炎精⑦。孺子后见我，黄石济北城⑧。高山立遗庙，振古扬鸿名。慨彼井底蛙，自多安所成。

注释

①黄石祠：晋皇甫谧《高士传》："黄石公者，下邳人也，遭秦乱，自隐姓名，时人莫知者。初张良易姓为长，自匿下邳，步游沂水圯上，与黄石公相遇。"据清道光《铜山县志》卷七：黄石公庙在彭城山南，城东北二十里。后移至子房山。
②圯上行：以上四句指张良为韩报仇，于博浪沙狙击秦皇帝，误中副车，秦皇帝大

怒，大索天下，张良更姓名，亡匿下邳，于圯上遇见黄石公，得《太公兵法》一书。事见《史记·留侯世家》。圯：yí 桥。

③华缨：彩色的冠缨。古代仕宦者的冠带。鲍照《咏史》诗："仕子彯华缨，游客竦轻辔。"

④箕踞：jījù 一种轻慢傲视对方的姿，即两脚张开，两膝微曲地坐着，形状像箕。

⑤閟纵横：閟，音 bì，慎重。纵横，即纵横捭阖。

⑥斡神机：运用机智灵活的策略。斡，音 wò。

⑦炎精：指火德。古时以五行中的火来附会王朝历运的称火德。汉为应火运而兴的王朝，故火德又指刘邦的汉王朝。

⑧济北城：指济水之北的谷城山，在今山东省东阿县。《史记·留侯世家》："后十年，兴。十三年，孺子见我，济北谷城山下黄石即我矣。"

夜过吕梁洪

大河西来走长洪，建水①直下青云中。巨石扼之势转雄，惊雷喷雪入半空。跳波倒射天回风，剑戟下拥河伯②宫。怪灵百出鳌与虫，睢盱崄巇不可冲③。一发失手没汝踪，蹇④予挂席来自东。修绳掣空亘长虹，忽若快鹘⑤凌高峰。俯弄皓月纷玲珑，放歌落水惊鱼龙。余响杳逐南飞鸿，人生沿洄⑥不可穷。昔雄其谁楚重瞳⑦，祇今断石霜飞蓬。便须一饮三百钟，醉看斗杓⑧卧孤篷，回首海日光曈昽⑨。

注释

①建水：顺流而下。
②河伯：河神。
③睢盱（suīxū）：仰视貌。崄巇（xiǎnxī）：险峻崎岖。
④蹇（jiǎn）：语助词。
⑤快鹘（gǔ）：敏捷的鸷鸟。鹘，一种猛禽。
⑥沿洄：沿，顺流而下；洄，逆流而上。这里沿洄喻人的进退祸福。
⑦重瞳：双眸子，指项羽，传说项羽为双眸子。
⑧斗杓（biāo）：即北斗柄。北斗七星，四星像斗，三星像杓。杓，即柄。
⑨曈昽（tónglóng）：日初出渐明貌。

戏马台

英雄此地有遗台，故国荒凉楚水哀。霸业已随玉斗碎①，乡人不见锦衣回②。山头落日沉波去，天际悲风带雨来。不独咸阳三月火③，曲池高榭总成灰④。

注释

①玉斗碎：指鸿门宴上范增愤击玉斗事。说见前注释（46页）。
②《史记·项羽本纪》项羽西屠咸阳灭秦后，"心怀思欲东归，曰：'富贵不归故乡，如衣绣夜行，谁知之者！'"
③《史记·项羽本纪》"项羽引兵西屠咸阳，杀秦降王子婴；烧秦宫室，火三月不灭；收其货宝妇女而东。"
④曲池：即曲江池，亦称曲江，在今西安市东南。秦为宜春苑，汉为乐游原，河水水流曲折，故名曲江。榭：泛指楼台等建筑。

王 政 一首

王政：生卒年不详。蕲州（今属湖北省）人，建文二年（1400）进士。

微山湖夜月

含虚①万顷自茫然，秋月扬辉淡渚烟。翠嶂眉横双黛远，澄波心浸一珠圆。薛邾②省入渔樵地，淮泗③能通咫尺天。回首岳阳楼④下景，携朋曾泛洞庭船。

注释

①含虚：指空旷飘缈的自然景色。
②薛：古代诸侯国名，在今山东省滕县南。邾，古代诸侯国名，在今山东省邹县。
③淮泗：淮河、泗水。古泗水流经山东曲阜、鱼台和江苏徐州、宿迁等地流入淮河。
④岳阳楼：位于湖南省岳阳市古城西门城墙上，下瞰洞庭，前望君山，自古有"洞庭天下水，岳阳天下楼"之美誉。

周 忱 二首

周忱（1381—1453），字恂如。吉水（今属江西省）人。永乐二年（1404）进士，选庶吉士。历任刑部主事、员外郎、越府长史、工部侍郎、户部尚书。有《双崖诗集》。

戏马台

百战徒劳八岁兵①，秦民失望霸图倾。沐猴不免当时笑②，戏马空传此日名。故垒③萧萧连泗水，寒山簇簇④近彭城。行人回首荒台上，啼鸟凄凉学楚声。

注释

①八岁兵：指项羽从起兵到被刘邦击败前后共八年。
②《史记·项羽本纪》项羽西屠咸阳灭秦后，"心怀思欲东归，曰：'富贵不归故乡，如衣绣夜行，谁知之者！'说者曰：'人言楚人沐猴而冠尔，果然。'"
③故垒：古代留下的军营墙壁或防守工事。
④簇簇：山峦丛列貌。

过桓魋墓①

愚哉宋司马，仲尼安可轻②。欲害其如何，不知天所生。此山昔葬骨，废穴尚留名。宿土消饭含③，飘风散精灵。日中狐兔集，夜半鸱鸮④鸣。当其始建时，久远劳经营。荷锸⑤万夫集，石椁三年成。讵⑥知百世下，牧竖⑦来纵横。君看孔林树，千古犹青青。

注释

①桓魋墓：桓魋，春秋晚期宋国司马。其墓在今徐州桓山（又名洞山、圣女山）西麓。《水经注·泗水》："泗水又南迳宋大夫桓魋冢西，山抗泗水，上而尽石，凿而为冢，今人谓之石郭者也。"
②仲尼：孔子名丘，字仲尼。桓魋曾想杀害孔子。《史记·孔子世家》："孔子去曹适宋，与弟子习礼大树下。宋司马桓魋欲杀孔子，拔其树。孔子去。弟子曰：'可以速矣。'孔子曰：'天生德于予，桓魋其如予何！'"
③宿土：旧有的土壤，此指墓中的土。饭含：古代一种丧仪，即把珠玉贝米之类放入死者口中。
④鸱鸮（chīxiāo）：指鸺鹠、猫头鹰等鸟。
⑤锸（chā）：铁锹，掘土的工具。
⑥讵（jù）：岂，怎。
⑦牧竖：牧童。

叶铭臻 一首

叶铭臻：生卒年不详。字维新，浙江慈溪人。永乐二年（1404）进士。曾任韩王府伴读。有《居家集》。

戏马台

拔山力尽楚声哀，戏马千年尚有台。若使后人伤往事，何能更罪菊花杯①。

注释
①菊花杯：指菊花酒。亦指重阳节酒会。

薛　瑄　十首

薛瑄（1389—1464），字德温，河津（今山西河津县）人。永乐十九年（1421）进士，授御史。历官大理寺少卿、礼部右侍郎兼翰林学士。有《薛文清全集》。

徐州洪①

乱石何巉岩②，长堤更宛转。狭岸忽陡起，急濑③如注坂。回旋聚流沫，骇浪洒雪霰。舟行良已难，下上劳拽挽。翻思④游川峡，江石尤险远。瞿塘十二滩⑤，波浪激雷电。回视过兹⑥洪，反若历平坦。乃知所观大，小者不挂眼。

注释
①徐州洪：即百步洪。见前注释（46页）。
②巉岩（chán yán）：指高而险的山岩；形容险峻陡峭。
③濑：湍急的水流。
④翻思：回想。
⑤瞿塘：长江三峡之一，峡中多礁石险滩，"十二滩"并非确数，指险滩之多。唐刘禹锡《竹枝词》："瞿塘嘈嘈十二滩，人言道路古来难。"
⑥兹（zī）：此，这。

夜上吕梁洪①

水村夜寥寥②，秋月流空白③。牵舟上吕梁，逆浪涌寒雪。愧彼役夫劳，当此滩水涩④。忆我四方游，江湖饱涉越⑤。衹召（亦作诏）⑥复兹行，恩重知才劣。矢心复何如，长洪石如铁。

注释

①吕梁洪：见前注（144 页）。
②寥寥：空旷寂静。
③空白：天空。
④涩：水行不畅。
⑤涉越：到处奔波。
⑥祇：zhī 适，恰好。召：召唤。诏：皇帝的命令。二字在这里意思都可以。

过徐州

去年春正月，南泛彭城舟。今岁值秋暮，北上溯①长流。踪迹信②往复，景物惬③观游。风寒堤柳落，波减岸石稠。白见高城堞④，苍出远山丘。何处戏马台，仿佛燕子楼。化迁⑤无停轨，事往不可求。陈迹竟泯泯⑥，虚名但悠悠⑦。览今亦怀昔，发声遂成讴。

注释

①溯（sù）：逆流而上。
②信：随意，任凭。
③惬（qiè）：快意，心里满足。
④城堞：泛指城墙。堞：女墙，城上齿状矮墙。
⑤化迁：事物的变迁。
⑥泯泯：消失，灭绝。
⑦悠悠：长久。这里可指毫无意义，令人忧思。

吕梁洪

长洪几折奔流急，乱石两崖还叠重。被发行游浑不见①，往来舟楫自匆匆。

注释

①《庄子·达生》："孔子观于吕梁，县水三十仞，流沫四十里，鼋鼍鱼鳖之所不能游也。见一丈夫游之，以为有苦而欲死也，使弟子并流而拯之。数百步而出，被发行歌而游于塘下。"

徐州见黄河

吾家正在龙门①下，流出黄河几曲长。忽向徐州城外见，牵情一水正思乡。

注释

①龙门：位于陕西韩城市北 30 公里的黄河峡谷出口处。此处两面大山，黄河夹中，两岸峭壁对峙，形如宫阙。故称。传说这里就是大禹治水的地方，故又称禹门。《水经注卷四》："昔者大禹导河积石，疏决梁山，谓斯处也，即经所谓龙门矣。"

戏马台

八千兵渡大江来①，戏马高台亦壮哉。何事乌江骓不逝②，高台翻③使后人哀。

注释

①八千兵：指项羽起兵时的江东兵士。《史记·项羽本纪》："籍与江东子弟八千人渡江而西。"

②乌江：在今安徽和县东北四十里，今称乌江浦。《史记·项羽本纪》："于是项王乃欲东渡乌江。乌江亭长枊檥船待"，所指乌江即此。骓不逝：项羽《垓下歌》："时不利兮骓不逝！"

③翻：此处用作副词，反而。

燕子楼

孀妾①当时一女流，犹知守节②度春秋。往来忘义忘仁客，莫上彭城燕子楼。

注释

①孀妾：寡妇，丧偶之妾。

②守节：指封建社会妇女在丈夫死后终死不嫁，坚守贞操。

王陵母墓①

鹿走中原②海起尘，独从草昧③识真人。纷纭④等是人间母，母死高名万古新。

注释

①王陵母墓：清道光《铜山县志》："王陵母墓，在城西南二里。明嘉靖御史朱衣立碑冢上，后为居人侵毁。清康熙五十八年，淮徐同知孙国瑜按旧址卫以石垣建坊墓门。嘉庆四年，淮徐海道康基田捐资命铜山知县丁观堂修葺，立亭其上以表其阡。有碑记。"王陵母：见前注释。

②鹿走中原：指逐鹿中原，在中原大地争夺帝位。鹿，表示政权、帝位。《史记·淮

阴侯列传》："秦失其鹿，天下共逐之，於是高材疾足者先得焉。"
③草昧：乱世；亦指民间。杜甫《重经昭陵》诗："草昧英雄起，讴歌历数归。"
④纷纭：众多。

入徐州境

春首及徐方①，行来道路长。残冰余积水，霁雪②带连冈。远野通淮甸③，悬流近吕梁。征鞍④行可解，不日上舟航。

注释

①春首：初春，春天开始。徐方：徐州。
②霁雪：雪止放晴。
③淮甸：指今淮河下游流域的皖北、苏北一带地区。
④征鞍：指旅行者所乘的马。

彭城怀古二首

戏马台边雉堞①高，参差楼阁入烟霄。运河控引淮黄②近，驿路通连海岱遥③。天府岂知成伯主④，彭城空复驻英豪。大风折木飞沙日，想见天心翊汉朝⑤。

当年禹迹旧分州⑥，走马南来遂此游。地势萦回环翠岭，关城峭拔枕黄流⑦。烧馀⑧豪杰千年冢，春老佳人百尺楼。周览未能穷往事，官河又放下洪舟。

注释

①雉堞（zhìdié）：泛指城墙。雉：城墙长三丈广一丈为雉。堞：即女墙，城上齿状矮墙。
②淮黄：淮河、黄河。
③驿路：古时的官方通道，供传递官府文书的车马通行。海岱：指东海与泰山间之地。《史记·夏本纪》："海岱维青州。"
④天府：指地形险要、土地肥沃、物产丰富的地区。伯主：霸主。伯通"霸"。
⑤《史记·项羽本纪》："楚又追击至灵璧东睢水上。汉军却，为楚所挤，多杀，汉卒十余万人皆入睢水，睢水为之不流。围汉王三匝。于是大风从西北而起，折木发屋，扬沙石，窈冥昼晦，逢迎楚军。楚军大乱，坏散，而汉王乃得与数十骑遁去……"天心：天帝之心。翊：辅祐、帮助。
⑥当年大禹奉命治水，从冀州南下，走遍九州。《史记·夏本纪》："左准绳，右规矩，载四时，以开九州，通九道、陂九泽、度九山。"
⑦黄流：指黄河。
⑧烧馀：指历经战乱之后。

陈 循 四首

陈循：生卒年不详，字德遵，太和（今江西太和县）人。永乐十三年（1415）进士，授翰林修撰。历官户部右侍郎、户部尚书、太子少保、文渊阁、华盖殿大学士等。有《芳洲集》。

月夜上吕梁洪

正值舟行俭①，宵分②未敢眠。歌声洪下起，缆影月中牵。峭石阴藏剑，飞涛乱入舡③。何时逢坦易④，行李⑤得安然。

注释

①舟行俭：舟行水路狭窄。
②宵分：夜半。
③舡（xiāng，又chuán）：同"船"。
④坦易：平坦易行。
⑤行李：行旅。

过徐州回銮处

偶得回銮①处，遥因想翠华②。彩云飞辇路③，象迹④印汀沙。晓日彭城地，春风杨柳花。独惭随使节，重此泛神槎⑤。

注释

①回銮：帝王回京。
②翠华：用翠羽装饰在旗杆顶上的旗，泛指皇帝的仪仗队。
③彩云：此指如云的彩旗。辇路：皇帝车驾经过的路。
④象迹：大象的足迹。
⑤神槎：神仙所乘的木筏。

徐州洪①上散步

彭城城下路，洪响迅于雷。鸟逐帆樯②去，客从霄汉③回。天连青草外，山断白云隈④。指点前人迹，经过戏马台。

注释

①徐州洪：即百步洪。见前注释（46页）。
②帆樯：船帆与桅樯，代指船只。
②霄汉：天空极高处。
③白云隈（wēi）：指遥远的天际。

罗侍讲汝敬、刘检讨汝弼，舟中留饮二绝①

长洪百步激飞湍，神护奎章画舫安②。赖得同官贤士友，一尊③留饮故情欢。
百里青山雨欲来，画舡挝鼓④拂云开。东风何事能相待，犹送花香到酒杯。

注释

①侍讲：官名。明清侍讲主要掌管撰著记载等事。检讨：官名。掌管修撰国史。
②奎章：泛指杰出的书法或文章，此处代指书法文章杰出的人。画舫：装饰华丽的船。
③尊：同"樽"，酒器。
④挝鼓：击鼓。挝：音 zhuā。

刘 溥 一首

刘溥：生卒年不详，约1436年前后在世。字原博，长洲（今江苏苏州）人。宣德（1426—1435）初授惠民局副使，调太医院吏目。溥医术精明，善诗，工画。有《草窗集》。

题画寄徐州陆九皋二首

别后重来未有期，且凭图画寄相思。秋风黄叶茅亭上，犹记逢君是此时。
目极天涯酒半醒，枫林斜带远山青。故人家在秋云外，百步洪边水绕亭。

马 蕙 四首

马蕙（1405—1458），字彦芳，别号兰斋。徐州人。宣德八年（1433）进士，授山东曹县教谕，后调任上蔡（今河南上蔡）教谕、汝宁（今河南汝南）教授。

彭祖井①

古井城边不记年，名留彭祖世相传。玉绳汲虎②人何在，金鼎蟠龙③客已仙。甃石④苔侵秋雨积，梧桐叶落晚风旋。谁能更把寒泉浚⑤，一饮须教寿八千⑥。

注释

①彭祖井：道光《铜山县志》："彭祖井在北门子城内，有石刻彭祖井三字。"
②玉绳汲虎：提水的绳和辘轳。玉绳：对绳的美称，指仙人所用之绳。
③金鼎蟠龙：指井栏上刻有金鼎、龙纹的雕饰。
④甃石：井壁的石头。甃：音zhòu。
⑤浚：疏浚。
⑥《庄子·逍遥游》："上古有大椿者，以八千岁为春，八千岁为秋。"

九里山①

天空野烧连垓下②，落日苍烟接沛③中。惟有磨旗④踪迹异，年年常见白云封。

注释

①九里山：又称九巍山，在徐州城北，首起于东，绵亘于西，凡九里，故名。
②垓下：地名。在徐州东南方向（今安徽灵璧县东南），刘邦在此困项羽。
③沛：沛县地区，在徐州西北。
④磨旗：即磨旗石，在九里山顶。相传楚汉相争时，樊哙在山上磨动大旗，指挥战斗。因旗大杆粗，没人能扛起，只得插在一个石洞里，前后左右磨动旗杆。

戏马台

戏马有台临泗水，沐猴无面复江东①。霸图已逐寒烟灭，故垒②空留夕照红。

注释

①沐猴：喻指项羽。详见前注释（203页）。
②故垒：古代留下的军营墙壁或防守工事。

黄茅冈①

烟收泗水波光白，秋染龙山草木黄。

注释

①黄茅冈：亦写成"黄茆冈"，位于云龙山西坡。苏轼《登云龙山》诗："醉中走上黄茆冈，满冈乱石如群羊。"

柳琰 一首

柳琰：生卒年不详，仪征（今为扬州属县）人，天顺间官徐州仓户部分司。（同治《徐州府志》和道光《铜山县志》琰作"炎"）

黄茅冈

黄茅冈负彭城郭，远引林峦散村落。登登石磴近人纡①，漠漠岚光向日薄②。背岩细草满平坡，出洞闲云度孤壑。烂然醉我东风前，摩挲③石壁谁能镌。疏才自笑有狂兴，苦无佳句如仙坡④。

注释

①登登：象声词，登高脚步声。近人纡：石磴陡峭，攀登时人体必须前躬贴近石磴。纡（yū）：弯曲。

②漠漠：弥漫貌。岚光：山间雾气经日光照射而发出的光彩。薄：迫近。

③摩挲：抚摸。

④仙坡：指苏轼。苏轼号东坡居士。

吴希哲 一首

吴希哲：徐州人。生平不详。

黄茅冈

石剥苔生山雨过，亭空鹤去野云浮。唯馀落谷秋风句①，千古令人忆胜游。

注释

①落谷秋风：苏轼《登云龙山》诗："歌声落谷秋风长，路人举首东南望，拍手大笑使君狂。"见苏轼诗。

商 辂（lù） 一首

商辂（1414—1486），字宏载，号素庵，浙江淳安人。正统十年（1445）进士，除修撰，进讲经筵，升侍读。历官兵部尚书、吏部尚书、谨身殿大学士。有《商文毅疏稿略》、《商文毅公集》。

彭 城

萍踪今日又彭城，寒吹萧萧舞敝缨①。汴泗蛟鼍争险壮②，濠梁③烟月递昏明。东风苑陌春襟④动，午夜星河剑气横。旷代独怜陈正字⑤，心期⑥应不负平生。

注释

①敝缨：破旧的系帽带子。缨，亦代指帽子。
②汴泗：汴水和泗水。蛟鼍（jiāotuó）：泛指水中凶猛的鳄类动物。
③濠梁：濠上。《庄子·秋水》记庄子与惠施游于濠梁之上，见鯈（chóu）鱼出游从容，因而辩论游鱼知乐与否。后因以濠上为逍遥闲游之地。
④春襟：春日的情怀。唐崔涂《鹦鹉洲即事》诗："怅望春襟郁未开，重临鹦鹉益堪哀。"
⑤陈正字：陈师道，曾任秘书省正字，故称。
⑥心期：期望，心愿。

伍余福 一首

伍余福：生卒年不详，约卒于嘉靖十年（1531）前后。字天赐，江西抚州临川人。正统九年（1444）中举，授咸宁（今陕西西安）教谕，后升济南教授。正德十二年（1517）中进士，官陕西按察佥事，再升副使，奉敕提督学政。有《苹野纂闻》、《南山居士集》、《云峰清赏集》等。

黄茅冈

何哉坡老①酷好奇，乱茆不翦冈纍纍②。挥毫石上破千古，山光树色蟠蛟螭③。我今吊古问坡老，紫芝④孰与黄茅好。霸图王业空战场，白鹤飞去乌雅亡⑤。惟有山容插霄汉⑥，九里⑦不断河流长。

注释

①坡老：指苏轼，号东坡居士。
②纍纍：多而密集。
③蛟螭（jiāochī）：蛟和螭皆为传说中的龙类动物。螭为五角龙。蟠蛟螭，指山间树木交相盘绕状。
④紫芝：真菌的一种，似灵芝。古人以为瑞草，道教以为仙草。
⑤白鹤：宋隐士张天骥养二鹤于云龙山。乌骓：指项羽骑的骏马。
⑥霄汉：天空极高处。
⑦九里：九里山。

夏 寅 二首

夏寅：生卒年不详，字时正，改字正夫，松江华亭（今属上海市）人。正统十三年（1448）进士，授南京吏部主事，进郎中。历官江西副使、浙江右参政、山东右布政使。成化元年，曾上书言："徐州旱涝，民不聊生，饥馁切身，必为盗贼，乞特遣大臣镇抚，蠲租发廪……"（见《明史》本传）。有《夏文明公集》。

过彭城

刘项①兵销霸气平，书生千古独含情。营中亚父②绌汉策，垓下③美人啼楚声。落日砀山④云已散，大风濉水⑤浪还鸣。梨花⑥一斗彭城酒，长醉拍舷⑦歌月明。

注释

①刘项：刘邦、项羽。
②亚父：即范增。详见前注释（46 页）。绌汉策：指范增除掉刘邦的计策。
③垓下：在今安徽灵璧县境内，刘邦在此困项羽。
④砀山：山名，在今安徽砀山县。汉高祖刘邦斩蛇起义后藏于芒、砀山泽间。
⑤濉水：亦作睢水，古水名。《史记·项羽本纪》："汉卒皆南走山，楚又追击至灵璧东睢水上。汉军却，为楚所挤，多杀，汉卒十余万人皆入睢水，睢水为之不流，围汉王三匝。"
⑥梨花：梨花酒。
⑦舷：船两侧的边沿。

范增墓①

谁阻归骸骨②，无心竟道亡。青山埋未稳，一剑又遭殃③。望气知天子④，荥阳苦力争⑤。平生好奇计⑥，本是学从横⑦。

注释

①范增墓：亦称亚父冢，在徐州城南。俗称土山。见前注释（207页）。
②归骸骨：指辞去官职归卒伍。《史记·项羽本纪》："范增大怒，曰：'天下事大定矣，君王自为之。愿赐骸骨归卒伍。'"
③元末曾有人盗发范增墓，得一宝剑。参见元虞集《盗发亚父冢》诗。
④项羽驻军新丰鸿门，兵四十万；沛公军霸上，兵十万。范增劝其乘势击败刘邦军队，曰："吾令人望其气，皆为龙虎，成五彩，此天子气也。急击勿失！"（见《史记·项羽本纪》）
⑤汉军困守荥阳，处境危险，向项羽请和，愿以荥阳为界，东归楚，西归汉。项羽准备接受，范增坚决反对，曰："汉易与耳，今释弗取，后必悔之。"
⑥《史记·项羽本纪》："居鄛人范增，年七十，素居家，好奇计。"
⑦从横：合纵连横。指以辩才陈述利害，游说君主。

江　源　二首

江原：生卒年不详，约生活在成化、弘治年间。字一原，号桂轩，番禺（今属广东）人。曾官右提刑佥事。

宿彭城值雨写怀

彭城经信宿①，风急雨霏霏。邅砌②虫声乱，隔江人语稀。对床诗独在③，戏马④事全非。无限关心事，挑灯读楚辞。

注释

①信宿：连宿两夜。
②邅砌：邅，同"绕"。砌，台阶。
③指苏轼、苏辙诗。苏辙《逍遥堂会宿二首》："误喜对床寻旧约，不知漂泊在彭城。"
④戏马：指项羽所筑戏马台。

过徐州有感

使旌①又向彭城过，细柳熏风旧路蹊。舟棹下洪湍水恶②，仆夫牵缆和歌齐。沐猴③人去遗墟在，放鹤亭空落日低。我欲凭高望京国④，白云烟树眼中迷。

注释

①使旌：官员出行车船所用的旗子。

②舟棹（zhào）：舟行。棹：划船的一种工具，这里用作动词。下洪：明冯世雍《吕梁洪志》："吕梁洪则在东南五十里，洪有二，上下相距可七里。"今有下洪村。

③沐猴：指项羽。《史记·项羽本纪》项羽西屠咸阳灭秦后，"见秦宫室皆以烧残破，心怀思欲东归，曰：'富贵不归故乡，如衣绣夜行，谁知之者！'说者曰：'人言楚人沐猴而冠尔，果然。'"

④京国：京都。

黎 淳 一首

黎淳（1423—1492），字太朴，号朴庵。华容（今湖南省华容县）人。天顺元年（1457）进士，授翰林院修撰。历官左庶子、少詹事、吏部左侍郎、南京工部尚书、礼部尚书等。曾参与修撰《大明一统志》。有《龙峰集》、《明试录》、《黎文僖集》等。

吕梁洪

天地设险阻，石林森剑峰。越昔匪凭神禹智①，谁其修治令疏通。胼胝②手足谅有据，玉石简牒③谁能穷。圣泽咸言万世赖，乃今无庙酬勋庸④。我生千载下，慨古伤前功。载观齐楚霸，一扩云梦胸。清风偃波引双棹⑤，长天杳渺⑥飞晴鸿。

注释

①越昔：跨越过去；远古。匪：同"非"。禹：传说为夏代第一个君主，曾经治洪水，被称为大禹。

②胼胝（pián zhī）：手掌脚底因长期劳动摩擦而生的茧子。

③玉石简牒：此指记录历史的碑刻、书籍等。

④勋庸：功勋。

⑤偃波：平静的波浪。棹（zhào）：船桨。

⑥杳渺：遥远，渺茫。

张 弼 一首

张弼（1425—1487），松江华亭（今上海）人，字汝弼，号东海。成化二年

(1466）进士。曾官江西南安府知府。工书。有《东海文集》。

徐州老鸦歌

  天顺壬午①，予赴会试，道遇四川佥事张茂兰，遂过其舟；行数程又遇南京刑部主事高汝贤驰驿而北，以驿舟行速，又与茂兰过驿舟。三人皆松江而素交契，乃昼夜谈笑洽旬，至张湾将登岸，汝贤忽指柳上鸦而大言曰："此徐州老鸦何以又至此也！"左右舟人皆惊愕以目力之精如此。予与茂兰亦绝倒②，盖戏也。自此别去，今十五年矣。会辄道及鸦事以为笑。茂兰去岁卒于家，汝贤以佥事致仕③居京师东巷，予碌碌兵部，动辄逾年不得见。九月廿八夜忽梦与汝贤会，犹道及鸦事，觉而识以歌，且将携一榼④往同洗老怀也，先之以歌曰：

  徐州老鸦今有无，张湾柳树半凋枝。同舟三年两人在，梦中相见亦胡卢⑤。胡卢笑罢还叹息，茂兰已作泉台⑥客。两人居京相见稀，年齿参差发俱白。平生事业不尽怀，谁洗磊落逃抑塞⑦。我有江南酒一尊⑧，君烹庭中鸡一双。沈醉重温旧笑谈，何须俯仰乾坤计宽窄。

注释

  ①天顺壬午：即1462年。
  ②绝倒：前仰后合大笑。
  ③致仕：辞去官职归家，即退休。
  ④榼（kē）：古代一种酒器。
  ⑤胡卢：喉间发出的笑声。
  ⑥泉台：墓穴，阴间。
  ⑦磊落：指胸怀开阔，直率开朗。抑塞：阻塞、抑郁。杜甫《短歌行赠王郎司直》："王郎酒酣拔剑斫地歌莫哀，我能拔尔抑塞磊落之奇才。"这里"洗磊落"，指显示磊落胸怀；"逃抑塞"，指逃脱抑郁的心理。
  ⑧尊：同"樽"，酒器。

杨守陈　二首

  杨守陈（1425—1489），字维新，号镜川（一作晋庵），浙江鄞县人。景泰二年（1451）进士，选为翰林院庶吉士，授编修。历官司经局洗马、侍讲学士、少詹事、吏部右侍郎等。参与编修《大明一统志》、《英庙实录》、《文华大训》、《宋元通鉴》、《献庙实录》。有《杨文懿公全集》。

云龙山

重重石磴烟霞绕,绝顶平临①城郭小。戏马台高只断云,放鹤亭空但②荒草。

注释

①平临:指从山顶上往下看。
②但:只(有)。

黄茅冈

黄茅冈上吊坡仙①,白云依旧群羊眠②。

注释

①坡仙:指苏轼。
②苏轼《登云龙山》诗:"醉中走上黄茆冈,满冈乱石如群羊。"

文 洪 一首

文洪(1426—1479),字功大,号希素,长洲(今苏州)人。成化元年(1465)进士,官涞水县教谕。有《括囊诗稿》、《文涞水文集》。

吕梁洪

经旬病体怕支风①,兀坐②篷窗若梦中。慌忽耳边奔万马,扁舟横渡吕梁洪。

注释

①支风:被风吹。
②兀坐:独自端坐。

沈 周 一首

沈周(1427—1509),字启南,号石田,晚号白石翁,亦作玉田翁,人称白石先生。长洲相城(今江苏苏州)人,明代中期的著名画家。有《沈周诗集》、《石田诗选》。

题留侯张子房祠①

博浪还非击鹿秋②,先生空作聂生③流。天将小挫宏开业,事到丕成④细论仇。羽翼四人归妙算⑤,神仙一著是高游⑥。千年遗庙苹花在,日暮相思楚水头。

注释

①留侯祠:又称留侯庙,在徐州城东子房山上。明宣德初年陈瑄建。此庙最初名为子房庙。

②博浪:指张良为替韩报仇,得力士于博浪沙狙击秦皇帝。鹿,指秦政权。《史记·淮阴侯列传》:"(蒯通)对曰:秦之纲绝而维弛,山东大扰,异姓并起,英俊乌集。秦失其鹿,天下共逐之,于是高材疾足者先得焉。"

③聂生:指战国时轵人聂政。严仲子与韩相侠累有隙,求政刺侠累,政独行仗剑刺杀韩相侠累,然后毁形自杀。

④丕成:大成,取得伟大业绩。

⑤刘邦欲废太子,立戚夫人子赵王如意。张良谏,不听。张良招来商山四皓(东园公、甪里先生、绮里季、夏黄公)劝谏刘邦。刘因此放弃废太子,"召戚夫人指示四人者曰'我欲易之,彼四人辅之,羽翼已成,难动矣。吕后真而主矣。'"(见《史记·留侯世家》)

⑥高游:远游。张良晚年,曰"愿弃人间事,欲从赤松子游"。赤松子,古代传说中的仙人。当时韩信、彭越等功臣都已被诛。张良所言皆是脱身避祸之辞。

何乔新 三首

何乔新(1427—1502),字廷秀,一字天苗,号椒丘。江西广昌人。景泰五年(1454)进士,授南礼部主事。历官刑部郎中、福建按察副使、湖广右布政使、右副都御史、刑部右侍郎、南京刑部尚书。有《椒丘集》。

黄 楼

黄河西来坤轴①折,浊浪排空天欲裂。彭城老稚哀哀啼,自分阊门②作雨鳖。仁明太守眉山翁③,誓以只手障其冲。指挥徒旅荷畚锸④,长溪隐起如晴虹。波恬浪静民安堵⑤,共喜更生歌且舞。九重下诏侈褒嘉⑥,拯溺御灾非小补。飞楼高压城之东,张筵会客何雍容⑦。后山作铭颍滨赋⑧,笔力直与造化争瑰雄⑨。神游八表⑩知何处,赢得穹⑪碑照古今。当年舒李⑫今如何，羁鬼啾啾泣烟雨。

注释

①坤轴：古人所想象的地轴。

②自分：自己估量。阖门：全家。

③眉山翁：指苏轼。苏轼为眉山人。

④徒旅：徒役和士卒。畚、輂（běnjú）：皆为运土的工具。

⑤恬：平静。安堵：安居。

⑥九重：本义为宫禁，这里指朝廷。诏：朝廷的命令。侈褒嘉：很高的嘉奖。

⑦雍容：指场面华贵、高雅。

⑧后山：即陈师道，号后山居士；黄楼成，后山为之作《黄楼铭》。颍滨：即苏辙，号颍滨遗老；黄楼成，为之作《黄楼赋》。

⑨瑰雄：壮丽雄伟。

⑩八表：八方之外，指极远的地方。

⑪穹：高，大。

⑫舒李：与苏轼交游者有舒焕、李邦直。

咏苏墨亭①

都水主事②山阳尹君，治徐州洪得苏文忠公③题名于乱石中，其文曰："郡守苏轼、山人张天骥、诗僧道潜④月中游"。君洗涤污垢，识为坡书，舁⑤置其视事之所，作亭以覆之。翰林学士徐先生题其亭曰苏墨。过而览者咸有咏焉。噫！君于文忠公之遗墨爱之如此，则与公之平生风节所向慕者深矣。

彭城太守眉山翁，雄词劲节人中龙⑥。叩阍连疏诋新法⑦，一麾来此绥疲癃⑧。云龙山人⑨亦超绝，每遇仙禽溯天末⑩。诗僧况复有参寥，耻于贯休⑪较工拙。长空月白玉宇秋，扁舟载月谼⑫边游。尘襟荡涤殆欲尽，便疑身世在瀛洲⑬。琼楼贝阙⑭凉如洗，月华⑮倒蘸金樽里。酒酣俯视尘中人，瓮盎醯鸡⑯飞复止。醉磨山骨⑰题姓名，金戈宝剑何稜稜⑱。不知埋殁几百载，夜深尚有虹光腾。多才水部⑲偏好古，得此方珉⑳谼上土。剜苔涤垢识坡书，宝爱不啻岐阳鼓㉑。芳亭彩槛深且崇，壮夫舁来置其中。细观顿觉心神肃，姿媚岂与黄庭同㉒。吴兴妙墨㉓委芳草，学士新题名更好。千年化鹤倘㉔来归，再与摛词美莘老㉕。

注释

①苏墨亭：亦称萃墨亭。据清道光《铜山县志》："萃墨亭在城东南百步洪洲上。明成化中主事尹珍于洪东崖石间得石刻一，上书"郡守苏轼山人张天骥诗僧道潜月中游"

十六字，盖苏轼守徐时笔也。因建亭洲上，名曰苏墨，嵌石壁间。正德末亭坏，主事李香筑台重建，更今名，自为记。今废。"

②都水主事：负责水利方面的官员。尹君：尹珍。

③苏文忠公：指苏轼，御赐谥号文忠。

④道潜：即参寥。见前注。

⑤舁（yú）：抬。

⑥雄词劲节：指诗中表现出的坚贞不屈的精神。人中龙：人中才能杰出者。

⑦叩阍：有冤向朝廷申诉。连疏诋新法：指苏轼几次上书反对王安石的新法，因此获罪被贬。

⑧一麾：指苏轼在朝内受排挤，被出外任杭州通判。疲癃（pílóng）：本义指衰老龙钟或有残疾的人，又指苦难或苦难之人。此处指苏轼在朝内因公务繁忙又遭排挤而致身心疲惫。

⑨云龙山人：指宋隐士张天骥。见前注释。

⑩仙禽：指鹤。溯：迎风高飞。

⑪贯休：唐僧人，善诗，有诗句"一瓶一钵垂垂老，万水千山得得来。"人称得得来和尚。

⑫䃂（hóng）：通"洪"。

⑬瀛洲：传说仙人所居之山。

⑭琼楼贝阙：瑰丽堂皇的建筑物。贝阙：以贝装饰的宫门前两侧楼观。

⑮月华：月光，月亮。

⑯甕：一种腹部较大的陶制盛物容器。盎：一种腹大口小的瓦类盛器。醯（xī）鸡：醋瓮中的蠛蠓（mièméng），一种小飞虫。《庄子·田子方》："孔子出，以告颜回曰：'丘之於道也，其犹醯鸡与！微夫子之发吾覆也，吾不知天地之大全也。'"郭象注："醯鸡者瓮中之蠛蠓。"后以"瓮里醯鸡"喻见识浅陋的人。

⑰山骨：山中岩石。

⑱稜稜：威严貌。

⑲水部：古时掌管水利的中央官署，亦指官署的主官。这里指尹珍。

⑳珉：类似玉的美石。此处方珉指有苏轼题名的石碑。

㉑不啻（chì）：不仅。岐阳鼓：即石鼓文，发现于岐山之阳，故称。

㉒姿媚：指字体的优美媚人。黄庭：黄庭坚，与秦观、张耒、晁补之称为苏门四学士。其书法颇有名。

㉓吴兴妙墨：指元代书法家赵孟頫，吴兴（今浙江湖州）人。

㉔倘：假使，如果。

㉕摛（chī）词：遣词作文。莘老：商代伊尹，初隐时耕于有莘之野，故称。"伊尹""尹珍"巧合。又：孙觉，字莘老，高邮人，登进士第，苏轼有诗与之唱和。

燕子楼

彭城城下汴水流,弭棹江皋①访燕楼。画檐绣栱杳何许②,但见冲烟掠水双燕愁。忆昔南阳张仆射③,文武兼资擅声价④。隼旟龙节莅名藩⑤,赫奕威声震东夏⑥。贞心姱质关家姬⑦,姿容冠世兼能诗。明珠买得侍尊俎⑧,击毬张宴常相随。曲房邃阁⑨欢未足,岂料清歌成恸哭。从此但咏柏舟诗⑩,不唱秋娘金缕曲⑪。十载楼中只独眠,霜晨月下泪涓涓⑫。却嗟老大浔阳妇⑬,忍抱琵琶过别船。

注释

①弭棹(zhào):停船。江皋:江边。

②栱(gǒng):在立柱和横梁交接处向外探出的弓形承重结构。画檐乡栱:指华丽的楼宇。杳:深广貌。

③南阳张仆射:即张建封,唐代高官,南阳人,曾任徐、泗、濠节度使、检校尚书右仆射。此诗作者认为关盼盼为张建封的爱妓。(参见前注)

④擅声价:擅,拥有;声价,名声和身份地位。

⑤隼旟(sǔnyú):绘有隼的旌旗。龙节:龙形符节。莅:到。名藩:大的藩镇,即封建王朝的重要属地。

⑥赫奕:盛大。东夏:中国东部。张建封官徐、泗、濠节度使,所辖范围处于中国东部。

⑦姱质:姿容漂亮。姱:音kuā。关家姬:指关盼盼。

⑧尊俎:古代盛酒肉的器具。尊:同"樽",为酒器。俎为盛肉之具。此处尊俎指宴席。

⑨曲房邃阁:深邃幽隐的房屋。

⑩柏舟:指《诗经·鄘风·柏舟》篇。小序认为该诗作者为卫世子共伯之妻共姜,共伯早死,共姜父母欲迫其改嫁,姜作诗以誓死不嫁。

⑪秋娘金缕曲:秋娘即唐代金陵女子杜秋娘,善歌金缕衣曲(亦称金缕曲)。原为镇海节度使李錡妾,后李錡因叛被杀,秋娘没籍入官,为宪宗所宠。

⑫泪涓涓:泪流如水。

⑬嗟:叹息。白居易长诗《琵琶行》叙述于浔阳江头所遇长安倡女的悲惨故事。该女在京都尝学琵琶,才艺出众,但年长色衰,委身为商人妇。诗中有诗句:"门前冷落车马稀,老大嫁作商人妇","移船相近邀相见,添酒回灯重开宴。千呼万唤始出来,犹抱琵琶半遮面。"

谢铎 五首

谢铎(1435—1510),字鸣治,号方石,台州府太平县(今浙江省温岭市)人。

天顺八年（1464）进士，选庶吉士，次年授编修。历官翰林院侍讲、南京国子监祭酒、礼部右侍郎。曾主持方岩书院多年，致力于教育。工诗，为"茶陵诗派"的重要作家。

次韵胡宪副廷慎彭城夜话之作①

长忆苏家好兄弟②，夜休听雨复寒城。一时会合真难事，千古风流尚此情。砀岭③北来云作阵，桓山东去石为茔④。清尊⑤落日无穷恨，人是阳关⑥第几声。

注释

①宪副：都察院副都御史。胡廷慎，生平不详。
②指苏轼、苏辙兄弟。参见苏辙《逍遥堂会宿二首》。
③砀岭：指砀山，在今安徽境内。刘邦送夫役去骊山途中，放走夫役，自己逃匿于芒砀山泽岩石之间。
④桓山：在徐州城北约十七里，原名圣女山，又名魋山、圣女山、洞山。春秋时宋司马桓魋作石椁于此，故名。明嘉靖《徐州志》："桓山东临泗水，旧名圣女山。宋桓魋作石椁于此，故名。……今俗称洞山，有洞山寺。"茔：坟墓。
⑤清尊：清酒。尊，同"樽"，酒器，代指酒。
⑥阳关：阳关曲，为古代著名琴曲。

重修黄楼歌

澶渊决①，彭城没，城上水头高八尺。谁哉誓与城存亡，百万生灵命如发。近闻再决古汴州②，宵衣重起宣房忧③。预防岂合先下流，厌胜④且复修黄楼。黄楼高，洪水缩，鼋鼍远避蛟龙伏⑤。误疑砥柱西极天⑥，坐阅帆樯⑦东走陆。君不见，桓山墓，戏马台，英雄富贵安在哉！落日凄风野草白，瓣香⑧独上黄楼来。

注释

①澶渊决：澶渊：湖泊名，故址在今河南濮阳县西。苏轼《河复》诗序："熙宁十年秋，河决澶渊，注钜野入淮、泗。"参见该诗。
②古汴州：今开封市。
③宵衣：天不亮就穿衣起身。宣房：也称宣房官、宣防，指在河堤上建筑的房屋。《史记·河渠书第七》："于是卒塞瓠子，筑宫其上，名曰宣防宫。"
④厌胜：古代迷信认为能用诅咒等方式取胜。苏轼黄楼"垩以黄土"即取"土实胜水"之意，也是一种厌胜方式。

⑤鼋鼍（yuán tuó）：大鳖和鳄鱼。蛟龙：传说中的一种龙。或指鳄鱼，形似传说中的龙，故称。
⑥砥柱：黄河中的砥柱山。西极：西方极远之处。
⑦帆樯：帆和桅杆，泛指船只。
⑧瓣香：一瓣香，用以表示崇敬之情。

徐州洪①

徐州东南百步洪，洪流荡激日夕相撞舂。洪中之石纷冈嵷②，触之者碎况可撄③其锋。谁哉自古设此险，直使利帆名楫相与竦动警惕乎其中④。不然巨灵⑤擘、神丁⑥攻，龙门凿、剑阁⑦通，千秋万岁仰此平成功。于嗟⑧尔洪兮，亦安得与彼而争雄！

注释

①徐州洪：即百步洪。详见前注解（46页）。
②嵷（zōng）：高耸。
③撄（yīng）：触犯。
④利帆名楫：指坚固的来往船只。竦动：指剧烈颠簸。
⑤巨灵：古代神话中擘开华山的河神。干宝《搜神记》：二华之山，本一山也，当河，河水过之，而曲行；河神巨灵，以手擘开其上，以足蹈离其下，中分为两，以利河流。
⑥神丁：天神的使者。
⑦剑阁：即剑门，在今四川省北部，境内有剑山，地势险要。李白《蜀道难》诗："剑阁峥嵘而崔嵬，一夫当关，万夫莫开……"
⑧于嗟（xūjiē）：表示惊叹。于，通"吁"。

苏墨亭①

苏墨何年别有亭，酒酣聊复快先登。此邦事业黄楼最，异代风流赤壁曾②。夜半不妨还放鹤，月明何必更邀僧。祇应一字千金直，留与人间识废兴。

注释

①苏墨亭：亦称萃墨亭。详见前注释（275页）。
②苏轼被贬为黄州（今湖北黄冈）团练副使，其间写下著名的《前赤壁赋》、《后赤壁赋》两篇散文。

徐州登车有感

冻日熙熙①气转融，无端舟楫往河东。人应过虑先登岸，天似多情为辍冬。名在薛滕②终小邑，道经邹鲁③尚遗风。白头奔走真堪笑，入国休言路尽通。

注释

①熙熙：温和。
②薛滕：薛和滕皆为古代诸侯国，今属山东省。
③邹鲁：邹和鲁皆为古代诸侯国，今属山东省。

吴 宽 七首

吴宽（1435—1504），字原博，号匏庵，长洲（今江苏苏州市）人。成化八年（1472）进士，授修撰。历官左庶子、少詹事、吏部侍郎、礼部尚书。有《匏庵集》。

赋黄楼送李贞伯

维河有源星宿同①，导河积石思神功②。浊流汗漫③失故道，积石却与澶渊④通。平郊脱辔万马逸，一夜径度徐州洪⑤。徐州太守苏长公⑥，夜呼禁卒登城墉⑦。一身未足捍大患，岂无木栅兼竹笼⑧。戏马台旁二十里⑨，有堤横亘长如虹。高城不浸三版⑩耳，挽回鱼鳖仍鬐童⑪。防河录成天有功，黄楼高起城之东。五行有土可制水，厎⑫（亦作"底"）用四壁涂青红。太守登楼宾客从，举杯酹水临长风。河伯⑬稽首受约束，不敢更与城争雄。水流滔滔向东去，纡徐演漾⑭殊从容。负薪投璧⑮竟何用，汉家浪筑宣防宫⑯。自公去后五百载，水流有尽恩无穷。我生慕公公不逢，安得置我兹楼中。颍滨淮海⑰独何幸，留得两赋摩苍穹⑱。凤池舍人今李邕⑲，南行别我何匆匆。登高眺远必能赋，封题须附冥飞鸿。

注释

①维：助词，用于句首或句中。河：黄河。星宿：即星宿海，在青海省玛多县，位于黄河源头地区，东与扎陵湖相邻，西与黄河源流玛曲相接。
②积石：积石山。又称为玛积雪山，在青海东南部，延伸至甘肃南部边境，为昆仑山脉中支。《水经注卷一》："河出昆山，伏流地中万三千里，禹导而通之，出积石山。"
③汗漫：水势浩瀚貌。
④澶渊：湖泊名，故址在今河南濮阳县西。

⑤徐州洪：即百步洪。见前注释。

⑥苏长公：苏轼。古人多以"长公"为字，为行次居长之意。苏轼为苏洵长子，时人尊之为"长公"。

⑦禁卒：官府的卫兵。城墉：城墙。

⑧竹笼：用竹材编制的筐笼，内装石头，筑堤防洪用。

⑨指苏轼所筑长堤。《宋史·苏轼传》："率其徒持畚锸以出，筑东南长堤，首起戏马台，尾属于城。"

⑩三版：版，古代筑土墙用的夹板。此指高度为三个夹板宽。详见前注释（89页）。

⑪仍：而且，又。耆童：老人小孩。耆（qí），年老。

⑫厎（dǐ）：旧读zhǐ，终止。厎用：不用。

⑬河伯：河神。

⑭纡徐：从容缓慢貌。演漾：水流动起伏貌。

⑮负薪投璧：《汉书·沟洫志第九》："自河决瓠子后二十余岁，岁因以数不登，而梁、楚之地尤甚。上既封禅，巡祭山川，其明年，乾封少雨。上乃使汲仁、郭昌发卒数万人塞瓠子决河。于是上以用事万里沙，则还自临决河，湛白马玉璧，令群臣从官自将军以下皆负薪填决河。"

⑯浪：无用的；浪筑，即修筑的宣防宫毫无用处；宣房宫：也称宣防。指在河堤上建筑的房屋。《史记·河渠书第七》："于是卒塞瓠子，筑宫其上，名曰宣防宫。"

⑰颖滨淮海：指苏辙和秦观。苏辙别号颖滨遗老；秦观号淮海居士。

⑱两赋：指苏辙和秦观各作的《黄楼赋》。摩苍穹：逼近苍天。喻两赋极为高雅瑰丽。

⑲凤池：即凤凰池。唐以前指中书省，唐以后指宰相之职。凤池舍人，即中书舍人，苏轼曾官中书舍人。李邕：唐官员，曾为北海太守。善书，时称"书中仙手"。

过吕梁

力尽千艘势若倾，隐然门限①入彭城。汉封岱岳②分来脉，禹凿梁山拟旧名③。高岸茅茨④民舍隐，绕滩风雨客心惊。平生亦爱王阳语⑤，壮岁难辞险处行。

注释

①门限：门槛。此指吕梁洪地势险要，如进入徐州的门槛。

②汉封岱岳，指汉代皇帝到泰山封禅（祭拜天地）。岱岳：泰山的别称。来脉：来龙去脉，指山的走势和去向。

③《水经注卷三》："湳水又东流入于湳水，左合一水，出善无县故城西南八十里，其水西流，历于吕梁之山，而为吕梁洪。"《水经注卷四》："昔者大禹导河积石，疏决梁山，谓斯处也，即经所谓龙门矣。"这里指的为今山西的吕梁洪。

④茅茨：茅屋，简陋的房屋。
⑤王阳语：《汉书·王尊传》："上以尊为郿令，迁益州刺史。先是琅琊王阳为益州刺史，行部至邛崃九折阪，叹曰：'奉先人遗体，奈何数乘此险！'后以病去。及尊为刺史，至其阪，问吏曰：'此非王阳所畏道邪？'吏对曰：'是。'尊叱其驭曰：'驱之，王阳为孝子，王尊为忠臣。'"后以"王尊叱驭"喻忠于吏事，不避艰险。

徐州阻风

苏家①故事留诗句，仍见夜中风雨来。水激万艘难捩柁②，鼓行千阵不衔枚③。怒号应撼藏蛟窟，奇观须登戏马台。河上去程谁算得，拟寻石室吊桓魋④。

注释

①苏家：指苏轼、苏辙兄弟。
②捩柁（liè duò）：控制船柁。柁同"舵"。
③衔枚：古代行军时为防出声，口中衔着枚；枚形如筷子。
④桓魋：春秋时宋司马桓魋，作石椁于桓山。见前注释（278页）。

分题百步洪送顾工部①

长河势屈曲，学海②遥之东。瞬息泻千里，滔滔若无穷。忽然经彭城，怒发何其雄。千艘相上下，往往惊篙工。昔闻入蜀险，殆与三峡同。行人举足计，聊号百步洪。此地山绕路，微禹③安能通。凿石尚磊磊④，急流为磨礲⑤。喷射声愈振，石腹疑中空。尝登戏马台，忆羽⑥能战攻。自夸重瞳子⑦，不数隆准公⑧。长驱八千人⑨，气撼沛与丰。余威付此水，叱咤⑩犹生风。美哉河渠使⑪，来往殊匆匆。水利归上国⑫，期成疏浚功。月夜披羽衣⑬，清啸黄楼中。下视瓠子河⑭，枉筑宣防宫。

注释

①工部：封建时代中央官署名，为六部之一，掌管营造工程事项。
②学海：汉扬雄《法言·学行》："百川学海而至于海，丘陵学山不至于山，是故恶夫画也。"此处学海指河水日夜奔流不息，最终归于东海。
③微禹：指如果没有大禹的疏凿之功。
④磊磊：石多而堆积貌。《楚辞·九歌·山鬼》："采三秀兮於山间，石磊磊兮葛蔓蔓。"
⑤磨礲（lóng）：摩擦。礲，同砻。
⑥羽：项羽。

⑦重瞳子：双眸子，传说项羽为双眸子。

⑧隆准公：指汉高祖刘邦。隆准：高鼻；《史记·高祖本纪》："高祖为人，隆准而龙颜。"

⑨八千人：指项羽起兵时的八千江东兵士。《史记·项羽本纪》："籍与江东子弟八千人渡江而西。"

⑩叱咤：怒斥声。《史记·淮阴侯列传》："项王喑噁叱咤，千人皆废。"

⑪河渠使：水道官员。这里指的是"顾工部"。

⑫上国：此指京都。

⑬苏轼《百步洪》诗序："余时以事不得往，夜着羽衣，伫立于黄楼上，相视而笑，以为李太白死，世无此乐三百余年矣！"见该诗。

⑭瓠子河：古水名。汉元光三年（前132），黄河决入瓠子河，东南由巨野泽通于淮、泗、梁、楚一带连岁被灾。至元封二年（前109）始发卒数万人筑塞；武帝自临，作《瓠子之歌》二首。工成，建宣房宫于堰上。宣防宫也称宣防，指在河堤上建筑的房屋。《史记·河渠书第七》："于是卒塞瓠子，筑宫其上，名曰宣防宫。"

彭祖观井图①

贾客适江海，洪涛渺无津。忽焉飓风作，舟楫竟漂沦②。蜑叟③川上浴，何殊白鸥驯。宁知有饥鳄，俟④汝水之滨。履危信多险，处坦终无迍⑤。所以下堂⑥戒，名言推子春⑦。郁然大树下，谁写彭祖真。飘萧⑧白须发，千年貌如新。草间着坯井⑨，蛙股谅可伸。保身乃至此，寿合希庄椿⑩。古人不可作，故事从谁论。此老饮水活，应仗汲井人。且彼欲往观，人当置车轮。中心宜怵惕⑪，岂徒保吾身。聊成一转语⑫，图画固有因。兹事有与无，不须吾重陈。纷纷奉遗体⑬，足以惊凡民。

注释

①彭祖观井图：宋陈靖《彭祖观井图铭序》曰："淳化中，予将命之狄丘道，由彭门，有客得彭祖观井图，以为贶中有台、人物，山林森森然，盖状其佳象幽致，表绘事之工，予无取所慕者，惟彭氏面井而覆之以轮，背树而缆之以绳，凭杖敛躬踌躇而迎视，兢然若将坠也。呜呼！古人临事而惧之有若是，检身远害之有若是，后之君子得毋效欤！予实好古，历考其迹于传记，虽夐而难信，且夫子云：窃比于我老彭亦其验也。"

②漂沦：漂流沉没。

③蜑叟：蜑（dàn）：古时南方的水上居民；叟：年老的男人。

④俟（sì）：等待。

⑤迍（zhūn）：艰难。

⑥下堂：即堂下，堂屋的屋檐下，指危险的地方。古语"千金之子，坐不垂堂"。

⑦推子春：推子，即推无忌，春秋时期吴国人，推家学派创始人，编撰编年体史书

《推子春秋》，其言行思想主要载于语录体散文集《一切皆可推》。

⑧飘萧：飘逸潇洒。

⑨坎井：坏井，废井。坎（kǎn）：同"坎"。

⑩庄椿：意指长寿。常用为祝人长寿之词。《庄子·逍遥游》："上古有大椿者，以八千岁为春，八千岁为秋。"

⑪怵惕（chùtì）：戒惧，惊惧。

⑫转语：转告。

⑬遗体：自己的身体。古称己身为父母的遗体。

徐州重修黄楼

楼中不见羽衣人①，黄垩②依然四面新。坐使河流循故道，俯临山石倚长津。名邦信美皆吾土，胜日登临与众宾。从此再传州守③事，只须题壁扫清尘。

注释

①羽衣人：指苏轼。苏轼《百步洪》诗序："余时以事不得往，夜着羽衣，伫立于黄楼上，相视而笑，以为李太白死，世无此乐三百余年矣！"

②黄垩：此指用黄土涂刷的墙壁。苏辙《黄楼赋叙》："于是即城之东门为大楼焉，垩以黄土，曰'土实胜水。'徐人相劝成之。"

③州守：指徐州太守苏轼。

望桓山①

郊外冈峦如大环②，西偏③人说是桓山。舟中引领犹堪望，石上题名孰与删。（予未尝游此，闻有好事者题予名于石。）堂制若封黄壤燥，斧痕仍带紫苔斑。孔林④树古无人伐，地下知君亦厚颜。

注释

①桓山：在徐州城北约十七里，原名圣女山，又名魋山、圣女山、洞山。春秋时宋司马桓魋作石椁于此，故名。明嘉靖《徐州志》："桓山东临泗水，旧名圣女山。宋桓魋作石椁于此，故名。……今俗称洞山，有洞山寺。"

②苏轼《放鹤亭记》："彭城之山，冈岭四合，隐然如大环，独缺其西一面，而山人之亭适当其缺。"

③西偏：西侧。

④孔林：在山东曲阜。桓魋曾想杀害孔子。《史记·孔子世家》："孔子去曹适宋，与弟子习礼大树下。宋司马桓魋欲杀孔子，拔其树。"

庄 昶 二首

庄昶（1437—1499），字孔旸，号木斋，晚号活水翁，学者称定山先生。江浦孝义（今南京浦口）人。成化二年（1466）进士，改庶吉士，后授翰林院检讨。因忤逆朝廷被贬桂阳州判官，寻改南京行人司副。归隐定山二十余年，弘治间，起为南京吏部郎中。有《庄定山集》。

房村①将至吕梁用前韵

漭泱②无穷放此怀，人间着处③有高台。病随山水还欹枕④，老愧风花又过淮。几句自家真意思，满船书册古尘埃。云山圈出洪⑤头路，一幅分明太极⑥开。

注释

①房村：地名，在徐州东南七十里，今为房村镇。古为驿站。冯世雍《吕梁洪志》："房村驿在洪南，永乐十三年建。"

②漭泱（mǎngyāng）：形容水广阔无际。

③着处：到处，随处。

④欹（qī）：斜靠。

⑤洪：指吕梁洪。

⑥太极：指云和山组成如太极图一样的景色。

过 徐

上洪①乱石总烟汀，满为徐州欲小停。一代乾坤今险固，千年楚汉旧襟形。问人燕子浑非昔②，遗墨东坡尚有亭③。向晚移舟初入沛④，不胜回首乱山青。

注释

①上洪：这里的"洪"指百步洪。烟汀：烟雾弥漫的水边平地。

②燕子：指燕子楼。浑：全。

③遗墨：指萃墨亭。亭中有苏轼书石刻，上书"郡守苏轼山人张天骥诗僧道潜月中游"十六字。详见前萃墨亭注释。

④沛：沛县。

程敏政　十五首

程敏政（1446—1499），字克勤，南直隶徽州府人，后居歙县篁墩，时人称为程篁墩。成化二年（1466）进士，授编修。历官少詹事兼侍读学士、礼部右侍郎。能诗文。有《篁墩集》。

彭城废县南谒汉高祖庙①

古原荒树倚村斜，高祖威灵亦可嗟。警跸②千年馀塑马，铙③箫终夕望神鸦。砀山④落日消云气，睢水⑤寒风卷岸沙。汉楚兴亡那复问，一龛⑥灯火属僧家。

注释

①彭城废县：明万历《徐州志》卷二："彭城废县在城东北八十里，与利国驿连境，在铜山下。"高祖庙：据民国《铜山县志》引《一统志》：在彭城县东南有汉高祖庙，庙有试剑石。苏轼有《彭城汉祖庙试剑石铭》叙言："汉高皇帝庙有石，高三尺六寸，中裂如破竹，不尽者寸。"清乾隆《徐州府志》：高祖庙"在城南五里广运仓东。明永乐间，耆民梁聚等建；正统、成化、正德间，有司相继重修。庙有试剑石。"州县志该诗题为"彭城郡南谒汉高祖庙"。

②警跸：古时帝王出入称警跸。左右侍卫为警，止人清道为跸，以警戒阻止行人。

③铙（náo）：一种用青铜制的古代军乐器。也指一种打击乐器。

④砀山：刘邦送夫役去骊山途中，放走夫役，自己逃匿于芒砀山泽岩石之间。陈胜起义后，刘邦回沛县起兵。

⑤睢水：《史记·项羽本纪》："汉卒皆南走山，楚又追击至灵璧东睢水上。汉军却，为楚所挤，多杀，汉卒十余万人皆入睢水，睢水为之不流，围汉王三匝。"

⑥龛（kān）：供奉神佛的石室或小阁子。

望子房山山上有祠①

子房祠在望中岑②，蔓草寒烟尚可寻。五世报韩终有恨③，一时兴汉本无心。书传黄石知真赝④，名配青山自古今。立马斜阳无限思，天教风壑助豪吟。

注释

①子房山：见前注释（44页）。

②岑：小而高的山。

③秦灭韩后，张良倾全部家财求刺客刺秦王，为韩报仇，因为张良的祖与父相继为韩昭侯、宣惠王等五世之相。

④指张良于下邳圯上得到黄石公授予的《太公兵法》。真赝：真假。

徐州驿舍竹林可爱

徐州驿里萧萧竹，好手应难入画图。北客南来初见此，不胜清思绕江湖。

不 寐

千载逍遥堂①，独卧愁不语。北风吹竹林，一夜响寒雨。

注释

①逍遥堂：乾隆《徐州府志》："逍遥堂在府治。后苏轼守徐时，与弟苏辙会宿此堂，各有诗。久废。康熙三十六年，知州孔毓珣重建。"参见苏辙诗《逍遥堂会宿二首》。

过吕梁洪遇管洪王主事

山形四面合，水道一支通。乱石东西岸，惊涛上下洪①。懋迁②充国用，疏凿仰神功。使馆劳晨爨③，征帆快午风④。

注释

①上下洪：清乾隆《徐州府志》卷二："吕梁在彭城县东南五十七里，旧志：有上下二洪，相距凡七里。"今有上洪、下洪二村。

②懋迁：贸易。懋，通"贸"。《书·益稷》："懋迁有无化居。"

③使馆：提供官员旅途食宿的房舍。晨爨（cuàn）：早餐，早晨烧火做饭。

④征帆：远行的船。

徐州饭馆洪尹珍主事①家有怀亡弟

去年过彭城，朔风萧萧征马鸣。今年过彭城，东风渺渺扁舟行。渐觉此身为客惯，才见花飞又花绽②。南去北来曾几时，随阳③却是云中燕。九里峰④前春草芳，百步矶头⑤春水长。偶然一饭剪银烛⑥，行河使者尚书郎⑦。逍遥堂⑧空谁作主，感慨当时对床语。归来展转不成眠，独倚篷窗听风雨。

注释

①尹珍：字廷用，当时为督洪主事。
②绽（zhàn）：花蕾开放。
③随阳：跟着太阳运行。指候鸟依季节而定行止。
④九里峰：即九里山。
⑤百步矶头：百步洪岩岸。
⑥剪银烛：剪去烧尽的烛芯，使烛光更亮。表示深夜长谈。
⑦尚书郎：古代官名。此指作者自己。
⑧逍遥堂：见前注释（51、287 页）

徐州与客夜酌联句留别马瞰贡魁①

今夜彭城雨又来，烛花影里一尊②开。人生聚散纷萍梗③，前代兴亡付劫灰。佳会幸逢全盛日，并游谁是出群才。明朝天北天南恨，野水孤云戏马台。

注释

①贡魁：贡生第一名。
②尊：同"樽"，酒器。
③萍梗：比喻行踪如浮萍断梗一样，漂泊不定。

苏墨亭①

百步洪有东坡石刻云。"郡守苏轼山人张天骥诗僧道潜月中游"十六字，没水中三百年矣，水部主事尹君廷用得而昇之，作亭以覆，曰苏墨。予凡七过其下不能措一词。成化丙午秋归自南畿，念终不可已，乃勉成数语留亭中，且以寄尹君。时予族侄孙楚英方同知徐州并书以赠之。

苏墨亭前七回过，春水茫茫懒收②舵。公输③门下难为工，纵有新诗不成和。高秋水落百步洪，登亭如见苏长公④。大书深刻十六字，横姿逸态生长风。黄楼东来水如注，野僧山人旧知遇。石濑溅溅⑤月满天，仿佛当时夜游处。题名一去不复还，风雨剥落莓苔斑。水神渊客那敢閟⑥，至宝有日归人间。行河郎官⑦访遗迹，摩挲爱此羊公石⑧。百夫昇⑨出泥沙中，搨本相传惊再得。风流太守惠政多，筑堤两岸高嵯峨⑩。由来物与人交重，墨妙纷纷知奈何。（州县志摘录部分内容，题为"百步洪"）

注释

①苏墨亭：见前注释。

②収:同"收"。

③公输:即鲁班,姓公输,名般。又称公输子、鲁般。春秋时鲁国的巧匠。

④苏长公:指苏轼。古人多以"长公"为字,为行次居长之意。苏轼为苏洵长子,时人尊之为"长公"。

⑤石濑:水激石间而形成的急流。溅溅:水疾流貌。

⑥渊客:鲛人,古代神话中的人鱼。閟(bì):隐藏。

⑦行河:巡行黄河河道。郎:官职,有侍郎、郎中、员外郎等。此为作者自称。

⑧摩挲:抚摸。羊公石:即羊公碑,位于湖北襄阳山上,是当地百姓为怀念西晋著名政治家、军事家羊祜而建。借喻死者德高望重。

⑨舁(yú):抬。

⑩嵯峨(cuóé):山高峻貌。

游桓山①

别路停桡泗水浔②,秋山高处一登临。夕阳回望州城逮,落木中穿石洞深。桓氏久应无葬骨,梵宫③聊尔系游心。磨崖尚刻苏公字,击节④何人续楚吟。(予自南畿校艺北归过徐州,楚英侄方同知州事,追饯桓山僧舍,观宋司马葬穴及苏文忠公石刻。久之赋诗而别。时成化丙午九月二十四日也)

注释

①桓山:见前注释。

②桡(ráo):小船。浔:水边。

③梵宫:佛寺。

④击节:打拍子。形容对别人的诗文或艺术等的赞赏。

云龙山留别宗侄楚英同守①

客里孤舟此暂停,夕阳红处乱峰青。闲云尚绕从龙地,蔓草②空余放鹤亭。佛散宝花成旧刹,人摩苍藓刻新铭。等闲③吊古情无限,不为伤离酒易醒。

注释

①同守:太守的佐官。

②蔓草:蔓生的草,亦指杂乱的野草。

③等闲:寻常。

黄茅冈

舣棹①来登乱石冈,几间茅屋水天长。桑原麦垄人行处,曾是苏公②旧猎场。

注释

①舣棹:划船靠岸。舣:音 yǐ。棹(zhào):船桨,代指船。
②苏公:苏轼。

亚父冢

废冢曾经盗发频,白头空作楚谋臣。填胸一怒缘何事,赢得渔樵冷笑人。

戏马台

千古荒台倚暮云,霸图销歇水沄沄①。当时骏骨②知多少,惟有乌骓③不负君。

注释

①沄沄(yúnyún):水流汹涌貌。
②骏骨:骏马。
③乌骓:指项羽所骑骏马,名骓。

陵母墓①

夜台千古閟荒山,智母名高宇宙间。不向楚庭先伏剑,王郎②应自乞身还。
教子扶王不二心,几人回首愧缨簪③。当廷死诤遵慈训,始觉君侯④孝最深。

注释

①陵母墓:见前注释(163页)。
②王郎:王陵。
③缨簪:也称簪缨,古代官吏的冠饰。代指达官显贵者。
④君侯:秦、汉时称列侯而为丞相者为君侯。此指王陵,王陵被封为安国侯,官右丞相。

百步洪次吴原博同寅韵赠冯主事①

彭城西上一舟来,柳岸春涛画障开。苏墨在亭留琬琰②,梵宫当户出楼台。风前舣棹生羁思③，洪上分司属俊才。欲借图经④询古迹，何妨今日费删裁。

注释

①吴原博：吴宽，字原博。同寅：旧时称在一个部门做官的人。冯主事：即冯世雍，时为吕梁洪工部分司主事。

②琬琰（wǎnyǎn）：泛指美玉，此处是对苏墨序内苏轼题字文字的美称。

③羁思：久居异乡对家乡的思念。

④图经：文字附有图画的书籍，如地理志等。

李东阳　六首

李东阳（1447—1516），字宾之，号西涯，茶陵（今湖南茶陵县）人。天顺八年（1464）进士，选庶吉士，授编修。历官太常少卿、太子少保、礼部尚书兼文渊阁大学士、少傅加太子太傅等。有《怀麓堂集》。

重修黄楼

黄河水落黄楼起，彭城城东土胜水。彭城郡守告成功，蛟龙失势苍生喜。朝来暮去亦偶然，不似元光歌瓠子①。酒酣乐作赋者谁，共说彭城好兄弟②。却从忧患著声绩，千载信之为赋史。近闻河伯③渐失职，直下彭城更东指。县官水卒徒自劳，宵衣南顾星轺驶④。是时刘守当郡寄⑤，仰视此楼半倾圮⑥。当庭一叱百吏随，木石排空屹山峙。东垣土色象中央，克制生成⑦或其理。轩窗开敞天日霁⑧，百里江山皆席几⑨。清朝燕贺多词客⑩，谁复赋之如辙⑪比。徐山高高徐水下，万古乾坤奠周砥⑫。何年驻节⑬许重游，还为山灵豁双眥⑭。

注释

①元光歌瓠子：瓠子，地名，也称瓠子口，在今河南濮阳西南。汉武帝元光三年（前132年）春，河决顿丘（今河南清丰西南），夏，又决瓠子，水注巨野，通淮、泗，泛滥十六郡。元封二年（前109年），使汲仁郭昌发卒数万人，塞瓠子决河。武帝亲临决河，令群臣将军以下，皆负薪填决河，作《瓠子歌》。功成，于上筑宫，名宣房宫。

②彭城好兄弟：指苏轼、苏辙兄弟。

③河伯：河神。

④宵衣：天不亮就穿衣起身。星轺（yáo）：使者所乘的车，亦借指使者。

⑤郡寄：郡太守。

⑥倾圮（pǐ）：倒塌。

⑦克制生成：按五行相克说，土能胜水。苏辙《黄楼赋》："黄楼亚以黄土，土实胜水。"

⑧霁：雨后天晴。

⑨席几：筵席。

⑩清朝：政治清明朝代。燕贺：此指庆贺黄楼落成。词客：擅长文词者。

⑪指黄楼落成，苏辙撰写《黄楼赋》，谁能再写出与他相比的文章呢。

⑫周砥：指徐州周围如砥柱之山。

⑬驻节：旧指高官驻在外地执行公务。

⑭山灵：山神。豁双眦，睁大双目。眦（zì）：眼睛。

徐州新洪①诗　有序

洪旧名百步洪，水峻石险，自古为然。工部郭升腾霄凿石平岸，厥功告成，请以是诗，刻之石。

山根忽断水横来，谁见当时禹凿开。此地独当南北险，济川多难古今哀。丛丛②怒石迎船起，拍拍惊涛打岸回。缆卒③不眠愁上下，篙师无力正摧颓④。千年鬼斧遗天巧，百里山灵伏祸胎。已仗中朝⑤天子命，兼烦东省使君才⑥。沙沉铁锁蛟龙避，电转雷车⑦昼夜催。直到中流无龃龉⑧，却看高浪失崔嵬。寒泉出甃⑨人争引，垂柳边河手自栽。贾客不须虞覆溺⑩，暍夫终免卧蒿莱⑪。岩收傅筑⑫功难继，海著秦驱⑬事可猜。莫置丰碑芳草处，恐叫文字没苍苔。

注释

①新洪：清道光《铜山县志》卷二："新洪去百步洪南里许。"又百步洪："明永乐中平江伯陈瑄凿洪通漕，更于洪口置闸。成化中管河主事郭昂凿去洪中乱石，平治岸路。嘉靖中主事戴鳌、陈穆等相继凿之，其洪尽平。"

②丛丛：杂乱众多貌。

③缆卒：拉船缆的夫役。

④篙师：撑船熟手。摧颓：衰弱无力。

⑤中朝：朝廷。

⑥东省：山东省的简称。使君：对州郡长官的尊称。对人亦尊称使君。

⑦电转雷车：形容运行之速。

⑧龃龉：障碍，不顺畅。

⑨甃（zhòu）：井。

⑩虞：担忧。覆溺：淹没。

⑪暍夫：中暑的夫役。暍：音 yē。蒿莱：野草。

⑫岩收傅筑：傅，指傅说（yuè），殷相。相传傅说为傅岩筑墙的奴隶，武丁访得，举以为相，国大治。因得于傅岩，故命为傅姓，号傅说。

⑬海著秦驱：指秦始皇在海神的帮助下驱石下海造桥。《述异记》："秦始皇作石横桥于海上，欲过海观日出处，有神人驱石，去不速，神人鞭之，皆流血。今石桥其色犹赤。"后用"鞭石成桥"表示帝业天成、神助其功。

徐州洪①

山根槎牙②石插水，蹲螭③斗虎隆隆起。胥涛鲸浪④中崔巍，百步九折势不回。欻⑤如万马乘风来，奔雷跋电逐恍惚⑥，夸父⑦不得相追陪。是时旱涸尚如此，何况泛溢凌空颓⑧。州中徐人作齐语⑨，指画喧呼若风雨。一夫麾旗百人拒，瞬息风帆不知处。南人欢笑北人惧，予亦为之发双竖。吁嗟⑩此险天下雄，形势怪诡⑪谁能穷。长流淤浊不盈丈，岂有神物藏其中。但见巨石如蟠龙，大书刻自东坡翁⑫。笔力险绝如此洪，似觉造化争奇工。我生好古来幸早，三月水落波涛空。复闻百里有吕梁⑬，洪波巨石相昂藏⑭。世间夷险⑮无定所，此地何独非康庄。人生一身须周防，百年行止思垂堂⑯；岂不愧彼千金郎，呜呼！岂不愧彼千金郎。

注释

①徐州洪：即百步洪。

②槎牙：错杂不齐貌。

③螭（chī）：传说中的一种无角龙。

④胥涛鲸浪：指汹涌的浪涛。传说春秋时伍子胥为吴王所杀，尸投浙江，成为涛神。后人因称浙江潮为"胥涛"。也泛指巨大的浪涛。鲸浪：巨浪。

⑤欻（xū）：迅速。

⑥奔雷跋电：雷声滚滚，电光闪耀。恍惚：疾速，瞬息之间。

⑦夸父：古代神话中的人物，善于奔跑。

⑧凌空颓：指水浪冲到高空又崩落下来。

⑨齐语：指东齐方言。徐州紧邻山东，居东齐方言区。

⑩吁嗟（xūjiē）：表示感叹。

⑪怪诡：奇异多变。

⑫指苏轼书石刻"郡守苏轼山人张天骥诗僧道潜月中游"。

⑬吕梁：吕梁洪。

⑭昂藏：指山水险峻。

⑮夷险：平坦险恶。

⑯垂堂：堂屋檐下。檐瓦落下可能伤人，用以比喻危险的境地。古谚语："千金之子，坐不垂堂。"

吕梁洪二十韵

吕梁天下奇,涛石动森磢①。槎牙引微路,鏜鞳②堕深响。周回百里间,大地无寸壤。天开与鬼凿,兹事真惚恍。江淮实襟带,幽蓟乃喉吭③。人云百步险,此地兼倍两。冬干苦焦涸④,夏潦愁泱漭⑤。凭高瞥而下,跬步⑥不得上。光阴在瞬息,性命寄篙桨。驰驱费千夫,雇直縻万镪⑦。北人骇奔湃⑧,欲语舌已强⑨。宁甘车马劳,未倦风尘⑩想。南人惯舟楫,触险生技痒⑪。置身当中流,舟与水争长。吾生好奇胜,寓目堪一赏。心神昼轩豁⑫,毛骨秋飒爽⑬。远游向湘汉,旧路说畴囊⑭。曷⑮从南郡来,王事分鞅掌⑯。平生忠信心,利涉⑰随所往。高歌溯天风,壮志方慨慷。(州县版与怀麓堂集版语句差别较大,此据怀麓堂集版)

注释

①森磢(chuǎng):频繁的摩擦撞击。

②鏜鞳(tāngtà):拟声词,形容水声。

③幽蓟:幽州、蓟州。喉吭:咽喉,比喻形势险要之地。

④焦涸:特别干枯。

⑤潦(lǎo):大雨。泱漭(yāngmǎng):水势浩大貌。

⑥跬步:半步。跬:音kuǐ。

⑦雇直:雇佣人的费用、代价。縻:耗费。镪(qiǎng):钱币。

⑧奔湃:奔腾的波浪。

⑨舌已强:舌头已经僵硬,说不出话,形容十分惊惧。强(jiàng):僵硬,不柔和。

⑩风尘:比喻旅途的艰辛劳累。

⑪技痒:擅长某种技艺,急欲表现。

⑫轩豁:开朗。

⑬飒爽:精神焕发。杜甫《画鹘行》:"高堂见生鹘,飒爽动秋骨。"

⑭畴囊:以往,从前。

⑮曷(hé):何。通"曷"。

⑯王事:王命令差遣的公事。鞅掌:烦劳、忙碌。

⑰利涉:顺利渡河。这里亦可指舟楫,杜甫《八哀诗·故司徒李公光弼》:"扶颠永萧条,未济失利涉。"

夜泊徐州怀陈秋官①宗器

时有文逋未偿因以谢之

两岸青山水急流，故人曾此镇方州②。十年尚记留徐榻③，半夜虚回访戴舟④。醉里山川述白下⑤，秋来风物忆黄楼。莫言潦倒无文思，堂上归心正白头。

注释

①秋官：周代设六官，以司寇为秋官。后世习称刑部为秋官。

②镇方州：镇，守卫。方州：州郡，古时行政区划。

③徐榻：指东汉陈蕃为高士徐稚特设之榻。陈蕃为太守，在郡不接宾客，唯稚来特设一榻，去则悬之。事见《汉书·徐稚传》。

④戴：指戴安道。访戴舟：指王子猷雪夜乘舟去剡访戴安道的故事。详见前注释（115页）。

⑤白下：南京的别称。东晋咸和三年，陶侃讨伐苏峻，筑白石垒，后因以为城，称白下。故城在今南京市北。

徐州洪苏墨亭①书坡老石刻　有序

"郡守苏轼山人张天骥诗僧道潜月中游"，题名十六字，在徐州百步洪岸石。石半入水，水落隐隐见沙渚间。篙师渔人不能识，而崖石险绝又非大夫、士所能暇寻阅者，故于世无传焉。成化壬辰，予过徐放舟洪下，畏险岸行，偶见此字，尝为诗纪之。又八年庚子，予与洗马罗君明仲校文南畿归，工部主事尹廷用实理洪事，邀坐苏墨亭，则此石已为君所伐致，置之亭壁矣。因与明仲各赋一诗，遗尹君留之亭中。九月望日。

我昔彭城初泊舟，岸行百步观洪流。手披荒藓②看古石，上有坡翁旧时刻。沙冲水齧③四百年，字画半减（旧志作"灭"）丰神全。我行见此三叹息，此物仍在风尘间。冬曹尹君真好事④，自扫巉岩⑤凿（旧志作"作"）苍翠。山灵助喜河伯愁⑥，白日骊珠⑦照平地。孤亭素壁高龙嵷⑧，登堂见字如见翁。山人在前僧在后⑨，尚忆扁舟游月中。崖端刻颂唐宗业⑩，水底沉碑杜预功⑪。直将谈笑为故事，似与百战争豪雄。高才直节古今少，片石价比千金同。由来一代不几见，况我异世怀高踪⑫。凭君一榻⑬数千本，遍使四海扬清风。

注释

①苏墨亭：亦称萃墨亭。见前注释（275页）。

②藓（xiǎn）：苔藓类植物的总称。

③齧（niè）：侵蚀。

④冬曹：工部的别称。尹君：即尹珍，字廷用，当时为督洪主事。

⑤巉岩：险峻的岩石。

⑥山灵：山神。河伯：河神。

⑦骊珠：宝珠。传说出骊龙颔下，故称。

⑧巃嵸（lóngzōng）：山势险峻貌。
⑨山人：指与苏轼同游的张天骥。僧：指同游的诗僧道潜。
⑩唐宗业：唐太宗时代的业绩。清道光《铜山县志》：百步洪"形象川字，有三道：中曰中洪，西曰外洪，东曰里洪，亦曰日月河。相传为唐尉迟敬德所凿。"
⑪杜预：晋大将军，镇襄阳时，征发民工，兴修水利，灌田万余顷，并率兵灭吴，因此立下大功，受到封赏。此处用杜预功喻尹珍建苏墨亭之功。
⑫高蹠：高尚的行迹。
⑬搨：同"搨"，摹印、描摹。

王　鏊（ào）一首

王鏊（1451—1524），字济之，吴（今属江苏）人。成化十一年（1475）进士，授编修。历官少詹事、吏部侍郎、户部尚书、文渊阁大学士、少傅兼太子太傅等。

云龙山

燕子楼前春草合①，虎牢关②外暮云生。不知白鹤归何日，辽海③茫茫万里情。

注释

①春草合：指春草聚集茂盛。
②虎牢关：又名汜水关，位于河南省荥阳市区西北部的汜水镇，相传周穆王于此获虎，为栫畜之，故名。此处地势险要，为历代兵家必争之地。
③辽海：泛指辽东滨海之地，喻遥远的地方。

祝允明　二首

祝允明（1460—1526），字希哲，长洲（今江苏苏州市）人。因天生右手多一骈指，故自号枝山，又号枝指生。弘治五年（1492）中举，此后屡试不第。曾官惠州兴宁知县、应天府通判。精书画，有《怀星堂集》。

吕梁行

吕梁悬水三十仞，于今汹涌乃安流。禹平水土通九州岛①，当此徐兖②间，冈水③破山始行舟。仲尼逢至人④，其言载庄周。尔来二千年，高者乃夷衡者揪⑤。鱼虾鱼鳖不可过，飞鸟临之回翔不能留。嗟尔东西南北之人，胡为此中游。到京忘家，归家忘京，不知此险死生隔，其中为心喉⑥。痡人皆化为至夫⑦，吁嗟⑧呼！孔庄之叹空悠悠。

注释

①九州岛：泛指全中国。
②徐兖：指古徐州和兖州。
③罔水：无水。《尚书·益稷》："罔昼夜頟頟，罔水行舟。朋淫于家，用殄厥世。"
④仲尼二句：《庄子·达生》："孔子观于吕梁，县水三十仞，流沫四十里，鼋鼍鱼鳖之所不能游也。见一丈夫游之，以为有苦而欲死也，使弟子并流而拯之。数百步而出，被发行歌而游于塘下。孔子从而问焉，曰：'吾以子为鬼，察子则人也，请问蹈水有道乎？'曰：'亡，吾无道。吾始乎故，长乎性，成乎命；与齐俱入，与汩偕出，从水之道而不为私焉，此吾所以蹈之也。'"至人：这里指顺应自然的人，即游于水中的"丈夫"。《庄子·逍遥游》："至人无己，神人无功，圣人无名。"
⑤夷：平坦。衡，通"横"，指阻挡。揪：意指除掉。
⑥心喉：喻要害之地，关键之处。
⑦痡人：疲劳不堪者。痡（pū）：劳倦。至夫：至人，指道德修养达到最高境界的人。
⑧吁嗟（xūjiē）：感叹。

黄　楼

落日照彭城，长堤上下乘。黄楼不知处，洪水上襄陵①。客子②能怀警，官亭试一冯③。波涛终古险，来往自相（一作"频"）仍④。

注释

①襄陵：大水漫上丘陵。《书·尧典》："汤汤洪水方割，荡荡怀山襄陵。"
②客子：离家在外的人。
③冯（píng）：通"凭"，依托，依靠。
④相仍：连续不断。

邵　宝　一首

邵宝（1460—1527），字国贤，号泉斋，别号二泉，江苏无锡人。成化二十年（1484）进士。授许州知州，历官江西提学副使、浙江按察使、浙江右布政使、湖广布政使、总督漕运、贵州巡抚、户部左侍郎兼都察院左都御史、南京礼部尚书等。有《春容堂全集》、《春容堂后集》、《春容堂续集》等。

过百步洪吊苏墨亭①

我来长洪初落波,波光映石机穿梭。两崖微露古铁色,绝无纤垢非人磨。泊舟分司②纵瞻眺,喜见旧刻留东坡。山人③乘月作何状,犹想野服裁秋荷④。仙翁幻语僧解悟⑤,起成万泡沈千涡。滔滔一泻数百里,昔人浪诧⑥谈悬河。高歌激烈应山谷,星斗入水皆森罗⑦。更看笔力九鼎重,寻常转挽须双驼。冬官⑧好事取入室,灵物得所方委蛇⑨。迩来霖潦⑩复深没,劳我拂拭尘盈窠⑪。古今俯仰叹陈迹,惊湍骇浪如予何。题诗草草告河伯⑫,有鬼欲坏烦㧑呵⑬。

注释

①苏墨亭:见前注释(275 页)。参看苏轼《百步洪》诗。
②分司:指工部分司,主管地方航政及水利的官署。
③山人:指与苏轼同游百步洪的隐士张天骥。
④野服:村野平民服装。
⑤仙翁:指苏轼。僧:指同游百步洪的诗僧道潜。
⑥浪诧:特别诧异。
⑦星斗:泛指天上的星星。森罗:密密排列。
⑧冬官:工部的通称。亦指工部官员。此指督洪主事尹珍。见前注释。
⑨委蛇:自得貌。
⑩霖潦:指雨后的积水。
⑪尘盈窠:指石刻字迹凹处充满尘土。
⑫河伯:河神。
⑬㧑呵(huīhē):卫护。

湛若水　一首

湛若水(1466—1560),字元明,号甘泉,增城(今广东省增城县)人。弘治十八(1505)进士,选庶吉士,授翰林院编修。历官南京国子监祭酒、礼部侍郎、南京礼、吏、兵三部尚书。有《湛甘泉集》等。

题吕梁砚①

张君②惠我浆水砚,烟水微茫云一片。又如月色照梅梢,夜色光芒月不见。一干两干干青天,栾拳③根着万千年。学文须学石间秀,美在奎④中人得传。

注释

①吕梁砚：又名玉湖砚、浆水砚、吕梁贡砚。产于徐州市东南六十里吕梁山。
②张君：指张镗。见张衮《题吕梁砚次韵》诗注释。
③栾拳：盘结缠绕貌。
④奎：奎宿星，二十八宿之一。因奎宿诸星排列形似"文"字，古人认为主文章和文运。这里指文人学士。

钱 琦 三首

钱琦（1467—1542），字公良，一字临江，浙江海盐人。正德三年（1508）进士。历官盱眙知县、临江府知府。有《东畲集》、《钱临江先生集》。

自房村①抵王仲集遇雪

平原驱一骑，千里朔风生。冷压征衣重，光添落月明。层云低野树，孤雁下寒城。不是山阴道，那堪访戴行②。

注释

①房村：地名。在徐州东南七十里，为古时驿站。今属徐州市铜山区。
②访戴行：这两句指王子猷雪夜乘舟访戴安道的故事。详见前注释（115页）。

徐州遇何献卿员外①、盛原之太仆②

共有风尘苦，何期此盍簪③。暂停千里驾，为语十年心。路险长河曲，天寒积雪深。浮荣总身外，不必叹升沉。

注释

①员外：指正员以外的官员，可用钱捐买，故有钱有势的豪绅也可称员外。
②太仆：官名，掌管车马及牧畜事务。
③盍簪：指士人聚会。杜甫《杜位宅守岁》诗："盍簪喧枥马，列炬散林鸦。"

徐州遇子侄北上

黄沙漠漠古彭城，野树高原出旆旌①。牢落②江湖悲短鬓，驱驰南北笑浮名。销魂旅夜霜初冷，屈指归期月又明。诸子振衣同跃马，白头长路独关情。

注释

①旆旌（pèijīng）：泛指旗帜。
②牢落：孤寂，感伤。

秦　金　一首

秦金（1467—1544），字国声，号凤山，常州府无锡县（今江苏无锡市）人，弘治六年（1493）进士，授户部主事。历任户部郎中、河南提学副使、山东布政使、右副都御史、吏部侍郎、南京礼部尚书，南京兵部尚书、户部尚书、工部尚书，加太子少保、太子太保等。

次乔宇韵

鱼鸟混茫洪水际，云龙缭绕楚山阳。三生石藉莓苔古①，两袖风搏（亦作"持"）殿阁凉。

注释

①三生：佛教语，指前生、今生、来生，即过去世、现在世、未来世；这里指时间久长。石藉（jiè）：指时间长久石头上面长出莓苔，如同铺垫。

文征明　四首

文征明（1470—1559），著名画家、书法家。原名壁，字征明。四十二岁起以字行，更字征仲。长洲（今江苏苏州）人。因先世衡山人，故号衡山或衡山居士，世称"文衡山"。曾官翰林待诏。书、画称于世。有《甫田集》。

徐州清明

新烟一抹起茆茨①，翠柳千门映酒旗。此日断魂当客路，谁家溅泪有花枝。等闲行役轻坟墓②，忽漫③逢春感岁时。日暮满帆风猎猎④，萧然双鬓⑤不禁吹。

注释

①茆茨：同"茅茨"，即茅屋。
②等闲：无端。行役：因公务外出。
③忽漫：忽而。杜甫《送路六侍御入朝》诗："更为后会知何地，忽漫相逢是别筵。"

④猎猎：象声词。形容风的声音。
⑤髩（bìn）：古同"鬓"。

泊舟泗①上看月

停舟清泗兴无涯，夜起篷窗看月华②。灏气一涵开玉府③，镜光千道走金蛇。碧空颠倒山流翠，白石巉岩浪蹙花④。酒醒分明天上坐，更从何处觅星槎⑤。

注释

①泗：泗水。古泗水流经徐州，宋熙宁中黄河改道向东南流，在今徐州合泗水入淮河，泗水故道遂为黄河所夺占。
②篷窗：船窗。月华：月光。
③灏气（hàoqì）：弥漫在天地间之大气。玉府：指仙府、仙宫。
④巉岩：险峻的山岩。浪蹙华：水浪的波动激起层层浪花。
⑤星槎：往来于天河的木筏。传说古时天河与海相通，汉代曾有人乘槎到天河，遇见牛郎织女。（见晋张华《博物志》卷三）

留城①道中有张良祠

古堤杨柳绿丝柔，尽日南风送客舟。百里青徐②平入望，千年汴泗正交流③。草荒霸业春过沛，月满丛祠夜泊留。老去马迁④心尚在，不妨书剑事邀游。

注释

①留城：为张良的封地。详见前注释（20页）。
②青徐：青州和徐州。
③汴泗：古汴水与泗水于彭城交汇。《水经注卷二十三》："其楼（彭祖楼）之侧，汴带泗，东此（一本作'北'）为二水之会也。"
④马迁：指《史记》作者司马迁。司马迁年轻时曾漫游各地。

道出淮泗，舟中阅高常侍①集，有《自淇涉黄河十二首》，因次其韵（选二）

扬舲②入淮泗，春云去闲闲③。彭门在何许，仰见云龙山。逝矣黄楼人，清风邈难攀。坐令千载轻，宇宙俯仰间。
徐淮多往躅④，行行入周⑤访。始瞻芒砀⑥云，忽出清泗上。千秋赏雄图，白发不相放。歌风与戏马⑦，高台屹相向。

注释

　　①高常侍：唐代诗人高适，官至渤海县侯终散常侍，世称"高常侍"。
　　②扬舲（yáng líng）：犹扬帆。舲：有窗户的小船。
　　③闲闲：悠闲的样子。
　　④徐淮：指淮河以北的徐州周围地区。往躅：陈迹、古迹。
　　⑤入周：进入周地。周，指今河南地区；东周都城即今洛阳。
　　⑥芒砀：芒山与砀山，在今安徽砀山县东南，与河南永城县接界。二山相距八里。当年刘邦送徒骊山途中逃匿，即藏于芒砀山泽岩石之间。
　　⑦歌风、戏马：指沛县的歌风台和徐州的戏马台。

释慈恩　一首

　　释慈恩：平湖人。生平不详。

云龙山

　　昆仑小股忽飞堕，鬼斧何年奇凿破。上瞰青空饕①雨露，下压后土②根深固。洒然坐我空明③中，口诵太古开鸿蒙④。披襟长啸落幽壑，三十六洞桃花红⑤。

注释

　　①饕（tāo）：贪图，贪食。饕雨露：指被雨露笼罩。
　　②后土：大地。
　　③空明：通明透彻的天空。
　　④太古：最古老的时代。鸿蒙：指宇宙形成前的浑混状态。
　　⑤三十六洞：即道家所称的三十六小洞天，相对于十大洞天而言，为仙人居住之处。

储　瓘（quán）　五首

　　储　瓘：生卒年不详。字静夫，泰州（今江苏泰州）人。成化二十年（1484）进士，授南京考功主事。历官郎中、太仆少卿、左佥都御史、户部侍郎。有《柴墟集》、《駉野集》。

彭城有怀

　　清夜棹①歌发，高秋客思生。绵绵乡国梦，历历②水云程。老树危蟠石③，冲波怒齧④城。白门⑤楼上月，偏傍海东晴。

注释

①棹（zhào）：船桨，代指船。
②历历：旅途漫长。
③指老树盘根生长在高的岩石之间。
④齧（niè）：侵蚀。齧城，指波浪冲击侵蚀着城墙。
⑤白门：即彭城南门。《唐书·崔彦曾传》："张玄稔攻徐州，徐吏路审中率死士应官军，开南白门。"苏轼《过云龙山人张天骥》："病守亦欣然，肩舆白门道。"

留城①雨夜

南归仍卧病，药裹谩随身②。风雨留城夜，莺花沛水春③。渴心县④楚旱，衰鬓洗京尘。长路曾来往，逢人莫问津。

注释

①留城：为张良封地。详见前注释（20页）。
②药裹：药包。谩：徒然。
③莺花：莺啼花开，泛指春日景色。沛水：指沛县地区之水。
④渴心：指思念殷切。唐卢仝《访含曦上人》诗："三入寺，曦未来。辘轳无人井百尺，渴心归去生尘埃。"县：古"悬"字，牵挂。

古　城

古城临水驿，灯火望中微。雨夜孤舟泊，江春远客归。楚谣多慷慨，汉事惜暌违①。指点英雄迹，渔樵谩是非②。

注释

①汉事：楚汉时的事情。暌违：隔离久远。
②渔樵：渔人和樵夫。谩：通"漫"，徒然。

宿吕梁有感

赤日夤缘①宿吕梁，黄茅转盼失前冈。百年身世如秦赘②，一发功名愧楚狂③。投老④计应吾土好，怀人情与暮云长。梦回多少关心处，清镜朝来有鬓霜。

注释

①夤缘（yínyuán）：攀缘上行。

②秦赘：赘婿。《汉书·贾谊传》："故秦人家富子壮则出分，家贫子壮则出赘。"后因称赘婿为"秦赘"。

③一发：比喻极微小、极微茫。楚狂：楚人，姓陆名通，字接舆。昭王时，政令无常，乃披发佯狂不仕，时人谓之楚狂也。后用为狂士的通称。《论语·微子》："楚狂接舆歌而过孔子曰：'凤兮凤兮！何德之衰？往者不可谏，来者犹可追。已而，已而！今之从政者殆而！'"杜甫《遣闷》："倚着如秦赘，过逢类楚狂。"

④投老：到老，临老。

送人归彭城

征轺①十过愧徐州，不为云龙半日留。莫负杏花明月夜②，吹箫饮酒共君游。岩畔幽亭为鹤开，壁间诗榜③谩生苔。彭城未少张天骥，借问东坡何处来。

注释

①征轺：远行的车。轺（yáo）：古代一种轻便小车。

②苏轼《玉局文》云："仆在徐州，王子立、子敏皆馆予官舍，蜀人张师厚来过，二王方少，吹洞箫杏花下。"苏诗《月夜与客饮杏花下》"杏花飞帘散馀春，明月入户寻幽人。"

③贺铸《游云龙张氏山居》诗序云："元丰初，郡守眉山苏公，屡登燕于此亭，下畜二鹤，因以放鹤名亭，复为之记。亭下有小屋，曰苏斋，壁间榜眉山所留二诗及画大枯株，亦公醉笔也。"

赵　鹤　一首

赵鹤：生卒年不详。字叔鸣，号具区，江都（今扬州）人。弘治九年（1496）进士，授户部主事。曾官金华知府、山东提学佥事。

放鹤亭次王济之①韵

鹤去亭空江月冷，台灰树远暮烟生。眼前多少兴亡事，回首乡关②倍感情。

注释

①王济之：即王鏊，字济之。见前注（296页）。

②乡关：故乡。

乔宇 一首

乔宇：生卒年不详。字希大，山西乐平人。成化二十年（1484）进士，授礼部主事。历官太常少卿、户部侍郎、南礼部尚书、兵部尚书、太子太保加少保、吏部尚书等。有《白岩集》二十卷。

放鹤亭

鹫峰千仞俯崇冈①，暂谢长途半日忙。海内帆樯通汴泗（一作"楚地"），江南形势控（一作"接"）淮扬②。川原雨过烟花绕，殿阁风回竹树凉。笑指云龙山下路，放歌无惜醉华觞③。

注释

①鹫峰：灵鹫山，在中印度，为佛说法之地，山顶似鹫，鹫群又常集山顶，故称。这里借指佛地，即云龙山，上有佛寺。仞：古代长度单位，八尺为一仞。崇冈：高冈。

②淮扬：淮安、扬州。明清时设淮安府和扬州府。水路从徐州可以直达淮安、扬州一带。

③华觞：华美的酒器，亦代指美酒。

王守仁 一首

王守仁（1472—1528），字伯安，号阳明，余姚（今浙江余姚）人。弘治十二年（1499）进士，授刑部主事。历官兵部主事、南京刑部主事、南京太仆少卿、右副都御史、南兵部尚书等。有《阳明全书》三十八卷。

云龙山次乔宇韵

几度舟人指石冈，东西长是客途忙。百年风物初经眼，三月烟花正向阳。芒砀汉云①春寂寞，黄楼楚调②晚凄凉。惟馀放鹤亭前草，还与游人藉醉觞③。

注释

①芒砀：芒山和砀山，在今安徽砀山县东南，与河南永城县接界。二山相距八里。当年刘邦送徒骊山途中逃匿，即藏于芒砀山泽岩石之间。芒砀汉云指与汉代有关的景物。

②黄楼：苏轼所建黄楼，见前注释。楚调：楚地歌声；亦指楚地风格。古时徐州为

楚地。

③藉：坐在草垫或草地上。醉觞：痛饮。觞为酒器，代指酒。

张 璧 七首

张璧（1474—1545），字崇象，生于石首（今北京市昌平区）。正德六年（1511）进士，授翰林院编修。官至礼部尚书、东阁大学士。有《阳峰家藏集》。

彭 城

苍屿①日云暮，归樯②泛烟浦。秋草满沙汀③，凫雁④不可数。瓦盏⑤聊自斟，瑶琴⑥时一鼓。指点忽前山，前山乱飞雨。

注释

①苍屿：青色的水中山峦。
②樯：船的桅杆，代指船。
③沙汀：水中的小块平沙地。
④凫雁：野鸭与大雁。
⑤瓦盏：陶制的小酒杯。
⑥瑶琴：用玉装饰的琴，亦为对琴的美称。

吕梁洪柬温水部①

吕梁之上开双洪②，颓波③走石横当中。宣父临观感长叹④，唐臣疏凿垂大功⑤。千艘万舸⑥势何险，青春玄冬⑦声转雄。我逢秋涨忽来往，十里迥若浮长空。

注释

①柬：用作动词，意指诗赠给某人。水部：掌管水利的官署，亦指官署的长官。
②双洪：吕梁洪有上下二洪，相距凡七里。
③颓波：向下奔流的水波。
④宣父：即孔子。《庄子·达生》："孔子观于吕梁，县水三十仞，流沫四十里，鼋鼍鱼鳖之所不能游也。"《论语·子罕》："子在川上，曰：'逝者如斯夫！不舍昼夜。'"这里的"川上"指吕梁洪。
⑤唐臣：指尉迟恭。清乾隆《徐州府志》卷八："尉城在城东南吕梁山下，唐尉迟恭开吕梁二洪，因筑城以居，今有尉公庙。"

⑥艘和舸（gě）都泛指船。
⑦青春玄冬：古代以四方为四季之位，东方春位，其色青也，故称春天为"青春"。北方冬位，其色黑，"玄"为黑色，故称冬天为"玄冬"。

过彭城同华户部、陈水曹登黄楼①

水曹开讌②临寒阁，客子当窗坐晚晴。云抱远山环障碧，石悬斜照漾沙明。泗淮下倒双流势，楚汉③空传百战名。读罢残碑扶醉出，万家灯火下高城。

注释

①户部：掌管户籍财经的官署，此处以官署称其长官。水曹：水部的别称，此处指水部长官。
②讌：同"宴"。
③楚汉：指刘邦和项羽的争战。

河 洪

山径愁倾久①，河洪叹阻修②。石多妨走马，沙浅泥行舟。黄菊花开晚，丹枫落叶稠。双洪③还北望，万舸在东头。

注释

①倾久：指山路陡峭。
②阻修：指水上行程阻隔而远。
③双洪：指吕梁洪上下二洪。

境山道中①

晚秋彭城路，黄流②汹未消。败墙还扤捏③，破瓦但飘萧④。埂⑤没存高树，檐低着小舠⑥。无人问民瘼⑦，愁听夜深谣。

注释

①境山：明嘉靖《徐州志》卷四："境山，距城四十里，西临泗水，有镇、有闸、有寺。"详见前注释（243页）。
②黄流：黄河水流。
③扤捏（wùniē）：摇摇欲坠。

④飘萧：零乱散落。
⑤埂：用泥土筑起的堤防。
⑥舠（dāo）：小船。
⑦民瘼：百姓的疾苦。

吕梁吟

予叨留省，蒙召北上，乃逾淮入桃宿，水浅胶舟，舟行孔涩。及行过吕梁，见两岸石堤水闸牢密，水安流受约束，予舟牵挽而上，瞬息宁止。讯诸道路，往年司马王公以旅中丞郭公持平受命治河，乃檄管河官筹分经理，乃今漕卒估人往来颂称，词若画一。伟哉乎！厥功茂矣。予跃然喜授笔作吕梁吟，俾勒石河上。

赫赫京辅①，瀇瀁漕河②。吕梁崇耸，水道逶迤③。往遭河决，阻厄行艖④。天子诏使，力挽颓波⑤。水部分宪⑥，辇石⑦星罗。两岸砻甃⑧，双闸嵯峨⑨。遂令河水，积有盘涡。受我约束，埂坝功多。漕舻贾楫⑩，坐颂行歌，陈词纪盛，传永弗磨。

注释

①赫赫：显赫盛大。京辅，京城及其所辖的附近地区。
②瀇瀁：同"浩浩"。漕河：水运交通。
③逶迤：蜿蜒曲折。
④阻厄：阻隔险要。艖（chā）：小船。
⑤颓波：向下流的水势。
⑥水部分宪：水部的下属机构或官员。
⑦辇石：用车运的石头。
⑧砻甃（lóngzhòu）：修堤用的砖石。
⑨嵯峨（cuóé）：高耸貌。
⑩漕舻贾楫：来往运送货物的船只。舻（lú）：大船。楫（jí）：划船用具，代指船。

过徐州望云龙山次韵①

晚春斜日片帆开，望望房山（州县志作"诸峰"）半草莱②。乍见海云从地起，忽闻雷雨到窗来。云龙尚隐西天寺③，戏马④空余旧野台。犹忆当年纵游（州县志作"登"）赏，夜深舆马月中回。

注释

①道光《铜山县志》题为"予赴召北上，再过彭城，望云龙诸山，弗及登游，聊书

所见，次韵一首，寄付李户部仲玉勒石用，志怅感云"。

②草莱：杂生的野草。

③西天寺：即佛寺。云龙山有石佛寺。

④戏马：戏马台。

周 用 二首

周用（1476—1547），字行之，号伯川，吴江（今江苏吴江）人。弘治十五年（1502）进士，授行人。历官南京兵科给事中、福建按察使、河南右布政使、南京工部、刑部尚书、太子少保等。曾以工部尚书总督河道。善书法、绘事，喜为诗。有《周恭肃集》。

吕梁砚

赤手凿吕梁，终日何所得。铿然触金椎，有物不盈尺。提携谢沙泥，磨礲①出坚白。深渊云含姿，微晕月载魄。倏②惊蛟龙藏，那许虾蟆食。敢忘肤寸功③，试以输子墨④。几席一朝饗⑤，光价百倍直。文章托体裁，出处⑥怀感激。谁能毁圭角⑦，终久仗挥斥⑧。为吾语山灵⑨，廊庙⑩须柱石。

注释

①磨礲（mólóng）：磨治。

②倏（shū）：忽然。

③肤寸功：微小的功力。肤寸，古长度单位，一指宽为寸，四指宽为肤。

④子墨：为扬雄作品中虚构的人名。后借指文章、文辞；亦泛指文士。《汉书·扬雄传下》："故藉翰林以为主人，子墨为客卿以风。"

⑤几席：筵席。饗：用酒食招待客人。

⑥出处：进退，意指出仕和隐退。《易·系辞上》："君子之道，或出或处。"

⑦圭角：圭的棱角，犹言锋铓。

⑧挥斥：奔放的才气。

⑨山灵：山神。

⑩廊庙：指朝廷。

至徐州

远戍收宵柝①，高风动雪车。三年同旅雁，一饭厌河鱼②。赤叶寒林晓，黄茅野市虚③。昔时（州县志作"因思"）溪水上，日出（州县志作"在昔"）卧深庐④。

注释

①宵柝（tuò）：夜里巡逻打更。柝，旧时夜晚巡逻打更用的梆子。
②河鱼：腹疾的隐称，指腹泻。因鱼腐烂是从腹中开始而得名。
③黄茅：黄茅冈，在云龙山西麓。野市：乡村集市。
④深庐：幽静的房舍。

黄 绾（wǎn） 一首

黄绾（1477—1554），字宗贤、叔贤，号久庵、石龙。浙江黄岩县人，历官后军都督府都事、南京都察院经历、南京工部员外郎、大理寺少卿、南京礼部左侍郎、礼部尚书兼翰林院学士等。有《明道编》、《石龙集》、《久庵文选》等。

次乔宇韵

解骓事去随流水①，挂剑台②寒空夕阳。草木兵前犹惨淡，川原水落正荒凉。

注释

①指项羽垓下被困，突围逃走，终被汉军围杀。骓，指项羽所骑骏马名骓。
②挂剑台：又名季子挂剑台。见前注释。

刘 玉 十首

刘玉：生卒年不详。字咸栗，万安（今江西万安县）人。弘治九年（1496年）进士，授知辉县。历官福建副使、大理少卿、副都御史、刑部侍郎。有《执斋集》二十卷。

宿房村①下

历历数长亭②，舟行晚未停。归云衣叠嶂③，落雁字寒汀④。古渡稀闻棹⑤，孤村远见灯。壮怀惭旅泊⑥，禁漏⑦忆晨兴。

注释

①房村：在徐州东南七十里，今为房村镇。为古驿站。冯世雍《吕梁洪志》："房村

驿在洪南，永乐十三年建。"

②历历：路程漫长。长亭：古时在大道旁五里设一短亭，十里设一长亭，为行人休息和饯别处。

③叠嶂：重叠的山峰。

④字：栖息。汀：水边陆地，小洲。

⑤棹（zhào）：船桨。这里指划船的声音，即船行。

⑥旅泊（jì）：旅途暂住，同"旅泊"；喻人生。《依楞严究竟事忏卷上》"复次忏悔人处无常苦空，世间俱是旅泊幻化。"

⑦禁漏：即宫漏。漏，古时的计时器。此指漏刻发出的声响。

彭门怀古

鸿门宴①罢更彭门，虎据龙争迹尚存。古树栖鸦韩信垒②，啼蛩衰草范增坟③。九云④地峻诸山合，百吕梁⑤深二水奔。犹有黄楼堪远眺，拟携樽⑥酒访遗文。

注释

①鸿门宴：见前注释（206页）。

②韩信垒：指当年韩信作战留下的军事营垒。

③蛩（qióng）：蟋蟀。范增坟：见前注释。

④九云：九里山、云龙山。

⑤百吕梁：百步洪、吕梁洪。二水：指泗水、汴水。

⑥樽（zūn）：古代酒器。

彭城被水泊舟子房山①有感

河水东来溢吕梁，彭门无地系舟航。城根涛浪翻秋雨，渡口津涯混夕阳。禾黍已空犹赋敛②，茅茨③何在半流亡。观风无策苏民困④，坐对青山忆子房。

注释

①子房山：在徐州城东。一名鸡鸣山。明嘉靖《徐州志》：世传子房尝隐于此，故名。一说张良为沛公厩将，作楚歌以散羽兵处。子房山上有子房祠，又称留侯庙。此庙初名子房庙，明宣德初年陈瑄建。

②赋敛：征收田地税。

③茅茨：茅屋。

④苏民困：解除人民的困苦。

徐城寄眺

　　隆准重瞳①百战残，层城②今许客跻攀。烟笼大泽龙蛇蛰，尘锁空山虎豹闲。歌断楼前霜月冷，石题诗后雨苔斑。凭高日近飞云远，极目长空去鸟还。

　　危栏迢递③出尘埃，遗迹苍茫堕草莱④。放鹤客留苏子榻⑤，射蛇人上楚王台⑥。桥横二水⑦双虹落，城逶群冈百雉⑧开。莫更临流羡舟楫，只今容有济川材⑨。

注释

　　①隆准：高鼻，代指汉高祖刘邦。《史记·高祖本纪》："高祖为人，隆准而龙颜。"重瞳：双眸子，这里指项羽，传说项羽为双眸子。

　　②层城：高大的城阙。

　　③迢递：遥远貌。

　　④草莱：杂生的野草。

　　⑤放鹤客：指放鹤人张天骥。苏子：指苏轼。榻：指苏轼曾醉倒的石床。苏轼《登云龙山》诗："冈头醉倒石作床，仰看白云天茫茫。"

　　⑥射蛇人：指刘裕。《南史·宋本纪》："（裕）后伐荻新州，见大蛇数丈，射之，伤。"刘裕曾于九月九日在戏马台为孔靖饯行。见前谢灵运诗注释。楚王台：即戏马台。

　　⑦二水：指泗水和汴水。

　　⑧百雉：雉，古代计算城墙面积的单位。长三丈高一丈为一雉。百雉：非实指，泛指城墙之高大雄伟。

　　⑨济川：渡河。济川材，意为能担任国家重责的人才。语出《书·说命上》："若济巨川，用汝作舟楫。若岁大旱，用汝作霖雨。"

彭城阻雪

　　纵鹤亭前洒鹤翎，梦龙陂上长龙鳞。背城一水萦银带，面郭三山展玉屏①。台废尚闻人出猎，楼闲空忆客扬舲②。霸桥剡曲堪乘兴③，冻合关河叹梗萍④。

注释

　　①玉屏：指被雪覆盖的山峰如同玉制屏障。

　　②扬舲：乘船。舲（líng）：有窗户的小船。

　　③霸桥：即灞桥，在今西安市郊区，汉唐时送客多到此桥作别。剡曲：即剡溪，在今浙江境内，有胜景"剡溪九曲"；沿溪古迹很多，历代众多文人墨客或居或游，留下了无数名篇及趣闻逸事。

④冻合：冰封。梗萍：断梗浮萍，比喻漂泊不定。

戏马台

马上功成伯仲①间，拔山力尽②此台闲。令人苦恨阴陵道③，不见当时一骑还。

注释

①伯仲：原指兄弟的次第；比喻事物不相上下。
②拔山力尽：项羽《垓下歌》："力拔山兮气盖世，时不利兮骓不逝！"
③阴陵：秦所置县，古城在今安徽定远县西北。项羽从垓下突围南逃，至阴陵迷失道，陷大泽中，为汉军追上。

放鹤亭

鹤去亭空草自青，坡公辞翰尚留馨①。河流不尽英雄恨，处士②山中醉未醒。

注释

①坡公：指苏轼。辞翰：指文章、诗词等。馨：香气，比喻美名。苏轼写下著名的散文《放鹤亭记》，传颂千古。
②处士：指隐士张天骥。

彭城怀古

楚台汉寝占山樊①，宋馆梁营②接近郊。千古英雄征战地，只今唯有鹊争巢。

注释

①楚台汉寝：泛指楚汉时期留下的宫室陵墓。山樊：山旁。
②宋馆梁营：指宋代时期留下的营垒等建筑。北宋京都为汴梁。

留侯庙①

涉足封齐②片语间，鸿沟不放虎东还③。戏台④战垒空相对，千古高名寄此山。

注释

①留侯庙：明万历《徐州志》卷四：留侯庙有二，"一在留城。《后汉书》：留城中

有张良庙。晋义熙十三年，宋公刘裕军次留城经庙下，令以时修饰，栋宇致荐，皆即此。成化间，巡河御史陈嘉谟、郎中顾徐庆改建。一在子房山，宣德初平江伯陈瑄因旱祷雨有应，建祠祀焉。景泰七年知州宋诚徙山左新之。"

②封齐：韩信平定齐地后，欲自立为王，刘邦大怒，后听张良劝说，立韩信为齐王，以防止生变。

③鸿沟：在今河南中牟县，为古汴水的分流，即今贾鲁河。《史记·项羽本纪》："项羽与汉约，中分天下，割鸿沟以西者为汉，鸿沟而东者为楚。"项羽如约，率兵东归。张良、陈平劝说刘邦趁楚兵罢食尽，进行追击，曰："楚兵罢食尽，此天亡楚之时也，不如因其机而遂取之。今释弗击，此所谓'养虎自遗患'也。"

④戏台：戏马台。

亚父冢①

云龙山下路萦回②，亚父坟连戏马台。宝剑却随金碗出，定知曾叫项庄来③。

注释

①亚父冢：即范增墓，元时被盗。参见前虞集《盗发亚父冢》。
②萦回：路径曲折。
③鸿门宴上范增授意项庄舞剑，趁机杀死刘邦。

陆 深 八首

陆深（1477—1544），初名荣，字子渊，号俨山。南直隶松江府（今上海）人。弘治十八年（1505）进士，授编修，遭刘瑾忌，改南京主事。历官国子监司业、祭酒，充经筵讲官、山西提学副使、浙江提学副使、四川左布政使、太常卿兼侍读学士、詹事府詹事等。有《俨山集》、《南巡日录》、《史通会要》、《玉堂漫笔》等。

吕梁洪

青山夭矫①如渴龙，堕地直走河流东。岸崩谷应气犹怒，其下必有鼍鼋②宫。舟人估客③尽回首，篙师④舵手俱神工。人言大险亦大胜，如此江山须画中。宣尼南游鬼物出⑤，伯禹东导神灵通⑥。天地何心世多故，刘项曹吕⑦皆豪雄。圣皇恃德不恃险，万里袵席⑧歌同风。我来其间正初夏，片帆遥映斜阳红。风幡前麾影接岸⑨，水槛下视波连空。肩舆⑩十里据高坐，始信静处观无穷。

注释

①夭矫：屈伸自如貌。指山峦高高低低，如龙舞动。

②鼋鼍（yuán tuó）：大鳖和鳄鱼。

③估客：商人。

④篙师：撑船熟手。

⑤宣尼：孔子。西汉平帝元始元年（一年）追谥孔子为褒成宣尼公，后因称孔子为宣尼。《庄子·达生》：有记孔子于吕梁观水事。详见前注释（155页）。

⑥伯禹：夏禹。《书·舜典》："伯禹作司空。"孔颖达疏引贾逵曰："伯，爵也。禹代鲧为崇伯，入为天子司空，以其伯爵，故称伯禹。"晋郭璞《江赋》："骇黄龙之负舟，识伯禹之仰嗟。"此句指大禹疏导黄河，使水流入东海。

⑦刘项曹吕：指刘邦、项羽、曹操、吕布。

⑧衽席：宴席；座席。《礼记·坊记》："衽席之上，让而坐下，民犹犯贵。"

⑨风幡：风中的旗幡。麾：指飘动。

⑩肩舆：用人力抬扛的代步工具，如轿子等。

大风宿留城①

身世浮沉如一舸②，一日千里十日坐。顺风人喜逆风怒，我任天公何不可。随身所到一问津，去者从右来从左。古今道路无不然，自有亨衢自坎坷③。黄泥岸高绿树深，遥望前船密如锁。争先疾趋古所戒，夜宿澄潭傍渔火。

注释

①留城：张良的封地。详见前注释。

②舸（gě）：泛指船。

③亨衢：四通八达的大道。坎坷：道路高低不平。

徐州洪①次韵

表里山河胜，东泉复上流。斜阳明石佛②，古堞遶徐州③。溪影尤宜月，潮声不待秋。去来风雨横，奇绝冠兹游。

注释

①徐州洪：即百步洪。见前注。

②石佛：指云龙山，有石佛，故又名石佛山。

③堞：城墙上如齿状的薄型矮墙，此处泛指城墙。遶，同"绕"。

月下抵彭城

险中不觉险,家近转思家。世路元①无尽,人生故有涯。乡音传白苎②,秋事付黄花③。今夜彭城驿,清尊对月华④。

注释
①元:原先,本来。
②白苎:白色的苎(zhù)麻。
③黄花:菊花。
④清尊:清酒。尊同"樽",酒器,代指酒。月华:月亮。

十四日放徐州洪逢周一之

脱险方惊险,思君喜见君。高山共流水,覆雨更翻云。初过留侯国①,行经亚父坟②。当年谁作计,楚汉欲中分③。

注释
①留侯国:即张良的封地留城。
②亚父坟:即范增墓。见前注释。
③《史记·项羽本纪》:"项王乃与汉约,中分天下,割鸿沟以西者为汉,鸿沟而东者为楚。"

戏马台晚眺

王气萧条伯业①收,彭城依旧砀山②秋。山连青郡兼齐绕③,水合黄河入海流。漠漠云边低度鸟,疏疏树杪④送行舟。凌空台阁宜春望,尚及西风半日游。

注释
①伯业:霸业。伯(bà)通"霸"。
②砀山:砀山:山名,在今安徽砀山县。汉高祖刘邦斩蛇起义曾隐于芒、砀山泽间。
③青郡:青州。青、齐皆指今山东境内地区。
④树杪:树梢。

发谷亭①

晓乘江涨下徐州,秋气侵人著眼浮。小桿②载青莲子摘,甫田③摇绿豆花收。林蝉泣露鸣无节，江雁和云去不留。时物每惊羁旅④改，江山未惬⑤壮心游。乘槎欲奉张骞节⑥，作赋思登王粲楼⑦。薪火千年湘水哭⑧，干戈满地浣溪愁⑨。良辰胜境难兼得，久客穷途易并忧。桂桨兰桡⑩轻日费，笔床茶灶远风流。吕梁山势危奔马，邵伯⑪波光荡没鸥。雨蚀龙蛇残石里（徐州州治唐碑并子由黄楼赋刻），月明箫管夜桥头。山连天阙⑫遥通海，帆带风花故满舟。此日悬知真有助，当年自分总无求。梦魂偏向家山入，习气难除书卷抽。寄语篙师休汗漫⑬，倚庐人老不禁秋。

注释

①谷亭：地名，在今山东鱼台县。

②小棹（zhào）：小船。棹：船桨，代指船。

③甫田：大田。《诗经·小雅·甫田》："倬彼甫田，岁取十千。我取其陈，食我农人。"

④羁旅：长久寄居他乡。

⑤未惬（qiè）：未满足。

⑥乘槎：乘木筏。张骞：西汉张骞应募出使西域，穷河源。途中被匈奴截获，留居十余年。回汉后被封为博望侯。"博望"取"博广瞻望"之意。传说张骞曾乘槎穷河源。

⑦王粲：汉末文学家公元205年（东汉建安九年）秋，王粲在荆州登上麦城（在湖北当阳东南）城楼，纵目四望，写下了传诵千古的名篇《登楼赋》。文章抒写作者生逢乱世、长期客居异乡、怀才不遇而产生思乡、怀国之情，表现出作者对动乱时局的忧虑和对国家和平统一的希望，以及渴望施展抱负、建功立业的愿望。

⑧薪火：即薪火相传。湘水哭：帝尧的女儿娥皇、女英嫁给舜，舜到长江一带巡视，不幸死在苍梧之野，葬在九嶷山上。姊妹俩闻此噩耗，便一起去南方寻找舜。二女在湘江边上，望着九嶷山痛哭流涕，眼泪洒在竹子上，竹子便挂上斑斑的泪痕，变成了现在南方的"斑竹"。娥皇、女英痛不欲生，便跳入湘江，化为湘江女神。

⑨干戈：指战乱。浣溪：即浣花溪，又名濯锦江、百花潭，在今成都市西郊，杜甫避战乱于溪畔建浣花草堂居住。

⑩桂桨兰桡（ráo）：对船的美称。桡：小船。

⑪邵伯：邵伯湖，今属江苏扬州市。

⑫天阙：指京都，朝廷所在地。

⑬汗漫：漫无标准，粗心大意。

吕梁行

君不见吕梁之水天下奇，奔腾轰湃①无停时。飞冰走雪燿②日色，龙吟鲸吼啼蛟螭③。恍如鳌足④昨夜折，银河倒倾忙骤驰。又如天鼓落下界，神丁六甲⑤相追随。舟人伏枕不敢睡，稚子未解惊满颐。黄河源自星宿海⑥，千里万里归天池⑦。济川⑧以南数十水，汇同漎会⑨来於斯。蓄受既富发泄盛，俯视此理良无疑。不信请看田道间，夜来春雨今朝泥。

注释

①㶁㶁（huò）：浪涛冲击声。

②燿：同"耀"。

③蛟螭（chī）：这里泛指水族。蛟和螭都是古代传说中的龙，螭为无角龙。

④鳌足：鳌（áo）：大龟。鳌足，大龟的腿。传说中女娲用大龟四足作为天柱。《淮南子·览冥训》："女蜗炼五色石以补苍天，断鳌足以立四极。"

⑤神丁六甲：神丁、六甲皆神话中天神的使者。

⑥星宿海：地名，在青海省玛多县，位于黄河源头地区，东与扎陵湖相邻，西与黄河源流玛曲相接。

⑦天池：指大海。

⑧济川：即济水，古四渎之一，发源于河南王屋山，东流至山东，与黄河并流入海。

⑨漎会：小水流入大水。漎：音 cóng。

徐祯卿　一首

徐祯卿（1479—1511），字昌穀（一字昌国），吴县（今江苏苏州）人，祖籍常熟，后迁居吴县。明弘治十八年（1505 年）进士，授大理左寺副。明正德五年（1510）被贬为国子监博士。被誉为"吴中诗冠"，江南四大才子之一。有《徐祯卿全集》。

下　洪

徐州城北玉山浮①，平江庙②前洪水流。烟花漠漠堪荡桨，溪石稜稜③难放舟。巴峡忽惊犹在眼，黄河稳注不须忧。北帆欲上愁仍蹇④，力挽万钧回十牛。

注释

①玉山浮：喻洪水浪涛汹涌貌。苏轼《放闸》诗："玉山纷破碎，阵马急侵陵。"

②平江庙：即平江伯陈瑄之恭襄侯祠。陈瑄（1439—1502），直隶合肥（今属安徽）人，字彦纯。成化六年（1470）镇守两广，充总兵官。因功被封为平江伯。成化八年改镇扬州兼督修漕河。曾主持疏凿吕梁洪水道。嘉靖《徐州志》卷八："恭襄侯祠：在河东水次，祠平江恭襄侯陈瑄。侯有功漕运，故祠之。成化十八年，知州和鸾、指挥使苏宽、千户刘显以总漕平江伯陈锐规划鼎建。"清同治《徐州府志》："吕梁有上下二洪，相距凡

七里，水中巨石齿列，波涛汹涌，号为至险。唐宋疏凿遗迹并与徐洪同。明宣德初，以漕舟艰阻，陈瑄议于旧河凿渠深二丈，阔五丈以行舟。七年，复凿渠并置闸。既而湍险如故。成化中管河主事张达、费瑄修筑堤坝。嘉靖二十三年主事陈洪范凿石平之，自是舟行益便。"

③稜稜（léngléng）：形容溪石突兀耸立。韩偓《南亭》诗："松瘦石稜稜，山光溪淀淀。"

④蹇（jiǎn）：艰阻，不顺利。

齐之鸾　六首

齐之鸾（1483—1534），字瑞卿，号蓉川，安徽桐城人。正德六年（1511）进士，入选翰林院庶吉士。历官刑部给事中、青州同知、南京刑部郎中、河南省副使并兼任省提学副使、山东临清兵备副使、河南按察使等。著有《蓉川集》、《南征纪行》和《入夏录》等。

徐州小溪桥晚泊

官舟晚泊黄楼①下，汴泗交流②驶如马。霜气先鸣登岸风，水痕半渍③居民瓦。星河鼓角声动地，楼橹旌旗④色照野。主上⑤西行未肯休，萧萧⑥大树无人舍。

注释

①黄楼：宋苏轼所建。详见前注释（207页）。

②汴泗交流：《名胜志》："泗水源出山东泗水县，南流过沛县，至徐州东北，合汴水，循城东南达淮。汴水自河南浚仪县界东流过萧县，至州城东北，与泗水合。二水汇而为潭，极深，有龙居之。"韩愈有《汴泗交流赠张仆射》诗。见前。

③渍（zì）：浸。

④楼橹：亦作"楼樐"。古代军中用以瞭望、攻守的无顶盖的高台。建于地面或车、船之上。《后汉书·公孙瓒传》："今吾诸营楼樐千里，积谷三万斛，食此足以待天下之变。"《后汉书·南匈奴传》："初，帝造战车，可驾数牛，上作楼橹，置于塞上，以拒匈奴。"宋王安石《澶州》诗："南城草草不受兵，北城楼橹如边城。"旌旗：泛指旗帜。

⑤主上：指皇帝，是古代臣子对于君主的称呼。

⑥萧萧：冷落凄清的样子。

九日马上

九日彭城路，征鞍指顾间①。晨经高帝庙②，暮过子房山。戏马连荒草，云龙拥市阛③。且须留信宿④，怀古一跻攀⑤。

注释

①指顾间：手指目视之间。

②高帝庙：即汉高祖庙。清乾隆《徐州府志》：高祖庙"在城南五里广运仓东。明永乐间，耆民梁聚等建；正统、成化、正德间，有司相继重修。庙有试剑石。"民国《铜山县志》引《一统志》：在彭城县东南有汉高祖庙，庙有试剑石。苏辙有《彭城汉祖庙试剑石铭》，叙言"汉高皇帝庙有石，高三尺六寸，中裂如破竹，不尽者寸。"

③市阛（shìhuán）：市场，市区。元揭傒斯《赠项炼师诗》："又闻好卖药，往往在市阛。"

④信宿：连住两夜。《诗·豳风·九罭》："公归不复，子女信宿。"

⑤跻攀：攀登。杜甫《白水县崔少府十九翁高斋三十韵》："清晨陪跻攀，傲睨俯峭壁。"

徐州饮王公济侍御①

早春京国②别，此地笑言通。翠辇云霓③下，黄楼霁雨④中。坐怜烟拥树，归待月生中。有客河东宿，招呼未肯同。（方思道在河东，不至。）

注释

①侍御：侍御史。古代官职名，负责监察事。

②京国：京都。

③翠辇：饰有翠羽的帝王车驾。云霓：指画有彩虹的旗帜。

④霁雨：雨止。

徐州得命先行

有命传①先发，黄昏即放船。桥开人拥渡，水远石生烟。驿路淹三月②，家园望七年。使行成陟岵③，感激圣恩偏。

注释

①传（zhuàn）：指驿站上所备的马车、船只。

②驿路：古代专门给马车之类通行的道路，也做驿道。淹：久留。

③使行：受使命出行。陟岵：《诗·魏风·陟岵》："陟彼岵兮，瞻望母兮。"意为思念母亲。

晚登黄楼

落日州城并马蹄,危楼犹揭昔贤题①。河流并泗趋淮壮②,洪③树连城望岳迷。泉缩民居新出水,舟行黍地尚无堤。留连正爱窗前月,野宿④遥闻暮夜啼。

注释

①昔贤题:指黄楼中有历代名人的题咏。
②河流并泗:指黄河变道并入泗水流入淮河。
③洪:徐州有百步洪、吕梁洪、秦梁洪。
④野宿:在野外过夜。

望桓山①

桓山有约竟茫茫,山石嵯峨②山树苍。三百年来无李白,更从今日忆苏王③。(镇远顾公同寓于徐,将约游焉,以迎驾不果。)

注释

①桓山:在徐州城北约十七里,原名圣女山,又名魋山、圣女山、洞山。春秋时宋司马桓魋作石椁于此,故名。明嘉靖《徐州志》:"桓山东临泗水,旧名圣女山。宋桓魋作石椁于此,故名。……今俗称洞山,有洞山寺。"
②嵯峨(cuóé):高峻貌。
③苏王:苏轼和王定国。见苏轼《在彭城日与定国为九日黄楼之会……》诗。

吴 檄 一首

吴檄:生卒年不详。字用宣,号皖山。安徽桐城人。正德十六年(1521)进士。历官枢曹、湖广参议、山东云南副使、陕西参政。有《兵部集》。

谒汉高帝祠①

沛人怀赤帝②,祠庙据山青。雄甸③川原古,前朝剑玺④闲。风云开日表⑤,虎豹护龙颜⑥。瞻拜惭无礼,容臣大度间。

注释

①汉高帝祠：即汉高祖庙。详见前注释（141页）。
②赤帝：指汉高祖刘邦。详见前注释（143页）。
③雄甸：广阔的田野。
④剑玺：指刘邦的斩蛇剑和传国玺，为汉代神器。后用以象征统治权。南朝齐谢朓《和伏武昌登孙权故城》诗："炎灵遗剑玺，当涂骇龙战。"
⑤日表：在日之外。比喻极远的地方。唐玄宗《千秋节宴》诗："风传率土庆，日表继天祥。"
⑥龙颜：指汉高祖刘邦。《史记·高祖本纪》："高祖为人，隆准而龙颜。"

于思睿　一首

于思睿：生卒年不详。字智甫，山东青城人。嘉靖五年（1526）进士。官工部都水司主事，都理徐州洪工部分司。

留侯庙①

绝壁孤峰四望通，悠然怀古思无穷。汉时勋业秋风外，楚国山河夕照中。海气东来常带雨，江流南下正飞鸿。祇今谋相还祠庙，千载令人感慨同。

注释

①留侯庙：又称子房庙。详见前注释（20、313页）。

马　卿　一首

马卿：生卒年不详。字敬臣，号柳泉，林虑（今河南安阳林州市）人。弘治十八年（1505）进士，改庶吉士，授给事中。历官大名知府、浙江副使、山西提学、右参政、浙江右布政使、云南参政、按察使、福建布政司、南京太仆寺卿、光禄寺卿，都察院右副督御史总督漕运。有《马氏家藏集》。

云龙山

招提①台殿冠层巅，旷望南徐②思渺然。霸业山河空旧垒③，官城花柳满青烟。共乘佳兴宁辞醉，一笑浮名却爱禅。民瘼边尘忧正切④，愿看熙皞赋归田⑤。

注释

①招提：寺院。

②南徐：南徐州。初名徐州，晋安帝义熙七年（411），始分淮北为北徐，淮南犹为徐州。宋武帝永初二年（421），加徐州曰南徐，而淮北但曰徐。宋文帝元嘉八年（431），更以江北为南兖州，江南为南徐州，治所在京口（今镇江）。这里南徐泛指江南地区，项羽起兵之地。

③旧垒：古时的军事碉堡、营垒。

④民瘼：人民的疾苦。边尘：边境的战事。

⑤熙皞（xīhào）：太平安乐。赋归田：指归隐过田园生活。

费 寀 九首

费寀（？—1548），字子和，江西铅山（今江西铅山县）人。正德六年（1511）进士，授庶吉士，后改翰林院编修。历官经筵官、南京尚宝司卿、春坊赞善、南京国子监祭酒、南京吏部、礼部右侍郎、礼部尚书、太子太保等。有《费文通公文集》。

费公祠①

十载并州②梦，频来系所思。堂阴浓不改，云气渺何之。香火林边屋，声名水上碑。登堂诗史在，惆怅立多时。

注释

①费公：即费瑄，费寀之伯父，成化十一年（1475）进士，历官工部督水司主事、吕梁洪工部分司主事、兵部员外郎、政选员外郎、贵州参议。万历《徐州志》："费公祠在吕梁下洪。成化间工部主事费瑄督理洪事有惠政，初，洪人立生祠祀之，后登祀典。嘉靖丁未，京都御史詹瀚、主事曹英修，尚书费寀记。"

②并州：指贵州。古时在今贵州地区推行经制州（朝廷直管）与羁縻州（少数民族地区自治）并行的制度，故称。据清同治《铅山县志》记载：费瑄于成化丙午二十二年（1486）去贵州处理"都匀苗叛"，到弘治丙辰九年（1496）出补贵州布政司参议，前后正十年。

洞山用冯主政韵怅不同游①

颇闻兹地胜，不受一尘侵。云气桧前卧。萝阴洞口深。酌花②谁好客，修祓③正宜今。倚棹遥相忆，江光隔晓林。

注释

①洞山：即桓山，在徐州城北约十七里，原名圣女山，春秋时宋司马桓魋作石椁于此，故名。俗称洞山。主政：旧时各部主事的别称。冯主政，指冯世雍。

②酌花：对花饮酒。

③修禊：古代民俗。三月上巳日到水滨洗涤以消除灾害。

己亥过吕梁谒翁伯考祠①

来往祠前爇瓣香②，开舟不分太仓忙③。河流一泻真千里，泽国三回动十霜。精爽弗渝邻水部④（伯考祠与旧居工部分水相邻），遗言堪忆在星堂（伯考与先考同处聚星堂，尝有文章报主之训）。谁家伯父能如父，日日相思是吕梁。

注释

①己亥：即己亥年（1539）。翁伯考：此为费寀对亡去的伯父费瑄的称呼。

②爇瓣香：爇（ruò），烧。瓣香：一瓣香，用以表示崇敬之情。

③仓忙：匆忙。

④精爽：魂魄。弗渝：不改变。

吕梁祭复菴伯考答冯水部①

一棹②彭城波浪开，雨晴山色共春回。民间几处祠堂在，江上劳君车马来。水部文章元不俗，河梁舟楫自多才。相逢忽谩③情何许，三月飞花溅酒杯。

注释

①复菴伯考：指费瑄。冯水部：即冯世雍，时为徐州吕梁洪工部分司主事。有诗，见下注释。

②棹（zhào）：船桨。这里指行船。

③忽谩：忽而，同"忽漫"。杜甫《送路六侍御入朝》诗："更为后会知何地，忽漫相逢是别筵。"

吕梁拜复菴伯考像

衣冠①几度入祠堂，父老相看似故乡。血食十年尤汗竹②，口碑一路颂甘棠③。文章报主言犹在，孝友传家泽正长。喜向雪天重椅棹，得将溪藻焚瓣香。

注释

①衣冠：古代士以上戴冠，因用以指士以上的服装。代称缙绅、士大夫。
②血食：古代杀牲取血用以祭祀，故称。汗竹：史籍。
③甘棠：意指遗爱。《诗经·周南·甘棠》："蔽芾甘棠，勿翦勿伐，召伯所茇；蔽芾甘棠，勿翦勿拜，召伯所说。"

云龙山次乔宇韵

水绕峦光①寺枕冈，客来登眺野僧忙。百年碑碣苔封石，三月杯盘花向阳。天上黄河无昼夜，山头白日易暄凉②。百壶不尽烟云思③，月色纷纷对举觞④。

注释

①峦光：山峦的风光。
②暄凉：和暖与寒冷。此指气温多变化。
③烟云思：指对隐逸山林的向往。
④觞：酒杯。

留侯庙①

仗剑十年输沛公②，平生筹策是丹衷③。计行骐④将潼关破，纡解鸿沟⑤楚怅空。黄石有编皆妙筭⑥，赤松⑦无计不高风。乾坤回首青山在，千古凭谁智略同。

注释

①留侯庙：见前注释（44、313页）。
②沛公：刘邦。张良获黄石公所授《太公兵法》后十年，陈涉等起兵，张良亦聚集少年百余人，投靠刘邦。
③丹衷：赤诚之心。
④骐：良马。
⑤鸿沟：在今河南中牟县，为古汴水的分流，即今贾鲁河。《史记·项羽本纪》："项羽与汉约，中分天下，割鸿沟以西者为汉，鸿沟而东者为楚。"
⑥黄石句：黄石，即黄石公，张良于下邳圯上遇见黄石公被授予《太公兵法》，后十三年张良"从高帝过济北，果见谷城山下黄石，取而葆祠之。"筭，同"算"。
⑦赤松：赤松子。见前注释（10页）。

子房山①

经行沧海逢黄石,鹿走秦家楚失骓②。名重此山应自笑,一编书胜百斤椎③。

注释
①子房山：见前注释（44页）。本诗万历《徐州志》作为《留侯庙》的第二首。
②全句指秦被灭后项羽最终也失败。鹿，表示政权、帝位。《史记·淮阴侯列传》："（蒯通）对曰：秦之纲绝而维弛，山东大扰，异姓并起，英俊乌集。秦失其鹿，天下共逐之，于是高材疾足者先得焉。"骓：指项羽所骑的骏马名骓。
③书：指黄石公送给张良的《太公兵法》。百斤椎：张良为刺杀秦始皇，"得力士，为铁椎重百二十斤。"（见《史记·留侯世家》）

子房祠

何处子房祠，孤标隔翠微①。登临多感慨，瞻拜忽忘机②。分土③城还在，藏舟④碣已非。从游赤松侣，今□定安归。

注释
①孤标：指子房祠高高地耸峙山顶。翠微：青翠的山色。
②忘机：忘掉世俗，与世无争。
③分土：分封的土地。此指留城。
④藏舟：比喻事物不断变化，不可固守。《庄子·大宗师》："夫藏舟於壑，藏山於泽，谓之固矣，然而夜半有力者负之而走，昧者不知也。"

许成名　一首

许成名（？—1551），字思仁。东昌（今山东聊城）人。正德六年（1511）进士，改庶吉士，授翰林院编修。历官侍读学士、太常侍卿、国子监祭酒、礼部侍郎。曾参与纂修《武宗实录》、《大明会典》。有《龙石集》。

云龙山

龙山独立倚丹霄①，古殿松阴坐寂寥②。东望青徐③云万岭，南通淮海日千桡④。黄茅人去冈尤在⑤，白鹤亭空事已遥。我欲凌风登绝顶，平林漠漠草萧萧⑥。

注释

①丹霄：天空。
②寂寥：寂静空旷。
③青徐：青州和徐州。此处泛指徐州一带地区。
④桡（ráo）：船桨。代指船。
⑤黄茅人去：指当年常游黄茅冈的苏轼、张天骥等人。
⑥平林：平原上的树林。漠漠：广阔貌。萧萧：草木稀疏凄凉貌。

柴 奇 九首

柴奇：生卒年不详，字德美，昆山人。正德六年（1511）进士，授吏科给事中。历官南京光禄寺少卿、应天府尹。有《黼庵遗稿》十卷。

黄茅冈

朝陟①黄茅冈，河流正汤汤②。□□□□凉，冈下行人忙。缅怀东坡仙，风流富文章。醉中漫挥洒③，山鬼泣且藏。行役多苦辛，四郊仍旱蝗。时事忧未已，安得歌声长。

注释

①陟（zhì）：登。
②汤汤（shāngshāng）：水势大而急。
③挥洒：挥毫洒墨。形容运笔自如，撰写诗文。

徐州洪官舍有竹数枝，戴冬官邀饮和韵①

清芬满座十分幽，雨雨风风六月秋。若对此君三日坐，何当尽洗百年愁。

注释

①徐州洪：即百步洪。戴冬官：指戴德孺（？—1527），字子良，浙江临海人，弘治十八年进士。历官工部员外郎、徐州洪工部分司主事、临江知府、云南右布政使。后舟次徐州，覆水死。冬官：上古以四季命名设置官职，后世亦以冬官为工部的通称。

戏马台

戏马台前日暮时，淡烟荒草总堪悲。从来神器归真主①，何用凄凉泣逝骓②。

注释

①神器：代表国家政权的实物，如玉玺、宝鼎之类；借指帝位、政权。真主：指真命天子，也泛指贤明的帝王。

②逝骓：指项羽所骑的乌骓马。

徐州谢李医士

我年未四十，齿牙苦先豁。每食未投箸①，两手费钻拔。迩来三四年，一播②一已脱。深惭蒲柳姿③，幸厕青琐闼④。日食太官羹⑤，伐檀空蹙頞⑥。蠢兹潢池兵⑦，并爱王师遏⑧。夙夜畏简书⑨，扪齿痛如割。问医彭城南，道路劳涉跋。眷此东垣裔⑩，莝啖杂茬蘖⑪。一饮一爽然，宿痾轻剽剟⑫。劝我守清静，更欲谢芳辣。刀圭⑬虽有功，性灵谅非末⑭。斯言至理存，讵敢谓迂阔⑮。道德负初心，明训闻先达⑯。

注释

①箸（zhù）：筷子。

②播（bǒ）：通"簸"，摇动。

③蒲柳姿：比喻衰弱的体质

④指有幸在朝做事。厕：参加。青琐闼（tà）：皇宫、朝廷。

⑤太官：官名，掌管皇帝的膳食宴享。羹：泛指饮食。

⑥伐檀：《诗经》中的一首诗，批评不劳而获者。蹙頞（cuè）：皱缩鼻翼，愁苦的样子。

⑦潢池兵：《汉书·龚遂传》："其民困于饥寒而吏不恤，故使陛下赤子盗弄陛下之兵于潢池中耳。"意指人民被迫为盗，犹如幼儿盗窃兵器，戏弄于池塘之中，并非有意为乱。

⑧爱：助词。王师：朝廷的军队。遏（è）：阻止。

⑨简书：用于告诫、策命、征召等事的文书。

⑩东垣裔：东墙边儿。

⑪此句指吃一些野菜及树的叶芽之类。莝（cuò）：铡碎（草）。啖（dàn）：吃。茬蘖（chánniè）：泛指树木的叶芽。

⑫宿痾（sùkē）：久病。剽剟（piāoduō）：去掉、清除。

⑬刀圭：指药物。

⑭性灵：人的精神、心理。末：末端、不重要。

⑮讵敢：怎么敢；讵：音jù。迂阔：迂腐而不切合实际。

⑯明训：明确的训诫。先达：先前的圣贤。

百步洪一首寄赠戴冬卿考绩①

　　黄河来自星宿海②，俾惑③蒙诬数千载。崑崙积石④白于银，西并百川颜色改。陪尾⑤山头十二泉，一泉一穴流涓涓。济水伏行五百里，吞洙纳汶⑥始成川。迩来河流渐北徙，研校图经应周纪。南入长淮归尾闾⑦，东连清泗下悬水。彭城四合山更多，山多束缚阨⑧洪波。雷霆震荡飞霹雳，虎豹蹲踞排戟戈。洪流南下百步许，险比瞿塘相尔汝。文帝欲建万世安，已向幽燕奠钟虡⑨。东南西北此咽喉，朝正执贡⑩万国稠。漕舟衔尾来吴越，货舶连樯自闽瓯⑪。子良知是石屏裔⑫，科第名家凡几世。三年来此作都官⑬，早为国家訏大计⑭。坐衙日日对洪流，驿书部牒次第投⑮。北船南下落万矢，南船北上驱九牛。苏墨亭⑯中了公事，君子堂前课⑰见试。垂杨两岸秋月明，山鸟数声花满地。

注释

①百步洪：又称徐州洪。详见前注释（46 页）。冬卿：工部尚书的习称。戴冬卿，即戴德孺。

②星宿海：地名，在青海省玛多县，位于黄河源头地区，东与扎陵湖相邻，西与黄河源流玛曲相接。

③俾（bǐ）惑：以邪恶的手段去迷惑人。

④积石：积石山。《水经注》："河出崑山，伏流地中万三千里，禹导而通之，出积石山。"

⑤陪尾：古山名。《书·禹贡》："熊耳、外方、桐柏至于陪尾。"

⑥吞洙纳汶：洙水、汶水皆在今山东境内，最终皆流入黄河。

⑦尾闾：古代传说中海水所归之处。《庄子·秋水》："万川归之，不知何时止而不盈；尾闾泄之，不知何时已而不虚。"

⑧阨（è）：阻塞。

⑨文帝二句：指明成祖朱棣于永乐十九年（1421）迁都北京。钟虡（jù）：古代悬钟、磬架子两旁的柱子。《汉书·严安传》："销其兵，铸以为钟虡，示不复用"。

⑩朝正：古代诸侯和臣属在正月朝见天子。执贡：奉献的贡品。

⑪闽瓯：指东南沿海今福建、浙江一带。

⑫石屏：古州名，今属云南。

⑬都官：官名。掌畿内不法事。

⑭訏大计：筹划宏伟的计划。訏：音 xū。

⑮驿书部牒：指来往的官府文件。次第：一个接一个地。

⑯苏墨亭：亦称萃墨亭。见前注释（275 页）。

⑰课：考核。

百步洪和陈冬官①韵

苏墨亭前海日生，惊栖百鸟深林鸣。古今题咏满石壁，险绝似与洪流争。万马奔腾六龙斗②，翻激浪花夜成昼。长剑倚空水府③惊，玄云蔽野阳鸟漏④。春雷震荡雪作堆，西风卷地群山摧。行人到此几徘徊，中流砥柱狂澜回。

注释
①冬官：工部的通称。
②六龙斗：形容浪涛汹涌，如有六龙在水中翻滚打斗。
③水府：神话传说中水神或龙王所住的地方。
④玄云：黑云。阳鸟：指太阳。

过吕梁

吕梁南下日将晡①，悬水从今是坦途。沉灶万家投极浦②，枯杨几树噪饥乌。

注释
①吕梁：即吕梁洪。详见前注释（144页）。晡（bū）：黄昏。
②沉灶：炉灶沉没水中，指水患严重。极浦：遥远的水滨。

放鹤亭

云龙山上放鹤亭，亭空鹤去山青青。松花满地石作磴，僧舍数间云自扃①。太守②风流真好事，山人③落魄亦忘形。我来登此亦慷慨，西风匹马秋冥冥④。

注释
①扃（jiōng）：关闭。
②太守：指苏轼。
③山人：指隐士张天骥。
④冥冥：昏暗貌。

舟泊徐州次蔡休屋韵

无那①乡心夜不眠，催人节物②正愁边。亭空鹤去③风光别，水落城高树影圆。燕子楼④前余旧恨,杨花陌上有新烟。十年行役留题处,今日重来独惘然。

注释

①无那(wúnuó):同"无奈",无可奈何。
②节物:应时节的风物景色。
③亭空鹤去:指云龙山上放鹤亭。
④燕子楼:见前注释(29页)。

康 浩 一首

康浩:生卒年不详,闽中(今福建)人。正德六年(1511)进士。官户部山西司郎中,嘉靖间官嘉定州知州。

云龙山

秋日寻山寺,登临兴未央①。俯瞻江浪阔,周览暮云长。疆里②名南土,风光俨故乡。无才平世③难,含愧列尊觞④。偶听三秋雁,遥驰万里心。江流迷故道,民屋遍幽林。旅日秦音⑤至,愁时燕使⑥临。胡能游宴处,巧思对高岑。闇闇⑦愁阴霭,辉辉⑧喜午晴。数回盘石磴,一览遍江城。众派⑨成洪浪,群山叠翠屏⑩。攀藤登绝顶,萧瑟起秋风。

注释

①未央:未尽。
②疆里:疆土邑里。
③平世:治平天下。
④尊觞:泛指酒器。尊(同"樽")和觞皆为酒器。
⑤秦音:秦地之音,即今陕西一带方音。
⑥燕使:燕子。古代有燕子传书的故事,故称。
⑦闇闇:ànàn 昏暗貌。闇,同"暗"。
⑧辉辉:光亮貌。
⑨众派:众多支流。
⑩翠屏:指峰峦排列如绿色的屏障。

唐 符 一首

唐符:吴郡(今苏州)人。生平不详。

云龙山

春罗①初着登云龙,参差金碧擎芙蓉②。俯仰天宇自今古,攀缘纡曲多蒙蕞③。驯鹤双飞羽仪④白,野杏十里花萼红。摄衣相从兴未已,刚风⑤吹袖摩长空。

注释

①春罗:丝织品的一种,此泛指丝绸衣服。
②芙蓉:比喻峭拔秀丽的云龙山。
③蒙蕞(cóng):草木丛。蕞,同"丛"。
④羽仪:羽翼。
⑤刚风:罡风,高天强劲的风。

严 嵩 五首

严嵩(1480—1567),字惟中,号勉庵、介溪、分宜等。江西分宜人。弘治十八年(1505)进士,改庶吉士。历官吏部左侍郎、礼部尚书兼翰林学士、吏部尚书、太子太保、少傅兼太子太师、少师、谨身殿大学士等。为中国历史上著名的权臣之一。

过彭城

十月彭城水,临观势渺漫①。客帆牵树杪②,日夕畏风湍③。汴泗流争长,鱼龙卧未安。无人守茅屋,寂寞傍江干④。

注释

①渺漫:水势浩大貌。
②客帆:客船。树杪:树梢。
③风湍:风势疾速。
④江干:江边。

吕梁题陈工部①观物亭

风叶飘摇秋意深,古墙幽竹自成林。闭门吏散焚香坐,谁识亭中静者心。

注释

①工部：封建时代中央官署名，掌管各项工程、工匠、屯田、水利、交通等政令，为六部之一，长官为工部尚书，有时别称冬官、冬曹、大司空等。

将至徐州，风阻野泊，闻陈水部挐舟来会，作此寄之①

津程②望近转离忧，高浪烟汀阻宿留。剡渚③正怜人独往，春山真忆鸟相求。云飞沛里④风仍起，江遶黄楼⑤水自流。闻说冬曹新政好，极知才是济川舟⑥。

注释

①水部：掌管水道的官署，此处以官署代称长官。挐（ná）：同"拿"。此处意为牵引、乘（船）。

②津程：水路。

③剡渚：指剡溪沿岸秀丽的风景区。剡溪在浙江嵊州境内。

④沛里：沛县，刘邦故乡。

⑤黄楼：指苏轼所建黄楼。详见前注释（209页）。

⑥极知：极其智慧。知同"智"。济川舟：《尚书·说命上》：高宗以傅说为相，"命之曰：'朝夕纳诲，以辅台德。若金，用汝作砺；若济巨川，用汝作舟楫；若岁大旱，用汝作霖雨。'"

徐州陈水部萃墨亭①留题

高浪轩②中沸，层楼画里开。浦云千嶂合③，漕粟④万艘来。墨萃刊亭石，风歌上沛台⑤。树连平野尽，江逐古营⑥回。砀泽⑦烟霞改，桓山⑧松柏哀。莫倚登楼赋⑨，还资⑩理国才。

注释

①萃墨亭：亦称苏墨亭。见前注释（275页）。

②轩：窗子，也指有窗的长廊、小屋。

③浦：水边。嶂：像屏障的直立山峰。

④漕粟：通过水道运送粮食。

⑤指沛邑为刘邦还乡所作大风歌而修建的歌风台。

⑥古营：古代的军事营垒。

⑦砀泽：砀指砀山。刘邦送夫役去骊山途中，放走夫役，自己逃匿于芒砀山泽岩石之间。

⑧桓山：山名，上有司马桓魋石椁。见前注释。

⑨汉末文学家王粲，于205年（东汉建安九年）秋在荆州登上麦城（在今湖北当阳东南）城楼，纵目四望，写下了传诵千古的名篇《登楼赋》。文章抒写作者生逢乱世、长期客居异乡、怀才不遇而产生思乡、怀国之情。

⑩资：凭借，依靠。

题桓山马水部、张户曹、宋兵宪邀集①

桓卿为石室，闻在此山间。愚迹无人问，禅林②客自攀。断碑荒藓合，深洞碧萝③间。千古悲凉意，斜阳独鸟还。

二

群山连积水，凝望渺烟氛。鹿走遥垌④草，龙嘘大泽云⑤。霸图雄业改，殊俗剑戈闻。吊古情难极，凭高酒易醺⑥。

注释

①户曹：掌管户籍等事的官署，此处以官署称其长官。兵宪：掌管兵务的官员。

②禅林：寺院。

③碧萝：一种绿色的寄生攀援植物。亦称女萝。

④鹿：喻指秦政权。《史记·淮阴侯列传》："秦失其鹿，天下共逐之，于是高材疾足者先得焉。"遥垌（jiōng）：遥远的郊野。

⑤此句指刘邦于大泽中斩蛇起义。

⑥醺（xūn）：酒醉。

吴　仕　一首

吴仕：生卒年不详，约明世宗嘉靖五年前后在世，字克学，号颐山，宜兴人。正德九年（1514年）进士。官终四川布改政参政。有《颐山私稿》。

过徐州洪①

百步洪高双桨微，惊波游鸟绝尘飞。半生江湖责何济，三月莺花②渐已稀。在客可堪还伏枕③，感时无非又更衣。前滩明日应无碍，闻说新流已满矶④。

注释

①徐州洪：即百步洪。见前注释（46页）。

②莺花：莺啼花开，泛指春日景色。

③伏枕：伏卧枕上。《诗·陈风·泽陂》："寤寐无为，辗转伏枕。"
④矶：指水边的岩石或石滩。

夏 言 四首

　　夏言（1482—1548），字公谨，贵溪（今属江西）人。正德十二年（1517）进士，授行人。历官少詹事兼翰林学士、礼部尚书、少傅、太子太傅、吏部尚书等。受严嵩排挤，后被杀害。有《桂洲集》、《南宫奏稿》。

徐州观涨

　　南下逢秋涨，楼船压混茫。波涛失丰沛①，草树见淮扬②。吾道沧洲③阔，中原水国④长。愁闻万家哭，无计作津梁⑤。

注释

①丰沛：指丰县、沛县地区。
②淮扬：泛指淮河与长江的下游地区。明时设有淮安府和扬州。
③沧洲：指浩瀚之水。
④水国：多河流、湖泊之地。
⑤津梁：桥梁。喻能帮助百姓度过灾难的计策。

云龙山

　　还乡值青春，南来已一月。维舟彭城下，兴为云龙发。登舆眺广野，远见青青麦。千树桃李花，芳草正未歇。初登戏马台，徐览大佛石。披榛历峻坂①，躐磴陟层壁②。坐观江淮胜，未觉风烟隔。高情王宪使③，潇洒今摩诘④。开尊⑤放鹤亭，笙歌促绮席⑥。相邀五六子，翩翩华省客⑦。芳辰合俦侣⑧，兹游谅难得。贪赏竟忘归，攀欢意不极。酒阑⑨一骋望，青山半啣日。晚下黄茅冈，怪石莽离立⑩。徘徊四贤堂⑪，摩挲⑫古碑刻。风流想一时，俯仰慨今昔。衰迟愧野老，解政⑬遂闲适。看山从此始，把笔纪行迹。明朝度大江，矫矣冥鸿翼⑭。

注释

①披榛：劈开草木；榛，丛生的草木。峻坂：陡峻的山坡。
②躐磴：踩着石头台阶。陟层壁：登上一层层的陡峭山崖。
③宪使：御史台或都察院的官员，奉旨监察或外巡均可称宪使。

④摩诘：唐代诗人王维，字摩诘。

⑤尊：同"樽"，酒器。

⑥绮席：盛美的筵席。

⑦翩翩：风度优雅。华省：高官显要者的官署。

⑧俦侣：同辈，伴侣。

⑨酒阑：酒筵将尽。

⑩莽：粗大。离立：并立。

⑪四贤堂：即四贤祠，清同治《铜山县志》："四贤祠在云龙山黄茅岗。旧有韩愈、苏轼像在学宫先贤祠内。明成化七年，知州陈廷琏徙建今祠，增祀陈师道为三贤祠。十八年知州和鸾复徙祠于学宫东。弘治十七年户部主事庄绎复徙祠于此。正德三年主事张梦中增祀宋儒杨时，改名四贤祠。嘉靖四十年有司又增入刘向，名五贤祠。康熙五十九年知州姜焯重修，仍名四贤祠。乾隆五十四年巡道康基田重修书院，移塑四贤像于小楼内。"

⑫摩挲：抚摸。

⑬解政：退出政坛，辞去官职。

⑭矫：矫健。冥鸿：高飞的鸿雁。

登云龙山

昔人曾放鹤①，此日更登亭。地主能投辖②，山僧解乞铭③。河山余王气，尊俎聚文星④。直北仍回首，偏多关塞情。

注释

①昔人：指宋人张天骥，曾放鹤云龙山。

②投辖：辖，车厢两端的键，去辖则车不能行。《汉书·陈遵传》："遵耆酒，每大饮，宾客满堂，辄关门，取宾客车辖投井中，虽有急，终不得去。"后用"投辖"为主人留客意。

③乞铭：求人作铭文。

④尊俎：宴席的代称；尊为酒器，俎为载肉的器具。文星：即文昌星，也叫文曲星，常用来喻著名的文人学者。

萃墨亭歌为徐州洪李主事香作①

彭城城边秋系舸②，黄河涨发波涛大。隔水遥开（州县志作"看"）水部衙③，有亭岌嶪④山之左。我闻此亭新落成，筑台累石见高情。百年丽藻星辰聚⑤，千秋遗墨烟云生。忆昔坡翁⑥守兹土，月中之游谁与伍⑦。张老⑧还携铁笛歌，潜翁⑨（州县志作"公"）自袒裼裟舞。一时清兴真可怜，片石题名⑩今宛然。那知埋没黄尘下，复得摩挲碧槛前。古人踪迹今不朽，文章照耀看身后。昭代诸公尽才彦⑪，西涯东白俱山斗⑫。登临啸咏古今同，人代推迁感慨中。悠悠白日浮云外，杳杳⑬洪波砥柱东。亭中我是初来客，临风重洒淋漓墨。芒砀山⑭前木叶飞，满天鸿雁悲秋色。吕梁白浪高崔嵬，盘涡⑮转石鸣万雷。天关撼裂（州县志作"折"）地轴动⑯，吁嗟⑰气势何雄哉。北风萧萧卷江水，落日吴帆⑱下千里。夏子⑲高歌为谁起，作亭主人豫章李。

注释

①本诗州县志题作"百步洪萃墨亭"。李香：又名李香君（1494—1561），豫章（今江西南昌）人，明正德十六年（1521）进士，官工部主事，后派去徐州。官至刑部郎中、大理寺正卿。明正德末，苏墨亭坏，主事李香筑台重建，更名萃墨亭。

②舸（gě）：大船；亦泛指船。

③水部衔：管水道的官府。

④岌嶪：jíyè 高险貌。

⑤丽藻：华美的文辞。星辰：喻指众多的文人。

⑥坡翁：苏轼。

⑦月中之游：参见苏轼《百步洪》诗序。

⑧张老：指张天骥；篴（dí）：同"笛"。

⑨潜公：指诗僧道潜。

⑩片石题名：指苏轼所题石刻"郡守苏轼、山人张天骥、诗僧道潜月中游"。

⑪昭代：政治清明的时代，此指明代。才彦：德才卓越的人。

⑫西涯：指李东阳，号西涯。东白：即张元祯，字廷祥，别号东白，南昌人，天顺庚辰进士。官至吏部右侍郎。山斗：泰山北斗。喻有成望，为人所景仰的人。

⑬杳杳（yǎoyǎo）：渺茫貌。

⑭芒砀山：芒山与砀山，在今安徽砀山县东南，与河南永城县接界。二山相距八里。当年刘邦送徒骊山途中逃匿，即藏于芒砀山泽岩石间。

⑮盘涡：水流回旋成涡。

⑯天关：天门。地轴：连接地心和南极、北极的假想直线，是指地球自转所绕的轴，即地球斜轴，又称地球自转轴。

⑰吁嗟（xūjiē）：感叹。

⑱吴帆：来往江南一带的船只。

⑲夏子：指夏言自己。

李　濂　四首

李濂（1488—1566），字川父，祥符（今河南开封）人。正德九年（1514）进士,授沔阳知州。历官宁波同知、山西佥事。有《嵩渚集》、《观政集》等。

吕梁洪柬郭水部守衡①

昔闻吕梁洪,悬水三十仞②。乱石森谽谺③,高涛迥奔迅。欻如天汉倾④,急若雷霆震。滱潗翻天吴⑤,峥嵘驰万骏。使舸须暂停,商舶讵⑥易进。癸未⑦孟夏初,我舟指三晋⑧。百丈牵流云,更值南风顺。溯洄虽云艰,戒险幸无衅⑨。利涉君子贞⑩,济川⑪古人慎。聿兹⑫望淮徐,屹然称巨镇。水部之所司,南船集如阵。漕军投水签⑬,洪夫报风信。登陴⑭览形胜,鬼凿迹可认。悠然思禹功,长风吹客鬓。

注释

①柬:用作动词,意指诗赠给某人。水部:掌管水利的官署。此处以官署称其长官。郭守衡:即郭持平,字守衡。

②悬水三十仞:《庄子·达生》:"孔子观于吕梁,悬水三十仞,流沫四十里,鼋鼍鱼鳖之所不能游也。"

③谽谺(hānxiā):山石险峻貌。

④欻(xū):快速。天汉:银河。

⑤滱潗(xiàozhuó):波涛相击的声音。天吴:水神。《山海经·海外东经》:"朝阳之谷,神曰天吴,是为水伯。"

⑥讵(jù):难道。

⑦癸未:指癸未年(1523年)。

⑧三晋:指今山西省。

⑨无衅:没有遇到麻烦、艰难。

⑩利涉君子贞:《易》同人卦:"同人于野,亨,利涉大川,利君子贞。"意思指通达顺利。

⑪济川:渡河。《书·说命上》:"爰立作相,王置诸其左右。命之曰:'朝夕纳诲,以辅台德。若金,用汝作砺;若济巨川,用汝作舟楫。'"

⑫聿兹:聿,助词,用于句首。兹:这,这里。

⑬漕军:负责水路运输的军队。水签:测量水深度的标尺。

⑭陴(pí):本意指女墙,亦泛指城墙。

吕梁书院①为郭守衡主事赋

书院何人迹,传闻郭水曹②。河流迥讲席,弦诵集英髦③。应有望洋叹,无辞结网劳。鱼龙看变化,一跃龙门④涛。

注释

①吕梁书院：明冯世雍《吕梁洪志》："吕梁书院，主事郭持平建，内有社藏二区。"明万历《徐州志》："吕梁书院，在吕梁洪，嘉靖癸巳工部主事郭持平建。"
②水曹：水部的别称。
③英髦：优秀杰出的人才。
④龙门：传说鲤鱼跳过龙门即可成龙。寓指一举成名。旧时寓意考试登第位居榜首。

游云龙山同舒太史、孙民部、李水曹①

落日云龙山气阴，上方台殿并登临。黄茅冈古河流抱，放鹤亭空草树深。兵后战场谁驻马，晚来祠庙自鸣禽。封疆元是襟喉地②，眺览能忘保障心。

注释

①太史：即翰林。民部：即户部，掌管土地、户籍、财政等事务，其长官亦称民部。水曹：即水部，掌管水利的官署，亦称水部的长官为水曹。
②封疆：疆土。杜甫《遣兴》诗之一："汉虏互胜负，封疆不常全。"元：本来，原先。襟喉：衣领和咽侯，比喻要害之地。

题彭祖看井图①

嗜欲亡身岂丈夫，金丸弹雀②笑君愚。仁贤警世心无限，画出钱铿看井图。

注释

①彭祖看井图：宋陈靖《彭祖观井图铭序》并，叙述"观井图"的画面。详见前注释（283页）。
②金丸弹雀：喻做事得不偿失，以极大的代价获取微小利益。

张　治　三首

张治（1488—1550），字文邦，号龙湖，湖广茶陵（今属湖南省）人。正德十五年（1520）进士，选庶吉士，授编修。历官南京吏部右侍郎，吏部侍郎，翰林学士掌院事，南京吏部尚书、礼部尚书兼文渊阁大学士、太子太保。有《龙湖文集》。

吕　梁

吕梁真险绝，滚滚波涛翻。风雨万兵下，云雷百兽奔。倾危天意及，疏凿禹功①

存。无补惭明主②,驱驰③未足论。

注释

①禹功:大禹治水之功。
②明主:贤明的君主。
③驱驰:喻奔走效力。

徐州次陈水部韵①

古郡遥连河上开,贤豪陈迹半蒿莱②。山青雨歇断虹出,江阔夜深明月来。萃墨孤亭③还细草,歌风千古但(州志作"有")高台④。绿阴自锁云龙色,无复山人放鹤回⑤。

注释

①水部:管水利的官署。
②蒿莱:丛生的野草。
③萃墨孤亭:即萃墨亭,亦称苏墨亭。见前注释(275页)。
④歌风:指歌风台,在沛县城内。为纪念汉高祖刘邦还乡时所作《大风歌》而兴建。
⑤山人:指宋隐士张天骥。

徐州赠赵近山宪副①

邻润楚封知善政②,相逢已是十年来。青油南北重开府③,白笔④东西旧著才。霄汉文章看凤鸟⑤,风尘蹀躞见龙媒⑥。萍蓬江海仍流转,回首青山戏马台。

注释

①赵近山:名玑,又名机,字近山。永年(今河北永年县)人。嘉靖年间太学生。万历六年任北京北城兵马指挥司指挥,七年兼任东北两城兵马指挥司指挥。宪副:副都御史。
②邻润楚封:润:润州(今江苏镇江)。楚封:楚地边界。善政:清明的政治;良好的政绩。
③青油:青油幕,即青油涂饰的帐幕。刘禹锡《酬令狐相公早秋见寄》:"熊黑交黑稍,宾客满青油。"开府:指古代指高级官员建立府署并自选僚属。
④白笔:特指谏官用的笔。亦借指谏官。
⑤霄汉文章:指最优美的文章。凤鸟:即凤凰,为中国古代传说中的神鸟,是百鸟之王。凤凰又传说为瑞鸟,凤凰出现预示着时代的兴盛、事业的成功。

⑥踥蹀（diéxiè）：小步行走，行进艰难貌。龙媒：指骏马。这里比喻指俊才。

许宗鲁　一首

许宗鲁（1490—1539），陕西咸宁（今西安）人，字伯诚，亦字东侯，号少华山人，正德十二年（1517）进士，选庶吉士。历官云南道御史、湖广提学、太仆少卿、大理少卿、佥都御史、副都御史等。

留城怀古

哲士①昔未达，龙伏于草莱②。翻然奋鳞翼，出际③风云期。手握黄石④符，身为赤帝⑤师。智运秘神鬼，萧韩⑥那得知。四海归皇图，英雄多见疑。开国重始遇，乞留⑦有馀机。河山奄⑧旧疆，珪组纷陆离⑨。履满⑩或知止，居崇虑蹈危。辟谷假高踪⑪，赤松杳何之。冥冥九霄上，飞鸿振羽仪⑫。寄谢工弋者⑬，悬情⑭一何为。此意商岩⑮叟，庶几达其微⑯。

注释

①哲士：指有知识，有才能的人。
②草莱：喻民间。
③出际：出世之际遇。
④黄石：即黄石公。晋皇甫谧《高士传》："黄石公者，下邳人也，遭秦乱，自隐姓名，时人莫知者。初张良易姓为长，自匿下邳，步游沂水圯上，与黄石公相遇。"
⑤赤帝：指刘邦。详见前注释（143页）。
⑥萧韩：萧何、韩信。
⑦乞留：指张良请求汉高祖刘邦封他为留侯，不愿三万户。详见前注释（44页）。
⑧奄（yǎn）：覆盖。
⑨珪组：玉圭与印绶。引申指爵位、官职；亦指文武官员。陆离：众多貌。
⑩履满：履，指福禄。这句的意思是说福禄都得到充分的满足就应当停止，不再去追求。
⑪辟谷：即不吃五谷，为古代方士道家修炼的一种方法。张良晚年言："'愿弃人间事，欲从赤松子游耳。'乃学辟谷，道引轻身。"赤松子，为古代传说中的仙人。（《史记·留侯世家》）高踪：高超的行迹，此指张良求仙避祸的行为。
⑫羽仪：羽翼。
⑬工弋者：善于射箭的人。
⑭悬情：挂念。

⑮商岩：傅说版筑于傅岩之野，被商王武丁举以为相。（见《书·说命上》）。后以"商岩"比喻贤士在野。

⑯庶几：也许可以。表示希望或推测。微：精微。

戴鳌 四首

戴鳌（1490—1556），字时重，号东石，鄞县（今属宁波市）人。正德十二年（1517）进士，授刑部河南司主事，历官四川按察司佥事、云南按察司副使、江西参政、山西按察使、右布政使、四川巡抚都御史等。有《东石遗稿》。

至徐州洪怆然悲感

水部开仙署①，泉台隔岁华②。河流失故道，槐杪结新花。旧吏愁相问，深庭静不哗。数峰青尚在，搔首对天涯。（予八弟水衡③主事，分司徐洪，卒于署。数峰青，弟所题轩额）

注释

①水部：水部：掌管水利的官署。此处以官署称其长官。仙署：仙官办事之所。此处是对官署的美称。

②泉台：墓穴，阴间。岁华：时光。

③八弟：即戴鳌。水衡：管理水利的官署，亦指官员。

至彭城伤念八弟以诗哭之

水衡令弟亦多才，摧折于今我独来。凿石济川留巨绩，临流鼓枻①起深哀。逢人清誉称何逊②，念汝班衣负老莱③。欲觅旧游题墨处，云龙戏马恨悠哉。

注释

①枻（yì）：桨。

②清誉：美好的名声。何逊：南朝梁诗人，曾官尚书水部郎。

③老莱：即老莱子，春秋时楚隐士，性极孝顺。为取悦父母，年七十常身着五色彩衣；尝取浆上堂，跌仆，因卧地为小儿啼，或弄乌鸟于亲侧。后以"班衣戏彩"为老养父母的孝亲典故。

自徐趋临城即事

千里青徐①苦旱同,三时②不雨泣村农。原田入眼蒿莱③遍,邑里伤心杼轴空④。更有蝗虫增岁沴⑤,大无禾黍表年丰。并将潇飒添衰鬓,谩触歊尘⑥畏日中。

注释

①青徐:青州和徐州。
②三时:指春、夏、秋三个务农季节。
③蒿莱:泛指野草。
④邑里:乡里、民间。杼轴:原指织布机上的两个部件,借指纺织。这里"杼轴空"指财物耗空,陷入困境。
⑤沴(lì):灾害。
⑥歊尘(xiāochén):嚣尘。

宿利国驿①中喜雨枕上偶成

驿楼中夜迥闻更②,忽听鸣阶急雨声。喜剧揽衣成独坐,膏流扶耒③欲深耕。萧萧竹树通凉气,薿薿④原田望岁情。明发搴帏⑤看野色,阴云远共泰山横。

注释

①利国驿:今徐州铜山区利国镇,离城区约80里,古时为驿站。明嘉靖《徐州志卷四》:"铜山距城八十里,利国驿连境,相传古彭城废县在此。"
②驿楼:驿站的楼房。迥闻更:听到远处打更巡逻的声音。
③膏流:指雨水滋润。耒(lěi):古代的一种翻土农具。
④薿薿(nǐ nǐ):茂盛貌。《诗·小雅·甫田》:"今适南亩,或耘或耔,黍稷薿薿。"
⑤搴帏:拉开窗帘。

张 衮(gǔn) 六首

张衮:生卒年不详。字补之,江阴(今属江苏)人。正德十六年(1521)进士。官至南京光禄寺卿。年七十八卒。有《水南集》十一卷。

彭城怀古

霄汉持龙节①,江湖带鹤舟②。宁亲纡远望③,览古属兹游。山缺藏孤驿④,云开见戍楼⑤。霸王曾跃马,春草唤人愁。

垓下楚歌日⑥,砀山⑦云起年。赤精方祚汉⑧,大度即称贤。彭国⑨名空在,雄图散若烟。客怀吟往事,愁绝不成编。

天地干戈⑩暮,江村禾黍余。泗流沉宝鼎⑪,王业已蓁墟⑫。酷暴嬴秦⑬事,凄凉黄石书⑭。悠悠代兴废,天意竟何居。

注释

①霄汉:喻高居显要的地位。龙节:原指用于泽国之龙形符节,后来泛指奉王命出使者所持之节。

②鹤舟:以鹤为饰的游船。也称鸣鹤舟。

③宁亲:探视父母。纡望远:道路曲折而遥远。

④驿:驿站,负责投递公文、转运官物及供来往官员休息的场所。

⑤戍楼:边防驻军的瞭望楼。

⑥垓下:地名,在今安徽灵璧县。项羽被汉军围困垓下,夜闻汉军四面皆楚歌。(见《史记·项羽本纪》)

⑦砀山:山名,在今安徽砀山县。汉高祖刘邦曾隐于芒、砀山泽间。

⑧赤精:赤帝,指汉高祖刘邦。详见前注释(143页)。祚(zuò)汉:指上天赐福汉高祖刘邦,登上皇位。

⑨彭国:徐州古代为大彭氏国。《太平寰宇记》卷十五:"徐州,古大彭氏国,地则青、兖之域。"

⑩干戈:喻战争。干和戈皆为古代兵器,干指盾,戈指戟。

⑪泗流:指泗水。沉宝鼎:《水经注卷二十五》:"泗水又南,淮水入焉,而南迳彭城县故城东,周显王四十二年,九鼎沦没泗渊,秦始皇时,而鼎见于斯水。"

⑫蓁墟:草木丛生的废墟。

⑬嬴秦:秦国。秦为嬴姓,故称。

⑭黄石书:张良于下邳圯上遇见黄石公被授予《太公兵法》。

云龙山次唐符韵①

乱石如羊山若龙②,青天一朵削芙蓉③。金妆石佛④开香界,露浥山花发锦藂⑤。树隐禅扉⑥朝露白,云收渔浦⑦晚江红。罗衣⑧初试山中酒,忽听春歌动远空。

注释

①次韵:也叫步韵。古时诗词写作的一种方式,即按照原诗的韵和用韵的次序来和诗。唐符:有诗,见下注释。

②苏轼《登云龙山》诗:"醉中走上黄茅冈,满冈乱石如群羊。"

③削芙蓉：指峭拔秀丽的云龙山。
④指云龙山东麓兴化寺内的大石佛。
⑤浥：润湿。锦藂（cóng）：美丽的花丛。藂，古同"丛"。
⑥禅扉：佛寺的门。
⑦渔浦：江河边打鱼的出入口处；泛指江河水边。
⑧罗衣：轻软丝织品制成的衣服。

云龙山次乔宇韵

山形虎踞倚龙冈，本为寻僧费客忙。载酒何人是坡老①，看花新兴入维扬②。云盘石磴诸人合，日落山风两鬓凉。昏黑不辞登绝顶，清歌款进早梅觞③。

注释

①坡老：指苏轼，号东坡。
②维扬：扬州。《书·禹贡》："淮海惟扬州。"有的典籍中"惟"为"维"，后人摘取"维扬"作为扬州的别称。
③款进：殷勤招待劝客饮酒。觞：古代酒器，代指酒。

云龙山次陈明韵

古寺遥从绝巘①开，云龙隐隐隔蓬莱②。城南雉堞③苍烟细，洲落帆樯④返照来。此日清尊⑤谁放鹤，百年佳赏一登台。红尘客计⑥愁明发，怅望青山首重回。

注释

①绝巘（yǎn）：极高的山峰。巘：山峰。
②蓬莱：山名。古代方士传说为仙人所居。
③雉堞：泛指城墙。雉，城墙长三丈广一丈为雉；堞，即女墙，城上齿状矮墙。
④帆樯：帆和桅杆，泛指船。
⑤清尊：清酒。尊同"樽"，酒器，借指酒。
⑥红尘：人世间。客计：指离家在外谋生。

题吕梁砚次韵

何人名此玉湖砚①，吕梁之石琼瑶②片。风吹山雾碧氤氲③，堕落龙池时隐见。地藏星移光射天，此物新夸嘉靖④年。风流水部⑤兴不浅，直与芝房⑥宝鼎传。

注释

①玉湖砚：明代张镗为东昌府临清县玉湖人，曾任吕梁洪工部分司主事，其间得吕梁石制砚，可与端砚、歙砚比美，后用故乡玉湖名砚。
②琼瑶：美石，美玉。
③氤氲：烟云弥漫貌。
④嘉靖：明世宗朱厚熜的年号（1522—1566）。张镗于此时获吕梁砚。
⑤风流水部：指张镗。水部，官署名，掌管水利。
⑥芝房：指成丛的灵芝，古时以为瑞草。班固《两都赋序》："是以众庶悦豫，福应尤盛，白麟、赤雁、芝房、宝鼎之歌，荐於郊庙。"

百步洪①

河水从天外，洪波此有梁。斗悬②今古险，梭掷去来航。时听雷霆斗，深疑鱣鲔③藏。风涛怒相失，咫尺误瞿唐④。

注释

①百步洪：详见前注释（46页）。
②斗悬：形容水流激猛，如悬空而下。斗同"陡"。
③鱣鲔（zhānwěi）：鲟鳇鱼。
④咫尺：形容距离近。瞿唐：长江瞿塘峡。

廖道南 一首

廖道南：生卒年不详。字鸣吾，蒲圻人。正德十六年（1521）进士，改庶吉士，授编修。历官侍讲学士、徽州通判。有《玄素子集》。

吕梁洪

君不见吕梁悬水三十仞①，龙门砥柱②争雄长。天吴夜啸白浦前③，海鸥高翔赤宵④上。惊涛溅雪星月昏，浊浪乘风雷电奔。石华珠英天黟黯⑤，长蜻巨蜃⑥纷吐吞。初如昆阳祛虎象⑦，金戈铁骑森相向⑧。万马齐驱矢石交，六军⑨共奋旌旗飏。淮水汤汤⑩诧风鹤，草妖木怪咸惊愕。降兵十万伏晋庭，壮士三千捣秦郭。纵如秦皇采药赴东海⑪，瑶蕤翠葆⑫生光彩。伏弩如林射老鲸，宛虹如带蟠修蚰（一作"蛔"）⑬。汉王享祀下甘泉⑭，月将云君五畤⑮边，雷鼓喧阗⑯振大地，凤韶缥缈落钧天⑰。终如荆轲伏剑辞易水⑱，日暮萧萧朔风起。渐离击筑秋霜白，燕丹饮泣寒云紫。师旷⑲鸣弦古木秋，悲台哀壑阴岩幽。天神下格降鸾鹤⑳，水若仰听驱蛟虬㉑。浩哉！汹汹㉒乎吕梁之水真奇观，我欲赴之行路难。庄生秋水发天趣㉓，尼父濠梁窥道澜㉔。吁嗟㉕乎！吕梁之水真奇观。

注释

①吕梁悬水：庄子。《庄子达生》："孔子观于吕梁，县水三十仞，流沫四十里，鼋鼍鱼鳖之所不能游也。"

②龙门：山名，在今韩城县与山西河津县间，或称梁山，《水经注·河水四》："昔者大禹导河积石，疏决梁山，谓斯处也，即经所谓龙门矣。""孟门，即龙门之上口也，实黄河之巨阨，兼孟津之名矣。……其水尚崩浪万寻，悬流千丈，浑洪赑怒，鼓若山腾，浚波颓叠，迄于下口，方知慎子下龙门流浮竹，非驷马之追也。"砥柱：山名，也叫三门山，黄河水至此，分流包山，水流险急。

③天吴：水神。《山海经·海外东经》："朝阳之谷，神曰天吴，是为水伯。"白浦：泛指江、海水边。

④赤霄：有红云的天空。

⑤石华：石花，一种珊瑚，亦指花状的钟乳石。珠英：美如连珠之花。石华珠英，这里指悬水下泄奔腾所造成的景象。黪黯（cǎn'àn）：昏暗。

⑥蜞（qí）：贝类。蜃（shèn）：大蛤蜊。

⑦昆阳：地名，今属河南叶县。汉刘秀与王莽军大战于昆阳，王莽派巨无霸为垒尉，并驱猛兽虎豹犀象之类以助威。结果刘秀以三千兵力大破王莽军几十万。祛：消灭。

⑧金戈铁骑：形容战士全副武装持枪驰马的英勇姿态；喻战争。森相向：森严相对。

⑨六军：古制天子有六军，诸侯国有三军、二军、一军不等。后来作为军队的统称。

⑩淮水四句：此四句描写肥水之战。肥水之战发生于东晋太元八年（前秦建元十九年）（383年），前秦出兵伐晋，于淝水（现今安徽省寿县的东南方）交战，最终东晋仅以八万军力大胜八十余万前秦军。《晋书·谢玄传》："玄、琰仍进，决战肥水南。坚中流矢，临阵斩融。坚众奔溃，自相蹈藉投水死者不可胜计，肥水为之不流。余众弃甲宵遁，闻风声鹤唳，皆以为王师已至，草行露宿，重以饥冻，死者十七八。获坚乘舆云母车，仪服、器械、军资、珍宝山积，牛马驴骡骆驼十万余。""遣淮陵太守高素以三千人向广固，降坚青州刺史苻朗。"汤汤（shāngshāng）：水势浩大、水流很急的样子。风鹤：风声鹤唳。晋庭：东晋朝廷。秦郭：前秦的城郭。

⑪秦皇采药：秦皇曾派徐福带童男童女数千人，赴海求仙人及不老之药。

⑫瑶蕤翠葆：珍贵的鲜花和茂盛的草木。

⑬宛虹：弧形的虹。修蚘（huí）：长的蛔虫。蚘，古同"蛔"。

⑭汉王：汉朝的皇帝。甘泉：即甘泉宫，为秦、汉两朝代的宫殿。其遗址位于今陕西省咸阳市淳化县城北的甘泉山南麓。据史书记载，甘泉宫所在地为黄帝以来祭天圜邱

之处，是黄帝升仙的地方。

⑮五畤（zhì）：地名。又作五畤原。畤：古时帝王祭祀天地五帝的祭坛。《史记·孝武纪》："明年，上初至雍，郊见五畤。"

⑯喧阗（tián）：哄闹声。

⑰凤韶：相传为虞舜时的乐曲。泛指帝王宫殿的音乐。元丁鹤年《自咏》之三："《凤韶》九奏黄金殿，鹤驾三朝白玉台。"缥缈：乐声隐约深远。钧天：天的中央，为神话传说中天帝住的地方。

⑱荆轲：战国卫国人，为燕太子丹客，受命赴秦刺杀秦王。太子及宾客知其事者，皆送行至易水之上，为之饯行，友人高渐离击筑，荆轲和而歌之，歌声悲伤，众人皆垂泪涕泣，继而边走向前去边歌唱："风萧萧兮易水寒，壮士一去兮不复还！"歌声悲壮。

⑲师旷：字子野，春秋晋乐师，生而目盲，善辨声乐。

⑳下格：降临到。鸾鹤：鸾与鹤，传为仙人所乘。鸾，传为凤凰之类的神鸟。

㉑蛟：古代传说中的一种龙，能兴风雨，发洪水。虬：古代传说中的无角龙。

㉒渢渢（féngféng）：象声词，宏大的水声。

㉓《庄子·秋水》："秋水时至，百川灌河，泾流之大，两涘渚崖之间，不辨牛马。"天趣：大自然的情趣。

㉔尼父：孔子名丘，字尼父。濠梁，语出《庄子·秋水》："庄子与惠子游于濠梁之上。庄子曰：'鲦鱼出游从容。是鱼之乐也。'惠子曰：'子非鱼，安知鱼之乐？'庄子曰：'子非我，安知我不知鱼之乐？'"这里用"濠梁"典故说明孔子观水吕梁时如庄子那样产生的思辨。《论语·子罕》："子在川上，曰：'逝者如斯夫！不舍昼夜。'"这里的"川上"亦指吕梁洪。道澜：指从滔滔流水感悟出人生哲理。

㉕吁嗟（xū jiē）：表示感叹。

张惟恕　一首

张惟恕：生卒年不详。上蔡人（今河南上蔡）人，正德十六年（1521）进士。曾官巡按御史。

长至日①同陈鹊湖、伍鸿山、蒋石澜三长官登云龙山宴集

鹤亭背烟廓，禅阁②倚山崴。凌风直上动孤兴③，披雾齐攀真壮哉。石佛④千寻跃空山，法堂⑤四面凭虚开。花见凤楼金阙⑥迥，南见仙帆瀚海回。东见青山九里之峰如屏列，西见黄河一带之水从天来。乌台意气自中土⑦，粉署文光接上台⑧。长至留诗句，云龙愧腐才。一阳⑨庆初复，元酒⑩共衔杯。遥望江梅喷冬雪，俯听洪水腾秋雷。斜阳高眺兴不尽，回首尘心⑪顿欲灰。

注释

①长至日：即夏至这一天，意为最长的一天；有时也指冬至，因为冬至的夜间最长。本诗指夏至。

②禅阁：犹禅房。佛徒参禅之处。

③孤兴：孤独无伴时的心绪。陆机《文赋》："或托言于短韵，对穷迹而孤兴。"李善注："迹穷而无偶，故曰孤兴。"

④石佛：指云龙山东麓兴化寺内大石佛。

⑤法堂：演说佛法的大堂。

⑥凤楼金阙：指华美壮丽的建筑。

⑦乌台：即御史台，汉代时御史府内列有柏树，常有乌鸦栖息其上，晨去暮来，故称。苏轼因诗句有讥刺时政之嫌被抓进乌台受审，囚禁4个月，被称为"乌台诗案"。中土：中原。

⑧粉署：尚书省的别称。汉代尚书省皆用胡粉涂壁，画古代贤人列女，故后世称尚书省为"粉署"，又称"粉省"。苏轼曾任职尚书祠部。上台：朝廷高官之位。

⑨一阳：农历五月。

⑩元酒：即玄酒。此处泛指美酒。《礼记》："凡尊，必上玄酒。"可见，玄酒为比较好的美酒。

⑪尘心：世俗之心。

查应兆　一首

查应兆：生卒年不详。直隶长洲（今江苏苏州）人，字瑞徵，正德十六年（1521）进士，授工部主事，后任山东布政司右参议官。

登云龙山

冈头凝望野烟浓，彭祖遗墟览旧踪。二水①争流涛迅马，千峰环合②气成龙。汉楚雄图③俱寂寂，韩苏④往迹自重重。通南际北无如此，民俗愁闻五漏钟⑤。

注释

①二水：指泗水和汴水。

②千峰环合：苏轼《放鹤亭记》："彭城之山，冈岭四合，隐然如大环，独缺其西一面。"

③汉楚雄图：指汉高祖刘邦与项羽的争霸。

④韩苏：韩愈、苏轼。

⑤五漏钟：五更时间的钟声。古代用刻漏作为计时器，故称。漏钟意为钟鸣，比喻人的生命已到尽头。

陈 明 一首

陈明：生卒年不详。山东历城人，嘉靖二年（1523）进士。曾官徐州洪工部分司主事。

云龙山

寺倚危峰间半开，苍烟一簇起蒿莱①。僧归山送断云去，我到溪牵远水来。亭敞百年谁放鹤，江空万里客登台。东岩古刻②今零落，独忆斜阳几吊回。

注释

①簇：量词，丛。蒿莱：丛生的野草。
②东岩：指云龙山东麓兴化寺内大石佛。

冯世雍 三首

冯世雍：生卒年不详。字子和，亦字三石，江夏（今属武汉市）人。嘉靖二年（1523）进士。历官吏部郎中、杭州知府、徽州府知府、徐州吕梁洪工部分司主事。有《三石集》《吕梁洪志》。

子房祠①

青峦截列②彭城东，山腰高搆③幽人宫。赤松黄石④漫（一作"谩"）尘土，云裳月殿空玲珑⑤。桃花片片野桥雨，杨柳依依⑥山寺风。汉业楚雄⑦今在不，一杯醽醁吊遗踪⑧。

注释

①子房祠：见前注（44页）。本诗一题作"留侯庙"。
②截列：整齐地排列。
③搆：异体字。同"构"。
④赤松黄石：赤松子和黄石公。见前注。
⑤云裳月殿：指建筑物上饰有优美的云月等图画。玲珑：空明貌。

⑥杨柳依依：依依，形容树枝柔弱，随风飘摇。《诗·小雅·采薇》："昔我往矣，杨柳依依。"

⑦汉业楚雄：指刘邦所建的汉朝伟业和叱咤风云的英雄项羽。

⑧醽醁（línglù）：酒名。遗踪：古代留下来的建筑物等。

云龙山次唐符韵

山云夭矫①如游龙，蜿蜒幻出青芙蓉②。天风吹衣蹑危磴③，白日对酒披芳丛④。黄茅冈上野烟绿，戏马台边春烧红。我来题诗纪行色，一曲洞箫⑤吹碧空。

注释

①夭矫：伸屈自如貌。
②青芙蓉：指秀丽的绿色山峰。
③蹑危磴：轻步登上高的台阶。
④芳丛：花木丛。
⑤洞箫：吹奏乐器，亦称单管、竖吹。

吕梁洪

昔闻吕梁水，今登吕梁山。山危如虎穴，水险如龙渊。舟舸①迅来往，狂涛凌山头。许许篙师力②，冥冥③神助流。余日坐河上，股栗④不能言。舌不为之缩，足不为之旋。因叹游泳徒，身存神则亡。只见风涛恶，不见刀锯藏。步兵悲穷途⑤，昌黎哭峰侧⑥。山险古所忧，水险安可食。尝闻崑崙山，河源天地中⑦。灵根托鸿昊⑧，清泉渺终穷。我欲往从之，除地开元庭。谢兹悬仞险⑨，向彼浴日明⑩。道理虽孔迩⑪，违隔⑫始遥长。

注释

①舟舸（gě）：泛指船。舸：大船。
②许许：进行繁重的劳动发出的喘息声。篙师：船夫。
③冥冥：此指不可知的境况。
④股栗：两腿发抖。
⑤步兵：指阮籍。阮籍为三国魏诗人，曾任步兵校尉，世称阮步兵。《晋书·阮籍传》："时率意独驾，不由径路，车迹所穷，辄恸哭而返"。此句借阮籍故事说明地势险要，无路可走。
⑥昌黎：指韩愈，世称韩昌黎。此句借韩愈故事指吕梁洪水道极为艰险。《卧游清福

编序》"韩昌黎恸哭缒书。"《纪游稿引》载：昌黎游华山，因险不敢下，大哭缒遗书以诀。若真如此，韩愈可谓懦夫矣。

⑦河源：黄河之源。《艺文类聚》崑崙山：地之中也。河水出其东北陬。

⑧灵根：本根，此指崑崙山。鸿昊：广阔无边的天空。

⑨悬仞险：《水经注》：吕梁"悬涛湍濆，实为泗崄，孔子所谓鱼鳖不能游。又云悬水三十仞，流沫九十里，今则不能也。"

⑩浴日：指太阳初从水面升起。《淮南子·天文训》："日出于旸谷，浴于咸池。"

⑪孔迩：很浅近。迩，此处意为简单、浅近。

⑫违隔：阻隔；隔绝。

郑 晓 二首

郑晓：生卒年不详。字窒甫，海盐（今浙江省海盐县）人。嘉靖二年（1523）进士，授兵部主事。历官刑部侍郎、兼副都御史、吏部侍郎、南吏部尚书、右都御史、刑部尚书。有《端简郑公全集》。

彭 城

彭城天下险，万里接河源①。落石（州县志作"日"）东南断，飞涛日夜喧。江淮连绝岛②，齐鲁③入平原。寄语当关者④，征求⑤无太繁。

注释

①河源：黄河之源。

②绝岛：僻远之海岛。

③齐鲁：指今山东省。泗水源于山东。

④当关者：把守关口的人。喻指官府、官吏。

⑤征求：征收。

留城子房庙①

西风袅袅②隔河津，何处留侯庙貌真。恩义五朝③须事汉，英雄三户竟亡秦④。赤松⑤草草非无算，黄石⑥倦倦信有神。出处⑦平生还自爱，不妨江海一纶巾⑧。

注释

①留城：即留侯城，为张良的封地，城里有张良庙。在今江苏省沛县与徐州市交界

处，已沉于微山湖底。留城中有张良庙。

②袅袅：风吹拂貌。

③五朝：张良的祖父与父亲相继为韩昭侯、宣惠王等五世之相。

④三户：《史记·项羽本纪》："故楚南公曰：'楚虽三户，亡秦必楚'也。""三户"有两种解释：一说，指三户人家。极言人数之少。裴骃集解引臣瓒曰："楚人怨秦，虽三户犹足以亡秦也。"一说，指楚之昭、屈、景三大姓。见司马贞索隐引韦昭说。后人多指"三户人家"。

⑤赤松：即赤松子，为古时传说中的仙人。张良晚年称："今以三寸舌为帝王师，封万户，位列侯，此布衣之极，于良足矣。愿弃人间事，欲从赤松子游耳。"（见《史记·留侯世家》）

⑥黄石：指黄石公，张良于下邳圯上遇见黄石公被授予《太公兵法》晋皇甫谧《高士传》："黄石公者，下邳人也，遭秦乱，自隐姓名，时人莫知者。初张良易姓为长，自匿下邳，步游沂水圯上，与黄石公相遇。"

⑦出处：进退。《易·系辞上》："君子之道，或出或处。"

⑧纶巾（guānjīn）：古代用青丝带做的头巾，又名诸葛巾。后被视作儒将的装束。

苏　祐　六首

苏祐：生卒年不详。字允吉，一字舜泽，蒙古苏氏五世，濮州（今河南范县）人。嘉靖五年（1526）进士，授广东道御史。历官江西督学副使、山西参政、大理少卿、右副都御史、刑部右侍郎、兵部侍郎兼佥都御史、右都御史、兵部尚书等。有《谷原诗文草》。

彭城谩兴五首①

风尘重揽辔，驿路②暂维舟。远道通南服③，雄图属上游。青山还抱郭（嘉靖州志作"青围山抱郭"），浊浪欲吞楼（嘉靖州志作"丹涌水源□"）。龙战④今常定，鸥惊谩未休。

宝剑曾留地⑤，乌骓⑥不逝年。楚王元力屈⑦，季札已心悬。古渡沉流水，高城依断烟。有怀方伏枕，无寐欲鸣弦。

城郭千年在，江山百战余。徐君无起日，彭国⑧竟遗墟。鼓角催舟楫，风云护简书⑨。经行有词赋，叹慨岂离居。

山上云龙望，亭攀放鹤回。禹功⑩饶断石，汉业⑪有荒台。兴与幽偏惬⑫，器缘静不来⑬。虽非谢公赏⑭，讵是景侯哀⑮。

九曲通星宿⑯，双洪⑰跨石梁。悬流喷日月，竞渡戒舟航。常拟蛟龙斗，空怜燕雀翔。无须经滟滪⑱,亦足畏瞿唐。

注释

①州县志题作"彭城杂咏"、"彭城杂吟",仅含前三首,后两首另独立成篇。

②驿路:古代专门给传递官府文书的车马通行的道路,也称驿道。

③南服:古时以土地距国都远近分为五服,南方叫南服。

④龙战:喻指群雄争夺天下。《易·坤》:"上六,龙战于野,其血玄黄"。

⑤宝剑:指季札的宝剑。见前"挂剑台"注释(41 页)。

⑥乌骓:指项羽所骑的骏马名骓。项羽《垓下歌》:"时不利兮骓不逝。"

⑦楚王:指项羽。元力:元气力量。

⑧彭国:古代徐州为大彭氏国。《太平寰宇记》卷十五:"徐州,古大彭氏国,地则青、兖之域。"

⑨简书:古代无纸,有事书于简,称为简书。后来泛指信札及告诫、策命、盟誓、征召等文书。

⑩禹功:指夏禹治水疏通河道的功绩。

⑪汉业:汉代的功业。

⑫偏惬(piānqiè):倾情,最喜爱。

⑬指喧嚣、烦躁皆因心静不下来。

⑭谢公:指南朝宋诗人谢灵运。谢仕途不得志,便寄情山水,"修营别业,傍山带江,尽幽居之美。"

⑮讵(jù):讵是,难道是。景侯哀:指韩景侯(?—前400),战国时韩国国君,名虔,晋卿韩武子之子。前408—前400年在位。景侯时期,韩国政治混乱,法律、政令前后不一,群臣吏民无所适从。

⑯九曲:指黄河,黄河弯弯曲曲,相传有九道弯。唐高适《九曲词序》:"《河图》曰:黄河处昆崙山东北……河水九曲,长九千里,入于渤海。"《淮南子》:"河水九折注海而流不绝者,有昆崙之输也。"星宿:星宿海,在青海省玛多县,位于黄河源头地区,东与扎陵湖相邻,西与黄河源流玛曲相接。

⑰双洪:指百步洪和吕梁洪。

⑱滟滪:即滟滪堆,位于白帝城下瞿塘峡口,为长江中险滩,因航运障碍,于 1958 年炸除。

徐州登黄楼

云旌杳杳①拂黄楼,楼下黄河振槛流。厌胜方隅元正色②,迟回天地谩闲愁。帆樯③尽遶青山郭,村落平分白鹭洲。今古几人同跃马,项王曾霸九诸侯④。

注释

①杳杳：隐约貌。

②厌胜方隅：厌胜，古代迷信认为能用诅咒等方式取胜。苏轼修黄楼"垩以黄土"即取"土实胜水"之意，也是一种厌胜方式。方隅：四边。正色：此指黄色。宋代以后，黄色为皇帝专用颜色，以"黄"为贵。

③帆樯：帆和樯杆，泛指船只。

④九诸侯：即九郡。《史记·项羽本纪》："项羽自立为西楚霸王，王九郡，都彭城。"九郡：概指梁、楚九郡之地。对"九郡"学者说法不一。

过吕梁洪

万水东流天汉①回，徐方襟带②吕梁开。蛟龙不受青山缚，风雨常惊白日来。寒卷细花翻乱石，润牵纤草上孤台。初平应为挥鞭起③，博望④无增倚棹哀。

注释

①天汉：银河。此处指水势之大，如天上银河。

②襟带：衣襟和腰带。指地势险要，有山川环绕，如襟似带。

③初平：即皇初平。据《神仙传》：皇初平者，丹溪人也。年十五而使牧羊，有道士见其良谨，使将至金华山石室中，四十余年，忽然，不复念家。其兄初起，入山索初平，历年不能得见。后在市中，遇一道士，言金华山中有牧羊儿，姓皇名初平。起随道士前往寻求，果得相见。因问弟羊何在，初平曰："羊近在山东。"初起往视，了不见羊，但见白石无数，还谓初平曰："山东无羊也。"初平曰："羊在耳，但兄自不见之。"初平便乃俱往看之。乃叱曰："羊起！"于是白石皆变为羊，数万头。

④博望：即博望侯张骞，奉使出使西域，穷河源。棹（zhào）：船桨。传说张骞曾乘槎穷河源。

黄楼集送王秋曹①

层城危阁敞秋筵，枉矢空尊滞客船②。潭水自沉龙乍伏③，岭云欲动鹤初骞④。离情杳杳⑤停杯下，遗迹茫茫俯槛前。相会可令容易别，归云落木正纷然。（**放鹤亭、伏龙潭古迹**）

注释

①秋曹：刑部的别称。

②枉矢：不直之箭。《礼记·投壶》："主人请曰：'某有枉矢哨壶，请以乐宾。'"投壶是古代士大夫宴饮时做的一种投掷游戏。枉矢哨壶比喻不精致的器物，为主人自谦之

辞。尊:同"樽",酒器。

③潭水句:参见苏轼《起伏龙行》诗。

④骞:飞起。

⑤杳杳:情意深厚。

九日彭城逢张石川

石川居士凤鸾姿①,隔岁无书系我思。九日彭城逢举棹②,十年吴苑别传卮③。宁亲④孝思怜终志,为郡风流忆昔时。济濮澶州⑤经北上,甘棠自听召南诗⑥。

注释

①居士:指有德才而隐居不仕或未仕的人。凤鸾姿:比喻高雅的品格和风度。

②举棹:乘船起航。

③吴苑:吴地园囿,借指江南苏州一带。传卮:传递酒杯,指一起饮酒。卮(zhī):古代盛酒的器皿。

④宁亲:回家探望父母。

⑤济濮澶州:濮,指古濮水。《说文》:"出东郡濮阳,南入钜野。"澶州:古州名,今濮阳。澶:音chán。

⑥甘棠:意指遗爱。《诗经·周南·甘棠》:"蔽芾甘棠,勿翦勿伐,召伯所茇;蔽芾甘棠,勿翦勿拜,召伯所说。"

黄楼九日

羽衣仙人①杳烟雾,高城载游秋已暮。寒花未吐黄金钱②,明河③自滴芳洲露。去年楼倚中都④前,今年舟系彭城边。青山万点对尊⑤落,朗月半轮涵江悬。却忆前年上谷⑥时,塞云朔雪凝花枝。可怜北日异风候,须知有客同襟期⑦。蓟北淮南载戟荣⑧,三年奔走无停已。杜甫翛然⑨怀暮云,庄生正尔吟秋水⑩。

注释

①羽衣仙人:指苏轼。苏轼《百步洪》诗序:"余时以事不得往,夜著羽衣,伫立于黄楼上,相视而笑,以为李太白死,世无此乐三百余年矣!"

②寒花:寒冷时节开放的花,指菊花。黄金钱:指菊花的花瓣。

③明河:指银河。

④中都:指京城。凤阳亦称中都,朱元璋曾在自己的家乡安徽凤阳修建都城称中都。

⑤尊:同"樽",酒器。

⑥上谷：古郡名，约辖今河北中、西部地区。

⑦同襟期：意指彼此的胸怀和性情相同。杜甫《醉时歌》诗："日籴太仓五升米，时赴郑老同襟期。"

⑧戟棨：即棨戟，有缯衣或油漆的木戟，古代官吏出行作前导的一种仪仗，后亦列于门庭。引申指达官贵人远道而来。常用以称贵宾或好友远道光临。

⑨翛（xiāo）然：无拘无束貌。杜甫《琴台》诗："茂陵多病后，尚爱卓文君。酒肆人间世，琴台日暮云。"又《春日怀李白》："渭北春天树，江东日暮云。何时一尊酒，重与细论文。"

⑩庄生：指庄子，有文《秋水》篇。

袁褧 二首

袁褧：生卒年不详。字永之，吴县（今属苏州市）人。嘉靖五年（1526）进士，选庶吉士，授刑部主事。历官南兵部主事、广西提学佥事。有《胥台集》二十卷。

吕梁行

吾闻吕梁悬水三十仞①，盘涡流沫舟难进。万石巉岩利如戟，诸山决裂湍尤峻。徂徕②五月泉水恶，倒地崩雷赴空壑。锦浪桃花夹岸高，银河瀑布当空落。鸣锣打鼓齐发船，百夫挽之不得前。连舻③巨筏几摧折，鼉吼鲸吞争沸渊。谁言一苇④轻可渡，强弩射潮潮益怒。天吴恃险河伯骄⑤，帝阍⑥重重那可诉。忆昔神禹疏九河⑦，龙门砥柱⑧功最多。地平天成九畴叙⑨，然后怀襄底定⑩无洪波。自从汉塞宣房始⑪，河决荥阳凡几徙。遥怜迁客赋黄楼，犹有行人歌瓠子。文皇卜鼎都北平⑫，转漕直达幽州⑬城。逾淮历济趋辐辏，军输国计劳经营。当时吕梁多险阨，万国嗷嗷畏徭役。疏渠凿石杀水怒，遗事犹说平江伯⑭。只今水利多是非，天子旰食仍宵衣⑮。司农漕粟阻不进⑯，使者楼船捷若飞。江淮连年苦彫瘵⑰，运飼谁当念劳勩⑱。吁嗟⑲安危有公等，白面书生安敢议。

注释

①《庄子·达生》："孔子观于吕梁，县水三十仞，流沫四十里，鼋鼍鱼鳖之所不能游也。"

②徂徕：山名，在山东省泰安县东南。

③舻（lú）：船。

④一苇：即一苇可杭，意指很容易渡过河。《卫风·河广》："谁谓河广？一苇杭之。谁谓宋远？跂予望之。"

⑤天吴：天吴、河伯都是传说中的水神。

⑥帝阍（dìhūn）：天门，天帝的宫门。

⑦九河：禹时黄河的九条支流。古代黄河自孟津而被分为九道，故称。也泛指黄河。

⑧龙门：山名，传说与禹有关的龙门山有二：一在陕西韩城县与山西河津县间，《书·禹贡》："导河积石，至于龙门。"二在河南洛阳市南，即伊阙；《汉书·沟洫志·贾让奏》："昔大禹治水，山陵当路者毁之，故凿龙门，辟伊阙。"砥柱：山名。在河南陕县东北的三门峡黄河中间。《水经注》："砥柱者，山名也。昔禹治洪水，山陵当水者凿之，故破山以通河。河水分流，包山而过，山见于水中若柱然，故曰砥柱也。"

⑨地平天成：指禹治水成功而使天之生物得以有成。《尚书·大禹谟》："地平天成，六府三事允治，万世永赖，时乃功。"九畴：传说禹治理天下的九类大法。《书·洪范》："天乃锡禹洪范九畴，彝伦攸叙。"叙：陈述、阐明。

⑩怀襄：怀山襄陵。指大水包围山岳，漫过丘陵。形容水势很大，洪水泛滥。《尚书·尧典》："荡荡怀山襄陵，浩浩浮天。"底定：达到平定。

⑪汉塞宣房：汉武帝元光三年（前132年）春，河决顿丘（今河南清丰西南），夏，又决瓠子（在今河南濮阳西南），水注巨野，通淮、泗，泛滥十六郡。元封二年（前109年），使汲仁、郭昌发卒数万人，塞瓠子决河。武帝亲临决河，令群臣将军以下，皆负薪填决河，作《瓠子歌》。功成，于上筑宫，名宣房宫。《史记·河渠书第七》："于是卒塞瓠子，筑宫其上，名曰宣防宫。"

⑫文皇：指明成祖朱棣，于永乐十九年（1421）迁都北京。卜鼎：即定都之意。九鼎是古代传国重器，政权的象征。占卜置放九鼎之所在，即意味定都于其地。

⑬幽州：古地区名，其范围大至包括今河北北部及辽宁一带

⑭平江伯：即陈瑄（1439—1502），直隶合肥（今属安徽）人，字彦纯。成化六年（1470年）镇守两广，充总兵官。因功被封为平江伯。成化八年改镇扬州兼督修漕河。曾主持疏凿吕梁洪水道。清同治《徐州府志》："吕梁有上下二洪，相距凡七里，水中巨石齿列，波涛汹涌，号为至险。唐宋疏凿遗迹并与徐洪同。明宣德初，以漕舟艰阻，陈瑄议于旧河凿渠深二丈，阔五丈以行舟。七年，复凿渠并置闸。既而湍险如故。成化中管河主事张达、费瑄修筑堤坝。嘉靖二十三年主事陈洪范凿石平之，自是舟行益便。"

⑮旰食（gànshí）：很晚才吃饭，指事务繁忙不能按时吃饭。宵衣：天不亮就穿衣起来。旰食宵衣，形容为处理国事而辛勤地工作，多用以称颂帝王勤于政事。

⑯司农：官名，主管钱粮事务。漕粟，水路运输粮食。

⑰彫瘁：凋零困苦。亦作"雕悴"。

⑱运饷：运费。劳勩（láoyì）：劳苦。

⑲吁嗟（xūjiē）：表示感叹。

大洪行

君不见石龙嶔崎蹙海鲸①，伏甲②尽是苍山精。帝③遣石龙镇东海，势拔十洲倾五

城④。又不见河伯狂奔自西极⑤,独輓⑥黄流向东射。两雄相遇未肯降,谁哉凿断石龙脊。龙门碻磝⑦秋水高,千载犹闻石怒号。峡声如雷日酣战,陡落千尺飞鸣涛。银河倒青天,并作三洪水⑧。滟滪瞿塘不足方⑨,輓舟咫尺论千里。尔来云帆接帝州⑩,上洪下洪⑪俱稳流。儋耳⑫明珠贡万斛,江东玉粒⑬为宽愁。君不见应图真宰持天纪⑭,石龙低首黄龙⑮徙。(《列朝诗集》作王问诗)

注释

①石龙:指蜿蜒如龙的崇山峻岭。嵚崎:qīn qí高峻貌。慑海鲸,让海鲸胆怯。
②伏甲:暗藏起来带有硬壳的小动物。
③帝:天帝。
④十洲:指祖洲、瀛洲、玄洲、炎洲、长洲、元洲、流洲、生洲、凤麟洲、聚窟洲。传说都在八方大海中,为神仙居住的地方。五城:这里是泛指很多地方。
⑤河伯:河神。西极:西方极远之处。
⑥輓:牵引。同"挽"。
⑦碻磝(qiāoqiáo):多石不平的样子。
⑧三洪:指徐州秦梁洪、百步洪、吕梁洪。
⑨滟滪:滟滪堆,长江三峡瞿塘峡中的险滩。方:相比。
⑩帝州:京都。
⑪上洪下洪:冯世雍《吕梁洪志》:"吕梁洪则在东南五十里,洪有二,上下相距可七里。"
⑫儋耳:汉置儋(dān)耳郡,唐改为儋州,即今海南省儋县。
⑬玉粒:对米的赞称。
⑭图:即河图。《易·系辞上》:"河出图,洛出书,圣人则之。"图、书被认为帝王圣者受命的瑞祥之物。真宰:指天地万物的主宰,此处指皇帝。天纪:上天之纪纲。借指国家法纪。
⑮黄龙:指黄河。

皇甫涍(xiào) 一首

皇甫涍(1497—1546),字子安,号少玄,长洲(今苏州)人。嘉靖十一年(1532)进士,授工部主事,改礼部。历官礼部员外郎、春坊司直兼翰林院检讨、南京刑部员外郎、浙江佥事等。有《少玄集》、《少玄外集》等。

彭城道中雨行

晚溯①彭山道,归云暗几峰。残阳向湍②没,飞雨度川重。谁遣长途思,还伤逐客③踪。已看淮岸尽，乡梦渺何从。

注释

①溯：逆水而上。

②湍：急流。

③逐客：指被贬谪而失意的人。皇甫涍曾被贬谪广平通判。

王 问 五首

王问（1497—1576），字子裕，号仲山，无锡（今江苏无锡）人。嘉靖十七年（1538）进士，授户部主事，监徐州仓。后调南京兵部，任车驾郎中。有《仲山诗选》、《崇文馆稿》等。

将至徐作

平生秉微尚①，况是多疢疾②。弱冠弄柔翰③，名添荐贤籍。辞归班生庐④，无事缠胸臆。闲居五六年，门无车马客。亲友劝我出，结束赴朝列⑤。驱车入市门，悲鸣衢道⑥侧。回回历三春，僶俛⑦就兹役。于心已不竞，亦复滞文墨。幸存昔贤轨⑧，吾愿自此毕。

注释

①微尚：微小的志向。常用作谦词。白居易《闻崔十八宿予新昌弊宅》诗："平生有微尚，彼此多幽独。"

②疢疾（chènjí）：疾病。

③弱冠：古人二十岁成人，初加冠，体犹未壮，故称"弱"。《礼·曲礼上》："二十曰弱，冠。"后沿称年少为弱冠。柔翰：毛笔。左思《咏史》诗："弱冠弄柔翰，卓荦观群书。"

④班生庐：汉班固《幽通赋》："终保己而贻则兮，里上仁之所庐。"后因称隐者之居为"班生庐"。亦作"班氏庐"。陶潜《始作镇军参军经曲阿》诗："聊且凭化迁，终返班生庐。"

⑤结束：束装打扮。朝列：泛指朝廷官员。

⑥衢道：岔路。

⑦僶俛（mǐnmiǎn）：努力，勤奋。

⑧昔贤轨：过去圣贤所制定和遵循的规则。

彭城怀戴子

和风被广野,草色发河洲。方舟遵故沚①,客子念旧游。媺②人在何许,存殁怅悠悠。陟降③在我侧,形声邈焉求。年命各有极,所贵道常周④。来者日益短,去者不我留。仆夫告前路,中心怆夷犹⑤。寄言同游子,凡百敬尔谋⑥。

注释

①方舟:泛指船。沚(zhǐ):水中的小块陆地。

②媺(měi):美好,善。

③陟降(zhìjiàng):升降,上下。《诗·大雅·文王》:"文王陟降,在帝左右。"

④道常周:指事物的变化运行是循环往复的。

⑤怆(chuàng):悲伤。夷犹:犹豫迟疑不前。

⑥凡百:指所有的人,诸君。《诗·小雅·雨无正》:"凡百君子,各敬尔身。"尔谋:你的智谋。

江南乐彭城作

朔风吹沙暗河县①,隔水桃花不相见。江南春早花满蹊,上枝下枝莺乱啼。此时水曲豪华盛,碧树红楼相隐映。浦口浮桡兰桂香②,陌上流车③翡翠光。三吴贵游秦川女④,流盼⑤山隅隔花语。邀入紫云吹凤箫⑥,风飘歌曲度寒宵。千金激赏双鸯起,今日花开为君死。楼船锦筵⑦犹夜开,烛光清凝绿水回。美人醉后金钿⑧落,忘却银筝⑨在山阁。

注释

①河县:临河之县,彭城面临黄河,故称。杜甫《冬末以事之东都,湖城东遇孟云卿,复归刘颢》:"疾风吹尘暗河县,行子隔手不相见。"

②浦口:河流注入江海的地方。桡(ráo):船桨,代指船。

③流车:来来往往的车辆。

④三吴:指长江下游江南一带地区。秦川:泛指今陕西、秦岭以北的关中平原地带,沃野千里,古为秦国。这里以秦川女代表富贵人家之女。

⑤流盼:流转目光观看。这里指美女的情态。《汉武帝内传》:"侍女年可十六七,服青绫之袿,容眸流盼,神姿清发,真美人也。"

⑥紫云:紫红色的云。凤箫:即排箫,用若干支竹管排列制成,参差如凤翼,故名。

⑦锦筵:盛美的筵席。

⑧金钿（tián）：形状如花朵的首饰。
⑨银筝：用银装饰的筝。戴叔伦《白苎词》："回鸾转凤意自娇，银筝锦瑟声相调。"

徐州城楼

高阁虚明①里，登临意若何。云沙万里外，树色五陵②多。

注释

①虚明：指清澈明亮的天空。
②五陵：亦称五陵原，指西汉长安城外五个皇帝陵墓所在地，分别是高祖的长陵、惠帝的安陵、景帝的阳陵、武帝的茂陵、昭帝的平陵。

洪上口号

惊沙城下合，流沫峡中长。何处朝天吏①，旌竿②向夕阳。

注释

①天吏：天子的官吏。《书·胤征》："天吏逸德，烈于猛火。"亦指奉天命治民的人。《孟子·公孙丑上》："无敌于天下者，天吏也。"赵岐注："天吏者，天使之也。为政当为天所使，诛伐无道，故谓之天吏也。"
②旌竿：旗杆。泛指旗帜。

马一龙　七首

马一龙（1499—?），字应图，号孟河，江苏溧阳人。嘉靖七年（1528）进士，选为翰林院庶吉士，后官南京国子监司业。能诗善文，擅长书法。有《马一龙文集》。

吕梁逢二姜子

千里逢君淮泗间，与君同上吕梁山。总知明日如今日，不是吴关即楚关。有酒莫辞长夜饮，无官亦喜此身闲。东风次第开桃李，才见春来春又还。

月夜过河访云龙道士

昨渡清淮今渡河，河中风景近如何。春来北地风光好，夜半孤舟月色多。沛老尚知谈汉主,楚人今喜学吴歌。山阴道士曾相识,欲写黄庭换白鹅①。

注释

①山阴道士:这两句源自李白《送贺宾客归越》诗:"镜湖流水漾清波,狂客归舟逸兴多。山阴道士如相见,应写黄庭换白鹅。"《太平御览》二三八记载:王羲之很喜欢白鹅,山阴地方有个道士知道后,就请他书写道教经典之一的《黄庭经》,并愿意以自己所养的一群白鹅来作为报酬。

彭城有怀

望白云兮江之阳,隔千里兮思故乡。念白发兮在高堂①,怀远游兮不能忘。宵有梦兮书彷徨,欲言见之道路长。望白云兮天一方,思故乡兮空皇皇②。幸高堂兮寿且康,毋伤我怀兮置彼周行③。毋废我寝兮勉以酒浆,不远之复兮桃李薄芳。将我私兮歌以觞④,慰我白发兮乐无疆。

注释

①高堂:指父母。
②皇皇:指心不安。《礼记·檀弓上》:"皇皇如有望而弗至。"
③置彼周行:《诗经·国风·卷耳》:"采采卷耳,不盈顷筐。嗟我怀人,置彼周行。"这几句诗原意为:采卷耳的女子因怀念所思之人而停下,将筐置于大道旁。这里用"置彼周行"表达怀念之情。
④觞(shāng):泛指酒器,这里指饮酒。

黄河行寄司空①二十六叔,时在徐州治河

黄河之水来昆仑②,奔流震激开龙门③。箕津窍凿神禹力④,万里一泻趋中原。水妖山怪每出没,填渊决地生埃尘。下流百折入淮海,喉咽正在彭城滨。吕梁中起石如戟,洞泉涓涓不成滴。谁将疏瀹⑤说神功,应有高才能坐策⑥。我闻河曲常泛滥,水势不杀自为患。堤防緷筑⑦徒坚牢,平城之上生波涛。年年河水失故道,司储日夜忧运漕⑧。边戍军人众如蚁,京阙冠裳多扈佽⑨。谁知命脉在东南,水谷不通成腹痞⑩。腹痞不改亦自溃,须防一溃崩五内。便将微病付良医,犹得砭剂⑪回生机。

注释

①司空:古代官名,掌水利、营建之事。明清时期工部尚书也别称司空。
②昆仑:《水经注卷一》:"高诱称河出崑山,伏流地中万三千里,禹导而通之,出积

石山。""《山海经》曰：'崑崙墟在西北，河水出其东北隅。'"

③龙门：龙门，山名。在今陕西韩城县与山西河津县之间。《水经注卷四》："昔大禹导河积石，疏决梁山，谓斯处也，即经所谓龙门矣。"

④箕津：指天河。箕，即箕宿星，二十八宿之一，常和尾宿星并称。《晋书·天文志上》："天汉起东方，经尾箕之间，谓之汉津。"元杨维桢《送谢太守》诗："曾开天水国，直问尾箕津。"《艺文类聚卷八·河水》："《孝经》援《神契》曰：河者水之伯，上应天汉。"这里用星宿喻指黄河。穿凿，挖掘疏通。《吕氏春秋卷二十一·爱类》"昔上古龙门未开，吕梁未发，河出孟门，大溢逆流，无有丘陵、沃衍、平原、高阜，尽皆灭之，名曰鸿水。禹于是疏河决江，为彭蠡之障，干东土，所活者千八百国，此禹之功也。勤劳为民，无苦乎禹者矣。"

⑤疏瀹（shūyuè）：疏浚。
⑥坐策：掌管、制定筹策。
⑦绲筑：用绳捆草木等修筑。
⑧司储：官名，同"司仓"，掌管仓储事务。运漕：由水路运输。
⑨京阙：京城。冠裳：指官宦士绅。扈侈：众多随从。
⑩腹痞：即脘腹痞满，多属于中医脾胃疾病。这里喻指困境、灾害。
⑪砭剂：砭药。引申为救世的良方。

戏马台

楚伯①犹存戏马台，诸侯曾向四方来。如今九月空台上，惟有黄花依旧开。
注释
①楚伯：即楚霸王项羽。伯：通"霸"。

吕梁洪望彭城夜发

吕梁悬水三千尺，却自黄河天上来。两界直从吴会尽，万山齐向朔方回。高秋白雁歌风里，九日黄花戏马台。夜发无人同旅况，孤舟渺渺月中开。

入天妃庙①候升舟上洪呈同行诸君

泰山曾入天妃庙，今日洪头又一过。喜得南风送北客，惊闻楚地能吴歌。白鸥盘水戏相近，黄菊待人开未多。兴到与君倾百斗，舟中休问夜如何。

又

木落高秋白雁飞，画舡②箫鼓月中移。心缘报主愁双结，病且思家愿独违，千里云山迎剑佩，一天风露满身衣。行年五十无闻达，自愧浮生与昔非。

注释

①天妃庙：吕梁亦有天妃庙。冯世雍《吕梁洪志》："天妃庙、金龙庙皆水神也，亦祀之。"

②画舡：画船。舡同"船"。

归有光　三首

归有光（1507—1571），字熙甫，昆山（今属江苏昆山）人。人称震川先生。嘉靖四十四年（1565）进士，历官长兴知县、顺德通判、南京太仆寺丞。有《震川先生集》、《别集》。

徐州同朱进士登子房山①

入舟忽不乐，呼侣登崇丘。子房信高士，祠处亦清幽。俯视徐州城，黄河映带流。青山如环抱，一发悬孤州。河流日侵齧②，淼淼洞庭秋③。乌犬争死人，冈陇多髑髅④。使者沉白马⑤，守臣⑥记黄楼。叹我亦何为，空尔生百忧。生民随大运，孰能知其由。赐此名邦旧，怀古思悠悠。壹自徐偃王⑦，独有青山留。刘项⑧亦何在，子房空运筹。但从赤松子⑨，不用待封侯。

注释

①子房山：见前注（44页）。

②侵齧（niè）：指河水对河岸的侵蚀。

③淼淼：水辽阔貌。洞庭秋，如洞庭湖的秋色，意指天地之间一片秋色。

④冈陇：山岭高丘。髑髅（dúlóu）：死人的头骨。

⑤沉白马：指为填堵决河，沉白马玉璧。详见前注释（56页）。

⑥守臣：指太守苏轼。

⑦壹：助词，无意义。徐偃王：西周徐国国君，建都泗水。徐偃王对下属以仁义相待，有六个诸侯向他朝贡臣服。后来周穆王命造父联合楚军进攻徐国，徐偃王主张仁义不肯战，遂败逃，数万百姓感其义跟随。（事见《史记》、《说苑》、《太平寰宇记》等典籍）

⑧刘项：刘邦和项羽。

⑨赤松子：为古时传说中的仙人。张良晚年称："今以三寸舌为帝王师，封万户，位列侯，此布衣之极，于良足矣。愿弃人间事，欲从赤松子游耳。"（见《史记·留侯世家》）

徐州至吕梁述水势大略

黄河漫徐方,原野层波生。万人化为鱼,凛然①馀孤城。仅见沮洳②间,檐楹半颓倾③。日月照蛟④室,风波栖蜑氓⑤。浸薄⑥连群山,浩荡烟霞明。山回时复圆,盂盎涵光晶⑦。忽然赌开豁,天末翠黛⑧横。此来顿觉异,日在江湖行。吕梁遂安流,泯泯⑨无水声。狼牙⑩没深沉,一夜走长鲸⑪。三洪坐失险⑫,蛟龙不能争。乃知房村⑬间,尚未得泻倾。如人有疾病,腹坚中膨脝⑭。空役⑮数万人,绩用何年成。

注释

①凛然:令人生畏。

②沮洳(jǔrù):指地低湿,低湿之地。

③檐楹:屋檐和厅堂的前柱,泛指房舍。颓倾:崩塌倾斜。

④蛟:古代传说中的一种龙,能兴风雨,发洪水

⑤蜑氓:指遭受水灾而无生计的人。蜑(dàn),原指古代南方水上的居民;氓,指无业游民。

⑥浸薄:指大水和丛生的草木。

⑦盂盎:盂和盎皆为盛食物的器具。涵光晶,浸沉在光亮之中。此句的意思是:群山被大水包围着,像盂盎浸在晶莹的水光中。

⑧翠黛:青绿色,此指青翠的山峦。

⑨泯泯(mǐnmǐn):安静貌。

⑩狼牙:喻指河中林立的尖石。

⑪长鲸:鲸鱼;走长鲸,喻行船之快,如长鲸水中游弋。

⑫三洪:徐州有秦梁洪、百步洪和吕梁洪。坐:因为。

⑬房村:地名,在徐州东南,今属铜山区房村镇。《明史·河渠一》:"(嘉靖)三十一年九月,河决徐州房村集至邳州新安,运道淤阻五十里。总河副督御史曾钧上治河方略,乃浚房村至双沟、曲头。筑徐州高庙至邳州沂河。"

⑭膨脝(hēng):腹部膨胀貌。

⑮空役:指费了很多劳役却无成效。

黄楼行

五日彭城去住舟,狂风吹雪不肯收。推来冰凌大如屋,舟人夜半呼不休。老夫拥衾只匡坐①,雪中日日看黄楼。东坡先生不在世,令人轻我东家丘②。

注释

①衾（qīn）：被子。匡坐：正坐。
②东家丘：传说孔子的西邻不知孔丘的才学，直称之为东家丘。后来用为典故，表示不识人之意。

孙　宜　一首

孙宜（1507—1556），字仲可，号洞庭渔人，湖南华容人。嘉靖七年（1528）中举，后屡试不第，遂绝意仕途，隐居洞庭，潜心著书立说。有《洞庭集》、《孙渔人集》等。

徐　州

彭城西望渺风波，远客孤舟此共过。落日渐非吴道路，浮云犹是汉山河。悲伤一败淹刘业①，想像千军散楚歌②。满眼不无哀郢③者，暮烟春草奈愁何。

注释

①淹刘业：此句指垓下一战刘邦彻底击败项羽，完成称帝大业。
②散楚歌：《史记·项羽本纪》："项王军壁垓下，兵少食尽，汉军及诸侯兵围之数重。夜闻汉军四面皆楚歌，项王乃大惊曰：'汉皆已得楚乎？是何楚人之多也！'"又传说垓下之战时，张良教士兵吹箫大唱楚歌，驱散楚军。
③哀郢：《楚辞·九章》中篇名。郢，为楚的国都，被秦国攻陷。屈原被流放后，写出此篇寄托自己怀念故国的情感。

王慎中　二首

王慎中（1509—1559），字道思，号南江，别号遵岩居士，晋江（今属福建）人，嘉靖五年（1526）进士，授户部主事。历官常州通判、南京户部主事和礼部员外郎、山东提学佥事、江西及河南参政等。诗文有名，为"嘉靖八才子"之首。有《遵岩集》、《遵岩先生文集》。

过彭城作

陁靡①郊原极望平，踟蹰立马客心惊。疏墩芜没项王国，烟草凄迷亚父②城。春去秋来经几度，霸业雄图不可睹。台在已无戏马人，濉流③犹记败军处。高陵深谷在翻覆，世事回还难定测。昔日东归着锦衣④，今人但见繁蒿棘。萧垒⑤阴阴苦雾封，桓山烈烈动北风。英雄百战终归尽，转觉身名只梦中。

注释

①陁靡（yǐmí）：地势倾斜绵延貌。

②亚父：即范增，项羽对范增尊称亚父。徐州城南有亚父冢。详见前注释（207页）。

③濉流：即睢水。濉，亦作"睢"。《史记·项羽本纪》："汉卒皆南走山，楚又追击至灵璧东睢水上。汉军却，为楚所挤，多杀，汉卒十余万人皆入睢水，睢水为之不流，围汉王三匝。"

④着锦衣：此句指项羽攻克咸阳灭秦后，心怀思欲东归，曰："富贵不归故乡，如衣绣夜行，谁知之者！"（《史记·项羽本纪》）

⑤萧垒：指荒凉的故垒。垒，指古代军队用的防御墙壁或阵地的防御工事。

彭城送谢道安举人应试

少年挟策①趋上京，俊美多才众所荣。稷下雕龙参辨驾②，郢中白雪③擅诗名。他乡不料逢论旧，临水那堪复送行。旅窜惭予非狗监④，闻君已赋子虚成。

注释

①挟策：指带着书本，喻勤奋读书。苏轼《次韵王郎子立风雨有感》："后生不自牧，呻吟空挟策。"这里亦含有胸怀谋划、方略的意思。

②稷下雕龙：稷下，为古地名，在战国齐都城临淄稷门。齐宣王喜文学游说之士，招邹衍、淳于髡等七十六人，赐第，为上大夫，不治事而议论，称为稷下学士。雕龙，指善于文辞。

③郢中白雪：指高雅的乐曲或诗文。宋玉《对楚王问》："客有歌于郢中者，其始曰《下里巴人》，国中属而和者数千人；其为《阳阿》、《薤露》，国中属而和者数百人；其为《阳春》、《白雪》，国中属而和者不过数十人；引商刻羽，杂以流徵，国中属而和者，不过数人而已。是其曲弥高，其和弥寡。"

④旅窜：贬逐流放。狗监：汉代掌管皇帝猎犬的官。蜀郡成都人司马相如写了一篇《子虚赋》，汉武帝读了非常欣赏，狗监杨得意告诉是他的同乡司马相如所作，因此司马相如受到汉武帝的召见。

王 梴（chān）五首

王梴：生卒年不详。字子长，又字同野，象山（今属浙江）人。嘉靖十一年（1532）进士。历官中书舍人、兵科给事中、工部营缮司郎中、江西左参议、山东副使、徐州兵备道、湖广参政等。卒年八十。

放鹤亭

野兴①在高冈，凌虚见草堂②。云深龙气重，风远鹤声长。客至多春服，僧来半夕阳。不须谈往事，歌罢转微茫③。

注释

①野兴：对自然景物的情趣。
②凌虚：形容登到高处如升入空际。草堂：指山人张天骥所居草堂，在云龙山西麓。
③微茫：隐约模糊，日光暗下来。

九里山

楚汉闻多故，江淮昔上游。只今形胜地①，都人帝王州②。北郡饶颇牧③，东原仗鲁邹④。无劳对华发⑤，中夜拂吴钩⑥。

注释

①形胜地：谓地理位置优越，地势险要之地。
②都人：都城里的人，此指城市繁华。帝王州：指出帝王的地方。
③北郡：泛指邻近的北方地区。牧：指耕牧；饶颇牧，指北方地区富饶，利于耕牧。
④东原：古地名。《书·禹贡》："大野既猪，东原底平。"汉代曾置东平郡。此处泛指山东地区。鲁邹：指今山东省。鲁、邹为古代诸侯国，皆在今山东境内。
⑤华发：花白的头发。
⑥吴钩：春秋时期流行的一种用青铜铸成的弯刀，春秋吴人善铸钩，故称。后泛指利剑。此处亦寓意报国立功之志。

同冯有年、梅守德登桓山二首①

王子善吹笙②，梅君无世情。况逢少陵客③，聊作洞山行。班坐④云俱往，听歌鸟自鸣。谁言剡溪上⑤，千载有余清。
揽辔违城郭⑥，停桡上水湄⑦。登临喜新岁，谈笑总清时⑧。孤屿看仍在，长河逝不疑。翻怜地下者⑨，空作万年期。

注释

①冯有年：嘉靖二十三年（1544）进士。嘉靖二十六年（1547）任徐州洪工部分司主事，于戏马台上建文昌宫。梅守德：有诗，见下注释。桓山：在徐州城北约十七里，原名圣女山，春秋时宋司马桓魋作石椁于此，故名。俗称洞山。

②王子：即王子乔。刘向《列仙传·王子乔》："王子乔者，周灵王太子晋也。好吹笙，作凤凰鸣。"

③少陵客：诗人杜甫自号少陵野老，世称杜少陵。这里的"少陵客"指皆有诗作唱和的同游者。

④班坐：依次而坐。

⑤剡溪：水名，为曹娥江的上游，在浙江嵊州南。这二句指王子猷雪夜去剡溪访戴安道的故事。详见前注释（115页）。

⑥揽辔：挽住马缰，即骑马。违城郭：离开城郭。

⑦桡（ráo）：船桨。水湄：水边。

⑧清时：指太平盛世。

⑨翻：反而。地下者：此指宋司马桓魋。

戏马台

戏马今安在，嵬然①此独存。停鞭坐芳草，酾酒②望高原。危堞③楼台近，连敖④鸟雀喧。将军不好武，兹意竟难言。

注释

①嵬然：高耸貌。

②酾酒：斟酒。酾：音 shī，亦读 shāi。

③危堞：高的城墙。

④连敖：古代官名，负责接待宾客。这里指鸟喧噪不停，似迎接来客。

驼 山①

谁断山为窟，委蛇望转赊②。出花逢客尘③，入坞见官衙④。石尽疑无径，豀回似有槎⑤。坐令尘鞅⑥息，翻忆召陵瓜⑦。

注释

①驼山：即骆驼山。嘉靖《徐州志》："由子房山南三里为骆驼山，东西横亘临泗水，若将奔饮者，有本朝户部郎中杨琏墓。"清同治《徐州府志》："骆驼山在城东南四里，东西横亘临河，如骆驼奔饮。与奎山相对。"

②委蛇（wēiyí）：绵延曲折貌。赊（shē）：远。
③客尘：佛教语。指尘世的种种烦恼。
④坞：山坞。官衙：官府。
⑤谿：同"溪"。槎（chá）：木筏。
⑥尘鞅：世俗事务的束缚。
⑦召陵瓜：即青门瓜。秦召（邵）平为东陵侯，秦亡，成为平民，于青门外种瓜，瓜美，人称青门瓜，也称东陵瓜。

陈　穆　一首

陈穆：生卒年不详。字舜宾，四明（今浙江宁波）人，嘉靖十七年（1538）进士，嘉靖中官徐州洪工部分司主事。有《徐州洪志》十卷。

子房山①

古人随寄寓②，川岳便摽名③。四野晴岚④合，孤峰锦石明。麦畔⑤饶浪叠，桃径粲霞横。听听鱼樵⑥唱，犹闻楚士声。

注释

①子房山：见前注释（44页）。
②寄寓：暂时居住。
③摽名：用名字标示。摽同"标"。
④岚：山林间的雾气。
⑤麦畔：麦地边。
⑥鱼樵：渔人和樵夫。

黄九皋　三首

黄九皋（？—1565），字汝鸣，号竹山，萧山（今浙江萧山市）人，嘉靖十七年（1538）进士，后授工部主事、鲁王府长史。

黄　楼

秋月风渐高，山晚天半赤。徐州五色土①，泗滨多奇石②。合汶③下洪梁，孤城悬绝壁。淮卫通漕网④，职贡⑤需民力。神河徙汴⑥来，就泗当城北。四山若带围，合流如受敌。雉堞⑦丽深渊,闾阎哀孔棘⑧。眉山揆物理⑨,土实胜水德⑩。色取中央黄⑪,奠楼立鳌极⑫。人寿见几清,荣光休四塞⑬。迩来阳侯⑭怒,义沉澹台璧⑮。激湍荡虚舟⑯,暝色惊迁客。谁能疏九河⑰,为拯徐扬⑱溺。瓠子歌宣房⑲,蒸民免艰食⑳。凭栏见波涛,不觉长太息。

注释

①五色土:古代礼制,以五种颜色的土建社稷坛。《尚书·禹贡》:"海岱及淮惟徐州……厥贡惟土五色……"明嘉靖《徐州志》:"楚王山,山皆赭土,《禹贡》'厥贡惟土五色'。王莽使徐州岁贡五色土,皆出此。"

②指泗水出产制作磬的石头。泗水流经徐州。《尚书·禹贡》:"泗滨浮磬"。《史记·夏本纪》:"峄阳孤桐,泗滨浮磬石。"注:集解引孔安国曰:"泗水涯中见石,可以为磬。"正义:《括地志》云:"泗水至彭城吕梁,出石磬。"

③汶:古汶水。发源泰莱山区。汇泰山山脉、蒙山支脉诸水,自东向西流经东平湖流入黄河。

④淮卫:淮河下游一带地区。漕网:水运交通网。

⑤职贡:上贡赋税。古代称藩属或外国对于朝廷按时的贡纳为职贡。

⑥汴:汴水,与泗水于徐州城东交汇。

⑦雉堞:泛指城墙。雉,城墙长三丈广一丈为雉;堞,即女墙,城上齿状矮墙。

⑧闾阎:指里巷、平民。孔棘:艰难,困窘。

⑨眉山:指苏轼。苏轼为眉山人,故称。揆(kuí):测量,度量。

⑩按五行相克说,土能胜水。苏轼建筑黄楼,涂以黄土。苏辙《黄楼赋叙》:"于是即城之东门为大楼焉,垩以黄土,曰'土实胜水。'徐人相劝成之。"

⑪中央黄:五色土是按照东、南、西、北、中五个方位选取五种不同的颜色的土,东方为青色、南方为红色、西方为白色、北方为黑色、中央为黄色。

⑫鳌极:指神话传说女娲断鳌足所立的四极天柱。这里形容楼基坚固。

⑬荣光:指五色云气,古人认为是吉祥之兆。四塞:四境之内,到处。

⑭阳侯:传说中的波涛之神。

⑮晋张华《博物志》卷七:"澹台子羽渡河,赍千金之璧于河,河伯欲之,至阳侯波起,两鲛挟船,子羽左掺璧,右操剑,击鲛皆死。既渡,三投璧于河伯,河伯跃而归之,子羽毁而去。"

⑯虚舟:轻捷之舟。

⑰九河:禹时黄河的九条支流。古代黄河自孟津而被分为九道,故称。也泛指黄河。

⑱徐扬:指古代的徐州府和扬州府,两地常遭黄河水患。

⑲瓠子:地名,也称瓠子口,在今河南濮阳西南。汉武帝元光三年(前132年)春,河决顿丘(今河南清丰西南),夏,又决瓠子,水注巨野,通淮、泗,泛滥十六郡。元封二年(前109年),使汲仁郭昌发卒数万人,塞瓠子决河。武帝亲临决河,令群臣将军以

下,皆负薪填决河,作《瓠子歌》。功成,于上筑宫,名宣房宫。

⑳蒸民:百姓。艰食:粮食匮乏。

云龙山次乔韵

云龙禅寺倚茅冈,俯瞰浮舟去住忙。吊古何如鹤遐举①,悲秋不及雁随阳②。黄河水落元田③出,红叶霜浓别署④凉。好景良时不常得,残碑读遍再持觞⑤。

注释

①遐举:高飞。

②雁随阳:大雁随着太阳的偏向北半球和南半球而北迁南徙,故称。大雁又称随阳雁。

③元田:同"原田",平原上的田地。

④别署:另外的办公之处。

⑤觞(shāng):古代酒器。

留侯庙①

博浪潜身就沛公②,报韩节义满丹衷③。函关破日公孙立④,栈阁烧时汉业空⑤。间道复归思借箸⑥,鸿沟⑦决策早歌风。谋成辟谷⑧云游去,平勃⑨虽奇万不同。

注释

①留侯庙:留侯庙有二:一在子房山,一在留城。详见前注释(313页)。

②博浪:即博浪沙,今河南省原阳县东南。张良为替韩报仇,得力士于博浪沙狙击秦皇帝。后十年,陈涉起兵,张良亦聚集少年百余人,去投靠在留县的楚假王景驹,路遇刘邦,随归附刘。沛公:刘邦。

③报韩:秦灭韩后,张良倾全部家财求刺客刺秦王,为韩报仇,因为张良的祖父与父相继为韩昭侯、宣惠王等五世之相。丹衷:赤诚之心。

④函关:即函谷关,在今河南灵宝市境。公孙:指公子扶苏之子子婴,刘邦入关时正值赵高杀二世,立子婴。子婴出降刘邦。

⑤栈阁:即栈道,也称阁道。《史记·留侯世家》:"汉王之国,良送至褒中,遣良归韩。良因说汉王曰:'王何不烧绝所过栈道,示天下无还心,以固项王意!'乃使良还。行,烧绝栈道。"

⑥指刘邦用韩信计,从古道还,击破三秦。箸:筷子。《史记·留侯世家》:"张良对曰:'臣请藉前箸为大王筹之!'"藉同"借"。意思是:请借汉王前面的筷子为汉王指划形势。

⑦鸿沟：在今河南中牟县，为古汴水的分流，即今贾鲁河。《史记·项羽本纪》："项羽与汉约，中分天下，割鸿沟以西者为汉，鸿沟而东者为楚。"

⑧辟谷：即不吃五谷，为古代方士道家修炼的一种方法。张良晚年言："'愿弃人间事，欲从赤松子游耳。'乃学辟谷，道引轻身。"（见《史记·留侯世家》）

⑨平勃：陈平和周勃，皆为刘邦的功臣。陈平曾建议刘邦用反间计使项羽去谋士范增。吕后死，平又与周勃定计，除掉吕产、吕禄等，迎立文帝，陈平任丞相，周勃任右丞相。

金銮 一首

金銮（1494—1587）。字在衡，号白屿，陇西（今属甘肃）人，侨居建康。卒年九十。工诗、散曲。有《金白屿集》、《徙倚轩集》、《萧爽斋词》。《徙倚轩集》。

子房山①

报主元非汉②，封侯岂为留③。早求沧海士④，晚伴赤松游⑤。故国山犹在，黄河水自流。王孙⑥归去好，春草遍芳洲。

注释

①子房山：见前注释（44页）。
②指张良参与起兵灭秦的初衷是为韩报仇，不是为刘邦夺取江山。元：本来，原先。
③汉朝建立后，张良被封为留侯。见前注释。
④沧海士：《史记·留侯世家》："良尝学礼淮阳。东见沧海君。得力士，为铁椎重白二十斤。"
⑤赤松：赤松子，为古时传说中的仙人。张良晚年称："今以三寸舌为帝王师，封万户，位列侯，此布衣之极，于良足矣。愿弃人间事，欲从赤松子游耳。"（见《史记·留侯世家》）
⑥王孙：对人的尊称，如同公子。《史记·淮阴侯列传》："吾哀王孙而进食，岂望报乎?"司马贞索隐引刘德曰："秦末多失国，言王孙、公子，尊之也。"

梅守德 四首

梅守德（1510—1577），字纯甫，号宛溪，宣城（今属安徽）人。嘉靖二十年（1541）进士，授给事中。历官浙江台州推官、徐州户部分司主事、绍兴知府、山东学政、云南参政等。著有《徐州志》、《宁国府志》、《无文漫草》等。

四贤祠①

水部凭危岫②,香云③护古祠。松杉巢野鹤,蘋藻荐清卮④。事业千年在,文章百代师⑤。因悲刘项⑥迹,台上草离离⑦。

注释

①四贤祠:见前注释(336页)。
②水部:掌管水道的官署。凭危岫:背靠着高的山峰。
③香云:美好的云气,祥云。
④蘋藻:蘋和藻,皆为水草。荐:祭献。清卮(zhī):清酒。
⑤百代师:指韩愈、苏轼等人的文章。
⑥刘项:刘邦和项羽。
⑦离离:繁多茂盛。

黄 楼

高城楼阁出层霄,柳色烟光望欲饶。远岫逶迤云日乱①,平芜②弥漫海天遥。残碑古堞功仍在,霸业雄图事已消。自古此中戎马③地,祗今谁是霍嫖姚④。

注释

①岫:峰峦。逶迤:弯弯曲曲连续不断貌。
②平芜:草木繁茂的原野。
③戎马:军马,借指战争、军事。
④霍嫖姚:西汉名将霍去病,被封为嫖姚校尉,故称。

王梃、冯有年游桓山二首

高台引凤笙①,欢洽野人情②。云气流山酌③,旌旗拥客行。远峰和夕淡,好鸟傍春鸣。胜游陪妙躅④,一啸海天清。

献岁⑤聊乘暇,移舟向曲湄⑥。赏心逢胜地,高会复良时。石榔谋何拙⑦,山云意不疑。春来兴未已,登览更多期。

注释

①凤笙:即笙,管乐器,形如凤,故称。此处指管乐器演奏的音乐。

②欢洽：欢乐而融洽。野人：乡野之人，农民。
③山酤：山野人家酿的酒。
④妙躅（zhú）：轻盈的脚步。
⑤献岁：一年的开始。
⑥曲湄：弯曲的水边。
⑦石椁：指桓魋墓椁，在徐州城北桓山上。《水经注》："泗水又南迳宋大夫桓魋冢西，山抗泗水，上而尽石，凿而为冢，今人谓之石郭者也。郭有二重，石作工巧，夫子以为不如死之速朽也。"

云龙山三首

石磴行行一迳盘，梵钟①声里夕阳残。云流香阁衣裳湿，龙起珠林杖锡寒②。静虑凭教千劫③遣，好怀赢得几回宽。野情剩有烟霞癖④，暂拟东林一榻安⑤。

翠微⑥深处独徘徊，城郭山河四望开。水接江淮通贡篚⑦，地连沧海即蓬莱⑧。高云黄叶吟边兴，落日丹霞⑨客里杯。更上峰头寻旧迹，满山乱石巉莓苔。

双飞白鹤依云来，疑是山人⑩放鹤回。石洞氤氲丹灶迥⑪，松峰（**县志作"风"**）萧瑟夜猿哀。云连古堞⑫依层嶂，日隐残虹锁暮台。何处买山⑬堪避俗，草堂⑭应傍翠微开。

注释

①梵钟：佛寺里的钟声。
②珠林：指佛寺。杖锡：拄着锡杖；锡杖为僧人所用法器。
③千劫：佛教语。指旷远的时间与无数的生灭成坏。劫，梵语 kalpa 的音译。
④烟霞癖：爱山水胜景成癖。
⑤江西庐山有东林寺。此处用东林泛指佛寺。榻：狭长而低矮的坐卧用具。
⑥翠微：青翠的山色。
⑦贡篚：贡物、贡品。
⑧蓬莱：山名，古代方士传说为仙人所居。
⑨丹霞：傍晚红色的云霞。
⑩山人：指宋隐士张天骥。
⑪氤氲：烟云弥漫貌。丹灶：指道家的炼丹炉灶。迥（jiǒng）：远。
⑫古堞：古城墙。
⑬买山：《世说新语·排调》载："支道林因人就深公买印山，深公答曰：'未闻巢、由买山而隐。'"后以"买山"喻贤士的归隐。
⑭草堂：指宋隐士张天骥有所居草堂。喻隐居处。

李春芳　一首

李春芳（1511—1585），字子实，号石麓，兴化（今属江苏）人。嘉靖二十六年（1547）进士。历官翰林学士、太常少卿、礼部尚书、少师兼太子太师、吏部尚书等。有《贻安堂集》。

登云龙山二首①

归来正及李花时，为访仙踪去马迟。更上龙冈最高处，五云霏霭凤凰池②。

云龙山前水泠泠，云龙山上云晶晶（此二句中的"云龙山"州县志均作"放鹤亭"）。千古水云常自在，红尘扰扰笑浮生③。

注释

①州县志题作"云龙山绝句二首"。

②五云：青、白、赤、黑、黄五色之云。霏霭：云气。凤凰池：对水池的美称。此处或指云龙山下的石沟湖。

③红尘：佛道称人世为红尘。浮生：指人生。老子、庄子以人生在世，虚浮无定，后沿称人生为浮生。

茅　坤　一首

茅坤（1512—1601），字顺甫，号鹿门。归安（今属浙江湖州市）人。嘉靖十七年（1538）进士。历官青阳、丹徒二县知县、礼部主事、广平通判、广西兵备佥事、大名兵备副使。有《白华楼藏稿》、《茅鹿门集》。

春日踏雪彭城道中

春日独伤春事稀，马蹄又向雪中归。数家烟火望欲断，几树饥禽寒不飞。有客寻诗穿谷口，无人载酒款林扉①。看山不觉日已暮，千里云霏生薜衣②。

注释

①款：款待。林扉：林间雾气。欧阳修《醉翁亭记》："若夫日出而林霏开，云归而岩穴暝，晦明变化者，山间之朝暮也。"

②云霏：云气。薜衣：用薜荔的叶子制成的衣裳，也叫薜荔衣。原指神仙鬼怪所披

的衣饰,后借以称隐士的服装。沈佺期《入少密溪》诗:"自言避喧不避秦,薜衣耕凿帝尧人。"

尹 梁 三首

尹梁:生卒年不详。晋州(今属河北石家庄市)人,嘉靖二十年(1541)进士。曾官徐州户部分司主事。

张子房墓①

孤冢依山麓,何人识子房。乾坤仍日月,楚汉几星霜②。蔓草迷幽径,空林挂夕阳。韩彭非若匹③,回首具亡羊④。

注释

①关于张良死后葬在何处,争论频多。清道光《铜山县志》:"旧州志云,在城北七十里留侯城南。又云在微山上有碑刻汉丞相留侯张良之墓。"作者自注在"城北六十里",即留城南。
②星霜:指年岁。星一年一周转,霜每年因时而降,故称。
③韩彭:韩信、彭越,皆为汉初诸侯王,刘邦的功臣,后被告发谋反而被杀。匹:相比。此句指韩彭不能和张良相比。
④亡羊:丢失羊。《列子·说符》:"大道以多歧亡羊",常用以比喻世事复杂多变,容易误入歧途险境。

冬日登云龙山

山寺偏幽密,登临兴渺然。峰峦千树雪,市井①万家烟。客棹②孤城外,鸿飞曲槛③前。龙归何处去,空见白云悬。

注释

①市井:街市。
②客棹(zhào):客船。棹:船桨,代指船。
③曲槛:曲折的房廊护栏。

篆竹轩①

地僻宜栽竹,平池已数竿。卷帘风自动,当户雪初残。劲节凌霄汉,虚心耐岁寒。公余聊少憩②，对此独盘桓。

注释

①箑竹轩：明嘉靖《徐州府志》卷七："户部分司：在城南门内，监督粮储，主事莅政之所。中为正厅，左为箑竹轩，右为书吏房，后为穿堂。"

②憩（qì）：休息。

李攀龙　一首

李攀龙（1514—1570），字于鳞，号沧溟，历城（今山东济南）人。嘉靖十九年（1540）乡试中举，三年后赐同进士出身。历官顺天乡试同考官、刑部广东司主事、刑部员外郎、刑部山西司郎中、顺德知府、陕西按察司提学副使、浙江按察司副使、河南按察使。与王世贞同为"后七子"首领。有《沧溟先生集》。

过吕梁

十年称病客，击楫①在楼船。渐下波方溜②，风鸣水正悬。青山高卧里，白发壮游前。起色聊相假③，终惭傲吏贤④。

注释

①击楫（jí）：拍击船桨（楫为船桨）。晋祖逖统兵北伐，渡江中流，拍击船桨，立誓收复中原。后用"击楫"为收复失地统一国家的壮志。

②渐：流水。溜（liù）：迅速下流。

③起色：指情况好转。相假：相互凭借。

④傲吏：不为礼法所屈的官吏。郭景纯（璞）《游仙诗》："漆园有傲吏，莱氏有逸妻。"唐李贤注引《史记》曰："庄子者，蒙人也，名周，尝为蒙漆园吏。楚威王闻庄周贤，使使厚币迎，许以为相。庄周笑谓楚使者曰：'亟去，无污我。'"

万　恭　二首

万恭（1515—1591），字肃卿，号两溪，江西南昌人，嘉靖二十三年（1544）进士。历官南京文选主事、考功郎中、大理寺少卿。嘉靖四十二年（1563）为兵部右侍郎，后兼右佥都御史，巡抚山西。隆庆六年（1572）河决邳州，运道大阻。作为总河督御史万恭与朱衡修长堤数百里，并修缮丰、沛大堤，使正河安流，运道大通。

石佛寺①

绀阁②生凉夜,诸天③石壁分。笙簧④祛野气,灯火乱星文⑤。山回馀清籁⑥,松长引故人。遗踪何可吊,红树杂秋云。

注释

①石佛寺:即兴化寺。道光《铜山县志》:"兴化寺:城南二里云龙山阳,明洪武三十五年建(同治府志作建文五年建)寺以古有石琢佛像,俗呼石佛寺,又呼大佛寺。"

②绀阁:清红色的阁房。绀:音 gàn。

③诸天:佛家语。认为三界(欲界、色界、无色界)共有三十二天,自四天王天至非有想非无想天,总称为诸天。

④笙簧:此指管乐器奏出的音乐。笙,管乐器;簧,乐器中有弹性的薄片,用以振动发声。

⑤星文:星象,指星体的明、暗、薄、蚀等现象。

⑥清籁:清亮的声音。唐戴叔伦《听霜钟》诗:"虚警和清籁,雄鸣隔乱峯。"

过徐州

放鹤人何在,悠然见古邱。羽衣①一以去,衰草不胜秋。我亦横舟约②,君能清夜游。相看两不厌,三五嘒星③流。

注释

①羽衣:指苏轼。苏轼《百步洪》诗序:"余时以事不得往,夜著羽衣,伫立于黄楼上,相视而笑,以为李太白死,世无此乐三百余年矣!"

②横舟约:乘船赴约。

③嘒星:明亮的小星。《诗经·召南·小星》:"嘒彼小星,三五在东。"

徐惟贤 一首

徐惟贤:生卒年不详。字师圣,上虞(今属浙江绍兴)人。嘉靖二十三年(1544)进士。历官按察司佥事、沛县夏镇工部分司主事、贵州参政。

张良墓①

群山回合②闭英雄,披棘还来认旧踪。石径残云留短屐③,墓门斜日到深松。运筹本为韩仇出④，辟谷终辞汉爵封⑤。千古九原⑥如可作，高风邈邈定谁从⑦。

注释

①张良墓：见前注释（378页）。
②回合：环绕。
③屐（jī）：泛指鞋。此处指足迹。
④运筹：制定策略，进行谋划。《史记·留侯世家》："高帝曰：'运筹策帷帐中，决胜千里外，子房功也。'"张良家世为韩相，韩被秦灭，张良出于为韩报仇而辅助刘邦灭秦。
⑤刘邦封功臣，让张良"自择齐三万户"，张良却辞让，曰："臣愿封留足矣，不敢当三万户。"辟谷：即不吃五谷，为古代方士道家修炼的一种方法。张良晚年言："愿弃人间事，欲从赤松子游"，便学辟谷，道引轻身。赤松子为古代传说中的仙人。
⑥九原：九泉，黄泉。苏轼《亡妻王氏墓志铭》："君得从先大人于九原，余不能，呜呼哀哉！"
⑦高风：高尚的品格风度。邈邈（miǎo）：超凡出俗。

杨 巍 一首

杨巍（1516—1608），字伯谦，号二山，又号梦山，海丰县（今山东省无棣县）人。嘉靖二十六年（1547）进士，授常州府武进县知县。经举荐，内调兵科给事中。历官山西按察使司驿传道佥事、山西按察司副使，右佥都御史、右副都御史、兵部右侍郎、吏部左侍郎、南京户部尚书、北京工部尚书等。

秋日登徐州延云楼

楼压秋城半入云，凭高四望楚天分。尊①前木送千山色，槛外鸿飞大泽②群。事去霸图俱落莫③，怪来仙气尚氤氲④。最怜西北长安远，白首回时忆圣君。

注释

①尊：酒器。同"樽"。
②大泽：刘邦于大泽中斩蛇起义。项羽从垓下突围南逃，至阴陵迷失道，陷大泽中，为汉军追上。
③落莫：冷落。
④氤氲（yīn）：云气极盛貌。

文肇祉　一首

文肇祉（1520—?），初名元肇，字基圣，号雁峰、开云，文征明之孙。官上林苑录事。有《文录事诗集》。

徐州夜泊与白伯望话旧

系缆南徐洪上头，已同白傅①共仙舟。一灯聚话当时事，数酌能消满目愁。夜永相将②长至候，寒深偏重敝貂裘。起来醉看中天月，曾照当年燕子楼③。

注释

①白傅：即白伯望。生平不详。傅，概指白伯望的官职，负责某方面的辅导责任。
②相将：相伴。长至：这里指冬至。冬至后日渐长，故称。
③燕子楼：指唐关盼盼所居燕子楼。详见前注释（29页）。

徐　渭　三首

徐渭（1521—1593），字文清，改字文长。号天池山人、青藤道士，或署田水月。山阴（今浙江绍兴）人。诸生，善书画，精音律。有《徐文长全集》。

徐　州

今岁青青陇麦稠，去年河水过堤流。无家不自波中出，有鳖都经树杪①游。枣叶双扉询翠袖②，柳根一面护黄楼。泗州潭底猕猴老，不信今还锁泗州③。

注释

①树杪：树梢。
②扉：门扇。翠袖：翠色的衣袖，喻指妇女。
③指"猕猴老锁泗州"的神话传说，即淮水神无支祁的故事：无支祁出生在豫南桐柏山中的花果山，为天生神猴，自封为淮涡水神。相传江苏省盱眙县东北下奄山寺后的支祁井即夏禹锁支祁处。《太平御览八八二·淮地记》引唐公佐《古岳渎经》："禹治水，止桐柏山，乃获淮涡水神，名无支祁，善应对言语，辨江淮之浅深，原隰之远近。形若猿猴，缩鼻高额，青躯白首，金目雪牙。颈伸百尺，力逾九象。禹授之庚辰，遂颈锁大铁，鼻穿金铃，从淮之阴，锁之龟山之足，淮水乃安，流注于海。"

燕子楼

牡丹春后惟枝在①,燕子楼空苦恨生。昨泪几行因拥髻,当年一顾本倾城②。分为翡翠笼俱老③,讶道泉台④伴不成。犹胜分香台上妾,更无一个哭西陵⑤。

注释

①牡丹句:关盼盼《和白公诗》:"自守空楼敛恨眉,形同春后牡丹枝。"

②倾城:指极为漂亮的女子。《汉书·外戚传》李延年歌:"北方有佳人,绝世而独立;一顾倾人城,再顾倾人国。"

③分为:断定。翡翠笼:镶有翡翠的冠饰。笼:笼巾,一种冠饰。用"翡翠笼"代指关盼盼。

④泉台:墓穴。关盼盼《和白公诗》:"舍人不会人深意,讶道泉台不去随。"

⑤犹胜二句:西陵,指曹操陵寝,在河南省临漳县西。曹操《遗令》:"吾婢妾与伎人皆勤苦,使著铜雀台,善待之。于台堂上安六尺床施繐帐,朝晡上脯糒之属,月旦、十五日,自朝至午,辄向帐中作伎乐。汝等时时登铜雀台,望吾西陵墓田。余香可分与诸夫人,不命祭。诸舍中无所为,可学作组履卖也。"

亚父墓①

王者从来云不死,共疑隆准与重瞳②。已占龙气成天子③,却幸鸿门败乃公④。一牧乳羊遮墓白,几株寒枣覆碑红。怜渠疽发不欲活⑤,岂为人间少邓通⑥。

注释

①亚父墓:即范增墓。见前注(207页)。

②隆准:高鼻,指汉高祖刘邦。《史记·高祖本纪》:"高祖为人,隆准而龙颜。"重瞳:双眸子,指项羽,传说项羽为双眸子。

③刘邦攻破咸阳,范增说项羽趁机击败刘邦,曰:"吾令人望其气,皆为龙虎,成五采,此天子气也。急击勿失。"

④指鸿门宴范增设计击杀刘邦,却因项羽不肯而让刘邦逃脱。

⑤渠:代词,他。疽发:范增归彭城途中,疽发背而死。

⑥邓通:西汉文帝宠臣,文帝尝病痈,邓通常为上嗜吮之。

潘季驯 二首

潘季驯(1521—1595),字时良,号印川。浙江乌程(今属浙江湖州市)人。嘉靖二十九年（1550）进士，授九江推官，历官大理寺左少卿、右佥都御史、右副都御史、刑部右侍郎、右都御史兼工部左侍郎、太子太保、工部尚书、南京兵部尚书、刑部尚书。潘季驯四次奉命治河，前后二十七年；隆庆四年（1570），河决邳州、睢宁，被任总河，塞决口。

同江司徒①小酌云龙山

握手论交今白头，天涯相对一尊②留。帘前秀结③千峰色，槛底声喧万里流。世事误人称老马④，机心终自愧闲鸥⑤。知君亦有烟霞癖⑥，还许相从范蠡舟⑦。

注释

①司徒：官名。即户部尚书，主管全国户口、赋役方面的政令。

②尊：同"樽"，酒杯。

③秀结：花草树木组成的景色。

④老马：俗语老马识途，此句指自己迷路不怨自己而怨老马，喻指自己做错事不自责而强调客观原因。

⑤机心：智巧变诈的心计。《列子·黄帝篇》中一则寓言说，古时海边有一个人，非常喜欢白鸥，每天清晨到海边，常有成百海鸥飞集他身旁。有一次，此人的父亲要他捉一只海鸥来玩玩，他再去海边，海鸥就不再飞下来了。故事说明有机心是有愧海鸥的。

⑥烟霞癖：酷爱山水胜景成癖。

⑦范蠡：春秋楚宛人，仕越为大夫，辅佐越王勾践发愤图强，终灭吴国。以勾践为人可与同患，难与处安，遂乘船海路到齐国，改名换姓，耕于海畔。不久，致产数十万。齐人知其贤，以为相，范蠡退回相印，尽散财产，分给朋友和乡亲。后定居陶，自称陶朱公，经商致富，资产累巨万。

再登云龙山

龙山再上思悠然，千里河流自蜿蜒①。几向蒿莱寻水脉②，翻从沧海见桑田。负薪十载③歌方就，投杼④当年事可怜。为调（**县志作"谢"**）含沙沙且尽⑤，归与吾已欲逃禅⑥。

注释

①蜿蜒：水流弯弯曲曲貌。

②蒿莱：野草，杂草。水脉：地下的伏流，形状如人体的脉络，故名。

③负薪：汉武帝元封二年，"命从臣将军以下皆负薪塞河堤。"（见前注）这里指治理

黄河。

④投杼：曾参居费邑，有与同姓名者杀人，人告曾母曰："曾参杀人！"母不信。至第三人来告，母惧，投杼逾墙而走。杼：织具。故事比喻传闻可以动摇原来的信心。潘季驯曾因运输船只漂没事故遭勘控告，被罢官。后来又被起用。

⑤潘季驯采取"蓄清、刷黄、济运"的治河方针，大筑黄河两岸堤防，堵塞决口，束水攻沙。

⑥归与：辞去官职归隐山林。逃禅：逃避世事，皈依佛法。

徐学谟　三首

徐学谟（1521—1593），字叔明，一字子言，号太室山人；原名学时，字思重，南直隶苏州府嘉定（今属上海）人。嘉靖二十九年（1550）进士，授兵部主事，历官礼部主事，历员外、郎中、荆州知府、南阳知府、湖广副使，湖广按察使、副都御史、刑部侍郎、礼部尚书加太子少保等。有《归有园稿》。

次彭城姜民部、莫兵宪酌余使院东署①

闭门残雪大河阴，二妙②何缘载酒临。欢动故乡冰已泮③，语移清漏④夜初深。公余未厌凝香乐⑤，宴罢惟闻坐啸音。问我留书无一字，止因衰病乞云林⑥。

注释

①次：临时住宿。民部：即户部，掌管土地、户籍、赋税、财政收支等事务。兵宪：领兵的长官。使院：节度留后（官名）的官署。

②妙：青春年少。

③泮：融解。

④清漏：清晰的滴漏声。古代以漏壶滴漏计时。此处借指时间。

⑤凝香乐：刘克庄《送项使君季约二首》："世有凝香乐，君侯总未知。"李白《清平调词》："一枝红艳露凝香，云雨巫山枉断肠。"

⑥止：副词，仅，只。云林：云雾笼罩的山林。常寓指隐居之地或佛门禅林。

登彭城署楼喜河工告成次壁间韵①

历览中原合有楼，天涯晴日坐消愁。青阳②喜逼家堪问，白发羞垂国未酬。鸥鹭自依烟渚③宿，蛟龙不费水衡④筹。停骖拟献河平颂，魏阙⑤风云梦已幽。

注释

①次……韵：按照他人诗的韵和用韵的次序来和诗。
②青阳：春天的别称。
③烟渚：烟雾缭绕的水上沙洲。
④水衡：泛指掌管水利之官。
⑤魏阙：古代官门外的阙门，为悬挂法令的地方。后用作朝廷的代称。

彭城道中书所见

驱车古道旁，凌寒凛相诧。胡然天雨冰，封条密无罅①。过耳恍戛铿②，凝眸转荡射③。借问此何祥，苍莽④归造化。人言木介⑤生，恐有达官怕。方今泰道升，国家正闲暇⑥。何人复履霜⑦，居高不肯下。祸患亦倪来，吾今已得谢。乡路匪⑧羊肠，逡巡⑨促归驾。

注释

①罅（xià）：缝隙。
②戛铿（jiákēng）：敲击声。
③荡射：震荡击物。
④苍莽：渺茫；迷茫。
⑤木介：即木冰。因木冰如树枝披介胄，故称木介。《汉书·五行志上》："今之长老名木冰为木介。介者，甲。甲，兵象也。"
⑥闲暇：安定无事。
⑦履霜：行于霜上。履霜而知寒冬将至。用以比喻及早警惕，预防灾祸发生。
⑧匪：同"非"。
⑨逡巡：小心谨慎。

方逢时 四首

方逢时（1523—1596），字行之，号金湖。嘉鱼（今属湖北）人。嘉靖二十年（1541）进士。历任宜兴知县、户部主事、宁国知府、工部郎中、兵备副使等。著有《大隐楼集》。

彭城歌

祖龙鹿走阿房宫①，乌骓飒遝②来江东。三秦③兵甲散如雨，烈火照耀函关中。鸿门宴罢孙心死④,裂土分王诸将士。锦衣忽忆故乡游⑤,却向彭城披玉几。玉几朱衣照暮春⑥,虞姬⑦歌舞几回新。汉旌已出褒斜谷⑧,齐甲⑨仍趋沧海滨。间关百战势转亟⑩,垓下⑪风云蔽天黑。哀歌声断楚天空,壮士灯前泪横臆。虎斗龙争世运移,故宫禾黍日离离⑫。地下游魂千古恨,江头父老几人悲。客来远过雍门⑬道,秋色凄凄满穹昊⑭。叱咤⑮英风不可招,戏马台高翳⑯衰草。逝水空山眺望分,乾坤兴废故棼棼⑰。金马铜驼⑱人去尽,高冢荒凉对夕曛⑲。

注释

①祖龙:指秦始皇。《史记·秦始皇本纪》:三十六年"秋,使者从关东夜过华阴平舒道,有人持璧遮使者曰:'为吾遗滈池君。'因言曰:'今年祖龙死。'"裴骃集解引苏林曰:"祖,始也;龙,人君像;谓始皇也。"鹿走:指秦失去政权、皇位。项羽引兵西屠咸阳,杀秦降王子婴,烧秦宫室,将秦彻底灭掉。《史记·淮阴侯列传》:"(蒯通)对曰:秦之纲绝而维弛,山东大扰,异姓并起,英俊乌集。秦失其鹿,天下共逐之,于是高材疾足者先得焉。"

②乌骓:指项羽所骑骏马,名骓,后人称为乌骓。飒遝(sà tà):同"飒沓",飞驰貌。

③三秦:泛指秦国所在关中地区,即今陕西省一带。项羽破秦入关,三分秦关中之地,以秦降将章邯为雍王,领咸阳以西之地;司马欣为塞王,领咸阳以东至黄河之地;董翳为翟王,领上郡(陕西西北)之地,合称三秦。

④项羽鸿门宴会刘邦后,即引兵西屠咸阳灭掉秦国,分天下,立诸将为侯王,并徙义帝长沙郴县,途中将其杀害。义帝,即楚怀王孙心,被项羽立为楚怀王,尊称为义帝。

⑤锦衣:项羽攻克咸阳后,心怀思欲东归,"曰:'富贵不归故乡,如衣绣夜行,谁知之者!'"(《史记·项羽本纪》)意思是:富贵了不回家乡,就如穿着锦绣衣服在黑夜中行走,虽然漂亮却没有人看见。

⑥玉几:可供扶倚的玉饰小案,为古代帝王的用具;亦用以指帝王。朱衣:红色衣服,唐宋制度四品五品官员穿红衣;朱衣亦指官员。杜甫《至日遣兴奉寄北省旧阁老两院故人》:"玉几由来天北极,朱衣只在殿中间。"

⑦虞姬:项羽爱妾。《史记·项羽本纪》:"有美人名虞,常幸从。"

⑧褒斜谷:褒谷与斜谷的合称。褒水和斜水(今石头河)均发源于秦岭深处的太白县,前者南流入汉水,后者北流入渭水,两者河谷统称"褒斜谷",自古即为沟通秦岭南北的要道。这里指汉王刘邦已还定三秦,占领全部关中地区,并由此东进,进攻项羽。

⑨齐甲:齐国的军队。当时齐国的田荣反叛项羽,自立为齐王。

⑩间关:道路崎岖艰难。转亟:情势变化,转为急迫。

⑪垓下:地名。在徐州东南方向(今安徽灵璧县东南),刘邦在此围困项羽。见前注。

⑫故宫禾黍:意指世事变化巨大,昔日楚汉之争仅留下一些陈迹。《诗经·王风·黍

离》:"彼黍离离,彼稷之苗。行迈靡靡,中心摇摇。"该诗序:"周大夫行役,至于宗周,过宗庙宫室,尽为禾黍,闵周室之颠覆。彷徨不忍去,而作是诗也。"离离,下垂貌。

⑬雍门:乾隆《徐州府志》:"《寰宇记》:雍门城在彭城县东南五十里。桓谭《新论》云:雍门周弹琴见孟尝君是也。《州志》作雍门村,在吕梁洪北。"冯世雍《吕梁洪志》:"北则雍门村,即古雍门周善弹琴能使孟尝君悲者。"

⑭穹昊:苍天。

⑮叱咤:发怒声。《史记·淮阴侯列传》:"项王喑噁叱咤,千人皆废。"

⑯翳(yī):覆盖。

⑰棼棼:纷乱,频繁。

⑱金马铜驼:指置于宫门前的铜铸马、骆驼。

⑲夕曛:落日的余辉。

戏马台

千年余霸业,戏马亦荒台。合匝①群峰回,苍茫秋色来。舞怜芳草尽,歌忆拔山②哀。泱漭③中原地,英雄几劫灰④。

注释

①合匝:周绕。

②拔山:项羽《垓下歌》:"力拔山兮气盖世。时不利兮骓不逝。骓不逝兮可奈何!虞兮虞兮奈若何!"

③泱漭:广阔貌。

④劫灰:劫火的余灰。南朝梁《高僧传·竺法兰二》:"昔汉武穿昆明池底得黑灰。问东方朔,朔云'不委,可问西域人。'后法兰既至,众人追以问之,兰云:'世界终尽,劫火洞烧,此灰是也。'"

留 城①

未遂椎秦志②,因成佐汉③勋。术从黄石授④,身与赤松⑤群。往事随流水,荒城空暮云。苍茫千古意,萧飒不堪论。

注释

①留城:见前注释(20页)。

②指张良图谋恢复韩国,以重金求客刺秦王,得力士,为铁椎重百二十斤,于博浪沙(今河南原阳县)狙击秦始皇未遂。

③佐汉:指张良辅佐刘邦击败项羽,夺得天下。

④指张良于下邳圯上遇见黄石公被授予《太公兵法》事。
⑤赤松：即赤松子，相传为仙人。张良晚年曾言："愿弃人间事，欲从赤松子游耳。"

彭 城①

飞阁崇墉俯楚皋②，洪河东注涨春涛。台空戏马苍烟合，山拥云龙紫气③高。兴废乾坤原有数，英雄割据漫多劳。雍门琴曲④谁能听，长啸天风吹二毛⑤。

注释

①彭城：今徐州。
②崇墉：高的城墙。楚皋：泛指楚地山川平原。
③紫气：紫色的霞气，古人以为瑞祥的征兆或宝物的光气。
④雍门琴曲：刘向《说苑·善说》：齐人雍门周，名周，居雍门，曾以琴见孟尝君。孟尝君曰："先生鼓琴亦能令文悲乎？"周引琴而鼓，于是孟尝君涕泣增哀，下而就之曰："先生之鼓琴，令文立若破国亡邑之人也。"
⑤二毛：指斑白的头发，常用以指老年人。

宗 臣 二首

宗臣（1525—1560），字子相，号方城山人。兴化（今属江苏兴化）人。嘉靖二十九年（1550）进士，历官刑部主事、吏部稽勋员外郎、福建参议、福建提学副使。诗有名，为"后七子"之一。有《宗子相集》。

题赠栖云洞羽士① 洞在凤凰山

明月峰头弄紫霞，相逢今日问丹砂②。赠君一丈金光草③，愁杀春风满树花。
碧草青萝古洞遥，吕梁疑是赤城④标。知君咫尺蓬莱⑤路，夜夜秋风弄玉箫。

注释

①栖云洞：清同治《徐州府志》卷十一："塔山旁为凤冠山，一名凤凰山，双峰如凤翅相连，中有栖云洞。"羽士：即道士，为道教的神职人员。
②丹砂：又称朱砂、辰砂，为汞的硫化物，是道家炼丹的主要材料。这里指的是道家的养生术。
③金光草：古代传说中的一种仙草。谓食之可以长寿。
④赤城：道教传说中的山名。《初学记卷八·登真隐诀》："赤诚山下有丹洞，在三十

六洞天数，其山足丹。"

⑤蓬莱：山名。古代方士传说为仙人所居。

送王比部①之吕梁

南望黄河亦壮哉，吕梁之水如奔雷。飞流万里崑崙②下，急峡千峰日夜摧。汉署君为沧水使③，徐方人识济川才④。登临莫作观涛赋，恐有鱼龙处处哀。

注释

①比部：官名。为刑部司官的通称。
②崑崙：《艺文类聚》崑崙山：地之中也。河水出其东北陬。
③汉署：指朝廷官署。沧水使，被派治水的官员。
④济川才：辅佐帝王的人才。济川：渡河。《书·说命上》："爰立作相，王置诸其左右。命之曰：'朝夕纳诲，以辅台德。若金，用汝作砺；若济巨川，用汝作舟楫。'"

王世贞 十首

王世贞（1526—1590），字元美，号凤洲，又号弇州山人。太仓（今江苏太仓）人，嘉靖二十六年（1547）进士，授刑部主事，历官浙江右参政、山西按察使、广西右布政使、太仆卿、南京刑部尚书等。为"后七子"领袖之一。有《弇州山人四部稿》、《弇州山人续稿》、《弇山堂别集》等。

十六夜泊彭城与张给事①廷槐月下小饮

此夜彭城月，清光万里寒。河流天地合，山色古今看。桂树香徐吐，金樽漏易残②。与君聊一醉，途路失艰难。

注释

①给事：即给事中，官名，掌管钞发章疏，稽察违误事。
②金樽：对酒器的美称。樽：古代酒器。漏易残：指时间过得很快。漏，漏刻，为古代计时器。

十七夜饮月下因怀昨年亦淹此地

昨岁逢兹夕，徐方月下船。客途今又到，秋色去仍偏①。岸帻②风霜里，开尊③鸿雁前。不堪频远望，南北总潸然④。

注释

①偏：局部，部分。此句指仍有局部的秋色。
②岸帻：推起头巾，露出前额。形容衣着简率不拘，风度洒脱。
③尊：同"樽"，酒器。
④潸然（shān rán）：流泪的样子。

赠徐使君之徐州宪作①

彭城徐子地，柱后②汉臣冠。地挟黄河峻，冠凌白云寒。风流千骑拥，祖道③万人看。自有攀辕④泪，时平借寇⑤难。

注释

①使君：对州郡长官的尊称。徐州宪：徐州地方监察机构。
②柱后：古代执法官、御史等所戴的一种帽子。《后汉书·舆服志下》："法冠，一曰柱后，高五寸，以纚为展筩，铁柱卷，执法者服之，侍御史、廷尉正监平也。"借指执法官、御史等。
③祖道：古代出行前举行仪式祭祀路神。
④攀辕：拉住车辕，表示挽留之意。成语有"攀辕卧辙"，意为拉住车辕，躺在车道上，不让车走。用作挽留好官的谀词。语出南朝梁·沈约《齐故安陆昭王碑》："攀车卧辙之恋，争涂不忘。"
⑤借寇：《后汉书·寇恂传》：恂曾为颍川太守，颇著政绩，后离任。建武七年光武帝南征，恂从行至颍川，百姓在路上拦住光武说："愿从陛下复借寇君一年。"后以"借寇"为地方挽留官员。

徐州渡口大风

七圣①皆迷辙，何方可问津。生元②仗天地，去敢避风尘。红勒③桃花笑，青禁杨柳颦④。苍茫得前馆，浊酒自相亲。

注释

①七圣：指传说中的黄帝、方明、昌寓、张若、諿朋、昆阍、滑稽七人。《庄子·徐无鬼》："黄帝将见大隗于具茨之山，方明为御，昌寓骖乘，张若、諿朋前马，昆阍、滑稽后车，至于襄城之野，七圣皆迷，无所问涂。"
②生元："生"指大自然间的所有生命；元同"原"，指本来，原先。

③红勒：用红帛制的腰带。
④青襟：青襟，青色衣服的交领。襟同"襟"。颦（pín）：皱眉。

过徐州咏怀古迹

芒砀云深千堞愁①，长城脉绝万年筹②。英雄尽起无亡鹿③，富贵归来有沐猴④。大泽龙蛇⑤春并斗，中天日月晚双流⑥。宁知过沛亲留饮⑦，屠贩何人总彻侯⑧。

注释

①芒砀：芒山与砀山，在今安徽砀山县东南，与河南永城县接界。二山相距八里。当年刘邦送徒骊山途中逃匿，即藏于芒砀山泽岩石之间。堞：泛指城墙。
②秦蒙恬被害前曰："恬罪固当死矣。起临洮属之辽东，城堑万余里，此其中不能无绝地脉哉？此乃恬之罪也。"（《史记·蒙恬列传》）筹：谋划，计策。此句指秦亡汉兴。
③鹿：比喻政权、王位。《史记·淮阴侯列传》："秦失其鹿，天下共逐之，于是高材疾足者先得焉。"
④沐猴：指项羽。《史记·项羽本纪》项羽西屠咸阳灭秦后，"见秦宫室皆以烧残破，心怀思欲东归，曰：'富贵不归故乡，如衣绣夜行，谁知之者！'说者曰：'人言楚人沐猴而冠尔，果然。'"
⑤大泽：刘邦于大泽中斩蛇起义。见前注释（143页）。
⑥双流：指泗水和汴水。
⑦汉高祖十二年（前135年），刘邦过沛，召故人父老子弟置酒相会，因作《大风歌》。
⑧屠贩：指地位低微的人。当年跟随刘邦起义的多是屠者贩夫。彻侯，爵位名，亦称通侯、列侯，为二十等爵的最高级。

徐州别杨大应武试　　杨都督子

戏马台前酒一卮①，翩翩结束帝城宜②。纵横立取连城璧③，蹀躞飞骞上将旗④。三日定非吴下吕⑤，九重偏识越公儿⑥。他时过里银黄⑦并，莫忘推蓬夜雨⑧时。

注释

①卮（zhī）：古代盛酒的器皿。
②翩翩：形容举止洒脱，仪态大方。结束：装束，打扮。帝城：京都。
③连城璧：价值连城之玉，喻指极珍贵的东西。《史记·廉颇蔺相如列传》："赵惠文王时，得楚和氏璧。秦昭王闻之，使人遗赵王书，愿以十五城请易璧。"
④蹀躞：diéxiè 马行貌。骞（qiān）：拔取。

⑤吴下吕：吴下，指今江苏苏州；吕，指居处吴下的吕蒙。三国吴吕蒙受孙权劝诫，笃志力学。后鲁肃过浔阳，与蒙交谈，大惊曰："卿今者才略，非复吴下阿蒙！"蒙曰："士别三日，即更刮目相待，大兄何见事之晚乎！"（《资治通鉴》卷六十六）

⑥九重：指朝廷。越公儿：越公，即隋朝大将军杨素，因战功被封为越国公。杨素弟之子杨弘礼因有战功，唐太宗对人称"越公儿郎，故有家风矣。"

⑦银黄：指银印和金印，皆为高官的印玺，代表高官的官阶。

⑧推蓬夜雨：指与朋友的亲密交谈，无私的情谊。南宋王十朋《推蓬夜雨》诗："子城肇立等何期，夜雨飘蓬滴不移。可有高朋思剪烛，岂无闲士听眠时。一楼鼓角声沉滞，千里婵娟色未知。宴坐楼台天欲晓，二仪方见乃无私。"

阻风彭城下洪①

信宿②维舟阻急湍，丛祠赛鼓问祈安③。风狂怪石低昂见，渚枉④荒山向背看。久仗束书⑤成客计，还呼厄酒断愁端。彭城咫尺君休拟，老惯人间行路难。

注释

①下洪：明冯世雍《吕梁洪志》："吕梁洪则在东南五十里，洪有二，上下相距可七里。"今有下洪村。

②信宿：连宿两夜。

③丛祠：丛林中的神祠。赛鼓：以鼓乐祭神。

④渚枉：水中呈弯曲形的小块陆地。

⑤束书：携带书籍。

初自彭城山行闻莺

水宿逶迤①不计程，有无春事未分明。白门②渡口逢三月，黄鸟行边始一声。句向清时稀感慨，官因迟暮减心情。祇园③桃李花如锦，秖④为游人特底生。

注释

①逶迤：水流弯弯曲曲貌。

②白门：故彭城的南门。《唐书·崔彦曾传》："张玄稔攻徐州，徐吏路审中率死士应官军，开南白门。"苏轼《过云龙山人张天骥》："病守亦欣然，肩舆白门道。"

③祇园：qíyuán 亦称祇林。祇树给孤独园之略称，为释迦牟尼去舍卫国说法时与僧徒停居之处。后泛指僧院。

④秖（zhī）：副词，同"只"。

彭城道中

尽日山中行,谓是山中客。及逢往来者,总负兹山色。

彭城道中,夜得上谷王中丞①遗余成制锦裘,不知余尚未御此服也,走笔集古诗句为谢

朔风吹尘暗河县②,长夜漫漫何时旦③。乡里小儿狐白裘④,美人赠我锦绣段⑤。五陵衣马自轻肥⑥,楚人四时皆麻衣⑦。报君一语君应笑⑧,恨不相逢未嫁时⑨。

注释

①上谷:上谷郡,郡治在今河北怀来县东南。中丞:御史中丞,巡抚的别称。

②河县:临河之县。杜甫《冬末以事之东都,湖城东遇孟云卿,复归刘颢》:"疾风吹尘暗河县,行子隔手不相见。"

③旦:天亮。宁戚《饭牛歌》:"从昏饭牛薄夜半,长夜漫漫何时旦?"

④杜甫《锦树行》:"五陵豪贵反颠倒,乡里小儿狐白裘。"

⑤东汉张衡《四愁诗》:"美人赠我锦绣段,何以报之青玉案。"

⑥杜甫《秋兴八首》(三):"同学少年多不贱,五陵衣马自轻肥。"五陵:汉代五个皇帝的陵墓,即长陵、安陵、阳陵、茂陵、平陵。当时富家豪族和外戚都居住在五陵附近,因此后世诗文常以五陵为富豪人家聚居长安之地。

⑦杜甫《相和歌辞·前苦寒行二首》:"楚人四时皆麻衣,楚天万里无晶辉。"

⑧白居易《初致仕后戏酬留守牛相公,并呈分司诸寮友》:"报君一语君应笑,兼亦无心羡保厘。"

⑨张籍《节妇吟》诗:"还君明珠双泪垂,恨不相逢未嫁时。"

王应时 二首

王应时:生卒年不详。字懋行,侯官(今属福州市)人,嘉靖二十九年(1550)进士,历官兵部员外郎、徐州吕梁洪工部分司主事、江西佥事参政、云南按察使。晚年退居乌石山西北麓中使园,名曰"西园"。

观道亭①

幽居剩有江村兴,况复同登最上亭。悬水远分秦晋域②,危峦近摘胃娄星③。清

樽潦倒云山暮④，白日风尘岩岫冥。最喜石天⑤谈道者，不嫌促膝话黄庭⑥。

注释

①观道亭：道光《铜山县志》："观道亭在吕梁洪塔山（亦名凤冠山）巅上，有先圣石刻像，明嘉靖十四年主事张镗建。亦名川上书院，或谓子在川上处。"
②指黄河水流经西北陕西、山西等地。
③胃娄星：二十八星宿中的胃星和娄星，二星相邻。古时以天上星辰与地上区域相对，徐州与奎娄星相对。
④清樽：清酒。樽，酒器，代指酒。潦倒：形容酒醉。
⑤石天：汉宫观名，在甘泉宫中。甘泉宫：一名云阳宫，在陕西淳化县西北甘泉山。
⑥黄庭：黄庭经，谈道家养生修炼之道。

留侯故城①

野色余衰柳，荒城只故丘。间关思附汉②，恬淡乞封留③。废阪④牛羊夕，空碑草木秋。采蘋聊一荐⑤，千里白云愁。

注释

①留侯故城：见前注释（20页）。
②间关：处境艰难。汉：指刘邦。张良当年起兵归附刘邦。
③恬淡：清静寡欲，淡泊名利。乞封留：刘邦封功臣，让张良自己择取齐地三万户为封邑，张良却辞让曰："臣愿封留足矣，不敢当三万户。"
④废阪：荒废的山坡。
⑤荐：祭献。

李贽　一首

李　贽（1527—1602），号卓吾，又号宏甫，别号温陵居士、百泉居士等。泉州晋江（今属福建）人。原姓林，名载贽。嘉靖三十一年（1552）举人，改名李贽。曾官南京刑部员外郎、云南姚安知府。后辞官归隐，主要从事研究、讲学和著述。以"敢倡乱道，惑世诬民"的罪名被下狱，终死于狱中。有《焚书》、《续焚书》。

挂剑台①

丈夫未许轻然诺②，何况中心已许之。一死一生交乃见，千金只得挂松枝。

注释

①挂剑台：又名季子挂剑台。详见前注释（41页）。
②然诺：许诺，答应。

钱可久　一首

钱可久：生卒年不详。字思畏，号长斋。安徽桐城人。约生活在嘉靖年间，与王百穀、周公瑕齐名。为人偶傥，交接名流。善书法，诗作颇多，多半遗佚。

徐州饮路河楼园上听歌

岁晏①逢君水上楼，酒深娱我越中讴②。江干未信周郎顾③，道路能消阮籍愁④。九里⑤即看山月吐，三洪⑥直接海天流。曲终更有无穷思，五夜还从秉烛游。

注释

①岁晏：年末。
②越中讴：泛指江南一带的歌曲。作者为江南人。
③江干：江边。周郎顾：《三国志·吴书·周瑜传》：瑜少精意于音乐，虽三爵之后，其有阙误，瑜必知之，知之必顾，故时人谣曰："曲有误，周郎顾。"
④阮籍愁：《晋书·阮籍传》中记载："时率意独驾，不由径路，车迹所穷，辄恸哭而返。"元马臻《新州道中》："杜陵老去家何在？阮籍愁来气不骄。"
⑤九里：九里山。位于徐州城西北。
⑥三洪：百步洪、吕梁洪、秦梁洪。

李三才　一首

李三才（？—1623），字道甫，号修吾。顺天通州（今北京市通州）人。万历二年（1574）进士，历官户部主事、郎中、山东佥事、河南参议、大理少卿等。曾以右佥都御史总督漕运，巡抚凤阳诸府。

吕梁遇仲文留饮志别

潦倒①从我好，飘零见汝心。颜无别后改，交比向来深。船压鱼龙夜②，星稀乌鹊林。人情惊反复，肠断白头吟③。

注释

①潦倒：蹉跎失意。

②鱼龙夜：指秋日。杜甫《秦州杂诗》之一："水落鱼龙夜，山空鸟鼠秋。"杜修可注引《水经注》："鱼龙以秋日为夜。龙秋分而降，蛰寝于渊，故以秋日为夜也。"

③白头吟：乐府楚调曲名，多表达哀怨之情。

方 山 一首

方山（？—1612），字万山，徽州歙县（今属安徽黄山）人。万历五年（1577）进士，以行人选授南京河南道御史。历官四川提学副使，广东、江西、四川参政，云南按察使。

云龙山

云龙山头放鹤亭，高风吹秋客眼明。放鹤人去不可见，龙山依旧崔嵬①青。孤城落日长河邃，四野连峰万马迎。古今天地漫感慨，与君且醉双玉瓶②。

注释

①崔嵬：高耸貌。

②双玉瓶：古时一种酒器。清王士禛《拜方正学先生墓》诗："未须凭眺伤今古，且系长干双玉瓶。"

郑天祐 一首

郑天祐：生平不详。南楚（今湖南）人。

云龙山

十年白眼①海岳小，万里青汉芙蓉开②。清风满座双鹤下，落日半台僧独回。

注释

①白眼：眼珠向上翻出或向旁边转出眼白部分，表示看不起人或不满意。与"青眼"相对。

②青汉：高空。芙蓉：指峭拔秀丽的云龙山。

左思敬 一首

左思敬：生平不详。汉中（今属陕西）人。

云龙山

朱甍宿雾[1]濛濛湿，碧涧浮烟细细侵。鹤去杳冥[2]闻虎啸，云来滃郁[3]有龙吟。

注释
[1]朱甍（méng）：形容华丽的建筑物。朱：红色。甍：屋脊。宿雾：夜雾。
[2]杳冥：极高远的天空。
[3]滃郁（wěng yù）：云烟弥漫貌。

闻人诠 一首

闻人诠：生平不详。余姚（今浙江余姚）人。

云龙山

烟涛极目龙归窟，花鸟惊心月上台。万里江天双鹤杳，两洪[1]风雨片帆来。

注释
[1]两洪：指秦梁洪和百步洪。同治《徐州府志》："泗之经行以洪名者，城东北十八里有秦梁洪，东南二里有百步洪。"明冯世雍《吕梁洪志》："吕梁洪则在东南五十里，洪有二，上下相距可七里。"

虞 谦 一首

虞谦：生卒年不详，字伯益，江苏金坛人。历官刑部郎中、杭州知府、右副都御史、大理寺少卿、大理寺卿。

桓 山[1]

宿土消含饭[2]，飘飘散精灵。日中狐兔走，夜半鸱枭[3]鸣。君看孔林[4]树，千古犹青青。

注释

①桓山：在徐州城北约十七里，原名圣女山，又名魋山、圣女山、洞山。春秋时宋司马桓魋作石椁于此，故名。明嘉靖《徐州志》："桓山东临泗水，旧名圣女山。宋桓魋作石椁于此，故名。……今俗称洞山，有洞山寺。"

②宿土：旧有的土壤。含饭：古丧礼以珠玉贝米之类纳于死者口中称含饭。

③鸱枭：chī xiāo，猫头鹰。

④孔林：孔子墓地，在山东曲阜。孔子曾抨击桓魋的奢华行为，因此引起桓魋的恼恨，当孔子周游列国到达宋的地界洞山时，桓魋曾率多人追击。《史记·孔子世家》："孔子去曹适宋，与弟子习礼大树下。宋司马桓魋欲杀孔子，拔其树。"

刘　恺　一首

刘恺：生平不详。

子房山 ①

辞却高皇访赤松②，留侯圭冕③亦虚封。携壶别欲游三岛④，辟谷何消受万钟⑤。公子⑥志酬身未老，仙人侣在兴还浓。神机讵许萧曹识⑦，挥手云霞路几重。

注释

①子房山：上有子房祠。详见前注释（44页）。

②高皇：指汉高祖刘邦庙。赤松：即赤松子，相传为仙人。张良晚年曾言："愿弃人间事，欲从赤松子游耳。"

③圭冕（guīmiǎn）：指官爵。张良被封为留侯。

④携壶：一种陶瓷壶，也叫穿带壶、穿带瓶、背水壶、背壶等，流行于宋、辽、金、元、明、清各代。传说东汉费长房见一老翁挂着一把壶在卖药，卖好药后就跳进壶里。第二天，费去拜访他，和他一起入壶，但见房屋华丽，酒菜丰盛。费于是向他学道。（见《后汉书·费长房传》）后以"携壶"指行医。这里指张良欲学道求仙。三岛：指传说中的蓬莱、方丈、瀛洲三座海上仙山。此处泛指仙境。

⑤辟谷：即不吃五谷，为古代方士道家修炼的一种方法。张良晚年"学辟谷，道引轻身。"（见《史记·留侯世家》）万钟：指优厚的俸禄。钟，古量器名。

⑥公子：指张良。古代称男子为公子，亦泛指读书人。

⑦讵（jù）：岂，怎。萧曹：指汉初大臣萧何、曹参。

房 栋 一首

房栋：生平不详。徐州人。

百步洪

玉虹①南下乱山斜，镇日②涛声响万家。霜夜随风来枕畔，晓春挟雨度窗纱。翻车势彻惊寒雁，碎鼓声便集暮鸦。僧隐月明共苏子③，也堪乘兴泛仙槎④。

注释

①玉虹：白虹。喻明洁的流水。宋苏轼《郁孤台》诗："山为翠浪涌，水作玉虹流。"
②镇日：整天，从早到晚。
③指僧人与苏轼共游百步洪事。见苏轼《百步洪》诗序。
④仙槎：仙人所乘竹木筏。

杨 珍 一首

杨珍：生平不详。

再泊徐州

风烟漠漠路漫漫，迢递①偏嗟作客难。茂苑②音书千里隔，彭城月色两宵看。星涵③河影垂平野，水触洪声泻急湍。更倚五云④瞻北斗，清辉玉宇不胜寒⑤。

注释

①迢递：遥远。
②茂苑：古苑名，又名长洲苑。故址在今江苏省吴县西南。后也作苏州的代称。文征明《次韵履仁春江即事》："洞庭烟霭孤舟远，茂苑芳菲万井明。"
③涵：沉浸。星涵，指星倒影在水中，像似星沉到水里。
④五云：五色的瑞云。
⑤清辉：月亮的光辉。玉宇：天空。

涂 揵 三首

涂揵：生平不详。澄山人。

放鹤亭[①]

放鹤亭仍在，山人[②]去不回。春风吹野水，夜月照孤台[③]。鱼鸟自飞跃，帆樯倏往来[④]。登临重怀古，万壑共兴衰。

注释

①放鹤亭：据道光和民国铜山县志：放鹤亭在云龙山上，宋山人张天骥筑。岁久亭圮，明嘉靖十一年，都御史戴时宗即故址重建，后副使王梴等相继修葺。清康熙五十七年，知州姜焯重修；同治十一年，徐海道吴世熊增修；光绪三十二年，知州田庚继修复，于亭东北创建船厅，亭内有明董其昌书重修放鹤亭碑。

②山人：指张天骥。

③孤台：指戏马台。从云龙山放鹤亭处向北眺望，可见戏马台。

④帆樯：帆和桅杆，泛指船。倏（shū）：迅速。

吕梁次苏祐[①]

停传瞻宗岱[②]，扁舟下吕梁。烟花暗征路，风雨趁归航。触石鱼争上，盘涡鹭独翔。济川[③]空有志，俯仰愧虞唐[④]。

注释

①次苏祐：即次苏祐诗韵。见前苏祐《彭城谩兴》第五首。

②传（zhuàn）：指乘坐的驿站车马。宗岱：泰山。徐州城南亦有泰山。

③济川：渡河。语出《尚书·说命上》："若济巨川，用汝作舟楫。"后多以"济川"比喻辅佐帝王。

④俯仰：俯仰一世，即周旋、应付一生。虞唐：虞舜和唐尧。古人认为唐尧虞舜时代为太平盛世。

彭城怀古

楚汉千年梦，乾坤一叶舟。江山犹旧识，旌旆[①]几经游。恋阙[②]常瞻日，怀乡独倚楼。莺花正撩乱[③]，清赏[④]未应休。

注释

①旌旆：泛指旗子。官员出行驾从有旌旆相随。此处代指官员。

②恋阙：依恋宫阙；宫阙，帝王居处，代指帝王、朝廷。此句意指身虽在外，而时时心不忘君。

③莺花：莺啼花开，指一片春色。撩乱：缤纷。王安石《渔家傲》词之一："灯火已收正月半，山南山北花撩乱。"

④清赏：指幽雅的景致。

刘芳熊　一首

刘芳熊：生平不详。

登云龙山

水郭春烟簇绣屏①，佳山更对一峰青。人骑鹤去亭无□，云逐龙来地借灵。晓日楼船翔彩鹢②，夕阳钟磬隐禅扃③。寻幽此际频怀古，无那④春光似转萍。

注释

①簇绣屏：指水郭春烟组成的景色如同精美的屏幕。

②彩鹢：指船头画有鹢鸟。

③禅扃（chánjiōng）：佛寺之门。

④无那（wúnuó）：无奈，无可奈何。

王九叙　一首

王九叙：生卒年不详。北直隶（今北京及周边地区）人，进士。

题子房山子房祠①

生来自是神仙种，好向人间做一场。指点风云横世界②，呼吸③楚汉忆兴亡。息机④静看忠魂冷，回首还惊剑气⑤长。咫尺灵真何处觅⑥，山家犬吠月如霜。

注释

①子房山：见前注释（44页）。

②指点二句：指张良辅佐汉高祖刘邦击败项羽夺得天下事。

③呼吸：一呼一吸，指顷刻之间。

④息机：摆脱尘世的思虑和活动。

⑤剑气：指剑的光芒。常用以喻人的声望和才华。
⑥咫尺：比喻距离近。灵真：指得道的真人。

屠　隆　十八首

屠隆（1542—1605），字长卿，又字纬真，号赤水、一衲道人、鸿苞居士。鄞县（今浙江宁波市）人。万历五年（1577）进士。曾官青浦知县、礼部主事。有《由拳集》、《白榆集》、《鸿苞集》。

彭城歌赠姜使君仲文①

使君握节何潇潇②，七尺芙蓉五花马③。青年早贵不知希，白雪高歌和者寡④。一片雄心楚水西，千秋侠气彭城下。彭城山川楚故都，楚王叱咤⑤空万夫。酒酣拔剑斫⑥海水，六合⑦股慄来相趋。事虽不立良已矣，意气自足倾吾徒⑧。彭城北走连沛上，万里寒云起芒砀⑨。当时汉帝汤沐宫⑩，击筑⑪歌风气何壮。大殿今为灰，高台自无恙。吁嗟⑫使君来此城，丰沛父老称神明。文章吏治两多暇，登高吊古旷未平。山川不逐英雄去，日月尚挂英雄名。去年经过此霜月⑬，浊河汤汤⑭野风烈。使君置酒戏马台，楚歌楚舞俨相列。眼前霸气销白烟，抵掌⑮雄豪向余说。西园飞盖⑯夜苍茫，北斗孤城天陡绝。使君白皙婉清扬⑰，余也眇小⑱文弱无所长。两人相得不解事，激昂往往横大荒⑲。彩毫汝夺天孙手⑳，匕首余怀烈士肠。彩毫物所妒，匕首余将藏。待君了却千秋意㉑，然后相寻五岳旁㉒。君不见，张子房。

注释

①姜使君仲文：即姜士昌（1561—1621），字仲文，号养冲，丹阳人。万历八年（1580）进士。官编修，后任户部主事，掌管徐州仓。历官四川提学佥事、福建提学副使、南京国子监祭酒、陕西提学副使、江西参政、南京礼部尚书。使君：对州郡长官的尊称。对人亦尊称使君。
②握节：持守符节，谓不辱君命。潇潇：高超不凡。
③七尺芙蓉：指身材的俊美。五花马：泛指良马。
④白雪：刘向《新序》卷二《杂事第二》："辞客有歌于郢中者，其始曰下里巴人，国中属而和者数千人。其为阳陵采薇，国中属而和者数百人；其为阳春白雪，国中属而和者数十人而已也。"阳春白雪，泛指高雅的曲子。
⑤楚王叱咤：《史记·淮阴侯列传》："项王音噁叱咤，千人皆废，然不能任属贤将，此特匹夫之勇耳。"叱咤：怒喝。
⑥斫（zhuó）：砍。

⑦六合：上下和东西南北四方，即天地四方，泛指天下、宇宙。这里指秦末各地的侯王。

⑧意气：气概。倾吾徒：让我辈倾倒。

⑨芒砀：芒山与砀山，在今安徽砀山县东南，与河南永城县接界。二山相距八里。当年刘邦送徒骊山途中逃匿，即藏于芒砀山泽岩石之间。

⑩汤沐宫：供帝王住宿和斋戒沐浴的宫殿。

⑪击筑：筑是中国古代的一种击弦乐器，形似筝，以竹尺击弦而发声。《史记·高祖本纪》："酒酣，高祖击筑，自为歌诗曰：'大风起兮云飞扬，威加海内兮归故乡，安得猛士兮守四方！'令儿皆和习之。"

⑫吁嗟（xūjiē）：感叹。

⑬霜月：指农历七月。

⑭汤汤（shāngshāng）：水流盛大貌。

⑮抵掌：击掌。指人在谈话时的高兴神情。

⑯飞盖：驱车；亦泛指车。曹植《公宴》诗："清夜游西园，飞盖相追随。"

⑰婉清扬：《诗经·国风·郑风·野有蔓草》："有美一人，清扬婉兮。""清"、"扬"皆形容眼睛之美。婉：读为"睕"，眼波流动貌。

⑱眇小：指形貌矮小瘦弱；亦指地位低微。

⑲横大荒：指慷慨，意气风发。王昌龄《从军行》："军气横大荒，战酣日将入。"

⑳彩毫：笔杆饰有彩纹的毛笔。这里代指优美的诗文。天孙：即织女星，《史记·天官书》"婺女，其北织女。织女，天女孙也。"

㉑千秋意：远大的谋略，终生的理想。

㉒五岳旁：五岳为古代道家名山，是中国五大名山的总称。五岳旁：这里指归隐之处。

彭城姜使君邀登苏子瞻放鹤亭作

彭城刺史龙为友，文章斫地劈天手①。手提招摇②弄北斗，大叫瀚溟③万山吼。所至踪迹落人间，岳渎风雨辘辘随公走④。鸿蒙元气日告罢⑤，羲和六龙⑥在公后。揭⑦来高卧黄茅冈，赋诗载酒倾秋缸。彩毫十丈，五丁巨灵⑧不敢扛。断冈裂石凿（**州县志作"作"**）亭子，劲风萧萧开八窗。长河烟销落日紫，铁篴⑨乍起鱼龙撞。呼来碧海月千顷，目送青天鹤一双。自公神游去八（**州县志作"冥"**）极⑩，云旗（**州县志作"坛"**）芝盖⑪无消息。亭今兀兀⑫吞寒烟，鹤亦茫茫堕空碧⑬。霜花不蚀苍崖碑，知是山灵⑭护真迹。时移代谢浩劫灰，我与使君今复来。一日苏耽⑮弃我去，千秋华表⑯令人哀。有酒空浇亭下土，春风又绿岩前苔。山崔嵬，水潆洄⑰，吊古兴哀徒尔为。一曲斜阳送一杯，与君烂醉白云堆。（**本诗州县志题为"彭城江陵君仲父邀登放鹤亭"**）

注释

①斫地劈天手：喻指才能卓越，功绩大。
②招摇：星名，在北斗杓端。
③瀚溟：浩大的溟海。溟海为神话中的海。
④岳渎：山岳河渠。辘辘：象声词，车轮滚动声。
⑤鸿蒙：宇宙形成前的混沌状态。元气：指天地未分前混一之气。
⑥羲和：太阳的御者。六龙：传说日神乘车，驾以六龙，羲和为御。
⑦揭（qiè）：揭（qiè）来：来，到来。唐张九龄《岁初巡属县登高安南楼言怀》："揭来彭蠡泽，载经敷浅原。"苏轼《送安敦秀才失解西归》："揭来东游慕人爵，弃去旧学从儿嬉。"
⑧五丁：五个力士，神话传说有蜀王派五个力士开山的故事。巨灵：古代神话中擘开华山的河神。干宝《搜神记》：二华之山，本一山也，当河，河水过之，而曲行；河神巨灵，以手擘开其上，以足蹈离其下，中分为两，以利河流。
⑨篴（dí）：古同"笛"。
⑩冥极：天最高远的地方。
⑪云旗：以云为旗。芝盖：车盖；亦指仙家或帝王之车。
⑫兀兀：高耸貌。
⑬空碧：碧蓝的天空。
⑭山灵：山神。
⑮苏耽：传说中的仙人。又称"苏仙公"。相传他飞升前留给母亲一个柜子，叩之可得日常所需，后其母开柜视之，从中飞出两只白鹤，柜就不再灵验了。三百年后，有一只白鹤停在郡城东北楼上，就是苏耽。（见晋葛洪《神仙传》）
⑯华表：古代立于宫殿、城垣或陵墓前的石柱。柱身多刻有花纹。
⑰潆洄：水回旋貌。

登彭城子房山与仲文

留侯昔佐汉，顿辔此岩阿①。青天夜无人，碧山自嵯峨②。古祠紫灌木，石户垂阴萝。田乌③下楚陇，牧羊犹楚歌。我与使君来，古路送残日。林昏列炬开，月照众山出。飞烟渐廓朗④，洪河复荡潏⑤。一往成万古，遂与伊人失。伊人烟霞姿⑥，浊世号英雄。玄心⑦栖道真，其智乃如龙。受命在素书⑧，拔剑浮云空。椎秦秦莫得⑨，事汉汉莫笼。手提造化柄，游戏太虚⑩中。偶读青童歌⑪，始知紫烟客⑫。时危故奋身，事了应匿迹。雷罢列缺⑬收，风止波涛息。譬彼逆旅⑭人，往来寓空宅。区区万户侯⑮，安能冒冥极⑯。楚汉今烟草，伊人去不还。当时一歇马，千秋名其山。悬崖虽可陟，高韵邈难攀。桂酒露湑湑⑰，日暮摧心颜⑱。

注释

① 颋䪠：停息；䪠，音 xié。岩阿：山的曲折处。
② 嵯峨（cuóé）：山高峻貌。
③ 田乌：鸟名。唐储光羲《田家即事》诗："蚯蚓土中出，田乌随我飞。"
④ 廊朗：广阔明亮。
⑤ 荡潏（dàngjué）：水动荡涌出貌。
⑥ 烟霞姿：超世绝俗的风度。
⑦ 玄心：玄妙之心。
⑧ 素书：相传为汉代黄石公作。黄石公三试张良，而后把此书授予张良，张良凭借此书，帮助刘邦夺取江山。
⑨ 指张良为替韩报仇，得力士为铁椎百二十斤于博浪沙狙击秦皇帝，误中副车。
⑩ 太虚：宇宙间。
⑪ 青童歌：寺观道童所唱之歌。张继先诗《书林管辖扇》："九鸾陪玉兽，八凤荐金芝。青童歌妙曲，玄女唱清词。"
⑫ 紫烟客：指修道者。
⑬ 列缺：闪电。李白《梦游天姥吟留别》："列缺霹雳，丘峦崩摧，洞天石扉，訇然中开。"
⑭ 逆旅：旅店，旅居。常用以喻人生匆遽短促。
⑮ 区区：指小。万户侯：汉代侯爵的最高一级，享有食邑万户。刘邦封功臣，让张良自己择取齐地三万户为封邑，张良却辞让曰："臣愿封留足矣，不敢当三万户。"（见《史记·留侯世家》）
⑯ 罥冥极：罥（juàn）：缠绕，束缚。冥极：指天。这句指"万户侯"不是张良追求的最高思想境界。
⑰ 湑湑（xǔxǔ）：形容酒清的样子。
⑱ 心颜：心情和面色。

彭城渡黄河

彭城临广岸，俯仰霸图空。白日照残雪，黄河多烈风。所嗟①人向北，不似水流东。回首沧溟曲②，山山云雾中。

注释

① 嗟（jiē）：叹息。
② 沧溟曲：指高远幽深的天空下。

彭城遇姜仲文使君

逆旅彭城呼浊醪①,忽惊穷巷有旌旄②。片言遇合如神剑③,千里踌躇解佩刀④。寒月繁星宜桂酒,华堂清吹杂兰膏⑤。鸡鸣勒马人难住,肠断黄河冰雪高。

注释

①浊醪(zhuóláo):浊酒。
②旌旄(jīngmáo):泛指旗帜,官员出行驾从有旌旄相随,此处代指官员。
③神剑:指干将、莫邪雄雌二剑。
④踌躇:同踌躇,从容自得的样子。《庄子·养生主》:"提刀而立,为之四顾,为之踌躇满志,善刀而藏之。"
⑤华堂:华美的厅堂。清吹:笙笛之类的管乐。兰膏:古代用泽兰炼制的油脂,可以点灯。《楚辞·招魂》:"兰膏明烛,华容备些。"此处代指灯。

淮徐感兴

望国怀乡感路岐①,征夫两鬓②欲成丝。江南水阔鱼难至,淮北春寒花较迟。断碛③马蹄冰裂后,平林莺语日斜时。金书玉札④无消息,碧海青天⑤有梦思。

注释

①路岐:大道上分出小路。喻指生活处于逆境。岐,通"歧"。李白《春于姑熟送赵四流炎方序》:"其身通方大适,何往不可,何戚戚于路岐哉!"
②鬓(bìn):古同"鬓"。
③断碛(duànqì):断断续续的沙石浅滩。
④金书玉札:泛指珍贵的书信。
⑤碧海青天:意为孤寂凄凉心情。李商隐《嫦娥》:"嫦娥应悔偷灵药,碧海青天夜夜心。"

同姜仲文使君登子瞻黄楼瞩眺

马璧沉河蛰气平①,苍烟石碣②暮涛声。坐来空阔摇星汉③,歌入沧浪采杜蘅④。鹤去楼青帘半卷,城高水阔月孤明。并将彩笔酬千古,送尽飞鸿酒未倾。

注释

①马璧沉河:《汉书·沟洫志第九》:"自河决瓠子后二十余岁,岁因以数不登,而梁、楚之地尤甚。上既封禅,巡祭山川,其明年,乾封少雨。上乃使汲仁、郭昌发卒数万人塞瓠子决河。于是上以用事万里沙,则还自临决河,湛白马玉璧,令群臣从官.自将军以下皆负薪填决河。"此处用"马璧沉河"之典喻苏轼当年组织彭城军民抗洪。蛰气:谓冬季闭塞之气。

②石碣:圆顶的石碑,有一定官阶的人才能立这种碑。

③星汉:银河。

④沧浪:水青色。屈原《渔父》:"沧浪之水清兮,可以濯我缨;沧浪之水浊兮,可以濯我足。"杜蘅:一种香草。

北上彭城别姜仲文二首

征夫直似老风沙,暂解银鞍问酒家。惜别空令悲往日,相逢不住是流霞。忽惊月出东林白,但恨天低北斗斜。好买双舠①分水国,一竿长得共蒹葭②。

荒城浊酒送斜阳,数起门前指雁行。木叶时时作风雨,星河夜夜在衣裳。坐深熠耀③初惊扇,秋冷莎鸡④半入床。何物最能关别恨,野桥残月照清霜。

注释

①舠(dāo):小船。

②蒹葭(jiānjiā):芦荻,芦苇。《诗经·国风·秦风》:"蒹葭苍苍,白露为霜。所谓伊人,在水一方。"

③熠耀(yìyào):借指萤火虫。

④莎鸡:虫名。又名络纬,俗称纺织娘、络丝娘。

徐州道中感怀

北征何遥遥,客心何皇皇①。严冬始出门,行行及青阳②。岁月亦云迈,犹复走南方。踪迹穷吴越,税驾于维扬③。褰裳涉淮泗,揽辔观濠梁④。既道徐沛上,乃经邹鲁⑤乡。我劳当如何,我马亦玄黄⑥。西北多烈风,天地为荒荒⑦。离家日以远,忧思日以长。结念在丘樊⑧,云胡事翱翔⑨。浮名会驱人,驱驰殊未央⑩。多愁令人老,青丝化朝霜。何时复来归,愿言歌沧浪。

注释

①皇皇:指心不安。

②青阳：春天的别称。

③税驾：停车。维扬：扬州，《书·禹贡》："淮海惟扬州。"有的典籍中"惟"为"维"，后人摘取"维扬"作为扬州的别称。

④濠梁：濠水的桥上。濠，古水名，一名梁河，在今安徽凤阳。《庄子·秋水》："庄子与惠子游于濠梁之上。"这里濠梁泛指今安徽凤阳一带。

⑤邹鲁：指今山东省东南地区，古时为邹国和鲁国。

⑥玄黄：指马病貌。《诗经·周南·卷耳》："陟彼高冈，我马玄黄。"

⑦荒荒：昏暗貌。

⑧结念：念念不忘。丘樊：山林，此指隐居的地方。

⑨翱翔：徘徊不前，事情没有进展。

⑩驱驰：比喻奔走效劳。未央：未尽。

徐州谒三义庙①

汉道昔云季②，宫殿犁为田。群雄窥大物，鬼蜮肆神奸③。昭烈吹炎火④，驱驰得两贤⑤。一朝出肝胆，白日照重泉⑥。外托君臣契⑦，内如手足连。人生苟合意，金石岂云坚。慷慨赴国难，死生靡相捐⑧。中原事百战，奋义力相先。所向无坚阵，匹马横秋天。霜高鼓声烈，日落旗影悬。二将虎啸日，先主龙兴⑨年。大运有乖迕⑩，精诚良所宣。英雄奁千叶⑪，市朝⑫亦已迁。徐方帝作牧⑬，庙食⑭此山巅。寒松覆碧瓦，古殿生黄烟。丹青肃遗像，大义俨周旋。

注释

①三义庙：在戏马台上，明知州刘顺之在台头寺旧址上建，以彰显汉昭烈帝刘备及关羽、张飞之义。

②季：一个朝代的末期。这里指汉末。

③鬼蜮：害人的鬼怪异物，比喻阴险的人。神奸：能害人的鬼神怪异之物，比喻奸诈狡猾的人。

④昭烈：指汉昭烈帝刘备。吹炎火：按五行观念，汉为火德，吹炎火指刘备作为汉朝的后裔，延续了汉朝大统。

⑤两贤：指关羽和张飞。

⑥重泉：九泉。此句意为刘关张三人结下生死盟誓。

⑦契：情义。

⑧靡相捐：不相互抛弃，生死与共。

⑨先主龙兴：指刘备登上皇位。

⑩乖迕：抵触、违逆，不顺利。

⑪奁：奁（qù），古同"去"。千叶：千年。

⑫市朝：朝野，指整个社会。
⑬牧：古代州的长官。刘备曾官徐州牧。
⑭庙食：指死后立庙，享受祭祀。

彭城下吊项羽

彭城城高垂旷野，河流崩腾堆象马。大江月出舳舻①空，孤帆夜宿彭城下。彭城之山郁不开，项王霸气余高台。日落黄云压古垒，天寒白露生秋苔。当时雄心扫六合②，亲提猛士渡江来。纵衡③长剑叩关西，秦关百二④如丸泥。飘飘回旗忽指东，汉王膝行走下风。乌骓⑤横冲万马间，将士琱⑥兮不敢弯。只用刀头画江水，直从掌上分河山。睥睨已无赤龙子⑦，其余英雄尽狐鼠。天下侯王皆受封，自取彭城王西楚。指挥既定霸王基，撞钟伐鼓建华旗。白日高台驱骏马，夜深锦帐拥名姬。盖世雄威山可拔，一朝跌宕⑧复何说。慷慨悲来大泽⑨深，英雄运去宝刀折。不能泥首⑩向他人，乌江之事亦烈烈。霸王事业虽不成，一时雄快良可惊。昔日雄图荒壁垒⑪，至今楚水流彭城。我来一吊斯人罢，卷地悲风万里生。

注释

①舳舻（zhúlú）：泛指船只。
②六合：指上下和四方，泛指天地、宇宙。
③纵衡：同"纵横"，此指项羽势力强大，随意征战，无敌敢挡。关西：指函谷关以西秦国地方。
④百二：以二敌百。一说百的一倍。喻指山河险固之地。杜甫《诸将五首》："洛阳宫殿化为烽，休道秦关百二重。"
⑤乌骓：指项羽所骑骏马。
⑥琱（diāo）：琱弓，有雕饰的弓。亦为对弓的美称。
⑦睥睨（pìnì）：眼睛斜着向旁边看，形容傲慢、高傲的样子。赤龙子：指刘邦。《汉书·高帝纪》：刘邦送徒骊山，途中逃走，夜遇大蛇当道，乃拔剑斩蛇。后有老妇在蛇处夜哭，曰："吾子，白帝子也，化为蛇，当道，今者赤帝子斩之，故哭。"
⑧跌宕：遭受挫折。
⑨大泽：项羽从垓下突围南逃，至阴陵迷失道，陷大泽中，为汉军追上。
⑩泥首：以泥涂首，表示自辱服罪。后指顿首至地。
⑪壁垒：古时军营的围墙，泛指防御工事。

彭城怀古

前朝百战地，万里起悲风。大业彭城在，高云芒砀空。河声流楚汉，山色老英雄。落日荒凉外，登高送夕鸿。

彭城览眺

徐方浩以广，迢递①此州来。出日孤峰秀，平天②万里开。马蹄冲水去，鸟迹印沙回。旧俗犹歌楚，风存大国哀。

注释

①迢递（tiáodì）：遥远貌。
②平天：广阔悠远的天空。

范增墓①

君王好百战，长策②不须云。玉玦③谋终左，鸿沟④业未分。气能干白日，剑欲抉浮云。陈迹千年下，凄凉过古坟。

注释

①范增墓：见前注释（207页）。
②长策：长远的策略。
③玉玦：为半圆形有缺口的佩玉。古时常以赠人，表示决断、决绝。鸿门宴上，"范增数目项王，举所佩玉玦以示之者三。"（《史记·项羽本纪》）范增举玉玦示意项羽杀掉刘邦。左：不相合，指范增要杀掉刘邦，项羽未同意。
④鸿沟：鸿沟，在今河南中牟县，为古汴水的分流，即今贾鲁河。《史记·项羽本纪》："项羽与汉约，中分天下，割鸿沟以西者为汉，鸿沟而东者为楚。"

彭城登项王戏马台

当时霸气满彭城，六合风云啸咤生。天下何人当割据，中原匹马可横行。名垂楚汉雄图尽，恨入山河野戍平。独上荒台寻往事，萧条寒水夕阳明。

燕子楼得楼字

蛾眉①惨淡泪长流，明月金波总是秋。银烛不曾开菡萏②，紫苔一半上箜篌③。春长语燕频窥户，香冷疏萤自度楼。玉枕④梦回天似水，今朝歌舞赐缠头⑤。

注释

①蛾眉：蚕蛾触须细长而弯曲，因以比喻女子美丽的眉毛。此处代称美女。
②菡萏（hàndàn）：指未开的荷花，即花苞。此指烛芯燃后凝成的苞状物。
③紫苔：苔藓的一种，长在阴暗潮湿的地方。箜篌（kōnghóu）：古代的弹弦乐器。
④玉枕：玉制的枕头。亦是对枕头的美称。
⑤缠头：古时歌舞的人把锦帛缠在头上作妆饰叫"缠头"。后来又作为赠送妓女财物的通称。

徐州元夕二首

客中元夕①暗消魂，此夜令人忆故园②。踏遍九衢③明月色，独将孤影照千门。
萧条徐泗万人行，马上弦歌落夜声。月色无如今夕好，灯光不似故园明。

注释

①元夕：即元宵节。
②故园：故乡。
③九衢：繁华的街市。

渡黄河

野旷天阴日欲西，北风吹雪雁行低。黄河渡口行人少，一片寒沙没马蹄。

紫柏大师　　五首

紫柏大师（1543—1603），俗姓沈，名真可，字达观，晚号紫柏，门人称尊者。吴江（今属江苏）人。为明末四大师之一。17岁至苏州虎丘云岩寺从寺僧明觉出家。终生悉心研究佛学，云游名山名寺。曾主持刻印大藏经，以嘉兴楞严寺为流通所，世称"嘉兴藏"。后因卷入政治斗争而被诬入狱，死于北京监狱中。擅诗文，有《释真可紫柏老人集》、《茹退集》等。

彭城洪福寺月下怀仲淳①

盘马山②前月正明，烟波渺渺片帆轻。清光不减金台夜③，禅室南冠少缪生④。

注释

①洪福寺：清道光《铜山县志》："洪福寺在城北门外。明正统九年修建，嘉庆七年总河吴璥、徐州道张鼎、知府田自福移建于大堤南。"民国《铜山县志》："旧志：在城北门外。今案：碑文云相传建自唐代。明正统九年，僧恒义重建。清嘉庆四年知府鳌图、铜沛同知张鼎移建大堤上。又碑云：道光二十二年，县人王金栋重修。"仲淳：缪仲淳（1546—1627），名希雍，号慕台，人称"虞山儒医"，江苏常熟人，明代常熟名医，为紫柏大师俗家弟子。

②盘马山：明万历《徐州志》："盘马山在城东北九十里，山顶平数丈，无草木。土人谓汉高帝尝盘马于此。"

③清光：清亮的光辉，指月光。金台：神话传说中神仙所居之处。

④南冠：指南方人。缪生：即缪仲淳。

登戏马台

掀髯一笑火咸阳①，衣锦长歌归故乡②。莫问当年横槊③地，萧萧秋草带寒霜。

注释

①掀髯：笑时启口张须貌。火咸阳：指项羽引兵西屠咸阳，杀秦降王子婴，烧秦宫室，火三月不灭。

②衣锦：《史记·项羽本纪》项羽西屠咸阳灭秦后，"心怀思欲东归，曰：'富贵不归故乡，如衣绣夜行，谁知之者！'"

③横槊：横持长矛。代指征战。

彭城题苏公黄楼

一片孤城捍怒涛，几回隍壑舞鼍蛟①。祖龙曾此求周鼎②，不及黄楼意自高。

注释

①隍壑：城池，护城壕。鼍蛟：鼍为大鳖；蛟为鳄鱼类，或指传说中的蛟龙。

②祖龙：指秦始皇。详见前注释（387页）。周鼎：《水经注卷二十五》："周显王四十二年，九鼎沦没泗渊，秦始皇时，而鼎见于斯水。始皇自以德合三代，大悫，使数千人没水求之，不得，所谓鼎伏也。"

子房山歌①

彭城山上云，彭城山下水。聚散及浮沉，人代迭终始。君不见人生大块②能几何,黄河东逝无回波。豪华过眼晓天霜,谁能百战争山河。楚汉雌雄一梦劳,其余蹄涔③安足多。世谓先生见几蚤④,侯印⑤弃之如腐草。超然故托赤松⑥游,到头那得韩彭⑦恼。此据先生迹,安知先生心。先生在报韩⑧,功名非所忻⑨。秦亡心事了,不去何沉吟。又不见功名长生不相远,弃彼取此识亦浅。我知先生天机⑩深,刀圭羽翰⑪都非恋。因登古寺赋此歌,偶将墨迹洒烟萝⑫。先生莫笑太多事,男儿志气情难磨。难磨若是苍苍巘⑬,河迁谷变无定轨。惟有先生一片心,恒与兹山增秀美。

注释

①子房山歌:紫柏另有一首《子房漫歌》,与此篇仅个别字句有差异。附于后。

②大块:大自然,大地。《庄子·齐物论》:"夫大块噫气,其名为风。"

③蹄涔(cén):牛马路上所留足迹中的积水,比喻体积微小。《淮南子·氾论训》:"夫牛蹄之涔,不能生鳣鲔。"

④几:指危险的苗头。蚤:同"早"。

⑤侯印:侯爵。张良被封为留侯。

⑥赤松:赤松子,为古时传说中的仙人。张良晚年称:"今以三寸舌为帝王师,封万户,位列侯,此布衣之极,于良足矣。愿弃人间事,欲从赤松子游耳。"(见《史记·留侯世家》)

⑦韩彭:韩信、彭越,皆为汉初诸侯王,刘邦的功臣,后被告发谋反而被杀。

⑧报韩:秦灭韩后,张良倾全部家财求刺客刺秦王,为韩报仇,因为张良的祖与父相继为韩昭侯、宣惠王等五世之相。

⑨忻(xīn):喜欢。

⑩天机:指灵性,智慧。

⑪刀圭:指金钱。羽翰:指文章。

⑫烟萝:草树茂密,烟聚萝缠。借指幽居或修真之处。

⑬苍苍巘:青翠巍峨的高山。

附:子房山漫歌

彭城山上云,彭城山下水。聚散及浮沉,废兴不可数。君不见,人生天地能几何,黄河东逝无回波。豪华过眼晓天霜,谁能百战争山河。楚汉雄雌一梦劳,其余蹄涔安足多。世谓先生见机蚤,侯印弃之如腐草。超然故托赤松游,到头那得韩彭恼。此据先生迹,安知先生心。先生在报韩,功名非所欣。秦亡心事了,不去何沉吟。又不见功名长生不相远,弃彼取此识亦浅。我知先生天机清,登仙冲举皆无恋。因登此山作此歌,偶将墨迹洒烟萝。先生闻之谓我何,男儿意气情难磨。难磨惟是山与水,河迁谷变无定轨。惟有先生一片心,恒与兹山增秀美。

开侍者自清凉迎至彭城以此示之①

白日青天尔到来,翻疑是梦复惊猜。须知人世如朝露,曼室②光中住一回。

其二。

寒云重叠万峰深,谁把明珠③慰远心。只恐支郎④情未瞥,梦中按剑是知音。

注释

①侍者:佛门中侍候长老的随从僧徒。清凉:指清凉寺。未知何处清凉寺。

②曼室:指文殊菩萨,即文殊师利或曼殊室利,佛教四大菩萨之一,释迦牟尼佛的左胁侍菩萨,代表聪明智慧。

③明珠:比喻珍爱的人或美好珍贵的事物。

④支郎:汉末三国时僧人支谦,一名越,字恭明,月支人,东汉末迁居吴地。为著名佛经翻译家,曾翻译多部佛经,于世间技艺亦多所精究。其人细长黑瘦,眼多白而睛黄,时人谚曰:"支郎眼中黄,形躯虽小是智囊。"

于若瀛 一首

于若瀛:生卒年不详。字元绋,济宁(今山东济宁)人。万历十一年(1583)进士,官至陕西巡抚。工书。

夏日过彭城登云龙山

溽暑①苦行役,探奇憩尘鞅②。蹝步③蹑幽径,仄磴便屦綗④。枞桐蔽古殿,清磬出岩响。绝𪩘⑤冒孤亭,群椒点虚敞⑥。东转大河流,黄涛卷沆漭⑦。大风久不歌⑧,王气尚芒砀⑨。薰飚⑩散晨炊,破烟旭日上。平湖净于席,天开一鉴朗⑪。六月失炎蒸⑫,顿觉葛衣爽。放鹤去何之,巢松岁月长。营营万虑澹⑬,嗒然⑭倦南往。

注释

①溽暑:盛夏湿热的气候。溽:音 rù。

②憩(qì):休息;歇息。尘鞅:世俗事务的束缚。

③蹝步:轻快的步伐。蹝:音 xǐ。

④仄磴:倾斜的石阶。屦綗(jùliǎng):用麻、葛制的鞋。

⑤绝𪩘(yǎn):极高的山峰。

⑥虚敞：空阔宽敞。
⑦沆漭（hàngmǎng）：水面辽阔无际貌。
⑧大风：指刘邦的"大风歌"。
⑨芒砀：芒山与砀山，在今安徽砀山县东南，与河南永城县接界。二山相距八里。当年刘邦送徒骊山途中逃匿，即藏于芒砀山泽岩石之间。
⑩薰飐：飘荡的烟雾。
⑪鉴朗：明亮。
⑫炎蒸：酷热。
⑬营营：世俗的追求奔逐。《庄子·庚桑楚》："全汝形，抱汝生，勿使汝思虑营营。"
⑭嗒然（tàrán）：形容身心俱遣、物我两忘的神态。白居易《隐几赠客》诗："有时犹隐几，嗒然无所偶。"

王一鸣 一首

王一鸣：生卒年不详。字子声，一字伯固，黄冈人。万历十四年（1586）进士，授太湖知县，后调临漳。有《朱陵洞稿》。

戏马台

彭城南郭云山豁，病骨扶筇①午上台。燕去鸿回登眺眼，龙争虎斗古今才。荒荒②白日三春过，滚滚黄河万里来。昭烈祠堂③亦邻近，暖云烟树更徘徊。

注释

①筇（qióng）：手杖。
②荒荒：黯淡迷茫貌。杜甫《漫成》诗之一："野日荒荒白，春流泯泯清。"三春：指暮春，即春季的第三个月。
③昭烈祠堂：即昭烈庙：亦称三义庙。在戏马台上，明知州刘顺之在台头寺旧址上建，以彰显汉昭烈帝刘备及关羽、张飞之义。

唐文献 一首

唐文献：生卒年不详。字元徵，松江华亭人。万历十四年（1586）进士，授修撰，官至礼部侍郎。有《占星堂集》十六卷。

夜泊吕城①

何处汀洲②晚，停桡信楫师③。雨馀霞散绮，风静柳垂丝。野寺钟声后，夜潮人语时。劳劳④游子意，陇笛⑤不堪吹。

注释

①吕城：即吕梁城。《元和郡县志》："吕梁故城，在县东五十七里。春秋时，宋之吕邑，至汉以为吕县。城临泗水，高一百四十尺，周回十七里。此城东二里有三城，一在水南，一在水中潭上，一在水北，并高齐所筑，立镇以防陈寇。"

②汀洲：水中小洲。

③桡（ráo）：小船。信：任凭。楫师：船工。

④劳劳：惆怅忧伤的样子。

⑤陇笛：犹羌笛，一种古老的乐器，流行于羌族。韩愈《和崔舍人咏月二十韵》："郡楼何处望，陇笛此时听。"

薛 冈 一首

薛冈（1561—？，1641年仍在世），初字伯起，后更千仞，鄞（今属浙江宁波市）人。有《天爵堂集》。

彭城寇二首

一

幸作六帝①民，贤圣历在宥②。身老桑柘③间，不知有格斗④。戈戟何忽焉⑤，一朝易俎豆⑥。郡盗既蠡起⑦，朝廷重介胄⑧。欲以杀止杀，血流污宇宙。借问宇宙中，何民弗⑨从寇。民志如奔湍，抚我斯其后⑩。乃信吏政苛，不在猛虎后⑪。堂上鲜蒲鞭⑫，沟边馀老幼。何况临刀俎⑬，提兵肯相救。

注释

①六帝：泛指中华民族文明早期的圣贤明君，最流行的说法是五帝，即黄帝、颛顼、帝喾、尧、舜，如加上少昊就为六帝。

②在宥（yòu）：指圣贤都有宽恕之心。庄子有《在宥》篇，主张无为而治，任事物自然发展，因以"在宥"为篇名。

③桑柘：指种田养蚕，务农。

④格斗:这里指战争、战乱。

⑤戈戟:戈和戟皆为古代兵器,这里代指战争。忽:突然。

⑥俎豆:古代祭祀、宴会时盛肉类等食品的两种器皿。俎为放置肉的几,豆为盛食品的器皿,引申为祭祀。易俎豆,指政权的更替。

⑦螽起:蜂拥而起,形容多。螽(zhōng):一种昆虫,或谓蝗类的总称。

⑧介胄:铠甲和头盔。这里指武力、军队。

⑨弗:不。

⑩本句的意思是:抚慰我则跟着他,即顺从民意则人民就拥护他,跟他走。《书·泰誓》:"抚我则后,虐我则仇。"

⑪这两句指官府的苛政和猛虎一样。

⑫鲜:少。蒲鞭:惩罚以蒲草为鞭,仅示羞辱,表示刑罚宽仁。

⑬刀俎:刀和砧板,为宰割的工具。喻极危险的境地。

二

髫龄①苦行役,况丁金革中②。艰难费轮楫③,吊古跻云龙。贼至自淮南,所过州里空。顿兵桃山下,意在窥山东。洪河不得济,贼计良已穷。一旅傥蹑后④,歼殪⑤微遗踪。乃计不此出,妖蛟纵故宫⑥。清夜坐岑楼⑦,浩浩闻北风。南山助烈火,天地为之红。国家养貔貅⑧,恃以戢狂锋⑨。狂锋不能戢,其谁恕乃躬⑩。无庸奸宄患⑪,所患求英雄。道路有万目,看叙⑫贼退功。

注释

①髫龄:儿童。髫:古代幼儿下垂至眉的短头发。

②丁:成年男子。金革:军队。金:指兵器类;革:指甲胄类。

③轮楫:车和船。

④傥:假使,如果。蹑:跟随。

⑤歼殪(yì):歼灭。

⑥妖蛟:指邪恶的贼盗。故宫:旧时宫殿。

⑦岑楼:高楼。《孟子·告子下》:"不揣其本而齐其末,方寸之木,可使高於岑楼。"朱熹集注:"岑楼,楼之高锐似山者。"

⑧貔貅(píxiū):猛兽名。喻指勇猛之士,勇猛的军队。

⑨恃:依赖,凭借。戢(jí):平息,压制。狂锋:指敌方猛烈的攻势。

⑩恕乃躬:宽恕你自己。

⑪无庸:不必,无须。奸宄(jiānguǐ):违法作乱的事情。此句指所患不是违法作乱。

⑫看叙:观察,谈论。

徐 熥（tēng） 十六首

徐熥（1561—1599），字惟和，号幔亭，闽县（今福建省福州市）人。万历四十六年（1618）举人。负才淹蹇，致力诗作。有《幔亭集》。

赠胡外史①

钱塘风景真奇绝，吴山苍翠湖光白。山川灵秀萃何人，之子飘然自高格。生来踪迹压尘埃，湖海狂游亦壮哉。振衣频陟云龙顶，仗剑曾登戏马台。燕秦楚越行皆徧，又泛扁舟过海甸②。九鲤湖边信短筇③，武夷山上开华宴。游兴年来尚未央④，温陵剑水复清漳⑤。三秋石鼓簪黄菊⑥，五月枫亭⑦摘荔香。羡君怀抱何潇洒，知君不是悠悠者⑧。世路由来遇合难，风尘莫怨知音寡。伊余癖性好遨游，与子交欢几度秋。春风竹外频来往，夜月花间递唱酬。唱酬来往情偏好，漫把交情同草草。囊里无钱休叹嗟，尊⑨中有酒须倾倒。胡生胡生何太奇，余每谈诗君解颐⑩。自堪意气称吾党⑪，不但前身是画师。

注释

①外史：古代官名，掌管宣布京畿以外地区的王令、四方地志等。
②海甸：海南省有海甸岛，位于海口的北部。
③九鲤湖：福建省仙游县有九里湖，为自然风景区。信：随意漫步。短筇（duǎn qióng）：短杖。陆游《遣兴》诗："柔橹摇残天镜月，短筇领尽石帆秋。"
④未央：未尽。
⑤温陵：即福建泉州。剑水：指越州若耶溪水，为欧冶子铸剑之所。清漳：指福建省云霄，被称为清漳重镇。
⑥石鼓：福建省泉州永春县石鼓镇。簪（zān）：插，戴。
⑦枫亭：福建仙游县有枫亭镇。
⑧悠悠者：悠闲自在不关世事的人。
⑨尊：同"樽"，酒器。
⑩解颐：开颜欢笑。
⑪吾党：吾辈。

彭城行

彭城半遶黄河水，楚宫岁久生荆杞。杀气清秋暗战场，愁云白日低残垒。楚汉当年几战争，喑哑叱咤①悲风生。楚兵一夕尽归汉，帐前健儿皆楚声。乌骓不逝虞姬死②，垓下歌声成变徵③。百二④关河属汉家，八千子弟⑤徒为尔。霸图百战总成灰，吊古还劳过客哀。千载沐猴成一笑⑥，年深戏马留空台。黄河日夜东流去，荒城寥落悲狐兔。世事兴亡一瞬间，英雄枯骨余丘墓。休将楚汉论雌雄，此地曾闻唱大风⑦。试向咸阳城上望，离离衰草满新丰⑧。

注释

①喑哑叱咤：怒斥声。喑哑，同"音噁"，《史记·淮阴侯列传》："项王音噁叱咤，千人皆废，然不能任属贤将，此特匹夫之勇耳。"

②《史记·项羽本纪》：项羽军被汉军围困垓下，"夜闻汉军四面皆楚歌，项羽乃大惊，曰：'汉皆已得楚乎？何楚人之多也！'项王则夜起，饮帐中。有美人名虞，常幸从；骏马名骓，常骑之。于是项王乃悲歌慷慨，自为诗曰：'力拔山兮气盖世！时不利兮骓不逝！骓不逝兮可奈何！虞兮虞兮奈如何！'"

③变徵：指古代七声音阶中的第四音级。其音多悲凉。《史记·刺客列传》："高渐离击筑，荆轲和而歌，为变徵之声，士皆垂泪涕泣。"

④百二：以二敌百。一说百的一倍。后以喻山河险固之地。

⑤八千子弟：指项羽起兵时的江东兵士。《史记·项羽本纪》："籍与江东子弟八千人渡江而西。"

⑥沐猴：指项羽。《史记·项羽本纪》项羽西屠咸阳灭秦后，"心怀思欲东归，曰：'富贵不归故乡，如衣绣夜行，谁知之者！'说者曰：'人言楚人沐猴而冠尔，果然。'"

⑦唱大风：指刘邦回故乡沛县所唱"大风歌"。

⑧新丰：县名。古城在陕西临潼县东北。本为秦骊邑。汉高祖七年，因太上皇思乡，遂按丰县街里格式改筑骊邑，并迁来丰民，故称新丰。

登云龙山放鹤亭

叠嶂①隐香台，门当楚水开。河流幡②影去，云引磬声来。寺古龙犹伏，亭空鹤不回。因寻碑上字，剔尽雨中苔。

注释

①叠嶂：重叠的山峰

②幡：泛指旗帜。此处"幡"可能是"帆"之误。

赠彭城苏姬①

苏小门前系紫骝②，隔帘相见尚含羞。青蛾③暂结花间约，绿蚁④能忘客里愁。一片轻寒销枕簟⑤，半窗明月上箜篌⑥。从今若过彭城路，不说张家燕子楼⑦。

注释

①苏姬：一伎女名。
②苏小：指苏小小，为传说中的名妓，此处用苏小代指苏姬。紫骝：古骏马名。
③青蛾：青黛画的眉毛；此处借指美人。
④绿蚁：酒面浮起的绿色泡沫称为绿蚁，用来代称酒。
⑤枕簟（diàn）：枕席。泛指卧具。
⑥箜篌（kōnghóu）：古代的弹弦乐器。
⑦燕子楼：指张愔妾关盼盼所住燕子楼。见前注释。

燕子楼

旧日欢情委逝波①，空楼灯影恨如何。一天夜月闲箫管，十载春风罢绮罗②。松柏锁烟愁思苦，牡丹含雨泪痕多③。香销粉歇歌尘散④，忍见双双燕子过。

注释

①委逝波：随着流逝的光阴而去。
②十载：张愔死后盼盼空守燕子楼十年。绮罗：指华贵的丝绸衣服。
③牡丹：喻盼盼。白居易赠诗云："醉娇胜不得，风嬝牡丹花。"见白居易《燕子楼》诗序。
④歌尘：动听的歌声。张仲素《燕子楼》诗："自埋剑履歌尘散，红袖香消已十年。"

吕梁洪

吕梁洪下水，已变作安流。安流虽自好，只是滞归舟。

彭城怀古

云龙山下鸟争啼，戏马台前日欲西。莫谓楚宫今寂寞，五陵①芳草正萋萋。

注释

①五陵：汉朝皇帝每立陵墓，都把四方豪门贵族和外戚迁至陵墓附近居住。最有名的是西汉王朝所设立的五个陵邑，即长陵、安陵、阳陵、茂陵、平陵。后来常以五陵作为豪门贵族聚居之地。

彭城元夕怀故园诸友①

故国②春宵正可怜，九衢③灯火吐春烟。旧游已共晨星散，月色遥知似去年。

注释

①元夕：元宵节。故园：故乡。
②故国：故乡。
③九衢：繁华的街市。

挂剑台①

公子当年然诺深②，千金宝剑挂空林。应知十字碑③题后，泉路④相逢无愧心。

注释

①挂剑台：季札挂剑台。清万历《徐州志》云："城南一里许，季札挂剑处，时人高其谊，筑台表之。"
②公子：指吴季札。详见41页。
③十字碑：传说季子墓葬于江阴申浦（今申港），墓前有传说为孔子所书的十字篆文碑，碑文是："呜呼有吴延陵季子之墓"，史称十字碑。
④泉路：地下，阴间。

亚父冢①

亚父孤坟蔓草荒，行人何用叹兴亡。汉家多少功臣骨，若箇②能归葬故乡。

注释

①亚父冢：即范增墓，在徐州城南，俗称土山。详见前注释（207页）。
②若箇：哪个。

彭城感旧

落尽夭桃①万树花，伤心重问旧琵琶。平康②门巷多相似，不记垂杨③第几家。

注释

①夭桃：艳丽的桃花。《诗·周南·桃夭》："桃之夭夭，灼灼其华。"喻少女容颜美丽。

②平康：指妓女聚居之地。唐朝长安丹凤街有平康坊，为妓女聚居之地，亦称平康里、平康巷。

③垂杨：即杨柳。李白诗《杨叛儿》："君歌杨叛儿，妾劝新丰酒。何许最关人？乌啼白门柳。乌啼隐杨花，君醉留妾家。"

戏马台今改为昭烈庙①

英雄千载说喑哑②，此地曾经戏五花③。只有荒台留不得，依然香火属刘家。

注释

①昭烈庙：即三义庙。在戏马台上，明知州刘顺之在台头寺旧址上建，以彰显汉昭烈帝刘备及关羽、张飞之义。

②喑哑：指项羽。喑哑，同"喑噁"。《史记·淮阴侯列传》："项王喑噁叱咤，千人皆废，然不能任属贤将，此特匹夫之勇耳。"喑噁叱咤，形容飞扬跋扈的样子。

③五花：五花马，即珍贵的马。

彭城夜泊书事

十年此地几经过，数点渔灯起棹歌①。今夜满天喧鼓角②，隔江帆影战船多。

注释

①棹歌：即指渔民在撑船、划船时候唱的渔歌。
②鼓角：指战鼓声和号角声。

舟中望云龙山有怀陈幼孺

云龙山下泛舟归，对景空怀昔日游。聚散无期俱是梦，黄河依旧向东流。

吊关盼盼

十年三度过彭城，燕子楼空月自明。欲吊香魂寻旧冢，断碑无主不知名。

盼 盼

剑履①尘埋已十春,教成歌舞不随身。泉台②得早重相见,深感多情白舍人③。

注释

①剑履:刀剑和鞋。古代皇帝允许功臣带刀剑与穿鞋上殿作为恩宠。此指位高权重的张愔。

②泉台:墓穴、阴间。

③白舍人:指白居易,曾为中书舍人。见前关盼盼诗及白居易《燕子楼》诗。

阮自华　一首

阮自华(1562—1637),字坚之,号澹宇,原籍安徽桐城山(今属枞阳),移居怀宁县。万历二十六年(1598)进士,授饶州推官,改福州。历官南刑部主事、顺天教授、户部主事、员外、郎中、甘肃庆阳知府、福建邵武知府等。有《雾灵诗集》。

亚父墓

君自入关将,如何身不王①。笑谈秦失鹿②,去住楚亡羊③。白璧谁先碎④,黄河空复长。当时绝甬道⑤,老大畏鹰扬⑥。

注释

①这两句指亚父范增辅佐项羽入关灭秦,最后受疑而不被重用,未受封王。

②秦失鹿:指秦失去政权,被灭亡。鹿,指帝位。《史记·淮阴侯列传》:"(蒯通)对曰:秦之纲绝而维弛,山东大扰,异姓并起,英俊乌集。秦失其鹿,天下共逐之,于是高材疾足者先得焉。"

③去住:去留。指范增留在项羽军中或离去。楚亡羊:喻项羽最终失败。《列子·说符》:"大道以多歧亡羊,学者以多方丧生。"因岔路太多无法追寻而丢失了羊。比喻事物复杂多变,没有正确的方向就会误入歧途,造成失败。全句指不管范增留下还是离去项羽终归要失败。

④指鸿门宴张良献白璧,范增怒而击之。见前注(46页)。

⑤甬道:两侧筑墙的通道。《史记·项羽本纪》:"项羽乃悉引兵渡河……与秦军遇,九战,绝其甬道,大破之。"

⑥指当时诸侯将都非常害怕项羽。鹰扬:鹰的奋扬,喻威势强大。《史记·项羽本

纪》:"于是至则围王离,与秦军遇,九战,绝其甬道,大破之,杀苏角,虏王离。涉间不降楚,自烧杀。当是时,楚兵冠诸侯。诸侯军救巨鹿下者十余壁,莫敢纵兵。及楚击秦,诸将皆从壁上观。楚战士无不一以当十。楚兵呼声动天,诸侯军无不人人惴恐。于是已破秦军,项羽召见诸侯将,入辕门,无不膝行而前,莫敢仰视。"

谢肇淛　十三首

　　谢肇淛(zhè)(1567—1624),字在杭,长乐(今福建省长乐县)人。万历二十年(1592)进士,授湖州推官。历官郎中、云南参政、广西按察使、布政使。有《小草斋集》。

石佛寺①

　　山径日欲夕,微钟度林杪②。遥闻金阙③香,夐④出孤云表。花砌风铎鸣⑤,绀殿朱幡绕⑥。宝相⑦谢土木,玉质何皦皦⑧。时放白毫光⑨,不觉青山晓。始知炉锤力,足以参空了。相对寂忘言⑩,月落闻啼鸟。

注释

①石佛寺:即云龙山兴化寺,又名大佛寺,内有石凿佛像。详见前注释(255页)。
②林杪:树梢,林外。
③金阙:本指仙人或天帝所居,这里指佛寺。
④夐(xiòng):高远。
⑤花砌:花间石阶。风铎:风铃。
⑥绀殿:指佛寺。朱幡:红色的旗幡,为尊显者所用。
⑦宝相:佛的庄严形象。
⑧皦皦(jiǎojiǎo):明亮洁白。
⑨白毫光:佛光。
⑩寂忘言:虚寂忘言。虚寂,虚无寂静。忘言,指心中领会其意,不须用言语来说明。《庄子·外物》:"言者所以在意,得意而忘言。"

下吕梁①

　　吕梁古天险,河流纵奔泻。当其灌百川,两涘迷牛马②。悬崖蹙崩湍③,沮洳㳽平野④。百里汇桑田,鼋鼍⑤空古瓦。忆昔二十年,沧波渺春夏。天吴⑥翻怒涛,常年失趋舍⑦。倏忽帆与樯⑧,汩没成土苴⑨。司空⑩画长策,凿石韩庄下⑪。两岸束狂流,势若注杯斝⑫。坳介时苦胶⑬,颠覆幸已寡。我来及春初,乘流途暂假。桃花水⑭未涨,烟波正潇洒。瞬息下淮邳⑮,夷犹极融冶⑯。去秋三山口,堤防稍苟且⑰。聚沙不成团,更禁霖雨打⑱。蚁穴溃寻堤⑲,寸朽倾大厦。诏下淇园竹⑳,半是墓田槚㉑。百亩致千束,一牛服两稏㉒。县官恣鞭朴㉓,富室尽喑哑㉔。秖㉕今崖畔椿,犹带血痕赭㉖。焦额㉗告成功,谁是徙薪者?行人伤往事,言之泪盈把。远猷㉘兹不戒,疮痏及民社㉙。敢云杞人忧,聊以备风雅㉚。

注释

①吕梁:吕梁洪。见前注释(209页)。

②《庄子·秋水》:"秋水时至,百川灌河,泾流之大,两涘渚崖之间,不辨牛马。"涘(sì):水边。

③蹙(cù):急促。崩湍:激流。

④沮洳(jùrù):低湿之地。漭(mǎng):水广阔无际。

⑤鼋鼍(yuán tuó):大鳖和鳄鱼。

⑥天吴:传说中的水神。《山海经·海外东经》曰:"朝阳之谷,神曰天吴,是为水伯。在蚩北两水间。其为兽也,八首人面,八足八尾,皆青黄。"

⑦趋舍:指举止,行为。这里指水势变化无常。

⑧倏忽(shūhū):忽而间。帆樯:帆和桅杆,泛指船只。

⑨汨没:淹没。土苴(tǔjū):泥土和枯草。

⑩司空:古代官名,掌管水利、营建事务。

⑪韩庄:地名。明万历年间,于今山东境内微山湖韩庄修闸,开辟微山湖至江苏一段运河,全长42.5公里。

⑫杯斝(jiǎ):泛指酒器。

⑬坳(ào):堂上的低洼处。介:同芥,芥菜,剖芥子以为舟,形容极小。胶:停滞。《庄子·逍遥游》:"且夫水之积也不厚,则其负大舟也无力。覆杯水于坳堂之上,则芥为之舟;置杯焉则胶,水浅而舟大也。"

⑭桃花水:指农历二三月桃花盛开时节,冰化雨积,黄河等处水猛涨。又称桃花汛。《水经注卷一》:"至三月,桃花水至则河决,以其噎不泄也。"

⑮淮邳:淮安和邳州。

⑯夷犹:此指行船缓慢。融冶:舒适。

⑰苟且:敷衍了事;马虎。

⑱禁:经受。霖雨:连绵大雨。

⑲寻堤:江河大堤。

⑳诏:朝廷的命令。淇园:地名,在今河南淇县附近,古代以产竹著名。《史记·河渠书》:"天子乃使汲仁、郭昌发卒数万人塞瓠子决。……令群臣从官自将军已下皆负薪填决河。是时东郡烧草,以故薪柴少,而下淇园之竹以为楗。"

㉑槚（jiǎ）：楸树的别称。
㉒輠（guǒ）：古代车上盛润滑脂膏的器具。
㉓鞭朴：鞭和朴皆为刑具。引申为体罚。朴，也作"扑"。
㉔喑哑（yīnyǎ）：沉默不语。
㉕秖（zhī）：同"只"。
㉖赭（zhě）：红褐色。
㉗焦额：焦头烂额。这两句用成语"曲突徙薪"的故事："臣闻客有过主人者，见其灶直突（注：突，烟囱），傍有积薪。客谓主人：'更为曲突，远徙其薪；不者，且有火患。'主人嘿然不应。俄而家果失火，邻里共救之，幸而得息。于是杀牛置酒，谢其邻人。灼烂者在于上行，余各以功次座，而不录言曲突者。人谓主人曰：'乡使听客之言，不费牛酒，终亡火患。今论功而请宾，曲突徙薪无恩泽，焦头烂额为上客耶？'主人乃寤而请之。"（见《汉书·霍光传》）
㉘远猷：长远的打算，远大的谋略。兹：现在。戒：准备、防备。
㉙疮痏（chuāngwěi）：祸害，凋敝困苦的景象。民社：人民与社稷。
㉚风雅：《诗经》有《国风》、《大雅》、《小雅》，其内容多是对当时社会现实的不满和抨击。

题《彭祖观井图》①

志士惜日暮，达人诫垂成②。岂以八百龄③，而与勺水争？蹒跚挽辘轳，徘徊犹战竞。苔滑防颠蹶④，幕朽⑤愁难凭。稚子互牵引，下睨⑥魂飞惊。幸得延天年，一坠不复升。此图岂浪谑⑦？垂训示持盈⑧。奔车无仲尼⑨，岩墙非命衡⑩。单生既外迷，张子复内倾⑪。寄语北山叟⑫，胡为丧其生？

注释

①宋陈靖《彭祖观井图铭序》，叙述"观井图"的画面。详见前注释（283页）。
②达人：通达知命的人。诫：规劝，告诫。垂成：将要成功。
③八百龄：传说彭祖寿命八百余岁。
④颠蹶：倒仆；跌落。
⑤幕朽：帷幕破败。
⑥睨（nì）：斜着眼睛看。
⑦浪谑：轻率发表议论。谑，xuè，旧读nüè。
⑧垂训：垂示教训。持盈：指做事坚持到底，取得圆满成功。
⑨《韩非子·安危》："奔车之上无仲尼，覆舟之下无伯夷。"意为圣贤不处危险之地。仲尼：孔子名丘，字仲尼。伯夷：商末孤竹君之子。
⑩命衡：生命的依靠。衡：车辕前端的横木，作为依靠或扶手。

⑪《庄子·达生》:"田开之曰:'鲁有单豹者,岩居而水饮,不与民同利,行年七十而犹有婴儿之色;不幸遇饿虎,饿虎杀而食之。有张毅者,高门悬薄,无不走也;行年四十,而有内热之病以死。豹养其内,而虎食其外。毅养其外而病攻其内。此二子者,皆不鞭其后者也。'"江淹《杂体诗·许征君》:"张子闇内机,单生蔽外像。"唐吕向注:"张毅是闇内治之几微,单豹是不明外治之法。"(见《文选》)

⑫北山叟:北山,指北邙山,在洛阳市东北,古时王侯公卿贵族多葬于此,后因以泛称墓地。北山叟泛指那些达官贵人。

十六夜彭城对月

辞家席未暖,望舒倏已圆①。初隐层峰外,俄②挂高城巅。徘徊丽绛阙③,潋滟摇紫渊④。远望杳无极,忽觉在我前。流辉照绮席⑤,素波相澄鲜⑥。玉宇⑦何凄清,孤鸿唳中天。寒江抱平楚⑧,离离⑨含轻烟。美人天一方,皓魄⑩私自怜。但恐佳辰迈,浮云蚀辉缠⑪。盈亏有恒则,弦望⑫自推迁。胡为劳我心,愁对江枫眠。

注释

①望舒:神话传说中为月亮驾车的仙人,后用为月亮的代称。倏(shū):忽然。

②俄:一会儿,不久。

③绛阙:宫殿寺观前的朱色门阙。亦借指朝廷、寺庙、仙宫等。

④潋滟:水波荡漾貌。紫渊:深渊。

⑤绮席:华美的席子。

⑥素波:白色的波浪。澄鲜:风景清朗明丽。南朝宋谢灵运《登江中孤屿》诗:"云日相辉映,空水共澄鲜。"

⑦玉宇:天空。

⑧平楚:齐平的树木。楚:丛木。从高处远望,看树梢皆齐平,故称。

⑨离离:历历分明貌。

⑩皓魄:明月。

⑪蚀:遮蔽。辉缠:月亮。缠,同"躔",指日月星辰运行。

⑫弦望:指月缺月圆。月半圆时,形状如弓弦,故称弦。月圆时称望,一般指农历每月十五日。推迁:推移变迁。

彭城叹

往岁彭城水接天,家家沉灶无人烟。今年黄河浅可揭①,沮洳②百亩成膏田。度支幕府愁漕輓③,挑河发卒几千万。已闻新灌符离集④,但恨未决高家堰⑤。沿边戍卒忍饥饿，脚踏层冰指皆堕。辽东羽檄虽乍收⑥，幕南烽火未高卧⑦。昨日朝廷下诏书，湖湘⑧处处税官居。西北浮云望不极，东南民力今何如？

注释

①揭（qì）：提起衣裳。《诗经·邶风·匏有苦叶》："深则厉，浅则揭。"
②沮洳（jùrù）：低湿之地。
③度支：官名，掌管全国财赋的统计与支调。幕府：府署。漕輓：指水陆运输。
④符离集：地名，今属安徽。
⑤高家堰：指今江苏省淮阴县高堰村附近的一段淮河堤防。《明史·河渠二》"（万历）二十三年，又决高邮中堤及高家堰、高良涧，而水患益急矣。"
⑥羽檄（yǔxí）：古代军事文书，插鸟羽以示紧急，必须迅速传递。这里指战事。
⑦幕南：古代泛指蒙古大沙漠以南地区。幕，通"漠"。万历年间，蒙古火落赤等经常侵犯明境。
⑧湖湘：洞庭湖和湘江地带。

彭城行

彭城一夜妖蜺①落，刚风动地扫枯萚②。天转城摧狐窟翻，行人欢呼宵人③恶。半生富豪亦可怜，大酒肥肉三十年。凤绮龙香牣甲第④，锦衣玉勒照金鞭⑤。花落浮云安足数，一朝世事成今古。昔时转盼动雷霆，此日残骸委尘土。宝林⑥玉树飞上天，寒鬼啾啾啼夜雨。君不见寿宁甲第玄明宫⑦，万户千门荆棘中。义儿⑧裹尸官封宅，明日临清请兼敕⑨。

注释

①妖蜺：指大雨、水灾。
②刚风：罡风，高天强劲的风。萚（tuò）：草木脱落的皮或叶。
③宵人：小人、坏人。
④凤绮：华丽的丝织品。龙香：富人家用的非常名贵的香。凤绮龙香指贵族富豪家所用的东西都非常豪华名贵。牣（rèn）：满。甲第：豪门贵族的宅第。
⑤锦衣玉勒：锦衣，鲜艳华美的衣服；玉勒，玉饰的马衔。
⑥宝林：佛教语。西方阿弥陀佛极乐世界七宝树林的简称。宝林玉树喻最珍贵的东西。
⑦寿宁：指寿宁侯张鹤龄，为明孝宗张皇后弟，封寿宁侯。张以外戚骤然大富大贵，气焰嚣张，违法乱纪，后受人揭发，死于狱中。甲第：豪门贵族的宅第。玄明宫：指明朝宦官刘瑾所修玄明宫。刘瑾当权，耗费大量民脂民膏在朝阳门外修建玄明宫，供奉玄天上帝。后因谋反罪被处死。何景明《玄明宫行》讽刺皇室的奢欲和刘瑾的弄权，诗称

"君不见玄明宫中满荆棘,昔日富贵今寂寞。"

⑧义儿:勇敢士兵。

⑨兼敕:紧急诏命。

彭城晓发

严城柝未罢①,云气满征衣②。残月欲改色,霜花时暗飞。天涯生计薄③,海上尺书④稀。苦忆闲居日,科头卧钓矶⑤。

注释

①严城:戒备森严的城池。柝:古代打更用的梆子。

②征衣:旅人之衣。

③生计薄:谋生不容易。

④尺书:指书信。

⑤科头:谓不戴冠帽,裸露头髻。钓矶:富春江严子陵的钓台,历代诗人题咏,多称钓矶。这里泛指钓鱼处。

登黄楼感事,时彭城以西大水

独上危楼江可怜,苍茫雪浪①欲浮天。三秋夜涨千峰雨,一片孤城万里船。落日离人空有泪,柴门②流水已无烟。蛟龙窟宅从横③甚,西望澶渊④空昔贤。

注释

①雪浪:雪白的波浪。

②柴门:用树枝编扎的门,言其简陋。这里指贫寒农家。

③从横:纵横。相互交错,言其多。从(zòng):为"纵"的古字。

④澶渊:湖泊名,故址在今河南濮阳县西。参见宋苏轼《河复》序。

上元彭城 ①

故国②灯华灿锦云,燕山沙雪③正纷纷。可怜今夜闽江月④,不照彭城断雁群。

注释

①上元:农历正月十五元宵节,又称上元节。

②故国:指家乡。

③沙雪：风沙大雪。
④闽江：为福建最大河流。作者福建人，诗句表现出怀乡之情。

彭城迟徐惟和不至①

淮水花飞送暮春，雁行中断泪沾巾。天涯莫叹无知己，与尔同为失路人②。

注释

①迟（zhì）：等待。徐惟和：即徐𤏳，有诗，见前注释。
②失路人：迷失道路的人。喻不得志。

过彭城

戏马台空落日愁，一声羌笛①楚云秋。无情濉水平如练②，犹咽西风不肯流。

注释

①羌笛：我国一种古老的单簧气鸣乐器，流行在羌族居住地。
②濉水：古代水名，亦作睢水。古蒗荡渠支津，自河南杞县流经睢县北，东向，经安徽萧县、宿县、灵璧，再入江苏睢宁，至宿迁南入泗水。楚汉相争，曾激战于睢水上。《史记·项羽本纪》："汉卒皆走南山，楚又追击至灵璧东睢水上。汉军却，为楚军所挤，多杀，汉卒十余万人皆入睢水，睢水为之不流。围汉王三匝。于是大风从西北而起，折木发屋，扬沙石，窈冥昼晦，逢迎楚军。楚军大乱，坏散，而汉王乃得与数十骑遁去。"练：白色的熟绢。

亚父冢①

事定何须恨沐猴②，乞归骸骨亦奇谋③。鸟藏弓尽韩彭醢④，不及彭城土一丘。

注释

①亚父冢：即范增墓。在徐州城南。见前注释（207 页）。
②沐猴：指项羽。《史记·项羽本纪》项羽西屠咸阳灭秦后，"心怀思欲东归，曰：'富贵不归故乡，如衣绣夜行，谁知之者！'说者曰：'人言楚人沐猴而冠耳，果然。'"
③范增劝项羽于鸿门宴上击杀刘邦，项羽未从；汉军败于彭城，荥阳被困，刘邦请和，项羽欲答应，范增劝项羽趁机攻击汉军。此时刘邦用陈平计，离间项羽范增。项羽疑范增与汉有私，乃稍夺其权，范增大怒，曰："天下事大定矣，君王自为之！愿赐骸骨归卒伍！"项羽许之。范增未至彭城，疽发背而死。（见《项羽本纪》）乞归骸骨，即"赐骸骨归卒伍"。骸骨，即身体，古时事君，看作以身许人，进退不能自主，故辞官叫

乞身，也称赐骸骨。归卒伍，即免职为士伍。

④韩彭：韩信和彭越，皆为汉初诸侯王。韩信初属项羽，后归刘邦；彭越当初起兵参与攻秦，项羽入关王诸侯，未封彭越，楚汉相争，彭归刘邦。后韩彭皆被刘邦杀害。醢（hǎi）：古代的一种酷刑，把人杀死后剁成肉酱。这里泛指受刑被害。

彭城道中

荒原百里断孤村，日落山腰见水痕。惆怅不须论往事，彭城今有未招魂。

又

迢遥驿路出南徐①，百里村烟一望无。旷野尚疑争战地，乱山犹拱霸王都。沐猴往事随流水，戏马空台起夜乌。目极孤城河似带，秪应无计锁天吴②。

注释

①迢遥（tiáoyáo）：遥远貌。驿路：古时的官方通道，供传递官府文书的车马通行。南徐：南徐州，为南朝宋对今天的镇江的称谓。南朝宋文帝元嘉八年（431），改长江以北为南兖州，长江以南为南徐州，治所在京口（今镇江）。这里泛指江南地区。

②秪（zhī）：只，但。天吴：水神。

贺灿然　一首

贺灿然：生卒年不详。字伯闇，自号六欲居士，浙江嘉兴人。万历二十三年（1595）进士，授行人。曾官吏部员外郎。

泊彭城

山城多宿雨①，日暮起北风。贾客②行将绝，中涓③计已穷。叩阍双阙回④，悬磬⑤九州同。应有轮台诏⑥，朝来出汉宫。

注释

①宿雨：夜雨。

②贾客：商人。

③中涓：古代君主亲近的侍从官或身边亲信。亦指宦官。

④叩阍（hūn）：有冤向朝廷申诉。双阙：指皇宫前两边的城楼。

⑤悬磬：形容极端贫穷，室内空无所有。《左传·僖公二十六年》："室如悬磬，野无青草，何恃而不恐。"

⑥轮台诏：指皇帝追悔往事引咎自责之言。始见《汉书·西域传赞》："是以末年遂弃轮台之地，而下哀痛之诏，岂非仁圣之所悔哉？"

袁懋谦　一首

袁懋谦：生卒年不详。字吉卿，江西丰城人。万历二十九年（1601）辛丑科进士。官给事中。

望彭城

彭城面面水，环匝①与城平。君不见马中赤兔人中布②，引水灌城走无路③。（据《明诗综》这首诗的作者为茅瑞征，州志署名袁懋谦。）

注释

①环匝：环绕。

②马中赤兔人中布：比喻非常优秀的人才。《三国志·吕布传》"布有良马曰赤兔。"注："曹瞒传曰：时人语曰：'人中有吕布，马中有赤兔。'"

③指吕布于下邳城被曹操围困，曹引沂、泗水灌其城，吕布无奈，被迫降曹。后被杀。

吴大山　四首

吴大山：生卒年不详。字仁仲，钱塘（今属杭州市）人。万历十九年（1591）中顺天乡试，为部郎，后任徐州吕梁洪工部分司主事、云南参政。

过亚父冢

义旗西向汉师还①，戏马台空落日间。葬骨一丘犹有恨②，岂宜重对子房山③。

注释

①指项羽起兵西征灭秦，后来刘邦还师东来灭掉项羽。

②指范增的遭遇。见前注（207页）。

③子房山：在徐州城东。一名鸡鸣山。张良在此作楚歌以散羽兵处，山上有子房祠。

九日登戏马台怀古

凭高堪极目,旧是项王台。霸气千秋尽,悲风九日来。佳辰期酩酊①,怃昔②独徘徊。更有丹青③在,偏矜蜀汉④才。

注释

①酩酊(mǐngdǐng):大醉貌。
②怃昔:指见到旧时留下的景物而怅然失意。怃:音wǔ。
③丹青:指绘画。我国古代绘画常用朱红色和青色,故称。
④矜(jīn):崇敬。蜀汉才:指刘邦。被项羽立汉王,王巴、蜀、汉中。亦指三国时刘备,在蜀地称帝,延续了汉朝大统。戏马台上三义庙,彰显汉昭烈帝刘备及关羽、张飞之义。

吊徐君墓①

冢树独悬剑,颓垣覆古藤。青袭②争共识,紫电③孰能称。独有幽人④赏,还无牧竖⑤登。通家⑥还似旧,先世自延陵⑦。

注释

①徐君:春秋时徐国的国君。参见前《挂剑台》诗注释。
②青袭:官职卑微的人。
③紫电:古宝剑名。
④幽人:指幽居之士。
⑤牧竖:牧童。
⑥通家:世代有交谊之家。
⑦延陵:古地名,今为江苏武进,为季札的封邑,故称延陵季子。

春日黄楼野望

河山来四望,倚雉起危楼①。色绚天霞丽,波翻地轴②浮。潆洄③汴泗合,指顾楚梁收④。自是郊原胜,层阴覆绿畴⑤。

注释

①雉:泛指城墙。危楼:高楼。

②地轴：连接地心和南极、北极的假想直线。是指地球自转所绕的轴，即地球斜轴，又称地球自转轴。此处泛指大地。

③潆洄：水流回旋貌。汴、泗都是古水名，二水在徐州城东汇合后流入淮河。

④指顾：手指目视之间。楚梁：指今徐州和徐州以西河南地区。徐州古为楚地，战国魏都大梁（今河南开封），故合称楚梁。汴水始于河南。

⑤层阴：密布的浓云。绿畴：绿色田野。

查应光　三首

查应光：生卒年不详。字宾王，号玄岳先生。休宁（今属安徽）人。万历二十五年（1597）举人，连任几处地方小官。曾十多次进京参加会试，屡试不第。后灰心仕途，在家著书教子，自称逸民。有《丽崎轩诗集》。

彭城道中

茏葱①驿树远相寻，几点疏星澹野阴②。月落川光迷晓郭，云低朔气③拥寒林。惊秋画角④劳征梦，啼曙哀猿引客心。寂寂孤村晨景里，风回犹觉有清砧⑤。

注释

①茏葱（lóngcōng）：草木青翠茂盛。驿树：驿道两边的树木。

②野阴：野外昏暗的景象。

③朔气：寒气。

④画角：古代一种竹筒状乐器。一端细一端大，多用竹木或皮制成，也有铜制。外涂彩绘，故称画角。发声高亢，古时军队用以警昏晓，振士气。

⑤清砧：指捣衣声。

黄河即事

风急日惨昏，寒云暮如赭①。建瓴②水势催，顷刻片帆下。

其二

为问古吕梁，随流向前去。乘风一折旋，转盼不知处。

注释

①赭（zhě）：红褐色。

②建瓴：高屋建瓴。此处指水流急湍，难以阻挡。

谒子房庙①

韩祚②不可复，高皇偶相从③。善藏如屈蠖④，抱德自神龙。风雨起黄石⑤，烟霞到赤松⑥。祖龙馘已矣⑦，何事待封侯。

注释

①子房庙：亦称留侯庙。徐州子房庙有二：一在留城，一在子房山。详见前注释（313页）。

②韩祚：指韩国的政权、王位。

③高皇：指汉高祖刘邦。陈涉等起兵后，张良聚集百余人去留投靠假王景驹，道遇刘邦，遂归附刘。

④屈蠖（huò）：指屈身的尺蠖。尺蠖幼虫身体细长，行动时一屈一伸。比喻人生处事能伸能屈，因势而变。

⑤黄石：黄石公。指张良避难下邳于桥上遇见黄石公事。详见前注释（353页）。

⑥烟霞：指山水胜景，寓意隐居。赤松：赤松子，古代传说中的仙人。张良晚年，曰"愿弃人间事，欲从赤松子游"。

⑦祖龙：指秦始皇。此句指秦朝已经灭亡。

何如申　二首

何如申：生卒年不详。字仲嘉，号虚白。安徽桐城（今属枞阳）人。万历二十六年（1598）进士，授户部主事。历官处州知府、嘉湖参政、浙江右布政。有《万伯遗诗》。

登戏马台

泽国①山河壮，岩城②鼓角馀。奔流交汴泗③，密树引舟车。日落荒台古，烟沉霸业虚。歌风④怀不尽，平望⑤独踌躇。

注释

①泽国：多水之乡。唐·杜牧《题白云楼》："江村夜涨浮天水，泽国秋生动地风。"

②岩城：多山之城。鼓角馀：指多鼓角之声。

③汴泗：汴水和泗水。韩愈有《汴泗交流赠张仆射》诗。详见前注释（25页）。

④歌风：指刘邦《大风歌》。

⑤平望：远望。

范增墓①

好向彭城解铁衣②，鸿门一失事全非③。至今草野花如雪，犹作纷纷玉斗飞④。

注释

①范增墓：见前注释（207页）。
②解铁衣：脱掉军服，离开军队。事指项羽疑范增与汉有私，稍夺之权。范增大怒，便离开项羽，东归，未至彭城，疽发背而死。详见前注释（207页）。
③鸿门一失：范增想借鸿门宴席之机杀掉刘邦，但项羽不忍，让刘邦逃走，致使后来项羽败给刘邦。
④玉斗飞：指鸿门案上范增怒击玉斗事。详见前注释（46页）。

何如宠　一首

何如宠（1569—1642），字康侯，号芝岳。何如申之弟。安徽桐城（今属枞阳）人。万历二十六年（1598）进士，选翰林院编修，授庶吉士。历官吏部右侍郎、礼部尚书、少保、户部尚书、武英殿大学士、国子监祭酒等。有《后乐堂集》。

范增墓

宴罢鸿门百事空①，腰悬宝玦②恨无穷。可怜七尺英雄骨，归葬彭城属沛公。

注释

①指范增计划鸿门宴上杀掉刘邦未能实现，辅佐项羽完成霸业的图谋成了泡影。
②腰悬玉玦：鸿门宴上"范增数目项王，举所佩玉玦以示之者三，项王默然不应。"详见前注释（218页）。

刘胤昌　一首

刘胤昌：生卒年不详。字燕及，号淯水。桐城陈洲（今安徽枞阳）人。万历三十二年（1604）进士，授江西宜黄知县，调任临川知县，再调广济，转南大理寺评事。有《刘氏类山》十卷、《淯水诗钞》、《澄响堂五世诗钞本》等。

彭城渡河

天子浚河身①，夫徒②十万余。石堤排雉堞③，沙岸集鱼鳞。鞭督勤州吏④，金钱问计臣。十千供一役，犹自说艰辛。

注释

①浚河身：指治理黄河，疏通水道。
②夫徒：指参加治河服劳役者。
③雉堞（zhìdié）：泛指城墙。
④州吏：州府的官吏。

袁中道 二首

袁中道（1570—1623），字小修，湖广公安（今属湖北）人。"公安派"领袖之一，与其兄袁宗道、袁宏道并称"三袁"。万历四十四年（1616）进士，授徽州府教授，后官南京吏部郎中。有《珂雪斋集》。

彭 城

明月照彭城，秋风号大泽①。清泪洒黄河，凄凄念往昔。三年如一梦，依然嗟流落②。今年算明年，无算不成错。何以展回肠，金樽③无停酌。

其二

澄空接素波，晴云亦何绮。浦口④树沉沉，明月从中起。静夜爇金罏⑤，余香散流水。

注释

①大泽：《史记·高祖本纪》："高祖被酒，夜径泽中，令一人行前。行前者还报曰：'前有大蛇当径，愿还。'高祖醉，曰：'壮士行，何畏！'乃前，拔剑击斩蛇。蛇遂分为两，径开。"《史记·项羽本纪》："项王至阴陵，迷失道，问一田父，田父绐曰'左'。左，乃陷大泽中。以故汉追及之。"
②嗟（jiē）：叹息。流落：漂泊异乡，穷困潦倒。
③金樽：对酒杯的美称，亦指美酒。樽，酒器。
④浦口：大河边。
⑤爇金罏：爇（ruò），点燃。金罏：精美的香炉。

徐州夜泊有怀

难忘漂泊向天涯,清露盈盈滴露华①。故国有楼同燕子②,野源③无地问桃花。微云点缀迎初月,秋水晶莹染暮霞。独立汀洲无一语,只将如意画寒沙。

注释

①露华:露珠。
②故国:故乡。燕子:指徐州燕子楼。
③野源:荒野水源之处。

萧如薰　一首

萧如薰(1573—1628),字季馨,延安卫(今陕西延安市)人。历官宁夏参将,徐州、保定等地总兵官。在朝曾主持神机营训练事务。

云龙山

突兀云龙寺①,金容巨佛尊。河流一衣带,山势尽屏藩②。云暗参差树,花明远近村。呗闻僧钹诵③,钟动鸟飞骞④。障翳微言在⑤,迷开圣谛⑥存。苏公⑦诗纪胜,张骥⑧鹤留轩。倾废诚难葺,崇新岂易言。明公⑨分厚俸,爱客倒清樽。掩映亭台丽,丰茸涧壑蕃⑩。林深青窈窕⑪,井浚碧潺湲⑫。游目景殊绝,攀萝星可扪。升沉莫漫结⑬,忧喜欲除烦。拟借兹山榻,有时好避喧。

注释

①突兀:高耸貌。云龙寺,此指云龙山兴化寺,亦称大佛寺,寺内有大石佛。
②屏藩:屏障。
③呗(bài):诵经声。钹(bó):打击乐器。
④飞骞:飞行。
⑤障翳:遮蔽视线之物,喻蒙蔽聪慧之物。微言:精深微妙之言。
⑥圣谛:指佛教的教义。
⑦苏公:指苏轼。
⑧张骥:指云龙山隐士张天骥。
⑨明公:旧时对权贵长官的尊称。
⑩全句指涧壑上覆盖着茂盛的草木。蕃:茂盛。

⑪窈窕：幽深貌。
⑫潺湲（chányuán）：水慢慢流动貌。
⑬漫结：忧郁，不愉快。

王 衡 五首

王衡：生卒年不详。字辰玉，太仓州（今江苏太仓县）人。万历二十九年（1601）进士，授编修。有《缑山先生集》。

过留侯祠①

祖龙②布毒焰，六社③墟为烟。手操报秦椎④，乃此弱少年。一击不中去东海，黄金散尽舌尚存。而今悔尽少年心，行授崂阳老子兵⑤。终扶赤帝嘘炎精⑥，以汉报韩心自盟。杯底龙蛇⑦楚汉剖，箸前⑧纵横六国走。功成持我黄石书⑨，以问赤松⑩当是否。赤松黄石不可知，岂共同茹商山芝⑪。未央钟室烹壮士⑫，公方云卧留之湄⑬。生前不恋侯万户⑭，身后宁贪一坯⑮土。神仙不死侠骨香，月冷波清自今古。

注释

①留侯祠：即留侯庙。见前注释。
②祖龙：指秦始皇。详见前注释。
③六社：指齐、楚、燕、赵、韩、魏六国。社：社稷，代表国家。六国先后被秦所灭。
④报秦椎：指张良为替韩报仇，得力士为铁椎百二十斤于博浪沙狙击秦皇帝，误中副车。秦始皇大怒，大索天下。张良更姓名，藏匿下邳。
⑤崂阳：崂山的南坡。借指精美的琴。《书·禹贡》："崂阳孤桐。"传说崂阳多桐树，可制琴。老子兵，老子的兵道。传说楚汉相争时张良曾命士兵在此吹箫将楚兵吹散。
⑥赤帝：指刘邦。炎精：指火德。按五行说汉为应火运而兴的王朝。嘘炎精：指扩张刘邦的威力。
⑦杯底龙蛇：指酒食间进行高超的谋划。
⑧箸前：《史记·留侯世家》："张良对曰：'臣请藉前箸为大王筹之！'"藉，借；箸，筹子。意思是：请借汉王前面的筹子为汉王指划形势。
⑨黄石书：指张良于圯桥遇见黄石公被授予《太公兵法》事。详见前注释（10页）。
⑩赤松：赤松子，古代传说中的仙人。张良晚年，曰"愿弃人间事，欲从赤松子游"。（《史记·留侯世家》）
⑪商山芝：秦末汉初的东园公唐秉、甪（lù）里先生周术、绮里季吴实和夏黄公崔广四位著名学者不愿意当官，长期隐藏在商山，出山时都八十有余，眉皓发白，故被称

为"商山四皓"。刘邦曾请他们出山做官,而被拒绝。他们宁愿过清贫安乐的生活,还写了一首《紫芝歌》以明志向。刘邦晚年欲废太子刘盈,立戚夫人子赵王如意。大臣多不同意,吕后恐,张良为之谋划,请来商山四皓进宫劝阻刘邦。

⑫未央钟室:未央,即未央宫,西汉皇家宫殿,因在长乐宫之西,汉时称西宫。钟室,挂钟的房子。《史记·淮阴侯列传》:"吕后使武士缚信,斩之长乐钟室。"

⑬留之湄:留,张良的封地。湄:水边。

⑭侯万户:刘邦封功臣,让张良自己择取齐地三万户为封邑,张良却辞让曰:"臣愿封留足矣,不敢当三万户。"(见《史记·留侯世家》)

⑮坏(pēi):山丘。

彭 城

百里流澌①拥雪来,乱山千点对衔杯。村中醉击枌榆鼓②,寂寂花飞戏马台。

注释

①澌:江河解冻时流动的冰块。

②枌榆:即枌榆社,为汉高祖刘邦故乡丰县的里社名,在江苏丰县城东北。刘邦初起兵时祷于枌榆社。后常以枌榆代称故乡。"击枌榆鼓",指击鼓祈祷祭祀。

雨中徐州道①

乡山看在眼,愁向暮山生。驿舍②清明雨,人烟芒砀③城。花飞急流静(**州县志作"尽"**),云起大河平。一路茫茫白,归心乱旅程。

浩荡雨成泽,溟濛④云是山。沿湖草自绿,如我鬓⑤初斑。匹马花间没,空潮月上还。逢人皆道路,几得此生闲。

注释

①州县志收录第一首,题作"雨中徐州道上"。

②驿舍:古时供驿长、驿夫以及往来官吏、休息食宿之地。

③芒砀:芒山与砀山,在今安徽砀山县东南,与河南永城县接界。为刘邦起兵藏匿之地。详见前注释(392页)。

④溟濛:模糊不清。

⑤鬓(bìn):古同"鬓"。

渡黄河

客思如流急,河声带雨浑。滔滔今古恨,淡淡夕阳痕。壮甚吕梁水,高于云梦村①。孤舟去飘忽，倚棹②寂无言。

喜见春帆色，遥遥落下邳③。山清风定后，日照浪高时。伐鼓空堤动，行人细柳迟。乾坤河广④在，浩荡渡何其。

注释

①云梦村：指云梦城；《读史方舆纪要》卷二十九："吕梁洪上有二城，一曰云梦，一曰梁王，土人谓云梦即韩信，梁王则彭越。"

②棹（zhào）：划船的一种工具，形如桨。

③下邳：古下邳，即今江苏省宿迁。

④河广：《诗经·卫风·河广》："谁谓河广？一苇杭之。谁谓宋远？跂予望之。"表现思归的感情。

登子房山谒子房祠

霸略千年尽，风云尚尔祠。山河留气色，冠剑表须麋①。心事终黄石，功名共紫芝②。东园③有遗老，长此托风期④。

注释

①须麋：须眉，代称男子。麋通"眉"。

②紫芝：即唐元德秀，《新唐书·元德秀》："元德秀字紫芝，河南河南人。质厚少缘饰……善文辞，作《蹇士赋》以自况。房琯每见德秀，叹息曰：'见紫芝眉宇，使人名利之心都尽！'""紫芝"常被用于称颂人德行高洁。

③东园：官署名，掌管陵墓内器物的制造和供应。

④风期：风度品格。李白《梁甫吟》："广张三千六百钓，风期暗与文王亲。"

郭士望　一首

郭士望：生卒年不详。湖北蕲水（今湖北浠水县）人，万历三十三年（1604）进士，曾官吏部侍郎。

舟次云龙山遇风雪，和钟敬伯韵似民部卢如麓丈①

驱车到此地，一眺真悠哉。鹤与人共适，水从天上来。浇胸今有酒，作赋昔多才。心事百龄谬，令威②去复回。

石尤③苦作恶，旅辙④不能停。去国学轻叶⑤，还乡如戴星⑥。蔿⑦中千艘合，天外一鸿冥⑧。何事妒人雪,先封放鹤亭。

注释

①似:与,给。民部:官署名,即户部之前身,唐以避太宗李世民名改,掌管土地、户籍、赋税、财政收支等事务。这里"民部"代指民部官员。丈:对老年男子的尊称。

②令威:即丁令威,传说中的神仙。晋陶潜《搜神后记·丁令威》:"丁令威,本辽东人,学道于灵虚山。后化鹤归辽,集城门华表柱。时有少年,举弓欲射之。鹤乃飞,徘徊空中而言曰:'有鸟有鸟丁令威,去家千年今始归。城郭如故人民非,何不学仙冢垒垒。'遂高上冲天。"

③石尤:指大风。传说古代有石氏女嫁商人尤郎。尤为商远行,妻阻之,不从。尤久不归,石思念成疾,临死叹曰:"吾恨不能阻其行,以至于此。今凡有商旅远行,吾当作大风为天下妇人阻之。"故称逆风、顶头风为石尤或石尤风。

④旅辙:旅途。

⑤轻叶:喻轻舟。

⑥戴星:即披星戴月,喻早出或晚归。

⑦蔼:云气。通"霭"。

⑧鸿冥:远飞的大雁。

钟　惺　六首

钟惺(1574—1624),字伯敬,一作景伯,号退谷、止公居士,湖广竟陵(今湖北天门市)人。万历三十八年(1610)进士,授行人,掌管诗诰及册封事宜。历官工部主事、南京礼部祭祠司主事、南京礼部仪制司郎中、福建提学佥事等。有《隐秀轩集》。

云龙山

无山不见水,乐此亦宜哉。未及双帆过,先携一杖来。鹤终非近玩①,人别有仙才②。莫作辽东梦③,千年尚欲回。

注释

①云龙山上有放鹤亭,宋隐士张天骥养有二鹤。近玩:亵玩,亲近而玩弄。北宋周敦颐《爱莲说》:"可远观而不可亵玩焉。"

②仙才:超凡的才能。指苏轼。

③辽东梦:指不切实际的想法。

彭城入舟后候浅三首

自十一月初七日至二十三日

河水未生处，烟帆仍泊身。一人冬觱篥①，方响夜蕤宾②。计晚尤③官吏，情危听鬼神。巫言明日雨，聊欲慰吾人。

又

冰腹寒犹解，河身下反高。所争惟尺水，厥利在千艘。委壑金钱易，篝灯畚锸劳④。舟航今日虑，未暇及风涛。

又

瓠子⑤偏难决，桑田恐易成。道傍朝暮议，舟外喜忧情。有尽薪兼土，无灵璧与牲。运艘犹未过，官舶莫先行。

注释

①觱篥（bìlì）：古乐器名。截竹为管，以芦为头，形如胡笳。出自龟兹，后传入中国。唐李颀有诗《听安万善吹觱篥歌》。

②蕤宾：古乐十二律中之第七律。蕤：音 ruí。

③尤：归咎。

④篝灯：灯笼，以笼蔽灯。畚锸（běn chā）：畚，竹筐之类的器具；锸，锹。

⑤瓠子：瓠子，地名，也称瓠子口，在今河南濮阳西南。《汉书·沟洫志第九》："自河决瓠子后二十余岁，岁因以数不登，而梁、楚之地尤甚。上既封禅，巡祭山川，其明年，乾封少雨。上乃使汲仁、郭昌发卒数万人塞瓠子决河。于是上以用事万里沙，则还自临决河，湛白马玉璧，令群臣从官自将军以下皆负薪填决河。"本诗五、六两句所指即借用"沟洫志"中所述之事。

过 浅

一月二十五日

寂然舟共水，中夜忽同声。里鼓不遑报①，岸灯无故生。半旬群策屈，一间万夫争。前后终当济②，先人自物情。

注释

①里鼓：里，为商贾聚居之处。里鼓，指里中有专门报告船起程的鼓。不遑：没来得及。

②济：渡过。

舟泊云龙山下

群情仍一寂，舟与水俱宁。两岸冬惟野（道光县志作"墅"），千帆夜共星。钟声收广莫①，人语警空冥②。喜就佳山泊，重来放鹤亭。

注释

①广莫：亦作"广漠"，辽阔空旷。
②空冥：天空。

彭城开船

二十五日

泊久船重发，翻如始入舟。后时偏过望，前路不遑忧。雁喜人南去，鸥从我下流。低回独何系，未易别黄楼。

舟至吕梁洪

二十六日

半月徐州住，今朝下此滩。初赐波一分，积气野无端。人涉何其便，鱼游似不难。变迁川谷理，天险亦安澜。

王思任　一首

王思任（1574—1646），字季重，号谑庵，又号遂东、稽山外史，山阴（今浙江绍兴）人。万历四十七年（1619）进士，历官兴平、当涂、青浦三知县、袁州推官、九江佥事。清兵破南京后，鲁王监国，以王思任为礼部右侍郎，进尚书。顺治三年，绍兴为清兵所破，绝食而死。有《王季重十种》。

彭城登眺时榷事稍苏①

釜底瞰徐州，高城拥大楼。黄河经夜宿，白日古原秋。子午针南北②，江山弈项刘③。咽喉④今渐爽，睥睨⑤不须忧。

注释

①榷事稍苏：榷事，商榷国事，亦指国事。苏：回复。本诗县志题作"过徐州"。
②此句指徐州地处南北的中点。古代以北方为子，南方为午。
③弈项刘：指项羽、刘邦曾在此争战对弈。
④咽喉：喻指扼要之地。渐爽，逐渐明朗。
⑤睥睨（pìnì）：同埤堄，泛指城墙。这里代指城市。

李流芳 三首

李流芳（1575—1629），字长蘅，号泡庵、慎娱居士，歙县（今属安徽）人，侨居嘉定（今属上海市）。万历三十四年（1606）中举，后两度赴京参加殿试，皆不第，遂绝意仕途。工诗善书，尤精绘事。有《檀园集》。

登云龙山

此山表徐方①，经过屡登眺。偶然寻旧游，策蹇②偕所好。荒亭何萧瑟，落日春风峭。河山挟霸气，四顾雄怀抱。嗟此古战场，岂容隐者傲。缅思放鹤人③，无乃非高蹈④。不见山下湖，清如眉眼⑤照。河势欲吞山，湖能益山貌。此中岂有意，河怒湖则笑。

注释

①表徐方：表，标志，此句意思：云龙山是徐州的标志。
②策：鞭打，用鞭子赶。蹇（jiǎn）：劣马或跛驴。
③缅思：缅怀思念。放鹤人：指张天骥。见前注。
④无乃：莫非，岂不是。高蹈：指隐居。
⑤眉眼：眉与眼。泛指容貌。

云龙山

云龙山头石皑皑①，遥接孤城戏马台。春风一盏②有何限，不见黄河天际来。

注释

①皑皑：洁白光亮貌。
②盏：小杯子。此处用作量词。"一盏"即指一杯酒。

徐州雪后题画赠李生长题

黄河曲①里又新年，指点京华②欲到天。喜君眉目如春雪，却忘彭城是客边③。

注释

①曲：拐弯处。徐州地处黄河拐弯处。
②京华：京都。
③客边：旅居外地。亦指外地人。

马之骏 二首

马之骏（1578—1617），字九达，新野（今属河南省）人。明万历三十八年（1601）进士，历官户部主事、郎中。有《妙远堂集》。

黄 楼

宋苏文忠建，中有文定①所书碑

城以河为襟，山复在城裔②。一楼寄城头，山水互为隶③。缔搆既名守④，丰碑况佳弟⑤。啸歌一时情，千古想其世。慕者良多怀，逝者岂真逝。此楼所不朽，文章与经济⑥。

注释

①文定：即苏辙。苏辙死后，宋孝宗时追谥"文定"。
②城裔：城郊。
③互为隶：互相隶属。这里指山水相连。
④缔搆：建造。名守：指太守苏轼。
⑤佳弟：指苏辙。黄楼中有苏辙所撰《黄楼赋》碑刻。
⑥经济：经世济民治理国家。

过彭城卢虹仲仓曹招登云龙山①

地果如兹胜，山非易得名。烟中河渐小，天外岭难平。曲折才过寺，高深即俯城。鹤归今不返，林麓②集鸦声。
尊罍③非漫出，泉石有前因。客至留今日，情深见古人。傍湖④峰影入，匝野⑤树烟春。指点多名迹，归舟意已醇⑥。

注释

①县志题作"云龙山二律"，多第二首。卢虹仲：即卢瑛田，字虹仲，增埗（今属广州）人。万历十九年（1591）举人。万历三十八年（1610）进士。除户部主事，督徐仓兼徐洪钞关。仓曹：仓曹参军，主管仓库。

②林麓：山林。

③尊罍：指酒器。漫：随意。

④傍湖：靠近湖。云龙山西有石狗湖（现为云龙湖）。

⑤匝野：四野。

⑥醇：（意愿）强烈。

宋统殷　一首

宋统殷（1582—1634），字献徵，号瀛渚，山东莱州府即墨县（今山东省即墨市）人，万历三十八年（1610）进士，授南京户部主事。历官户部员外郎、淮安府知府、山西按察使司副使、易州兵备道、山东按察使司副使、山西按察使、右佥都御史、山西巡抚等。

登云龙山

倬彼①云龙山，归然万古闲。其巅形削削②，其下水潺潺。凭高意不极，超忽绝人寰。浮槎③须可渡，谈笑诣天关④。谁揭动静理，苍茫云水间。长天杳无际，孤鸟自飞还。览之岂不怡，心与白云闲。雄关百二⑤胜，恶是独惨颜。顾彼咽喉地，风烟动百蛮⑥。往事悲争鹿⑦，于今剧可潸⑧。釜底城堞误⑨，兵食耗闉阓⑩。积衰不可继，隐隐闇生奸⑪。中原无一事，波流起白鹇⑫。杞忧⑬方此甚，乘兴已阑珊⑭。

注释

①倬彼：倬，高大，显著；彼，指示代词，那、那个。《诗经·大雅·云汉》："倬彼云汉，昭回于天。"

②削削：陡峭貌。

③浮槎：木筏。

④天关：天门，也指地势险要的关隘。

⑤百二：以二敌百。一说百的一倍。后以喻山河险固之地。

⑥百蛮：古代对南方少数民族的总称。后也泛称其他少数部族。

⑦争鹿：争夺政权、帝位。
⑧剧：剧烈，程度深。潸（shān）：流泪。
⑨釜底：即成语釜底游魂，喻指处于危亡之境。城堞：泛指城墙。此句意指即将崩溃的政权，筑上高墙也无用。
⑩兵食：指军队的供应。阛阓（huìhuán）：市场，引申义为整个社会。
⑪闇：同"暗"。奸：坏事，祸乱。
⑫白鹇（xián）：鸟名。又名银鸡，似山鸡而白色。
⑬杞忧：杞人忧天。
⑭阑珊：将尽，消退。

刘荣嗣　三首

刘荣嗣：生卒年不详。字敬仲，曲周（今河北曲周县）人。万历四十四年（1616）进士，授户部主事。历官吏部郎中、光禄卿、顺天府尹、户部侍郎、工部尚书。有《半舫集》。

子房山祠①

落日山城试问津②，子房遗像俯河湄③。赤松自遂烟霞侣④，黄绮翻为羽翼人⑤。圯上有书全覆楚⑥，沙中一击已无秦⑦。痛来九世伤心事⑧，莫共萧韩作汉臣⑨。

注释

①子房山祠：见前注释（44页）。
②问津：问路。津，渡口。
③河湄：河边。
④赤松：赤松子，古代传说中的仙人。张良晚年，曰"愿弃人间事，欲从赤松子游"。烟霞侣：指山林隐士。
⑤黄绮：汉初商山四皓中的夏黄公崔广、绮里季吴实。刘邦晚年欲废太子，立戚夫人子赵王如意。大臣多不同意，吕后恐，请张良为之谋划。张良请来商山四皓进宫劝阻刘邦。四皓离去时，刘邦召戚夫人指四人说："我欲易之，彼四人辅之，羽翼已成，难动矣。"
⑥圯上句：指张良于下邳圯上遇见黄石公被授予《太公兵法》，受此书之益辅佐刘邦击败项羽。
⑦指张良雇刺客于博浪沙狙击秦皇帝事。
⑧九世：指张良刺杀秦始皇事已过去了九个朝代。

⑨萧韩：萧何、韩信，皆为辅助刘邦建立汉朝的功臣。萧何曾受疑被刘邦囚禁，韩信终被吕后杀害。

季札挂剑台①

天启丁卯，同曹薇垣至其所，崇祯己巳再过感而赋此。

老树萧疏秋草深，徐君有墓在河浔②。荒台谁表缔交谊，孤剑曾悬生死心。吴国旧封难可问，汶河③流水到于今。重来转觉风期④邈，感叹徒令泪满襟。

注释

①挂剑台：见前注释（41页）。
②河浔：河边。
③汶河：亦称汶水，在今山东省境内。季札出使鲁国，路过徐地。此处汶河代指鲁地。
④风期：风度品格。

宿彭城

云光暗落日，风雨大河滨。尚忆争衡①地，如闻鼓角②频。乌江不可渡③，钜鹿有余瞋④。一炬销秦虐，诸侯称楚宾。先机怀亚父⑤，御侮失才臣。忠信宁人负，优容⑥岂败因。驱除功已大，狙诈⑦道何遵。君子贵其正，霸王安足论。分羹存季子⑧，伏剑慨虞仁⑨。苟且堪为国，韩彭⑩合保身。山河凡几姓，心迹久弥真。戏马台前树，萧森⑪感路人。

注释

①争衡：在角逐中较量胜负。
②鼓角：战鼓和号角之声。
③乌江亭长劝项羽东渡乌江，项羽笑曰："天之亡我，我何渡为！且籍与江东子弟八千人渡江而西，今无一人还，纵江东父兄怜而王我，我何面目见之！纵彼不言，籍独不愧于心乎！"（《史记·项羽本纪》）
④瞋（chēn）：睁大眼睛瞪人。这句指项羽军队与秦军在钜鹿的一次决战。《史记·项羽本纪》："诸侯军救钜鹿下者十余壁，莫敢纵兵。及楚击秦，诸将皆从壁上观。楚战士无不一以当十，楚兵呼声动天，诸侯军无不人人惴恐。"
⑤先机：关键的时机。亚父：指范增。见前注释。
⑥优容：宽容。
⑦狙诈：狡猾奸诈。

⑧项羽欲烹杀刘邦之父太公,"告汉王曰:'今不急下,吾烹太公。'汉王曰:'吾与项羽俱北面受命怀王,曰约为兄弟,吾翁即若翁,必欲烹而翁,则幸分我一杯羹。'"(《史记·项羽本纪》)季子:指刘邦之子孝惠帝刘盈。

⑨指虞姬为项羽伏剑而死。

⑩韩彭:韩信、彭越,皆为汉初诸侯王,刘邦的功臣,后被告发谋反而被杀害。

⑪萧森:草木凋零衰败貌。

方孔炤　一首

方孔炤(1590—1655),字潜夫,号仁植。安徽桐城人。万历四十四年(1616)进士,授嘉定州知州。历官福宁知州、兵部主事、职方司郎中、尚宝司卿等。

雍门叹①

东风肃肃冱长安②,朝亦寒,暮亦寒。马上何人,轻鞍而貂冠?边朔③多狂沙,冻甲何攒攒④。番戍⑤日已久,双粮不足餐,客欲上书笔堕地,雍门有琴谁与弹⑥?

注释

①雍门:乾隆《徐州府志》:"《寰宇记》:雍门城在彭城县东南五十里。桓谭《新论》云:雍门周弹琴见孟尝君是也。《州志》作雍门村,在吕梁洪北。"冯世雍《吕梁洪志》:"北则雍门村,即古雍门周善弹琴能使孟尝君悲者。"

②肃肃:风声。冱:hù 冻结:《庄子·齐物论》"至人神矣,大泽焚而不能热,河汉冱而不能寒……"

③边朔:北方边地。陈子昂《唐故朝议大夫梓州长史杨府君碑》:"边朔多虞,狁犹孔棘。"

④冻甲:冰冷的盔甲。攒攒(zǎnzǎn):聚集貌。

⑤番戍:轮流戍守。《明史·兵志三》:"永乐间,始命内地军番戍,谓之边班。"

⑥雍门有琴:刘向《说苑·善说》:齐人雍门周,名周,居雍门,曾以琴见孟尝君。孟尝君曰:"先生鼓琴亦能令文悲乎?"周引琴而鼓,于是孟尝君涕泣增哀,下而就之曰:"先生之鼓琴,令文立若破国亡邑之人也。"

高道素　一首

高道素:生卒年不详。字明水,原名斗光,字如晦,浙江嘉兴人。万历四十七年(1619)进士,授工部主事,后官屯田郎中。善书画。

阻雨彭城驿寄怀李九疑礼部①

乍失河阴树,难分淮泗山。寒山原上白,秋叶雨中斑。乡梦深宵断,琴声永日间。遥怜和歌客,相忆渺江关②。

注释

①李九疑:嘉兴人,官中议大夫、太仆寺少卿。礼部:官署名,掌管礼仪、祭享、贡举等职。

②江关:江南。作者和李九疑皆为江南人。

何九州　一首

何九州:生卒年不详,嘉靖、万历年间人。字仲敷,号春亭,江苏宿迁人。嘉靖时诸生。曾参与编纂《宿迁县志》。有《春亭集》。

戏马台

访古孤城外,萧萧①百草枯。台荒谁戏马,树老但啼乌。海日销兵气②,江云散霸图③。我生千载后,揽涕独踟蹰④。

注释

①萧萧:冷落凄清的样子。

②海日:从海上升起的太阳。兵气:战争、战乱之气氛。

③霸图:称霸的雄图。

④揽涕:挥泪。三国魏曹植《三良诗》:"揽涕登君墓,临穴仰天叹。"踟蹰(chí zhū):徘徊不前貌。

霍维华　一首

霍维华(?—1636年),东光(今属河北)人。万历进士。授金坛知县,历官兵科给事中、太仆寺卿、兵部右侍郎、兵部尚书。曾戍徐州。

子房祠

圯桥已授神仙诀①,帷幄犹传社稷功②。蹈海未甘鲁仲子③,归湖岂似陶朱公④。

凫飞汉阙无人识⑤,鹤举蓬莱⑥有路通。用世情深仍翫世⑦,盱衡⑧今古许谁同。

注释

①指张良于圯桥遇见黄石公被授予《太公兵法》事。详见前注释（341页）。

②帷幄：军中的帐幕，同"帷帐"。《史记·留侯世家》："高帝曰：'运筹策帷帐中，决胜千里外，子房功也。'"社稷功：指张良为刘邦击败项羽建立汉朝所作的谋划。社稷：古代帝王、诸侯所祭的土神和谷神，用为国家的代称。

③鲁仲子：即鲁仲连，战国时齐国人，善于出谋划策，常周游各国，为其排忧解难。秦军围困赵国国都邯郸，魏王派将军新垣衍劝说赵尊秦为帝，鲁仲连听说后便去见新垣衍，劝说赵、魏两国联合抗秦，称："彼秦者，弃礼义而上首功之国也，权使其士，虏使其民。彼即肆然而为帝，过而为政于天下，则连有蹈东海而死耳，吾不忍为之民也。"（《史记·鲁仲连邹阳列传》）

④陶朱公：即范蠡，春秋时楚国宛人，仕越为大夫，辅佐越王勾践奋发图强，终灭吴国。以勾践为人可与同患，难与处安，遂乘船海路到齐国，改名换姓，耕于海畔。不久，致产数十万。齐人知其贤，以为相，范蠡退回相印，尽散财产，分给朋友和乡亲。后定居陶，自称陶朱公，经商致富，资产累巨万。

⑤凫：野鸭。汉阙：汉代的一种建在城门或建筑群大门外的纪念性建筑物，以表示威仪、等第。亦代称官殿、朝廷。《后汉书·王乔传》："王乔者，河东人也。显宗世，为叶令。乔有神术，每月朔望，常自县诣台朝。帝怪其来数，而不见车骑，密令太史伺望之。言其临至，辄有双凫从东南飞来。于是候凫至，举罗张之。但得一只舄焉。乃诏尚方诊视，则四年中所赐尚书官属履也。"

⑥蓬莱：山名，古代方士传说为仙人所居。

⑦翫世：玩世。翫，同"玩"。

⑧盱衡（xūhéng）：观察，纵观。

李向阳　一首

李向阳：生卒年不详。字孝乾，徐州人。天启四年（1624）举人。因得罪魏忠贤而匿迹僧寮中数载。后官金山卫教授，旋以亲老辞归，躬耕自给。与万寿祺朝夕唱和，为莫逆之交。

云龙山寺纳凉①

赤乌②怒不下，南山有松阴。盘礴③每竟日，禅者④慧能深。茶瓜列冰几⑤，风动还披襟。顾兹左右侣，同存太古心⑥。

注释

①云龙山寺：即云龙山东麓的兴化禅寺，亦称大佛寺。该寺缘北魏大石佛修建而成。
②赤乌：指太阳。
③盘礴：盘坐不动貌。
④禅者：指僧人。
⑤冰几：洁净光亮的茶几。
⑥太古心：纯朴之心。

徐 标 一首

徐标（？—1644），字准明，济宁（今山东济宁）人，天启五年（1625）进士。历官徐州兵备道参议（崇祯六年）、右佥都御史、兵部侍郎、兵部尚书等。

微山湖泛舟

幔卷晴岚面面风①，小桥水石响疏桐。岸容萧飒空明外②，山影依微渺霭③中。千古今宵谁是主，百年几醉已成翁。清秋兀对④欢良晤，情语留连思不穷。

注释

①幔：帐幕。岚：山林间的雾气。此句意指拉开船上的窗帘，望见晴朗的天空飘荡着山林间的雾气。
②萧飒：凋零，冷落。空明：通明透彻的天空。
③渺霭：弥漫的雾气。
④兀对：静对。

张 垣 三首

张垣（1593—1645），字明卿，号曙三，徐州人。崇祯六年（1633）武举，官归德府通判。清顺治二年（1645）抗清殉难。有《夷犹草》。

登云龙北阁遇张伯承

雨过寻山翠落裾①，坐来禅舍意如如②。槎③边客至联新句，钵里龙眠隐旧居④。阑药⑤风翻香复霭，崖藤云护密还疏。倚楼指顾⑥苍烟暮，身后浑疑步紫虚⑦。

注释

①翠落裾（jū）：翠，指绿色的草木。裾：衣服的大襟，代指衣服。
②禅舍：佛教寺院。如如：佛教指真如常在，圆融而不凝滞的境界。
③槎（chá）：树的枝杈，此处泛指树木。
④钵里龙眠：指皈入佛门过归隐生活。钵，僧人的食器。龙眠，即龙眠山，在安徽桐城西北，宋代朝官李公麟，号龙眠居士，好学博古，善画，晚年归隐此山。
⑤阑药：阑槛里的芍药花。
⑥指顾：手指目视之间。形容时间短暂、迅速。
⑦浑：简直。紫虚：天空。因云霞映日而天空呈紫色。

登放鹤亭次霍司马韵①

绝巘②孤亭试此攀，苍茫天地有余闲。鹤踪已去云犹在，龙气虽淹藓尚斑③。一带岚光④樽酒外，千秋胜概⑤书图间。登高倍切伊人思，何日乘风靖远关⑥。

注释

①司马：官名，为州府的佐官，掌管督粮、缉捕等事务。霍司马：疑为霍维华。见前注释。
②绝巘：高耸的山峰。巘（yǎn）：山峰。
③龙气：帝王之气。淹：消逝。
④岚光：山间雾气经日光照射而发出的光彩。
⑤胜概：美好的境界。
⑥靖远关：评定边关之乱。

赠张元若将军提兵驻节云龙山①

吞虹壮气拂征鞯②，猎猎③旗开古巘前。半壁支撑天有柱，贰师④保障境无烟。风和柳叶吹鳞甲⑤，春暖桃花策电鞭⑥。目是东南饶雨露，会须挽汉洗戈还⑦。

注释

①提兵：率领军队。驻节：指高级官员驻在外地执行公务。
②征鞯（jiān）：出征的马，战马。鞯：鞍鞯，代指马。
③猎猎：旗在风中飘动的样子。
④贰师：汉时大宛地名。大宛有善马，在贰师城，匿不肯献。汉武帝命李广利为贰师将军，征贰师城，取得善马，因以为号。此处以贰师将军李广利喻指张元若将军。无烟：指无战火，太平。

⑤鳞甲：古时一种铠甲，如鳞状。代指士兵。
⑥策电鞭：急速凌厉鞭打。《汉书·扬雄传上》："奋电鞭，骖雷辎。"
⑦会须：应当。挽汉：引来天上银河的水。汉：银汉。戈：兵器。杜甫《洗兵马》："安得壮士挽天河，净洗甲兵长不用。"

顾梦游　一首

顾梦游（1599—1660），字与治，江宁（今江苏南江）人，一说吴江（今江苏苏州）人。崇祯十五年（1642）岁贡生。入清后以遗民终老。有《茂绿轩集》。

题万年少隰西草堂①

堂在崔泉田庄山东麓

山色过淮少，渔风出浦多。中林偕白板，高岸隐黄河。抱膝思当世，闻歌唤奈何。斋心②真佛子，只此未消磨。

注释

①万年少：即万寿祺，字年少。有诗，见下注释。
②斋心：清心寡欲。

刘廷佐　一首

刘廷佐：生卒年不详。江西万安人。万历四十四年（1616）进士。官御史。

鹤　亭

孤亭云里一抠衣①，欲访仙翁放鹤飞。鹤久辞亭飞不返，仙疑守鹤②竟忘归。独馀陈迹存名胜，长与骚人看夕晖③。暂得偷闲杯酒共，后期还恐事多违。

注释

①抠衣：提起衣服前襟而行，表示恭敬。抠：音 kōu。
②守鹤：有操守之鹤。
③骚人：诗人。夕晖：夕阳的光辉。

王　微　一首

王微（1600—1647），字修微，小字王冠，自号草衣道人。扬州人，江南名妓。七岁丧父，后流落青楼，先嫁茅元仪，又归许誉卿。经常远游，结识很多士人，因有"美人学士"之称，时与柳如是齐名。

拟燕子楼四时闺意

淡烟如梦罨①重帏，楼外晴丝与泪吹。判得莺花笑憔悴，不能轻薄学杨枝②。
何须莺语唤春回，浓绿眉痕展不开。多谢伴愁梁上燕，只将孤影入楼来。
罗衾③自叠怯新凉，无寐偏怜夜未央④。生死楼前十年事，砌蛩⑤帘月细思量。
照心残焰见床空，死忆分明梦不通。才到四更窗外白，峭寒⑥轻絮一楼风。

注释

①罨（yǎn）：覆盖，笼罩。
②杨枝：杨柳枝。杨枝轻柔，随风飘荡。喻轻薄。
③罗衾：丝绸被。
④未央：未尽。
⑤砌蛩（qìqióng）：台阶下的蟋蟀。砌：台阶。蛩：蟋蟀。
⑥峭寒：严寒，常形容春寒。

万寿祺　十一首

万寿祺（1603—1652），字年少，又字介若，徐州人，崇祯三年（1630）举人。崇祯十七年（1644），移家吴郡。清军南下，万寿祺于吴郡举兵起义，兵败被俘，督师惜其才及名声，授以吴江令，力辞不就。晚年移居清江浦（今江苏淮安市），所居曰隰西草堂，自号沙门慧寿，或称寿道人。有《隰西草堂集》。

夏日崔泉山庄诗①

过山受东霭②，夏木苍多姿。折入流水中，步见庄门池。池下荫荷叶，鱼虾不苦饥。田鸟自在游，皎皎循香蓠③。远岸牛羊声，落日当参差④。
弥弥野水腹⑤，乘夏得本志。清晨木杪⑥低，暮夜雷雨至。麦场游驾鹅⑦，墟里茂棘樲⑧。茅阁独巍然，坐受后山庇⑨。

柿叶大如掌，柿实不盈拳。悠然南风来，当此长夏天。山脚引稻畦，路腰突丰泉。白鸟上下飞，引雏茭渚边⑩。佳境纡我心⑪，山水多胜年⑫。

月出白照谷，野火隔林炽。老夫方倚门，牧畜尚未至。前山何夜号，车声转禾穗。路黑人又稀，狼虎已出队。山深草木繁，宵明青如祟。

雀乳井上木，鸡鸣墙头瓦。老牸⑬暴败墟，䵖麦⑭尚在野。蚕木今年升，鱼秧去年化。邻村知事人，杂论⑮若水泻。相与坐版扉⑯，赤足悬门罅⑰。蒲扇导微凉，月令引榆柘⑱。豪豨⑲公然游，高音坠其下。

始忧郭门⑳遥，今在穷巷好。墟里昔崩落，我来乃诛草。门前流水阴，屋后荣木老。旧谷亦已稀，新麦乘候早。日侧山影黄，有酒共倾倒。登床读我书，凉风入怀抱。墙头海榴花㉑，风中红杲杲㉒。

注释

①崔泉山庄：民国《铜山县志》："崔泉山庄在城东南女娥山麓，寿祺别业也。今废。"

②霭（ǎi）：云气。

③皎皎：洁白貌。蘼：香草名，也叫江蘼。

④参差：指夕阳时云霞绚丽的景象。

⑤弥弥：水深满貌。腹：指水的中心部分。

⑥木杪（miǎo）：树梢。

⑦指麦场上用牲畜拉着石磙轧麦脱粒，行动很缓慢，如鹅行走。

⑧墟里：村落。棘：丛生的小枣树。樲（èr）：酸枣树。棘樲：泛指枣树。

⑨庇：依托。此句指茅阁背靠山冈。

⑩茭渚：长满茭的水边。茭，一种可食用的植物，类似芹。

⑪纡我心：萦回在我心中。

⑫胜年：丰收之年。

⑬牸（zì）：母牛。

⑭䵖麦：大麦。䵖，音móu。

⑮杂论：纷纷议论。

⑯版扉：门板。坐版扉，指靠着门板坐。

⑰门罅（xià）：门缝。

⑱月令：《礼记》篇名，记述每年农历十二个月的时令、行政及相关事物。这里指节气。榆柘：榆树和柘树。

⑲豪豨（xī）：野猪。

⑳郭门：城门。

㉑海榴花：石榴花。石榴自海外移植，故称海榴。

㉒杲杲（gǎogǎo）：明亮貌。

家 居

　　大雨公然四十日，小窗纸隙巢地虱①。昼夜草身长过人，东西垣脚墨到膝。方今六月禾黍黄，浊河鼓流夺田室。有司②祈雨复祈晴，旌旗羽葆密如栉③。西郊苍狼食农夫，北望传烽④尽盗卒。书生读书州城庐⑤，菽麦在前不能悉。四方劳劳天岁凶⑥，忧时宁不学经术⑦。夕坐短床檐声驰⑧，叹息不如危树鹬⑨。

注释

　　①地虱：虫名。又称地湿虫、负蟠等。
　　②有司：官吏。
　　③羽葆：古代饰有鸟羽的仪仗。栉（zhì）：梳子和篦子的总称，喻像梳齿那样排列密集。
　　④传烽：点燃烽火，逐站相传，以报敌情。
　　⑤州城庐：州城，泛指城市。庐，房屋。
　　⑥劳劳：惆怅忧伤。天岁凶：收成不好，闹饥荒。
　　⑦经术：经学、儒学。
　　⑧檐声驰：指叹息声从檐下的窗口传出去。
　　⑨鹬（yù）：一种水鸟，羽毛多为灰、黄、褐等色。

孝乾楼上①

　　河汉②黯将夕，微风湖上楼。如何当盛暑，天气澹如秋。凫雁③闲自浴，蒹葭④动未休。因过原宪⑤宅，策杖正科头⑥。

注释

　　①孝乾：李向阳，字孝乾。详见前注释（453页）。
　　②河汉：银河。
　　③凫雁：野鸭和大雁。
　　④蒹葭：蒹，荻；葭，芦苇。
　　⑤原宪：孔子的弟子，字子思。传说蓬户褐衣蔬食，不减其乐。后来用以泛指贫士。这里以原宪比李向阳。
　　⑥策杖：拄着手杖。科头：结发不戴帽；正科头，把发髻整理端正，表示尊敬。

忆 昔

神庙①初，四方无事，海内殷富，达京师者道彭城。余儿时犹及见之，追今三十余年。军兴以来②，人物凋耗③，城郭崩毁。今昔之感，为忆昔诗。

忆昔神皇初握衡④，玉琴风转泰阶平⑤。尉侯万里连三辅⑥，图鉴⑦千秋号百城。海内自藏天子富，人间亦有地仙⑧生。纷纷络绎舟车客，都向东徐⑨道上行。

二月夭桃⑩三月红，绣堤⑪芳草任西东。垂帘画阁鸟声外，隔院游丝⑫花瓣中。晓队焚香闻伐鼓⑬，春阴试马竞鸣弓。挑镫三十年前事，细帽轻衫今老翁。

士女晨游不解愁，百年箫鼓自春秋。草荒雨涨胭脂井⑭，花满春喧燕子楼⑮。星号王良临太仆⑯，山名樊哙祀留侯⑰。只今吹笛横疏影，明月依稀似旧游。

河流踉跄⑱依城下，千里奔樯⑲似奔马。远廊带山西南青，危楼染土东北赭⑳。短篱小菊对客吟，长竿大枣从人打。岁时无事过旗亭㉑，桑柘阴阴开万野。

注释

①神庙：指神宗朱翊钧执政时期。
②军兴以来：指明末张献忠、李自诚的农民起义及清军的入侵所造成的战乱。
③凋耗：衰败，损失。
④神皇：指皇帝朱翊钧。握衡：掌握政权。
⑤玉琴：玉饰的琴，亦为对琴的美称。泰阶平：泰阶，星名，即三台：上台、中台、下台，共六星，两两并排而斜上，如阶梯，故称。古人认为三阶平则阴阳和，风调雨顺，五谷丰登，人民安宁，天下太平。
⑥尉：官名。侯：爵名。三辅：指京都周围地区。
⑦图鉴：用地图、文字记载的国家各方面的资料。
⑧地仙：方士称住在人间的仙人。此处比喻富有而悠闲享乐的人。
⑨东徐：东徐州。《魏书·地形志中》："东徐州，孝昌元年置，永熙二年州郡陷，武定八年复。治下邳城。"此处指徐州东黄河流经的邳州一带，当时这是一条重要的南北水运通道。
⑩夭桃：茂盛的桃树。
⑪绣堤：花草丛生的河堤。
⑫游丝：飘动着的蛛丝。
⑬伐鼓：击鼓。
⑭胭脂井：即景阳殿之井。故址在今南京市。隋兵南下，南朝陈后主与二妃三人俱投井，为隋人牵出，后人因称此井为辱井。
⑮燕子楼：指关盼盼所居燕子楼。见前注。

⑯王良：星名。《晋书·天文志》："王良五星，在奎北，居河中，天子奉车御官也。其四星曰天驷，旁一星曰王良，亦曰天马。"太仆：官名，掌管皇帝的车驾和马政。
⑰樊哙：汉初将领樊哙，九里山上有樊哙树立汉军大旗的磨旗石。留侯：指张良。徐州子房山上有子房祠。
⑱踉跄（liàngqiàng）：此指河水流急速。
⑲樯：船桅，代指帆船。
⑳危楼：高楼，指黄楼，黄楼建成时以土为色。赭：红褐色，黄中带红。
㉑岁时：一年四季。旗亭：酒楼。

发彭城循河南下

路接长堤窈窕①横，家家风雨酿清明②。望穷芳草行人出，开遍桃花春水生。落日山河临大泽，极天烽火接高城③。中原群盗今方盛，闻道西师已压兵④。

注释

①窈窕：深远貌。
②酿清明：准备过清明节。
③极天：到处。烽火：战争，战乱。
④西师：指朝廷在西部的军队。压兵：指压制、击败敌方军队。

冬日，里中集王二、尚质、山房遂登东山①

兵戈四岁各天涯，故里相逢看鬓华②。元亮有庄依柳树③，忆翁④无地画兰花。人间歌哭悲风起，天外登临落日斜。惭愧续诗灵隐寺⑤，化城几处换尘沙⑥。

注释

①东山：指子房山，在徐州城东。
②鬓华：花白的鬓发。
③晋诗人陶潜，字元亮。所撰《五柳先生传》中说："先生不知何许人也，亦不详其姓字，宅边有五柳树，因以为号焉。闲静少言，不慕荣利。好读书，不求甚解；每有会意，便欣然忘食。"
④忆翁：即宋代诗人、画家宋思肖（1241—1318），连江（今属福建）人。宋亡后改名思肖，因肖是宋朝国姓赵的组成部分。字忆翁，表示不忘故国；号所南，日常坐卧，要向南背北。后客居吴下，寄食报国寺。
⑤灵隐寺：即杭州灵隐寺。万寿祺晚年，易僧服，自称明志道人，沙门慧寿。
⑥化城：佛教语。一时幻化的城郭；比喻小乘所能达到的境界。后称佛寺为化城。

这里指佛寺。尘沙：尘世。喻指污浊、战乱。

夜渡吕梁将过迪堂呈李大①

霜风吹雁晚来过，水落蛟门②初渡河。独夜榛苓③南国远，隔年钟磬故山多。担簦有客随蓬虆④，披户无人补薜萝⑤。几度别君无那⑥老，须眉⑦如此奈愁何。

注释

①李大：指李向阳。
②蛟门：指水流急险处。
③榛苓：榛，灌木，丛木。苓，草名，或说即苍耳子。
④担簦（dēng）：背着伞，意指奔走、跋涉。簦，古代有柄的笠，如同现在的伞。蓬虆（léi）：草名，生于丘陵之间，藤叶繁茂。
⑤披户：遮蔽门户。薜萝：薜荔、女萝，皆植物名。
⑥无那（wúnuó）：犹无奈。无可奈何。
⑦须眉：胡须和眉毛。古时以男子之美在须眉，故以须眉为男子的代称。

彭城九日

九月九日菊有年，耆荷女柳平渚田①。奔云上山秋气急，落日下河风影圆。雁鹜②各谋稻粱地，蟹螯③竟成时俗天。故乡意境殊不恶，问汝此夕何高眠。

注释

①耆荷：衰残的荷叶。女柳：柔弱的柳枝。平渚田：水边平坦的田地。
②雁鹜：大雁和野鸭。
③蟹螯（xiéáo）：蟹的第一对足。《晋书·毕卓传》："卓尝谓人曰：'得酒满数百斛船，四时甘味置两头，右手持酒杯，左手持蟹螯，拍浮酒船中，便足了一生矣。'"李白《月下独酌其四》："蟹螯即金液，糟丘是蓬莱。且须饮美酒，乘月醉高台"。

登云龙山

放鹤亭西接大河，颓烟漫草①望中过。频年战斗逋逃②尽，落日山川涕泪多。北枕荒城仍畜牧，东临野水见渔蓑③。独闻新决澶渊④道，回首风尘起碧波。

注释

①颓烟漫草：满天烟雾，遍地草木。
②逋逃：逃跑，逃亡。逋：音 bū。
③渔蓑：身着蓑衣的渔翁。
④澶州：今属河南省。黄河多次从澶渊决口。参见前注。

冬日还里省墓

国破归来家已残，墓门荆棘夜漫漫。南山①无恙身将隐，东海余生泪未干②。祖父岂知王氏腊③，子孙不受北朝④官。种瓜莫向青门去⑤，独抱松楸守岁寒。

注释

①南山：一般指西安市南的终南山，古时为士人隐居之地。徐州城南的户部山、云龙山也称为南山。
②此句指作者自己当年于吴郡起兵抗清被俘事。吴郡东靠海，此是泛指。
③王氏腊：王氏，指王莽。腊，岁终祭神的节令。《后汉书·陈宠传》："宠曾祖父咸，成、哀间以律令为尚书。……及莽篡位，召咸以为掌寇大夫。谢病不肯应。时三子参、丰、钦皆在位，乃悉令解官，父子相与归乡里，闭门不出入，犹用汉家祖腊。人问其故，咸曰：'我先人岂知王氏腊乎？'"此处借指明遗臣不仕清朝。
④北朝：指清朝。
⑤青门：汉长安东南门，因门青色，故称。秦召（邵）平为东陵侯，秦亡，成为平民，于青门外种瓜，人称青门瓜，也称东陵瓜。

冬日，同王二、张一、毕四、家侄穆、儿子睿，晚登东山①

木落东皋②烟树齐，留侯台上望苏堤③。十年虎豹人家少，几处牛羊村舍低。荒日尚悬寒郭外，群山不动大河西。浮云直下三千里，南斗平临在碧鸡④。

注释

①乾隆徐州府志诗题为《晚登东山》。
②东皋：田野或高地的泛称。
③留侯台：即留侯祠，亦称留侯庙，位于子房山上。苏堤：熙宁十年（1077年）8月21日，洪水直逼徐州城下。苏轼组织全城吏民修筑了一条防洪长堤，"首起戏马台，尾属于城"，全长984丈。后人名为苏堤。
④南斗：星名。南斗六星，即斗宿。碧鸡：即碧鸡山，在云南昆明市西。此指南斗星在西南天际。碧鸡亦指金马碧鸡神；今云南昆明市东有金马山，西有碧鸡山，两山相

对，山上都有神祠。相传汉时在此祭金马碧鸡之神。《汉书·郊祀志》："或言益州有金马碧鸡之神，可醮祭而致，于是遣谏大夫王褒使持节而求之。"此句寓意对亡明的怀念。

阎尔梅　十一首

阎尔梅（1603—1662），字用卿，号古古，又号白耷山人（因耳大而白，故称）、蹈东和尚，沛县（今江苏沛县）人。明崇祯举人。因参与抗清活动，为清军所执，不屈，脱走后流亡各地，晚年始归家乡。有《白耷山人集》。

邀施诚庵凤仪、吴日生易两职方集龙山①

漫向山庐②起卧龙，山庐深锁翠岚③重。方闻义士争超距④，其奈王师戏举烽⑤。纡道⑥往寻前代迹，移樽⑦直上最高峰。黄茅冈下苔纹古，处处坡仙⑧怪石供。

群山群水护此山，断碑无数立中间。平田树紫春如绣，残雪峰青夕更斑。熊耳铭功悲事往⑨，龙门遣妓⑩想官间。行来鹤室⑪荒芜尽，应是当年放未还。

注释

①施诚庵：字凤仪，明末抗清将领，南直嘉定（今属上海市）人，崇祯十年（1637）进士，授武昌府推官。明末与史可法同守扬州城殉国。吴日生：（1612—1646），吴易，字日生，吴江（今江苏苏州）人，崇祯十六年（1643）进士，被南明唐王任命为职方主事，为史可法监军。清顺治二年（1645），起兵抗清，后兵败被俘，在杭州就义。职方：官名。兵部设职方司，主要掌管疆域图籍。龙山：即云龙山。

②山庐：山上的房子。

③翠岚：翠绿的山色。

④超距：古代练习武功的一种活动。此处指各地抗清力量正蓬勃展开。

⑤王师：朝廷的军队。举烽：古代防守，遇有敌情，即于高台上燃火举之以告。戏举烽：指朝廷军队涣散，不知敌情，作战无力。

⑥纡道：绕道。

⑦樽：酒器。

⑧坡仙：指苏轼。苏轼《登云龙山》："醉中走上黄茅冈，满冈乱石如群羊"。

⑨熊耳：山名。在河南省宜阳县。秦岭东段支脉，以东西两峰相峙，状如熊耳，故名。《后汉书·刘盆子传》："樊崇乃将盆子及丞相徐宣以下三十余人肉袒降。上所得传国玺绶，更始七尺宝剑及玉璧各一。积兵甲宜阳城西，与熊耳山齐。"

⑩龙门：指有名望的达官贵族。妓：指艺妓，以歌舞为业者。

⑪鹤室：即宋代山人张天骥所筑放鹤亭，年久亭毁，后人多次重修。详见前注释

(401 页)

游桓山洞①

亦名洞山，在徐州城北，乙酉冬，余携家避乱于此。

山在门前日日登，小儿全不畏嶒崚②。天高雪霁扶筇坐③，屐底④残云数十层。

注释

①桓山洞：桓山，旧名圣女山，俗称洞山。有洞山寺。宋司马桓魋在此修凿石洞作为墓郭。详见前注释（57页）。
②嶒崚（cénglíng）：高耸险峻貌。
③雪霁：雪停天气转晴。筇（qióng）：手杖。
④屐（jī）：泛指鞋。此处代指脚。屐底：即脚下。

书徐州杨子野斋中

窗纸风微响似呼，霜天星隐月明孤。旅愁惟仗杯中物①，除却②杯中一物无。

注释

①杯中物：指酒。陶渊明《责子》诗："天运苟如此，且进杯中物。"
②除却：除去。

至桓山与仲弟①沽饮

山下有渔翁，山中有酒帘②。共君何处醉，移棹入霜蒹③。

注释

①仲弟：即阎尔羹。
②酒帘：酒家所用的招子。此处代指售酒人家。
③棹（zhào）：船桨，此处代指船。霜蒹（jiān）：霜后白色的芦苇荡。

洞山为宋司马桓魋①墓故名桓山

谁将司马姓为山，生既奸雄死更顽。埋骨九原②愁未稳，多分疑冢③诳人间。

注释

①司马桓魋:桓魋是齐桓公的后代,在春秋时期的诸侯国政治斗争中有一定的地位。他花费了3年的时间于桓山修凿石洞。孔子曾抨击桓魋的奢华行为,因此引起桓魋的恼恨,当孔子周游列国到达宋的地界洞山时,桓魋曾率多人追击。

②九原:九州之土。

③疑冢:为防人盗掘而造的迷惑人的假墓。

游白云洞 ①

山在徐州城北

一

棠花垂壁石拳拳②,墨峪嶒崚火不前。行到山根休放步,冥冥砂遂即丹泉③。

二

垂垂冰乳石皴④香,苔纽⑤虫痕墨篆凉。何事道人嫌容屐,当门十尺垒横墙。

三

移家渐次隐东湖,湖上烟峦不用租。回首苍茫风雨散,山头共醉一人无。

四

潇潇山雨晚来归,湿尽芒鞋与布衣。寄语仙房常住好,年年云水笑人非。

注释

①白云洞:位于九里山西麓,倚洞建有白云寺。

②拳拳:弯曲貌。

③冥冥:幽深貌。砂遂(suì):充满砂石的小水沟。丹泉:仙泉。

④皴(cùn):皴裂。

⑤苔纽:藓苔盘结貌。

悲彭城 有序

满兵初未尝至徐州也,乃山东无赖市儿委署徐州丰沛间,通计百余人耳。总兵李成栋为兴平伯高杰旧将,闻信东逃。予时自桓山微服往观,潜焉出涕。用古乐府体悲之。四月十四日事。

黄河奎塔倚河隈①,旗鼓高悬戏马台。九里山前堪列阵,临期不见一来人。
万顷春田麦秀匀②,官军东来踏成尘。侦他胡骑③来多少,乡导④前驱二十人。

注释

①奎塔：奎山塔。奎山位于徐州城东南四里，山上有塔，明万历三十四年万崇德建。河隈：河水弯曲处。

②麦秀匀：麦子茂盛而整齐。

③胡骑：这里指满清军队。

④乡导：带路，引道，带路的人。乡，通"向"。即"向导"。《三国志·魏·武帝纪》："秋七月，大水，傍海道不通，田畴请为乡导，公从之。"

登云龙山北望呈史阁部①

登峰远眺客心伤，故国坟园属异乡。闲杀官军三十万②，黄河南岸筑边墙③。

注释

①史阁部：指史可法，官礼部尚书兼东阁大学士，时称"史阁部"。

②闲杀：特别悠闲。杀，表示程度深。此句指三十万官军等待迎战敌军。

③边墙：本指长城。《明史·兵志三》："乃请修筑宣大边墙千余里，烽堠三百六十三所。"这里指防御工事。

至徐州辞阁部去，同年施诚庵留予，以诗答之

我岂从军者，登高北望寒。风来尘万里，何处是长安？
东房已南下，金陵方议和①。出师将半载，犹未渡黄河。
河南住大军，河北尽胡服②。一水不能过，中原何处复？
山田自可耕，偶为征书误③。因人事不成，荒却山中路。
南去近君家，我家故河北。若与君俱南，伤心惨颜色。

注释

①此句指福王政府正派左懋第去北京议和。

②胡服：指胡人所穿的服装，这里代指清军。

③征书：指征召或征调的文书。《后汉书·郎顗传》："闻征书到，夜县印绶于县廷而遁去。"

至徐州过万年少故宅二首

当世谁堪语，斯人复永违①。生前家已弃，没后榇②何归。荒草埋虚阁，秋风鼓

败扉③。多情惟燕子，还向旧巢飞。

秋水堂前路，尘封昼不开。抚弦绝真赏④，闻笛有余哀。花落樊桐馆⑤，云收戏马台。黄泉无驿使⑥，谁说故人来。

注释

①永违：永远离去。
②榇（chèn）：棺材。
③败扉：破败的门窗。
④真赏：指值得欣赏的景物。
⑤樊桐馆：樊桐，传说中的山名。《淮南子·地形》："县圃、凉风、樊桐在昆仑阊阖之中。"《水经注·河水一》："崑崙之山三级，下曰樊桐，一名板松。"这里樊桐馆指女娥山万氏住宅。
⑥黄泉：阴间。驿使：古时驿站传送文书的人。此处指传送信函的人。

燕子楼和韵　有序

唐贞元中，张尚书建封节度徐州，有爱姬关盼盼，善歌舞。尚书殁，徐州旧第有小楼名燕子，盼盼居其上十余年不嫁，且作诗三首①。白乐天闻而和之，又外赠一首讽其不从尚书死也。盼盼得诗泣下，旬日不食卒。余故次其本韵，刻之楼中。楼在州城西北隅。

一

空楼寂寂十经霜，百事无欢懒下床。每到春来常苦困，秋来苦醒夜偏长。

盼诗云："楼上残灯伴晓霜，独眠人起合欢床。相思一夜情多少，地角天涯不是长。"

二

初时弄笔写云烟，岁人魂销意索然。丝竹②满堂花满目，愁来都不似当年。

盼诗云："北邙松柏锁愁烟，燕子楼中思悄然。自埋剑履歌尘散，红袖香销一十年。"

三

相思一夜一千回，人在情中梦不来。无限愁肠真似火，几时烧断得成灰。

盼诗云："才看鸿雁岳阳回，又赌玄禽逼社来。锦瑟瑶筝无意绪，任从蛛网任从灰。"

注释

①序中所谓盼盼所作三首诗，经后人考证非盼盼作，为张仲素作。参见前白居易《燕子楼三首并序》。

②丝竹：泛指乐器。丝指弦乐器，竹指竹管乐器。

陈子龙　三首

陈子龙（1608—1647），明末重要作家。初名介，字卧子，号大樽。松江华亭（今上海松江）人。崇祯十年（1637）进士，曾官绍兴推官、兵科给事中。清兵陷南京，开展抗清活动，事败后被捕，投水殉国。有《陈忠裕公全集》。

寄怀万年少①

　　早霜戒疏林②，劲秋吹已暮。忆别铜马门③，至今吴江④树。自对青冥⑤间，无期弄云雾。引领日参差⑥，予美违往路⑦。策马桓山阴⑧，鼓楫⑨黄河渡。寄我瑶华音⑩，中肠益回互⑪。明时有樽酒，相期遗世务。谁能天一方？怀哉隔情素⑫。

注释

　　①万年少：即万寿祺，字年少。见前注释。
　　②此句指早霜打落林中的树叶。戒：除去。
　　③铜马门：即古蓟城门。公元350年，鲜卑族首领慕容俊占据幽州，后在此称帝，定都蓟城。为追念创业之艰难，为自己骑的一匹战马铸铜像，置于蓟城门，后世称这座门为铜马门。作者《初秋》诗："前岁重游铜马门，翻然策蹇宿荒村。"
　　④吴江：今苏州。
　　⑤青冥：天空。
　　⑥引领：伸颈远望。参差：指日子白白地过去。
　　⑦往路：前去的道路。作者《仙人篇》诗："采药南山下，云雾何弥漫。往路既已失，叹息此盘桓。"汉李陵《与苏武》诗之二："行人怀往路，何以慰我愁。"
　　⑧策马：用马鞭驱马。桓山：在徐州城北约十七里，原名圣女山，又名魋山、圣女山、洞山。详见前注释（57页）。
　　⑨鼓楫：划船。楫，船桨。
　　⑩瑶华音：对他人书翰的美称。李白《代别情人》诗："天涯有度鸟，莫绝瑶华音。"
　　⑪回互：往复，来回；反复思考。
　　⑫情素：真实的感情。

酬万年少二首

　　音问何时发，方春恨不胜。花明千里道，月照九微灯①。衰乱谁当念，风流敢自矜。还应谋大隐②,荆棘满青蝇③。

海内方多难,殷忧动草莱④。奔流群盗近,疏凿大河开(时盗向商、洛,开徐、邳黄河)。落日云龙气⑤,春风戏马台。知君高卧稳,心念出奇才。

附:《陈子龙诗集》【考证】《通鉴纲目三编》:"崇祯九年三月,贼高迎祥由郧、襄趋兴安、汉中,李自成由南山逾商、雒走延绥,张献忠、罗汝才等窜伏郧阳、商、雒山中,不能救。未几延绥总兵俞冲霄击自成于罗家山,官军大败,贼势复振。"《明史·河渠志》:"崇祯八年九月,总兵尚书刘荣嗣得罪。初,容嗣以骆马湖运道溃淤,创挽河之议。起宿迁至徐州,别凿新河,分黄水注其中,以通漕运。计工二百余里,金钱五十万,而其所凿邳州上下,悉黄河故道,浚尺许,其下皆沙,挑掘成河,经宿沙落,河坎复平。如此者数四,迫引黄水入其中,波流迅急,沙随水下,率淤浅不可以舟。及漕舟将至,而骆马湖之溃决适平,舟人皆不愿由新河,容嗣自往督之,欲绳以军法,有入者辄苦淤浅,弁卒多怨。巡漕御史倪于义劾其欺罔误工,逮问坐脏,父子皆瘐死。郎中胡琏分工独多,亦坐死。其后骆马湖复溃,舟行新河,无不思容嗣功者。"

注释

①九微灯:古时一种有九个分枝的灯,又名九华灯或九光灯。亦泛指有多枝的灯。

②大隐:古时根据隐士的思想境界分为大隐、中隐、小隐。白居易《中隐》诗:"大隐住朝市,小隐入丘樊。丘樊太冷落,朝市太嚣喧。不如作中隐,隐在留司官。似出复似处,非忙亦非闲。唯此中隐士,致身吉且安。"

③荆棘:比喻奸佞小人,亦指奸佞小人聚集之处;东方朔《七谏》:"行明白而日黑兮,荆棘聚而成林。"青蝇:喻指谗佞之人。语出《诗·小雅·青蝇》:"营营青蝇,止于樊。岂弟君子,无信谗言。营营青蝇,止於棘。谗人罔极,交乱四国。"

④草莱:乡野,民间。

⑤云龙气:明嘉靖《徐州志》:"城南二里曰云龙山,山有云气,蜿蜒如龙。"

送万年少还彭城

飘零蛮锦湿玄霜①,永夜兰桡②小帐香。冬暖镜台飞孔雀,月明纨扇③画鸳鸯。大江北渡吴归客,旧楚西来汉故乡。指点横塘④春事近,莫教惆怅郁金堂⑤。

注释

①蛮锦:西南和南方少数民族所织的锦。这里指丝绸衣服。玄霜:厚霜;元萨都剌《九日》诗:"浙江水落玄霜下,吴地秋深白雁高。"

②兰桡（ráo）：小舟的美称。桡：船桨，代指小船
③纨扇：细绢制成的团扇。
④横塘：古堤名，在今苏州市西南。
⑤郁金堂：对女子芳香高雅居室的美称。唐沈佺期《古意》诗："卢家少妇郁金堂，海燕双栖玳瑁梁。"

汤允贤　一首

汤允贤：生平不详。

望桓山①有感

魋也尔何人，果欲戕夫子②。悠悠洪水波，未洗千年耻。石椁空崔嵬③，不朽宁在此。吾将歌凤衰④，逝矣归桑梓⑤。

注释

①桓山：见前注（57页）。
②魋也二句：魋，司马桓魋（详见前注释）。《史记·孔子世家》："孔子去曹适宋，与弟子习礼大树下。宋司马桓魋欲杀孔子，拔其树。"戕（qiāng）：杀害。
③崔嵬：高耸貌。
④歌凤衰：《论语·微子》："楚狂接舆歌而过孔子曰：'凤兮！凤兮！何德之衰？往者不可谏，来者犹可追。已而，已而！今之从政者殆而！'"
⑤桑梓：家乡。古代常在家屋旁栽种桑树和梓树。又说家乡的桑树和梓树为父母所种，对它要表示敬意。后人用"桑梓"比喻故乡。《诗·小雅·小弁》记载："维桑与梓，必恭敬止。靡瞻匪父，靡依匪母。"

周起杞　一首

周起杞：生平不详。

放鹤亭

不寻扬州跨鹤翁①，还追放鹤在云龙。茅檐断续芦花夜，柳树参差夕阳中。天上河流忙走泻，日边楼观冷朦胧。仰观俯察知人理②，楚汉③空悲一世雄。
乘间常得到山游，四景④关心独有秋。清啸远随明月去，素衣⑤轻惹桂香浮。飞

鸿天畔⑥犹为侣，乳燕南归漫解愁。江楚楼⑦中黄鹤伴，携来此地共悠悠⑧。

黄河流不歇，青山静无恙。有鹤自飞来，非复前人放。

囊空积佳句，山人更寻题。放鹤人何在，亭前日已西。

注释

①南朝梁殷芸《小说》卷六："有客相从，各言所志：或愿为扬州刺史，或愿多赀财，或愿骑鹤上升，其一人曰：'腰缠十万贯，骑鹤上扬州。'"

②人理：指人世的变化规律。

③指刘邦项羽相争。

④四景：四季景色。

⑤素衣：泛指白色衣服。

⑥天畔：天边，天际。

⑦江楚楼，指黄鹤楼（在今武汉蛇山）。唐代诗人崔颢的《黄鹤楼》诗：有"黄鹤一去不复返，白云千载日悠悠。"

⑧悠悠：久远。

顾 言 一首

顾言：生平不详。

过徐登云龙山

云龙山头吐龙泉①，泉水深深龙夜眠。神龙衔水飞云间，霖雨②下土泉为乾。犹遗放鹤亭在巅，亦有红杏巅之前。深秋花落鹤不还，平林③十里空碧烟。山腰石佛④知几年，法身十丈插重元⑤。玉箫隐隐吹洞天⑥，分明蓬岛非尘寰⑦。有客醉我以琼筵⑧，解颜啸傲⑨如神仙。欲行不行情转牵，浸云浊酒⑩耽流连。寄形逆旅皆熏莲⑪，况此佳胜无恶缘。我欲短吟纪岁年，酕醄恐博山灵嗎⑫，令人遥忆少陵⑬篇。

注释

①龙泉：指流碧泉。同治《徐州府志》：云龙山西麓有流碧泉，泉从石隙出，入石沟湖。

②霖雨：指甘雨，时雨。亦指连绵大雨。

③平林：平原上的树林。

④山腰石佛：指云龙山兴化寺内的大石佛。

⑤重元：即重玄，指天空。

⑥洞天：意指洞中别有天地，道家认为是神仙所居之处。

⑦蓬岛：即蓬莱仙岛，古代方士传说为仙人所居。尘寰：人世间。

⑧琼筵：珍美的筵席。

⑨解颜啸傲：解颜，开颜欢笑；啸傲，放歌长啸，形容傲然自得，不受约束。

⑩浸云浊酒：酒杯里浸透了云影，即云映入酒杯中。

⑪逆旅：客舍。寄形逆旅，意指人在世间，时间短暂，如住旅馆，只是暂时停留。白居易《老病幽独偶吟所怀》："已将心出浮云外，犹寄形于逆旅中。"薰莲：薰，通"薰"，香草。莲，莲花。喻人生美好但时间短暂。

⑫山灵嗃：山灵，山神。嗃：讥笑。

⑬少陵：指杜甫，自号少陵野老。

胡彧（yù）　一首

胡彧：生平不详。

云龙歌

为季子考槃①其下

云龙山上石巉巉②，云龙山下水湛湛③。水有轮兮山有岚④，美人结室南山南。花绽莺啼恣意酣，兴来摘句投花篮。二三老友气盍簪⑤，相将携手笑而谈。石为佛骨佛有龛⑥，山以龙名龙跃潭。当年友鹤张子谙⑦，鹤去鹤来日几参⑧。苏子作亭亭自覃⑨，亭前万象皆空函⑩。木石结伴老松楠，口机不知刺史⑪憨。谁觅芳踪山之嵁⑫，侑尊杂沓鹡与鸰⑬。赋诗何必思再三，仪狄⑭留惠至今甘。薄言旋归云作弇⑮，杯盘狼藉间遗柑。月到上方柳影毶⑯，客自绳床僧自菴⑰。

注释

①考槃：隐居。源自《诗经·卫风·考槃》，全诗三章，赞美隐居生活。

②巉巉：高峭险峻貌。

③湛湛（zhànzhàn）：水清澈貌。

④岚（lán）：山间的雾气。

⑤盍簪：古时指士人聚会。盍，同"合"；簪，古人插于发髻或连冠于发的长形针状物。

⑥龛（kān）：供奉神佛的石室。

⑦张子：指云龙山隐士张天骥。谙（ān）：熟悉，精通。

⑧几参：多次查看。

⑨苏子：指苏轼。作亭：指苏轼所作《放鹤亭记》一文。覃（tán）：意义深广。

⑩空函：空旷。

⑪口机：口才。《宋书·王镇恶传》："镇恶为人强辩，有口机，随宜酬应，高祖乃释。"刺史：太守的别称。

⑫嵁（kān）：峭壁。

⑬侑尊：助饮兴，劝酒；侑，音yòu。尊，同"樽"，酒器，代指酒。杂沓：杂乱，多而纷杂。鹲（zūn）：一种野鸡名。鸖：同"鹤"，即鹌鹑。这里鹲、鸖皆指形似鹲、鸖的酒器。

⑭仪狄：相传夏禹时发明酿酒的人，女性。

⑮薄言：急急忙忙。《诗·周南·芣苢》："采采芣苢，薄言采之。"王粲《从军诗》之一："尽日处大朝，日暮薄言归。"弇（yǎn）：覆盖，遮蔽。

⑯毿（sān）：树枝纷披貌。

⑰绳床：古时一种用藤绳等材料制作可以折叠的轻便坐具。菴，同"庵"，佛寺。

汪乾利　一首

汪乾利：生平不详。

泗　上

芒砀山①前秋草多，彭城王业竟如何。云来还作真人气②，风起犹传帝子歌③。胡雁南飞离紫塞④，淮流东下接黄河。知君跃马能乘兴，一路江山取次⑤过。

注释

①芒砀山：芒山与砀山，在今安徽砀山县东南，与河南永城县接界。二山相距八里。当年刘邦送徒骊山途中逃匿，即藏于芒砀山泽岩石之间。

②真人：指真命天子。范增劝项羽乘势击败刘邦军队，曰："吾令人望其气，皆为龙虎，称五彩，此天子气也。急击勿失！"（见《史记·项羽本纪》）

③帝子歌：即刘邦的"大风歌"。

④胡雁：塞外的大雁。紫塞：北方边塞；秦筑长城，土色皆紫，汉塞亦然，故称。

⑤取次：一个又一个。

业　聪　一首

业聪：生平不详。

吕梁洪

西风将客櫂①,飞渡吕梁洪。地回云垂野,天低雪满篷。山从丰沛②下,水向泗淮③通。疏凿诚非易④,怀哉大禹功。

注释

①櫂（zhào）:划船拨水用的工具,同"棹"。这里用作动词,指划船。
②丰沛:丰县、沛县地区。
③泗淮:泗水、淮河。
④疏凿:这里指大禹疏凿导水之功。《水经注卷三》:"其水西流,历于吕梁之山而为吕梁洪。其岩层岫衍,涧曲崖深,巨石崇竦,壁立千仞,河流激荡涛涌,波裹雷渍云泄,震天动地,昔吕梁未辟,河出孟门之上,盖大禹所辟以通河也。"后人往往把两个吕梁混为一谈。亦可指后人对吕梁险滩的疏凿之功。清同治《徐州府志》:"吕梁有上下二洪,相距凡七里,水中巨石齿列,波涛汹涌,号为至险。唐宋疏凿遗迹并与徐洪同。明宣德初,以漕舟艰阻,陈瑄议于旧河凿渠深二丈,阔五丈以行舟。七年,复凿渠并置闸。既而湍险如故。成化中管河主事张达、费瑄修筑堤坝。嘉靖二十三年主事陈洪范凿石平之,自是舟行益便。"

申崇勋　一首

申崇勋:生平不详。徐州人。有《续野客丛书》。

燕子楼①

城头有楼名燕子,城下万里黄河水。燕子高楼常傍城,黄河之水有时徙。节度②镇徐养徐士,岂无一人称知己。楼居仅在红粉辈,何必髭髯胜罗绮③。燕子去复来,美人委苍苔④。燕子不归春暗暗,细雨随风入窗槛。

注释

①燕子楼:见前注释（29页）。
②节度:指张愔。张愔于贞元四年（788年）任徐泗濠节度使。
③髭髯（zī rán）:胡须,此处代指男人。罗绮:指华丽的丝绸衣裳,此处代指女子。
④委:抛弃。苍苔:青色苔藓。这句指美人住过的楼变得荒凉冷落。

杨 妍 一首

杨 妍:字士佳。徐州人,诸生。有《藜村诗集》。

山行赴吕梁和苏眉声蹋荒原韵

凌晨过岭曲①,宿雁叫平沙②。民以湖为国,予因马作家。蹄轻山路穷,辔揽水村斜。不尽荒凉意,西风冷鬓华③。

注释

①岭曲:山岭曲径。
②宿雁:过夜的大雁。平沙:广漠的沙原。
③鬓华:花白的鬓发。

拾 泰 一首

拾 泰:字泰然,岁贡生。徐州人。

己酉岁,予与张子子材、万子年少,同游于小谷山,山有石穴焉。土人以为洞,予曰:噫!此古人隧而葬者也。遂各赋诗。①

忆昔先皇癸未前②,隧门开处草芊芊③。鹤归华表④市城变,龙起黄河波浪悬。白骨千秋迷旧穴,青山长夜几何年。野人误认桃源路⑤,疑有秦人玉洞眠⑥。

注释

①己酉:民国《铜山县志》在题下按:"万年少先生年谱,己酉年七岁,此殆乙酉之讹。诗云先皇癸未,当为崇祯十六年也。"小谷山:在徐州城西北。清同治《徐州府志》:"象山西北为大孤山,又东二里为小谷山。俱以旁无附丽而名。山有洞。"
②先皇:先前的皇帝。癸未:崇祯十六年(1643)。
③芊芊:草木茂盛貌。
④鹤归华表:华表,古代立于宫殿、城垣或陵墓前的石柱。柱身多刻有花纹。晋陶潜《搜神后记》卷一:"丁令威,本辽东人,学道于灵虚山。后化鹤归辽,集城门华表柱。时有少年,举弓欲射之。鹤乃飞,徘徊空中而言曰:'有鸟有鸟丁令威,去家千年今始归。城郭如故人民非,何不学仙冢垒垒。'遂高上冲天。"后常用"鹤归华表"感叹人

世的变迁。唐赵嘏《舒州献李相公》诗："鹤归华表山河在，气返青云雨露全。"

⑤野人：乡村人。桃源路：避世之路。语出晋陶渊明《桃花源记》。

⑥秦人：指先前避乱世之人。陶渊明《桃花源记》："先世避秦时乱，率妻子邑人来此绝境，不复出焉；遂与外人间隔。"玉洞：仙洞。

张名由　一首

张名由，生卒年不详。字公路，嘉定（今属上海市）人。通古今学，好奇计。

行至徐方行

扁舟溯脩阻①，行行至徐方。岸昃衡山转②，城孤背水藏。河广日滔滔，谁云一苇航③。怫郁④鱼龙怒，沮洳⑤鹿豕长。泠风迢递宇⑥，落日参差樯⑦。杏坛既寥寥⑧，石室⑨亦茫茫。汉唐事干戈⑩，雄长恃金汤⑪。挽输饷燕云⑫，控驭带淮扬⑬。险巇⑭唯一线，络绎周八荒⑮。危亭尚崔巍，双鹤无翱翔⑯。此意不可得，吾词慨以慷。

注释

①脩阻：漫长艰险的路程。

②昃（zè）：倾斜。衡山：与山平行；衡，同"横"。

③一苇航：凭一苇即可渡过河去。《诗经·卫风·河广》："谁谓河广，一苇杭之。"

④怫郁：愤懑，心情不舒畅。怫：音fú。

⑤沮洳（jùrù）：地低湿。

⑥泠（líng）：清凉。迢递：远貌。宇：指天空。

⑦参差樯：指高高低低的桅杆。樯（qiáng）：桅杆。

⑧杏坛：相传为孔子讲学之处，在今山东省典阜市孔庙的大成殿前。《庄子·渔父篇》："孔子游于缁帷之林，休坐乎杏坛之上。弟子读书，孔子弦歌鼓琴，奏曲未半。"。后泛指授徒讲学处。寥寥：空阔。

⑨石室：指桓魋墓。《水经注》："泗水又南迳宋大夫桓魋冢西，山抗泗水，上而尽石，凿而为冢，今人谓之石郭也。"

⑩干戈：战争。

⑪雄长：称霸者。金汤：金城汤池，喻城防坚不可破。

⑫挽输：运输。饷燕云，指向燕云运送粮食等物资。燕云：幽州和云州，泛指北方地区。这里指京城北京及周围地区。

⑬控驭：控制。徐州为南北交通之要冲，地理位置重要，控制着南方大部分富饶地区。当时设有淮安府、扬州府。

⑭险巇（xī）：险阻崎岖。
⑮八荒：四面八方遥远的地方。
⑯危亭二句：指放鹤亭尚在，但不见张天骥的鹤飞翔。

汤 珍 一首

汤珍：生卒年不详。字子重，长洲（今苏州）人，以岁贡生授崇德县丞。

泊徐州再宿对月作

风烟漠漠路漫漫，迢递偏嗟作客难。茂苑①音书千里隔，彭城月色两宵看。星涵河影垂平野②，水触洪声泻急滩。更倚五云③瞻北斗，清辉玉宇不胜寒④。

注释

①茂苑：古苑名。又名长洲苑，故址在今江苏省吴县西南。后也作苏州的代称。作者为苏州人，这句表现作者的思乡之情。

②星涵：星倒影在水中。平野：平旷的原野。

③五云：五彩之云，瑞云，为吉祥的征兆。

④清辉：月光。杜甫《月圆》诗："故园松桂发，万里共清辉。"玉宇：天空。苏轼词《水调歌头》："又恐琼楼玉宇，高处不胜寒。"

刘 炳 一首

刘炳：生卒年不详。字彦昺，鄱阳（今江西鄱阳县）人。曾官中书典签、知县。有《刘炳诗词全集》。《列朝诗集》作镏丙。

燕子楼同周伯宁赋①

宝瑟凝歌绕珠箔②，流苏结带黄金索③。翠红香里宿鸳鸯④，春风人间无此乐。
杏梁尘暗麝兰簹⑤，黛锁眉峰掩画楼⑥。灯残枕冷梨云⑦断，秋雨人间无此愁。

注释

①燕子楼：见前注释（29页）。周伯宁：江宁人，历任湖广督事、刑部尚书、惠州经历。擅绘画。

②宝瑟：珍贵的瑟乐器，此指弹奏的乐曲。凝歌：徐缓的歌声。珠箔：珠帘。

③流苏：帷幄的繐子，用五彩丝线制成。黄金索：金黄色珍贵的带子。
④翠红香：本指妓院，这里指男女之间的欢情。
⑤杏梁：用文杏木所制的屋梁，泛指华丽的房屋。麝兰篝：装着香料的熏笼；麝兰，指麝香和兰香。
⑥黛锁眉峰：指女人的眉毛染上青黑色，此处代指美女。黛：青黑色。
⑦梨云：梨花云，指梦中恍惚所见如云似雪的缤纷梨花景象。

刘　棨（qī）一首

刘　棨：保定人。生平不详。

留侯庙

辞却高皇访赤松①，留侯圭冕②亦虚封。携壶别欲寻三岛③，辟谷何消受万钟④。公子⑤志酬身未老，仙人侣在兴还浓。神机口许萧曹⑥口，挥手云口路几重。

注释

①高皇：指刘邦。赤松：赤松子，古代传说中的仙人。张良晚年曰"愿弃人间事，从赤松子游"。

②圭冕：指爵位。

③携壶：《后汉书·方术传下·费长房》：费长房见市上一老翁挂着一把壶在卖药，卖完药后就跳进壶里。费感到十分神奇，就去拜见，并和他一起饮酒。老翁知其意，约他第二天再来。费第二天如约去见老翁，老翁便和他一起跳入壶中，但见玉堂严丽，旨酒甘肴，二人共饮毕而出。费于是向他学道，能医百病，驱除瘟疫。后以"提壶济世"称中医行医者。这里用神话故事"提壶"寓意张良欲从仙人赤松子游。三岛：指传说中的 蓬莱、方丈、瀛洲三座海上仙山。亦泛指仙境。

④辟谷：即不吃五谷，为古代方士道家修炼的一种方法。张良晚年学辟谷，道引轻身。万钟：指优厚的俸禄。钟：古代以六斛四斗为一钟。

⑤公子：指张良。古代称男子为公子，亦泛指读书人。

⑥萧曹：指汉初大臣萧何、曹参。

马出沂　一首

马出沂：生平不详。

登微山问留侯墓

微山湖面自嵯峨①,乘兴西风一棹过。山岂余怀何魂磊②,水还世态恁③风波。野翁惯见云霞幻,渔艇常亲鸥鹭多。可是张侯曾蜕委④,一丘长此寄烟萝⑤。

注释

①嵯峨:高耸貌。

②岂(kǎi):快乐。古同"恺"。《诗·小雅·鱼藻》:"王在在镐,岂乐饮酒。"魂磊:(kuǐlěi)垒积不平的石块,喻郁结在胸中的不平之气。

③恁(rèn):任凭。

④张侯:留侯张良。蜕委:死亡的婉辞。清赵翼《秋园预制敛具诗以调之》:"君言生有涯,期至须蜕委。"

⑤烟萝:草木茂密、烟雾弥漫之处。

徐州历代诗钞

下册

李振杰 辑注

北京语言大学出版基金资助

学苑出版社

清 代

钱谦益 五首

钱谦益（1582—1664），字受之，号牧斋，晚号蒙叟，常熟人。明万历庚戌（1610年）进士，授编修。历官礼部侍郎，礼部尚书。清兵破南京，降清，官礼部侍郎。有《初学集》、《有学集》。

彭城道中寄怀里中游好次坡公在徐寄邦直子繇之韵四首

少小论交杵臼①间，十年漂泊共郊原②。灯窗飒飒秋风急，帘阁萧萧暮雨喧。笑口嘲轰巾角垫③，书签狼藉酒杯翻。停车欲作相寻梦，睡眼揩时泪已吞。

注释

①论交杵臼：《后汉书·吴保祐传》："祐除新蔡长，时公沙穆来游太学，无资粮，乃变服客佣，为祐赁舂。祐与语，大惊。遂订交杵臼之间。"

②郊原：原野。南朝梁萧子范《东亭极望》诗："郊原共超远，林野杂依菲。"苏轼《过云龙山人张天骥》诗："郊原雨初足，风日清且好。"

③巾角垫：《后汉·郭泰传》：东汉郭泰，字林宗，品学为时人所重，尝外出遇雨，巾一角垫（头巾一角陷下）。人争效之，故折头巾一角，称为林宗巾。后用"垫巾"、"垫角"、"巾角垫"指模仿高雅。

其 二

台头急雨怀邦直①，东阁凄雨对子繇②。偶到彭城寻旧事，转于行役起离忧。窃红吾谷枫霜蚤③，收渌西湖荻水秋④。料得诸君尝共醉，不知曾话阿侬⑤不？

注释

①见前苏轼《台头寺雨中送李邦直赴史官》诗。

②东阁句：苏辙《逍遥堂会宿二首》："秋来东阁凉如水，客去山公醉似泥。"子繇：即子由，苏辙字。

③窈红：浅红色；窈，古浅字。吾谷：地名，《海虞文苑张应遴虞山记》：自西关出，有周氏虞溪书院，稍西而上，有吴王夫差庙。里许为沈氏园亭。过此为孙氏墓，名吾谷，楸梧合围，冬时丹枫满目，最堪驻憩。蚤，同"早"。
④渌（lù）：水清澈。白居易《琵琶行》："浔阳江头夜送客，枫叶荻花秋瑟瑟。"
⑤阿侬：吴语称我为侬。

其 三

料峭①西风汴泗间，江东应念夹衣寒。软红②三尺新闻梦，嫩绿千章③旧钓滩。拂水④莺花春寂寂，彭城风雨夜漫漫。情知五百年间事，铜狄摩挲不忍看⑤。

注释

①料峭：形容风力寒冷、尖利。
②软红：都市繁华。苏轼《三次韵蒋颖叔钱穆父从驾景灵宫之一》："半百不羞垂领发，软红犹恋属车尘。"自注："前辈戏语，有西湖风月，不如东华软红香土。"
③千章：大材曰章。千章，即千章材。《史记·货殖列传》："水居千石鱼陂，山居千章之材。"
④拂水：地名。卢知州《琴川志》：虞山西北行，山脊有拂水岩，下临山阿，崖壁峭立，水落两石间，微风激之，溅洒霏霏，故名。
⑤铜狄：即铜人。《后汉书·蓟子训传》："后人复于长安东霸城见之，与一老翁共摩挲铜人，相谓曰：'适见铸此，而已近五百岁矣。'"《水经注》："魏文帝黄初元年，徙长安金狄，重不可致，因留霸城南。"苏轼《子由将赴南都，与余会宿于逍遥堂》诗："五百年间谁复在，会看铜狄两咨嗟。"

其 四

十日京江①不滞留，故人趣别②我先忧。髯龚喜作班荆语③，短许空期弹铗④游。拥髻风情传后阁⑤，胡床⑥谈笑忆南楼。掉头终拟随公等，浩荡春波戏白鸥。

注释

①京江：即长江流经江苏镇江市北的一段，镇江古称京口，故称京江。
②趣别：很快离去。趣：读 cù，赶快。
③髯龚：指南宋诗人龚开（1222—1304），字圣予，一作圣与，号翠岩，因家近龟山，又号龟城叟，人称髯龚、老髯等。曾在两淮制置司李庭芝幕府任职，南宋灭亡后隐居不仕，以遗老身份往来于杭州、平江等地。班荆语：指朋友相遇于途，铺荆坐地，共叙情怀。《左传·襄公二十六年》："伍举奔郑，将遂奔晋。声子将如晋，遇之于郑郊，班

荆相与食，而言复故。"晋陶潜《饮酒》诗之十五："班荆坐松下，数斟已复醉。"

④弹铗：弹击剑把。铗，剑把。战国孟尝君食客冯谖弹铗而歌："长铗归来乎！食无鱼。"后来用于有所希求于人。

⑤拥髻句：谓捧持发髻，话旧生哀。苏轼《九日舟中望见有美堂上鲁少卿饮处以诗戏之》之二："遥知通德凄凉甚，拥髻无言怨未归。"閤：楼阁。

⑥胡床：古时一种可以折叠的轻便坐具，亦称交床、交椅、绳床。

徐州杂题五绝句

彭城十日水奔流，太守行呼吏卒愁。《河复》①诗成无一事，羽衣吹笛坐黄楼②。

注释

①河复：见前苏轼《河复》诗。

②羽衣句：苏轼《百步洪》诗序："王定国访余于彭城，一日棹小舟，与颜长道携盼、英、卿三子游泗水，北上圣女山，南下百步洪，吹笛饮酒，乘月而归。余时以事不得往，夜着羽衣，伫立于黄楼上，相视而笑，以为李太白死，世无此乐三百余年矣。"黄楼：苏轼所建。苏辙《黄楼赋叙》云：熙宁十年秋，河决于澶渊，水及彭城下。子瞻适为彭城守，庐于城上，调急走发禁卒以从事，以身率之，故水大至而民不溃。于是即城之东门为大楼焉，垩以黄土，曰"土实胜水"。徐人相劝成之。

其二

重瞳①遗迹已冥冥，戏马台②前鬼火青。十丈黄楼③临泗水，行人犹说霸王厅④。

注释

①重瞳：双眸子，指项羽，传说项羽为双眸子。东坡《答范淳甫》诗："重瞳遗迹已尘埃，唯有黄楼临泗水。"

②戏马台：见前注。

③十丈黄楼：东坡《谢太虚以黄楼赋见寄》诗："黄楼高十丈，下建五丈旗。"

④霸王厅：即西楚故宫，又称霸王殿，俗称霸王厅。民国《铜山县志·古迹考·西楚故宫》："《姜州志》：在今州治内。宋时犹存，称曰霸王殿，后废。苏轼《答范纯甫》诗'重瞳遗迹已尘埃，惟有黄楼临泗水。'自注云：郡有厅事，俗谓霸王厅，相传不可坐，仆拆之以盖黄楼。案：今府治后有霸王楼，不知苏轼拆后何年何人重建。楼前有道光间重修碑，今半圮。"

其三

柳老花残木叶秋,西风斜日总牵愁。天涯大有多情客,不忍经过燕子楼①。

注释

①燕子楼:民国《铜山县志》:"明《一统志》:在州城西北隅。《南畿志》:在州廨中。(案:此误,亦以州廨为节度使旧署也。)《姜州志》:在唐张尚书旧第中。尚书有妓妾名盼盼,尚书卒,盼盼独处楼上十余年而卒。俗传即城西角楼,非是。光绪九年知府曾广照于西南城垣上重建。十五年徐州道段喆复移于其西北。"参见前白居易、张仲素燕子楼诗注释。

其四

磨盘岭过出淮东,捍索如雷①百步洪。陆走要知山下路,舟行莫使满帆风。(要知山下路,莫使满帆风。皆吴语。)

注释

①捍索:桅杆两边的绳索。船行驶时下垂,停泊时用以揽船。苏轼《慈湖夹阻风》诗之一:"捍索桅竿立啸空,篙师酣寝浪花中。"《过淮三首赠景山兼寄子由》诗:"晚来洪泽口,捍索响如雷。"

其五

鸦轧①争看济波舟,人如凫雁集汀州②。褰衣灭踝③君休笑,自古黄河是浊流。

注释

①鸦轧:器物相互挤擦声。苏轼《九日黄楼作》诗:"楼前便作海茫茫,楼下空闻橹鸦轧。"
②凫雁:野鸭和大雁。汀州:水边平地。
③褰(qiān)衣:提起衣裳。灭踝:淹没踝骨。

渡河题徐州官舫①二绝句

白莲②妖贼势冲波,列成联营尽倒戈③。辛苦徐州汪太守(心渊)④,能将双手障黄河。

注释

①官舫：官船。

②白莲：指白莲教。

③列戍联营：指修筑营垒防守城池。倒戈：倒拖武器，指军队败逃。

④汪太守：钱曾注："汪太守心渊，字如愚，江西弋阳人。起乙榜，为县令，有治绩。庚申升徐州守。内外河决，君极力捍御，护堤下扫，徐民赖之。天启壬戌（1622年），白莲起山东，据邹、藤，南犯徐州。君登陴固守，卧起黄楼上者浃旬。又亲临河上，拘刷船只。及寇败狂奔，无船可渡，大半殀焉。"

其二

罪臣交颈宽刀锯，（上有诏贳辽东经抚①曰：待以不死。）功守②蒙头逼网罗。汉法自来难置喙③，匈奴未灭可如何？

注释

①贳（shì）：赦免，宽恕。辽东经抚：指辽东经略和辽东巡抚，皆明朝官职，主管军事。

②功守：守卫有功绩。

③汉法：汉代法律制度。置喙：参与议论。

天启甲子①六月，河决彭城，居民漂溺者数万余，以季秋过之水尚与雉堞齐，方议改筑，悼复河之无人，忧改邑之不易，停车感叹而作是诗

乱山绕淮泗，合沓②围彭门。徐城居其中，洼如处覆盆。黄河天上来，蹴踏凌崑崙③。睥睨④不敢前，纡迴⑤避城垣。惟帝怀明德⑥，圭璧有司存⑦。岳渎守常职⑧，冯夷听要言⑨。不然寻丈⑩间，区区筑篱藩⑪。下楗⑫复积薪，胡能障河源？今年六月初，乙夜⑬河声喧。上天无纤云，大地忽倒翻。揰撞坚堞隳⑭，溯湃后土掀⑮。鱼腹恣⑯吞噬，鲸鬣争翩反⑰。老弱实窨井⑱，襁褓褰荾根⑲。至今城头上，波浪犹沄沄⑳。丽谯㉑栖鱼鳖，楼橹㉒刻水痕。潮汐迷昏旦，日月磨精魂。卜云宜改建，墨食㉓惟高原。已闻测圭景㉔，未能具锸畚㉕。古人重迁国㉖，询谋㉗及子孙。徐城古如铁，南北通舟辕㉘。面河距形胜㉙，扼险置戍屯㉚。谁与足定迁，无乃巷议繁。去岁地大震㉛，今者河横奔。天潢溢砥柱㉜，地轴摇厚坤㉝。东师㉞犹在野，西寇时决踣㉟。狐狸满四野，虎豹守九阍㊱。烂羊费官爵㊲，宠鹤多乘轩㊳。谆复布遣告㊴，天意良有存。改邑与改井，琐屑㊵安足论。我闻宋熙宁㊶，河决澶渊村。老守㊷夜行呼，河伯㊸回并吞。

巍峨黄楼下，十丈建旗旛⁴⁴。吾君神且圣，侧目忧元元⁴⁵。百神咸受职，河神其敢喧。小臣司记载，欲叙笔已髡⁴⁶。愿诵《河复》诗，浩歌达至尊⁴⁷。

注释

①天启：明朝皇帝明熹宗（朱由校）的年号，天启甲子即天启四年（1624）。《明史·河渠二》："（天启）四年六月，决徐州魁山堤，东北灌州城，城中水深一丈三尺，一自南门至云龙山西北大安桥入石狗湖，一由旧支河南流至邓二庄，历租沟东南以达小河，出白洋，仍与黄会。徐民苦淹溺，议集赀迁城。给事中陆文献上徐城不可迁六议。而势不得已，遂迁州治于云龙，河事置不讲矣。"

②合沓：重叠。苏轼《答吕梁仲屯田》诗："乱山合沓围彭门，官居独在悬水村。"

③蹂蹹：踩，踏。凌：越过。此句指黄河水源于昆崙山。《山海经》：昆崙墟在西北，河水出其东北隅。

④睥睨（pìnì）：窥视。

⑤纤迴：同"迂回"。

⑥明德：美德。

⑦圭璧：古代祭祀、朝会用玉器，为瑞信之物。有司：指官吏。

⑧岳渎：五岳（即东岳泰山，西岳华山，南岳衡山，北岳恒山，中岳嵩山）和四渎（指长江、黄河、淮河、济水）的并称。常职：固有的职务。

⑨冯夷：神话传说中的黄河水神，即河伯。要言：至理名言。

⑩寻丈：泛指八尺到一丈之间的长度。

⑪篱藩：篱笆。

⑫楗（jiàn）：堵塞河堤决口所用的竹木等材料。

⑬乙夜：二更时候，约为夜间十时。

⑭揳撞：撞击。堞（dié）：城上齿状形的矮墙，泛指城墙。隳（huī）：毁坏。

⑮溯湃：同"澎湃"。后土：大地。

⑯恣：恣意，无拘束。

⑰鲸鬣：鲸须。翩反：同"翩翩"。

⑱眢井：枯井，废井。眢：音yuān。

⑲襁褓：泛指小孩。搴：提，抓。茭根：茭白。

⑳沄沄：水流汹涌貌。

㉑丽谯：华丽的高楼。

㉒楼橹：古代军中用以瞭望、攻守的无顶盖的高台。建于地面或车、船之上。《后汉书·南匈奴传》："初，帝造战车，可驾数牛，上作楼橹，置于塞上，以拒匈奴。"

㉓墨食：龟卜术语。指灼龟时龟兆与事先画好的墨画相合，为吉兆。

㉔圭景：圭表（测日影的仪器）上的日影。

㉕锸畚：锸（chā）：挖土的工具，锹。畚（běn）：盛土等物的器具。

㉖迁国：迁移国都。

㉗询谋：咨询；商议。

㉘舟辕：船和车。

㉙距形胜：距，同"巨"；形胜，指地理位置优越，地势险要。

㉚戍屯：防卫，驻守军队。

㉛民国《铜山县志》卷四：天启二年壬戌，三月徐州地震，有声如雷。

㉜天潢：指天津星，古时认为天津星主四渎津梁；这里指大水。砥柱：黄河中的砥柱山。

㉝地轴：指地球自转的假想轴，地球始终不停地绕着这个假想的轴运转。厚坤：大地。

㉞东师：东部的军队。

㉟决蹯：脚掌断裂；决，断；蹯（fán），兽的脚掌。比喻敌人被重创。《战国策·赵策三》："魏魋（jiè）谓建信君曰："人有置系蹄者而得虎。虎怒，决蹯而去。""

㊱虎豹：比喻凶残的权臣。九阍（hūn）：九天之门，喻指朝廷。

㊲烂羊：指滥授官爵。《后汉书·刘玄传》："其所授官爵者，皆群小贾竖，或有膳夫庖人，多着绣面衣、锦袴、襜褕、诸于，骂詈道中。长安为之语曰：'灶下养，中郎将。烂羊胃，骑都尉。烂羊头，关内侯。'"

㊳宠鹤：比喻受帝王宠爱而享受高官厚禄者。春秋时，卫懿公喜欢养鹤，外出时连鹤也乘轩。当要和敌人打仗时，兵士们说，平日待鹤那么好，叫鹤去打吧！卫国终于被灭。事见《左传·闵公二年》。

㊴谆复：反复丁宁。谴告：谴责警告。

㊵琐屑：琐碎细小的事情。

㊶指熙宁十年秋，河决澶渊，彭城受水事。见苏轼《河复》诗。

㊷老守：指苏轼。苏轼任徐州太守。

㊸河伯：河神。

㊹旗旛：旗帜的总称。苏轼《太虚以黄楼赋见寄作诗为谢》诗："黄楼高十丈，下建五丈旂。"参见该诗。

㊺侧目：愤恨。元元：平民百姓。

㊻髡（kūn）：秃，无毛。

㊼至尊：至高无上的地位。这里指皇帝。

戏马台

雄台曾戏马，弃剑更用兵①。楚亡非战罪②，原不为苍生。

注释

①《史记·项羽本纪》："项籍少时，学书不成，去；学剑，又不成。项梁怒之。籍

曰："书足以记名姓而已。剑一人敌，不足学，学万人敌。"

②《史记·项羽本纪》：项王被汉军追至东城，自度不得脱。对其骑曰："吾起兵至今八岁矣，身七十馀战，所当者破，所击者服，未尝败北，遂霸有天下。然今卒困于此，此天之亡我，非战之罪也。"

谈 迁 一首

谈迁（1593—1657），原名以训，字仲木，号射父；明亡后改名为迁，字孺木，号观若。自称"江左遗民"。浙江海宁人。诸生。终生不仕，以佣书、作幕僚为生。有《国榷》、《枣林集》、《枣林诗集》、《北游录》等。

挂剑台①

上有挂剑枝，下有挂剑草。青萍②三尺杳茫茫，问君地下今难保。吁嗟③公子一片心，徒付征尘迷古道。欧冶宝锷苦无多④，英英白虎据山阿⑤。赤堇山⑥下虽精铁，终是交情还不磨。

注释

①挂剑台：见前注释（41页）。

②青萍：宝剑名，此处泛指剑。相传东汉光武帝舞剑于莲花池畔，鹜见蜻蜓飞掠于花叶浮萍之间，或立莲枝随风飘摇，或驻足青萍随波荡漾；其姿轻盈曼妙，如剑之击刺翻飞，跃矫灵活，遂名其剑为"青萍"。

③吁嗟（xūjiē）：表示哀叹、叹息。

④欧冶：即欧冶子，春秋时著名铸剑工。《吕氏春秋·赞能》："得十良剑，不若得一欧冶。"宝锷：宝剑。唐李峤《宝剑篇》："吴山开，越溪涸，三金合冶成宝锷。"

⑤英英白虎：英英，俊美貌。白虎，西方七宿星（奎、娄、胃、昴、毕、觜、参）的合称，其形象虎，位于西方，属金，色白，故称。《道门通教必用集》卷七云："西方白虎上应觜宿，英英素质，肃肃清音，威摄禽兽，啸动山林，来立吾右。"

⑥赤堇山：在今浙江宁波东南，相传为春秋时欧冶子铸剑之处。汉袁康《越绝书·外传记宝剑》："当造此剑之时，赤堇之山，破而出锡，若耶之溪，涸而出铜……欧冶乃因天之精神，悉其伎巧，造为大刑三，小刑二：一曰湛卢，二曰纯钧，三曰胜邪，四曰鱼肠，五曰巨阙。"精铁：优质的铁。

顾大申 一首

顾大申：约公元1662年前后在世，本名镛，字震雉，号见山，又号堪斋，江苏华亭（今上海市松江区）人。顺治九年（1652）进士，授工部主事，分司夏镇河道。历官顺天府通判、陕西洮岷道佥事。有《堪斋诗存》、《鹤巢集》、《鹤巢乐府》等。

微湖泛夏即事

　　清风开叠嶂①，积水荡微茫。伐鼓星疑落，扬帆夜未央②。海峡分峄岭③，羲辔动扶桑④。乍发知初岸，回看易故方⑤。孤烟生鸟道，新涨改鱼梁⑥。马去林塘没，舟牵藻荇荒。戍楼⑦依草树，朝牧辨牛羊。云势吞涛立，晨辉接墅⑧黄。蒲飘晴淼淼，鸥浴雪苍苍。彭口⑨红泉咽，微山翠黛长。炊粳堆玉颗⑩，斫鲙⑪跃银霜。吊古搜幽穴，攀萝坐石床。赤松⑫传葬地，丰碣镇崇岗。鹤去仙迹杳，龙归剑影长。迅飚愁短艇，截镫出危樯⑬。小市菰⑭为米，渔师芰⑮作裳。远天元幕⑯列，圆鉴⑰碧湖张。泛泛冯夷⑱国，田田越女妆⑲。游舫惊钓饵，飞燕掠波光。返景鸧鹒⑳宿，平沙□□翔。连阳蒸雨急，曲渚进船凉。便欲抽簪绂㉑，相期老是乡。

注释

①叠嶂：重叠的山峰。

②未央：未尽。

③峄岭：指峄山，在今山东邹城市东南。

④羲辔：羲指羲和，中国神话中太阳神之母的名字。传说她是帝俊的妻子，与帝俊生了十个儿子，都是太阳（金乌），住在东方大海的扶桑树上，轮流在天上值日。羲和也是她儿子们的车夫——日御。辔：驾驭牲口的嚼子和缰绳，这里指驾驭车。

⑤故方：原来的地方。

⑥鱼梁：筑堰拦水捕鱼的一种设施，用木桩、柴枝或编网等制成篱笆或栅栏，置于河流、潮水河中或出海口处。

⑦戍楼：边防驻军的瞭望楼。

⑧墅：田野里的草房。

⑨彭口：进入彭城（今徐州）处。

⑩这句指用粳米做的饭精白如玉。

⑪斫鲙（zhuó kuài）：薄切鱼片。

⑫赤松：即赤松子，相传为仙人。张良晚年曾言："愿弃人间事，欲从赤松子游耳。"这里指张良。

⑬截镫：成语"截镫留鞭"的省称。唐·冯贽《云仙杂记·截镫留鞭》："姚崇牧荆州，受代日，阖境民泣，抚马首截镫留鞭，以表瞻恋。"后用为对离职官吏表示挽留惜别。樯：帆船上挂风帆的桅杆，代指帆船。

⑭菰：即茭白，果实称菰米。

⑮芰（jì）：芰荷，出水的荷。屈原《离骚》："制芰荷以为衣兮，集芙蓉以为裳。"

⑯元幕：天幕，笼罩大地的天空。
⑰圆鉴：圆形的镜子。喻指平静的湖面。
⑱冯夷：古代神话中的黄河水神。
⑲田田：形容荷叶稠密茂盛。《乐府诗集·相和歌辞一·江南》："江南可采莲，莲叶何田田。"越女：泛指江南女子。
⑳鸬鹚：鱼鹰。
㉑簪绂（zān fú）：冠簪和缨带，为古代官员服饰。

钟 琇 一首

钟琇：生卒年不详。号青岩，黄冈（今属湖北）人。顺治九年（1652）进士。历官袁州推官，徐州户部分司主事（康熙二年），通州、江南司郎中、江西主考、汉中知府等。

饮黄茅冈次韵王伟庵年门兄

大环西缺隐如门①，最爱临溪柳一村。冈以东风支水势，石惟巀嶭②长云根。久知皂帽琴樽俗③，独让青山姓字尊。幸有秋风旧游在，薜萝春草正堪扪④。

注释

①大环句：苏轼《放鹤亭记》："彭城之山，冈岭四合，隐然如大环，独缺其西一面。"
②巀嶭（jiéniè）：高峻貌。
③皂帽：黑色帽子。琴樽：琴与酒樽，为文士悠闲生活用具。南朝齐谢朓《和宋记室省中》："无叹阻琴樽，相从伊水侧。"
④薜萝：薜荔和女萝。扪：握，抓。

吴 霭 一首

吴霭，生平不详。

丁塘道中 ①

廿里丁塘路，崎岖试一行。疏林空叶落，虚谷剩虫鸣。寺古僧栖冷，风来水作声。临流聊枕石，闲看野云生。

注释

①丁塘：同治《徐州府志》："丁塘山下即丁塘湖，今成平陆。庙前有拔剑泉，相传汉高祖驻兵处。"万历五年（1577）《徐州志》："丁塘拔剑泉在城南二十五里，昔汉高祖与项羽战于此，汉兵渴甚，高祖拔剑插地，泉水涌出流四里许又伏流于地下。雨不溢，旱不干，乡人呼为龙湫；遇旱祷之，辄应。天顺二年，知州宋诚重修庙像，立石刻文记之。"

吴伟业　一首

吴伟业（1609—1672），字骏公，号梅村，太仓（今属江苏）人。明崇祯辛未（1631）进士，授编修。曾官左庶子、少詹事。入清后官秘书院侍讲、国子祭酒。有《梅村集》。

下相怀古①

戏马台前拜鲁公②，兴王何必定关中③。故人子弟多豪杰，弗（**县志作"不"**）及封侯吕马童④。

注释

①县志题为"戏马台怀古"。下相：古县名，今江苏宿迁西南，西楚霸王项羽的故里。

②鲁公：指项羽。《史记·项羽本纪》："始，楚怀王初封项籍为鲁公，及其死，鲁最后下，故以鲁公礼葬项王穀城。"

③定关中：关中，古时之秦地。项羽灭秦后，有人劝说他都关中可以霸，项羽不听，东回都彭城。

④吕马童：原为项羽旧部，后降汉。项羽自刎后，吕马童与其他四人各抢得其一体，五人共会其体。吕马童因此被封为中水侯。

方　文　三十三首

方文（1612—1669），字尔止，一名一来，字明农，号嵞（tú）山，别号淮西山人、忍冬子等。安徽桐城人。明诸生，入清不仕，以医卜自活。曾游徐州，后李世治观察徐州，复往投之。有《方嵞山诗集》。

将去彭城留别魏少尹竟甫①

君昔令修江②,我曾一相访。是时天苦寒,雪片大如掌。短褐③尚不完,敢作狐貉想。荷④君脱裘赠,高义传吾党⑤。明年其官迁,淮徐幸接壤。恐为冯妇⑥笑,勿复来瞻仰。今夏泊隋堤⑦,邂逅遇官舫。握手道旧欢,襟期益散朗⑧。问我欲北征,彭城路非枉。相期云龙山,把酒一吟赏。以此七月初,黄河溯⑨双桨。岂知我舟到,君车又他往。知有公事累,旬日绊尘网⑩。独怜羁旅⑪人,孤怀太苍莽⑫。朝看河水奔,暮听河水响。枕上愁心烦,镜中白发长。我命合迍邅⑬,万事成虚罔⑭。行当挂席⑮去,机会不可强。

注释

①魏少尹竟甫:即魏裔鲁,字竟甫。有诗,见下。少尹:官名,指州县的副职。

②修江:在今江西修水县。魏裔鲁曾官修江。

③褐:粗布衣。

④荷:承受别人的帮助,表示感谢。

⑤吾党:我们朋辈。

⑥冯妇:《孟子·尽心下》:"晋人有冯妇者,善搏虎,卒为善士;则之野,有众逐虎,虎负嵎,莫之敢撄;望见冯妇,趋而迎之,冯妇攘臂下车,众皆悦之,其为士者笑之。"后用于讥笑他人重操旧业。这里诗人担心别人讥笑他再次有求于魏裔鲁。

⑦隋堤:这里指黄河两岸的河堤。隋炀帝开通南北水道,修堤植柳,后人称为隋堤。魏裔鲁分镇徐州期间,曾筑长堤百里,开渠灌田。

⑧襟期:情怀、抱负。散朗:洒脱。

⑨溯:逆流而上。

⑩尘网:指人在世间受到种种束缚,如鱼在网,故称。

⑪羁旅:长久寄居异乡。

⑫孤怀:孤高的情怀。苍莽:渺茫,迷茫。

⑬迍邅(zhūnzhān):处境困难。

⑭虚罔:虚无。

⑮挂席:挂帆,指乘船。

驯鹤亭诗

自有彭城来,即有云龙山。如何宋以前,名不著人间。直至张山人①,作亭曰放鹤。苏子记以文②,其名始磅礴③。乃知山川秀,必待文人传。设不遇文人,草木空云烟。吾友魏少尹,畴昔④擅风雅。治河来此州,登临更潇洒。筑亭官舍中,亦以驯鹤名。仕隐虽殊途,饮啄同一情。仕者义取驯,隐者义取放。其人总清远⑤,于物等闲旷⑥。顾惜隐者亭,太守为属词⑦。今也少尹亭,复征隐者诗。以我似孤鹤,驯放如君意。君诚苏子瞻,我愧张天骥。

注释

①张山人:即宋人张天骥,字圣塗,隐居不仕,于云龙山西麓建筑园亭,号云龙山人。

②苏子:苏轼,撰文《放鹤亭记》。

③磅礴:指名声大。

④畴昔:往昔,以前。

⑤清远:洒脱而志向高远。

⑥闲旷:悠闲放达。

⑦太守:指苏轼。属词:写作,指苏轼所写《放鹤亭记》。

友人吴焘之父讳汝琦,死归德之难,徐州志不敢立传,予感而题之①

吴公彭城彦②,筮仕为司李③。睢阳④古名郡,服官数月耳,是时神京陷⑤,中原荡如洗。复闻左贤王⑥,万马渡河水。将士迎风靡,夜半城门启。直指凌公駟⑦,与公誓一死。宁甘蹈白刃,不肯屈其体。学使蔡公凤⑧,同日刑于市。临刑颈无血,白气从中起。观者咸嗟叹,具棺葬以礼。其子收遗骸,安稳还故里。忠节昭日月,江淮传盛美。胡为修志者,隐讳不敢纪。世人好婿阿⑨,湮没宁止此。吾愤题此诗,将以裨⑩野史。

注释

①吴汝琦:字二如,徐州人,曾官颖州训导、归德推官、河南道监军佥事。民国《铜山县志》吴汝琦传:"豫王督兵南下,归德镇将王之纲归顺,邀汝琦与俱,汝琦峻却之,乃与巡按凌统、提督道蔡凤婴城固守。未几,知府董庭等夜开北门纳王师,汝琦与凤俱被执。豫王欲降之,不屈,皆遇害。凌统夜亦自缢。……汝琦死时,引颈受刃,神色不挠。"

②彦:有才德的人。

③筮仕:古人将出仕,先占吉凶,称为筮仕。司李:即司理,为掌狱论之官;李,通"理"。又为对推官的习称,吴汝琦曾任归德推官。

④睢阳:古代地名。故城在今商丘境内。

⑤神州陷：指 1644 年京城被李自成军攻破。
⑥左贤王：匈奴贵族封号，在诸王侯中地位最高，常以太子为之。这里借称清初著名将领爱新觉罗·多铎，为清太祖努尔哈赤之子，封为豫通亲王，故称左贤王。
⑦凌公駉（jiōng）：凌駉（1612—1645），原名云翔，字龙翰，休宁（今属安徽黄山市）人，崇祯十六年（1643）进士。时官兵部主事，巡抚河南，守归德。
⑧学使蔡公凤：蔡凤为提督学政，故称学使。
⑨婠阿（ān ē）：依违随意，没有主见。也作婠婀。
⑩裨（bì）：增补。

子房山①

子房韩公子②，所痛在韩灭。助汉以诛秦，初非好功业。其志惟复仇，复仇志已悦。飘然从松子③，皎如松上雪。闻其少年时，吹箫此邱垤④。因以公名山，庙祀⑤永不绝。我来拜祠下，仿佛见风烈。亦有区区⑥心，人前讵⑦能说。

注释

①子房山：位于徐州城东，原名鸡鸣山，传说楚汉相争中张良曾命士兵在此吹箫散楚兵，遂更名为子房山。
②张良，字子房，其祖父、父亲相继为韩五世相。公元前 230 年秦灭韩，张良图谋恢复韩国，以重金求客刺秦王，得力士，为铁椎重百二十斤，于博浪沙（今河南原阳县）狙击秦始皇未遂。公子：对豪门贵族子弟的通称。
③从松子：赤松，即赤松子，相传为仙人。张良晚年曾言："愿弃人间事，欲从赤松子游耳。"（见《史记·留侯世家》）
④邱垤（dié）：小山丘。
⑤庙祀：立庙奉祀。
⑥区区：情意诚挚。
⑦讵（jù）：岂，怎么。

二客行赠万遐客、瞿客①

徐州不见万年少，山川冷落无光辉。继起者谁有二客，阿咸阿戎其庶几②。大客魁岸③如岳立，小客温润亦如璧。河边旧宅已三世，架上藏书仍十尺。我与年少为故人，车过腹痛鼻酸辛。先见小客意颇慰，后见大客情愈亲。招我夜集瓶花谷，香醪④一瓮冬所蓄。欢肠不觉醉烂熳⑤，清音况复胜丝竹⑥。我为君饮，君为我歌，昏夜焉能再渡河。书堂吟榻且借宿，来朝此地还婆娑⑦。彭城酒伴谅不乏，未若万家兄弟旨⑧且多。

注释

①万寿祺子瞿客，侄遐客。
②阿咸阿戎：阿咸，称弟。阿戎，称从弟。《南齐书·王思远传》："（王晏）拜骠骑，集会子弟，谓思远兄思微曰：'隆昌之末，阿戎劝吾自裁，若用其语，岂有今日？'思远遽应曰：'如阿戎所见，今犹未晚也。'"思远为晏从弟。庶几：或许，表示希望。
③魁岸：魁梧，体貌雄伟。
④醪（láo）：泛指酒。
⑤烂熳：大醉貌。亦作烂漫。
⑥清音：清亮的声音。丝竹：弦乐器和竹管乐器。也泛指音乐。
⑦婆娑：醉态蹒跚貌。
⑧旨：美味佳肴。

中秋夜吴中黄招同诸子赏月作吴郎行

戏马台东奎山①西，吴郎此地有幽栖。胸中渊薮②世莫测，门外名儁③时相携。我游彭城暑未残，与君一见如旧欢。草堂每到必霑醉④，还订中秋月共看。是日恰逢天气爽，晚来风月愈清朗。主人移席当星汉⑤，群公列座皆吾党。毛生远来自京岘⑥，徐翁父子吴门彦。万家兄弟⑦俱豪贤，张段风流和小阮⑧。更有红裙李墨仙⑨，言词辨惠态嫣然⑩。痛饮千钟不辞醉，娇歌一曲尤可怜。杯斝⑪交驰疾若飞，夜深凉露湿人衣。三更已尽兴未尽，踏月联镳⑫送我归。我寓城东大河口，床头尚有一罂⑬酒。入门惊见龚开⑭画，美人与客皆稽首。君问此画不忍说，且复开尊⑮玩明月。美人醉倒唤不醒，蟾坠⑯鸡鸣客始发。因忆子瞻居徐州，中秋见月怀子由⑰。舒郑顿赵⑱四好友，一时离散中心愁。争如我辈今日情，良朋令节⑲乐事并。他年应记作佳话，为君先赋吴郎行。

注释

①奎山：位于徐州城东南四里。
②渊薮：喻知识渊博。
③名儁：才智出众者。儁同"俊"。
④霑醉：大醉。
⑤星汉：银河。
⑥京岘：京岘山，在今江苏镇江市。这里代指镇江。
⑦万家兄弟：指万遐客、万瞿客。
⑧张段：疑为张楚材、段聚五。小阮：晋阮咸与叔父阮籍都是"竹林七贤"之一，世因称咸为小阮，后借以称侄儿。
⑨李墨仙：为当时徐州歌妓。作者有《赠妓墨仙》诗。见下。

⑩辨惠:聪明机智。嫣然:美好貌。
⑪杯斝(jiǎ):泛指酒杯。斝,古代的一种三足圆口酒器。
⑫联镳:马衔相连,指骑马并行。
⑬罂(yīng):一种大腹小口的酒器。
⑭龚开:(1222—1304)南宋末诗人、画家。山阳(今江苏淮安)人。
⑮尊:同"樽"酒器。
⑯蟾坠:指月亮落下。蟾:蟾蜍,指月亮。
⑰此句指苏轼《水调歌头》词,序曰:"丙辰中秋,欢饮达旦,大醉,作此篇,兼怀子由。"
⑱舒郑顿赵:苏轼诗中有舒焕、郑仅、顿起、赵成伯。
⑲令节:佳节。

徐州秋夜

北征底事①滞黄河,只为燕齐②此路过。况有故人情婉娈③,却叫游子意蹉跎④。城边浙浙⑤秋风起,门外萧萧⑥夜雨多。一醉仅能延一觉,三更酒醒奈愁何。

注释

①底事:何事。
②燕齐:燕,指今河北省一带;齐,指今山东省一带。这里燕齐泛指北方地区。
③婉娈:情意深挚。
④蹉跎:失意,失望。
⑤浙浙:象声词,形容风声。
⑥萧萧:象声词,形容雨声。

寄怀陈简菴处士①

昔承书问自梁园②,期我淮西③一晤言。今到云龙程不远,欲驱风马病愁翻。若能枉驾来羁旅④,合与连床咨讨论。十载神交相望久,莫孤秋月冷彭门⑤。

注释

①陈简菴:生平不详。作者另有诗《岁暮哭友五首——陈简菴贡士》。处士:指未曾士做官或不愿做官的士人。
②梁园:西汉梁孝王刘武所营建的游赏廷宾之所,故址位于今河南省商丘市睢阳区东。此代指河南地区。
③淮西:一般指今淮河上游地区,包括今安徽、湖北(部分)长江北部和河南东南

部分地区。这里指河南东南部地区。

④羁旅：这里指旅社。

⑤彭门：指徐州。

黄茅冈与陈善长、万遐客、吴中黄、段聚五、张楚村徐石林、吴用九、万瞿客诸子为别^①

云龙山下夕阳明，石狗湖^②边秋草平。远望独怜游子去，凭高因见古人情。丑诗恶句纷题壁，剩水残山故邈城。自是愁怀重多感，况闻新雁有离声。

注释

①黄茅冈：位于徐州云龙山西麓。万遐客、瞿客，见前诗。

②石狗湖：即今云龙湖，在云龙山西，古时又称簸箕洼。清同治《徐州府志》："城西南三里有石狗湖，在云龙山西，时没时涸，古曰簸箕洼。明潘季驯挑奎河起苏伯湖，概即此湖也。"

彭城古迹十二咏　丁酉

彭祖井^①　在北门内，昔人有彭祖观井图

州以篯铿著，相传观井图。若年犹畏死，无乃太痴愚。

孔观楼^②　在吕梁，子在川上曰："逝者如斯夫。"即此处。

江河争入海，昼夜无停时。此理谁能会，惟应尼父^③知。

挂剑台　在城南一里，即吴季札挂剑处。

季子贤公子，徐君亦贤君。所以三尺剑，不挂诸侯坟。

桓山　在城东北十七里，宋司马作石椁于此。

三年成一椁，司马愚且劳。白骨今何在，秋山处处蒿。

子房山　在城东二里

海边大索日，潜匿此山中。使其一击中，岂复臣沛公。

亚父冢　在城南一里

此老苟不死，重瞳④岂遽亡。后人高其义，冢比黄茅岗。

刘向墓⑤　在城西北二里

更生虽儒术，所重惟节义。厥子匪不文，葬处人莫记。

龚胜墓⑥　在城东南三里

新莽移汉祚⑦，举世罕臣节。龚胜义独全，古墓今为烈。

戏马台　在城南一里

宋公⑧起彭城，诛罚符高祖⑨。九日讌兹台⑩，风流亦千古。

燕子楼　在城西门内，张建封故宅。

楼居十二年，风节自青史。无端白舍人，一诗逼之死。

黄楼　即东门城楼，苏子瞻以土垔之，厌河水。

河决城几陷，非公谁能御。后世守土者，请颂黄楼赋。

放鹤亭　在城南二里云龙山，张山人故居。

山人有高致⑪，实藉太守贤。微彼贤太守⑫，后世谁能传？

注释

①彭祖井：清道光十一年《铜山县志》："在北门子城内，有石刻彭祖井三字。"传说

彭祖为颛顼帝玄孙陆终氏的第三子，姓篯（Jiān）名铿（kēng），尧封其于彭城。因其道可祖，故称彭祖。篯铿在商为守藏史，在周为柱下史。年八百岁。传有彭祖观井图。见前明吴宽《彭祖观井图》诗。

②孔观楼：即观道亭。道光《铜山县志》："在吕梁洪塔山顶上，有先圣石刻像。嘉靖十四年主事张铿建。亦名川上书院，或谓即子在川上处。"

③尼父：指孔子。孔子名丘，字仲尼。父，同"甫"，古代对男子的美称。

④重瞳：双眸子。指项羽，传说项羽是双眸子。

⑤刘向墓：《水经注》："获水又东，转迳城北而东注泗水，北三里有石冢被开，传言楚元王之孙刘向冢，未详是否。"道光《铜山县志》："旧州志云，在城西北二里演武场南，墓侧旧有祠，黄河南徙，墓在北岸，距河十数步。道光二年，圮于河，今迁于陡山口迤南。"

⑥龚胜墓：《水经注卷二十三》："城西北旧有楚大夫龚胜宅，即楚老哭胜处也。"龚胜，字君宾，西汉彭城（今徐州）人。曾官谏议大夫、丞相司直、光禄大夫。屡次上书抨击刑罚严酷、赋敛苛重。王莽执政时，归老乡里。王莽代汉后被强征为太子师友、祭酒，拒不受命，对门人说："吾受汉厚恩，无以报，今年老矣，旦暮入地，岂以一身事二姓哉！"绝食十四日而死。

⑦此句指王莽篡夺汉政权建立新王朝。

⑧宋公：指宋武帝刘裕，曾于九月九日在戏马台宴集。见前注（5页）。

⑨符：古代朝廷用来传达命令、调兵遣将的凭证。用竹、木或金、玉制成，分为两半，双方各执一半，以便验证。这里用作动词，即给予符。高祖，指刘裕。

⑩讌兹台：讌，同"宴"，宴会；兹，这。

⑪高致：高尚的志趣。

⑫太守：指苏轼。

将近徐州

大河西风十日连，小舟上水如上天。榜人①忽报彭城近，望见云龙山爽然②。

注释

①榜人：船夫。

②爽然：爽快舒畅貌。李白《游秋浦白笴陂》诗之二："白笴夜长啸，爽然溪谷寒。"

赠妓墨仙①

彭城怀古怅悠悠，不见当年燕子楼。只有长堤一枝柳，引人欢笑破人愁。昨夜河南邀赏月，今朝河北又看花。频频来往谁为主，吴万陈张段五家②。

注释

①墨仙：即前诗中的李墨仙。

②吴万陈张段：从前诗知这五家为吴中黄、万退客和万瞿客、陈善长、张楚村、段聚五。

金龙四大王歌

  金龙四大王者，宋处士谢绪也。绪，会稽人，初为诸生，隐钱塘之金龙山。宋亡，日夜痛哭，阴结其徒为恢复计。寻知势去不可为，遂赴水死。题诗于石曰："立志平□尚未酬，莫言心事付东流。沧胥天下凭谁救，一死千年恨不休。湘水不沉忠义气，淮泗自愧破秦谋。苕溪北去通关塞，留此丹心灭□□。"其徒问曰："先生之志决矣，然他日以何为验？"绪曰："黄河水北流，是吾报仇之日也。"后太祖高皇帝与蛮子海牙战于吕梁，不利，忽见云中有天将，挥戈驱河逆流，元兵大败。帝夜默祷，请其姓名，梦儒生素服前谒曰："臣谢绪也，愤宋祚移，沉渊而死。上帝怜我忠，命为河伯，今助真人破敌，吾愿毕矣。"次日即封为金龙四大王，盖绪兄弟四人纪、纲、统、绪，绪最少，又葬于金龙山，故名。今清江浦庙中有记甚详，予读之采以入诗。

  行人舟至黄河滨，无不祭赛黄河神。但知金龙四大王，不知大王何如人。我来淮右天妃闸①，庙中歌舞尤杂遝②。巡观壁间有石刻，蒋生作传董生跋。上言金龙乃山名，处士谢绪怀忠贞。心伤德祐移宋祚③，慷慨愤激遂捐生。身虽沉渊志不改，石上题诗英爽在。上帝命为河渎神，西至崑崙东至海。后逢真主④起中原，与敌大战于彭门。鞭驱风雷暗相助，河水逆流敌败奔。是夕见梦于帝所，自言姓名及肺腑。因而敕封⑤大王号，沿河立庙为河主。后人舟行大河边，生死仗神神赫然。舟子往往见神异，史不胜书民争传。吁嗟草莽一逢掖⑥，精诚乃能贯金石。太平血食三百年⑦，忍见沧桑又如昔。我亦崟山老布衣⑧，与君异代同所归。瓣香⑨勺酒拜祠下，预为处士生光辉。

注释

①淮右：淮海北岸。天妃闸：明永乐年间修建，毁于1968年。据清咸丰《淮安府志》，大王庙在郡城外西南隅，又在清江、板闸、南湖三处皆有大王庙。徐州亦有几处金龙四大王庙，民国《铜山县志》："金龙四大王庙一在北门外堤上，一在河东岸，一在房村。"

②杂遝：众多纷杂貌。也作杂沓。

③德祐（1275—1276）：宋恭帝年号。宋祚，宋王朝政权。德祐二年，宋朝奉表投降，为元所灭。

④真主：指明太祖朱元璋。

⑤敕封：皇帝颁发诏书封赐臣僚爵号。
⑥吁嗟（xūjiē）：叹息。草莽：民间。一逢掖：指一个儒生。逢掖，古代读书人所穿的一种大袂之衣。
⑦血食：谓受享祭品。古代杀牲取血以祭，故称。这里指明王朝统治维持了三百年。
⑧布衣：平民百姓。
⑨瓣香：佛教语。犹言一瓣香，表示崇敬之意。

送李溉林宪使之任徐州①

皖江②分手怅如何，屈指都门③共啸歌。岂料冰霜之紫塞④，又逢旌节⑤去黄河。彭城自古山川胜，郇伯⑥从来雨露多。明岁南归淮泗⑦路，云龙放鹤许重过。

注释

①李溉林（1647—1653），字世洽，河北束鹿人。顺治丁亥（1647年）科进士，初授江南太湖县知县，丁酉（1657年）升江南淮徐兵备道佥事；庚子（1660年）升任山东督粮道参议。宪使：为御史台或都察院的官员，奉旨监察或外巡称为宪使。
②皖江：指长江安徽段。这里指长江北岸的安徽太湖县，当时李溉林为太湖县知县。
③都门：京城城门。这里代指京都。
④紫塞：指长城。秦筑长城，土色皆紫，故称。
⑤旌节：古代指使者所持的节，作为凭信。也泛指信符。这里代指持节的使者，即李溉林。
⑥郇伯：周文王第十子（一说第十七子）受封于郇（今山西临猗县），史称郇侯、郇伯。《诗·曹风》："四国有王，郇伯劳之。"注："郇伯，郇侯，文王之后。尝为州伯，治诸侯有功。"
⑦淮泗：泛指淮河以北江苏、安徽北部地区。

彭城访李观察①溉林先生

古人重感恩，一饭且不忘②。何况被明德③，沾濡④十年强。使君昔为令⑤，乃在我临疆。凛秋扇仁风，草木皆春阳。顾惭葵藿⑥质，何足当宠光⑦。猥蒙君盼睐⑧，礼遇非寻常。饥则饷⑨之粟，寒则衣以裳。凶年免沟壑⑩，实荷君壶浆⑪。六载君考绩，征为尚书郎⑫。相送皖江口，惜别情彷徨。明岁至都门，一见喜欲狂。暖酒濯我尘，假馆息我装。闻我有家难，恻焉心暗伤。聚首未旬日，旌旆⑬复南翔。彭城我旧游，山水夙所详。恨未游览遍，从此得津梁⑭。峨峨放鹤亭，郁郁黄茅冈。摧残燕子楼，寂寞逍遥堂⑮。愿得陪公宴，附名于篇章。勿谓随阳鸟⑯，年年为稻粱。

注释

①观察：对道员的尊称，为省以下府、州以上的高级行政长官。
②一饭句：《史记·淮阴侯列传》："信钓于城下，诸母漂，有一母见信饥，饭信，竟漂数十日。"后"信至国，召所从食漂母，赐千金。"
③明德：光明正大的品德。
④沾濡：指受到的恩泽。
⑤使君：对州郡长官的尊称。令：县令，李溉林曾任县令。
⑥葵藿：指葵，葵性向日，古人多用以比喻下对上赤心趋向。
⑦宠光：谓恩宠光耀。
⑧猥蒙：谦词。犹辱蒙。盼睐：眷顾，尊重关爱。
⑨饷：赠给（食物）。
⑩免沟壑：免于饥饿而死。
⑪荷：承受，承蒙。壶浆：泛指食物。
⑫尚书郎：朝廷各部所属官员称尚书郎，为长官的副职。
⑬旌斾：泛指旗子。这里指官员出行的车驾。
⑭津梁：桥梁；喻指能起桥梁作用的人或事物。这里指李溉林去徐州就职，作者可以借此机会旧地重游。
⑮逍遥堂：在彭城郡署内，苏轼守徐时建，与弟苏辙曾会宿此堂，各有诗。道光《铜山县志》："宋苏轼建在府治内，久圮。苏公自书堂额无存。后知州孔毓珣重建，亦圮。知州姜焯又改建草堂，颜曰来鹤轩。后守曾宏绪易草为瓦。乾隆十年太守石杰仍以逍遥堂额之。嗣邵大业守郡，以越人童二树于其里故相家见逍遥楼三字为鲁公书，乃属抚之，而别取朱子明伦之揭亦补堂字。邵公于额左跋记其事。"
⑯阳鸟：指鸿雁之类候鸟。

赠徐州守王吉士

昔者苏长公①，曾为此邦牧。膏雨润献亩②，惠风③吹草木。是时澶渊决④，河水荡平陆。怀襄⑤实可忧，公亲操版筑⑥。城郭赖以全，生民食其福。又有张山人⑦，卜居南山麓。公乐隐者风，时时造茅屋。至今放鹤亭，高文尚华煜⑧。公去五百年，乾坤几翻覆。岂无循良吏⑨，谁能继芳躅⑩。贤哉王刺史⑪，物望⑫冠群族。昨岁来绾符⑬，善政不一足。河伯⑭为安流，兆民咸悦服。我适游彭城，冒昧未敢渎⑮。君出吾兄门，师友义最笃。不忘知己恩，推爱及骨肉。饮我逍遥堂，夜雨听丝竹⑯。重吟二苏诗，古道宛在目。

注释

①苏长公：指苏轼。古人多以"长公"为字，意为行次居长。故称长兄为长公。

②献亩：田地。
③惠风：柔和的风。
④澶渊决：见前苏轼《河复》诗及注释。
⑤怀襄：怀山襄陵，指水势大，淹没了山陵。
⑥版筑：指筑土墙，即在夹版中填入泥土，用杵夯实。
⑦张山人：指宋隐士张天骥。
⑧高文：指苏轼的《放鹤亭记》。华煜：此指文采绚丽。
⑨循良吏：奉公守法的官员。
⑩芳躅：指前贤的踪迹。
⑪刺史：知州的别称，为地方行政长官。
⑫物望：人望；众望。
⑬绾符：持符节，指出任官职。
⑭河伯：河神。
⑮渎：轻慢，不敬。
⑯丝竹：弦乐器和竹管乐器。也泛指音乐。

从杨士佳索四贤诗

　　每上云龙山，先谒四贤祠①。四贤者为谁？唐则韩退之。曾参武宁幕②，表为州节推③。宋则苏子瞻，出守熙宁时。是时黄河决，冲突④城几危。赖公捍御力，至今黄楼垂⑤。其友陈后山，抱道隐茅茨⑥。公荐为教授⑦，俨然儒者师。又有杨龟山⑧，理学宗濂伊⑨。始仕郡法曹⑩，小官亦不卑。四贤本殊产，俱宦游于兹。徐人高其风，崇祀久不衰。杨生千载后，怀古兴遐思。既辑四贤文，又辑四贤诗。合梓⑪成一编，可用为羽仪⑫。我昔游彭门，颇搜山川奇。见此欣欲得，君适去江湄。今年访君庐，握手如故知。连朝饮我酒，杯斝⑬何淋漓。借问四贤诗，云胡不见贻⑭？

注释

　　①四贤祠：清道光《铜山县志》："在云龙山黄茅岗。旧有韩愈、苏轼像在学宫先贤祠内。明成化七年，知州陈廷琏徙建今祠，增祀陈师道为三贤祠。十八年知州和鸾复徙祠于学宫东。弘治十七年，户部主事庄绎复徙祠于此。正德三年主事张孟中增祀宋儒杨时，改名四贤祠。嘉靖四十年，有司又增入刘向名五贤祠。康熙五十九年，知州姜焯重修，仍名四贤。乾隆五十四年，巡道康基田重修书院，移塑四贤像于小楼。"
　　②武宁幕：《韩愈传》："不四日，汴军乱，乃去依武宁节度使张建封，建封辟府推官。"
　　③节推：节度推官的略称。为节度使属官，掌勘问刑狱。
　　④冲突：指水流冲击。

⑤垂：保存下来。
⑥茅茨：指茅屋；指简陋的居室。
⑦指苏轼推荐陈师道为教授。
⑧杨龟山：即杨时（1053—1135），宋代理学家。字中立，南剑将乐（今属福建）人，因晚年隐居龟山，世称龟山先生。熙宁九年中进士，历任地方及朝廷官职。元丰四年（1081）被授予徐州司法，元丰六年，赴徐州上任。
⑨濂伊：指周敦颐和程颐，皆为宋代理学家。周敦颐号濂溪，程颐号伊川。
⑩法曹：司法官员。
⑪合梓：即合在一起印刷出版。梓，印书的雕版，也指印刷。
⑫羽仪：楷模。《易·渐》："鸿渐于陆；其羽可用为仪。"
⑬杯斝（jiǎ）：酒器。这里指饮酒。
⑭贻（yí）：赠送。

为铁佛寺僧题募疏①

有客来彭城，苦无栖泊处。旅舍岂不多，喧卑②难以住。城南开元寺，铁佛名最著。其地甚弘敞③，其僧皆淡素。况近云龙山，可以恣闲步。但恨禅室少，客来僧即拒。东偏馀五楹④，廊落似荒署⑤。若以屏间之，窄小转多趣。僧云食尚乏，那得修饰具⑥。所愿诸檀越⑦，各捐少许助。左右分两间，相对为门户。更设几与榻，事事得所措。向后嘉宾来，皆可送此寓。幸勿吝涓滴⑧，合之成雨露。

注释

①铁佛寺：清道光《铜山县志》："开元寺在城南里许，唐开元二十八年建，明洪武三十年重建。中有铁佛像，故又名铁佛寺。"
②喧卑：喧闹而设施差。
③弘敞：高大宽敞。
④五楹：五间（屋）。楹，量词，房屋一间为一楹。
⑤廊落：空旷，空寂。荒署：官府；亦作对所在衙署的谦称。孔尚任《桃花扇·草檄》："就请下榻荒署，共议军情。"
⑥修饰具：设施用具。
⑦檀越：施主。
⑧涓滴：点滴的水；比喻极少量的钱、物。

黄楼歌为魏少府①竟甫先生作

宋公②戏马台已荒，张公③燕子楼亦亡。不如苏公④此楼在，五百年后形犹黄。忆昔公为徐州守,芳春处处栽花柳。一朝河决城几陷,埤堄⑤隐见蛟龙走。惟公忧患与民同,亲操畚锸⑥泥雨中。涉旬水退城得保,天子下诏旌其功⑦。因起黄楼东北角,水土相制义诚确。厥弟颍滨⑧为之赋,太虚后山皆有作⑨。城头楼势郁崔嵬,河上望之如蓬莱。公每赋诗寄朝士⑩,自矜其伐⑪雄矣哉。吾州下邑生刘季⑫,何况区区张与李⑬。重瞳⑭遗迹已尘埃,惟有黄楼临泗水。(此四句即苏诗。)吁嗟公去数百年,黄楼摧颓⑮不如前。接踵岂无贤太守,登高览眺心茫然。柏乡魏侯⑯天下士,受命治河来守此。缅怀古迹不胜情,中间最爱二苏子⑰。二苏题咏满黄楼,安忍废置如荒丘。行历城东得旧址,慨然捐俸为之修。未及一年楼突兀⑱,恍疑金阙临溟渤⑲。河中百神俱效顺,河上千艘任超忽⑳。层楼刻木像二苏,四时禋祀众黎趋㉑。岂直游人恣玩赏,实为守令存师模。是时我来自淮甸㉒,与君登楼日欢宴。徐人知我是君客,磨刀镌文待予撰。我观世间陵谷㉓多迁移,惟有文章政事永不衰。斯民直道尚三代㉔,颂公明德非吾欺。预知异代登楼者,苏魏㉕齐名万古垂。

注释

①少府:官名,县令的佐官。魏竟甫,即魏裔鲁,有诗,见下。

②宋公:宋武帝刘裕。详见前注释(5页)。

③张公:唐张愔(一说张建封,见前注释(31页))。

④苏公:苏轼。

⑤埤堄:指城上有孔的短墙。泛指城墙。

⑥畚锸(běn chā):畚,竹筐之类的器具;锸,锹。

⑦诏:皇帝的命令或文告。旌:表彰。

⑧颍滨:苏辙,号颍滨遗老。黄楼建成,苏辙作《黄楼赋》。

⑨太虚:指秦观,字太虚。后山:指陈师道,号后山居士。秦观有《黄楼赋》,陈师道有《黄楼铭》。

⑩朝士:朝廷中的官员。

⑪自矜其伐:自负其功劳。

⑫下邑:指州下所属城邑。刘季:刘邦,字季。

⑬张与李:这四句见苏轼《答范淳甫》诗。张指张建封,李指李光弼。

⑭重瞳:双眸子,指项羽。传说项羽为双眸子。

⑮摧颓:毁废。

⑯柏乡魏侯:指魏裔鲁,为柏乡人。

⑰二苏子:指苏轼、苏辙。

⑱突兀:高耸貌。

⑲金阙:指仙人所居的宫殿。溟渤:泛指大海。

⑳超忽:此指船行快速。

㉑禋祀(yīn sì):祭祀。众黎趋:众多老百姓前往。

㉒淮甸：淮河流域。
㉓陵谷：山陵河谷。常比喻自然界或世事巨变。
㉔三代：夏、商、周三个朝代的合称。《论语·卫灵公》："斯民也，三代之所以直道而行也。"
㉕苏魏：指苏轼和魏竟甫。

寒食日吴临垣明府招同来伯、中黄诸子登放鹤亭①

去年寒食客榆关②，苦忆江南不得还。今年幸已返南国，何为又客徐淮间。徐州自古名胜地，出城即有云龙山。山头放鹤亭尚在，昔人题咏苔藓班。吴君竹林③雅好事，提壶邀我同跻攀④。是日恰逢禁火节，纷纷上冢人不间。忽忆故乡千里外，墓门荆棘谁为删。祇缘里巷有豺虎，游子欲归险且艰。风尘南北岂得已，临水自照伤心颜。

注释

①寒食：传统节令，在农历清明前一或二日。节日吃冷食，禁火，故又称禁火节。明府：明府君的略称。汉魏时用为对太守的尊称。清代官场中客气时称官衔，不直接称正式官衔，而用代称，知府称"明府"，巡抚称"中丞"。

②榆关：犹"榆塞"，泛指北方边塞。山海关古时亦称榆关。另有地名榆关，在今河南中牟县南。

③竹林：此处借用"竹林七贤"。竹林七贤为魏末晋初的七位名士，七人常聚在竹林之下，肆意酣畅。

④跻攀：攀登。

赠吴来伯别驾①

彭城主人好客多，美酝独数吴宁波。宁波酿法既有异，封藏又复三年过。寻常宴集瓮不开，开时必待嘉宾来。我非嘉宾忝上座，眼看琥珀②盈金杯。初一沾唇香味足，三杯四杯春满腹。十杯已醉勿复斟，扶杖出门身彳亍③。主人谓客酒何如，有暇时复来吾庐。红鳞紫蟹谅不乏，况乃架上多奇书。书任我观酒任酌，作客无如此间乐。但恐此客来太繁，主人瓶空亦杜门④。

注释

①别驾：官名，即通判。地位次于州府长官，分掌粮运及农田水利等事务。

②琥珀：这里指美酒的颜色如琥珀，非常诱人。

③彳亍（chìchù）：慢步行走；走走停停。

④杜门：闭门。

赠李孝乾孝廉①

李先生年六十余，乡举乃在熹庙初②。七上公车未释褐③，归来闭门惟读书。昔犹不仕况今代，所以白首甘樵渔④。我到彭城访耆旧⑤，先生家在云龙后。乍睹风仪自淳古⑥，重览诗篇更苍秀⑦。诘朝⑧相约过君庐，啖我香蔬饮我酎⑨。我闻汉之龚胜⑩此州人，宁死不肯臣莽新。先生与龚同志操，又能用晦⑪全其身。异时登眺云龙者，争指山阿问遗民。

注释

①李孝乾：即李向阳。见前注。孝廉，举人，原指孝子和廉洁之士，后来用于对举人的雅称。

②乡举：由乡里选拔人才。熹庙：指明朱熹帝当政时期。

③公车：汉代曾用公家车马接送应举的人，后因以"公车"为举人入京应试的代称。释褐：脱去平民衣服，喻指开始任官职。

④樵渔：打柴捕鱼。喻指过乡村平民生活。

⑤耆旧（qíjiù）：指年高望重者。

⑥风仪：风范仪表。淳古：朴实而有古风。

⑦苍秀：形容诗作苍劲而俊秀。

⑧诘朝：清晨。

⑨啖（dàn）：给……吃。酎（zhòu）：味浓纯正的美酒。

⑩龚胜：西汉彭城人。见下张彦琦《龚胜墓》诗注释。

⑪用晦：指把自己的思想、政见掩蔽起来，不向外人透露。

饮万瞿客樊桐堂①感旧作歌

前年上君堂，曾赋《二客行》。今年上君堂，二客分死生。死者返其宅，生者难为情。感此不能饮，不饮空吞声。强起移尊②花下酌，垂丝海棠半开落。花落那能再上枝，人老应无再少时。君今妙龄宜努力，莫将尘务婴胸期③。世人泪没④尘中死，若兄虽贤未免此。何以洗尘多读书，能似若翁即才子。**瞿客乃年少之子、遐客之弟也。**

注释

①樊桐堂：万寿祺在女娥山的住所。阎尔梅《至徐州过万年少故宅二首》："花落樊桐馆，云收戏马台。"

②尊：同"樽"，酒器。

③尘务：世俗的事务。婴：萦绕。胸期：胸中所期待。
④汩没：沉溺。

彭城喜李条侯至①

都门风雪夜，古刹忽逢君。片语成胶漆②，孤踪各水云。黄楼期再晤，碧涧许相闻。明旦果驱策③，来寻猿鹿群。

城南铁佛寺，荒僻似山中。僧舍我先寓，羁栖④尔亦同。昼行双马出，夜话一灯终。此会非容易，他年思不穷。

英公山⑤下路，烟树是君家。前次未停櫂⑥，后来当看花。吴儿解丝管⑦，楚水足鱼虾。到日拼沉醉，囊空莫漫嗟⑧。

注释

①李条侯（1619—1678）：即李枝翘，字条侯。江苏睢宁人，拔贡生，曾任官学教习。善诗，喜交游。有《商芝馆初集》、《燕山杂咏》、《燕台三体诗》。
②胶漆：比喻情意投合，亲密无间。
③驱策：用鞭子驱赶马，即骑马。
④羁栖：淹留异乡。
⑤英公山：位于徐州东南九十里，为李条侯的家乡。
⑥櫂（zhào）：同"棹"，即船桨。
⑦丝管：同"丝竹"，弦乐器与竹管乐器的总称。泛指音乐。
⑧漫嗟：徒然叹息。

上巳宿房村怀吴八中黄①

二月扬舲过楚州②，豫知修禊在黄楼。那堪中道逢阴雨，空惜佳辰逐水流。驴背吟身无依着，桥头村店且归休。来朝想到吴郎宅，定有香醪③破客愁。

注释

①上巳：三月三日。古代以农历三月上旬的一个巳日为"上巳"，后来固定为三月三日。旧俗以此日在水边洗濯污垢，祭祀祖先，叫作祓禊、修禊。房村：在徐州东南七十里，今为房村镇，古时为驿站。冯世雍《吕梁洪志》："南则房村，客舟辏集，居民富庶，亦乐土也。"
②舲（líng）：有窗户的小船。楚州：今淮安市。
③香醪（láo）：美酒。

重至彭城访为竟甫少府

前年驱策上皇州①,取道彭城一暂留。顾我严寒犹短褐,荷君高义赠重裘。云龙山下吟声壮,驯鹤亭中礼数优。及到都门逢令弟,三人推分亦绸缪②。**令弟石生总宪,辨若、函乙二孝廉。群从伶仃剧可怜③**,得为书记意翩翩④。岂知弱质先朝露,未报弘恩已下泉。紫塞乍闻心痛绝,黄河重渡泪潸然。公庭一谢云霄谊,不似修江乞酒钱。**从子公敏死于少尹幕中,故云。**

注释

①皇州:京城。

②推分:指守分自安。绸缪:情意深厚。

③群从:指堂兄弟及侄子辈。陶潜《悲从弟仲德》诗:"礼服名群从,恩爱若同生。"伶仃(língdīng):孤独无依靠。

④书记:指从事公文、抄写工作。翩翩:欣喜自得。

哭万二遐客

曾为秋玉堂中客,携酒南山送远人。此日交游俱在眼,惟君奄逝①独伤神。黄河惨澹疑无色,鸿雁呼号失所亲。衣袖隰西②痕未灭,又添多少泪痕新。**万年少别号隰西,遐客之叔也。**

注释

①奄逝:去世。

②隰西:指万寿祺所居隰西草堂。这里代指万寿祺。

送徐二克任归吴门①

彭城宾客盛如云,文采风流谁似君。画里烟峦偏秀发②,句中兰蕖③亦清芬。提壶祇合临春水,折柳那堪对夕曛④。期我新秋到吴市,山塘⑤歌吹日相闻。

注释

①吴门:指今苏州。

②秀发:指草木生长旺盛。

③兰蕖(qú):指兰花和荷花。这里比喻美丽的诗句。蕖,同"蘧",荷花。

④折柳：古人离别时，有折柳枝相赠之风俗。夕曛：傍晚落日的余光。
⑤山塘：指苏州山塘街，为苏州繁华地段和著名景点。

喜马三嘉甫至

我入都门君出都，风尘相识在须臾。长怀旧侣应难见，不意兹游得与俱。石狗湖①边寻古迹，云龙山下访潜夫②。闲身且莫伤流落，回首京华③是畏途。

注释

①石狗湖：在云龙山西，即今日云龙湖。
②潜夫：隐者。或指李向阳。
③京华：京都。

答李司直①赠兼怀于息菴先生

新诗赠我似瑶琴②，欲报惭无玳瑁簪③。且喜彭门为酒伴，勿闻杜宇④动归心。风尘奔走何时息，烟水苍茫此处寻。借问高人在岩穴，十年怀思到于今。

注释

①司直：官名，属司法部门。
②瑶琴：用玉装饰的琴。亦是对琴的美称。
③玳瑁簪：用玳瑁制作的发簪。代表珍贵的物品。鲍照《拟行路难》诗之九："还君金钗玳瑁簪，不忍见之益愁思。"亦作"瑇瑁簪"："赵使欲夸楚，为瑇瑁簪，刀剑室以珠玉饰之，请命春申君客。春申君客三千余人，其上客皆蹑珠履以见赵使，赵使大惭。"
④杜宇：杜鹃鸟。其鸣若"不如归去"。

奉别李观察溉林先生

二十年来江海游，交情谁似使君稠①。曾于熙水分囷粟②，又向彭城赠麦舟③。黄爵有知犹解感④，玄驹⑤无力那能酬。南归定买青溪宅⑥，怀溉名堂⑦在上头。

注释

①使君：对州郡长官的尊称，这里指李溉林。稠：亲密。
②囷（qūn）粟：粮仓储存的粮食。
③麦舟：运麦之舟。宋范仲淹遣子纯仁到姑苏运麦，船至丹阳，遇石延年（曼卿），

曼卿语及家无钱改葬亲人，纯仁便把麦船送给他以办理丧事。纯仁回到家告诉父亲曼卿家穷事，父亲说"何不以麦舟与之？"纯仁曰"已付之矣。"（见宋惠洪《冷斋夜话十》）后用"麦舟"作助人办理丧事。

④黄爵：即黄雀鸟。此用神话传说黄雀报恩的故事。南朝梁吴均《续齐谐记》：汉杨宝年九岁，至华阴山，见一黄雀为鸱枭所搏坠地。宝取归，置巾箱中，饲以黄花。百余日，毛羽成，乃飞去。其夜有黄衣童子向宝曰：吾西王母使者，蒙君拯救，实感仁恩。今赠白环四枚，令君子孙洁白，位登三公，一如此环。

⑤玄驹：蚂蚁的别称。

⑥青溪：王维有《清溪》诗："言入黄花川，每逐青溪水。"这里清溪代指隐居之处。

⑦怀溉名堂：以"怀溉"作为堂的名字，以示对李溉林的感恩。作者另有诗《李溉林副宪书来却寄》："又为谋构草堂资，因买一廛桃叶渡。草堂遂以怀溉名，没齿难忘使君情。"

将去彭城前一日别韦佩二

黄茅冈下草萋萋，我去君来路不迷。旅次①相逢聊聚集，贫交未忍遽②分携。新诗出箧③清如绮，别酒倾壶醉似泥④。明日南归仍见访，凤凰台东雀桥西⑤。

注释

①旅次：旅途中暂作停留。

②遽：立刻，马上。

③箧（qiè）：小箱子，收藏东西的用具。

④醉似泥：烂醉如泥，形容酩酊大醉，瘫倒在地扶不起来。李白《襄阳歌》："傍人借问笑何事，笑煞山翁醉似泥。"

⑤凤凰台、雀桥皆在南京。

送徐石林还彭城兼怀李孝乾、陈善长、吴中黄万瞿客诸子①

昔年我作彭城游，彭城好友争相留。君本吴人亦家此，含风咀雅无其俦②。所以邂逅便倾倒，况是若翁廿年好。云龙山上醉春醪③，戏马台前踏秋草。别来消息不相闻，但见名流必道君。宋莱阳与李束鹿④，皆因我故情殷勤。今年重往山东路，停舟淮水忽相遇。索饮先过阎叟⑤家，伤离又乞盦山句。是时八月天微凉，小舠⑥欲返黄茅冈。冈下故人如见问，为言吟鬓已苍苍。

注释

①徐石林：名旃，字石林。吴（今苏州）人。

②含风咀雅：才华出众，风度高雅。俦（chóu）：相匹敌的人。

③春醪（láo）：春酒。

④宋莱阳：即宋琬。见下宋琬诗。李束鹿：指李溉林。

⑤阎叟：里巷中的老人，意指隐于民间德才超群者。《荀子·效儒》："虽隐于穷阎漏屋，人莫不贵之，道诚存也。"陆游《莫笑》诗："莫笑穷阎叟，人生亦已稀。"

⑥舠（dāo）：小船，亦泛指船。

周在都　一首

周在都：生平不详。

留侯城 ①

忆昔张子房，功成当受封。善辞三万户②，封留意无穷。壮哉博浪椎③，一击真英雄。十日索不得④，天地何所容。报仇心愈切，直与鬼神通。进履寻赤松⑤，慎始全其终。岂待飞鸟尽⑥，不及藏良弓。我来留城下，留城嗟已空。萋萋埋荒草，飒飒悲秋风。城基拥四围，隐隐如邱垄⑦。吁嗟韩彭辈⑧，芳名谁与同。

注释

①留侯城：为张良的封地，在今江苏省沛县与铜山县交界处，已沉于微山湖底。《元和郡县志·河南道五》："故留城，在县（沛县）东南五十五里。"

②高祖令张良自择齐三万户，良曰："始臣起下邳，与上会留，此天以臣授陛下。"乃封良为留侯。（见《史记·留侯世家》）

③指张良为韩报仇，得力士于博浪沙狙击秦皇帝。博浪沙，在今河南省原阳县东南。

④《史记·秦始皇本纪》："二十九年，始皇东游。至阳武博浪沙中，为盗所惊。求弗得，乃令天下大索十日。"

⑤进履：指张良于下邳圯上遇见黄石公被授予《太公兵法》事。赤松：即赤松子，相传为仙人。张良晚年曾言："愿弃人间事，欲从赤松子游耳。"（见《史记·留侯世家》）

⑥刘邦用计将韩信抓捕。韩信此时感叹说："果若人言，'狡兔死，良狗亨；高鸟尽，良弓藏；敌国破，谋臣亡。'天下已定，我固当亨"。（见《史记·淮阴侯列传》）

⑦邱垄：坟墓。

⑧吁嗟（xūjiē）：叹息。韩彭：韩信和彭越，皆为汉初诸侯王，刘邦夺得天下的功臣，后被刘邦杀害。

宋 琬 四首

宋琬（1614—1674），字玉叔，号荔裳，山东莱阳人。顺治四年（1647）进士，授户部主事。历官吏部郎中、按察使。有《安雅堂全集》及未刻稿《入蜀集》。

徐州怀古二首

寒烟漠漠①水增波，戏马台前挒柂②过。父老能言西楚事，牧儿谁解大风歌③。吕梁涛落支祁走④，芒砀云深雁鹜多⑤。安得长茭塞洪子⑥，不劳壮士挽银河⑦。

彭城旧是繁雄郡，城郭频经战伐年。鹤放孤山招隐士⑧，燕空高阁锁婵娟⑨。平沙渺渺横新雁，衰柳疏疏⑩咽晚蝉。欲共何人吹玉笛⑪？大苏⑫兄弟挟飞仙。

注释

①漠漠：烟气弥漫貌。

②挒柂：划船。挒，音 liè。柂，同舵。

③大风歌：刘邦称帝后回到故乡沛，召集故人亲友，纵酒尽欢。席间，刘邦击筑作歌："大风起兮云飞扬，威加海内兮归故乡，安得猛士兮守四方。"

④吕梁：吕梁洪，见前注释（12页）。支祁：无支祁，淮水神名。亦作"巫支祁"。《太平御览八八二·淮地记》引唐公佐《古岳渎经》："禹治水，止桐柏山，乃获淮涡水神，名无支祁，善应对言语，辨江淮之浅深，原隰之远近。形若猿猴，缩鼻高额，青躯白首，金目雪牙。颈伸百尺，力逾九象。禹授之庚辰，遂颈锁大铁，鼻穿金铃，从淮之阴，锁之龟山之足，淮水乃安，流注于海。"

⑤芒砀：芒山与砀山，在今安徽砀山县东南，与河南永城县接界。二山相距八里。当年刘邦送徒骊山途中逃匿，即藏于芒砀山泽岩石之间。雁鹜：大雁和野鸭。

⑥茭：用竹篾或芦苇编成的缆索，用于防堵洪水。洪子：大水。

⑦挽银河：指引来天上银河的水让河道畅通。杜甫《洗兵马》："安得壮士挽天河，净洗甲兵常不用。"陆游《纪梦》（二）："不知尽挽银河水，洗得平生习气无！"

⑧指宋隐士张天骥于云龙山顶筑亭放鹤。孤山，《同治徐州府志》：象山西北为大孤山，又东二里为小孤山。

⑨指唐关盼盼所居燕子楼。婵娟：美女，此指关盼盼。

⑩疏疏：稀疏貌。

⑪玉笛：玉制之笛；亦指对笛的美称。

⑫大苏：指苏轼。

赠纪子湘郡丞二首①

时河决下流，淮南漂没，惟徐得免

佐郡②彭城领上游，使君风采大苏③流。山川楚汉千年迹，筐筥荆扬万里州④。庙略漫劳沉白马⑤，宣房⑥无恙醉黄楼。绨袍⑦珍重频回首，飒飒西风客子愁。

清淮怒挟浊河奔，雪浪银涛树杪⑧翻。三策频年资贾谊⑨，长隄千里倚王尊⑩。霜清大泽宽鱼税，雨过西畴长稻孙⑪。便欲停桡乘款段⑫，快哉亭上一开樽⑬。

注释

①纪子湘：纪元，字季恺，号子湘。河北文安人，乙未（1655年）进士。顺治十七年官徐州河防同知，后调任汉阳府知府、巩昌府（今甘肃省陇西县）知府。丞：对同知的简称。

②佐郡：指任州郡的司马、通判等职，职务是协理州郡政务。这里指郡丞。明何景明《送卫进士推武昌》诗："少年佐郡楚城居，十郡风流尽不如。"

③使君：对州郡长官的尊称。

④筐筥：指盛物什器，方曰筐，圆曰筥。这里指财物。荆扬，荆州和扬州。

⑤庙略：朝廷对国家大事的谋略。沉白马：《汉书·沟洫志第九》："自河决瓠子后二十余岁，岁因以数不登，而梁、楚之地尤甚。上既封禅，巡祭山川，其明年，乾封少雨。上乃使汲仁、郭昌发卒数万人塞瓠子决河。于是上以用事万里沙，则还自临决河，湛白马玉璧，令群臣从官自将军以下皆负薪填决河。"

⑥宣房：同宣防。指在河堤上建筑的房屋。汉元光中，黄河决于瓠子。后二十余年，汉武帝命堵塞瓠子决口，筑宫于上，称宣房宫。

⑦绨袍：厚缯制成之袍。

⑧树杪：树梢。

⑨三策：泛指治理国家之计策。贾谊（前200—前168）：西汉初年著名的年轻政论家，文帝常以国家长治久安之事问计贾谊。

⑩王尊：东汉高官，任东郡太守时，河水泛侵瓠子金堤，堤坏，众人皆逃走，独尊立堤上不动，吏民返还救堤，遂转危为安。此处用王尊喻指纪元。

⑪西畴：西面的田畴，泛指田地。稻孙：二茬稻。

⑫桡（ráo）：船桨。款段：款段马，指行走迟缓的马。《后汉书·马援传》："援杀牛酾酒，犒劳军士，从容谓官属曰：'吾从弟少游常哀我慷慨多大志，曰"士生一世，但取衣食裁足，乘下泽车，御款段马，为郡掾史……"'"

⑬快哉亭：民国《铜山县志》："快哉亭在城内东南隅。旧志：宋熙宁末李邦直持节徐州，即唐薛能阳春亭故址搆建。郡守苏轼名曰快哉亭。同治十一年徐海道吴世熊重建。"樽：酒器。

渡黄河 （四首选二）

倒泻银河事有无，掀天浊浪只须臾。人间更有风波险，翻说黄河是畏途。

挂席①萧萧正北风，邮签②已过吕梁东。滴将双泪归沧海，应比鲛人③珠更红。

注释

①挂席：挂帆，张帆行船。

②邮签：驿馆夜间报时的器具。杜甫《宿青草湖》诗："宿桨依农事，邮籤报水程。"注："漏筹谓之邮签。"

③鲛人：神话传说中居于海底的怪人。张华《博物志》："南海水有鲛人，水居如鱼，不废织绩，其眼能泣珠。"

舟中见猎犬有感而作 （五首选一）

戏马台前好合围，符离①城外兔初肥。蛮奴右臂惊苍鹘②，猎得黄獐③倒载归。

注释

①符离：地名，今属安徽宿州市。

②蛮奴：仆役。苍鹘（cānghú）：苍鹰。

③黄獐：兽名，即獐子，体似鹿而小，毛粗长棕黄色，头小无角，行动灵敏，善跳，会游泳。

魏裔鲁 一首

魏裔鲁：生卒年不详。字竟甫，号曦庵，柏乡人。魏裔介之兄。顺治二年（1645）贡生，十一年任徐属河务同知。官至山东盐运使。有《魏竟甫诗》一卷。

己亥春日，同州牧王公游奉圣寺，观殿前银杏树，携比丘泛舟湖上，登眺铜山，偶尔唱和，遂成一时盛事①

古寺传何代，荒村不记年。铜崖浮水面，银杏插门前。苍干飞朝雨，寒花散暮烟。登临携惠远②，共上钓鱼船。

祇园③有宝树，春色上莓苔④。百尺侵萝径⑤，十围历劫灰⑥。铜山云外峙，龟岭⑦镜中开。停棹⑧依沙岸，湖光贮酒杯。

注释

①州牧：古时一州之长官。奉圣寺：即奉圣禅院。据民国《铜山县志》卷十九："道光旧志：'在城东北'。今案：在利国驿圩侧，寺内有碑泐（lè）。金正隆四年武宁军节度使给僧德诚住持奉圣院帖。寺外有银杏一株，相传为千余年物，已枯复生。"比丘：佛教称出家修行的男僧。铜山：清顺治十一年《铜山县志》："铜山，城东北八十里，与利国驿连境。相传古彭城废县在此。"微山湖中亦有铜山，见常安《游微山湖登铜山远眺》。此处铜山指前者。

②惠远：僧人名。此指奉圣寺的僧人，生平不详。

③祇园：祇（qí）树给孤独园之略称。为释迦牟尼去舍卫国说法时与僧徒停居之处。后泛指僧院。

④莓苔：青苔。

⑤萝径：长满荒草的小路。

⑥劫灰：劫火的馀灰。南朝梁《高僧传·竺法兰二》："昔汉武穿昆明池底得黑灰。问东方朔，朔云'不委，可问西域人。'后法兰既至，众人追以问之，兰云：'世界终尽，劫火洞烧，此灰是也。'"这里喻指历来的战乱灾难。

⑦龟岭：如龟形的山岭。嘉靖《徐州志地理志上》："龟山在寨山东一里，有石洞，俗称仙人洞，深晦莫测。"

⑧棹（zhào）：船桨。

魏裔介　二首

魏裔介（1616—1686），字石生，别号贞庵，又号昆林，直隶（今河北）柏乡人。顺治三年（1646）进士，历官给事中、太常寺少卿、左都御史、吏部尚书、保和殿大学士兼礼部尚书。有《屿舫诗集》。

彭城放鹤亭①

云龙山下茅亭②址，天外修翎③何处来。一水势从西极④下，千帆遥指海门⑤开。断蛇事业⑥馀荒草，戏马⑦悲歌空古台。却忆当年苏太守⑧，清风琴鹤共徘徊。

注释

①放鹤亭：据道光和民国铜山县志：放鹤亭在云龙山上，宋山人张天骥筑。岁久亭圮，明嘉靖十一年，都御史戴时宗即故址重建，后副使王棁等相继修葺。清康熙五十七年，知州姜焯重修；同治十一年，徐海道吴世熊增修；光绪三十二年，知州田庚继修复，于亭东北创建船厅，亭内有明董其昌书重修放鹤亭碑。苏轼《放鹤亭记》："熙宁十年秋，

彭城大水，云龙山人张君之草堂，水及其半扉。明年春水落，迁于故居之东，东山之麓。升高而望，得异境焉，作亭于其上……山人有二鹤，甚驯而善飞。旦则望西山之缺而放焉，纵其所如，或立于陂田，或翔于云表。暮则傃东山而归。故名之曰放鹤亭。"

②茅亭：指张天骥所建放鹤亭。
③修翎：鸟修长的羽毛。此指鹤。
④西极：西方极远处。
⑤海门：海口。
⑥断蛇句：指刘邦斩蛇起兵事。见前注。
⑦戏马：戏马台。此句指项羽起兵灭秦，终被刘邦击败的悲剧。
⑧苏太守：苏轼。见前注。

家兄竟甫筑草亭于河防公署，榜曰驯鹤，盖继放鹤而有此亭也

驯鹤人同放鹤才，应知仕隐不相猜。元裳素羽新秋唳①，白石清泉一杖来。林静门前销剥啄，心闲河水有喧豗②。联床夜话知何日③，兄弟眉山远溯洄④。

注释

①元裳素羽：指鹤。元裳，同"玄裳"，黑色下衣；清人避康熙玄烨讳，常以"元"代"玄"。素羽：白色羽毛。仙鹤身上的羽毛是白的，尾巴是黑的，故称"元裳素羽"。苏轼《后赤壁赋》："适有孤鹤，横江东来。翅如车轮，玄裳缟衣，戛然长鸣，掠予舟而西也。"唳（lì）：鹤的叫声。
②喧豗（xuānhuī）：哄闹声。
③联床夜话：苏辙《逍遥堂会宿二首》："误喜对床寻旧约，不知漂泊在彭城。"参见该诗及苏轼《子由将赴南都》诗。
④眉山：苏轼眉山人。溯洄：逆流而上。

施闰章　三首

施闰章（1618—1683），字尚白，一字屺云，号愚山，晚年又号蠖斋。宣城（今属安徽）人。顺治六年（1649）进士，授刑部主事。历官员外郎、山东学政、江西参议、翰林院侍读、河南乡试正考官。有《施愚山先生学馀诗集》、《蠖斋诗话》、《矩斋杂记》《施闰章诗》等。

徐州来宅同商贤①

缓酌论文字，江城②此会稀。避人安独啸，依水得清晖③。春树渔舟过，晴云客

座飞。廿年小阮④贵,不改旧荆扉⑤。

注释

①来宅:来多居处。来多,生平不详。作者有诗与之。商贤:即杨彭龄(1611—1673),字商贤,宛平人。
②江城:临江河之城。
③清晖:明净的光辉。亦指山水美景。
④小阮:指晋阮咸。阮咸与叔父阮籍都是"竹林七贤",世因称阮咸为小阮,后借以称侄儿。
⑤荆扉:柴门。

徐州五日

河上天中节①,秦淮箫鼓时。道途遇岁序②,风土薄蒲葵③。遇旧沽吴酒④,招魂倦楚辞⑤。转怜无竞渡,不起故园⑥思。

注释

①天中节:即农历五月五日端午节。
②岁序:岁时的顺序;这里指时令的更换。
③薄蒲葵:蒲葵,乔木名,叶可以制蓑、笠及扇。薄蒲葵,指江南风俗端午节人们披上用蒲葵叶制作的薄蓑衣参加龙舟竞渡等活动。刘克庄《转调二郎神/二郎神》:"練衣差薄,蒲葵堪省。"
④吴酒:吴地出产的酒。白居易《忆江南》:"吴酒一杯春竹叶,吴娃双舞醉芙蓉。"
⑤招魂:楚辞篇名,屈原作。有的认为宋玉作,招屈原之魂。
⑥故园:故乡。

闻徐州来多失意事

回首冬春换,闲居亦可怜。称心惟绿水,无恙是东田①。夜月萝轩②映,秋灯竹屋悬。多忧逢俭岁③,遮莫④减诗篇。

注释

①东田:泛指田园、原野。
②萝轩:指被蔓生植物围绕的窗户。萝,泛指女萝等蔓生植物。
③俭岁:荒年,歉收年。

④遮莫：或许。

吴嘉纪 一首

吴嘉纪（1618—1684），字宾贤，号野人，泰州（今江苏泰州）人。明末诸生。曾参加抗清活动，失败后回家隐居。晚年贫病交加，自名所居"陋轩"。有《陋轩诗集》。

粮船妇（海氏）①

秋风河上来，吹我饥馑夫。虽有如花妇，不及盘中餔②。日暮何喧喧，河湾泊粮船。船公③坐上头，盼睐④见红颜。遣人通殷勤，我家衣食足。若辈愁饥死，试来同力作。力作到一年，偿钱令汝归。力作到三年，无钱令汝归。阿夫呼妇语，与君勉想从。不从便饥死，尔我长西东。匍匐⑤起偕妇，妇泪落如雨。昨日闺中人，今日舟中婢。俦侣贺添丁⑥，餽饷⑦遗犍蹄。河南舣船⑧去，河北舣船来。船公心中喜，举手数斟酌。自谓佳丽质，已是虞罗雀⑨。罗雀则有雄，匹妇则有夫。谁知匹妇志，千折不可移。阿夫泣相持，依人且低眉。力作到三年，无钱共汝归。阿妇默无声，人眠窗落月。急遽离船公，慷慨寻鬼伯⑩。抱石投邗沟⑪，波涛为不流。行人挥泪看，尸横沟水头。（民国《铜山县志》案：海氏见烈女传，诗言多与之异，故附录于此）

注释

①民国《铜山县志·烈女传》："海氏，陈容妻，家贫，愞懦不能治生。闻妻兄子为松江军弁，偕妇往依之。不遇，还寓常州。"后被歹徒杀害于粮船上。其故事情节与诗中所述大概一致。《归庄集·洞庭三烈妇传》附有海氏传。
②餔（bū）：食物。
③船公：船老板。
④盼睐（pànlài）：观看；顾盼。
⑤匍匐（púfú）：趴。
⑥俦侣（chóulǚ）：伙伴，朋友。添丁：生儿子。
⑦餽饷（kuìxiǎng）：馈赠。
⑧舣船：划船。舣：音 yǐ。
⑨虞罗雀：被网罗捕捉的鸟雀。虞罗，指掌山泽之虞人所张设的网罗。
⑩鬼伯：鬼中之长，阎王。
⑪邗沟：为连系长江和淮河的古运河，南起扬州以南的长江，北至淮安以北的淮河。邗，音 hán。

周体观　一首

周体观（1618—1680），字伯衡，直隶遵化（今河北省遵化市）人。顺治六年（1649）进士，选翰林院庶吉士，迁户科给事中、吏科给事中。出为江南按察司副使分巡池太道、江西布政司参政分守南瑞道。著有《晴鹤堂集》、《南洲草》。

人日次徐州①

泗上逢人日，长亭②许更过。春云回白首，客梦渡黄河。旧俗淮南异，前贤沛国③多。至今小儿女，犹唱大风歌。

注释

①人日：农历正月初七日。次：临时住宿。
②长亭：秦汉十里置亭，称为长亭，供行人休息及饯别。
③沛国：即沛郡，汉高祖改泗水郡置沛郡。这里指刘邦的家乡沛县。

贾　壮　一首

贾壮，生卒年不详。字弱侯，号止菴，襄城人。顺治三年（1646）进士，授怀宁县令。历官户部郎中、河东兵备道佥事、山西按察使副使、榆林兵备使员。顺治十三年官徐州仓户部分司主事。有《颍阳别墅稿》、《敬山堂别集》、《彭城偶录》等。

拔剑泉诗①

几欲乘骢②去，山灵③不厌予。宜开松径入，应筑草堂居。满壑泉无恙，新亭兴有余。白云非异汉④，舒卷自如如。

注释

①拔剑泉：据同治《徐州府志》拔剑泉有三处，一在城南三十余里湖山下（清万历《徐州志》作湖山拔剑泉，在城东南五十里。）；一在城西南丁塘山；一在城东北二郎山北。皆称为汉高祖刘邦驻兵处。一般多指丁塘山下拔剑泉。万历五年（1577）《徐州志》："丁塘拔剑泉在城南二十五里，昔汉高祖与项羽战于此，汉兵渴甚，高祖拔剑插地，泉水涌出流四里许又伏流于地下。雨不溢，旱不干，乡人呼为龙湫；遇旱祷之，辄应。天顺二年，知州宋诚重修庙像，立石刻文记之。"

②骢：毛色青白相间的马称骢。此处泛指马。
③山灵：山神。
④汉：汉代。本句意为：白云和汉时没有什么不同。

丁浴初　一首

丁浴初，生卒年不详。获鹿（今属河北）人，顺治三年（1646）进士。历官杭州、济南、曲靖等地知府，顺治十四年（1657）官徐州户部分司主事。

放鹤亭

亭开佳气拥烟鬟①，翠入梁楹②草不删。雁断斜横涯际水，霞明孤落望中山。香浮卮酒③花千点，座有良朋月一湾。莫到楼头吹玉笛④，多年鹤驾倦应还。

注释

①烟鬟：原指妇女鬓发，此处喻指峰峦。
②梁楹：梁，屋梁；楹，厅堂的前柱。
③卮酒：杯酒。卮（zhī），古代盛酒的器皿。
④玉笛：玉制之笛。亦指对笛的美称。

谷应泰　二首

谷应泰（1620—1690），字赓虞，别号霖苍，直隶丰润（今河北丰润县）人。顺治四年（1647）进士。历官户部主事、员外郎、浙江提学佥事。顺治十一年官徐州户部分司主事。有《筑益堂集》。

张坦公①先生放鹤亭招饮

春风杨柳尽垂丝，湖海飘零对酒卮。忽忆彭城今夜雨，满庭芳草鹤归迟。

注释

①张坦公：即张缙彦（1599—1670），字濂源，号坦公，又号外方子，别号大隐，河南新乡人。明崇祯四年（1631）进士，历官知县、户部主事、编修、兵科都给事中。入清，官山东布政使司右布政使、授浙江左布政使、工部右侍郎。

鹤亭漫咏

城郭收今望，山川动古情。杏花一带色，肯与我迎。苏子昔崇植①，鹤亭几废成②。从兹深爱惜，高览曙云③平。

注释

①苏子：苏轼。崇植：崇高的志向。
②参见前魏裔介诗"放鹤亭"注释。
③曙云：黎明时的云彩。

李弇 二首

李弇（yǎn）：生卒年不详。字山洲，徐州人，李向阳之子。弘光元年（1645）贡生。工诗，有《忖庵诗集》。

戊申六月十七夜纪异①

六月十七夜，厚载②失其平（民国县志作"宁"）。岂惟变陵谷③，苍生乃极刑④。不须加斧锧⑤，排压悉台亭⑥。台亭人自结，惨毒还相丁⑦。有巢⑧首发难，大壮⑨几千龄。谁非庆安堵⑩，若辈独飘零。万事皆往复，资生⑪祸所经。衣食能杀人，何止怨飞瓴⑫。断绝须臾间，难夸万物灵。猝来不启事⑬，遍满挟雷霆。百万为糜烂，长平犹星星⑭。嗟哉罹劫者，无妄同碑铭。圹圹⑮室相似，上下一翻萍⑯。都用王衍法⑰，乾坤直腐腥。我居荒山麓，偶幸存门扃⑱。起视戚里⑲场，百家无完庭。折股及碎首，雨面小娉婷⑳。作活瓦砾内，釜烟㉑愁不青。更待风雨罢，废井泣秋萤。疮痍成世运㉒，真宰空冥冥㉓。吊问当今日，追呼方未停。人生知如此，羡彼翩然翎㉔。

注释

①戊申：即清康熙七年（1668）。清同治《徐州府志》卷五："康熙七年六月地震，有声自西北来，坏城郭庐舍，民多压死。七月，河决邳州，城陷于水。"民国《铜山县志·记事》："康熙七年，戊申：六月十七日地震，有声自西北来，坏城郭庐舍，民多压死。"民国《铜山县志·志余》在诗后案："戊申为康熙七年，纪事表：六月十七日地震，坏城郭庐舍，民多压死。诗为是作也。"此次地震被称为郯城大地震，震中在山东郯城。
②厚载：大地。地厚而载万物。《易·坤》："坤厚载物，德合无疆。"
③陵谷变：地形的高低变化，高岸为谷，深谷为陵。

④极刑：死刑。这里以极刑比喻严重的地震灾害。

⑤斧锧（zhì）：古刑具，置人于砧上，用斧斩之。锧，斩人用的砧板。

⑥台亭：泛指所有的建筑物。

⑦相丁：指地震余震连续不断。

⑧有巢：有巢氏，传说远古发明巢居的人。有巢氏教民构木为巢，居住树上，防止野兽的侵害。发难：这里指与自然灾害进行斗争。

⑨大壮：《易》卦名。为《易》六十四卦中第三十四卦。即乾下震上，为阳刚盛长之象。《易·系辞下》："上古穴居而野处，后世圣人易之以宫室，上栋下宇，以待风雨，盖取诸《大壮》。"《大壮》上震下乾。震为雷，乾为天（古人认天形似圆盖），其卦象为上有雷雨，下有御雨之圆盖。故云创建宫室，以避风雨，取象于《大壮》。后用为建筑宫室之典。

⑩安堵：安居，相安。

⑪资生：赖以为生。

⑫瓴（lín）：瓦。飞瓴，房上掉下的瓦。

⑬启事：通告要发生的事情。

⑭长平：指战国时秦晋之间的长平之战，前后耗时三年。秦军共斩杀赵国士卒达45万。星星：微小。这句的意思是说比起六月地震造成的灾难，长平之战算是很微小。

⑮圹（kuàng）：墓穴。

⑯翻萍：此指尸体在墓穴的水中如飘动的浮萍。

⑰王衍：（256—311）晋琅邪临沂人，官至尚书令、太尉。"衍虽居宰辅之重，不以经国为念，而思自全之计。"（《晋书》本传）这里借指在灾害面前，只能各自为计。

⑱门扃：门户，家。

⑲戚里：亲戚邻里。

⑳雨面：泪流满面。娉婷（pīngtíng）：形容女子姿态美好的样子，这里泛指年轻妇女。

㉑釜烟：烧火做饭冒出的烟。

㉒疮痍：比喻人民遭受的疾苦。世运：世事盛衰治乱的更迭变化。

㉓真宰：指上天，天为万物的主宰，故称真宰。冥冥：指天高远莫测，非常神秘。

㉔翩然：疾飞貌。翎：本指鸟羽，这里代指鸟。

纪泰山所见长者①

岳名有或同，徐山亦云泰。居然众峰杰，仰止②此其最。山南住老人，九十未狼狈③。前朝博士④业，多年成解蜕⑤。乱后井络⑥虚，茅茨久已汰⑦。犹寻所旧居，寄迹白云外。冬春负岩曦⑧，秋夏延群霭⑨。棘楗⑩密为墙，杂树叶肺肺⑪。土楼倾东楹⑫，风雨半间赖。鹨鸟⑬破巢栖，数枝挂青盖⑭。今秋扫墓归，下驴得一会。耳聋隔众器，步健童无奈。遍问同时人，谢尽发深慨。答音每难入，横膝勤手绘⑮。无何日影黄，告别牵缕襘⑯。慇慇⑰送我行，西园摘果蒂⑱。相视宛婴初⑲，唾咳悉天籁⑳。作伪本衣冠，养生贵粗粝㉑。木石可坚身，毁凿由于兑㉒。客去掩蓬门，嗒焉㉓坐长桧。

注释

① 泰山：道光《铜山县志》："太山在城南云龙山东，视诸山特大两峰峙立，中辟一径为南北孔道。上有显济庙。"

② 仰止：仰慕。《诗经·小雅·车辖》："高山仰止，景行行止。"

③ 狼狈：喻指形貌破敝不整。

④ 博士：古时称有专门技艺的人为博士。

⑤ 解蜕：此指失去、离开了原有的职业。

⑥ 井络：井里，家园。

⑦ 茅茨：茅草屋。汰：破败，消失。

⑧ 负岩曦：依赖岩穴和阳光。

⑨ 延群霭：长时间在浓厚的云雾之中。

⑩ 棘樲（èr）：指杂乱的丛木。棘，丛生的小枣树；樲，酸枣树。

⑪ 肺肺（pèipèi）：茂盛貌。

⑫ 楹：房屋的柱子。

⑬ 鹨鸟：即布谷鸟，亦称郭公。鹨，音 lóu 或 lú。

⑭ 青盖：指遮盖着鸟巢的绿色枝叶。

⑮ 手绘：用手比画。

⑯ 牵缕襘（guì）：指整理衣服。缕，衣带；襘，衣领的交合处。

⑰ 慇慇：忧伤貌。

⑱ 果蒂（dì）：水果。蒂同"蒂"。

⑲ 婴初：当初孩童时期。

⑳ 唾咳：指言谈话语。天籁：自然界的音响。

㉑ 粗粝：指粗糙的食物，粗茶淡饭。

㉒ 兑（ruì）：通"锐"，锋利。此句意思是说招来"毁凿"是因为显露自己，太锋芒毕露。

㉓ 嗒然：形容身心俱遣，物我两忘的状态。嗒，音 tà。桧（guì）：木名，即刺柏。

宋实颖　一首

宋实颖（1621—1705）字既庭，号湘尹，江苏长洲（今苏州）人。顺治十七年

（1660）举人，官兴化县教谕。

挂剑台①

  千载良朋去，悲凉古碣留。徐吴两地隔，生死一心酬。宝剑思公子，荒丘揖故侯②。只今交道薄，缟带③已难投。

注释
  ①挂剑台：又名季子挂剑台。详见前注释（41页）。
  ②故侯：指徐君。
  ③缟带：白色生绢带。以"纻缟"喻友朋交谊。《左传·襄公二十九年》："（吴季札）聘于郑，见子产，如旧相识。与之缟带，子产献纻衣焉。"

孟安世　一首

  孟安世：生卒年不详。安徽怀宁人，康熙八年（1669）举人，曾任邳州儒学学正，与知州孙居湜合修《邳州志》。

挂剑荒台①

  我剑千金挂树轻，昔人生死允交情。可怜此道今如土，霜刃磨来大不平。

许来惠　二首

  许来惠：生卒年不详。字绥人，别号伊蒿。安徽桐城人，崇祯末诸生，康熙三十八年（1699）岁贡，丁巳以赏入博于邳州司训，后官浙江瑞安县丞。卒年八十二岁。

徐州道中

  停鞭问俗亦何曾，到处令人百感兴。傍路颇闻多古迹，逢菴不见一残僧①。黑云漫漫符离集②，细雨潇潇国戚陵③。回首涂山钟磬在④，卅年前已失尝蒸⑤。

注释
  ①残僧：年老僧人。
  ②符离集：地名。今属安徽省。

③国戚陵：泛指皇帝家族陵墓。安徽凤阳有明皇陵，陵墓中安葬有朱元璋父母及兄嫂、侄儿的遗骨。

④涂山：指今安徽怀远县东南之涂山。《左传·哀公七年》："禹合诸侯於涂山，执玉帛者万国。"杜预注："涂山在寿春东北。"此处有禹王庙。

⑤尝蒸：尝和蒸皆为祭祀名，泛指祭祀。《尔雅·释天》："春祭曰祠，夏祭曰礿，秋祭曰尝，冬祭曰蒸。"

黄 河

水涡①路滑绕城西，积雾凝烟草色迷。古岸沙崩原路改，戍楼谯断②野云低。鸠啼白树仍将雨，马渡黄河尚有泥。听说山东偏苦旱，去年田已未全犁。

注释

①水涡：水中漩涡。

②戍楼：边防驻军的瞭望楼。谯断：指谯楼上的漏壶（古代计时器）声停掉。谯为古代城门上建的楼，可以瞭望。清郑文焯词《月下笛二首》："漏谯断，又梦闻孤管，暗向谁度。"

朱彝尊　一首

朱彝尊（1629—1709），字锡鬯，号竹垞，浙江秀水（今嘉兴）人。康熙十八年（1679）召试鸿博，授翰林院检讨。曾参加编修《明史》，有《曝书亭集》。

彭城道中咏古二首

旧社枌榆改①，寒云芒砀②收。山风吹野火，飞渡斩蛇沟③。
博浪飞椎④后，圯桥进履⑤年。无人知偶语⑥，况有素书⑦传。

注释

①社：祭土地神的地方。枌（fén）榆：地名，汉高祖刘邦为丰枌榆乡人，初起兵时祷于枌榆社。

②芒砀：芒山与砀山，在今安徽砀山县东南，与河南永城县接界。二山相距八里。当年刘邦送徒骊山途中逃匿，即藏于芒砀山泽岩石之间。

③斩蛇沟：刘邦斩蛇的地方，在今丰县境内。

④指张良雇用力士于博浪沙刺杀秦皇事。见前注。

⑤指张良遇见黄石公事。见前注。
⑥偶语：相对私语。
⑦素书：兵书名，旧题为黄石公撰。

屈大均　二首

屈大均（1630—1696），初名绍隆，字翁山、介子，号莱圃。番禺（今属广州市）人。曾参加抗清活动，失败后削发为僧，名今种。不久还俗，北游交结顾炎武等人。有《翁山诗外》、《翁山文外》等。

过徐州

百战悲丰沛①，群雄问草莱②。斩蛇留大泽③，戏马失高台。山向彭城出，云从泗水来。萧条王气尽，父老有余哀。

注释

①丰沛：丰县、沛县。
②草莱：乡野、民间。
③斩蛇：指导刘邦于大泽中斩蛇事。见前注（143页）。

陵　母①

陵母何慷慨，一死如田光②。激子成功名，始终事汉王。丈夫有侯嬴③，妇人有陵母。烈烈汉功臣，乃作一箕帚④。教子以忠汉，令名在人口。天下既定时，陵封宜勿受。请以母为侯，汤沐及诸舅⑤。伏剑墓门前，黄泉期速朽。

注释

①陵母：王陵母。详见前注释（163页）。
②田光：战国末年燕国人。为人多智谋而深沉，向太子丹推荐荆轲去刺杀秦王政，为了激励荆轲，随自刎而死。
③侯嬴：战国时魏国人。家贫，年七十为大梁守门小吏。信陵君慕名往访，迎为上客。前257年，秦急攻赵，围邯郸，赵请救于魏。魏王命将军晋鄙领兵十万救赵，中途停兵不进。侯嬴献计信陵君，窃得兵符，夺权代将，救赵却秦。因自感对魏君不忠，自刭而死。
④箕帚：畚箕和扫帚，此处指操持家务的普通妇人。

⑤汤沐：即沐浴，这里指汤沐邑，天子赐给诸侯的封邑，邑内收入供诸侯汤沐之用。诸舅：天子对异姓诸侯、诸侯对异姓大夫，皆尊称为"舅"，多数就称为"诸舅"。《诗·小雅·伐木》："既有肥牡，以速诸舅。"这里"诸舅"指王母的弟兄们。

王所善　一首

王所善，生卒年不详。山西阳城人，顺治五年（1648）举人，历官云南武定府同知、六安州知州。

春日同游奉圣寺敬步元韵①

从游入古寺，曾记正隆②年。僧话春风里，诗成宝树前。似虬兼似盖，宜雨亦宜烟。湖畔山光好，荒村问渡船。

古木山门下，扶疏③映碧苔。学禅心欲醉，用世④志将灰。铁壁孤峰立，烟波四面开。同来登彼岸，泛影落霞杯。

注释

①奉圣寺：即奉圣禅院。据民国《铜山县志》卷十九："道光旧志：'在城东北'。今案：在利国驿圩侧，寺内有碑泐（lè）。金正隆四年武宁军节度使给僧德诚住持奉圣院帖。寺外有银杏一株，相传为千余年物，已枯复生。"元韵：同"原韵"，此指友人诗用的字韵。

②正隆：是金海陵王的第三个年号（1156—1161）。

③扶疏：枝叶繁茂纷披貌。

④用世：见用于世，为世所用。

王士禛　五首

王士禛（1634—1711），死后因避雍正（胤禛）讳，改称士正，乾隆时，诏命改称士禛。字子真，一字贻上，号阮亭，又号渔洋山人。山东新城（今桓台）。顺治十二年（1655）进士，授扬州推官。历官户部郎中、礼部员外郎、翰林侍读、国子监祭酒、少詹事、刑部尚书。有《带经堂集》等。

昭阳湖①　　一名微山湖

满湖风波碧流离，微子山②前返照时。闲挂笭箵泊沙觜③，红霞一抹晒鸬鹚④。

注释

①昭阳湖：昭阳湖位于山东省微山县和江苏省沛县交界处，南与微山湖、北与独山湖相通，加上独山湖以北的南阳湖合称"南四湖"，或统称微山湖。

②微子山：也称微山，位于微山湖中，商王帝乙的长子微子死后葬于此山，故名微子山。

③答箐（língxǐng）：盛鱼的竹笼。沙觜：即沙嘴，指狭长形的沙滩。觜，为嘴的古体字。

④鸬鹚（lúcí）：水鸟名。俗称鱼鹰、水老鸦。

荆山口待渡①

西连丰沛走中原②，风色萧萧③野渡昏。一望孤城天接水，乱山合沓是彭门④。

注释

①荆山口：清同治《徐州府志》："城北二十里，有荆山口河，广数百丈，有桥跨其上。桥下乱石纵横，颇险恶，类人力穿凿者。"

②中原：此指黄河中下游地区。

③萧萧：风声。

④合沓：重叠；攒聚。

徐州渡河

楚汉兴亡后，雌雄①几战争。大风过泗上，落日照彭城。玉斗②空遗恨，银刀③久厌兵。登舻④一长啸，冰雪太峥嵘⑤。

注释

①雌雄：喻胜负、高下。《史记·项羽本纪》："项王谓汉王曰：'天下匈匈数岁者，徒以吾两人耳。愿与汉王挑战决雌雄，毋徒苦天下之民父子为也！'"

②玉斗：《史记·项羽本纪》：鸿门宴上项羽未忍杀掉刘邦，刘邦借机逃走，留下张良献给项羽白璧一双，范增玉斗一双。范增接下玉斗，放在地上，拔剑将其击碎，曰："唉！竖子不足与谋！夺项王天下者，必沛公也，吾属今为之虏矣！"

③银刀：军队名。《旧唐书·懿宗纪》："王智兴得徐州，招募凶豪之卒二千人，号曰银刀、雕旗、门枪、挟马等军，番宿衙城。"此处泛指军队。

④舻（lú）：船。

⑤峥嵘：凛冽，极为寒冷。

彭门怀古八首

城上黄楼[①]天四垂,卷帘坐尽楚山[②]姿。羽衣吹笛人千古[③],楼下犹悬五丈旗[④]。
中原豪杰竞亡秦,楚汉烟销泗水滨。放鹤亭中一杯酒,楚山齾齾[⑤]水鳞鳞。
楼观岧嵉[⑥]戏马台,宋公九日此传杯[⑦]。诗人猛士如龙虎[⑧],只爱江东二谢才[⑨]。
仆射[⑩]军中似父兄,红莲书记[⑪]擅才名。重寻汴泗交流处,千步球场草棘生[⑫]。
黄叶西陂七字诗[⑬],后山诗派石林知[⑭]。南山磬石流脂滑,不刻长洲主簿词[⑮]。
吕梁千仞古所嗟,况复层冰如莫邪[⑯]。陪尾山前鲁祠北[⑰],红泥亭子[⑱]漾金沙。
烟销陂[⑲]水半篙碧,日出晓山千叠青。荞麦[⑳]依然春雪里,忍寒招鹤上空亭。
风雨彭城意黯然,东堂[㉑]松竹没寒烟。颍滨[㉒]老去东坡死,铜狄摩挲五百年[㉓]。
(感怀西樵东亭两兄,曩在广陵官阁,西樵有诗云:"牢落彭城意,经时涕泗零,今宵鹤柴雨,犹喜对床听。")

注释

①黄楼:指苏轼所建黄楼。见前注(48页)。
②楚山:泛指徐州之山。
③羽衣:苏轼"百步洪"诗序:"余时以事不得往,夜着羽衣,伫立于黄楼上,相视而笑,以为李太白死,世无此乐三百余年矣!"
④五丈旗:杆高五丈的旗。苏轼"太虚以黄楼赋见寄作诗为谢"有诗句"黄楼高十丈,下建五丈旗。"
⑤齾齾(yàyà):峰峦起伏貌。
⑥岧嵉(tiáotíng):高耸貌。
⑦宋公:宋公指刘裕。见前谢灵运、谢瞻诗注释。
⑧诗人猛士:苏轼《九日黄楼作》:"诗人猛士杂龙虎,(自注:坐客三十余人,多知名之士。)楚舞吴歌乱鹅鸭。"(参见该诗)
⑨江东二谢:指谢灵运、谢瞻。
⑩仆射:指唐张建封。详见韩愈《汴泗交流赠张仆射》。
⑪红莲书记:南齐王俭于高帝时任宰相职,领朝政,所任用官员皆才名之士,时人以入俭府为入莲花池。《南史·庾杲之传》:"安陆侯萧缅与俭书曰:'盛府元僚,实难其选,庾景行汎渌水,依芙蓉,何其丽也。'时人以入俭府为莲花池,故缅书美之。"这里"红莲书记"指在张建封幕府任职的韩愈。书记,指文学之士。
⑫韩愈《汴泗交流赠张仆射》:"汴泗交流郡城角,筑场千步平如削。"参见该诗。
⑬见下注⑮。
⑭后山:即宋陈师道。石林:即宋文学家叶梦得,号石林居士。
⑮长洲主簿词:指宋寇国宝,曾官长洲(今苏州)主簿。叶梦得《石林诗话》:"余

居吴下,一日出阊门,至小寺中,壁间有题一绝云:'黄叶西陂水漫流,籧篨风急滞扁舟。夕阳暝色来千里,人语鸡声共一丘。'句意极可喜。初不书名氏,问寺僧,云吴县寇主簿所作,今官满去矣。归而问之吴下士大夫,云寇名国宝,盖与余同年,然皆莫知其能诗。余与国宝榜下未尝往来,亦漫不省其为人。已而数为好事者举此,乃有言国宝徐州人,久从陈无已学,始知文字渊源有所自来,亦不难辨,恨不得多见之也。"

⑯莫邪:古剑名。

⑰陪尾:山名。位置说法不一,一说在山东泗水县东南,泗水发源于此。鲁祠:鲁郡尧祠。在今山东兖州县。《元和郡县志河南道兖州瑕丘县》:"尧祠,在县东南七里,洙水之右。"。

⑱红泥亭子:李白《鲁郡尧祠送窦明府薄华还西京》诗:"红泥亭子赤阑干,碧流环转青锦湍。"

⑲陂(bēi):池塘,湖泊。

⑳荠麦:一年生草本植物,叶狭长,羽状分裂,花白色,茎叶嫩时可食。荠,音jì。

㉑东堂:东阁,即逍遥堂。苏辙《逍遥堂会宿二首》:"秋来东阁凉如水,客去山公醉似泥。"见该诗。

㉒颍滨:指苏辙,号颍滨遗老。

㉓铜狄摩挲:铜狄,即铜人。摩挲,抚摩。后汉蓟子训传:"后人复于长安东霸城见之,与一老翁共摩挲铜人,相谓曰:'适见铸此,而已近五百岁矣。'"苏轼诗"子由将赴南都……":"五百年间谁复在,会看铜狄两咨嗟。"参见该诗。

雨中渡河望黄楼

已见河鱼上,冥冥雨未休。一条飞白浪,十丈卷黄楼。杳霭龙山隐①,空濛雉堞浮②。平生仗忠信,欲下吕梁游。

注释

①杳霭:云雾缥缈貌。龙山:云龙山。
②空濛:迷茫貌。雉堞:泛指城墙。

马世骏 一首

马世骏,生卒年不详。字章民,江苏溧阳人。顺治十八年(1661)进士,授翰林院修撰,官至侍读。

吴季子挂剑处①

公子归吴去,故人知此心。生死同白日,然诺②岂黄金。一剑竟何往,高台自古今。君看碑上字，苔藓不能侵。

注释

①吴季子：春秋时吴国季札。详见前注释（41 页）。
②然诺：许诺，答应。

苏 峭 四首

苏峭：生卒年不详。字依岩。大兴（今属北京市）人。顺治十八年（1661）进士。康熙十二年（1673）任邳宿河务同知。有《圯上吟》。

子房山①

圯桥进履处②，洪波没碑颡③。留得子房山，颓然立榛莽④。可怜楚王峰⑤，朝暮共俯仰。黄石与赤松⑥，令人有馀想。当年秦皇鹿⑦，得失如反掌。况乃韩彭辈⑧，身命赴罗网。今古此浮名，谁能塞天壤⑨。悲风起林末，谡谡⑩发枯响。空瞻博浪墟⑪，轮蹄⑫自来往。

注释

①子房山：位于徐州城东，原名鸡鸣山，传说楚汉相争中张良曾命士兵在此吹箫散楚兵，遂更名为子房山。山上有子房祠，又称留侯庙。
②圯（yí）桥：即沂水桥，在今江苏睢宁县北。相传张良在此遇见黄石公，并从桥下捡回鞋给老人穿上，黄石公遂授张良《太公兵法》，言"读此则为王者之师矣……孺子见我，济北谷城山下黄石即我矣。"（见《史记·留侯世家》）
③碑颡（sǎng）：碑首，碑的上方。
④颓然：衰败的样子。榛莽：杂乱丛生的草木。
⑤楚王峰：指戏马台所在的南山（户部山）。
⑥赤松：即赤松子，相传为仙人。张良晚年曾言："愿弃人间事，欲从赤松子游耳。"
⑦秦皇鹿：秦朝政权。《史记·淮阴侯列传》："秦失其鹿，天下共逐之，于是高材疾足者先得焉。"
⑧韩彭辈：即韩信、彭越及黥布、陈豨等刘邦的功臣，皆被杀害。
⑨塞天壤：充满天地之间。
⑩谡谡（sùsù）：象声词，风声。
⑪博浪墟：即博浪沙的遗址，在今河南原阳县东南。张良使力士在此用铁框狙击秦始皇。

⑫轮蹄：车轮马蹄，指来往的车马。

戏马台

黄河南下如强弩①，淮北诸山怯齐鲁②。只有彭城气不降，盘踞山河待西楚③。重瞳④真是奇男子，喑呜叱咤江东起⑤。横行中原助沛公⑥，祖龙变为白蛇死⑦。鸿门不肯鱼肉人，转眼刀俎及己身⑧。假使当年成王业，豁达大度⑨宁非仁。英雄无命终难济，寄奴等闲亦称帝⑩。莫言竖子不足为⑪，天亡我非战之罪⑫。日暮停鞭感废兴，青燐⑬白骨几层层。谁将垓下虞姬泪⑭，戏马台前哭范增⑮。

注释

①弩：古代利用机械射箭的弓。

②此句指淮北一带的山没有齐鲁的山高大。

③西楚：西楚，古三楚之一，即今淮北一带。这里指西楚霸王项羽。《史记·项羽本纪》："项王自立为西楚霸王，王九郡，都彭城。"集解引孟康曰："旧名江陵为南楚，吴为东楚，彭城为西楚。"

④重瞳：指双眸子。此指项羽，传说项羽为双眸子。

⑤喑呜叱咤：同"喑噁（wù）叱咤"，发怒呵斥声。《史记·淮阴侯列传》："项王喑噁叱咤，千人皆废。"江东：长江自今安徽境内斜行而北，南岸地区称为江东。

⑥中原：指黄河中下游地区。沛公：刘邦。《汉书·高帝纪》："诸父老皆曰：'平生所闻刘季奇怪，当贵，且卜筮之，莫如刘季最吉。'高祖数让。众莫肯为，高祖乃立为沛公。"

⑦祖龙：指秦始皇。《史记·秦始皇本纪》：三十六年，"秋，使者从关东夜过华阴平舒道，有人持璧遮使者曰：'为吾遗滈池君。'因言曰：'今年祖龙死。'"裴骃集解引苏林曰："祖，始也；龙，人君像；谓始皇也。"白蛇：《汉书·高帝纪》：刘邦送徒骊山，途中逃走，夜遇大蛇当道，乃拔剑斩蛇。后有老妇在蛇处夜哭，曰："吾子，白帝子也，化为蛇，当道，今者赤帝子斩之，故哭。"白帝子，指秦始皇；赤帝子，指刘邦。

⑧这句指鸿门会宴，项羽未忍杀掉刘邦，结果造成自己的失败。刀俎：刀和砧板。

⑨豁达大度：气量大，能容人。

⑩寄奴：南朝宋武帝刘裕。刘裕小字寄奴。等闲：平常，这里指刘裕原本不过是平常百姓。

⑪《史记·项羽本纪》：鸿门宴上项羽未忍杀掉刘邦，刘邦借机逃走，范增极为气愤，拔剑将张良所献玉斗击碎，曰："唉！竖子不足与谋！夺项王天下者，必沛公也，吾属今为之虏矣！"

⑫天亡句：《史记·项羽本纪》：项羽对其骑曰："然今卒困于此，此天之亡我，非战之罪也。"

⑬青燐：青色燐火。
⑭垓下：在今安徽灵璧县。虞姬：项羽的爱妾。
⑮范增：居鄛（今属安徽）人，好奇计，项羽起兵，往说项梁，后为项羽谋士。几次劝项羽借机杀掉刘邦，未被采纳。后刘邦用陈平反间计，挑拨项羽与范增的关系。范增受项羽怀疑，不被重用，遂东归，未至彭城，途中发病而死。

彭城道中

百里轻装十月间，晴明客路自开颜。长堤策马经行处，绕过黄河第几湾。

放鹤亭

云龙丘壑全非昔，亭高依然倚碧波。太守丰碑埋蔓草①，山人茶灶冷岩阿②。马嘶客路登临少，鹤入秋空岁月多。为问西湖林处士③，一般风景兴如何。

注释

①太守：指苏轼。蔓草：蔓生的杂草。
②山人：指宋隐士张天骥。岩阿：山的曲折处。
③西湖林处士：指北宋诗人林逋，字君复，隐居西湖孤山，终身不仕，也不婚娶。杭州西湖孤山亦有放鹤亭。

智 朴 四首

智朴（1636—？），僧人智朴，俗姓张，字拙菴。徐州人。剃度于北关师子庵，后游燕结草庐盘山下青沟。能诗善画。与王士正、朱彝尊、宋荦相唱和。

夜坐放鹤亭

放鹤亭中寒悄悄①，烟云满座同人少。欲向黄河问青天，青天推出月皎皎。月出渐高天渐底，玉绳②冷落断桥西。我自曰归未归去，寒崖先到一声鸡。

注释

①寒悄悄：略带寒意。
②玉绳：星名，此处泛指星星。断桥：在杭州西湖。诗人坐在云龙山顶放鹤亭西望，是石沟湖（今云龙湖）一片湖水，自然联想到杭州西湖断桥。杭州西湖孤山亦有放鹤亭。

奎山塔①

七级浮屠②耸半空,旋登脚底御春风。青山万点邪临北③,黄河一湾直向东。快目不知天远近,舒怀且任月朦胧。诗成更欲临高顶,一啸云边散落鸿。

注释

①奎山塔:坐落在徐州城东南奎山主峰上。明万历三十四年(1606)徐州人万崇德所建。塔身七层,高约60米。
②浮屠:塔。
③邪临北:指城北是斜贯东西的连绵峰峦。邪同"斜"。

黄楼①小集

风流太守②归何处,雄构黄楼黄水西③。登眺不知春意动,寒云扑落④远低峰。

注释

①黄楼:指苏轼所建黄楼。
②风流太守:指苏轼。
③雄构:指雄伟的黄楼建筑。黄水:黄河,黄楼位于黄河岸边。
④扑落:上下翻滚。

再上黄茅冈

杏花零乱草离披①,著处②笙歌落水涯。重到黄茅冈上望,风光不似早春时。

注释

①离披:散乱貌。
②著处:显著引人之处。王维《酬黎居士淅川作》:"著处是莲花,无心变杨柳。"

方中履 一首

方中履(1638—?),字素北,号合山,别号小愚。安徽桐城人。明清之际思想家方以智少子。幼年随父弃家为僧,毕生谢入仕途,晚年筑稻花斋于湖上,殚力著书。著有《古今释疑》、《汗青阁文集》、《汗青阁诗集》、《切字释疑》等。

彭 城

往来怀古几时休？日日行人喧渡头。风起山连荒草动，午晴河涌断冰流。斩蛇故地①田夫醉，戏马空台牧竖②游。惆怅废兴俱寂寞，不如沽酒上黄楼③。

注释

①斩蛇故地：《汉书·高帝纪》：刘邦送徒骊山，途中逃走，夜遇大蛇当道，乃拔剑斩蛇。后有老妇在蛇处夜哭，曰："吾子，白帝子也，化为蛇，当道，今者赤帝子斩之，故哭。"斩蛇处称斩蛇沟，在今江苏丰县境内。

②牧竖：牧童。

③黄楼：宋苏轼所建。苏辙《黄楼赋叙》云："熙宁十年秋，河决于澶渊，水及彭城下。子瞻适为彭城守，庐于城上，调急走发禁卒以从事，以身率之，故水大至而民不溃。于是即城之东门为大楼焉，垩以黄土，曰'土实胜水。'徐人相劝成之。"

张 翃（chi）一首

张翃（1643—1684）字季超，号雪客。徐州人，张垣子。候选兵马司指挥。能诗善文，解律工画。有《山水友》、《惜春草》。

春日云龙山怀古和孙汉雯韵

乾坤何处不雍容①，野水清清草色浓。霸气全消空戏马，阳春初转满云龙。三千世界端为幻②，七十人生③孰易逢。名利于今君莫问，尼山久隐道谁从④。

注释

①乾坤：指天地间。雍容：指山水壮丽。

②三千世界：即三千大千世界，佛教语。据《长阿含经》：以须弥山为中心，以铁围山为外郭，同一日月所照的四天下为一"小世界"，一千"小世界"为一"小千世界"，一千"小千世界"为"中千世界"，一千"中千世界"为一"大千世界。"因"大千世界"有小中大三种"千世界"，故称"三千大千世界"。端：到底，毕竟。

③七十人生：杜甫《曲江二首》："酒债寻常行处有，人生七十古来稀。"

④尼山：山名，即尼丘，在山东曲阜县东南。传为孔子出生地，孔子因以为名。此处指孔子及所提倡的学说。

汪 森 一首

汪森（1653—1726）字晋贤，号碧巢，浙江桐乡人。贡生。历官广西桂林府通判、户部江西司郎中。有《小方壶存稿》。

草堂春尽，独坐寡营，偶检东坡集见百步洪诗，喜而次其韵

嫣红姹紫①随逝波，春光一去如飞梭。嗒然隐几②亦何事，强将诗酒空消磨。舍旁隙地③将一亩，乱石点缀差成坡。别有小池才数武④，透泥出水浮新荷。小僮汲绠⑤煎茗熟，沸腾铛⑥内翻千涡。方床梦后起消渴，满啜⑦有同鼠饮河。昨者熏风生薄暑⑧，已寻刀尺裁轻罗⑨。新栽花竹绕窗户，灌溉每思郭橐驼⑩。药栏藓砌⑪多位置，蚁封蚓径殊委蛇⑫。篱边一犬自眠路，梁间双燕犹营窠⑬。物情意态俱可适，兴到觅句能几何。书堂幽悄静如水，不闻邻曲来呼呵⑭。

注释

①嫣红姹紫：花色妖艳。

②嗒然隐几：嗒然，形容身心俱遣、物我两忘的神态；嗒，音 tà。隐几，倚着几案。白居易《隐几赠客》诗："有时犹隐几，嗒然无所偶。"

③隙地：空地。

④武：半步。古时以六尺为步，半步为武。

⑤汲绠（gěng）：汲水的绳，这里用作动词，意指从井里提水。

⑥铛（chēng）：古代形似锅的炊具，有三足。

⑦满啜：大口喝。

⑧熏风：和风，指东南风或南风。薄暑：轻微的暑天。

⑨轻罗：轻软的丝织品。

⑩郭橐驼：指唐柳宗元《种树郭橐驼传》中人物。该文称："郭橐驼不知始何名，病偻，隆然伏行，有类橐驼者，故乡人号之驼。""驼业种树，凡长安豪家富人为观游及卖果者，皆争取养。视驼所种树，或迁徙，无不活，且硕茂早实以蕃。"橐（tuó）驼：骆驼。

⑪藓砌：长满藓苔的石阶。

⑫蚁封：蚂蚁洞外隆起的小土堆。蚓径：蚯蚓爬行留下的痕迹。委蛇：绵延曲折的样子。

⑬窠（kē）：巢穴。

⑭邻曲：邻居。呼呵：呼喊。

刘廷玑　八首

刘廷玑（约1654—？），字玉衡，号在园，又号葛庄，先世居河南开封，后迁辽阳，编入汉军旗。历官内阁中书、浙江括州（今丽水）知府、浙江观察副使、江西按察使。晚年调任河工，参与治理黄河、淮河。有《葛庄诗集》、《在园杂志》。据乾隆《徐州府志》卷十三载，刘廷玑，奉天人，康熙四十五年至五十五年官淮徐道。

题徐州张氏宅，时张为滇南太守①

彭城有巨室②，西汉留世家。肯堂与肯构③，金碧颇繁华。亭叠巑岏④石，园开红白花。主人恋一官，抛此去天涯。我来亦宦迹，顿忘自责耶。非不念松菊，非不慕烟霞⑤。欲归归不得，无语空咨嗟⑥。

注释

①张氏宅：指张垣家族。张垣，字曙三，明崇祯六年武举（详见前注释）。为西汉张良的后裔。子张胆、张铎、张翮。孙张道源曾官云南曲靖知府。

②巨室：世家大族：《孟子·离娄上》："为政不难，不得罪于巨室。巨室之所慕，一国慕之。"

③肯堂、肯构：比喻子能继承父业。《书·大诰》："若考作室，既底法，厥子乃弗肯堂，矧肯构？"《传》"以作室喻治政也。父已致法，子乃不肯为堂基，况肯构立屋乎？"

④巑岏（cuánwán）：耸立貌。

⑤非不二句：松菊、烟霞，皆指归隐之意。

⑥咨嗟（zījiē）：叹息。

彭城纪事

彭城半是山，所患乃在水。但一值霖霪①，田多沉水底。况当兴国②间，黄河更南徙。去年颇丰收，十人九色喜。不独室盈宁③，兼可济邻里。所以齐鲁荒，菽粟④运如蚁。远近几郡州，待哺⑤多于此。今年三月暮，二麦蒸蒸⑥起。蚩氓⑦贪微利，视此不顾彼。妄想今年稔⑧，更非去年比。忙将仓箱藏，罄槖⑨无余米。岂料四月雨，昼倾夜不止。加以黄流⑩涨，散漫出涯涘⑪。眼底尽汪洋，大失其所恃。未获俱委波⑫，已获半糠秕。此时乞邻封⑬，不许入都市。伤心悔从前，虽悔亦晚矣。余备观察员，河堤兼所理。补救虽有心，无术亦可耻。奈守袁浦帑⑭，奉敕⑮不离咫。所赖牧令⑯贤，生此五城死。飞檄⑰约诸君，其听余挥指。卑地⑱亟疏浚，高田省未耜⑲。

善言劝富厚，峻法惩奸宄⑳。务令安堵㉑然，劳心弗他委。勉矣抚斯民，秋成当在迩。试观匝旬㉒晴，可知天意指。

注释

①霖霪：连绵之雨，久雨。
②兴国：指宋太宗太平兴国年间。《宋史·河渠一》："（太平兴国）八年五月，河大决滑州韩村，泛澶、濮、曹、济诸州民田，坏居人庐舍，东南流至彭城界入于淮。"
③盈宁：富裕安宁。
④菽粟：泛指粮食。
⑤待哺：指处境极为困难，亟待救助。
⑥蒸蒸：旺盛貌。
⑦蚩氓：痴愚无知的人。
⑧稔（rěn）：庄稼成熟，丰收。
⑨罄粜（qìngtiào）：全都卖出。
⑩黄流：黄河水。
⑪涯涘（yásì）：水边，河岸。
⑫委波：指庄稼被水淹没。
⑬邻封：相邻的地区。
⑭袁浦帑：袁浦，地名，今属上海奉贤。帑（tǎng），国家的金库或国库里的钱财。袁浦当时为产盐之地，为防止私盐充斥市面，国家曾发帑收余盐，叫做"帑盐"。
⑮奉敕：奉皇帝的命令。
⑯牧令：指知州、知县。
⑰飞檄：紧急檄文。
⑱卑地：低洼之地。
⑲耒耜（lěisì）：两种翻土播种用的农具。
⑳奸宄（jiānguǐ）：指违法作乱的人。
㉑安堵：安定，安居。
㉒匝旬：满十天。

黄茅冈

满邱乱石亦平平①，一醉仙坡②即著名。惭愧宦游③经几处，簿书堆里送浮生④。

注释

①平平：普通，平常。
②仙坡：苏轼。苏轼号东坡居士。苏轼《登云龙山》："醉中走上黄茅冈，满冈乱石

如群羊。冈头醉倒石作床,仰看白云天茫茫。"

③宦游:外出求官;做官。

④簿书:官署文书。浮生:指人生;老子、庄子以人生在世,虚浮无定,后沿称人生为浮生。

云龙山

　　余以河帑留住淮浦,丁亥(1707)春按部徐州,信宿而返。庚寅夏有督赈之役,始得一登此山。

　　屏从①出南门,陟冈独徙倚②。不见鹤双飞,亦无杏十里③。惟有如龙云,时向山头起。我备彭城员④,驻节⑤淮阴市。今揽名胜区,高旷何乃尔。山应笑吏俗,四年才登此。绝顶豁尘襟⑥,目送黄河水。

注释

①屏从:有护卫跟从。屏,音 bǐng。

②陟冈(zhìgāng):登上高冈。徙倚:徘徊,来回地走。

③杏十里:苏轼《送蜀人张师厚赴殿试二首》:"一色杏花三十里,新郎君去马如飞。"

④备彭城员:谦称到彭城任职。

⑤驻节:指高级官员驻在外地执行公务。

⑥豁尘襟:抖掉衣襟上的尘土。

过邳徐界①

　　河北河南落日黄,汉家前后几兴亡。追思往事真英杰,游览平原好战场。古木参天风浩浩,长堤匝地水汤汤②。夜深剩有青燐火,废垒荒台聚国殇③。

注释

①邳:邳州。

②匝地:遍地,指长堤两边。汤汤(shāngshāng):水势浩大。

③国殇:为国捐躯者。屈原《九歌》中有"国殇"篇,追悼楚国阵亡士卒,歌颂他们的英雄气概和爱国精神。

彭城怀古

　　天命将终二世秦①,天心仁爱普天民。若非隆准②谁为主,空有重瞳③不识人。往古英雄曾聚此，至今事业久更新。卯金④岂必皆龙种，半是名贤半重臣。

注释

①二世秦：即，即秦二世皇帝胡亥（前230—前207），前210—前207年在位。
②隆准：高鼻，指刘邦。《史记·高祖本纪》："高祖为人，隆准而龙颜。"
③重瞳：指项羽，传说项羽为双眸子。
④卯金：指"刘"字。繁体"劉"字析为卯金刀，省去刀字称卯金。此指刘邦家族。

赴彭城同僚属分赋

城南云龙山有放鹤亭

今年麦秀两三岐①，按部逢人互解颐②。无怪使君③偏好酒，何当僚友尽能诗。徘徊泽畔龙兴处④，想像亭前鹤放时。只恐锦囊⑤收日重，一鞭高骨马⑥难支。

注释

①岐：分叉，同"歧"，麦秀出歧多穗子就多。
②按部：巡查部属。此指巡查部属的官吏。解颐：开颜欢笑。
③使君：对州郡长官的尊称。
④泽畔：指石狗湖畔。龙兴处：指云龙山，山有云气，蜿蜒如龙。
⑤锦囊：用绸、缎、帛等做的袋子，古人多用以藏诗稿或机密文件。此处借指诗作。
⑥高骨马：马骨头高耸，表现马瘦，无力。

徐州道上

亭长还家击筑歌①，彭城从此异人②多。经营一任新丰巧③，魂魄犹思故沛过。迁改版图归白下④（徐州隶江南省），谁将郡县界黄河（丰沛二县在河北州暨萧砀在河南）。喜当海内（县志作"春当海晏⑤"）升平久，山自生云泽自波。

注释

①亭长句：亭长，秦汉时每十里为一亭，设亭长一人，负责治安、诉讼等事。刘邦曾任泗上亭长。泗上：泗水之滨。击筑：筑是中国古代的一种击弦乐器，形似筝，以竹尺击弦而发声。击筑歌：刘邦称帝后回到故乡，置酒沛宫，宴请故人父老子弟，酒酣，刘邦击筑高歌："大风起兮云飞扬，威加海内兮归故乡，安得猛士兮守四方！"
②异人：不寻常的人。
③汉高祖刘邦于公元前202年建立汉朝，定都长安之后，住在长安享受荣华富贵的

刘太公，却因思念故里，时常闷闷不乐。为此，刘邦命令在国都长安附近的秦国故地骊邑（今西安市临潼区），仿照家乡沛郡丰邑（今江苏省丰县）的街巷布局，为太上皇刘太公重筑新城，并将故乡的乡亲故友迁居于此。

④白下：旧时南京的别称。明初徐州曾直隶京师，后属南京。

⑤海晏：即海晏河清，指国家安定，天下太平。

李宗皋　一首

李宗皋：生平不详。

文昌阁①夜雨

夜雨满岩扉②，陵谷响萧篠③。雷奔风亦号，清梦忽山表④。披衣肆极观⑤，云岚涨林杪⑥。疑是湖溢潆⑦，川原始瀁淼⑧。熹微⑨旷野间，雨后月差皎。四麓寂无声，但听风泉扰。大壑静气来，阴森直至晓。

注释

①文昌阁：清道光《铜山县志》卷七："文昌祠有二，一在南门外迤西，明天顺间自学官徙建，久废。一在戏马台，明嘉靖二十六年工部主事冯有年建。又有文昌阁在学官前，乾隆二十三年绅民共建。"

②岩扉：岩洞的门。唐李商隐《重过圣女祠》诗："白石巖扉碧藓滋，上清沦谪得归迟。"

③陵谷：丘陵和山谷。萧：蒿类植物。篠（xiǎo）：细竹。

④山表：山上。

⑤肆极观：极目远望。

⑥云岚：山中云雾之气。林杪：林梢。

⑦瀁潆：yǎngmǎng 同"泱漭"，水势浩瀚貌。

⑧瀁淼：水浩大无边。瀁（xiào），同"淼"。

⑨熹微：早晨微弱的阳光。

尤璋　二首

尤璋：生平不详。

舟过吕梁

舟人指点尉迟城①,城下河流万古声。西望直疑天下际,东归长浴②日初升。摇风橹急鸣鹅鹳,搏石涛惊乱鼓钲③。蚁度蜗沿④争尺寸,艰于骑马剑门⑤行。

注释

①尉迟城:清乾隆《徐州府志》卷八:"尉城在城东南吕梁山下,唐尉迟恭开吕梁二洪,因筑城以居,今有尉公庙。"《读史方舆纪要》:"又洪西岸有尉迟城。唐尉迟敬德督徐州,尝凿吕梁洪,因筑此城。"
②长浴:指东海。
③钲(zhēng):中国古代打击乐器。
④蚁度蜗沿:形容前进极为缓慢。
⑤剑门:剑门关,在四川境内,地势险要,行进艰难。

房村①驿壁见女郎赠兰州太守诗因次其韵

循墙觅咏旅灯昏,纤手留题露粉痕。桑柘有原惊列马②,苎萝③何处欲寻村。夕阳古寺挥鞭路,霜月寒鸡逆旅④门。多少感情无遣放,那堪锦字⑤更销魂。

注释

①房村:地名,在徐州东南七十里,今方村镇,古时为驿站。明冯世雍《吕梁洪志》:"南则房村,客舟辏集,居民富庶,亦乐土也。"
②此句用《陌上桑》典,诗曰:"使君从南来,五马立踟蹰。"列:众多;据该诗所述,列马指五马。汉时太守乘坐的车用五匹马驾辕,因借指太守的车驾,亦代称太守。
③苎萝:苎萝村,在今浙江萧山,古时美女西施为苎萝村人。
④逆旅:旅店。
⑤锦字:华美的文辞。

盛德巍 二首

盛德巍:生平不详。

云龙山怀古

凭高遥睇虑无营①,伫立悠然见古情。莺啭雨余春树绿,鹭翻波细晚湖明。亭吟放鹤谁宾主②,冈赋黄茅孰弟兄③。九里子房④山下路,只今樵唱野烟平。

注释

①遥睎:远望。无营:无所谋求。
②宾主:客人与主人,指苏轼和张天骥。
③弟兄:指苏轼、苏辙弟兄。
④九里子房:九里山和子房山。

放鹤亭送陈铨部文安①还商丘

连宵风雨黯山头,放眼初晴翠欲流。梅发七盘无上岭,人归百尺最高楼。悬知②下榻期无定,空使回肠日几周。独坐虚亭频怅望,红云深处想夷犹③。

注释

①陈铨部:铨部,主管选拔官吏的部门。陈文安为铨部官员。
②悬知:料想,预知。下榻:指礼遇宾客。后汉陈蕃为乐安太守。"郡人周璆,高洁之士。前后郡守招命莫肯至,唯蕃能致焉。字而不名,特为置一榻,去则悬之。"(《后汉书·陈蕃传》)后蕃为豫章太守,"蕃在郡不接宾客,唯徐穉来特设一榻,去则悬之。"(《后汉书·徐穉传》)
③红云:传说仙人所居之处,常有红云盘绕。夷犹:犹豫,迟疑不前。

吴 兰 一首

吴兰:生卒年不详。安徽歙县人。举人,顺治三十年任徐州学政。

子房山和汪梅嶙韵

子房祠宇半蒿莱①,怀古登临秋色来。不为老人曾进履②,如何戏马剩空台。白衣③早送篱边酒,青树低笼石上苔。相对欢然成胜事,兴亡莫问且衔杯。

注释

①子房祠:位于徐州城东子房山上。蒿莱:野草、杂草。
②进履:指张良于下邳圯上遇见黄石公被授予《太公兵法》事。
③白衣:指送酒的吏人。

黄兰森　　三首

黄兰森：生卒年不详。字畹九，号静致。兖州府滕县人。康熙十五年（1676）进士。官至中丞。工书法。有《诗景堂时文》行世。

褚剑卿邀予及树百弟游微山湖子房元庐① 并序

良月清和，朔风轻飔。对白水而言怀，陟丹崖而舒啸。人耕霞外，庐结云中，风物足珍，时序可赏。乃遵遗山献上孤峰。虽无剑立笔卓之奇，实有竹树桑麻之美。风摇波振，似广陵之秋涛；霜肃林空，下洞庭之末叶。既坯桥之在望，矧谷城之所藏。示典刑于来兹，景英风于往哲。能不远览高眺，深思长啸，偏提既携，酒枪仍具。道存人往，勿言徐泗之空；地僻山深，尚标智勇之墓。径醉矣，诗以记之。

其一

荒草微山墓，士人号子房。　谁为勒铭者，乃是绣衣郎②。霜落千峰白，霞明万顷黄。　素书③如何授，山石岂终藏。

其二

好女④今何在？　赤城⑤我愿游。藏身宁厌渺，辅汉一前筹⑥。迹偶乘时显，道从长者求。茫茫湖水何，霜月自千秋。

注释

①子房元庐：即张良墓。
②绣衣郎：指御史。
③素书：相传为汉代黄石公作，民间视为奇书。传说黄石公三试张良，而后把此书授予张良。张良凭借此书，助刘邦定江山。
④好女：指张良。《史记·留侯世家》：太史公曰："余以为其人计魁梧奇伟，至见其图，状貌如妇人好女。"
⑤赤城：道教传说中的山名。《初学记卷八·登真隐诀》："赤诚山下有丹洞，在三十六洞天数，其山足丹。"
⑥辅汉：辅佐汉刘邦。刘邦正进餐，张良来见，刘邦告诉张良郦生之计，问张良的看法如何。张良以为郦食其计不可行，说："臣请藉前箸为大王筹之！"（见《史记·留后

世家》)

再至微山湖

十载浮生梦，微湖两度游。空山余末叶，沉夜响洪流。浩淼通淮泗，烟霞竟岛洲。坐深多道气，一人自爱舟。

纳凉微湖新月初上

不须河朔饮①，直坐晚凉中。庭贮秦钩影②，荷明和璧③红。乍来窥玉簟④，时复湛长空。宜待澄晖⑤满，轻歌柳浪风。

注释

①河朔饮：指夏日避暑之饮或酣饮。《初学记》卷三引三国魏曹丕《典论》："大驾都许，使光禄大夫刘松北镇袁绍军，与绍子弟日共宴饮，常以三伏之际，昼夜酣饮，极醉，至於无知。云以避一时之暑，故河朔有避暑饮。"南朝梁何逊《苦热》诗："实无河朔饮，空有临淄汗。"

②秦钩：古代秦国的一种兵器，弯曲形。这里秦钩喻弯月。

③和璧：和氏璧。

④玉簟（diàn）：对竹席的美称。

⑤澄晖：明净的月光。

黄蕙森　一首

黄蕙森：生卒年不详。字树百，副贡，黄兰森之弟。有《一经堂文集》、《静远堂诗集》。

游微山湖

大火①昏中夜，微湖景色新。香邀凉暗度，波洪月相亲。卷石千声静，轻烟万树均。炎蒸②寻不到，拟入武陵津③。

注释

①大火：星宿名。即心宿，二十八星宿之一。

②炎蒸：极为炎热。亦指炎热的地方。

③武陵津：指陶渊明《桃花源记》中所描写的境界。明代沈明臣《孙禹锡溪上双籐歌（溪在虞山之北，名曰籐溪)》："桃花不见武陵津，昔日相逢竟何处。"

李　蟠　五首

　　李　蟠（1656—1729），字仙李，号根庵，铜山县（今徐州铜山区）人。康熙二十九年（1690）举人，三十六年（1697）进士，授修撰，入国史馆纂修《一统志》。有《偶然集》。

亚父祠①

　　成败皆前定，才难与命争。干时非伊吕②，遇主即良平③。甃④冷家仍在，祠荒代几更。愁云千里暮，旗鼓正峥嵘⑤。

注释

　　①亚父祠：即范增墓，在徐州城南，俗称土山。参见前注释（207页）。
　　②干时：求取合于时宜。伊吕：伊尹和吕尚；伊尹辅佐商汤，吕尚辅佐周武王，二人皆为开国元勋。伊吕并称常用来颂扬人的地位和功业。
　　③良平：即张良和陈平，皆为刘邦的谋臣。后人通称有智谋的人为良平。
　　④甃（zhòu）：指砖。
　　⑤峥嵘：超乎寻常。

户部山①探梅

　　空山无伴已多年，独有寒梅傍我妍②。疏影偏宜闲散地，幽芬③不到艳阳天。含苞带雨来相问，露蘂④临风倍可怜。纸帐⑤夜深还入梦，罗浮⑥只在一灯前。

注释

　　①户部山：在徐州城南。又叫南山，上有项羽时所建戏马台。
　　②妍（yán）：美丽。
　　③幽芬：清新的香气。
　　④露蘂：带着露水的花苞。蘂（ruǐ），同"蕊"。
　　⑤纸帐：一种用藤皮茧纸缝制成的帐子，顶部用稀布以透气，帐上常画有梅花、蝴蝶等。古时僧道及诗人隐士喜欢用。
　　⑥罗浮：山名，在广东省境内。为道教圣地，传说晋葛洪在此得仙术。山上有洞，

道教列为第七洞天。

王陵母墓①

父老年年荐采蘋②,细谈往事尚沾巾。鱼龙早识真王者③,鼎镬④难降一妇人。生使赵苞⑤非孝子,死令徐庶⑥作完臣。重瞳久化青磷散⑦,坏土⑧还留不坏身。

注释

①王陵母墓:见前注释(163页)。

②采蘋:诗篇名。《诗经·召南·采蘋》表述采集蘋藻以供祭祀。这里用"采蘋"表述对王陵母的祭祀。

③真王者:指汉高祖刘邦。

④鼎镬:鼎和镬皆为烹饪器。古代用作酷刑,以鼎镬烹人。

⑤赵苞:东汉人,任辽宁太守时,派人迎接母亲和妻子,途中为鲜卑人劫为人质,车载其母及妻子进攻辽宁郡。赵苞率步骑两万迎战,鲜卑推出其母威胁赵苞,赵苞悲痛号哭对母亲说:"为子无状,欲以微禄奉养朝夕,不图为母作祸。昔为母子,今为王臣,义不得顾私恩,毁忠节,唯当万死,无以塞罪。"其母说"人各有命,何得相顾,以亏忠义!昔王陵母对汉使伏剑,以固其志,尔其勉之。"苞立刻开战,击败敌方,但母妻皆被害。(见《后汉书·独行列传·越苞传》)

⑥徐庶:三国时人,东汉末客居荆州,与诸葛亮友善,并将诸葛亮推荐给刘备。徐庶因母亲在曹操处,便辞刘归曹。在魏官至右中郎将、御史中丞。据《魏略》:徐庶卒后,"有碑在彭城,今犹存焉。"(见《三国志·诸葛亮传》注)

⑦重瞳:双眸子,指项羽。传说项羽为双眸子。青磷:青色磷火。

⑧坏土:土丘。坏,音pēi。

游云龙山和韵

岸草萋萋合远天①,如环河抱古城边。千盘怪石悬风磴②,一罅灵根写玉泉③。樵斧担云归晚磬④,渔蓑带雨出朝烟。山中六月无长夏,尽日风凉便是仙。

注释

①合远天:指岸草一望无际,与天际相连。合:相接。

②悬风磴:陡峭的山径石阶。

③罅(xià):裂缝。灵根:本根,此处指大地、大自然。写:同"泻"。玉泉:泉水的美称。

④晚磬:傍晚寺庙中传出的磬乐声。磬:为寺庙中的一种钵形乐器,用于敲击以召

集僧众。

铜 山①

自古留城②水西流，铁岸铜岸隐渡舟。朵朵青云拂银杏，粒粒珍珠泛铁牛。三山暗映微湖璧，二桥遥连返照③收。更喜姜公残碑在，诗人写景杏花楼。

注释

①铜山：铜山有二，一在微山湖中，常安《游铜山记》："微山与铜山同一湖也……其石质似铁露碎星闪闪如金，世谓之铜山也。山四围俱水，清澈如镜。马山峙其东，龟山伏其西……"一在徐州城东北，清顺治十一年《铜山县志》："铜山，城东北八十里，与利国驿连境。相传古彭城废县在此。"

②留城：张良的封地。汉高祖刘邦封张良为留侯。清道光十一年《铜山县志》："留城在城北九十里，与沛县接界。春秋时宋邑，秦置县。"已沉于微山湖底。

③返照：落日，傍晚的阳光。

徐用锡　二首

徐用锡（1657—1736），原名杏，字坛长，号昼堂，又号鲁南，宿迁人。康熙四十八年（1709）进士，改庶吉士，授编修。官翰林院侍读。有《圭美堂集》。

徐　州

天上河流带郭长①，雁宾声里捣衣裳②。谁言篱菊丛芳晚③，正是园葵压担忙④。海客难教亭驻鹤⑤，坡公空忍石为羊⑥。（自注：石为某倅凿尽）年来五度奎山塔⑦，又看高层挂夕阳。

注释

①天上河流：指黄河。李白诗句："君不见黄河之水天上来。"郭：城郭。

②雁宾：谓雁来客居，古时常指九月。捣衣裳：整理衣服，用棍棒将衣服敲平，使其柔顺熨帖。明杨慎在《丹铅总录》："古人捣衣，两女子对立执一杵，如舂米然。尝见六朝《捣衣图》，其制如此。"

③篱菊：篱笆下的菊花。陶渊明有"采菊东篱下"诗句。丛芳：繁茂的鲜花。

④压担忙：繁忙。

⑤海客：指住在海边的人。《列子·黄帝篇》中一则寓言说，古时海边有一个人，非

常喜欢白鸥,每天清晨到海边,常有成百海鸥飞集他身旁。有一次,此人的父亲要他捉一只海鸥来玩玩,他再去海边,海鸥就不再飞下来了。故事说明有机心是有愧海鸥的。这里用"海客"说明任何人都不能把鹤招回。李白诗《江上吟》:"仙人有待乘黄鹤,海客无心随白鸥。"

⑥坡公:苏轼。苏轼《登云龙山》:"醉中走上黄茅冈,满冈乱石如群羊。"

⑦奎山塔:位于徐州城东南奎山上,明万历三十四年万崇德建,上方题"挺峰迥秀"四字。

黄茅冈石

黄茅冈上羊,踯躅①三百群。天人挥彩笔,磊块②生烟云。初平叱不起③,子卿④牧难驯。风流五百年⑤,卧起各天真。吟坛与酒社⑥,沾溉⑦到今人。刲⑧之竟无血,一朝失嶙峋⑨。丹垩美轮奂⑩,紫翠⑪亡精神。萧条空石床⑫,诗史讶云云。草埋亭鹤骨,月冷石狗魂⑬。孰谓其名在,不与形似伦⑭。本无角㦿㦿⑮,只是口津津⑯。孔氏留饩牲⑰,其礼曰千钧。一卷曷⑱足贵,昔贤咳唾⑲存。仓卒柳州柳⑳,野火想与焚。卤莽召南棠㉑,牧儿摧为薪。役夫岂所贵,吾党㉒须诤论。我歌非此悼,时世轻先民。

注释

①踯躅:徘徊不进。

②磊块:石块。

③初平:即皇初平。据《神仙传》:皇初平者,丹溪人也。年十五而使牧羊,有道士见其良谨,便将至金华山石室中,四十余年,忽然,不复念家。其兄初起,入山索初平,历年不能得见。后在市中,遇一道士,言金华山中有牧羊儿,姓皇名初平。起随道士前往寻求,果得相见。因问弟羊何在,初平曰:"羊近在山东。"初起往视,了不见羊,但见白石无数,还谓初平曰:"山东无羊也。"初平曰:"羊在耳,但兄自不见之。"初平便乃俱往看之。乃叱曰:"羊起!"于是白石皆变为羊,数万头。

④子卿:西汉大臣苏武,字子卿,前100年奉命持节出使匈奴,被扣留。匈奴贵族多次威胁利诱,欲使其投降。后将他迁到北海(今贝加尔湖)边牧羊,扬言要公羊生子方可释放他回国。苏武以牧羊为生,历尽艰辛,留居匈奴十九年持节不屈。直到前81年方获释回汉。

⑤五百年:指从苏轼到作者已五百年。

⑥吟坛:诗坛。酒社:酒会。

⑦沾溉:润湿浇溉。比喻使人受益。

⑧刲(kuī):刺,割。

⑨嶙峋:形容山石峻峭、重叠。

⑩丹垩:红白相间;丹为红色,垩为白色。美轮奂:壮观美丽。

⑪紫翠：指花草树木的景色。
⑫石床：在云龙山西坡，传说苏轼经此，曾在石上卧息。苏轼《登云龙山》诗："冈头醉倒石作床，仰看白云天茫茫。"
⑬石狗：即云龙山西的石沟湖。今云龙湖。
⑭伦：类似，相近。
⑮角濈濈（jí）：羊聚集貌。《诗经·小雅·无羊》："尔羊来思，其角濈濈"。
⑯口津津：津津乐道。
⑰孔氏留饩牲：《论语·八佾》："子贡欲去告朔之饩羊。子曰：'赐也！尔爱其羊，我爱其礼'。"饩（xì）牲：指供祭祀的活的羊、牛、猪。
⑱曷：为什么。
⑲咳唾（kétuò）：赞美他人的言语、诗文等。《庄子·渔父》："窃待于下风，幸闻咳唾之音以卒相丘也。"
⑳仓卒：匆促，突然的变故。柳州柳：指唐代柳宗元，曾任柳州刺史。他提倡造林，并亲自在柳江边种植了大批柳树，并作诗《种柳戏题》："柳州柳刺史，种柳柳江边。谈笑为故事，推移成昔年。垂阴当覆地，耸干会参天。好作思人树，惭无惠化传。"
㉑卤莽：荒芜、荒废。召南棠：《诗经·召南·甘棠》，歌颂周召伯巡行乡邑，曾在甘棠树下决狱治事。后人用甘棠颂扬官吏的政绩。
㉒吾党：吾辈。

赵执信 二首

赵执信（1662—1744）字伸符，号秋谷，又号饴山。山东益都人。康熙十八（1679）进士，授编修。曾官右赞善，后被革职。有《饴山堂集》。

昭阳湖①行书所见四首

湖上人家无赖秋，门前水长看鱼游。当窗莫晾西风网，时有行人来缆舟。
白波如沸浸沟塍②，禾黍菰芦③互作层。棹入青苍前路夕④，半规秋月起鱼罾⑤。
屋角参差漏晚晖，黄头⑥闲缉绿蓑衣。倦来枕石无人唤，鹅鸭如云解自归。
微子山⑦头隐晓霞，湿云浓压峭帆⑧斜。回风忽皱平湖水，雨立船舷看浪花。

注释
①昭阳湖：昭阳湖位于山东省微山县和江苏省沛县交界处，南与微山湖、北与独山湖相通，加上独山湖以北的南阳湖合称"南四湖"，或统称微山湖。
②沟塍（gōuchéng）：沟渠和田埂。

③菰芦：茭白和芦苇。
④棹（zhào）：船桨，此处代指船。青苍：深青色，此指水上菰芦等植物的颜色。
⑤半规：半圆形。鱼罾（yúzēng）：鱼网。
⑥黄头：船夫。
⑦微子山：也称微山，位于微山湖中，殷商时期的微子死后葬于此山，故名微子山。
⑧峭帆：耸立的船帆。

微山湖舟中作

舟前湖泱漭①，湖上山横斜。湖中何所有，千顷秋荷花。山雨飒然来，风香浩无涯。移舟青红端，飘若凌绮霞。林光村远近，楼影帆交加。疑是桃花源②，参差出人家。浏览情所喜，避地想更佳。何必博望侯③，虚无乘海槎④。

注释

①泱漭（yāngmǎng）：水势浩瀚貌。
②桃花源：指陶渊明《桃花源记》所描写的境界。
③博望侯：指西汉张骞，应募出使西域，穷河源，被匈奴截获，留居十余年。后以击匈奴有功封博望侯。"博望"取"博广瞻望"之意。
④海槎：海航之木筏。传说张骞曾乘槎穷河源。

常 安 二首

常安：生卒年不详。字履坦，纳喇氏，满洲镶红旗人。康熙三十二年（1693）举人，历官太原理事通判、广西、云南按察使、贵州布政使、江西、浙江巡抚。有《受宜堂集》。

舟泊韩庄闸①集渔舟捕鱼于微山湖

齐抛案牍到濠梁②，坐看渔舟列数行。巨网投时云浪动，细鳞出处水风凉。鸾刀鲙落银丝净③，金碗光浮玉液浆。官有余暇多乐事，不烦张翰更思乡④。

注释

①韩庄闸：位于微山湖东南角（今属山东省管），明万历三十二年（1604年）建。清代经多次修整。
②案牍：官府文书。濠梁：犹濠上。《庄子·秋水》记庄子与惠施游于濠梁之上，见

鯈（chóu）鱼出游从容，因而辩论游鱼知乐与否。后因以濠上为逍遥闲游之地。

③鸾刀：刀环有铃的刀，古代祭祀时割牲用。此处泛指切肉刀。鲙（kuài），同"脍"，切得很细的鱼肉。

④张翰：晋吴郡吴人，字季鹰。《世说新语第七》："张季鹰辟齐王东曹掾，在洛见秋风起，因思吴中菰菜羹、鲈鱼脍，曰：'人生贵得适意尔，何能羁宦数千里以要名爵！'遂命驾便归。俄而齐王败，时人皆谓为见机。"

游微山湖登铜山①远眺

微山湖水连云白，漫吞田土为鱼宅。两度经过未得游，纷纷扰扰红尘②迫。今日重来有余闲，烟消雨霁到铜山。一朵青莲插明镜，孤标铜柱耐跻攀。马山峙左龟山右，螺髻碧簪③双竞秀。龙女天孙梳洗新，湖心倒影纤罗皱④。皱影渐移夕阳斜，棹返南风破浪花。回望铜山渺不见，万顷光摇万缕霞。

注释

①铜山：常安《游铜山记》："微山与铜山同一湖也……其石质似铁露碎星闪闪如金，世谓之铜山也。山四围俱水，清澈如镜。马山峙其东，龟山伏其西……"

②纷纷扰扰红尘：指纷乱不安静的世俗生活。

③螺髻：形似螺壳的发髻，此指山形如螺髻。碧簪：碧玉簪，比喻苍翠陡峭的山峰。

④纤罗皱：形容水波如起皱的细薄丝织品。

叶长仁 二首

叶长仁：生平不详。

春日偕友人集云龙山

小集冈头眼界空，风云变幻兴无穷。鹤归碧落①苍松外，亭立青山夕照中。流水一湾涵雉影②，远峰四匝郁鸿蒙③。春光从此多佳丽④，好办诗筒共酒筒⑤。

注释

①碧落：天空。

②雉：指城墙。涵雉影，指城墙倒影于水中。

③四匝：四面环绕。鸿蒙：迷漫广大貌。

④佳丽：指美好、秀丽的景色。

⑤诗筒：盛诗的竹筒；古时将写好的诗放于竹筒内，以便于传递。酒筒：泛指酒器。

次友人游云龙山元韵①三首

云龙山寺好，忆昔我曾游。鹤去亭空在，山环水自流。文章②留日月，霸业③几春秋。犹记凭栏处，钟催客思悠。

佳哉名胜地，携酒几登游。石怪龙形古，山空云影流。河翻千尺雪，钟落一声秋。小憩④回廊静，松涛韵自悠。

极目凭高处，烟云傍客游。数峰环寺古，一水绕城流。石净佛留像，山深树易秋。萧然亭畔际，不见鹤声悠。

注释

①元韵：同"原韵"，此指友人诗用的字韵。
②文章：指苏轼等历代文人留下的诗文。
③霸业：指刘邦项羽等历代帝王将相争夺霸权。
④憩（qì）：休息。

解 元 三首

解元：生平不详。

宿奉圣寺①

招提闻夕磬②，宿鸟复惊飞。古木深萝径，寒雪暗竹扉③。空山诸品④静，明月一僧归。禅榻⑤醒尘梦，徒惭未拂衣⑥。

注释

①奉圣寺：见前魏裔鲁诗注释。
②招提：梵语拓斗提奢，意为四方。后省称拓提，误为招提。四方之僧为招提僧，四方僧之住处称招提僧房。北魏后招提成为寺院的代称。夕磬：傍晚寺院中传来的磬声。
③竹扉：竹制的门。
④诸品：指大自然中的众多物类。
⑤禅榻：僧人坐禅之床。
⑥拂衣：振衣而去，表示归隐。南朝宋谢灵运《述祖德》诗："高揖七州外，拂衣五湖里。"

观奉圣寺银杏树又感赋之

谁识祇园①树,风霜饱岁华②。凌云苍干直,散地绿荫赊③。浓叶能藏鸟,寒枝不作花。古来抱梁栋④,多少老烟霞⑤。

注释

①祇园:祇(qí)树给孤独园之略称。为释迦牟尼去舍卫国说法时与僧徒停居之处。后泛指僧院。
②岁华:岁月。
③赊(shē):稀疏。
④抱梁栋:怀有栋梁之志,意指可作栋梁之材。
⑤烟霞:红尘俗世,老烟霞意指用世者。

秋夜登云龙山放鹤亭

当年放鹤人何处,月满空庭此日名。乱石崎岖南北路,黄河襟带①古今情。千家灯火连徐市,九里烟云接汉营②。回首林泉霜色动,山山草树尽秋声。

注释

①襟带:指徐州被山峦和黄河环绕,山峦如襟,黄河如带。
②九里:九里山,位于徐州市西北部,又名九凝山,因东西长九里而得名。楚汉相争时,项羽刘邦曾在此激战。汉营:指楚汉时留下的营垒。

何嘉延 一首

何嘉延:生卒年不详。字奕美,浙江山阴人。

燕子楼①

极目古徐州,斜阳睥睨②愁。黄河闻改岸,红粉③尚名楼。芳草长埋恨,悲风不待秋。尚书④遗墓在,可有珮环⑤游。

注释

①燕子楼:见前注释(29页)。

②睥睨（pìnì）：斜视。
③红粉：妇女用的胭脂和白粉。此处代指美女。
④尚书：指张愔。一说张建封。
⑤珮环：指妇女所佩的饰物，此处代指女人。

杜诏 一首

杜诏（1666—1736），字紫纶，江苏无锡人，康熙年间修《历代诗馀》及《词谱》等书，官至翰林院庶吉士。

戏马台

戏马原来楚故乡，鸿沟还记各分疆①。尽教率土归刘氏②，剩有斯台与项王。一战快心惟巨鹿③，三分失策在咸阳④。如何盖世英雄气，独为虞兮泣数行⑤。

注释

①鸿沟：古渠名，故道大部循今河南贾鲁河东，由荥阳北引黄河水曲折东至淮阳入颍水。东汉后渐淤塞。分疆：即中分天下。《史记·项羽本纪》："项羽与汉约，中分天下，割鸿沟以西者为汉，鸿沟而东者为楚。"
②率土：境域以内，全部国土。刘氏：指刘邦。
③巨鹿：指巨鹿之战，楚军打败秦军，取得决定性的胜利。
④指项羽破秦入关，西屠咸阳，烧秦宫室，分天下，封王侯。把自己的强敌刘邦立为汉王，王巴、蜀、汉中，都南郑；三分关中，王秦降将以距塞汉王。未成霸业却衣锦还乡，率兵东归，是重大失策，造成后来的彻底失败。
⑤虞兮：项羽所为"垓下歌"："虞兮虞兮奈若何！"虞：项羽爱妾虞姬。

沈德潜 二首

沈德潜（1673—1769）字确士，号归愚，长洲（今苏州市）人。乾隆四年（1739）进士，改庶吉士，授编修。历官中允、内阁学士、礼部尚书。有《竹啸轩诗钞》、《归愚诗钞》、《沈归愚诗文全集》。

和陈树滋徐州怀古

沛丰千里极纵横，楚汉纷纭此斗争①。将相王侯宁有种②，英雄竖子孰成名③。山连芒砀④云常合，水绕彭城浪不平。戏马歌风总消歇⑤，荒原野戍⑥遍春耕。

注释

①楚汉：指项羽、刘邦之争。纷纭：复杂激荡的局面。

②此句意思是：王侯将相的权位是天生命定传给后代的吗！《史记·陈涉世家》："陈胜佐之，并杀两尉。召令徒属曰：'公等遇雨，皆已失期。失期，当斩，而戍死者固十六七。且壮士不死则已，死则举大名耳，王侯将相宁有种乎！'"

③英雄竖子：秦末刘邦与项羽相与临广武间而语，刘邦数项羽之罪，项羽伏弩射中刘邦。阮籍曾登广武刘项交战处，叹曰："时无英雄，使竖子成名！"竖子：小子，对人的蔑称。《史记·项羽本记》："亚父受玉斗，置之地，拔剑撞而破之，曰：'唉！竖子不足与谋。夺项王天下者，必沛公也。吾属今为之虏矣！'"

④芒砀：芒山与砀山，在今安徽砀山县东南，与河南永城县接界。二山相距八里。当年刘邦送徒骊山途中逃匿，即藏于芒砀山泽岩石之间。

⑤戏马：戏马台。歌风：歌风台，相传为刘邦作大风歌处，后人为筑歌风台。故址在沛县城东泗水西岸，台上有亭，亭中有篆文石碑。消歇：衰落。

⑥野戍：田野上战争留下的营垒。

挂剑台①

高台空想象，古墓已消沉。千金季子剑，千秋季子心。

注释

①挂剑台：又名季子挂剑台。详见前注释（41页）。

张大有 一首

张大有（1675—1730），字书登，又字火天，号慕莘。陕西合阳县人。康熙三十三年（1694）进士，选庶吉士，授翰林院编修。历官奉天府丞、顺天府丞、左佥都御史、太常侍卿、大理寺卿、左副都御史、兵部左侍郎、漕运总督、工部尚书、礼部尚书并代理兵部尚书。著有《黄门诗集》、《绿槐堂文集》、《漕政简明书》等。

泛舟登微山

一

躬送千帆去，水间一叶浮。水花香满棹①，风燕语随舟。霞彩飞湖底，云阴下树头。　问津时已暮，灯火住沙洲。

二

晓入湖山路，山村水四围。人家犹上古，景物亦忘机②。白马思青冢③，赤松留翠微④。那知千载后，仰止挹清晖⑤。

三

振步孤峰上，旷然天地间。松风来碧落⑥，清气豁尘颜。绿满澄澄水，青围远远山。归途余翠霭⑦，禾黍⑧意俱闲。

四

舟回山后路，斜日照菰蒲⑨。近岸虽清浅，遥天总画图。渊渟回鲁甸⑩，职贡达尧都⑪。好续河渠志⑫，人间第一湖。

注释

①棹（zhào）：船桨，代指船。
②忘机：无机巧之心。这里景物忘机指景物天然如画，无人为干扰。
③白马：古代用白马为盟誓或祭祀的牺牲。青冢：坟墓。
④赤松：即赤松子，相传为仙人。张良晚年曾言："愿弃人间事，欲从赤松子游耳。"这里代指张良。翠微：轻淡葱翠的山色。
⑤仰止：仰慕。清晖：指山水。宋陆游《老学庵笔记》卷八："国初尚《文选》，当时文人专意此书，故草必称王孙，梅必称驿使，月必称望舒，山水必称清晖。"挹（yì），舀，酌。挹清晖，对着山水以酒祭奠先人。
⑥碧落：天空。
⑦翠霭：林间的雾气。
⑧禾黍：禾与黍。泛指粮食作物。
⑨菰蒲：菰和蒲，菰即茭白。
⑩渊渟：不流动的深水。鲁甸：鲁地的原野。
⑪职贡：上贡赋税。尧都：京都。
⑫河渠志：有关河道水运的记载。

张廷璐　五首

张廷璐（1675—1745），字宝臣，号诃斋，安徽桐城人。张廷玉之弟。康熙五十七年（1718）进士，授编修，官至礼部侍郎。有《咏花轩诗集》。

徐州试院以黄河水煎茶用山谷韵①

黄河之水天汉②俱，湍悍旧著河渠书③。彭城城下襟带耳，风炉活火翻连珠。乳花香泛瀹云腴④,七碗岂必玉川如⑤。颇觉清风生两腋,意气直欲凌江湖。

注释

①试院:旧时科举考试的考场。清王泽《重修徐州试院记》称:"徐自考棚圮,士子调赴淮安试。康熙四十九年,从乡人葛茂才等请始于城东建立试院,为督学使者校士之所。"于"廨西学舍旧基"修建试院。(见道光《铜山县志》) 山谷:即北宋文学家黄庭坚,字鲁直,号山谷道人。黄庭坚喜欢茶,写了不少有关茶的诗文。本诗所用山谷韵,指的是《双井茶送子瞻》诗:"人间风日不到处,天上玉堂森宝书。想见东坡旧居士,挥毫百斛泻明珠。我家江南摘云腴,落磑霏霏雪不如。为君唤起黄州梦,独载扁舟向五湖。"

②天汉:银河。

③湍悍:水势急猛。河渠书:《史记》中的一篇,介绍中国古代水利情况的著述。记述从大禹治水开始,延续到汉元封二年(前109)黄河瓠子堵口,及其后各地兴修兴水利,开渠灌溉等情况。

④乳花:烹茶时所起的乳白色泡沫。瀹云腴:瀹(yuè):煮,浸渍;云腴,茶的别称。

⑤唐卢仝有《七碗茶》诗,该诗写出了品饮新茶给人的美妙意境。卢仝(约795—835年),号玉川子,济源(今河南)人,一生爱茶成癖,被后人尊为茶中亚圣、茶仙,著有《茶谱》。

读东坡《试院煎茶》诗复用前韵①

六班八饼行縢俱②,品茶昔贤久著书。蟹眼鱼眼视火候,松风欲度还跳珠。河水虽浊味颇腴③,塼鑪罏石铫④古致如(**苏诗"塼鑪石铫行相随"**)。煎茶试院拟续咏,沟渠一勺惭江湖。

注释

①东坡《试院煎茶》:"蟹眼已过鱼眼生,飕飕欲作松风鸣。蒙茸出磨细珠落,眩转遶瓯飞雪轻。银瓶泻汤夸第二,未识古人煎水意。君不见昔时李公好客手自煎,贵从活火发新泉。又不见今时潞公煎茶学西蜀,定州花瓷琢红玉。我今贫病长苦肌,分无玉盘捧蛾眉,且学公家作茗饮,塼鑪石铫行相随。不用撑肠拄腹文字五千卷,但愿一瓯常及睡足日高时。"

②六班八饼:明夏树芳《茶董》:"白乐天方斋,刘禹锡正病酒,乃馈菊苗虀、芦菔鲊。换取乐天六班茶二囊以醒酒。""建安能仁院有茶生石缝间,僧采造得茶八饼,号石岩白。以四饼遗蔡,四饼遗王内翰禹玉。"行縢:绑腿布。

③腴:指茶味浓。

④塼鈩(zhuānlú):陶制火炉。石铫(shíyáo):陶制的小烹器。

岍山招游云龙山用东坡答吕梁仲屯田韵①

黄楼嵯峨②古彭门,云龙山下多烟村。暇日招游恣③登陟(县志作"涉"),壶榼④未免惊("未免惊"三字县志作"不用燔")鸡豚。淮泗交流清浪驶,吕梁⑤迅急黄河浑。巉巗似腾北海蜃⑥,巨嶂如起南溟鹍⑦。冈阜⑧萦抱气尤(县志作"犹")王,洪波襟带势欲吞。振衣绝顶俯平壤,川原环拱云龙尊。古藤倒垂猿狖⑨挂,怪石砢磊(县志作"礧砢")虎豹(县志作"熊罴")蹲⑩。青畴⑪千顷水方退,高垅往往留潮痕。禾根犹见集雁鹜⑫,屋外直欲浮蛟鼋⑬。今年盛夏苦霪潦⑭,茅檐白雨如翻盆。水田坐看秋税减,寒谷惟待春风温。城中居人尚安枕,万家鳞次炊烟昏。兹山高旷足眺览,岿然放鹤亭孤存。石磴逶迤⑮古苔滑,苍枝诘曲老树髡⑯。黄茅冈头指遗迹,群羊⑰仿佛眠云根。山人已往坡老⑱逝,空嗟岁月如涛奔。残碑寂寞野烟罨⑲,虚廊萧瑟寒云屯。胜游凭吊增慨叹,不辞斗酒倾匏樽⑳。

注释

①岍(qiān)山:人名。生平不详。《答吕梁仲屯田韵》,见前苏轼诗。

②嵯峨(cuóé):高耸貌。

③恣:随意,尽情。

④壶榼:泛指盛酒或茶水的容器。

⑤吕梁:吕梁洪。

⑥巉巗(chányán):险峻貌。蜃(shèn):大蛤。神话传说雉入海化为蜃。

⑦南溟鹍:《庄子·逍遥游》:"北冥有鱼,其名曰鲲。鲲之大,不知其几千里也。化而为鸟,其名为鹏。鹏之背,不知其几千里也;怒而飞,其翼若垂天之云。是鸟也,海运则将徙于南冥;南冥者,天池也。"冥:亦作溟,指海。

⑧冈阜:山丘。

⑨猿狖(yuányòu):泛指猿猴类。

⑩砢磊:同"磊砢"(lěiluǒ),石头多而堆积。熊罴(xióngpí):熊和罴,皆为猛兽。

⑪青畴:绿色的田野。

⑫鹜(wù):野鸭。

⑬蛟鼋(jiāoyuán):蛟龙与大鳖。

⑭霪潦:久雨成涝。

⑮逶迤:曲折绵延貌。

⑯诘曲(jíqū):屈折,弯曲。髡(kūn):光秃。

⑰群羊:苏轼《登云龙山》:"醉中走上黄茅冈,满冈乱石如群羊。"

⑱山人:指隐士张天骥。坡老:苏轼。

⑲罨（yǎn）：掩盖。
⑳匏樽：葫芦做的酒樽；泛指酒器。匏，音 páo。

徐州登舟由黄河至清江浦用东坡百步洪韵

彭城城下流洪波，片帆迅驶如掷梭。龙门①直下走浊浪，泥沙萦带鑑未磨②。陆行殊念役夫苦，肩舆③负戴登崇坡。骄阳炙背火燎野，雨汗浃体珠翻荷。何似轻舟泛一叶，双桨荡漾生微涡。逆风张帆不得泊，譬若倒泻翻银河。既非瞿塘惊滟滪④，亦异楚泽愁汨罗⑤。世间少见多所怪，疑马背肿诧骆驼。须知忠信可利涉⑥，中流自在方委蛇⑦。人生寿夭会有命，长年小儿栖鸡窠⑧。七日不汗遇寒疾，君于此际将奈何。垂堂⑨履险古所戒，我方纵论君莫诃⑩。

注释

①龙门：山名。在今陕西韩城县与山西河津县之间。《水经注卷四》："昔大禹导河积石，疏决梁山，谓斯处也，即经所谓龙门矣。"龙门亦吕梁洪所在，《水经注卷三》："左合一水，出善无县故城西南八十里，其水西流，历于吕梁之山，而为吕梁洪……曰吕梁未辟，河出孟门之上，盖大禹所辟以通河也。"这里用"龙门"或有双关意，隐含徐州吕梁洪。
②萦带：指河水如带环绕城。鑑未磨：指河水浑浊不清，如没有磨光的镜子。
③肩舆：用人力抬扛的代步工具。为二长竿，中置椅子以坐人。
④瞿塘：长江瞿塘峡。滟滪堆在瞿塘峡峡口，有巨石立于江心，为航运一大障碍。已在 1958 年被炸除。
⑤汨罗：汨罗江。屈原被流放到汨罗江畔，后投江自沉。
⑥利涉：顺利渡河。《易·需》："贞吉，利涉大川。"
⑦委蛇：随意自得貌。
⑧小儿栖鸡窠：意指长寿。北宋钱易《洞微志》载："李守中为承旨，奉使过海至琼。道逢一翁，自称杨避举，年八十一，其父叔连年一百二十二。又见其祖宋卿，年百九十五，次见鸡巢中有小儿出头下视，宋卿曰：'此九代祖也，不语不食，不知其年岁'"。
⑨垂堂：靠近堂屋檐下。因檐瓦坠落可能伤人，故以喻危险的境地。《史记·袁盎传》："千金之子，坐不垂堂，百金之子不骑衡。"
⑩诃（hē）：斥责。

九日徐州试院作四首

九日空传泛菊杯①，闲庭萧寂锁莓苔②。江东③不少吟诗客，捉笔谁登戏马台。

城上黄楼城下河，阑干百尺俯洪波。烟消日出渔村外，孤负秋林黄叶多。
放鹤亭空没草莱④，云龙山势特崔嵬⑤。楼西一角看山影，也当寻秋蹑屐⑥来。
茱萸酒绿月华生⑦，京国称觞此夜情⑧。空忆逍遥堂⑨后句，独怜栖泊在彭城。

注释

①泛菊杯：泛，满。菊杯，菊花酒。古代民俗九月九日重阳节饮菊花酒可以祛灾祈福。菊花酒被视为吉祥酒。

②莓苔：青苔。

③江东：江东为项羽起兵之地。亦泛指长江下游江南地区。

④草莱：丛生的杂草。

⑤崔嵬：高耸貌。

⑥蹑屐（niè jī）：拖着木屐。

⑦茱萸酒：用茱萸制的酒。民俗于农历九月制茱萸酒，饮之，可以御寒、健身。月华：月光。

⑧京国：京都。称觞：举杯祝酒。

⑨逍遥堂：苏轼、苏辙兄弟曾居逍遥堂。见前苏轼、苏辙逍遥堂诗。

黄 任 一首

黄任（1683—1768），字莘田，号十砚老人，福建永福（今永泰）人。康熙四十一年（1702）举人，官四会知县。有《香草斋诗集》、《秋江集》。

彭城道中

天子依然归故乡，大风歌罢转苍茫①。当时何不怜功狗，留取韩彭守四方②。

注释

①天子二句：指刘邦称帝后回到故乡沛，召集故人亲友，纵酒尽欢。席间，刘邦击筑作歌："大风起兮云飞扬，威加海内兮归故乡，安得猛士兮守四方。"苍茫：迷茫，意指刘邦不知如何守住自己的政权。

②当时二句：指刘邦称帝后，杀戮功臣。功狗：《史记·萧相国世家》：刘邦封功臣时说："夫猎，追杀兽兔者，狗也；而发踪指示兽处者，人也。今诸君徒能得走兽耳，功狗也；至如萧何，发踪指示，功人也。"韩彭：淮阴侯韩信和梁王彭越，都以阴谋叛乱罪被杀。

厉 鹗 四首

厉鹗（1692—1753），字太鸿，一字雄飞，号樊榭，又号南湖花隐、西溪渔者。钱塘（今杭州）人。康熙五十九年（1720）举人，屡试进士不第。终生未仕，专心著述。有《宋诗纪事》、《樊榭山房集》等。

渡 河

北来始作泛槎①游，晚色苍苍望里收。一线黄流奔禹甸②，两涯残雪接徐州。古今沉璧③知无限，天地浮萍各有谋。明日轻装又驴背，风前惭愧白沙鸥。

注释

①泛槎（chá）：乘船。槎：木筏，代指船。
②禹甸：指禹所治理的九州之地。《诗·小雅·信南山》："信彼南山，维禹甸之。"
③沉璧：指对黄河的治理。《汉书·沟洫志第九》："自河决瓠子后二十余岁，岁因以数不登，而梁、楚之地尤甚。上既封禅，巡祭山川，其明年，乾封少雨。上乃使汲仁、郭昌发卒数万人塞瓠子决河。于是上以用事万里沙，则还自临决河，湛白马玉璧，令群臣从官自将军以下皆负薪填决河。"
④天地浮萍：指天地间到处漂泊不定，如同水中浮萍。

徐州舟行纪事

樯为舟中权①，帆势若悬纛②。有时牵挽劳③，竹索相缀属④。我舟顺流下，彼舟适遭束。緪⑤急不可弛，磨戛鸣数数⑥。两舟掣而离，其势不转瞩⑦。篙师⑧失声乎，疾似掠空鹄⑨。高樯忽中折，观者肤尽粟⑩。我舟播荡余，幸免鬼伯促。性命亦非轻，造化戏何酷。有如争拔河，一跌聊自赎⑪。又如放风鸢⑫，线断偶然续。神意怜迂疏⑬，字饱饭不足⑭。书寄破家⑮出，事过虚船触⑯。是时冬上旬，冷月光于烛。漕河下牖牢⑰，函水⑱严监督。三暮复三朝，何时峡离蜀⑲。悁膓⑳望南云，临深古所勖㉑。

注释

①樯：帆船上挂风帆的桅杆。权：秤锤，知轻重之物。此句的意思指樯对船来说非常重要。
②纛（dào）：旧读 dú，军中或仪仗队的大旗。
③牵挽劳：牵挽，牵拉，指拉物。劳，辛苦。

④竹索：用竹材编成的绳索。缀属：连接，连缀。

⑤絚（gēng）：粗绳索。

⑥磨戛（mójiá）：摩擦撞击。鸣数数，指摩擦撞击声非常紧促。

⑦不转瞩：不能有丝毫的松懈。瞩，注视。

⑧篙师：撑船的熟手。

⑨挒空鹄：空中折断翅膀的天鹅。挒（liè）：折断。鹄（hú）：天鹅。

⑩粟：皮肤因骤寒或恐惧而起的小疙瘩。

⑪自赎：自行解脱。

⑫风鸢（yuān）：风筝。

⑬迂疏：迂腐，不机智。

⑭此句指只顾书写，饭吃得很少。

⑮书寄破冢：破冢，地名，在湖北江陵县东三十里大江东岸。《晋书·文苑传·顾恺之》："仲堪在荆州，恺之尝因假还，仲堪特以布帆借之，至破冢，遭风大败，恺之与仲堪笺曰：'地名破冢，真破冢而出。行人安稳，布帆无恙。'"

⑯虚船：无人之船。《庄子·山木》："方舟而济于河，有虚船来触舟，虽有惼心之人，不怒。"后因以喻胸怀坦荡。

⑰漕河：水运河道。牐（zhá）：同"闸"。

⑱函水：指闸门所控制的水。

⑲峡：指长江险处三峡。蜀指四川；经三峡离开四川。此句意为何时离开水路险境。

⑳悁脰（juāndòu）：疲倦的脖子；谓长久张望脖子都累了。

㉑临深：临深履薄，比喻小心谨慎，唯恐有失。勖（xù）：同"勗"，勉励。

晚渡黄河

闻道吕梁险，东分此地宽。纬萧询土俗①，剪纸祭波官②。落日中流赤，长风五月寒。高堂③念游子，舟楫报平安。

注释

①纬萧：纬：编织；萧：蒿类，可以织为帘箔。《庄子.列御寇》："河上有家贫恃纬萧而食者，其子没于渊，得千金之珠。"后用为安贫或安贫乐道。《文选南朝宋》颜延年《陶征君诔序》："灌畦鬻蔬，为供鱼菽之祭，织絇纬萧，以充粮粒之费。"纬萧，又指在河流中堵水以捕鱼蟹之具。也叫"蟹断"。唐陆龟蒙《甫里集十九·蟹志》："蚤夜觱沸，指江而奔，渔者纬萧承其流而障之，曰蟹断。"土俗：当地的习俗。

②波官：水神。

③高堂：对父母的尊称。

过微山湖

青山去迟迟,风柳吹靡靡①。湖空生白云,何处吊微子②。

注释

①靡靡:指柳枝随风下伏貌。
②微子:商王帝乙的长子,死后葬于微山湖中微山。山、湖皆因微子而得名。

佚 名 一首

镇河铁牛①

河清门外水悠悠,万里长堤卧古牛。青草绕前难下口,长鞭任打不回头。风吹遍体无毛动,雨湿周身似汗流。莫向函关跨老子②,国朝③赖尔镇徐州。

注释

①镇河铁牛:据地方文献考证:清康熙四十四年(1705年)所铸镇河铁牛不慎丢失,嘉庆四年重铸。"文革"期间被毁。1985年重铸镇河铁牛于黄河岸上。同治《徐州府志·杂纪》:"州城形如卧牛,昔人以河善泛溢,又铸铁牛镇之,故徐人不敢于立春日迎击土牛。相传为徐不鞭春。"
②函关:即函谷关。跨,越过、超越。老子:春秋战国时楚苦县人,姓李,名耳,字聃,曾为周藏书室史官。《史记·老子传》:"居周久之,见周之衰,乃西去。至关,关令尹喜曰:'子将隐矣,彊为我著书。'于是老子乃著书上下篇,言道德之意五千余言而去,莫知其所终。"刘向《列仙传》:"老子西游,关令尹喜望见有紫气浮关,而老子果乘青牛而过也。"
③国朝:本朝,即清朝。

高 斌 二首

高斌(1693—1755),字右文,号东轩,高佳氏,满洲镶黄旗人。历官内务府主事、郎中、文渊阁大学士、广东布政使、河东副总河、两淮盐政兼署江宁织造、江南河道总督、直隶总督兼管总河、太子太保、吏部尚书等。乾隆十八年(1753)九月,河决铜山张家路,高斌受命前往勒限堵塞。同知李燉、守备张宾因弊案误工被斩,高斌受连被絷陪斩。有《固哉草亭诗》。

行过彭城将登云龙山值云中微雨不果

夹岸群峰拥翠微①,黄楼②烟景自芳菲。人民奚必③论今古,城郭无烦问是非。词客④何灵迎片雨,碧山如画送晴晖⑤。坡仙放鹤亭空在,惟有春风燕子楼⑥。

注释

①翠微:轻淡葱翠的山色。
②黄楼:指苏轼所建黄楼。见前注释。
③奚必:何必。
④词客:擅长文词的人。这里指作者自己。
⑤晴晖:晴天的阳光。
⑥燕子楼:指关盼盼所居燕子楼。见前注释(29页)。

乙卯①阅工彭城登云龙山三首

其一

云龙峰独秀,灵境②接彭城。亭与人俱古(东坡放鹤亭),山因寺得名③。重来惊旧雨,一上喜新晴(甲寅春日,阅工行过彭城,将登山寺,值云中微雨,不果。予曾有"词客何灵迎片雨,碧山如画送晴晖"之句。乙卯初夏,重来信宿,复值甘霖大沛。诸同人谓词客果有灵耶!异晨雨霁,遂共登焉。)贤守饶风韵④,苏堤⑤自可成。(郡守李根云,将有重修苏堤之举,所谓政通人和、百废俱兴者,其庶几乎)。("民国县志"案:斌雍正间官河道总督,乙卯阅工在十三年,旧志未载其事)

其二 佛山寺⑥

默契西来意,前生自有因。中峰瞻妙相⑦,半岭露全身(即山石装成天然石像)。文觉⑧真词客(方丈有禅师题墨),坡仙是古人。名山一登眺,何处着纤尘⑨。

其三 放鹤亭

鹤去空亭在,亭空鹤不空。自应翔健翮⑩,或偶话辽东⑪。赤壁⑫惊残梦,黄楼趁好风。翛然⑬过扬子,江上意还同。

注释

①乙卯:雍正十三年(1735)。
②灵境:指风景名胜之地。
③云龙山亦名石佛山,因山有石刻大佛。
④贤守:指德才兼备的太守苏轼。风韵:风度高雅。
⑤苏堤:宋熙宁十年(1077)8月21日,洪水直扑徐州城下,苏轼组织全城吏民修

筑了一条防洪长堤，"首起戏马台，尾属于城"，全长984丈。

⑥佛山寺：即兴化寺，俗名石佛寺。此处及下面"放鹤亭"小标题，《固哉草亭集》无，概府、县志所加。

⑦妙相：庄严的形象。

⑧文觉：寺中的文觉禅师。生平不详。

⑨慧能偈语：菩提本无树，明镜亦非台，本来无一物，何处惹尘埃。

⑩翮（hé）：鸟的翅膀。

⑪辽东：喻指遥远的地方。

⑫赤壁：苏轼被贬黄州时写下散文《赤壁赋》及词《念奴娇·赤壁怀古》。

⑬翛然（xiāorán）：超脱貌。

许廷镕　一首

许廷镕：生卒年不详。字子逊，号竹素。长洲（今苏州）人，康熙五十九年（1720）举人，官武平知县。有《竹素园诗存》。

徐　州

彭城霸业已荒凉，一塔凌空出女墙①。白草尽从霜后短，青山斜傍码头长。东来云气归芒砀②，南下河流接凤阳③。回首英雄几邱陇④，大风还起戍楼⑤旁。

注释

①女墙：城墙上面呈凹凸形的小墙。

②芒砀：芒山与砀山，在今安徽砀山县东南，与河南永城县接界。二山相距八里。当年刘邦送徒骊山途中逃匿，即藏于芒砀山泽岩石之间。

③凤阳：今安徽凤阳县。明太祖朱元璋的家乡。

④邱陇：坟墓。

⑤戍楼：边防驻军的瞭望楼。

尹继善　十六首

尹继善（1695—1771），字元长，号望山，章佳氏，满洲镶黄旗人。雍正元年（1723）进士，改庶吉士，授编修。历官内阁侍读学士、江苏巡抚、两江总督、云贵广西总督、刑部尚书、江南河道总督、太子太保、文华殿大学士等。乾隆十九年（1754），疏言"铜、沛、邳、睢、宿、虹诸地河道多滩，宜遵圣祖谕，于曲处取直，开引河，导溜归中央，借水刷沙。"（《清史稿·尹继善传》）有《尹文端公诗集》。

登云龙山放鹤亭二首

鹤去空亭在，何须问假真。登临多胜境，领略少闲人。石壁横悬榻，佛山半露身①。坡公②遗迹下，岁岁柳条新。

云龙新雨霁③，万里望中收。野水消桃汛④，田家遍麦秋⑤。花迎山半寺，日落郡西楼。未尽跻攀⑥兴，偷闲⑦拟再游。

注释

①石壁二句：指云龙山东麓兴化寺内的大石佛。石佛为释迦牟尼佛半身像，高约三丈二尺。

②坡公：苏东坡。

③雨霁（jì）：雨停天放晴。

④桃汛：桃花汛。农历二三月桃花盛开时节，冰化雨积，黄河等处水猛涨，称为桃花汛。

⑤麦秋：指农历四月（初夏），为麦收季节。

⑥跻攀：登攀。

⑦偷闲：忙中抽出空闲时间。

徐州道中杂咏

老树当窗散绿阴，花间曲径费追寻。十年重到彭城路，一片荒凉月夜心。（旧主人已故）

夹道垂杨眼倍青，长桥古岸记曾经。云龙山畔留题处，未暇回车访旧亭。

田家风景足清幽，烟雨空林雨满畴。万树蝉声天欲晚，渔舟摇过水西头。

小憩①时寻近水村，邨房多半枕堤根。昼长野老②闲无事，杖倚柴门笑弄孙。

河边古闸自天然，乱石成堆引急湍。不有层层分泄路，黄流那得庆安澜③。（天然闸）

宣黄古堞④指毛城，断续残堤取次⑤行。看到支流通塞处，古今区画自分明。（毛城铺）⑥

朦胧树影任纵横，带月驱驰趁晓晴。行过乡村门未启，堤边小坐听鸡声。

漫口依然旧迹存，一帆风便渡黄郫。停舟细问当年事，父老于今有泪痕。（石林漫口）⑦

北岸无堤七十里，留空此地泄黄流。一夫不获难安枕，刍牧⑧还应着意求。

大溜⑨南趋浪拍天，石林对岸泊回船。临行切嘱河干吏⑩，防患须知在未然。

注释

①小憩（xiǎoqì）：稍作休息。

②野老：村野老人。

③安澜：河流安稳不泛滥。

④堞：泛指城墙。

⑤取次：一个接一个地。

⑥毛城铺：在今安徽砀山古黄河南岸。

⑦石林：在今安徽萧县。

⑧刍牧：割草放牧。

⑨大溜（liù）：江河迅速的水流。

⑩河干吏：负责堤防的官员。

彭城重晤午堂少司空①，将有勘河之行，用前韵奉赠

　　山城何幸集群英，白发偏嗟岁月更。使节南来棠荫满，长桥西望水波平。芦沟晓月频牵梦，荆口斜阳暂驻旌②。喜得风尘重握手，挑灯话旧有余情。

　　人似高松却可攀，片时笑语自清闲。临流问渡舟同济，隔水穿杨③技更娴。去马将嘶堤畔柳，离歌又唱雨中山。遥知野店经行处，多少柴门④晓尚关。

注释

①午堂：一作午塘。即梦麟（一作"龄"）（1723—1758），西鲁特氏，字文子，号午塘，蒙古正白旗人，曾官工部侍郎。少司空：即工部侍郎，主管工程的官员。

②荆口：指荆山口河。清同治《徐州府志》："城北二十里，有荆山口河，广数百丈，有桥跨其上。桥下乱石纵横，颇险恶，类人力穿凿者。"尹继善曾督办荆山桥一带河堤工程。驻旌：指官员旅途停留暂住。

③隔水穿杨：指一水之隔能射穿对岸的杨柳树叶，犹百步穿杨；这里意指驾船技能娴熟，很快顺利渡过河。

④柴门：用柴作的门，言其简陋。

将返金陵，留别午堂少司空，仍用前韵

　　忆昨挥毫对落英①，又逢剪烛②话深更。交如鉴水③偏宜澹，诗似看山不喜平。千里江帆回远棹④，几行堤柳飐文旌⑤。石城⑥夜雨彭城月，两地相思一样情。

　　策马云龙喜共攀，才高讵⑦许片时闲。疏排积浐劳公住（公奉命分治六塘河诸水），保障频年愧我娴。流水有声环古堞，夕阳无语下空山。圣人总为苍生计，臣职均应痛痒关。

注释

①落英：落花。

②剪烛：剪去烬余的烛心。意指促膝夜谈。李商隐《夜雨寄北》诗："何当共剪西窗烛，却话巴山夜雨时。"

③鉴水：鉴湖之水，水清澈如镜。泛指清澈如镜之水。此处喻交谊光明磊落，俗语谓"君子之交淡如水"。

④棹（zhào）：船桨。代指船。

⑤文旌。有文采的旗帜，为古时贵官出行时的仪仗。后用为称人行旅的敬辞。

⑥石城：石头城，今南京。

⑦讵（jù）：怎么，难道。

雨中同午堂少司空并同事诸公荆山桥①勘河，未得成咏，于宿迁道中补作寄怀

疏排画策仗贤英，自昔沧桑屡变更。桃汛消时青草短，黄流过处积沙平。风催细雨添新水，柳枕长桥拂去旌。疏筑②关心成往事，湖光回望不胜情。

翠耸晴峦记共攀，忙人空羡白云闲。舟行曲港牵仍缓，马苦长途老未娴。入水衔泥人似燕，回澜③筑坝土成山。补吟短句遥相寄，一棹随风晚度关。

注释

①荆山桥：即荆山河口桥。见前注释。

②疏筑：指向朝廷疏奏筑坝治水事。

③回澜：汹涌的洪水。

和裘漫士少农同刘延清冢宰登云龙山之作①

雨歇冈头霁景②殊，青葱一望遍山隅。登高共吟苏公句③，回首难忘郑侠图④。出岫闲云低傍塔，隔桥流水细通湖。僧房小憩煎茶后，可有新诗题壁无。

古今气象望中殊，有客同行野寺隅。翠石苍苔寻旧迹，乱峰斜照忆雄图。亭空不见山人鹤，水涸犹称西子湖⑤（山麓有小西湖）。片刻登临应未遍，使车能得再来无。

注释

①裘漫士：即裘曰修（1712—1773），字叔度，一字漫士，江西南昌新建人。乾隆四年（1739）进士，官至工部尚书加太子少傅。曾奉命与鲁、豫、皖三省巡抚巡视黄河，筹划疏浚之策。刘延清：即刘统勋，字延清，山东诸城人，乾隆二年进士，曾官刑部尚书、吏部尚书，乾隆二十二年曾受命督察铜山县张家集漫工，修筑徐州近城石坝。少农：

即少司农，为主管农田水利官员。冢宰：即吏部尚书。
②霁景：雨后天晴的景色。
③苏公句：苏轼的诗句。
④郑侠图：郑侠（1041—1119），宋福清人，初从学王安石，后极力反对新法。时遇大旱，以所见居民流离困苦之状，令画工绘成流民图上奏，宋神宗看毕，下责躬诏，罢去方田、保甲、青苗诸法。后以"郑侠图"代称流民图。
⑤西子湖：指云龙山西石狗湖，今云龙湖。

和苏东坡题黄茅冈韵①

空亭遥枕乱石冈，冈头日暮下牛羊。我来片刻坐僧床，推窗云树何渺茫。古人流风水共长，望而不见劳远望，一曲高歌笑老狂②。

注释

①参见苏轼诗《登云龙山》。
②苏轼《登云龙山》："路人举首东南望，拍手大笑使君狂。"

登云龙山

扶筇缓步陟高冈①，咏怀古迹感亡羊②。倦时小憩坐石床③，平湖烟雨色苍茫。俯视黄流万里长，节宣④无计答民望，西风又向晚来狂。

注释

①筇（qióng）：手杖。陟（zhì）：登。
②亡羊：《庄子·骈拇》："臧与谷二人相与牧羊，而俱亡其羊。问臧奚事，则挟策读书；问谷奚事，则博塞以游。二人者，事业不同；其於亡羊，均也。"谓弃其本职而溺于所好。《列子·说符》："杨子之邻人亡羊，既率其党，又请杨子之竖追之。……既反，问：'获羊乎？'曰：'亡之矣。'曰：'奚亡之？'曰：'歧路之中又有歧焉。吾不知其所之，所以反也。'……心都子曰：'大道以多歧亡羊，学者以多方丧生。'"比喻见异思迁，泛而不专，则终无所成。
③石床：在云龙山西坡，传说苏轼经此，曾在石上卧息。苏轼《登云龙山》诗："冈头醉倒石作床，仰看白云天茫茫。"
④节宣：节制宣泄（河水），指治理黄河。

昨岁七夕,德副宪赋诗见赠,未及奉酬,今又会晤彭城,暂时聚首,旋返白门,感而成咏,即用前韵①

河上相逢两白头,韶光②过眼几曾留。经年别绪挑灯话,万里涛声入梦流。旅馆花残重把酒,鹊桥③月落记吟秋。黄茅冈外斜阳影,又喜招携结伴游。

浮云无意出山头,目送浮云任去留。自笑行踪如泛梗④,空嗟往事付东流。年来酬唱多思友,别后情怀易感秋。紫阁青峰江上好,星轺何处约同游。

注释

①副宪:官名,即督察院左副都御史。白门:指徐州外城西南门。古代把天地八方分为八门,西南方为白门。苏轼《送将官欧育之徐州》:"青山只在白门外,明月尽属黄楼中。"《过云龙山人张天骥》:"病守亦欣然,肩舆白门道。"

②韶光:光阴。

③鹊桥:指农历七月七日。神话传说牛郎、织女每年此时相会,群鹊衔接为桥,以渡银河。此处指天空。

④泛梗:漂浮的草木茎枝。

⑤星轺(xīngyáo):古代称帝王使者为星轺,因称使者所乘的车为星轺,亦泛指使者。

途中即事仍用前韵

长途何事重回头,为问民艰一少留。绿柳千行随岸远,清溪几曲抱村流。云飞随处成甘雨,麦熟同声望有秋。小艇扬帆波正稳,恍疑人在镜中游。

和裘叔度少农彭城见寄

白发相怜复几人,芳菲记看上林春①。云山有梦常千里,花柳何心付一嚬②。略迹论交③情自久,忘年④握手老弥亲。荷香池畔方亭上,把酒追陪月色新。

忆从袁浦送行旌⑤,一棹秋风落日情。四野绕看新稻熟,长堤喜见碧波平。星临白下⑥光重朗,诗咏黄茅句又成(昨以黄茅冈诗见寄)。宁独菁莪沾化雨,沿村童叟亦欢迎。

注释

①芳菲:艳丽的花草。上林:上林苑,是汉武帝刘彻于建元三年(前138年)在秦

代的一个旧苑址上扩建而成的官苑。东汉及南朝宋亦建有上林苑。这里用上林春泛指春天的景色。

②颦（pín）：皱眉。

③略迹论交：撇开表面的实际不谈，仅从交情本身而论。

④忘年：指不拘年龄、行辈。

⑤袁浦：地名，有三处：一、即公路浦，在今江苏省淮阴城西。《水经注·淮水》："淮阴城西二里有公路浦，昔袁术向九江，将东奔袁谭。路出斯浦，因以为名焉。"二、今上海奉贤。三、今杭州袁浦镇。行旌：旧时指官员出行时的旗帜，亦泛指出行时的仪仗。这里借以对官员的敬称。

⑥白下：即白门。白门亦称白下。苏轼《九月九日与智叔雕堂宴集夜归》："只欲泥行过白下，万一帘疏见一斑。"

⑦菁莪：《诗·小雅·菁菁者莪》序："菁菁者莪，乐育材也，君子能长育人材，则天下喜乐之矣。"后因以"菁莪"指育材。

叠前韵

又作彭城道上人，风光可似去年春。青山簇簇①供吟咏，野老嘻嘻望笑颦。感物自怜秋色早，谈心终觉故交亲。殷勤鱼雁传书②至，恰值遥天霁景新。

江花江草映双旌③，知己相关无限情。胜迹登临思旧日（前典试南来曾有滁山唱和之作），萍踪聚散感生平。几番雅会缘非偶，一曲高歌和未成。更有栖霞④招远客，峰峦如黛解逢迎。

注释

①簇簇：峰峦聚集貌。

②鱼雁传书：古时写信用绢帛，把信装入鱼形的信函里。古乐府诗《饮马长城窟行》有"客从远方来，遗我双鲤鱼。"汉代时苏武出使匈奴，被流放在北海边牧羊，与朝廷联系中断。苏武利用候鸟春北秋南的习性，写了一封信系在大雁的腿上。此雁飞到汉朝皇家的花园后，皇帝得知了苏武的情形。朝廷据此通过交涉把他接了回来。

③双旌：泛指高官之仪仗，这里代指高官。

④栖霞：地名。今属山东省。

登黄茅冈

黄茅相别久，扶杖又登山。秋色苍茫里，峦光隐现间。风微松自响，石碎水多湾。坐到斜阳晚，迟回未肯还。

彭城道中

此身虽倦此心宁,雪润咸云胜露零①。回首关山千树白,劳形薄领②一灯青。衰年兴减忘佳节,驿路喧传候使星③。未识梅花开放否,宵来梦不到池亭。

雪消亦似软于绵,为有阳和④在眼前。好树逢春生意早,驽骀⑤无力壮心坚。亭传白鹤思高士,像谒黄楼仰昔贤(郡城黄楼有二苏遗像)。手植青松今亦老,笑同桃李许随肩(黄茅冈畔旧种松筠甚多)。

注释

①露零:露水。
②劳形薄领:身体劳累而得到的俸禄却很微薄。
③使星:帝王的使者。
④阳和:春天。
⑤驽骀(nú tái):劣马。比喻庸才。
⑥随肩:表示左右相随,形影不离。

会勘荆山桥和崔拙圃抚军见赠①

知心阔别已多年,忽向长桥共往还。白雪相怜新鬓发,灵岩犹忆好山川(辛巳同游山东灵岩)。未能作楫迷前渡,有约登楼愧昔贤(苏子瞻守徐州筑堤治河民享其利黄楼有遗像存焉)。石畔苍松今更老,春风虽到不争妍。

峻塔层冈入望赊②,不禁回首感韶华③。风回驿路犹飘霰,春冷山城未见花。望远难招云外鹤,忧民欲济井中蛙④。冲寒日暮停车处,又宿茅檐第几家。

注释

①崔拙圃:江夏(今武汉)人,官尚书。抚军:即巡抚,为省级地方政府的长官,总揽一省的军事、吏治、刑狱等。
②望赊:望远。
③韶华:美好的时光。
④井中蛙:喻指遭受困苦的百姓。

会勘荆山河赠叶冠霞总河,仍用前韵①

一别匆匆忽十年,相逢恰似好春还。东风渐见消残雪,画桨叨陪②涉巨川。旌节重来棠树老③，儿童尚说使君贤（冠霞曾官铜山遗爱犹存）。隔堤水阔青畴④远，揽辔同看霁景妍。

回忆同舟岁已赊⑤，又从河上度年华。看山再过曾游寺，把酒难寻旧种花。老去长征如倦马，兴来高唱似鸣蛙。可知泽国今非昔，望里盈宁⑥亿万家。

注释

①叶冠霞：生平不详。总河：官名，亦称河道总督，掌管黄河、运河及永定河的堤防疏浚等事。

②叨陪（tāopéi）：谦词，表示承蒙陪侍或跟随。

③旄节：古代指使者所持的节。节，竹节，以旄牛尾作饰，为信守的象征。此处代指官员、使者。棠树：甘棠：木名，有赤、白两种。赤者称杜，白者称棠，白棠即甘棠，也称棠梨。其实甜美可食。《诗经·召南·甘棠》："蔽芾（fèi）甘棠，勿剪勿伐，召伯所茇（bá）。"传说周武王时，召伯南巡，曾憩于甘棠树下，后人怀其德，因作《甘棠》诗。后用"甘棠"作为称颂官吏政绩之词。

④青畴：绿色的田野。

⑤赊：久，远。

⑥盈宁：富裕而安宁。

吴 棨 一首

吴棨（1696—1750），字青然，号岑华，江南全椒（今安徽全椒县）人，乾隆十年（1745）进士，官刑部主事。有《岑华先生集》、《阳曲词钞》、《清耳珠谈》。

晚次①彭城

薄暮荒城首重回，云烟芒砀②客愁开。三齐驿路连天阔③，万里河流动起来。戏马台前寒日落，斩蛇沟④外野风哀。狗屠狱掾皆黄土⑤，感叹当年楚汉才。

注释

①次：临时住宿。

②芒砀：芒山与砀山，在今安徽砀山县东南，与河南永城县接界。二山相距八里。当年刘邦送徒骊山途中逃匿，即藏于芒砀山泽岩石之间。

③三齐：有两种解释，一说三齐为齐、济北、胶东；另一说为右即墨、中临淄、左平陆。皆在今山东东部。此处泛指今山东省地区。驿路：古代专门给传递官府文书的车马通行的道路，也称驿道。

④斩蛇沟：刘邦斩蛇的地方，在今丰县境内。详见前注释（143 页）。

⑤狗屠：指汉初将领樊哙，少时以屠狗为业。狱掾：指汉初大臣曹参，曾为沛县狱吏。狗屠狱掾，此处泛指楚汉时的人物。皆黄土：意指这些历史人物早已化为灰土，不复存在。

丁泗吉　八首

丁泗吉（1698—1760），字淑尼，一自素遗。铜山县（今徐州铜山区）人。雍正十三年（1735）举于乡，乾隆七年（1742）明通榜进士，授繁昌教谕，调含山。有《靖山集》。

亚父冢

椎残玉斗乞东来①，七十从戎②土一堆。事到鸿门无上策，主非龙种③误奇才。壮怀至竟沉沧海，幽宅何劳向紫台④。信道此中人杰在，楚歌声尽有余哀。

注释

①项羽于鸿门会宴刘邦，范增计划借机杀死刘邦，项羽不忍，刘邦趁机逃走，留下张良为之献项羽白璧一双，范增玉斗一双。范增接受玉斗，放在地上，拔剑将其击碎，曰"竖子不足与谋，夺项王天下者，必沛公也，吾属今为之虏矣！"。后刘邦用陈平反间计，挑拨项羽与范增的关系。范增受项羽怀疑，不被重用，遂东归，未至彭城，途中发病而死。

②七十句：《史记·项羽本纪》："巨鄹人范增，年七十，素居家，好奇计。"

③龙种：指帝王。

④紫台：道家指神仙所居。

戏马台二首

一

咸阳列土①锦衣还，戏马春风欲破颜②。万骑戎鞍盘楚塞，五年③战垒堕秦关。龙蛇动处弛驱裹，富贵归来顾盼间。一等英雄俱好武，让人马上置江山。

二

既思项王自是千古英雄不受推排，且令恨惜。况成败瞭然，何能依人说法故改置右作。

推倒金人④掣电归，故台高宴振戎衣⑤。自缘楚塞雄风劲，遂使秦原战骨稀。逐鹿弟兄翻旧垒⑥，割鸿⑦意气厌长围。英雄名马堪千古，破裂山河手一挥。

注释

①咸阳列土：此句指项羽引兵西屠咸阳灭秦，乃分天下，立诸将为侯王，自立为西楚霸王，衣锦还乡，东归彭城。列土：分封土地。《汉书·谷永传》："方制海内非为天子，列土封疆非为诸侯，皆以为民也。"

②破颜：开颜而笑。卢纶《落第后归终南别业》："落羽羞言命，逢人强破颜。"

③五年：指项羽自立为西楚霸王，继而与刘邦相争五年，终为刘邦所败而自杀身亡。《史记·项羽本纪》太史公曰：项羽"自矜功伐，奋其私智而不师古，谓霸王之业，欲以力征经营天下，五年卒亡其国，身死东城，尚不觉寤而不自责，过矣。"

④金人：象征秦政权。《史记·秦始皇本纪》："收天下兵，聚之咸阳，销以为钟鐻，金人十二，重各千石，置廷宫中。"掣电：喻迅速。

⑤故台：指戏马台。戎衣：军服，战衣。

⑥逐鹿：指国家分裂时，竞争天下。《史记·淮阴侯列传》："（蒯通）对曰：秦之纲绝而维弛，山东大扰，异姓并起，英俊乌集。秦失其鹿，天下共逐之，于是高材疾足者先得焉。"翻旧垒：转回到自己原来的领地。

⑦割鸿：指项羽与刘邦约定，以鸿沟为界，中分天下。当时"汉兵盛食多，项王兵罢食绝"，项羽不得不作出中分天下的约定。

黄茅冈

窈窕秋风䠱醉来①，雪泥鸿爪②此徘徊。谁令石榻赠仙吏③，空使金莲④哭异才。龙卧云容终古变，鸾吟山骨⑤至今开。笑他案牍⑥劳形客，也向冈头倒酒杯。

注释

①窈窕（yǎotiǎo）：风吹拂貌。䠱醉：带醉步行。䠱：音 chǎ，踩、踏。

②雪泥鸿爪：鸿雁在雪泥上踏过留下的爪印。比喻往事留下的痕迹。苏轼《和子由渑池怀旧》："人生到处知何似，应似飞鸿踏雪泥。雪上偶然留爪印，鸿飞那复计东西。"

③石榻：即石床，在云龙山西麓，传说苏轼经此，曾在石上卧息。苏轼《登云龙山》诗："冈头醉倒石作床，仰看白云天茫茫。"仙吏：指苏轼。

④金莲：对军政高官府署的美称。同"莲幕"，详见王士禛《彭门怀古八首》"红莲书记"注释。

⑤山骨：山中岩石。

⑥案牍：官府文书。劳形：使身体劳累、疲倦。

挂剑台①

缟纻当年竞盍簪②,延陵③绝调托荒岑。劫灰不铄千金诺④,秋水常悬一片心。人唤精灵来碧落⑤,龙盘星宿到幽阴。思量让国⑥寻常事,万古情惟此地深。

注释

①挂剑台:又名季子挂剑台。详见前注释(41页)。

②缟纻:缟带(白色生绢带)和纻衣(细麻所制的衣服)。《左传·襄公二十九年》:"(吴季札)聘於郑,见子产,如旧相识。与之缟带,子产献纻衣焉。"后因以"缟纻"喻深厚的友谊。盍簪:指士人聚会。《易·豫》:"勿疑,朋盍簪。"杜甫《杜位宅守岁》诗:"盍簪喧枥马,列炬散林鸦。"

③延陵:指延陵季子。延陵,为古邑名,季札(季子)所居之封邑。《史记·吴太伯世家》:"季札封于延陵,故号曰延陵季子。"绝调:绝无仅有的高尚情操。

④劫灰:劫火的余灰。南朝梁《高僧传·竺法兰二》:"昔汉武穿昆明池底得黑灰。问东方朔,朔云'不委,可问西域人。'后法兰既至,众人追以问之,兰云:'世界终尽,劫火洞烧,此灰是也。'"这里喻指历来的战乱灾难。铄:销毁,湮灭。千金诺:最珍贵的诺言。这里指季札心许徐君的承诺。

⑤碧落:天上。

⑥让国:将国家或封地的统治权让给贤者。吴王寿梦病重将卒,因季札贤能,想传位于他。季札谦让不受。寿梦去世后,长子诸樊接位,服丧期满后让位季札。季札坚辞不受,舍弃王室生活去舜柯山(今焦溪舜过山)种田。

燕子楼①

藕丝莲子并心期,怨锁红楼社燕②知。春好尚传百五③信,花残不见两三支。细从星斗寻名姓,暗数阑干④纪岁时。对此可怜铜雀妓⑤,空持香履⑥号蛾眉。

注释

①燕子楼:见前注释(29页)。

②社燕:燕子春社(春季祭祀土地神的日子)时来,秋社时去,故有"社燕"之称。苏轼《送陈睦知潭州》诗:"有如社燕与秋鸿,相逢未稳还相送。"

③百五:寒食节,在清明节前一或二日。因寒食节在冬至后的一百零五天,故名"百五"。

④阑干:指北斗星。明杨基《岳阳楼》诗:"春色醉巴陵,阑干落洞庭。"

⑤铜雀妓:指曹操的歌舞伎;也是古乐府曲调名,又称铜雀台。铜雀台在邺城(今

河北临漳），建安十五年筑。其台最高，上有屋一百二十间，铸大铜雀置于楼巅，故名。《乐府诗集》卷三"铜雀台"引《邺都故事》曰："魏武帝遗命诸子曰：'吾死之后，葬于邺中西岗上，与西门豹祠相近，无藏金玉珠宝。余香可分诸夫人，不命祭吾。妾与伎人，皆著铜雀台，台上施六尺床，下繐帐，朝晡上酒脯粻糒之属。每月朝十五，辄向帐前作伎。汝等时登台，望吾西陵墓田'。"这里用铜雀妓喻关盼盼。

⑥香履：即抱香履，抱木香而柔软，可制木屐。蛾眉：蚕蛾触须细长而弯曲，因以比喻女子美丽的眉毛。号蛾眉，即描眉，描成细长如蛾眉。

陵母墓

叱咤徒然类尸居①，咄嗟早自成龙鱼②。但为隆准③留方寸，未许重瞳问尺书④。麟阁有声终不忝⑤，龙门无传⑥意何如。春风荐荼精魂杳，碑堕了垣野草舒。

注释

①叱咤：怒斥声。《史记·淮阴侯列传》："项王喑恶叱咤，千人皆废。"尸居：像尸一样静止。比喻沉默无数。《庄子·天运》："然则人固有尸居而龙见，雷声而渊默，发动如天地者乎？"

②咄嗟（duōjiē）：叹息。龙鱼：鲤鱼。传说鲤鱼跳过龙门即化为龙。

③隆准：高鼻，指刘邦。《史记·高祖本纪》："高祖为人，隆准而龙颜。"方寸：指心。《三国志·蜀·诸葛亮传》："亮与徐庶并从，为曹公所追破，获庶母。庶辞先主而指其心曰：'本欲与将军共图王霸之业者，以此方寸之地也。今已失老母，方寸乱矣，无益于事，请从此别。'"

④重瞳：双眸子，指项羽，传说项羽为双眸子。尺书：书信，诏书。

⑤麟阁：麒麟阁，汉代阁名，在未央宫中。汉宣帝时曾绘霍光等十一位功臣图像于阁上，以表扬其功绩。后多以"麒麟阁"或"麟阁"表示卓越的功勋和最高的荣誉。杜甫《投赠哥舒开府翰》诗："今代麒麟阁，何人第一功？"不忝（tiǎn）：无愧。

⑥龙门无传：龙门，指司马迁。司马迁出生于龙门，故称。无传，指司马迁的《史记》中没有为陵母立传。

放鹤亭

人物双标出世姿，古亭飘渺想当时。羲皇①高卧清风逈，雪月横飞素影②迟。仙吏③文章山鬼护，幽人怀抱海禽知④。从教丹顶沉秋草，五百年来望羽仪。

注释

①羲皇：太古，太古人。晋陶潜《与子俨等疏》："见树木交荫，时鸟变声，亦复欢

然有喜。尝言五六月中北窗下卧，遇凉风暂至，自谓是羲皇上人。"这里羲皇表示悠闲自得的田园隐居生活。

②素影：月影。宋梅尧臣《金陵有美堂》诗："江流不尽月不死，寒浪素影东西翔。"

③仙吏：指苏轼。

④幽人：指隐士张天骥。海禽：指海鸥。《列子·黄帝篇》中一则寓言说，古时海边有一个人，非常喜欢白鸥，每天清晨到海边，常有成百海鸥飞集他身旁。有一次，此人的父亲要他捉一只海鸥来玩玩，他再去海边，海鸥就不再飞下来了。故事说明海鸥能看透人的胸怀。这里用"海禽知"说明隐士张天骥的高洁胸怀。

⑤丹顶：指鹤。

⑥五百年：从苏轼到作者年代已五百年。羽仪：羽饰。《易·渐》："鸿渐于陆，其羽可用为仪。"后因以为德行高尚的楷模。

春日游桓山①和韵

春面磴道草如烟，联袂登临竟欲仙。藓剔②残碑新雨后，探幽曲迳晚风前。埋（凶）至竟③终无地，削迹④当年自有天。梵宇荒凉消胜概⑤，独余山濑咽冰弦⑥。

注释

①桓山：在徐州城东北约二十里，旧称圣女山，俗称洞山。山上有桓魋石椁。苏轼写下《游桓山记》等诗文。见前注释（57页）。

②藓剔：剔除碑上的藓苔。

③至竟：到底，毕竟。

④削迹：消踪匿迹。指隐居。《庄子·山木》："削迹捐势，不为功名。"

⑤梵宇：佛寺。胜概：美好的景色。

⑥山濑：山涧流水。冰弦：对琴弦的美称。这里指山涧流水声如琴弦奏出的乐声。

金德瑛　一首

金德瑛（1701—1762），字汝白，一字慕斋，号桧门。仁和（今属杭州市）人。乾隆元年（1736）进士，授修撰。历官右庶子、督江西学政、太常寺卿、内阁学士、礼部侍郎、左都御史。有《桧门诗存》。任江西乡试考官还京途中，"经徐州，时河决孙家集，微山湖暴涨，入运河，江南、山东连壤诸州县被水。德瑛谘访形势，入陈于上前，上嘉德瑛诚实不欺。"（见《清史稿·金德瑛传》）

徐州怀古

帅五诸侯共灭秦①，英雄开辟古无伦。汉营气早成天子，垓下头终德故人②。落日霸都濉水壮③，东风姬血④草痕新。天亡战罪徒分别⑤，项伯功封异姓亲⑥。

秋涛怒卷古彭城，太守临堤版筑成⑦。猛士诗人楼九日⑧，羽衣吹笛月三更⑨。曾吟大集⑩淋漓句，今听双洪⑪斗落声。叹息故山归未得，不胜风雨弟兄情⑫。

闭门寂寞陈无己，文字南丰一瓣香⑬。不向苏门作宾客，况从时相假衣裳⑭。士生贵富天常吝，志在孤清死不妨。安得斯人式⑮通俗，洪河东下日汤汤⑯。

注释

①五诸侯：指齐、赵、韩、魏、燕五国。《史记·项羽本纪》："太史公曰：……遂将五诸侯灭秦，分裂天下，而封王侯，政由羽出，号为霸王……"

②项羽兵败垓下，突围后被汉军追击，最后穷途末路，见故人吕马童，"项王乃曰：'吾闻汉购我头千金，邑万户，吾为若德。'乃自刎而死"。（《史记·项羽本纪》）

③濉水：即睢水，《史记·项羽本纪》："汉卒皆南走山，楚又追击至灵璧东睢水上。汉军却，为楚所挤，多杀，汉卒十余万人皆入睢水，睢水为之不流，围汉王三匝。"

④姬血：指项羽的美人虞姬之死。

⑤《史记·项羽本纪》：项羽从垓下突围南逃，受到汉军的追击，最后剩下二十八骑，追击的汉骑几千，项羽自知不能逃脱，乃谓其骑曰："吾起兵至今八岁矣，身七十余战，所当者破，所击者服，未尝败北，遂霸有天下。然今卒困于此，此天之亡我，非战之罪也。"

⑥项伯：项羽之季父，原为楚左尹。项羽死后，项氏枝属汉王皆不诛，项伯因有恩于刘邦而被封为射阳侯，赐姓刘。

⑦秋涛二句：指熙宁十年（1077）秋，黄河水灌彭城，太守苏轼带领全城吏卒百姓抗洪事。

⑧苏轼《九日黄楼作》诗中有"诗人猛士杂龙虎，（自注坐客三多知名之士十余）楚舞吴歌乱鹅鸭"。

⑨苏轼《百步洪》诗序："…北上圣女山，南下百步洪，吹笛饮酒，乘月而归。余时以事不得往，夜着羽衣，伫立于黄楼上，相视而笑，以为李太白死，世无此乐三百余年矣！"详见该诗。

⑩大集：对苏轼著作的敬称。

⑪双洪：百步洪、吕梁洪。

⑫兄弟情：指苏轼、苏辙兄弟之情。见苏辙《逍遥堂会宿二首》。

⑬闭门二句：陈师道，字无己，家境贫寒，爱苦吟，有"闭门觅句陈无己"之称。苏轼任颍州太守时，希望收陈师道为弟子。陈以"向来一瓣香，敬为曾南丰"，婉言推辞。曾南丰：曾巩，陈师道十六岁时师从曾巩。

⑭时相：指丞相赵挺之。《宋史·陈师道传》："与赵挺之友婿，素恶其人，适预郊祀行礼，寒甚，衣无绵，妻就假于挺之家，问所从得，却去，不肯服，遂以寒疾死。"

⑮式：榜样，楷模。

⑯汤汤（shāngshāng）：水大流急貌。

爱新觉罗·弘历　五十三首

爱新觉罗·弘历（1711—1799），即清高宗，清世宗胤禛第四子，年号乾隆，1735—1796 年在位。在位期间，曾六次巡游江南，四次访徐州。民国《铜山县志》卷四记载：

1747 年　丁卯　乾隆十二年，"南巡幸徐州，御制《荆山桥记》。"（案：记载有误，未南巡到徐州。《荆山桥记》应作于 1765 年）

1757 年　丁丑　乾隆二十二年，第二次南巡。"南巡幸宿迁，由顺河集至徐州阅视河工。"

176 年　壬午　乾隆二十七年，第三次南巡。"南巡幸宿迁，遂至徐州阅河。"

1765 年　乙酉　乾隆三十年，第四次南巡。"南巡幸宿迁，遂至徐州阅河。"

1784 年　甲辰　乾隆四十九年，第五次南巡。"南巡幸宿迁，遂至徐州，展赈两月。"

以下诗篇作于乾隆二十二年（1757）

渡黄河驻跸徐州作①

画州思禹迹②，建国缅尧封③。楚汉惟蜗角④，山川实地冲⑤。澶渊⑥徙以后，渤海入无从。迹日⑦淤尤甚，防秋策预供。用爰纤六辔⑧，都大为三农⑨。恬浪⑩徐鸣桨，洪流高指墉⑪。惊心斯创见，着意敢辞慵⑫。宁更言多费，惟勤救鞫讻⑬。石堤筑一律，（徐州北面护城有石堤而东西皆土堤命易之以石）苇埽⑭胜千重。惟是补偏计⑮，曾无永逸庸⑯。黄楼读昔赋⑰，宋代即今踪。谩诩⑱新沙刷（水工云近日城下黄流较前刷深三尺许），寅哉⑲兹偶逢。

注释

①驻跸：皇帝出行，中途暂住。《清史稿·高宗本纪》：二十二年夏四月，"丁卯，上渡河，至荆山桥、韩庄闸阅河工。"

②古人认为禹治水后将中原地区划为九个行政区域，称为九州。《书·禹贡》"禹别九州，随山浚川，任土作贡"。

③传尧封彭祖于此，为大彭氏国。缅：缅怀，思念。

④蜗角：蜗牛的角。喻指极小的境地。《庄子·则阳》："有国于蜗之左角者，曰触

氏；有国于蜗之右角者，曰蛮氏；时相与争地而战，伏尸数万，逐北旬有五日而后反。"后称因小事而相争为蜗角之争。此处用蜗角之争称楚汉相争。

⑤地冲：指地处交通要道。

⑥澶渊：湖泊名，古澶水所经，故名。故址在今河南濮阳县西。宋熙宁十年（1077）秋，黄河决于澶渊曹村，河道南移，分为二流，一合北清河入海，一合南清河入淮，彭门受水，城下水二丈八尺，七十余日不退。澶，音chán。

⑦迩日：近日。时彭城受水。

⑧句意指驾驭车马。爰：助词。纡：系结。六辔：六条驾驭牲口的缰绳。古一车四马，马各二辔，其两边骖马之内辔系于轼前不用，御者只执六辔。《诗·秦风·小戎》："四牡孔阜，六辔在手。"

⑨都大：原来，本自。元稹《和乐天题王家亭子》："都大资人无暇日，泛池全少买池多。"三农：指居住在平地、山、泽三类地区的农民。

⑩恬浪：平息下来的波浪。

⑪墉：城墙。

⑫慵：懒惰。

⑬鞠讻：穷困和祸乱。

⑭苇埽（sào）：用芦苇等编制的护岸堵水器材。

⑮偏计：不正确的计策。

⑯永逸庸：永远安全的城墙。庸通"墉"。这里指安全牢固的河堤。

⑰黄楼：宋苏轼于熙宁十年治水护城后所建之黄楼。楼中有苏辙撰苏轼书的《黄楼赋》碑刻。

⑱谩诩：随意夸口、夸耀。

⑲寅哉：恭敬的意思。

灾馀

灾馀瘄①必行，古人言之矣。将为徐州行，大吏②云宜止。去去关民瘼③，宁忍复避此。铜山莅古邑④，菜色嗟愁视⑤。蓝褛⑥鲜完衣，踉跄或无屐⑦。实泽果遍及，仍然故何以。太医⑧虽庸医，玉缺斌玞⑨美。四乡分往救，所司拨药饵⑩。斯固子产惠⑪，应胜魏公指⑫。视尔伤曷瘳⑬，曰予愧无已。

注释

①瘄：疫病，瘟疫。

②大吏：大臣，大官。

③民瘼：民间疾苦。

④莅（lì）：临。古邑：指徐州。民国《铜山县志》："铜山县为徐州治。雍正十一年

升州为府,增置铜山县,为府治。"

⑤菜色:饥饿之色。嗟:叹息。怒视:忧虑的眼光。怒,音nì。

⑥蓝褛:衣服破烂。也作褴褛。

⑦踉跄(liàngqiàng):行走不稳。屣(xǐ):鞋。

⑧太医:皇帝的医生。

⑨珷玞(wǔfū):像玉的石头。

⑩药饵:药物。

⑪子产惠:指子产的仁爱。子产为春秋郑国人,曾执国政,历经三朝。执政期间实行一系列改革,整顿田地疆界和沟洫,以利于农业发展;把法律条文铸在鼎上公布;不毁乡校,听取国人意见。他爱民仁厚,受到国人的爱戴,"子产卒,郑人皆哭泣,悲之如亡亲戚。""孔子为泣曰:'古之遗爱也!'"(见《史记·郑世家》)

⑫魏公指:魏公的美誉,"指"通"旨"。魏公,即魏无忌,战国魏安厘王异母弟,号信陵君,有食客三千。"公子为人仁而下士,士无贤不肖皆谦而礼交之,不敢以其富贵骄士。"(见《史记·魏公子列传》)

⑬伤曷瘳(chōu):何时抚平因灾害造成的伤痛。曷,何时;瘳,治愈。

彭城河复

苏公河复①昔非复,彭城河复今仍河。仍河何以谓之复,解嘲聊尔为斯歌。汉唐以来通钜野②,烧草不属无如何。浸淫吕沛渐多事③,川狭涛怒腾盘涡。然惟宜合不宜散,合资刷沙离渟④波。斯流虽古有成语,徒见其害利则那⑤。去岁夺溜孙家集⑥,中泓⑦力缓沙淤多。堤旁水志⑧度分寸,泥停五尺高益加。桃汛汤汤⑨已拍岸,伏秋转眼难延俄⑩。用是切切愁弗置⑪,纤程历览新研摩⑫。下策仍惟是修筑,易石巩固周遮罗⑬。水工喜称渐复旧,数日顿尔形迁讹⑭。三尺沙刷余二尺,志在敢饰虚言詑⑮。此亦偶然慢⑯过颂,灵实昭矣⑰感不磨。

注释

①苏公河复:苏轼有《河复》诗。见前。

②钜野:古泽名。在今山东巨野县北。元末为黄河所决,河徙后,遂涸为平地。

③浸淫:指土地受水。吕沛:吕指吕梁,沛指沛县;泛指徐州一带地区。

④渟(tíng):水积聚不流。

⑤利则那:好处在哪里。则,连词;那,同"哪"。

⑥此句指1756年铜山孙家集黄河决口,灌入微山湖及荆山桥河,附近州县被淹。溜:迅急的水流。

⑦泓:湖塘。

⑧水志:测量水位的标志。

⑨桃汛：桃花汛，农历二三月桃花盛开时节，冰冻溶化，黄河等处水猛涨。汤汤（shāngshāng）：水流大而急。
⑩伏秋：立秋后的伏天，即末伏时节。延俄：延长片刻。
⑪因某事心中深深忧愁而不能放下。
⑫纤程：指行程经过很多地方。研摩：研究揣摩。
⑬遮罗：遮盖保护。
⑭顿尔：顿时，很快。迁讹：面貌全变。
⑮虚言：谎话。訑（tuó）：欺骗。
⑯慢：莫，不要。
⑰灵：神灵。昭：显示。灵实昭矣，指神灵显示出威力，抑制住河水泛滥。

游云龙山作

彭城驻辇厪河防①，咫尺②云龙戏马旁。本意原非是山水，偷闲聊复访苏张③。翠峰夏首④关林叶，绿野风清泛麦芒。底事今来艰迥句⑤，为民筹济⑥为民伤。

注释

①驻辇：帝王出行，中途暂住，同"驻跸"。厪河防：只是为了河防；厪，同"仅"；河防，防止河流水患。
②咫尺：比喻距离很近。八寸为咫。
③苏张：苏轼和隐士张天骥。
④夏首：夏季的开始，初夏。
⑤底事：何事、何以。艰迥句，很难写出绝妙的诗句。
⑥筹济：谋划救济。

大士岩①

峰有飞来②像岂无，色空空色定同殊。普门③诚切宏慈愿，利济应殷此际夫④。

注释

①大士岩：位于云龙山西麓。清康熙五十七年（1718），徐州知州姜焯于此处得一巨石，遂命工匠雕成观音大士，又修筑殿宇寮舍、亭台阁道，名曰大士岩。
②飞来：指杭州灵隐寺前飞来峰。
③普门：指佛法周遍融通，可使人得无上解脱。
④利济：救济；施恩泽。殷：盛大。此际：此时。

试衣亭用苏轼韵①

甕乏黄荠②身缺衣，民艰露冕③访斜晖。衹馀恧④若先忧切，那有轩然⑤逸兴飞。

注释

①试衣亭：在云龙山上大士岩前，根据苏轼的《送蜀人张师厚赴殿试》一诗所建，诗为："云龙山下试春衣，放鹤亭前送落晖。一色杏花三十里，新郎君去马如飞。"见前。

②甕乏黄荠：甕（wèng）：陶制盛器。乏，缺少。黄荠，枯黄的荠菜。此句意思是：老百姓家甕里连枯黄的野菜都很少。

③露冕：露出帽子让老百姓看到。《华阳国志·广汉士女志》："郭贺，字乔卿，……迁荆州刺史，百姓歌之曰：'厥德仁明郭乔卿。'（汉）明帝南巡守，善其治，赐三公服，去襜露冕，使百姓见之，以彰有德。"后以露冕称颂治政有方、皇帝恩宠有加的官员。

④恧（nǜ）：惭愧。

⑤轩然：此指兴高采烈的样子。

放鹤亭歌

木石岂千年，羽衣①早翩去。何来云龙顶，依然有其处。疏轩眺远栖嶙峋②，阶前亦立胎仙③群。坡翁公案④一重唱，尔时更有张仙人⑤。青山绿野古徐州，黄河之水东南流。本意登临豁远志，宣房⑥深计翻增愁。

注释

①羽衣：指苏轼。苏轼《百步洪》诗序："余时以事不得往，夜着羽衣，伫立于黄楼上，相视而笑，以为李太白死，世无此乐三百余年矣！"

②疏轩：宽敞的廊房。眺远：向远处望去。栖：歇息、停留。嶙峋：山峰重叠高耸。

③胎仙：鹤的别称。鹤有仙禽之称，又相传胎生，故名。

④坡翁公案：坡翁，苏轼。公案：官府处理案件。

⑤张仙人：指隐士张天骥。

⑥宣房：同宣防。指在河堤上建筑的房屋。汉元光中，黄河决于瓠子。后二十余年，汉武帝命堵塞瓠子决口，筑官于上，称宣房官。此处指治理黄河水患之事。

戏马台用谢灵运诗韵①

谢客②昔揽胜，摘藻蚩白雪③。逸志托邱园④，皛皛⑤秋阳洁。西来为筹河⑥，彭城此驻节⑦。导浚⑧无良方，俾又资贤哲⑨。旋顾灾余民，食乏衣并缺。八珍为弗甘⑩，宁能畅游悦。云龙有苏迹⑪，秀色城头列。途便台头寺（即戏马古台也）⑫，清词记一阕⑬。放鹤已憩骖⑭，戏马慢停辙。寄言赓佳作⑮，伊人所怀别。汲古⑯缅心藏，抚今惭治劣⑰。

注释

①谢灵运诗韵：指谢灵运《九日从宋公戏马台集送孔令诗》，见前注。

②谢客：指谢灵运。

③摛藻：铺张辞藻；摛，音 chī。谢诗中有"旅雁违霜雪"。蜚，同"飞"。

④逸志：超脱世俗、欲隐退的志向。丘园：山丘园林，指隐居的地方。谢诗中有诗句"彼美丘园道，喟焉伤薄劣"。

⑤皜皜（hào）：明亮洁白貌。皜，"皓"的异体字。

⑥西来：当年乾隆帝由宿迁经顺河集来徐州。筹河：指谋划治理黄河水患之策。

⑦驻节：皇帝出行，中途暂住。

⑧导浚：疏通河道。

⑨俾：俾，使。资：依靠。贤哲：贤能有智慧的人。

⑩八珍：泛指珍贵的食品。弗：不。甘：味美。

⑪云龙：云龙山。苏迹：苏轼的遗迹。

⑫台头寺：道光旧志：台头寺在戏马台上，一名陀头寺。《太平寰宇记》：宋武帝刘裕北征至彭城，于台上置寺。

⑬清词：清新优美的词作。阕（què），歌曲或词的一首称一阕。

⑭憩骖：此指停飞休息。憩（qì）：休息。骖：三匹马同驾一辆车，或驾在车辕两旁的马。这里借指鹤。

⑮赓佳作：指继续写出优美的诗。赓：继续。

⑯汲古：研读古代典籍。

⑰此句意为察看当前，为政绩低劣而羞愧。

孙家集

去岁霖①为灾，漫滩遂夺溜②（上年秋汛后，黄河漫溢，孙家集是处本无堤工以备盛涨，例于秋汛后补筑水冲沟渠，而富勒赫漫视之两年，未尝补筑，遂致成渠夺溜。特命尚书刘统勋督工堵御河流，始复故道。）。先事防少疏，祸致不可救。非人用鳏官③，我过其谁售。连延淤荆山，齐豫胥涝遘④。用是深廑怀⑤，王臣课⑥奔走。捍御筑决口，疏瀹⑦通下就。今来阅崇堤，未雨为绸缪。层层牢关键，切切防渗漏。此诚燃眉计，秋遥奚⑧善后。

注释

①霖：久下不停的雨。

②溜（liù）：迅急下流的水。
③鳏官（guānguān）：渎职的官员。
④胥：全，都。涝荐：遭遇水灾。
⑤用是：因此。廑怀（qínhuái）：殷切挂念。廑为"勤"的古字。
⑥王臣：辅助王室之臣。《易·蹇》："六二，王臣蹇蹇。匪躬之故。"王弼注："执心不回，志匡王室者也。"课：督促，考核。
⑦疏瀹（shūyuè）：疏浚，疏通。
⑧奚：疑问代词。怎么。

登黄楼作

岧峣杰构俯徐城①，黄垩还存玉局名②。作镇千秋彭与沛，祀贤并坐弟和兄③（楼中胎塑子瞻由像）。我诗杰句真无就，夫子当年妙独成。太守为民犹切意，况吾饥溺敢忘情。

注释

①岧峣（tiáoyáo）：高耸。岧峣杰构，指黄楼高耸而构建精妙，从楼上可以俯视徐州全城。
②黄垩：此指黄楼，因黄楼用黄土涂上。苏辙《黄楼赋叙》："于是即城之东门为大楼焉，垩以黄土，曰'土实胜水。'"玉局：指苏轼，苏轼曾官玉局观提举。
③祀贤：指楼中祭祀着苏轼苏辙兄弟二人的胎塑坐像。

再题黄楼用苏轼韵①

黄楼登不可无说，更读苏诗引兴发。上惟青天张幕圆②，下有洪川流笏滑③。脱胎高坐两贤人④，便欲拾级嫌尘袜⑤。遐想九日胜宾筵，痛饮豪歌鹦鹉呷。亦未因乐忘忧民，堤筑王尊督畚锸⑥。我来黄水虽刷沙，灾后饥民景怜煞⑦。北瞻丰沛开霸图⑧，南望云龙罗梵刹⑨。城头曾不淖泥⑩侵，河中亦有鸣榔轧⑪。即景都弗⑫减愁怀，解嘲险韵聊吟压⑬。泗水无从觅津滴⑭，楚山依旧围镵鬣⑮。嗟我群黎⑯乏衣食，那有千村畜鸡鸭。违议纤程切恫（州志作"痌"）瘝⑰，讵同揽结寻苕雪⑱。（初议至徐州阅河，大吏佥以顿次为积雨停潦所侵，经途淖泞多方沮止，朕以筹河恤灾非事游览，不可中辍。排众议登程，连日晴明，安驱周览，一如初指。）

注释

①苏轼韵：指苏轼《九日黄楼作》诗韵。参见该诗。
②幕圆：指青天如同覆盖的圆形帷幕。

③笏滑:即滑笏,水波动荡不定貌。

④脱胎:此指用木质或泥土等材料制作的人物形象。两贤人:指苏轼、苏辙兄弟为超出众人的杰出人物。

⑤拾级:逐级登台阶。尘袜:原于曹植《洛神赋》:"凌波微步,罗袜生尘"。宋黄庭坚在《王充道送水仙花五十枝,欣然会心,为之作咏》诗中有诗句"凌波仙子生尘袜,水上轻盈肯微月"。此处用"尘袜"表示步行缓慢。

⑥王尊:东汉高官,曾任东郡太守,河水泛侵瓠子金堤,堤坏,众人皆逃走,独尊立堤上不动,吏民返还救堤,遂转危为安。此处用王尊泛指治河大臣。畚锸(běn chā):畚为竹筐之类的器具,锸为锹。

⑦此句指灾后黎民百姓饥寒交迫的情景特别令人怜悯。煞,副词,表示极其、特别。

⑧此句指刘邦的家乡丰沛。汉高祖刘邦,灭秦败项,建立汉朝,成就霸图之业。

⑨梵刹:指寺院。

⑩淖泥:烂泥。

⑪榔轧:榔,渔人系在船舷上敲击以驱鱼入网的长木棒。轧,滚动,此处指榔不断敲击,即船只不断行进的声音。

⑫弗:不。

⑬解嘲:因被人嘲笑而自作解释。险韵:指诗句用艰僻字押韵。压,通"押"。

⑭津滴:渗出水滴。

⑮镁鬐(chàyà):参差起伏貌。

⑯群黎:广大黎民百姓。

⑰违议:指没有接受大臣的建议。纤程:指行程经过很多地方。切:深切关怀。恫瘝(tōngguān):即痌瘝,指黎民的病痛、疾苦。

⑱讵(jù):岂,难道。揽结:挹取,李白《登庐山五老峰》:"九江秀色可揽结,吾将此地巢云松。"苕霅(tiáo zhá),指隐居之地。苕霅为苕溪、霅溪二水的并称。在今浙江省湖州市境内,苕霅一带,风景秀丽,是唐代张志和隐居地。《新唐书·隐逸传·张志和》:志和曰:"愿为浮家泛宅,往来苕霅间。"

渡黄河

春巡来往六乘舟,总喜风恬①济巨流。民务河防予并廑②,天禧神贶众蒙庥③。越山吴水别江国,齐郡燕畿指陆邮④。只有此都人太鞠⑤,不堪蹙额⑥望回头。

注释

①风恬:指风平浪静。

②廑(qín):"勤"的古字,勤劳。

③天禧:天降喜神。宋真宗赵恒和西辽末主都用"天禧"作为年号,表示祈上天保

护皇权和统治地位。贶（kuàng）：赐予。蒙庥：受到保护。庥（xiū），保护，庇荫。

④齐郡：泛指今山东地区。燕畿：指河北京都管辖地区。陆邮：驿站。

⑤鞠：穷困。

⑥蹙额：皱眉头，发愁貌。

子房山用谢瞻子房诗韵①

挥金报韩侯②，藉箸翊汉王③。氛除紫色争④，运扶火德⑤昌。惟是筹军帷，宁必奋马枪⑥。定策都关中，天府开堂皇⑦。业成即翻飞⑧，赤松白云乡⑨。过祀⑩仰高风，千秋崇此疆。

注释

①谢瞻帅军顿留项城经张良庙时写下"张子房诗"，首句为"王峰哀以思，周道荡无章。"

②张良祖父、父亲相继为韩昭侯、宣惠王等五世相。公元前230年秦灭韩，张良图谋恢复韩国，以重金求客刺秦王，得力士，为铁椎重百二十斤，于博浪沙（今河南原阳县）狙击秦始皇未遂。

③郦食其劝说刘邦复立六国后世，以削弱项羽实力。刘邦将郦生之语告诉张良，张良极力批驳郦生之语。其时刘邦正进食，张良说"臣请藉前箸为大王筹之！"意思是：请借面前的筷子为大王筹画。翊：辅佐，帮助。（见《史记·留侯世家》）

④氛：预示灾祸的凶气；氛除，指秦被灭。紫色：帝王的象征；紫色争，指刘邦项羽争霸天下。

⑤火德：指汉朝。古代方士以金、木、水、火、土相行相克的道理，来附会王朝的命运，称为五德。汉为火德。

⑥这二句指张良因多病，未能独自将兵当一面，但常为刘邦规画策略。刘邦说："运筹策帷帐中，决胜千里外，子房功也。"（见《史记·留侯世家》）

⑦这二句指张良力劝刘邦都关中，说："此所谓金城千里，天府之国也。"（见《史记·留侯世家》）天府：指关中非常富庶，便于供给，如天然的府库。堂皇：指大业会有辉煌的发展。

⑧翻飞：上下飞翔。此指张良辅佐刘邦大业告成后，审时度势，在残酷的斗争中巧于应对，以保全自己。

⑨赤松：赤松子，相传为仙人。张良受封，处处表示满足和谦让，为保身避祸，声言"愿弃人间事，欲从赤松子游耳。"（见《史记·留侯世家》）白云乡：比喻仙乡，神仙居所。

⑩过祀：经过此处而祭祀。

荆山桥歌①

　　石桥三里许以长，如虹蜿蜒饮两塘。南北咽喉形胜控，春秋节宣②计划良。东接睢邳③耕桑野，西连丰沛④王霸乡。我曾坐照资利涉⑤，发帑修筑乃如常⑥。(**乾隆丙寅发帑数万修桥，至丁卯年告成。**) 徐州省方今迴跸⑦，路便因度斯舆梁⑧。去岁孙工⑨河夺溜，闻道经此东归洋。一百余孔不足洩，其时水过桥面强。水过沙停半淤淀⑩，微山遂壅趋壑方⑪。畴咨督课⑫速疏浚，即今尾闾⑬才通航。吁嗟⑭民艰触目是，善后之策犹茫茫。

注释

　　①荆山桥：清同治《徐州府志》："城北二十里，有荆山口河，广数百仗，有桥跨其上。桥下乱石纵横，颇险恶，类人力穿凿者。"
　　②节宣：指控制河水，使水流通畅，避免灾害。
　　③睢邳：睢宁县和邳县。
　　④丰沛：丰县和沛县。
　　⑤坐照：犹寂照，谓通过禅定止息妄念，观照正理；这里指深思熟虑。资：予以资金帮助。利涉：顺利渡河
　　⑥帑（tǎng）：国库里的钱财。乾隆十一年（1746）曾发数万金修桥，第二年告成。
　　⑦省方：巡视四方。《易·观》："先王以省方观民设教。"孔颖达疏："省视万方，观看民之风俗。"迴跸：指帝王外巡回京途中暂时停留。
　　⑧舆梁：可通车的桥。
　　⑨孙工：指孙家集堤工。见《孙家集》诗。
　　⑩淤淀：沙泥淤积。
　　⑪微山：微山湖。壅：堵塞。壑方：大水坑，指水大湖满。
　　⑫畴咨：访问、访求。督课：督察考核。
　　⑬尾闾：古代传说中海水归宿之处。《庄子·秋水》"天下之水，莫大于海。万川归之，不知何时止而不盈；尾闾泄之，不知何时已而不虚；春秋不变，水旱不知。"这里指江河的下游。
　　⑭吁嗟（xūjiē）：叹息。

以下诗篇作于乾隆二十七年（1762年）

渡黄河至徐州作①

　　丁丑②省方至，流行灾实宽。千般谋救济，(**是年铜沛被水土，堤改建石工，复留侍郎**

梦麟等会同督臣尹继善修治荆山桥一带，各工俾资酾澹，且值灾余疫作，并赠给赈粮药饵，穷甿藉以少苏）午夜切辛酸。旋转蒙天佑，阊阎③兹（州志作"今"）改观。石堤卫城固，河浕渡舟安。民谢重生幸，吾怀痛定叹。然宁不为喜，今日应加餐。

注释

①《清史稿·高宗本纪》：二十七年夏癸酉，"上登陆由徐州阅河。"

②丁丑：即1757年，乾隆第二次南巡。

③阊阎（chāngyán）：指里巷房舍。

惠佑龙王庙瞻礼并序①

徐州地扼吕梁，当大河之冲，屡遭水患。丙子（1756年）秋孙家集漫口，郡属田庐益多被淹浸。丁丑（1757年）巡跸临勘，既分遣大臣等缮治上下各渠，顾城北护堤仍土工之旧，难资巩固。命悉改甃②以石，事集而利永，抑神贶③实嘉赖焉。敕所建祠云龙之冈，用昭祈报。壬午④再莅。升香展敬，而系以诗。

设教资神道，明禋著六宗⑤。城闉⑥祈巩固，庙貌奂春容。帝惠惟敷佑⑦，吾心敢懈恭⑧！洪波吁恬壑⑨，万古镇云龙⑩。

注释

①惠佑：恩惠保佑。瞻礼：瞻仰礼拜。龙王庙：在云龙山北麓，乾隆二十二年建。

②甃（zhòu）：砖。

③神贶（kuàng）：神灵的恩赐。

④壬午：即乾隆二十七年（1762）。是年乾隆第三次南巡，再访徐州。

⑤明禋（yīn）：神明之祭祀；禋：祭祀。六宗：古代尊祀的六位神，六宗有不同的说法，一说是水火雷风山泽，一说是天地、四方，一说是四时、寒暑、日、月、星、水旱。著六宗，即六宗列其位。

⑥城闉（yīn）：城的重门，泛指城郭。

⑦帝惠：指神灵的恩惠、仁慈。敷佑：施行保护。

⑧懈恭：懈怠不恭。

⑨吁恬壑：吁（yù）：呼叫，此指水浪之声。恬壑：平静的山谷。

⑩云龙：云龙山。

题放鹤亭

昨甫浙中吟处士①，今来徐下缅山人②。一般放鹤留高躅③，舍是更当谁与亲。

注释

①甫：刚刚。处士：指宋隐士林逋（967—1028），隐居于西湖孤山，终身不仕，未娶妻，与梅花、仙鹤作伴，称为"梅妻鹤子"。杭州西湖孤山有"放鹤亭"。
②山人：指隐士张天骥。
③高躅（zhú）：高尚的行迹。

游云龙山作

大彭作镇迥①超群，蜿蜒如龙靉靆②云。自是气求诠易理③，不妨幻住④悦声闻。土馒头下老亚父⑤，石绰楔前狂使君⑥。千顷麦田民气复，绝胜前度此为欣。

注释

①迥：特别，突出。
②靉靆（àidài）：云雾厚密貌。
③气：云气。诠：诠释。易理：指大自然界云气等的变化规律。
④幻住：日本禅宗诸派之一。此处泛指佛教。
⑤土馒头：指坟墓。唐王梵志《城外土馒头》诗："城外土馒头，馅草在城里。"宋范成大《重九日行营寿藏之地》诗："纵有千年铁门限，终须一个土馒头。"亚父：范增，项羽对范增尊称亚父。范增墓在徐州城南，俗称土山。
⑥石绰楔：官署内石牌坊。狂使君：指苏轼。使君：对州郡长官的尊称。

试衣亭再用苏轼韵二首，前章咏古，后章即事反前诗意

放荡云龙试点衣，故人赴选①趁行晖。临岐那恝②忘京国，一片心随去马飞。
稍喜徐民足食衣，马头莫漫颂宸晖③。前巡茕状犹满眼④，祗觉流阴迅似飞。

注释

①赴选：赴京殿试。参见苏轼的《送蜀人张师厚赴殿试》。
②那恝（jiá）：哪能不激动。恝：无动于衷，不经心。京国：京城，国都。
③漫：随意。宸晖：指皇帝的恩惠。
④前巡：指乾隆二十二年（1757）那次南巡。茕状：悲愁孤苦的状况。茕，音qióng。

黄茅冈戏成口号

黄茅当日使君①狂，突兀②犹存昔日冈。纵酒放歌且携妓③，即今宁不挂弹章④。

注释

①使君：指苏轼。苏轼《登云龙山》诗："路人举首东南望，拍手大笑使君狂。"参见该诗。
②突兀：高耸貌。
③携妓：苏轼有《携妓乐游张山人园》诗。妓：指歌舞艺妓。
④挂：惦念，涉及。弹章：指歌舞音乐。

苏 堤①

通守②彭城闻昔年，长堤亦得号髯仙③。涨波未到麦芒绿，绝胜西湖巷柳妍④。

注释

①苏堤：宋熙宁十年（1077 年）8 月，徐州受困洪水，苏轼组织全城吏民修筑一条防洪长堤，"首起戏马台，尾属于城"，后人称为苏堤。
②通守：官名，同通判，职位次于太守。亦指任通守之职。苏轼《别天竺观音诗》序："余昔通守钱唐，移莅胶西。"这里应指太守苏轼。
③髯仙：指苏轼。
④西湖：指杭州西湖。西湖亦有苏堤。妍（yán）：美好。

阅徐州城西石堤

城北由来有石堤，加长五百丈延西。依依万井眠宵稳①，巍巍崇墉出水齐②。凶岁经营还代赈③（丁丑夏即兴工代赈救济颇多），洪波缓急赖相批④。即看绿野耕桑起，保障千秋永福禔⑤。

注释

①依依：隐约貌。万井：千万村落。
②巍巍（yè）：高耸貌。崇墉：高高的城墙。
③凶岁：荒年。经营：指修堤的规划实施等。
④相批：指水流过缓、过急都能排除。
⑤福禔（zhī）：安乐幸福。同"禔福"。

河北孤山①新土堤成，诗意志事

河至徐州窄，此实限于地。所以夏秋汛，容川每艰致。北岸未筑堤，是或有深思。盖欲听漫流，聊为燃眉计。然闻河贵合，刷深达海遂②。纵藉余波厮③，忘虑④沉沙积。即今微山湖，南仰已明试⑤。浸淫金鱼沛⑥，无岁不行沴⑦。南岸石堤成，缓急庶可恃⑧。三县均吾民，可弗为筹逮⑨。重臣⑩自都遣，经营排众议。（戊寅夏，命尚书刘统勋来徐相度筑堤。河员尚墨守洩漫水之议，以束急易涨为疑，统勋持之甚力，遂定议筑此堤。）起自大孤山，迤西接旧墍⑪。大孤至苏山，乱石坝权置。亦足泄易涨，沙存任水去。渡河阅告成，卫田诚惬意⑫。数年颇获收，民气较前异。憨悬⑬事下策，益复增吾愧。

注释

①孤山：清顺治十一年《铜山县志》："孤山，城西北十里，旁无峰峦，故名。"同治《徐州府志》卷十一："象山西北为大孤山，又东二里为小孤山，俱以旁无附丽而名。山有洞。"

②海遂：入海通道，大海。

③纵藉：即使。厮：通"斯"，分开。

④忘虑：忘记思考。

⑤仰：仰起，高起。明试：清楚的验证。

⑥浸淫：水流溢，泛滥。金鱼沛：金乡、鱼台、沛县三县。

⑦沴（lì）：灾害。

⑧恃：依赖。

⑨可弗：难道不，岂能不。筹逮：谋划。

⑩重臣：大臣。

⑪迤西：向西。迤（yǐ），向、往。墍：(jì)：用泥涂抹，此处指用泥土修筑的河堤。

⑫惬意：称心，满意。

⑬憨悬：同"勤恳"。

题黄楼再叠苏轼韵①

每游黄楼必有说，风流玉局前茅发②。到斯欲罢乃不能，把笔先愁韵险滑③。野亭且置试衣衫④，九日缅怀洗靴袜⑤。望禖⑥幸过守孤城，痛定欢容绿酒呷⑦。贤守勤民应若此，河复为云欣举锸。丁丑事迹⑧略或同，休我生之戚我杀⑨。较于刺史⑩有甚焉，其奈行灾煽罗刹⑪。千方救济不遗力，旋转终赖鸿钧轧⑫。今来闾阎⑬颇改观，敲井卖蒸酒槽压⑭。载登城阁得怡情⑮，黄水回环碧山戛⑯。千村喜睹起耕桑，百里相闻有鹅鸭。一杯遥酹⑰老东坡，何必高情寄清雪⑱。

注释

①苏轼韵：指苏轼《九日黄楼作》诗韵。参见该诗。

②玉局,指苏轼,苏轼曾官玉局观提举。前茅:指苏轼德才出众,与他人相比处于前列。

③韵险滑:指韵字艰僻难押。

④苏轼《送蜀人张师厚赴殿试二首》:"云龙山下试春衣,放鹤亭前送落晖。"后人依此诗于云龙山大士岩前建试衣亭。

⑤苏轼《九日黄楼作》有"日暮归来洗靴袜"。

⑥望锜:即望锜亭,又名百尺亭。苏轼有《登望锜亭》诗。见前。

⑦绿酒呷:绿酒,一种绿色酒,故名。呷(xiā),小口儿地喝。

⑧丁丑事迹:指1757年铜、沛遭遇水患,乾隆帝命修堤赈济事。见前《渡黄河至徐州作》注释。

⑨休:庇护。戚:怜悯、哀痛。杀:副词,表示程度深。

⑩刺史:指苏轼。

⑪煽:气势猛烈,指灾害严重。罗刹:佛经中所说的恶鬼。煽罗刹,意指灾害造成的严重后果超过恶鬼的祸害。

⑫旋转:扭转(灾情)。鸿:大。钧:制作陶器用的转轮。鸿钧,比喻上天的造化。轧(yà):排除,此指消除灾害。

⑬闾阎(chāngyán):指里巷房舍。

⑭菆(zōu)井:晋潘岳《西征赋》:"感市间之菆井,叹尸韩之旧处。""注:菆井,即渭城东卖麻蒸之市。"麻蒸:即麻秸。此处菆井指市井、市场。酒槽:榨酒时用来承酒的容器。酒槽压,指制造酒。全句意思是:市场一片繁荣景象。

⑮载登:指坐轿登上。城阁:城楼。怡情:心情愉快舒畅。

⑯蘁(yà):山峰参差起伏貌。

⑰酹(lèi):把酒浇在地上,表示祭奠。

⑱清霅:苏轼《九日黄楼作》中诗句:"此景何殊泛清霅"。霅(zhá),霅溪,也称霅川、霅水,在今浙江吴兴县境,景色秀丽。苏轼《赠孙莘老七绝》中有诗句"乌程霜稻袭人香,酿作春风霅水光。"《阳关词·答李公择》有"使君莫忘霅溪女,时作阳关肠断声。"

渡黄河作

两日云龙驻,四番来往经。(过河驻跸云龙,次日阅城西石工毕,复渡北岸阅孤山新堤,仍溯流而回。今始渡河就陆北旋)鸿川常戢浪①,巨浸信昭灵②。楗石希安奠③,瓣香讵德馨④。(凡渡河所司备彩棚瓣香致敬)舍舟遵路驿,封牍奏慈宁⑤。

注释

①鸿川:大的河流。戢浪:水浪平静。

②巨浸：大的河流。信：的确、确实。昭灵：显示神灵。
③楗（jiàn）石：堵塞河水所筑的石桩。安奠：犹安定。
④瓣香：佛教语，即一瓣香，用以表示敬意。讵（jù）：岂，难道。德馨：美好的道德声誉。
⑤封牍：用特制夹板密封的公文。这里指地方官吏奏给乾隆帝的文书。慈宁：慈宁宫，是明清太后或贵妃的居所和为太后举行重大典礼的殿堂。始建于明嘉靖十五年。

荆山桥

三里长桥开孔多，（桥凡一百五十九孔，湖河之水由孤山茶城等处经桥下东入运河。）绿芒千顷浪婆娑①。涨波未至春膏②足，且喜农民获麦歌。

注释

①绿芒：绿色的麦穗。婆娑：茂盛貌。
②春膏：指春雨。

以下诗篇作于乾隆三十年（1765）

过荆山桥

桥长三里计，纳水原自宽。侵寻①少淤之，微湖②去路艰。因之事疏瀹③，本图泄涨澜。沙弗远运去，积堤齐桥栏。占河十之六，功同不疏然。大吏前致辞，已足受涨川。徒观堤以外，齐桥芃麦④田。桥建苟非虚，河疏功乃捐。二者必居一，吾心实未安。於凡⑤待目击，吁嗟此实难。

注释

①侵寻：指渐进。
②微湖：微山湖。
③疏瀹：清理疏通。
④芃麦：指茂盛的麦子。《诗·鄘风·载驰》："我行其野，芃芃其麦。"
⑤於凡：大概。

渡黄河至徐州

彭城深廑念①，有事阅河防。枉驾②陆遵坦，进舟日未央③。天光澄映碧，川气郁葇黄④。浪静邀神佑，滋因敬不遑⑤。

注释

①廑念（jǐn niàn）：殷切关注。
②枉驾：敬辞。称别人来迎接。
③未央：未尽。
④葇黄：暗黄色。
⑤滋：副词，意为越发、更。不遑：没有时间，来不及。

阅徐州河堤有作

南固石堤北土堤（徐州当大河之冲，向年屡经水患。丁丑南巡亲临阅视，命于河南岸添甃石堤，俾缓急益足恃；而北岸土堤，则戊寅夏遣大学士刘统勋来徐相度议筑，以御漫流而束河势，使攻沙者也。两堤既成，城郭民田皆资利赖，连年频获丰稔①，闾阎景象恬熙②。巡跸③经览，深为慰悦），利农护郭备俱齐。今来不藉多筹画，祗觉民生益畅兮。

注释

①丰稔：丰收。
②闾阎（lǘyán）：里巷，民间。恬熙：安乐。
③巡跸：指皇帝出去巡视。

题黄楼三叠苏轼韵

叠险宁非滕口说①，每遇苏诗兴轩发②。黄楼三登可默去，却虑格卑③缘手滑。遐想当年事修筑，岂有闲情办布袜④（东坡诗"已办布袜青行缠"）。隔时水退遇重阳⑤，把盏对花恣豪呷⑥。忆我丁丑始莅此，急葺石堤举笼锸⑦。是时灾余百室空，鹄面鸠形可怜杀⑧。壬午⑨重来则改观，云龙酬惠⑩起神刹（徐城河堤，自丁丑亲临相度，各工修举，数年来闾阎生计滋阜⑪。因就云龙之冈，敕建惠佑龙王庙，用申报贶⑫）。田有农夫荷锄耕，屋有织妇鸣机轧。即兹元气实大复，仓庾陈陈相因压⑬。为民愁亦为民庆，城楼埤堄俯戄戄⑭。绨几清闲命墨娥⑮，锦屏馥郁⑯喷金鸭。旋教清跸⑰转行宫，老幼欢随走靸靸⑱。

注释

①叠险：指作诗重复用险韵。滕口：张口放言。
②轩发：情绪高昂。

③格卑：古代诗评用语，指诗作气格卑弱。缘手滑：因粗心大意而造成的失误。
④办布袜：苏轼《寄吴德仁兼简陈季常》诗："我游兰溪访春泉，已办布袜青行缠。"
⑤重阳：重阳节。
⑥恣豪呷：纵情豪饮。
⑦葺（qì）：修建。筤锸（chā）：竹筤和铁锹。
⑧鹄面鸠形：形容枯憔瘦削的人。可怜杀：极度可怜。杀，表示程度深。
⑨壬午：指1762年，乾隆帝南巡至徐州。
⑩酬惠：酬谢恩惠。神刹：神庙。
⑪滋阜：繁盛。
⑫贶（kuàng）：赐予的恩惠。
⑬仓庾：储存粮食的仓库。陈陈相因压：指连年积存的粮食非常多。
⑭埤堄：指城上有孔的短墙。齾齾（yàyà）：参差起伏貌。
⑮绨几（tíjǐ）：铺上绨锦的几案，古为帝王专用。墨娥：相传唐姑臧太守张宪使家伎代书札，号墨娥。
⑯馥郁（fùyù）：形容香气浓厚。金鸭：鸭形香炉，金属铸作。戴叔伦《春怨》诗："金鸭香消欲断魂，梨花春雨掩重门。"
⑰清跸：帝王出行时开路清道，禁止通行。
⑱靸霅（sǎzhá）：疾走貌。

惠佑龙王庙叠旧作韵

盛德赞天綷①，鸿功著地宗②。一方赖呵护，三拜肃仪容。民气诚云复，神歆③益致恭。蓍乾得九五④，云起定从龙。

注释
①天綷（tiānzài）：上天之事。亦指朝廷政事。
②鸿功：丰功伟绩。地宗：养育万物的大地。
③神歆：神灵享用（祭品）。
④蓍（shī）：蓍草，古人用来占卦，因以蓍代表占卦。乾：乾卦，八卦之一，代表天。九五：卦爻位名，《易·乾》："九五，飞龙在天，利见大人。"这个卦象，表示圣人有龙德，飞腾而居天位。后因以"九五"指帝位。

游云龙山

蜿蜒如龙从以云，刚过细雨涤埃氛。高踪那慕张隐士①，佳政犹思苏使君②。树里有禽皆雅韵③，岩间无卉不清芬。闾阎元气洵称复④，群拥銮舆⑤共尔欣。

注释

①高踪：高尚的行迹。张隐士：指宋隐士张天骥。
②苏使君：指苏轼。使君，对州郡长官的尊称。
③雅韵：指优雅的音韵。这里指鸟的啼叫声。
④闾阎（lǘyán）：指民间，百姓。洵：实在、的确。
⑤銮舆：皇帝的车驾。

试衣亭三叠苏轼韵

宁同归去赋吹衣，赴选匆匆趱①夕晖。身共山人（谓张天骥）斯则托，心随旅客（谓张斯厚）彼焉飞。

注释

①趱（zǎn）：趱行，赶路。

戏题放鹤亭

云龙瀛屿虎邱巅①，都有亭因放鹤传。我亦山庄②聊仿作，祇虞贻笑彼胎仙③。

注释

①云龙：云龙山。瀛屿：指杭州西湖中的孤山。虎邱：指苏州的虎丘山。虎，古同"虎"。
②山庄：即承德避暑山庄。山庄亦有放鹤亭。
③虞：忧虑，担心。胎仙：鹤的别称。古代鹤有仙禽之称，又相传胎生，故名。

彭城三咏用贺铸韵（选一）

戏马台

汉王斗智断①，项王愿挑战。擿烧②决雌雄，驱骓③疾雷电。楼烦瞋叱辟易开④，海春⑤军败引兵来。鸿沟⑥分割归都邑，无事掠马临崇台⑦。共逐秦鹿⑧谁得者，始祸皆由鹿作马⑨。函谷不封一泥丸⑩，咸阳三月火焰盘⑪。其兴何暴亡亦疾，半夜气尽方识难。云螭月驷虽调闲⑫，都入汉厩⑬掌汉官。独不见千秋名尚留楚牧⑭，乃复有刘宋⑮宾筵泛杯绿。

注释

①汉王斗智：《史记·项羽本纪》："楚汉久相持未决，丁壮苦军旅，老弱罢转漕。项王谓汉王曰：'天下匈匈数岁者，徒以吾两人耳，原与汉王挑战决雌雄，毋徒苦天下之民父子为也。'汉王笑谢曰：'吾宁斗智，不能斗力。'项王令壮士出挑战。汉有善骑射者楼烦，楚挑战三合，楼烦辄射杀之。项王大怒，乃自被甲持戟挑战。楼烦欲射之，项王瞋目叱之，楼烦目不敢视，手不敢发，遂走还入壁，不敢复出。"辟易：后退躲避。

②摘挠（tīráo）：谴责对方以求战。《史记·项羽本纪》集解："瓒曰：'挑战，摘挠敌求战，古谓之致师。'"

③骓：指项羽所骑乌骓马，代指项羽。

④楼烦：古代北方部族名，精于骑射。因以代指善射的将士。瞋叱：瞋目叱之，即睁大眼睛呵斥表示愤怒。

⑤海春：即海春侯曹咎。《史记·项羽本纪》："当是时，项王在睢阳，闻海春侯军败，则引兵还。"

⑥鸿沟：古渠名，故道在今河南境内，东汉后渐淤塞。项羽刘邦约中分天下，以鸿沟为界，西为汉，东为楚。

⑦掠马：戏马。指项羽筑台戏马。

⑧秦鹿：指秦国政权。《史记·淮阴侯列传》："（蒯通）对曰：秦之纲绝而维弛，山东大扰，异姓并起，英俊乌集。秦失其鹿，天下共逐之，于是高材疾足者先得焉。"

⑨鹿作马：即指鹿为马。《史记·秦始皇本纪》："赵高欲为乱，恐群臣不听，先设验，持鹿献于二世，曰：'马也。'二世笑曰：'丞相误邪？谓鹿为马。'问左右，左右或默，或言马以阿顺赵高。或言鹿者，高因阴中诸言鹿者以法。后群臣皆畏高。"

⑩函谷：函谷关，在今河南灵宝县南。泥丸：小泥球，此指关口畅通，如走泥丸道上。

⑪《史记·项羽本纪》："项羽引兵西屠咸阳，杀秦降王子婴；烧秦宫室，火三月不灭；收其货宝妇女而东。"

⑫云螭：传说中龙的别称，喻指骏马。月驷：犹天马，神马。调闲：指战马训练得很好。

⑬厩（jiù）：马棚。

⑭楚牧：楚地之官。

⑮刘宋：指南朝宋武帝刘裕，曾于戏马台宴集。见前注释（5页）。绿：指绿酒。我国传统的酿造酒都呈绿色，故常称绿酒。李白《赠段七娘》："千杯绿酒何辞醉？一面红妆恼杀人。"

以下诗篇作于乾隆四十五年（1780）

渡黄河作

越角吴根①诸务成，大河返渡礼坛棚。幸逢今日全殊昨，又见黄流得会清（二月初十日渡黄河，有渡黄如渡清之句，盖彼大河尚未复故道云）。息浪宁须称浪细，无风真不啻②风轻。天恩神佑钦③承处，自问何修益屏营④。

注释

①越角吴根：也称吴根越角，指古吴越地区，即今现在的江苏南部、上海、浙江、安徽南部、江西东部一带地区。唐杜牧《昔事文皇帝三十二韵》："溪山侵越角，封壤尽吴根。"元陈樵《北山别业三十八咏·越观》："吴根越角两茫茫，石伞峰头俛大荒。"

②不啻（chì）：无异于。

③钦：指皇帝亲自。

④屏营：惶恐不安。

命嵇璜萨载往徐州勘应添石工，诗以志事

徐城经三临，无非民务急。土工及石工，次第①筹详悉。（丁丑、壬午、乙酉三次南巡，均至徐州城阅视，次第筹策，其河南岸既添鳌石堤，而北岸土堤则戊寅夏命刘统勋来徐相度议筑者，起自大孤山至苏山以御漫流而束河势。两堤即成，城郭田庐均资捍卫）凡缓可待者，拟翠华重出②。其工在城西，石堤于彼毕。欲接至韩山，条石易一律（自周家庄石工起至韩家山灵神庙四百三十丈，地当徐城上游，本拟一律接筑石堤，以工可缓，欲俟重临指示，故待至今）。庶可恃无恐，黎民安井邑③。前岁（戊戌）秋异涨，徐城危岌岌。上游决仪封④，此幸保无失（戊戌秋，黄水盛涨，徐城势处危险。因上游仪封、时和驿决口，全河归注贾鲁、涡河，由淮入洪泽湖，故此地幸获保全。然不可不亟筹巩护之策矣）。是不可再缓，前议应循缉⑤。独是路程遥，来往百六十（自韩庄牐至徐州陆路往还百六十里）。众应万骑随，己亦七旬及。因之罢亲莅，惭非励无逸⑥。而斯事体大，部臣家声习（嵇璜乃前河臣嵇曾筠之子，习闻河务，且亦曾为副总河，因命会同萨载前往勘视，周家庄至韩家山一带应添石工，总期永保安澜，不惜费帑也），督臣夙治河，情形审所必。同往试经营，复命重斟挹⑦，费帑岂所靳⑧，安澜吁永翕⑨。

注释

①次第：依次。

②翠华：帝王的代称。

③井邑：乡村。

④仪封：地名，今属河南兰考县。

⑤循缉：重新审议。
⑥无逸：不要贪图安逸。《尚书》中的"无逸"篇，表达禁止荒淫、不要贪图安逸的思想。
⑦斟挹：斟酌审定。
⑧费帑（tǎng）：官府经费。靳（jìn）：吝惜。
⑨永翕（xī）：永久和顺。

寄题黄楼四叠苏东坡韵

千年河决不忍说，冲堤洚水①滔天发。下注贾鲁②傍四溢，直达蒙亳③洪流滑。屡筑屡颓嗟无计，诸臣泥立湿衣袜（前岁仪封决口，屡次堵筑至合龙时，每被冲塌；在事诸臣劳瘁河干，甚至原任参将李永吉随埽落水，冲入回溜，遇救生船登岸，因赏给花翎复还原职）。汇入五湖略澄澈，委输洪泽欲呀呷④。为思长此竟安穷，引河加宽聚钁锸⑤。（阿桂等奏坝工屡次被冲塌，究以引河水未能全掣大溜之故。今拟自黄家庄引河中段起，于已开丈尺外再行尽力挑宽，使其不待冲刷即可畅达。因允所请，即令调集人夫上紧开工，务于桃汛前蒇事）是或釜底抽薪策，瘃⑥夫工最怜煞。徐州旧河成细渠，空有香灯走神刹。黄楼大异东坡时，下俯来往橹声轧⑦。即今河虽复故道，犹廑⑧灾所饥馑压。徐城侥幸未被沴⑨，岂对此忘彼疵颣⑩。赈穷蠲赋纵亟恤⑪，那便余力畜鹅鸭。四番险韵勉四叠，兴异老苏托泛雪。

注释

①洚水（jiàngshuǐ）：洪水。
②贾鲁：贾鲁河。淮河水系主要支流之一，发源于河南省境内。
③蒙亳：蒙、亳（bó），皆为古地名，位于今河南商丘附近。
④委输：注聚。洪泽：洪泽湖。欱（hē）：同"喝"。呀呷：吞吐貌，《文选·木华〈西京赋〉》："轻尘不飞，纤萝不动，犹尚呀呷，余波独涌。"李善注："呀呷，波相吞吐之貌。"
⑤钁锸（juéchā）：钁、锸皆为掘土的工具。
⑥瘃（wénzhú）：手足皲裂和生冻疮。
⑦橹：划船工具。轧：象声词，指划船的声音。
⑧廑（qín）：廑念，殷切挂念。
⑨沴（lì）：天灾，灾害。
⑩疵颣（cīyà）：缺点、毛病。
⑪赈穷：救济穷苦的人。蠲（huàn）赋：免除赋税。亟恤：紧急救济。
⑫险韵：指诗中语句用艰僻字押韵。
⑬泛雪：苏轼《九日黄楼作》诗："一杯相属君勿辞，此景何殊泛清雪。"见该诗。

河 复①

　　东坡咏河复，乃复澶渊彼。我今咏河复，实复徐城此。尔时虽曾入淮泗，旋即堵闭仍北酾②。所以东坡次年晏黄楼（谓东坡九日登黄楼事），楚舞吴歌把盏喜（概括苏句）。自从绍熙③南入淮，经徐夺泗多年矣。此实故道要亟归，天然合龙真幸耳（阿桂奏二月十一日合龙时，南坝埽根忽向北走，与北坝接连，随填压秸料，不三四刻立见断流，而埽底亦无翻花过溜，遂以蒇功，此实天助神佑非人力也）。诚谢诚畏诚敬虔，以云诚感诚堪耻。

　　按：苏轼《河复》诗序云：熙宁十年秋，河决澶渊，注钜野，入淮泗，彭门城下水二丈八尺。盖彼时黄河正道在澶州、大名及濮、郓、滨、棣诸州，其至徐州亦如近戊戌河决之由贾鲁、涡河、五湖之入洪泽耳。又《统志》称：今之河淮并为一渎，自金明昌始；金之明昌当为宋之绍熙。尔时宋虽称姪于金，而南迁之宋社故在也。金之与宋祇可比为南北朝而非一统，且此地亦非金所有，当称宋绍熙五年，河淮并为一渎。又元时河径徐州与泗水合，则淮泗乃今日之经流而徐州为河故道亦久矣。独是熙宁时河复以澶州大风终日，既止而河流一枝已复。今仪封决口已一载有余，而合龙时两坝天然巧合，片刻收功，岂非神灵默佑非人力所能与乎！既详见河复记，因感熙宁河复之事并识于此。

注释

　　①河复：参见前苏轼《河复》诗。
　　②酾：shī（shāi）疏导，分流。
　　③绍熙：南宋年号（1131—1162）。

嵇璜萨载会勘徐州石工毕复命，诗以志事

　　勘河贴说绘图还①，同是堤防非剔鬠②。新石重教增旧石（徐州城外旧有石工三段，长九百七十余丈，较之丁丑南巡时亲临指示所建新石工用石十七层者短少二三层不等。前岁黄流涨盛仅出水数寸，因命嵇璜萨载会勘，将旧工分别加高二三层，务与新工一律相平，以资固护。），韩山一律接奎山（自韩家山至奎山一带四百五十丈，当徐城上游，向止堤堰拦御。兹命会勘改筑新石堤内四百三十丈，应砌石十七层；其接连山脚之二十丈，地势较高，砌石十二层。以上各工共估需银九万二千余两，即令萨载等核实采办。运工接筑统于来年四月以前工竣）。补偏救弊惟斯亟，永逸一劳真是艰。行水禹③之行无事，言思及此辄赧颜④。

注释

　　①贴说：指附在图上的说明书。
　　②剔鬠：排除障碍，疏通河道。
　　③禹：大禹。

④赪颜（chēngyán）：因羞愧而脸红。

微山湖

受潦利民田，输川济漕运①。水椟②功实巨，节宣③要勤慎。前人贻良规，行之在后进④。无贵屡更张⑤，亦戒怠弗振。即事吟五言，或补司河训⑥。

注释
①漕运：水道运输。
②水椟：亦称"水柜"、"木笼"，木制长方箱形，埋于圩堤下适当高度处，两头装有活门，以控制引、排水。
③节宣：对河水的拦截和宣泄。
④后进：后辈。
⑤更张：变更。
⑥司河训：管理河流的规定、准则。

以下诗篇作于乾隆四十九年（1784）

柳 泉①

登陆至徐州，途长逾百里。大吏欲节劳，中途行馆起。此番重南巡，禁工作有旨。诸凡命依旧，新营止此耳。然亦有轩堂，有山复有水。信宿②之所费，中人十弗止③。遐忆汉文④言，惟增恧⑤而已。

注释
①柳泉：位于徐州城北，有乾隆行宫，建于乾隆三十五年（1770）。
②信宿：连宿两夜。
③此句指住两天的费用，十个中等人家的收入都不止。
④汉文：即汉文帝刘恒。汉文帝即位后，励精图治，兴修水利，衣着朴素，减轻田租、赋税及刑狱，使汉朝进入强盛安定的时期。
⑤恧（nǜ）：惭愧。

荆山桥

丁丑①过荆桥，河过沙淤去路细（荆山桥东接邳睢，西连丰沛，长三里许。乾隆丙寅年发帑重修，至丁卯年告成。丁丑南巡经过时因丙子秋河决孙家集，黄水经此入海，桥洞一百五十九孔不足分泄，其时水过沙停，桥孔半多淤凝，去路遂微）。壬午②过荆桥，幸因无事麦浪翠（壬午南巡时，以刘统勋所筑河北孤山新土堤成，湖河之水由孤山、茶城等处经桥下东入运河，幸获无事。是以过荆山桥诗有"涨波未至春膏足，且喜农民获麦歌"之句。）乙酉③过荆桥，督责去沙沙近积。（黄河至徐州而窄，河员每持束急易涨之说，听漫水泄归荆山桥，以故河多淤埂，微山湖趋下之势不畅。戊寅夏遣刘统勋相度议筑河北孤山新土堤，黄流乃不旁溢，湖水亦畅消无阻。甲申春抚臣崔应阶请浚荆山桥，乃命兆惠前来会勘，添建新牐，使湖水畅流入运。其疏浚荆山桥本为去沙涨计，而工员图省力，沙弗远运，积两旁，几与桥栏齐。民因种麦田占河身之十分之六，彼时即不以为然。有桥建苟非虚，河疏工乃损，二者必居一。"吾心实未安"之句详见乙酉荆山桥记。）占河十六④同不疏，仍以获麦陈大吏。前年微湖涨水多，长桥疏泄犹未利。乃及潘张两引河，归黄聊救燃眉计（辛丑青龙冈漫口，黄水下注，由城武、金乡、鱼台等处荡漾澄清汇归三湖入蔺家山，由荆山桥下注。其时疏泄仍未畅利，因命萨载等广筹去路，开挑潘家庄、张家庄等引河分泄入黄，又启放驼车坝、柳园头一带牐坝，由涟河、六塘河宣泄入海。是以癸卯合龙后积水易消，然又恐分泄太过，复将临湖各牐坝次第堵闭，收蓄水势以济重运。凡此皆随时酌剂，不惜帑项，相机补救，然终无一劳永逸之计也。）即今河复此无藉⑤，更恐哀多谋堵闭。荆山过水仍如前，酌剂⑥相机岂惜费。终乏一劳永逸策，蒿目平成祗心愧⑦。

注释

①丁丑：乾隆二十二年（1757）。

②壬午：乾隆二十七年（1762）。

③乙酉：乾隆三十年（1765）。

④占河十六：指河床十分之六被占为耕田。

⑤无藉：无顾忌。

⑥酌剂：即酌盈剂虚，拿多余的弥补不足或亏损的。

⑦蒿目：极目远望。《庄子·骈拇》："今世之仁人，蒿目而忧世之患。"平成：天下安宁。

题黄楼五叠苏东坡韵

庚子①寄题当吟说，未至徐州舟竟发。其年因未值闰月，回途期迫桨瀅滑。（庚子南巡未至徐州，以其年无闰，计程至五月初九日始回跸至京。北郊及廷试诸大典为期已迫，不及亲临，有《寄题黄楼四叠苏轼韵》之作。）徒遣重臣驰勘踏②，王事③岂惜劳靴袜。（是年大学士阿桂、总督萨载同勘陶庄黄河及云梯关外入海情形。又命尚书嵇璜同萨载勘徐州应添石工。）周家庄至韩家山，一律石工御嚄唶④。（自周家庄石工起至韩家山灵神庙一带，凡四百三十丈，地当徐城上游，久拟一律接筑石工，至是不可再缓，因命嵇璜、萨载等前往履勘兴工，以期永保安澜，不惜帑费也。）南北两岸为次第⑤，乘河未复兴錾锸⑥。（丁丑、壬午、乙酉三次南巡均至徐城阅视其河，南岸既添氅石堤，而北岸土堤自大孤山至苏山，则戊寅夏命刘统勋相度议筑者，兹庚子改筑之韩家山石工四百三十丈，据勘估砌石十七层，其接连山脚之二十丈，地势较高，砌石十二层，共估需银九万二千余两，即令萨载等核实办料，次第接筑，已于壬寅年大工告竣。）壬寅⑦大工已告成，万户安眠免惊杀。今年通闰⑧有余暇，纡跸重来叩龙刹⑨。况幸癸卯⑩复故道，商贾往来鸣榔轧。河南咫尺即徐城，城上飞楼埤堄⑪压。下临无地水流滔，平眺有屏山层嶂⑫。玉局⑬险韵凡五叠，拙速篆烟消睡鸭⑭。诗成依例仍勒壁⑮，颇喜文光腾煜霅⑯。

注释

①庚子：乾隆四十五年（1780），第五次南巡。此诗作于1784年第六次南巡。

②勘踏：实地考察。

③王事：公事，为君主服劳之事。

④御噆呷：御，防备。噆呷（xiéxiā），喻指河水渗透。

⑤次第：依次，按照顺序或依一定顺序，一个接一个地。

⑥鍫锸（qiāochā）：即锹锸。鍫，同"锹"。鍫和锸皆为掘土工具。

⑦壬寅：乾隆四十七年（1782）。

⑧通闰：指当年闰三月。

⑨纡跸：巡视。叩龙刹：叩拜龙王庙。

⑩癸卯：乾隆四十八年（1783）。

⑪埤堄（pínì）：城上有孔的矮墙。

⑫层嶂（yà）：一层层高低不平的山峰。

⑬玉局：指苏轼。苏轼曾任玉局观提举，后人遂以"玉局"称苏轼。

⑭拙速：虽然笨拙但很快能取得结果。篆烟：盘香的烟缕。睡鸭：古代一种香炉，状如卧着的鸭，故名。

⑮勒壁：刻在墙上。

⑯煜霅（yùzhá）：光耀貌。

题云龙山行馆①

庚子②徐州实未临，阅堤此重旧途寻。并山接筑曾差看③（庚子南巡未至徐州，因遣嵇璜、萨载查勘周家庄至韩家山接筑石工四百三十丈，一律修整，于壬寅年已告工竣。）易石葳④工此慰心。别馆云龙忆昔驻，大彭风物入新吟。拈毫会意于何是，一瞬廿年仍碧岑⑤。

注释

①云龙山行馆：位于云龙山北麓，建于1757年乾隆帝第二次南巡时。

②庚子：即乾隆四十五年，第五次南巡。

③差看：检查，视察。
④蒇（chǎn）：完成。
⑤碧岑：碧青的山峦。

云龙山咏古①

龙使为灵斯曰云，好山弗雨亦氤氲②。凭依③信不可失耳，变化其谁所擅云。放荡底须述苏迹④，雄伟于是讶韩文⑤。廿年面目依然我⑥，何有行知⑦尊所闻。

注释

①本诗同治《徐州府志卷一》题为《甲辰闰春月下澣云龙山咏古》。甲辰：即乾隆四十九年（1784），乾隆帝第六次南巡驻跸徐州。下澣：指每月二十一日至三十日。闰春：当年闰三月。
②氤氲（yīnyūn）：云烟弥漫貌。
③凭依：依据。
④放荡：纵情，不受约束。底须：何须，何必。苏迹：苏轼留下的事迹。
⑤讶韩文：讶，惊讶。韩文：韩愈的文章。
⑥廿年：乾隆帝于1765年第四次南巡驻跸徐州游云龙山，到1784年第六次南巡到徐州，其间二十年。
⑦行知：指通知事项的文书。

试衣亭四叠苏东坡韵①

欲解衣乎欲著衣，猜东坡意立晴晖。尔时行志②未能也，想共山人（**谓张天骥**）羡鹤飞。

注释

①本诗同治《徐州府志卷一》题为《甲辰闰春下澣试衣亭四叠东坡韵》。东坡韵：此诗用苏轼《送蜀人张师厚赴殿试》诗韵。参见该诗。
②行志：随意志行事。

题放鹤亭

处士①浙放鹤（**林逋**），率欲视如子。山人徐放鹤（**张天骥**），未定以何拟。率②欲有为法，未定无为旨。以是相等度，此似胜乎彼。重儓③笑山庄（**避暑山庄亦有放鹤亭，**

故乙酉"题云龙山放鹤亭"诗有"我亦山庄聊仿作，祇虞贻笑彼胎仙"之句。），更不如林耳。

注释

①处士：指北宋诗人林逋。详见前《题放鹤亭》诗注释。杭州西湖孤山有"放鹤亭"。

②率：全，都。

③重儓：奴婢的奴婢。比喻同类事物中最低下者。儓（tái），古代最下一级奴隶的名称。

大士岩①

招提②恒有废兴时，废则萧条兴陆离③。大士如如④岩畔坐，废兴一切付无知。

注释

①本诗同治《徐州府志卷一》题为《甲辰闰春御题大士岩壁》。大士岩：见前注释（585 页）。

②招提：寺院的别称。

③陆离：光彩绚丽。

④如如：佛语，指佛理永存常在。

黄茅冈

同于生物殊于所①（概括东坡答张山人书），白苇黄茅荒瘠宜。笑傲冈头千古韵，此情宁许俗人知。

注释

①苏轼《徐州与人》："州人张天骥，隐居求志，上不违亲，下不绝俗，有足嘉者。近卜居云龙山下，凭高远览，想尽一州之胜。当与君一醉，他日慎勿匆匆去也。"

苏 堤

城外荒堤迹可寻，尔时太守爱民心。轻风随分①吹桃柳，底论彭城及武林②。

注释

①随分：照样；依旧。

②底：疑问代词，相当于"谁"、"何"。武林：旧时杭州的别称，以武林山得名。杭州西湖亦有苏堤。

柳泉行宫八景

春霭唐
昨朝甫①到颇无暇，今日言旋适有闲。游目拈毫咏诸景，一堂春霭接卿班②。（是堂为行宫前殿，驻跸批摺向军机大臣发旨及宣召地方大吏咨询政务之后，方一游目诸景也。）

怡神堂
朴楹五架额怡神③（即寝室也），宵养于是契静因④。曰静于斯能静否，片时念及万方民。

知依斋
所其无逸在知依，行馆幽闲首夏时。亲切民情盈跸路⑤，足衣食否为思之。

水乐庭
东阳未至杭才至（东阳杭州均有水乐洞，东阳非跸途所经，杭郡水乐洞则甫在杭州，经临题咏。），水乐于斯又听声。谩⑥拟苏诗举再三，世间何事匪⑦虚名。

鸣翠亭
翠流于目鸣闻耳，目色由来即耳声。悟得色声本无著，翠兮何不可为鸣。

含漪馆
澄镜溶溶绕砌墀⑧，微风不动亦含漪⑨。设如画舫相比拟，若水民情亦可思。

俯绿墅
柳泉名以因多柳，绕墅更多泉水披。一绿虽然分上下，巧看联接有长丝。

漾影桥
月样横桥镜样溪，假山断续接长堤。俯看影漾团圞⑩处，七宝广寒中觅题⑪。

注释

①甫：刚刚。
②卿班：指高级官员。
③朴楹：厅堂前的木柱。额：匾额。
④宵养：夜晚休息。契静：指精神完全达到静的状态。
⑤跸路：指帝王车驾行经之路。
⑥谩：通"漫"，随意。
⑦匪：通"非"，不是，不。
⑧溶溶：水缓慢流动貌。砌墀（qìchí）：台阶。
⑨漪（yī）水的波纹。

⑩团圞（tuánluán）：此处指圆如月亮貌。

⑪七宝：佛教语，指七种珍宝，又称七珍。指的是砗磲、玉髓、水晶、珊瑚、琥珀、珍珠、麝香这七种。不同的经书所译的七宝各不尽同。广寒：传说中嫦娥居住的宫殿。

微山湖

辛丑①河决北，事较决南巨。金（乡）鱼（台）虽停沙，清水艰他去。三湖依次涨，微山下流所。（辛丑青龙冈漫口之水汇归南阳、昭阳、微山三湖，而微山湖尤居下流，为众水所归，汪洋浩瀚，与运河连为一体）宵旰勑大吏②，亟力筹泄路。（辛丑壬寅因青龙冈漫口，屡筑未成，降旨命萨载等查勘，亟筹去路。嗣据奏：漫水由微山湖下注邳宿桃清运河，出杨庄口门归海。将骆马湖竹篓牐先行开放，其余各牐坝次第启放泄水。由刘老涧下注六塘河归海，并开挑微山湖下之顾家庄等引渠分泄水势，为一时权宜补救之计。幸而运道河湖得保无虞。）然犹异常盛，丈深难计数。（下游去路虽多而来源本大，湖水犹异常盛涨，测量深二丈三四五尺不等）漕船③有失事，哀哉运丁④苦。沛县竟颓城⑤，吾民受凄楚。为之切忧煎，不靳⑥赈恤普。昨岁幸河复，微湖潦消屡⑦。（上年漫口未合，湖河水势相连，漕船行走有被沉溺之事。曾降旨将应赔米、石全行豁免，以示体恤。至沛、丰等县及山东之金乡、鱼台被淹最重，而沛县城垣竟致颓圮。节经降旨抚恤，并加恩将被水各州县给予常赈，俾灾黎不至失所。幸昨岁青龙冈漫口合龙，河复故道，积潦渐消，居民于是始复安堵。）翻虑⑧消太多，济运渐筑堵⑨。（自昨岁三月漫口合龙后，微山湖水势陆续消落。至八、九月湖水止存一丈三尺五寸，已符往年定志。又当预为储蓄，因令萨载等将微山湖、尾闾五道引河并运河中，河各牐及蔺家山草坝，乘时接筑堵闭，收缩水势，以济重运。）纤道⑩以次修（济宁以南运河，两岸工程分作四十九段。前据明兴等奏：过白露后堤岸均已涸露，现在积料鸠工，签桩夯土，畚锸云集。在事各委员及夫役等无不欢欣鼓舞，踊跃从事。所有堤岸各工，均一律兴修赶办于春前完竣。），往来利行旅。乘势在待时，罅苴⑪惟漏补。敢言希平成，悚惭不遑处⑫。

注释

①辛丑：指乾隆四十六年（1781）。这年，河决睢宁境，入洪泽湖；又决仪封境，小部归大清河入海，大部分由昭阳等湖归入正河。

②宵旰（xiāogàn）："宵衣旰食"的省称，即天不亮就穿衣起床，天晚了才吃饭。比喻勤于政务。唐太宗《执契静三边》诗："衣宵寝二难，食旰餐三惧。"勑（lài）：慰劳。勑（chì）：同"敕"。告诫。

③漕船：水道运输的船只。

④运丁：指搬运漕粮的夫役。

⑤颓城：城墙崩塌。

⑥不靳（bújìn）：不吝惜。

⑦潦消屡：指积水渐渐退去。

⑧翻虑：反而忧虑。
⑨筑堵：拥堵，不畅通。
⑩纤道：江河两岸纤夫挽船前进的小路。
⑪罅苴（xià jū）：需要修补的裂缝。罅，裂缝；苴，修补。
⑫悚惭：羞惭惶恐。不遑处：没有时间，来不及安居下来。

曹一士　三首

曹一士：生卒年不详，字谔廷，号济寰，上海人。雍正八年（1730）进士，改庶吉士，授编修，官给事中。有《四焉斋集》。

访雍门村①

落日彭城上，秋原多古人。有怀孟尝客②，言③访雍门村。飒飒风动树④，悠悠樵负薪⑤。焉知墓中骨，气压东西秦⑥。无弦发哀弹，千载声如闻。寄谢弹铗子⑦，三窟徒纷纭。

注释

①雍门村：刘向《说苑·善说》：齐人雍门周，名周，居雍门，曾以琴见孟尝君。孟尝君曰："先生鼓琴亦能令文悲乎？"周引琴而鼓，于是孟尝君涕泣增哀，下而就之曰："先生之鼓琴，令文立若破国亡邑之人也。"《寰宇记》："雍门城在彭城县东南五十里。案桓谭《新论》云：'雍门周弹琴见孟尝君是也。'《州志》作雍门村，在吕梁洪北。"冯世雍《吕梁洪志》："北则雍门村，即古雍门周善弹琴能使孟尝君悲者。"

②孟尝客：指孟尝君的客人雍门周。孟尝君，即田文，号孟尝君，战国时齐人，以好客著称，门下食客数千人。

③言：助词，无实义。

④飒飒：风声。

⑤悠悠：安闲的样子。樵：樵夫，打柴的人。

⑥东西秦：战国时秦昭王曾称西帝，齐湣王曾称东帝，两国皆以其富强而东西并立，后因称齐国或齐地为"东秦"。《晋书·慕容德载记》："青齐沃壤，号曰'东秦'"。

⑦弹铗子：齐人冯驩因家贫，寄食孟尝君门下。初到，无所好，未能受到礼遇。过了不久，倚柱弹其剑，歌曰："长铗归来乎！食无鱼。"孟尝君让人给食鱼。过了不久，又弹其铗，歌曰："长铗归来乎！出无车。"孟尝君让人为之车驾。过了不久，冯驩又弹其铗，歌曰："长铗归来乎！无以为亲。"孟尝君知道他尚有老母，于是派人给其老母送去食用，让她衣食不缺。后冯驩为孟尝君收券于薛，假托孟尝君之命，尽烧其券，市义

于民，民称万岁。齐王以为孟尝君名高其主而擅齐国之权，遂废孟尝君。孟尝君被废后，回薛地，离薛尚有百里，薛人扶老携幼，夹道欢迎。孟尝君顾冯骥曰："先生所为文市义者，乃今日见之。"冯骥曰："狡兔有三窟，仅得免其死耳。今君有一窟，未得高枕而卧也。请为君复凿二窟。"冯骥又尽力帮助孟尝君复其位，并立宗庙于薛，完成三窟。

放鹤亭

楚汉纷陈迹，云龙卧客星①。数椽②依乱石，双鹤下空亭。碧落③情无极，青山夜不扃④，祇应林处士⑤，一代两孤亭。

注释

①客星：指隐士张天骥。《后汉书·严光传》："（光武帝）复引光入，论道旧故……因共偃卧，光以足加帝腹上，明日太史奏，客星犯御座甚急。帝笑曰：'朕故人严子陵共卧耳。'"此处以隐士严光喻张天骥。

②椽（chuán）：椽子，放在檩上架着屋顶的木条。

③碧落：天空。

④扃（jiōng）：关闭。

⑤林处士：指北宋诗人林。详见前注释（591页）。

留城怀古①

下邳西去假王屯②，千古留侯解报秦。独把一编归汉日，难忘五世相韩③身。从容前箸风云变④，整顿商山羽翼新⑤。何处从游赤松子⑥，墓门黄石卧荆榛⑦。

注释

①留城：张良的封地。汉高祖刘邦封张良为留侯。已沉于微山湖底。《元和郡县志·河南道五》："故留城，在县（沛县）东南五十五里。高祖令张良字择三万户，良曰：'始臣起于下邳，与陛下会留。'乃封良为留侯。"清道光《铜山县志》："留城在城北九十里，与沛县接界。春秋时宋邑，秦置县。"《太平寰宇记》："留城在（沛）县东南五十里……今有张良庙存焉。"

②假王屯：假王，指楚国后裔景驹；屯，驻扎。当时景驹驻扎留，张良从下邳欲往投之。《史记·留后世家》："景驹自立为假王，在留。良欲往从之，道遇沛公。沛公将数千人，略地下邳西，遂属焉。"

③五世相韩：张良的祖与父相继为韩昭侯、宣惠王等五世之相。

④箸：筷子。楚汉相争，郦食其劝刘邦立六国后代，共同攻楚，刘邦表示赞同。刘邦正进餐，张良来见，刘邦告诉张良郦生之计，问张良的看法如何。张良以为郦食其计

不可行，说："臣请藉前箸为大王筹之！"（见《史记·留后世家》）意思是请借刘邦面前吃饭的筷子，为汉王指画形势。藉，同"借"。

⑤刘邦晚年欲废太子刘盈，立戚夫人子赵王如意。大臣多不同意，吕后恐，张良为之谋划，请来商山四皓（东园公唐秉、甪（lù）里先生周术、绮里季吴实和夏黄公崔广）进宫劝阻刘邦。刘邦目送四人离去，对戚夫人说："我欲易之，彼四人辅之，羽翼已成，难动矣。"（见《史记·留后世家》）

⑥赤松子：相传为仙人。《史记·留侯世家》：张良曰："愿弃人间事，欲从赤松子游耳。"

⑦黄石：此指黄石公墓碑。荆榛：泛指丛生灌木，形容荒芜情景。

鄂容安　一首

鄂容安：生卒年不详，字休如，号虚亭，西林觉罗氏，满洲镶蓝旗人。雍正十一年（1733）进士，改庶吉士，授编修。历官詹事府詹事、国子监祭酒、兵部侍郎、河南及山东、江西巡抚、两江总督、太子少傅、参赞大臣。殉难于伊犁平叛。有《鄂虚亭诗草》。

过徐州

彭城在望夕阳残，九里山头月色寒。影落惊涛渡轻楫①，光涵危堞②接平滩。千秋清宴③须深计，一线堤防未忍看。独恨封留人④不见，赤松黄石两无端。

注释

①楫（jí）：划船用具，代指船。
②光涵危堞：指在月光照耀下的高城墙。危堞：高的城墙。
③清宴：清静安宁。这里指太平盛世。
④封留人：指张良，张良被封为留侯。

邵大业　六首

邵大业：生卒年不详，字在中，号思余。顺天大兴（今属北京）人，旧籍浙江余姚。雍正十一年（1733）进士，历官黄陂知县、禹州知州、开封知府、徐州知府。有《谦受堂集》。《清史稿·邵大业传》："（乾隆）二十八年，授徐州知州，府城三面濒黄河，西北隅尤当冲，虽有重隄，恃韩家山埽为固。大业按视得苏公旧隄，起城西云龙山，迄城北月隄，长三里，湮为民居，复其旧。越岁，韩家山埽几溃，民恃此隍以无恐。复浚荆山桥河，于水利宣泄，规划尽善。治徐七年，间有水患，不病民。"

和云龙院长汤药冈太史元唱用东坡韵①

遥遥星海奔龙冈②，受牧无状③羞牛羊。文牒④满架尘满床，兔葵燕麦⑤增迷茫。云龙山人老季长⑥，空谷一啸山鸟望，青袍如水走且狂。

注释

①云龙院长：同治《徐州府志》卷十五："云龙书院在府城南云龙山，康熙六十年淮徐同知孙国瑜于其地置义学，雍正十三年知府李根云改建书院，乾隆五十三年淮徐道康基田增建。"太史：官名，即翰林。汤药冈：即汤大绅，字孙书，号药冈，亦号药辅、药园。江南阳湖（今江苏常州阳湖县）人。乾隆七年（1742）壬戌科进士。元：同"原"。东坡韵：指苏轼《登云龙山》诗韵。见该诗。

②星海：广阔无际貌。龙冈：指云龙山。

③受牧：指官任一州之长。无状：无功，无成绩。

④文牒：公文、档案材料等。

⑤兔葵燕麦：形容景象荒凉。刘禹锡《再游玄都观绝句》引："重游玄都，荡然无复一树，唯兔葵燕麦动摇于春风耳。"

⑥青袍：古代学子所穿之服。亦借指学子。唐许浑《酬殷尧藩》："莫怪青袍选，长安隐旧春。"

次韵童二树①登云龙山

千尺玲珑②暮霭横，彭门风月许谁争。高亭尚有苏张③迹，胜地空传楚汉名。双履蹑云看鹤影，一筇④倚日送河声。莫因往事成惆怅，且听山人⑤作凤鸣。

注释

①童二树（1721—1782）：名钰，字璞巖、二树、二如，号借庵、树道人、二树山人等。浙江绍兴人。善山水，以草隶法写兰、竹、木石。亦工诗。有《二树山人集》、《香雪斋余稿》。

②玲珑：指山峰峭拔。

③苏张：苏轼、张天骥。

④筇（qióng）：手杖。

⑤山人：指隐士张天骥。

拔剑泉①

策①马来寻拔剑泉，汉皇遗迹尚森然③。一泓④暗泻碧峰外，百丈晴拖绿树边。溜响消残龙战气⑤，芒寒微动灞陵烟⑥。鸿沟寂寞乌江冷⑦，不信清流此地偏。

注释

①拔剑泉：见前贾壮《拔剑泉诗》注释。
②策：鞭打，用鞭子赶。
③汉皇：汉代皇帝刘邦。森然：耸立貌。
④泓：水深广。这里用作量词，指一泓清泉。
⑤溜响：流水声。龙战：指群雄割据争霸。
⑥芒：指芒砀山。当年刘邦送徒骊山途中逃匿，即藏于芒砀山泽岩石之间。灞陵，古地名，在今西安东郊；本作霸陵，为汉文帝陵寝。故址在今西安市东。
⑦鸿沟：古渠名，故道大部循今河南贾鲁河东，由荥阳北引黄河水曲折东至淮阳入颍水。东汉后渐淤塞。项羽刘邦约中分天下，以鸿沟为界，西为汉，东为楚。乌江：即今安徽和县东北四十里江岸的乌江浦。项羽垓下突围后曾逃到此处，乌江亭长劝项羽渡江东归，以图东山再起，项羽未从。后有人以此误认为项羽于乌江自刎。司马迁在"项羽本纪"后赞语中明确说项羽"五年卒亡其国，身死东城，尚不觉悟"。对项羽"乌江自刎"之说，今人多否定。

徐　州

龙吟虎啸①帝王州，旧是东南最上游②。青嶂③四围迎面起，黄河千折挟城流。炊烟历乱④人归市，杯酒苍茫⑤客倚楼。多少英雄谈笑尽，树头一片夕阳浮。

注释

①龙吟虎啸：比喻历代帝王将相的征伐战乱。
②上游：此指徐州所处地理位置非常重要，历来被称为兵家必争之地。
③青嶂：屏障似的绿色山峰。
④历乱：纷乱。
⑤苍茫：旷远无边貌。

逍遥堂①

彭城郡署逍遥堂有苏公旧额，今无存矣。余思复之而难其书。诗人童二树言，于越中故相家见逍遥楼三字,为鲁公②书。乃属橅③之,而别取晦翁明伦之揭补堂字④。额成,神采焕然,用以光还旧物,其庶乎作长歌纪其事。用储广文玉森韵。

坡公遗翰渺无有,法物⑤一去继谁某。后贤妄拟笔如椽,譬若银瓶易瓦瓿⑥。鲁公旧搨⑦逍遥楼,越相珍之播人口。童君为我楷模⑧来,孰补堂字晦翁叟。人豪天挺三百年⑨,事业文章各可久。集蓉为裳腋为裘⑩,宝器应烦巨灵⑪守。高悬厅事争先窥,兀与黄楼斗丹黝⑫。猗维我公非常人⑬,经济⑭宏深托杯酒。高谈雄辩落星辰,渺虑沉思察箕帚⑮。澶渊一决河倒流⑯,譙尾哓音拮据手⑰。芒鞋竹杖栖楼闉⑱,军门一呼汗且走⑲。大难削平百废兴,半尺诗囊悬在肘。先忧忧民后民乐,远怀周旷⑳良非偶。贱子服政蚊负山㉑,揩拄皇皇挈左右㉒。戴星出入不敢康㉓,常恐迂疏负升斗㉔。仰窥鸿鹄鹓鹅飞㉕,讵以非伦夸尚友㉖。喜当圣朝勤求瘼㉗,亲入穷檐绸户牖㉘。祛除蛙黾㉙植桑麻,百万霜颜变黎首㉚。循阡度陌多恬熙㉛,岁稔时和感高厚㉜。遭逢极盛得委蛇㉝,窃与邦人同乐寿㉞。云龙百尺高巍巍,千顷黄流㉟束冈阜。逍遥堂上歌逍遥,胜迹宁同草木朽!

注释

①逍遥堂:在彭城郡署内,苏轼守徐时建,与弟苏辙曾会宿此堂,各有诗。道光《铜山县志》:"宋苏轼建在府治内,久圮。苏公自书堂额无存。后知州孔毓珣重建,亦圮。知州姜焯又改建草堂,颜曰来鹤轩。后守曾宏绪易草为瓦。乾隆十年太守石杰仍以逍遥堂额之。嗣邵大业守郡,以越人童二树于其里故相家见逍遥楼三字为鲁公书,乃属抚之,而别取朱子明伦之揭亦补堂字。邵公于额左跋记其事。"

②鲁公:指唐颜真卿。

③橅(mó):模仿。古通"摹",照着样子画或写。这里指橅制。

④晦翁:即朱熹(1130—1200),字元晦,后改字仲晦,晚号晦翁。明伦:明伦堂,多设于文庙、书院、太学、学官的正殿,是读书、讲学、弘道、研究的场所。这里指朱熹题"明伦堂",揭取其中"堂"字。

⑤法物:此处指过去名人留下的珍贵物品。

⑥瓦瓿(bù):古代盛物的小瓮。

⑦搨(tà):用纸墨从铸刻物上捶印出文字或图画。

⑧楷模:此处用作动词,即影摹、揭。

⑨人豪:人中英豪。天挺:天资卓越。从宋苏轼到作者时代约三百年。

⑩集蓉为裳:屈原《离骚》:"制芰荷以为衣兮,集芙蓉以为裳。"腋为裘:集腋成裘。

⑪巨灵:古代神话中擘开华山的河神。

⑫兀:兀自,迳自。斗丹黝:比美;丹黝,指赤、黑二色,此处指装饰华丽、优美。

⑬猗维:猗,叹词,表示赞美。维:通"唯",念。

⑭经济：经国济民。
⑮箕帚：箕，箕宿星，二十八宿之一。帚，扫帚星。
⑯指宋熙宁十年秋，河决于澶渊，水东流淹彭城事。见前注。
⑰谯谯：颓败貌，《诗·豳风·鸱鸮》："予羽谯谯，予尾翛翛"。哓（xiāo）：即哓哓，恐惧声。拮据：处境困难。
⑱楼闉（yīn）：泛指城楼。闉，瓮城。此句指苏轼为组织吏民治水，脚穿草鞋手拄竹杖挎居于城上。
⑲汗且走：指一呼百应，争先恐后前去抢险抗洪。
⑳周旷：胸怀开阔，远及四面八方。
㉑贱子：自谦之词。蚊负山：蚊子背负大山，比喻力小任重。《庄子·应帝王》："其于治天下也，犹涉海凿河，而使蚊负山也。"
㉒搘（zhī）拄：用手杖支撑身体。皇皇：同"惶惶"，心神不安。掣左右：左右摇摆。
㉓戴星：顶着星星，喻早出或晚归。康：享受安乐。
㉔迂疏：迂腐不切实际。负：辜负。升斗：喻微薄的薪俸。
㉕鸿鹄（hú）：天鹅。鹪鹩（jiāoliáo）：鸟名，体型极小，俗称黄脰鸟。
㉖讵（jù）：怎，难道。非伦：非同类。夸尚：夸耀推崇。
㉗瘼（mò）：病，引申为疾苦。求瘼，求民之瘼，即关心人民的疾苦。
㉘穷檐：破旧的房屋，指穷人家。绸户牖，即"绸缪牖户"，修缮好房子，预防灾难。
㉙蛙黾（měng）：即蛙。
㉚霜颜：指苍白的脸色。黎首：指百姓健康的脸色；黎，黑中带黄的颜色。霜颜变黎首，意指人民摆脱穷困，丰衣足食。
㉛阡陌：田间小路；恬熙：安乐。本句指田野里到处充满欢乐。
㉜岁稔（rěn）：年成丰收。时和：时代祥和。高厚：深厚的恩泽。
㉝委蛇（yí）：高高兴兴，悠闲自得。
㉞乐寿：欢乐互相敬酒祝福。
㉟黄流：黄河。

黄楼用东坡韵同张木升作①

源泉万斛坡曾说②，挟客登高高兴发。黄楼初起水不波，入手诗成唇齿滑。前年六龙③东南来，黔首喧迎泥没袜④。宸游留翰总殷忧⑤，舜儆尧咨动吸呷⑥。金钱百万来司空⑦，斥卤圩垆都荷锸⑧。名臣抚字开阳春⑨，圣主焦劳回肃杀⑩。先忧后乐一德咸⑪，赑屃煌煌照华刹⑫。我来年事当屡丰，穋䅌⑬重重机轧轧。一丘一壑烟云生，千水千山光气压。仓皇代割庖人憎⑭，好景空看石齿齾⑮。困阪驽惭辕下驹⑯，呼名拙类⑰山人鸭。擘笺⑱作赋谁能为，张翰风流居近霅⑲。

注释

①东坡韵：指苏轼《九日黄楼作》的诗韵。参见该诗。

②苏轼《文说》："吾文如万斛泉源，不择地而出。"

③前年：应指乾隆二十七年（1762）南巡至徐州。六龙：古代天子的车驾为六马，马八尺称龙，因以为天子车驾的代称。

④黔首：平民百姓。喧迎：隆重迎接。

⑤宸游：帝王巡游。翰：墨迹，题字。殷忧：深切的忧虑。指乾隆帝诗作中对灾情的忧心。

⑥舜儆尧咨：舜尧的告诫。吸呷：忧虑不安貌。

⑦司空：官名。掌管工程、交通、水利等。

⑧斥卤：盐碱地。苏轼《八月十五日看潮》其四："东海若知明主意，应教斥卤变桑田。"坟垆：高起的黑色硬土；《书·禹贡》："厥土惟壤，下土坟垆。"荷锸（hè chā）：扛着铁锹，意指去平整田地。

⑨名臣：以贤能著称的官吏。抚字：抚养爱护。阳春：喻指清明盛世。

⑩圣主：帝王。焦劳：焦躁烦劳。回：巡回视察。肃杀：酷烈萧索，指庄稼遭受灾害。

⑪一德咸：一起同心同德。

⑫赑屃（bìxì）：传说中的一种大龟。此处指石雕赑屃，庙堂里用作碑座。煌煌：光辉明亮。华刹：华丽的佛寺。

⑬稞稏（bàyà）：稻名。

⑭仓皇：匆忙，慌张。代割：代庖人宰杀；庖（páo）人：掌膳食之官。此句意为超越自己的职权而代之，必然受到别人的憎恨。

⑮齿齾（yà）：山峰高低起伏宛如牙齿。

⑯困阪：艰险难行的山坡。驽：能力低下的马。辕下驹：车辕下的小马。意指驽马无力爬坡，愧对辕下小马。喻观望畏缩不敢前进者自感惭愧。

⑰拙类：笨拙的人。山人鸭：山人养的鸭子，无水作为依托，行走困难。

⑱擘笺：打开纸。擘，音 bò。

⑲张翰：晋吴郡吴人，字季鹰。善属文。当时政事混乱，翰为避祸，急欲南归，便托辞见秋风起，思念故乡菰菜、蓴羹、鲈鱼脍，辞官归吴。《世说新语第七》："张季鹰辟齐王东曹掾，在洛见秋风起，因思吴中菰菜羹、鲈鱼脍，曰：'人生贵得适意尔，何能羁宦数千里以要名爵！'遂命驾便归。俄而齐王败，时人皆谓为见机。"霅（zhá）：霅溪，又称霅川、霅水，在今浙江省湖州市境内，景色秀丽，是唐代张志和隐居之地。

宋作梅　　一首

宋作梅：生卒年不详，字宜园，江苏铜山县（今徐州铜山区）人。清乾隆三年（1737）科武进士。曾任宁波游击。工山水，亦能诗。

彭城图咏

我徐山水之胜，自韩苏以来见于吟咏者鲜矣，而未有以施之绘事者。辄不自揣，补作十二图，而各系以诗，以志桑梓之思云。

彭城①古雄镇，扼塞②山河壮。太山③峙其南，两峰屹相向。春霭④浮空青，人在翠微⑤上。（太山）

云龙何崔嵬⑥，烟岚自喷薄⑦。望䃼⑧倚其巅，仰视天一握。山人⑨不可期，时见归飞鹤。（云龙山）

烟树空濛⑩合，模糊见渔村。九里足远势，不辨水与云。山头留片石，慨想樊将军⑪。（九里山）

龙山⑫自南来，东岩亦陡峭。石佛凿何年，天工试神巧。山灵⑬树俱古，忽疑在员峤⑭。（石佛寺）⑮

奎山应斗垣⑯，下有奎河注。隔岸隐驼峰，实为彭门户。含毫⑰思邈然，我家此中住。（奎山）

子房帝者师，折节圯桥履⑱。谁软授书翁，黄石寓言耳。空山不见人，疑有赤松子⑲。（子房山）

巨鳌冠三山⑳，具（巨）灵劈二华㉑。兹河类神工，天半长虹架。激流驶征帆，一碧银河泻。（荆山河）㉒

白石何齿齿㉓，清泉何沄沄㉔。传闻赤帝子㉕，拔剑劚㉖云根。千载此山坳，万斛流潺湲㉗。（拔剑泉）㉘

桃李乍芊绵㉙，春入苏堤晓。宛彼尔家川㉚，良田可秔稻。何当赋归来，搁笔怀苏老㉛。（尔家川）

言㉜从石佛路，一迳通飞岩。林壑忽幽异，宝像㉝森壮严。阴崖几登顿㉞，逸兴托毫尖㉟。（大士岩）㊱

二洪当四冲㊲，吕梁控门阙㊳。荒城枕悬涛，人犹说彭越㊴。凿险通平流，舟稳蛟龙窟。（吕梁）

春归户部山㊵，雪霁台头寺㊶。款段㊷试良辰，平生壮游地。图成忆辋川㊸，聊以志游戏。（戏马台）

注释

①彭城：今徐州。《元和郡县志》："彭城县，古大彭氏国也。汉为彭城县，属楚国；后汉属彭城国；宋属彭城郡。隋文帝罢郡为县，属徐州。"

②扼塞：要塞，险要。

③太山：泰山。清乾隆《徐州府志》："太山在城南云龙山东，视诸山特大两峰对立，中辟一径为南北孔道。"

④春霭（ǎi）：春天的云气。

⑤翠微：轻淡葱翠的山色。

⑥崔嵬：高耸貌。

⑦烟岚：山间云烟蒸润之气。喷薄：涌出。

⑧望𬭎（hóng）：即望𬭎亭，又名百尺亭。苏轼有《登望𬭎亭》诗。见前。

⑨山人：指隐士张天骥。

⑩空濛：混蒙迷茫之状。

⑪樊将军：汉初将领樊哙。九里山上有樊哙树立汉军大旗的磨旗石遗迹。

⑫龙山：云龙山。

⑬山灵：山神。

⑭员峤：海中仙山名。

⑮石佛寺：即兴化寺，也称大佛寺。清道光《铜山县志》卷七："兴化寺，城南二里云龙山之阳，明洪武三十五年建。寺以古有石琢佛像，俗呼石佛寺，又呼大佛寺。石佛旧只有首，康熙三四年，臬司刘孟倬之父名阙同知州王黾承捐金益以两肱，半身如在云雾中。树松柏以千数，遂为名胜地。翰林院侍读山东李澄中为之碑记。"贺铸《和张谋父游石佛山观魏太武书》诗序："魏太平真君十一年，太武南侵，至瓜步……明年春，旋师渡淮，复留连徐方再旬，始北去。今彭城南五里因山镵佛，高十许丈。"

⑯奎山：位于徐州城东南，山上有塔，明万历三十四年万崇德建，上方题"挺峰迥秀"四字。斗垣：北斗星的星位。奎星：俗称魁星，是中国古代天文学中二十八宿之一。指北斗七星的前四星，合称"魁星"，亦称"斗魁"。故此，诗句称"奎山应斗垣"。

⑰含毫：毛笔含在嘴里以润笔。毫：毛笔。

⑱此句指张良于圯桥遇见黄石公为之桥下拾履并穿上事。（见《史记·留侯世家》）

⑲赤松子：相传为仙人。张良晚年曾言："愿弃人间事，欲从赤松子游耳。"（见《史记·留侯世家》）

⑳指古代神话巨鳌戴山的故事。神话说渤海之东有大壑，为众水所归。中有岱舆、员峤、方壶、瀛蓬莱五山，常随潮波流动。天帝命禺彊用巨鳌十五，"举首而戴之（用头顶住）。迭为三番，六万岁一交焉。五山始峙而不动。"（见《列子·汤问》）

㉑具灵：即巨灵，古代神话中劈开华山的河神。

㉒荆山河：即荆山口河。清同治《徐州府志》："城北二十里，有荆山口河，广数百

㉓齿齿：排列如齿貌。

㉔沄沄：水流浩荡貌。

㉕赤帝子：指汉高祖刘邦。刘邦于大泽中斩蛇，有一老妪哭曰"吾子，白帝子也，化为蛇，当道，今为赤帝子斩之，故哭。"（见《史记·高祖纪》）

㉖劚（zhǔ）：掘取。

㉗潺湲：水流貌。

㉘拔剑泉：据同治《徐州府志》拔剑泉有三处。详见前注释（520页）。

㉙芊绵：草木茂密繁盛。

㉚宛：弯曲。尔家川：即石沟湖，现在的云龙湖所在。苏轼《罢徐州往南京马上走笔寄子由五首》诗："下有尔家川，田畦种秔稌。"

㉛苏老：苏轼。

㉜言：助词，无义。

㉝宝像：指大士像。

㉞登顿：上下，行止。

㉟逸兴：超脱世俗的清闲兴致。豪尖：毛笔头、毛笔；豪通"毫"。

㊱大士岩：道光《铜山县志》："在云龙山阴，清康熙五十七年，知州姜焯创建。因石成大士像，妙极天然。"

㊲二洪：百步洪和吕梁洪。吕梁洪有上、下二洪。四冲：四通八达的交通要道。

㊳门阙：城门楼，城门。

㊴彭越：为汉初将领，从刘邦击败项羽，被封为梁王。据《方舆纪要》：吕梁洪上有二城，一曰云梦，一曰梁王。土人谓云梦为韩信，梁王即彭越。

㊵户部山：原称南山或戏马台。明天启四年户部分司迁移到戏马台，故又称户部山。

㊶霁：雨雪停止，天气转晴。台头寺：一名陀头寺。清同治《徐州府志》："台头寺在戏马台。《太平寰宇记》：宋武帝刘裕北征至彭城，于台上置台头寺。

㊷款段：马行迟缓貌。详见前注释（514页）。

㊸辋川：水名，在今陕西蓝田县南。唐王维晚年在蓝田辋口修筑别墅，其地风奇特，王维常与友人泛舟往来其间，并自图其山水，号辋川图。后辋川图成为退隐别墅的通称。

袁　枚　二首

袁枚（1716—1798），字子才，号简斋，一号存斋，世称随园先生，晚年自号随园老人、仓山叟等。浙江钱塘（今杭州）人。乾隆元年（1736年）举博学鸿词，四年（1739年）进士，选庶吉士。曾官江南、溧水等知县。辞官后侨居江宁（今南京），于小仓山修筑园林，名随园。有《小仓山房集》。

戏马台吊宋武帝①

身披衲袄②博千场，万马登台剑有光③。一逐水仙归大海④，三擒天子出咸阳⑤。白纱帽急金瓯小⑥，野葛灯⑦悬玉烛忙。可惜雄心当暮齿⑧，关中父老易沾裳⑨。

注释

①宋武帝：即刘裕（363—422），南朝宋的建立者。参见前谢灵运诗注释。
②衲袄：经补缀的棉袄。
③此句指刘裕于戏马台饯别孔靖事。见前谢灵运、谢瞻诗注释。
④水仙：指农民起义军领袖孙恩。孙恩曾流亡海岛，组织群众，发动起义，在长江下游沿海一带地区，展开对官府的攻击，最多时参加起义的民众有数十万。晋元兴二年（403）刘裕率军击败卢循，逼其入海南逃。
⑤三擒天子：刘裕先后击败桓楚，灭南燕、后秦三个政权。出咸阳，指刘裕进军咸阳一带，灭掉后秦。
⑥白纱帽：南朝皇帝平时戴高顶白纱帽，此代指宋武帝刘裕。金瓯：比喻疆土之完固。这里用以指国土。《南史·朱异传》："梁武帝欲纳之，未决，尝夙兴至武德阁口，独言：'我国家犹若金瓯，无一伤缺，承平若此，今便受地，讵是事宜？脱至纷纭，悔无所及。'"
⑦野葛灯：《宋史·武帝纪下》："（居室）床头有土鄣，壁上挂葛灯笼、麻绳拂。"
⑧暮齿：晚年。
⑨关中父老：刘裕灭后秦后，未能乘胜前进，回复晋疆域，却率师返回建康。当时"三秦父老，闻裕将还，诣门流涕诉曰：残民不沾王化，于今百年。始睹衣冠，人人相贺。长安十陵，是公家坟墓，咸阳宫殿，是公家室宅，舍此欲何之乎！"（《资治通鉴》卷一一八《晋纪》）

黄　河

崑崙山顶星如火①，飞落青天路莫探。九派浊流横海内②，一条衣带界江南。清虽有日人难待，塞竟无时浪正酣。手拔长篾乘③月去，满堤官柳碧毵毵④。

注释

①崑崙山：《艺文类聚》："崑崙甚高，三千五百余里，日月所相避隐为光明也。"
②九派：九条支流。
③长篾：竹或苇制成的缆绳。
④官柳：公家栽的柳树。毵毵（sānsān），枝叶细长貌。

袁 树 十七首

袁树：生卒年不详，字香亭，号豆村，清钱塘（今杭州）人，居江宁（今南京）。袁枚从弟。乾隆二十八年（1763）进士，官广东肇庆知府。工诗，善山水。有《红豆村人诗稿》。

将赴徐州留别存斋兄

落叶空山客远征，埙篪①吹彻晚秋声。身为游子难言学，诗继才人易得名。白马长歌辞建业②，《大风》高唱入彭城。行车欲发更惆怅，新有离鸾别凤③情。

注释

①埙篪（xūn chí）：埙、篪皆为古代乐器；埙为陶制，篪为竹制。
②建业：今南京。
③离鸾别凤：常比喻夫妻离散。唐李贺《湘妃》诗："离鸾别凤烟梧中，巫云蜀雨遥相通。"此处比喻友人离别之情。

秋日登云龙山四首

几緉①浮生屐，看山不惜登。寻碑扪断壁，问偈访残僧②。庙古青苔厚，亭空白鹤升。时移烟树旧，栏槛碧云凭。

日尽江南界，天高豁远神。人烟浮水腹③，地势让河身。战伐余兵气，山川入隐沦④。苍茫云物影，曾见定三秦⑤。

变化云龙气，嵯峨⑥大佛头。**（云龙寺石佛首大如屋）** 髻形山后拥，衣带掌中流。水落荒原势，沙蟠绝塞秋⑦。沧桑过一瞬，日月冷双眸。

望湖亭⑧子上，望不尽湖光。白日吞三楚⑨，洪涛下吕梁。登临知胜概，指点见沙场。今古名人集，题诗遍可廊。**（可廊在望湖亭山脚下）**

注释

①緉（liǎng）：量词，双。
②偈（jì）："偈陀"的简称，即佛经中的唱颂词。残僧：年老的僧人。
③水腹：水聚集之处。
④隐沦：隐没。
⑤三秦：今陕西省一带。项羽破秦入关，三分关中地区，以秦降将章邯为雍王，咸

阳以西之地；司马欣为塞王，领咸阳以东至黄河之地；董翳为翟王，领上郡之地（陕西北部），合称为三秦。《史记·项羽本纪》："是时，汉还定三秦。"指汉元年八月刘邦自汉中从故道还，击败章邯、司马欣和董翳。

⑥嵯峨（cuóé）：高耸貌。

⑦蟠：遍及、充满。绝塞：极远的边塞地区。

⑧望湖亭：民国《铜山县志》："望湖亭，道光旧志：云龙书院东冈上有旧望湖亭，迤西南有旧可廊小楼。案：亭为清顺治十四年户部分司丁浴初建，有碑。康熙中知州姜焯重修。"

⑨三楚：地名，战国楚地。今从黄淮至湖南一带，有西楚、东楚、南楚之分。又有称江陵为南楚，吴为东楚，彭城为西楚。后用以泛指湘、鄂一带。

喜豫庭甥过访彭城

谢甥高兴拟沧州①，来作彭城访戴游②。意外忽成三日聚，梦中添作十分愁。关心风雨宵连榻，放眼河山晓上楼。梗散萍飘③六年事，烟波中有两沙鸥。

云龙人去草堂空④，选胜登临兴未穷。骑影偶联残雪里，鹤鸣只在乱山中。可怜大地秦兼并，不尽征途西复东。却笑浪游逢胜境，半生踪迹与君同。

注释

①沧州：滨水的地方，古称隐者所居。这里喻隐士。

②访戴游：戴，指戴安道。《世说新语·任诞》："王子猷居山阴，夜大雪，眠觉，开室，命酌酒。四望皎然，因起彷徨，咏左思《招隐诗》。忽忆戴安道，时戴在剡，即便夜乘小舟就之。经宿方至，造门不前而返。人问其故，王曰：'吾本乘兴而行，兴尽而返，何必见戴？'"

③梗散萍飘：断梗、浮萍在水中漂浮。比喻漂泊不定。

④云龙人去：指宋隐士张天骥，于云龙山筑有草堂。

彭城署楼观雨

山摇霹雳走虹霓①，鼓角鏖兵②万马嘶。白雨欲冲河水立，黑云忽压郡楼低。吹来乔木枝全折，卷去残鸦阵不齐。禾黍离离③秋草旱，野田明日看人犁。

注释

①霹雳：强烈的雷电。虹霓：天空的彩虹，这里指闪电的光彩。

②鏖兵：激烈的战争。

③禾黍：泛指黍稷等粮食作物。离离：下垂貌。《诗经·王风·黍离》："彼黍离离，彼稷之苗。"

八月十五日同陈司马①登云龙山饮放鹤亭

中秋同是客他乡，相约登山共泛觞②。晨集便为终日宴，风晴恰送四筵香。藏钩分队排觞政③，抽矢联班入射堂④。拼得更为长夜饮，疏林犹自挂斜阳。

斜阳沉处兴偏浓，直欲相携驾碧空。穿径清霜初欲下，到山明月正当中。座排青嶂周遭幔，杯饮黄河屈曲弓。下界无人知此会，步虚⑤声里落秋风。

管弦吹彻众星斜，望里烟村薄雾遮。远火独明林外寺，天香欲落月中花。生怜身世都如梦，忽触尘缘各望家。试向山灵⑥问今古，鹤飞去后几年华。

注释

①司马：官名，即府同知（知府的佐官）。
②泛觞：饮酒。
③藏钩：古时的一种游戏，分为两组，以较胜负。觞政：宴会中执行酒令。
④抽矢：本句说的是古代一种"投掷竞技"游戏；即在一定距离内，将一定长度的木箭投入广口壶中，以投入多者为优胜。射堂：古时习射的场所。
⑤步虚：步虚词，乐府杂曲歌辞，备言众仙缥缈轻举之美。唐王建诗《赠王处士》："道士写将行气法，家童授与步虚词。"
⑥山灵：山神。

秋日登子房山

霜气变林条，冈峦入秋朗。一径拂荒烟，风落松子响。

燕子楼

暮雨朝云①欲化烟，白杨红粉②尽重泉。一诗能令佳人死③，万劫难消爱水④缘。燕子飘零秋社⑤后，胭脂冷落夕阳天。如何禁地城头月，容得闲愁十二年⑥。（**楼在城西雉堞上。**）

注释

①暮雨朝云：指古代神话传说巫山神女兴云降雨的事。比喻男女的情爱与欢会。故事出自战国·楚·宋玉《高唐赋》：巫山之女去而辞曰："妾在巫山之阳，高丘之阻，旦

为朝云,暮为行雨。朝朝暮暮,阳台之下。"这里喻张愔与关盼盼的情爱。

②白杨红粉:指张愔、关盼盼。白居易《燕子楼三首》:"见说白杨堪作柱,争教红粉不成灰?"重泉:九泉,即死者所归。

③"一诗"指白居易《感故张仆射诸妓》诗。《唐诗纪事》卷七八载:"盼盼得白居易诗,泣曰:'妾非不能死,恐我公有从死之妾,玷清范耳。'乃和白诗。旬日不食而卒。"参见关盼盼《和白公诗》及白居易《燕子楼》、《感故张仆射诸妓》诗。

④爱水:佛教语。指因爱欲而产生的津液、眼泪之类。喻情欲。

⑤秋社:秋季祭祀土地神的日子。

⑥十二年:指张愔死后关盼盼独守空楼十二年(或指十一年)。

彭城即事

马陵山①色古今同,云气萧条霸业空。三月无花惟见蝶,一春少雨只多风。滔滔白浪孤城外,漠漠黄沙夕照中。亚父冢高芒砀冷②,有何成败论英雄。

注释

①马陵山:位于徐州东北,地跨山东江苏。清乾隆帝南下,曾三次登上马陵山。

②亚父冢:即范增墓,在徐州城南。芒砀:芒山与砀山,在今安徽砀山县东南,与河南永城县接界。二山相距八里。当年刘邦送徒骊山途中逃匿,即藏于芒砀山泽岩石之间。

出彭城留别诸同事

似水流光过眼惊,又携襆被①出彭城。三年挟瑟②徒虚寄,一日登车若有情。雁过长空风散影,花飞别馆树无声。重逢难定更何处?回首云龙怅月明。

注释

①襆被(pú bèi):铺盖卷,行李。

②挟瑟:喻为人所使,不被重用。《玉台新咏·古乐府·相逢狭路间》:"大妇织绮罗,中妇织流黄,小妇无所作,挟瑟上高堂。"

再至彭城呈刘太守

一路甘棠①认手栽,云龙遥望意徘徊。长歌别鹤乘风去,破帽骑驴下第来②。迟到应怜家计累,重逢幸及岭梅开。西轩再理南州榻③,樗木④依然愧不才。

注释

①甘棠：木名，有赤、白两种。赤者称杜，白者称棠，白棠即甘棠，也称棠梨。其实甜美可食。《诗经·召南·甘棠》："蔽芾（fèi 费）甘棠，勿剪勿伐，召伯所茇（bá）。"传说周武王时，召伯南巡，曾憩于甘棠树下，后人怀其德，因作《甘棠》诗。后用"甘棠"作为称颂官吏政绩之词。

②破帽骑驴：喻潦倒不遇状态。苏轼《续丽人行》："杜陵饥客眼长寒，蹇驴破帽随金鞍"元李俊民《孟浩然图》诗："却因明主放还山，破帽骑驴骨相寒。"下第：科举时代指殿试或乡试没考中。

③南州榻：东汉陈蕃做豫章太守时，不接待宾客，唯徐稺来访，特设一榻，徐一去就把榻悬挂起来。因徐稺为豫章人，故称"南州榻"。后用为礼遇嘉宾之意。

④樗木：即"臭椿"。比喻无用之材，用于自谦之辞。樗，音 chū。《庄子·逍遥游》："惠子谓庄子曰：'吾有大树，人谓之樗。其大本拥肿而不中绳墨，其小枝卷曲而不中规矩，立之涂，匠者不顾。'"

与藜堂别三年矣，余既秋风失意，藜堂亦礼闱报罢。今再聚彭城，匆匆数日，余又因恩科复理，归棹分袂之际，赋诗四章①

千里离踪怅断蓬，重逢故我两心同。青袍未染三秋露②，丹杏迟开一度风。壮志易偿文战北，空江难挽水朝东。不须苦怨新花样，待得春来各自红。

相逢同说念相闻，话到苍凉酒易醺③。未必文章真误我，若论才命定轮君。离群孤影愁看月，失意浮生只是云。韩孟④他年终角逐，眼前且莫怨离群。

鹿鸣佳宴探花筵⑤，喜有新恩雨露偏。已失前驱甘我后，未知此着竟谁先。鱼经烧尾终归海⑥，鹤养修翎⑦定上天。珍重郎君美年少，早探金海蹑飞仙⑧。

重上云龙看夕晖，旧曾游处未全非。三年星海⑨人初聚，几日琴装客又归。江柳远迎帆影去，山花多逐马蹄飞。他时更有金兰约⑩，小别无须泪湿衣。

注释

①礼闱：指古代进士考试，因其为礼部主办，故称礼闱。报罢：指科举考试落第。恩科：清代于寻常科举外，逢朝廷庆典，特别开科考试，称"恩科"。

②青袍：古代学子所穿之服。亦借指学子。唐许浑《酬殷尧藩》："莫怪青袍选，长安隐旧春。"三秋：即九月。

③醺（xūn）：酒醉。

④韩孟：指唐诗人韩愈、孟郊。韩愈参加四次科举考试才中进士，三次应吏部博学宏词考试皆不中。孟郊 46 岁才中进士。

⑤鹿鸣宴：科举时考试后所举行的宴会。由州县长官宴请考官、学政以及中试诸生，宴时歌《诗经》中《鹿鸣》篇，故称"鹿鸣宴"。探花筵：科举时代称进士及第后的杏

园初宴。

⑥传说鲤鱼跃龙门，跃过龙门之时，天雷击去鱼尾，鱼乃化身成龙，归入大海。

⑦修翎：长的羽毛。

⑧蹑飞仙：追随飞仙。

⑨星海：星之海。喻范围之广。此处指人分散四面八方。

⑩金兰约：情义深厚的约定。《易·系辞上》，"二人同心，其利断金；同心之言，其嗅如兰。"《世说新语·贤媛》"山公与嵇、阮一面，契若金兰。"

泊黄河见月

舟停烟乍暝，云散月初生。轮到中天正，光临大野明。玉绳①牵缆影，银汉②让河声。似有人家在，深林机杵鸣③。

注释

①玉绳：星名，常泛指群星。

②银汉：银河。

③机杵鸣：指织布、舂米的声音。

赠曹二筌（quán）山

几载彭门共驻骖①，床分上下识艰难。山云不动心常静，江水能柔量更宽。事业怜君如拆袜②，风云笑我未弹冠③。他年莫问荣枯意，松菊原期共岁寒。

注释

①驻骖：停住车马，意指停下住宿。骖（cān），古代驾在车前两侧的马，此处泛指马。

②拆袜：指拆袜线，歇后语：袜子上拆下来的线，都是短的，用来讥讽人没有一点长处。这里指无一技之长，无固定职业。

③弹冠：指做官。陆游《忆昔》诗："早知虚起弹冠意，悔不常为秉烛游。"

刘孝廉藜堂读书云山，冬日过访留赠

乱石如羊①细草丛，黄茅冈外径斜通。置身好在诸峰上，（孝廉读书望湖亭，亭在山绝顶。）听语疑来碧落②中。爱客预沽消渴酒，看山不避卷帘风。等闲坐久遗尘思③，未信蓬莱④别有官。

五里经行水竹阴，到来已是入山深。松枝当户云为席，石榻横窗月在琴。城郭烟迷群鸟息，钟鱼⑤声合暮山沉。黄河遥指征帆过，极目风波愁客心。

　　平头奴子劚黄精⑥，野蔌园蔬绝世情。瑶鹤⑦晓传来客信，骊龙⑧夜听读书声。叶飞萧寺⑨天光净，水落洪梁⑩地势平。古得名山即仙佛，妒君踪迹大幽清。

　　珍重仙郎⑪美玉姿，黄金难买少年时。已教胜地能悬榻⑫，更有名流可作师。(时张莘农先生为掌教) 旧雨偶逢神共远，春风欲到梦先知。试看石上坡翁句，早为君题得意诗。("一色杏花红十里，状元归去马如飞。"坡翁《云龙山送友》诗也，石刻尚存。)

注释

　　①乱石如羊：苏轼《登云龙山》诗："醉中走上黄茅冈，满冈乱石如群羊。"
　　②碧落：天上。
　　③等闲：随意。遗尘思：抛弃世俗之念。
　　④蓬莱：传说为仙人所居之山。
　　⑤钟鱼：寺院撞钟之木。因制成鱼形，故称。亦借指钟、钟声。宋黄庭坚《阻风入长芦寺》诗："金碧动汇水，钟鱼到客船。"
　　⑥平头奴子：指不戴冠巾的奴仆。劚（zhú）：砍，掘。黄精：草名，又名黄芝、菟竹，可入药；道家认为黄精能让人轻身延寿。
　　⑦瑶鹤：白鹤。
　　⑧骊龙：黑龙。传说骊龙，颔下有珠。《庄子·列御寇》："河上有家贫恃纬萧而食者，其子没於渊，得千金之珠。其父谓其子曰：'取石来锻之！夫千金之珠，必在九重之渊而骊龙颔下，子能得珠者，必遭其睡也。使骊龙而寤，子尚奚微之有哉！'"
　　⑨萧寺：佛寺。相传梁武帝（萧衍）造寺，令萧子云飞白大书曰萧寺，后因称佛寺为萧寺。
　　⑩洪梁：百步洪、吕梁洪。
　　⑪仙郎：指称俊美的青年男子。
　　⑫悬榻：见前"南州榻"注。

腊月望后①始见雪，寄藜堂孝廉

　　琼英万片舞琼筵②，几日余寒破腊天。飞到忽惊三岛③近，开迟终占百花先。飘来帘角催新句，逗起春声送旧年。遥忆云龙山下路，一枝梅压野桥边。

注释

　　①望后：望日之后。望日指农历每月十五或十六日。
　　②琼英：指雪花。琼筵：美味的盛宴。
　　③三岛：指传说中的 蓬莱、方丈、瀛洲三座海上仙山。泛指仙境。

彭城除夕

侯门久已学吹竽①,此夕翻嫌客馆孤。半夜余寒消蜡烛,一年残局②在江湖。诗篇强作聊终卷,家信中沉阻半途。六处离筵③回首望,还应同口说征夫④。(时寄归家信阻于淮南,而骨肉同气则分散于金陵、维扬、和州、桂林、济阳、符离六处)

注释

①侯门:指显贵人家。吹竽:《韩非子·内储上》:"齐宣王使人吹竽,必三百人。南郭处士请为王吹竽,宣王说之,廪食以数百人。宣王死,湣(mǐn)王立,好一一听之,处士逃。"

②残局:指年底。

③离筵:离散各处的家人之宴。

④征夫:指离家远行的人。

花朝日①同人招宴云龙山放鹤亭饯别,即席分赋

轻寒乍减近花朝,共踏晴云过野桥。出郭始知春意闹,到山不知路行遥。游逢暖日衣初试,坐占高亭酒易消。放鹤泉②枯人已远,令威③何处可相招?

放眼湖田万顷光,新红嫩绿杂天香。鱼鳞瓦屋藏深泽,蚁穴城楼④伏夕阳。如此云山真乐地,却嫌尊俎是离觞⑤。杯盘草草无供顿⑥,也累山僧一日忙。

客里难期岁月闲,登高情易感乡关⑦。地过淮北全成泽,人隔江南喜望山。楚汉战场谁胜败,张苏⑧宦迹孰跻攀?黄茅冈寂悬岩冷,只有孤云日暮还。

一番风信⑨早春前,明日梨花欲化烟。数盏莫教虚此席,再来难定又何年。调高谁和桓伊笛⑩,柱促空伤蜀国弦⑪。拟学昌黎共东野⑫,云龙相逐到天边。

注释

①花朝日:农历二月十五日为花朝日,即花朝节,亦称花朝。

②放鹤泉:即饮鹤泉,在云龙山顶。

③令威:晋陶潜《搜神后记·丁令威》:"丁令威,本辽东人,学道于灵虚山。后化鹤归辽,集城门华表柱。时有少年,举弓欲射之。鹤乃飞,徘徊空中而言曰:'有鸟有鸟丁令威,去家千年今始归。城郭如故人民非,何不学仙冢垒垒。'遂高上冲天。"此处令威指久别之人。

④蚁穴城楼:指城楼建筑之繁杂如同蚁穴。

⑤尊俎:古代盛酒肉的器皿。尊,盛酒器;俎,置肉之几。用为宴席的代称。离觞:离别的酒宴。

⑥供顿：设宴招待。
⑦乡关：故乡。
⑧张苏：指张良和苏轼。
⑨风信：随着季节变化应时吹来的风。
⑩桓伊：字叔夏，小字野王，东晋谯郡（今安徽宿县境内）人。历任淮南太守、豫州刺史等官职。伊善吹笛，时称江左第一。《世说新语·任诞》："王子猷出都，尚在渚下。旧闻桓子野善吹笛，而不相识。遇桓于岸上过，王在船中，客有识之者云：'是桓子野。'王便令人与相闻云：'闻君善吹笛，试为我一奏。'桓时已贵显，素闻王名，即便回下车，踞胡床，为作三调。弄毕，便上车去。客主不交一言。"
⑪柱促：指乐器急速弹奏；柱，琴瑟等乐器上的系弦木。蜀国弦：乐府相和歌辞名，又名《四弦曲》、《蜀国四弦》。
⑫昌黎：韩愈，字退之，自称郡望昌黎，世称韩昌黎。东野：孟郊，字东野。"韩孟诗派"是中唐的一个诗歌创作流派，主张不平则鸣，苦吟以抒愤。

李因培　一首

李因培（1717—1767），字其材，号鹤峰，晋宁（今云南晋宁县）人。乾隆十年（1745）进士，改庶吉士，授编修。历官翰林院侍讲学士，光禄寺卿、刑部侍郎兼顺天府尹、山东及江苏、浙江学政、礼部侍郎、湖北及湖南、福建巡抚。有《李氏诗存》、《滇诗略》等。

招鹤楼

徐州试院有楼曰招鹤，同年司空梦午塘①笔也。题后常致书曰余："屈指列卿代我者非君而谁！颜此相待耳。"戊寅十月余初登是楼而司空已先数月卒。感良友之意，怆然久之，题诗于楼上。

二洪飞雨射林薄②，千山泻翠入官阁③。山人去后遗草亭④，谁与招回华表鹤⑤。玉局仙翁⑥昔作郡，黄楼羽氅夜行乐⑦。风流云散六百年⑧，红粉金樽⑨雨寂寞。来向彭城吊废兴，我辈清狂殊不恶⑩。忆君学士碧山⑪日，摩天金鹍⑫百禽愕。题诗欲掣⑬沧波鲸，立身喜荐秋空鹗⑭。我时盛气未闻道，心轻万事等飞箨⑮。羸角尚为触藩羊⑯，入机全昧雕陵鹊⑰。君胡谙此浮邱⑱经，要致胎禽下寥廓⑲。竭来⑳循泗扬高帆，戏马台边日渐落。携手河梁悲隙驹㉑，倚栏中夜感风铎㉒。楼头腾榜擘窠书㉓，地下难逢大凯酌㉔。北望心知宿草㉕坟，南来人聚莲花幕㉖。祇同孤鹤痛失群，九皋无志羽翰弱㉗。岂识卫国有乘轩㉘，碧天浩浩云漠漠。死生契阔㉙一弹指，对景相思怅前约。为语青田㉚诸旧游，余欲因之解天缚㉛。

注释

①梦午塘：即梦麟，号午塘。有诗，见下。

②二洪：指百步洪、吕梁洪。林薄：交错丛生的草木。

③官阁：官署。

④山人：指宋隐士张天骥。草亭：即放鹤亭。

⑤华表鹤：晋陶潜《搜神后记·丁令威》："丁令威，本辽东人，学道于灵虚山。后化鹤归辽，集城门华表柱。时有少年，举弓欲射之。鹤乃飞，徘徊空中而言曰：'有鸟有鸟丁令威，去家千年今始归。城郭如故人民非，何不学仙冢垒垒。'遂高上冲天。"后以"华表鹤"指久别之人。这里指张天骥所养之鹤。

⑥玉局仙翁：指苏轼。苏轼曾任玉局观提举，后人遂以"玉局"称苏轼。

⑦苏轼《百步洪》诗序："余时以事不得往，夜着羽衣，伫立于黄楼上，相视而笑，以为李太白死，世无此乐三百余年矣！"

⑧指苏轼的事迹已过去六百年。

⑨红粉：指妇女用的胭脂和白粉，此处代指美女。金樽：精美的酒器，代指美酒。

⑩清狂：痴情。不恶：不忌讳。

⑪学士碧山：唐朝四川夔州太守柏贞节，年轻睿智，聪敏好学，多次立下战功，受到皇帝的嘉奖受封，守卫夔州要塞。他关心民众，爱好文学，出书奏章，留传深广。后隐居碧山，人们称谓碧山学士。这里用"学士碧山"称颂梦麟为政有佳绩。

⑫摩天：形容极高。金鸱（zhī）：金翅鸟，指楼阁华丽的飞檐。

⑬掣（chè）：控制，制服。

⑭荐：推举。鹗：即鱼鹰。

⑮箨（tuò）：草木脱落的叶子。

⑯羸：缠绕、困住。《周易·大壮》："羝羊触藩，羸其角。不能退，不能遂。"

⑰入机全昧：意指有了图利的心计就完全糊涂了，不知将带来的危害。雕陵鹊：寓言中的巨鹊。《庄子·山木》："庄周游乎雕陵之樊，睹一异鹊自南方来者，翼广七尺，目大运寸，感周之颡而集于栗林……睹一蝉，方得美荫而忘其身；螳螂执翳而搏之，见得而忘其形；异鹊从而利之，见利而忘其真。"庄子用螳螂异鹊的故事说明见利忘害的必然结果。

⑱浮邱：即浮邱公，传说为黄帝时仙人。

⑲胎禽：鹤的别称；古代相传鹤为胎生，故称。寥廓：空旷深远的天空。

⑳曷来：何来。曷，音hé。

㉑河梁：桥梁。汉李陵《与苏武》诗："携手上河梁，游子暮何之？……行人难久留，各言长相思。"后因以"河梁"借指送别之地。隙驹：喻时间短暂，光阴易逝。《庄子·知北游》："人生天地之间，若白驹之过隙，忽然而已。"白驹：白色骏马，比喻太阳；隙：缝隙。

㉒风铎：悬于檐下的铃，因风而响。多悬于寺庙、塔檐下。

㉓賸：同"剩"，剩下。榜：题写（匾额）。擘窠书：指大字。擘窠，原指篆刻时界线分格，以便字体大小匀整。

㉔大兕觥：兕（sì），兕觥，饮酒器。大兕觥，即用大杯饮酒，纵情豪饮。

㉕宿草：指墓地上隔年的草，用为悼念亡友之辞。借指人已死多时。

㉖莲花幕：幕府，军政大吏的府署。也称莲幕。详见王士禛《彭门怀古八首》"红莲书记"注释。

㉗九皋：深远的水泽淤地。亦称鹤。后用为称颂隐士或贤人。《诗·小雅·鸿雁之什·鹤鸣》："鹤鸣于九皋，声闻于野。鱼潜在渊，或在于渚。"羽翰：翅膀。

㉘卫懿公执政，不思富国强兵之道，整天喜欢养鹤，甚至给鹤封官位，享官禄，专门把大夫乘坐的车子给鹤乘坐。百姓怨声载道。北方狄国借机出兵攻打卫国，卫国士兵不抵抗纷纷逃散，卫懿公被狄兵所杀。

㉙死生契阔：死生离合。《诗经·邶风·击鼓》："死生契阔，与子成说。执子之手，与子偕老。"

㉚青田：地名。今浙江省青田县。相传青田产鹤。唐陆龟蒙《送浙东德师侍御罢府西归》诗："诗怀白阁僧吟苦，俸买青田鹤价偏。"青田县西北四十里有石门洞天，为道教三十六洞天之一，名曰青田大鹤天。

㉛天缚：指世俗的约束。

王　昶（chǎng）　三首

王昶（1724—1806），字德甫，号述庵，一字兰泉，又字琴德，江苏青浦（今属上海市）人。乾隆十九年（1754）进士。历官陕西按察使、江西布政使、刑部侍郎。有《春融堂集》。

微山湖

石梁泻清溜①，急响生寒风。孤舟就前路，云水延空濛②。层阴③淡初日，历历开诸峰。苍翠宛相次④，潇照⑤依晴空。露芜悉葱蒨⑥，石屿⑦森玲珑。村烟杨柳岸，渔唱菰蒲⑧丛。凫鸭晓凌乱，风景安能穷。思偕沿缘者，欸乃移青篷⑨。

凤昔爱具区⑩，云涛信奇诡。单椒⑪秀渔洋，亭亭明镜里。梅籞罨澄潭⑫，禽鱼散幽沚⑬。十载别溪山，清梦满烟水。今来望空冥⑭，青螺⑮纷可喜。生平五湖⑯约，芳景屡延企⑰。矧⑱乃行路余，何由税尘轨⑲。转幸南风迟，扁舟暂徙倚⑳。

注释

①石梁：石桥。溜：迅急下流的水。
②空濛：迷茫貌。
③层阴：指密布的浓云。
④苍翠：绿色的草木。宛：仿佛。相次：相继，连续不断。
⑤潇照：阳光照射的水面。
⑥露芜：带有露水的野草。葱蒨：草木青翠茂盛貌。
⑦石屿：水中积石小岛。
⑧菰蒲：菰和蒲，菰即茭白。
⑨欸乃（ǎinǎi）：象声词。开船的摇橹声。青篷：指船篷。因其用箬叶制成，色青，故称。也借指篷船。元方夔《桐关大石》诗："我来载酒坐其上，扁舟南下编青篷。"
⑩夙昔：往日。具区（ōu）：古泽薮名，即太湖。
⑪单椒：孤立的山峰。《水经注八·济水》："华不注山，单椒秀泽，不连丘陵以自高。"
⑫梅篠（xiǎo）：梅树和细竹。罨（yǎn）：覆盖，掩盖。
⑬幽沚（zhǐ）：幽静的水中小块陆地。
⑭空冥：天空。
⑮青螺：螺的一种，壳形椭圆。喻螺形青山。
⑯五湖：泛指隐遁之所。春秋末越国大夫范蠡，辅佐越王勾践，灭亡吴国，功成身退，化名姓为鸱夷子皮，乘轻舟以隐于五湖。
⑰延企：延颈企踵。即伸长头颈，踮起脚跟；形容仰慕或企望之切。
⑱矧（shěn）：况且。
⑲税尘轨：税，解脱。尘轨，尘世的轨辙，喻人生的经历。这里特指世途。
⑳徙倚：留连徘徊。

过昭阳湖三绝①

长堤老柳作花飞，人在湖船试夹衣。夜雨平添三尺水，钓师正喜鳜鱼肥②。
湖山重叠淡于烟，斜掩篷窗自在眠。风外谁惊清梦断，数声渔唱夕阳天。
蘋丝芦叶绿茸茸③，蟹籪鹅阑几曲通④。未到故乡先一笑，分明清景似吴淞⑤。

注释

①昭阳湖：昭阳湖位于山东省微山县和江苏省沛县交界处，南与微山湖、北与独山湖相通，加上独山湖以北的南阳湖合称"南四湖"，或统称微山湖。
②鳜鱼：唐张志和《渔歌子》词："西塞山前白鹭飞，桃花流水鳜鱼肥。"
③蘋丝：水草名。蘋（pín），同"蘋"。绿茸茸：青绿而稠密的样子。
④蟹籪（duàn）：捕鱼蟹工具，用竹枝或芦秆编成栅栏，置于河流中，拦挡鱼蟹等，

以便捕捉。阑：围栏。曲：指交错的港汊。

⑤吴淞：上海吴淞口。为作者的家乡。

至徐州寓馆与叔华夜话

再藉皇华使①，重申剪烛情②。论年具老大，话旧倍凄清。夏近河流壮，风高雨势横。凌晨还唤渡，浩荡赋长征。

注释

①皇华使：指皇帝的使臣。《诗·小雅·鹿鸣之什·皇皇者华》，毛诗《序》："皇皇者华，君遣使臣也。"

②剪烛情：促膝夜谈之情。剪烛，剪去烬余的烛芯。古代晚上是用烛灯来照明，时间久了，露出的烛芯就会变长，影响烛光的亮度，故需要剪掉多余的烛芯来维持烛光的明亮。李商隐《夜雨寄北》诗："何当共剪西窗烛，却话巴山夜雨时。"

任　增　二首

任增：生卒年不详，字损之，安徽萧县人。乾隆十五年（1750）举人，甲戌（1754）进士。历任直隶南枣强、宛平及山东禹城惠民县知县。有《寓圃诗草》。

彭城乐

彭城乐，土广人稀易耕作。旱不桔槔①雨自涸，春风播种随土著，丰凶倚天为生活。日至有秋庤钱镈②，惰农犹倩人刈获③。登场入庾满囊橐④，击壤⑤鼓腹酒频酌，不过屠门皆大嚼⑥。饱时忘尽饥时恶，反笑勤俭空寂寞，人生无如彭城乐。

注释

①桔槔（jiégāo）：井上汲水的工具。

②日至：夏至。庤（zhì）：储藏。钱镈：农具。

③倩人：请人替自己做事。刈（yì）获：收割庄稼。

④庾（yǔ）：粮仓。囊橐（nángtuó）：装粮食的口袋。

⑤击壤：相传帝尧之世，天下太平，百姓无事，有老人击壤而歌曰："日出而作，日入而息，凿井而饮，耕田而食，帝力于我何有哉？"

⑥屠门大嚼：屠门，肉店。屠门大嚼比喻羡慕而不能得到，只好想象已得到的情景聊以自慰。桓谭《新论》："人闻长安乐，出门而西笑；人知肉味美，即对屠门而嚼。"曹植《与吴季重书》："过屠门而大嚼，虽不得肉，贵且快意。"这里反"屠门大嚼"意，

指丰收之年纵情吃喝。

彭城怨

彭城怨，飞雁嗷嗷泽中见。家无担石囷鹿空①，身无襦袴②遍郡县。朔风凛冽生寒颤，树皮草根并作馔③。货尽田宅暂欢忭④，卖妻鬻子犹书券⑤。妻子牵衣难别离，反掩愁泪效缱绻⑥。十室九空苦天变，始恨丰年粟米贱，人生无如彭城怨。

注释

①担石：一担的粮食，比喻微少。囷（qūn）鹿：粮仓。
②襦袴（rǔkù）：衣服。襦，短衣；袴，无裆的套裤。
③馔：食物。
④货尽：卖光。欢忭（biàn）：喜悦。
⑤鬻（yù）：卖。书券：签订契约。
⑥缱绻（qiǎnquǎn）：情意缠绵，难舍难分。

蒋士铨 二首

蒋士铨（1725—1785），字心余、清容、苕生，号藏园。江西铅山人。乾隆二十二年（1757）进士，改庶吉士，授编修。后主讲绍兴蕺山书院。有《忠雅堂全集》。

徐州道中

眢井何知绖经茅①，下为营窟②上为巢。乘桴③偶借杯行水，安土依然芥处坳④。待与河鱼求麦麹，徒将薮泽任舟鲛⑤。难行贾让移民策⑥，谁肯千金市一匏⑦。

注释

①眢（yuān）井：枯井，废井。绖（dié）：古代服丧期间结在头上或腰间的麻布带子；绖茅，指以茅草作为服丧的标志。此句意思为枯井死亡，怎么能知道茅草是丧服的标志呢。《文心雕龙·谐隐》："昔还社求拯于楚师，喻眢井而称麦麹。"《左传宣公十二年》："叔展曰：'有麦麹乎？'曰：'无'。'有山鞠穷乎？'曰：'无'。'河鱼腹疾奈何？'曰：'目于眢井而拯之。''若为茅绖，哭井则已。'明日萧溃，申叔视其井，则茅绖存焉，号而出之。"麦麹：麦做的酒母。
②营窟：指动物居住的洞穴。
③桴（fú）：用竹木编成的小筏子。
④芥处坳：《庄子·逍遥游》："覆杯水于坳堂之上，则芥为之舟。"芥，芥子，剖芥

子以为舟,形容极小。坳（āo）：坳堂,房屋的低洼处。

⑤薮泽：水浅草茂的泽地。舟鲛：古代掌管薮泽的官。《左传昭二十年》："泽之萑蒲,舟鲛守之。"

⑥贾让：汉哀帝时人,为待诏。当时河从魏郡以东多决溃,贾让上奏书,提出治河三策,其上策为放河使入北海,迁移冀州遭水冲之民。

⑦匏（páo）：匏瓜,一种葫芦。常用来比喻不被重用的人或物。

虞美人

霸秦彭城事已违①,美人魂魄是耶非②。不知颜色因谁好,更有闲情试舞衣。
四面歌声泣溃围,江东回首未能归。何人慷慨从君死,未许闲花③貌楚妃。

注释

①违：指过去很久。
②是耶非：是耶非耶!
③闲花：野花。

张符升 三首

张符升（1725-1786）,字子吉,号苏门。萧县（今属安徽省）人。历官汶上主簿、泉河通判,调商虞通判,迁下北河同知,署卫辉府事,迁柳州知府。善书画,著有《苏门山人诗钞》。

寄绥舆从父 （四首其一）

彭门多乱山,委宛绥舆里①。竹树覆柴门,结屋山之趾②。供养足云烟,啸傲杂书史。汲泉深涧中,撷③蔬荒畦里。邻里相扶将④,醉饱歌燕喜⑤。居然虞夏民⑥,岂曰轻禄仕⑦。

注释

①委宛：曲折宛转。绥舆里：地名。《宋书·武帝纪》："高祖武皇帝……彭城县绥舆里人。"《太平寰宇记》："绥舆山在（萧）县东南三十五里,宋高祖绥里人,盖因山为里名也。"清同治《徐州府志》："宋氏帝族居绥舆里,今萧县绥舆山即其地。"
②山之趾：山脚。
③撷（xié）：采摘。

④扶将：扶持，帮助。
⑤燕喜：宴饮喜悦。
⑥虞夏民：上古之人。意指生活闲适、无忧无虑。虞，古代部落名，此指有虞氏之世；夏，夏代。
⑦禄仕：食俸禄居官位。

拟宋公九日戏马台饮饯诗得工字①

圣德涵八极②，斗杓③垂丰功。有客膏④我车，驾言⑤返江东。留此敞高宴，孤台凌天风。百僚醉茱萸⑥，钟鼓音逄逄⑦。披襟在霄汉⑧，俯见楚王宫。河山壮以阔，大野⑨青濛濛。猛士如龙虎⑩，心膂⑪罗群雄。微躬⑫陪良会，声诗讵⑬能工。谁为抒丽藻⑭，委婉宣神衷⑮。南山多磬石⑯，刻画加磨砻⑰。以此答深眷，万古无终穷。

注释

①宋公：宋武帝刘裕。见前谢灵运《九日从宋公戏马台集送孔令》诗注释。
②八极：八方极远之地。
③斗杓：即北斗杓。杓即柄。北斗七星，四星像斗，三星像杓。斗杓常用来比喻德高望重的引导者。
④膏（gào）：上油使滑润。
⑤驾言：出游，出行。《诗·邶风·泉水》："驾言出游，以写我忧。"
⑥茱萸：此指用茱萸制作的酒。
⑦逄逄（páng páng）：象声词。鼓声。
⑧霄汉：天空。此处指极高处。
⑨大野：广大的原野。
⑩苏轼《九日黄楼作》："诗人猛士杂龙虎。（自注：坐客三多知名之士十余）楚舞吴歌乱鹅鸭。"（参见该诗）
⑪心膂：心与脊骨。喻指重要的部门或职任。
⑫微躬：谦词。卑贱的身子。宋郭祥正《金山行》："百年形影浪自苦，便欲此地安微躬。"
⑬声诗：乐歌。《礼记·乐记》："乐师辨乎声诗，故北面而弦。"讵（jù）：岂，怎。
⑭丽藻：指华丽的诗文。
⑮神衷：神明的内心。这里用以称颂帝王的意旨。
⑯南山：指戏马台，因在城南，故称。磬石：可制作磬的石头。《尚书·禹贡》："泗滨浮磬。"
⑰磨砻（mó lóng）：磨治。

放鹤亭绝句三首

九皋仙羽本幽禽①,来往云霞深复深。自向山家耽②饮啄,随人题咏到如今。
闻说山人此结庐③,林亭依旧淡烟铺。千秋自重髯公④友,高躅⑤何关鹤有无。
邀他太守⑥看飞翔,酒费钱沽鹤费粮。争似迩来山叟乐,闲亭独卧放牛羊。

注释

①九皋:深远的水泽淤地。《小雅·鹤鸣》:"鹤鸣于九皋,声闻于野。"仙羽:指鹤。幽禽:安闲沉静之鸟,鸣声幽雅的鸟。

②耽(dān):停留。

③山人:指宋隐士张天骥。结庐:构筑房子。

④髯公:须多或须长的人。此指苏轼。清·魏学洢《核舟记》:"船头坐三人,中峨冠而多髯者为东坡。"

⑤高躅:高尚的行迹,这里含归隐之意。

⑥太守:即郡守,为一郡最高行政长官。这里指苏轼。

赵　翼　二首

赵翼(1727—1814),字云松,一字耘松,号瓯北。阳湖(今江苏常州)人。乾隆二十六年(1761)进士,授翰林院编修。历官镇安府知府、贵西兵备道。后辞官主讲安定书院。有《二十二史札记》、《陔余丛考》、《瓯北诗钞》、《瓯北诗话》等。

张子房祠①

早师黄石公②,晚从赤松子③,斯人莫可见首尾。当其狙击博浪椎④,篝火狐鸣⑤尚未起。猝发固见节侠才,轻举犹少深沉理。胡为后此变化神,蝉脱鸿冥益奇诡。得非圯桥进履时,书外别有密传旨。不为世用乃用世,岂但全身菹醢⑥里。捐百镒金一撮土,弃万户侯一敝屣⑦。韩彭⑧戮后吾无猜,此特余智出囊底。君看佐汉灭楚秦,借他人力雪己耻。一报韩国亡,一报韩王死⑨。刘季⑩英雄人,亦且为所使。何况四皓⑪虽神仙,君直股掌玩之耳。我来祠下钦遗风,偻指⑫人才罕其比。望古不见空踌躇⑬,高云在空月在水。

注释

①张子房祠:在徐州城东北子房山上。又称留侯庙、留侯庙。"宣德初平江伯陈瑄因旱祷雨有应,建祠祀焉。景泰七年,知州宋诚徙山左新之。"(见万历《徐州志卷四》)

②黄石公：秦时隐士。张良于下邳圯上遇见老人，授《太公兵法》。

③赤松子：相传为仙人。张良晚年，曰："愿弃人间事，欲从赤松子游耳。"（《史记·留侯世家》）

④张良图谋恢复韩国，以重金求客刺秦王，得力士，为铁椎重百二十斤，于博浪沙（今河南原阳县）狙击秦始皇。

⑤篝火狐鸣：《史记·陈涉世家》："又间令吴广之次所旁丛祠中，夜篝火，狐鸣呼曰'大楚兴，陈胜王。'卒皆夜惊恐。"

⑥菹醢（zūhǎi）：古代把人剁成肉酱的酷刑。用以泛指处死。

⑦刘邦封功臣，让张良自己择取齐地三万户为封邑，张良却辞让曰："臣愿封留足矣，不敢当三万户。"（见《史记·留侯世家》）敝屣：破旧的鞋。比喻没有价值的东西。

⑧韩彭：即韩信、彭越，为刘邦的功臣，刘邦得天下后皆被杀害。

⑨韩王：名成，韩国王室，秦末被拥立为王。项羽后封韩王成为韩王，都阳翟（今河南禹县）。项羽因为韩王无大功，而张良又为刘邦谋臣，便杀了韩王成。《史记·项羽本纪》："韩王成无功，项王不使之国，与俱至彭城，废以为侯，已又杀之。"

⑩刘季：刘邦，字季。

⑪四皓：即商山四皓东园公唐秉、甪（lù）里先生周术、绮里季吴实和夏黄公崔广。刘邦晚年欲废太子刘盈，立戚夫人子赵王如意。大臣多不同意，吕后恐，张良为之谋划，请来商山四皓进宫劝阻刘邦。（见《史记·留侯世家》）

⑫偻指（lǚzhǐ）：屈指而数。

⑬踌躇（chóu chú）：犹豫不决，走来走去。

微山湖堤晚步

野色青于染，春流①滑似膏。风鏖千树亚②，浪卷半湖高。落日明鸦背，平莎没豕豪③。翻因触乡思，仿佛我东皋④。

注释

①春流：春天的水流。

②风鏖（áo）：风猛烈。亚：低垂。

③平莎（suō）：平原上的莎草。豕豪：泛指猪。

④东皋：泛指田野或高地。陶渊明《归去来辞》："登东皋以舒啸，临清流而赋诗。"

梦 麟 一首

梦麟（1728—1758），西鲁特氏，字文子，号午塘，蒙古正白旗人。乾隆十年

(1745）进士，改庶吉士，授检讨。历官侍讲学士、祭酒、提督河南学政、内阁学士、户部侍郎、江南乡试考官、提督江苏学政、授工部侍郎，兵部兼镶白旗蒙古副都统。曾主持治河事务，负责勘治徐州荆山桥河等工程。

河决行

> 癸酉（1753）秋九月，河决①铜山东小店汛。麟时司试江南过兹壤，情态目击，作是诗以纪。

呜呼咄咄鼓咙胡②，黄河之水点点无。呜呼黄河万里之水曷③得点点无，巨防溜决南东沮④。乃使故道郁塞泥沙淤，宿灵虹泗⑤奔涛趋。小店东来不一里，河身坐见驰骊驹⑥。骊驹驰过河，河中飞黄埃。皇帝陛下痛触徐方灾，前遣大司寇⑦，旋遣大司马⑧，赐之驿骑⑨勿许休息连宵来。属以十从事⑩，迅捷如风雷。传闻宫中昏旦馨擘画⑪，令百卿士各以所见陈瑶阶⑫。

天关九重⑬高高等万里，天心乃与茆檐蔀屋相周回⑭。徐州水冲突⑮，物料无所求。皇帝命河东协济⑯毋逗遛，河东大吏各各率属趋行輈⑰，知我陛下日抱苍生忧。道逢老翁哭山径，携妻抱子含悲哽。老翁老翁尔不见庙堂吁咈宸衷劳⑱，九年之尧无此圣⑲，呜呼！九年之尧无此圣！汝曹⑳何患无性命。老翁罢哭涕在颐㉑，插翎数骑㉒东南驰。

注释

①河决：乾隆十八年（1753），河决铜山张家路，直趋灵璧、睢宁等地，入洪泽湖，夺淮而下。因河工弊端丛生，处死同知、守备各一员，河督高斌等陪斩。

②咄咄：表示吃惊。鼓咙胡：惊叹、惊叫；咙胡，喉咙。《后汉书·五行志一》："桓帝之初，天下童谣曰：'吏买马，君具车，请为诸君鼓咙胡。'"曹寅《题马湘兰画兰长卷》诗之二："咙胡鼓出渭城声，耳畔铿然金磬冷。"

③曷：怎么，为什么。

④巨防：大堤。溜：江河迅速的水流。沮（jǔ）：毁坏。

⑤宿灵虹泗：宿县、灵璧、虹泗（今泗县），皆地名，今属安徽省。《皇朝经世文编》卷九十九："倘桃伏大汛，急而走，茅城铺百余丈之口，夺河而南，则宿灵虹泗，必为水国。"

⑥骊驹：纯黑色的马。亦泛指马。

⑦大司寇：官名。刑部尚书的别称，掌管刑狱等事。

⑧大司马：官名。兵部尚书的别称。掌管军政事务。

⑨驿骑：指古代驿站专用的马。

⑩属（zhǔ）：随从。从事：官名。属于高官的属僚。

⑪擘擘画：尽全力进行谋划。

⑫百卿士：全部官员；卿士，泛指官吏。瑶阶：玉砌的台阶，也用为对石阶的美称。此处指皇宫的宫殿。

⑬天关：天门。九重：指天极高处；传说天有九层。

⑭天心：上天的心意。茆，同"茅"。蔀屋：指草席盖顶贫家居住的幽暗简陋小屋。

⑮冲突：指大水冲开堤岸，造成灾害。

⑯协济：协力救济，援助。

⑰大吏：高级官员。率属：率领部属。辀（zhōu）：车辕，此处泛指车。

⑱庙堂：指朝廷。吁咈（yùfú）：谓君臣和洽。黄宗羲《子刘子行状》上："得一陈子壮之忠，而又以过戆坐辜，使朝宁无吁咈之风。"宸：指帝王所居，引申为王位、帝王。衷劳：全心全意为之操劳。

⑲九年之尧：指尧当政时遭遇九年之久的洪水。《汉书·食货志》载："尧、禹有九年之水，汤有七年之旱。"汉晁错《论贵粟疏》："尧禹有九年之水，汤有七年之旱，而国无捐瘠者，以畜积多而备先具也。"

⑳汝曹：你们。

㉑颐：面颊。

㉒插翎数骑：泛指骑马的官员。插翎：插戴花翎。翎，鸟羽。清代用孔雀、鹭鸶的羽毛，染成不同颜色，作为冠饰，称作翎子或花翎，用以区别官员的品级。

姚　鼐　一首

姚鼐（1731—1815），字姬传，一字梦谷，室名惜抱轩，世称惜抱先生、姚惜抱，安徽桐城人。乾隆二十八年（1763）进士，授庶吉士。历官礼部主事、山东、湖南乡试副考官、会试同考官和刑部广东司郎中、四库全书纂修官等。后辞官归里，致力教育，先后主讲于扬州梅花、安庆敬敷书院、歙县紫阳书院、南京钟山书院，长达四十年。有《惜抱轩全集》。

徐　州

霁雪城头戏马场①，凭城三面瞰苍凉。河流划地分中夏②，云气随风出大荒③。竟入山林惟孔令④，远求风雅独元王⑤。间关⑥此日方为客，残照天涯数雁行。

注释

①霁雪：雪止放晴。戏马场：即戏马台。

②中夏：中国。郦道元《水经注·泗水》："法流中夏，自法显始也。"

③大荒：空旷荒野之地。
④孔令：即孔靖，字季恭。见谢灵运《九日从宋公戏马台集送孔令诗》注释。
⑤元王：大王。指过去的帝王、诸侯及杰出人物。苏轼《告文宣王祝文》："嗟嗟元王，以道而鸣。"刘邦之弟刘交被封为楚元王。刘交好读书，多才艺。少时尝曾与鲁人穆生、白生、申公一起受《诗》于孙卿门人浮丘伯。刘交至楚，以穆生、白生、申公为中大夫。刘交好《诗》，诸子皆读《诗》，曾为《诗经》作传，称为《元王诗》。后来此书亡佚。
⑥间关：指旅途的艰辛。

翁方纲　二首

翁方纲（1733—1818），字正三，一字忠叙，号覃溪，晚号苏斋。直隶大兴（今属北京）人，乾隆十七年（1752）进士，授编修。曾主持江西、湖北、江南、顺天乡试，督广东、江西、山东学政。历官内阁学士、左鸿胪寺卿。清廷开设四库全书馆，被任命为《四库全书》纂修官，并担任编修。精通金石、谱录、书画、词章之学。有《复初斋诗文集》等。

云龙山登放鹤亭四首

初见吴山碧①，褰裳即翠微②。共因旌节驻③，不碍岫云④飞。楼已移招鹤（旧有招鹤楼），亭乃号试衣⑤。晚来高顶坐，众巘⑥一晴晖。

客路⑦旬经雨，林峦翠倚空。不知秋暑气，直与岱淮⑧通。旧梦千涡沫，思寻百步洪。大河西落日，穿漏一山红。

山人种秫去⑨，玉局有遗文⑩。何处伫丹顶⑪，诸天⑫空白云。樱桃风已过，泗石磬犹闻⑬。半夜前峰响，摩霄⑭谁与群。

为访苏颜字⑮，还升礼乐堂（云龙书院）。崖偏添客馆，石又醉茅冈⑯。云月流车骑，钟鱼⑰堕渺茫。明晨踏堤去，回首雾苍苍。

注释

①吴山：泛指江南之山。此指云龙山如江南的山峦一样翠绿。
②褰裳：撩起下裳。即：至，到达。翠微：指青翠的山峦。
③旌节驻：指使者持节（凭信）而中途暂住，即因公务而中途暂住。
④岫云：山峦间的云。
⑤试衣：试衣亭在云龙山上大士岩前，根据苏轼的《送蜀人张师厚赴殿试》一诗所建。诗为："云龙山下试春衣，放鹤亭前送落晖。一色杏花三十里，新郎君去马如飞。"

⑥墉（yōng）：古同"墉"，城墙。
⑦客路：指旅途。
⑧岱淮：岱，泰山；淮，淮河。岱淮，指徐州及周围地区，即淮河以北泰山以南东海以西的广大地区。《尚书·禹贡》："海岱及淮惟徐州。"
⑨山人：指隐士张天骥。秫：高粱。
⑩玉局：指苏轼。苏轼曾任玉局观提举。苏轼诗《过云龙山人张天骥》："从君学种秫，斗酒时相劳。"
⑪丹顶：指鹤。
⑫诸天：佛教语。本义指神界的众神位。这里泛指天空。
⑬泗石：泗水的石头。《尚书·禹贡》："泗滨浮磬。"泗水的石头可以制作磬。
⑭摩霄：冲天，接近云天。
⑮苏颜字：指苏轼的匾额题字。
⑯苏轼《登云龙山》诗："醉中走上黄茆冈，满冈乱石如群羊。冈头醉倒石作床，仰看白云天茫茫。"
⑰钟鱼：寺院撞钟之木，因制成鱼形，故称。亦借指钟、钟声。宋黄庭坚《阻风入长芦寺》诗："金碧动江水，钟鱼到客船。"

黄 楼

水落徐关外，云横汴泗①长。去元丰戊午②，阅七百重阳③。似旧飞霜白，增新垩壁黄④。峨嵋老仙伯⑤，万古气堂堂⑥。

注释

①汴泗：汴、泗都是古水名，在徐州城东汇合后流入淮河。
②元丰戊午：指宋元丰戊午年（1078年），黄楼落成。
③七百重阳：从元丰戊午到作者年代过去七百重阳节。
④垩壁黄：即用黄泥涂壁。苏辙《黄楼赋叙》："于是即城之东门为大楼焉，垩以黄土，曰'土实胜水。'"
⑤老仙伯：指苏轼。苏轼为峨眉人。
⑥气堂堂：有气魄，气魄大。

陆 建 六首

陆建（1737—1772），字湄君，袁枚之甥。年十七补博士弟子，后随岳父张古香官宿州记室。好吟诗。有《湄君诗集》。

寄赠红豆村人,时在徐州

一山青界两城①中,匝岁②驰书十几通。月照郭门闻鲁柝③,秋深官渡落吴枫。寻来胜景思同赏,占有诗才各自雄。早理行装待归骑,联吟风雪到江东。

注释

①两城:指徐州和宿州。
②匝岁:满一年。
③郭门:外城门。鲁柝:鲁地夜巡打更的梆子声。柝(tuò):梆子。闻鲁柝,表示两地距离近。鲁,本指山东,徐州紧邻山东,故被称鲁。唐高宗李治《大唐纪功颂碑》:"羽书狎至,驲遽交驰,夕照赵烽,晨惊鲁柝。"

再寄徐州

两郡①连疆各挂鞍,遥知长铗不须弹②。雁横楚塞惊秋暮,城近黄河觉早寒。歧路有缘重合辙,驿路无几好传餐。还当亲访芙蓉幕③,同上云龙放鹤看。

注释

①两郡:指徐州和凤阳。清代宿州属凤阳府。
②长铗:《战国策·齐策四》:孟尝君食客冯谖,弹铗而歌曰:"长铗归来乎!食无鱼。"
③芙蓉幕:在朝或地方长官的幕府。同"莲幕",详见王士禛《彭门怀古八首》"红莲书记"注释。唐赵嘏《十无诗寄桂府杨中丞》:"一从开署芙蓉幕,曾向风前记得无?"

彭城郡斋同香亭①作

登楼凭吊楚军歌,郡后青山隔岸多。春雨彤阶新驻辇②(今春天子南巡驻跸于此。),秋风竹槿③正防河。参军蛮语投东冈④,太守雄才说老坡⑤。喜得怀人兼访胜,来游只趁一骑骡。

注释

①郡斋:郡守起居之处。香亭:即袁树,号香亭。见前注释。
②彤阶:指宫廷中的台阶。驻辇:谓帝王出行,途中停车。

③竹楗：堵塞河堤决口所用的竹木等。

④参军：官名。为地方低级官员。蛮语：南方少数民族的言语。《世说新语·排调》："郝隆为桓公南蛮参军，三月三日会，作诗。不能者，罚酒三升。隆初以不能受罚，既饮，揽笔便作一句云：'娵隅跃清池。'桓问：'娵隅是何物？'答曰：'蛮名鱼为娵隅。'桓公曰：'作诗何以作蛮语？'隆曰：'千里投公，始得蛮府参军，那得不作蛮语也？'"东冈：向阳的山冈。

⑤老坡：指苏轼。

彭城怀古

富贵归来有锦袍①，旌旗一阵卷风涛。强梁天道残秦将②，嫚骂吾偏薄汉高。山草绿沉金锁甲③，阵云寒压玉环刀④。入关不恋阿房土，毕竟重瞳是楚豪⑤。

注释

①项羽攻克咸阳后，心怀思欲东归，曰"富贵不归故乡，如衣绣夜行，谁知之者！"

②强梁：强横凶暴。项羽恐秦降军作乱，"于是楚军夜击坑秦卒二十余万人新安城南。"（见《史记·项羽本纪》）

③金锁甲：以金线连缀甲片而成的精细锁子甲。

④玉环刀：古代名刀。《南史·刘怀慰传》："上谓怀慰曰……又手敕曰：'有文事必有武备，今赐卿玉环刀一口。'"

⑤重瞳：双眸子，指项羽，传说项羽为双眸子。楚豪：楚国的杰出人物。

再访红豆村人于彭城郡斋

相思重束剑装轻，梦里萧萧听马鸣。秋雨红尘三两驿，楚山黄叶一孤城。霜寒旧馆花容淡，浪涌雄楼雁阵惊。漠漠睢阳①烟水渡，玉鞭②堪释别离情。

十上书来剩敝裘，韦郎③无计劝东游。何妨小住留今夕，不信相逢在此州。灯影红分双榻梦，菊花香晕一帘秋。襕衫④最怕青春老，同到邳山⑤散暮愁。

脱却⑥春风系臂纱，还他白璧本无瑕。漫过洛浦怜投枕⑦，不是天台⑧懒看花。小令⑨风流抛粉扇，商人清怨付琵琶⑩。他时见说云英嫁⑪，便到成名也自嗟。

回首江南是故乡，彭门景物更苍凉。美人⑫歌罢空黄土，古帝祠荒又夕阳。月旦⑬自期新作达，风流真见古遗狂。小园忆得琴书乐，切订春帆下建康⑭。

注释

①睢阳：睢水之阳。睢水，亦作濉水，《史记·项羽本纪》："汉卒皆南走山，楚又追

击至灵璧东睢水上。汉军却,为楚所挤,多杀,汉卒十余万人皆入睢水,睢水为之不流,围汉王三匝。"

②玉鞭:玉饰的马鞭。

③韦郎:指韦皋。韦皋少时游江夏,馆姜氏,与侍婢玉箫有情,韦归,一别七年,玉箫遂绝食死。后再世,为韦侍妾。

④襴(lán)衫:古代士人之服。用白细布制作,圆领大袖,下施横襴为裳,故称。其制始于北周,世沿袭,明清时为秀才举人公服。

⑤邳山:原名峄阳山、葛峄山,跨邳、睢两县,为"古邳八景"之一。

⑥脱却:脱掉。

⑦漫过:随意行走。洛浦:洛水之滨。此句指曹植撰写《洛神赋》的故事。《昭明文选》李善注记曰:"魏东阿王,汉末求甄逸女,既不遂。太祖回,与五官中郎将。植殊不平,昼思夜想,废寝与食。黄初中入朝,帝示植甄后玉镂金带枕,植见之,不觉泣。时已为郭后谗死。帝意亦寻悟,因令太子留宴饮,仍以枕赉植。植还,度轘辕,少许时,将息洛水上,思甄后,忽见女来,自云:'我本托心君王,其心不遂。此枕是我在家时从嫁前与五官中郎将,今与君王。遂用荐枕席,懽情交集,岂常辞能具。为郭后以糠塞口,今被发,羞将此形貌重睹君王尔。'言讫,遂不复见所在。遣人献珠於王,王答以玉佩,悲喜不能自胜。遂作《感甄赋》。后明帝见之,改为《洛神赋》。"

⑧天台:天台山。李白《梦游天姥吟留别》:"天台四万八千丈,对此欲倒东南倾。"

⑨小令:为歌舞妓。晏几道词《鹧鸪天》:"小令尊前见玉箫。银灯一曲太妖娆。歌中醉倒谁能恨,唱罢归来酒未消。春悄悄,夜迢迢。碧云天共楚宫遥。梦魂惯得无拘检,又踏杨花过谢桥。"

⑩此句指白居易《琵琶行》叙述被遗弃的商人妇以琵琶倾诉自己的悲惨遭遇。

⑪云英:妓女。唐罗隐《嘲钟陵妓云英》诗:"钟陵醉别十余春,重见云英掌上身;我未成名君未嫁,可能俱是不如人。"

⑫美人:指项羽美人虞姬。

⑬月旦:指旧历每月初一。

⑭建康:今南京。

登云龙山

试衣①蹑过石亭西,历落人寰指马蹄②。白鹤不归山馆闭,黄河东抱郡楼低。藤萝似带因风解,铃磬无声让鸟啼。他日宣房还驻跸③,松云深处筑铜鞮④。

注释

①试衣:即试衣亭,在云龙山上大士岩前。

②历落:疏落,参差不齐。人寰:人间。

③宣房：元封二年（前109年），使汲仁郭昌发卒数万人，塞瓠子决河。武帝亲临决河，令群臣将军以下，皆负薪填决河，作《瓠子歌》。功成，于上筑宫，名宣房宫。亦作宣防。驻跸：帝王出行，中途暂住。

④铜鞮：指宫殿。《左传》成九年，晋人执郑伯于铜鞮。襄三十一年，"铜鞮之宫数里。"

陈培脉　一首

陈培脉：生卒年不详。号树滋，长州（今江苏苏州）人。与沈德潜合编《唐诗别裁》等书。

徐州怀古

纷纷楚汉当年事，凭吊西风向战场。隆准①至今尊帝号，重瞳终古怨天亡②。吕梁涛落蛟龙走，芒砀③云深虎豹藏。王气彭门消洩尽，孤城一望水茫茫。

注释

①隆准：隆准：高鼻，指刘邦。《史记·高祖本纪》："高祖为人，隆准而龙颜。"

②重瞳：双眸子，指项羽，传说项羽为双眸子。天亡：《史记·项羽本纪》：项王曰："然今卒困于此，此天之亡我，非战之罪也。"

③芒砀：芒山与砀山，在今安徽砀山县东南，与河南永城县接界。二山相距八里。当年刘邦送徒骊山途中逃匿，即藏于芒砀山泽岩石之间。

汪光祥　一首

汪光祥：生平不详。

亚父墓①

玉斗复何惜②，君王③好自为。重瞳不可辅，奇计④又安施。孤愤忘躯命，忠魂俨在兹。千秋瞻古墓，涕洒范公碑。

注释

①亚父：范增。范增墓，在徐州城南，俗称土山。

②玉斗：刘邦去鸿门见项羽，范增劝项羽趁机于宴席上杀掉刘邦，项羽未从。刘邦

离开宴席借机逃脱,留下张良献给项羽白璧一双,范增玉斗一双;范增接下玉斗,置之地上,拔剑撞而破之,曰:"竖子不足与谋!夺项王天下者,必沛公也,吾属今为之虏矣!"范增几次劝刘邦乘机杀掉刘邦,皆未从。后刘邦用陈平反间计,挑拨项羽与范增的关系。范增受项羽怀疑,不被重用,遂东归,未至彭城,途中发病而死。

③君王:指项羽。《史记·项羽本纪》:"范增起,出召项庄,谓曰:'君王为人不忍,若入前为寿,寿毕,请以剑舞,因击沛公于坐,杀之。不者,若属皆且为所虏。'""项王乃疑范增与汉有私,稍夺之权。范增大怒,曰:'天下大事大定矣,君王自为之。愿赐骸骨归卒伍。'项王许之。"

④奇计:《史记·项羽本纪》:"居鄛人范增,年七十,素居家,好奇计。"

张彦琦 二首

张彦琦:生卒年不详。字次韩,江苏铜山(今徐州铜山区)人。雍正初举孝廉方正。有《鸥闲舫草》。

留侯庙①

报秦原不为封侯②,隆准能依借箸谋③。养虎未须贻楚患④,神龙便已学仙游⑤。崔嵬寝庙⑥千年在,带砺⑦山河一望收。此后高风⑧谁得似,严陵五月独披裘⑨。

注释

①留侯庙:又称子房祠、留侯祠。在徐州城东北子房山上。"宣德初平江伯陈瑄因旱祷雨有应,建祠祀焉。景泰七年,知州宋诚徙山左新之。"(见万历《徐州志卷四》)

②张良祖父、父亲相继为韩昭侯、宣惠王等五世相。公元前230年秦灭韩,张良图谋恢复韩国,以重金求客刺秦王,得力士,为铁椎重百二十斤,于博浪沙(今河南原阳县)狙击秦始皇未中。张良此举的初衷,是为韩报仇,不是为了封侯。

③隆准句:隆准,高鼻,指刘邦。《史记·高祖本纪》:"高祖为人,隆准而龙颜。"借箸:箸,筷子。楚汉相争,郦食其劝刘邦立六国后代,共同攻楚,刘邦表示赞同。刘邦正进餐,张良来见,刘邦告诉张良郦生之计,问张良的看法如何。张良以为郦食其计不可行,说:"臣请藉前箸为大王筹之!"(见《史记·留后世家》)意思是请借刘邦面前吃饭的筷子,为汉王指画形势。藉,同"借"。后来"借箸"指代人策画。

④楚汉相争,项羽与刘邦约定,以鸿沟为界,中分天下。刘邦欲西归,张良、陈平劝刘邦说:"汉有天下大半,而诸侯皆附之。楚兵罢食尽,此天亡楚之时也。不如因其机而遂取之。今释弗击,此所谓'养虎自遗患'也。"

⑤神龙:古代以龙为神物,故称龙为神龙。此喻指出谋划策、变化无穷的张良。张

良晚年,曰:"愿弃人间事,欲从赤松子游耳。"(《史记·留侯世家》)此意为假托求仙以避祸。

⑥崔嵬:山高耸貌。寝庙:古代宗庙中的寝和庙,庙在前,寝在后;庙为供神处,寝为藏衣冠处。

⑦带砺:带,指黄河水狭长如带;砺,砺石。《史记·高祖功臣侯者年表》:"封爵之誓曰:'使河如带,泰山若厉。国以永宁,爰及苗裔。'"厉,同"砺"。意思是:即使黄河狭窄如衣带,泰山小如砺石,国将永远存续下去。后用"带砺"表示功臣爵禄,世世代代永远传下去。。

⑧高风:指张良功成隐退、不慕富贵的高尚风节。

⑨严陵:即东汉初严光,字子陵。曾与刘秀同学,刘秀即位后,他改名隐居;刘秀派人到处寻找,齐国报告:"有一男子,披羊裘钓泽中。"(见《后汉书·逸民列传》)刘秀认为此人就是严光,便派人把他接到京师洛阳,授予官职,严光不肯接受,遂归隐富春山。

龚胜墓①

清樽吊古泪婆娑②,龚胜孤忠更足多③。垂老自甘完节义,征车谁遣到岩阿④。名高三楚⑤应无匹,气壮千秋已不磨。老父⑥何人犹见少,凤兮拟学楚狂歌⑦。

注释

①龚胜墓:《水经注卷二十三》:"获水于彭城西南,回而北流,迳彭城,城西北旧有楚大夫龚胜宅,即楚老哭胜处也。"《水经注卷二十五》:"泗水又迳龚胜墓南,墓碣尚存。"《寰宇记》:"龚胜墓在县东南三里……石碣犹存,至今禁刍牧。"

②清樽:清酒,专用于祭祀。婆娑:泪流貌。

③龚胜:字君宾,西汉彭城(今徐州)人。曾官谏议大夫、丞相司直、光禄大夫。屡次上书抨击刑罚严酷、赋敛苛重。王莽执政时,归老乡里。王莽代汉后被强征为太子师友、祭酒,拒不受命,对门人说:"吾受汉家厚恩,亡以报,今年老矣,旦暮入地,谊岂以一身事二姓,下见故主哉?"绝食十四日而死。(见《汉书·龚胜传》)

④征车:朝廷征聘士人用的车。岩阿:山的曲折处,此指隐居之地。

⑤三楚:地名,战国楚地。今从黄淮至湖南一带,有西楚、东楚、南楚之分。又有称江陵为南楚,吴为东楚,彭城为西楚。后用以泛指湘、鄂一带。

⑥老父:《汉书·龚胜传》:龚胜死,"有老父来吊,哭甚哀,既而曰:'嗟乎!薰以香自烧,膏以明自销。龚先生竟夭天年,非吾徒也。'遂趋而出,莫知其谁。"皇甫谧《高士传》:"彭城老父者,楚之隐人也,见汉室衰,乃自隐修道,不治名利,至年九十余。王莽时,征故光禄大夫龚胜,欲为太子师友。祭酒耻事二姓,莽迫之,胜遂不食而死。莽使者及郡守以下会敛者数百人,老父痛胜以名致祸,乃独入哭胜,甚悲。既而曰:

'嗟乎！薰以香自烧，膏以明自销。龚先生竟夭天年，非吾徒也。'哭毕而趋出，众莫知其谁也。"

⑦《论语·微子》："楚狂接舆歌而过孔子曰：'凤兮！凤兮！何德之衰？往者不可谏，来者犹可追。已而，已而！今之从政者殆而！

张名宿　一首

张名宿：生卒年不详。安徽萧县人，廪生，生活于乾隆（1736—1795）年间。有《哂堂诗草》。

龚君宾墓①

寸心天地间，无愧于幽独。如何吊者来，逃名恨未速。显为先生荣，隐为先生辱。岂知臣节全，即祸亦为福。薰②烧香自存，膏③销明已足。大耋④莫言夭，宜笑何须哭。

注释

①龚君宾：龚胜。见前注释。
②薰：香草。
③膏：油脂。
④大耋（dié）：老年人，高寿。

钱孟钿　一首

钱孟钿（1739—1806），字冠之，号浣青，湖北分巡荆宜施道崔龙见妻。武进（江苏武进）人，善画，好吟咏。有《浣青诗草》、《鸣秋合籁集》等。

张子房祠①

狙击早销秦帝胆②，借筹竟创汉家基③。空疑状貌同雌伏④，始信功名见猎迟。帷幄总分黄石略⑤，云山不负赤松⑥期。高踪回出韩彭外⑦，紫柏千秋护旧祠。

注释

①子房祠：在徐州城东北子房山上。又称留侯庙。
②狙击：张良为为韩报仇，使力士在博浪沙用铁椎狙击秦始皇。

③借筹：即借箸，指代人策画。见前注释（650页）。
④空疑句：此句意指不应以貌取人，认为相貌不魁伟就没有作为。雌伏，没有作为。太史公曰："余以为其人计魁梧奇伟，至见其图，状貌如妇人好女。"（《史记·留侯世家》）司马迁猜想张良应是魁梧奇伟、形象不凡的人物，见到他的画像，却娇弱如妇女，与他的想象完全相反。
⑤帷幄：军中的帐幕。汉高祖曰："夫运筹策帷帐之中，决胜千里外，吾不如子房。"此处"帷幄"指张良帮助刘邦谋划战胜项羽，建立汉朝。总分黄石略：应该一半归功黄石公的策略：张良避难下邳时于桥上遇见黄石公，授他《太公兵法》，对他日后帮助刘邦谋划，夺得天下起到很大作用。
⑥赤松：即赤松子：相传为仙人。张良晚年曾言："今以三寸舌为帝者师，封万户，位列侯，此布衣之极，于良足矣。愿弃人间事，欲从赤松子游耳。"
⑦高踪：高超的行迹。回出：逃避。韩彭：即韩信、彭越，为刘邦的功臣，皆被杀害。此句指张良处处表示满足、欲从赤松子游的期许，避免了韩彭被杀的结局。

邓石如　一首

邓石如（1743—1805），初名琰，字石如，更字顽伯，号完白山人。安徽怀宁人。工书法、篆刻，世称"邓派"，亦称"皖派"。著有《完白山人篆刻偶存》等。

重九①游云龙山

九日来登放鹤亭，云龙山下大江横。苍凉一望天空阔，满耳萧萧②落木声。
鹤去亭空心事违，苏公堤畔送斜晖③。吾家亦有山人鹤，知唳④秋风唤我归。
（《铜山县志》按：二诗山人手书以赠大士岩寺僧。光绪初，山阳程席龄索去）

注释
①重九：即农历九月初九日。
②萧萧：落叶声。
③苏公堤：即苏堤。宋熙宁十年（1077年）8月21日，洪水直扑徐州城下。苏轼组织全城吏民修筑一条防洪长堤，首起戏马台，尾属于城，全长984丈。后人称为苏堤。斜晖：傍晚的阳光。
④唳（lì）：鹤鸣叫。

吴锡麒　一首

吴锡麒（1746—1818），字圣征，号毂人，别署东皋生，浙江钱塘（今杭州）

人。乾隆四十年（1775）进士，改庶吉士，授翰林院编修。官国子监祭酒。辞官后侨居扬州。有《有正味斋全集》、《有正味斋诗集》。

黄 楼

长洪万顷接楼前，人去楼空六百年。白酒黄花几重九①，羽衣明月②一神仙。愤王③何处寻祠庙，水伯④曾来听管弦。五丈大旗⑤千柄锸，关心忧乐是前贤。

注释

①黄花：菊花。重九：即农历九月九日重阳节。

②羽衣明月：苏轼在《百步洪》诗序中曰"王定国访余于彭城，一日棹小舟，与颜长道携盼、英、卿三子游泗水，北上圣女山，南下百步洪，吹笛饮酒，乘月而归。余时以事不得往，夜着羽衣，伫立于黄楼上，相视而笑，以为李太白死，世无此乐三百余年矣！"参见该诗。

③愤王：魏晋时吴兴有项羽庙，当地人称项羽为愤王。

④水伯：水神。

⑤五丈大旗：杆高五丈的旗。苏轼《太虚以黄楼赋见寄作诗为谢》诗："黄楼高十丈，下建五丈旟。"

鳌 图 八十九首

鳌图（1750—1811），即于鳌图，字伯麟，号沧来，汉军镶红旗人。乾隆三十五年（1770）举人。历官江苏金山、常熟等五县知县，太仓知州、徐州知府（嘉庆三年、七年两任）、苏州知府、江苏按察使等职。有《习静轩诗文集》。民国《铜山县志》："鳌图镶红旗汉军于氏，举人。嘉庆三年由太仓州调徐督催引河，发灾赈，严戒侵冒，穷民咸沾实惠。旋知徐州，捐修文庙、节孝祠；增书院，膏火为诸生讲说经义。徐州素少科目，自此相继登科第者七人。擢徐道，遇河水异涨，亲驻工次，督率抢护。士民感其德，殁后设位四贤祠祀之。"

过徐州怀古

入境风来暖似春，叱牛远远见山民。不成村落篱为院，随意栖迟草作茵①。雾断几重云上树，水环四面镜中人。临风忽忆陶恭祖②，故国依然岁月新。

注释

①栖迟：游息。茵：垫子。
②陶公恭：即陶谦（132—194），字恭祖，东汉末丹阳人，曾官徐州刺史。

徐州道

徐荒百里讶平沙，人在中流竞碾车。目送青山如别友，手持暖酒似归家。萧条河上三秋①客。辜负江南九月花。我欲探源星宿海②，独怜无水怎乘槎③。

注释

①三秋：指秋季的第三个月，即农历九月。
②星宿海（xīngxiùhǎi）：位于黄河源头，东与扎陵湖相邻，西与黄河源流玛曲相接。为黄河源散流地面而形成的浅湖群，罗列如星，故称。
③槎（chá）：木筏。

河上吟

千里长堤蚁穴通，欲将蚁背负巃嵸①。万夫营窟②邻苍鼠，孤客沿河伴射工③。惟望蛟诛④求义士，岂能熊变⑤法神功。划沙⑥无力惭酬唱，空对荒塍⑦怅晚风。

注释

①巃嵸：lóng zōng 山势高峻貌，亦指险峻的高山。
②营窟：指掘地或累土而成的住所。《礼记·礼运》："昔者先王未有宫室，冬则居营窟，夏则居橧巢。"
③射工：弓箭手。此指铲除堤中蚂蚁者。
④蛟诛：斩蛟诛龙，意指彻底消灭。
⑤熊变：变化神奇。
⑥划沙：指治理黄河淤沙。
⑦荒塍（chéng）：泛指荒芜的田地。塍，指田间的土埂。

制府河帅中丞会奏守彭城奉檄有作①

彭城古要郡，属望②再来时。益受君恩重，深惭国士知。那能兴水利（河帅以予为以勤助河务），何以慰民思。（由京旋南徐民迎送颇感予怀）坡老楼③仍在，同人更赋诗。（戊午冬摄篆彭城，曾与张肃堂山长及诸生登黄楼联句）

注释

①制府：即总督。河帅：河道总督。中丞：即巡抚。檄：官府的文书。
②属望：期望。
③坡老楼：指苏轼所建黄楼。

寄怀霄来

汴泗流通浙，舟车千里余。伤离桐滴雨，（东坡别子由句）怀旧犬传书①。群羡荆花②茂，偏怜雁字③疏。云龙山上望，烟水隔南徐④。

注释

①犬传书：用犬传送书信。《晋书·陆机传》："初机有骏犬，名曰黄耳，甚爱之。既而羁寓京师，久无家问，笑语犬曰：'我家绝无书信，汝能赍书取消息不？'犬摇尾作声。机乃为书以竹筒盛之而系其颈，犬寻路南走，遂至其家，得报还洛。"
②荆花：喻兄弟昆仲同枝并茂。宋刘克庄《三月二十五日饮方校书园》诗："伯兄廼汉司徒掾，季子亦唐庠秘书。只愿荆花常烂熳，莫令瓜蔓稍稀疏。"
③雁字：群雁飞行时常排成"一"或"人"字形，称为雁字。有时用于代指书信。
④南徐：南徐州。南朝宋文帝元嘉八年（431），改长江以北为南兖州，长江以南为南徐州，治所在京口（今镇江）。这里用南徐泛指江南地区。

斗山口望徐州用韩翃送李侍御赴徐州①元韵

萧骚②风拂鬓，指顾③见徐州。刘项④无余土，韩苏是故侯⑤。悲生云外雁，寒起水中秋。烟雾迷城市，疑看蜃吐楼。

注释

①韩翃：见唐代部分韩翃诗。
②萧骚：风吹的声音。
③指顾：手指目视。
④刘项：刘邦、项羽。
⑤韩苏：韩愈、苏轼。故侯：指曾任官职的人。
⑥蜃吐楼：犹海市蜃楼。《梦溪笔谈》："登州海中，时有云气，如宫室、台观、城堞、人物、车马、冠盖，历历可见，谓之海市。或曰：'蛟蜃之气所为。'"

子房山用邵康节①子房诗韵

山在彭城东门外

白云红树草离离,自古兴亡似弈棋。岂意子房犹有庙,可怜亚父不逢时。赤松②从去原堪学,甪里③呼来何所为。尤恨斯山九里对（子房西向九里山）,再论得失更赢谁。

注释

①邵康节：邵雍,字尧夫,谥号康节。见宋代部分邵雍诗。
②赤松：赤松子,相传为仙人。张良晚年曾言："愿弃人间事,欲从赤松子游耳。"（《史记·留侯世家》）
③甪（lù）里：商山四皓甪里先生周术。刘邦晚年欲废太子刘盈,立戚夫人子赵王如意。大臣多不同意,吕后恐,张良为之谋划,请来商山四皓（东园公唐秉、甪里先生周术、绮里季吴实和夏黄公崔广）进宫劝阻刘邦。

九里山

城西九里山,山以九里名。那知斯山下,散彼子弟兵。骓兮既不逝,虞兮更倾生①。天丧与战罪②,谁复有定评。我来斯山下,乱石互纵横。不见拔山人,惟闻鸟雀声。霜酣③落叶少,寒紧秋水平。衰草藏狐兔,幽壑插榛荆④。东望子房山,相对无可争论。

注释

①项羽垓下歌："力拔山兮气盖世！时不利兮骓不逝！骓不逝兮可奈何！虞兮虞兮奈若何！"倾生：丧生。
②《史记·项羽本纪》：项王曰："吾起兵至今八岁矣,身七十余战,所当者破,所击者服,未尝败北,遂霸有天下。然今卒困于此,此天之亡我,非战之罪也。"
③霜酣：霜浓。
④榛荆：杂乱丛生的灌木。

云龙山访张山人

从古斯山主姓张①,北风吹我到山堂。更无天骥云中鹤,尚有东坡醉后床②。老树深秋坚且瘦,澄潭潦尽静生凉。与君携手烟霞外③,又使人传太守狂④。

注释

①宋张天骥曾隐居云龙山。
②醉后床：苏轼《登云龙山》："冈头醉倒石作床，仰看白云天茫茫。"
③烟霞外：此指尘世之外。
④太守：知府的别称，此指作者自己，鳌图时任徐州知府。苏轼《登云龙山》："路人举首东南望，拍手大笑使君狂。"

登云龙山

木落崖枯山欲空，登临怅望意无穷。古人遗迹英灵在，我辈置身天地中。不把万家看入眼，那知一郡责归穷。苏公守土韩游幕①，儒术从来治术通②。

注释

①苏公：指苏轼。韩游幕：指韩愈。游幕，指离乡去作幕宾、幕友。见前注释（25页）。
②儒术：指儒家的原则、学说、思想。治术，指治理国家的方法、策略。

十二月二十三日课试云龙书院，与张肃堂、顾桐阴、沈谨轩、程复堂及程桐园、周似堂诸生联句得十二韵

云龙讲院日西沉，树古烟苍秋意深。且喜诸生来就学（沧来），共欣太守坐谈心。轩开紫翠看犹昔（谨轩），堂对逍遥振自今。苏子名高留醉石①（肃堂），韩公祠②古傍仙岑。山环四面真如画（复堂），河带双洪③恰似襟。亭上望湖④桑野迥（桐阴），岩前扫径藓碑寻。弦歌处处依精舍⑤（程桐园善庆），烟火重重隔晚林。敢道蚕声争食叶（刘静修彦儒），幸逢鸳绣⑥有传针。听涛更爱松生涧（周似堂绳祖），汲古还疑鹤在阴。天骥⑦雅怀追囊哲（张芑村正酆），后山⑧遗韵播清吟。台头寺老霜华冷⑨（程吉元誉庆），燕子楼空月色侵。到底名流声望远（潘欣堂愉），公余时盼德星⑩临（肃堂）。

注释

①云龙山西麓有石床，传说苏轼经此，曾在石上卧息。苏轼《登云龙山》诗："冈头醉倒石作床，仰看白云天茫茫。"
②韩公祠：韩公，指韩愈。清道光《铜山县志》：四贤祠"在云龙山黄茅岗。旧有韩愈、苏轼像在学官先贤祠内。"
③双洪：指徐州百步洪和吕梁洪。
④云龙山西麓有望湖亭。
⑤精舍：佛教修行者的住处；寺院。

⑥鸳绣：指绣有鸳鸯文采。宋张先《减字木兰花》："文鸳绣履，去似杨花尘不起。"
⑦天骥：指宋隐士张天骥。
⑧后山：陈后山。见前注释。
⑨台头寺：又名南台寺，在戏马台上。霜华：白色的霜。亦指月光。
⑩德星：喻指贤士。

亚父冢

冢中真有骨，亚父何曾亡。留此一堆土，还他楚霸王。

接引庵

庵在彭城北门外

城北水初退，寻僧来草堂。黄泥犹渍地，碧藓尚粘墙。我以避喧至，僧因迎客忙。焚香谈性命，清磬冷心肠。

诚然僧送菜

僧住锡接引庵

欲悟前根咬菜根①，秋畦秋色绕山门。无边生意瓜留子，一片天机②芥有孙。除去但闻香满袖，蓄来却是绿盈盆。忻分兰若香厨馔③，齿颊芬芳道气存。

注释
①咬菜根：比喻过贫穷艰苦的生活。
②天机：指自然界的秘密，万事万物生存变化的机制。芥有孙：芥，指小草。苏轼诗："秋来霜雪满东园，芦菔生儿芥有孙。"
③忻：喜悦，同"欣"。兰若：佛教名词，其中"若"字念 rě。梵语"阿兰若"（Aranya）的省称，原意是森林，引申意为寂净无苦恼烦乱之处。也泛指一般的佛寺。这里指佛寺。

彭祖井①

四十九妻五十子，大夫八百有余年②。飞升岂善房中术，蝉脱仍为地上仙。鼻祖耳孙随地有，**（徐州尚多后裔）** 旧祠古井以人传。守斯土者饮斯水，清冷江南第一泉。

注释

①彭祖井：清道光十一年《铜山县志》："在北门子城内，有石刻彭祖井三字。"

②传说彭祖为颛顼帝玄孙陆终氏的第三子。姓篯名铿，尧封其于彭城。因其道可祖故称彭祖。篯铿在商为守藏史，在周为柱下史。年八百岁。《神仙传》："彭祖者，姓篯名铿，帝颛顼之玄孙也。殷末已七百六十七岁，而不衰老。少好恬静，不营名誉，不饰车服，唯以养生治身为事。王闻之，以为大夫，常称疾闲居，不与政事。善于补导之术。"又称"丧四十九妻，失五十四子。"

苏 堤①

昔日苏公筑，今日邵公（**大业**）修。两公为此堤，后乐而先忧。忧乐何所为，为此黄水流。河谼②来自西，势欲冲石沟③（**湖名**）。一折而东注，彭城为下游。此堤辅周韩（**亦堤名**），当彼水之头。洪涛复北转，西阁（**在徐州西北**）波中浮。就下奔邳睢④，建瓴不可收。我来堤上望，潦尽已深秋。衰柳荡西风，萧萧满目愁。怀古多慷慨，浩叹复夷犹⑤。举目见云龙，欲寻鹤与俦⑥。

注释

①苏堤：见前注释（566页）。
②谼（hóng）：大水，古通"洪"。
③石沟：亦称石狗湖，即今云龙湖所在。
④邳睢：邳县和睢宁县。
⑤夷犹：犹豫，迟疑不前。
⑥俦（chóu）：伴侣。

桓山桓司马墓①

在荆山桥之西

桓山之上有古坟，阴洞深黑口如吞。冷风飒飒洞中出，仿佛幽冥藏精魂。索隐搜神莫如我，秉烛燃犀②登其门。蛇行匍匐宛转入，几步起立几步蹲。中有石室大且广，苔滑乳厚不可扪。刻画将军与道者，怒目而视为司阍③。玉鱼金碗久出世，惟有千年老树根。阴气凝结一神悚④，万丈陷井覆如盆。考之载籍向魋⑤墓，石椁不见见石墩。我叹司马生如梦，厄我夫子⑥微服奔。又闻东坡曾到此，携友鼓琴⑦高谈论。慷慨浩歌超千古，其文文忠集⑧内存。我来守徐行我志，旌别淑慝⑨古道敦。以彼凶残困我子，螳螂焉知有鹍⑩。死欲速朽真朽矣⑪，空将疑冢留乾坤。吟罢但闻鸟雀叫，苍然暮色已黄昏。

注释

①桓山司马桓魋：见前注释（259页）。

②燃犀：传说晋温峤至牛渚矶，闻水底有音乐之声，水深不可测。传言下多怪物，峤乃燃犀而照之。须臾，见水族覆火，奇形异状，或乘马车着赤衣帻。后谓能明察事物者曰燃犀。

③司阍（hūn）：看门的人。

④神悚：惶恐不安貌。

⑤向魋：即桓魋。其祖为齐桓公，故称桓魋。

⑥厄我夫子：桓魋曾想杀害孔子。《史记·孔子世家》："孔子去曹适宋，与弟子习礼大树下。宋司马桓魋欲杀孔子，拔其树。孔子去。弟子曰：'可以速矣。'孔子曰：'天生德于予，桓魋其如予何！'"

⑦携友鼓琴：苏轼《游桓山记》云："登桓山，入石室，使道士戴日祥鼓雷氏之琴，操《履霜》之遗音。"

⑧文忠集：即《苏文忠公全集》。苏轼死后，御赐谥号文忠。

⑨旌别淑慝（tè）：旌别，识别、甄别；淑慝，犹善恶。《书·毕命》："旌别淑慝，表厥宅里，彰善瘅恶，树之风声。"

⑩螳螂：成语"螳螂挡车"，指不自量力。鹏鹍：比喻具有雄才大略的人。《庄子·逍遥游》：北方大海里的鲲，变化成为大鹏鸟，翅膀拍击水面激起三千里的波涛，盘旋而上直冲九万里高空。

⑪死欲速朽：《礼记·檀弓上》："昔者夫子居于宋，见桓司马自为石椁，三年而不成。夫子曰：'若是其靡也，死不如速朽之愈也。''死之欲速朽'，为桓司马言之也。"

石佛寺①

在云龙山之东

丈六金身坐雪山，本来面目现人间。如如②不动拈花笑，笑我浮生何日闲。

注释

①石佛寺：即兴化寺，也称大佛寺。详见前注释（621页）。

②如如：佛教语，指佛理永存常在。这里指体现佛理的佛像。

放鹤亭①

子落云间鸣在阴②，西峰缺处③影沉沉。山人④化去留荒冢，太守重来似故林（**予两守彭城**）。自信可为百世友，登临想见古人心。卵杯赋就鸡群唉（**先大夫有鹤卵杯赋，**

舒冬翁先生以为似东坡之文。），即景思亲结念深。

注释

①放鹤亭：见前注释（401页）。

②鸣在阴：指鹤鸣在山阴。《易》中孚挂："鸣鹤在阴，其子和之。"

③西峰缺处：苏轼《放鹤亭记》："彭城之山，冈岭四合，隐然如大环；独缺其西一面，而山人之亭，适当其缺。"

④山人：指宋隐士张天骥。

燕子楼①

东南雄镇古诸侯，千里朝王荷宠优。（德宗有赐张建封诗）②身既效忠勤述职，妾才知义守空楼。无才时溥③封疆失（时溥为全忠所围，焚燕子楼死。），怀旧香山诗句④酬。衰草斜阳寻故址，荒城角畔土成邱。

注释

①燕子楼：见前注释（29页）。

②见前唐德宗诗。

③时溥（？—893）：唐末彭城（今江苏徐州）人，曾任武宁军节度使支详的牙将，中和二年（882）徐州军队哗变，支详被杀，他继任节度使，因镇压黄巢起义军有功，升任徐州行营兵马都统。后与朱全忠相争失败，徐州被破，时溥与妻小自焚而亡。封疆：指将某一地区全权交给官吏管理；亦指所受管理大权。

④香山诗句：见前白居易和关盼盼诗。

节孝祠展拜，见宇圮垣颓，有苍鼠窜瓦之慨，因商之县宰，捐廉新之，庄严木主，见第二为关盼盼之位为咏一诗①

谁将苦节问千秋，燕去楼空岁月遒②。岂意崇祠瞻姓字，更怜荒径卧羊牛。白公有句空催死③，坡老无诗一慰愁④。我荐馨香安烈魄，不因持节有张侯⑤。

注释

①节孝祠：道光《铜山县志》"节孝祠在县治东，祀历代节孝忠烈，自封卓妻刘氏以下凡一百二十余人，奉旨建祠，位设中殿。本朝节孝等位设后殿。每岁春秋二祀。嘉庆五年徐州府鳌图重建，有碑记。"关盼盼：见前注释（32页）。

②遒（qiú）：尽。岁月遒，指当年关盼盼居住此楼的岁月早已过去。

③白公：指白居易，其《感故张仆射诸妓》诗："歌舞教成心力尽，一朝身去不相

随。"盼盼读该诗泣曰：自我公薨，妾非不能死，恐百载后以我公重色有从死之妾是玷我公也。遂答一绝不食而卒。（详见前白居易、关盼盼诗）

④坡老：指苏轼。苏轼没有涉及关盼盼的诗作。

⑤持节：官名，这里指节度使，张愔时为节度使。张侯：作者意指张建封，应是张愔。侯为对高官的尊称。

王陵母墓①

一剑惊三楚②，激成安国侯③。心终归赤帝④，坟不怕黄流（屡经河决此冢犹存）。麦饭⑤何需祭，碑文自可留。今经燕许笔，忠孝教千秋。（时康茂园先生为文立石）

注释

①王陵母墓：见前注释（163页）。

②一剑句：指王陵母伏剑而死。《汉书·王陵传》楚汉相争，"项羽取陵母置军中，陵使者至，则东向坐陵母，欲以招陵。陵母既私送使者，泣曰'愿为老妾语陵，善事汉王。汉王长者，毋以老妾故持二心。妾以死送使者。'遂伏剑而死。三楚：地名，战国楚地。从今黄淮至湖南一带，有西楚、东楚、南楚之分。又有称江陵为南楚，吴为东楚，彭城为西楚。后用以泛指湘、鄂一带。

③安国侯：爵号，汉朝建立后王陵被封为安国侯。

④赤帝：指汉高祖刘邦。刘邦于大泽中斩杀挡道大蛇，有一老妪哭曰"吾子，白帝子也，化为蛇，当道，今为赤帝子斩之，故哭。"（见《史记·高祖纪》）

⑤麦饭：祭祀用的饭食。

⑥燕许笔：唐朝诗人张悦和苏颋的并称。《新唐书·苏瓌渭传》载：自景龙年以后，苏颋和张悦都因文章而地位显赫，二人的声望齐名，又因为张悦被封为燕国公、苏颋被封为许国公，所以当时并称二人为"燕许"，号称"燕许大手笔"。

雪中访张山人①

一夜山如玉，扶筇②冈上来。已成冰玉柱，更访雪车才③。携手看新麦，相逢问早梅。水余丰欲兆，那得不颜开。

注释

①张山人：指云龙书院山长张肃堂。

②扶筇（qióng）：拄着手杖。筇，手杖。

③雪车才：唐刘叉《雪车》诗对穷困的黎民百姓表现出极大的关心和同情，诗句有"阗阗饿民冻欲死。""庙堂食禄不自惭，我为斯民叹息还叹息。"这里用"雪车才"指关

心人民疾苦的"张山人"。

喜 雪

　　灾后守徐方，忧民鬓欲霜。黄河虽散漫①，白雪正飞扬。银已铺于地，麦如获在场。临风频舞蹈，喜似阮生狂②。

注释

　　①散漫：指黄河水流四散，无规律。
　　②阮生狂：三国魏阮籍，性狂放，故称。宋李光《集诗述感》诗："贾生年少阮生狂，潦草风尘困一场。"

彭城度岁

　　官衙如水东坡语，千古彭城一语该。来鹤轩前人落落①，逍遥堂下雪皑皑。且忻比户均分赈②，惟祝来年不遇灾。闲理春盘③谋度岁，任他索债打门催。

注释

　　①来鹤轩：道光《铜山县志》：逍遥堂"宋苏轼建在府治内，久圮。苏公自书堂额无存。后知州孔毓珣重建，亦圮。知州姜焯又改建草堂，颜曰来鹤轩。后守曾宏绪易草为瓦。乾隆十年太守石杰仍以逍遥堂额之。嗣邵大业守郡，以越人童二树于其里故相家见逍遥楼三字为鲁公书，乃属抚之，而别取朱子明伦之揭亦补堂字。邵公于额左跋记其事。"落落：人稀少。
　　②忻：忻：喜悦，同"欣"。比户：家家户户。赈：救济。
　　③春盘：古代习俗在立春日，取生菜、果品、并、糖等，放在盘中为食，取迎新之意，称为"春盘"。皇帝在立春前一日，以春盘和酒赐给近臣。民间也互相馈赠。

闻张肃堂山长云龙山邀客春讌①寄赠一律

　　春到彭城未见迟，岭梅已放向南枝。雪中宴客寒侵骨，花里吟诗香入思。指点西山天骥鹤②，摩挲东壁长公碑③。可怜庾亮豪狂减④，未据胡床待月移。

注释

　　①山长：指旧时书院的主讲并总管书院事务者，即书院院长。讌：同"宴"。
　　②天骥鹤：指宋隐士张天骥之鹤。

③摩挲：抚摸。长公：指苏轼。古人多以"长公"为字，意为行次居长。故称长兄为长公。

④庾亮（289—340）：字元规，东晋颍川鄢陵（今属河南省）人。妹为明帝皇后。历仕元帝、明帝、成帝三朝，官中书令、征西将军。"亮在武昌，诸佐吏殷浩之徒，乘秋夜往共登南楼，俄而不觉亮至，诸人将起避之。亮徐曰：'诸君少住，老子于此处兴复不浅。'便据胡床与浩等谈咏竟坐。其坦率行己，多此类也。"（见《晋书·庾亮传》）胡床：古时一种可以折叠的轻便坐具，亦称交床、交椅、绳床。

庚申新正，同周真吾昆玉、蒋司铎、谭木庵、杨翰屏、钱虹桥及卿世两儿登子房山，因到接引庵晚斋，放棹而归

沙数恒河芥子身①，天生我辈道中人。四时冷暖无非幻，一念和平到处春。风定日沉山态静，雪销冰解水光新。木兰斋后僧寮②寂，携手同归更问津。

注释

①沙数恒河：佛经用语。比喻数量多到像恒河里的沙子那样无法计算。介子身：介子，芥菜的种子，喻极其微小；这里指佛教用语"须弥芥子"，意思是将至大的须弥山塞进一粒至小的菜子之中。喻不可思议。

②僧寮：僧人起居之处。

登子房山谒留侯庙①

山为斯人重，巍然天地中。不来瞻庙貌，何以识英雄。既无赤松子②，又无黄石公③。茫茫两老眼，怅望千里风。

注释

①留侯庙：又称子房祠：在徐州城东北子房山上。"宣德初平江伯陈瑄因旱祷雨有应，建祠祀焉。景泰七年，知州宋诚徙山左新之。"（见万历《徐州志卷四》）

②赤松子：相传为仙人。张良晚年曾言："愿弃人间事，欲从赤松子游耳。"

③黄石公：晋·皇甫谧《高士传》："黄石公者，下邳人也，遭秦乱，自隐姓名，时人莫知者。初张良易姓为长，自匿下邳，步游沂水圯上，与黄石公相遇。"

雨中有怀张山人

帘幕深垂散早衙①，静中如梦自咨嗟②。风风雨雨春光误，辜负云龙万树花。

其二

问桃问柳问山人,闻说山中处处新。岭山云封花自赏,不堪持赠一枝春。

注释

①早衙:衙,旧时称官署。旧时官府早晚坐衙治事,早晨的一次称"早衙"。白居易《舒员外游香山寺》诗:"白头老尹府中坐,早衙才退暮衙催"。

②咨嗟:叹息。

云龙山书院诸生金陵应试①

彭门两至已三年,我与诸生联夙缘②。深署延宾尝倒屣③,空山勤读类磨砖。文逢青眼④花逢雨,人在秋闱⑤月在天。好着先鞭来报捷,红灯影里看名笺。

注释

①诸生:指明清时期经考试录取而进入府、州、县各级学校学习的生员。生员有增生、附生、廪生、例生等,统称诸生。金陵:今南京。

②夙缘:前生的因缘。

③倒屣:倒屣,倒穿着鞋。古人家居,脱鞋席地而坐。客人来到,因急于出迎,以致把鞋穿倒。后以倒屣形容主人热情迎客,王维《辋川别业》:"被衣倒屣且相见,相欢语笑衡门前。"

④青眼:指人高兴时眼睛正着看,黑眼珠在中间。喻指对人的喜爱或者重视。

⑤秋闱:指科举制度的乡试,因在秋季举行,故称。闱,指试院。

秋雨登霸王楼①

秋气催人一上楼,淮徐烟景望中收。稻粮千里村村静,风雨无边处处幽。此日登高民在眼,半年典郡②雪盈头。遥怜萧砀③河犹溢,楗竹④艰难动我忧。

注释

①霸王楼:民国《铜山县志》古迹考:"今府治后有霸王楼,不知苏轼拆后何年何人重建。楼前有道光间重修碑。今半圮。"

②典郡:主管一郡政事,即任郡守。

③萧砀:萧县、砀山,历史上曾隶属徐州。

④楗竹:指治理河道堤岸用的竹木桩。

秋夜闻笛

竹声①入耳已清幽，乘兴何人独倚楼。凉夜无端吹玉笛②，秋风已遍古徐州。柯椽欲使龙吟水③，羌管④还教鱼跃舟。月引情思云遏响，怀人千里感离忧。

注释

①竹声：笛声。笛用竹管制成，故称。
②玉笛：玉饰之笛；亦对笛子的美称。
③柯椽：指笛子。此用"柯亭笛"之典。相传汉末蔡邕经会稽柯亭（也称高迁亭）时，见屋东十六椽竹，取以作笛，能发妙声。龙吟水：古乐曲名，亦称"水龙吟"、"龙吟曲"。自李白《宫中行乐词其三》："笛奏龙吟水，萧鸣凤下空。"
④羌管：即羌笛，是出自古代西部羌族的一种簧管乐器。

观　水

两载二千石①，两遭河决流。观兹无岸水，动我满怀忧。官瘦民何益，心劳功未收。瞻云感恩渥②，奋此螳臂酬③。

注释

①二千石：原指郡守的薪俸为二千石，后用以代称太守。
②恩渥：指帝王给予的恩泽。
③螳臂：即螳臂当车，不自量力。这里用作谦辞，表示微小。酬：报答。

秋日访云龙山张山人，即同游石佛寺，赋此以赠

爽迎眉宇①雨初晴，放眼秋空一色清。自古诗翁皆好客，从来名士本多情。云中时见山人鹤，烟外遥看彭祖城②。乘兴更寻峰北寺，松涛声间暮钟声。

注释

①爽迎眉宇：非常愉快满脸笑容迎接。眉宇：泛指容貌。
②彭祖城：即今徐州。同治《徐州府志》："今府治古彭祖国，汉以后为郡县治。又《方舆纪要》引旧志：今城东北八十里铜山下相传有古彭城废县，或以为汉县盖治此。"

再叠前韵赠张山人

秋稼初登雨乍晴，与君相对气皆清。眼光到处皆成趣，民事看来总有情。反照惊

乌攒野树，残云随雁过高城。黄茅冈上谈诗久，惟听空山落叶声。

喜顾桐阴解元①来徐

江南传说顾高邮②，争羡龙头属虎头③。岂意主人贫笑鬼④，空教座客老悲秋。三年尘渍悬陈榻⑤，一夕风催访戴舟⑥。白（香山）李（太白）韩（昌黎）苏（颍滨）曾到此，彭城自古集名流。(时邱远峰张肃堂两先生皆在彭城)

注释

①解元：科举考试乡试第一名称解元。
②顾高邮：高邮，地名，今属江苏省。顾桐阴为高邮人，故称。
③龙头、虎头：皆指杰出人物。
④贫笑鬼：因贫穷而被鬼所笑。指贫穷。《南史·刘粹传》："（刘）损同郡宗人有刘伯龙者，少而贫薄，及长，历位尚书左丞，少府，武陵太守，贫窭尤甚。常在家慨然，召左右将营十一之方，忽见一鬼在旁抚掌大笑。伯龙叹曰：'贫穷固有命，乃复为鬼所笑也。'遂止。"
⑤陈榻：陈蕃之榻，指礼贤下士。相传豫章太守陈蕃极为敬重高士徐稚之人品，特为其专设一榻，去则悬之。王勃《藤王阁序》："人杰地灵，徐儒下陈蕃之榻。"
⑥访戴舟：戴，指戴安道。《世说新语·任诞》："王子猷居山阴，夜大雪，眠觉，开室，命酌酒。四望皎然，因起彷徨，咏左思《招隐诗》。忽忆戴安道，时戴在剡，即便夜乘小舟就之。经宿方至，造门不前而返。人问其故，王曰：'吾本乘兴而行，兴尽而返，何必见戴？'"

荆山桥①

荆山生楚地，山脚挂长虹。西北诸川汇，东南一线通。霜威留紫柿，秋色在丹枫②。闲倚石栏立，长空鸣塞鸿③。

注释

①荆山桥：清同治《徐州府志》："城北二十里，有荆山口河，广数百丈，有桥跨其上。桥下乱石纵横，颇险恶，类人力穿凿者。"
②丹枫：经霜泛红的枫叶。李商隐《访秋》诗："殷勤报秋意，只是有丹枫。"
③塞鸿：从塞外飞来的鸿雁。塞鸿秋季南来，春季北去。

秋日戏马台怀古

咸阳不王王彭城①，只为劫灰②万姓惊。衣锦既归辞亚父，沐猴空自怒韩生③。江头垓下④虽能战,人意天心已厌兵。此日荒台悲往事,秋风疑带楚歌声⑤。

注释

①项羽攻克咸阳后,有人劝其都关中,项羽未从,东归都彭城。

②劫灰:劫火的馀灰。喻灾难后的遗迹。南朝梁《高僧传·竺法兰二》:"昔汉武穿昆明池底得黑灰。问东方朔,朔云'不委,可问西域人。'后法兰既至,众人追以问之,兰云:'世界终尽,劫火洞烧,此灰是也。'"此指项羽西屠咸阳,烧秦宫室,火三月不灭,所留下的废墟。

③衣锦二句:亚父:即范增。亚,次。项羽尊敬他仅次于父亲,故称亚父。范增为居鄛(今属安徽)人,好奇计,项羽起兵,往说项梁,后为项羽谋士。几次劝项羽借机杀掉刘邦,未被采纳。后刘邦用陈平反间计,挑拨项羽与范增的关系。范增受项羽怀疑,不被重用,遂东归,未至彭城,途中发病而死。项羽攻克咸阳后,心怀思欲东归,曰"富贵不归故乡,如衣绣夜行,谁知之者!"有人说"楚人沐猴而冠耳,果然。"韩生,或说为项羽谋臣,劝说项羽都咸阳并讽刺项羽为"沐猴冠耳",因此被烹杀。

④垓下:在今安徽灵璧县境内,刘邦在此围困项羽。

⑤楚歌声:项羽被汉军围困垓下,夜闻汉军四面皆楚歌。(见《史记·项羽本纪》)

九日登戏马台奉和河帅康茂园①先生原韵

书生九日独登台,吊古悲随风雨来。千骑关中惊万国②,一骓③江上断双枚。丧师岂为淮阴④去,亡国端因亚父回。幸有龙门⑤留本纪,沛公并列出新裁⑥。

注释

①康茂园(1728—1813),即康基田,字仲耕,号茂园,山西兴县人,曾官江苏巡抚、河东、河南河道总督等职。

②此句指项羽率军西屠咸阳,灭秦。

③骓:指项羽所骑骏马。

④淮阴:指淮阴侯韩信。韩信初从项羽,数次献策,羽不用,后亡楚归汉。

⑤龙门:指司马迁。司马迁出生于龙门,故称。司马迁《史记》中立作《项羽本纪》与《高祖本纪》并列。

⑥新裁:新的体例。

秋日登戏马台再叠前韵

销尽英雄剩此台,千秋吊古我重来。深惭治术传三楚①,多愧文名逊二枚②。凉雨催乌邀侣宿,急风冲雁带声回。公余登眺饶豪兴,慷慨诗歌任意裁。

注释

①三楚：地名，战国楚地。今从黄淮至湖南一带，有西楚、东楚、南楚之分。又有称江陵为南楚，吴为东楚，彭城为西楚。后用以泛指湘、鄂一带。

②二枚：指东汉辞赋家枚乘、枚皋父子，淮阴（今江苏淮安）人。

鹤来堂静坐

龚黄李杜①千秋在，三十年来结念深。诗欲调高先养气，官求民信早扪心。梦魂忧此黄河水，憔悴劳于白首吟。文教②未行河未复（时书院诸生秋试未第而邵坝之功未竣），惭疏吏治愧儒林。

注释

①龚黄：指汉循吏龚遂与黄霸。李杜：指东汉李固与杜乔两位著名的忠直大臣。

②文教：古时指礼乐法度；文章教化。

秋　郊

出郭依西去，冲风马控衔①。人声惊鸟雀，秋色穿松杉。潦尽河堪涉，山孤草已芟②。斜阳催倦客，云影下嶄岩③。

注释

①冲风：暴风；猛烈的风。《楚辞·九歌·河伯》："与女游兮九河，冲风起兮横波。"衔：马嚼子。

②芟（shān）：除草。

③嶄岩（zhǎnyán）：高峻的山崖。

郡斋独坐①

守此彭城郡，诗成愧老髯②。焚香看扫地，默坐静垂帘。日祝黄河复，心忧白发添。明朝趋畚锸③，分苦为闾阎④。

注释

①郡斋：郡守起居之处。

②老髯：指苏轼。

③畚锸（běnchā）：畚，竹筐之类的器具；锸，锹。

④闾阎（lúyán）：指民间，百姓。

三山头公所小憩①

三峰来海外，鼎峙②镇徐邦。秋老云容淡，寒深水势降。行人喧小市，野雀入空窗。啜茗天机静③，山村远吠尨④。

注释

①三山头：同治《徐州府志》：云龙山"东南十里为三山。《方舆纪要》：在州东南二十里，山东西横亘，三山相连。"小憩（qì）：休息片刻。
②鼎峙：鼎立并峙，如鼎三足耸立。
③啜茗（chuò míng）：喝茶。天机：大自然界的生机。
④尨（máng）：多毛狗。泛指狗。

初冬赴邵工①

古徐城北依西去，征逐轮蹄②迎夕晖。山瘦木凋村落小，堤长地阔旅人稀。老牛时藉平沙卧，野雀遍随败叶飞。水冷烟苍冰渐结，前行意懒重思归。

注释

①邵工：为一河防工地。或指邵家坝，《清史稿·河渠志》："（嘉庆）五年冬，邵家坝塞。"
②征逐：追随。轮蹄：车轮马蹄，指乘坐马车。

石林工枕上吟①

凉夜青灯转侧频，一官憔悴病余身。莫嫌茅屋眠难稳，露宿堤头尚有人。

注释

①石林：在今安徽萧县。

苏姑墓①

墓在府衙

彭城太守初之官，吏陈故事祀典举。崇祠古墓东北隅，虔奠仙灵荐稷黍②。人之精诚神之栖，云是当年东坡女。曾将弱质投黄流，十丈洪涛一身御。公去常州③枯骨留，捍患而今奉樽俎④。摸碑千载忆曹娥⑤，斩蛟万姓思周处⑥。腐儒泥古多迂论，谓考载籍无此语。我因先生信所生，以道相期以心许。可怜州将不乏人，肝臂空教化虫鼠⑦。

注释

①苏姑墓：相传苏东坡做徐州知府时，黄河突然决口，洪水汹涌而至，徐州城将要被淹没了，他的小女儿才十三岁，投河而死，汹涌的河水马上退了下去，徐州城才得以保全。道光《铜山县志》："苏姑墓，府治内东偏。相传宋苏轼守徐时葬其幼女于此。康熙十七年松江府水利通判董宏署州事，作亭覆之，题曰眉山掌珠墓门，复勒石碣。五十八年知州姜焯重修。"同治《徐州府志》："苏姑墓，在府廨东北隅，国朝石杰修建。《苏姑墓亭记》：署之东偏有苏姑墓，相传为东坡少女。新守莅任，辄祀之。上覆小亭，缭以短垣。飘摇风雨，亭圮垣毁者久矣。余葺而新之，志岁月于右。"

②荐稷黍：荐，祭献。稷黍，泛指五谷，这里指五谷之类的祭品。

③苏轼于元丰二年（1079）三月改知湖州，四月到任。苏轼离开徐州后应去湖州，非常州。去常州在元丰八年（1085）。

④樽俎：樽和俎都是古代盛酒肉的器皿。这里代指祭品。

⑤曹娥：东汉上虞人，相传其父五月五日迎神，溺死江中，数日不见尸体，年仅十四岁的曹娥，昼夜沿江号哭十七昼夜，投江而死。

⑥周处：(238—299) 字子隐。吴郡阳羡（今江苏宜兴）人，少时凶强侠气，为乡里所患，乡人把他和南山虎、长桥蛟合称三害。周处听到后，决心改过自新，上山杀虎，入水斩蛟，并投陆机、陆云兄弟为师。后官至御史中丞。

⑦肝臂：成语虫臂鼠肝，比喻极微小而无价值的东西。《庄子·大宗师》："以汝为鼠肝乎？以汝为虫臂乎？"白居易《老病相仍以诗自解》："虫臂鼠肝犹不怪，鸡肤鹤发复何伤？"

榴

秋老榴成阵，垂垂佛殿前。千房①欣子熟，万颗讶珠圆。石洞枝如梦，崖州②酒似泉。徐方堪入贡，传种忆张骞③。

注释

①千房：房指包裹榴子的外膜。古语用"千房同膜，千子如一"形容石榴。

②崖州：古郡名，今属海南省。

③石榴由西汉张骞从西域引入。

春夜喜雨

冬尽杳无雪,春寒潜结阴。天恩滋麦种,雨点到官心。侧耳愁声歇,吟诗喜夜深。南山桃李树,应已绽高岑(云龙书院在府之南次日考试生童)。

元　夜①

元夜彭城坐,抬头见纸灯。年华仍似水,心境已如冰。踏月人何处,传柑②酒不胜。儿童欢绕膝,忆我发鬅鬙③。

注释

①元夜:即农历正月十五灯节。
②传柑:北宋上元夜宫中宴近臣,贵戚宫人以黄柑相赠,谓之"传柑"。
③鬅鬙(péngsēng):头发散乱貌。

喜　雪

元夜彭城一夜风,五更大雪舞长空。麦苗望雨官心渴,园树无花诗思穷。数点梅开情性见,八成民视弟兄同。要知天泽皆君泽①,我与徐方颂圣功②。

注释

①天泽:上天的恩惠。君泽:皇帝的恩惠。
②圣功:指皇帝的功业。

喜　雪

四载彭城守,时愁力不胜。秋防①书大水,冬虑纪无冰。刀剑咸能卖,丁田②已渐增。春来饶喜事,大雪正奔腾。

注释

①秋防:秋季防洪。
②丁田:人口、田地。

雪后登黄楼

坡公城北建高楼,雪后登临景物收。放眼已成银世界,荡胸如对玉山邱。生机暗使梅开口,阳气潜催麦出头。河复更占春大熟,天恩有意厚徐州。

挂剑台①

在徐州南门外

一剑挂松楸,荒台千载留。烟云攒②老树,仿佛见吴钩③。季子酬生友④,徐民忆旧侯⑤。今来探古意,芳草满山邱。

注释

①挂剑台:见前注释(41 页)。
②攒(cuán):聚集。攒老树,即笼罩着老树。
③吴钩:形似剑而曲的一种兵器。相传吴王阖闾命国中作金钩,有人杀掉自己的两个儿子,以血涂钩,铸成二钩,献给吴王。后以吴钩泛指利剑。这里指季札之剑。
④生友:生时之友,指一般的朋友。《搜神记》:"元伯(张劭字元伯)曰:若二子者,吾生友耳。山阳范巨卿,所谓死友也。"
⑤侯:本指爵位,这里指官职。旧侯,指过去曾在徐州任职的官员。这里指徐君。

彭城见梅

曾于香雪①海中来,四载彭门花事衰。岂意春深三月近,忽惊梅有一枝开。赵雄②唤醒游仙梦,宋璟③惭无作赋才。回忆东风江上赠,美人佳句隔尘埃。

注释

①香雪:指梅花。清 余怀《板桥杂记·丽品》:"轩左种老梅一树,花时香雪霏拂几榻。"
②赵雄:南宋名臣。字温叔,资阳(今属四川省)人。极力主张抗金,收复失地,发展农桑,理财清政。官至右丞相,进封卫国公。因直言敢谏,终遭诽谤而被罢相。
③宋璟:(663 年—737),唐朝大臣,字广平,邢州南和(今属河北)人。少年博学多才,擅长文学,尚未步入仕途时写了一篇《梅花赋》。历经武、中宗、睿宗、殇帝、玄宗五帝,官至尚书右丞相。

柳泉行宫①

春风翠辇曾临幸②,仿佛淮南鸡犬村。一日山川邀近御③,百年草木尚沾恩。枝头桃李天机见,眼底桑麻民力存。佳气氤氲④融殿阁,常留胜迹在彭城。

注释

①柳泉：位于徐州城北，有乾隆行宫，建于乾隆三十五年（1770）。
②翠辇：帝王的车驾。临幸：指帝王亲临；帝王车驾所至为幸。
③近御：指帝王的亲近侍从。
④氤氲：烟云弥漫貌。

彭城郡斋见春花

郡斋寂无事，对此三两花。花中有生意，因之玩岁华。万物自谋生，赋性殊无差。春到各向荣，不为人争夸。

刘更生先生墓①

近古传经考未差，燃藜②一照出精华。人文一代应留冢，魂气千年尚寄家。芳草多情常绕绿，黄流呵护不淤沙。尊儒此日来瞻拜，白鹤何方见暮鸦。

注释

①刘更生：即刘向（约前77—前6），原名更生，字子政，彭城（今徐州）人。官至中垒校尉，故世又称刘中垒。刘向墓：《水经注》："获水又东，转迳城北而东注泗水，北三里有石冢被开，传言楚元王之孙刘向冢，未详是否。"道光《铜山县志》："旧州志云，在城西北二里演武场南，墓侧旧有祠，黄河南徙，墓在北岸，距河十数步。道光二年，圮于河，今迁于陡山口迤南。"
②燃藜：《三辅黄图·阁》："刘向于成帝之末，校书天禄阁，专精覃思。夜有老人，着黄衣，植青藜杖，叩阁而进。见向暗中独坐诵书，老父乃吹杖端，烟然，因以见向，授《五行洪范》之文。恐词说繁广忘之，乃裂裳及绅以记其言。至曙而去，请问姓名，云：'我是太乙之精，天帝闻卯金之子有博学者，下而观焉。'"后以"燃藜"指夜读或勤学。

予家以来鹤名堂，彭城郡斋旧有鹤来之额，辛酉夏日静坐枣花之下，忽动乡思

枣花香间野花香，阴荫深衙来鹤堂。因忆四郊禾正绿，更忻①万亩麦初黄。诗经病后推敲懒，官遇年丰神志狂。忽见墙头双蛱蝶②，庄生梦里忆家乡③。

注释

①忻（xīn）：喜悦。

②蛱蝶：蝴蝶的一类。

③庄生：庄周。《庄子·齐物论》："昔者庄周梦为胡蝶，栩栩然胡蝶也。自喻适志与！不知周也。俄然觉，则蘧蘧然周也。不知周之梦为胡蝶与胡蝶之梦为周与？周与胡蝶，则必有分矣。此之谓物化。"

鹤来堂前有老枣，闲中赋之，时嘉庆长至日也①

天门王母如瓜枣②，千载彭门结老根。风拥绿云窗欲染，月遥翠盖③地留痕。信能朱实邀仙侣，曾制佳名献御园④。（汉上林赋）忽忆少年尝觅食，行看纂纂⑤枣儿孙。

注释

①嘉庆：清仁宗年号（1796—1820）。长至日：指夏至。

②如瓜枣：指枣大如瓜，神话传说中为仙人所用。苏轼《送乔仝寄贺君六首》之一："秋风西来下双鸟，得枣如瓜分我无。"

③翠盖：指翠绿的树冠。

④御园：指皇帝的园囿。汉辞赋家司马相如所写《上林赋》中描述了园内的奇珍异果。

⑤纂纂：多而密集貌。

自到彭城以四鹤自随，公余之暇，携鹤登云龙山放鹤亭游览，因绘图题诗

我来守彭门，老鹤以为友。我上云龙山，道士随之走。振翮①去遥天，归来必以耦。尔是君子化，性真终不负。尔自青田②来，霜衣③常无垢。尔胡不辞去，依依恋老叟。噫嘻我知之，尔盖识我为东坡，二盖识我为山人④。六百年来仍欲相交到白首，我为尔绘斯图传之千秋同不朽。尔长唳⑤一声，我饮一杯酒。

注释

①翮（hé）：鸟的翅膀。

②青田：地名。今浙江省青田县。相传青田产鹤。唐陆龟蒙《送浙东德师侍御罢府西归》诗："诗怀白阁僧吟苦，俸买青田鹤价偏。"青田县西北四十里有石门洞天，为道教三十六洞天之一，名曰青田大鹤天。

③霜衣：白色衣服。这里指白色羽毛。

④山人：指宋隐士张天骥。

⑤唳（lì）：鹤的鸣叫。

登楼望雨

云气蒸蒸出，登楼不见山。近村烟雾里，远树有无间。青草茫茫去，黄河曲曲湾。风头随雨脚，遥逐白鸥还。

秋日登苏家山①

步上重峦朝雾开，山川民物意徘徊。东南翠嶂②层层出，西北黄流滚滚来。为政暇时思补过，受恩深处恨无才。行看潦③降沙滩露，且劝新耕更筑堆。（徐俗呼雨堤为大堆）

注释
①苏家山：在徐州城东南。
②翠嶂：如屏障的翠绿山峰。
③潦：雨后积水。

防 汛

船与堤平堤过城，每逢暴涨梦魂惊。心随黄水争分寸，眼盼青苗早长成。头白只因连夜雨，眉开端为一朝晴。纵令困惫眠难稳，耳内疑闻风浪声。

重阳前四日雨中闻金陵应试诸生已旋云龙讲院

四时之变兹为甚，每到重阳风雨来。陶令至今留野菊①，宋公②何处剩荒台。（戏马台在南门）云山寥落黄流急，草树凄凉征雁哀。我欲东篱寻送酒，龙山佳客共衔杯。

注释
①陶令：晋陶渊明，曾官彭泽令，故称。其诗句："采菊东篱下，悠然见南山。"（见《饮酒》诗）为后人传诵。
②宋公：指南朝宋武帝刘裕。见前注释（5页）。

秋日登楚王山①

山余秦汉气，怀古意苍茫。老树攒秋色，长河滞晚凉。养贤重醴酒②，好客忆元王[③]。此日来儒士,高歌对夕阳。

注释

①楚王山:原名赭土山、同孝山,位于今徐州城西,因汉楚元王刘交葬此而得名。相传山上有楚霸王项羽的点将台,又俗称霸王山。《水经注卷二十三》:"获水又东迳同孝山北,山阴有楚元王冢,上圆下方,垒石为之,高十余丈,广百许步,经十余坟,悉结石也。"明嘉靖《徐州志》:"楚王山,山皆赭土,《禹贡》'厥贡惟土,五色。'王莽使徐州岁贡五色土,皆出此。山下为楚元王墓,又有古冢古井各数十。迄今里谚犹谓:山前九十九口井,山后九十九口冢云。苏轼《送张师厚》诗'断岭不遮西望眼,送君直过楚王山。'"清同治《徐州府志》:"城西少北二十五里为楚王山。山东枕故大河,与北岸九里山之苏家山相对,约七八里古汴水入境处。苏轼《放鹤亭记》所谓山如大环,独缺其西北,指此。"

②醴酒:古时一种度数较低的甜酒。《礼记·礼器》:"朝廷养贤,以乐乐之也。醴酒之用,玄酒之尚,割刀之用,鸾刀之贵,莞簟之安,而稾鞂之设。"

③元王:楚元王刘交。《汉书·楚元王传》:"初,元王敬礼申公等,穆生不耆酒,元王每置酒,常为穆生设醴。"

九日云龙书院山长张肃堂招饮

步上黄茅秋已深,菊荒篱倒压青岑[①]。主人好客容豪放,斯地登高见古今。结阵雨来翻败叶,打头风至吼苍林。谢公[②]戏马台诗在,我辈能无感慨吟。叠嶂层城[③]千里秋,烟光云气育林邱。百年俯仰人间世,九日登临山上楼。风雨亭迷天骥鹤,飋萧菊满牧之头。茱萸醉得淮南术[④],犬吠鸡鸣仙一州[⑤]。

注释

①青岑:绿色的山峦。
②谢公:指谢灵运。见前注释。
③叠嶂:重叠的山峰。层城:高的城墙。
④茱萸:此指茱萸酒。即用茱萸制的酒。民俗于农历九月制茱萸酒,饮之,可以御寒、健身。淮南术:指豆腐。南宋朱熹《素食词》:"种豆豆苗稀,力竭心已腐。早知淮王术,安坐获泉布。"诗末自注:"世传豆腐本为淮南王术。"
⑤神话传说淮南王刘安随八仙白日升天。去时,将药器置于中庭,鸡犬食后,尽得升天。后以淮南鸡犬比喻攀附权贵而得势的人。

冬日赠云龙书院王南池秀才

潭澄木落万山空,有客读书黄叶中。他日自征连茹苦[①],而今且玩野人[②]同。聪明净对窗前雪，志气常看天上鸿。敢为孤寒情冷淡，新春桃李醉东风。

注释

①征：寻求。连茹：表示接连不断。赵翼《重赴鹿鸣诗和者既多或劝余删润勒成大卷书以见意》诗："人才辈出如连茹，同气相求自盍簪。"

②野人：乡野之人，指农夫。

江上怀徐州

江山黄梅雨，朝凉麦已秋。烟藏环树塔，云隐近山楼。客瘦诗才减，蝉鸣水驿①幽。王乔凫②可惜，飞去到徐州。

注释

①水驿：是以船为主要交通工具的驿站。

②王乔凫：《后汉书·王乔传》："王乔者，河东人也。显宗世，为叶令。乔有神术，每月朔望，常自县诣台朝。帝怪其来数，而不见车骑，密令太史伺望之。言其临至，辄有双凫从东南飞来。于是候凫至，举罗张之。但得一只舄焉。乃诏尚方诊视，则四年中所赐尚书官属履也。"凫（fú）：水鸟，俗称"野鸭"。

题张惺齐征君①黄楼访碑图

步上层楼秋气凉，残碑荒草意苍茫。眼看黄绢添奇字，手拂青苔带古香。此日从游皆俊彦②，千秋相信是文章。与君交已成金石，又见髯苏天骥张③。

注释

①征君：对征士的敬称。征士：不就朝廷徵聘之士。

②俊彦：才智出众的人。

③髯苏：指苏轼。天骥张：即张天骥。

壬戌嘉平①赠张肃堂山长

城南山蠹云，巁劣②巍峨势不已。雪中有楼阁，柏老松苍间紫柿。林下有仙翁，天骥先生参寥子③。园满河阳花④，诗贵洛阳纸⑤。如如⑥心不动，悟彻元关旨⑦。与我尘外交，相逢一笑尔。

注释

①壬戌嘉平：即嘉庆七年（1802）12月。嘉平，对农历十二月的别称。

②崱屴（zèlì）：高峻貌。

③天骥：即张天骥。张天骥和参寥子皆与苏轼交游。见前注释。

④河阳花：潘岳做河阳县令时，满县栽花。后用"河阳花"喻地方之美或地方官善于治理。

⑤洛阳纸：晋左思作《三都赋》构思十年，赋成，不为时人所重。后经皇甫谧为作序，张载、刘逵为作注，张华叹为"班（固）张（衡）之流也"，于是富豪之家争相传写，洛阳为之纸贵。后用"洛阳纸贵"形容文章风行一时，人以先睹为快。

⑥如如：佛语，指佛理永存常在。

⑦元关旨：佛家指入道佛门的意旨。元关，同"玄关"，清人避康熙玄烨讳，常以"元"代"玄"。

徐州竹枝词

五里三村老幼来，堤头看水一徘徊。共谈早稻家家熟，只为天然闸不开。

种豆殷勤望有收，滩头水上已难收。我田深幸淤三尺，扫缝新耕不用牛。（淤沙经日龟裂顺缝扫入麦种）

山前山后联晋秦①，荆钗裙布②一翻新。四轮车驾黄牛犊，女子辞家已嫁人。

簇簇③山庄设喜筵，佳儿佳妇好喜欢。向平④愿了非容易，卖去依坟十亩田。

催料⑤官差不打门（徐州近免地料之差百姓安乐），偏逢黄水绕孤村。依山傍水红榴熟，树树垂垂露有痕。

莫道彭城无可夸，秋深鸡犬静农家。香风十里金生树，行遍山村熟木瓜。

乐境人生何处无，柳条席片仅容躯。炊烟乍起烧干饼，儿女欢欣拍手呼。

佩刀带剑竟称雄，近日乡庄无此风。妻嘱郎君爹教子，强梁何以见鳌公⑥。

冲我前驱役莫嗔⑦，官威不在出清尘。室家未有飘风雨，他是河滩避水民。

小麦青青大麦黄，连年黄水不冲塘。有家可住容谋食，夫守娇妻儿守娘。

注释

①联晋秦：指两家联姻。春秋时，秦晋两国不止一代互相婚嫁，故称。

②荆钗裙布：荆钗，荆枝制作的髻钗，古代贫家妇女常用之。裙布，粗布衣裙，贫家妇女的装束。

③簇簇（cùcù）：指房舍一丛丛。

④向平：东汉高士向长，字子平，隐居不仕，子女婚嫁既毕，遂漫游五岳名山，后不知所终。（见《后汉书·逸民传·向长》）后以"向平"指为子女嫁娶既毕者。白居易《闲吟赠亲家翁》："最喜两家婚嫁毕，一时抽得向平身。"

⑤催料：催缴地税。
⑥强梁：强横凶暴。鳌公：指作者鳌图自己。
⑦前驱：走在最前面的人。《诗经·卫风·伯兮》："伯兮揭兮，邦之桀兮。伯也执殳，为王前驱。"嗔（chēn）：生气。

将之姑苏留别彭门诸同人

五载相依道日新，于门于野利同人。岂惟行迹忘宾主，直是天伦乐性真。话旧灯前花似阵，谈诗窗外雪如银。霜风吹我江南去，云树苍凉怅望频。

春日登上方山①忆张肃堂山长及程桐园、崔凌霄萧献廷、王南池、王锦亭、周衣田、周似堂诸子

独对青山忆故人，徐方共此十分春。论交风雨诗仍在，怀旧云龙迹已陈。怅望空劳千里目，送迎深负一州民。参寥天骥联王巩②，想亦兴思憔悴身。

注释

①上方山：此指苏州上方山。
②参寥、张天骥、王巩皆与苏轼交游，唱酬甚多。见苏轼诗。

有怀彭城诸友

五载篯铿国①，回思事似麻。河防三百里，粥赈万千家。倒屣常延客②，扶筇③爱看花。东风怀旧侣，远目白云遮。

注释

①篯铿（Jiān Kēng）：即彭祖。姓篯名铿，传说为颛顼帝玄孙陆终氏的第三子。尧封其于彭城。
②倒屣：倒穿着鞋。古人家居，脱鞋席地而坐。客人来到，因急于出迎，以致把鞋穿倒。后以倒屣形容主人热情迎客，王维《辋川别业》："被衣倒屣且相见，相欢语笑衡门前。"延客：迎接客人。
③扶筇（qióng）：拄着手杖。筇，手杖。

赠张肃堂山长①

先生道貌②尚依然，岸帻扶筇③健欲仙。白鹿④规条传后学，青藜校读继前贤⑤。

留宾啸出天边月,送客冲开口上烟。千里神交如一日,西风携手忆当年。

注释

①山长:指旧时书院的主讲并总管书院事务者,即院长。
②道貌:指清雅飘逸的容貌。
③岸帻:岸帻,推起头巾,露出前额;形容衣着简率不拘。帻(zé),头巾。
④白鹿:即白鹿洞书院。位于庐山五老峰南麓(今属江西九江市)。唐贞元中李渤与兄涉隐居读书于此,养一白鹿,故名。南唐升元年间(940)在此建学馆,宋时置书院,朱熹出任知南康军(今星子县)时,重建书院,亲自讲学,确定了书院的办学规条和宗旨。云龙书院内亦有白鹿洞。
⑤青藜:见前《刘更生先生墓》诗"燃藜"注释。

葫芦枣并叙

彭门近豫之永域,其地产枣,有持以献者状似葫芦,均为异品,诗以志之。

彭城万宝告秋成,品物咸亨①佳果生。王母分来别样种,天门摘得几枝轻。细腰媚欲迎风舞,双角垂还带露倾。对此祇②堪掩口笑,壶中老叟凿为罂③。

注释

①品物咸亨:指大地万物都能通达顺利地发展。《易经·坤卦》"含弘光大,品物咸亨"。
②祇(zhī):只。
③壶中老叟:指嗜酒者。罂(yīng):古代盛酒或水的容器,大腹小口。

秋日与张山人话旧

曾在云龙顶上行,西峰缺处鹤无声。十分秋色三分雨,又与山人话旧情。

柳泉道上

平远山村画里家,寒烟衰柳送征车。遥看一片白如雪,行近方知荞麦花。
河流顺轨官愁减,秋稼丰登民意闲。驱马长途心转静,从容领略柳泉山。

河 上

视土①古徐州,西风岁月遒②。云飞千里外,人立大堤头。树影长知晚,河声细已秋。平生思往事,不语对东流。

注释

①视土:视察土地。
②遒(qiú):终,尽。

石林工夜月

此夕长堤月色幽,清光散作一天秋。沛公霸气留山庄,项籍英魂入水流。孤馆露凝闻过雁,野汀风定寂眠鸥。筹河乏术空劳瘁①,兀坐深惭贻厥谋②。

注释

①筹河:筹划治理黄河。劳瘁:因辛劳过度而致身体衰弱。《诗·小雅·蓼莪》:"哀哀父母,生我劳瘁。"
②兀坐:独自端坐。唐戴叔伦《晖上人独坐亭》诗:"萧条心境外,兀坐独参禅。"贻厥谋:指留下治河之策未能实现。

吕梁遇雨

车马驱驰似水流,东南飞起黑云头。人随败叶投荒寺,雨搅山泉下乱沟。风势逼回千里雁,雷声惊散一群鸥。巡河勤瘁频年惯,除此天恩无可酬。

喜 雨

海岱及淮古徐域①,土以五色分高卑。高者刚燥低者湿,雨旸挹彼须注兹②。况以大风一歌③后,风伯尤易陵雨师④。洎⑤乎黄河由北徙,汴泗不流鲜润滋。我来守土复视土,先后八载深所知。石燕不翔商羊舞⑥,流根润叶难相期。今年麦牟⑦登收后,玉散珠联仍应时。岂意六月书不雨,庚金⑧再伏暑难支。芙蓉朵朵风吹散,象迹幻化忽分披。我行其野日如火,黍稷万顷头低垂。时或三点复两点,农心未□常嗟咨⑨。大尹⑩屡以祷祈告,为民请命夫何辞。我奉行之我自讶,为官要在信平时。未能慎独⑪求无愧,吾谁欺乎天难欺。手持瓣香⑫步以去,对越神明虔祝词。惟陈已过冀天宥⑬,仰荷国庥⑭邀圣慈。归来暑汗烦蒸甚,一心如醉复如痴。那知天待徐民厚,金翅鳞起⑮峰头奇。玉女投壶天公笑⑯,银河倒泻风满旗。沟澮⑰皆盈畦田足,禾稼乍醒花满枝。始叹天心多仁爱,我皇恩被野无遗。二三知友对予笑,左挥白羽右把卮⑱。一时得意登仙界,倚柱作书谋纪之。洁我牺牲酬神贶⑲,免冠泥首趋阶墀⑳。清风共沐舒怀抱，回思望泽心犹疑。

注释

①海岱及淮：指黄海以西、泰山以南、淮河以北的广大地区，为古徐州所在。《尚书·禹贡》："海、岱及淮惟徐州……厥贡惟土，五色。"

②雨旸（yáng）：雨天和晴天。挹彼注兹：指将彼器的液体倾注于此器，喻取一方以补另一方。

③大风一歌：指刘邦所唱大风歌。

④风伯：神话传说中掌管风的神。陵：欺凌。雨师：神话传说中传说掌管雨的神。

⑤洎（jì）：到。

⑥石燕：形状如燕的石块，出零陵。传说遇风雨即飞，雨止还化为石。商羊：传说中的鸟名。大雨前，此鸟常屈一足起舞。商羊飞舞定有大雨。王充《论衡·变动》："商羊者，知雨之物也；天且雨，屈其一足起舞矣。"

⑦麦牟（móu）：麦子和大麦。

⑧庚金：指三伏天。夏至后第三个庚日开始为头伏（初伏），第四个庚日为中伏（二伏），立秋后第一个庚日为末伏（三伏）。秋季称金秋。

⑨嗟咨（jiē zī）：慨叹。

⑩大尹：对府县行政长官的称呼。

⑪慎独：在独处时能谨慎不苟。《礼记·大学》："此谓诚于中，形於外，故君子必慎其独也。"

⑫瓣香：古时以拈香一瓣，表示对他人的敬仰，叫瓣香。

⑬冀天宥（yòu）：希望上天保佑。宥，通"祐"。

⑭国庥（xiū）：国家的庇护。

⑮金翅鳞起：鸟飞鱼跃，形容风起云涌大雨来临的景象。

⑯玉女投壶：传说东王公与玉女投壶玩耍，投不中时，上天为之笑而成电。后遂用"玉女投壶"指闪电，或称雨、雷等。《艺文类聚卷二·天部·电》引《神异经》："玉女投壶，天为之笑则电。"

⑰沟浍（gōu huì）：泛指田间水道。浍，田间水渠。《孟子·离娄下》："苟为无本，七八月之间雨集，沟浍皆盈；其涸也，可立而待也。"

⑱白羽：指羽扇。卮（zhī）：古代盛酒的器皿。

⑲牺牲：古指祭祀或祭拜用的牲畜。神贶（kuàng）：神灵的恩赐。

⑳泥首：以泥涂首，表示自辱服罪。后指顿首至地。阶墀（chí）：台阶。

吕梁石砚旧传与端溪同，而得之者鲜，今获斯石诗以志之

冲风破浪历千秋，沧海桑田片石留。此日研磨声动处，犹疑洪口下孤舟。

附：吕梁石砚铭

宣圣至此，更生生此，韩昌黎判此，苏东坡守此，此石之所以产此而我得之。其刚健秉刘项之余气，其秀润被韩苏之遗风，得之者歌文德而颂武功。以水激石，以石捍水。山川之精，妙合而凝。以此为田，子孙流传。歌咏升平，亿万斯年。吕梁石砚价重端溪，古人求之，我独得之。是盖造物者故秘其奇待助老夫之文与诗。坚凝具体，细润有情。端溪歙县，愧负重名。携斯石而归去，不虚三至彭城。吕梁洪，水如激箭声如钟，化作片石天地中。鼠须濡染双脊龙，发为文章气如虹。扣之有声，磨之有声，如洪涛白浪之震惊，如千军万马之奔鸣，如韩潮苏海，歌庙堂而奏太平。是皆斯石从前之阅历，挥毫濡墨以发，见于我只聪明。

秋日与余木斋、丁春崖、崔立甫、严少平访张山人登放鹤亭

烟草茫茫一色秋，西峰缺处绕黄流。眼前历代兴亡事，心上千村稼穑忧。我与诸公来放鹤，会当重九共登楼。**（时有重阳同游之约）** 山川风物今犹昔，地以人传迹更留。

吕梁石砚

李家且漫夸龙尾①，坡老何须作凤咮②。碧玉无暇空艳烂，红丝③有眼亦模糊。天留片石沙宁渍，我取全材墨可濡。润欲生云池泛水，结邻从此伴顽夫④。

注释

①龙尾：砚名。其材龙尾石产自江西婺源东北部龙尾山。苏轼《龙尾砚歌序》："余旧作《凤咮石砚铭》，其略云：苏子一见名凤咮，坐令龙尾羞牛后。已而求砚于歙，歙人云：子自有凤咮，何以此为？盖不能平也。奉议郎方君彦德，有龙尾大砚奇甚，谓余若能作诗少解前语者，当奉饷，乃作此诗。其诗句有："君看龙尾岂石材，玉德金声寓于石。"

②坡老：苏轼。凤咮（zhòu）：砚石名。苏轼《凤咮砚铭》叙："余旧作《凤咮砚铭》，其略云'苏子一见名凤咮，坐令龙尾羞牛后。'"韩子苍注："北苑龙培山，如翔凤饮下之状。当其咮，有石苍黑而玉色。熙宁中，太原王颐以为砚。余名之曰凤咮。"

③红丝：砚名。其石材原产于山东青州黑山红丝石洞，后因其原料枯竭清后以临朐老崖崮为主产区。陆游《秋雨初霁试笔》诗："墨入红丝点漆浓，闲将倦笔写秋容。"

④顽夫：喜爱玩赏的人。顽通"玩"。

彭城形势效王介甫体①

水能搜剔②穿山脚，山可迎冲御水头。黄水始能归大海，青山真是保徐州。天生

天尉昭③常理，民析民因守故邱④。风物川原时在眼，九年隐瘼⑤日相求。

注释

①王介甫：即北宋王安石，字介甫。"王介甫体"俗称"王荆公体"，指其诗作特点为：重炼意，又重修辞，在用事、造语、炼字等方面很下功夫。

②搜剔：搜寻。

③昭：彰明，显扬。

④故邱：家乡的山丘；故乡。

⑤隐瘼：深切的痛苦。

留别彭城

时五月二十八日，六月初三日抵维扬任，以下之作归入袁浦诗草。

三别彭城郡，兹行更惘然。草花皆感旧，民物总堪怜。境似离弦矢，官如逐浪船。酬恩坚内念，岁月任流迁。

暮春过彭城感旧

柳已阴浓麦欲黄，征骠①浩浩路茫茫。雨添野水蛙声乱，日压西山树影长。粉蝶②惊醒千里梦，黄流劳尽九回肠③。沈腰已瘦陶腰折④，十载彭门两鬓霜。

注释

①征骠（biāo）：出行的马，骑马出行。

②粉蝶：泛指蝴蝶。

③九回肠：形容内心焦虑不安。

④沈腰：沈约与徐勉素善，遂以书陈情于勉，言己老病，"百日数旬，革带常应移孔，以手握臂，率计月小半分。以此推算，岂能支久？"意指因多病而腰围减损。后因以"沈腰"作为腰围瘦减的代称。陶腰折：萧统《陶渊明传》：渊明为彭泽令，"会郡遣督邮至，县吏请曰：'应束带见之。'渊明叹曰：'我岂能为五斗米，折腰向乡里小儿！'即日解绶去职，赋《归去来》。"

杨 策 一首

杨策：生卒年不详。徐州人，康熙年间贡生。

亚父冢①

佐项亡嬴计亦工②,莫将成败论英雄。鸿门肯便歼隆准③,薄海④应须变楚风。竟使萧曹⑤鸣得意,反教平勃⑥笑无功。墓前芳草侵眸⑦绿,遗恨千年尚不穷。

注释

①亚父冢:即范增墓。见前注(207页)。
②佐项亡嬴:指范增辅佐项羽灭秦。嬴:嬴秦,秦为嬴姓,故称。
③此句指项羽于鸿门会宴刘邦,范增想借机杀死刘邦,未果。隆准:高鼻,指刘邦。《史记·高祖本纪》:"高祖为人,隆准而龙颜。"
④薄海:接近海边。
⑤萧曹:萧何和曹参,皆为汉初大臣,对刘邦战胜项羽、建立汉朝起了重要作用。
⑥平勃:陈平和周勃,皆为汉初大臣,帮助刘邦战胜项羽、建立汉朝。吕后死,两人定计,诛杀企图夺取政权的吕产、吕禄等人,巩固了刘氏政权。
⑦侵眸:映入眼中。眸,眼睛。

李 炜 一首

李炜:生卒年不详。字霞客,徐州人,贡生。康熙年间官徐州教谕。

子房山①

子房报韩仇②,日月照肝膈③。舞椎奋力士,乃褫④暴秦魄。逸去不复留,十日柱大索。所悔功不成,低头拜黄石。愿覆秦为韩,封留匪所择⑤。浩然归去来,遂振凌霄翮⑥。果然不再传,后人竟削国⑦。

注释

①子房山:子房山位于市区东北部,原名鸡鸣山,传说楚汉相争中张良曾命士兵在此吹箫散楚兵,遂更名为子房山。张良字子房。
②张良祖父、父亲相继为韩昭侯、宣惠王等五世相。公元前230年秦灭韩,张良图谋恢复韩国,以重金求客刺秦王,得力士,为铁椎重百二十斤,于博浪沙(今河南原阳县)狙击秦始皇未遂。秦始皇大怒,乃令天下大索十日,捉拿刺客。张良更姓名,逃逸下邳;于圯桥上遇见黄石公,得书《太公兵法》。后辅佐刘邦,对击败项羽、建立汉朝起了重要作用。被封为留侯。

③肝膈（gé）：同肺腑，比喻特别真诚。也作肝鬲。

④褫（chǐ）：夺去。

⑤封留：封为留侯。《史记·留侯世家》："良曰：'始臣起下邳，与上会留，此天以臣授陛下。陛下用臣计，幸而时中，臣愿封留足矣，不敢当三万户。'乃封张良为留侯，与萧何等俱封。"留：地在今江苏省沛县与铜山县交界处，已沉于微山湖底。

⑥翮（hé）：羽茎，代指鸟翼。张良晚年，曰："愿弃人间事，欲从赤松子游耳。"（《史记·留侯世家》）此意为假托求仙以避祸。此时，韩信、彭越、黥布、陈豨等功臣都已被诛。

⑦张良死后，其子不疑代侯。《史记·留侯世家》："留侯不疑，孝文帝五年坐不敬，国除。"

张念祖　一首

张念祖：生卒年不详。字聿修，号柳亭。徐州人，生活于康、乾间。家世显达，少有才名，中年家道中落，幕游四方，晚年居家授徒，与萧县郝樟、铜山蒋佩、丁泗吉友善。

雍门村①

声势方矜养士恩②，曦车③岂念易黄昏。沙虫④猿鹤怜同化，华屋⑤山丘总断魂。谁把七弦弹太古⑥，能令一曲感王孙⑦。雍门遗响传千载，流水斜阳何处村。

注释

①雍门村：《寰宇记》："雍门城在彭城县东南五十里。案桓谭《新论》云：'雍门周弹琴见孟尝君是也。'《州志》作雍门村，在吕梁洪北。"冯世雍《吕梁洪志》："北则雍门村，即古雍门周善弹琴能使孟尝君悲者。"刘向《说苑·善说》：齐人雍门周，名周，居雍门，曾以琴见孟尝君。孟尝君曰："先生鼓琴亦能令文悲乎？"周引琴而鼓，于是孟尝君涕泣增哀，下而就之曰："先生之鼓琴，令文立若破国亡邑之人也。"

②声势：声威和气势，此处指举世舆论倾向。矜（jīn）：敬重，崇尚。养士：指战国时齐人孟尝君，以好客著称，门下食客数千人。

③曦车：羲和所驾之车。指太阳。神话中羲和为太阳的御者。

④沙虫：又称为光裸星虫，学名方格星虫，俗称"沙虫"。这里泛指土中小虫。

⑤华屋：华丽的房屋。

⑥七弦：即七弦琴，一种古琴，亦称瑶琴、玉琴，为中国最古老的弹拨乐器之一。太古：远古。此指远古的音乐。

⑦王孙：公子，贵族子弟。此指孟尝君。

王锡田　二首

王锡田：生卒年不详。字鲁东，一字蘅甫。睢宁县人。乾隆四十二年（1777）拔贡生，举孝廉方正科。著有《慵侬诗稿》。

经百步洪①

君不见长洪滚滚飞雪练②，满眼苍茫惊迷眩③。凭空万里吼天风，怒涛惊浪疾于电。巨石突兀④起中流，断壁孤峰悬一线。薄暮阴雨鬼神泣，清晓日出鱼龙现。舟子⑤大呼布帆开，冲风激浪随盘旋。跳波斗落不复知，有如离柱断弦脱手箭。忆昔坡公棹舟处⑥，吹篴⑦三更不知倦。名士才追太白豪⑧，贤守夜开庾公宴⑨。至今重访旧游踪，深崖幽壑风景变。惟馀一片黄楼月，寒光耿耿临城堰。

注释

①百步洪：见前注释（46页）。
②雪练：雪白色的熟绢。形容白色水浪。
③眩（xuàn）：眼睛昏花。
④突兀：高貌。
⑤舟子：船夫。
⑥坡公：苏轼。棹（zhào）：划船工具，这里用作动词，指划船。苏轼曾与颜长道等人同游百步洪。参见苏轼《百步洪二首》诗。
⑦篴（dí）：同"笛"。
⑧太白豪：指诗人李白的卓越才能。
⑨庾公宴：指文人雅士的宴集。庾公，指东晋庾亮。

大雪与友人登黄楼苏公祠

街鼓鼕鼕五更初，卧听飞雪打窗纸。登高之兴陡欲狂，披衣独先一城起。有客清兴亦颇豪，把袂①共上东城址。是时曙色浩茫茫，同云一色迳千里。南望云龙不可辨，但见古堞森雁齿②。迤逦③缓步登黄楼，楼高下俯彭门市。万瓦参差叠玉鳞④，银树槎枒掉虬尾⑤。遥指炊烟数点青，间有亭阑露红紫。城外帆樯⑥如贯鱼，冻旗半卷朔风里。风声雪声战河声，溯洄淙沧⑦声满耳。问君此游乐如何，回顾苏公俨尺咫⑧。在昔吹笛百步洪，太息青莲太白死⑨。数百余年无此乐，向疑言狂今知是。拍手大笑且归来，夜月提壶⑩从此始。

注释

①袂：袖子。
②堞：城墙上齿状矮墙。森：众多貌。雁齿：如雁行，喻排列整齐。
③迤逦（yǐlǐ）：缓行貌。
④叠玉鳞：指被雪覆盖的瓦片叠加如白色鱼鳞状。
⑤银树：树的枝干被雪覆盖，一片银白色。槎枒（chāyā）：树枝、枝杈。掉：摆动。虬（古代传说中的无角龙）尾：龙的尾巴；掉虬尾，意思为银色的树枝如龙尾在风中摆动。
⑥帆樯：帆和桅杆。代指船。
⑦溯湃淙沧（péngpàicóngcāng）：河水波浪起伏，互相撞击。
⑧苏公：苏轼，此指祠内苏轼塑像。俨：庄严。尺咫：即咫尺，指近在身边。
⑨在昔二句：指苏轼与颜长道等人同游百步洪事。参见苏轼《百步洪二首》。
⑩提壶：提壶鸟，也作提壶芦或提胡芦。宋欧阳修《啼鸟》诗："独有花上提壶芦，劝我沽酒花前醉。"宋梅尧臣《和永叔六篇·啼鸟》："提胡芦，提胡芦，尔莫劝翁沽美酒，公多金钱赐醇酎，名声压时为不朽。"后因以提壶为饮酒。

严烺（lǎng）一首

严烺：（？—1840）字小农，仁和（今属杭州市）人。官至河东、江南河道总督。嘉庆十一年（1806）任邳北通判。嘉庆十九年、二十二年两任徐州分巡河务兵备道。

徐州重修放鹤亭落成①

放鹤山亭亦偶然，只凭一记②事流传。隐居乐可轻南面③，玉局才原比谪仙④。胜迹鼎新⑤经几度，胎禽羽化⑥近千年。重来载酒成高会，把盏先教酹⑦古贤。

注释

①放鹤亭：见前注释（401页）。
②一记：指苏轼的文章《放鹤亭记》。
③南面：指帝王或大臣之位。古时以面南为尊，古天子诸侯见群臣或卿大夫见僚属，皆面南而坐。
④玉局：指苏轼，苏轼曾任玉局观提举。谪仙：谪居世间的仙人，古时把才行高迈

的人称为谪仙,意为非人间所有,这里特指诗人李白。唐孟棨《本事诗·高逸》:"李太白初自蜀至京师,舍於逆旅。贺监知章闻其名,首访之。既奇其姿,复请所为文。出《蜀道难》以示之。读未竟,称叹者数四,号为'谪仙'。"

⑤鼎新:更新。
⑥胎禽:鹤的别称。羽化:指飞升成仙。
⑦酹(lèi):把酒浇在地上,表示祭奠。

李符清 一首

李符清:生卒年不详。字仲节,一字载园,合浦(今属广西北海市)人。乾隆四十八年(1783)举人,官束鹿知县。有《海门诗钞》。

彭城夜雨寄家兄艺园

河干①一夜听萧瑟,春雨凄同秋雨声。惆怅对床②人万里,果然漂泊在彭城。

注释

①河干:河畔。
②对床:指其兄。苏辙《逍遥堂会宿》:"误喜对床寻旧约,不知漂泊在彭城。"

黄 钺 二首

黄钺(1750—1841),字左君,一字左田,号壹斋、左庶子,晚年自号盲左。安徽当涂人。乾隆五十五年(1790)进士,授户部主事。曾官内阁学士、户部侍郎、礼部尚书、军机大臣等。有《西斋集》。

嘉庆丙子十二月十九日,徐州太守王子卿以东坡生年生日偕幕客及其子登黄楼拜公像,赋诗见示,作此寄之①

公生景祐岁丙子②,至今凛凛③犹未死。公年四十守彭城④,至今寿欲齐商彭⑤。继公作守凡几辈,谁使徐州颂遗爱。寂寞黄楼八百年,惟有青山静相对。王君旧是玉堂仙⑥,列郡⑦偶值公生年。登楼拜像荐脯酒⑧,绘图召客赓⑨诗篇。我颂其诗忆公作,公守彭城乐复乐。豪从雷胜猎城南⑩,闲就山人携妓乐⑪。知名座客卅馀人⑫,更来爱弟兼嘉宾。中庭步月南台夜⑬,洞箫临水桓山春⑭。君今冷落谁为友,但听哀鸿惊出走。(**时徐有水灾之患**)恶客⑮几人时复过,清兴⑯三年亦云偶。须知公初亦良苦,河决澶渊侵济楚[17]。水穿城下作雷鸣，人在城头浴飞雨。公才雄伟古所难，筑堤捍水须臾安。岂仅儿童免鱼鳖，直将歌舞慰酸寒。愿君且勿忧河流，愿君且复勤登楼。若者当复谁当修，今之视昔然乎不，寿公三爵[18]公其留。

注释

①嘉庆丙子：嘉庆二十一年（1816）。王子卿：即王泽，字润生，号子卿。有诗，见下注释。

②苏轼生于景祐三年十二月十九日（1037年1月8日）。

③凛凛：庄严貌。

④苏轼于1076年任徐州太守，时年40岁。

⑤商彭：指彭祖。彭祖姓篯（Jiān）名铿，在商朝为守藏史，故称商彭。

⑥王君：王子卿。玉堂：翰林院。仙：非凡的人。指王子卿在翰林院中非等闲之辈。

⑦列郡：指被任命为郡太守。

⑧脯酒：指祭祀食品。脯，干肉。

⑨赓：继续，连续，此指依照别人诗的用韵做诗，即唱和诗。

⑩苏轼《人日猎城南会者十人以身轻一鸟过枪急万人呼》诗："何似雷将军，两眼霜鹘皎。"

⑪苏轼有《携妓乐游张山人园》诗。见前。

⑫苏轼《九日黄楼作》一诗中有"诗人猛士杂龙虎"，作者自注：坐客三多知名之士十余。见前该诗。

⑬中庭句：苏轼有《台头寺步月得人字》诗。见前。

⑭见苏轼《游桓山会者十人，以春水满四泽、夏云多奇峰为韵得泽字》诗，中有"临流吹洞箫，水月照连璧。"

⑮恶客：指能痛饮者。苏轼《答王巩》诗："古来彭城守，未省怕恶客。恶客云是谁，祥符相公孙。"

⑯清兴：清雅的兴致。

⑰河决句：见苏轼《河复 并序》诗。

⑱三爵：犹三杯。爵，古时青铜制盛酒器。

　　黄楼为颍滨自徐赴南都东坡送之出东门，登城上览山川之胜，云：此地可作楼观，于是东坡始有改筑之意。颍滨去之明日，而河流至。后河复楼成，颍滨为作赋，东坡以绢写为六幅图。今碑刻在城上者，岂即其本欤！嘉庆戊寅二月二十日，子卿太守因楼中并祀颍滨。颍滨为宝元二年己卯生，兹楼之筑实公所卜地，而太守生年又与公同，乃依前岁丙子

寿东坡之例赋诗寿公，刻石索和，书此报之。

黄楼突兀^①徐东门，始基颍滨^②之所卜。筑成为寄赋千言，坡老手书图六幅。当时百日从兄游，逍遥堂中才信宿^③。何期并坐在楼头，七百年来听雨足。前年丙子坡生辰，明年己卯寿颍滨^④。连年太守颇好事，将毋二老君前身。况复生年正在卯，早岁从师曾学道。**（卿从先师朱文正游德吐纳之术）** 天资自昔和而清，与我交游最为早。我亦明年开七裘^⑤，百不如人老何惜。只馀一事似颍滨，归去乡园无住宅。**（颍滨《李方叔新宅》诗：我年七十无宅住）** 雌甲辰，大戊子^⑥，富贵浮云奚必似。昨闻太守祷雨雨滂沱，家饱麦饭舞且歌。能为父母即召杜^⑦，后贤岂让前贤多。可知恺悌^⑧神所劳，但肯勤民无不报。君不见绩溪亭子万山中，至今尚有来苏号。**（来苏亭在绩溪为颍滨筑也）**

注释

①突兀：高耸貌。

②颍滨：即苏辙，号颍滨遗老。黄楼成苏辙作《黄楼赋》。

③当时二句：见苏轼《子由将赴南都，与余会宿于逍遥堂……》诗。信宿：临时住宿。苏辙《逍遥堂会宿二首》引："熙宁十年二月，始复会于澶濮之间，相从来徐留百余日。时宿于逍遥堂。"

④己卯：苏辙生于己卯年（1039）。

⑤七裘：七十，十年为一裘。裘同"秩"。

⑥雌甲辰，小戊子：唐逸史载：晋公与郎中庚威，同甲辰生，公戏曰郎中雌甲辰也。程文惠公、庞颍公，同戊子生，程已贵庞尚为小官，尝戏庞曰君乃小戊子耳。后颍公大拜文惠致书贺曰：今日大戊子却为小戊子也。（见宋曾慥《类说》）

⑦召杜："召杜"即"召父杜母"。"召"指西汉召信臣，曾任南阳太守，好为民兴利，开通沟渠、修筑堤坝数十处，灌溉农田多至三万顷；民得其利，蓄积有余；又提倡简朴民风，禁止奢靡。召深受吏民亲爱，称他为召父。"杜"指东汉杜诗，曾任南阳太守，为政廉洁，关心民间疾苦，造作水排，鼓风炼铁，铸造农具，又修治陂池，广拓农田；南阳人把他和召信臣相比，称"前有召父，后有杜母"。

⑧恺悌：和乐简易。《左传·僖十二年》："恺悌君子，神所劳矣。"苏辙《颍滨遗老传下》："恺弟之政，后世称焉。"

李尧栋　一首

李尧栋（1753—1821），字东采、松云，号松堂，浙江山阴人。乾隆壬辰（1772）进士，入翰林院，为庶吉士。历官江宁知府、湖南巡抚。有《写十三经堂诗集》（一作十四经堂）。

嘉庆丙子十二月十九日东坡先生生日，徐州太守王子卿馆丈[①]**于黄楼祀公为寿，有诗纪事并索拙诗，因赋二十韵请以政**[②]**之，为书楼上，亦一重翰墨缘也**

熙宁河偶来徐州[③]，先生厌胜[④]营黄楼。熙宁河复诗成后，依旧汴泗清波流。七百年来河屡徙，七百年几恒星周[⑤]。先生生年岁丙子，一刹那须如浮休[⑥]。若同绛老[⑦]数甲子，大挠布策不知多少恒沙筹[⑧]。楼上依然奉公祀，独异堤岸高山邱。羽衣吹笛翩然来[⑨]，应为斯土愁蛟虬。彭城老守今王猷[⑩]，椒浆桂酒辰良诹[⑪]。迎公以海鹤南飞之法曲[⑫]，荐公以寒泉玉版之芳馐[⑬]。苏公堤尚在城外，有功则祀邦人讴。先生生作八州督[⑭]，湖山胜处多英游。奚必恋此湫隘[⑮]区，年年畚锸防伏秋[⑯]。先生在天为奎宿[⑰]，徐方星野当奎娄[⑱]。况复对床听夜雨[⑲]，逍遥堂在衙东头。卯君侑食俨像设[⑳]，埙篪四海一子由[㉑]。云旗仿佛御风到，笑我语如剑刻舟[㉒]。我曾入蜀问祠宇[㉓]，大峨[㉔]遥望山悠悠。蟆颐纱縠[㉕]均未到，又复送江入海游。宦如浮鸥侧闻高会辄神往，想像琼楼玉宇高处飞仙留。也是朱陈[㉖]旧使君（余亦曾守徐四十九日），布鼓敢向雷门投[㉗]。

注释

①馆丈：翰林前辈对后辈的称呼。

②政：政同"正"。

③见苏轼《河复》并序。

④厌胜：古代迷信称以咒语、法术等能制胜所厌恶的东西。苏轼修建黄楼，以黄土涂之，因土能胜水。

⑤恒星周：指地球绕恒星太阳转一圈，即一年。

⑥浮休：指人生短暂。《庄子·刻意》："其生若浮，其死若休。"

⑦绛老：绛县老人，泛指老年人。《左传·襄公三十年》："二月癸未，晋悼夫人食舆人之城杞者，绛县人或年长矣，无子，而往与於食。有与疑年，使之年。曰：'臣小人也，不知纪年。臣生之岁，正月甲子朔，四百有四十五甲子矣，其季於今三之一也。'吏走问诸朝。师旷曰：'……七十三年矣。'史赵曰：'亥有二首六身，下二如身，是其日数也。'士文伯曰：'然则，二万六千六百有六旬也。'"后因称高寿之人为"绛县老人"。

⑧大挠：指抓耳挠腮，表示急躁貌。布策：即布列算筹，策为计算的筹子，意指运算，想办法。恒沙筹：言恒河沙数多至不可胜数。

⑨见苏轼《百步洪》诗序。

⑩王猷：指王泽。王泽当时为徐州太守。

⑪椒浆桂酒：泛指美酒。诹（zōu）：商议。

⑫鹤南飞：苏轼《玉局文》："元丰五年十二月十九日，东坡生日也，置酒赤壁矶下，踞高峰俯鹊巢。酒酣，笛声起于江上。客有郭、尤二生，颇知音，谓坡曰：'声有新意，

非俗工也'。使人问之,则进士李委闻坡生日,作新曲曰《鹤南飞》以献。呼之使前,则青巾紫裘腰笛而已。既奏新曲,又快作数弄,嘹然有穿云裂石之声,坐客皆引满醉倒。委袖出嘉纸一幅曰:'吾无求于公,得一绝句足矣!'坡笑而从之:'山头孤鹤向南飞,载我南游到九嶷。下界何人也吹笛,可怜时复犯龟兹'。"法曲:道观所奏之曲。

⑬荐公:荐,祭献;公,指苏轼。玉版:鳣(zhān)鱼的别名。宋李石《续博物志》卷二:"鳣,黄鱼,口在颔下,无鳞,长鼻软骨,俗谓玉板,长二三丈,江东呼为黄鱼。"清方文《品鱼四十首·鳣》:"玉版浸金膏,允为盘中最。"芳馐(xiū):芳香精美的食物。

⑭八州督:苏轼曾在杭州、密州、徐州、湖州、登州、颍州、扬州、定州等八州任知府。

⑮湫隘:低下狭小。

⑯畚锸(běnchā):畚,竹筐之类的器具;锸,锹。伏秋:立秋后的伏天,这段季节最易发生水患。

⑰奎宿:二十八宿之一。古代星相者称奎主文章,故称苏轼为奎宿。

⑱古人依据十二星次的位置划分地面上州、国的位置与之相对应。就天文说,称作分星;就地面说,称作分野。徐州地区与天上的奎娄星次相对应。

⑲见苏辙《逍遥堂会宿二首并引》诗。

⑳卯君:卯年生的人,此指苏辙,苏辙生于己卯年(1039)。侑(yòu):劝人进酒食。

㉑壎篪(xūnchí):壎,古时一种陶制吹奏乐器;篪,一种竹制管乐器。"壎篪"常用来比喻兄弟亲密和睦。子由:苏辙字子由。

㉒剑刻舟:即刻舟求剑。

㉓祠宇:祠堂。

㉔大峨:峨眉山有大峨、中峨、小峨三峰。

㉕蟆颐:山名,在四川眉山县东。纱縠:即纱縠行,为买卖棉绢纺织品的地方。此指眉州城内的纱縠行,苏轼的母亲曾在此租房居住。苏轼《记先夫人不发宿藏》:"先夫人僦居于眉之纱縠行。"

㉖朱陈:古村名。白居易诗《朱陈村》:"徐州古丰县,有村曰朱陈……一村唯两姓,世世为婚姻。"此处用朱陈代称徐州。

㉗《汉书·王尊传》:"太傅在前说《相鼠》之诗。尊曰:'毋持布鼓过雷门。'"布鼓,以布为鼓,故无声。雷门,为会稽城门,有大鼓,传说击此鼓,洛阳能听到。后以布鼓和雷门并举,比喻在高手前卖弄技能。

王 泽 二首

王 泽(1759—1842)字润生,号子卿,室名旧斋,晚年号观斋。安徽芜湖人。嘉庆六年(1801)进士。历官云南正考官、徐州知府,署赣南道。有《观斋集》。

嘉庆丙子嘉平月①十有九日,同邵季司、葛秋农、胡禹门、陈春江暨伊侍保三儿子登黄楼设供,为东坡先生寿,赋此

奎星还星七百载②,举首见星见公在。人间小劫偶游戏,千古髯仙③仰风采。先生昔年治此州,先生昔年建此楼。摄取拔山盖世气,摄伏河水东南流。邦人思公祀公像,生气凛然照楹幌④。吕梁百步已沉堙⑤,伫立羽衣⑥如在上。继公来守喜欲颠,恰值丙子公生年⑦。招邀宾客为公寿,高楼四望凌苍烟。放鹤亭空已无鹤,戏马台荒野花落。美人燕子秋不飞,细马红妆⑧久寂寞。先生游迹何处无,惠儋看海杭颍湖⑨。云车风马隘八极⑩,谓公恋此宁非愚。拍手大笑我狂也,自斛寒泉荐一斝⑪。后李白乐倪未忘,定骑麒麟大荒下⑫。

注释

①嘉庆丙子:嘉庆二十一年(1816)。嘉平月:即腊月。

②奎星:奎宿星,二十八宿之一。或说"奎主文章",此处奎星指苏轼。苏轼1101年去世。从去世到嘉庆丙子已700多年。

③髯仙:指苏轼。清·魏学洢《核舟记》:"船头坐三人,中峨冠而多髯者为东坡。"

④楹幌:楹,厅堂的前柱;幌,帷幔、窗帘。

⑤吕梁百步:吕梁洪和百步洪。堙(yīn):填埋。

⑥伫立羽衣:苏轼《百步洪二首》序:"王定国访余于彭城,一日棹小舟,与颜长道携盼、英、卿三子游泗水,北上圣女山,南下百步洪,吹笛饮酒,乘月而归。余时以事不得往,夜着羽衣,伫立于黄楼上,相视而笑,以为李太白死,世无此乐三百余年矣……"参见该诗。

⑦苏轼生于1037年1月8日。夏历为丙子年十二月十九日。

⑧细马红妆:细马,小马,苏轼《临江仙》词:"细马远驮双侍女,青巾玉带红靴。"红妆:妇女的盛装,此指美女关盼盼。

⑨惠儋:惠州和儋州。杭颍湖:指杭州、颍州、湖州。以上数州都是苏轼被贬或外放之地。

⑩云车风马:传说神仙以云为车,以风为马。隘八极:到八方极远的地方。

⑪斛(jū):用斗、勺等舀取。斝(jiǎ):古代酒器,圆口,三足,有把手。

⑫麒麟:传说中的仁兽,雄称麒,雌称麟。大荒:《山海经·大荒西经》:"大荒之中,有山名曰大荒之山,日月所入……是谓大荒之野。"后泛指辽阔的原野或边远的地方。

嘉庆戊寅二月二十日登黄楼为子由先生寿作①

我生与公同己卯②,后公七百二十年。彭城是公旧游地,逍遥堂中听雨眠③。黄

楼赋成长公写④，至今卓立⑤丰碑镌。楼上并祀俨像设，四海一弟双飞仙。公生二月二十日，十三周甲灵宪编⑥。登楼设供为公寿，招集嘉客来翩跹⑦。栴檀婆律瓣香奉⑧，氤氲⑨缥缈空中烟。云旗⑩仿佛自天下，骑麟翳凤相后前⑪。我今宦游⑫适在此，生同年月六日先⑬。（泽以己卯二月十四日生）邦人放鸽为我寿，鹤南飞曲争新篇⑭。愧无长公善政治，漂泊但为人可怜。翰林仙人真玉局⑮，我形陋劣方前贤。（煦斋先生新集苏句：元亮本无适俗韵，东坡也是可怜人，书联寄赠。左田先生旧有见赠四海交游一子由之句）太虚⑯无碍春风颠，大河黄楼一粲然。官于此者不知凡几辈，我成韵事作合宁非天。

注释

①嘉庆戊寅：嘉庆二十三年（1818）。子由：苏辙，字子由。

②我生二句：苏辙生于宋宝元己卯年（1039）；王泽生于清乾隆己卯年（1759），后苏辙720年。

③逍遥堂：在彭城郡署内，苏轼守徐时建，与弟苏辙曾会宿此堂，各有诗。详见前注释（501页）。参见苏轼《子由将赴南都，与余会宿于逍遥堂……》诗及苏辙《逍遥堂会宿二首》诗。

④苏辙作《黄楼赋》，其序言："辙方从事于宋，将登黄楼，览观山川，吊水之遗迹，乃作黄楼之赋。"赋成，苏轼书，碑刻于楼上。长公：指苏轼。古人多以"长公"为字，意为行次居长。故称长兄为长公。

⑤卓立：特立。

⑥周甲：满六十年。干支纪年一甲子为六十年，故称。十三周甲，即十三个甲子，指从苏辙生年己卯循环到清嘉庆己卯年（1819年）为十三个甲子，王泽正六十岁。《灵宪》是张衡写的一部天文著作。

⑦翩跹（piānxiān）：轻快地跳舞。此指欢快地聚集一起。

⑧栴檀（zhāntán）：香木。婆律：即龙脑香，又名冰片。瓣香：古时以拈香一瓣，表示对他人的敬仰，叫瓣香。

⑨氤氲（yīnyūn）：烟云弥漫貌。

⑩云旗：仙人以云为旗。

⑪骑麟翳凤：指仙人出行前后有奔腾的麒麟和飞翔的凤凰陪同。

⑫宦游：做官。

⑬王泽以己卯二月十四日生，苏辙生日在己卯二月二十日，故称"六日先"。

⑭鹤南飞曲：见前李尧栋诗注释。

⑮翰林仙人：指苏轼，以称颂苏轼文章的杰出成就。玉局：苏轼曾任玉局观提举，后人遂以"玉局"称苏轼。

⑯太虚：天空。

王 昙 一首

王昙（1760—1817），又名良士，字仲瞿。秀水（今浙江嘉兴）人。当地有瓶山，因以瓶山自号。乾隆五十九年（1794）举人。会试不第，白衣终身。著有《烟霞万古楼文集》等。

留侯祠①

子胥鞭楚②楚不绝，留侯入秦秦即灭。英雄为报一家仇③，何苦漂流万人血。胥不得佐太子建，良不得佐韩王成④。不为赤松⑤走，几为猛犬烹⑥。功人功狗⑦两无益，徒受亭公⑧谩骂名。张良不食谷⑨，李泌⑩不娶妻。早欲祠黄石⑪，何如老白衣⑫。君不见五湖范蠡载西施⑬，一舸鸱夷去已迟⑭。鲁连不忍秦皇帝⑮，密铸亡秦一柄椎。

注释

①留侯祠：此指微山湖中微山岛上的张良墓。另有子房祠，在徐州城东子房山上，亦称留侯祠。

②子胥：伍子胥，春秋末期吴国大夫，本楚国人。其父伍奢为楚平王子建太傅，因受谗害与其长子伍尚一同被楚平王杀害。伍子胥从楚国逃到吴国，成为吴王阖闾重臣。公元前506年，伍子胥协同孙武带兵攻入楚都，伍子胥掘楚平王墓，鞭尸三百，以报父兄之仇。吴国倚重伍子胥等人之谋，西破强楚、北败徐、鲁、齐，成为诸侯一霸。后吴王夫差听信谗言，逼伍子胥自杀。子胥对其门客说："必树吾墓上以梓，令可以为器；而抉吾眼县吴东门之上，以观越寇之入灭吴也。"乃自刭死。"吴王闻之大怒，乃取子胥尸盛以鸱夷革，浮之江中。"（见《史记·伍子胥列传》）鸱夷（chī yí），革囊。

③张良的祖与父相继为韩昭侯、宣惠王等五世之相。秦灭韩后，张良悉以家财求客刺秦王，为韩报仇。

④韩王成：名成。韩国王室。秦末在张良帮助下被立为王。项羽灭秦后封韩王成为韩王，都阳翟（今河南禹县）。韩王成因无军功，而张良又为刘邦谋臣，故被项羽杀害。

⑤赤松：即赤松子，相传为仙人。张良晚年曾言："愿弃人间事，欲从赤松子游耳。"

⑥猛犬烹：喻指有功之臣终被杀害。指刘邦得天下后，其功臣有的被杀。刘邦怀疑韩信反，将韩擒获。此时，韩信方醒悟，曰："果若人言，'狡兔死，良狗亨；高鸟尽，良弓藏；敌国破，谋臣亡。'天下已定，我故当亨。"（见《史记·淮阴侯列传》）

⑦功人功狗：指有功之人、有功之犬。《史记·萧相国世家》："高帝曰：'夫猎，追杀兽兔者狗也，而发踪指示兽处者人也。今诸君徒能得走兽耳，功狗也。至如萧何，发踪指示，功人也。'"

⑧亭公：指刘邦。刘邦曾为泗水亭长。

⑨不食谷：指张良晚年"学辟谷，道引轻身。"

⑩李泌：（722—789）字长源，京兆（今西安）人，唐朝大臣，官至宰相，四次归隐，游衡山、嵩山学道，长期绝粒食气，修黄老之术。

⑪黄石：即黄石公。晋·皇甫谧《高士传》："黄石公者，下邳人也，遭秦乱，自隐姓名，时人莫知者。初张良易姓为长，自匿下邳，步游沂水圯上，与黄石公相遇。"

⑫白衣：平民。

⑬范蠡：字少伯，春秋时期楚国宛地（今河南南阳）人。因不满当时楚国政治而投奔越国，辅佐越国勾践刻苦图强，消灭吴国。功成名就之后，化名姓为鸱夷子皮，变官服为一袭白衣与西施泛一叶扁舟于五湖之中。后游齐国，经商致富，三散家财，自号陶朱公。

⑭鲁连：即鲁仲连，战国时齐国人。善于谋划，常周游各国，排难解纷。秦军围赵都邯郸，鲁连以利害进说赵魏大臣，劝阻尊秦为帝。

钟启韶　一首

钟启韶：生卒年不详。字琴德，号凤石，新会（今属广东省）人。乾隆五十七年（1792）举人。有《读书楼诗钞》。

渡黄河

徐州河声吞吐里，千家围住河堤底。堤东一塔出高寒，影插黄河半天水。我向徐州问官渡①，棹②上河声上流处。是时北风刮河堤，芒砀③山色迷东西。欲雪未雪天云低，惊沙拂水马鬣齐。立马满船风里嘶，驿程更指荒村口。驻马河边一回首，符离迢递④接彭城，只隔江南数行柳。逢人借问荆山河⑤，春水未上桥不波。挥手去矣吾颜酡⑥，大河以北春风多。

注释

①官渡：官家的渡口。

②棹（zhào）：划船工具，形状和桨差不多。此处代指船。

③芒砀：芒山与砀山，在今安徽砀山县东南，与河南永城县接界。二山相距八里。当年刘邦送徒骊山途中逃匿，即藏于芒砀山泽岩石之间。

④符离：即符离集，今属安徽省。《元和郡县图志》作"苻离"，"苻离县，本秦旧县，汉属沛郡，高齐时属睢南郡，隋开皇三年罢郡，以县属徐州。"迢递（tiáodì）：遥远貌。

⑤荆山河:即荆山口河。清同治《徐州府志》:"城北二十里有荆山口河。广数百丈,有桥跨其上。"

⑥颜酡(yántuó):醉后脸泛红晕。《楚辞·招魂》:"美人既醉,朱颜酡些。"

陈燮 一首

陈 燮:生卒年不详。字理堂,泰州人,嘉庆三年(1798)举人,官邳州学正。有《隐园诗集》。

登戏马台

衣锦何年戏马回①,巃嵸②怪石拥荒台。重阳风雨思高会③,西楚④山川出霸才。浩荡秋原看鹿走,苍茫战垒见花开。阮生一掬英雄泪,广武吟成回自哀⑤。

注释

①《史记·项羽本纪》:有人劝项羽都关中,以定霸业。"项王见秦宫室皆以烧残破,又心怀思欲东归,曰'富贵不归故乡,如衣绣夜行,谁知之者!'"衣绣夜行,即穿着锦绣之衣在夜间行走,虽然漂亮却没有人看见。

②巃嵸(lōngzóng):山势险峻貌。

③重阳:九月九日重阳节。参见前谢灵运和谢瞻诗。

④西楚:旧以江陵为南楚,吴为东楚,彭城为西楚。

⑤阮生二句:阮生,指晋阮籍。广武,地名,在今河南荥阳县东北。秦末刘邦项羽曾在此在此交战。《晋书·阮籍传》:"(籍)时率意独驾,不由径路,车迹所穷,辄恸哭而反。尝登广武,观楚、汉战处,叹曰:"时无英雄,使竖子成名!""掬,量词,相当于"捧"。

陈寿祺 一首

陈寿祺:生卒年不详。字恭甫,号左海,亦号苇仁。闽县(今属福建省)人,嘉庆四年(1799)进士,改庶吉士,授编修。有《绛跗堂集》。

夜赴彭城

马首接明月,苍茫何处村。荒山争乱石,微径走中原①。天划青徐②小,云归梁楚③昏。时平桴鼓息④,烟火见彭门。

注释

①中原：指黄河中下游一带地区。

②青徐：青州、徐州。

③梁楚：梁和楚。项羽都彭城，兼王梁、楚。梁，战国时的魏国都大梁，称为梁，今属河南省。楚，此处指西楚，即彭城（今徐州）。

④时平：指太平时期。桴鼓：战鼓，警鼓。此句意：天下太平，听不到战鼓声。

吴 甫 一首

吴甫：生平不详。

分迹怀古得燕子楼①

古堞翳然燕子楼②，绿窗曾锁美人愁。犹怜岭上空秋月，不照东来刺史舟。

注释

①分迹：迹，指古迹、遗迹。数人相约赋诗，选定若干古迹，由各人分选一处为题作诗，称为分迹。燕子楼：见前注释（29页）。

②堞：此指城墙。翳然：荒芜貌。翳：音 yì。

③刺史：知州的别称。这里指节度使张愔，卒后归葬洛阳。见前注释。

杨 巩 一首

杨巩：生卒年不详。字又曾，一字石庵。诸生。铜山县（今徐州铜山区）人。有《东山草堂诗集》。

拔剑泉①

一折寒流碧，千秋带剑名。龙眠山有气，星隐涧无声。映水藤萝②挂，重岩竹木横。风吹林叶坠，疑是汉王声。

注释

①拔剑泉：见前贾壮《拔剑泉诗》注释（520页）。

②藤萝：即紫藤。

邵自来 一首

邵自来：生平不详。

游云龙山

策马南郊外，薰风①动客衣。河声堤外急，峰影雾中微。寺古禅②何静，亭③空鹤未归。同人兴眺望，处处爱斜晖④。

注释

①薰风：和风。指初夏时的东南风。
②禅：指坐禅。
③亭：指云龙山上放鹤亭。
④斜晖：傍晚的阳光。

董作砺 一首

董作砺：生平不详。

刘中垒墓下作①

大道久榛芜②，斯文③幸未丧。一自焚坑馀④，六籍⑤随风飏。赤帝⑥马上来，屠沽⑦作将相。偶语⑧禁虽除，搜讨事犹旷⑨。卿云词赋雄⑩，著述空覆酱⑪。江都号儒宗，灾异亦近妄⑫。夫子生中叶⑬，传经抱微尚⑭。贤哉萧望之，荐拔疏先抗⑮。一朝论石渠⑯，校书天禄帐⑰。群言辨异同，排云豁尘障⑱。醇意⑲舒高文，西京格独创⑳。岂惟弹封事㉑，不避众疑谤。只恨莽太师㉒，家学虚酬唱㉓。汉祚移新室㉔，怀古增惆怅。即今大河滨，抔土㉕仍无恙。丰碑屹中流，乾坤为浩荡。护持资㉖鬼神，蛟龙谁敢傍。我来吊遗踪，溪毛委崩浪㉗。夜深乙仙藜㉘，犹照荒阡㉙上。

注释

①刘中垒：即刘向（约前77—前6），原名更生，字子政，彭城（今徐州）人。刘向官至中垒校尉，故世又称刘中垒。刘向墓：《水经注》："获水又东，转迳城北而东注泗水，北三里有石冢被开，传言楚元王之孙刘向冢，未详是否。"道光《铜山县志》：刘向墓"旧州志云，在城西北二里演武场南，墓侧旧有祠，黄河南徙，墓在北岸，距河十数步。道光二年，圮于河，今迁于陡山口迤南。"

②大道句：大道，常理正道。榛芜：荒废。
③斯文：此指礼乐制度。
④焚坑：指秦始皇焚烧典籍、坑杀儒生事。
⑤六籍：即六经：《诗》、《书》、《礼》《乐》、《易》、《春秋》。
⑥赤帝：指汉高祖刘邦。详见前注释（143页）。
⑦屠沽：屠户和卖酒者，指出身寒微者。汉初将相多出身寒微。
⑧偶语：相对私语。《史记·秦始皇本纪》："有敢偶语诗书，弃市。"
⑨搜讨：指搜集、寻找（六经典籍）。旷：需要很长时间。
⑩卿云：即司马相如和扬雄。司马相如字长卿，扬雄字子云，二人都是汉朝的词赋家，合称卿云。
⑪覆酱：语出《汉书·扬雄传下》："钜鹿侯芭常从雄居，受其《太玄》、《法言》焉，刘歆亦尝观之，谓雄曰：'空自苦！今学者有禄利，然尚不能明《易》，又如《玄》何？吾恐后人用覆酱瓿也。'雄笑而不应。"覆酱瓿，后用以比喻著作毫无价值，或无人理解，不被重视。瓿（bù）：古代盛物的小瓮。
⑫江都二句：这两句指汉董仲舒事。江都：郡名，治所在江阳（今江苏扬州市）。武帝时董仲舒曾官江都相。后因言灾异之变事被下狱，当死，不久赦免。儒宗：儒者的宗师。《汉书·刘向传》："仲舒为世儒宗，定议有益天下。"刘向也曾屡次上书称引灾异之变，弹劾宦官外戚专权，认为地震、星宿之变异等自然现象都是宦官外戚的胡作非为引起的。有一本书叫《枕中鸿宝苑秘书》，书言神仙能使鬼物为黄金之术，刘向读之好奇，便献给朝廷，经验证失败，刘向因此获罪，当死，经用钱赎罪。
⑬夫子：古代对男子的尊称，这里指刘向。刘向生平处于西汉中期。
⑭传经：传授经学。微尚：微小的志向，常用作谦词。
⑮贤哉二句：萧望之，为汉大臣，重用提拔刘向，并一起弹劾宦官外戚的专权。
⑯石渠：即石渠阁，汉官中藏书的地方。
⑰天禄：即天禄阁，汉官中藏经典的地方，刘向曾在此校书。
⑱豁尘障：扫除障碍。此处指解决疑难问题。
⑲醇意：精辟的见解。
⑳西京：汉都城西安。此句指刘向的文章在当时的都城别具一格。
㉑岂惟二句：封事，密封的奏章。古时臣下上书奏事，防有泄露，用皂囊封缄，故称。这两句指刘向和萧望之等人准备弹劾弄权放纵的外戚和宦官，事泄，遭对方诬陷。
㉒莽太师：指王莽，太师为官名。王莽为人谦恭俭让，对内服侍母亲及寡嫂，抚育兄长的遗子，侍奉诸位叔伯，也都十分周到。对外结交贤士，在朝野素有威名，在当时几乎成为道德楷模。但后来却篡权称帝，改国号为"新"。
㉓家学，家族世代相传之学。虚酬唱：不过是表面应付，没有实际去做。
㉔汉祚：汉朝的皇位。此句指汉朝的皇位被王莽篡夺。
㉕抔土：即每一寸土地。

㉖资：凭借，依靠。
㉗溪毛：溪中水藻。委崩浪：在奔腾的水浪中摆动。
㉘乙仙藜：《三辅黄图·阁》："刘向于成帝之末，校书天禄阁，专精覃思。夜有老人，着黄衣，植青藜杖，叩阁而进。见向暗中独坐诵书，老父乃吹杖端，烟然，因以见向，授《五行洪范》之文。恐词说繁广忘之，乃裂裳及绅以记其言。至曙而去，请问姓名，云：'我是太乙之精，天帝闻卯金之子有博学者，下而观焉。'"后因以"青藜"指夜读照明的灯烛。此处"乙仙藜"指读书照明的灯烛。
㉙荒阡：荒野。

华 兰 一首

华兰：生卒年不详。字省香，号春浦，天津人。乾隆四十五年（1780）举人。官全椒（今安徽全椒县）知县。

夜过徐州

歌风台上绿杨秋，云暗天低泗水流。灯火蓬窗芦苇夜，半帆风雨下徐州。

舒 位 五首

舒位（1765—1815），字立人，号铁云，小字犀禅。直隶大兴（今北京市）人，生于吴门（今苏州市）。乾隆戊申（1788年）恩科举人，后屡试不第。嘉庆二年（1797）任职河间太守王朝梧幕中，后随其赴黔西道，并随军从征。舒位家境贫寒，一生四处漂泊，寄人篱下。有诗名，时被目为才子，赵翼与其订忘年交。有《瓶水斋诗集》。

初春自徐州泛舟至清河①

河从天上来，船如天上坐。愿托鲤鱼书②，不逐鸥夷舸③。蔼蔼上元节④，盈盈⑤下水船。今宵公路浦⑥，第一月华⑦圆。

注释

①清河：地名。古代江苏有清河县，后改称淮阴县，今为淮安市淮阴区。
②鲤鱼书：古时多以鲤鱼形状的函套藏书信，因以鲤鱼代指书信。汉乐府诗《饮马长城窟行》："客从远方来，遗我双鲤鱼，呼儿烹鲤鱼，中有尺素书。"

③鸱夷舸：皮革船。鸱夷（chīyí）：革囊。《史记·伍子胥列传》："吴王闻之大怒，乃取子胥尸盛以鸱夷革，浮之江中。"舸（gě）：泛指船。
④蔼蔼（ǎiǎi）：温和貌。上元节：即元宵节。
⑤盈盈：水清澈貌。
⑥公路浦：地名。在今江苏省淮阴城西。《水经注·淮水》："淮阴城西二里有公路浦，昔袁术向九江，将东奔袁谭。路出斯浦，因以为名焉。"袁术：字公路，地因人而名。
⑦月华：月亮。

黄 楼

兖州城南楼，老杜之所登①。徐州城北楼，大苏②之所营。人去千载遗其形，地去千里留其名。千里风雨何处愁，千载魂魄当来游。我行兖州复徐州，题诗何殊貉一丘③，犹幸诗中有酒楼。安得身着羽衣头戴笠④，与公执鞭楼下立。

注释
①老杜：指杜甫。杜甫有《登兖州城楼》诗："东郡趋庭日，南楼纵目初。浮云连海岱，平野入青徐。孤嶂秦碑在，荒城鲁殿馀。从来多古意，临眺独踌躇。"
②大苏：指苏轼。
③貉一丘：指同属一类，没有差别。貉，音 hé。苏轼《过岭》诗之一："平生不作兔三窟，今古何殊貉一丘。"
④苏轼《百步洪二首》序："王定国访余于彭城，一日棹小舟，与颜长道携盼、英、卿三子游泗水，北上圣女山，南下百步洪，吹笛饮酒，乘月而归。余时以事不得往，夜着羽衣，伫立于黄楼上，相视而笑，以为李太白死，世无此乐三百余年矣……"参见该诗。

燕子楼

燕子楼千载，桃花水一方。贵人薤露曲①，少妇郁金堂②。红粉③如春梦，乌衣又夕阳④。虽非铣谷伎⑤，终老白云乡⑥。

注释
①薤露曲：古歌曲名。
②郁金堂：对女子芳香高雅居室的美称。
③红粉：代指美女。
④乌衣：即乌衣巷，在今南京秦淮河南岸，三国时吴国于此置乌衣营，以军士服乌

衣而名。东晋时王、谢诸望族居此。这里指豪门贵族的居所。唐刘禹锡《金陵五题·乌衣巷》诗："朱雀桥边野草花，乌衣巷口夕阳斜。"

⑤铣谷：即金谷。指西晋石崇的爱妾绿珠。绿珠艳丽，善吹笛，又善歌舞，深为石崇宠爱。石崇在河南金谷涧修建别墅，称"金谷园"，和当时的名士左思、潘岳等二十四人曾结成诗社，号称"金谷二十四友"。每次宴客，必命绿珠出来歌舞侑酒。舒位在《题画》：诗中也用"铣谷"一词："铣谷珠还不堕香，笛声依旧按伊凉。"《唐诗纪事》卷九徐彦伯："彦伯为文，多变异求新，以凤阁为鹓阁，龙门为虬户，金谷为铣溪，玉山为琼岳，竹马为篠骖，月兔为魄兔，谓之徐涩体。"

⑥白云乡：神仙居所。

留侯里咏古

已奉黄石教①，且从赤松游②。报仇五世韩③，辟谷万户留④。辟谷之乐非封侯，封侯不过为报仇。仇既报，可已已。侯既封，聊尔尔⑤。君不见亚夫肉食何其鄙⑥，虽不辟谷亦饿死。

注释

①黄石：即黄石公。晋·皇甫谧《高士传》："黄石公者，下邳人也，遭秦乱，自隐姓名，时人莫知者。初张良易姓为长，自匿下邳，步游沂水圯上，与黄石公相遇。"

②赤松游：赤松，即赤松子，相传为仙人。张良晚年曾言："愿弃人间事，欲从赤松子游耳。"

③张良祖父、父亲相继为韩昭侯、宣惠王等五世相。公元前230年秦灭韩，张良图谋恢复韩国，以重金求客刺秦王，得力士，为铁椎重百二十斤，于博浪沙（今河南原阳县）狙击秦始皇未遂。

④辟谷：不食谷。《史记·留侯世家》："留侯性多病，即道引不食谷，杜门不出岁余。"万户侯：刘邦封功臣，让张良自己择取齐地三万户为封邑，张良却辞让曰："臣愿封留足矣，不敢当三万户。"又曰："今以三寸舌为帝者师，封万户，位列侯，此布衣之极，于良足矣。"（见《史记·留侯世家》）

⑤聊尔尔：谓姑且如此而已。朱熹《舫斋》诗："筑室水中聊尔尔，何须极浦望朱宫。"

⑥亚夫：即周亚夫（前199—前143），西汉时期的著名将军。有一次景帝在皇宫中召见他，赏赐酒食。席上只放了一大块肉，没有切碎的肉，也没放筷子。亚夫心中不满，扭头就叫管宴席的官拿筷子来。景帝看到后笑着说："这些不能满足您的需要吗？"后来周亚夫因儿子从工官尚方偷买殉葬用的甲楯五百具而受到查办，在监狱中绝食五天，吐血而死。

挂剑台①

曾向高台发浩歌,飘零华屋与山阿。故人别去言犹在,公子归来涕更多。一物留连天地老,千秋怅望死生讹。如何三尺匣中水②,不向春秋传③里磨。

注释

①挂剑台:又名季子挂剑台。详见前注释(41页)。

②匣中水:指宝剑。李贺《春坊正字剑子歌》:"先辈匣中三尺水,曾入吴潭斩龙子。"

③春秋传:春秋,指鲁国的编年史书《春秋》,为《春秋》注释的有左氏、公羊、谷梁三家,即《左氏春秋传》《春秋公羊传》《春秋谷梁传》,合称《春秋三传》。这句意思指"季子挂剑"事未被载入"春秋传"中。

金衍宗 三首

金衍宗(1771—1860)字维翰,号岱峰,一号瓯隐,又号实轩,浙江秀水(今嘉兴)人。嘉庆五年(1800)举人,官临安县教谕、温州府教授。有《思贻堂文稿》、《思贻堂诗稿》。

燕子楼

尚书①镇彭城,军民乐康阜②。推官辟昌黎③,文章重山斗。李藩许孟容④,幕府相左右。治法与征谋⑤,所赖出众手。惟公能好贤,好贤诚何负。后堂列丝竹⑥,下陈充箕帚⑦。且夕归山邱,歌舞属谁某。何图一蛾眉⑧,乃与争不朽。楼居十一年⑨,箧衍三百首⑩。偶感舍人诗⑪,从容用自剖。恐以是累公,不然从死久。益令尚书名,乐道在人口。呜呼关诚贤,匪直节不苟。古者儿女情,义勿取太厚。内人⑫皆失声,旷礼⑬执其咎。诵关之所言⑭,识不敬姜后。至今一角楼,永为燕子有。丈夫志千秋,登斯得无忸⑮。白杨只作薪⑯,红粉孰与寿。大义知废兴,古墓王母陵⑰。(**墓在徐州城西南二里**)

注释

①尚书:一说为唐张建封,一说为其子张愔。见白居易、张仲素《燕子楼》诗及注释。

②康阜:安乐富庶。

③指张建封荐举韩愈为推官。辟：举荐。

④李藩：字叔翰，赵郡人，官吏部郎中。张建封在徐州，荐举为从事。许孟容：字公范，京兆长安人也，官至抚州刺史，赠礼部尚书。少以文词知名，举进士甲科，授秘书省校书郎。贞元初，张建封荐举为从事。

⑤征谋：征讨的谋划。

⑥丝竹：弦乐器和竹管乐器。也泛指音乐。

⑦下陈：下列；下位。泛指地位低下者。箕帚：家内洒扫之事。

⑧蛾眉：蚕蛾的触须，弯曲而细长，如人的眉毛。故以喻女子长而美的眉毛，或比喻姿色美好。此处借指美女。

⑨指关盼盼于尚书死后在此居住十一年。

⑩箧衍（qièyǎn）：盛物的竹器。这里指盛诗之物。《庄子·天运》："夫刍狗之未陈也，盛以箧衍，巾以文绣，尸祝斋戒以将之。"三百首：传说关盼盼有诗作三百余首。见前关盼盼注释。

⑪舍人：指白居易，曾为中书舍人。见前关盼盼《和白公诗》。

⑫内人：此指妻妾。

⑬旷礼：失礼。

⑭诵关二句：关，指《诗经·关雎》篇，古人认为此篇是歌颂后妃之德的；也有的认为是讽刺国君内倾于色。姜后：汉刘向《列女传·周宣姜后》："周宣姜后者，齐侯之女也。贤而有德，事非礼不言，行非礼不动。宣王常早卧晏起，后夫人不出房，姜后脱簪珥，待罪于永巷，使其傅母通言于王曰：'妾之不才，妾之淫心见矣，至使君王失礼而晏朝，以见君王乐色而忘德也……敢请婢子之罪。'王曰：'寡人不德，实自有过，非夫人之罪也。'遂复姜后，而勤于政事。"

⑮无怩：不羞惭。

⑯白居易《燕子楼》诗："见说白杨堪作柱，争教红粉不成灰。"

⑰大义二句：见前见前屈大均《陵母》诗注释。

将客徐州，同人饯别，别后寄谢

劝尽离觞①赋北征，难将潭水抵深情。平生汗漫②常千里，此日凄凉是独行。啼鴂③声中芳草歇，落梅风里片帆轻。故人倘④有书相慰，休袭文家贺火⑤名。

注释

①离觞：离别的酒宴。觞（shāng）：古代酒器，代指酒。

②汗漫：居无定所。

③鴂（jué）：鹈鴂，即杜鹃。

④倘（tǎng）：假使，如果。

⑤文家：崇尚文礼者。《公羊传·隐公元年》"立适以长不以贤，立子以贵不以长。"何休注："嫡子有孙而死，质家亲亲先立弟，文家尊尊先立孙。"贺火：柳宗元《贺进士王参元失火书》："得杨八书，知足下遇火灾，家无馀储。仆始闻而骇，中而疑，终乃大喜。盖将吊而更以贺也？"文章对不幸事件表现出豁达的人生态度。

登黄楼简缪澄香太守①

一角危楼耸霸都②，登临风月未全殊。笛声宾客知谁擅，菜色淮徐③喜渐苏。槛④外古怀追楚汉，尊⑤前乡梦越江湖。何当策杖云龙顶⑥，俯看河流绕郭趋。

注释

①简：书简，书信。此处指以诗代书赠某人。
②霸都：古彭城为西楚霸王项羽之都。
③菜色：荒年靠食菜充饥而营养不良的脸色。淮徐：指淮安、徐州一带地区。
④槛：栏杆。
⑤尊：酒器。同"樽"。
⑥策杖：拄着手杖。云龙：云龙山。

沈良准　一首

沈良准：生卒年不详，字式堂。铜山县（今徐州铜山区）人。嘉庆六年（1801）拔贡，著有《明发堂诗》。

夜抵彭城

晚来醉上彭城道，一路河声送马蹄。人到黄楼天未晓，月明还在乱峰西。

陶　澍　一首

陶澍（1779—1839），字子霖，号云汀，湖南安化人。嘉庆七年（1802）进士，选庶吉士，授编修。历官御史，给事中，川东道，山西、福建按察使，安徽布政使，安徽、江苏巡抚，两江总督兼管两淮盐政，太子少保等。著有《印心石屋文集》。

徐　州

青山两岸抱徐州，也比金陵枕石头①。霸气久随偃王②尽，城名犹为老彭③留。关津④有险当淮泗,乡里无情斗项刘⑤。不信河源天上落,女墙⑥根下是黄流。

注释

①金陵:古地名,当今南京市及江宁县。南京市江宁县西有山名石头。

②偃王:即徐偃王,西周徐国国君,建都泗水。徐偃王对下属以仁义相待,有六个诸侯向他朝贡臣服。后来周穆王命造父联合楚军进攻徐国,徐偃王主张仁义不肯战,遂败逃,数万百姓感其义跟随。

③老彭:彭祖。

④关津:水陆要道关卡。淮泗:淮河、泗水。

⑤项刘:项羽、刘邦。

⑥女墙:城墙上面呈凹凸形的小墙;《释名·释宫室》:"城上垣,曰睥睨,……亦曰女墙,言其卑小比之于城。"

姚 莹 五首

姚莹(1785—1853),字石甫,号明叔,晚号展和;因以十幸名斋,又自号幸翁。安徽桐城人。嘉庆十三年(1808)进士。历官地方知州知县、台湾道、广西湖南按察使。曾奉命入藏处理两呼图克图之间争端;任台湾道时,鸦片战争起,积极筹防,击退英国侵略军。有《中复堂全集》。

彭口晓望①

彭城遥望青山转,泗水微流绕沛县。北来不见石中鱼,南飞正有沙边雁。
昨夜扁舟雨气凉,河干②日出弄晴光。秋草几人迷故国③,侵晨④独立烟苍茫。

注释

①彭口:临近彭城的地方。

②河干:河畔。

③故国:故乡,家乡。

④侵晨:天刚亮时。

彭城怀古

可惜重瞳子①,兴亡数载中。山川余霸气,草木尚雄风。选骑兵犹壮,歌虞②力已穷。彭城遗迹在,无处觅王宫。

范增③亦人杰，独逊帝王师④。事起功曾建，身亡去已迟。徒能知望气⑤，不解释嫌疑。终古彭城水，遗坟为尔悲。

注释

①重瞳子：双眸子。此指项羽，传说项羽为双眸子。
②歌虞：即项羽的"虞姬歌"："力拔山兮气盖世！时不利兮骓不逝！骓不逝兮可奈何！虞兮虞兮奈若何！"
③范增：见前注释（160页）。
④帝王师：此指张良。张良曰："今以三寸舌为帝者师，封万户，位列侯，此布衣之极，于良足矣。"（见《史记·留侯世家》）
⑤范增曾劝说项羽："吾令人望其（指刘邦）气，皆为龙虎，成五采，此天子气也。急击勿失！"（《史记·项羽本纪》）

登徐州城楼

凭临楚汉千年地，惆怅风尘九日杯①。秋草已无人戏马，暮鸿犹送我登台。南回山势云龙起，北望河流汴泗来。词客②不关兴废事，黄楼独忆谪仙才③。

注释

①九日杯：指九月九日重阳节戏马台宴集。参见谢灵运《九日从宋公戏马台集送孔令》诗。
②词客：擅长文词的人。
③谪仙：谪居世间的仙人，常用来称誉才行高迈的人。这里指苏轼。

戏马台

戏马台前草木枯，当年霸业竟虚无①。萧萧落日河边水，更有何人问寄奴②。

注释

①虚无：空无所有。此指项羽霸业未成。
②寄奴：刘裕小名。详见前谢灵运《九日从宋公戏马台集送孔令》诗注释。

燕子楼

歌舞才终碧月①收，佳人空锁十余秋②。尚书坟上离离草③，一路青连④燕子楼。

注释

①碧月：清亮的月亮。
②张愔死后，盼盼空守燕子楼十年。
③尚书：指张愔。见前注释（31页）。离离：茂盛貌。
④青连：接连不断的绿色山峦、田野。

陈元凤　一首

陈元凤：生平不详，字梧冈。邳县（今江苏邳州）人。嘉庆十三年（1808）举人。著有《邮居间吟》、《纪游草》、《杂兴草》、《汇集芜稿》等。

黄楼怀古

黄河天上来，浩淼浑无际①。欲驾一叶舟，遍览九曲②势。东游到渤海，西源穷荒裔③。源远不可探，难以道里计。倏尔④上层楼，轩豁得遥睇⑤。旷然觉天开，万象纳巨细。如登泰山巅，荡胸还决眦⑥。遥忆东坡翁，烟雨时劳砺⑦。泥中千柄锸⑧，万民赖以济。初畏水沸腾，水终为土制。建楼略其成，劳人乃共憩⑨。楼外见渔村，楼下闻鼓枻⑩。坚城金汤固⑪，安澜⑫日夜逝。今看栋宇崇⑬，常并江山丽。美哉同禹功⑭，芳标⑮永无替。

注释

①浩淼：水辽阔无边际。浑：大水汹涌。
②九曲：九曲是古代对黄河上游曲折河段的称呼。一般用来称黄河河道的曲折。唐高适《九曲词》序："河图曰：黄河出崑崙山东北……河水九曲，长九千里，入于渤海。"
③荒裔：边远地区。
④倏尔（shūěr）：很快，极短时间。
⑤轩豁：广阔。遥睇（dì）：远望。
⑥荡胸：胸怀浩荡。决眦（zì）：睁大眼睛。杜甫《望嶽》："荡胸生曾云，决眥入归鸟。"
⑦劳砺：劳身砺志。
⑧泥中二句：指苏轼组织徐州吏民抗洪治水事。苏轼《九日黄楼作》有诗句"莫嫌酒薄红粉陋，终胜泥中千柄锸。"锸（chā）：铁锹。
⑨憩（qì）：休息。
⑩鼓枻（yì）：摇动船桨。这里指摇船的声音。枻：船桨。
⑪金汤固：固若金汤。指城的防守非常坚固。

⑫安澜：平静的河流。
⑬栋宇崇：栋宇，房屋；崇，高。
⑭禹功：大禹治水之功。
⑮芳标：美好的标志，指黄楼。

郑 瑸 一首

郑 瑸：生卒年不详。字元吉，号瘦山，吴江（今属苏州）人。嘉庆十五年（1810）举人，候选训导。有《海红华馆诗钞》。

彭城秋感二首

形势彭门亦壮哉，刘颠项蹶总秦灰①。交流汴泗迷城角②，如此河山阅霸才。古道斜通萧子国③，野花开上楚王台④。我来大有登临感，送尽残阳独自回。

今古河流几变迁，防秋⑤有策抵防边。终教淮泗全归海，莫放鱼龙便上天。莽莽丛乡⑥闻鬼哭，荒荒⑦水气杂人烟。黄楼一角留苏绩⑧，犹想秦郎⑨作赋年。

注释

①刘颠项蹶：指刘邦项羽互相攻伐厮杀多年，最后项羽失败。但毕竟把秦国灭掉了。秦灰：指秦朝宫殿为项羽焚烧而成灰烬。
②汴泗交流：汴水、泗水在彭城东汇合后流入淮河。韩愈有《汴泗交流赠张仆射》诗。见该诗注释。
③萧子国：古国名，春秋时为宋的附庸，子姓，在今安徽萧县西北。后为楚所灭。
④楚王台：即戏马台。
⑤防秋：古时北方每到入秋，边塞经常发生战争，到时边防军要特别加强防卫，称为防秋。亦指预防秋季洪水泛滥。
⑥莽莽丛乡：草木密集的地方。
⑦荒荒：暗淡无际貌。
⑧苏绩：苏轼的业绩。
⑨秦郎：秦观，曾作《黄楼赋》。

廖文锦 一首

廖文锦：生卒年不详。字云初，嘉定（今属上海市）人。嘉庆十六年（1811）进士，改庶吉士，授编修。历官卫辉知府。有《佳想轩诗钞》。

彭城怀古二首

芒砀①云寒白日沉,犹闻父老说淮阴②。一生误相君子背③,九死难明臣此心。烹狗早知千古恨④,钓鱼悔不五湖深⑤。囊沙背水浑闲事⑥,赢得功成漂母金⑦。

力除狼虎气吞嬴⑧,胆落诸侯壁上兵⑨。千古大观三月火⑩,半生小忍一杯羹⑪。难消帐下歌姬恨⑫,不受江东子弟情⑬。十丈灵旗⑭阴白昼,犹闻叱咤大风声⑮。

注释

①芒砀:芒山与砀山,在今安徽砀山县东南,与河南永城县接界。二山相距八里。当年刘邦送徒骊山途中放走夫役逃匿,藏于芒砀山泽岩石之间。陈胜起义后,刘邦回沛县起兵。

②淮阴:指淮阴侯韩信,汉初诸侯王,淮阴人。初属项羽,后归刘邦,被任大将军。因战功被封为齐王。汉朝建立,改封楚王,因被告谋反,降为淮阴侯。后刘邦在外,有人告发韩信欲反,吕后与萧何商量,用计将韩信抓捕,斩之。临刑前韩信说:"吾悔不用蒯通计,乃为儿女子所诈,岂非天哉!"(见《史记·淮阴侯列传》)

③齐辩士蒯通曾为韩信相面,言"相君之面,不过封侯,又危不安。相君之背,贵乃不可言。"劝说韩信与刘邦、项羽三分天下,鼎足而立。韩信未从,认为自己有功于汉,汉王待他甚厚,不忍背汉。"相君之背"的"背"暗示背叛汉王。(见《史记·淮阴侯列传》)

④蒯通劝韩信背汉,引文种、范蠡为例,言:"立功成名而身死亡。野兽已尽而猎狗亨。"韩信受封为楚王后,有人告他造反,刘邦遂用计将韩信抓捕。韩信此时感叹说:"果若人言,'狡兔死,良狗亨;高鸟尽,良弓藏;敌国破,谋臣亡。'天下已定,我固当亨"。

⑤此句指放弃官位而过隐居生活。严光拒绝官位,退隐富春山钓鱼台。范蠡功成名就之后放弃高官厚禄而泛舟于五湖之中。

⑥囊沙:以袋装沙(阻水),亦指沙囊、沙袋。韩信与楚将龙且战,两军于潍水两岸各建阵地。韩信下令用万余沙袋于上流拦住河水,然后引诱楚军过河。等敌军过河时,韩信令掘开沙袋,大水突然涌至,龙且军大半不得渡。韩信对敌军发动猛烈攻击,杀死龙且,东岸的楚军皆逃散而去。背水:指韩信在井陉背水结阵,用奇计击败赵军。(事见《史记·淮阴侯列传》)浑闲事:简直是轻而易举的事。

⑦《史记·淮阴侯列传》:韩信为布衣时,家贫。一日钓于城下,一漂母见信饥饿,便将自己的饭分给韩信吃,这样一连十多天。韩信很高兴,对漂母说:"吾必有以重报母。"漂母非常生气,对信说:"大丈夫不能自食,吾哀王孙而进食,岂望报乎!"后来韩信被封为楚王,回到家乡,召见那位漂母,送给她千金。(事见《史记·淮阴侯列传》)

⑧嬴:指秦国,秦为嬴姓。

⑨此句赞颂项羽军作战无比英勇。《史记·项羽本纪》:"诸侯军救巨鹿下者十余壁,莫敢纵兵。及楚击秦,诸将皆从壁上观。楚战士无不一以当十,楚兵呼声动天地,诸侯军无不人人惴恐。"

⑩此句指项羽率军西屠咸阳,杀秦降王子婴;烧秦宫室,火三月不灭。

⑪此句指项羽要挟刘邦,要烹杀刘邦的父亲太公,刘邦忍辱回答:"吾翁即尔翁,必欲烹尔翁,则幸分我一杯羹。"后项羽终将刘邦父母妻子送回汉军。(见《史记·项羽本纪》)

⑫此句指垓下之围,项羽与虞姬的生死离别诀别之情。

⑬此句指项羽逃到乌江边,乌江亭长劝其渡到江东去,以图东山再起。项羽以无面见江东父老而拒绝。

⑭灵旗:战旗。古时出征前必祭祷之,以求旗开得胜,故称。

⑮叱咤:怒斥声。《史记·淮阴侯列传》:"项王喑恶叱咤,千人皆废。"大风:刘邦回乡作《大风歌》。

阎焜贞 一首

阎焜贞:生卒年不详。字晋光,诸生。沛县人。有《榕庄诗草》。

春日登云龙山憩①

百仞冈头碧可攀,凭栏放眼到尘寰②。二分红杏三分柳,万里黄河九里山。乱石盘盘羊可叱③,晴雪冉冉④鹤知还。风流⑤仿佛今仍在,春水时鸣涧谷间。

注释

①憩(qì):休息。

②尘寰:人世间。

③盘盘:曲折回环貌。羊可叱:形容乱石如可呵斥的群羊。苏轼《登云龙山》诗:"醉中走上黄茅冈,满冈乱石如群羊。"《神仙传》:皇初平者,丹溪人也。年十五而使牧羊,有道士见其良谨,使将至金华山石室中,四十余年,忽然,不复念家。其兄初起,入山索初平,历年不能得见。后在市中,遇一道士,言金华山中有牧羊儿,姓皇名初平。起随道士前往寻求,果得相见。因问弟羊何在,初平曰:"羊近在山东。"初起往视,了不见羊,但见白石无数,还谓初平曰:"山东无羊也。"初平曰:"羊在耳,但兄自不见之。"初平便乃俱往看之。乃叱曰:"羊起!"于是白石皆变为羊,数万头。

④冉冉:此处形容鹤轻盈慢慢飞下。

⑤风流:指古时苏轼、张天骥等文人雅士的事迹。

陈雅修　一首

陈雅修：生卒年不详。字肆之，邳（今江苏邳县）人。嘉靖十八年（1813）拔贡生。有《松啸轩诗文草》。

戏马台

界破鸿沟跃马归①，六军②台下锦为衣。地连芒砀③由来旧，人是英雄振古稀。此日风云屯废垒④，当年叱咤⑤破重围。荒祠四面环冈岭，犹似扬鞭听指挥。

注释

①界破鸿沟：鸿沟：古渠名，故道大部循今河南贾鲁河东，由荥阳北引黄河水曲折东至淮阳入颖水。东汉后渐淤塞。《史记·项羽本纪》："项羽与汉约，中分天下，割鸿沟以西者为汉，鸿沟而东者为楚。""项王已约，乃引兵解而东归。"

②六军：古代凡制军，万有二千五百人为军。王六军，大国三军，次国二军，小国一军。后因以为国家军队的统称。

③芒砀：芒山与砀山，在安徽砀山县东南，与河南永城县交界，二山相距八里。刘邦送徒郦山，途中亡去，隐于芒砀山泽间。

④屯废垒：屯，聚集。废垒，指废弃的驻扎军队的营垒。

⑤叱咤：怒斥声。《史记·淮阴侯列传》："项王喑恶叱咤，千人皆废。"

叶崇崙　一首

叶崇崙：生卒年不详，字近辰。沛县人，廪生。有《惜阴轩诗》。

彭门杂咏

城南幽草翠痕分①，一路萋迷淡夕曛②。话到兴亡空有迹，秋风只吊范增坟③。
瞥眼④风情事已非，四山依旧翠屏⑤围。当时燕子楼⑥中燕，肯傍谁家门户飞。
云龙缥缈⑦一峰青，万木依然荫翠屏。放鹤仙人⑧何处去，乱山如画锁孤亭。
巍巍⑨城郭与云齐，几处炊烟望欲迷。遥指黄茅冈⑩畔路，一行杨柳是苏堤⑪。

注释

①幽草：隐蔽地方的草丛。翠痕：翠绿的草木。分：清楚，分明。

②姜迷：模糊不清，同"凄迷"。夕曛：傍晚落日的余光。

③范增坟：在徐州城南，俗称土山。

④瞥眼：转眼，比喻时间飞逝。

⑤翠屏：指如屏障的翠绿山峰。

⑥燕子楼：见前注释（29页）。

⑦缥缈：高远隐约貌。

⑧放鹤仙人：指宋张天骥。见前注释（52页）。

⑨巍巍：高大貌。

⑩黄茅冈：位于云龙山西麓。苏轼《登云龙山》诗："醉中走上黄茅冈，满冈乱石如群羊。"

⑪苏堤：宋熙宁十年（1077）8月21日，洪水直扑徐州城下。苏轼组织全城吏民修筑一条防洪长堤，首起戏马台，尾属于城，全长984丈。后人称为苏堤。

鄂　恒　一首

鄂　恒：生卒年不详。字松亭，满洲旗人。道光六年（1826）进士，改庶吉士，授编修。官陕西候补知府。有《求是山房遗集》。

徐　州

作镇何人铸铁牛①，波涛声里出徐州。万重翠嶂②横堤起，千里黄河抱郡流。危堰树阴平寺塔，乱帆云影落城楼。蛟龙窟压闾阎宅③，多少店人未解愁。

注释

①铁牛：即清代铸造的镇水防灾铁牛。据地方文献考证：清康熙四十四年所铸镇河铁牛不慎丢失，嘉庆四年重铸。"文革"期间被毁。1985年重铸镇河铁牛于黄河岸上。

②翠嶂：如屏障的翠绿山峰。

③此句指大水淹没百姓房舍。蛟龙：即蛟。传说中的一种龙。闾阎（lúyán）：指民间，百姓。

袁希颜　一首

袁希颜：生卒年不详，字愚溪。江苏睢宁人。有《谨斋诗集》。

王陵母墓①

一剑兴亡决，斯言寄远人。中原谁共逐，天子岂无真。义莫从新主，恩堪断老亲。至今留墓草，如报汉家春。

注释

①王陵母墓：见前屈大均《陵母》诗注释。

陈锦鸾　一首

陈锦鸾：生卒年不详。字灵羽，宿迁人。有《情影集》。

登徐州城楼

龙战悲刘项①，荒荒②剩薜萝。地形锁青兖③，山势折黄河。楚雨春帆重，秦碑古藓多。至今大风起，儿女尚能歌④。

注释

①龙战句：指刘邦、项羽的激烈争战。《周易·坤》："龙战于野，其血玄黄。"
②荒荒：萧条冷落貌。薜萝：薜荔和女萝，皆植物名。屈原《九歌·山鬼》："若有人兮山之阿，被薜荔兮带女萝。"后以女萝指隐士的服装。
③青兖：青州、兖州。
④此句指儿女尚能唱刘邦的"大风歌"。

孙运锦　四首

孙运锦（1790—1869），字绣田，号心伤，自号铁园山樵。铜山县（今徐州铜山区）人，文蔚子，道光五年（1825）拔贡。咸丰元年（1851年）举孝廉方正。有《垞南诗集》、《与我周旋斋百一诗录》等。

纪　灾

自注：辛亥八月十九日。（县志按：辛亥为咸丰元年，此纪河决砀山盘龙集事。）

前夏河水发异涨①，河官露冕②宿河上。薪刍楗石③络绎来，沿河民免鱼腹葬。今秋涨水盛去年，盘堤④（自注工名）三重二已穿。琅琊别驾⑤睡未醒，残虹一线空连蜷⑥。河上薪刍无一束，六万金钱成厎物⑦。望断旌旗不见来，循堤万众哀哀哭。富者负镪贫负刍⑧，阽危愿救灾切肤⑨。别驾惊怪但摇手，若辈张皇胡为乎⑩。从来降灾自天意，甚毋徒溷乃公事⑪。万姓遮道不肯留，一夕洪涛泻平地。建瓴⑫直下十数州，虫虫百万生鱼头⑬。活人竞死死人走，浮尸浮柩⑭多于舟。我身幸免为鱼鳖，哀鸿中泽空悲切。彼昏何校褎如充⑮，天高愁见团圞⑯月。

注释

①异涨：水涨异常，超出正常情况。

②露冕：晋陈寿《益都耆旧传》："郭贺拜荆州刺史。明帝巡狩到南阳，特见嗟叹，赐以三公之服，黼黻旒冕，敕去襜露冕，使百姓见此衣服，以彰其德。"后"露冕"特指官员治政有方受到皇帝嘉奖。

③薪刍楗石：薪刍，柴草；楗石，堵塞河水决口的竹木和石块。

④盘堤：用泥土筑的防水堤。

⑤琅琊别驾：琅琊，古地名，在今山东境内。别驾，官职，汉制为州刺史的佐官。后世州通判亦称别驾。

⑥连蜷：屈曲貌。

⑦厎物：空无之物。厎，音dǐ，旧读zhǐ。

⑧负镪（qiǎng）：背着钱；镪，指成串的钱，泛指钱币。负刍：背着柴草。

⑨阽（diàn）危：临危。切肤：切身，指救灾者如同亲身受灾一样。

⑩若辈：你们这些人。张皇：惊慌。胡为乎：为什么？

⑪甚毋：千万不要。徒溷（hùn）：只能连累、打扰。乃公：对人自称的傲慢语，相当于"你的老子"。

⑫建瓴：高屋建瓴，喻居高临下，势不可挡。

⑬虫虫：纷扰、混乱。生：活；生鱼头，喻淹于水中挣扎的众人。

⑭柩：装着尸体的棺材。

⑮昏：昏庸，指昏庸的官吏。校：通"效"，仿效。褎如充，即褎如充耳，意思是充耳不闻。《诗·邶风·旄丘》："叔兮伯兮，褎如充耳。"。褎（yòu）：面带笑容，一说服饰华美。本句是说那些昏庸的官员对严重的水灾、人民的疾苦是充耳不闻的。

⑯团圞（luán）：形容月亮圆貌。

登戏马台

人烟万户拥层台①，台上凭临倦眼开。落日已随孤鸟没，群山忽送大河来。乾坤吟啸还吾辈，楚汉兴亡感霸才。千古郊原饶苜蓿②，风尘谁复识龙媒③。

注释

①拥层台：拥，环围着；层台，高台，即戏马台。
②饶苜蓿：饶，多；苜蓿，多年生草本植物，为重要饲料。
③风尘：喻人世的扰攘。龙媒：骏马。此指项羽的骏马名骓，隐含霸王项羽。

登放鹤亭同似荀①

亭前双屐云俱飞②，亭下孤城山四围。近岫③渐低远岫出，杏花净尽桃花稀。荒荒④斜日下林角，习习⑤好风吹客衣。闲绕颓垣读断碣，古人如作吾谁归。

注释

①似荀：李玉清，字似荀。
②屐：木屐，引申为鞋的泛称；双屐，指双脚。此句意为山顶上云雾缭绕，人的双脚皆在云雾中。
③岫（xiù）：峰峦。
④荒荒：指夕阳的光辉暗淡无际貌。
⑤习习：和煦貌。

同朱翰卿锡藩、蒋孚徵德璟、李似荀玉清、韩念堂孝述，试衣亭①小饮

鲽鳞鹣翼②各西东，潦草清尊③此暂同。节序④惊心三月半，科名屈指一星终⑤。浮云变态村讴活⑥，逝水华年昔梦空。共覆深杯互酬唱，聊将爪迹记春鸿⑦。

注释

①试衣亭：在云龙山上大士岩前，根据苏轼的《送蜀人张师厚赴殿试》一诗所建。诗为："云龙山下试春衣，放鹤亭前送落晖。一色杏花三十里，新郎君去马如飞。"
②鲽鳞鹣翼：鲽（dié），比目鱼一类。鹣（jiān），传说中的比翼鸟。后因以"鲽鹣"比喻恩爱夫妻。
③潦草：简单，非正式；清尊：清酒。尊，同"樽"，酒杯，此处代指酒。
④节序：节令的顺序。
⑤科名：科举功名。一星终：指十二年。也称周星。岁星（木星）十二年在天空循环一周，故称。
⑥浮云变态：指世态的变化失常。村讴：民间歌谣。
⑦爪迹：也称泥爪，指大雁在雪泥上踏过留下的爪印，比喻往事遗留的痕迹。春鸿：春天的大雁。苏轼《和子由渑池怀旧》诗："人生到处知何似，应似飞鸿踏雪泥。泥上偶

然留指爪，鸿飞那复计东西。"

张际亮　二首

　　张际亮（1799—1843），字亨甫，自号松寥山人、华胥大夫。福建建宁人。为鸦片战争时期的爱国诗人。道光十五年（1835）乡试中举，次年赴京都会试落第。一生未仕，以睥睨庸俗士大夫、敢于讽刺权贵而得"狂名"。有《思伯子堂诗文集》。

徐　州

　　芒砀①浮云晓夜秋，谁怜刘项②尽荒邱。徒闻大泽③灵蛇死，不见高台④骏马游。河气抱城寒白日，角声⑤吹月落黄楼。哀鸿遍地⑥无因问，俯仰犹怀万古愁。

注释

　　①芒砀：芒山与砀山，在今安徽砀山县东南，与河南永城县接界。二山相距八里。当年刘邦送徒骊山途中逃匿，即藏于芒砀山泽岩石之间。

　　②刘项：刘邦、项羽。

　　③大泽：刘邦于大泽中斩杀挡道大蛇，有一老妪哭曰"吾子，白帝子也，化为蛇，当道，今为赤帝子斩之，故哭。"（见《史记·高祖纪》）

　　④高台：指戏马台，当年项羽在此戏马。

　　⑤角声：角，古代乐器名，多用于军中。

　　⑥哀鸿遍地：比喻到处是哀伤苦痛、流离失所的人。

梁二平仲丁辰招同西堂、旬卿、梅伯集饮黄楼①

　　青衫醉遍治南秋②，临去杯觞到处留。七子风流数曹植③，一楼名迹拟徐州。闲园④自爱寒花好，深巷谁知返照⑤幽？富贵苦迟名早误，疏狂⑥又结少年游。

注释

　　①梁二平仲：清文学家梁章钜第二子。西堂：即刘西堂，名建庚。旬卿：即叶旬卿，名修昌。皆福建人。梅伯：即姚燮（1805—1864），字梅伯，浙江人，晚清文学家。

　　②青衫：古时学子所穿之服，借指学子、书生。治南：指京都之南的地方。

　　③七子：指建安七子：孔融、陈琳、王粲、徐干、阮瑀、应玚和刘桢。曹植、曹丕、曹操及"七子"为汉末建安时期的代表作家。

　　④闲园：荒园；空置之园。

　　⑤返照：夕阳，落日。

⑥疏狂：豪放，不受拘束。

鲁一同 十七首

鲁一同（1805—1863）字通甫，一字蓝岑，安东（今江苏涟水）人）道光乙未（1835）举人。有《通甫类稿》、《通甫诗存》等。

观彭城兵赴吴淞防海

楼船下洪河，六月大兴师。往问主将谁，南征行备夷①。舟山不复守②，乍浦③势尤危。吴淞控大江，东南缠地维④。守险可百胜，严师固藩篱⑤。中枢下火符⑥，副相总戎麾⑦。海疆八千里，腹背联络之。侧闻蛟门⑧军，半是吴中儿。此辈市菜佣，临难心然疑。楚兵气精锐，彪彪千熊罴⑨。百年养汝曹⑩，危急安足辞。猎猎大旆风⑪，洸洸⑫淮流驰。弯弓指东溟⑬，不得中顾私。莫畏统御⑭严，中丞⑮有母慈。行矣谢送徒，报国方在此。

注释

①夷：此指外国侵略者。
②舟山句：鸦片战争一开始舟山定海就被英国侵略军攻占。
③乍浦：今乍浦镇，在浙江杭州湾北岸，为海防重镇。1842年5月乍浦被英国侵略军攻占。6月，英军又进攻吴淞口。
④地维：维系大地的绳子。古人以为地是方的，有四角，以大绳维系。这里以地维喻吴淞对国家安全的重要性。
⑤严师：威严勇猛的军队。藩篱：本义是指用竹木编成的篱笆或栅栏，此处引申意为边疆。
⑥中枢：指朝内，或兵部。火符：即火牌，为传递军用文书的凭证。
⑦副相：御史大夫的别称。戎麾：军旗，借指军队。
⑧蛟门：山名，一名嘉门山，在宁波东海中。
⑨彪彪：威猛貌。熊罴（xióngpí）：熊和罴皆为猛兽，因以喻勇士或雄师劲旅。
⑩汝曹：汝辈，你们。
⑪猎猎：形容旗帜随风飘荡的样子。旆（pèi），泛指旗帜。
⑫洸洸（guāngguāng）：水波动荡闪光。
⑬东溟：东海。亦指东洋，即日本。
⑭统御：统率，治理。
⑮中丞：即巡抚。

雨甚入于彭城

桓山①山下云,白与贾山②接。雨声西楚来,我马嘶不发。叱驭车驱之,已过奎山刹③。浮图矫若空④,黄楼坐超忽⑤。句倨⑥三五转,石壁裂精铁⑦。嵌空⑧慄下视,九鼎⑨卷飞雪。双轮俯危槛,鸟飞向城阙⑩。平生镇定心,对天植毛发⑪。古来霸王人,骑危气充悦⑫。飞腾战伐材,惨澹英雄血。成败决一眴⑬,坦途有崩蹶⑭。万家入暮气,疏钟动骚屑⑮。且复就孤馆,张镫⑯洗靴袜。明登牧马台⑰,浩歌肺肝热。

注释

①桓山:在徐州城东北约二十里。详见前注释(57页)。

②贾山:即辛贾山。清乾隆《徐州府志》:"辛贾山在城东十余里,下有鹅儿湖。"

③奎山刹:即奎山塔,位于徐州城东南奎山上,明万历三十四年万崇德建,上方题"挺峰迥秀"四字。

④浮图:塔。矫若空:指塔高耸空中,周围无物能与相比。

⑤坐:甚,更。超忽:旷远貌。

⑥句倨:弯曲;曲折。

⑦精铁:优质的铁。苏轼《徐州上皇帝书》:"地既产精铁,而民皆善锻。"

⑧嵌空:空阔。唐沈佺期《过蜀龙门》诗:"长窦亘五里,宛转复嵌空。"

⑨九鼎,传说禹铸九鼎,象九州。古代把九鼎作为传国之宝,象征国家政权。《史记·秦始皇本纪》:"始皇还,过彭城,斋戒祷祠,欲出周鼎泗水。使千人没水求之,弗得。"《水经注·泗水》:"周显王四十二年,九鼎沦没泗渊,秦始皇时而鼎见于斯水。始皇自以德合三代,大喜,使数千人没水求之,不得,所谓鼎伏也;亦云系而行之未出,龙齿啮断其系,故语曰:称乐大早,绝鼎系,当是孟浪之传耳。"

⑩城阙:城楼。

⑪植毛发:毛发竖起,言惊恐状。

⑫骑危:登上屋脊,喻冒险,处于险境。充悦:志得意满貌。

⑬一眴(shùn):即一瞬之间;眴,目转动。《史记·项羽本纪》:"须臾,梁眴籍曰:'可行矣!'于是籍遂拔剑斩守头。"

⑭崩蹶:挫折,失败。

⑮疏钟:稀疏的钟声。骚屑:风声。汉刘向《九叹·思古》:"风骚屑以摇木兮,云吸吸以湫戾。"

⑯镫:同"灯"。

⑰牧马台:即戏马台。

大士岩①

山门下无地，诸天②肃高洁。化身何年来，窈窕乳窦穴③。罘罳外堂隍④，嵌岩⑤中迸裂。颇疑太古⑥天，融蒸⑦费凝结。苔壁漉⑧雨痕，尘帷荡华纈⑨。洞门启夕阳，灵尊⑩澹愉悦。天迥反无风，僧老转多发。别院偶徐步，飞花艳晴雪。尘躅⑪尚难留，朗性何由彻。

注释

①大士岩：道光旧志："在云龙山阴，清康熙五十七年，知州姜焯创建。因石成大士像，妙极天然。"
②诸天：佛家语。指护法众天神。亦指神界的众神位。
③窈窕：深邃貌。乳窦穴：石钟乳洞。
④罘罳（fúsī）：古代设在门外的一种屏风。堂隍：大的殿堂。
⑤嵌岩：山洞。
⑥太古：远古，上古。
⑦融蒸：融化、蒸发。
⑧漉（lù）：渗漏。
⑨尘帷：挡尘土的帷幕。华纈（xié）：彩色丝织品。
⑩灵尊：神灵，神的塑像。
⑪尘躅（zhú）：踪迹。

放鹤亭①

过岩风磴高，崩崖划中断。蹈险手足并，绳行②趾顶贯。遂登山巅亭，中原一疏散。黄河下天西，楚山互纠缦③。春晚云日丽，川原霞锦焕。濛濛见楼堞④，漠漠⑤来鹅鹳。古来龙战地⑥，风雨黾鼯⑦窜。岂无黄鹄⑧姿，高举邈云汉⑨。文章久消歇，山川入樵爨⑩。磨崖数瑰词⑪，标空映宸翰⑫。当时驻金舆⑬，碧瓦纷断烂。井闾⑭尚风俗，父老有歌叹。凭栏指东流，遥凄入瀛瀚⑮。

注释

①放鹤亭：见前注释（401页）。
②绳行：直着向上攀登。
③楚山：此泛指徐州周围之山。纠缦：萦回缭绕貌。
④濛濛：水气迷茫状。堞：城墙上齿状矮墙，亦泛指城墙。
⑤漠漠：烟雾弥漫貌。

⑥龙战地：群雄割据争霸之地。
⑦鼪鼯（shēngwú）：鼪，即鼬；鼯，一种鼠，别名夷由。
⑧黄鹄：鸟名。用以比喻高才贤士。
⑨邈云汉：至极远处。邈（miǎo）：超越。云汉：天河，喻高空。
⑩樵爨（cuàn）：打柴做饭。
⑪磨崖瑰词：指在山崖石壁上镌刻着优美的诗词。
⑫宸翰：帝王的墨迹。云龙山上放鹤亭、兴化寺等处皆有乾隆帝的书匾。
⑬金舆：帝王乘坐的车轿。云龙山北麓有乾隆二十二年（1757）建的行宫。乾隆皇帝下江南，曾驻跸此处。
⑭井间：市井里巷。
⑮瀛瀚：浩瀚的大海。

大佛寺①

西山辞夕阳，侧身下东巘②。崖转风自回，苔滑足屡践。斋心拜灵宫③，目眙④敢细辨。巍峨十丈身，眉宇⑤山河远。上天下厚土，十指法轮⑥转。向非缘山凿，万牛何由辇⑦。太武⑧昔南来，毡帐蔽徐兖⑨。玄甲⑩三十万，投地同乳臠⑪。足知佛力宏，坐使虎威敛。铁垂四大字，沦精⑫蚀苔藓。回飚⑬卷松杉，金容宛慈善。旁舍掩花木，僧出昼每键⑭。顾惟七尺躯，六尘⑮纷难遣。愿假石室光，收摄入微孲⑯。

注释

①大佛寺：也称兴化寺。清道光《铜山县志》卷七："兴化寺，城南二里云龙山之阳，明洪武三十五年建。寺以古有石琢佛像，俗呼石佛寺，又呼大佛寺。石佛旧只有首，康熙三四年，臬司刘孟倬之父名阙同知州王毗承捐金益以两肱，半身如在云雾中。树松柏以千数，遂为名胜地。翰林院侍读山东李澄中为之碑记。"

②巘（yàn）：山峰。

③斋心：清心寡欲。灵宫：仙宫，这里指佛寺。

④眙（chì）：直视，瞪眼看。

⑤眉宇：眉额之间。

⑥法轮：佛法的别称。佛教称佛的说法，能摧破众生恶业，犹如轮王之轮宝，能辗转推平山岳岩石。又称佛之说法，不停滞于一人一处，辗转传人，犹如车轮，故称法轮。

⑦辇：用车运载。

⑧太武：即魏太武帝（408—452）拓拔焘，北魏皇帝。参见苏辙《魏佛狸歌》和贺铸《和张谋父游石佛山观魏太武书》。

⑨毡帐：用毡做的帐篷，此代指北魏的军队。徐兖：徐州和兖州，当时皆属北魏。

⑩玄甲：铁制铠甲，铁为黑色，故称。泛指精锐的军队。

⑪乳貙（xuàn）：幼貙。貙：兽名，形状似狗。
⑫沦精：指沉没于水中的精致石刻。
⑬回飚：大旋风。
⑭键：门锁上。
⑮六尘：佛经称色、香、味、触、法六者为尘。
⑯微窾（kuǎn）：微小的空隙，极细微处；此指人的整个身心。

登戏马台

春山草芽绿，杖策城南台①。远风起淮楚，万里苍烟来。山川久易变，雄姿尚崔嵬。不闻瑶池②驾，荒淫穷九垓③。岂有开天主④，千金市龙媒⑤。王孙既西去⑥，亚父倏东归⑦。王马⑧独安之，大泽⑨空徘徊。宋公来逡巡⑩，下马衔金杯。关陇⑪弃不守，得毋皆中材。每想失主悲，如听长鸣哀。日暮牛羊入，浩歌归草莱⑫。中原昔丧乱，岛索方遘患⑬。寄奴⑭勤北驾，佛狸⑮亦南辕。雄师十万乘⑯，立幄兹山巅。挥鞭叱风云，意欲无江壖⑰。苞桥⑱属小却，使命来周旋。橐驼紫貂裘⑲，甘蔗黄金尊。登城问何人⑳，长史姿翩翩㉑。辉彩照强邻，雄词矜澜翻㉒。音旨一以畅㉓，三军嗟其贤㉔。攻围计不就，箭鼓去喧喧㉕。筑宫瓜步上㉖，水生复来还。虽云形势殊，得人理则全。有险岂必守，天堑㉗长漫漫。

注释

①杖策：拄杖。杜甫《别常徵君》诗："儿扶犹杖策，卧病一秋强。"亦指执马鞭，谓策马而行。《后汉书·邓禹传》："及闻光武安集河北，即杖策北渡，进及于鄴。"此处两解皆可。南台：戏马台又称南台，因在城南。
②瑶池：古代神话中神仙所居之处。瑶池驾：指仙人所乘之车，亦指仙人。
③荒淫：混沌浮荡貌。九垓：天空极高远处，犹言九重天。
④开天主：指帝王。
⑤龙媒：骏马。《汉书·礼乐志》："天马徕龙之媒。"颜师古注引应劭曰："言天马者乃神龙之类，今天马已来，此龙必至之效也。"后因称骏马为"龙媒"。
⑥王孙：古时对人的尊称。《史记·淮阴侯列传》："吾哀王孙而进食，岂望报乎？"
⑦亚父：范增。项羽中陈平离间计，疑范增，范增大怒，离开项羽，东归彭城。倏（shū）：迅速，忽然。详见前注释（160页）。
⑧王马：这里指项羽所骑之马。
⑨大泽：项羽从垓下突围南奔，于阴陵陷入大泽中，故被汉军追上。
⑩宋公：指刘裕。见前谢灵运、谢瞻诗注释。逡巡（qūnxún）：短暂停留。
⑪关陇：函谷关以西、陇山以东一带地区。
⑫草莱：杂生的草。

⑬岛索：岛夷索虏。南北朝统治者皆以正统自居，互相诋毁，北朝称南朝为岛夷，南朝称北朝为索虏，皆含蔑视义。此句指南北朝时期的战乱。
⑭寄奴：刘裕小名。
⑮佛狸：北魏太武帝拓跋焘，小字佛狸。见前注释（86页）。
⑯雄狮二句：指魏军兵围彭城，立毡屋于戏马台上，以望城中。
⑰堧（ruán）：水边空地。
⑱苞桥：据《水经注》：苞水东径丰县故城南。水上旧有梁，谓苞桥。公元450年11月，魏将步尼公屯留城，与宋将稽玄敬遇，引兵趣苞桥，欲渡清西，沛县民烧苞桥，夜于林中击鼓，魏以为宋兵大至，争渡苞水，溺死者大半。魏军苞桥受挫后，又去围彭城。
⑲橐驼（tuó tuó）：骆驼。公元450年壬子，魏军围彭城，魏主派人向城内要酒和甘蔗，武陵王骏给之，并向魏军要骆驼；第二天魏主派尚书李孝伯送来貂裘、骆驼和骡。
⑳此句指安北长史张畅登城与李孝伯交谈，问对方为何人。
㉑姿翩翩：有风度。
㉒魏军围城久不克，将南下攻瓜步（今江苏六合东南）并扬言"我今当南饮江湖以疗渴耳。"长史张畅严词反击，并引童谣"虏马饮江水，佛狸死卯年。"澜翻：言辞滔滔不绝。
㉓音旨：言辞旨意。此句指张畅言辞畅快淋漓。
㉔三军：泛指军队。嗟（jiē）：赞叹。
㉕笳鼓：笳和鼓。笳，古时管乐器名。喧喧，形容混杂的声音。魏军攻彭城不克，便南下到瓜步，扬言将渡江。
㉖指魏主凿瓜步山为蟠道，于其上设毡屋。
㉗天堑：指天然形成的阻断交通的大壕沟，此指长江。

登东城 庚戌

　　东城背南山，十步一回首。林迎暮雨青，峰递归云黝①。霞石隐奔峭②，拱揖③相授受。龙拏④互头角，人立并肩肘。沉吟天际帆，怅望县南柳。忆昨蹑芒屩⑤，看山到石狗⑥。安知昔梦身，已落前游后。烟云屡饮沐，形骸⑦益尘垢。西日不相饶，流连我已久。

注释
①黝（yǒu）：黑色。
②霞石：赤色的岩石。奔峭：指像似奔涌的山峰。唐杜甫《入宅》诗之一："奔峭背赤甲，断崖当白盐。"仇兆鳌注引邵傅之曰："山峰高峻，如奔涌然。"
③拱揖：拱手作揖以示敬意。
④龙拏：龙腾起捉物貌。形容山势起伏蜿蜒。拏：异体字，同"拿"。

⑤芒屩（mángjuē）：即芒鞋。
⑥石狗：即云龙山西石狗湖，今云龙湖。
⑦形骸：人的躯体。

晚登黄楼

青山送白日，长啸登黄楼。不见车马来，河水东南流。雨苗静春郊，风树怀鸣鸠。欣欣化寓洽①，城堞②消我愁。仿像③楼中人，纶巾④紫绮裘。古来饥溺⑤怀，不为绅笏⑥羞。琴尊照天壤⑦，冠盖⑧凌林丘。岂曰文章雄，主客为千秋。衰迟⑨卧山泽，命世怀伊周⑩。高风驾鸿鹄⑪，顾盼皆有求。君看万斛舰⑫，茫茫何时收。

注释

①欣欣：草木茂盛貌。寓洽，谐和。
②城堞：城墙。
③仿像：模仿。这里指塑像。
④纶巾（guānjīn）：古时用青丝带编的头巾。又称诸葛巾，相传为诸葛亮所创。
⑤饥溺：指百姓的疾苦。
⑥绅笏：绅，束在腰间一头下垂的宽带。笏，古代朝会时所执的手板，有事则书于上，以备遗忘。笏插于腰间宽带。绅笏，代指士大夫。
⑦琴尊：琴和酒樽。尊同"樽"，酒器。琴樽，常指文士宴集。天壤：天地间。
⑧冠盖：古代官吏的帽子和车盖。借指官吏或仕宦者。林丘：泛指山林，亦指隐居的地方。
⑨衰迟：年老。
⑩命世：著名于当世，多用以称誉有治国之才者。《汉书·楚元王传赞》："圣人不出，其间必有命世者焉。"尹周：伊尹和周公。伊尹为商初大臣，受成汤重用，在朝理政五十余载，治国有方，世称贤相。周公，姓姬名旦，周文王子；辅助武王灭纣建立周王朝。
⑪鸿鹄（hú）：天鹅。
⑫万斛舰：巨型军舰。斛，容量单位。

韩观察招饮含青馆① 醉归奉简

公庭②百吏散，燕寝湛虚明③。微风动芳树，池馆含晨清。嘉客江海流④，道贯能合并⑤。使君⑥行春来，飞尘振华缨⑦。上堂视絮羞⑧，下堂延⑨群英。吴粳白玉粲⑩，楚酒黄金觥⑪。肴炙杂蔬薇⑫，意取调和平。欢言交酬献⑬，亦无冠弁⑭倾。彭城八万家，武宁⑮三千兵。以此庆时雍⑯，岂不由群情。愿歌乐职⑰诗，更观儒化⑱成。取醉莫驾归，公厨多朱樱⑲。

浓青起南山，写⑳君北堂酒。清池自栏槛，垒石宛户牖㉑。岂惟乐休燕㉒，兼用怀林薮㉓。气清虑不喧㉔，百务可剸剖㉕。同也山野人，在昔枉小友㉖。何用神化㉗理，时来憩㉘奔走。庭深蛤吠㉙凉，树暗莺啼久。迟迟花弄阶，微微杯入口。风流东坡老，屈强山谷叟㉚。追随百代上，雄文振璃玖㉛。更种南国棠㉜，细数西门柳㉝。高歌含青馆，深刻庶难朽。

注释

①观察：对道员的尊称。含青馆：清道光十一年《铜山县志》："含青馆，参议徐标建于厅事东南。"

②公庭：官署，衙门。

③燕寝：指公余休闲。湛虚明：指清朗明亮。陶渊明《辛丑岁七月赴假还江陵夜行涂口》："凉风起将夕，夜景湛虚明。"

④嘉客：贵宾。江海流：指客人都是有才能、胸怀大志的人。曹植《鰕䱇篇》："鰕䱇游潢潦，不知江海流。燕雀戏藩柴，安识鸿鹄游。"

⑤此句意思是：有共同理想的人能走到一起。《论语·里仁》"吾道一以贯之哉"。

⑥使君：对州郡长官的尊称，或尊称奉命出使的人。此指韩观察。

⑦华缨：彩色的冠缨，为古代仕宦者的冠带。

⑧絜羞：精美的食物。

⑨延：邀请。

⑩吴粳：吴地出产的粳米。白玉粲：指米洁白如玉。

⑪楚酒：楚地产的酒。黄金觥（gōng）：杯里泛出金黄色的酒。觥，古时的一种酒器。

⑫肴炙：泛指烹调烤炙的鱼、肉等荤菜。蔬籔（sù）：泛指蔬菜。

⑬酬献：相互劝酒。

⑭冠弁（biàn）：泛指官员。

⑮武宁：即武宁军。唐置武宁军节度，又称徐泗节度，治徐州。张建封曾任武宁节度使。

⑯时雍：指时世太平。

⑰乐职：诗篇名。汉王褒《四子讲德论》："浮游先生陈丘子曰：'所谓《中和》、《乐职》、《宣布》之诗，益州刺史之所作也。刺史见太上圣明，股肱竭力，德泽洪茂，黎庶和睦，天人并应，屡降瑞福，故作三篇之诗，以歌咏之也。'"后用为称颂太守之词。乐职，意指乐于职守。

⑱儒化：以儒家的思想治理国家。

⑲公厨：也称官厨，官家的厨房；亦指旧时各级衙门为官吏设立的食堂。朱樱：一种樱桃，深红色，被视为珍果。

⑳写（xiè）：同"泻"，倾倒。

㉑此句之房屋四周有石砌的墙围绕。宛：围绕。户牖：门窗，此处代指房屋。

㉒休燕：公余宴集。

㉓林薮：山林水泽之间，常指隐居之地。

㉔气清：指人的品德修养纯正高尚。此句指气清思虑就专一不乱。

㉕百务：繁多的事务。剸剖（tuánpōu）：专心辨析。

㉖枉小友：屈就于童生的地位。小友：科举时代有科名者对未进学童生的称呼。《儒林外史》第二回："原来明朝士大夫称儒学生员叫做朋友，称童生是小友。比如童生进了学，不怕十几岁，也称为老友；若是不进学，就到八十岁，也还称小友。"

㉗裨化：对思想、心理的感化、影响。

㉘憩（qì）：休息。

㉙蛤吠：蛤蟆叫唤。

㉚山谷：宋代诗人黄庭坚，字鲁直，号山谷道人。出于苏轼门下，与苏轼齐名。

㉛璚玖（qióngjiǔ）：珍贵的美玉。

㉜南国棠：即甘棠，又称棠梨。《诗经·召南·甘棠》："蔽芾甘棠，勿剪勿伐，召伯所茇。"传说武王时，召伯巡行南国，曾在甘棠树下休息，后人思念其德，作《甘棠》诗。后来用作称颂官吏的政绩。

㉝西门柳：晋代名将陶侃镇守武昌，令全军绕营植柳。某都尉盗取军营之柳，移植私邸庭院。陶侃发现后，责问："此武昌西门柳，何因来此？"都尉惶恐认罪。从此，陶军纪律更加肃整。后用来称颂治军严格。

望湖亭①

西山怪石何硪硪②，上磨羲车下阴火③。嵌硿叠磴凌险涩④，细草纤萝接婀娜⑤。扪崖初辨丹篆纹⑥，敲扉未合青铜锁⑦。骑危度索颠更隋⑧，欲南反北右转左。才穷气竭一宽然⑨，始觉长天平帖妥⑩。万里洪河息声籁⑪，一叶渔舟自掀簸⑫。青回远岭外弯环，绿河平湖中澹沱⑬。霞光尘气森栗人⑭，笑语未辨风吹堕。长揖那能脱缰绊，循途径欲烦毡裹。石床⑮权取半晌眠，茅斋⑯会办终年坐。

注释

①望湖亭：民国《铜山县志》："望湖亭，道光旧志：云龙书院东冈上有旧望湖亭，迤西南有旧可廊小楼。案：亭为清顺治十四年户部分司丁浴初建，有碑。康熙中知州姜焯重修。"

②硪硪（èwò）：高耸貌。

③羲车：太阳。神话中羲和为太阳的御者。阴火：地下之火。

④嵌硿（qiànkōng）：同"嵌空"，谓玲珑。叠磴：一层层石阶。凌：攀登。险涩：

险阻不通。

⑤纤萝：纤细的藤萝。婀娜：摇曳貌。

⑥扣：抚摸。丹篆纹：红色的篆体文字。

⑦敂扉：敲门。敂（kòu）："叩"的异体字。

⑧骑危度索：意指冒险攀登。骑危，骑上屋脊；度索，走绳索。颠更隮（jī）：即更颠隮，意指疲惫不堪。

⑨宽然：心情放松、舒缓。

⑩平帖妥：平静稳定。

⑪声籁：即籁声，大自然界发出的声响。

⑫掀簸：颠簸。

⑬澹沱：水荡漾貌。

⑭森栗人：使人感到阴森寒冷。

⑮石床：在云龙山西坡，传说苏轼经此，曾在石上卧息。苏轼《登云龙山》诗："冈头醉倒石作床，仰看白云天茫茫。"

⑯茅斋：茅草屋。

白鹿洞①

王考功②二十年前尝居此。考功物化③时，自言蛾眉头陀。闭目云根④坐五十年矣。

游趣不厌深，险穷得幽閟⑤。沉沉一世宙⑥，苦寂几人至。初通耿虚明⑦，旁穿惨阴魅⑧。侧身石牴角，举头天在地。繄⑨昔云根人，面壁此憔悴。白月⑩澹初心，明珠脱纤翳⑪。一游玉京⑫旁，沦落金仙侍⑬。冠笄⑭化山丘，炉几⑮永涕泪。我忝⑯精魂合，未敢论根器⑰。腥膻⑱二十年，茫茫数残醉⑲。群伦⑳有扶植，孤身易失坠。道业㉑两无成，从君思美睡。

注释

①白鹿洞：在云龙书院内，上方为望湖亭。

②王考功：考功，官名，负责考核官吏的功绩和升降等事。

③物化：死亡。

④云根：道院僧寺。为云游僧道歇脚之处，故称。

⑤幽閟（bì）：幽暗隐蔽的地方。

⑥世宙：世界。

⑦虚明：清朗明亮。

⑧阴魅：犹鬼魅。唐元稹《大觜乌》诗："平明天出日，阴魅走参差。"

⑨繄（yī）：助词，用于句首。

⑩白月：印度历法，以月的盈缺立黑白之名。月盈至满为白分，称为白月；月亏至晦为黑分，称为黑月。这里白月指月光。

⑪纤翳：微小的尘障。

⑫玉京：天阙，帝都。天上神仙所居之处。

⑬金仙侍：金仙，佛家称如来之身，金色微妙，故称金仙。侍：侍者。

⑭冠笏：冠，帽子；笏，古代朝会时所执的手板，有事则书于上，以备遗忘。此处泛指衣冠服饰。

⑮炉几：炉和几。几，矮小的桌子。

⑯忝（tiǎn）：有愧于。精魂：指灵魂、精神。合：指聚集、专一。此句指精神未能做到专一。

⑰根器：指人的禀赋。佛教以木喻人性叫根，根能承受物叫器。

⑱腥膻：此处指各种肉食。

⑲残醉：指略带醉态之身。元黄公望《苏东坡竹》诗："强扶残醉挥吟笔，帘帐萧萧翠雨寒。"

⑳群伦：同类人。

㉑道业：指修行和事业。

同史广文、谭少尹坐紫翠轩石床品山泉作①

　　山游仗勇决②，既坐形亦疲。阶前得石床，安用茵席③为。草多自生香，树好无回枝。可以挂我冠，解带纷离披④。野人⑤进清泉，莹滑同琉黎⑥。岂繄泉甘洌⑦，在山味如斯。开怀落朱果⑧，仰见幽禽⑨啼。清磬⑩来远寺，始与斜阳辞。

注释

①广文：指儒学教官。少尹：为州县的副职。石床：在云龙山西坡，传说苏轼经此，曾在石上卧息。苏轼《登云龙山》诗："冈头醉倒石作床，仰看白云天茫茫。"

②勇决：勇敢果断。

③茵席：以草为席。

④离披：散乱貌。

⑤野人：乡村人。

⑥莹滑：晶莹滑润。琉黎：琉璃，指各种有光的宝石。

⑦繄（yī）：副词，唯独，只有。甘洌（liè）：甘美清醇。

⑧朱果：传说中的一种生于深山大泽的奇果，色泽圆润通红，吃了能强身健体。或说朱果是古时对柿子的称呼。此处泛指红色果子。

⑨幽禽：隐蔽在树丛中的鸟。

⑩清磬：清脆的磬声。磬为寺庙中一种形似云板的鸣器，敲击以召集众僧。也指僧

徒诵经用的钵形打击乐器。

云龙行宫①

长林带薄日②，雨气变丹赭③。回风荡曾宫④，嶱嶫⑤阴崖下。朱鳞⑥辞清池，时鸟⑦欢初夏。居人指觚棱⑧，行客问梧槚⑨。虽无官寺守⑩，未忍祇园⑪舍。当时霑粟帛⑫，故老泪盈把。中外尚驩虞⑬，河山待车马。登高盼九区⑭，殷忧⑮岂贫寡。欲访百年人，浩歌与倾写⑯。

注释

①云龙行宫：位于云龙山下，乾隆二十二年（1757）建，乾隆皇帝下江南，曾驻跸此处。
②长林：远处的树林。薄日：即将落下去的太阳。全句意为：夕阳挂在远处的树林上。
③丹赭：红褐色。
④曾宫：高耸的宫殿。曾通"层"。
⑤嶱嶫（kěyè）：高耸貌。同巀嶭。
⑥朱鳞：红色的鱼，此指金鱼。
⑦时鸟：应时而鸣的鸟。
⑧觚棱（gūléng）：同"觚棱"。殿堂屋角的瓦脊成方角棱瓣之形称觚棱。借指宫阙。
⑨梧槚（wú jiǎ）：梧，梧桐树；槚，楸树。梧槚，常用来喻杰出的人物。
⑩官寺：官署，衙门。守：守护。
⑪祇园：祇树给孤独园的略称，为释迦牟尼去舍卫国说法时与僧徒停居之处。后泛指佛寺。
⑫霑粟帛：霑，霑润，比喻受惠。粟帛，指吃饭穿衣。粟，粮食；帛，丝织物。
⑬中外：指朝廷内外。驩虞：欢乐；驩（huān），同"欢"。
⑭九区：九州，泛指全国。
⑮殷忧：深深的忧虑。
⑯倾写：倾泻，尽情把内心的感受抒发出来。写：同"泻"。

十三月夜

望湖亭上月，今夜想凄迷①。石榻②连云湿，山松翼阁齐③。露添堤柳重，风过佛灯④低。天果容高卧，全家亦可携。

注释

①凄迷：迷茫。

②石榻：石床。见前注释。

③翼阁齐：指山松与楼阁飞檐一样高。

④佛灯：指寺庙中的灯火。

四月十六日云龙精舍同慕韩广文携谭雨生集紫翠轩作①

林容披微风，石路纵遥眄②。明湖澹犹波，朝山近如远。频来径途熟，未至情已缅③。垂垂拂青萝④，历历横丹扁⑤。初晖升未高，苍翠入愈浅。徒吏脱拘束⑥，多士欣游衍⑦。文章道亦小，幽胜⑧事宜选。吟声邀风泉，棋床静苔藓。诸君谈转清，老夫力微勉。静听斋时钟，遥情已东巘⑨。

注释

①精舍：佛教修行者的场所。同幕：指在同一幕府任职者。

②遥眄（miǎn）：远望。

③情已缅：指感情已回到遥远的过去。

④青萝：一种攀生在石崖、松柏或墙上的植物。

⑤丹扁：红色小船。

⑥此句意指大多官吏都想摆脱各种各样的约束。

⑦此句指大多士人都喜欢不受拘束，自由自在。游衍：从容自如，不受拘束，恣意游逛。

⑧幽胜：指幽静的胜地。

⑨巘（yǎn）：泛指山峦。

柳　泉①

茅城②（县志按：城当作村）达柳泉，山行道弥恶。乱峰无主名，崖壑自纠索③。新烟驿楼④重，细柳禁垣⑤弱。古来金碧地，梦寐成今昨。匪⑥无百年人，讴歌念耕凿⑦。西驭⑧不可留，初阳澹城郭⑨。吾身尚风尘⑩，万事有回薄⑪。沉思高庙⑫年，清泪临风落。（自注旧有行宫今废）

注释

①柳泉：位于徐州城北，有乾隆行宫，建于乾隆三十五年（1770年）。

②茅城：即茅村。在徐州市北，属徐州市铜山区。

③纠索：指陡崖深壑交错一起。

④驿楼：驿站的楼房。

⑤禁垣：宫墙之内。指帝王居处。
⑥匪：通"非"。
⑦耕凿：耕田凿井。代指田园生活。
⑧西驭：指西落的太阳。神话传说中羲和为太阳神的车夫，即驭者。
⑨此句指初升的太阳照着安静的城郭。
⑩风尘：此指行旅艰辛，生活颠簸不定。
⑪回薄：谓循环相迫变化无常。
⑫高庙：指清乾隆皇帝，庙号为高宗，故称。

微山湖

宿昔①苦见山，前行临大湖。暮气合天地，鱼鸟声相呼。中游有舟楫，冥漠②还疑无。吾行仗双轮③，此物非所需。双轮有时摧，风波不可逾。

注释

①宿昔：向来，往日。
②冥漠：模糊不清楚。
③双轮：指车子。

舒焘 一首

舒　焘：生卒年不详，约公元1821至1861年间在世。字伯鲁，湖南溆浦人。官户部郎中。有《绿猗轩诗钞》。

渡黄宿徐州堤上

青山无数争来前，黄河春水流涓涓①。三年燕赵②饱尘土，眼明喜见江南天。高楼倚空殊岌嶪③，苏子风流浑如昨④。滔滔浊水来昆仑⑤，千古何人见消落。层城华居⑥十万家，春来飞遍桃李花。通衢南北集行旅⑦，夕阳烟火纷周遮⑧。长堤去水不盈丈，峨峨倒压重城上⑨。可怜性命轻蜉蝣⑩，忍使儿童狎⑪波浪。朝廷恩大多灵威，岁发帑藏⑫防堤围。黄金百万亦虚掷，居民苦瘠蛟龙⑬肥。间关⑭一夕河堤宿，隔岸疏灯出茅屋。夜半风声若海潮，顿使危心生远目。君不见桃源口决⑮十丈余，万姓飘荡都为鱼。儒生叹息空道路，归来还读河渠书⑯。

注释

①涓涓：水细流得很慢的样子。
②燕赵：今河北省，古为燕、赵之地。
③岸崿（zuòè）：高耸貌。
④苏子：指苏轼。浑：仍然。
⑤此句指黄河水来自昆仑。《水经注卷一》："高诱称河出昆山，伏流地中万三千里，禹导而通之，出积石山。""《山海经》曰：'昆崙墟在西北，河水出其东北隅。'"
⑥层城华居：层城，高大的城阙。华居，华美的屋宇。
⑦通衢：四通八达的大道。行旅：来往旅客。
⑧周遮：掩盖。
⑨峨峨：高峻。重城：泛指城市。古代城市在外城中又建内城，故称。
⑩蜉蝣：一种昆虫。寿命短，一般都朝生暮死。常比喻微小的生命。《诗·曹风·蜉蝣》："蜉蝣之羽，衣裳楚楚。"毛传："蜉蝣，渠略也，朝生夕死。"
⑪狎：玩耍。
⑫帑藏：国库，国库的钱。帑，音 tǎng。
⑬蛟龙：即蛟。传说中的一种龙。
⑭间关：非常艰难。
⑮桃源口决：江苏桃源黄河大堤于道光十二年决口。
⑯河渠书：《史记》中的一篇，介绍中国古代水利情况的著述。记述从大禹治水开始，延续到汉元封二年（前109）黄河瓠子堵口，及其后各地兴修兴水利，开渠灌溉等情况。

何　栻　一首

何栻：生卒年不详。字廉昉，号悔馀。江苏江阴人。道光二十一年（1841）进士，历官建昌知府。有《悔馀庵集》。

戏马台

百战功名争一胜，两戒①河山争一姓。登场戏士互输赢，得马失马谁能定。乌骓②游戏彭城下，报主一心坚不舍。气数③催人各上台，臣民易主浑④如马。项王戏马忽见颠，宋王⑤戏马骑登天。鱼龙曼衍⑥天犹戏，安石争墩痴可怜⑦。

注释

①戒：通"界"，界限，分界。《新唐书·天文志一》："而一行以为天下山河之象，

存乎两戒。""北戒为'胡门',南戒为'越门'。"

②乌骓:项羽所骑战马名骓,后人称作乌骓。

③气数:命运。

④浑:简直。

⑤宋王:指南朝宋皇帝刘裕。见前注。

⑥曼衍:散漫流衍;延伸变化。《庄子·齐物论》:"和之以天倪,因之以曼衍,所以穷年也。"

⑦安石争墩:宋代王安石晚年居半山园,此园原名"谢公墩",为晋谢安故居。谢安字安石,和王安石的名完全相同,王安石曾戏作《咏谢公墩》云:"我名公字偶相同,我屋公墩在眼中。公去我来墩属我,不应墩姓尚随公。"有人据此认为"荆公好与人争,在朝则与诸公争新法,在野则与谢公争墩,亦善谑也。"

蒋兆鲲　一首

蒋兆鲲:生卒年不详。字瀚槎,号南溟,一号茗仙。江苏丰县人。道光二十六年(1846年)举顺天乡试,二十七年进士,授翰林院编修,参纂国史及修《宣宗实录》。有《求是室诗存》。

宿平山口道院①

盘纡②石磴白云层,薄暮扶筇独自登③。落叶萧萧风力紧,隔林红认寺楼镫。

注释

①平山口道院:即平山寺。民国《铜山县志·古迹考》:"旧志:在城北平山口,古建名四面佛寺。因旧有曾子井,改建寺于此。"民国《铜山县志·山川》:平山口在九里山西腰,象山(九里山一峰)下有曾参井。

②盘纡:盘回纡曲。

③薄暮:傍晚,太阳快落山的时候。扶筇(qióng):拄着手杖。筇:手杖。

王禹畴　二首

王禹畴:生卒年不详。字芷沅。道光二十九年(1849)拔贡生。江苏宿迁人。官内阁中书。著有《品莲书屋遗稿》。

彭城怀古

山川有正气，千载储精英。贤豪与忠义，往往留其名。弭节①彭城郡，思古多幽情②。饥寒出将相，仁暴穷斗争。山人③倍高洁，脱屣好爵萦④。使君勤保障⑤，版筑留颂声。竹帛⑥岂不重，谿谷亦以轻。滔滔古今事，大河方前横。

注释

①弭节：指古代官员出行途中停息。节，官员出行时所用的旌节。
②幽情：深远、高雅的感情。
③山人：指隐士张天骥。
④脱屣：比喻看得很轻，不值得介意。好爵：指高官厚禄；萦，羁绊、束缚。陶渊明《辛丑岁七月赴假还江陵夜行涂口》："投冠旋旧墟，不为好爵萦。"
⑤使君二句：指苏轼组织徐州军民抗洪事。《宋史·苏轼传》："（苏轼）率其徒持畚锸以出，筑东南长堤，首起戏马台，尾属于城。雨日夜不止，城不沉者三版。轼庐于其上，过家不入，使官吏分堵以守，卒全其城。"版筑，筑墙时用两板相夹，填入泥土，用杵舂实。
⑥竹帛：竹指竹简，帛指白绢；古时无纸，用竹帛书写文字。此处意指青史留名。

濆上怀韦孟①

落日横西山，倦客促游骑。抗怀②追古人，去留无纤累③。昨读讽谏诗，所虑亦何致。嗣王④不吾知，敢复恋禄位⑤。向使知机⑥迟，将非明哲⑦义。人叹韦傅贤，我思韦傅智。芒砀山⑧上云，故绕幽栖⑨地。

注释

①韦孟：西汉彭城（今徐州）人，为楚元王傅。详见前韦孟及《讽谏诗》。
②抗怀：保持高尚的情怀。
③纤累：丝毫的牵挂。
④嗣王：继位的王，此指刘戊。
⑤禄位：俸禄和爵位。借指官职。
⑥知机：同"知几"，预知事情的苗头或先兆。
⑦明哲：指明智睿哲能洞察事理的人。
⑧芒砀山：芒山与砀山，在今安徽砀山县东南，与河南永城县接界。二山相距八里。当年刘邦送徒骊山途中放走夫役，自己逃匿，藏于芒砀山泽岩石之间。陈胜起义后，刘邦回沛县起兵。

⑨幽栖地：幽僻的栖止之处。

段广瀛　一首

段广瀛：生卒年不详。字紫沧，号雁洲，萧县（今属安徽省）人。咸丰三年（1853）进士，改庶吉士，授编修。曾官河南粮储盐法道。

题西楚霸王楼①

美人②帐下泪如雨，英雄到死犹歌舞。此歌千古七言祖③，谁谓君王但学武。生前不作书剑奴④，死后犹为礼乐主⑤。一头卖得几人情⑥，坐使功名归屠伍⑦。我有刘项两同乡，一则如龙一如虎。三层楼上起悲风，泪洒彭城一片土。

注释

①西楚霸王楼：民国《铜山县志》古迹考："今府治后有霸王楼，不知苏轼拆后何年何人重建。楼前有道光间重修碑。今半圮。"

②美人：指虞姬。见前注释。

③七言祖：指项羽的《虞姬歌》为七言诗歌所仿效。祖，仿效。

④《史记·项羽本纪》："籍曰：'书，足以记名姓而已。剑，一人敌，不足学。学万人敌。'"

⑤礼乐主：指项王死后，享受优待。礼乐，礼节和音乐；古代帝王用礼乐制度以维持尊卑有序的社会秩序。《史记·项羽本纪》："项王已死，楚地皆降汉，独鲁不下。汉乃引天下兵欲屠之，为其守礼义，为主死节，乃持项王头示鲁。鲁父兄乃降……故以鲁公礼葬项王谷城。"

⑥指项羽自刎前对故人马童说："吾闻汉购我头千金，邑万户，吾为若德。"遂自刎而死。

⑦屠伍：项羽自刎后，汉军抢夺其尸体，撕成五块，王翳等五人各得其一，因此皆得到封侯之赏。屠伍，即指这五人。

叶崇嵋　一首

叶崇嵋：生卒年不详。字仰莪，沛县人。咸丰九年（1860）岁贡生。长于诗赋。有《愿学斋集》、《趋庭遗草》。

彭城秋兴

洗出寥天①雁唳空，无端秋老雨声中。河因霜降威棱②减，山为云开气骨雄。戏马荒台怀谢客③，群羊乱石问坡公④。年华屈指今犹昔，独立苍茫夕照红。

菊酒萸囊序又过⑤，鲤鱼风紧泛黄河。人家逼岸巢如燕，烟树依山点似螺。觅句清宵奇警少⑥，开樽旧雨老苍多。十围柳大寒争翠，攀折临风唤奈何。

注释

①寥天：寂静空旷的天空。
②威棱：声威。同"威稜"。
③谢客：指谢灵运、谢瞻。见前注释（5、7页）。
④苏轼《登云龙山》诗："醉中走上黄茅冈，满冈乱石如群羊。"
⑤菊酒：菊花酒。萸囊：茱萸囊。序：时节。古代风俗：农历九月九日，臂系茱萸囊，登高，饮菊花酒，以消灾避祸。
⑥觅句：指构思诗作。清宵：清冷的夜晚。奇警：奇字警句。

陈　环　三首

陈环：生卒年不详。字子循，江苏宿迁人。同治三年（1864）举人。有《古香阁集》。

九日桂太守醺集宾僚于阳春亭，酒半出犀角杯酌以饮客，为诗致之①

吾闻唐家通天犀角②理如线，金盘暖入芙蓉殿。又闻犀角入水水为开，惊起蛟鼍③光掣电。何时制杯饮酒人，教人牛饮佐芳馔④。彭城老守今苏髯⑤，偶尔政暇启高醼。鸬杯鹦杓⑥客半酣，森然怪物当筵见。黝光侧理鹿衔花⑦，哆口椭腰螺作旋⑧。豆斑粟眼未为奇，鱼子龙文安足羡。曲注⑨能容酒数升，满堂银海⑩都惊眩。使君⑪爱客期尽欢，满酌手擎逐客劝。一客引杯入手不敢停，微欹即防倾太半。一客踊跃到口吸欲尽，汩汩不穷许三咽。就中成连（漱泉）最移情，犀来触之背墙面。走也量才杯杓胜，公亦酌之示深眷⑫。痴心爱酒兼爱杯，醉倒玉山⑬死亦拚。少壮酣呼曾几时，老来过饮手常颤。三十年前旧酒徒，黄垆宿草⑭春风遍。闲杀琅玡蜗壳杯（**道光末王惜庵先生常以蜗壳杯侑酒并绘图征诗**）⑮，百年人物慨凋散。两载从公乐事多，豪情胜概斯游擅。桥边杨柳日萧疏，栏外黄花已烂漫。借公阳春亭子辟寒犀⑯，满酌酢⑰公祝公健。

注释

①桂太守：指徐州太守桂中行。桂中行（？—1895），字履真，清咸丰（1851—1861）年间诸生。晚清将领，并善工书画，尤能画兰。光绪元年署徐州，以祖母忧去官。九年，补徐州。治徐十二年，课农劝士，盗贼衰息；曾任徐州云龙书院山长，并创办徐州师范学堂，编印《徐州诗征》、《徐州二遗民集》。后迁广西按察使，复调湖南。醵集：宴饮聚会；醵同"宴"。阳春亭：民国《铜山县志》：阳春亭，唐薛能建。"光绪十五年徐州镇董凤高、徐州道段喆醵赀于快哉亭之东北偏重建。"参见前快哉亭注释。

②通天犀角：犀牛角的一种。旧说犀牛为神兽，其角有白纹，直通两头，感应灵敏，故称通天犀角。晋葛洪《抱朴子·登涉》："得真通天犀角三寸以上，刻以为鱼，而衔之以入水，水常为人开。"唐李商隐《无题》诗："身无彩凤双飞翼，心有灵犀一点通。"用灵犀比喻心领神会，感情共鸣。

③蛟鼍（jiāotuó）：指水中凶猛的鳄类动物。

④芳馔：美味菜肴。

⑤苏髯：指苏轼。

⑥鸬杯鹦杓：亦为鸬杓鹦杯，即鸬鹚杓、鹦鹉杯。鸬鹚杓，指形状如鸬鹚鸟静立状的酒杓。鹦鹉杯，即用鹦鹉螺制作而成的酒杯。李白《襄阳歌》中写道："鸬鹚杓，鹦鹉杯，百年三万六千日，一日须倾三百杯。"

⑦此句描写酒具上的精美图纹。黝（yǒu）：微青黑色。

⑧哆口：张大嘴。椭腰：腰部为椭圆形状。哆：音 chǐ。

⑨曲注：指曲颈的酒器。

⑩银海：道家谓目为银海。苏轼《雪后书北台壁之二》诗："冻合玉楼寒起粟，光摇银海眩生花。"

⑪使君：此指太守桂中行。

⑫深眷：深切的关怀、照顾。

⑬玉山：此指醉态之身，如娇嫩之美女。

⑭黄垆宿草：黄垆，坟墓。清唐孙华《维扬舟中作》诗："黄垆处处提箪食，绿柳村村挂纸钱。"。宿草，指墓地上隔年的草。

⑮闲杀：极为清闲。杀同"煞"，形容极端、程度深。王惜庵（1789—1852）：即王相，字其毅，号惜庵。出自琅琊王氏，祖籍浙江秀水。为道光年间著名古文物收藏家和著作家。

⑯辟寒犀：犀角名。据说可驱除寒气。五代王仁裕《开元天宝遗事·辟寒犀》："开元二年冬至，交趾国进犀一株，色黄如金；使者请以金盘置於殿中，温温然有暖气袭人。上问其故，使者对曰：'此辟寒犀也。顷自隋文帝时，本国曾进一株，直至今日。'上甚悦，厚赐之。"

⑰酢（zuò）：客人以酒回敬主人。

黉宫古槐①

菁华渐消歇②，丧乱几经过。叶病先秋下，声酬入夜多。余光分夕照，残梦冷南柯③。坐对宫墙晚，风霜奈老何。

注释

①黉宫古槐：黉宫，即古代的学校。这里的黉宫指今徐州第二中学所在。院内原有一棵槐树，据称年代久远，其祖在唐，被称为"唐槐"。

②菁华：同"精华"，指事物最好的一个方面。《尚书大传》卷一下："帝乃载歌……菁华已竭，褰裳云之。"消歇：消失。

③南柯：指南柯梦境，喻人世变化无常。

槐上群鸟啁啾①，晨夕相对，感而有作

饥乌贪食下，啅②雀堕枝飞。但遂将雏稳，何辞绕树依。云霄前路回③，宇宙此生微。不是矜翔集④，居高识所归。

注释

①啁啾（zhōujiū）：鸟叫声。

②啅（zhào）：鸟叫。

③前路回：未来道路迂回曲折，不平坦。

④矜：傲、夸耀。翔集：众鸟飞翔而后群集于一处。

刘文彦 一首

刘文彦：徐州人。生平不详。

萃墨亭①

我闻元祐②时，臣主喧群聋③。碑立端礼门④，党人某某同。岂知真是非，不泯一石工。乞无刻姓名，千秋昭至公。是时禁笔札⑤，首祸苏髯翁⑥。迁谪⑦濒于死，吐气干长虹。一麾守我州⑧，飒飒怀清风。长河助文藻，谈笑狎⑨鱼龙。扁舟杂僧徒⑩，吹笛月明中。胜游恐难得，泥爪留雪鸿⑪。烟云有变灭，沧海逐晦蒙⑫。何年好事者，夺取蛟龙宫。翼亭⑬山之侧，文字光熊熊⑭。其碑有泐时⑮，其名无终穷。韩陵一片石⑯，慎勿轻磨礲⑰。

注释

①萃墨亭：据道光十一年《铜山县志》："萃墨亭在城东南百步洪洲上。明成化中主事尹珍于洪东崖石间得石刻一，上书"郡守苏轼山人张天骥诗僧道潜月中游"十六字，盖苏轼守徐时笔也。因建亭洲上，名曰苏墨，嵌石壁间。正德末亭坏，主事李香筑台重建，更今名，自为记。今废。"

②元祐：宋赵煦（哲宗）年号（1086—1093）。

③此句指元祐年间朝内围绕王安石新法不同政治势力之间的争斗。

④宋哲宗元祐元年，司马光为相，尽废王安石新法。徽宗崇宁元年，蔡京为相，为打击政敌，将元祐反对新法的大臣司马光、文彦博等一百二十人，列其罪状，刻名立碑于端礼门，苏轼亦名列其中。三年增至三百零九人，又立碑于庙堂。此碑被称为"党人碑"或"元祐党籍碑"、"元祐党人碑"。

⑤笔札：指书信、文章等。

⑥苏髯翁：苏轼。

⑦迁谪：指苏轼因反对王安石的新法而被贬谪外地。

⑧一麾：即"一麾出守"。南朝宋颜延年《五君咏·阮始平（咸）》诗："屡荐不入官，一麾乃出守。"麾，意思是挥斥、排挤。诗意是说阮咸遭受排挤，出为始平太守。后来把京朝官员出为外任也称"一麾出守"。苏轼的遭遇正是"一麾出守"。

⑨狎：戏谑。

⑩扁舟二句：这两句指苏轼与山人张天骥、诗僧道潜月中游百步洪。参见苏轼《百步洪二首》。

⑪泥爪：泥，雪泥，指融化着雪水的泥土。大雁在雪泥上踏过留下的爪印称泥爪。比喻往事遗留的痕迹。苏轼《和子由渑池怀旧》诗："人生到处知何似，应似飞鸿踏雪泥。泥上偶然留指爪，鸿飞那复计东西。"

⑫晦蒙：昏暗。

⑬翼亭：檐角翘起的亭子。

⑭光熊熊：形容文字的飘逸潇洒。

⑮泐时：意思是碑刻会有裂散毁灭的时候。泐（lè）：石头按脉理而裂散。《周礼·考功记序》："石有时以泐，水有时以凝。"

⑯指北魏温子升所撰《韩陵山寺碑》，曾受到庾信的好评。后来用韩山片石比喻文章写得好。韩陵山在今河南安阳市东北。

⑰磨礲（lóng）：摩擦。礲，同"砻"。

杨 颐 一首

杨颐（1824—1899），字子异，号蓉浦，晚号蔗农，茂名县（今广东省高州市）人。同治四年（1866）进士，授翰林院庶吉士、实录馆总校、文渊阁校理、武英殿总纂、国史馆纂修。后历任顺天府丞兼学政、大理寺少卿、江苏提督学政、光禄寺正卿、太常寺正卿、察院左都副御史。官至兵部左侍郎。有《观稼堂诗抄》等。

宴快哉亭登放鹤亭网上

  徐州试毕，段筱湖观察、桂履真太守、王东麓太令公，宴于快哉亭，席罢，复偕幕客许阶广文①登放鹤亭，访胜而归，行次宿迁②，感而有作。

一

  髯苏③遗址构城东，半日淹留燕□同。乐此颇为贤者咏，快哉真有古人风。云龙缥缈重□外，野鹤逍遥大化④中。乘兴飘然携笠屐，明朝马首⑤惜匆匆。

二

  闻道黄河已北趋，间阎⑥疾苦未全苏。场登莺粟⑦空仓廪，镝响狼弧戒道途⑧。讲艺可堪回旧俗，咨谋无术起菑区⑨。升车惘惘南徐道⑩，赖有文翁正剖符⑪。

注释

  ①许阶广文：即许汝赓，字仲皋，茂名新坡人，光绪优贡。历任从化教谕，肇庆府教授。广文：指儒学教官。

  ②次宿迁：次，临时住宿。宿迁，今属江苏省。

  ③髯苏：指苏轼。

  ④大化：广阔的天地间。

  ⑤马首：马首所向，即策马离去。

  ⑥间阎（lǘyán）：指民间，黎民百姓。

  ⑦莺粟：即罂粟，亦称鸦片、罂子粟、御米等。苏轼《归宜兴留题竹西寺》诗之二："道人劝饮鸡苏水，童子能煎莺粟汤。"

  ⑧镝：箭头、箭。狼弧：谓贼盗多；《史记·天官书》："狼变色多盗贼，下有四星曰弧，弧矢向狼多盗。"狼弧二星皆主盗贼。弧亦作狐。

  ⑨咨谋：咨询讨论。菑区：灾区。菑（zāi）：异体字，同"灾"。

  ⑩惘惘：感伤、失意。南徐：南徐州，这里指江南。南朝宋文帝元嘉八年（公元431年），改长江以北为南兖州，长江以南为南徐州，治所在京口（今镇江）。

  ⑪剖符：古时授爵、任命的竹制符证。剖竹为二，一给本人，一留官府。

李慈铭　一首

  李慈铭（1830—1894），初名模，字式侯，后更名慈铭，字爱伯，号莼客，晚署越缦老人。会稽（今浙江绍兴）人。光绪六年（1880）进士。初任职户部，官至山西道监察御史。长于考据之学,著述颇丰。有《越缦堂文集》。

登九里山作^①

千秋歌吹咽风前,睥睨^②诸山净远天。霜树红疏连嶂雨,秋城绿抱一湖烟。寒阴茅屋家收稻,野水蘋花客倚船。忽地登临感兴废,霸台^③凭吊一苍然。

注释

①九里山:位于徐州市西北部,又名九凝山,因东西长九里而得名。楚汉相争,曾在此鏖战。
②睥睨（pì nì）:眼睛斜视。显示高傲的样子。
③霸台:指楚霸王项羽所筑戏马台。

王先谦　六首

王先谦（1842—1917）,字益吾,号葵园,长沙人。同治四年（1865）进士,改庶吉士,授编修。官祭酒加内阁学士衔。曾任城南书院山长,后转任岳麓书院山长,主讲岳麓书院达十年之久。有《虚受堂诗存》。

自清江浦登陆赴徐州道中柬心云^①

重裘暖帽自摩挲^②,扰扰^③风沙脚底过。病里又添新白发,客中时见旧黄河。千年桑海^④谁能料,一曲玲珑^⑤且放歌。输与同行陶靖节^⑥,高怀随处有吟窝^⑦。

注释

①柬心云:柬,原意为信件、名片等,此处意指寄诗给某人。心云,即陶浚宣（1846—1912）,原名祖望,字文冲,号心云,别号东湖居士,浙江绍兴人,著名书法家,曾任广东广雅书院山长,并在广雅书局任职。
②摩挲（mósuō）:抚弄。
③扰扰:纷乱貌。
④桑海:即沧海桑田,比喻世事多变巨大。
⑤玲珑:清脆的声音。
⑥陶靖节:即陶渊明,世号靖节先生。此处用陶靖节喻陶浚宣。
⑦高怀:高尚的胸怀;远大的志向。吟窝:即醉吟窝,在磁湖（今湖北黄石市）江上,传说古时有隐君子居之石上。此处用为隐居之地。《舆地纪胜》卷三十三:"瑶山在

磁湖之右,山有石窝,名醉吟窝。"

月夜闻笛

月轮犹作傍江明,杨柳随风绿尽生。斗觉寄园春意满①,不知今夕在彭城。
百步洪前石岸隤②,古时篙眼③没苍苔。可怜泗上千年月,谁更黄楼听笛来。

注释

①斗觉:突然感到。寄园:学校,读书求学之所。
②隤(tuí):崩塌。
③篙眼:以篙撑船,篙在岸上留下的孔穴。

次韵心云寄朱一新蓉生御史义乌①(五首选一)

徐州花发春行尽,空付双鱼②到苇间。为报渊明③苦相忆,去年并辔④看西山。

注释

①朱一新(1846—1894)字鼎甫,号蓉生,浙江义乌人。光绪二年(1876)进士,历官内阁中书、翰林院庶吉士、陕西道监察御史等。
②双鱼:即双鲤鱼。古时多以鲤鱼形状的函套藏书信,因以鲤鱼代指书信。汉乐府诗《饮马长城窟行》:"客从远方来,遗我双鲤鱼。呼儿烹鲤鱼,中有尺素书。长跪读素书,书中竟何如?上言加餐食,下言长相忆。"
③渊明:即陶渊明。此处以陶渊明比陶浚宣。
④并辔:骑马同走。

徐州试院①柬心云

东坡见黄九②,矜夸③天下才。不得就我馆,作歌展孤怀④。两美难合并,人事苦多乖。未若吾与子,昕夕⑤相追陪。东风尔何事,不到清河隈⑥。庭前数株树,生意未肯回。应怜试事紧,故待新诗催。惜哉寄园春,残红委莓苔⑦。知君坚不出,欲举花前杯。束缚海鸥姿⑧,相将入尘埃。此邦豪杰地,览古空蒿莱⑨。霸业久寂寞,洪流失掀豗⑩。江山要点染⑪,还迟谢苏来⑫。兹行未失计,得诗君应咍⑬。

注释

①试院:旧时科举考试的考场。清王泽《重修徐州试院记》:"徐自考棚圮,士子调

赴淮安试。康熙四十九年,从乡人葛茂才等请始于城东建立试院,为督学使者校士之所。"于"廨西学舍旧基"修建试院。(见道光《铜山县志》)

②黄九:即黄庭坚,因排行第九,故称之。《黄庭坚传》:"苏轼尝见其诗文,以为超轶绝尘,独立万物之表,世久无此作,由是声名始震。"

③矜夸:夸赞。

④孤怀:孤高的情怀。

⑤昕夕:朝暮,终日。

⑥隈(wēi):河流转弯处。

⑦莓苔:青苔。

⑧海鸥姿:比喻自由自在,不受约束。

⑨蒿莱:草野。喻指民间。

⑩掀豗(xiānhuī):喧闹。

⑪点染:点缀。

⑫迟:读zhì,等待,希望。谢苏:谢灵运和苏轼。

⑬哈(hāi):嗤笑。

段喆小湖、桂中行履真、丁仁泽润之,招饮云龙山放鹤亭,赋诗为别① (段徐州道,桂徐州府知府,丁铜山县知县)

吾怜谢宣远②,贡谀③戏马台。未若苏徐州④,黄楼自举杯。古今文字饮,几辈心颜开。不谓名胜区,兹筵⑤忝欢陪。主人尽贤达,不惜酒如淮。宾客杂龙虎(**坐有冯编修煦、董镇军凤高。此注县志为"坐有冯梦华编修、董梧轩镇军"**),谈笑生风雷。我今迫王事⑥,诘朝⑦走尘埃。坐恐失清景,偷闲狎尊罍⑧。云龙尚蟠屈⑨,霜鹤不归来。登临一悽然,岂忘羊公哀⑩。分携各努力,勿(县志作"弗")遗后世哈。作歌记岁月,聊展平生怀。

注释

①县志题为"段筱湖观察、桂履真太守、丁润之大令,招饮云龙山放鹤亭,诗为别"。大令,对县官的敬称。段喆:字小湖,宿松(今属安徽)人,光绪十年授徐州道。桂中行:字履真。见前注释。丁仁泽:字润之,安徽怀宁人,时为知县。

②谢宣远:即谢瞻。见前注(7页)。

③贡谀:献媚。

④苏徐州:苏轼。古时习惯以任官地方称呼。

⑤兹筵:兹(zī),这,这里;筵,宴席。

⑥王事:公事。

⑦诘朝:明天早晨。

⑧狎尊罍：狎，指开心（饮酒）。尊和罍皆为酒器，尊同"樽"，代指酒。
⑨蟠屈：指云龙山高高低低，如龙盘旋屈曲。
⑩羊公哀：名不副实的悲哀。羊公，指晋朝征南大将军羊祜。《世说新语·排调》："庾失小望，遂名之为羊公鹤。昔羊叔子有鹤善舞，尝向客称之。客试使驱来，氄毢而不肯舞，故称比之。"后用羊公鹤比喻名实不副。

徐州九绝

彭祖楼①
修到人间八百年②，飞升从此向无还。早嗤髯叟题濠庙③，莫信郦元注蜀山④。

桓山
袁浦已遭公路屈⑤，桓山真为向魋⑥惭。柳州辱水犹云可⑦，荆国争墩定不甘⑧。

戏马台
灵境全归豁达胸，登台刘项各英雄。临风试诵山围句，方识诗人意象⑨同。

范增墓
秦民阮尽故宫烧，只盼鸿门王气销。斗苦两雄君不乐，抽身犹得卧山腰⑩。（苏子由诗范叟卧山腰）

燕子楼
尚书⑪里第笑全非，一上高楼送落晖。犹有翩翩旧时燕，欲将门巷认依稀。（楼旧址无存近人修建东北城上）

快哉亭
当年薛李⑫饱经过，结构成阴幽意多。闻道使君添水阁，要看皓鹤⑬浴红荷。（亭屋三间筱湖拟增建）

兴化寺
石佛无言似有神，何年拔地见金身。（寺中就岩石凿大佛但见其面及肩）本来面目谁能坏，坐阅唐梁⑭战伐尘。

黄茅冈
屡遭非意底相妨⑮，时触虚舟⑯亦自伤。惟有黄茅冈下石，殷勤解作使君床⑰。

黄楼
忠策谁思贾让言⑱（东坡在琼州闻黄河复北流诗云："三策已应思贾让，孤忠终未赦虞翻。"），前谟遥契⑲大苏篇。（乾隆间以黄河入淮屡修屡决，尚书孙嘉淦、嵇璜先后请导黄北流入大清河。上谕以河方南流不能挽之，使北，盖俟入大清河后因而治之。至同治间始北入大清河，值兵事甫息，国帑空虚，地方大吏复无远虑，因循补苴，遂致河患不可收拾。）楼头旧堑无寻处，可待神工挽逝川。

注释

①彭祖楼：同治《徐州府志》：《水经注》城东北角起层楼于其上，号曰彭祖楼。《寰宇记》：魏神龟二年，刺史元延明移彭祖庙于子城东北楼下，俗呼楼为彭祖楼。《明一统志》：旧有石刻彭祖楼，久毁。顺治间淮徐道项锡允移建南城与井宅相离，失古意矣。

②《神仙传·彭祖》："彭祖者，姓篯名铿。帝颛顼之玄孙也。殷末已七百六十七岁，而不衰老。"

③髯叟：指苏轼。苏轼有《濠州七绝·彭祖庙》诗："跨历商周看盛衰，欲将齿发斗蛇龟。空餐云母连山尽，不见蟠桃著子时。"作者自注："有云母山，云彭祖采服也。"

④郦道元《水经注·江水一》："昔岑彭与吴汉逆江水入蜀军次是地……此地有彭冢，言彭祖冢焉。"

⑤袁浦：即公路浦：地名。在今江苏省淮阴城西。《水经注·淮水》："淮阴城西二里有公路浦，昔袁术向九江，将东奔袁谭。路出斯浦，因以为名焉。"袁术：字公路，因人而名。

⑥向魋：即桓魋。其祖齐桓公，故称桓魋。

⑦柳州：柳江穿越柳州市区，环绕市区成一个"U"字形半岛。柳宗元在柳州任刺史时，曾用"越绝孤城千万峰"、"江流曲似九回肠"的诗句来描绘。

⑧荆国：指王安石，被封为荆国公，世称王荆公。王安石宅乃谢安所居地，有谢公墩，王赋诗曰："我名公姓偶相同，我宅公墩在眼中。公去我来墩属我，不应墩姓尚随公。"人谓与死人争地界。

⑨意象：指诗人心中的物象。刘勰《文心雕龙·神思》："独照之匠，窥意象而运斤。"

⑩卧山腰：苏辙诗为《和子瞻留题石经院三首》："兴亡须一吊，范叟卧山腰。"

⑪尚书：指张愔，元和初为工部尚书。

⑫薛李：薛，指唐薛能；李，指李邦直。同治《徐州府志》："快哉亭在城东南。旧志：宋熙宁末李邦直持节徐州，即唐薛能阳春亭故址构建，郡守苏轼名曰快哉亭，后名奎楼，俗名拐角楼。"同治十一年徐海道吴世熊重建。(民国《铜山县志·古迹考》)

⑬皓鹤：白鹤。

⑭唐梁：指唐宋时代。此句指寺中大佛经历唐宋战乱。兴化寺位于云龙山东麓，建于明代。寺中石佛为魏太武南侵时所琢（参见宋贺铸《和张谋父游石佛山观魏太武书》诗序）。

⑮底：疑问代词，何。相妨：相互妨碍，抵触。

⑯虚舟：空船。《淮南子·诠言》："方船济乎江，有虚舟从一方来，触而覆之，虽有忮心，必无怨色。"

⑰使君床：使君，对州郡长官的尊称。此指苏轼。使君床，指云龙山麓苏轼石床，苏轼《登云龙山》诗："冈头醉倒石作床，仰看白云天茫茫。"

⑱贾让：西汉末年人，曾应诏上书，提出著名的《治河三策》。苏轼《庚辰岁人日作

时闻黄河已复北流老臣旧数论此今斯言乃验二首》（其一）："老去仍栖隔海村，梦中时见作诗孙。天涯已惯逢人日，归路犹欣过鬼门。三策已应思贾让，孤忠终未赦虞翻。典衣剩买河源米，屈指新篘作上元。"

⑲前谟遥契：指治河之策契合前人的谋略。

叶道源　　二首

叶道源：生卒年不详。字仲来，号心蒻，江苏宿迁人。同治九年（1870）举人。曾参与清同治《宿迁县志》编校，清光绪十一年（1885）任山东菏泽县编纂。有《大瓠山房诗集》。

彭城杂咏

高城远纳万山秋，独倚危栏起暮愁。风卷旌旗班马①静，天连烽火阵云流。关河不锁征人梦，帷幄②谁深大将谋。千古兴亡争战地，莫将蕞尔③视徐州。

注释

①班马：载人离去之马。

②帷幄：军中的帐幕。同"帷帐"。《史记·留侯世家》："高帝曰：'运筹策帷帐中，决胜千里外，子房功也。'"

③蕞尔：小的样子。蕞：音 zuì。

晚上户部山①

独上高台望眼宽，薄衣风透不禁寒。留心世味如尝胆，落魄情怀似罢官。乡思怕教征雁寄②，云山权作故园看。数声清磬禅林晚③，遥见衔峰月④一丸。

注释

①户部山：在徐州城南。又叫南山，上有项羽时所建戏马台。

②征雁寄：远飞的大雁带来书信。

③清磬禅林：禅林传出清脆的磬声。禅林，寺庙。磬，寺庙中用的一种状似云板的鸣器，敲击以召集众僧。也指僧徒诵经用的钵形打击乐器。

④衔峰月：指月亮刚从山后升起，远望似月亮与山峰相接。

李运昌　六首

李运昌：生卒年不详。字星阶，号梅岑，江苏丰县人。同治十二年（1873）科拔贡举人。有《荫乡书屋诗草》。

戏马台怀古

英雄得意兴飞舞，神骓驰骤①哮如虎。神骓一去不复还，高台犹自传西楚②。西楚功名谁不见，学书不成便学剑③。喑噁叱咤④万人惊，五年身经七十战⑤。七十余战功不成，彭城割据聊纵横。鸿沟已划乌江冷⑥，从此英雄罢力争。吁嗟⑦乎！王霸之分不可假，先机⑧一着争高下。君不见关中⑨豪杰尽从龙，台上将军犹戏马。

注释

①神骓：指项羽骑的马，名骓。驰骤：疾奔。

②西楚：旧以江陵为南楚，吴为东楚，彭城为西楚。

③《史记·项羽本纪》："项籍少时，学书不成，去学剑，又不成。项梁怒之。籍曰：'书，足以记名姓而已。剑，一人敌人，不足学。学万人敌。'"

④喑噁叱咤：发怒呵斥声。喑噁，音 yìnwù。《史记·淮阴侯列传》："项王喑噁叱咤，千人皆废。"

⑤五年：从灭秦到项羽被困自杀前后共五年。七十余战：《史记·项羽本纪》："项王自度不得脱，谓其骑曰：'吾起兵至今八岁矣，身七十余战，所当者破，所击者服，未尝败北，遂霸有天下。'"

⑥鸿沟：古渠名，故道大部循今河南贾鲁河东，由荥阳北引黄河水曲折东至淮阳入颍水。东汉后渐淤塞。《史记·项羽本纪》"项羽与汉约，中分天下，割鸿沟以西者为汉，鸿沟而东者为楚。"乌江：水名，在今安徽和县东北四十里，今称乌江浦。《史记·项羽本纪》："于是项王乃欲东渡乌江。乌江亭长檥船待……"，所指乌江即此。

⑦吁嗟（xūjiē）：表示叹息，哀叹。

⑧先机：决定成败的时机。

⑨关中：指古秦地。秦灭后，项羽立刘邦为汉王，王巴、蜀、汉中，都南郑。关中被三分，封给秦亡将，以阻挡汉王。后来刘邦从古道还，击破三秦，关中之地皆归属于汉。龙，指汉王刘邦。

戏马台二首

（一）

秋风扶我上高台，直挟江东霸气①来。六国残疆②收掌握，三秦③胜业笑尘灰。不容亚父参奇计④，可惜淮阴失将才⑤。剩有雄风忆重九⑥，牛羊撒卧菊花开。

注释

①江东霸气：指项羽军队的强大威力。当初，项羽率江东子弟八千人渡江而西击秦。

②六国：指战国时的楚、齐、燕、韩、魏、赵，被秦所灭，故称残疆。

③三秦：今陕西省一带属秦之地。项羽破秦入关，三分关中地区，以秦降将章邯为雍王，咸阳以西之地；司马欣为塞王，领咸阳以东至黄河之地；董翳为翟王，领上郡之地（陕西北部），合称为三秦。

④亚父：即范增。亚，次。项羽尊敬他仅次于父亲，故称亚父。详见前注释（160页）。

⑤淮阴：指淮阴侯韩信。韩信初从项羽，为郎中，未受重用，后亡楚归汉，成为大将军。

⑥重九：农历九月九日重阳节。南朝宋武帝刘裕曾于戏马台为孔靖饯行。参与饯行的官员，皆赋诗以述其美。后世文人雅士常于重九登台宴聚。见前注释（5页）。

（二）

当年戏马兴山河，铁骑驰驱战伐多。巨鹿任人凭壁垒①，鸿沟失计界山河②。烟迷三辅③消秦帝，风动重围听楚歌④。唱到乌江骓不逝⑤，英雄也自泪滂沱⑥。

注释

①此句指巨鹿之战中楚军对秦作战极为勇敢。《史记·项羽本纪》："当是时，楚兵冠诸侯。诸侯军救钜鹿下者十余壁，莫敢纵兵，及楚击秦，诸将皆从壁上观。楚战士无不以一当十，楚兵呼声动天，诸侯军无不惴恐。"壁上观：凭借营垒遥望。

②此句指项羽与刘邦约定以鸿沟为界中分天下，项羽如约引兵东归，刘邦却违约趁机追击楚军。故称"失计"。

③三辅：此指秦都咸阳附近地区。

④此句指项羽垓下被围。史记·项羽本纪》："项王军壁垓下，兵少食尽，汉军及诸侯兵围之数重。夜闻汉军四面皆楚歌，项王乃大惊。"

⑤此句指项羽与爱妾虞姬诀别时所唱："力拔山兮气盖世！时不利兮骓不逝！骓不逝兮可奈何！虞兮虞兮奈若何！"

⑥滂沱：指泪流之多，悲痛之极。

放鹤亭怀古[①]

山人养鹤鹤忘机[②]，山人放鹤看鹤飞。鹤飞缥渺不可见，白云拂落[③]山人衣。昏鸦绕树日将晚，缟鹤也自瑶池返[④]。归来不用招鹤歌，认得山亭灯一点。太守城南访隐沦[⑤]，鹤若蹁跹[⑥]清路尘。相逢一顾各大笑，鹤竟为官作前导。客来放鹤看鹤舞，西湖深处回轻舻[⑦]。云龙老屋孤山云[⑧]，高风两地成千古。

注释

①放鹤亭：见前魏裔介《彭城放鹤亭》诗注释。
②山人：指隐士张天骥。忘机：忘记机巧欺诈之心。
③拂落：轻轻落下。
④缟鹤：缟鹤，白鹤。瑶池：古代神话中神仙所居之处。
⑤太守：指苏轼。隐沦：隐居之人，指张天骥。
⑥蹁跹：旋转舞动。
⑦西湖：指杭州西湖，苏轼曾任官杭州。轻舻：小船。
⑧孤山：指杭州西湖的孤山，山上亦有放鹤亭。

荆山桥放舟[①]

解缆长桥下，来乘万里风。船头波影白，蓬背日光红。水势日趋下，乡音渐不同。群山如拱揖[②]，迎我入淮东[③]。

注释

①荆山桥：清同治《徐州府志》："城北二十里，有荆山口河，广数百仗，有桥跨其上。桥下乱石纵横，颇险恶，类人力穿凿者。"
②拱揖：拱手作揖，以示敬意。
③淮东：指古代的淮南东路，即现在的徐州以东的苏北地区。

放鹤亭

云龙烟霭郁苍苍，缥缈云端见鹤翔。尽日高飞忘岁月，数声清唳自宫商[①]。山人无俸粮仍蓄[②]，太守[③]能歌酒更狂。亭畔黄茅今长遍，醉衔风雨上南冈。

注释

①清唳：清亮的鹤叫声。宫商：皆为五音之一。这里指鹤的叫声非常优美。
②山人：张天骥。俸：官府给的薪金。
③太守：指苏轼。

燕子楼①

漫道春楼窈窕妆，绮罗②消后见冰霜。琵琶不作邻船抱③，枕簟④都为故主凉。镜里容华凋翠色⑤，楼头帘幕锁斜阳。来巢语燕知何事，偏伴愁人话短长。

注释

①燕子楼：见前注释（29页）。
②绮罗：华丽的丝绸衣服。
③白居易《琵琶行》："寻声暗问弹者谁？琵琶声停欲语迟。移船相近邀相见，添酒回灯重开宴。千呼万唤始出来，犹抱琵琶半遮面。"这里指盼盼在张愔死后终身不嫁。
④枕簟（diàn）：枕席。泛指卧具。
⑤容华：美丽的容颜。翠色：青春的美色。

邓嘉缉　二首

邓嘉缉：生卒年不详。字熙之，江宁（今属南京市）人。优贡候选训导。有《扁善斋集》。

张元鄷太守（庆勋）招集快哉亭即席赋谢

轻阴澹日敛炎晖，筵敞高亭称葛衣①。雅集滥叨陪杖履②，清谈时复落珠玑③。风翻浅碧荷千柄，水蘸深青柳四围。笑指云龙山下路，归程谁伴鹤孤飞。

注释

①筵敞：筵席摆开。葛衣：用葛布（葛的纤维织成的布）做的衣裳，即夏衣。称葛衣：正好适合穿夏衣。
②雅集：文人雅士吟咏诗文、议论学问的集会。滥叨：自谦之词，意指过度承蒙，此处指能陪同老人非常荣幸和感激。杖履：对老人的敬称；杖，指手杖；履，指鞋。古礼五十老人得扶杖，又古人入室，鞋必脱于室外。为尊敬长辈，长者可以入室而后拖鞋。后遂用"杖履"为敬老之词。

③珠玑:珠宝,喻诗文或言谈吐词之美。

和王劭宜①南城秋眺

平原落木莽风沙,倚杖登临趁日斜。戏马荒基销武健②,椎牛旧俗渐奢华③。故创易坠惊弦雁④,老树难争向宿鸦。万灶饥寒纷满眼,是谁画鼓拥高牙⑤。

注释

①王劭宜:即王嘉诜。有诗,见下。
②销武健:销,消失;武健,勇武刚健。
③椎牛:杀牛。《韩诗外传》卷七:"是故椎牛而祭墓,不如鸡豚之逮亲存也。"奢华:奢侈浮华。
④惊弦雁:指惊弓之雁。鸟类惊惧于弓弦,常比喻受过惊吓,一有动静就害怕的人。白居易《送客南迁》诗:"客似惊弦雁,舟如委浪萍。"
⑤画鼓:有彩绘的鼓。高牙:即牙旗,指重要典礼上的大旗。亦指大将所建杆上以象牙装饰的旗子。此句指奢华的高官,与"饥寒纷满眼"相对。

朱 迈 二首

朱迈:生卒年不详。字旋吉,原籍苏州吴县,随父迁于徐州。善诗词。

云龙山

名山与高士,人地两相倚。云龙本幽境,山人借为里①。结亭山之巅,朝朝驯鹤起。坐看山吐云,蜿蜒如蜃市②。每当坡仙③来,一笑吾与尔。悠悠六百年,人鹤俱去此。怀古在空亭,夕阳照流水。

注释

①山人:指宋代隐士张天骥。里:住所。
②蜃市:滨海地区因光线的折射而形成的城郭幻影。
③坡仙:指苏轼。

大水谣

黄河连岁河心高,伏秋水发吞平皋①。横冲四溢不受束,要与两岸居民鏖②。我居徐之河北北阁内,适逢河伯大肆豪③。去岁水来三尺许,家人两月居水牢。今春诉官谋筑堰,督者不力心空劳。正愁六月水又至,果然夜半来滔滔。水较去岁高二尺,比屋④妇子咸呼号。虽非濡首⑤命立毙,家家茆屋成泥糟。我屋稍高不即覆,坐看离披欹侧如酕醄⑥。床前湿烟小妇爨⑦,户外短筏童子篙。桌下踯躅跳蛙黾⑧,枕上窸窣游蛴螬⑨。鸡栖危墙昼无食,犬卧破灶夜不嗥。大雨时行兼酷暑,瓶罍告罄人嗷嗷⑩。老夫受湿两脚肿,上案高踞如猿猱⑪。轰声时闻邻屋倒,仰视我屋头频搔。寝不贴席食不咽,时时长叹呼天曹⑫。远传睢宁水决朱家海,居人无限填沟壕。总理分司⑬擅经济,岂有民命轻于毛。近闻城中四门皆屯土,扶老携幼纷纷逃。天启甲子⑭徐城遭此劫,无乃此劫今又遭。呜呼!天不许我安蓬蒿⑮,漂流覆压惟所操。呼童撑筏入市买浊醪⑯,对月且饮抒我心忉忉⑰。譬如前年江浙遇海啸,百万人民一瞬化为鱼鳖随波涛。(县志按:考《续行水金鉴》:雍正三年六月,睢宁南岸朱家海河决。玩篇内所云徐州大水与之同时,旧志失载,可补其缺)

注释

  ①伏秋:入伏后的秋天。平皋:水边平地。

  ②鏖(áo):激战。

  ③河伯:河神。肆豪:放纵肆虐。

  ④比屋:邻近的房屋,邻居。

  ⑤濡首:指水淹过头。

  ⑥离披:散乱貌。欹侧:倾斜。酕醄(máotáo):大醉貌。

  ⑦爨(cuàn):烧火做饭。

  ⑧蛙黾(mǐn):即蛙。

  ⑨窸窣(xīsū):司窸窸窣窣,虫爬的细微声。蛴螬:金龟甲的幼虫。

  ⑩瓶罍(léi):泛指盛食物的器具。罄(qìng):器物中空空的。

  ⑪猿猱(náo):泛指猿猴。

  ⑫天曹:道家所称天上的神官。

  ⑬总理分司:总管全面事务的分支机构;清代徐州有户部仓分司、工部分司。

  ⑭天启甲子:天启,明朝皇帝明熹宗朱由校年号。天启甲子,即天启四年(1624)。当年河决徐州,灌入城中,城内水深一丈三尺。

  ⑮蓬蒿:蓬草和蒿草。泛指草丛。

  ⑯浊醪(láo):浊酒。

  ⑰忉忉(dāodāo):忧思。

经迺济 一首

  经迺济:生卒年不详。字云既,铜山县(今为徐州市铜山区)人,岁贡生。官灵璧训导。

游马跑山①二首

此山能独伏，远近凝秋晖②。戏马③俨前列，云龙④抱势归。物情⑤观众妙，我意贵知希。谁向开亭榭⑥，家家昼掩扉⑦。

南郭看山色，西山驻夕晖。季鹰莼美去⑧，元亮菊荒归⑨。罢雨河犹泛，无霜树亦稀。凄凉群牧者，秋草暗荆扉⑩。

注释

①马跑山：位于徐州城南，马跑山一带为古彭祖之大彭氏国封地所在，现辟为彭祖园。

②秋晖：秋天的阳光。

③戏马：戏马台。

④云龙：云龙山。

⑤物情：事物的情状。唐刘威《游东湖黄处士园林》诗："物情多与闲相称，所恨求安计不同。"

⑥榭：在高台上建的房屋，多为观览之所。

⑦扉：门。

⑧季鹰：即晋张翰，字季鹰，吴郡吴人，善属文。当时政事混乱，翰为避祸，急欲南归，便托辞见秋风起，思念故乡菰菜、莼羹、鲈鱼脍，辞官归吴。莼：同"蓴"。《世说新语第七》："张季鹰辟齐王东曹掾，在洛见秋风起，因思吴中菰菜羹、鲈鱼脍，曰：'人生贵得适意尔，何能羁宦数千里以要名爵！'遂命驾便归。俄而齐王败，时人皆谓为见机。"

⑨元亮：陶渊明，字元亮，在《归去来兮辞》中有"三径就荒，松菊犹存。"

⑩荆扉：柴门。

蒋　珮　一首

蒋　珮：生卒年不详。字沛苍，一自瑶坪，铜山县（今徐州铜山区）人。岁贡生。

秋日黄茅冈远眺

踏破空山色，亭开望欲迷。水村秋草路，人影夕阳堤。远浦①孤帆尽，荒城暮霭②低。一天凭眺兴③，都在大河西。

注释

①远浦：远处的河流。
②暮霭：日暮时的云气。
③眺兴：登高远望的兴致。

张道源　一首

张道源：生卒年不详。字云溪，铜山县（今徐州铜山区）人。曾官江西盐驿道。有《玉燕堂集》。

中秋看月黄楼上

今古风光定不殊，古人对月意何如。兔毫①此夜仍堪数，人事当年孰可呼。远眺却嫌南斗②近，旷怀③应笑北山孤。百年以后登楼者，还有悲歌客也无。

注释

①兔毫：用兔毛制成的毛笔。这里代指诗文。
②南斗：南斗六星，即斗星。
③旷怀：豁达的胸怀。白居易《酬杨八》诗："君以旷怀宜静境，我因蹇步称闲官。"

汪廷璠　一首

汪廷璠：生卒年不详。字鲁玉，铜山县（今徐州铜山区）人。廪生。著有《憺园诗草》

登黄楼

城上黄楼覆女墙①，凭高极眺入苍茫。檐前山色侵朝重②，槛外河声入暮长。砥柱③功垂名不朽，羽衣人④去事难忘。万家烟火平临⑤处，一曲笙歌送夕阳。

注释

①女墙：城墙上面呈凹凸形的小墙。
②侵朝重：指进入早晨山色更苍翠、清楚。

③砥柱：山名，位于黄河水中，若柱。郦道元《水经注·河水四》："砥柱，山名也，昔禹治洪水，山陵当水者凿之，故破山以通河，河水分流，包山而过，山见水中若柱然，故曰砥柱也。"此处用砥柱喻苏轼的伟大功绩。

④羽衣人：指苏轼。苏轼"百步洪"诗序："余时以事不得往，夜着羽衣，伫立于黄楼上，相视而笑，以为李太白死，世无此乐三百余年矣！"

⑤平临：平视，向远方望去。

杨　淮　三首

杨淮：生卒年不详。字石屏，铜山县（今徐州铜山区）人。诸生。性孤介，屏居梅花山寺十年。有《石屏诗草》。

流碧泉①

苔遥踏新绿，缓步龙山曲②。清泉石罅③中，潺潺流碧玉④。酌之涤我心，冷澈沁肌骨⑤。微雨济阳春⑥，含生尽可欲⑦。藉草⑧泉之侧，悠然散遐瞩⑨。

注释

①流碧泉：流碧泉也称刘备泉，相传刘备接任徐州牧，此泉因此而得名。泉上方有三让亭，喻陶谦三让徐州。泉水涌出的地方有一巨大的石壁，故民间又称之为流壁泉。同治《徐州府志·山川考》："城南二里云龙山西麓有流碧泉，泉从石隙出，入石狗湖。"

②龙山曲：龙山，云龙山。曲，僻静处。

③罅（xià）：缝隙。

④潺潺：水流动貌。碧玉：指水清如碧玉（青玉）的颜色。

⑤沁肌骨：渗透入肌骨。

⑥济阳春：使春意更浓。济，增加。阳春，温暖的春天。

⑦含生：指含有生命者。此句指凡有生命者都能尽情地发展。

⑧藉草：坐（或卧）在草地上。

⑨悠然：安闲、闲适的样子。陶渊明《饮酒》："采菊东篱下，悠然望南山。"散：无拘无束。遐瞩：远望。

云龙山望秋

峰头徙倚①意如何，满目苍凉秋气多。叠嶂②万里生紫色，古城三面绕黄河。长堤③衰柳征人泪，落日西风壮士歌。回首凤凰湖④上望，寒云一片锁山阿。

注释

①徙倚：徘徊；留连。
②叠嶂：重叠的山峰。
③长堤：此指苏堤。见前注。
④凤凰湖：或指云龙山下石狗（今云龙湖）。

秋晚登太山①

霜染枫林秋气深，西风斜日一登临。层楼依旧千寻②上，叶落空山不见人。

注释

①太山：即泰山，位于徐州市南郊，山上有寺庙。
②千寻：寻，古代长度单位，八尺为一寻。千寻，形容极高。

高成己　一首

高成己：生卒年不详。诸生。铜山县（今徐州铜山区）人。

访雍门村作

携琴何处访雍门，竹迳苍凉尚有村。今日我来河上望，半轮秋月下黄昏。

注释

①雍门村：《寰宇记》："雍门城在彭城县东南五十里。案桓谭《新论》云：'雍门周弹琴见孟尝君是也。'《州志》作雍门村，在吕梁洪北。"冯世雍《吕梁洪志》："北则雍门村，即古雍门周善弹琴能使孟尝君悲者。"刘向《说苑·善说》：齐人雍门周，名周，居雍门，曾以琴见孟尝君。孟尝君曰："先生鼓琴亦能令文悲乎？"周引琴而鼓，于是孟尝君涕泣增哀，下而就之曰："先生之鼓琴，令文立若破国亡邑之人也。"

王廷珍　一首

王廷珍：生卒年不详。邳县（今属江苏省）人。道光初岁贡生。著有《无名诗草》。

放鹤亭

城南一望削芙蓉①,太守风流处士踪②。人去楼空那有鹤,山高云绕号为龙。大河环郡流三面,远岫③当窗列万重。乘兴来游还载酒,登临直上最高峰。

注释

①削芙蓉:指云龙山的峭拔秀丽。李白《望庐山五老峰》诗句:"庐山东南五老峰,青天削出金芙蓉。"

②太守:苏轼;处士:指隐士张天骥。此句指风流太守苏轼和隐士张天骥留下很多踪迹。。

③岫(xiù):峰峦。

李大信　一首

李大信:生卒年不详。字孚亭,铜山县(今徐州铜山区)人。贡生。有《桐峰诗抄》。

九里山①

群峰历历接帆樯②,暮景萧条入大荒③。一剑龙蛇分楚汉④,千秋弓狗⑤话兴亡。烟深雨暗迷烽火⑥,月白风清冷战场。忆得昔年征戍⑦地,几回牧笛夜苍苍。

(注:此诗民国《铜山县志》署名李大信。《徐州续诗征》署名杜宜修,诗题为"九嶷山",内容相同。仅最后一句中的"夜苍苍"为"晚苍苍"。)

注释

①九里山:位于徐州市西北部,又名九凝山,因东西长九里而得名。楚汉相争,曾在此鏖战。

②历历:分明可数。帆樯:船帆和桅杆。泛指船。

③大荒:辽阔的原野。

④刘邦送夫役去郦山途中逃逸,行至大泽中,有大蛇当道,刘邦拔剑斩蛇,后隐于芒砀山中。陈胜起义后,刘邦亦率众参与伐秦。

⑤弓狗:弓藏狗烹。喻有功之臣被杀。刘邦怀疑韩信反,将韩擒获。此时,韩信方醒悟,曰:"果若人言,'狡兔死,良狗亨;高鸟尽,良弓藏;敌国破,谋臣亡。'天下已定,我故当亨。"(见《史记·淮阴侯列传》)

⑥烽火：此指战争、战乱。
⑦征戍：去远方屯守边境。
⑧夜苍苍：指夜色迷茫。

张彦珍　一首

张彦珍：生卒年不详。字席文，一字苍崖。铜山（今徐州铜山区）人，诸生。有《树滋堂诗集》。

重九前五日游云龙山叠韵二首①

鹤去亭空在，何人赋小山②。断碑秋藓没，古寺乱峰环。樵③唱穿云过，渔灯背月还。萧萧④木叶下，身坐画图间。

为怜风日好，归暮月衔山⑤。暝色⑥千峰合，孤城一水环。敲诗⑦忘径远，携榼⑧载秋还。更有登临约，重访紫翠⑨间。

注释

①《晚情簃诗汇》题为"游云龙山"，仅一首。重九：即农历九月九日重阳节。叠韵：此指后一首诗重压前诗韵。
②赋小山：唐太宗李世民有文《小山赋》。这里指昔日苏轼有《放鹤亭记》，现在又有谁为云龙山撰文呢。
③樵：樵夫，打柴人。
④萧萧：摇动貌。杜甫《登高》："无边落木萧萧下，不尽长江滚滚来。"
⑤月衔山：指月亮刚从山后升起，远望似月亮与山峰相接。
⑥暝色：夜色。
⑦敲诗：推敲诗句。
⑧榼（kē）：古代盛酒或贮水的器具。
⑨紫翠：指阳光灿烂、草木翠绿的景色。

张彦玶　四首

张彦玶：生卒年不详。字端黼，号葵石，又号守云。铜山县（今徐州铜山区）人。善书，有《三影斋诗稿》。

立秋日雨中游云龙步尹大中丞①韵

一

带雨登临处，云龙面目真。长堤风弄柳，密树鸟窥人。水急穿苔径，烟浓隐柏身。万山尘垢净，苍翠总鲜新。

二

夕阳忽返照②，远岫③白云收。叠嶂④迎斜日，鸣蝉报早秋。湖平山涧水，雾锁酒家楼。一幅空蒙⑤景，天公⑥助胜游。

注释

①中丞：御史中丞的简称，用作巡抚的别称。尹大中丞，指尹继善，见前注释（567页）。
②返照：指阳光反射。
③岫（xiù）：峰峦。
④叠嶂：重叠的山峦。
⑤空蒙：雾气迷茫状。蒙同"濛"。
⑥天公：对天的敬称。

寿山诗①

竹里泉声曲径通，茅亭小饮绿阴中。课农小试经邦手②，问圃能成造物功③。四面远峰青入画，一溪垂柳碧摇风。为霖莫负苍生望④，肯使东山老谢公⑤。

注释

①寿山诗：寿山：在徐州城西南。民国《铜山县志》："山出美石，紫者多花纹，有牛毛、竹叶数种。白者如玉，更佳。下有泉，名撒倒；井水引之能倒流，亦奇。自大山头至此，皆崇山巨嶂，南北二十里。"
②课农：学习耕种。经邦手：指治理国家的才能。
③问圃：指种植蔬菜、瓜果、花木之类。造物功：创造万物的功绩。
④霖：甘霖，及时雨，喻指有益于人民的事。苍生：指百姓。
⑤东山老谢公：指晋谢安，字安石。谢安初为佐著作郎，因病辞官，隐居东山。朝廷屡次下诏，安不为所动。有人言："安石不肯出，将如苍生何？"（见《世说新语·排调》）后出为桓温司马，官至司徒。

步虹村石太守天门山韵

徐为九州①一，山水多雄杰。上下千百年，无人论优劣。彭城古名郡②，形胜皆天设。黄河似带围,云龙补其阙。遥岑势蜿蜒[3],怪石同虬结[4]。因居大国郊,樵采山见骨。太守有苏公[5],卓识为指别。放鹤与黄茅,声名遂震裂。从此后来人,目赏心尽悦。天门在城南,深藏隐岩穴。不求世俗知,异境久湮灭[6]。公来守此土,远与大苏[7]接。清比玉壶冰[8],纤尘何敢亵[9]。阐幽本素怀[10],搜奇喜坐获。新诗播草莱[11],笔妙称双绝。快聆金石音[12],心神顿发越[13]。传颂遍寰区[14],胜迹难掩遏[15]。跃跃尺幅[16]中,旷览在倏忽[17]。笑彼俗子游,谁能申一说。佳句镇名山,高风垂万叶[18]。

注释

①九州:《书·禹贡》九州为:冀、豫、雍、扬、兖、徐、梁、青、荆。

②彭城:《元和郡县志》"彭城县,古大彭氏国也,汉为彭城县,属楚国。后汉属彭城国,宋属彭城郡。隋文帝罢郡为县,属徐州。"

③遥岑:远处的山峰。蜿蜒,曲折貌。

④虬结:盘曲交结。虬:音qiú,同"虯"。

⑤苏公:苏轼。

⑥湮灭:湮没,消失。

⑦大苏:苏轼。

⑧玉壶冰:形容品行高洁。

⑨亵(xiè):沾染,污染。

⑩阐幽:讲明深奥和精微的道理。《易·繫辞下》:"夫《易》彰往而察来,而微显阐幽。"素怀:平素的怀抱。

⑪草莱:乡野,民间。

⑫金石音:指诗歌音韵之美,如钟磬之类的乐声。

⑬发越:昂扬,振奋。

⑭寰区:天下,全国境内。

⑮掩遏:遮蔽、遏制。

⑯尺幅:指小幅的纸或绢;泛指诗文或画卷。

⑰旷览:开阔的视野。倏忽:瞬间,短暂的时间。

⑱万叶:万世。

戏马台怀古

中原逐鹿[1]纷英雄,江东父老推重瞳[2]。章邯破走子婴系[3],烈火一炬咸阳宫。衣绣归来故乡里[4],九郡[5]称都霸王喜。山前高峙戏马台,眼内全无汉天子[6]。气真盖世力拔山[7],喑哑叱咤[8]风云间。不筑黄金礼贤士[9],驰驱日月殊等闲[10]。鸿门只博玉斗看[11],鸿沟遂割天下半[12]。亚父[13]乞还中道死,垓下[14]兵围楚军乱。乌骓[15]不逝将奈何,声酸气咽徒悲歌。只今衰草斜阳外，荒台一片空陂陀⑯。

注释

①逐鹿：国家分裂后，竞争天下称为逐鹿。鹿，喻指统治权、帝位。

②江东：古时指吴中一带地区。重瞳：双眸子，指项羽，传说项羽为双眸子。

③章邯：秦代将领，在钜鹿为项羽所破，投降，封为雍王。子婴：秦始皇孙，赵高杀二世立他为秦王。公元前206年，刘邦灭秦，子婴降。后被项羽杀掉。

④衣绣：项羽西屠咸阳灭秦后，心怀思欲东归，说："富贵不归故乡，如衣绣夜行，谁知之者！"（见史记·项羽本纪）

⑤九郡：《史记·项羽本纪》："项王自立为西楚霸王，王九郡，都彭城。"九郡，学者说法不一。清姚鼐认为项羽所王之地，"大抵西界故韩，东至海，北界上则距河、下则距泰山，南界上则距淮、下则包逾江东。"

⑥汉天子：指汉高祖刘邦。

⑦项羽垓下歌："力拔山兮气盖世"。

⑧喑哑叱咤：同"喑噁叱咤"，发怒呵斥声。《史记·淮阴侯列传》："项王喑噁叱咤，千人皆废。"。

⑨黄金礼贤士：相传战国燕昭王筑台，置千金于台上，延请天下士。

⑩驰驱：此指南征北战。等闲：轻易。

⑪项羽于鸿门会宴刘邦，范增计划借机杀死刘邦，项羽不忍，刘邦趁机逃走，留下张良为之献项羽白璧一双，范增玉斗一双。范增接受玉斗，放在地上，拔剑将其击碎，曰"竖子不足与谋，夺项王天下者，必沛公也，吾属今为之虏矣！"。见《史记·项羽本纪》。

⑫鸿沟：古渠名，故道大部循今河南贾鲁河东，由荥阳北引黄河水曲折东至淮阳入颖水。东汉后渐淤塞。楚汉相争，项羽与刘邦约定，以鸿沟为界，中分天下。

⑬亚父：范增，为项羽谋臣，被尊称为亚父，意思是仅次于父亲。范增计屡次不被项羽用，并受疑，因此离开项羽，东归彭城，途中疽发背而死。

⑭垓下：在今安徽灵璧县。刘邦于此处围困项羽。

⑮乌骓：项羽所骑战马名骓，后人称作乌骓。

⑯陂陀（pōtuó）：台阶。

张彦圣　一首

张彦圣：生卒年不详。字伦至，徐州人。有《学古堂诗集》。

燕子楼怀古

人去楼空燕不回，凄凉满地碧生苔。罗裙石色①添新恨，翠幕②花风起旧哀。香梦总随云影尽，芳魂常共雨声来。伤心司马③今何在，莺蝶无须乱自猜。

注释

①罗裙：用轻柔丝织品做成的裙子。石色：朱红色。
②翠幕：翠绿色的帷幕。
③司马：指白居易，曾任江州司马。见前白居易"燕子楼"诗。

朱有冯 二首

朱有冯：生卒年不详。字宝呈，徐州人，朱迈之子，贡生。工诗，善填词，有《自断吟》。

雍门村①

行乐既得时，无为相天意。倘知生有死，豪淫②气先坠。乱冢掩蓬蒿，中有王侯③睡。悲风荡幽魂，夜雨洒精祟④。营营⑤相向啼，不复辨荣瘁⑥。狐兔穴枯骨，强弱易其位。雍门一曲琴，公子万行泪。雅音⑦哀不伤，热心冷难炽。我来访遗迹，村墟⑧见平地。三窟⑨安在哉，弦声恍汴泗⑩。

注释

①雍门村：见前注释（760页）。
②豪淫：放纵奢侈。
③王侯：指古时的高官贵族。
④精祟：精灵。
⑤营营：往来盘旋。
⑥荣瘁：兴盛衰败，同"荣悴"。
⑦雅音：高雅的音乐。
⑧村墟：荒废的乡村遗址。
⑨三窟：喻多处藏身之地。此处代指孟尝君。《战国策·齐四》：孟尝君顾问冯谖："先生所为文市义者，乃今日见之。"冯谖曰："狡兔有三窟，仅得免其死耳。今君有一窟，未得高枕而卧也。请为君复凿二窟。"
⑩此句指乐声仿佛从汴水、泗水上传来。

王陵母墓①

仁暴②亦已分，兴亡了然见。人事征天心③，老妪④目如电。儿意难决绝，妾身敢留恋。血热剑花飞，骨冷鼎膏⑤溅。臣项既不甘⑥，王吕岂云善⑦。忍同曲逆侯⑧，奇计因时变。母德终不违，母恩永宜眷⑨。庐墓⑩肯归来，龙门能立传⑪。

注释

①王陵母墓：见前注释（262页）。
②仁暴：仁政、暴政。作者认为刘邦施行仁政，项羽施行暴政。
③征：验证，证明。此句指人间的事变验证了上天的心愿。
④老妪（yù）：老妇。此指王陵母亲。
⑤鼎膏：鼎，为烹饪器具；古代用作酷刑，以鼎烹人。鼎膏，指鼎中的浓汁。
⑥臣项：指称臣项羽。此句指王陵不愿投靠项羽称臣。
⑦此句指王陵反对吕后王诸吕，对自己是不利的。《汉书·王陵传》："陵为人少文任气，好直言。为右丞相二岁，惠帝崩。高后欲立诸吕为王，问王陵。陵曰：'高皇帝刑白马而盟曰：'非刘氏而王者，天下共击之。'今王吕氏，非约也。'太后不悦。"后被夺去相权。
⑧曲逆侯：即陈平，汉初阳武（今河南原阳东南）人。陈胜起义，陈平投靠魏王咎，后从项羽入关，不久投奔刘邦。善出奇计，为刘邦采纳。汉朝建立，封为曲逆侯。吕后多立诸吕为王，陈平伪装听从，等吕后死，便与太尉周勃合谋，诛杀诸吕，立文帝。陈平因此被任命为左丞相。
⑨永宜眷：应该永远怀念。
⑩庐墓：古人于父母或师长死后，服丧期间在墓旁搭盖小屋居住，守护坟墓，称为庐墓
⑪司马迁生于龙门，后因以龙门为司马迁的别称。司马迁作《史记》，故用"龙门立传"，表示王母能被载入史册。

邓鸣韶　二首

邓鸣韶：生卒年不详。铜山县（今徐州铜山区）人。字虞乙，生而右眉半白，亦号白眉子。诸生。著有《听松阁诗草》。

黄　河

一线来天上，浑流日向东。鱼龙春浩荡，风雨夜空濛①。遥画中原界②，常垂大禹功③。积年悲横溢，砥柱藉群公④。

注释

①空濛：烟雨迷茫之状。
②此句指大禹将全国分为九州，进行治理。这里"中原"指全国范围。
③大禹功：指大禹疏凿倒水之功。《吕氏春秋卷二十一·爱类》："古龙门未开，吕梁未发，河出孟门，大溢逆流……禹于是疏河决江，为彭蠡之障。所活者千八百国，此禹之功也，勤劳为民，无苦乎禹者矣。"
④砥柱：山名，位于黄河水中，若柱。此喻伟大的功绩。全句指治理黄河这样大的事业要靠集体的力量。

平山寺古松①

老干槎枒②世代遥，晴空百尺见凌霄③。夜深神鬼时朝护，风起龙蛇欲动摇。气接群峰看漠漠④，声回古殿听萧萧⑤。为怜大厦差堪用⑥，不待贞心信后凋⑦。

注释

①平山寺：民国《铜山县志·古迹考》："旧志：在城北平山口，古建名四面佛寺。因旧有曾子井，改建寺于此。"民国《铜山县志·山川》：平山口在九里山西腰，象山（九里山一峰）下有曾参井。
②槎枒：chāyā 树枝、枝杈。
③凌霄：高入云霄。
④漠漠：烟雾弥漫貌。
⑤萧萧：风声。
⑥差堪用：指古松不被用作大厦之材。表现出诗人怀才不遇之情。
⑦贞心：坚贞不移的心地，以古松比贞心。后凋：《论语·子罕》："岁寒，然后知松柏之后凋也。"

孙大任　一首

孙大任：生卒年不详。铜山县（今徐州铜山区）人。字季耕，一字品碞。诸生。著有《于囊诗草》。

重登九里山寺过邓虞乙读书处①

花柳满原春，欣欣物意新。山河百战地，诗酒再来人。兵气销耕凿②，行歌见隐沦③。往来多野趣，朋好自相亲。

注释

①九里山寺：即平山寺。邓虞乙：即邓鸣韶。
②兵气：战争的气氛。耕凿：耕田凿井，代指田园生活。
③隐沦：隐居者。唐杜甫《赠韦左丞丈》诗："此意竟萧条，行歌非隐沦。"

徐　渊　二首

徐　渊：生卒年不详。铜山县（今徐州铜山区）人。字潜思，乾隆末年拔贡生。有《惜阴斋诗》。

登子房山①

东风号大河，波涛浩渹湱②。叶艇荡中流，壮怀各虩虩③。岑蔚④忽在望，心始念登曙⑤。一径绕烟村，联步⑥穿林壑。磴道⑦俯层崖，下视见城郭。簇簇万家比⑧，渺渺一水约⑨。山色西南来，青翠叠岞峉⑩。留城⑪在何许，苍茫烟水积。叩祠⑫拜留侯，遗像想娬媚⑬。壁留古时苔，落叶声策策⑭。孤桐拂清霄⑮，老柏荫幽石。慨念辟谷人⑯，俯仰⑰异今昔。曲径转僧房，遂疑尘世隔。坐此消烦襟⑱，方知息机适⑲。策杖来鹤亭⑳，恻然㉑吊遗迹。俯临百尺谿㉒，峻削巨灵划㉓。嵌空卧螭龙㉔，危梁枕山脊。揽胜穷幽异，盘桓不忍释㉕。回思渡河时，安知赏心剧。憩久兴已阑㉖，返照入林隙㉗。问渡复归来，惊蓬抵沙碛㉘。

注释

①子房山：位于徐州城东，原名鸡鸣山，传说楚汉相争中张良曾命士兵在此吹箫散楚兵，遂更名为子房山。
②渹湱（pēnghuò）：波涛相激之声。
③虩虩（xìxì）：恐惧貌。
④岑蔚：草木茂密的山峦。
⑤曙：登山远望。
⑥联步：不断向前。
⑦磴道：登山石径。
⑧簇簇：聚集貌。比：紧密并列。此句指城内房舍紧密相连。
⑨渺渺：遥远貌。约：限制、隔离开。
⑩岞峉（zuóè）：山高大貌。
⑪留城：张良的封地。汉高祖刘邦封张良为留侯。清道光十一年《铜山县志》："留城在城北九十里，与沛县接界。春秋时宋邑，秦置县。"已沉于微山湖底。

⑫叩祠：进入祠堂。
⑬想娬媿：想，好像、如同；娬媿（guīhuà）形容女子娴静美好。《史记·留侯世家》：太史公曰："余以为其人魁梧奇伟，至见其图，状貌如妇人好女。"
⑭策策：落叶的声音。
⑮拂清霄：指树高耸入蓝天。
⑯辟谷人：指张良。《史记·留侯世家》：张良称"愿弃人间事，欲从赤松子游耳。乃学辟谷，导引轻身。"又："留侯性多病，即道引不食谷，杜门不出岁余。"不食谷，即辟谷。
⑰俯仰：比喻时间短暂。
⑱烦襟：胸怀愁闷。
⑲息：停止活动。机适（jīkuò）：同"机栝"：弩上发矢的机件；喻计谋、心思。
⑳策杖：拄着手杖。来鹤亭：清道光《铜山县志》"在子房山上，明霍维华建。"
㉑恻然：忧伤的样子。
㉒谿（xī）：山谷。
㉓峻削：陡峭。巨灵：古代神话中擘开华山的河神。
㉔嵌空：高空，此指屋顶。螭（chī）龙：传说中的无角龙。此指屋顶上的装饰物。
㉕盘桓：逗留、徘徊。不忍释：不忍离去。
㉖憩（qì）：休息。阑：衰退，兴已阑，指已经没有多大兴致。
㉗返照：傍晚的阳光。林隙：林中空隙。
㉘惊蓬：疾飞的断蓬，喻船行快。沙碛：沙石积成的沙滩地。

拟九日宋公戏马台饮饯诗

九秋何清肃①，大化收元工②。寒露泣菊圃，回风③摇蕙丛。入夜欣沉鳞④，薄宵叹冥鸿⑤。彼美怀故山，圣心夙所崇⑥。登台杂宾⑦从，张乐宴晴空。河光匹练⑧白，枫叶四山红。幽岩丛桂树，高岭落梧桐。抚时心悄悄⑨，感旧思忡忡⑩。洗斝爵无筭⑪，升歌乐有终。分手望浮云，霭霭⑫大江东。

注释

①九秋：九月深秋。清肃：清凉而萧瑟。
②大化：指自然界的运转变化。元工：大的运作。
③回风：旋风。
④沉鳞：潜游在水中的鱼类。
⑤薄宵：临近夜晚。冥鸿：高空中的飞雁。
⑥圣心：圣贤者之心。夙：平素，向来。
⑦杂宾：众多宾客。

⑧匹练：指闪闪泛光的流水，如同一匹白绢。练，白色的熟绢。
⑨抚时：感怀时事。心悄悄：心情忧伤貌。
⑩忡忡：指忧虑不安。
⑪斝（jiǎ）：古代酒器。爵：也是古代酒器，此处代指酒。筭（suàn）：古时计数的筹码；无筭，即无数，谓量多。
⑫霭霭：云雾弥漫貌。

李 涓 一首

李 涓：生卒年不详。字蓉湄，铜山县（今徐州铜山区）人。乾隆年间拔贡生，候选教谕。

清明前三日作

楚王山①下暮云平，彭祖城边碧草生。落尽杏花春不管，冷烟疏雨近清明。

注释

①楚王山：原名赭土山、同孝山，位于今徐州西大彭镇。详见前注释（67页）。

李 珇 四首

李珇：生卒年不详。字傅毓，一字复玉。铜山县（今徐州市铜山区）人。诸生。

楚王山

金粟堆荒历几传①，冈峦犹似汉当年。断云何处牛歌②起，山下居人耕墓田。

注释

①金粟：佛名，即维摩诘大士，此处泛指石刻佛像。楚王山有千佛洞，内有近千尊摩崖石刻佛像。堆荒：山丘荒芜。传：时代相传。
②牛歌：放牛者的歌声。

逍遥堂①

使君沉醉逍遥游②，堂上高吟来子由③。无那④对床人已去，酒醒风雨正秋凉。

注释

①逍遥堂：在彭城郡署内，苏轼守徐时建，与弟苏辙曾会宿此堂，各有诗。详见前注释（51页）。
②使君：对州郡长官的尊称。此指苏轼。参见苏轼《子由将赴南都，与余会宿于逍遥堂，作两绝句……》及苏辙《逍遥堂会宿二首》。
③子由：苏轼弟苏辙，字子由。
④无那：无奈。

彭祖井①

凿地得泉脉②自饶，湛然止水鉴昭昭③。养生何处非观井④，不到临深始系腰。

注释

①彭祖井：清道光《铜山县志》："在北门子城内，有石刻彭祖井三字。"
②脉：水脉，指地下的伏流，如人体的脉络，故称。
③湛然：清澈貌。鉴昭昭：如镜子一样光亮。
④此句指人要像彭祖那样临事而惧，避免祸害，保全自己。宋陈靖《彭祖观井图铭序》曰："惟彭氏面井而覆之以轮，背树而缆之以绳，凭杖敛躬踽踽而迎视，兢然若将坠也。呜呼！古人临事而惧之有若是，检身远害之有若是，后之君子得毋效欤！"。

游微子湖①

青山不断处，欸乃②荡其中。微子墓还在，留侯城③已空。
岚光④浑作雾，水气忽成风。渔艇归何疾，帆悬落照红。

注释

①微子湖：即微山湖，湖中有微山，商王帝乙的长子微子死后葬于此山，山、湖因此而得名。
②欸乃：ǎinǎi 行船摇橹声。柳宗元《渔翁》："烟销日出不见人，欸乃一声山水绿。"
③留侯城：为张良的封地，在今江苏省沛县与铜山县交界处，已沉于微山湖底。
④岚光：山间雾气在阳光照耀下发出的光彩。

张　慈　一首

张慈：生平不详。

春日游子房山

鸟尽叹弓藏①,山犹号子房。云生春谷里,花放古祠旁。何处寻黄石②,于今剩绿杨。报韩③遗恨在,远水下斜阳。

注释

①鸟尽句:刘邦用计将韩信抓捕。韩信此时感叹说:"果若人言,'狡兔死,良狗亨;高鸟尽,良弓藏;敌国破,谋臣亡。'天下已定,我固当亨"。(见《史记·淮阴侯列传》)
②黄石:即黄石公者。见前注释(353页)。
③报韩:为韩报仇。张良曰:"家世相韩,及韩灭,不爱万金之资,为韩报仇强秦,天下震动。"(见《史记·留侯世家》)

周 冕 一首

周冕:生卒年不详。字为璧,号蕴齐,同安县(今属厦门市)人。廪生。喜咏诗作赋,善书法,著有《爱莲诗草》。事迹被收录于民国《同安县志·文苑》。

子房山

子房山下大河流,河上征帆①去不留。只有夜来山上月,当年曾照赤松游②。

注释

①征帆:远行的船
②赤松:即赤松子,相传为仙人。张良晚年曾言:"愿弃人间事,欲从赤松子游耳。"此处代指张良。

任兴简 一首

任兴简:生卒年不详。字淡山,徐州人。官候选主簿。

首春①登云龙山

平湖日光寒,众岭残雪白。振衣凌绝顶②,披榛扪奇石③。佳游性所耽④,盛节理轻策⑤。岑楼⑥俯鸟巢，幽涧动泉脉⑦。荒村远雾浮，孤城暮烟积。感物发闲谣，缅然追夙昔⑧。

注释

①首春：孟春。农历正月。
②振衣：抖擞去尘。屈原《渔父》："新沐者必弹冠，新浴者必振衣。"晋左思《咏史诗》其五："振衣千仞冈，濯足万里流。"凌：攀登。绝顶：山的最高峰。
③披榛：劈开草木丛。扪：按摸。
④佳游：游览于优美的境界。耽（dān）：沉迷。
⑤盛节：指春天开始。理轻策，准备好轻便的手杖。策：手杖。
⑥岑楼：高楼。《孟子·告子下》："不揣其本而齐其末，方寸之木，可使高於岑楼。"朱熹集注："岑楼，楼之高锐似山者。"此处以岑楼喻高山，即层叠似楼的高山。
⑦泉脉：地层中伏流的泉水。
⑧缅然：思念的样子。夙昔：往日。

孙文蔚　一首

孙文蔚：生卒年不详。字振宇，诸生，为邑名士。铜山县（今徐州市铜山区）人。享年82岁。有《北坡草堂诗草》。

登云龙山

披襟攀磴倚嵯峨①，绝顶凭临纵目过。万岭如环潴大野②，两山中断走黄河。欲从仙吏③窥辞赋，还向山人念薜萝④。往事幽栖⑤相招我，放怀无限起高歌。

注释

①磴：石台阶。嵯峨（cuóé）：此指高峻的山岩。
②潴大野：原野积聚着辽阔的水。潴（zhū）：水停聚。
③仙吏：仙界的官吏。此指苏轼。苏轼被誉为"谪仙才"。
④山人：指隐士张天骥。薜萝：薜荔、女萝，皆植物名。屈原《九歌·山鬼》："若有人兮山之阿，被薜荔兮带女萝。"后以女萝指隐士的服装。
⑤幽栖：隐居。

孙运軿　一首

孙运軿（píng），生卒年不详。字御南，运锦从弟。江苏铜山县（今徐州铜山区）人。同治（1862—1874）间贡生。有《尔尔集》。

雍门村[①]

谁把悲欢写素琴[②]，剧怜公子亦知音[③]。豪华昔梦魂难觅，虎兔新阡[④]感易深。弹铗应羞营窟意[⑤]，敩鸡休问度关心[⑥]。田文往事随流水，遗韵孤村试一寻。

注释

①雍门村：见前注释（759页）。
②素琴：不加装饰的琴。《礼记·丧服四制》："祥之日，鼓素琴，告民有终也，以节制者也。"《晋书·陶潜传》："性不解音声，而畜素琴一张，弦徽不具，每朋酒之会，则抚而和之，曰：但识琴中趣，何劳弦上声！"
③剧怜：特别喜爱。公子：指孟尝君。
④阡：田野。
⑤弹铗：弹击剑把。铗（jiá）：剑把。《战国策·齐策四》：孟尝君食客冯谖，弹铗而歌曰："长铗归来乎！食无鱼。"营窟：指冯驩为孟尝君经营薛地。孟尝君被废后，回薛地，离薛尚有百里，薛人扶老携幼，夹道欢迎。孟尝君顾冯驩曰："先生所为文市义者，乃今日见之。"冯驩曰："狡兔有三窟，仅得免其死耳。今君有一窟，未得高枕而卧也。请为君复凿二窟。"
⑥齐湣王时派孟尝君入秦，被扣留，有一食客装狗钻入秦宫偷出狐白裘献给昭王爱妾，经她说情，昭王释放孟。孟立即逃走，变姓名，半夜至函谷关。此时昭王后悔，又下令追捕。秦法规定，鸡鸣后才能让人出关，孟担心被追上，另一食客便装鸡叫引众鸡齐鸣骗开城门，孟得以逃回齐。敩（xiào）：学，效法。
⑦田文：即孟尝君。姓田名文。

赵光远 一首

赵光远：生卒年不详。字敬轩，亦字瀛宾，铜山县（今徐州铜山区）人。廪生。

和周听松太守登云龙山望黄河韵

一带横苍翠[①]，云龙合壮游[②]。登临凭胜概[③]，唱和仰名流。坐待三更月，吟惊万壑秋。英华[④]收笔底，元气定为舟[⑤]。

注释

①苍翠：草木深绿貌。
②合壮游：合，一起；壮游，胸怀壮志而远游。
③胜概：美丽的景色。
④英华：美丽的花木。
⑤元气：指人的精神、生命力的本原。道家认为元气为万物之本原。《后汉书·仲长统传》："元气为舟，微风为柂。敖翔太清，纵意容冶。"

耿玉琜　一首

耿玉琜：生卒年不详。字西崐。监生。铜山县（今徐州铜山区）人。

过平山①

策蹇②彭门道，峰峦次第③攀。西风黄叶岸，古寺夕阳山。梵语④苍松外，车声乱石间。一鞭遥指处，城郭倚前湾。

注释

①平山：位于徐州城北，山上有寺庙。参见前蒋兆鲲《宿平山口道院》诗注。
②策蹇（jiǎn）：策，用鞭子赶；蹇，指跛脚的牲畜。
③次第：依次；一个一个地。
④梵语：为古印度书面语。这里指诵经声。

胡孟奎　三首

胡孟奎：生卒年不详。字星五，江苏铜山县（今徐州铜山区）人。恩贡生，同治元年（1862）举孝廉方正，光绪五年（1879）赐举人。卒年87。有《碑眉书屋诗存》。

游云龙山

蹋①云步山隅，山多入画图。天寒游客少，心死老僧枯。塔影高逾直，炊烟定复孤。泥融惊滑溚②，举手倩③孙扶。

注释

①蹋：同"踏"，踩着。

②泥融：宋陶穀《清异录·释族》："比丘无染游庐山，春雨路滑，忽仆石上，由是洞见本原，士大夫称为泥融觉。"意思是因滑倒而得领悟。滑漣：形容泥泞不便行走。

③倩（qìng）：请人帮助自己。

逍遥堂①

堂建逍遥万古名，千寻②木搅雨风声。常怀魏晋之间意③，恰是羲皇以上情④。东阁秋来帘峭峭⑤，北窗梦去昼清清。七年一别重相聚⑥，布被连床话旧盟。

注释

①逍遥堂：在府治内，苏轼守徐时建，与弟苏辙曾会宿此堂，各有诗。详见前注释（51页）。

②寻：古代长度单位，八尺为一寻。千寻，意指极高。

③本句指苏轼、苏辙如魏晋文士那样崇尚闲适、放达，不受约束、厌倦仕途的生活态度。参见苏轼《子由将赴南都，与余会宿于逍遥堂……》及苏辙《逍遥堂会宿二首》诗。"

④羲皇：伏羲。羲皇上人，指上古时代的人。晋陶潜《与子俨等疏》："见树木交荫，时鸟变声，亦复欢然有喜。尝言五六月中北窗下卧，遇凉风暂至，自谓是羲皇上人。""羲皇以上情"指悠然自得的田园生活。

⑤峭峭：形容秋凉。

⑥七年一别：苏辙《逍遥堂会宿二首》引中说："其后子瞻通守余杭，复移守胶西，而辙滞留于淮阳、济南，不见者七年。"

春暮游云龙山用东坡韵①

富贵都消谢锦衣②，山人好共玩晴晖③。座中谁是东坡老，醉卧狂歌兴欲飞④。

注释

①东坡韵：即用苏轼《送蜀人张师厚赴殿试二首》的第二首诗韵。该诗为：云龙山下试春衣，放鹤亭前送落晖。一色杏花三十里，新郎君去马如飞。

②消：需要。锦衣：古时指显贵者穿的华丽服装。谢锦衣：意指绝锦衣，不穿锦衣。

③山人：指隐士张天骥。晴晖：晴天的阳光。

④苏轼《登云龙山》："醉中走上黄茅冈，满冈乱石如群羊……拍手大笑使君狂。"见该诗。

邱松月　十一首

邱松月：生卒年不详。字朗亭，一字霞壑。铜山县（今徐州铜山区）人，诸生。著有《惜花轩集》、《拙园诗草》。

晚归云龙山

沉沉云四羃①，渺渺②山千重。夕阳忽无影，林霏③隔前峰。荒途不见人，寒烟生榛荆④。野草埋乱石，彳亍⑤难为行。爰⑥悲世路岐，一步一不平。险阻知多少，更使心魂惊。

注释

①此句指浓厚的云层遮蔽了整个天空。羃（mì）：遮蔽。
②渺渺：悠远貌。
③林霏：林间雾气。欧阳修《醉翁亭记》："若夫日出而林霏开，云归而岩穴暝，晦明变化者，山间之朝暮也。"
④榛荆：杂乱丛生的灌木。
⑤彳亍：chìchù 漫步，走走停停。
⑥爰：助词。

避暑紫翠轩作

天地鼓洪炉①，薰蒸汗如溜。亭馆敞清虚②，散发过炎昼。长空雷忽鸣，雨过青山骤③。林梢开晚晴，夕阳明远岫④。院深不见人，书声出松牖⑤。清风来洒然⑥，新凉入襟袖。惜哉热中客，不能此消受⑦。

注释

①洪炉：大火炉。
②清虚：清静虚空。
③骤：迅速，快。此指雨很快从青山那边过来。
④远岫（xiù）：远处的峰峦。
⑤松牖（yǒu）：即松栋云牖，指高大华美的屋宇。
⑥洒然：寒慄的样子。洒，读 xiǎn。
⑦消受：忍受。

河干远眺①

河势下东溟②,孤帆去不停。暮烟秋草路,寒雁夕阳汀③。水净平沙④白,云低远树青。忽看天色暝⑤,渔火乱如星。

注释

①河干:河畔。远眺:向远方望去。
②东溟:东海。
③汀:水边平地。
④平沙:沙滩平陆。
⑤暝:昏暗。

黄茅冈晚步

闷极聊乘兴,秋高薄暮①时。空山虽独往,明月自相随。落叶林全瘦,羊眠石半攲②。黄茅冈上路,萧散③有谁知。

注释

①薄暮:傍晚。
②羊眠句:此句指倾斜的乱石,像半卧的群羊。攲(qī):倾斜。苏轼《登云龙山》:"醉中走上黄茅冈,满冈乱石如群羊。"
③萧散:萧条,凄凉。

河　干（录一）

不尽沧桑①感,河迁故道干②。疏林枫叶老,野岸蓼花③寒。水涸龙移窟,沙平雁叫滩。频年歌瓠子④,谁与挽狂澜。

注释

①沧桑:沧海桑田,比喻世事变化很大。
②故道干:故道,指黄河故道。干,干涸。
③蓼花:蓼(liǎo),植物名,花为淡红色或白色。古人用作调味品。
④瓠子:地名,也称瓠子口,在今河南濮阳西南。元封二年（前109）,河决瓠子,武帝亲临决河,令群臣将军以下,皆负薪填决河,作《瓠子歌》。功成,于上筑宫,名宣

房官。

过九里山

跨驴归去不知长,九里山头览大荒①。千嶂白云寒暝色②,几林红叶透残阳。伤心楚汉无王气,满眼山河有战场。渔火忽惊前渡晚,吟鞭③影里雁凄凉。

注释

①大荒:辽阔的原野。
②千嶂:形容山峰之多;嶂,指像屏障似的直立山峰。暝色:夜色。
③吟鞭:诗人的马鞭,多以形容行吟的诗人。

九日与友人登放鹤亭,时水患频仍,虏氛未靖,凭眺之余,慨然有作①

踏遍冈峦路百盘,孤亭客到出云端。黄花冷笑沧桑换,白日愁临剑戟寒。放眼古今谁作赋,填胸忧乐此凭栏②。茫茫感喟③终何益,检点琴樽且尽欢④。

注释

①频仍:连续多次。虏氛未靖:虏氛,指匪盗多、社会不安定的情势。未靖:没平息。
②凭栏:倚靠栏杆。
③感喟(kuì):感叹。
④检点:查点。琴樽:琴和酒樽,琴樽常指文士宴集。

登城东楼晚眺

独上高城日半斜,苍茫①下视万人家。烟昏草树迷荒垒②,风急楼台噪乱鸦。山势百盘峰拔地,河声千古浪淘沙。当年楚汉今难问,天外凭栏送落霞。

注释

①苍茫:旷远无边貌。
②荒垒:荒废故垒。垒,军事用的防御工事。

重集伊园

名园高会几经年,旧侣重来定夙缘①。觞咏②恰当三月后,衣冠如在六朝前③。坐花痛饮何辞醉,挥尘雄谈欲放颠④。争奈⑤匆匆身别去,邱迟无福伴神仙。

注释

①夙缘:平素的因缘。
②觞咏:饮酒赋诗。
③六朝:指三国至隋朝的南方的六个朝代。即三国吴、东晋及南朝宋、齐、梁、陈。六朝前,泛指古代。
④挥尘:摇动尘尾。尘尾,一种除尘、驱赶蚊虫用物,用兽毛、麻等扎成。晋人清谈时,挥动尘尾以助谈,后人因称谈论为挥尘。放颠:放纵狂饮。
⑤争奈:怎奈、无奈。

偕姜品香登望湖亭①

放浪云龙取次登②,与君重上望湖亭。山环楚郭沉烟碧,麦界苏堤③拥浪青。苔磴琴樽频聚散④,草堂人鹤久飘零⑤。凭栏各领临川⑥趣,目断斜阳十里汀。

注释

①望湖亭:民国《铜山县志》:"望湖亭,道光旧志:云龙书院东冈上有旧望湖亭,迤西南有旧可廊小楼。案:亭为清顺治十四年户部分司丁浴初建,有碑。康熙中知州姜焯重修。"
②放浪:放荡不羁。云龙:云龙山。取次:任意、随便。杜甫《送元二适江左》诗:"经过自爱惜,取次莫论兵。"
③苏堤:宋宁十年(1077年)8月21日,洪水直逼徐州城下。苏轼组织全城吏民修筑了一条防洪长堤,"首起戏马台,尾属于城",全长984丈。后人名为苏堤。
④苔磴:长满苔藓的石台阶。
⑤草堂:即宋代隐士张天骥的居处,在张山人园内。飘零:飘逝零落。
⑥临川:指面临湖水。

赴下洪①道中绝句

西风瑟瑟②水茫茫,霜叶飘零驿路荒。六十里中堤一线,只余衰柳画斜阳。

注释

①下洪：地名，在徐州东南，古时一大水区，属吕梁洪。清乾隆《徐州府志》卷二："吕梁在彭城县东南五十七里，旧志：有上下二洪，相距凡七里。"今有下洪村。

②瑟瑟：风声。

③驿路：古代供传递公文的车马行走的道路。

朱锦琮　二首

朱锦琮：生卒年不详。字瑞方，号尚斋。浙江海盐人。历官议叙知县、东昌知府。有《治经堂集》。

徐州旅店有怀六弟

驰驱孤负薜萝身①，越境先从此问津。地界长河筑高岸，天留残月送行人。中途改驾无鞍马，旅馆加餐得锦鳞②。曾约连床摅别绪③，陟冈知否雁来宾④。

注释

①驰驱：奔波。孤负：违背，对不住。薜萝，薜荔、女萝，皆植物名。屈原《九歌·山鬼》："若有人兮山之阿，被薜荔兮带女萝。"后以女萝指隐士的服装。薜萝身：指隐士。唐陈陶《寄兵部任畹郎中》诗："昆玉已成廊庙器，涧松犹是薜萝身。"

②锦鳞：鲜美的鱼。

③连床：并榻或同床而卧，多形容情谊笃厚。摅别绪：抒发离别之情。摅（shū）：抒发、表达。

④陟冈：登上山冈。陟，音zhì。雁来宾：指大雁带来书信。

晓发徐州饭于旅店

晓别黄楼去，荒村暂息劳。墙纍拳石厚，屋架束薪高。食至犬窥客，秣余鸡啄槽。晴光开驿路，山色染征袍。

胡式钰　一首

胡式钰：生卒年不详。字青坳，上海人。诸生，有《寸草堂诗钞》。

徐州登舟至淮阴行黄河中五日

一解徐州缆①，扬帆五日风。河声转天外，龙气②入舟中。堤树淮流③近，人家吴语通。维扬④明日路，丝雨忽濛濛。

注释

①此句指乘船离开徐州。缆，系船的绳索或铁索。
②龙气：水雾。
③淮流：淮河。
④维扬：扬州。《书·禹贡》有"淮海惟扬州"。有的典籍中"惟"为"维"，后人摘取"维扬"作为扬州的别称。

余锡龄　一首

余锡龄：生卒年不详。字梦九，铜山县（今徐州铜山区）人。同治恩贡生，曾任江浦教谕。著有《易解》。

戏马台歌

中原百战罢逐鹿①，一剑归来意气肃。据鞍骏马快嘶风，层台②高筑山之麓。山头戏处尘沙起，八千将士③供挥指。腾骧④踊跃势纵横，犹似巨鹿之战⑤破秦兵。吁嗟⑥乎！沛中佳气已成龙⑦，鸿沟失计悔何从⑧。不解求贤徒戏马，喑呜叱咤⑨何为者。

注释

①中原：泛指黄河中下游地区。逐鹿：指国家分裂后，竞争天下。鹿，喻指统治权、帝位。《史记·淮阴侯列传》："（蒯通）对曰：秦之纲绝而维弛，山东大扰，异姓并起，英俊乌集。秦失其鹿，天下共逐之，于是高材疾足者先得焉。"
②层台：高台。
③八千将士：《史记·项羽本纪》："籍与江东子弟八千人渡江而西，今无一人还……"
④腾骧：奔腾，跃进。
⑤巨鹿之战：项羽率军渡河，破釜沉舟，在巨鹿（今属河北）与秦军进行的一次决战。楚军作战英勇，战士无不以一当十，大败秦军，俘获秦将王离。

⑥吁嗟：xūjiē 叹息。
⑦沛：刘邦的家乡沛县。佳气：指象征祥瑞的光彩。龙：封建时代用龙比喻帝王。
⑧鸿沟：古渠名，古道大部循今河南贾鲁河东，由荥阳北引黄河水曲折东至淮阳入颖水。东汉后渐淤塞。《史记·项羽本纪》："项羽与汉约，中分天下，割鸿沟以西者为汉，鸿沟而东者为楚。"
⑨喑呜叱咤：同"喑噁（yìwù）叱咤"发怒呵斥声。《史记·淮阴侯列传》："项王喑噁叱咤，千人皆废。"。

张仁榘　一首

张仁榘：生卒年不详。字步堂，萧县（今属安徽）人。诸生，曾官议叙盐提举。有《敬思轩诗集》。

吕梁舟中

山色入新秋，斜阳送客舟。人声争渡口，帆影落城头。古寺红墙隐，清波白鸟浮。深宵篷背看，依旧月如钩。

宏　度　一首

宏度：僧人，字渊如，住淮安篆香楼。有《昙香精舍集》。

怀夏补山琴师徐州

风急雁声遥，怀君酒一瓢。吟情临皓月，离思压秋潮。大泽①书来远，丹台②叶乱飘。云帆三百里，夜夜梦难消。

注释

①大泽：大恩惠。
②丹台：道家称神仙居住的地方。

冯　煦　一首

冯煦（1843—1927），原名冯熙，字梦华，号蒿盦。江苏金坛人。光绪十二年

(1886）进士，授编修。历官安徽凤府知府、四川按察使和安徽巡抚。辛亥革命后，寓居上海，自称蒿隐公，以遗老自居。有《蒿盦类稿》、《蒿盦随笔》。

同王祭酒①饮放鹤亭，祭酒诗成，次韵答之

琅邪②今儒林，高步石鼓台。执手古彭国，陶然③其深怀。此邦足弦诵④，文藻⑤公为开。一亭冠绝巘⑥，飞盖⑦相追陪。汴泗无涓涓⑧，何有黄与淮。山左腾封事⑨，喧豗⑩若奔雷。讵知南中道⑪，十丈森浮埃⑫。斯语世所弃，如抱殷周罍⑬。**（坐中论治河甚亹）** 公独起喟⑭，四顾空归来。苏张⑮久不作，诗成杂欢哀。下走愧蚓窍⑯，聊尔资嘲咍⑰。还与视陶生⑱**（谓心云）**，鉴此区区怀⑲。

注释

①王祭酒：生平不详。祭酒，学官名。光绪三十一年（1905）废国子监，设学部，改国子祭酒为学部尚书。

②琅邪：古郡名，地在今山东胶南诸城县一带。又指诸城县境内的琅邪山，秦始皇二十八年，南登琅邪，筑观台以望东海，建碑颂德，相传碑刻为李斯所书。概王祭酒为琅邪人。

③陶然：轻松喜悦的样子。

④弦诵：弦歌和诵读。

⑤文藻：文章，文采。

⑥巘：yǎn 山峰。

⑦飞盖：驱车。曹植《公宴》诗："清夜游西园，飞盖相追随。"

⑧涓涓：细流。

⑨山左：旧称山东省为山左，因在太行山之左，故称。腾：上奏、传递。封事，密封的章奏。古代百官上书奏机密事，为防泄露，用皂囊封缄呈进，故称封事。也称封章。

⑩喧豗（huī）：哄闹声。

⑪讵（jù）：岂，何。南中道：南道、中道；道为古代行政区划名，清代在省与州、府之间设道。

⑫森浮埃：灰暗的尘土。

⑬罍（léi）：是商朝晚期至东周时期的大型酒器。

⑭喟（kuì）：长叹。

⑮苏张：指唐名士苏颋与张说。苏颋袭封许国公，张说封燕国公。元稹《代曲江老人百韵》："李杜诗篇敌，苏张笔力匀。"《新唐书·苏颋传》："自景龙后，与张说以文章显，称望略等，故时号'燕许大手笔'。"

⑯蚓窍：传说蚯蚓能鸣，其声发于孔窍。比喻微不足道的音响，或用以谦称自己的文才。

⑰资嘲咍：资，供给人；嘲咍（hāi），讥笑。
⑱陶生：陶浚宣（1846—1912），原名祖望，字文冲，号心云，别号东湖居士，清会稽陶堰人。1876年乡试中举，十年后会试，挑取誊录馆方略。曾出任由张之洞创办的广东广雅书院山长，并在广雅书局、湖北志书局任职。陶在广州结识了不少华侨和革命志人，且十分同情革命，主张救国必须提倡教育与进行政治革新。
⑲区区：微小。自谦之词。此句指让人了解自己这微不足道的见解。

王嘉诜　五首

王嘉诜（shēn）（1861—1919），原名如曾，更名嘉诜。字少沂，一字劭宜，晚号蛰庵。铜山县（今徐州铜山区）人。贡生，试用通判。有《养真室诗存》、《蛰庵词》、《劫余词》。主编民国《铜山县志》。

云龙山题石

放鹤亭前澹夕曛①，雨余涧水碧沄沄②。秋心不共瞿昙语③，独坐山头看白云。

注释

①澹夕曛：澹，轻淡；夕曛，夕阳的光辉。
②沄沄（yúnyún）：水流浩荡貌。
③瞿昙语：指佛教的哲理。佛教创始人释迦牟尼姓瞿昙，后以瞿昙代称佛教。

游云龙山寻石佛寺①

不见山人②鹤，精蓝③一径深。日寒僧汲涧，云静鸟依林。古竹含禅意，幽花得佛心。寄言招隐侣④，是处有清音⑤。

注释

①石佛寺：即云龙山兴化寺，又名大佛寺，内有石凿佛像。详见前注释（725页）。
②山人：指宋隐士张天骥。
③精蓝：佛寺。
④招隐侣：指招人归隐者。
⑤清音：清亮的声音。左思《招隐诗》："非必丝与竹，山水有清音。"

偕叔起登黄楼感赋

乱峰合沓①暮烟愁，短鬓萧疏共倚楼。一局枯棋惊急劫②，廿年荒径感重游。同心濠上惟庄惠③，旧侣南皮少应刘④。猿鹤⑤未忘招隐约，迟⑥君来卧碧山秋。

注释

①合沓：重叠。
②劫：围棋用语，指双方皆处于困境。
③《庄子·秋水》：庄子与惠子游于濠梁之上，见鲦（chóu）鱼出游从容，因而辩论游鱼知乐与否。后因以濠上为逍遥闲游之地。濠：濠水，在今安徽凤阳县东北。
④南皮：今河北省南皮县，商朝时，姜太公曾隐居此地垂钓，此处以南皮喻隐居之地。应刘：汉末建安文人应玚、刘桢的并称。二人均为曹丕、曹植所礼遇。后亦用以泛称宾客才人。
⑤猿鹤：借指隐逸之士。
⑥迟：读zhì，等待，希望。

九日登戏马台

楚汉兴亡似弈棋，将军曾此戏马骓①。穷阴大泽②天如梦，落木高台秋正悲。故国萧条浑③未改，英灵叱咤④竟何之。城头风雨过重九⑤，日莫愁吟二谢诗⑥。

注释

①骓：项羽骑的骏马名骓，因毛色黑白相间，后人称为乌骓。
②穷阴大泽：穷阴，指冬尽年终之时，亦指极其阴沉的天气。大泽：项羽从垓下突围南逃至阴陵，迷失道，陷入大泽中，因而被汉军追上。（见《史记·项羽本纪》）
③浑：全，都。
④叱咤：发怒声。《史记·淮阴侯列传》："项王喑噁叱咤，千人皆废。"
⑤重九：农历九月九日重阳节
⑥莫：同"暮"。二谢诗：指谢瞻、谢灵运所作"戏马台"诗。见前注释（5、7页）。

三月三十日偕祁汉云游阳春亭看牡丹①（庚子）

十旬不踏城阴路，素友②相携偶一来。猛省春从今日去，柳花飞尽牡丹开。

注释

①祁汉云：即祁世倬。见下。阳春亭：据清光绪十一年《徐州志》："阳春亭在城东南隅，唐薛能建，久废。"民国《铜山县志》："宋熙宁末李邦直持节徐州，于阳春亭旧址

建亭,苏轼名曰快哉亭。""清光绪十五年,徐州镇董凤高、徐州道段喆集资于快哉亭东北角重建阳春亭。"

②素友:旧友;情谊直纯的朋友。

祁世倬 一首

祁世倬(1861—1930),字汉云,铜山县(今徐州铜山区)人。青年时代,就读于云龙书院,清光绪二十年(1894)中顺天榜甲午科举人。后赴日留学,回国后与友人共同创办新型的中、小学堂。先后担任云龙中学国文讲席、徐州师范校长、铜山公学校务长。参加民国本《铜山县志》编写。有《双梅五桂轩集》、《非不斋札诗余》、《非不斋札记》等。

九日同人登戏马台用陈后山和李使君①九日登戏马台韵

重阳佳节集朋侪②,得句何须风雨催。岂为赏花方对酒,不因送客始登台。枥边骥老雄心在③,天外鸿飞倦眼开。二谢贡谀宁足数④,千秋独有后山来。

注释

①陈后山:陈后山有《和李使君九日登戏马台》诗。见前。
②朋侪(chái):朋辈。
③枥:马槽。骥:骏马。曹操诗"老马伏枥,志在千里。"
④二谢:指谢瞻和谢灵运。见前谢瞻和谢灵运诗。贡谀:献媚;此指二谢诗中对刘裕的阿谀奉承。宁足数:竟然算数,竟然被重视。唐李中《捧宣头许归侍养》:"蝼蚁至微宁足数,未知何处答穹旻。"

吕家骥 一首

吕家骥(1868—1940),字仲吾,江苏邳县人。清光绪年间秀才,肄业于南京江苏师范。清末民初,曾任邳州第一高等小学校长。有《质庐诗草》等。

戏马台

荒台落寞感骅骝①,汗马英雄赝楚邱②。悔说乌骓迷驿路③,空怀神骏划鸿沟④。跨鞍霸国驹千里,恋栈彭城岁五周⑤。转怪驽骀⑥难驾驭,未闻万骑御炎刘⑦。

注释

①落寞：冷落寂寞。骅骝：赤色骏马，喻指异才，此处指项羽。
②汗马英雄：指项羽。賸，同"剩"。楚邱：指戏马台；邱同"丘"。
③乌骓：项羽骑的骏马名骓，因毛色黑白相间，后人称为乌骓。驿路：也作"驿道"，为古代专门给马车之类通行的道路，此处泛指道路。项羽垓下突围后南逃至阴陵，迷失道，陷大泽中，被汉军追上。（见《史记·项羽本纪》）
④鸿沟：古渠名，古道大部循今河南贾鲁河东，由荥阳北引黄河水曲折东至淮阳入颖水。东汉后渐淤塞。《史记·项羽本纪》："项羽与汉约，中分天下，割鸿沟以西者为汉，鸿沟而东者为楚。"
⑤恋栈：指项羽对故乡的依恋。项羽灭秦后，"心怀思欲东归，曰：'富贵不归故乡，如衣绣夜行，谁知之者！'"（《史记·项羽本纪》）项羽于前206年东归彭城到前202年自杀身亡，前后五年时间。
⑥驽骀：驽和骀皆为劣马。用比喻庸才。
⑦炎刘：汉代的别称。古代方士以金、木、水、火、土相行相克的道理，来附会王朝的命运，称为五德。汉自称以火德王，姓刘氏，故称炎刘。

文元柱　一首

文元柱：生卒年不详。字剑青，铜山县（今徐州铜山区）人。光绪（1875—1908）间贡生。

登放鹤亭

鹤飞去兮鹤亭空，四面云山入望中。太守山人①俱往矣，凭栏吊古对西风。

注释

①太守山人：太守，指苏轼；山人，指隐士张天骥。

李宣龚　一首

李宣龚（1876—1952），字拔可，号观槿，又号墨巢。福建闽县人。光绪二十年（1894）举人，官至江苏候补知府。民国后供职上海商务印书馆，1942年任合众图书馆董事。

徐州道中

车行追日落,淮泗失回顾。乱山隐尘埃,野水瞥飞渡。连村缺人力,舍柳无他树。去年雪苦晚,一麦犹堪虑。道旁哺蔡饥①,船粟争濡呴②。胜衣③已学乞,姑息真汝误。辗转入徐州,严墉④郁高怒。秦越异肥瘠⑤,朱陈互嫁娶⑥。当关森虎豹,行李⑦挟恐怖。语罢自推窗,暝色没雁鹜⑧。

注释

①蔡饥:指贤者受困。《吕氏春秋·审分览·任数》:"孔子穷乎陈、蔡之间,藜羹不斟,七日不尝粒,昼寝。"

②濡呴:此指濒临饥饿而死的人。濡:沾湿。呴(xǔ):哈气以湿润。《庄子·大宗师》"泉涸,鱼相与处于陆;与其相呴以湿,相濡以沫,不若相忘于江湖。"

③胜衣:儿童稍长,体力足以承受得起成人的衣服。《史记·三王世家》:"皇子赖天,能胜衣趋拜,至今无号位师傅官。"这里指儿童。

④严墉:森严的城墙。

⑤秦越异肥瘠:成语秦越肥瘠,指秦越两地相去遥远;比喻疏远隔膜,各不相关。韩愈《争臣论》:"视政之得失,若越人视秦人之肥瘠,忽焉不加喜戚于其心。"

⑥白居易《朱陈村》诗:"徐州古丰县,有村曰朱陈。""一村唯两姓,世世为婚姻。亲疏居有族,少长游有群。"

⑦行李:行旅。

⑧雁鹜:大雁和野鸭。

李施五 六首

李施五:生卒年不详。字清彩,号逸叟,铜山县(今徐州铜山区)人。有《河上草堂诗钞》。

挂剑台①

堪羡延陵践信人,还辕戾止赠情深②。斜阳衰草徐君墓,苦雨酸风季子心。素练③脱来肠已断,芒寒④挂去泪难禁。神交芳迹遗千古,惹得诗人说到今。

注释

①挂剑台:见前注释(41页)。

②还辕：回车。《孔丛子·记问》："巾车命驾，将适唐都。黄河洋洋，攸攸之鱼。临津不济，还辕息鄹。"戾止（lìzhǐ）：到来。《诗经·周颂·有瞽》："我客戾止，永观厥成。"

③素练：白色绢帛。

④芒寒：指星光清冷色纯正，借以称颂人的品行高洁正直。

登子房山①远眺

留侯台枕古徐州，今我登临豁醉眸②。落日已随云外杳③，群山不动水东流。雄图遗念汉三杰④，霸业惟余楚一邱。只有此宵山上月，当年曾照赤松游⑤。

注释

①子房山：子房山位于市区东北部，原名鸡鸣山。详见前注释（44页）。

②豁醉眸：睁大醉眼。

③杳：遥远。

④汉三杰：汉初三位杰出的人物：张良、萧何、韩信。《史记·高祖本纪》："高祖曰：'公知其一，未知其二。夫运筹策帷帐之中，决胜于千里之外，吾不如子房。镇国家，抚百姓，给馈饷，不绝粮道，吾不如萧何。连百万之军，战必胜，攻必取，吾不如韩信。此三者，皆人杰也，吾能用之，此吾所以取天下者也。'"

⑤赤松游：赤松，即赤松子，相传为仙人。张良晚年曾言："愿弃人间事，欲从赤松子游耳。"

亚父冢①

玉斗椎残②竟枉然，决回东土恨绵绵。壮怀实克高三杰，忠荩③反为夺一权。霸业不依贤士策，鸿门早识楚王颠。遇非龙主④将才误，死后坟头气冲天。

注释

①亚父冢：即范增墓，在徐州城南。

②玉斗椎残：项羽于鸿门会宴刘邦，范增计划借机杀死刘邦，项羽不忍，刘邦趁机逃走，留下张良为之献项羽白璧一双，范增玉斗一双。范增接受玉斗，放在地上，拔剑将其击碎，曰"竖子不足与谋，夺项王天下者，必沛公也，吾属今为之虏矣！"后刘邦用陈平反间计，挑拨项羽与范增的关系。范增受项羽怀疑，不被重用，遂东归，未至彭城，途中发病而死。

③忠荩：忠诚。

④龙主：真正的皇帝。

登霸王楼①

登上三层忆楚王，凭栏一览变沧桑。鸿沟②界化成虚幻，垓下歌吟欲断肠。更易千秋称霸绩，凌空百尺起龙光③。拔山盖世雄安在，仅剩孤楼伴夕阳。

注释

①霸王楼：民国《铜山县志》古迹考："今府治后有霸王楼，不知苏轼拆后何年何人重建。楼前有道光间重修碑。今半圮。"

②鸿沟：古渠名，古道大部循今河南贾鲁河东，由荥阳北引黄河水曲折东至淮阳入颍水。东汉后渐淤塞。《史记·项羽本纪》："项羽与汉约，中分天下，割鸿沟以西者为汉，鸿沟而东者为楚。"

③龙光：指帝王之气。

王陵母墓①

贤哉王母，智识高祖。仁暴兴亡，了然胸腑②。臣项不甘，佐刘直吐。气概丘山，毁独霸主。不畏鼎镬③，不惧刀斧。血溅花飞，骨冷霜苦。遗意儿尊，硕德儿补。我游其墓，泪洒如雨。断机④同芳，刺背⑤堪伍。贤哉王母，史垂千古。

注释

①王陵母墓：见前注释（262 页）。

②胸腑：心怀。

③鼎镬：古代的酷刑，用鼎镬烹人。

④断机：指孟母断机教子。

⑤刺背：指岳母在岳飞背上刺"精忠报国"四字以教子。

游快哉亭①

沿堤信步小溪东，耸峙华亭接梵宫②。门外桥通松径绿，池边花落水流红。昔贤乘兴留鸿爪③，今我来游忆古风。在座宾朋齐唱和，快哉亭颂老髯翁④。

注释

①快哉亭：见前注释（101 页）。

②梵宫：佛寺。

③鸿爪：比喻往事留下的痕迹。苏轼《和子由渑池怀旧》："人生到处知何似，应似飞鸿踏雪泥。雪上偶然留爪印，鸿飞那复计东西。"
④老髯翁：指苏轼。

蔡宪甫　一首

蔡宪甫：生平不详。

题快哉亭

柳阴桥转水平铺，红映荷花绿映蒲。略置画船傍亭子，教人应不羡西湖。

钱食芝　二首

钱食芝（1879—1921），字仲灵，亦字松龄。徐州人。早年曾与友人共同创办徐州市"集益书画社"，1913年发起成立并负责"东方书画社"。有《怀薇草堂诗书画合册》。

戏马台

楚山叠叠①楚天开，携手同登戏马台。落木千山催雨急，高秋八面卷风来。萧条泗水余残照，迢递秦关賸劫灰②。终古中原几逐鹿③，英雄孰似伯王④才。

注释
①楚山叠叠：楚山，此指徐州周围之山，徐州古属楚地，故称。叠叠，山峦众多貌。
②迢递：遥远貌。秦关：指古秦国所在地。賸：同"剩"。劫灰：劫火的余灰。喻灾难后的遗迹。南朝梁《高僧传·竺法兰二》："昔汉武穿昆明池底得黑灰。问东方朔，朔云'不委，可问西域人。'后法兰既至，众人追以问之，兰云：'世界终尽，劫火洞烧，此灰是也。'"此指项羽西屠咸阳，烧秦宫室，火三月不灭，所留下的废墟。
③终古：自古以来。中原：泛指黄河中下游地区。逐鹿：指国家分裂后，竞争天下；鹿，喻指统治权、帝位。
④伯王：霸王。伯（bà），通"霸"。

题画快哉亭图

日日来亭下，园林引兴长。门垂杨柳碧，帘卷芰荷香。拂席酣清梦，登台话晚凉。十年无此乐，写赠莫相忘。

胡翼廷　一首

胡翼廷：安徽萧县人，生平不详。

过微山湖口占二绝

其一
微山四面水围村，一带人家翠掩门。鸡犬桑麻风景异，俨然世外作桃源。

其二
万顷荷花红照水，千丛莲叶碧连天。轻舟直到中央泊，杯酒临风便欲仙。

孙之庚　一首

孙之庚：生卒年不详。字介福，孝廉。山东滕县人，有《春秋题旨》《自怡诗集》《麟趾集文稿》等。

游微山湖

湖上群峰插碧空，登临两腋欲凌风。青螺秀出银盘里[①]，画图常悬玉鉴[②]中。放棹巷波怀越客[③]，烂柯绝巘[④]忆仙翁。眼前渐觉红尘[⑤]远，疑是桃源[⑥]有路通。

注释

①青螺：高耸如螺形的青山。银盘：指银白色的湖面。
②玉鉴：指洁白明亮的湖水如同镜面。
③棹（zhào）：划船工具；代指船。越客：客居他乡的越地人；亦泛指异乡客居者。唐刘长卿《七里滩重送严维》诗："秋江渺渺水空波，越客孤舟欲榜歌。"
④烂柯：南朝梁任昉《述异记》："信安郡石室山，晋时王质伐木至，见童子数人棋而歌，质因听之。童子以一物与质，如枣核，质含之而不觉饥。俄顷，童子谓曰：'何不去？'质起视，斧柯尽烂。既归，无复时人。"后以"烂柯"表示世事沧桑巨变，让人有恍如隔世的感觉。绝巘：极高的山峰
⑤红尘：道教、佛教指人世间。
⑥桃源：陶渊明《桃花源记》中所描述的避世之境。

李荣屏 一首

李荣屏：字镜秋。生平不详。江苏铜山县（今徐州铜山区）人。

田园杂兴（选一）

戏马台南一草庐①，碧梧苍栝映阶除②。道人莫漫③增惆怅，尽有林泉供著书。

注释

①草庐：茅屋。
②栝（guā）：桧树。阶除：台阶。
③漫：随意，徒然。

张 元 一首

张 元：生卒年不详。字易斋。诸生。江苏铜山县（今徐州铜山区）人。著有《朗山诗》。

登鸡鸣山①

探奇不觉遐，寓目②即成往。为乐静者妙，偶此得欢赏。石险境愈阔，径危心亦敞。扪萝③凌其巅，始觉天宇广。朝日开众阴④，夕晖回万象。嫋嫋⑤烈风来，入我襟怀爽。木振林难静，泉崩谷易响。遗形⑥见天真，澡性⑦绝俗想。自兹山水念，吾知应日长。

注释

①鸡鸣山：一名字房山。位于徐州城东，相传为张良吹箫计散楚兵处。上有子房祠。
②寓目：过目，看一下。《左传·僖公二十八年》："子玉使斗勃请战，曰：'请与君之士戏，君冯轼而观之，得臣与寓目焉。'"
③扪萝：攀援葛藤。
④众阴：夜色。
⑤嫋嫋（niǎoniǎo）："袅袅"的异体，风吹拂貌。
⑥遗形：指超脱形骸、精神进入忘我境界。天真：指不受礼俗影响的本性。
⑦澡性：纯洁之性；超脱尘世之心。

拾世盘　一首

拾世盘：生卒年不详。字鸿渐，一字柳村。铜山县（今徐州铜山区）人。曾任河工巡检按察司经历。仰慕五柳先生，建柳村别墅，移居其中。有《柳村诗稿》。

秋日黄楼夜坐

扶杖拜苏子①，秋深夜气清。乱蛩②衰草色，残月大河声。烟绕寒塘暗，萤依老树明。敲诗③还酌酒，坐听又三更。

注释

①苏子：苏轼。黄楼内有苏轼塑像。
②蛩（qióng）：蟋蟀。
③敲诗：推敲诗句。

张　谦　一首

张谦：萧县（今属安徽）人，生平不详。

戏马台

燕后灭①，卢循走，中原霸业归马首。云龙山色青复青，高台落日一杯酒。忆昔旌旆入南中②，六军一埽淮甸空③。九日茱萸④饷战士，湖光掩映旌旆⑤红。吁嗟⑥呼！为大丈夫当如此。盖世勋名今已矣，禾黍朝连碧湖云。笙歌夜冷长河水，彭门万壑灵气来。汉祖歌风亦有台⑦，台上英雄各安在。唯见秋风烈烈走，龙媒⑧且与少年市鞍辔，往来射猎南山隈⑨。

注释

①燕后灭三句：指刘裕出兵灭南燕，旋即回师击败卢循。归马首：即马首是瞻，指各敌对势力被刘裕击败，皆服从他的统率。
②旌旆（pèi）：泛指旗帜。南中，这里泛指南方，国土南部。唐王勃《蜀中九日》："人情已厌南中苦，鸿雁那从北地来。"
③六军：军队的统称。淮甸：淮河流域。
④茱萸：此指茱萸酒，即用茱萸制的酒。民俗于农历九月制茱萸酒，饮之，可以御

寒、健身。
⑤旌旂（qí）：泛指旗帜，借指军队。旂：古代画有交龙图像的旗子，并在竿头系铃。
⑥吁嗟：xūjiē 叹息。
⑦指沛县歌风台，为纪念汉高祖刘邦衣锦还乡时所唱《大风歌》而兴建。
⑧龙媒：骏马。《汉书·礼乐志》："天马徕，龙之媒。"颜师古注引应劭曰："言天马者乃神龙之类，今天马已来，此龙必至之效也。"后因称骏马为"龙媒"。
⑨隈（wēi）：山的弯曲处

陈 是 一首

陈是：字遗西。萧县（今属安徽）人。生平不详。

访燕子楼故址

燕子楼①何在，湮埋②不可寻。惟余一片月，曾照十年心③。被冷秋霜晓，灯残夜雨深。白公④诗和罢，凭吊到于今。

注释

①燕子楼：见前注释（29页）。
②湮埋：埋没。湮，音 yān。
③盼盼于张愔死后，一直未嫁，独居燕子楼十余年。
④白公：即白居易。有《燕子楼》、《感故张仆射诸妓》诗。见前。

徐大猷 一首

徐大猷：生卒年不详。字克壮，一字秩斋。萧县（今属安徽省）人。岁贡生。

绥舆里① （宋武帝故居）

一战蓝田霸气孤②，可怜东邸禅皇图③。居人谁识兴亡事，采药山南觅寄奴④。

注释

①绥舆里：地名。《宋书·武帝纪》："高祖武皇帝……彭城县绥舆里人。"《太平寰宇记》："绥舆山在（萧）县东南三十五里，宋高祖绥里人，盖因山为里名也。"清同治

《徐州府志》:"宋氏帝族居绥舆里,今萧县绥舆山即其地。"

②此句指晋义熙十三年(417年)刘裕率舟师西进,扶风太守沈田子大破姚泓于蓝田,部将王镇恶生擒姚泓,后秦亡。孤:特出、独特。

③东邸:南朝宋顺帝的居处。《宋书·顺帝纪》:"壬辰,帝逊位于东邸。"宋亡。禅:禅让。皇图:帝王的版图,亦指皇位。

④寄奴:刘裕的小名。

葛本爱 一首

葛本爱:字砚农,一字蕙畴。萧县(今属安徽省)人。诸生。有《惜阴山房集》。生平不详。

彭城怀古

苍茫古意满徐州,何处题诗得遣愁。携酒客来仍九日[①],吹箫人去已千秋[②]。英雄有数怜屠狗[③],富贵无心笑沐猴[④]。成败只今谁可语,河声呜咽自东流。

注释

①九日:即九月九日重阳节。宋武帝刘裕曾于九日在戏马台为孔靖饯行。见谢瞻、谢灵运诗注释。

②吹箫人:指苏轼等人。苏轼《玉局文》云:"仆在徐州,王子立、子敏皆馆予官舍,蜀人张师厚来过,二王皆年少,吹洞箫饮酒杏花下。"又:张良令士兵于鸡鸣山上吹箫散楚兵。

③屠狗:汉初将领樊哙,少以屠狗为业。

④沐猴:猕猴。项羽西屠咸阳灭秦后,心怀思欲东归,说:"富贵不归故乡,如衣绣夜行,谁知之者!"于是有人讥笑说:"人言楚人沐猴而冠耳,果然。"(见史记·项羽本纪)

张庆瑞 二首

张庆瑞:生卒年不详。字西铭。萧县(今属安徽省)人。诸生。

云龙山下逢国博方子可[①]

空山行人稀,高阁松声响。泉水明涧花,白石相涤荡。思子似昨夕,坐对今朝爽。相逢笑无言，行看旭日上。女萝②长拖烟，一径入榛莽③。峰头谪仙人④，招我绿玉杖⑤。草树结重阴⑥，舞鹤引清吭⑦。置酒列山殽⑧，庶几⑨生可养。

注释

①国博：国子博士，学官名，任职于国家最高学府国子监。方子可：浙江德清人，家京师，国子监典簿衔。有《句娄全集、药禅室随笔》。
②女萝：植物名。即松萝，丝状，常寄生松树上。
③榛莽：杂乱丛生的草木。
④谪仙人：因罪被罚到世间的仙人。常用来称誉才行高迈者，意指非人间所有。
⑤绿玉杖：传说为仙人所用的手杖。
⑥重阴：浓阴。
⑦引清吭：引吭高歌，唱出清脆的歌声。
⑧山殽（yáo）：用山间猎得的鸟兽做成的菜。殽，通"肴"。
⑨庶几：或许可以。

放鹤亭送别方子可

山后凄切啼猿清，山前络绎车马行。放鹤亭中饯①远客，蔽山云木空复情。登高望远四野阔，岚光泼翠杯中倾②。嗟我久淹③此山下，欲向山椒④结茅舍。夕阳醉卧黄茅冈，绕城脩竹密于蔗。一时论交豪侠多，晨夕过往能悲歌。龙泉⑤得意击且走，声光飒爽交岩阿⑥。誓向都门⑦报天子，旦不遑食宵枕戈⑧。居者远行游者归，酒徒四散晨星稀。君家父子今又去，使我回首重歔欷⑨。枫叶红尽吴江⑩晚，淮水东流分叠巘⑪。大漠孤烟如白云，孤雁南飞不复返。如君意气真昂藏⑫，岂信遭逢终偃蹇⑬。吾闻粤南大府怜君才⑭，人生聚散不须哀。倒挽天河洗兵马⑮，吾谋苟⑯用休徘徊，方君方君勉乎哉。

注释

①饯：设酒宴送行。
②岚光：山间雾霭，经日光照射而发出的七色光彩。全句指岚光和翠绿的草木色映入杯酒中。
③淹：滞留，延迟。
④山椒：山顶。
⑤龙泉：宝剑名。李白《十五留别广陵诸公》："金羁络骏马，锦带横龙泉。"
⑥飒爽：快捷有力。交：接触、遇到；岩阿：山岩曲折处。
⑦都门：京城城门。
⑧枕戈：头枕着武器，表示随时处于备战状态。

⑨歔欷：叹息。

⑩吴江：古代县名，属苏州。这里泛指江南地区。

⑪叠巘（yǎn）：一层一层山峰。

⑫昂藏：气宇不凡的样子。

⑬偃蹇：yǎnjiǎn 境遇窘迫。

⑭大府：总督、巡抚皆称"大府"。当时两广总督为张之洞。此句后作者自注："君接张制军聘书"。

⑮倒挽天河：即引来天河的水。全句意为厉兵秣马，准备战事。该句下作者自注："时有叛将李扬才之乱"。1878年，清军将领李扬才反叛入越作乱，清军在越南官军及黑旗军的协助下，花了一年的时间才把动乱平息下去。

⑯苟：如果。

张允杰　一首

张允杰：生卒年不详。字轶园，恩贡生。江苏沛县人。有《焚余草》。

彭城竹枝词

挂剑台①连戏马台，台边曲径白云隈②。崑崙九曲桃花水③，钓得河鱼入馔来。缘何堤断蓼花④红，忠武祠前一钓翁。十尺蒲帆⑤三尺浪，鲤鱼山下鲤鱼风。春来剪韭话黄昏，曲巷深深早闭门。五日东风三日雨，嫩寒天气杏花村。他乡经岁载飞艭⑥，不记吴邦与楚邦。欲写家书何处寄，恼人汴水不通江。山色分明好大孤⑦，张山人也似林逋⑧。苏堤⑨栽遍垂杨柳，祇比杭州少一湖。泗滨浮磬⑩半浮沉，月落前滩晓雾深。一夜瑽琤⑪何处响，果然山水有清音⑫。

注释

①挂剑台：见前注释（41页）。

②隈：山弯曲的地方。

③崑崙九曲：指黄河。唐高适《九曲词》序："河图曰：黄河出崑崙山东北……河水九曲，长九千里，入于渤海。"九曲是古代对黄河上游曲折河段的称呼。俗语说："天下黄河九曲十八湾"。一般用九曲称黄河的曲折。桃花水：指农历二三月桃花盛开时节，冰化雨积，黄河等处水猛涨。又称桃花汛。《水经注卷一》："至三月，桃花水至则河决，以其喧不洩也。"

④蓼花：蓼（liǎo），草本植物，花淡红色或白色。

⑤蒲帆：蒲草织成的船帆。

⑥艭（shuāng）：小船。

⑦大孤：徐州有孤山，同治《徐州府志·山川考》："象山西北为大孤山，又东二里为小孤山。"杭州亦有孤山，位于西湖西北角。
⑧张山人：指隐士张天骥。林逋（967—1028），字君复，北宋诗人，隐居杭州西湖孤山，赏梅养鹤。终身不仕，也不婚娶。
⑨苏堤：此指徐州苏堤，杭州西湖亦有苏堤。
⑩泗滨浮磬：《尚书·禹贡》："泗滨浮磬"。指泗水滨出产的石头可以制成磬（一种打击乐器）。
⑪瑽琤（cōngzhēng）：玉石相击声。
⑫清音：清亮的声音。

朱锡藩　一首

朱锡藩：生卒年不详。字翰卿。江苏沛县人。拔贡生。有《宝研堂诗草》。

黄茅冈

忆昔冈头醉①，狂歌饮兴豪。至今秋色里，乱石夕阳高。诗草镌山骨②，霜锋刷涧毛③。群羊眠正熟④，酾酒酹晴皋⑤。

注释
①苏轼《登云龙山》诗："冈头醉倒石作床"。参见该诗。
②山骨：山中岩石。
③霜锋：原意指白光闪闪的锐利锋刃，这里指严厉的寒霜。涧毛：指山涧中的草。
④群羊：苏轼《登云龙山》诗："满冈乱石如群羊"。
⑤酾酒：斟酒；酾，音 shī（又 shāi）。酹（lèi）：把酒浇在地上，表示祭奠。皋：水边高地。

陈士升　一首

陈士升：生卒年不详。字俊三，一字怡斋。江苏沛县人。岁贡生。有《怡斋诗稿》。

守彭城

彭门控引十五州①，指顾风云②据上游。戏马台前屯虎豹，黄幡绰约高黄楼③。楼幡高高出云表，天外消息无人讨。转眼妖氛净如扫，凌烟策勋非小小④。

注释

①彭门：徐州。控引：控制。十五州：即十五道，唐宋时期曾把全国行政区域划分为十五道。这里十五州指全国，徐州历来为南北交通要道，在政治、经济、军事各方面对全国都至关重要。

②指顾风云：掌控时局的变化。

③黄幡：黄色的旗子；绰约：柔美貌。

④凌烟：即凌烟阁，古代王朝为表彰功臣而建的高阁，阁内绘有功臣的图像。策勋：记载功勋。

王 相 一首

王相：生卒年不详。字惜庵，一字夕庵。江苏宿迁人。曾官议叙盐提举。著有《无止境》。

留侯祠题壁 ①

少如好女晚仙翁②，不必奇书圯上逢③。自有行藏④千古见，斯人出没本犹龙。英雄末路古来难，怀古能禁抚剑叹。若问赤松堪信否，止须放眼看萧韩⑤。

注释

①留侯祠：即子房祠，在徐州城东子房山上。张良，字子房，封为留侯，故称。

②少如好女：指张良。《史记·留侯世家》：太史公曰："余以为其人计魁梧奇伟，至见其图，状貌如妇人好女。"张良晚年想从仙人赤松子游，故称"晚仙翁"。

③指张良于下邳圯上遇见黄石公被授予《太公兵法》。

④行藏：指出仕、隐退。《论语·述而》："子谓颜渊曰'用之则行，舍之则藏，惟我与尔有是夫！'"

⑤萧韩：萧何、韩信，皆为刘邦功臣。萧何曾被刘邦治罪下狱，韩信后被吕后杀害。

刘素宝 一首

刘素宝：生卒年不详。字崑英，一字抱珍，江苏睢宁人。诸生。

戏马台怀古

彭门山势郁苍苍，浊酒浇胸吊愤王①。百二关河归指顾②，八千子弟各腾骧③。漫云鹿踣④咸阳地，会有龙飞泗水傍⑤。胜败英雄同一尽，歌风戏马两台荒。

注释
①愤王：项羽。魏晋时吴兴有项羽庙，当地人称项羽为愤王。
②百二关河：百二，以二敌百；一说百的一倍。后以喻山河险固之地。指顾：这里意为指挥、控制。
③八千子弟：指项羽当初率领江东子弟八千人，渡江西去击秦。腾骧（xiāng）：指军队志气高昂、作战英勇。
④鹿踣（bó）：喻指秦统治政权的垮台。踣：跌倒。《史记·淮阴侯列传》："（蒯通）对曰：秦之纲绝而维弛，山东大扰，异姓并起，英俊乌集。秦失其鹿，天下共逐之，于是高材疾足者先得焉。"
⑤指刘邦称帝。刘邦曾为泗上亭长。

朱之承　一首

朱之承：生卒年不详。字绍衣，江苏睢宁县人。诸生。有《管蠡集》、《亦庵诗稿》。

戏马台

项王曾戏马，宋帝①几登台。霸业一朝尽，孤征②万里回。鸿飞无近响，骓逝有余哀③。愧我凭陵④处，输他作赋才。

注释
①宋帝：即南朝宋武帝刘裕。见前注释（5页）。
②孤征：孤军远征。
③骓逝：指项羽兵败垓下，与虞姬诀别时唱"时不利兮骓不逝"。
④凭陵：登临其上，此处指站在戏马台上。

时　广　一首

时广：铜山县（今徐州铜山区）人。生平不详。

春日与客登黄茆冈怀古①

日丽茆冈景物幽，芳草同趣兴悠悠②。群羊化石遗仙迹③，孤鹤横江忆昔游。亚父④殒身宁霸楚，王陵逼母却忠刘⑤。英雄已远情何极，戏马台空汴泗流。

注释

①黄茆冈：即黄茅冈。茆同"茅"。
②兴悠悠：兴趣浓。
③苏轼《登云龙山》诗："醉中走上黄茆冈，满冈乱石如群羊"。
④亚父：即范增。见前注释（160页）。
⑤王陵句：见前注释（163页）。

徐 泰 一首

徐泰：生卒年不详。字坦斋，号陶村。铜山县（今徐州铜山区）人。恩贡生。著有《柳荫堂集》。

戏马台怀古

临台戏马兴方赊①，九里山头起暮笳②。怒马已沉千尺浪，荒台惟见数群鸦。摩挲③断碣西风冷，徒倚危栏夕照斜。衣锦归来原失计④，彭城何处是君家。

注释

①赊：指（兴致）高昂。
②笳：胡笳，古代管乐器，类似笛子。
③摩挲：抚摸。
④项羽西屠咸阳灭秦后，心怀思欲东归，曰："富贵不归故乡，如衣绣夜行，谁知之者！"项羽不听他人建都关中的劝告而东归彭城，是最大的失策，最后为刘邦所败。（见史记·项羽本纪）

徐厚英 一首

徐厚英：生卒年不详。字代起。铜山县（今江苏铜山区）人。诸生，曾官州同知。有《槐荫堂诗存》。

挂剑台

把剑中霄起，平生一片心。高台今宿草①，何处觅知音。似我羞弹铗②，从谁听鼓琴③。惟余三尺铁④，夜夜作龙吟⑤。

注释

①宿草：指墓地上隔年的草。
②弹铗：弹击剑把。铗（jiá），剑把。《战国策·齐策四》：孟尝君食客冯谖，弹铗而歌曰："长铗归来乎！食无鱼。"
③鼓琴：春秋时人伯牙善鼓琴，只有知友钟子期能完全理解琴意，钟子期死后，伯牙终身不再鼓琴
④三尺铁：指宝剑。唐·牟融《谢惠剑》"感君三尺铁，挥攉鬼神惊。"
⑤此句指宝剑化龙的故事。有不同传说，据《晋书·张华传》载：丰城令雷焕得龙泉、太阿两剑，以其一与张华。后华被诛，剑不知去向。雷焕死后，其子持剑行经延平津，剑忽跃出堕水。使人入水取之，但见两龙蟠萦，波浪惊沸。剑亦从此亡去。明谢榛《送张子畏使太原》："茂先有雄剑。夜夜作龙吟。"张华字茂先。

程保廉　一首

程保廉：字介夫。铜山县（今徐州铜山区）人。生平不详。有《三馀诗草》。

登云龙山

振衣①直踞秋云上，天末微茫晓色开。地势西盘千嶂②合，水声东走万帆来。空亭老树余红叶，古墓残碑长绿苔。回首山灵③应笑我，故乡风景一衔杯④。

注释

①振衣：抖去衣上的灰尘。《楚辞·渔父》："新沐者必弹冠，新浴者必振衣。"
②嶂：像屏障似的直立山峰。
③山灵：山神。
④衔杯：饮酒。

张春霭　一首

张春霭：生卒年不详。字云亭。铜山县（今徐州铜山区）人。诸生。

彭城漫兴

徐城小住愁无那①，镇日②阴云且唱歌。佛寺钟声山外落，故宫③草色雨中多。劳劳④一世胡为者，寂寂千秋更若何。苏子不归张子老⑤，我来酹酒楚山阿⑥。

注释

①无那：无奈。
②镇日：整天。
③故宫：此指清乾隆帝的行宫，位于云龙山脚下，乾隆二十二年（1757）建，乾隆皇帝下江南，曾驻跸此处。
④劳劳：辛劳忙碌。
⑤苏子：苏轼；张子，隐士张天骥。
⑥楚山：泛指徐州周围的山峦，徐州古时曾属楚地，故称。

吴霖增　一首

吴霖增：生卒年不详。字玉林，号欣山。铜山县（今徐州铜山区）人。

白云洞①

山深不见人，云烟生新绿。云有仙者流，昔年曾息躅②。仙去洞仍留，幽深可寓目③。暇日策短筇④，于焉陟林麓⑤。扪⑥葛复攀藤，不惮⑦劳双足。壁立峰兀然⑧，有洞贮⑨而曲。宽无一亩宫，隘如三间屋。石佛踞其巅，眈目皤其腹⑩。无语笑黰然⑪，叹我空历碌⑫。日暮僧不来，深竹飞蝙蝠。

注释

①白云洞：在徐州九里山西麓。《太平寰宇记》称为黄池穴。传说此洞为项羽被刘邦军队十面埋伏，命战士挖掘藏身之处。
②息躅（zhuó）：隐居。躅，足迹。
③寓目：观看。
④策短筇（qióng）：策，拄着；筇，手杖。
⑤陟林麓：陟（zhì），登；林麓，山林。
⑥扪：抓住。
⑦惮（dàn）：畏惧，害怕。

⑧兀然：高耸的样子。
⑨窅（yáo）：深貌。
⑩睅（gàn）：张大眼睛。皤（pó）：大；皤其腹，大肚子。《春秋左传宣公二年》："睅其目，皤其腹，弃甲而复。于思于思，弃甲复来。"
⑪辴然：笑的样子。辴，音chǎn。
⑫历碌：忙碌。

刘庆恩　二首

刘庆恩：生卒年不详。铜山县（今徐州铜山区）人。同治恩贡生。

彭祖井①

妙术曾传善养生②，当年斟雉③著芳声。人因寿永常称祖，井以留城尚记彭。八百春秋原不老，五千道德④共垂名。守身更有遗图⑤在，寄语人间莫自轻。

注释

①彭祖井：民国《铜山县志》："道光旧志：在北门子城内，有石刻彭祖井三字。"
②妙术：指彭祖养生之术。《神仙传》：彭祖"少好恬静，不营名誉，不饰车服，唯以养生治身为事。"
③斟雉：调治雉羹。传说彭祖善于调和滋味，斟雉羹。
④八百春秋：《神仙传·彭祖》："彭祖者，姓篯名铿。帝颛顼之玄孙也。殷末已七百六十七岁，而不衰老。"
⑤五千道德：指老子《道德经》，五千余字。
⑥遗图：指彭祖观井图。宋陈靖《彭祖观井图铭》："至哉！古人远害全身，战战兢兢，恒若履冰。"详见前注释（283页）。

子房山①

落日停桡②欲问津，留侯山势镇沙湄③。为韩翻阻封韩议④，佐汉终成避汉人⑤。椎击沙中谋已误⑥，书传圯上事何真⑦。赤松⑧果否偕游去，几个神仙是荩臣⑨。

注释

①子房山：见前注释（44页）。
②桡（ráo）：船桨。

③沙潏：河边沙滩。

④为韩：指当初张良雇客刺杀秦始皇以替韩报仇。翻阻封韩议：指有人劝说刘邦复立六国（包括韩），张良极力反对，其议为刘邦接受。

⑤佐汉：佐汉，指张良辅佐刘邦击败项羽夺得天下。避汉，指张良在刘邦得天下后，表现处处知足，不接受三万户封赏，并假托求仙以避免祸害。

⑥张良为了替韩报仇，以重金得力士，携铁椎重百二十斤，于博浪沙（今河南原阳县）狙击秦始皇，未中。

⑦指张良于圯桥上遇见黄石公得《太公兵法》事。

⑧赤松：即赤松子，相传为仙人。张良晚年曾言："愿弃人间事，欲从赤松子游耳。"

⑨荩臣：忠诚之臣。《诗·大雅·文王》："王之荩臣，无念尔祖。"朱熹集传："荩，进也，言其忠爱之笃，进进无已也。"本谓王所进用之臣，后引申指忠诚之臣。

崔调均　一首

崔调均：生卒年不详。字舜琴，号立梅耒子。铜山县（今徐州铜山区）人。曾官河南知县。

忆故乡云龙山

大河从西来，众山环如抱。云龙独幽苍①，一城青未了。在昔张山人②，筑亭葺茅草。放鹤山之巅，翩翩③出云表。地偏绝尘氛，兴逸逮昏晓④。太守东坡翁，过从谢羽葆⑤。联吟互唱酬，选胜穷探讨。酒酣挥毫颖⑥，绝壁题诗稿。苔藓湮没糊，余迹犹可考。我家负南郭⑦，咫尺临幽窈⑧。晴日射朝暾⑨，遥青入窗小。时有风雨晨，泾翠滴庭筿⑩。山居殊不恶，何事尘踪⑪扰。远游历半生，攘攘轮蹄道⑫。自惊白发新，未免青山恼。一身驱为饥，入口仍无饱。叹我拙谋生⑬，斜阳看倦鸟。倦鸟思故乡，夜夜梦魂绕。无用买山⑭钱，曰归胡不早⑮。

注释

①幽苍：葱郁貌。

②张山人：指宋代隐士张天骥。

③翩翩：鸟飞翔貌。

④此句指超逸豪放之气日夜不绝。

⑤羽葆：仪仗队。以鸟羽饰于柄头如盖，故称羽葆。谢羽葆，谢绝羽葆。这里指太守苏轼与张天骥的交往很随意，没有扈从、仪仗等形式。

⑥毫颖：毛笔。

⑦负南郭：背靠南城墙。

⑧幽窈：幽深。

⑨暾（tūn）：初升的太阳。

⑩泾翠：翠绿的水珠。筡：指竹子。

⑪尘踪：人世间的事情。

⑫攘攘：众多。轮蹄：车轮马蹄，指来往的车马。

⑬拙谋生：不善于谋生。

⑭买山：指归隐。《世说新语·排调》："支道林因人就深公买印山，深公答曰：'未闻巢由买山而隐。'"后以"买山"喻贤士的归隐。

⑮陶渊明《归去来兮辞》："归去来兮，田园将芜胡不归！"

余 甡 二首

余甡（shēn）：生卒年不详。字俪生，号耦仙。铜山县（今徐州铜山区）人，余锡龄之子。光绪岁贡生，保选用知县。深于医学。

拔剑泉怀汉高祖①

沛公②天子龙为友，斩蛇③斫地劈天手。手提龙泉④照北斗，石窍⑤辟开万山吼。蛟龙飞出大泽中，一道泉光随剑走。泉流辘辘⑥水清凉，剑气逼人不可忘。我来怀古汉王庙，一曲水流送一觞⑦。忆昔逐鹿得咸京⑧，剑提三尺击鲲鲸⑨。战将猛士杂龙虎，狡兔幸获走狗烹⑩。枭雄⑪盖世矜才略，如何才分一杯羹。翠华紫盖⑫无消息，物换星移岁几更。井底灰飞火不然⑬，苔花晕碧⑭水痕生。汉家尺土⑮今何在，賸⑯有流泉清复清。

注释

①拔剑泉：此指丁塘山下拔剑泉。同治《徐州府志》："丁塘山下即丁塘湖，今成平陆。庙前有拔剑泉，相传汉高祖驻兵处。"万历五年（1577）《徐州志》："丁塘拔剑泉在城南二十五里，昔汉高祖与项羽战于此，汉兵渴甚，高祖拔剑插地，泉水涌出流四里许又伏流于地下。雨不溢，旱不干，乡人呼为龙湫；遇旱祷之，辄应。天顺二年，知州宋诚重修庙像，立石刻文记之。"（参见前贾壮《拔剑泉诗》注释。）

②沛公：汉高祖刘邦。

③斩蛇：刘邦送夫役去郦山途中逃匿，行至大泽中，有大蛇当道，刘邦拔剑斩蛇，后隐于芒砀山中。

④龙泉：宝剑名，泛指宝剑。

⑤石窍：石头缝隙。

⑥辘辘：水流动的声音。

⑦觞（shāng）：古代酒器。

⑧逐鹿：指国家分裂后，竞争天下。鹿：喻指统治权、地位。咸京：秦京都。

⑨鲲鲸：即鲲鱼。鲲鱼千尺如鲸，故名。杜甫《八哀诗·赠秘书监江夏李公邕》："钟律俨高悬，鲲鲸喷迢遰。"此处喻指强敌。

⑩指刘邦得天下后，韩信、彭越等功臣被杀害。刘邦怀疑韩信反，将韩擒获。此时，韩信方醒悟，曰："果若人言，'狡兔死，良狗亨；高鸟尽，良弓藏；敌国破，谋臣亡。'天下已定，我故当亨。"（见《史记·淮阴侯列传》）

⑪枭雄：骁悍雄杰之人。

⑫翠华紫盖：代指帝王车驾或帝王。翠华，皇帝的仪仗用翠羽饰于旗杆顶上的旗。紫盖，紫色车盖。

⑬然：同"燃"。

⑭晕碧：暗绿色。

⑮尺土：极狭小的土地。《史记·齐悼惠王世家》：太史公曰："以海内初定，子弟少，激秦之无尺土封，故大封同姓，以填万民之心。"

⑯賸：同"剩"。

放鹤亭

天空安忍滞高飞，欲放仙禽上翠微①。片羽宛如云出岫②，长空亦任鸟忘机③。林峦未密留难住，霄汉无心去不归。一自坡仙留记后④，天风吹冷碧松扉⑤。

注释

①仙禽：指鹤。翠微：葱绿轻淡的山色。

②岫（xiù）：峰峦。

③忘机：忘掉机巧欺诈之心，世俗之心。

④坡仙：指苏轼。留记：指苏轼留于后世的著名文章《放鹤亭记》。

⑤松扉：如屏障之松林。

王圣谟　二首

王圣谟：生卒年不详。字蕴三，铜山县（今徐州铜山区）人。初为塾师，因目疾改而从医。

同游徐东狮子山[1]

山在城五里皇堤北

朔风吹我上山巅,携手同游总快然。古树残梅延岁月,苍松翠柏老云烟。日轮[2]西坠青狮岭(城西二十里许即青狮岭),堤線东牵白马泉(皇堤东去十里许有白马泉),醉后不知天地阔,一声长啸夕阳天。

注释

①狮子山:在徐州市东郊,为楚王陵。1990年代,在山下挖掘出西汉刘戊的墓葬。
②日轮:太阳。日形如车轮而运行不息,故名。

登云龙山感旧兼同学诸子

卅载心如不系舟,狂来每上最高楼。纷纷名利都无分,寂寞园林此暂留。好鸟声中寻旧梦,古松阴里忆前游。当时同调[1]今安在,宿草[2]荒坟满地愁。

注释

①同调:声调相同。比喻志趣相合。
②宿草:指墓地上隔年的草。

王鸿渐　一首

王鸿渐:铜山县(今徐州铜山区)人。生平不详。

游云龙山

选胜龙山足未停,扪萝攀翠记曾经[1]。洞寻白鹿来书院[2],冈历黄茅到鹤亭。帆影遥迷孤塔白,岚光[3]低锁一城青。倦游归去添豪兴,大士岩[4]前倒酒瓶。

注释

①扪:抓住。萝:泛指一些蔓生植物。攀翠:攀登在翠绿的草木丛中。
②云龙山有云龙书院,内有白鹿洞。
③岚光:山间雾气在阳光照耀下发出的光彩。
④大士岩:道光旧志:"在云龙山阴,清康熙五十七年,知州姜焯创建。因石成大士

像，妙极天然。"

项有训 一首

项有训：生卒年不详。字古村，铜山县（今徐州铜山区）人。诸生。

戏马台怀古

戏马台前山簇簇①，古来形胜②今草木。成败之事定于天，兴亡之感英雄哭。九战章邯饶英风③，灭秦归来旗鼓东。力征经营人慑服④，天下诸侯任分封⑤。沛公隆准⑥真天授，联军京索弗与斗⑦。四面楚歌⑧来何多，项王泣涕垓下走。吁嗟⑨乎！善战那知婴天忌⑩，八千子弟⑪皆自弃。美人骏马宝剑一时捐，南望乌江⑫空下泪。

注释

①簇簇：山峦丛列貌。

②形胜：地势优越便利，风景优美。

③九战：项羽为救赵，"悉引兵渡河，皆沉船，破釜甑，持三日粮，以示士卒必死，无一还心。于是至则围王离，与秦军遇，九战，绝其甬道，大破之……"（史记·项羽本纪）。章邯：秦二世时为少府，陈胜起义后为将，屡次与楚军对战，为项羽所败，降项羽，立为雍王。后刘邦还定三秦，章败走自杀。

④力征：用武力征服。经营：指筹划霸业。慑服：畏惧威势而屈服。此句谓项羽以力令人慑服。

⑤此句指指项羽灭秦后，分天下，立诸将为侯王，自立为西楚霸王。

⑥沛公隆准：沛公，刘邦；隆准，高鼻。《史记·高祖本纪》："高祖为人，隆准而龙颜。"

⑦京、索：皆地名。京指京县（在今河南荥阳县东南），境内有索亭，亦称大索城。楚汉两军曾在此决战。《史记·项羽本纪》："楚起于彭城，常乘胜逐北，与汉战荥阳南京、索间。"京、索间，即京邑、索亭之间。刘邦败彭城后，诸侯皆背汉，联项而反刘。形势对刘不利，只好向项羽请和。弗：不。

⑧四面楚歌：《史记·项羽本纪》："项王军壁垓下，兵少食尽，汉军及诸侯兵围之数重。夜闻汉军四面皆楚歌，项王乃大惊曰：'汉皆已得楚乎？是何楚人之多也！'项王则夜起，饮帐中。"

⑨吁嗟：xū jiē 表示哀叹、叹息。

⑩婴天忌：触犯上天的忌讳。

⑪八千子弟：《史记·项羽本纪》："籍与江东子弟八千人渡江而西，今无一人还

……"

⑫乌江：在今安徽和县东北四十里，今称乌江浦。《史记·项羽本纪》："于是项王乃欲东渡乌江。乌江亭长檥船待……"，所指乌江即此。

杨世桢　一首

杨世桢：生卒年不详。字维周，铜山县（今徐州铜山区）人。岁贡生。著有《拙菴诗稿》。

九日登云龙山

徐州四围大如环，中有罗列之群山。云龙蛇蜒①尤秀出，青光一抹城郭间。西望芒砀②百余里，楚汉分争自此起。此地本为古战场，慓悍③余风今未已。我来登眺渺无垠④，九月九日霜天新。景仰前贤访古址，高旷无如张山人⑤。山人结庐⑥山之巅，净绝尘嚣远市廛⑦。啸傲烟霞谁与匹⑧，风流跌宕惟坡仙⑨。仙才应许为仙吏，逸兴⑩常由诗酒寄。醉来曾上黄茅冈，昂首高歌等游戏。至今相去数百载，几处桑田变沧海。岿然⑪放鹤亭犹在，胜地相传名未改。秋来佳色满园林，黄叶萧萧上衣襟。选胜探幽攀古磴⑫，为逢令节⑬同追寻。未几斜阳沉绝壑，游人归去群鸟乐。把酒倾谈空古人，浮以大白⑭且共酌。

注释

①蛇蜒：蜿蜒曲折。
②芒砀：芒山与砀山，在今安徽砀山县东南，与河南永城县接界。二山相距八里。当年刘邦送徒骊山途中放走夫役，自己逃匿，藏于芒砀山泽岩石之间。陈胜起义后，刘邦回沛县起兵。
③慓悍：敏捷而勇猛。
④无垠：广阔没有边际
⑤高旷：高尚旷达。张山人：宋代隐士张天骥。
⑥结庐：构建房舍。
⑦尘嚣：尘世间的纷扰。市廛：商店聚集区。
⑧啸傲：放歌长啸，傲然自得；指行为旷达而不受拘束。烟霞：烟雾云霞，指山水胜景。匹：相比。
⑨风流跌宕：潇洒放纵，不受拘束。坡仙：指苏轼。
⑩逸兴：超绝的情致。
⑪岿然：屹立貌。

⑫选胜探幽：寻找幽静的风景胜地。
⑬令节：佳节。此处指九月九日重阳节。
⑭浮以大白：大白，大酒杯。刘向《说苑·善说》："魏文侯与大夫饮，使公乘不仁为觞政，曰：'饮不釂者，浮以大白。'"浮，罚人饮酒。

杨振举　一首

杨振举：生卒年不详。字子轩，铜山县（今徐州铜山区）人。诸生。精字学、韵学。有《古音辨》。

勺圃招饮放鹤亭①

绕郭群峰疑涌出，留将西面送斜阳。相从奇士②看山色（同座王少沂、祁汉云、张翊庭、赵逸斋、王惺三），远挹黄流似练光③。阅世④慨予成老丑，论书喜子得飞扬（至书院看打碑者，勺圃谓坡公黄茆冈诗为赝迹）。松阴晚景尤堪恋，倚仗悠然憩⑤道旁。

注释

①勺圃：即张伯英（1871－1949）原名张启让，字勺圃，号云龙山人，晚号东涯老人，室名远山楼，小来禽馆。铜山县（今徐州铜山区）人。清光绪丁酉（1897）拔贡生，壬寅应天乡试举人。曾任段祺瑞北洋政府临时执政府副秘书长，北洋政府秘书长。富收藏，工书法，主编《徐州续诗征》。
②奇士：才能出众的人。
③远挹黄流：从远处流来的黄河水。练光：白的光亮；练，为白绢。
④阅世：经历世事。
⑤憩（qì）：休息。

胡伯寅　四首

胡伯寅：生卒年不详。字静轩。铜山县（今徐州铜山区）人。诸生。精医术。有《陶盦诗钞》。

登云龙山

石磴盘空接翠微①，插天楼阁映晴晖②。乱山高下随云出，野水苍茫带鸟飞。古寺晚钟僧上梵③，荒亭斜景客添衣。坡仙④旧迹余芳草，欲向青天唤鹤归。

注释

①石磴：石头台阶。翠微：轻淡葱翠的山色。
②晴晖：晴天的阳光。
③梵：佛寺。
④坡仙：苏轼。

登狮子山①

太白②经天寒日微，荒城吹角旅人稀。一朝得失何荣辱，千古兴亡有是非。山色不随人事改，江声常送钓船归。长烟一道南徐路，独立苍茫泪满衣。

注释

①狮子山：在徐州市东郊，为楚王陵。1990年代，在山下挖掘出西汉刘戊的墓葬。
②太白：即金星。传说太白星主杀伐，诗文中常用来比喻战争。

夜过楚王山①

薄雾濛濛远水滨，白沙冷月望无垠②。空山一路荆榛③满，时有山精④夜笑人。

注释

①楚王山：原名赭土山、同孝山，位于今徐州城西，因汉楚元王刘交葬此而得名。详见前注释（67页）。
②无垠：广阔没有边际。
③荆榛：指灌木丛生，一片荒芜景象。
④山精：传说中的山中怪兽。《淮南子·氾论训》："山出枭阳"。高诱注："枭阳，山精也。人形，长大，面黑色，身有毛，足反踵，见人而笑。"

过故行宫①

台殿倾颓②草树荒，南来山色晚凄凉。眼前兴废谁能管，荆棘铜驼③满夕阳。

注释

①故行宫：即清乾隆帝的行宫，位于云龙山脚下。乾隆二十二年（1757）建，乾隆皇帝下江南，曾驻跸此处。
②倾颓：倒塌。
③铜驼：铜制骆驼，古时置于官门外。

韩维张 二首

韩维张：字仲谟。生平不详。铜山县（今徐州铜山区）人。有《肯构轩诗》。

九日登奎山①

一峰高入白云乡②，与客登临对夕阳。片片轻鸥没远水，班班③细菊傲繁霜。倾壶且饮茱萸酒④，探箧犹存辟谷方⑤。是处幼安⑥堪避地，蒯生何必更佯狂⑦。

注释

①奎山：位于徐州城东南，上有奎山塔，为明代万崇德所建。
②白云乡：传说为仙人所居之地。此指天空的极高处。
③班班：形容繁茂众多。
④茱萸酒：用茱萸制的酒。民俗于农历九月制茱萸酒，饮之，可以御寒、健身。
⑤探箧（qiè）：从箱子里取东西；箧：小箱子。辟谷：一种养生方法，即不食五谷，认为可以长生，古称行导引之术。
⑥幼安：即辛弃疾（1140－1207），字幼安，号稼轩，南宋著名词人。一生力主抗金。但他的抗金主张却受到主和派的打击，曾长期落职闲居乡野。
⑦蒯生：即蒯通，汉范阳人，以善辩著名。曾劝韩信叛汉，韩信不用，乃佯狂遁去，混于巫觋中。佯狂：装疯。

送晖亭①

龙山②寻胜迹，小步送晖亭。暮色收林表③，苔痕印屐④青。

注释

①送晖亭：民国《铜山县志》："试衣亭……之南又有送晖亭，俱在大士岩前，皆道光二十三年僧文和募修。其刻石云：大士岩殿创始于前州守姜公焯，殿之前有亭翼然，取坡公诗名之曰试衣亭，即以送晖亭俪焉。"
②龙山：云龙山。
③林表：林端。
④屐（jī）：用木头做底的鞋。泛指鞋。

张大平 一首

张大平：生卒年不详。字拱宸，亦字寿云，号绥舆山人、银岭西樵夫。萧县

(今属安徽省)人。有《岭云樵唱》。

桓山别业①

光裕②楼窗四面开,麦秋③天气好徘徊。抛书正欲寻幽梦④,打麦声从树里来。

注释

①桓山别业:桓山,在徐州城东北约二十里,旧称圣女山,俗称洞山。山上有桓魋石椁。苏轼写下《游桓山记》等诗文。别业:别墅。
②光裕:开阔,宽敞。
③麦秋:初夏。初夏正是麦子成熟的季节,而秋天是谷物成熟的季节,因此古人引申称初夏为"麦秋"。
④幽梦:幽深的梦境。

李大霖　三首

李大霖:生卒年不详。字沛充,号停云。萧县(今属安徽省)人。山东候选州吏目。著有《停云馆诗》。

题黄楼

静厂檐牙远接空①,女墙环拥势穹窿②。苍苍九里山横北,滚滚千层浪捲东。此日低徊③添壮气,当年保障立全功④。须眉朗列瞻遗像⑤,伯仲⑥联吟一世雄。

注释

①静厂:幽静开阔的空间。檐牙:檐际翘出如牙的部分。
②女墙:城墙上面呈凹凸形的小墙。穹窿(qióng lóng):指中间高四周低。
③低回:迂回曲折。
④指当年苏轼组织全城吏民抗洪事。
⑤须眉:胡须和眉毛。朗列:此指遗像的须眉清晰而整齐。
⑥伯仲:兄弟,指苏轼、苏辙兄弟,黄楼有二人塑像。

彭城舟行

彭城东下水如环,风满蒲帆①月满湾。过眼浪花三十里,舟人指点凤凰山②。

注释

①蒲帆：蒲草织成的船帆。

②凤凰山：清顺治十一年《徐州志》："凤凰山有二：一石山（城东北四十里）稍东，有石刻二凤形，故名。二，城东南五十余里，山有双翼如凤，故名。"同治《徐州府志》卷十一山川考：城北有凤凰山，"山上有石刻二凤形，山南有泉流入辛贾山鹅儿湖。"又："塔山旁为凤冠山，一名凤凰山，双峰如凤翅相连，中有栖云洞。"又："子房山东一山，俗名凤凰山，志无此名，或即定国山。"

彭城怀古

碧草寒烟锁旧宫，兴亡历尽霸图空。惟怜头上千秋月，仍照黄河日夜东。

张吉梁　四首

张吉梁：生卒年不详。字西园，萧县（今属安徽省）人。廪生。曾官河南鄢陵县知县。有《西园诗钞》。

徐州道上

扬花滚滚欲盈夜①，帽影鞭丝②天四围。麦浪连云山涌出，人家卓午③鹭闻飞。道傍野邸④知多少，物外田园生事微⑤。几个健儿归去也，貂珰朔马自轻肥⑥。

注释

①扬花：飞扬的花。盈夜：整夜。

②帽影鞭丝：帽子和马鞭，借指出游。陆游《齐天乐·左绵道中》词："塞月征尘，鞭丝帽影，常把流年虚占。"

③卓午：正午。

④野邸：乡村旅店。

⑤物外：世外。此句指超脱于尘世之外的田园生活是非祸害就很少。

⑥貂珰：为古代中常侍的冠上的两种饰物；貂，貂尾；珰，用金、银制成。后来貂珰成为宦官的别称。朔马：北方之马。轻肥：轻裘肥马。此句指朝廷官员的豪华生活。《论语·雍也》："乘肥马，衣轻裘。"杜甫《秋兴》诗之三："同学少年多不贱，五陵衣马自轻肥。"

早发徐州用宴洲太史①送行原韵

伯业②雄图剩几何,黄流去后转风波。城经屡困墙垣壮,路出通衢车马多。民命何年才衽席③,乡原无日不干术④。壮怀不比轮蹄⑤铁,也逐关山任渐磨。

注释

①太史:翰林。
②伯业:霸业。伯(bà),同"霸"。
③民命:民众的生命。衽席:朝廷宴集的席位。民命衽席,指民命受到朝廷的重视。
④乡原:指言行不一的伪善者。《论语·阳货》:"乡原,德之贼也。"干术:干世之术,即以不正当的手段追求功名。
⑤轮蹄:车轮马蹄。指来往车马。

云龙书院①

烟淡云轻日色昏,当年风景幸犹存。山腰曲迳寻来熟,一路松涛响到门。十里旧地喜重来,望里云山当户开。满院松杉浓欲滴,几时堪作庙廊材②。乱峰西接大荒流③,放鹤亭前春复秋。眼界漫惊如许阔,只因身上一层楼。胜事原为玉局游④,苍苔白石至今留。仙禽⑤原是吾家物,飞向西山⑥尚在不。

注释

①云龙书院:同治《徐州府志》卷十五:"云龙书院在府城南云龙山,康熙六十年淮徐同知孙国瑜于其地置义学,雍正十三年知府李根云改建书院,乾隆五十三年淮徐道康基田增建。"
②庙廊材:建筑太庙、两廊的材料。喻指能担当国家重任的人才。
③大荒流:大荒,辽阔无际的原野。流,指河水。
④胜事:美好的事物。玉局:指苏轼。苏轼曾任玉局观提举,后人遂以"玉局"称苏轼。
⑤仙禽:指鹤。
⑥飞向西山:苏轼《放鹤亭记》:"山人有二鹤,甚驯而善飞,旦则望西山之缺而放焉。"

彭城客邸①作

饮到模糊剑欲鸣,头颅如此尚书生。销沉烟火河巨绩(河决二年堵合无效)涂炭生灵将帅功（粤逆猖獗）②。岂有鸿文③倾耳目，已将鸡肋④视功名（乡试又落榜）。更阑⑤烛尽人无寐，风雨连天又满城。

注释

①客邸：旅店。
②涂炭生灵：形容人民处于极端困苦的境地。涂，泥沼；炭，炭火；生灵，百姓。指人民如同陷在泥塘和火坑里。这里"粤逆"应指洪秀全领导的太平天国革命。
③鸿文：大作，巨著。
④鸡肋：喻指乏味又不忍舍弃的东西。此指应试之作。
⑤更阑：更深夜残。

陈　敏　一首

陈　敏：生卒年不详。字逊斋，萧县（今属安徽省）人。监生。

早登彭城楼门

平明①独上最高楼，雾色弥漫渐渐收。残月一钩鸡唱晓，疏星几点雁横秋。项刘事业空残垒②，吴楚东南控上游③。俯视万家民物庶④，炊烟缕缕出城头。

注释

①平明：天刚亮的时候。
②项刘：项羽、刘邦。残垒：指战争留下的残破营垒。
③吴楚：泛指长江中下游包括江浙沿海地区在内的南方。当时南北交通主要靠水运，徐州地处南北要冲，对京都控制南方极为重要。
④民物庶：人民财物富庶。

谢浚渊　一首

谢浚渊：生平不详。字毓秀，江苏丰县人。有《耕余草堂诗存》。

暮春彭城题壁

几树垂杨绊落花，游人春尽尚天涯。云山浪迹愁中酒，风雨客窗梦里家。世路嵚崎蜀道险①，浮生②哀乐夕阳斜。营营逐逐③成何事，只恐青山笑鬓华④。

注释

①世路：人世间的道路，指人一生处世行事的历程。亦指仕途。嵚崎（qīnqí）：险峻貌。蜀道：即蜀地（今四川一带）的道路。蜀地被群山环绕，古时交通不便，道路难以行走。因此蜀道常成为难以行走的代名词，李白《蜀道难》诗："蜀道之难难于上青天"。
②浮生：指人生。老子、庄子以人生在世，虚浮无定，后沿称人生为浮生。
③营营逐逐：为名利竞相追逐。
④鬓华：花白的鬓发。

刘鹤仙　一首

刘鹤仙：生卒年不详。字化羽，江苏丰县人。诸生。

燕子楼①

细雨鸳鸯社②，春风燕子楼。名芳③留百代，节苦④足千秋。艳骨为黄土，飞檐映碧流。当年甘就义⑤，岂赖白江州⑥。

注释

①燕子楼：见前注（29页）。
②鸳鸯社：指男女欢会之所。
③名芳：美好的名声。
④节苦：指关盼盼坚守节操之苦。
⑤就义：指盼盼守节不嫁。
⑥白江州：指白居易，曾官江州司马，其所作《感故张仆射诸妓》诗："歌舞教成心力尽，一朝身去不相随。"关盼盼读此诗后，作《和白公诗》，后"旬日不食而卒。"见前关盼盼和白居易诗。

孙又东　一首

孙又东：生卒年不详。字媚生。江苏丰县人。廪生。著有《痴石诗草》。

登戏马台歌

千古几兴亡，乾坤终不老。拔山盖世安在哉！台上浮云台下草。

杜宜修　一首

　　杜宜修：生平不详。字慎永，一字梅岭。砀山（今属安徽省）人。

登徐州城楼

　　高楼直上白云堆，远水遥山霁色开①。水曲犹龙穿树出，山明如画压城来。斩蛇天子留榆社②，戏马英雄剩石台③。无限凄凉怀古意，共谁歌哭一衔杯④。

注释

①霁色开：雨过天晴。
②斩蛇天子：指汉高祖刘邦。见前注释（143页）。榆社：即枌榆社，在丰县城西南，为刘邦起义祈祷处。
③戏马英雄：指项羽。项羽灭秦，自立为西楚霸王，定都彭城，于城南的南山上，构筑高台，以观戏马。
④衔杯：饮酒。

张鸿鼎　一首

　　张鸿鼎：生卒年不详。字象九。江苏邳县人。光绪二十三年（1897）拔贡。有《问心斋诗存》。

彭城老父①

　　薰②以香自烧，膏③以明自销。何当④学老父，世外任逍遥。隐居人不识，来去独飘飘⑤。神龙游大海，野鹤上青霄。彭城多名贤，此翁犹清超⑥。孔老虽异趣⑦，志节同昭昭⑧。苦口劝世人，洁身病吾曹⑨。哀哉龚先生，不忍事伪朝⑩。扶杖临丧庐⑪，拭泪返山坳⑫。乱世无姓名，保身计至高。死者长已矣，生者勿自招⑬。千古伤心人，同声一噭咷⑭。

注释

①彭城老父：皇甫谧《高士传》："彭城老父者，楚之隐人也，见汉室衰，乃自隐修道，不治名利，至年九十余。王莽时，徵故光禄大夫龚胜，欲为太子师友。祭酒耻事二姓，莽迫之，胜遂不食而死。莽使者及郡守以下会敛者数百人，老父痛胜以名致祸，乃

独入哭胜,甚悲。既而曰:'嗟乎!薰以香自烧,膏以明自销。龚先生竟夭天年,非吾徒也。'哭毕而趋出,众莫知其谁也。"《汉书·龚胜传》:龚胜死,"门人衰绖治丧者百数。有老父来吊,哭甚哀,既而曰:'嗟虖!薰以香自烧,膏以明自销。龚生竟夭天年,非吾徒也。'遂趋而出,莫知其谁。胜居彭城廉里,后世刻石表其里门。"

②薰(xūn):香草名。

③膏:油脂。

④何当:应当。

⑤飘飘:轻举貌。这里指来去迅捷,不知所归。

⑥清超:高洁超俗。

⑦孔老:孔子和老子。异趣:志趣不同。

⑧志节:志向节操。昭昭:明亮、明白。

⑨病:忧虑、担心。吾曹:我辈、我们。

⑩伪朝:指王莽篡汉建立的新朝。

⑪丧庐:举办丧事的房子。

⑫山坳:泛指山间。此指隐居之处。

⑬自招:指自招祸害。

⑭嚎咷:háotáo 放声大哭。

朱元品 一首

朱元品:生卒年不详。字桂皋。江苏邳县人。著有《席帽山房诗草》。

云龙山寻阿弥陀佛字迹不见

云龙山之麓,传有阿弥陀佛四大字。双钩铁篆入石腹①,人言书自拓拔魏。忆昔司马弃中原②,六夷③纷纷争割地。山右尽凭鲜卑吞④,江左又法尧舜事⑤。元嘉天子窥河洛⑥,太平真君渡沂泗⑦。誓将饮马向长江⑧,戏马台前毡屋置⑨。彭城俯瞰拔不得⑩,间从貔貅偶游戏。摩崖聊借如来言⑪,挥鞭一舒英雄气⑫。千乘万骑看书成,响震山谷呼万岁。既仆祖龙峄山碑⑬,又减沙门长安寺⑭。如何一旦来徐方,复向翠屏⑮呈雄快。岂缘南朝重佛法,思与鬼兵相映带⑯。不然求蔗饷骆⑰时,奚自后先相反背⑱。迄今茫茫二千年,霸图磨灭银钩⑲在。金石谱录漫不收⑳,父老传述疑附会。奇迹名胜昔饫闻㉑,搜岩剔穴靡不至。至竟终悭㉒一晤缘,几如浊水将珠坠。途无人导空踟蹰,事凭臆说杂正伪。玉玺㉓久非先秦皇,石鼓翻出北周帝㉔。此皆赫赫帝玉器,何况琐琐佛狸㉕辈。郢书燕说㉖转情深,斤斤较量令物怪。临崖孰喻访古情,石不能言空叹噫㉗。

注释

①双钩二句：指魏武帝在云龙山刻凿"阿弥陀佛"四个大字事。双钩：古代一种兵器。铁箠：铁鞭。箠，同"棰"，指鞭子。拓跋魏：魏武帝拓跋焘，属鲜卑族拓跋部。参见宋贺铸《和张谋父游石佛山观魏太武书》诗。

②司马：指西晋。司马炎代魏称帝，国号晋，共四帝，为匈奴族所建立的汉国所灭。北方从此进入十六国的时期。

③六夷：泛指北方少数族群。

④山右：旧称山西省为山右，因在太行山之右。鲜卑：古族名，晋初，鲜卑拓跋部建国号魏。

⑤江左：指长江下游以东地区，今江苏省一带。又法尧舜事：指司马睿称帝事。永嘉之乱，西晋政权已被鲜卑建立的汉政权所灭。317年3月琅邪王司马睿在群僚、州征牧守的劝进下称晋王。6月，刘昆等一百八十人连名上表，劝晋王司马睿称帝，司马睿未允。316年11月愍帝出降，317年11月愍帝被害，318年3月，愍帝死讯传至建业（今南京），晋王司马睿才称帝。

⑥元嘉：为南朝宋文帝刘义隆的年号（424—453）。河洛：指黄河、洛水两流域地区。当时河洛地区为北魏所控，宋文帝曾派兵进攻北魏，皆失败，失去虎牢、滑台等河南地。

⑦太平真君：北魏太武帝拓跋焘的年号（440—454）。拓跋焘于公元450年，大举攻宋，攻彭城不下，南进瓜州，扬言渡江。沂泗：沂水和泗水，皆在今山东、苏北地区，当时为北魏所占。

⑧拓跋焘久围彭城不下，其尚书李孝伯对安北长史张畅曰："南事若办，彭城不待攻围；若不捷，彭城亦非所须也。我今当饮江湖以疗渴耳"。畅曰："去留之事，自适彼怀。若虏马遂得饮江，便为无复天道。"先是童谣云："虏马饮江水，佛狸死卯年。"故畅云然。（见《宋书·张畅传》）

⑨公元450年，拓跋焘率兵至彭城，于戏马台立毡屋。

⑩彭城二句：俯瞰，从高处往下看；拓跋焘占据城南亚父冢、戏马台高地，居高临下。貔貅（píxiū），古书上说的一种凶猛的野兽，用来比喻骁勇的部队。拓跋焘围困彭城期间，曾向城内借箜篌、琵琶、筝、笛及棋子等以让军队娱乐。

⑪摩崖：指拓跋焘于云龙山雕凿大佛。如来：如来佛。

⑫指拓跋焘用铁鞭于岩石上刻出"阿弥陀佛"四个大字。

⑬仆（pū）：倒下，推倒。祖龙：指秦始皇。峄山碑：峄山在今山东邹县东南，秦始皇二十八年曾登此山刻石记功。公元450年，北魏太武帝拓跋焘亲率大军南下，登临峄山，令人将始皇刻石推倒。

⑭减：消灭，除掉。沙门：僧徒。公元446年，魏太武帝拓跋焘至西安，下令禁佛教，毁经像塔寺，坑杀僧人。

⑮翠屏：山色苍翠如屏。此指苍翠的云龙山。

⑯映带：这里指与"鬼兵"信仰一致。
⑰求蔗饷骆：公元450年壬子，魏军围彭城，魏主派人向城内要酒和甘蔗，武陵王骏给之，并向魏军要骆驼；第二天魏主派尚书李孝伯送来貂裘、骆驼和骡。
⑱反背：相反。
⑲银钩：形容书法笔姿的强劲有力。这里指"阿弥陀佛"四个字。
⑳金：指钟鼎之类。石：指碑碣之类。谱录：泛指图书。漫：全。
㉑饫闻：饱闻，所闻足够多。饫，音yù。
㉒悭（qiān）：缺少。悭一晤缘，即缘悭一面，无缘相见。
㉓玉玺：皇帝的玉印。秦王嬴政破赵得和氏璧，统一天下称始皇帝后，命李斯篆书"受命于天，既寿永昌"八字，让玉工将和氏璧雕琢为玺，即为传国玺。
㉔石鼓：为唐初出土的十块鼓形石，每块石上均刻有四言诗一首。石鼓年代，说法不一，一般认为石鼓是周宣王时所制。宋人姚宽认为石鼓为北周物。金人马定国认为石鼓是宇文周时所造。
㉕琐琐佛狸：琐琐，平庸。佛狸，拓跋焘的小名。
㉖郢书燕说：比喻以讹传讹。故事源于《韩非子·外储说左上》："郢人有遗燕相国书者，夜书，火不明，因谓持烛者曰'举烛'云，而过书'举烛'。'举烛'，非书意也。燕相授书而说之，曰：'举烛者，尚明也；尚明也者，举贤而任之'。燕相白王，大说（悦），国以治。治则治矣，非书意也。今世举学者，多似此类。"
㉗叹嚱：叹息，表示失望。

曹献铎　一首

曹献铎：生卒年不详。字子布。江苏邳县人。国学生。有《思中轩集》。

霸王楼①吊古

危楼插天历古今，项王曾此贮②歌舞。而今楼上居无人，楼下时时走貉鼠。忆昔项王入秦宫，一炬阿房三月红③。地下六王④拍手笑，快人快事何其雄。七十二战⑤无不利，中原已见澄清势。灞上无心杀汉王⑥，眼底何曾有刘季⑦。富贵还乡足自豪，台筑戏马楼藏娇。壁上早惊君王吼⑧，夜半谁听神母⑨号。八千子弟忽思乡，楚歌四面逼红妆⑩。慷慨不服战之罪⑪，昂头直欲吞苍苍⑫。部下健儿尽宵遁，玉帐歌声起复顿。美人宛转死君前，英雄儿女千秋恨。乌江之水逝悠悠，碧血合流天尽头。休将成败论楚汉，试从虞吕辨薰莸⑬。汉家宫阙埋蒿蓬，斯楼巍然峙云龙。胜迹保存二千载，想见万古钦⑭英雄。我欲秉笔作史补，嬴秦亡后直帝楚⑮。班固身为汉史官⑯，任他一尊定汉祖⑰。

注释

①霸王楼：在西楚故宫（今彭城路北大院）内，原为霸王厅，明代在此建起了三层高的霸王楼，楼上祀霸王、虞姬。民国《铜山县志》："近府治后有霸王楼，不知苏轼拆后何年何人重建，楼前有道光间重修碑，今半圮。"

②贮：此指观看表演。

③《史记·项羽本纪》："项羽引兵西屠咸阳，杀秦降王子婴；烧秦宫室，火三月不灭；收其货宝妇女而东。"

④六王：指战国齐、楚、燕、韩、魏、赵六国。唐杜牧《阿房宫赋》："六王毕，四海一。"六国皆被秦所灭。

⑤七十二战：《史记·项羽本纪》：项王曰："吾起兵至今八岁矣，身七十余战，所当者破，所击者服，未尝败北，遂霸有天下。然今卒困于此，此天之亡我，非战之罪也。"

⑥灞上：地名，在今陕西长安县东。灞同"霸"。当时项羽兵四十万，在新丰鸿门；刘邦兵十万，在霸上。谋士范增劝项羽乘机击败刘邦。项羽未从。

⑦刘季：刘邦，字季。

⑧句指项羽救赵楚军对秦作战的英勇、激烈情景。《史记·项羽本纪》："及楚击秦，诸将皆从壁上观。楚战士无不以一当十，楚兵呼声动天，诸侯军无不人人惴恐。"君王，对项羽的尊称。壁上观，凭营垒遥望。

⑨神母：刘邦送徒郦山，途中逃匿，经大泽中，有大蛇当道，刘邦拔剑斩之；一老妇夜哭，曰："人杀吾子，故哭之。"。神母即指此老妇。（见《史记·高祖本纪》）班彪《王命论》："（高祖）始起沛泽，则神母夜号，以彰赤帝之符。"

⑩红妆：此指项羽的美人虞姬。

⑪见注释⑤

⑫苍苍：指苍天。

⑬虞吕：虞姬和吕后。薰（xūn）：香草，比喻善类。莸（yóu）：臭草，比喻恶物。

⑭钦：敬重。

⑮嬴秦：秦为嬴氏，故称嬴秦。帝楚：指写历史在秦后应当是楚帝国而不是汉。

⑯班固：（32—92）东汉史学家，曾任兰台令史、典校秘书，奉召完成其父所著书历二十余年，修成《汉书》。

⑰一尊定汉祖：意指独独尊立刘邦为正统皇帝，而不是项羽。

陈颋（dí） 一首

陈颋：生卒年不详。字庭圃，又字少元。江苏宿迁人。卒年二十二。有《鹏拙轩诗稿》。

由云龙山至兴化寺①

晨起理轻策②,探奇陟绝巘③。危磴隐修篁④,层崖满苍藓。眺望林木青,攀跻藤葛软。绮禽⑤扇远霄,狡兽窜长坂⑥。乱石通纡迳⑦,峻岭抗孤馆⑧。松阴荫阶除⑨,草色被皋畹⑩。小憩⑪自愉悦,孤游频忘返。延颈睇遥岑⑫,苍翠时在眼。

注释

①兴化寺:民国《铜山县志》:"道光旧志:在云龙山阳,明洪武三十五年建(同治府志作建文五年)。有石琢佛像,俗名石佛寺,又呼大佛寺。石佛旧只有首,康熙三十四年臬司刘孟倬之父同知州王昷承捐金益以两肱半身。李澄中为之记。案:石佛高几三丈,就岩石为之,覆以大殿,极宏壮。后壁高尺许,里语云:三砖殿覆三丈佛,以此。"
②轻策:轻便的手杖。
③陟(zhì)登。绝巘(yǎn)最高的山峰。巘:山峰。
④修篁(huáng):修长的竹子。
⑤绮禽:美丽的鸟。
⑥长坂:长的山腰小道。
⑦纡迳:曲折的山间小路。
⑧抗孤馆:指孤馆背靠山岭。
⑨阶除:台阶。
⑩皋畹:水边的园圃。
⑪小憩(qì):稍微休息。
⑫延颈:伸长脖子。睇(dì):看,望。岑(cén):小而高的山,此处泛指山峰

罗恩运 一首

罗恩运:生卒年不详。字惠盦,江苏宿迁人。曾任六合崇训教谕。有《藤花簃诗集》。

戏马台

登临怀古忆重瞳①,戏马台荒霸业空。帷幄有心争逐鹿②,中原失计界分鸿③。神威壁上观秦阵④,大度筵上释沛公⑤。回首乌骓⑥深感慨,天亡岂尽在英雄。

注释

①重瞳：双眸子。此指项羽，传说项羽为双眸子。

②帷幄：军中的帐幕。逐鹿：指国家分裂后，竞争天下。鹿，喻指统治权。《史记·淮阴侯列传》："（蒯通）对曰：秦之纲绝而维驰，山东大扰，异姓并起，英俊乌集。秦失其鹿，天下共逐之，于是高材疾足者先得焉。"

③中原：泛指黄河中下游地区。分鸿：指项羽、刘邦约定以鸿沟为界中分天下。鸿沟：古渠名，故道大部循今河南贾鲁河东，由荥阳北引黄河水曲折东至淮阳入颖水。东汉后渐淤塞。《史记·项羽本纪》："项羽与汉约，中分天下，割鸿沟以西者为汉，鸿沟而东者为楚。"

④此句指楚军与秦军作战极为勇敢。《史记·项羽本纪》："当是时，楚兵冠诸侯。诸侯军救钜鹿下者十余壁，莫敢纵兵，及楚击秦，诸将皆从壁上观。楚战士无不以一当十，楚兵呼声动天，诸侯军无不惴恐。"壁上观：凭借营垒遥望。

⑤指鸿门宴上项羽没有杀掉刘邦，让他逃脱。筵：宴席。

⑥乌锥：黑色骏马。此指项羽的骏马名骓。

朱秉璋　二首

朱秉璋：字奉峨。宿迁人。生平不详。有《紫荆花馆诗稿》。

吕梁洪①

吕梁一水夹山阿②，浩瀚东流感逝波③。吞吐神虬④惊骇浪，奔腾怒马下高坡。轻舟瞥去疾如箭，双桨齐飞快似梭。透石穿山驱岛屿，来源疑似接银河。

注释

①吕梁洪：古泗水流经的一处险滩，在徐州东南六十余里处。详见前注释（144页）。

②山阿：山丘。

③浩瀚：水盛大辽阔。感：感慨。逝波：一去不返的流水，比喻流逝的光阴。孔子曾到此，感叹："逝者如斯夫！不舍昼夜。"（《论语·子罕》）

④虬：传说中的无角龙。

彭城即事

城南十里杏花村①，策马②前途路欲昏。峭拔楚山③当一面，湾环汴水④遶重门。溪流清浅鱼虾贱，岸石崚嶒⑤虎豹蹲。浑是丹青开画帧⑥，持筇⑦踏破古苔痕。

注释

①杏花村：位于城南云龙山西。
②策马：用鞭子赶马。
③峭拔楚山：峭拔，高而陡；楚山，此指云龙山。
④汴水：古水名，流经今河南境，到徐州入泗水。
⑤崚嶒：língcéng 高耸突兀貌。
⑥浑是：简直是。丹青：绘画。画帧（zhēn 旧读 zhèng）：画幅。
⑦筇（qióng）：手杖。

陈文赉（lài） 八首

陈文赉：生卒年不详。字介臣环子。江苏宿迁人。诸生。

彭祖观井图①

至哉古商贤②，千载不可遇。披图得奇观，须眉在尺素③。下临汩汩泉，旁倚苍苍④树。兢兢临履心⑤，冰渊现跬步⑥。老至胡敢康⑦，年寿八百度。古人不朽身，岂不以此故。

注释

①彭祖：传说彭祖为颛顼帝玄孙陆终氏的第三子，姓篯名铿，尧封其于彭城。因其道可祖，故称彭祖。篯铿在商为守藏史，在周为柱下史。年八百岁。宋陈靖《彭祖观井图铭序》曰："惟彭氏面井而覆之以轮，背树而缆之以绳，凭杖敛躬踽踽而迎视，兢然若将坠也。呜呼！古人临事而惧之有若是，检身远害之有若是，后之君子得毋效欤！"详见前注释（283页）。
②商贤：彭祖为商代的贤人。
③须眉：胡须、眉毛。这里指彭祖画像非常清晰。尺素：小幅的绢帛，这里指画幅。
④苍苍：茂盛貌。
⑤兢兢：小心谨慎。临履心：其心情如临深渊、如履薄冰。
⑥冰渊：结冰之深渊。跬（kuǐ）步：半步，相当于今天的一步。
⑦胡敢康：怎么敢贪图安逸呢！此句意指彭祖一生不敢贪图安逸而放松自己，才能活了八百岁。《诗·周颂·昊天有成命》："昊天有成命，二后受之。成王不敢康，夙夜基命宥密。"

亚父冢①

高阜②依云龙，丛薄③渺无际。下有秦衣冠，千秋墓门闭。竖子不足谋，鸿门非奇计④。杀人杯酒间，用谲⑤徒自毙。坐视入关迟⑥，吊伐让赤帝⑦。抔土拾碎金⑧，历落秋山霁⑨。

注释

①亚父冢：即范增墓。在徐州城南。详见前注释（207页）。

②高阜：高的土山。

③丛薄：丛生的草木。

④竖子二句：鸿门宴上刘邦乘机逃脱，范增怒击张良所献玉斗，曰："竖子不足与谋！夺项王天下者，必沛公也，吾属今为之虏矣！"奇计："巨鄹人范增，年七十，素居家，好奇计。"（见《史记·项羽本纪》）

⑤谲（jué）：欺诈，多权变。

⑥此句指怀王与诸将约：先入定关中者王之。考虑到项羽僄悍，刘邦为宽大长者，故令刘邦西略地，项羽北救赵。刘邦因此得以先项羽入关破秦。范增对此没能为项羽谋划周全。故称"坐视入关迟"。

⑦吊伐：慰问受害的百姓，讨伐有罪的人。《宋书·索虏传》："兴云散雨，慰大旱之思；吊民伐罪，积后己之情。"刘邦攻占咸阳后，召见各县豪杰曰："父老苦秦苛法久矣，诽谤者族，耦语者弃市。吾与诸侯约，先入关者王之，吾当王关中。与父老约法三章耳：杀人者死，伤人及盗抵罪。余悉除去秦法。吏民皆按堵如故。凡吾所以来，为父兄除害，非有所侵暴，毋恐！且吾所以军霸上，待诸侯至而定要束耳。"赤帝：指刘邦。见前注释（143页）。

⑧抔土：一捧之土，借指坟墓。抔，音póu。明屠隆《昙花记·郊游点化》："恨无情抔土，断送几英豪，今古价，有谁逃。"碎金，比喻黄菊花瓣。苏轼《次韵子由所居六咏》之一："堂后种秋菊，碎金收辟寒"。此句指从范增墓上拾起散落的菊花瓣。

⑨历落：指山峦高高低低，参差不齐。霁（jì）：天气转晴。

九日戏马台醼集用谢灵运原韵①

秋老山气清，晓霜重如雪。旅雁凌云飞，皓皓天宇洁②。高台多悲风，黄花助佳节。开轩③面遥翠，四座集群哲。临水觞④自流，看山酒不缺。虽无丝与竹⑤，嘉会良可悦。寄奴命世豪⑥，旌旆此森列⑦。目已无燕秦⑧，欢醉乐三阕⑨。坐客两诗人⑩，芳臭⑪有殊辙。康乐本世臣⑫，迹与五柳⑬别。大节既沉沦⑭，齐名愧蹇劣⑮。

注释

①醼集：宴饮相聚。醼，同"宴"。谢灵运原韵：指谢灵运《九日从宋公戏马台集送孔令》诗。见前。

②皓皓：明亮、洁白。天宇：天空。

③轩：窗子。
④觞（shāng）：古代酒器。
⑤丝与竹：丝指弦乐器，竹指管乐器。泛指音乐。
⑥寄奴：南朝宋刘裕的小名。命世：《汉书·楚元王列传》。"圣人不出，其间必有命世者焉。"后用"命世"称著名于当世；多用以称誉有治国之才者。豪：具有杰出才能的人。
⑦旌旆（pèi）：泛指旗帜。森列：繁密排列。
⑧燕秦：指南燕和后秦，皆被刘裕消灭。
⑨阕（què）：歌曲或词的一首称一阕。
⑩两诗人：指谢朓、谢灵运。
⑪芳臭：指名声的好坏。
⑫康乐：即谢灵运，晋时袭封康乐公，故称谢康乐。世臣：历世有功勋的旧臣。
⑬五柳：即五柳先生陶渊明，其宅旁有五棵柳树，作《五柳先生传》以自况，故号五柳先生。
⑭大节：大的节操，封建时代对朝廷的忠诚称为大节。沉沦：埋没，对死亦婉称沉沦。谢灵运以谋反罪被杀，故称"大节沉沦"。
⑮謇劣：(jiǎnliè) 拙劣。此句指谢灵运不应与谢朓齐名，因为谢朓未参与叛乱而谢灵运却大节不保，参与谋反，愧对"世臣"之身。

秋日侍家大人游城南戏马台薄暮而归①

百岁多欢娱，不如趋庭②乐。撰杖③彭城来，看山兴偶作。佳气钟④城南，高台俯岩壑。乌骓⑤逝不还，四面山倚郭。招提⑥何巍峨，碑字失锋锷⑦。怪石作双柱，疑是鬼斧凿。小子癖烟霞⑧，兹游意恢廓⑨。缓步归去来，斜阳在墟落⑩。

注释
①侍家大人：侍，侍奉。家大人，称自己父亲。
②趋庭：指子承父教。源于《论语·季氏》："（孔子）尝独立，鲤趋而过庭。曰：学诗乎？"鲤，孔子的儿子伯鱼。
③撰杖：持着手杖。
④钟：汇聚。
⑤乌骓：指项羽所骑的骏马名骓。
⑥招提：寺院。
⑦锋锷：本义指物体的突出部分。这里指碑字笔画的深浅。失锋锷，指碑上的刻字模糊不清。
⑧小子：自称的谦辞。癖：癖好。烟霞：山水胜景。

⑨恢廓：宽宏、开阔。全句意指游览开阔了自己的胸襟。
⑩墟落：村落。

重修阳春亭题壁①

凉风吹我衣，迤逦②城南树。新荷媚清涟③，幽竹夹广路。倏然④起高亭，丹青⑤焕云雾。谁驱广厦材⑥，云复唐贤⑦故。阳春和者难⑧，快哉沿其误⑨。登台面苍翠，峰峦乃无数。难为秉烛游⑩，苍苍⑪日已暮。

注释

①阳春亭：清道光《铜山县志》："阳春亭在城东南隅，唐薛能建。久废。"民国《铜山县志》："阳春亭，光绪十五年徐州镇董凤高、徐州道段喆醵赀于快哉亭之东北偏重建。"参见注释⑨。
②迤逦：(yǐlǐ) 曲折连绵。
③清涟：碧清的微波。
④倏然：(shūrán) 忽然。
⑤丹青：指亭上的绘画。
⑥广厦材：能作为构建大厦的材料。喻指国家的栋梁之材。
⑦唐贤：指唐薛能。
⑧阳春：古乐曲名。战国宋玉《对楚王问》："客有歌于郢中者，其始曰下里巴人，国中属和者数千人；……其为阳春白雪，国中属而和者不过数十人。"
⑨快哉：快哉亭。同治《徐州府志》："快哉亭在城东南。旧志：宋熙宁末李邦直持节徐州，即唐薛能阳春亭故址构建，郡守苏轼名曰快哉亭，后名奎楼，俗名拐角楼。"同治十一年徐海道吴世熊重建。(民国《铜山县志·古迹考》)
⑩秉烛游：《古诗十九首》："昼短苦夜长，何不秉烛游！"
⑪苍苍：指天色变暗。

黉宫古槐歌①

古槐百尺色苍苍，何年移植来宫墙。阴森不知红日到，槎枒②疑有蛟龙藏。清夜沉沉雷雨至，风声树声齐动地。如见昆阳酣战③时，草妖木魅④空中避。有时旭日明朝烟，风枝露叶相新鲜。黄花糁径⑤纷如雪，卓午⑥浓阴笠正圆。霜皮⑦阅尽人间世，古老相传二百岁。纵无松柏后彫心⑧，东山一老神所卫⑨。两载从游乐事多，相随杖履日婆娑⑩。故园六树森森碧⑪，旧是承平雨露柯⑫。

注释

①黉宫：学校。徐州黉宫即今徐州黉宫巷第二中学所在，原院内有古槐一株，传说其祖为唐，古称唐槐。

②槎枒：(cháyá) 树木枝杈错杂貌。

③昆阳：地名，今属河南叶县。酣 (hān) 战：猛烈交战。昆阳酣战，指汉刘秀在此以三千兵大败王莽军十万余。

④草妖木魅：迷信认为草和老树能变成精怪。

⑤糁径：指槐树花散落在小路上。糁 (sǎn)：散落。

⑥卓午：正午。

⑦霜皮：经霜的树皮，指年代久远，树皮老化。

⑧此句指虽然槐树比松柏先凋谢。《论语·子罕》："岁寒，然后知松柏之后凋也。"

⑨指古槐独处幽处，受到神的护卫。东山：指隐居，这里指处在幽静的地方。一老：指古槐。

⑩杖履：对老者（此指作者的父亲）的敬称。杖，指手杖；履，指鞋。古礼五十老人得扶杖，又古人入室，鞋必脱于室外。为尊敬长辈，长者可以入室而后拖鞋。后遂用"杖履"为敬老之词。婆娑：消闲、游走。

⑪故园：故乡。六树：一般指松、柏、槠、樟、槐、榆这六种树，因其有吉祥或有益的象征，故俗称六君子树。这里泛指树木。森森：繁密貌。

⑫承平：太平。雨露柯：经受过雨露的树枝。杜甫《栀子》："红取风霜实，青看雨露柯。"

试剑石①

庙邈巍峨泗水东，神威一劈巨灵②同。真王早沛秦川雨③，神母空号大泽风④。略试提携皆将相，不闻叱咤⑤始英雄。城南剑气今何在，片石光芒射白虹⑥。

注释

①试剑石：民国《铜山县志》："《一统志》在县东南汉高祖庙，高三丈余，中裂如破竹不尽者寸，相传为高祖试剑石。"宋代苏辙曾经同苏轼观看试剑石，并写了一篇《彭城汉祖庙试剑石铭》："汉高皇帝庙有石，高三尺六寸，中裂如破竹，不尽者寸。父老曰：'此帝之试剑石也。'熙宁十年，蜀人苏轼为彭城守，弟辙实从入庙，观石而为之铭曰：维汉之兴，三代无有。提剑一呼，豪杰奔走。厥初自试，山石为剖。夜断长蛇，旦泣神母。指麾东西，秦、项授首。敛然三尺，一夫之偶。大人将之，山岳颓仆。用巨物灵，不复凡手。武库焚荡，帝命下取。尚然斯石，不尚有旧。"

②巨灵：古代神话中劈开华山的河神。

③真王：正式受封的王，这里指刘邦。灭秦后刘邦被项羽封为汉王，王巴、蜀、关中，都南郑。早沛秦川雨：指在关中充实、壮大自己的力量。秦川：此指刘邦所治关中地区。

④神母：刘邦送徒郦山，途中逃匿，经大泽中，有大蛇当道，刘邦拔剑斩之；一老妇夜哭，曰："人杀吾子，故哭之。"。神母即指此老妇。（见《史记·高祖本纪》）

⑤叱咤：怒斥声，指项羽。《史记·淮阴侯列传》："项王喑噁叱咤，千人皆废。"。

⑥白虹：原指吴大帝孙权所使用的剑，这里泛指宝剑。

放鹤亭①

冈峦十里翠侵城，小立亭前放眼明。夹路添花宵过雨，好风疏柳晓啼莺。来游两度残僧②熟，怅望千秋长吏③情。直对斜阳山缺处④，云霄疑有鹤飞鸣。

注释

①放鹤亭：位于云龙山顶，始为宋人张天骥所建。见前注释（401页）。

②残僧：年迈衰老的僧人。

③长吏：指地位高的官员。此指苏轼，苏轼有《放鹤亭记》一文。

④山缺处：指徐州西面山缺处。苏轼《放鹤亭记》："彭城之山，冈岭四合，隐然如大环；独缺其西一面，而山人之亭，适当其缺。……山人有二鹤，甚驯而善飞。旦则望西山之缺而放焉，纵其所如，或立于陂田，或翔于云表。"

鲍芷生　一首

鲍芷生：生卒年不详。字楚材，江苏宿迁人。光绪丁酉（1897）举人。

访张山人故居用苏公山中韵①

古人同水逝，霜叶报秋还。树色寒烟外，泉声乱石间。草堂长阒寂②，野迳自茅菅③。惟有孤飞鹤，千年饱看山。

注释

①张山人：即宋人张天骥，字圣塗，隐居不仕，于云龙山西麓建筑园亭，号云龙山人。苏公：苏轼。"山中韵"，见前苏轼《访张山人得山中字二首》诗。

②草堂：指张天骥园内草堂。苏轼有《题云龙草堂石磬》诗。阒寂：（qùì）静寂，宁静。

③茅菅：（máo jiān）茅、菅皆为草名，二者形相似。此泛指各种野草。

臧秉衡 一首

臧秉衡：生卒年不详。字麓卿，江苏宿迁人。光绪二十八年（1903）科优贡。曾任河南知县。卒年32岁。有《芷兰轩集》。

戏马台怀古

匹马西驰缰不锁，一声叱起咸阳火①。拔山扛鼎万夫雄，金铃舞②落天花朵。大王何事弃关中③，悔不当筵杀沛公④。酸楚骊歌⑤听不得，仓皇一骑驮重瞳⑥。乌江⑦昨夜惊波起，万马蜂屯⑧烟雾里。龙吟犹带愤王⑨声，项伯已降范增死⑩。画工妙手写丹青⑪，雪鬣花蹄天骥形⑫。将军酣战须鞭镫，步步高台蹀躞⑬乘。汗血不干色如赭⑭，房星⑮乍见笔无灵。于今将及数千载，骍⑯嘶怒跃飘神采。美人⑰故里风流在，魂兮归来倚马待。

注释

①咸阳火：指项羽引兵西屠咸阳，烧秦宫室，火三月不灭。
②金铃舞：一种舞蹈。唐和凝《宫词一百首》四十七"地衣初展瑞霞融，绣帽金铃舞舜风。"。
③秦被灭后，有人劝项羽都关中以成霸业，但项羽不听，却放弃关中，东归都彭城。
④此句指鸿门宴项羽没借机杀掉刘邦。筵：宴席。沛公：刘邦。
⑤酸楚：悲痛、凄苦。骊歌：告别之歌。此指项羽垓下被围，告别其美人虞姬时所唱之歌："力拔山兮气盖世！时不利兮骓不逝！骓不逝兮可奈何！虞兮虞兮奈若何！"
⑥重瞳：双眸子。此指项羽，传说项羽为双眸子。
⑦乌江：在今安徽和县东北四十里，今称乌江浦。《史记·项羽本纪》："于是项王乃欲东渡乌江。乌江亭长檥船待……"，所指乌江即此。
⑧蜂屯：蜂起聚集貌。
⑨愤王：指项羽。魏晋时吴兴有项羽庙，当地人称项羽为愤王。
⑩项伯：项羽叔父，名缠，字伯，原官楚左尹。曾几次暗中帮助刘邦脱险，免受项羽的攻击和杀害，有恩于刘邦，故刘邦战败项羽后，封项伯为射阳侯，赐姓刘。范增：尊称亚父，项羽谋士。
⑪丹青：绘画。古代绘画常用朱红色、青色，故称画为"丹青"。
⑫雪鬣：指马颈上雪白的长毛。天骥：对骏马的美称。
⑬蹀躞：（diéxiè）小步慢行的样子。

⑭汗血：流出的汉如血色。传说有汗血宝马，日行千里。这里指绘画中项羽所骑的骏马。赭（zhě）：红色。

⑮房星：星宿名，即房宿。古时以之象征天马。此处借指骏马。

⑯骃（xié）：性和顺之马。

⑰美人：指项羽的美人虞姬。

李庆麟　一首

李庆麟：生卒年不详。字石卿。铜山县（今徐州铜山区）人。宣统元年（1909年）拔贡。曾官河南直隶州判。有《自我作古斋吟草》。

游云龙山访放鹤亭，老僧紫庵尚存，年已六十余矣

云树苍苍梵宇开①，西风黄叶满山隈②。白头僧记当年事，讶我新从蜀道③来。

注释

①云树：高耸入云的树木。梵宇：佛寺。

②山隈：山的弯曲处。

③蜀道：即蜀地（今四川一带）的道路。蜀地被群山环绕，古时交通不便，道路难以行走。因此蜀道常成为难以行走的代名词，李白《蜀道难》诗："蜀道之难难于上青天"。

陈梦麟　一首

陈梦麟：生卒年不详。字仲穆，江苏睢宁县人。诸生。著有《和鸣堂诗稿》。

子房山怀古

楚汉争峰战未休，张良曾此运奇谋。八千子弟吹箫散①，四百山河借箸筹②。谋到穷时椎不利③，遇从合处石能投④。风云一代随龙虎，野老犹谈辟谷侯⑤。

注释

①八千子弟：指项羽军队。《史记·项羽本纪》："籍与江东子弟八千人渡江而西，今无一人还……"吹箫散：传说楚汉相争，汉军驻扎子房山，张良命士兵在此吹箫散楚兵。

②借箸筹：指代人策画。箸，筷子。详见前注释（545页）。

③此句指张良为韩报仇,得力士于博浪沙狙击秦皇帝,未中。
④此句指张良于下邳圯上遇见黄石公,被授予《太公兵法》,后辅佐刘邦击败项羽。
⑤辟谷侯:指张良,被封为留侯。张良晚年,曰"愿弃人间事,欲从赤松子游",便学辟谷,道引轻身。辟谷:即不吃五谷,为古代方士道家修炼的一种方法。

周祥俊 二首

周祥俊:生卒年不详。字仲穆。江苏睢宁县人。廪生。有《更生斋集》。

戏马台感怀

盖世雄图逐日沉,宋公饯客此登临①。拚将义旅寒胡胆②,底事群僚识圣心③。几辈云旗空北指④,千秋毡屋尚南侵⑤。可怜一著输全局,依样排场⑥错到今。

注释
①宋公饯客:指南朝宋武帝刘裕曾在戏马台为孔靖饯行。见谢灵运《九日从宋公戏马台集送孔令》诗注释。
②指刘裕曾两次北伐,消灭南燕、后秦,使北方各族震惊胆寒。义旅:正义的军队。
③底事:此事。圣心:帝王(此指刘裕)的心思。
④云旗:似云之旗,表示旗多,此处代指大军浩荡。刘裕经过两次北伐,黄河以南、淮水以北以及汉水上游的大片地区,为晋据有。宋文帝刘义隆时,又两次大规模北征,但都没获胜,致使北魏转入反攻。魏太武帝拓拔焘亲自帅大军南下,直达长江北岸的瓜步,建康城内空前紧张。"空北指"即指刘宋的征战成果都未巩固住。
⑤毡屋:北魏军队用毡做的帐篷。代指北魏军队。公元450年,拓跋焘率兵至彭城,于戏马台立毡屋。又南侵至江边,于瓜步山上设毡屋。
⑥排场:指虚有其名毫无实效的举措。

过绥舆里①

漫笑昔年田舍翁②,斩除伏莽③疾如风。挟将全力征胡虏④,看有何人似此翁。
乘兴来登戏马台⑤,重瞳霸业久蒿莱⑥。亡秦敌汉寻常事,未是诛锄异种才。
河洛扬旍气倍增⑦,拊循遗族且修陵⑧。燕秦授首天声振⑨,万众何尝困白登⑩。
经略中原第一功,肃清旧壤⑪扫群雄。夹河倘使频宣战,双手应擒独眼龙⑫。
关中留镇坐堂皇⑬,乘势何难靖朔方。倘不急归谋晋禅⑭,应偕明太⑮并流芳。
一朝祥瑞幻蛇童⑯,撼拾⑰私囊点缀工。丛草四围人不见,宵来荻叶战秋风。

注释

①绥舆里：地名。《宋书·武帝纪》："高祖武皇帝……彭城县绥舆里人。"《太平寰宇记》："绥舆山在（萧）县东南三十五里，宋高祖绥里人，盖因山为里名也。"清同治《徐州府志》："宋氏帝族居绥舆里，今萧县绥舆山即其地。"

②田舍翁：老农，也称田舍公。这里指宋武帝刘裕。《宋史·武帝纪下》："孝武大明中，坏上所居阴室，于其处起玉烛殿，与群臣观之。床头有土鄣，壁上挂葛灯笼、麻绳拂。侍中袁顗盛称上俭素之德。孝武不答，独曰：'田舍公得此，以为过矣。'"。

③胡虏：古时对与中原敌对的北方部族之通称。

④伏莽：埋伏在草莽中的军队。

⑤此句指刘裕曾于九月九日登戏马台为孔靖饯行。

⑥重瞳：双眸子，指项羽，传说项羽为双眸子。蒿莱：野草，此指项羽的戏马台被埋在荒草之中，喻指当年的霸业全无。

⑦河洛：指黄河、洛水流域。刘裕曾率军西进，于河洛地区击败北魏军，消灭后秦。旌（jīng）：古同"旌"，泛指旗帜。

⑧拊循：抚慰。此句指刘裕称帝后，对跟从他西征关、洛地区而死亡的士兵家属予以抚慰。对晋帝诸陵设置守卫，对明贤先哲的坟茔也加以保护。

⑨燕秦授首：指刘裕先后出兵消灭了南燕和后秦。授首：投降或被杀。天声：巨响。喻国家的声威。汉班匡《封燕然山铭》："下以安固后嗣，恢拓境宇，振大汉之天声。"

⑩白登：山名，在今大同东北。匈奴冒顿曾围困刘邦于此。

⑪壤：疆域。

⑫独眼龙：本指唐末沙陀部人李克用。《新五代史·唐本纪》："克用少骁勇，军中号曰'李鸦儿'，其一目眇，及其贵也，又号'独眼龙'……因时时从其群豪射猎，或挂针于木，或立马鞭，百步射之辄中，群豪皆服以为神。"这里用独眼龙比喻善于骑射的北方少数部族及其首领。

⑬此句指刘裕平息关、洛地区后，应该坐镇长安，乘势收复整个北方赵、魏地区。堂皇：官吏治事的厅堂；坐堂皇，指执掌政事。朔方：北方。

⑭指刘裕为了取代晋的皇位而自己急忙率军回建业，仅留下次子刘义真镇守长安。晋禅：指公元420年6月，晋恭帝禅位于宋。

⑮明太：明太祖朱元璋，其祖亦沛人。

⑯祥瑞幻蛇童：《南史·宋本纪》："后伐狄新洲，见大蛇长数丈，射之，伤。明日复至洲，里闻有杵臼声，往觇之，见童子数人皆青衣，于榛中擣药。问其故，答曰：'我王为刘寄奴所射，合散傅之。'帝曰：'王神何不杀之？'答曰：'刘寄奴王者不死，不可杀。'帝叱之，皆散，仍收药而反。"

⑰摭拾：收取，收拾。摭，音 zhí。

诗余二十六首

苏 轼（宋） 十二首

浣溪沙　徐门石潭谢雨，道上作五首

照日深红暖见鱼。连溪绿暗晚藏乌。黄童白叟聚睢盱。麋鹿逢人虽未惯，猿猱闻鼓不须呼。归家说与采桑姑。

旋抹红妆看使君。三三五五棘篱门。相挨踏破蒨罗裙。老幼扶携收麦社。乌鸢翔舞赛神村。道逢醉叟卧黄昏。

麻叶层层苘叶光，谁家煮茧一村香。隔篱娇语络丝娘。垂白杖藜抬醉眼，捋青捣䴴软饥肠。问言豆叶几时黄。

簌簌衣巾落枣花，村南村北响缲车。牛衣古柳卖黄瓜。酒困日长惟欲睡，日高人渴谩（漫）思茶。敲门试问野人家。

软草平莎（沙）过雨新，轻沙走马路无尘。何时收拾耦耕身。日暖桑麻光似泼，风来蒿艾气如薰。使君元是此中人。

浣溪沙　徐州藏春阁园中

惭愧今年二麦丰。千畦细浪舞晴空。化工余力染夭红。归去山公应倒载，拦（阑）街拍手笑儿童。甚时名作锦薰笼

千秋岁　徐州重阳作

浅霜侵绿。发少仍新沐。冠直缝，巾横幅。美人怜我老，玉手簪黄菊。秋露重，真珠落袖沾余馥。　坐上人如玉。花映花奴肉。蜂蝶乱，飞相逐。明年人纵健，此会应难复。须细看，晚来月上和银烛。

永遇乐　徐州梦觉，北登燕子楼作

明月如霜，好风如水，清凉无限。曲港跳鱼，圆荷泻露，寂寞无人见。紞如三鼓，铿

然一叶，黯黯梦云惊断。夜茫茫，重寻无处，觉来小园行遍。　　天涯倦客，山中归路，望断故园心眼。燕子楼空，佳人何在，空锁楼中燕。古今如梦，何曾梦觉，但有旧欢新怨。异时对，黄楼夜景，为余浩叹。

浣溪沙　彭门送梁左藏

惟见眉间一点黄。诏书催发羽书忙。从教娇泪洗红妆。　　上殿云宵生羽翼，论兵齿颊带风霜。归来衫袖有天香。

又

缥缈红妆照浅溪。薄云疏雨不成泥。送君何处古台西。　　废沼夜来秋水满，茂林深处晚莺啼。行人肠断草凄迷。

江城子　别徐州

天涯流落思无穷。既相逢，却匆匆。携手佳人，和泪折残红。为问东风余几许？春纵在，与谁同！　　隋堤三月水溶溶。背归鸿，去吴中。回首彭城、清泗与淮通。寄我相思千点泪，流不到，楚江东。

减字木兰花　彭门留别

玉觞无味。中有佳人千点泪。学道忘忧。一念还成不自由。　　如今未见。归去东园花似霰。一语相开。匹似当初本不来。

秦　观（宋）　一首

调笑令　盼盼

恋恋。楼中燕。燕子楼空春色晚。将军一去音容远。空锁楼中深怨。春风重到人不见。十二栏杆依遍。

贺　铸（宋）　一首

玉京秋

陇首霜晴，泗滨云晚，乍摇落。废榭苍苔，破台荒草，西楚霸王冥漠。记登临事，九日胜游，千载如昨。更想象，晋客□归，谢生能赋继（推）高作。　　漂泊。尘埃倦客，风月羁心，潘鬓晓来清镜觉。蜡屐纶巾，羽觞象管，且追随、隼旗行乐。东山□，应笑个侬风味薄。念故园黄花，自有年年约。

陈师道（宋）　三首

罗敷媚　和何大夫酴醾菊

春风吹尽秋光照，瘦减初黄。改样新妆。特地相逢只认香。　　南台九日登临处，不共飞觞。镜里伊傍。独秀钗头殿众芳。

南乡子

并引

晁大夫增饰披云雾，初欲压黄楼。而张马二子，皆当年尊下，世所谓英英、盼盼者。盼卒，英嫁。而盼之子莹，颇有家风，而曹妓未有显者，黄楼不可胜也。作《南乡子》以歌之。

　风絮落东邻。点缀繁枝旋化尘。关锁玉楼巢燕子，冥冥。桃李摧残不见春。　流转到如今。翡翠生儿翠作衿。花样腰身宫样立，婷婷。困倚阑干一欠身。

蝶恋花　送彭舍人罢徐

九里山前千里路。流水无情，只送行人去。路转河回寒日暮。连峰不许重回顾。　水解随人花却住。衾冷香销，但有残妆污。泪入长江空几许。双洪一抹无寻处。（一本云：戏马台前京洛路。车马喧喧，蹂踏尘如雾。借问使君天不语。朝云旋作留人雨。　　尘断山青人已去。老幼扶携，泪眼仍回顾。下两句同。）

辛弃疾（宋）　一首

鹧鸪天　重九席上作

戏马台前秋雁飞，管弦歌舞更旌旗。要知黄菊清高处，不入当年二谢诗。倾白酒，绕东篱。只於陶令有心期。明朝重九浑潇洒，莫使尊前欠一枝。

萨都剌（元）　一首

木兰花慢　彭城怀古

古徐州形胜，消磨尽、几英雄。想铁甲重瞳，乌骓汗血，玉帐连空，楚歌八千兵散，料梦魂，应不到江东。空有黄河如带，乱山回合云龙。　汉家陵阙起秋风，禾黍满关中。更戏马台荒，画眉人远，燕子楼空。人生百年寄耳，且开怀，一饮尽千钟。回首荒城斜日，倚栏目送飞鸿。

周　权（元）　一首

百字谣

　　东坡昔守彭城，既治决河乃修筑其城，作黄楼城上以临河，以土实制水，因以黄名楼。楼成，子由作赋，坡翁为书之刻于石。余回自京师，登楼怀古，并感项藉遗事，末章及之。

登临把酒，问黄楼人去，几番风雨。妙绝颍滨楼上赋，坡老龙蛇飞舞。千载风流，两翁笑傲，淮泗归谭尘。衣冠安在，我来空自延伫。　下视阛阓喧尘，惨昏烟落日，西风鼙鼓。昔日争雄怀楚霸，百万屯云貔虎。世事茫茫，山川历历，不尽凭阑思。城头今古，黄河日夜东去。

邵亨贞（元）　二首

　　邵亨贞：亨贞字复孺，号清溪，云间（今上海市松江县）人。生于至大二年（1309）。元时训导松江府学。建文三年（1401）卒，年九十三。著有野处集、蚁街诗选、词选。

鹊桥仙 拟稼轩 中原怀古

残阳陇树，寒烟塞草，戏马台前秋老。黄河日日水东流，断送却、英雄多少。　　西秦筚鼓，东山寄傲。万事付之一唉。闲来系马读残碑，又目断、江南飞鸟。

蝶恋花

燕子楼边春意早。楼上红妆，何似当时好。一自画眉人去了。梦魂暗逐天涯草。蹋蹋马蹄江路杳。数尽归期，屈指东风老。惆怅一春欢事少。几回月落纱窗晓。

费寀（明）　一首

风入松 徐洪晚泛

四顾山光接水光。形胜更何方。水隔黄河飞莫渡，还山阜、绕郭苍苍。气概南刘，壁垒英雄，西楚侯王。　　何如九有属吾皇。南北此津梁。直从燕蓟开天府，扼腹背、扼着喉咙。坐饗东南，贡赋河山，带砺无疆。

朱彝尊（清）　二首

百字令 彭城经汉高祖庙作

歌风亭长，剩三楹遗庙，断垣摧栋。芒砀云霾销已尽，惟见马头山拥。逐鹿人亡，斩蛇沟冷，一片闲丘陇。彩幡斜挂，绿杨丝里飘动。　　赢得割据群雄，六朝五季，各自夸龙种。魂魄千秋还此地，人彘野鸡谁共。社古枌榆，村遥巫觋，孰管神迎送。行人凭吊，看来终胜刘仲。

水龙吟

谒张子房祠

当年博浪金椎，惜乎不中秦皇帝。咸阳大索，下邳亡命，全身非易。纵汉当兴，使韩成在，肯臣刘季。算论功三杰，封留万户，都未是，平生意。　　遗庙彭城旧里。有苍苔、断碑横地。千盘驿路，满山枫叶，一湾河水。沧海人归，圯桥石杳，古墙空闭。怅萧萧白发，经过揽涕，向斜阳里。

冯煦（清）一首

百字令

登黄楼有怀漱泉

断虹初霁，倚层楼，送尽南来征辙。不见长河千尺泻，只见惊沙吹雪。病叶欺蝉，虚檐舞蝠，夕照相明灭。高城凝伫，天涯芳草将歇。　　凄绝江上离心，闹红一舸，处处闻啼鴂。重到羽衣横笛地，此乐更无人说。四十三年，浑如电抹，秋鬓今骚屑。故人归否？乡愁应上眉缬。

后 记

  乡情,人人皆有,离乡愈久愈远乡情愈浓。青少年时代大部分时间都在故乡徐州度过。工作之后,漂泊异乡,几十年间少有机会回乡一顾。退休之后有了充裕时间,怀着旧梦回到故乡,寻找记忆中的一砖一石、一草一木。徐州变了,徐州变了,尤其是改革开放后这三十多年,徐州发生了巨大变化:高楼林立,车水马龙;黄楼、燕子楼等古迹重新修复,旅游景点多多。记得 20 世纪五十年代,徐州唯一可去的休闲之地是云龙山,每逢周末,同学诸人常徒步去云龙山一带游玩,在那里曾度过夏令营,在那里曾和坦克部队举行联欢。金秋的某日,天高气爽,几位同学结伴登上云龙山顶,欣赏层林尽染的秋景;又沿着西麓穿过韩信点将台和黄茅冈,直奔山底;游兴未尽,又跨过广阔的田野拜访西山坡上的一个山村。而今这片广阔的田野已是碧波万顷的云龙湖了。云龙湖壮观秀丽,景色迷人;泛舟湖上,举目四望,湖光山色,楼台水榭,令人陶醉。在我看来,徐州云龙湖南可与杭州西湖比美,北可与颐和园之昆明湖争妍。徐州地理位置优越,在历代的政治、经济活动中都有举足轻重的地位。徐州的山水也是美的。古代的徐州水源丰富,沟河交错,胡泽相连,无异于水国江南,故乾隆帝下江南到了徐州则称进入江南境。徐州历史上可谓是一处旅游热点,历代南来北往的达官政要、文人墨客,皆驻足徐州,登山临水,诗酒酬唱,感时伤怀,留下不少脍炙人口的佳作。徐州今日的辉煌离不开几千年来历史文化的积淀。徐州历史上有过文星荟萃、商贾云集的繁华时期,文化遗产非常丰厚,很值得去发掘、研究。退休之年,欣逢盛世,民族文化遗产受到重视,众多典籍重新刊出,图书资料也都公开,整个社会浓厚的文化氛围激发自己去探寻故乡的历史文化。近年断断续续查阅了一些典籍,每遇有关徐州的诗篇,辄即摘下,日积月累,几年之间获得 1500 余首,辑成《徐州历代诗钞》一书。徐州的灾难,徐州人的悲欢离合、喜怒哀乐,徐州的名山胜水,从诗中都能找到。在此我要感谢北京语言大学资助此书出版;感谢我的大学同窗好友山东师范大学教授宋遂良兄欣然为书作《序》,并审阅全稿,提出很多宝贵的修改意见。自己查阅的典籍有限,肯定还有许多诗作未能尽收。作者介绍和词语典故的注释,也会有诸多不尽人意和讹误之处。诚恳期望贤者不吝指教。

编者

2016.1